许有福

著

时光深处

团结出版社
UNITY PRESS

© 团结出版社，2025 年

图书在版编目（ＣＩＰ）数据

时光深处 / 许有福著 . -- 北京：团结出版社，
2025.7. -- ISBN 978-7-5234-1531-3

Ⅰ . I247.5

中国国家版本馆 CIP 数据核字第 2024SL7629 号

策划编辑：宋怀芝
责任编辑：刘婷婷
封面设计：刘　美

出　版：团结出版社
　　　　（北京市东城区东皇城根南街 84 号　邮编：100006）
电　话：（010）65228880 65244790
网　址：http://www.tjpress.com
E-mail：zb65244790@vip.163.com
经　销：全国新华书店
印　装：三河市华东印刷有限公司

开　本：170mm×240mm　16 开
印　张：37.5　　　　　　　字　数：756 千字
版　次：2025 年 7 月 第 1 版　印　次：2025 年 7 月 第 1 次印刷

书　号：978-7-5234-1531-3
定　价：168.00 元

目 录

第一章　苏培的纠结

院长脸色阴郁，冷漠地盯了我一眼，然后进了护办室，我不安地尾随其后，想解释一下，自己昨晚为什么没来值班。

"都是为了我！"父亲有腰疾，活儿干得多了就会下肢疼困，昨天晚上因为浇水我没有回医院值班。

"种地有好收入，好为你娶媳妇儿。"他们任劳任怨图的是什么，我心里明白，多攒钱，为我修盖新房，娶媳妇儿，转正，这桩桩件件原本都是他们要考虑的，他们想得多，做得也多，我心里很清楚，我理解父母的难处，也明白他们的处境，我不忍父亲躬着腰下地，可是我又替代不了他。

"不用回医院了？"父亲有过这样的顾虑，我也曾想到，不过医院白天尚且没有病人，晚上能有病人？再说了，一晚上不去，院长未必就能知道，我的侥幸心理，让我坦然地留下了。

我的前额很宽大，像极了我的父亲，面色黝黑，似乎长满了青春痘，眼两内角间的距离比一般人要远一些，甚至鼻梁也是很平坦的，几乎有些凹陷，眼睛很大，稍稍凸出，除此之外，我的外表再找不出什么缺憾，就冲这一点，背后总有人议论，说我有父亲的遗传，十分的相像，丑陋、平庸，而且说我有些弱智的表现，终究成不了气候。

我的感觉很无所谓，别人嘲笑也罢，讥讽也罢，鄙视也罢，都没有必要去理会，有用吗？我很讨厌他们不屑一顾的神态，可又不得不装出一副热心的样子，和别人礼貌地招呼一声，别让他们说我缺乏教养，没有头脑就可以了，然后我就能想到，他们又是另一种腔调，怎么看我，也觉得我不像一个正常的人，摇摇头否定了我的父亲，然后否定了我，到底差强人意，不如人的地方太多了，非议不胫而走，做我这样的人，难处可真不少。

父亲少有心机，计划赶不上变化，每每总落在人后，他除了憨厚的一面笑之外，就是效仿别人怎么干，别人种好了，父亲也沾点光，别人种坏了，我们的收入就更差一些，他很少有他自己的主见，他言语不多，他爱蹲在人堆里听别人计划，然后确定自己怎么种，论经济我们家在同村中属下中等，处境很一般，人轻言微，自然尊重我们的人就少了一些，讥笑的人就会多一些。

好在我学了一个大夫，看在本家叔叔的面子上，我被安排在乡医院工作，最大的心愿，就是有朝一日可以吃上皇粮，转正，为了这个目的，我们一家几口窃窃私语，其乐也融融。

"苏培，你过来。"我没进护办室，没有向院长主动坦白自己的失误，心里本来就不好受，毕竟在院长的手下工作，目无组织纪律，不听他的吩咐，已经很理亏了，现在又不主动，想必院长心里感到不舒坦，想训斥我一番。

"噢。"我答应了一声，心里便多了几分紧张，整理了一下桌面，穿好白大褂，用最大的努力调整了自己的心态，赔着小心，很不自然地踱进了护办室的门槛。

"苏培，这么老实……"老护士一见我拘谨的神色，就不由得要开我的玩笑。她的一只眼睛斜视上吊，本来较好的面貌，由于一只眼睛的缘故，人才便失去了大半，好在她勤奋好学，有一幅恬静大方善良的尊容，不见别人的冷落，反而更有人缘。她这么一说，我便自在了几分，我感激地冲她笑了。

"你真不幸。"小陈护士冷不丁冲我冒了这么一句，真是莫名其妙，我有什么不幸的，我自己一点都不曾感到有些许的不幸，她对我笑得一点也不实在，一边用眼角的余光审视玩弄小钳子的院长，我在痴愕的瞬间，立即明白了是怎么一回事。

"昨天晚上有病人？"我的心在往下沉，出乎意料原来就在意料之中，我不知道去如何搪塞，只有老实地告诉院长，事又不大，本来是可以来的，自己却又没来，只好挨院长的训斥了，他老早就看我不顺眼，现在可以有借口批评我了，甚至开除我的院籍也可以。

"你没来，但病人来了。"院长稍稍撇了一下头，让目光斜视着我，那是怎样的一副面孔，温和而又不失风度，质询而又缺乏威严，我难为情地笑了一下，明知自己不对，辩解又有什么用呢？

"苏培，自由散漫，目无组织纪律，拿医院当儿戏，还像一名医生吗？"小陈摆了一种姿势，拿腔捏调地在训斥我，院长被小陈的滑稽逗笑了，我也笑了。

"昨天晚上为什么没来值班？"院长见我不肯说，终于还是问了，他毕竟是一院之长，大夫无故不值班，他不会坐视不理。

"我记错了，以为今天晚上值班。"日子我并没有记错，原因很简单，但我不能说，因为父亲腰疾，因为要给麦地浇水，这些都不能称其为原因，再说真的有事儿也可以找人值班，或者干脆告假，什么也没说，无缘无故旷工，说什么也是不对的，这个理由是我临时想到的，用这种笨拙的办法也许院长会相信，他也许会不以为然，据实以告未必有这样的效果，说不定真的就会受罚挨训。

"我知道你忘了，从来也不旷工，昨晚偏偏就没来。"老护士温和的笑，让她漫不经心的语言恰到好处地为我进行了开脱，我感激地冲她点了一下头，揩去了额角细微的汗晶。

"一点也不重视，这是医院，又不是你们家，病人找不到大夫，这还成其为医院吗？不像话。"小陈让自己的声音尽可能地变得深沉重浊，但怎么也学不来院长的腔调，意图都为院长表白得淋漓尽致，院长忍俊不禁笑了起来，一场潜在的风波顷刻间化为了乌有。

"我也认为苏培的表现一向不错，兢兢业业，又肯钻研业务，虚心诚恳，怎么会无故不值班呢？忘了，这不能称其为理由，这种失误不能再有第二次。"院长狡黠的目光在老护士、小陈护士和我之间来回游移着，他是一个很聪明的领导，他一向不会向职工施以高压，今天也不例外，见老护士和小陈都袒护我，也不好意思冲我发难，很平和地讲了几句话。

院长轻松地走出了护办室。

"不好受。"院长刚出门，我就吐出了心中郁积的压抑，惶恐的解脱，令我长长吁了一口气。

"你居然也敢？"小陈护士一改女儿腔，发出了讶异的惊呼，这不能怪她，刚才如果没有她的帮助，恐怕我这一关还不好过，现在院长走了，她恢复了常态一点也不足为奇。

"谢谢你们的关照。"我不知道说什么好，总之，我心里异常感激他们，难得他们会向我伸出援手。

"算你倒霉，几个月也不见一个急诊，偏偏昨晚你不在就有一个，不是我们不关照你，实在是病人过于危重，所以才惊动了院长。"老护士解释了一下她们的无奈，简略地向我陈述了一下昨晚的情况，对自己的失职我感到很内疚。

大概是晚上一点半，外面猛烈的敲击声和呼叫声惊醒了老护士，凭十几年做护士的经验她立即猜出外边一定来了危重病人，她拉着电灯叫了小陈开始穿衣服。

离得还很远，老护士就听到了呻吟声和不时发出的哀鸣呜咽声，门一开，病人的家属已经等不到医护人员的招呼，病人在一簇人的拥挤中闹哄哄地抬进了医护室。

直到此时，值班的苏大夫也不见出来，病人在呼叫，病人的家属在呼叫，药剂师也来了，可就是不见苏培，老护士连忙敲值班室的门。

"大夫、大夫………"病人的家属在医院的走廊中，在前面的院子中大声焦急地呼叫着，他们不时发出难听的诅咒声，跺脚的骚动声，然而苏培竟然不在，怎么办？老护士犹豫再三，也下不了决心去惊动院长，可是救急如救火，病人的痛苦，家属的焦躁，让她不得不做出选择。

院长很不情愿地起来了，他一边发牢骚一边用手梳理着凌乱的头发，在黑暗中，他不时地举起手挤揉眼角，不时地骂上苏培一句，表情一直很阴郁。

病人是急性阑尾炎，折腾了院长一个晚上，天明的时候才稍见好转，现在已经完全平息下来了……

"唉。"苏培听完了老护士的叙述，又长长吁了一口气，真是不走运，偏偏昨天晚上自己就没来，"病人也真怪，你每天住在这里等他他不来，你只有一次偷懒他就来了。"

这能怪病人吗？显然不客观。苏培也明白这个道理，说千道万，总之是自己不对，好在院长也没怎么怪自己，下次，下次可不能再疏忽了。

苏培到病房看过病人之后，就更觉得惭愧了，职业的道德令他感到不安和内疚，如果他在医院，也许病人的痛苦会早一些得到控制，也不会因此而浪费那么多宝贵的时间。

刚刚还是晴暖无风的好天气，片刻工夫，玻璃上便映出了网状的浅灰色的云彩，这边浮游了几片散落的白云，那边似乎还有几块耀眼的光斑，只有中间的那块，深灰而朦胧，轰隆隆由远而近，让我的躯体因此而颤抖，我以为他会发出一声吼之后，又连续不断的宣泄，我一边注视着小窗，一边等待那种威猛雄壮，排山倒海的震撼。

而他竟在来势凶猛的疾奔中，悄然消失了，我想他可能会有片刻的休息，马上，不，即刻就爆发新一轮的轰鸣，而我还是错了，他来的猛烈，去的却一点也不壮观，我翘首以待，我才发现那严重的污浊的突然现身的大块头，此刻已经溶入了无边无际的黑色的浓影中，然后又敲锣打鼓地拥挤过来。

一场横空现世的大暴雨，在奏响凯歌的前沿，空投了一个警报后，然后开始肆无忌惮地组合，我感到袭袭的凉风飘进了一些清爽，由和缓而渐趋紧张，几片白色的纸片随风而起，便有冰凉的小雨滴透过褪了色的纱窗溅到了我的面额上。

走廊里有急切的脚步声，我关好了窗子，习惯地把钢笔插到了上衣袋中。

"这场大雨真是不及时，来的真不是时候，"小陈推门而进，我就讲了这句忧心忡忡的话。

"这雨有什么不好？"小陈感到不解，"下雨和你有什么关系？"她的脸颊狭长而平缓，两道弯弯的细眉经过特别的修饰，像浮雕那么凸出而明晰，淡淡的眼影让她光彩的珠子分外迷人，虽然时装被一件白大褂覆盖，但她隆起的乳房依然是那么坚挺地显出了优美的曲线，她一走进办公室便揭去了护士帽，一捋捋光洁的秀发仿佛在逃逸一般，迅即散落在双肩，形成了一抹充满朝气的屏风。

我敛了一下下唇，用上牙紧紧地用力地咬了一口，瞟了一眼小陈，心中莫名其妙地产生了一种不安和惶恐，我立即撇开了目光，盯向了窗外，我抱着的双手挂在鼻梁前，眼皮微微地耷拉下来，让自己深埋在自卑和自责的不安中。

"怎么不讲话，觉得很枯燥是不是？忧心忡忡，好像有心事。"小陈落落大方地在我的对面坐下了。

我挪开了双手，睁开了原来就不想闭的眼皮，抬眼望了一眼小陈，淡淡地笑了。

"雨下得不及时，还是我来的不是时候？苏大夫是不是也有令人费解的时候？"小陈，从我认识她的那一天起，她就是这么一个直肠子，有什么想法、看法，从来不会放在肚子里。

"真不好意思，你不要介意，我说的是雨。"

"这就怪了，怎么我一进门你就一语双关的影射我，就是白痴也不会这么不开窍吧，是不是我在院长面前为你打马虎眼伤害了你的自尊，这我可没有想过，如果真是如此，我倒真该给你赔礼道歉了。"这哪跟哪，小陈居然还真讲出一些理由。

"聋子听怪话，想不到这么聪明的小陈也听怪话，如此一来我成了什么人了，猪八戒倒打一耙，恩将仇报，那我不就成了小人了吗？你看我像吗？我有那份勇气吗？惭愧，真是惭愧。"

"你完完全全在遮掩，想用一种让人可怜的自我贬低的办法获得我的同情，让我不追究你对我刚才的无礼，是吗？"小陈就是得理不饶人，满脸堆满了笑，却字字句句不让我，她在想什么，我一点也猜不透。

"我的话你听起来不舒服，可我是无意的，根本就不是针对你。"我竭力让自己的语气和缓低调一些，不要让别人听到我们像吵架。

"算了算了，你不过就是要一回无赖而已，雨不及时就让它下得更大一些，那才够刺激，下吧，下吧，猛烈下吧！"小陈不在面对我了，她冲着玻璃，面对疏密相间的雨帘，似乎在祈祷，而且又像小孩一般欢悦兴奋，我知道她这是故意的，她生在城市，长在城市，不懂得种地人的辛酸，自然也不了解此中的滋味。

我无奈地笑了，尴尬令我不安，怎么也觉得自己的话恰到好处地用在了小陈身上，难怪她如此生气，我反复地去想了，似乎是自言自语，诅咒这场突如其来的大雨，高秆的葵花根系没有玉米发达，遇上这场狂飙一般的雨暴，加上昨晚的水，一定会倒伏，即将成熟的小麦头重脚轻，也不可能承受如此沉重的一击，我的脑海中乱糟糟的，一会儿是葵花，一会儿是小麦，心中不知道默念了多少回。"停下吧，别下了，停下吧……"我的祈祷不断地得到回音，轰隆隆，轰隆隆，刚才松懈了片刻工夫的雨，在一阵漫似一阵的鼓声中，像仪仗队的步伐，齐刷刷地进出走来，仿佛千军万马。

"这雨才下得利落、疯狂、爽气，下吧，下得再大一些，很久没遇到这么大的雨了。"小陈回头瞄了我一眼，还是那股子不服气。

我能怎么样，生气、愤怒，解释我心中的苦恼、担心，有那个必要吗？都怪自己不争气，念书的时候没考出去，弄了一个集体工，干得比他们多，挣的却不到小陈的三分之一，差距这么大，我顾念土地又能怎么样，她自然是无所谓了，雨下得再大，该领的工资还是照领，她可以花几百元买一件衣服，随便的抱一大堆化妆品，而我不行，即使再节省也存不下一分钱，好在别人笑话我愚笨的相貌时，多少还留了一些口德，对我个人的行为不喝酒不吸烟，表现出的吝啬当成了一种美誉在传颂，否则真会无地自容，什么也不如人。

"苏大夫，你怎么一言不发，是不是我的话太冲了，不就是下雨吗？何必发出那样的伤感，让我听了极不舒坦，你看温度这么高，空气又这么干燥，下一场雨有什么不好的。"也许我一向的表现还算活泼，可能今天是个例外，我的心情令我郁郁寡欢，我的担心让我沉默少言，小陈似乎从我的神色上读出了一些不妙，不一般，所以才改变了口气，不再是那么的狂野和蛮横。

"和你也说不清楚，你想怪我就说吧，谁让我不小心惹的是你呢，我都认了，怎么样？"我的心情不好，虽然勉强在笑，可也是皮笑肉不笑。

"苏培，你真虚伪，又没骨头又没肉，我是故意和你开玩笑，你自己倒当真了，其实你昨晚去干什么，我们是不知道，院长一目了然，我们给你打马虎眼，那是院长让你，你还装得若无其事，以为自己是真聪明，你什么时候变聪明了？谁相信，说吧，你昨晚怎么没来，你干什么去了？"真是怪事儿，院长知道我干什么？不可能，小陈真鬼大，莫不是故意地在讹诈我吧，看她不屑的神情，好像知道我一些什么，不可能。

"编一个真的谎言让你编排我？"

"苏大夫，在我看来，你真的是太低能了，竟然自己和自己过不去，连我们也一块跟着你丢人。"

"你说的我一点都不明白。"我真的被小陈护士搞糊涂了，我想我一定要死撑着，千万不能自乱阵脚。

"苏培，你昨晚是不是去浇水了，看你愁眉苦脸的样子，我想肯定是。"这怎么可能，我去浇水他们怎么会知道，看小陈的神情她好像早已经知道了，那也就是故意和我捣蛋了，既然如此，我就用不着内疚了，无缘无故少了一些负担，身心立刻轻松了几许。

"想不到你倒是真变聪明了，我怎么没看出来。"我瞥了一眼小陈，看她不悦的样子，反而更显得文静端庄，心里泛起了一丝涟漪，同时一种不安的自卑又汹涌地潮了起来，这不可能，癞蛤蟆想吃天鹅肉，想都别想。我又咬了一下嘴唇，眼皮不由得耷拉了下来，看她的勇气让我变成了一种唐突的不安和战栗，不要去胡思乱想了，不要让自己陷入一种无缘无故的烦恼中，这是不可能的。

"我是没那么聪明，你走了之后院长又来了，他说你看上去老实，其实一点也不老实。"有这么严重吗？

"院长，你说我会相信吗？你别再取笑我了。"

"你看你的双脚、裤腿，是院长冤枉你？院长一眼就看出来了，我们想不到，院长种了二十多年的地，难道也想不到？"被小陈这么一提，我才恍然大悟，唉，怎么连这个都忘了，浇水的时候换了一双帆布鞋，至今还在脚上穿着，泥渍水印明白无误地留在那里，裤腿上点点画画尽是一些泥水渍透的痕迹，我真粗心，我想起来了，天亮的时候浇完了水，和衣躺在了床上，走得急，竟然忘了换鞋裤。噢，难怪小陈这么说我，大概院长是真这么讲的，那又怎么样？他不也是从来不在医院值班吗？只不过他是院长，而我是一个不重要的集体工，区别就这么一点，我就得事事服从他，听候他的指斥、调遣。人，其实走到哪都有不公平，那又有什么办法？

我苦笑了一下，这是明摆着，是自己的大意造成了疏忽，不打自招，这能怪谁呢？

"院长知道你干什么去了，都没有指责你，原因还用我告诉你吗？"小陈又在卖关子了，她虽然没了刚才盛气凌人的威严，却也没什么温和的语气。

"院长怎么说了？"院长的态度，可以决定我在医院的生死存亡，我一向是按他的意愿在行事，在他的面前我不是我，我就是他，他怎么指派，我怎么干，这是一个听话的下属，也是一个懦弱的下属，我已经习惯好久了，我不得已撒了一个谎，心里本来就不好受，一直不能踏实，他竟然在老护士和小陈面前揭穿了，他仅仅是为了显示他的聪明呢？还是要告知我他对我的宽容，是不容我欺骗他的，我想不透。总之，我的内心，已经不再担心我的小麦和葵花了，我在担心，另一种可能，院长会改变对我的看法，改变了我一直在他心目中良好的优秀的老实人形象，改变了我在他心目中执着的奉献和勤勉的敬业精神，从而影响我在医院的工作，在医院的人际关系和光辉形象，甚至可能因此而达不到转正的目的，想到这里，我自身的悲哀就更加突出了起来，不如人的感觉在刹那间又支配了我整个的神经，又要让我陷入了一种茫然的自卑中。

"想不到你居然变聪明了，这是院长说的，只不过还不够成熟。"小陈在扮作院长，形态似乎欠佳，语气却是惟妙惟肖，我相信，这不是小陈捏造的，院长当真是这样讲了？这还值得怀疑吗？我看是不用了，我想我确实有进步，这是不容否定的。

我的担心没有了，院长他没有太怪我，这是我最大的幸运，只要他不怪我这一次，以后我就不会轻易再犯同样的错误。

"老护士怎么说的，她是不是在怪我，昨晚她为此折腾了一宿，今天也看不出有什么异常。"异常？我讲了之后觉得用词有些不当，可能是严重了，一宿不睡也没什么，何况仅仅是几个小时。

"异常？你想看到什么？你看我有什么变化？"小陈身子一挫便在地中央甩了一个圈儿，白大褂的下摆立即形成了一个风圈儿，她两手上扬，姿势特别的优美、敏捷。

异常这个话题我不想再扯了，它让我有些说不清楚，我唯恐刚刚从一个牢笼中脱离，又陷入另一个泥潭，斗嘴我还不是小陈的对手，还是省点劲的好，免得自寻烦恼。

"这雨总归是停了。"那么急，那么猛的大雨，仿佛从来也没有发生过，刚刚还笼罩了一屋子的阴湿晦暗，此刻被一抹光明洗染，显得格外清明舒爽，柔和的温暖充满了爱意，像母亲温柔的手梳理着儿女的头发，充满了爱的呵护。

院长知道了我的不诚实，让我愧疚了很久，但我仍然不能控制自己的心不去想麦子、葵花、玉米、家里养的牲畜，医院的工作固然重要，家也很重要，家是我的父母，我的寄托，是我的衣食，是我赖以图存的根基，面对小陈纤纤的细腰，修长的四肢，我心里时有不安，心猿意马，不能安分守己，甚至想入非非，意图不轨，可那只是低级潜意识的妄想、梦幻、冲动，他保存在我的脑海中，折磨我，煎熬我，让我痛苦，让我悲哀、自卑、苦恼。

我越发变得沉默，原来就言语欠缺的我，现在话更少了，甚至觉得很没有必要，除了病人之外，我尽可能地不去多说话，即使老护士眉飞色舞地激动起来，即使小陈他们的伙食无比的诱人，我都离得远远的，观望、痴笑，或者等待他们的玩笑、嘲笑、讥讽也无所谓。

下了班，医院里走光了人，显得特别冷清，到处都显得无比空洞，说不定在哪里你就会嗅到一股异味儿，让你不舒坦，或者要呃逆。

今天自然是我值班，虽然下了雨，可我也不能离去，病人没有固定的时间，但医院必须有留守的医生，虽然是轮班，但我心里清楚，院长是从来不住医院的，还有一个王大夫是老大夫，也很无所谓，正式之后干的年长了，白天都不爱搭理病人，更别说晚上了，也就只有我，为了自己的目的，锲而不舍地在追求，在表现，不知会熬到何年何月？

我想我的麦子，一定倒伏了，这么大的暴风雨，她怎么可能用弱小的躯姿抵抗呢？葵花，也不会幸免于难，这个我明白，真蠢，我不由得要自责自己几句，蠢到了家，爸妈没想到，难道我也就不去想想吗？电视上每天都在播天气预报，而我怎么就没想过呢？现在好了，一切都迟了，麦子倒了，葵花也倒了，而且倒得比别人家的更厉害，这都怨自己，如果稍稍留心，动些脑子，也许就不会干下蠢事儿，葵花是可以不淌的，现在说什么也迟了，我蹲在医院的出口处，审视着台阶上一片一片支离破碎的水渍，湿脚带来的泥，成片状地糊在地面上、墙角边……

我都没有勇气回去看看了，可怜的父母此刻也不知道是什么样子，也许他们已经提着锹在田间地头放存水，也许希望可以帮助那些倒伏的庄稼，甚至在相视无言地哭泣，老天爷你何必要捉弄我，我的目光一片混浊，大脑里一片空白，我在凝滞的一瞬间，好像什么也不知道了。

炎热明显地被改善了一些，远处的风带来了清爽、花香和芬芳，夹杂着细细的嗡声，在傍晚夕阳的余晖中，悄悄地送到了我的身边，手背上趴着一个吸食了很多血浆的蚊子，他大腹便便无所顾忌的贪婪，让它的行动异常的迟缓，我试图帮助它，吹了几口气，也不见它挪动身体，是不是撑死了，我想有这个可能，我一边忍受着蚊子叮咬带来的痒疾，一边找了一根细丝拨弄它盈红充血的身体。

"原来你蹲在这里是专门喂蚊子的，真是好兴致，看不出你还是一个大好人，'扫地恐伤蝼蚁命，爱惜飞蛾纱罩灯'，我看你有过之而无不及。"老护士提了一个小手袋，悄然立在我的背后，望着我侍弄蚊虫，又是可笑，又是不解。

"它走不动了。"也许是我的憨厚令她觉得好笑，也许是我的愚蠢的话令她好笑，总之她听了我的回答之后笑了，而且笑得眉飞色舞，前仰后合，她实在搞不懂，我这个人怎么这么怪，拿自己喂蚊子却无所谓，也许她的心里更加认定了我是真傻，脑子里缺的东西太多，要不然她怎么会一边笑一边冲下台阶跑了呢。

"喂，老护士，这只蚊子可以给你包饺子的，又肥又大又嫩。"我不知从哪冒出了一股子勇气，要和老护士开一个玩笑，这样心里才觉得平衡。

"你还是等有了媳妇儿去喂吧！"她好像对自己的回答特别满意，说完了还扭回头来冲我浅笑了一下，想看看我的接受能力，或许还想找到一些更令她满意得发笑的素材。

我真的就笑了，因为在我稍纵即逝的疏忽中，蚊子已经完成了它离去的一切准备，我在看它的时候，除了手背上有一块小小的正在隆起的红疙瘩之外，就只有一个相对而言较粗的毛孔浮现在那里，灌满了血浆的蚊子已经消失了，我用指甲用力地摁住红疙瘩，目的只是制止它的奇痒，油然而生的悔意让我好不服气，他挺着一个大肚子能飞出多远呢？我这边是医院的双扇门，串珠做的门帘它无论如何也不可能偷渡过去，即使想在上边栖身也是不大可能的，但我仍然不能忽视，认真地检视了一番之后，确信它不在上面，也不在下面，才把目光移到了两边贴了绿色石粒的墙壁上，只因东西太小了，找起来一点也不容易，好在它是红色的颗粒，有明显的特点，想必不难发现。

　　我从台阶上找到了院中花池的绿叶上，黄的花果，粉红色的花片，密密麻麻交错互叠的枝杈，我不放过任何蛛丝马迹。

　　"大夫，大夫……"

　　我听到急促的跑步声伴随着焦急惶恐的呼叫声，心中不由紧张了起来，我看到那飞奔的声音在靠近我的时候，是那么的熟悉，我立即想到了昨晚，这不是急性阑尾炎的家属吗？发生了什么事情？难道她的病情在治疗了这么长时间之后又复发了吗？一个危险的信号立即扑入了我的脑海……

　　"怎么了？"我已经抛开了一切，全身心投入到了角色之中。

　　"她忽然尖叫了一声，肚子疼得特别厉害。"病人的家属一边说一边让出了道，我边听边跑了起来，急性阑尾炎控制不住，后果很严重，这可不是儿戏的。

　　我进去病房的时候，病人正用手摁着阑尾区，双膝跪在床上，牙齿紧紧闭合着，睁大了眼睛盯视着我。

　　"怎么办？"小陈也闻讯赶来了。

　　"量一下体温。"这个工作是我做的。

　　"疼得很厉害。"她咬牙的声音让我很担心她的病况，我用手摸了一下她的额头，烫得怕人。我的潜意识里传送了一个危险的信号，病人可能阑尾化脓了，有穿孔的可能。

　　"小陈，立即去找院长。"我想这已经不是我能做主处理的病人了，我们是乡医院，没有外科医生，即使有，设备也跟不上，技术力量都是一个问题。

　　"你能马上租到车吗？"当时的条件就是这样，叫救护车不如立即租车走更快捷。

　　"可以。"病人的家属。

　　"那你马上去租车，这里由我们看着，病人不能在这里治疗了，得马上转院。"我想这已经是客观存在事实了，即使院长在也只能做出如此的决断。

　　病人的家属一言不发，掉头就走，他比我们更加焦急，唯恐病人被真的耽搁了。

　　"院长不在。"小陈急匆匆地跑了回来，"怎么办？"她不安的目光审视了一眼嗷嗷呻吟的病人，然后又把目光落在我的脸上，仿佛在说，"苏培就看你了，千万别大意，这是生死存亡的关键时刻，千万要镇定。"

"坚持一会儿，车马上就到了。"望着病人痛苦的痉挛，我不止一次地告诫自己，不要慌，不要慌。"……"小陈似乎想说点什么，又没有说，她紧紧地盯着我，现在院长不在，我不做主，不对，我做了主，也许她也有些担心，病人是医院创收的唯一来源，万一病人打发错了，责任谁来负？万一病人严重了，出了事故责任由谁来负？医院固然是治病救人、救死扶伤的地方，也是一个特殊的机构，我毕竟年轻识浅，看病和别的行业又不一样，可是此刻，我觉得不管什么情况，病人都必须要走，即使不做手术，进行保守治疗，也应该到大医院密切观察，随时准备手术。

"啊、啊……"病人坐下爬倒跪起，疼得越来越严重，额头上的汗珠黏稠而浑浊，在电灯光的照射下仿佛一个又一个小珠子，"能不能给我用一些药，我疼得实在不行了。"病人在折腾了几分钟之后开始乞求我们，可是我们也没有什么办法，止疼的针不敢打，忙又帮不上，只有眼睁睁地等待车把病人接走。

"有那么严重吗？"病人在被车接走了之后，小陈护士依然有些顾虑，她不仅仅是有些遗憾我们治疗的失误，也在怀疑我的能力，当然了她也有另外的担心，就是病人如果不至于那么严重，院长会怎么看我。

"我想病人是有危险的，我们不能再留了，她需要马上手术，过几天你就会知道。"其实我也不敢肯定，也许是我胆子小，如果被他们说中了，我想我的饭碗至多不保，也无所谓了，谁让自己不能胜任呢？

"走了也省心，看她那么难受，我也有些害怕，院长又不在，万一出了差错，我们谁也负责不起。"药剂师小王立在门框上，望着灰色的夜空，若有所思地谈了自己的看法。

"院长也不知道去了哪？"小陈又想到了院长，院长是这个医院的台柱，没了院长，这里就没有了主心骨，关键的时刻，大家想的都是院长，除了院长的决定，他们都会怀疑，何况又是我呢？我一言未发，心里别有一番滋味。

"你没问？"小王。

"问了，说出去了，说了几个地方，谁知道他去哪了呢？玩麻将也可能，找朋友喝酒聚会也可能，急切之间我去哪找。"小陈话没说完就扭回头走进了医院的走廊中，小王也翩翩走了。

"你不回来站在外边喂蚊子吗？"我想小陈又是冲我说的。

"外边凉快，空气又新鲜，你一天到晚还闻不够怪味儿，这么着急回去干什么？"我不想回去，我满脑子都是问题，我不知道送走的病人会是一个什么样的结局，是轻是重？是对是错？院长回来会怎么说，我刚刚以为自己是轻松了，此刻冷静下来，却有了顾虑，小陈有担心，我也不舒爽，万一送错了，那怎么办？说我无能，或者显得我无能也没什么，我已经习惯了，可是不请示院长，就急匆匆地打发走了病人，似乎真的有些欠妥，此刻来想这个问题，好像自己的错误还真不少，院长怪罪下来怎么办？我拿的是这个医院的工资，就得为这个医院尽最大的努力，现在居然打发走了病人，让院长怎么想？吃里爬外，丢人现眼，无能的低智商，甚至会骂人，处罚我，让我从他的眼皮下滚蛋，消失，都有可能。

"看你回来怎么向院长交代。"小陈、小王走了，她又出来了，她占据了小王的位置，让脊背靠在门框上，身体陷伏在串珠的后边，微微弯曲，左脚搁在了右脚背上，面庞没有一点欢快的神情，仿佛在为我担心，我隐隐约约感到那么一点点，心里就有了些许的慰藉，不再是那么的空洞无物了。

"那也没什么，谁让自己没能力呢。"我想只能如此解释了，院长想怎么样我听之任之，只有这样一个结局，反正病人已经走了，我最大的担心不存在了，虽然还有些不安，但总比留下要强。

"院长也不知道去了哪，节骨眼上他却不在，真气人。"对小陈的担心，我心里十分感激。

"你这样看我也没用，院长是一院之长，他想走哪，权利在他，他无须请示我们，他是那个向我们发号施令的人，我们是为他冲锋陷阵的人，错了在于我们，那很恰当，对了功劳在他，也无可厚非。"我冲小陈笑一下，"想不到你会向着我。"

"向着你？你美得昏了头，我是就事论事。"小陈的笑声划破了静寂的夜空，犹如一道亮丽的风景线，让我为之振奋和激动，无论她怎么辩白，我都听得亲切，动情，这已经足够了，奢望她完全向着我，我没有想过也不敢想，过头了，反而会适得其反。

见到院长的时候已经是第二天的中午了，他头发凌乱，目光呆滞，他疲惫的双脚拖着沉重的身体，缓缓地踱进了医院的大门，我一看到他，心里便有些不踏实，这怎么办？我怎么向他交代？他会做何反应？我处理完了病人，忐忑的心情让我不能平静，我来到走廊的长椅边，站在那里考虑着如何应付院长。

"苏大夫，你过来一下。"我刚站了不久，药剂师小王就过来叫我了，我以为他是在代传院长的旨意，便没吱声悄悄地向院长室走去。

"喂，这边。"又一个声音在反方向呼叫，我也捕捉到了，但我没想到是在呼我，我依然默默地向院长室走去。

"苏大夫。"小王又呼了一声，已经没了刚才低怯神秘的音色了，完全是一声柔中蓄钢的呼叫，这是怎么回事儿，难道不是院长在叫我吗？我停下了脚步，看到小陈从护办室探出头向这边张望。

"是你叫我？"我指了一下院长室，小王摇了摇手，我明白了，这事儿和院长关系不大，那又是什么事儿呢？

"苏大夫，很不好意思。"进了药房小王倒没说什么，是会计和我说的话，我的脑袋一下子就晕了，难道反应这么大，会计找我，无非是钱的事儿，难道院长让会计给我结账吗？难道真的因此我就会滚蛋吗？

我奔腾的血液仿佛冷却了，我慢慢地咀嚼着上下齿，考虑着可能出现的被动局面，我不敢去看会计，唯恐这是真的，怎么办？怎么办？我没法做出快速的反应，也无法让自己轻松起来，我无助的心态让自己陷入了一种绝望的境地。

"苏大夫，由于我们的疏忽，造成了一点小麻烦，和你有关，所以才……"我以为自己听错了，是他们的疏忽，而不是我的疏忽，他们在说什么，造成的是小麻烦，和他们和我有关系，我不明白，我被他们惊乍了一番，然后是糊涂，我茫然地望着他们，等待他们的点化，否则像我这种愚人是想不到的。

"苏大夫，昨天晚上你送走的病人医药费只交了头一个晚上的，今天的还没有交，这虽然不能怪你，主要责任在我们，但……"会计的意思我明白，失误虽然是他的，但病人是我打发走的，这个钱如果不向我要，那我就得找回病人，否则这个钱追不回来由谁负责，这总比打发我走要轻浅的多了，我心中的一块石头终于落了地。

"噢，原来是这么一回事儿，看来打发走了这个病人，还真留下了问题，那真是我的不该了。"我不仅仅是糊涂了，也麻木了，我打发走病人是我的值班权利，向我算账算什么呢？这个病人如果是王大夫、院长打发走的，是不是他们也一样会向王大夫、院长讨个说法呢？

"真不好意思。"会计的态度好得不能再好了，还不好意思，好意思了往下说什么？

"那依你的说法，该怎么办？"我真是搞不明白，他怎么会向我讨个说法，难道这是我的责任吗？算账这码事儿可从来就不是我操心的，而今让我拿主意，这实在是有失公道。

"我们就是征求一下你的意见，如果你没办法，想不出主意，我们只好报给院长了，总不能让我贴吧！"说得有理，他不贴，找到了我，目的只有一个，让我贴？亏他们能想出来，也太欺负人了吧，可是我该怎么办呢？

"多少钱？"他们抬出院长，就是想形成对我的威慑力，谁让我是刚参加工作的集体工呢？和他们相比，差远了，他们吃皇差，扛皇粮，那个不比我强，撑不住我，他们不信，连我也在疑惑，怎么办呢？钱如果少了，我认栽了，钱如果多了，我扛不动，他们想怎么办就怎么办吧。

"八十四元，不多。"药剂师小王吸回了两个酒窝让充血的两片紫唇嘟成了一个小喇叭，一松劲就崩了出来。

"八十四元，我半个月的工资，亏你们能想到我。"我一听这么多钱，吓住了，他们居然让我背八十四元的冤枉债，这可能吗？

"不可能才找你呀。"小王细声细气地斜挑了头，凸出一个下巴偏向了我，一脸的娇气，倒也没什么敌意。

"我扛不动。"我是据实回答，我宁肯不干，我也不扛，我下定了决心，不扛，看他们能把我怎么着。

"也许说不定病人回来了就还来了。"会计不知又想到了什么主意。

"那回来向他要不就对了。"

"可是，可是……"会计为难了，他自有他的道理，他没法下账，钱总的有一个出处、去处，否则他交不了账，过不了院长这一关，他的责任推到谁的身上合适，我明白了，说来说去，他们还是让我扛着。

"病人回来你向他们要不是一样吗？"小王设法帮助会计套我，反正他们不愿意承担一点风险。

"要不我们就报院长吧。"会计适时地从旁逼迫着我，一边是工作，一边是院长，丢了工作因为八十四元不合算，扛了，又实在不甘心，又觉得不妥帖，到底该怎么办，我一点主意也没有。

"苏大夫，苏大夫，你过来一下。"老护士在走廊里呼我，真是恰到好处，我正愁找不着耗子洞躲过这劫，不知道如何招架小王和会计，这下好了，我终于有一个借口可以离去了，说不定很快我就会想出对策，也说不定。

"噢，我来了。"我才不管你小王、老王、会计怎么样，我又没惹你们，干吗和我过不去，我扭身就往外走，可急坏了小王："苏大夫到底怎么办，你说个话呀。"

"我不知道，等我想好了再回答你。"我逃跑的速度特别的快，一溜烟就从他们的身边遛了，离开他们我长出了一口气，虽然我知道这件事没完，但能拖一日算一日，也许会有转机，说不定病人回来了，账也就还上了，我是这样盼望着，这样我的烦恼会少一些，他们也就不会责怪我了，万一还不上，我扛也行，唉，真是麻烦，这也不行，那也不行，横竖自己拿不出一个主意。

"苏大夫，院长叫你。"老护士告诉我之后便向后边走去，小陈梗着脖子在笑。

小王和会计的烦恼还没平息，院长这边又较上了劲，我到底该怎么办？没有人给我出一个主意，也没有人支持我，真难，我只好硬着头皮硬撑着，院长该不会吃人吧，我就不信，他会真的怪我，万一出了事儿他能脱了干系。

"院长。"我陪着十二分的小心，唯唯诺诺地立在门口，不安的神色，惶恐的战栗，让我不能自持。

"病人是你打发走的？"院长揉了一下眼角，然后双手捂在脸上用力搓了几回，瘫软的躯体在硬板木椅上缩做了一团，说话的腔调也走了形，沙哑，枯萎，毫无生气，院长这是怎么了，我不解地望着院长。

"嗯。"既然他已经知道了，还有解释的必要吗？听之任之由他便了。

"昨天晚上我陪学区的区长喝多了，这又不能不应酬，老师的公费关系到医院的生死存亡，得罪不起呀。"想不到院长并没有我想象的那么的严酷、蛮横和独裁，竟然像拉家常一般，絮絮叨叨地往出牵他的话题，我不知道他潜伏的思维里到底是怎么想的，如何打算，如何处置我，我想得更多一些。

"病人是我收下的，这一点你很明白，想不到。"院长的两个食指肚轻轻地按揉着他的两边太阳穴的上方，眼皮皱得像要起皮，失神的目光丝毫也不能集中，时而闭合，我不知道"想不到"指的是什么？隐隐感觉好像是针对自己，又觉得不像，他到现在为止好像并没怪我。

"我没有等到院长的批示，擅自做了主，是……"是有原因的，可那不顶用，我想就我的医学水平解释一下，院长摆了摆手制止了，他不让我解释，不给我机会，难道会冤枉我吗？他的两个腮帮子在牙齿咀嚼的带动下，来回蠕动着，眼睛却一直半合半开地盯着地面，甚至还长长吁了一口气。

"你不用说了，我特别难受，你不要介意，你做的没错，完全正确，想不到他的病情反复了，我们的条件不允许再留下他了，否则就会出事儿，我应当感谢你，否则今天我就不会这么坦然，很好，以后继续努力吧，你会成为一名优秀的医务人员，至少我相信。"他勉强笑了一笑，然后又打了几个呵欠，眼泪又不由自主地往下落，双手搓完了眼睛，便又去揉太阳穴。

"院长，没事儿我走了。"想不到是这样一个结果，一个皆大欢喜，令我兴奋，鼓舞的一个结果，完全出乎所有人的想象的一个结果，我压抑的心情在片刻间得到了疏解，院长轻轻点了一下头，我便疾步走了出去，相比之下，进来时我心事重重，担惊受怕，此刻却心情愉快，身体仿佛也轻捷灵便了很多，如果不是亲身体会这种感觉，怎么也不会相信身临其境是什么滋味。

我瞟了一眼药房，小王似乎还在翘首以待，她从玻璃上痴痴地窥视着我，想必还是期待着我给他们扛债务，要不就再逼我，但又不知道院长的态度如何，所以此刻他们好像拿不定主意，我在心中暗暗冷笑了他们一声，没门，这回我赢了，看你们怎么收场吧，挤兑我？

"苏大夫，什么事儿这么轻松，还哼起了老掉牙的校园歌，说出来，让我们也轻松轻松，"看来我哼歌的声音大了，惊动了小陈，在我经过护办室的时候，她开了门。

"雨过天晴，心情自然好了。"小陈向后退去，护办室的门敞大了，我得意地走进去。

"别吹牛了，说说看，院长什么态度？"老护士还是有些担心。

门再次推开了，药剂师小王淡淡地挂着笑脸走了进来，我瞟了她一眼，心中很不服气，她竟然和会计串通一气欺负我，真卑鄙，明明是你们的责任，却想推到我身上，也只有你们才能做出来，才好意思整我，可能就是因为我是临时工，要不，他们怎么敢这样做。

"你的账没转会计，有这么一回事吗？"小陈从哪里听到的，原来是小王没转账，问题在小王身上。

"以为他不会走，想今天一起转给会计，谁知道住院的病人说走就走了，这能怪我吗？"事情的原委竟然是这样的，小王瞟了我一眼，好像该怪的仍然是我。

"他们离这不远，你不用担心，他们病好了就会回来还账，本乡田地的人，没有人赖药账，再说了，即使他不来还账，你也可以去要，你不去要，我们都可以帮助你去要，你瞎担心什么，先让他挂上几天账，又不向你要利息，你着急什么。"毕竟是老护士，经验丰富，见多识广，几句话便安慰住了小王。

"苏大夫，你不扛？英雄救美呀！"小陈的讥讽让小王两颊立即飞上了红晕，她颇感难为，为了掩饰自己的窘态，她一边笑骂小陈，一边拾起拳头去虚晃着追赶小陈。

"唉，机会难得呀，这么好的表现机会，苏大夫你竟然给错过了，太遗憾了，难得的机会呀！"老护士的连声感叹让小陈笑得上气不接下气，连我也被搞糊涂了，莫名其妙地尴尬了起来，小王见占不到便宜，瞅了一个小空便遛了。

"会计和小王穿一条裤子，算计你，那太容易了，幸亏老护士发扬了革命人道主义精神，为你埋伏了一回，才想出招数救你，否则你还真扛了，付药账关你什么事儿。"想不到小王走了，小陈倒数落起了我。唉，真没办法，她说得在理，又是为了我，我只有嘿嘿地傻笑，本来不关我的事儿，人家要扣在我的头上，我怎么办？吵架、翻脸，那多没意思，果真如此，那以后我还怎么和他们相处。

"我以为钱不多。"我是差点就答应了会计和小王，不是发扬风格，而是他们逼得我没有办法，实在无法招架他们，他们身后有院长，我总不能为了几十元钱不要前程吧。

"我看就医院这几苗人，再也找不出像你这么憨厚老实、懦弱无能之辈了。"小陈发哪门子邪火，吃亏的人总不能老吃亏吧，他们也没占着便宜呀，何必如此呢？我不好意思，默默地在笑，虽然有老护士，颇显难为，心里却美滋滋的，这种感觉很少有过，可是今天就有，而且感觉特别的美。

"我看小王和会计真的是有问题，都是同事，何必如此呢，苏大夫挣几个钱，值的他们算计？"老护士对他们的做法也深感不满。

"他们那些闲话只有院长才会关注，我听都不想听，恶心。"小陈不想讨论会计和小王的私人关系，这些她不感兴趣，也不想听。

"好在没如他们的愿，苏大夫你说是吗？"说了半天，院长什么态度他们至今还不知道，只在猜测。"院长说什么了？"这应该是他们更关心的问题，我想一定是。

"院长说转对了，等他就麻烦了。"我简明扼要的直奔问题的主旋律，心里的那份自信和骄傲，别提有多么甜美了，想不到我苏培居然干了一件漂亮的事，虽然只是打发走了一个病人，就这么简单，可它给我的感觉却非比寻常。

"转对了？"小陈有些疑惑。

"转走了省心，来的当天晚上就特别严重，如果不是院长吊了几组消炎药，又加了阿托品，大剂量的地塞米松，早转走了，一进来就是一组阿托品，天亮时又是一组阿托品，当天上午又输了一组阿托品，否则疼哪能止住，下午没输液问题就出现了，说明了什么，如果病人留下出了问题，医院能承担得起吗？当天晚上又是苏培值班，能说清吗？医院倒霉，苏大夫也不好过这一关，走了安心、省心、放心，院长又怎么会怪你呢？我想他是做对了，用不了几天病人的情况就会反馈回来，真的严重了，院长他还得表扬你，感谢你，否则，你吃不了兜着走。"老护士是就事论事，希望我的结果是正确的。

一个人的时候我还是要想到八十四元，都是因为我，如果不把病人打发走，如果我问问小王，对了，病人走时小王不是一直在场吗，那她为什么不要呢？还是一时的大意，我想不明白，反正她当时没有对病人和她的家属发难，这却是事实。

我想小王一定是因为没要钱过后后悔了，所以才找会计商议，结果他们想了一个绝妙的主意，难为我，我想就是这样，我终于又想通了一个问题，解开了心中的疙瘩，我感到自己其实一点也不笨，甚至很聪明，这点别人是无法相比的。

路过花池的时候，我摘了一朵小花放到鼻孔下嗅了嗅，不是所有的花都会散发出香味儿，我手中的小兰花就不是，它好像有一股臭味儿，似乎是淡淡的脚臭味儿，一点也不好闻，我把它扔了，又去摘了一个抱头的周边镶嵌了黄色叶片的花朵，它的味儿也不好闻，好像有一股轻浅的大料味儿。

老护士揪了一把各色花蕊，挎好小包匆匆地走了。

"真可惜，一场暴风雨折了这么多花枝。"会计走近自行车的时候，仿佛瞟了一眼花池，我没有搭理他，我讨厌他胜过讨厌药剂师小王。

花池里的花秧东倒西歪，有的被风雨吹折了，原来密密麻麻挤满了花池的秧苗，此刻已经有好几片地皮裸露在外，如果不是会计提醒，我一点都不曾在意，花池里的花尚如此，我浇了水的小麦、葵花不知命运如何，我不由地又担心了起来，刚刚卸落了那身重负，现在又驼了这件不安，真让我心烦，也不知道爸妈现在在干什么，是扶倒伏的葵花呢，还是望着倒伏的小麦、葵花哀叹呢？我想还是后者的可能大一些。

"小苏，你说那个病人现在咋样？"整整躺了一上午的院长，隔着玻璃问起了我这个问题，我迟疑了一会儿，不解地望着院长，他的头发还是那么的零乱，声音仿佛不再是那么低怯。

"不知道。"我先笑了，然后做了回答，我看到院长走近了玻璃，胳膊肘支到了窗台上，躬下了腰，让左手的拇食指扣住了鼻尖，目光漫无目的，面色凝峻，好像在思索着什么。

院长没有再说什么，我也不知道和院长说什么，我在他面前，本身就有一种畏怯感，见他不注意我，我立即从他的视野里消失了，他想什么，只有他自己明白，我才不想费心呢。

第二章　自我感觉

六点钟下班，离天黑尚早，我心中牵挂我们的小麦和玉米，所以抄近道走进了田野。

麦穗正在灌浆，是关键时期，不浇水不行，浇了水遇上了恶劣的坏天气也不行，难怪人们常说"三天可以学会买卖人，一辈子学不会庄稼人。"沿路有很多倒伏的麦田，我想我们的也不例外。

一团蠓子"哗"从绿荫中飞了出来，仿佛要在我的颜面上做些文章，我张扬了两只手胡乱地挥舞着，收效甚微，因为它们太小了，我穿过他们网阵时，不仅仅是脸上、脖子上、头上，连衣服上也是星星点点落了不少，很快一种骚动的痒意就传递给了我的神经，我用手在头上摸索，在脖子里清扫，抖动衣服，试图让他们立即滚蛋，还我一个安然之躯。

我想我一定是错了，我的感觉就是如此，我手忙脚乱地拂去他们的时候，又一团蠓子便从地里、麦田的夹缝中迅速地移了过来，有了第一次的经验，这一次我只是加快了步伐，虽然能感到脸上有细碎的被击中的感觉，却远不如第一次张皇之后留下的多，你不要用心的体验他的存在，阔步昂首地走，便一切都无所谓了，虽然是六点多了，闷热依然很严重，蚊子偶尔有几个，但也赖得靠近你。

我看到我们家麦田的时候，最大的感觉就是地边上修饰得很干净，没有杂草，却什么也没有种，人家虽然绣满了杂草，却点缀着大豆，难怪村里的人要说我们家人缺一根筋，想必这就是一个明证。

葵花东倒西歪却饱含着旺盛的生命力，扭了一个弯，又顽强地扬起了头，他的目的就是仰视阳光的沐浴，完成他生命历程所赋予的使命，珍惜这短暂的生命，发挥他最大的热能。原来一垄一垄整整齐齐的葵花，被一行行宽带的小麦分割成一列列的队形，现在全无章法了，他们挤占了尽可能延伸的空间，把瘦弱的小麦挤兑在他们的缝隙中，压迫、分割、羞辱，在生命的极致中，他们当之无愧占了上风。

我不由地苦笑了一下，大自然的鬼斧神工，即使穷尽人力物力也不可能雕琢出这等千变万化。小麦，我的小麦，我极大的去往密集的深部探视，希望也有一片属于他的天地，然而我失望了，我没想到葵花竟然绝处逢生，反而更助长了他的生命力。

我们家的地都在这一块，无论是单种的玉米，还是间种的玉米，都有不同程度的倒伏，相比之下，要比别人家的严重一些，我明白，这和浇水有关，和我们的地不平有关，我唯恐浇水不足，所以浇水很充足，甚至地中的夹心滩都上了水。

如果现在我还想不到，那我真是太愚蠢了，以前我不明白，现在我好像懂了一些，别人和我们差别在哪，虽然很细微的差别，结果就不一样了，也难怪别人要说我们一家人智力有问题，缺了哪根弦我搞不懂，总之我们成灾的面积远远超过了别人，就这点事实我相信。

我长长吁了一口气，心里的滋味很不好受，望望别人的庄稼，再看看我们家的，不服气有什么用，生自个的气又有什么用。

我不知道父母的心情如何，走到这里本应该回去看看，却多了一些顾虑，不仅仅是心情不好，更怕别人瞧自己的眼光，我不知道他们是冷笑我呢，还是讥讽我？想必鄙视我们的成分大一些，真难受，一想到这些，我就不由得胆怯了。

我闷闷不乐，看什么都不顺眼，拾了一根小木棒，边走边磕打自己的裤脚，自己，不，是我们一家人，不走运，这能怪谁呢？我不可能去选择出身和家庭，又怎么能怪父母呢？我不可能幼稚到那样的地步，他们已经尽力而为了，他们的努力无论结果是好是坏，都是为了我。因为我，他们充满了热情和希望，因为我，他们热爱生活，任劳任怨，想到这里，我的心情略略轻松了些许，一种奋发上进，一种自我鞭策的力量，又给了我动力和勇气，为了我，为了我卑微的父母，我要努力进取，开创一种新局面。

"今天不轮你值班，你回去怎么又来了？"王大夫蹲在走廊的长椅上，揉了一下眼睛，脸上便堆满了笑，身体稍稍旋转，人便立在了地上，松弛的脸肌让他布满了横纹，长期不节制地吸烟，使他的脸紫红中泛青，胡子稀疏花白而且没有几根，颜面上到处有零星的野毛，横看竖看他的相貌都一无是处。

"这里晚上清静，可以看书。"找什么理由对王大夫而言无所谓，他所以可以感兴趣的就是我住在这里他可以放心地回去，不管我能否应付，有人替他值班，这总是一件好事儿。

"不用说我可以回去了。"他一向这样对我讲，已经习惯了，不会有歉意，也不拿这当一回事儿。

"嗯。"我说什么也没用，他比院长架子大，全院上下只有他一个人不搭理院长，贯于我行我素，迟到早退，都取决于他的心情，日子久了，院长也奈何不了他，只要他认真看病，随便怎么样都无所谓。

王大夫缓缓地立起了他武大郎一般的躯体，用右手的指甲捧打了几下衣襟，斯文地整理了一下脖子下方衬衣的纽扣，然后悄悄地迈出了迟缓的脚步。

"他们都能遇上好人。"王大夫的班扔给了我，小陈顶替了老护士，见王大夫走了，小陈走出了护办室。小陈今天又换了一套新装，浅绿色的超短裙，配以肉色的鞋裤，显得格外苗条和优美，轻薄的柔软的白纱马甲，系了一条淡蓝色的裙带，光彩夺目，我的一双眼睛不由自主地多盯了小陈几眼，她美丽、大方，充满了阳光般明媚的光彩，让我倾倒、爱慕和想入非非。

"你在想什么？我和你在说话呢，你什么态度，是不是浅薄了一些，有这么盯着女孩看的吗？"我不知道小陈是否因此而娇羞和脸红，我被她这么一提醒，反而是十分的不自在了，我感到我全身的血液通过脖子，立即涌上了头面，热气在刹那间笼罩了我的颜面四肢，让我很难堪。

"真不好意思，我想说你太美了，可是我没有那样的勇气。"我把自己的目光移到了别处，不再去接触小陈。

"我穿衣服就是为了漂亮，好看，让别人看，当然了我讨厌你刚才的目光，也不喜欢你现在这个样子，呆板、冷漠、自卑，这不是真正的你，年轻人就应该热情、大方、活泼，老把自己装扮的如此老成持重，给人的感觉是你这个人很虚伪，一点也不实在。"

"你的装束很别致。"我讲话的速度很缓慢，字斟句酌，唯恐讲得不好，再出纰漏。

"只是衣服吗？我这个人不怎么样吗？"此刻的小陈完全是一副天真烂漫，毫无拘束的样子。

"人美衣服也美。"我的赞誉是发自肺腑，诚实地表达了自己对小陈的看法。

"说说看，你回去了怎么又回来了？家里没事儿吗？还是对这里不放心，有牵挂？"小陈的嘴特别快，心里怎么想，她就怎么说，一点也不能存有疑惑。

"在医院住习惯了，住在家里感到很孤独、寂寞，来到医院心里反而踏实了，好像一切都有了，希望有了，索取有了，才能睡好，不焦急，不烦躁，好像一切都很美，生活在一种快乐的意境中，感到很充实，快乐。"我搜肠刮肚想讲好一两句话，目的仅仅是想显示自己，面对小陈，心里有一种无法逾越的紧张，即使想轻松活泼的说几句话也觉得不可能。

"苏大夫，看不出来，你的口才还是蛮好的，我都被你搞糊涂了，你讲的我好像没听明白，你平时对病人，对老护士，也是这么讲话吗？我怎么觉得这么陌生，好像我面前的不是苏培，而是另外一个我新认识的人。"小陈走近了长条椅，一只胳膊搭到了椅背上，坐到了长条椅的另一头，头撇向了我，表示了她的惊讶和意外的发现。

"认识一个人很简单，我来到医院，我叫苏培，院长让我叫你小陈，我们就认识了，这很简单，然后你看到我这个人穿着一般，相貌中透着平庸和丑陋，又是一个临时工，你便不以为然了，心里有了轻视我的感觉，然后再发现我干什么也不突出，没有过人之处，在你的心里，我的印象大概就是这样的一个轮廓，你轻松地接受了我，是因为我举足轻重，而你却抱着铁饭碗，美丽，城市人的自满，即使我有一些长处，你也会当成是一种笨拙的行为。"我一向以为自己的勇气不足以让自己按照自己的意愿讲话，今天却是一个例外，不但自己想说，而且兴致极高，即使心中还有压抑，也要一吐为快，否则真让她小瞧了，与其那样，还不如把自己的想法说出来的好，我并不比他们差，只不过我没考出去，没抱上铁饭碗，难道我就处处不如人吗？真不公平！一样的努力，一样的奉献，我是既没实惠，也没保障，还让人瞧不起，讲了这么多，连我自己都感到吃惊，和小陈有什么关系，羡慕人家铁饭碗，嫌自己的地位低，挣的工资少，这能怪小陈吗？只能怪自己努力不够，要不人家都是正正经经考出来的，我怎么是自学的呢？可是一说起来，我就收留不住了自己，想说的不只是这些，只是担心招来小陈的反感，才勉强收留住了自己。

"认识一个人和了解一个人，差别太大了，我从来就没想过，你讲这么多，好像是我委屈了你，你是临时工不假，我从校园里考出去抱了铁饭碗也不假，可我们都是普通的人，听你的口气，好不服气，这些不公平可不是我造成的，我也从来没有小瞧过你，你不会冤枉人吧！"小陈杏眼圆睁，说到激动之处，满脸涨满了红晕，分明是我的话令她不满了，但她还是勉强的在结束她的讲话时发出了无言的笑，借以缓和她无法抑制的不悦。

听小陈的口气，看她的神色，我知道我的小心还是白费劲了，小陈还是不高兴了，我向前走近了小陈，赔着笑脸，可又在走近的瞬间离远了小陈，我真蠢，人家也许对自己厌恶极了，献殷勤也不能走近人家。

小陈低着头，她不时勾起她的双脚，观察她的凉鞋，袜子，偶尔挤兑一下脚趾，左手搭在停放在椅背上的右手上，似乎悄悄向我瞥了一眼，也许心里已经想了一些什么，可能她的轻轻一瞥是一种警告，让我警醒了；可能这轻轻地一瞥，心里正在琢磨我的动机。

后门被重浊的手法推开了，我连忙转过了身体，几乎在听到脚步声的同时，我的脚也迈了出去，我现在只有一种想法，马上离开小陈，我穿过串珠门帘的时候，才发现医院的门口已经挤满了阴影，阳光的余晖正在悄悄地消失，马路上闲散的人偶尔也瞥一眼医院，我在走下台阶的时候，特别注重自己的步伐，尽可能地放轻一些。

"小陈，你一个人想什么呢？"是那个令人讨厌的声音，我不服气地回过头瞅了眼串珠门帘，然后坐在了花池的另一边，让自己潜伏在一株丰满的花草旁边，仔细地用心地听着走廊里的动静。

"你这么着急要到哪里去？"小陈并没有回答会计的疑惑。

"一个人待的好没意思，我想出去走走，你走吗？"我听到会计已经停在了某个地方。

"你准备去哪？"小陈。

"你想去哪？"会计的回答很委婉，他想放弃自己的想法，目的很明显，如果小陈没有自己的想法，他再说出来也不迟，如果小陈有自己的想法，他就会放弃自己的想法，他真聪明。

"哪也不想去。"小陈。

"我们约好了去小王家玩麻将，如果你感兴趣，我们一块走如何？他们家人多，非常热闹。"今天不轮小王值班，也不轮我值班，会计值不值班也无所谓，但小陈顶老护士今天当班，想必她不会走。

"玩麻将，你会玩吗？"想不到一提玩麻将，小陈有了兴趣，"小王会玩吗？"她一改刚才忧郁淡漠的语气，我听到她高跟鞋底和水磨石地面发出了铿锵声，小陈已经动了起来。

"麻将？太容易了，小王是老手，不信今天领你去见识一下。"会计眉飞色舞的情调，我在远处都能听出来。

"可是……"小陈可能想到了一点什么，刚刚起步又犹豫了。

"值班？现在是淡季,哪有病人,王大夫不是回去了吗？他都走了,你值什么班,走吧,走吧。"会计一心想让小陈和她一块走，至于医院有没有人值班，他不关心，他只想去玩，如果能带上小陈一块去玩，想必那又是一份意外的惊喜了。

"那好吧，我还没有见过麻将，整天听你们谈论麻将，却没有见过，它是什么样的？"

小陈的兴致已经完全转移到麻将的身上了，至于值不值班，她考虑得很少，她是正式职工，这里不就是一个乡医院吗，规章制度院长也懒得执行，何况是他们呢？我是一个例外，必须克己奉公，必须听从领导，否则什么希望都是渺茫的。

小陈揭起珠帘审视了一番眼前，我相信她不会看到我，我孤零零的躯体在花草的轮廓中，在夜幕的遮盖中，无奈地被吞没了，透过珠帘医院走廊中的灯光犹如波光在动荡，晃来晃去，小陈已无意追寻我的存在，她在跳下最后一级台阶的时候，已经完全恢复了她昔日的性格，活泼而好动，她向前倾倒了几步，伴随在了放缓脚步等待她的会计身边。

我伸手折断了一束花枝，目光却一刻也不曾离开小陈，他们走出医院的大门时，没忘了带上大门，然后边说边笑向东边的马路走去，他们彼此很随和，啦的也不过是一些眼前的小事儿，可是却令我羡慕和嫉妒。

如果说我的呆板近乎迂腐，那我相信，我除了服从院长的领导，就是小心地应付着医院的职工，尤其是那些自命不凡，姿态蛮高的正式工，我不止一次地想改变自己的形象，可是面对他们，我的信心总是提不起来，我不止一次地想过，甚至自己鼓动自己，不要去轻视自己，不要去自卑，他们也无所谓，只不过比我有点保障，比我在工资上优越一些罢了，可是想归想，心里的不平衡，让我常也平静不下来，虽然知道这是毫无办法的事情，可是心里就是不能认命，不能坦然，为什么我干的活儿比他们多，收入却那么少，这不公平，想改变眼下的处境，的确很难，我心里明白，可是我执着地相信自己，总有一天会超过他们，不再让他们鄙视，不再让他们自豪。

我终于成了一个孤零零的人，我落魄地走进走廊时，无缘无故地产生了一种愤怒，有什么了不起，不就是瞧了你几眼吗？说不定在黑暗中会计更胆大，瞧你的裙摆，小马甲，瞧你凹凸的乳房，坚挺的屁股，你又能怎么样，你也就能给我发威风，是的，我轻薄，我下贱，我亵渎了你的圣体，怎么样？你还是个你，你和别的男人走到一块，唉，和我有什么关系，我干吗冲自己发这么大的邪火，我愤怒到了极点的时候，发现自己真是太多情了，有这个必要吗？明明是自己错了，反而怪怨别人，如果不是自己的轻薄，能让小陈……我用力拉灭了电灯，又用力拉着了，再拉灭，再拉着，终于用了很大的力气，把拉闸灯线拉断了，走廊里立即陷入了一片黑暗。

看不到自己狼狈的样子，我觉得这很公平，我看不到你，你也看不到我，我们彼此生活在黑暗中，感觉模糊了，眼睛即使无休止地很放肆也无所谓了，我们驰骋的是想象，你把我想象成一头猪，一头蠢猪，一头狼，一头疯狂的狼，轻薄的狼也无所谓，因为你只是感觉，你的目光沉浸在混沌中，即使你想捕捉我的无赖，证明我的非礼，都不现实，因为我们都很模糊，我们生存在一个似是而非，无法认可，只凭感觉判断的迷茫中，那该有多好，就像现在，我可以，我可以毫无拘束的发泄，我可以用思维剥蚀你的存在，让你一丝不挂，让你不知廉耻，让你陶醉在我肆情纵意的渲染中。

而我竟然还是一个我，当我的头触到了走廊黑乎乎的墙壁上的时候，大脑忽然清明了些许，偌大的医院，除了老药剂师，恐怕再找不出第三个人，老药剂师有老脾气，从来也不愿搭理别人，听说这是大集体时的优越惯成的，对买药的人，她从来也不苟言笑，买就是买，不卖就是不卖，对我们似乎稍加客气了一些，但总也是默默的，她值班不住药房，原因很简单，如果不是特殊情况，千万别叫她，叫了她也不来，院长知道这茬，但念在他们是同时期的老战友，相知这么多年，也不好怪她，敲了多少次边鼓，可老药剂师从不理会，院长奈何不了她，只好又放了一个小王，我来医院工作快半年了，如果我不问她，她连起码的礼貌也不讲，脖子梗得宁折不弯，她不和谁说话也能过意得去，谁不和她讲话，她也就那样，我真是服了他们，这所医院不就是一个服务机构吗？用这种老女人真没意思，但有些办法，我才不进这里看病，有什么了不起，个个以为自己是爷。

我躺在长条椅上，这是一剂绝妙的清火的良药，冰凉舒爽，目睹珠帘外边黑乎乎的夜色，闻听蚊子嗡嗡地到处碰壁，心里开始恢复了平静和空虚。

我已经完完整整地把自己给忘了，我不知道自己睡了多久，也不知道自己为什么会睡到长条椅上，我听到医院大门响的时候，小陈已经进了走廊，会计正好在关大门，暮色不知道什么时候褪去了，我迷糊中听到小陈噔噔的脚步声，心里便有了一种前所未有的力量，头脑马上便清醒了，可是一看到讨厌的会计，我就开始生气，知道这是不应该的，所以我又闭上了眼睛，本来扯断了灯绳是难为他们的，想不到他们……真是便宜了他们。

"咦，你有什么必要睡在硬板椅上？"小陈一看到我，便大呼小叫起来，我微微睁了一下眼皮，瞟了她一眼，翻了一下身又去假寐了，我才不想搭理她，头发凌乱，越看越生气。

"呵，苏大夫才会选择地方，即凉快又舒服。"会计就是有能耐，让小陈一夜不归，还这么好的心情，讲话又动听，让我听了都觉得如此呢。

"苏大夫不能睡了，院长都上班了。"小陈一本正经的严肃，让我模棱两可。

"你们两个回来了。"我坐起来的时候，还让自己显得十分迷糊，一边张大嘴呵气，一边用手揉眼睛，一副对他们漠不关心的样子，谁稀罕你们，总有一天……

"呵呵……"小陈不由自主地笑了起来。

"哈哈……"会计也渲染了自己的兴奋，加入了笑的行列。

我明知道他们在骗我，可我乐意让小陈骗，想不到会计也得了一些笑料，真讨厌，我故作惊讶，小陈就笑得更厉害了，死寂的医院有了清脆悦耳的笑声，这真是意外的收获。

"想不到苏大夫什么也不计较，随遇而安，真是难得，换了我，那绝对不行。"我不知道会计的话是什么意思，反正我厌恶他，仿佛他说的每一句话都是在针对我，我才不想理他呢，这种人惹不起，我还躲不起吗？我不和你说话，你能怎么样？捉弄我，好像没事儿一样，好像捉弄的不是人，是猫是狗，真不知道他是如何做到心安理得的。

"蚊子不咬吗？"小陈不笑了，问了一个很现实的问题，我心里像灌进了蜜，全身都热乎了起来，这种感觉很不一般，让我放弃厌恶，放弃了妒恨和积愤。

"不咬，很舒服。"我轻浅地抽动了一下脸肌，发出了梦幻一般甜美的笑，这真是一个美妙的时刻，一个令人眩晕和幸福的时刻，她属于我的此刻，带给了我微妙的震撼。

"后半夜你不冷吗？"会计神情涣散地向后边走去，一边走一边又问了一句。

我瞥了一眼他即将消失的背影，不满地扭回了头，发现小陈已离我而去，我漠漠地瞅着她的背影，心里边暗暗提高了警惕，她只要稍稍回头，我就会马上把目光抛向别处，同样的错误绝不能再犯第二次。

"买点索米痛片。"我立即把目光从小陈的背影上撤了回来，一个头发乱糟糟的有点蓬头垢面的人揭开了珠帘向我走了过来，他有力的步伐踏在水磨石上，显得特别的清亮，我相信他还没有洗脸，或者已经从地里干完了活儿来到了这里。

"药房没人。"我很同情他，但我没有勇气去叫老药剂师。

"还不上班？"他有些不解。

"现在几点了？"我被他弄糊涂了，难道到了上班的时间了吗？这不可能。

"少说也有六点了。"真是天真，少说也有六点，这是医院，又不是你们家，我们家，六点钟谁来上班。

"八点钟才来人。"我有些不好意思，但我还是告诉了他。

"你不是人吗？"他走近了我，一屁股稳在了长条椅上，吱嘎的声音立即响了起来。

"我不是药房的，我拿不出药来。"我歉意地冲他笑了一下。

"八点？我哪能等上，你去叫一下，有这么开门的吗？"这里有这里的规矩，你等不上有什么用，我也等不上，可是老药剂师不来，我能有什么办法，让我去叫，借我一个胆我也不敢。

"后边左拐第一个宿舍。"我告诉了他，是希望他去叫，哪知道他竟然恼了，脚一点地，抬腿走人，嘴里还不干不净地咕嘟着"毛驴地方，一点都不方便。"真没办法，即使他是冲着我来的我也没办法，恼又恼不得，只能望着他听之任之，珠帘被摔出了噼啪的声音，那种不和谐的东西，仿佛在责怪我，让我不安和愧疚。

八点？八点我已经习惯了，八点钟上班，中午十二点钟下班，下午两点上班，六点下班，我背得滚瓜烂熟，绝对不会有错，错的是他，是这个买药的人，没有时间观念，我以为自己一直很愚昧，想不到居然有人连我也不如，你说可笑不可笑。

后门又响了一下，我注意到这是一个极其轻盈的步伐，我知道老药剂师起来了，她值了一晚上的班，自有她的一番道理，她看到我的时候意外地笑了，居然还冲我点了一下头，真是怪人，仅仅如此，我已感到很满意了，至少她没有欺骗自己，我竟然来了，而且就坐在这里，是先她而来的，我便有些后悔，为什么自己不为刚才那个人叫一下她呢？也许她没有人们所说的那么刁。

"刚才有个人来买药。"我小心翼翼地告诉了她，她一言不发从我的身边走过，来到药房的门口，用手揪了一下锁子，扭头向外边走去，好像买药的人和她没有一点关系，真是一个怪人。

"数你的嘴多，卖药不卖药又不影响她拿工资，你操什么心，又献的哪门子殷勤，"我招谁惹谁了，这难道是我的错吗？我说错了吗？我有点不解，小陈一会儿不见，昨晚的一身衣服已经罩在了白大褂的后边，唯一不同的是她重新化了妆，头发有了光泽，整齐地堕落在脑后，高跟鞋换成了平底的软绑鞋。

"有人需要。"我斟酌着自己的字眼，唯恐惹恼了小陈。

"有人需要，她不需要，她值的是八小时的班，又不是二十四小时，说不定哪天她就退休了。"说的虽然不无道理，可是于情理不合，那还值什么班。

"……"我无所谓地笑了。她，老药剂师无非是混，等待退休，干工作，她没有热情，对人也没有耐心，对付领导，潦潦草草，马马虎虎，做一天的和尚撞一天的钟，我想这便是她，一个干了二三十年，自恃劳苦功高的老药剂师，一个目中无人，唯我独尊的吃公家饭的老奶奶。

"麻将好玩吗？"

"我们走的时候，你躲在什么地方？"

我不知道如何回答她。

"你怎么不说话，是不是你跟踪了我们？"她似乎在不由自主地笑，她有这种感觉，这种心理，我相信她在怀疑我，认为我心中有点鬼祟的东西在作怪，这一点她可能是对的，也可能是错的，我的心里有这种想法，但我不至于那样做，我不想做没希望的事情，也许她可能不相信。

我不知道该说什么，也许说了她也不会相信，说我又掩饰了什么，她想怎么样就怎么样，至少我的感觉是这样认为的，也不知道她是怎么想的。

"你不说，我就不知道吗？你怎么知道我去玩麻将了。"她的心眼真多，我又该怪自己多嘴了，可是说什么也迟了。

"玩得愉快吗？"我如果再装聋作哑就显得没有风度了，无论是听来的还是跟踪来的，反正我是知道了，既然知道了，又干吗要遮遮掩掩呢？让她这么想那么想，想得我面目全非落了一身的不是。

"你说呢？"小陈走到了药房的门口，也不知道她是有意还是无意，也像老药剂师那样揪了一下铁锁子，斜撇了身体，目光斜视着我，"像不像老药剂师？"真会开玩笑，老药剂师怎么能和她比，脸色皎白，肌肉松弛，像一个冷血动物。

"不知道。"

"你相信我吗？"她丢开了铁锁的声音比老药剂师的手法重多了，老药剂师好像没弄出什么声音，而她却弄出了好大的声音，似乎是砸下去的，令我惊悸的颤抖了一下。

"你让我相信什么？"我回答不了她的问题，想必她自己会给自己一个圆满的答复。

"真不明白，你这个人，有好多地方让人琢磨不透，说你愚蠢吧，你还处处显示了聪明和智慧，说你聪明吧，你又那么不开窍，一点脑子都不动，笨得让人可笑。"聪明人会是我这个样子吗？我想不是，如果我真的聪明，村里的人就不会背后议论我了。

我嘿嘿地笑了，聪明也罢，愚蠢也罢，她说什么我无所谓，她如何评论我，我也无所谓，只要她乐意，我都能接受。

"你真的什么也没感觉到？我不相信，你只不过是不想自己说出来罢了，从这点上看，你是真聪明，我佩服你，可也觉得你这个人特别的虚伪，待人一点也不诚实，我对你怎么样？在这个医院里，除了我和老护士，谁还把你当一回事儿，想不到你在我面前也装疯卖傻，你什么人？"我被她搞糊涂了。

"你仿佛像一个小孩。"看她生气的样子，觉得好玩、可爱，像一个淘气的小孩。

"我是一个小孩？"难道我错了吗？而我居然不明白，我到底错在了什么地方。

"我不知道我错在了什么地方，难道因为昨晚吗？如果是因为昨晚，我乐意接受你的任何处罚。"我别无选择，我想就是错了，也只有昨晚，和现在有什么关系。

"呵呵呵……"鬼才知道她在想什么，她折磨了我老半天，目的就是为了搏此一笑。

"你笑什么？是我的不对，你想怎么样？我认了。"我被她的一笑激怒了，想不到懦弱的我居然会发火，而且脸色也会突变，这一点连我自己都能感觉到。

"看来你是真愚蠢，我说过怪你了吗？我提昨天了吗？好心当成驴肝肺，是我自己活该，行了吧，蠢货。"小陈的胆子就是这么大，我发了火，她都要骂我，不是因为昨晚，那是因为什么呢？奇怪，今天早上，好像没有惹她呀，她揪个锁子质问我，真不明白，小陈负气走了后边，反而让我更难以捉摸了。

老护士是老药剂师走了之后第一个回到医院的，老药剂师是真老了，推着日子，数着指肚，盼退休呢，而老护士并不是真老了，充其量也不过三十出头，只不过她比小陈大，相比之下，人们叫惯了，反而不记她的真名如何叫了，开口闭口老护士，老护士性格温和随便，待人又很宽容，人们乐意叫她老护士，渐渐日子久了，连她也认可了，老护士就成了她的专用代号。

"苏大夫，你昨晚没回？"她在跨进护办室的时候，冲我笑了一面。

"没回去。"我听到老护士问候我，连忙走出了办公室。

"家里没活儿了，还是王大夫又捉了你做垫背的？"她一边笑，一边回了护办室，她就是这么一个人，见了谁不招呼也难受，院长三令五申让全院的人学习老护士，可就是连他本人也做不到这一点，我试图跟着老护士沾沾秀气，总也做不来，笑能笑下去，可是说就不行了，真别扭，可是她却不一样，见了谁也一面笑一声招呼，谁见了她都很亲切，自然这个医院里人缘谁也比不上她，她无论走到哪里都会受到热情的招呼。

"家里没活儿干。"我这是在粉饰自己，因为自己浇坏了水，心里有障碍，所以才没有回去。

"努力干吧，晚上多数是急诊病人，问题大，病情急，处理起来棘手，要稳中求准，这就要求医者学识丰富，经验独到，判断准确，方能药到病除，处理好急诊病人，你在医院才能干好，才能证明你的能力足可以独当一面。"到底是老护士，见多识广，讲得太精辟了，让人心服口服。

"希望以后能从你这里学到更多更具体的东西。"我相信老护士学的东西一定很多，否则她不会有那么深的见解和认识。

"我只是见的多了，自然就有了自己的看法，和你不一样，我干的是护理工作，你做的是医生，你总结出来的，才更实用，更具体。"我不知道是老护士会讲呢，还是我爱听，她无论怎么说，我都感到有一种受益匪浅的感觉。

我轻轻点了一下头，认同她的说法。

"小陈今天怎么还不过来？"不是老护士挤究小陈，每天这点活儿老护士一个人干都不忙，只是没了小陈，护办室就没了大半生机，有小陈，这里就有欢乐，轻松。

"小陈昨天晚上和会计到小王家玩麻架了，估计犯困回宿舍了。"我想玩麻架这是一件小事儿，告诉老护士也没什么。

"小陈玩麻架？不可能，你一定搞错了。"老护士居然不相信，这倒颇出我的意料。

"真的，早上才回来。"我力图让老护士相信我，可她到底还是有些不相信，她望着我笑的神色让我感到是这样。

"那我得去看看，从来也不玩，会玩吗？"老护士冲我笑了一下，穿好白大褂换上软帮鞋去了后边。

"小麦快收割了，培儿，你能不能领回一点工资来，我们好准备一下。"有一天父亲忽然对我说了这件事儿。

我点了一下头，有好几个月没领工资了，原本是要领的，可是自从上次那个病人走后，我一直担心会计会算计我，所以一直没有勇气去算，现在家里有了困难，看来不算也不行了，一想到算工资，我就想到了会计和药剂师小王，他们没有等到那个病人来还账，不知是否还会扣我的。

"病人是你打发走的，账你就得负责任。"想不到会计依然是以前那个意思，而且声音很不随和，似乎不容我辩驳一般。"现在只有一个选择，你担下，我发给你剩下的工资，你不担所有的工资你都不能领。"他分明是在逼我，我相信他一定和院长通过气，否则他不敢这么嚣张，我心里很委屈，压抑的怒火真想把会计一口吞没了。

"院长这不公平。"我无法忍受这种不白之冤，找到院长要他做个了断，他一直默默地在听，听完了之后他不置可否地瞧了我一眼，然后很不自然地笑了一下。

"这对你确实不公平，可是这也不能怪会计，难道让他出钱吗？"我真后悔，不就是八十四元吗，又不是我的全部，干吗去碰这个医院的核心呢？没有会计做各式各样的账目，院长怎么能提走整个医院的收入呢？

"我是从后果的角度考虑的，如果病人死到了我们医院……"

"住嘴，不许你这么说。"院长一下子变得严厉而暴躁，他"呼"立了起来，"别忘了，这里是乡医院，我可以让你来，也可以让你走，你考虑清楚了。"想不到院长如此蛮横，我不但没讨到公道，反而又受了这等窝囊气。

"小苏，你的事儿我听说了，走吧，那欠八十四元的人正和我一个村子，我能帮你要回来。"我相信王大夫进来不是偶然的，他一进来就谈这件事而且又用手拉扯了我，我就明白了他的用意，我虽然气不过，但还是没有勇气和院长闹翻。

"小苏，你知道你上次打发走的病人现在怎么样了吗？"我被王大夫拉到了他的办公室之后，他向我问了这么一个问题，我已经顾不上生气了，一提到那位病人，我的思维就活跃了。

"她差点就死在我们医院。"这是一个惊人的消息，我吃惊地望着王大夫，这怎么可能呢？那我应该是有功的，怎么还会扣发工资呢？我真不明白，钱对于院长、会计他们这么重要吗？一旦病人死到了我们医院，那后果将不堪设想。

"院长知道吗？"我不应该有错，从王大夫这里我已得到了证实，为什么院长还这样对待我呢？

"我不知道，那位病人幸亏早走一步，勉强被救下了，阑尾化脓穿孔。"多么危险，多么可怕，多么令人发笑的结局，我笑了，我不由自主地笑了，这些能证明什么呢？是我对了，是他们错了。

"小苏，你过来。"院长大声地呼斥让全院的每一个角落充满了回音，王大夫瞥了我一眼，"你不用担心，他不会对你怎么样的。"我也不知道院长又想到了什么，也许是宣布让我滚蛋，如此也就省心了，王大夫的安慰让我有了信心，心里的恐慌似乎好了许多。

我走出王大夫的办公室时，小陈正倚在门上冲我笑呢，她的两个酒窝紧紧地收缩在粉红口唇的两侧，目光和缓地看着我，脸上分明在笑，我瞅了她一眼，急忙收回了目光，这是一束带刺的玫瑰，呈早离她远一些，老护士在小陈的背后也向外张望，院长的呼斥太过意外。我路过药房时，会计和老药剂师淡漠的眼神让我感到微微的不安，也许这是一个决定我命运的时刻，我只是一个由院长主宰命运的临时工，刚才我从院长的办公室走出时，好像一点都没有注意到他们，现在我从他们的目视中走进了院长的办公室，不知道他们每个人又在想什么。

院长冷漠的目光把我的身体从上到下仔细地搜索了一遍，他脸色阴晦，忧郁，好像压抑着虚火，不满而又愤怒，我已经做好了滚蛋的准备，心里已经不再仰仗他的权力，所以看到他这个样子，反而觉得很可笑，但我又不能笑出来，我满不在乎地坐到了另一边的诊断床上，等待他的宣判，虽然我的心在怦怦地跳，可我的外表和姿态却远没有过去那么谦虚和随和，一个声音不断地告诉我，这没有什么了不起，不当医生的人很多，他们一个个都活得非常好，我干吗非要做这个受气的医生呢？

院长似乎有些疑惑，很不自然地看着我，他不明白，一向驯服的我忽然间面对他竟然无所谓了起来，他看我，我看他，我想知道院长是不是真的会吃人，别人都说我不聪明，愚钝，我想我是真的有一点，一旦较起了真，傻相就会不由自主地流露出来，我受够了，我不想再受他的窝囊气了，一想到会计、老药剂师冷淡的目光，我内心压抑的怒火，委屈的郁愤，让我在片刻间充满了邪火，只要院长扔一个火星，我就会暴发，豁出去也要争一口气。

"对不起，刚才是我的不对。"院长可能吃错了药，他的脸色涨满了血晕，目光布满吃人的红线，怎么可能忽然间改变他的态度呢？我有点不相信，我依然冷酷地盯着他，漠漠的没有一点缓和的表情。

"想不到小苏的火气还这么大，受委屈了，是不是想揍我？"真是想不到，简直出乎我的预料了，院长的态度怎么会急转直下，刚才还是连绵晦涩的阴天，怎么一转眼竟然喜笑颜开，面对我，他可是第一回如此温和、善良，具有人性。

"我说的第一句话是就事论事，我还没讲完，你就提到了死，记住，作为医生对一个普通的病人不要轻易说出死字，那不吉利。"他居然有讲究，普通的病人一旦死到了他的面前，不知道他还要讲究什么，告诉病人这很正常，马上让家属拉走，我不相信，他会那么轻松，我虽然愚钝，但我也能想到，作为院长差点出现失误，你心里不平衡，那是你的事儿，干吗如此对待我呢？

我郁积的愤怒，被院长绵缓柔和的腔调渐渐化解了，我失去了虚火支撑的勇气，心里便开始了妥协和气馁，我用手挠了一下脖子，收回了目光，开始注意床单的皱折和我的坐姿。

"病人他没死，他还会回来，会计扣你的工资是他不对，事先我并不知道，我不是说了吗，这对你不公平，但也不可能让会计贴，账总有一个出处，我什么时候说钱让你付了？"我刚刚回复了原本的我，院长的态度就开始了一层一层地加码，声音一下比一下高，说到最后简直是在大声地责备和呵斥我了，我被他这么一分解，头脑立即清醒了，院长说的不是没道理，只是我太冲动了，因为八十四元钱，因为委屈，让自己失去了平静的心态。

我从诊断床上遛到了地下，谁让错的是自己呢，还那么嚣张地要和院长大干一回，真是惭愧。

"会计你过来。"其实我心里很怀疑院长的动机，他这么做对我意味着什么，他到底要如何处置这件事儿，听到他呵斥会计的吼声，心里又感到一种从来没有过的不安，这都是因为我，可是想想会计的丑恶姿态，我就感到厌憎和仇视。

"叫我？"会计扶着他棕色的近视镜框，假装不解地看了我一眼，小心地跨进了门槛，规规矩矩立在门口望着院长。

"你凭什么扣苏大夫的工资？谁给你这样的权力了？你没有本事收回钱来，不能让它在账上挂着，什么时候说过这种账必须由会计贴了，你作为责任人你不贴让小苏贴，亏你能想得出来，马上把小苏的工资付清，简直是乱弹琴。"我不知道院长是真的责备了会计，还是在全院人面前做做样子，看他的态度好像不是，会计一言不发，听完了这几句话就不失时机地走了，你看不出他在笑，你也捉摸不透他在恼，这样的人真难对付。

"你也去吧，真想不到屁大小东西还这么难伺候，以后让自己的态度好一些。"我能说什么，我默默地走了出去，此刻的心情不像进时那么紧张那么变态，可也不好受，我居然用目光瞪视了院长，居然没把院长放在眼里，他以后会怎么对我呢？我不知道，我的目光只盯紧了脚下的水磨石，我不知道所有的人是一种什么样的目光，他们怎么看待我似乎没那么重要，我走进我的办公室时有一种与世隔绝的心态，我关上了门，让自己跌倒在诊断床上，心里的纷乱让我头昏脑涨。

我听到好多的脚步声，有条不紊，斯斯文文，铿锵有力，在走廊中徘徊、环绕、反复，我希望有一个两个病人可以来烦我，让我有一种排解郁闷的机会，可是没有，那些病人除了找到院长，然后就是王大夫，留给我的机会极少极少，我本来应该感谢院长给我的办公室，感谢他让我独立临床，感谢他给我的一切机会，想不到因为一点小事，我竟然要和他对抗，这种不安让我久久不能平静，我有些后悔自己的不冷静，后悔自己的幼稚和愚蠢，接下来我将如何如何，这成了我心头的一块重负。

小屋虽小容纳我却阔绰有余，我的目光莺回在白色的灰蒙蒙中，偶尔长长吁一口气，希望这是解脱，这是宽松，可以让我有片刻的心里上的消闲，却无论如何也办不到，我不能不去想，不能不去无止境的夸大了事实的去想，一种最坏的结局，一种最令人头痛的结局，他会让我怎么样呢？我想不明白，也分析不清楚。

会计没有直接把钱送到我的手里，我知道他可能在生我的气，也可能不想面对我，他可能没有想到我会去找院长，而且让院长大动干戈，他想不到的地方可能太多了，我讨厌他。

"你做的没错，这笔钱即使病人回来不承认，也应该由医院负责任，会计没有理由扣你的工资。"老护士从任何角度出发，她都是一个好人。她不但谴责了会计的行为，表示了对我的同情，还顺便完成了会计交给她的使命。"八十四元，你点一下，是会计让我捎过来的，其他工资下月补给你，你不介意我多事吧？"看她客气的样子，我都为难了。

"我应该感激你，不见他，我心里舒坦。"我当然舒坦了，因为这个回合，我胜了，我彻底地胜了。

"你是一个善良的人，会计虽然有些不对的地方，但以后还要共事儿，互相宽容一些，我相信彼此还会和以前一样成为好同事。"老护士微微的笑容令我不安，我一向都敬重她，见她如此说合化解，便点了一下头。

"我听你的，只要他不计较，我还会和以前一样，尊重他的。"我想我的回答老护士基本满意，她笑着点了一下头。

"我知道你是一个开明的人。"我真的要感谢老护士，没有她的一番诱导，我会永远记恨会计，我会永远记着自己是如何蒙受耻辱的。

"我在瞬间所受到的启发，也许这一生都会指导我如何做人，以后我处理事情，处理人与人之间的关系，会常常记着你的忠告。"我发自肺腑的感慨，让老护士非常的满意，不虚此行，让她深感满意和喜悦。

"开朗一些，面对同事，笑上一面，或者一句两句玩笑，彼此间的鸿沟就填平了，谁也不是机器人，谁的感观也会被七情六欲所困扰，你让别人感到不愉快，别人的反应同样会反馈到你的身上，你能想得开，我真为你高兴。"她临走的时候，也没忘了再强调一遍，她真是一个热心的老护士，一个好人，一个拥有智慧善良的好人。

下班了，这种气氛我能很明显的吸收到，护办室出进的门合上了，药房的门开合了之后，我听到外边有互相问候的分别词，然后医院里就归于寂静。

我望了一眼办公桌上零零乱乱的摆设，心里渐渐趋于平静，我把血压器放进了抽屉，把不用的书垒成一垛，抹去了玻璃上面隐隐约约的沙尘，望着玻璃窗外边的花池出神。

"你吃饭吗？"小陈第一次叫我就听到了，我压根就没有把她的呼声和我联系到一块，我以为她可能叫的是会计，也可能是那个药剂师，我听起来不但有点别扭而且嫉妒。

"你吃饭吗？"小陈呼了第二声的时候，我觉得就在我的门口。

"聋了，叫你吃饭呢！"特别的刺耳，好像是对到我的耳边吼的，格外的刺耳，我感到好奇，还有谁这么让小陈随便呢？可我依然没有动自己的目光，她叫谁也不会叫我，我算什么。

"怦——"我听明白了，我的门被一脚踢开了，我诧异地抬起了头，让身体从桌子边上离开，不解地望着羞恼的小陈她原来就是叫我，否则她不会踢我的门。

"你，你在叫我吗？"我有点不安，但更多的是意外的惊喜，受宠若惊的感觉，让我把一切烦恼，一切忧虑，一切恩怨，全在刹那间丢失了，我不由地笑了。

"我以为你有病，叫上像没魂的猪一样。"她也笑了，她因为自己的比喻滑稽而笑了。

"我不知道你在叫我，我是不是榆木疙瘩不开窍？"我微微地笑，让自己舒缓的语言，变得斯文而有修养。

"岂止是榆木疙瘩，简直就是实筑不通。"

"好久没这么轻松了。"这是真的，我自己能感觉出来。

第三章　存在的欠缺

我没有特别高的要求，只是希望自己做一名脱产医生，我梦寐以求的就是实实在在做好一名医生，为我身边的人解除疾病的痛苦，更重要的是想借此带给我丰富的人生，改变我今天的经济状况、社会地位，对我而言得到这样一个境界，是我个人奋斗、追求的目标，我想它有些高远了，不过我不担心，我要努力，我要刻苦，我必将成为一名好医生。

全院就我一个人家里还在种地，因为夏收，院长特批了我半个月的假，而且言明不扣我的工资，以此对我上次决策正确的奖励，我原以为院长是一个不通情理，不识死活，惜钱如命的家伙，现在看起来，也不尽如此，他在我面前毫不隐晦自己的失误，对我，他还不止一次地做了口头表扬，现在终于有了一些实惠的表达方式，别提我有多么的荣幸和自豪了。

我对自己充满了信心，虽然钻到麦田里就彻底消失了，可是希望支持着我，让我充满了激情。闷热和窒息的粉尘在我蹲下穿梭的时候，毫不留情地侵蚀着我，我的指缝间，衣服裹住的地方，头发的疏密间，五官的凹凸处，都落满了黑色的粉尘，在汗流的覆盖下，形成了一片一条一行行的洁与污的分界线。如果此刻你看到我，你绝不会相信，我居然是那个医生，除了牙齿是白的，舌头是红的，就连鼻涕也是黑的，一到清凉之处，喉咙就会发痒，无论你怎么咳嗽，都会有黑色的顽痰溅出体外。

很多人都盼望着有一天我们可以不用镰刀割麦子，而麦子就会被收回来，我相信这个希望不会太遥远，电视里就常常看见，硕大的联合收割机正一批一批地走下生产线投入了农田会战，更多的富裕农民开始在农村涌现。

"小苏，半个月不见面，你累坏了吧，满脸是斑，人也瘦了几圈儿，收获如何呢？"我以为会计不会再轻易搭理我，想不到半个月不见，他反而热情了起来，还没有人做出反应，他就从台阶上立起来和我招呼，这可是破天荒第一回。

"真不好受，那滋味永远不尝也不稀罕。"我边立自行车边回过头去和会计搭言，人家有礼，咱不能无礼，别给脸不要脸。

老药剂师坐在一把小椅上，倚门东而坐，她摇了一把小圆竹扇不屑地瞟了我一眼，似笑非笑地抖着一对憔悴的膝盖。

小陈和老护士隐在珠帘的后边，一言不发，小陈稍稍揭起几支珠帘，正望着我笑呢。

院长从办公室的窗玻璃上传达了他的问候，他冲我笑了一下，一只手在玻璃上弹出了怦怦声。

"也只有你们才能潇洒起来，真让人羡慕。"我是真的羡慕他们，工资有保障，拿得又多，干和不干一个样，干多干少一个样，去哪找这种好事儿，唉，一样的人，就有了差别，而且差别还这么大。

"苦尽甘来，我们干到头，还是一个护士，和你相比，别看眼前我们比你强，年深日久，说不定我们会和你翻过来，转到我们羡慕你的时候，你就会补上今天，俗话说磨刀不误砍柴工，你着什么急？"老护士真会讲话，她说的话我就爱听，有道理，不带刺，让人听了高兴，可以生出激情，增加信心。

"说得有道理，小苏，这一点我们几个都无法和你相比，职业的不同，结果也不会一样，你熬上几年、几十年，超过我们那太自然了，而我们，老护士说得一点也没错，再干也就是这样。"很少看到会计这么愉快，而且肯拣好的说我，我真的不敢相信，这就是那个一向不愿意搭理我，而又考虑着如何捉弄我的会计。

"哼。"老药剂师无所谓地哼了一声。

"王大夫工资奖金一千二，做医生的空间能动性又比我们大，综合起来，区别就太大了，院长王大夫走到哪也是医生，而别人有没有都无所谓，全是围绕着临床医生设立的。"会计没有讲院长拿多少工资，但大家心里都明白，乡医院就是院长的，多挣了是院长的，少挣了也是院长的，别人一分也多拿不走，这里院长说了算，这里是院长的天下。

"希望如此，希望将来我能超过他们。"

"那是一定，不行，干个体也比这挣得多，何必盼望着转正呢？那多累，如果是我，我就自己干，我就不信，别人能干的，我们干不了？"小陈就是天真，什么事情到了她这都无所谓。

"那得院长批，院长不同意，你想干也干不成。"会计又搬出了院长，谁不知道院长有这个权利，如果他什么权利也没有，我又何必顾虑他，真的去干个体又有什么不妥。

"院长批这个批那个，苏大夫如果单干，院长难道不批吗？"小陈就爱钻牛角尖，这个问题岂是会计能回答的，他又不是院长，他怎么可能为院长下结论呢？

"还真不能批。"院长笑吟吟地从走廊中拐进了门洞，他一只手捧着，一只手支起了一支烟，好像对我们的对话十分感兴致。

"为什么？"小陈。

"小苏还不到时候。"这是什么话，我不到时候，和我一块学医的同学、朋友全开了门诊，他们哪个干得不如我，我不到时候，总得有个原因吧，我淡淡地笑着，此刻我是最没有发言权的。

"的确不到时候。"长条椅上闲卧的王大夫竟然附和院长的说法，赞同他的观点，我明白，他们都认为我的技术还不足以独立开诊，我不知道他们是怎么想的，但我认为问题不大，独立开诊有他的优越性，没有时间的限制，没有烦琐的手续，简直就是一个简便的门诊，群众喜欢到那样的场合，我迎合了他们的品位有什么不好。

"自己开门诊还分时候？"老护士也不懂了，她不明白医院的两位元老是怎么想的，故意泼冷水，故弄玄虚，还是独开门诊院长不批，难度太大，"进一些药放那里用不就是一个门诊吗，这有什么难的。"

"自然，你说的没错，想干也容易，支个门面进一些药，一个门诊就粗具规模了，但你想过没有，光有门面的门诊是空架子，刚卖药的门诊在农村是没有出路的。"在院长的眼里我是那种看不了病的医生，真没想到，那他还让我在乡医院做大夫，还给了我一个独立的办公室？

"在这能干，出去了就不能干了？我不相信，领导就是有艺术，说的我一点都不明白。"小陈。

"初生牛犊不怕虎，是因为牛犊没见过老虎，所以才不以为然，你真的以为你可以开诊了，想和下面那些老赤脚相比？那不可能，他们的理论水平和你比是差了一些，可是他们脚踏实地临床了几十年，就是说不出一个子丑寅卯，但也知道是什么病，如何治。小苏，你呢？你能说这个病，那个病，那是书本上的东西，真给了你一个病人你未必能分清，治疗谈何容易。"王大夫一向不爱搭理我们，一谈到这个问题，他的兴致怎么就这么浓呢？我原来在他的眼里，就什么也不是，就一个纸上谈兵的草包而已。

"苏大夫乡医院都可以做大夫，干不了个体，你们在寒碜人吗？"老药剂师一边慢条斯理地摇她的小圆扇，一边斜瞥着目光瞧着我说话，一看她那眼神我就没了勇气，别以为她说的是好话，她丝毫也没瞧上我，她讲了这么简短的话，音质有高有低，有细有沉，仿佛在演讲，抑扬顿挫，分明在讥讽我。

"你真不行。"小陈似乎也悟到了一点什么，手指我，玩笑的口吻便从她那里释放了出来，大家一下子全笑了，一切争论也就结束了，老药剂师抽了一下裤脚走了，院长嘿嘿笑了，走出了医院，老护士拉了小陈去了后边的病房，王大夫无所谓地摇着他的二郎腿独自逍遥呢。

我很不自在地推开了我的办公室门，一股凝重的郁闷就扑面而至，这间办公室还属于我吗？我是这间办公室的主角吗？奇怪，我明明拥有一个办公室，名正言顺乡医院的医生，我的身心和感觉都和这间办公室里的气氛融为了一体，想不到在院长、王大夫的眼里，我只是一个摆设，一个需要锤炼的不入流的医生，真是可笑，我从来没有像现在这样怀疑过我自己，现在被他们如此深化了一番，心里好不踏实，这是我吗？这还真的是我吗？我学的是医生，我干的是治病救人的工作，我从来都是认真的，以为自己是一个医生，一个真正的医生，怎么现在这种感觉居然不是很好，而且被他们否定了之后，自己也不相信自己了，我在怀疑自己，我在质问自己，是一名医生吗？是一名真正的合格的医生吗？我回答不上来，我明白，他们说的有些道理，此刻的我，面对独立的办公室，面对堂而皇之的诊断床，自己的勇气竟然变得低怯而软弱。

外边不断地有脚步声，偶尔也有人在我的门口探视一下，然后又走开了，我和以往一样，刻意地去留心听了，这些脚步声，这些零乱的声音在进入王大夫，或者院长的办公室之后，才会平息宁静，院长不把我当成一个成熟的医生，王大夫不把我看成是一个真正的角儿，病人也是那么轻视我，不用问，一看到我这幅生面孔，稚嫩的身板，就会摇头，他们不放心，他们患的是病，不想因为我浪费他们的血汗钱，我一向以为这仅仅是暂时的，现在也这样认为，可是心里边却是酸溜溜的，不承认自己不行那说不过去，实践是检验真理的砝码，我原来以为和现在想的相去甚远，这才是现实。

病人不可能因为你存在热心和期望就来到你的身边，我以前认为正常的东西今天依然正常，但信心却不如以往那么足了，我得承认，院长和王大夫他们的医技确确实实比我强，正如王大夫所说，理论性的东西在今天的老一茬中，未必有胜过我的，但那只是花拳绣腿，中看不中用，看病没有实践经验的累积和千锤百炼的升华，是不会成为一个好医生的。

有时我会不服他们，现在也有点，可是不服真的不行，病人不找我。

"啪。"后门被重重地推开了，然后我听到有急促焦躁的脚步声，以前我有勇气开大门望那些人，今天不知为什么，忽然连敲开门的勇气也没有了，我忽然间怕起了病人，盼望病人的心态让我有些恐慌，原来只有我自己才认为自己是一名医生，在别人的眼里，我还不是，不够资格妄称医生，真是惭愧。

"王大夫，王大夫……"是小陈的焦急的呼声，到底怎么了？我连忙开了门。

王大夫已经从办公室里跑了出来，他一手捏着一支油笔，一只手向前甩着，紧张的神态让他的眼睛睁得特别的大。

"起了反应。"这些原是极其连贯的紧凑的瞬间。

王大夫此刻的态度和平常不大一样，他一改老成持重的舒缓，紧走了几步，然后便是小跑。

院长也从办公室中奔了出来，他跟在我的后边。

王大夫立在颤抖的病人床前，用手掌测了一下病人额头的温度，然后看了一下病人的眼珠。

"冷，冷……"病人的下颌抖动得连一句完整的话都讲不出来，两只手抱在胸前，全身缩成了一团。

"热源反应，立即准备打针，氯苯那敏八毫克，阿尼利定三毫升，地塞米松十毫克。"刚才还慌慌张张的王大夫面对病人却异常的冷静和镇定，虽然周围站了好多的人，可是他却像若无其事的样子。

小陈立即依照王大夫的吩咐给病人肌注了一针。

"你不用害怕，马上就会好的，这种药不适合你，我们重给你换一组药。"王大夫安慰完病人之后，就立在床边从白大褂的衣袋中拿出了处方，随手在上面勾画了一些字母。

"你去取来。"王大夫随手把处方递给了老护士。

小陈打完针后立到一边，院长悄悄地走了，病人依然在瑟瑟发抖，"我怎么了，我这么冷。"他一次又一次地掖好身上的衣服，不断地向两个胳膊加力。

老护士重新配制药液回来的时候，病人的牙齿已经安稳了，他经过这么一折腾，似乎十分的困乏，在氯苯那敏的作用下，他的身体恢复了正常，阿尼利定、地塞米松让他大汗淋漓，他在将要入睡的时候，热源反应彻底被纠正了。

王大夫不知什么时候已经走了，我坐在一边却没有注意到，小陈不时看一下液体的滴速，家属不断地给病人揩去汗水。

"真玄，一会儿工夫他就抖得那么厉害。"小陈不去看滴速的时候，坐到了我对面的木板床上，她终于可以松一口气了，每次遇上这样的事情，护士都会特别的慌张，病人痛苦，家属害怕，大夫焦急，所有可以调动的神经，都会紧张起来。

"王大夫遇事儿一点也不慌。"我真佩服王大夫，临场不紧张，准确判断，迅速纠正反应，如果没有过硬的临床经验，说成什么他也不会这么从容。

"这是炼出来的，经年累月在临床上锻炼好的，和王大夫比，你差的火候还多呢，不是他瞧不上你那两下，你能做大夫，我们都能做了，不就是问病开药吗？"小陈终于承认我不行了，我默默地笑着点了一下头，表示自己能够接受她的观点。

"技不如人，我无话可讲。"我真的是没什么好说的了，假如换了我，一时半会儿未必会有结果，难怪王大夫那样说我，他可能根本就不相信，一个青头小伙子，能有什么能耐，一时半会儿就想得道升天，那一点也不可能，理论能从书本上学，经验，难道能在举手投足间学到吗？

"有自知之明，就会进步。"小陈。

"病人好多了。"我走到病人跟前，也像王大夫那样用手掌测了病人额头的温度，冰凉冰凉的，略略有些黏度，她的呼吸很平稳，睡得特别的香。"一定是累坏了。"我没有说是氯苯那敏的作用，单单说是累坏了，病人的家属很赞同我的观点，轻轻地点了一下头。

"割麦子，那是在考验人，不剥你几层皮，也得褪你一身膘，生在农村，不累不可能。"他说的一点也没错，可是有什么办法，不干，行吗？要想过上好日子，再苦再累都得干。

"有苦才有甜，实现了机械化，我们就解脱了。"我也在期待，我也在盼望，他解脱的时候，我也会解脱。

"听你的口气，你也种地，说给谁信呢？"病人的家属不相信我是种地的，不难理解，可我就是一个种地的，但不是一个好种地的。

"我今天刚来上班，你看我的脸和你有什么区别，到处是晒斑，到处是剥脱的死皮，你看我的手。"我伸出了我的双手，那是一双怎么样的手，他也伸了出来，我有大小五个泡，一个血泡，甚至还裂了很多小裂子，他冲我笑了一下，他的手比我皴的厉害，他的脸膛更比我的色深，浆红色。

"真是想不到，割麦子这么惨，你们是怎么坚持下来的。"小陈简直不相信我的手竟然是这样，她惊讶地仔细地端详了半天，好像这种痛苦通过她扭曲的脸可以传染给她一样。

"你以为种地的人都很轻松吗？什么都好说，割麦子，真是把我们考验的够呛，好在苦尽甘来，我们的生活一年比一年富裕，心里舒畅，再苦再累也无所谓，也许真的有一天我们还真不用割麦子了，那该多好。"病人的家属。

小陈一直守候到确信病人没事儿的时候才离去了，我回到曾给了我很多憧憬和幻想的办公室，这里让我充实，让我自豪，让我坚信自己会有出头之日，不知道为什么，现在、此刻，我一想到我的这些，我就会难为，不安，羞愧，怎么办呢？

老护士和小陈招呼了一声就走了，我知道已经到了下班的时间，异常的困乏，我好想踏踏实实地睡上一觉，却因为有这样一种不安在作祟，让我的脑海中时时萦回反复，身体上的疲劳反而淡了，轻了。

我真的不行吗？我不相信，我从一个病人也没有开始，到现在也有了病人，我相信通过这些极少的病人，我会有一种突破，因为我比他们热情，有礼貌，他们的高傲和冷漠正成为他们走向衰败的开始，而我，我相信，一种新的局面必将开启，我在推崇他们的时候，也想到了自己的不足，只要我虚心学习，认真临床，这一天，我期望的这一天一定会来到。

我的烦恼就是被这样的心态化解了，难道沉浸在惭愧中永远消极的对待吗？不，我相信我这种心态，完完全全是正确的，我本不应该藐视他们，但我藐视了，否则他们的强大就会让我畏惧，让我失去竞争的勇气和信心。

一个中午，我反复回味咀嚼，头脑中的纷乱，心绪的不宁，才渐渐地得以平复。我以为我的定力，我的愚蠢，我的勇气，被他们冷漠，鄙视之后不敢去面对他们，现在我想通了，超越他们，就得宽容，不学习他们的长处，就不足以弥补自己的短处，他们是前辈，是老师，和他们隔绝了，自己脚下的路就会是一条弯路，充满险阻的路，学习他们的长处，让他们的经验武装自己，这是一条捷径，是一条迅速累积经验的必由之路，我的出路借鉴了他们，才会锦上添花，更上一层楼。

我终于可以笑了，因为我认为他们是对的，我确实不行，这一点我不得不承认，那又何必去理会他们的自满呢？我为我自己终于排除了心中的忧烦而高兴，仅这一点，我认为自己就超过了他们，我想的是明天，明天的太阳灿烂了，我才会满意，我才会自豪，那么今天就毫不足为奇了。

一个人当他的全部身心投入一项工作时，他从中体会到的只有乐趣和幸福，无论得失，他都会一如既往地坚持下去。

我的福缘仅仅是因为一个阑尾病人的正确处理，就缓缓地降临了，我开始有了病人，是病人介绍来的病人，是阑尾病人的家属介绍来的病人，我感到这是一个意外的惊喜，以前我也处理了一些病人，除了晚上的，就是院长和王大夫不在了，我没有一个固定的病人，我等待，期盼有因为自己而来的病人，现在终于有了，我内心的喜悦是别人无法理解的。

"哪位是苏大夫？"病人立到药房的前边，呼叫的声音特别洪亮，我的门早已被我打开了，我不再羞愧，不再忧烦——干吗要把自己封闭起来呢？

"我就是。"我听到有人呼我，连忙离开了书本，居然有人要找苏大夫，这个医院里就我一个人姓苏，不是叫我，那是叫谁呢？

"你就是！"来人看到我之后的第一句话，就是惊讶，他可能不相信，我是大夫？而且就是他要找的苏大夫，是不是搞错了，他在好多目光的疑惑中，漠漠地看着我。

"苏大夫就是我，我就是这个医院里面的苏大夫。"这难道有错吗？小陈他们笑了，而且笑得特别的爽，说我太有意思了，会计也从会计室的小窗口向外张望，他们也许不相信这个人会是来找我的，找苏大夫？可能性不大，我相信他们一个个就是这么想的，一点没错。

"怎么是你？"王大夫也许是听到声音很熟，出来张望，但王大夫表示出的惊讶却让我大大的不安。

"嗯。"来人无所谓地嗯了一声，用目光挑了一眼王大夫。

"有事儿吗？"这句话我还没有问，王大夫就问了。

"当然有了，我的脊背让你治了三天，越治越重，痒的一晚上睡不好觉，听人说医院里有个苏大夫比你们强，我才又来了。"这个人说话一点也不留情，而且还是故意地说得这么露白，我算什么大夫，和王大夫相比差远了，这不是在寒碜我吗？我都不知道说什么好了，面对王大夫的尴尬和无奈，我只有不安地浅笑了。

"那没什么，让苏大夫给你治治，也许就好了。"难得王大夫有这么好的修养，他还冲我笑着点了一下头，"好好给他治治，也许就好了。"王大夫。

"刘七的老婆如果不是苏大夫，就没命了。"我才知道他因为什么找到了我，我才知道患阑尾炎病人的丈夫叫刘七，我以前从来也没有探听过，看来他说了我不少好话，虽然我没有亲自听到，但他对我优良的评价我已经感觉到了。

"她回来了吗？"因为他们我受到了一次极大的冲击，幸亏我的决断是明智的，否则我能否坐到这里还不能确定。

"她回来了，元气大伤，瘦得皮包骨头，浑身的力量也支持不了她站立一分钟，谁都以为她走不下手术台，谁都以为她一肚子的脓水会要了她的命，或者引起更严重的后遗症，可她奇迹般的好了，我估计再调整上一段日子，她就可以下床走路了，差点要了命，我们一去她就哭，就会告诉我们，没有你的及时打发，她可能已经不在了，你成了她的恩人，小大夫好好看吧，前途无量。"来人的话让我感到振奋，也深感羞愧，作为一个医生，我不知道失误对我们意味着什么。

"别说她了，你给我看看。"他一扭屁股掉了一个脊背给我，我听到他嘟着说他的脊背发痒，我用手轻轻地揭去了他有血斑的衬衣，那是一个怎么样的背部，到处是手抓搔后的血迹，疏密相间的细碎的小红疹盖满了他整个脊背，有些地方开始干燥结痂，有些地方由于摩擦开始溃烂。他似乎有一个明显的分界线，仅仅局限于背部，上身别的地方，包括前胸、上肢，头面，脖子，腰围，好像都没有。

"你在发病前脊背接触过异物吗？"这个概念我还是有的，他给我的印象就是过敏性皮疹，我不知道王大夫是怎么给他看的，我把手摁在他的脊背上，有一股灼热的感觉。

"异物？"他一边用手勾着搔痒，一边沉思着去联想。

"你患的是皮疹。"我告诉了他我的诊断结果。

"和王大夫说的一样。"他诧异地回过了头。"那为什么治上不见效？"他表示了自己的怀疑，我相信王大夫是不会看错的，治法也对，只是效果不好罢了，或者干脆没见效。

"可能是用药有些差异。"

"我想起来了，发病前，我喷喷施宝给脊背上印了一片，难道会是它作怪。"病人若有所思地抽下了衬衣，不解地望着我。

"嗯，它就是罪魁祸首。"我冲他笑了一下。

"真是想不到，那怎么治？"他坐到一边点了一支烟卷，而后望着我。

我拿起笔给他开了一个处方交给了他，我也不知道效果会怎么样，我相信这一回他会好的，我盼望他能够因为我的药而治愈，那是我的责任，荣幸和希望。

"最没想到的就是我们的苏大夫，居然有人点名让姓苏的看病，这会是第一回呢，还是渐渐地多了起来，大家都很好奇，所谓的苏大夫，终于还干出了一点点成绩，让大家开了一回眼界，刮目相看，应该祝贺你。"小陈也为我高兴。

一上午我还真看了几个病人，不落于寂寞，也渐长了我的信心。一有空儿我就来到了护办室，我今天心情格外的好，居然敢到护办室抛头露面。

"什么时候露了一手，有这样的收获。"老护士一边整理玻璃针管，一边望着我笑。

"露一手？连我都不知道，也许正是仰仗了你们对我的推荐和嘉许，才会有病人找到我。"这一点我得好好感谢老护士和小陈，自从我来了医院，她们没少在病人面前给我吹嘘和介绍，所以我才会有几个病人，至于今天的那个例外，纯属是意外的巧合，想不到大家对我的看法就有了一些改变。

"那都是靠你自己，如果你没学下东西，就是给你一个病人你也治不了，能治病，又能治好，病人满意了，大夫才会有声誉，光靠我们，你呀，就只有坐冷板凳了。"老护士就是这样，从来也不贪功，做得再多，她也不介意，和谁她也保持一团和气，从不因功而骄，实在是我做人的楷模。

"我们推荐你，起不到决定性的作用，你心里也明白，那些病人心目中根深蒂固的是院长、王大夫这样的老医生，对你，他们尚且不太情愿接受，不要以为有了一个皮疹病人，就沾沾自喜，同志，前路艰辛，仍需努力。"想不到小陈的演讲水平是大有进步，抑扬顿挫，声调搭配得异常绝妙，给我在自满中敲响了警钟，让我略感不自在，因为她窥破了我的形色，所以毫不留情点拨了我，催我新生，催我上进，勿要图一时快意，而妄自尊大，懈惰不勤。

"小陈同志的最高指示我领悟了，我会牢牢记住，作为我的行动指南，时刻谨记，仍需努力。"我的回答是学着小陈的腔调，但我的舌头大，说话吐字似乎有些不清，和小陈相比，我这哪叫讲话，连公鸡打鸣也不如，搏了他们的一堂欢颜已经很不容易了。

"哈哈哈……"门口响起了意外的笑声。

"院长——"我的反应来得一点也不舒服，一见院长我浑身就起鸡皮疙瘩，一身的轻松瞬间变得沉重了，压抑了，我只能刻意地去追求笑，而笑得又极不自然，左脚稍稍后撤，右脚立即跟进，让出地方让院长进护办室。

"小陈的语言功夫真是令人佩服，连我听的都受启发，何况是小苏。"院长不知什么时候来的，老护士瞅了我一眼，浅浅地笑了一下，然后把目光投向了院长，一只手拿起一块抹布，把方盘推了一下，轻轻地擦拭了起来。

"小陈不好，也捎带了院长和王大夫，但那是表扬和肯定，别无他意。"小陈不但口才好，反应也很敏捷，

"你呀！"院长用手指了一下小陈，"心眼儿还颇多，这句话，是为了防备我呀，哈哈哈，别看你小，脑子可不小，小苏，是个好苗子，好花还得绿叶扶持，好酒还得窖香勾兑，说好就好了，我不信，小苏来了不久，想不到人缘胜过了我，我的得力干将倒向了你，可见，我这个院长……"院长慢条斯理地说出文绉绉的一番话，这份平易近人的感觉，我听得很舒畅。

"小苏治病，同样是给医院创收，院长一定会大力支持小苏的，我们帮助他，是希望他早日替院长分忧，独当一面。"老护士小心地做了一番解释和补充。

"这样很好，长江后浪推前浪，王大夫必定比他大二十多岁，迟早有离休的一天，医院总不能后继无人吧，小苏不正是在浪尖上吗，不冲刺怎么可以？"院长。

"小苏，你听到了吗？院长这么器重你，你拿什么报答院长？"小陈。

"一天比一天干得好，院长就满意了。"老护士开了一句玩笑让大家都笑了起来。

"院长，我们医院不是还有几位医师吗，他们去了哪？"小陈。

"他们都走了，他们看不下我们这个医院，嫌工资低，想到外面闯一闯，想不到这一闯，竟然一个也没回来，合同到期的没回来，没到期的也没回来招呼一声。"院长很平静。

"他们有回来的一天吗？"小陈好像还有什么不放心的，打破砂锅问到底。

"在外边吃不开饭的时候，也许会回来。"院长。

"这几年改革已经深入人心了，经济大潮一浪高过一浪，穷人变成了富人，富人变成了大款，他们有头脑，有胆识，如果没有闪失的话，应该都是大款了，回来，谈何容易？"老护士琢磨这些问题已经不是一天两天了，她不只是曾经仔细地想过了这些问题，而且也曾冲动和热心过，只是她舍不得丢下工作，不敢冒这个险，医院里几位年轻的医师先后离去了，给她的震动很大，但一切已经晚了，她有了丈夫有了孩子，家庭的束缚，让她心有余而力不足，在也下不了决心，羡慕别人的自由、勇气和开拓精神的时候，她常常一个人在想，在幻觉中为那些出去的人担心和祈祷，希望他们成功，成为一代人的楷模。

"几年前人们羡慕万元户，给万元户披红挂彩，现在万元户已经无人认可了，社会

上流传着十万元才算起步，百万元刚步入富人的行列，千万元不足为奇，亿万富翁屁股下压的全是债务。"院长的兴致特别的高，到了下班时间，他不走也不行了，老护士一边听他说，一边收拾东西。

"不能听你们高谈阔论了，我儿子要着急了。"老护士挂起白大褂，冲我们笑了一面就急急忙忙地走了。

药房门锁好的时候，院长呵呵呵地笑着走了，他似乎对自己的发表意犹未尽，可是没了老护士，他的兴趣就淡了。

"今天回去吗？"小陈。

"回去。"

"这么远，怪累的，还不如在医院吃完好好睡一觉。"小陈今天又换了一套新装，淡茶色的柔脂纱做的裙子和膝盖一般齐，小小的马甲印了几点小红花，白底镶黑边，一条深黑色的腰带被一只英武的小鸟扣着，透出了无限的生机和神韵，虽然我知道她一点也不像扭捏的姑娘，但有了上次的教训，我极力回避着她的目光。

"暑天一过，日子就好过了，闷热好像在转瞬之间消失了，清凉的风给人的感觉有点湿润，仿佛灌输了一种营养，让疲劳、忧烦和沉闷统统地消失了。"我不能说对自己的话字斟句酌，但也格外小心，唯恐说得不好。

"当大夫比当护士好。"小陈。

"我不知道，我如果是你，我会很满足的。"我不知道小陈是什么意思，为什么突然改变话题，她在想什么，我一点也摸不透，她说什么我应什么，反正小心就是了。

"我就想当一位医生，却当了护士，如果能和你换就好了。"小陈走出护办室还不忘开玩笑。

我干脆坐到了外边长条椅上，看小陈还有多少话要说。

"小苏，你不回去了？"小陈不叫我苏大夫，叫我小苏，这倒颇出意外，仿佛有一种亲切感，我几乎又要想入非非了，但有了这个念头，一种惶恐便立即袭遍了全身。

"稍坐一会儿便走，人都走光了，医院空了，那种压抑的感觉似乎一点都不存在了，坐在这里感觉特别的好，所以想多留一会儿。"我全是因为小陈，小陈和我只是同事关系，我们彼此间的纯洁度是不容怀疑的，她是她独立的，我是我自卑的，我们的差距太大了，我刚刚冒出了一些别样的想法，心里的不安便让自己伤感了起来。

小陈边听边笑，走的速度虽然不快，但也不慢，她已经无暇再和我消磨时光了，开饭的破锣声一阵紧似一阵，很明显是催她，因为别人都走了，她不想有片刻的逗留，她一点也不会意识到我是因为她，她的脚步声在门开合中淹没了，然后就无法捕捉了，我相信她回了宿舍，不过也可能直接到了食堂。

一切都是模糊的，那些提供我养分的书籍，我忽然间对他们的冷落，让他们不屑地冷落地对着我，空洞的办公室仿佛有八面的威风，向我悄悄地挤迫过来，让我感到我生存的环境这么窒息、艰辛、狭小，这是什么地方？我在哪里？四面阴暗得让人开始恐怖，漆黑得仿佛是鬼魅，仿佛是无数看不清的大怪，一会儿是红头发的，一会儿是吐火的，一会儿又是垂吊的，他们张牙舞爪，狰狞恐怖的面孔，在蓄积了力量之后，向那里扑去，我正在猜测和怀疑，小陈就大声凄厉地呼叫了起来，我的浑身包括每个毛孔都在战栗，可是为了小陈，我什么也不顾了，我奋力地扑了过去，不要，千万不要伤害小陈……

我被噩梦惊醒了，我不知道自己什么时候入睡了，也不知道自己到底睡了有多久，心里沉甸甸的，浑身湿漉漉的，尚在恐怖的颤抖，头脑却是清醒了好多，噩梦的情景尚历历在目，可也就是一个梦，俗话说：日有所想，夜有所梦，自己想不到自己会在这么短的时间内形成一种自我凝聚的合力，为自己罗列了一个绝妙的机会，可惜就只是一个梦，形不成事实，小陈也无法知道我在心里面如何向她奉献的，想一想，还真觉得自己可笑，而且可笑到了极点。

我知道自己太多情了，明知道自己不会有希望，反而要想入非非，烦恼自然就会多，自卑让自己不断地掩饰自己的行为，不断的规范自己的思想，做一个真正的我，我明白这个我有多么虚伪，多么轻贱，多么焦虑，可是想到了又有什么用，明白了又如何，作践自己只能让自己忍受更多的艰辛，我想小陈此刻早已进入甜美的梦乡。

我从抽屉里拿出了一块烙饼，我不知道自己是什么时候带来的，我用手想切下一小块，那不可能，它的坚硬超出了我的想象，我试图用牙啃下一块，失败了，我又啃了几回，总算有点成绩，小块，然后放到口中慢慢地让它吸收一点口水，然后再咀嚼，我的一顿午餐便是这样应付的，我没感觉到这是一种苦，相反心里却因此而平静了许多。

串珠门帘摆下的声音特别的清脆，我注意到它的时候，药房的门已经"吱吁"一声推开了，下午上班了，药房的门开了，护办室的门开了，走廊里渐渐传来了零乱的脚步声。

"院长通知你，擦玻璃。"老护士。

院长的吩咐，全院的人除了老药剂师没理这茬之外，就数王大夫了，小陈一出手就擦了我的办公室，我看到小陈进入我的视线，头脑立即清灵了，精神也见涨，立即扯了块抹布到了外边。

"好上吗？"我试图上王大夫的窗台，就听到王大夫从里边问候我，他正冲我笑呢。

"没问题。"

"擦，还不如不擦。"王大夫。

"擦干净了漂亮，亮亮堂堂坐在办公室里边也舒服，看外边也没了遮挡，有什么不好呢？"

"明天又一场雨，你说擦了有什么用？"王大夫坐到办公桌前把书摆在了面前，十分肯定地告诉我。

"有雨，不可能。"我望了一眼天空，摆出一副将信将疑的神色，一边开始干活儿。

"看来你不看电视？"王大夫。

"看，有机会就看。"

"你都看些什么？"王大夫还真有点不相信我的意思。

"连续剧。"

"连续剧？你感兴趣，我不感兴趣，"王大夫。

"王大夫你不爱看吗？那你要看什么？"我喜欢连续剧，除了连续剧之外，我想不出还有什么值得看。

"我喜欢听天气预报、新闻报道、人物采访。"原来他喜欢这些，他和我的父亲一样。

"明天真的有雨？"既然王大夫看了天气预报，那他说的就有事实根据，如果明天真有雨，那就不如不擦。

"有，一定有。"王大夫肯定的点了一下头。

那也没有用，我相信明天可能会有雨，但发指令的是院长，他不可能因为明天会下雨而改变主意，他的目的只是擦净玻璃，明天下了有什么关系，后天这班人再擦。

"下了再擦。"我有什么办法，我是被动的，无奈的。

王大夫淡淡地笑了一下，他什么也没有再讲，他默默地打开了他面前的书，好像在找什么，不断地翻来翻去。

"苏大夫，你在唠叨什么？"小陈。

"王大夫说明天还有雨。"我传达了一下王大夫的话。

"明天有雨，我们不是白擦了吗？"会计扶了一下镜框，右手抖动了一下手中的抹布，停下了手中的活儿望着我。

"……"我瞅了会计一眼，没有回答他的疑惑。

"擦完了，有雨也没办法了。"老护士提起凳子开始往里边走。

小王一言不发，她只是偶尔望一眼我们，脸上淡淡地洋溢着笑，我知道院长在办公室里边，所以她不便发表看法。

"电视台有好多时候也不准。"会计又补充了一下自己的看法，因为他四下审视了一番，然后产生了怀疑。

"下雨怕什么，不正好玩吗？"小王。

我下去的时候，大家几乎都走了，王大夫已经投入了工作，有一个病人斜坐在他的一边，他整理了一下听诊器，然后从抽屉中拿出了体温表，我潦草的划了几下便结束了自己的工作，说不定明天真的会有雨。

我家的小院没有一点特别之处，从东边的两个土墩中间走进来，便有零星的杂草散落在地上，偶尔还有一些羊粪珠珠，或者一片一摊的水渍，你不难想到这一定是羊尿了，那种臊气味儿，和羊圈里腐败的粗纤维发霉发出的臭味儿、猪粪味、鸡屎味杂混在一块，在阳光的蒸发中，给你的感觉一点也不清爽。

西边是草园子，与其说是草园子，不如说它是一片散漫的空地，周围搭了一些木棒绑在木桩上，大约有一个固定的轮廓，南边的东头是猪圈儿，养了三口猪，过来是羊圈儿，所谓的羊圈儿，也是密密麻麻的木棍搭建的，只不过有一个篷顶，用来遮阳挡雨，再过来就是一座很小的库房，说它小，是因为它很低矮，窗子也特别的小，立在那里算是一个庞然大物，但里边却是异常的阴暗和潮湿。

大门墩的北边，是用土坯盖的粮仓，它的走风洞特别的高，为了隔湿和防止鼠害，北边就是我们住的小房，它也是用土坯盖起来的，地形比较高而且干爽，看起来土房虽然年久了，却也很结实，本来是三个大家拼凑在一块的，现在里边进行了一些改装，几个家被串通了，一下子成了一进两开，厨房被隔在了后边，厨房的前边被隔出了走廊，东边的小屋很小我住，西边的屋大我的父母住。

这就是我们家，一个还在挣扎，努力的贫民之家，我一回来就放开了录音机，我不会唱歌，但爱听，爱音乐营造的气氛不断地输给我激情、愉悦和明快。

"暖暖的澎湖湾……"在整个小屋中、院子中轻轻地飘扬，我的浑身有使不完的劲，换了一身衣褂，立即投入了劳动，打水喂羊，喂猪点鸡，所有可以找到的活儿我都干。

"儿子回来了。"这是妈妈的声音，她的声音平缓而柔和。

"不是他回来了，有谁扫院呢，又放音乐，今天你该轻松了。"父亲自然更相信事实，几天没回来，院子里就脏了，现在干干净净，他们的心情也格外不一般。

"妈，你们回来了。"我从纱窗上和爸妈招呼了一声，锅里热好了水，爸妈一进屋就洗了个痛快，喋喋不休地给你讲着地里面的庄稼，左右邻居间发生的小事儿，在妈的眼里，这些都是有趣的大事、新闻，殊不知我的兴趣极小，我从小不爱管别人家的闲事儿，他们不以正眼瞧我们，我还不稀罕他们呢，可是妈妈热心，我也就有了耐心。

父亲听人说最近有些地方有一种羊，好像叫寒羊，腿长体大，让我留心，看看能不能弄一个做种公羊，他想改良我们家的土种羊，说那样效益高。

第四章　意外的收获

老护士那边传出了婴儿的叫喊声，我的神经略受刺激，目光挪开书看看我的门口，如果发现有一个或者数个苍蝇，我会极其恼火的，拿拍子的手特别的用力，门帘被敲出很大的声音，有时我会一连打十几下，而苍蝇还是跑了。

我无论多么消闲，多么渴望病人，但那些病人就是不喜欢我，有的人会瞅一下，通过门帘看到我，陌生、年轻、长的又粗陋，失望的往往不是他们，他们不选择我，我心里很明白，我在心里冷笑他们，甚至不止一次在心里告诉他们，你们的选择未必是正确的，选择我可能会好过他们，一群蠢材，笨蛋，可这仅仅能带给我一丝的安慰，原来的感受马上又会袭来，好在也有平静的时候，也有一些人不太拘泥选择了我，我知道他们是什么样的心情，无非是让我替他们决策一下他们自己的想法、选择，我的诊断往往会让他们得意地笑一下，我知道他们自己都可以诊断的小病，却跑来考较我，用药就更简单了，有的人干脆叫了某某药如何如何，和另一种药相比那样更好，我只能替他们抉择一下，然后划一张处方，有的人还说我可以呢，我因此认识的人渐渐多了起来。

隔壁的争吵声显然声音大了起来，王大夫气壮如牛，院长偶尔还上一句，两个人的矛盾终于公开了，我没有想过要打开门，我担心那样做，会让他们觉得我是在看笑话，至于别人都凑在走廊里议论，那是他们的事情，总之我觉得那样不妥，不就是抬杠吗？因为利益多少，也不是一天两天了。

"医院每年盈利有多少，开支有多少，我每天守在这里，心里难道会没底，那么多人停职停薪，工资又哪去了，我一年辛辛苦苦从年头干到年底，从年底干到年头，挣的是国家的工资，为医院创造了多大的财富，我心里没底吗？让你多发奖金，难道有错吗？你也太心黑了，挣这么多钱，合理地分配奖金你居然还不肯，你除了是院长，你什么也不是，这个医院是靠谁支撑着，是靠我，我受苦你拿钱，这合理吗？"王大夫讲这段话的中间拍了好几回桌子，可能是过于激动吧。

"医院每年的开支也是一个不小的数目，你不知道，情形远没有你想的那么乐观。"院长尽可能地让自己的讲话低调平稳，保持自己院长的风度，其实我心里明白，院长竭力稳定自己的情绪是为了什么，还不是因为王大夫看的病好，稳住了王大夫，无疑是让财神待在了他的身边，他不愚蠢，自然不干蠢事儿。

"医院的毛利近三十万，按毛利百分之五十算，一年医院净挣十五万元，你说十五万元你是怎么分配的，医院现在不但没钱，而且还欠外债，你说这可笑不可笑。"王大夫嘲弄的口调。

"利润哪有那么高？有那么高的利润，尽钱了！"院长尽量克制着自己。

"哈哈哈，你作为院长，利润的百分比你比我可能要明白的十倍，我说百分之五十可能是少算了，上七十又何妨呢？"王大夫坚持自己的观点，坚持医院是挣了很多的钱。

"这个你不懂。"王大夫不进药，没在药房干过，按说他是不知道药品价格的，我相信他只是在蒙，或者只是瞎吼叫，医院的药一般都是会计去进的，偶尔院长也跟着，至于什么进价，那是秘密，除非到了药材公司，我没有去过，难道王大夫去过吗？有这种可能。

"我不懂，你说药品的利润有多大？"王大夫别看上了年纪，火气还真不小，居然质问起了院长。

"百分之十五，这是公开的定价，难道你为集体干了一辈子，连这个都不懂吗？你这不是诚心难为我吗？"院长的尾音略略加重了一些，他在强调王大夫是故意的。

"我问你一盒小诺米星进价多少？"王大夫的声音小了很多，不过我们听到的和平素相比，依然是很高的。

"九点四元一盒，不信你可以到药材公司查，这是国家定价，有错吗？"院长十分不满和暴烈的口吻显而易见。

"九点四元一盒，我们医院用的都这个价？"王大夫。

"那能有错吗？我们是什么地方，是乡医院，是政府机构，我们得维持人民群众的利益。"我不知道院长在强调什么，他这样一说我就在心里冷笑他了，乡医院就是他的天下，说得如此冠冕堂皇，我看也只有院长才会有如此的定力。

"国家医院？药贩子的药不是你接的是谁接的？三元一盒小诺米星，卖十二三元，六元一盒林可霉素卖十七八元，三元一盒利巴韦林卖十八元，哪个不是暴利？"王大夫。

"王大夫真能瞎说。"院长不但没有恼，反而语气趋于和缓，也许是院长觉得实在太可笑了，或者觉得王大夫在无理取闹，不值得和他一辩，反正我感到非常奇怪，院长居然可以忍下来。

"我瞎说吗？不错，小诺米星进价九元四角一盒，医药公司定价，而你正是钻了这个空子，大肆引进药贩子的药品，牟取暴利，我说得有错吗？"王大夫。

"纯粹是你的想象在作怪，医院有那么大的利润，我们不就都好过了吗？何必受缺钱的煎熬呢？"院长竟然会笑，好像刚才的争吵，原本就是平素的闲扯一般，把我都搞糊涂了。

"你哄得了别人，能哄了我吗？把周文光叫来，问问你一年从他的手中弄多少药……"看来周文光是一个药贩子，王大夫他怎么能知道，我不明白，会计从走廊中叫了一声院长，院长什么也没说，反正我没有听到，他似乎在咳嗽，走出办公室的脚步特别重。

争吵就这么结束了，王大夫脸色铁青，甚是不悦，不和任何人招呼，也不去看任何人，我不明白王大夫是怎么回事儿，闹情绪，和院长闹意见，不知道，也好像是。

"如果王大夫不在我们医院，医院会是什么样子。"我从来没有想过这个问题，王大夫不在这所医院，他会到哪里呢？他是正式工，这么优越，他会离开医院吗？除非退了休，否则，这里就是他的用武之地，小陈真能瞎说，想这些有什么用呢？

"王大夫才舍不得离开医院。"我相信我的感觉，王大夫干吗要离开医院呢？小陈真的是太幼稚了。

"你不相信药品有那么大的利润？你相信王大夫在瞎说吗？"小陈用手理了一下她刚刚修剪好的长发。

"我不相信。"我真的不相信，那样的利润简直不可思议，如是真的是那样，医院一年得挣多少钱。

"王大夫像瞎说的人吗？他如果不了解一些内幕，绝不会和院长发生争执，"小陈有小陈的见解，可我不会相信，我觉得医药公司卡得那么严，有这种可能吗？

"城里有很多的药贩子，他们是从各行各业加入到这个行列的，尤其以过去医药公司的人为多，没有利润，他们干吗都去干这个呢？没有诱惑，大大小小的医院为什么全用药贩子的药呢？"小陈依然在陈述她的看法。

"那也是院长的事儿，和我们没关系。"我相信我们是瞎操心，干吗去探讨这些问题呢？多了少了和小陈有什么关系，和我又有什么关系？

"王大夫想单干。"小陈越说越离谱了，王大夫抱着铁饭碗，难道会抓一个泥饭碗，我不相信，这又是她的一点小聪明罢了，我相信王大夫绝不会单干，有多少人羡慕他，有多少人想达到他的境界，出去单干岂不是什么都没有了吗？

"想象不出来。"我是不会相信的，一个堂堂的国家正式职工，他能舍得吗？不可能，在我的想象中，我觉得没有一点可能。

"那你知道王大夫为什么和院长发生争吵吗？为什么王大夫要强调医院的利润呢？难道你没有自己的一点点想法吗？"被小陈这么一问，我反而糊涂了，对呀，王大夫干吗要和院长说这些问题呢？这是为什么？

我稀里糊涂地笑了，我知道自己是一定回答不好这个问题的，即使回答了，也不会令小陈满意。

"谁都知道，就你不知道，是假装糊涂呢，还是真糊涂。"小陈。

"我是真的不知道，知道了我能不告诉你吗？"

"王大夫真的要脱离医院，他要求院长给他涨工资，院长不答应，王大夫就有借口了，"这些小陈是怎么知道的？王大夫不是一直在医院干得好好的吗？

"谁告诉你的？"

"病人。"病人的话小陈也相信，又不是王大夫亲口说的，也许是他们的想象罢了。

"不可能！"我相信自己的判断能力，绝对不可能，王大夫出去单干，有这种可能吗？

"王大夫和病人说的，病人又和我们说的，你不相信？王大夫已经托人在外边为他租房了，井底之蛙。"小陈不满地瞪了我一眼，然后走到门口向外看了一眼。

"院长知道吗？"我相信院长是一个聪明人，他不会轻易放走王大夫的，那样对他对医院的影响实在是太大了，太坏了。

"不知道。"小陈摇了一下头。

出去单干的应该是我这样的人，而不是王大夫，而今王大夫居然做出这样的抉择，让我的心里很不是滋味儿，我不知道自己乱七八糟想了一些什么，反正我把听来的传闻在一个适当的机会里告诉了院长。

院长一边听我说，一边用左手指肚扣着两侧的眉毛，胳肘支到办公桌上，一言不发，偶尔用大拇指指尖刮一下眼角，或者按上一会儿太阳穴，他长长吁了一口气的时候，十指，包括掌面，用力在五官上和脸面上搓了一把，然后他默默地盯着我，我不明白院长此刻在想什么，我相信他在怀疑我的用意，或者我的人格，我不敢正视院长的目光，我的心里有些紧张，干吗要告诉他这些呢？何必自找没趣呢？

"天要下雨娘要嫁，谁也挡不住，他既然想好了，又何必去阻止他呢，他不是圣人，医院少了他医院依然运营正常，还省了不少的心。"我相信院长是出于无奈，他的话一定言不由衷，只是他感到没有办法了才会如此讲。

"苏培，该不是你也有这种想法吧？"偷鸡不成反蚀一把米，院长怎么可以这么想我呢，我摇了一下头。

"我是不会出去的，我想和院长多学一点本事。"我很惶恐，可又怕说错了话，身上惊出一身虚汗。

"以后我会给你更多的机会，培养你。"院长的神色很正常，语气也很缓和，一点也看不出有什么惊讶、气愤、恼怒的表现，我相信他一定早已经知道了，他心里已经有了思想准备，所以才会如此平静。

"我相信，"院长会培养我？但我只能相信院长，别无选择。

王大夫的风言风语传播得不再是秘密的时候，他还在上班，他除了比平素言语更少之外，什么也没变，上班、下班、值班，都和以往一样，谁说他要出去了，我相信这一定是别人给他造的谣，他怎么可能丢下铁饭碗？

"王大夫真能撑住气。"偏偏小陈就不相信，她认定了王大夫会出去，我们谁拿她也没办法。

"也许是别人在瞎说。"老护士也对此产生了怀疑，原因很简单，王大夫没有一点要出去的迹象。

"我相信王大夫不可能出去，他出去了岂不是可惜，换成是我，就绝不出去。"无论是就事论事，还是现实，王大夫出去的可能性都不大，所以我坚持不相信。

"如果王大夫说的药价是真实的，王大夫一定会出去，拿王大夫这个人来说，他既然那么说了，就不是空穴来风，一定有他的依据，他单干的效益远远会超出这里，也许干三天，也许干五天、七天、八天也说不上，一月的工资就会回来，自由自在，不受任何约束，也不用和院长生气，何乐而不为呢？"小陈。

"院长不批，王大夫他也没办法。"会计愤愤不平的样子，因为他能否单干，院长这一关似乎也很重要，我们都有所了解，但是否院长真的具有那样的能力，就不得而知了。

"王大夫难道不会走别的路？"小陈不以为然，院长有多大的权力我们谁都很清楚，他上面有乡政府、卫生局大大小小的干部，他是否在本地方是万能的，我看谁也吃不准。

"走别的路那也得通过院长，我看他就干不了。"会计坚持自己的观点，想必是从院长那借得了一些口风，不然他怎么会硬气起来。

"我昨天去食堂的时候，食堂旁边的一家土房正在装修，你们知道这些人在为谁装修吗？"小陈想必是自己去打探了，否则她怎么会知道，看她神秘的样子，我们不难想到是王大夫，王大夫若无其事的样子一点也不像有大步调的人，小陈说的是真的吗？

"王大夫已经租下了房？"会计不大相信。

"王大夫快走了，也不透露一些口风。"老护士也深表惊讶。

"不错，收拾的土房，正是王大夫租下的，而且就这两天交工，王大夫是吃了秤砣铁了心，我看谁也挡不住。"小陈的评论让大家陷入暂时的沉默，大家心里谁也吃不准，也不便乱发议论。

"我和王大夫在一个医院里待了十几年，没有想过会这样分开。"老护士不知是因为王大夫即将离去而伤感，还是羡慕王大夫职业的优越，自觉不如人家选择的天地宽广。

"他干不了。"会计扶了一下镜框，神情有些激动，似乎有些恼怒，仿佛他的声音替代的是院长，铿锵有力，让我的内心略略感到震颤，一向不被我重视的会计，一下子有了分量，权力，他竟然连王大夫也不放在眼里，何况是我呢？

小陈瞥了一眼会计走了，她才不把会计放在眼里，会计代替不了院长，院长挡不住他头上大大小小的干部，这个谁都清楚，王大夫摸爬滚打几十年，岂能没有一点硬气的社会关系，院长想挡住王大夫谈何容易。

几天之后，院长和王大夫发生了更加猛烈的争吵，院长办公室的暖壶也被王大夫摔了，两个人几乎要到了打架的地步，原因很简单，院长不给王大夫出证明，王大夫恼了，于是两个人就闹到了这种地步，我才知道院长的确手中有些权力，王大夫非得仰仗院长，可又为什么不好好地谈呢？现在弄僵了不是更不好办了吗？

"王大夫走了？"医院里恢复了稀有的平静，老药工轻轻地走出了药房，想和别人证实一下，没有人搭理她，她自己走到了院长办公室的门口，然后又回到了王大夫的办公室门口，她笑了，然后摇了一下头，"几十年了，还闹，一点意思也没有。"

王大夫从走出医院的那一刻起，没有人料到王大夫会有勇气单干，可必定王大夫单干了，他和院长吵了，他的私人门诊也挂牌了，有没有手续也无所谓，反正门诊是开了，院长虽然有些权力，但上面不给他撑腰他也没办法，王大夫不来上班又能怎么样，走了王大夫，医院自然冷清了几许，院长什么也没说，我发现院长比以前更加随和了，他对待病人的态度好了许多，这是院长最大的改变。

"我们医院最大的损失就是走了王大夫，"老药工每天一上班就会念叨一句，因为王大夫的门诊就在她走过的路边，病人很多，所以到了医院她才会发出感叹。

院长即使听到了也当没有听到，他到卫生局告了几状，可是没用，都是老熟人，对待王大夫他们只好睁一只眼闭一只眼，院长关不了王大夫的门，心里自然不好受。

"小苏，你去看看王大夫那里到底病人多不多？"院长有一天终于不能忍受寂寞，悄悄地支配了我，他不相信乡医院没病人是因为王大夫，他干了几十年，并不比王大夫逊色，又有乡医院这块招牌，怎么会突然病人少了这么多呢？他开始怀疑自己，他不承认自己没有能力，他对自己所处环境的优越一点也不否定，他是院长，是这个乡一切行医人的代言人，有这一点他就满足了。

我也不是很容易就能走到王大夫门诊的，虽说王大夫的门诊距离乡医院没几步路，可是要说为了这个目的，心里还是不踏实，实在是太惭愧了，一直以为王大夫是开不了的，甚至还告密了王大夫，想不到他竟然开得这么容易，一点也不顾念那份工作，他不在乎院长，想必对于我，就更不值得一提了。

　　"小苏，不忙了吗？"我拐过医院的侧面就撞到了王大夫，他比以前随和多了，满脸堆满了笑，我心中的那点点不安，被他的热情冲淡了，一种受宠若惊的感觉，使我心里美滋滋的。

　　"不忙，一直要过来看看你的门诊也没有空，今天消闲了，过来看看王大夫。"不是我没有空，是我不敢过来，我心里发虚，也有些嫉妒王大夫，怕院长知道了对我不利，所以才不过来，今天若不是院长支配我，我依然是不会过来的。

　　"好，就应该过来看看，对你有好处。"王大夫。

　　要说王大夫的门诊，那一点也不像个门诊，和乡医院比，条件实在是太差劲了，小陈还说王大夫的房子是装修出来的，我进去一看，才知道那不过是喷涂了一些白灰水而已，四周的墙角贴了一点点报纸，两个土柱支持着木板铺了褥子就算是病床了，西墙下搁着一张陈旧的办公桌，一把漆了黄色的有了斑痕的椅子被几根铁条固定牢靠之后放在了办公桌的一边，办公桌对正椅子的后边有一个门，里边是黑乎乎的一个小屋，我想那里一定放了很多的药品，王大夫随着我的目光，微微地笑着，他已经很满足了，他有了一个属于他的天地，是好是坏他都知足了。

　　"很简单。"我最深的印象就是简单，简单得完全没有我想象的门诊的样子。

　　"慢慢来吧，一下子往出拿，手头不宽裕。"王大夫说自己不宽裕，这是什么话，我相信他吗？我不可能相信他，他挣了几十年工资不富余，说给谁也不会相信。

　　"病人多吗？"我没有看到病人，也没有紧张的气氛，心里反而坦然了，这也许是一个淡季，医院没有病人不是因为王大夫的原因。

　　"还可以，还可以。"我不知道这意味着什么，王大夫给我倒了杯水，"医院病人多吗？"

　　"不多。"我说的是真的，乡医院这几天我怀疑每天毛利上不了一百，这么多的医务人员，没病人怎么维持。

　　"我这也不多。"还算王大夫老实，不张狂，这个人有这点好处，走到哪也不惹人讨厌，我心里很喜欢他。

　　"每天可以收多少钱？"钱不仅仅是业务的象征，也是能力的体现，我相信王大夫一定做不过医院，看他的摊状你就会想到，这也叫医院？

　　"三百多！"我以为自己听错了，三百多？不错，王大夫就是说三百多，这可能吗？王大夫的收入每天三百多，他一定是在吹嘘，他的业务量怎么会超过三百呢？是乡医院的三倍，如果你见了他的门诊，你一定也会冷笑他的，可能吗？

　　"比乡医院强多了。"我心里在冷笑他，可表面上又不得不表示自己的惊讶，他真的比乡医院人多吗？

"乡医院今天收了多少，你知道吗？"

"百十来元。"我不相信王大夫的收入有那么高，也不相信医院的收入会低于他，百十来元，我认为已经不错了，那要多少为够呢？

"哼！"王大夫冷哼了一声，似笑非笑地望了我一眼，"小苏，你也单干吧，待在医院有什么前途？"

"我不能和你比。"这一点我想我是有自知之明的，院长不敢和王大夫火拼，但绝不会怕我，走了王大夫，院长动了大怒，我虽然举无轻重，院长也不会坐视不理的。

"那有什么，我，他不也难为了吗，有用吗？"王大夫的自信和对院长的轻视，又哪里是我可以相比的。

"先在医院干，以后再说吧。"我不想扯远了，院长还等着我的消息，我坐久了院长也许会不高兴。

我见了院长并没有把真实的情况反映给他，如果我实话实说，院长一定不会高兴，那对我又有什么好处呢？我说王大夫每天的业务量也很小，不过百十来元，院长很兴奋，他说他一点也不相信王大夫会比他干得好，同样是淡季，他怎么会有收入，我相信院长的判断，相信这是一个淡季，王大夫不过是在吹嘘而以。

"院长急坏了。"小陈在某天又进了我的办公室，她一进来就把两个胳肘支到了办公桌上，目光盯向了窗外。

"不至于吧，淡季，谁也不会有几个病人。"我瞟了一眼窗外，我看到院长立在医院前边的公路上，目光盯着王大夫门诊的方向。

"王大夫门前打了十几辆自行车，而医院没有一个病人，院长能不焦急吗？"小陈似乎什么都知道。

"王大夫哪来那么多病人？"我不相信。

"手续简便，医生和病人直接面对，这就是王大夫的优越，加上王大夫新从医院出去，好多人都感到新鲜，自然人就会多一些。"小陈随手拿起油笔，在我面前的处方上乱画了起来，"王大夫用不了几年就暴富了。"

"也许吧。"

"你一点也心不在焉，你不相信我说的？还是怀疑王大夫的能力？难道你就没有想过自己有朝一日单干吗？单干有单干的优越，你不信吗？"小陈的问题太多了，有些问题我从来没有想过，面对小陈我的谨慎让自己不但变得痴呆，而且平庸。

"也许以后会想。"

"有多少人渴望成为一名正式职工，有了这个名分就以为有了铁饭碗，这一点也不假，国家保证了这部分人的工资，目的只是让他们安心地在各行各业中工作，为社会服务，他们的工资保障了他们的生活支出，细水长流，这种支出解除了很多人的后顾之忧，也就滋养了他们的优越感，令无数的徘徊在这个圈子之外的人渴望和嫉妒，所以你的心态一点不例外，想进来这个圈儿子，当成了你唯一追求的目标，所以你遗弃的东西，忽略的东西同时也在增多。"她说得我似懂非懂，我琢磨了许久，又有自身的印证，觉得这个道理普遍存在，而又现实，虽然有时我想得和她不一样，明知不可为，可是我依然孜孜不倦地在渴望，在追求。

面对小陈我笑了，我相信小陈是对的，我沉默了许久，竟然找不到合适自己说的话，我该说些什么呢？难道小陈说得不对吗？想有一个铁饭碗，明知自己有铁饭碗却心甘情愿地丢了，人啊有很多不可思议的地方，你的矛盾对它而言也许不是矛盾，所以即使你想不通，也得跟着想，社会滋生了无数的形形色色的人生，一点也不假。

由于没有病人，不仅仅院长有些焦躁，连我也留心起了王大夫的门诊，仅今天上午我就看了三回，王大夫的门上立着十几辆自行车，还有两驾马车，医院虽也有十几辆自行车，但职工就有五六辆，声势远远不如王大夫的门诊。

院长意识到个人干的便捷是王大夫人多的主要因素，他希望集思广益，寻求一种新的管理模式，但谁也没有过多地去想过这个问题，即使有些不成熟的东西也拿不出来。

"难道我们就眼睁睁地看着王大夫的个体诊所挤垮我们吗？"说这些有什么用，他手下有几位集体工？别人都是正式工，人家无所谓，他们也许正在心里庆幸呢，没有最好，省的干活儿。

"王大夫最终实现了自己的愿望，有胆量，有谁能想到老王会出去，他冒了多大的风险，承担了什么样的心理压力，只有他心里最清楚，了不起，了不起呀！"老药工的话让院长大为不满，院长狠狠瞥了她一眼，然后点了一支烟，好像意识到了一点什么，放下火柴盒的时候，又从绿宝烟盒中抽了一支扔给了会计，至于会计是否能接着他不去管。

我们的目光全集中在了老药工的身上，在这些人中，以前是王大夫，现在敢大不敬院长的也只有老药工，不是老药工的勇气可嘉，而是她的心态让我们感到舒坦，我相信王大夫承受了别人没有承受的压力。

"他的好景只是暂时的，我已经上报了卫生局，对于王大夫这批人，从全市来说是普遍存在的问题，局里会有一种说法，至于如何处置他们，采取什么样的措施，具体不详，但一定会有的。"我相信院长恨透了王大夫，只要有机会，或者机会成熟了，他就不会客气，绝不会心慈手软，因为他不服气，他嫉妒，所以他厌恶、诅咒王大夫，生吞活剥的想法都会有。

"我们不能因为医院暂时不景气而忽略了服务的质量，这是一种危险的信号，越是这样，我们的服务质量越是得跟上去，否则就真的会垮下来，这是我今天主要强调的问题。"院长吐了一口烟气，目光在雾霭中迷迷糊糊地注视着我们，他也许不相信他手下的这群废物会完全听从他的调动，但强调还是得必须强调。

"怎么个提高法？院长能不能具体讲一下，王大夫那里来人卖索米痛片二分五一片，一元四十片，乡医院挂号费二角，然后划了价去会计处交款，一共买了三十片，还费了好多周折，老乡们口袋中的钱这么简单给了你们二角，他们乐意吗？他们到我们这里的可能大吗？他们挣钱容易吗？从小事儿可以断大事儿，这里手续太多收费又不合理，谁还愿意来？"老药工。

"是的，我不能否定乡医院管理上的欠缺，但我们是政府在乡级机构成立的正规医院，履行必要的手续是必然的，这一点是不如个体诊所便捷，所以我才强调我们的服务，必定我们的条件是乡里最好最强大的，这一点是不可忽视的，我们力争利用我们的优势发展乡医院。"院长领导的乡医院不能说他一无是处，他的优越之处的确是王大夫不可比拟的，在这点上院长要看得比别人更深刻一些，我相信。

"零星的业务我们就少了。"会计。

"这才是王大夫他们真正的长处。"老护士赞同会计的说法。

"这些全无所谓，我们可以不收挂号费，零星买药的人药房可以直接出售，然后在划个处方交给会计，账也有了，药也卖了。"我不知道小陈说的这个办法是否可行，为了压制王大夫，我觉得可以，但院长是怎么想的，我不知道。

"小陈说的这个办法我看挺好。"院长的脸上露出了笑容，也许他已经想过了这个办法，只不过不能下决心罢了。

"那么公费那块怎么办？"会计说的公费是医院收入的一大台柱，如果普遍这样做了，那意味着公费这块医院也会有些损失。

"公费收了他们也跑不了。"面对公费，医院一向是高标准收费，院长自然不会轻易放弃了。

"唉，我要走了，收得再多，我也就那点，和你们说得越多越伤神，反正和我没关系，"老药工扶了一下镜框，在众目睽睽之下，旁若无人地踱了出去。

院长无奈地望着老药工，会议室陷入了暂时的宁静，我只听到院长吸烟的吱吱声，偶尔有瑟瑟的衣服摆弄声。

小陈的脚尖碰了一下我，我不知道她是有意还是无意，我的目光盯在了她的脚上，一双浅蓝色的软底鞋套在裹了肉色袜套的脚上，轻轻地在地上晃动，我的目光留意她的一双脚，心里有一种特殊的意境，感到格外舒爽。

"小苏在走思。"这句话我并没有听到。

小会议室里莫名其妙的暴发了欢快的笑声，我糊涂了，抬起头，吃惊地望着他们，小陈狠狠捣了我一拳然后遛了，他们都在笑我，我明白了，我知道他们为什么笑我了，想到这点，我的脸一下就热了起来，羞愧让我无地自容。

"小陈的脚一定特别的香，让小苏到了忘我的境界。"会计是无论如何也不会放过这个机会的，他还嫌笑声不够刺耳。

院长的会议就这么黄了，我相信这是一个绝妙的结局，院长压根就没有想到，他会如此轻松而愉悦地结束了一次会议，这有赖于我，他不但没有责怪我，而且笑声特别的爽朗。

我走出很远还能听到他们的笑声，他们是因为获取了开心的素材，而且一点也不节制地在肆意地挥霍，他们的笑声证明了我行为的轻薄和人品的低劣？他们的笑声犹如芒刺扎在了我的身体上，让我的身体在惶恐中开始收缩、震颤。

我终于明白自己做了什么，成了别人的笑料也就罢了，偏偏还牵扯到了小陈，小陈会怎么想我，她是否会怪我？真头疼。

"小苏，走得这么匆忙干什么去？"听到这样的话，我只是回头笑了一下，也没看清说话的人是谁，便冲下了一条小道。我无论如何都不能冷静下来，我不能原谅自己的失态，面对大家的嘲笑，面对小陈，内心的凄惶让我六神无主，思绪繁杂。

"这个人有毛病。"我听到这句话的时候，已经撞到了人家的羊群里了，没有一点思想准备，居然跌倒在了羊身上，羊群受了惊哗啦一下向前奔去，我一个人倒在了地上，还兀自迷迷糊糊，我索性坐到了当路，放羊的大爷从我身边经过时还冷眼瞥了一下，然后加快了自己的步伐。

我长长吁了一口气，然后自己也笑了。

因为小陈的脚，我成了大家的笑料，我知道这一次又给自己出了一个天大的难题，我不知道小陈会如何宣判我，我居然在那种场合，那种环境，暴露了自己内心的……这让小陈如何能接受呢，我找不到任何让她可以宽恕的理由，我不敢奢望，虽然我理顺了自己的思维，却不知道如何面对小陈。

夜在无休止的设想中悄悄地流逝，我感到自己孤独的内心是那么的痛苦、焦灼和悲哀，我不知道自己什么时候躺在了办公室的床上，也许是黎明，也许只是夜的一个瞬间，我迷失了自己，我梦到小陈冷冷的目光从我的面前消失了，"连朋友也不能做。"这是她的宣判，我大声地呼叫"小陈，请原谅我……"

我醒了，我的身体尚在冰冷中凄惶，我知道我做了一个梦，很简短，就这么短暂的迷失，我感到头脑的昏愦似乎好了许多，我在黑暗中坐了起来，默默地望着四壁压过来的影子，让一种内疚痛苦地折磨着我的自己。

医院的铁门终于有人打开了，我听到门开了之后的脚步声返回了医院，我想一定是会计，这个令人讨厌的家伙，也仅此而已，在我也想不到如何去诅咒他，会计并没有错，唉，有什么办法可以让我度过今天的难堪呢？

我没勇气见他们，尿憋了我也不敢出去。

"小陈的脚有余香。"我不知道是那些人来了，会计便引用了昨天的话题，真是可恶，我听到忽然间又暴发了笑声，他们的气氛马上活跃了起来，却是建立在我和小陈的难堪之上。

"啪！"我用力拉开了自己办公室的门，表示了自己的不满和愤慨。

"苏大夫昨天没有回去？"会计有些惶恐，我的示威或许令他不安了，他在走廊中失去了刚才的气魄，声音变得有些低怯。

"苏大夫的脸皮薄，你们就不要开玩笑了，饶了他吧。"老护士的话在什么时候都中听，不惹人恼。

"小陈昨天晚上没有回来。"小王。

"小陈昨天晚上不在宿舍？"老护士有些不相信。

"不在。"小王的肯定让我很不安。

"小陈这里好像没有亲属，她会到哪呢？"老护士。

"反正自行车不在了。"小王又补充了一句。

"你什么时候发现的？"会计也加入了这个行列。

"晚上来了之后。"小王。

"早走了。"会计。

"至于吗？"老护士有些惊异。

"不就是开了一下玩笑吗？有这么严重？"会计的不安也是显而易见的，如果没有我的失态，如果没有他的推波助澜能到了这种地步吗？可是一切都晚了，一切都不可能回到昨天之前了，小陈失踪了，这可能吗？

"她不是因为这个，这没有什么，她不会计较的。"他们议论小陈是说给我听吗？我相信老护士有这个用意，小陈不在了，我的不安让自己更加的愧疚，更加的惶恐。

"噢……这个……"我顿时被紧张扰出了一身虚汗。

"哈哈……""呵呵……"走廊里立即爆发出了笑声，我颇感难为地走出了门儿，我知道他们在笑我，笑我昨天的唐突，笑我今天的憨态和胆怯，可是有什么办法，我必须得面对他们。

"苏大夫你在小陈的脚上找出了什么毛病，有痣吗？"无论如何他们是不会放过我的，我难为地笑着，他们无论说什么，此刻的我都只能承受，成为他们开心的笑料是我自己找的。

老护士也用一种很温和诡秘的目光盯着我看，我知道她在竭力地隐忍自己的笑。

"想不到小苏走思走到了小陈的脚上，你看我的脚如何，也不比小陈的丑吧。"小王微微抽了一下裤脚，把一双葱管一样纤细的脚甩去了鞋让我瞧，她可真会取笑我。

"有秘密吗？"会计抚了一下镜框，身子稍稍弯下用手去捏小王的脚，小王仿佛神经过敏，尖叫了一声，来不及穿鞋便跳远了，走廊里立即爆发出了笑声，我也被他们热烈的气氛渲染了，不由得加入了他们开心的行列，自己的烦恼顷刻间消失了。

"你们笑什么？"院长一进走廊便笑了，他莫名其妙地望着我笑，笑得让我十分的不自在。

"小王的脚让会计啃了一口。"老护士望着小王急急忙忙穿鞋的脚，不失时机地给他们加了一点调料。

"咦，咦，咦。"会计没想到老护士来了这么一句，无法辩驳，只是讶异地惊叫了。

"想不到你也胡说。"小王穿好鞋便扑向老护士，大家又笑了起来，我反而成了次要的笑料了。

"今天这个场合少了小陈，有点不合适吧。"院长很快发现了问题，小陈不在，这一切小陈都是导火索，院长自然很在意她了。

"小陈出去了。"见院长问小陈，老护士唯恐别人说了不利于小陈的回答，连忙做了回答。

"我们的气氛好长时间没这么愉快了！"我相信院长的话是发自内心的，的确，自从王大夫和院长发生了争执，大家的接触便小心了起来，唯恐因此而伤了院长的敏感神经而遭呵斥，既然院长都已经意识到了，想必警报已经消除了，可是恰恰相反，院长不讲这句话大家都在走廊中，院长讲了这句话，大家都开始了归位，院长无奈地走向了办公室。

我以为天会塌下来，想不到在别人的眼里仅只是开心的一刻，并没有我想象的那么严重。

我一个人坐在办公室里，反复地在一张处方上乱划，偶尔会听到小孩的哭闹声，老护士的安慰声，家属的呵护声，我的冷清让我悄悄地得到了一些慰藉，我谁也不想见，也不想看病，可偏偏就没人注意我，也没有人光顾我的门诊。

小陈，你到底在哪？……

"小苏，上午你好好盯着，我回一趟乡里。"早上紧张繁忙的业务院长处理完了，他估计也不会有几个病人来了，所以才放心地要离去了。

我噢了一声，便撕去了乱画的处方，把一本内科书往正摆了一下，便又琢磨起了小陈。

小陈是城里人，我是土生土长的农民的儿子，又没城镇户口，连个集体工的名额也是院长恩赐的，在这个只重文凭，不重实干的环境里，我和小陈的差距犹如天壤之别，真是惭愧。

也许不会有人同情我，事实上也没人同情我，也不值得同情我，我也没有让他们同情的地方，那我干吗还祈求呢？是内心的不安在作祟，是内心的自责让我不得有片刻的宁闲。

我听到医院护办室的门响了一下，以为是小陈回来了，我"哗"地一下扑开了护办室的门。

"呀！"一声惊叫让我看清了老护士惊恐的面目，"你干什么？吓死我了。"老护士看清是我，才镇定了一些，她一边用手扇着心间区，一边不悦地责备我，"你差点吓死我。"

"对不起，对不起。"我一边赔笑，一边赔礼，原以为是小陈，想不到是老护士，"真是对不起，我太莽撞了。"

"一点礼貌也没有。"我知道老护士对此很不满,因为此刻她尚在用手在心口外扇动,想必是心跳得太厉害无法稳定下来,她的脸色潮红有晶晶发亮的汗珠。

"我以为,我以为是小陈。"我想老护士是可以谅解我的,因为小陈让我心里很不踏实。

"就是小陈回来了,也不至于激动成这个样子吧。"我一提到小陈她就笑了,"我以为你要干什么,疯疯癫癫的。"我不知道老护士想哪去了,但我绝不是有意的,我心里太牵挂小陈了,多么盼望她早一点回到医院。

"老护士你说小陈今天会回来吗?"

"想不到你还真关心小陈,可惜呀,你弄错了对象。"我知道老护士话中的深意,我也明白自己的身份,我不配小陈,可祸是由我而起,我问问总可以吧。

"我明白,我以后会注意自己的形象,把自己放在一个适当的地位。"我的内心真是痛苦到了极点,自己到底不如人,到底哪里不如人,就因为自己是农村户口,没文凭,不是正式工,所以就不配去喜欢像小陈这样的姑娘。

"小陈可能回去了。"老护士。

"但愿她是回去了。"

"你放心吧,你的行为虽然有些浅薄,大家笑的也有些刺耳了,小陈一下子不能接受,这很正常。"我不知道正常意味着什么,但我知道在老护士的眼里,我是一个浅薄的人,她压根就瞧不上我。

第五章　各有所图

偶然的机会,我听到老护士和会计提到了小陈,我才知道小陈家开了一家大药房,他的父亲从局里为她请了假,小陈并不是因为我的失礼离去的。

小陈,那种完全的负罪感、愧疚感旷日持久地折磨着我,你知道吗?因为你,我的身心俱疲,一直在自责,我已经失去了自我。

我决定见小陈一面。

院长很容易就批了我的假,他知道我的勤奋和坚持一向是医院的楷模,从来不迟到,不旷工,也不早退,干的比别人多,拿的比别人少,既然请假就必有请假的道理,他什么也没问,冲我点了一下头,我就可以走了。

找小陈家的大药房并不是一件很难的事情,随便问一个城里人都知道。

我站在大药房外边良久地端详着。

"小苏,为什么不进来?"我以为自己听错了,那分明是小陈,她优美的身姿亭亭玉立,目光和悦，正冲着我笑呢，她手中拨弄着一支油笔，这分明是忙里偷闲出来招呼我。

我虽然充分准备了我们见面的勇气，见到小陈难免还是表现出了前所未有的慌张和压抑，我的心跳在加速，我的血液在无休止地往上涌，我知道我的脸已经变成了浆红色，心理上的不自在，在行为上也表现出了尴尬，我终于见到了小陈，我内心的愧疚久久地折磨着我。"小陈，你好！"可怎么也觉得别扭，对此行的目的，我认定是后悔了，即使早春的寒意还是那么明显，我额头的汗水还是不得已被揩去。

"我早看到了你，可是一直等不到你进来，如此懦弱，女孩可不喜欢。"想不到小陈一见面就和我像老朋友一般开起了玩笑，我内心的紧张在无意中悄悄地溜走了。

"见到你很高兴。"

"难得你还记着我？"什么话，难得？我几乎是日日夜夜、分分秒秒都记着你，因为你，我寝食难安；因为你，我在痛苦中煎熬着自己；因为你，我的心里变得很脆弱，我的身心得到了前所未有的折磨，你说我记着你否？

"你还和以前一样。"我稍稍动了一下脚跟，让自己的身体侧转了一些，目光游离，不敢和小陈对视。

"那很自然，你呢，我发现了，你好像更加斯文了。"小陈。

"你们家开的药店？"

"我希望是我们家的。"这是什么话，明明是他们家的，怎么会说希望是呢，难道不是他们家的，这不可能。

"小陈真会谦虚。"

"这里没法和你说明白，你等一下我，我去去就回来。"小陈急匆匆地回了药房，然后又急匆匆地从药店里奔了出来，不同的是刚才手中捏的是油笔，现在手中提的是棕色的小皮包。

"你要干什么？"我有些不明白。

"你和我来。"她冲我笑了一面，一只手拉了一下我的胳膊，然后向东走去，我从来也没有和小陈走得这么近，更别说用手拉扯，这种感觉是那么美好，我一生都不会忘记。

"因为我影响了你的工作，那多不好。"我的不安是由来已久的，此刻的不安又能算得了什么，巴不得她给我这个机会，让我向她赔礼道歉。

"你不是说药房是我们家的吗，那有什么。"她说得轻描淡写极其随便，谁知道她心里在想什么。

我们在一家小饭馆里落了座，小陈什么也没说，进厨房里提了一壶茶，给我和她一人倒了一杯，里边才走出了店主，她冲我笑了一下，"你们随便。"

"早上吃饭了吗？"小陈用抹布擦拭了小方桌之后又重新摆放了一下茶杯。

"吃过了。"

"你千万不要客气，如果没吃就让我姐给你做点，如果吃了，那就等中午吧。"难怪她如此随便，食堂原来是她姐姐开的。

"不用，你姐开的食堂。"我瞅了一下食堂的陈设，简单，我看最好就用这两个字来概括那才恰如其分，因为真的是太简单了，小屋很低矮，坐的凳子也不知道是从哪个学校搞来的学生凳，上边还标有班号，甚至有的还刻有大名，所谓的方桌也没什么讲究的地方，给我的感觉和七拼八凑的差不多。

"别小瞧这种不起眼的小食堂，他的效益还不错，一月挣千二八百那太容易了，用不了几年，我姐就会发了，到时候房子一翻盖，食堂、旅店一起上，说不定会变成小财神，"说到她姐的未来，小陈多少有些羡慕，也为她姐的将来而自豪。

"你们家是搞药的，怎么你姐开了食堂。"一个家庭的生意往往彼此有很多的相似之处，而我却看不到他们之间的联系，这不能不让人感到意外。

"药店不是我们家的。"小陈。

"听不明白你在说什么，你们家的大药店，又说不是你们家的，你到底在说什么，你自己能听明白吗？"我被小陈搞糊涂了。

"这个药店的法人是我爸，但财产是别人的，我爸在台前只挣工资和人家的奖金，这回你听明白了吗？"小陈。

"好像听懂了。"

"你不需要太明白了，日后自然就懂了。"小陈又给我的茶杯加了一些茶水，她姐从外边回来时，顺便带了一些糖果摆在了我们之间的小方桌上。

"在哪儿上班？子玉也不说介绍一下。"小陈的姐姐一边摆放东西，一边冲着我笑，她看上去很文雅，肤色略显粗糙了些。

"是我的同事，我倒忘了介绍，小苏，这是我姐。"小陈在姐姐的追问下，慌忙做了介绍。

"你好！"小陈的姐姐给我递过来一个苹果。

"谢谢大姐。"

"你们聊，我还有干的。"小陈的姐姐拍了一下小陈的肩头就往里间走去，"照顾好你的朋友。"

"你去忙吧，我比你清楚。"小陈瞅了一眼姐姐而后不自然地笑了。

"我这次来……"我本想三言两语扯入主题，告诉小陈我此行的目的，但我刚开了一个头，小陈就拦了回去。

"考察，考察，准备单干？以前我不懂药价，自从我爸替人家管了这个药店，我才知道医院有多么能挣，和院长相比，我们都是小人物，利润简直太高了，高出了我的想象力，有朝一日你如果想单干，就来这里我给你组织药品，保证你挣大钱。"小陈的兴致极高，我相信她在这里干的一定比在医院舒心。

"我若开门诊，一定请你帮忙。"

"现在不开？"小陈。

"条件不成熟。"我找不到更加适合的原因来搪塞小陈,只能笼统地用这句话来挡住她的好奇。

"让我想吧,你千万别想得太复杂了,以前我也是这样想,以为干什么都很难,不容易,以为每个部门都是一道鬼门关,想进这个门,一定会付出很多很多,现在我明白了,其实也挺容易。"小陈。

"对于我来说,恐怕也没那么容易。"小陈给我剥了一块奶糖。

"吃吧,这种糖味道不错。"我不想吃,但小陈坚持让我吃一块。

"你就是太虚伪,一点也不大方,让人感到别扭。"小陈。

"糖的味道不错。"我的心情很不错,即使小陈有那种看法,也丝毫不影响我的情绪。

"那是,我姐买的能质量差了。"小陈的自豪让我十分的羡慕,她要比我优越多了,还有一个姐姐这么照顾她。

"你好,请坐。"来人了,小陈连忙迎了上去,先是问候了客人,然后便给倒了一杯茶水。

小陈的姐姐从厨房走了出来,手上拿着菜单直奔主顾。

"你进过食堂吗?"

"进过学校的食堂。"我想我还是老实一点吧。

"将来我姐如果开了大食堂,那环境才好,如果真有那么一天,我会把你们都请来好好撮一顿。"她姐开食堂,比她自己开都乐呵和自信。

"我想那一天会到来的。"

"你的目的就是转正,我相信你一定会实现的。"我相信好人有好报。

"您的菜齐了,还有什么要求吗?"小陈的姐姐。

"你去忙吧,有什么事情我会招呼你们的。"客人。

"我姐就是这样,慢慢腾腾,很会笼络客人,你看吧,今天我们一定会大饱口福,她不会慢待我的客人。"小陈已经动手准备碗筷了,她很自信。

"给你姐添麻烦,真是不好意思,要不我们换一个地方,我请你。"

"怎么,怀疑我们的诚意不如农村人,以后不能这样对待我。"小陈略显不满,都怪我多心了。

我不好意思地笑了一下,我看到小陈的姐姐向我们走了过来。

"你们两个还得坐会儿,肉一会儿就炖好,小陈要好好招呼你的同事。"

"你去招呼客人吧。"小陈冲我笑了一下,然后伏在了姐姐的肩头,轻轻地把她姐推走了,"怎么样,我姐够意思吧,炖肉,实惠。"

吃饭的时候,小陈不断地给我夹肉,让我很不好意思,但我吃的依然很少。

"你还回医院上班吗?"

"回去,也许是明天,也许是后天,也许,我也说不清楚,总之,现在有人照顾我们,我拿双份工资,又有什么不好的呢?"这当然好了,能拿双份工资,我想都不敢想,而小陈竟然拿双份，那她自然不会回乡医院了。

"真是想不到。"

小陈很轻松地笑了一下，她的优越和自豪定性了她的自满和得意，而她尚有很多不如意的地方，看来人的愿望是随着环境的改变而在不断修正的，人的追求永无止息，人的奢望就会不断膨胀。

"我相信有一天你会超过我们。"

"希望有这么一天。"

"不要那么悲观，要相信自己，乐观的去坚持，总比悲哀的等待要胜过百倍。"经过地摊的时候，小陈坚持要称几斤黑枣，让我带回去和同事们一块吃。

"分别在即，有句话我一直压在心中不吐不快，小陈，以前我可能对你太不敬，请你千万别放在心上。"

"小苏，你想到哪去了，我这个人虽然任性，但不是什么也不懂，我压根就没想过要怪你。"我相信她是真的原谅了我，真的不再计较我了。

"你的宽容我记下了，谢谢你小陈。"我想此刻分手那是再恰当不过了。

"记住别忘了代一声问候过去。"……

我想我的收获是很意外的，小陈的一包黑枣给了我这个机会，我的心里没有了包袱，对人对事也就少了偏见和厌恶，觉得别人亲切了，一种孤独的、长期的单调让我产生了强烈的回归大众行列的心情，小陈，我应该感激你，感谢你让我带回的问候，感谢你让我捎给大家的黑枣。

"你好，老护士。"应该说这样的称呼与我隔绝得太久了。

老护士不解地望着我，她的疑惑更能说明问题，她的心里一定在想，太阳从西边出来了，这个古董怎么变得这么乖巧，一定是遇上了难为不解有求于我的事情了，否则他怎么大清早出来献殷勤。

"小陈让我问候你和大家。"

"你见过小陈了？"我把一包黑枣放到了她的面前，老护士才反应了过来，她看了一眼黑枣，笑了，我知道小陈是特意为她买的，因为小陈在这里与她的关系最好，而且也只有她才爱吃这玩意儿，这些都是小陈告诉我的，也许刚才老护士还有些不太相信，但一看到黑枣她相信了，"你真的见过小陈？"看来如果不是小陈的一包黑枣，老护士还真的不相信我，以为我是骗子，看我像吗？我怎么老感到他们这么别扭，对我一点也不在乎。

我想说话，却又找不到适合此刻说的话。只好站在那里傻笑了，反正我是不会轻易走的，看老护士怎么处置小陈带给大伙的东西，她已经动手动口了，真自私，连我都不让，女人的嘴真馋。

"很好的黑枣，难得小陈还记着我。"随即把所有的黑枣全填入了一个桌屉中上了锁。

我莫明其妙地望着她。

"这你就不懂了，我带回去和我的儿子分享吧，别人就免了吧，"想不到我一向敬重的老护士也有她自私的一面，为了几斤黑枣，好像我的存在，压根就没引起她的顾虑。

"这你随便。"我能说什么呢？

"请坐。"我冲她淡淡地笑了一下，然后摇了一下头出了护办室，她对小陈的情况什么也不问，一门心思就是收留那点黑枣，莫明其妙，而她这么聪明的人，竟然一点也不觉得。

"噢，苏大夫。"我一出门便碰上了会计，他的步伐像鼓点一般，碰上了我这个冒失鬼，他几乎有些收留不住自己，但最快的动作还是用手扶住了镜框，然后嘿嘿地笑了一面。

"这么急去抢什么呢？"如果是以前我是绝不会搭理他的，现在不同了，我心情高兴，对他也有了好感。

"护办室有什么好货，值得抢吗？"他的玩笑是冲着老护士去的，我在这里一笑，老护士就有了反应。

"狗嘴里吐不出象牙，那还跑什么，待在药房比我这自在多了，何苦跑来这里受煎熬？"他们一向玩笑惯了，彼此一点也不拘束。

"难得苏大夫有这样的心情，回去再坐一会儿。"我不知道会计是否有诚意，既然他这么说了，回去又何妨。

"昨天没陪打麻将去？"会计刚刚坐稳，马上就不自在了起来，他知道老护士指的什么。

"唉，别瞎说了，玩麻将有什么，如果你玩我也陪你一夜。"会计想变被动为主动。

"臭美。"老护士用抹布扇了一下会计。

"小苏进城了不多住几天，着急什么，医院病人也不多。"会计。

"在农村待惯了，城里真还有些不习惯，那么拥挤，心里就会产生一种莫名其妙的惶恐。"

"不见得吧。"会计这句话显得很虚伪。

"该换一身衣服了。"老护士。

"换，等再发了工资就换一身西服，不然的话，和你们在一块，就显得不伦不类了，前几年还时髦中山装，这才几年，中山装就变成垃圾了。"这件中山装是我心爱了很久的衣服，现在居然过时了。

"不要再哭穷了，我听人说你弄了两只寒羊，又种地，怎么说一年的收入也比我们高多了，干吗还这么吝啬，打扮得漂亮一些，追女孩也有些资本，这都什么时代了，社会的变迁，怎么就不能淘汰你这种恋旧的思想呢？"会计的嗅觉真是灵敏，连我弄回了寒羊他都知道了，我记得我没有告诉任何人，是什么人这么关心我？

"你们家地里的收入如何？"老护士的优越之处正是因为和种地人有了截然的区别

而自慰，却不知道种地人和她一样，都是为了生存。

"还能将就，比前几年强多了，村子里好多的人家都已经超越了万元户，我们家也正在穷追猛打，希望有更好的收入。"

"东西涨价，我们的工资不知何年何月再涨。"会计一直忙于精打细算，到什么时候都是谋利不谋亏。

"和种地人相比，你还是顶呱呱的好收入，不用风吹雨打，不用劳心费力，就有了保障，好多人都在羡慕你呢。"这其中就有我，我就羡慕他们，细水长流，到什么时候都有保障。

"哈哈哈。"会计自豪地笑了，他因为一日三餐有了保障就如此自满，如此得意，这不能怪他，他的优越滋生了他的惰性和固步自封，他想得更多的是能涨一级工资，或者痛痛快快地玩麻架。

"会计有什么不满足的，是院长的红人，医院的收入如何分配，全操纵在你的手里。"老护士的双手比画着几个她认为有必要的动作，好像还用了好大的力气往上扬了一下。

"说正经的，别瞎扯。"会计听完了老护士的话，慌忙走到门口向外张望了一下，然后捏了一下鼻尖，让流通的气流在鼻腔抽搐了一下，仿佛气筒在放气，扶了一下镜框终止了，他的这种行为好像十分的夸张，而又像很神秘。

"有人偷听吗？"别人如何议论本不关会计的事儿，而他偏偏在场，就不得不为僻嫌而制止老护士。

"我们还是换一个话题吧，让院长听到了，心里不得劲。"医院利润的分配是一个敏感的话题，一般情况下是无人问津的。

老护士平淡地笑了一下，似乎也为自己的失言有些懊悔，她瞟了一眼会计，然后又望了我一眼，什么也没有再说。

"有好长时间不见小苏过来坐，今天怎么有心情到护办室，看起来心情不错。"会计的舌头拐弯特别的快，我和老护士几乎是陷入了一种压抑的僵局，可是他一张嘴，气氛就明显地不同了。

"他有小陈的消息。"老护士。

"小陈他们家真开了大药店？"会计将信将疑。

"是别人开的，她父亲管理，小陈挣工资。"

"开一家大药店那得多少资金，又得疏通多少关系，从来没听说过小陈家有什么背景，忽然有了这么大的动作，真不敢相信。"会计说。

"小陈家你了解吗？"老护士听着不舒服。

"不了解。"会计知道老护士要较真了，自然不敢再有虚妄之言了。

"小陈和你说过他们家的社会关系？"老护士还是不放过他。

"没有，没有，行了吧，我只是猜，没那么肯定。"看着会计如此狼狈，我心里真是开心极了。

"小陈不回来上班吗？"我还以为老护士有了黑枣就有了一切，她也不过如此，没有绝对的长处，也没有绝对的短处，和所有的人一样，其实很普通，我以为他们了不起，真实的他们的行为也高尚不到哪，一样的贪婪，一样的平庸，一样的自私。

"这种可能性会大一些。"我想会计说的还是有道理的。

"我想也是，她会回来的。"

"小陈应该早点回来，护办室就我一个人，太累了。"老护士动了一下脚跟，左手在裤缝上捏了一下，我知道她惦记着装起的几粒黑枣，便不由地笑了一下。

"你笑什么？小陈要回来了，肯定吗？你喜成了这副模样，想必小陈是肯定要回来了。"会计。

我望了一眼老护士不知说什么好，然后又不由地笑了，笑得老护士有些不自在，笑得会计也莫名其妙，连我自己也几乎说不清楚了。

"小陈的条件太优越了，说什么她也不会再回到农村。"老护士说得也不无道理。

"医院人手不够，小陈能回来最好不过了，医院因为少了她而失去了欢笑，变得沉闷、呆板、冷漠，一点也不舒服，我是希望她能够回来，尽快让我们笑起来，乐起来。"会计。

"想不到会计的表达能力见涨了，是不是整夜的玩麻架让你悟出了漂亮的口才。"老护士夸张的神态，让会计感到了讥讽的不自在，他梗着脖子，似笑非笑地盯着老护士，一只手随时准备点击老护士，老护士一边防范会计，一边还是把话讲完了。

"我觉得会计讲得不错。"

"没发现你们俩联合到一块，还是专门寻我的开心。"会计手上占不到便宜，口却不能闲着。

"会计，难道我表扬你错了吗？……"我的话尚且没有讲完，一声呼喝让我们迅即凝固了，我的心在猛烈地跳，会计敏捷地从我的身边擦过溜了出去。

"你们不知道这是上班时间吗？没有你们的工作岗位？"院长的眼睛逼视着会计，然后随着会计的身影挪动了脚步，我小心地回过头去，院长只瞥了一眼就从门口消失了。

"不知哪根螺栓拧紧了，失去了平衡？"我无言地笑了一下，我想老护士的话，一定有她的道理。

"上面马上要进行检查了，你不抓紧时间修账，到时候出了问题，你能负起责任吗？干什么都不利索，我都替你着急。"院长暴烈的口吻在走廊中又吼了起来，当我明白院长的呼喝是冲会计而来的，心里的不安便悄悄开始了缓解。

没有听到会计的声音，想必他是疏忽了。

"成天一有时间就赌博，他的工作能干好吗？"我不明白，这么精于算计的会计怎么会嗜好赌博呢？他一门心思耗在麻架上，难怪院长会骂他。

"会计每天玩？"

"每天玩，我们那个偶尔也玩，去十次十次就有他，小王家随时支应。"老护士说到小王的时候，口气略略加重了一些，神色有点古怪。

"不怕抓赌吗？"我常听人们说派出所有任务，抓赌抓得特别厉害，难道小王不怕吗？

"怕，可也不怕，派出所的人也常去玩，同在一个小街上共事儿，象征性的行动也有过，但更多的时候是不管，小王也因此获了利。"老护士瞟了我一眼，然后又把目光投向了走廊。

"小王不嫌麻烦？"人来人往还像个家吗？我不明白，这是何苦呢？支应这么多的闲人，真没意思。

"嫌麻烦？你才想错了，小王嫌麻烦，嫌麻烦她会支应这么多的人？你知道她每天可以收入多少吗？支应一天，少说也打百八十元贯，她支应两天是你一个月的工资。"老护士的声音越压越低，逐渐开始神秘起来。

"我不知道。"我真的是不知道。

"你马上把账修好，能干就干，不能干就放下。"偶尔还会传来院长的怒斥声，看来院长是真动怒了，这种场面也没什么意思，我的心思又集中在了小王的身上。

"你还有点嫩。"老护士用玩笑的口吻和神色结束了此次谈话，她说完之后就开始整理办公室。

"你最好是尽快把它补齐。"这句话我听得特别明白，因为这句话的声音降低了，反而比院长的高音喇叭要清晰多了，似乎有安抚会计的意思，或许是怕别人听到了要害所在，所以院长改变了腔调，殊不知他这么做反而激起了别人的好奇，听的反而比刚才的效果好。

"补齐？"院长让会计补齐什么呢？补齐账？

第六章　众生众相

院长发完火之后，医院又恢复了平静，小王整个上午都没有走出药房，会计在隔壁的会计室里收款，坐得也非常老实，他们看到我的目光都是余光，表现得又很淡漠，甚至是陌生。

以后没再听到院长乱吼，上面的检查也终于没来，会计在忘了尴尬之后又恢复了常态，他的自信一向是别人无可比拟的。

当我再度走过护办室的时候，我发现自己开始了另一种生活，帮助老护士处理病人，要远远超过我做大夫的感觉，婴儿的啼叫声，母亲的呵护声，那些因为怕针而惶恐的人们，都给我留下了深刻的印象，我在门诊没有体验过的紧张生活，偶尔在护办室就会感受到。

"你不坐门诊，跑到我这里院长会有意见的。"老护士最希望我过来帮她忙，因为医院到了旺季，她一个人忙不过来，而这么多的病人，院长一个人就能处理，而老护士加上我两个人都很忙。

"病人不信任我，难道你也不信任我吗？"我自信自己还不是一个合格的大夫，也不是一个合格的护理工，但我相信打打针，输输液，这些活儿我还是可以胜任的，而且绝对没问题。

"你能过来帮我自然好了，我每天都在盼你过来。"居然我也有用武之地，我笑了一下，不能看病，处理病人也不错，这同样可以学到好多的东西，我相信这些东西对自己同样重要，老护士一边处理病人的伤口，一边对我说。

"恐怕给你帮了倒忙。"我不是护理工，自然在护理方面和老护士有差距，我担心因此给老护士的工作带来负面影响。

"干什么都一样，想一伸手就得心应手那不可能，熟能生巧，干的遍数多了，自然就手熟了。"我相信干什么都有诀窍，但手熟是最大的关键，你看老护士她处理病人多么冷静，她可以和我说话，而又能细心地照顾病人，换了我可能办不到。

我给病人打完针，就立在一边端详老护士处理伤口。

"护办室干，不如你在门诊轻闲，对吗？"这还用问，我处理的那几个病人不提也罢，我不知道王大夫现在有多少病人，可是直觉告诉我，院长的病人其实一点也不少，他能做到院长，自然有他的长处。

"干什么都一样，这样忙着，总比那样闲着拿工资有意义。"我能说什么呢？自己在旺季的时候都没几个病人，到了淡季还能怎么样呢？能帮老护士干就已经不错了。

"院长改变了态度，效果就是不一样，用院长的话说，这是服务质量的改变，也要求我们改善服务态度，不知道是病人原本就多呢，还是院长改变了态度然后人多了，反正这段时间病人忽然多了起来，小苏你说王大夫那里人多吗？"问我？老护士尚且不知道王大夫的业务状况，我又怎么能知道呢。

"不知道，想必也一样。"

"不会吧，真的有那么多的病人？我看未必，医院人多了，王大夫的人一定少，医院人少了，王大夫那里人一定多。"老护士并不希望医院的人多，因为人多人少和她的关系不大，人少了她落得清闲，人多了反而会受累。

"院长病人增加了，我的病人却不增加，我希望自己能多看一些病人，可是病人却不希望看我，没有办法。"我无奈地笑了一下。

最后一个病人老护士处理完之后招呼了一声走了。

"火候不到，胡子留得太少。"我相信老护士是和我开玩笑，我的年龄是小了一些，但胡子却稀稀拉拉留了不少，我想让自己装扮得持重老成一些，可是装不像。

"像我这样做医生，无疑是在浪费青春。"我的无奈变成了一种苦笑。

"一个人不可能脱离了实际而成功地扮演想象者，那样就会苦恼，就会失望、痛苦，"我相信老护士这句话是因为我而发，是专门为我打造的。

"我有过吗？"我苦笑了一下。

"你是一个很现实的人，也很老实，就是有些呆板，以后应该活套一些，别老把自己关起来想事儿，那样不好。"我相信自己就是这样的一个人，过于的呆板。

"我总是设计着改变自己的形象，想和别人亲近一些，但感觉总是不好。"

"其实你以后注意一些，病人还是乐意试试的。"我相信老护士。

"最近你们两个配合得挺默契，是不是就不欢迎我这个盟外之客了。"会计的话极尽了玩笑的口吻，他一出现在护办室就要扶一下镜框，脸上堆满了笑，目光瞟着老护士。

"狗嘴里吐不出象牙，你也不看小苏有多大年龄，乱开玩笑，说说看，院长为什么发那么大的火。"老护士。

"让你们跟着我受累了？"会计。

"我们都听不懂，好像是三岁小儿。"老护士。

"你们听到什么了？说的我稀里糊涂。"会计。

"别装了，说吧，为了老情人，又惹下了什么糊糊，这有什么难为情的，尽人皆知。"老护士把尽人皆知说得特别重，不屑的目光，和无所顾忌的言辞，令会计多少有些难为情，他嘿嘿地干笑了一声，顺手摘下了眼镜，从裤袋中扯出一条洁净的手绢，抹了一把额头，然后瞟了我一眼，尴尬地笑着，两只手盘旋在镜片上，吹了一口气，把眼镜又架在了鼻梁上。

"真没想到你会说出这么不雅致的话来，听得我心惊肉跳，老护士成天在想什么，怎么尽往我身上想，是不是……"会计慢条斯理地讲着话，声色阴阳怪气，目光狡黠地瞥着老护士，形容十分的怪异。

"真不是个东西。"老护士被会计如此的形容窥视了一番，便稍稍发恼的拉下了脸，似有不悦的神色，会计乘机哈哈哈大笑了起来，一场危机稍纵即逝，这是我想的，其实他们根本就不会有什么危机，我的担心也是杞人忧天。

"你说得太难听了，也不怕惹火烧身。"会计一反常态，故作郑重地对老护士讲了这么一句话，然后他又瞟了我一眼。

"呵呵呵……"我真不明白，老护士怎么突然又笑了呢，而且好像十分的开心，真是搞不明白，他们到底在说什么，我怎么越听越糊涂了。

会计在老护士的笑声中遛了，他很不自在。

"会计生气了。"我从旁提醒了一声老护士。

"我亏损他，让他以后少进护办室。"我以为他们只是单纯的玩笑而已，想不到还潜伏着如此耐人寻味的话题。

我默默地听完了老护士的话，心里良久地琢磨着。

"有一天你会明白的，现在你也许听不懂，自然有懂的一天。"我是知其一，不知其二。

"我不知道，知道了也没用。"

"时间会让你明白的，你如果想明白，那一点也不难，但你明白了之后别后悔。"太深奥了，明白了会后悔。

我点了一下头，鬼知道我点头是因为什么，是想明白呢？还是不想明白。

"何必要事事弄明白呢？也许不明白，糊涂一些更好，心里清静。"她指了一下门口，示意我去看一下，她怕别人偷听，怕会计？当面也敢说，何必怕呢？那又怕谁呢？

"没人。"

"算了不和你说了，免的滋生事端。"这个话题充满了悬念，让我十分好奇。

第七章　老护士走了

一场春雨刚刚下过，凉爽的微风就透过门缝在医院的走廊中拐了几个弯，我用力裹紧了身上的衣服，眺望着窗外各处的湿渍，往来的大车小车隆声哀鸣地穿插着，泥淖中溅起的泥条，污水在苍凉中飞舞，两侧路边的人，时时做出躲避泥条的动作，然后诅咒上几声，无奈地恢复了常态继续往前走。

"哗啦！"这种破碎的声音在寂静中暴发，显得是那么的清脆，零乱，然后是一种无缘无故的惊恐，怎么了，这种本能的反应在片刻之后让我跳了起来，老护士发生了什么事情，这种声音分明是从护办室传出来的。

"老护士怎么了？"

"把什么东西打碎了？"院长立在他的门口向我发问。

"不知道。"我刚推开护办室的门，小王就从药房来了这边。

"你怎么了？"我看到很多的玻璃针管和药瓶被摔碎了，大方盘虽然躺在了办公桌上，却明显地有了磕迹，这是怎么回事儿，老护士是怎么了？可她却像没事一样，一边清理，一边还冲我们笑呢，这到底是怎么一回事儿。

"看你的样子，我就知道怎么了。"我想老药工一定在吹牛。

"怎么了？"院长也立刻到了门口，他看到了破碎的东西，表情很淡漠，我想他这副面孔是很和善的，绝没有一丁点恶意和责备的意思。

"怎么了，睡着了，睡的忘了。"老药工十分认真的神态，肯定的口气，令我多少有些惊诧，然后就明白了是怎么回事儿，院长嘿嘿地干笑了两声就扭过了身体，"看来就得让忙起来，思想一涣散，这问题就来了。"我相信声音的最后，院长已经回了某个屋中。

"那睡好了。"小王的声音很优美，她笑起来也特别的动人，一条淡绿色的纱巾把粉红色的脸蛋映衬得十分柔和、美丽、娇艳。

"什么都忘了。"我相信老护士说的是真的，她真的是睡着了，她有些腼腆，一直没抬起头来看任何人，一直都止不住笑，我相信她在掩饰她的难为，睡就睡着了，那有什么。

老药工无所谓地被小王推走了，会计讥讽着讲着俏皮话。

"把我吓坏了。"老护士把地面上的碎玻璃整理到墙角之后，长长吁了一口气。

"心疼死我了，以为老护士为了什么想不开。"会计。

"死相！"老护士。

"小苏，你见过老护士的睡相吗？真恶心。"会计此言一出，老护士的脸上就有些挂不住了，要赶走会计，我想这么美丽的老护士，睡相一定很美。

"你快滚吧，别人不稀罕你，快闭上你的臭嘴巴。"老护士一边推着会计，一边念念叨叨地骂会计。

"小苏，你知道老护士睡着了有一个什么毛病？"会计没被老护士推走，又进来帮助会计的小王，她一出现老护士便放了会计，漠漠地看了一眼小王，不自然地笑了一下，"有你们两个好的，合起伙来整我。"

我淡淡地笑着，难道睡相还会有特别怪异的，我听说过咬牙、梦呓、梦游，难道还有别的睡相，我不明白。

"小王你真是太讨厌了，什么也不能让你知道，说给会计也就算了，难道还要对小苏也讲吗？"老护士颇显难为，她想制止小王，或者会计，目的只是不要对我说，我明白她的这个怪僻也没什么，只是当着她的面她不好意思而已，否则小王和会计不会当玩笑乱传。

"这又不是十分难为情的事情，只是为你今天的举动，补充一些理由而已。"会计还是不能抑制自己的兴奋。

"那你们俩今天说的试试，我不怕你们两个说，你们再说了也只是我个人的异僻，总不会涉及到桃色新闻吧。"看来老护士是真生了气，刚才的神色换成了一副淡漠冷峻的面孔，我想小王和会计一定会觉得玩笑过了头，可是我看不出他们有什么难为之处，依然嘻嘻哈哈地视老护士严峻的话不顾。

"算了，算了，不和你说了，我也有一条胳膊，我回去吸吮着它同样会睡得很香。"小王也不是省油的灯。

"怎么样，小苏你知道了吗？"会计接过小王的话茬做了提示，我自然就听明白了，这一定是从小留下的毛病，习惯成自然了，这也没什么呀，干吗这么不开心呢？女人，我想女人最不容易弄懂。

"行，你们两个配合得真好，说了，这有什么，是的，我吮着胳膊睡觉，三十多年了，还从未有人用这个取笑过我，你们两个倒好，一点也不顾我个人的感觉，拿别人的私僻当成你们取笑的资本，你们也不嫌寒碜，改天我送小苏一份礼物，让你们也欣赏欣赏，感觉感觉如何？"老护士虽然对此很不满，但依然保持着自己的风度，尽量让自己保持着友好地笑，虽然言语上多少有些欠柔和，会计还是很满意地笑了一番。

"哈哈哈……我不怕，只要你捕捉到了我的笑料，尽管冲我来吧，我就等着你来呢。"会计居然还能笑起来，而且把一切都看得很无所谓。

没过几天，老护士突然把我叫到了护办室，我以为她是让我帮她打针输液，正准备向她解释一下此刻有病人的困境，没想到她只是给我递了一个茶杯，"麻烦你到后边宿舍倒一杯水。"既然老护士张开了口，我说成什么也不能推脱。

老药师守在药房里已经清闲了起来，老护士那边还在忙乱，我不假思索地匆匆穿过通向后边病区和宿舍的小走廊。

老护士、小陈、小王住一个家，这个我清楚。

我走得很急，往砖道上一拐便扑向了老护士的宿舍，推开了门。

"啊！""呃——"伴着一阵惊恐的骚乱，一幕不堪入目的情景展现在我的面前，我不知道茶杯是怎么掉下去砸碎的，我顾不上关门，掉转头就狂奔了起来。

我的心在猛烈地狂跳，浑身散发着一种炽热、急迫的呼吸，让仅有的一个病人莫名其妙，他吃惊地盯着我，似乎要从我的窘迫中寻找出一些缘由，我紧紧地闭上门，努力抑制着自己的不安。

"苏大夫，你怎么了？"病人有些不解，我想他一定以为我是一个神经质的人，对我的不信任产生了一些不安和恐惧的心态。

我淡淡地冲他笑了一下，情绪稍有好转，缓缓地走向了办公桌，但依然不能完全冷静下来，心魂在迷乱的幽谷中激荡起伏，久久不能自抑。

病人走了，他在拉开门的时候又回过头来瞥了我一眼，我无心去留他，也不曾向他表示歉意，他无所谓地走了。

老护士来到我办公室的门口微笑着瞅了一下，然后两只手理了一下垂挂的披发结了一个大髻，稍做停留便走了。

我知道这是老护士故意安排的，她已经猜到了会计和小王在干什么，我想一定是这样，而且我还知道这就是我可能会后悔的原因，知道了会后悔，我真傻，其实好多次老护士已经暗示了，可我却一点也不明白，现在怎么样，我终于捉奸在床，终于知道了其中的奥秘，又能怎么样呢？还好奇吗？

我为自己的愚蠢感到羞愧和不安，为自己的单纯感到可笑，我瞄了一眼老护士，不知自己尽想了一些什么，我分明看到她的得意和浅薄的笑，我知道她很满足，她利用我实现了她报复会计和小王的目的，而我竟然变成了最知情的人，成了她实现这个目的的工具，想到了这些又有什么用呢？老护士并不是为了要水，要水只是一种借口，目的就是要我证实，目睹会计和小王在干什么，她走了，她看到了我的不安，我的惶恐，然后走了，我知道她的目的已经达到了，此刻最不安的我想应该是我，是我的幼稚、唐突、无礼以致观瞻了别人的风流韵事，我不知道自己下一步该咋办，自责、赔礼，装得若无其事？我不知道，我真的是不知道，我将如何面对会计和小王，成了我面临的最大的难题。

我的脑海中一片迷茫，什么也记不起来，也理不出一个头绪。

老药工锁好了药房的门便走了，我想老护士一定先她而走了，我没有再听到任何动静，医院里便归于寂静。

我呆呆地坐在窗前出神，我想我此刻最难的还是面对，面对会计和小王我的不安和难为，是否会令他们难堪和尴尬，我想我应当回避，我害怕见他们，所以不敢走出办公室。

我必须装作若无其事，即使是亲眼看见的，是小镇爆炸性的特大的新闻，也只能知于我而止于我，我不但没有勇气面对小王、会计，也不敢面对自己的心里，唯恐真的给自己找来一些烦恼。

在办公室里我不吃不喝，呆呆地坐着，偶尔躺下，或者急躁地在当地来回晃悠，就是不敢走出去，我害怕，我惶恐，我羞涩，好像这见不得人的勾当是我自己干的。

"怎么回事儿，老护士到现在还没来？"院长的一声吆喝让我从迷迷糊糊中醒了过来，新的一天已经开始，这漫长的夜折磨得我浑身疲乏，头晕眼胀。

"不知道。"会计的回答依然是那么平稳、单调。

"病人来了，她干什么去了？"院长自己开了护办室的门，我不明白，老护士如此敬业爱岗的人，怎么会犯这种错误。

"让苏大夫顶一下。"会计居然提到了我，虽然底气不足，但还是提到了我，他还真行，他还敢提到我，我觉得好笑，他竟然想到了我，这不能不让我感到好笑。

"苏培。"院长有什么不敢的，我是唯一的最佳人选，即使会计想不到我，院长迟早也会想到我的。

"唉。"我不能装聋作哑，听到会计的推荐我已经做好了心理准备，院长一吆喝，我便答应了一声。

"你来护办室顶班。"院长很自然地重新调整了我的工作。

会计窥视的目光，在我走出自己办公室的刹那间悄悄地盯着我，我无法回避自己的心态，心里想着会计和小王，目光就不由得落向他们的方位，会计在刹那间扭过了头，而后又低下了头，我惶恐的目光在遛过药房玻璃的时候，已经什么也看不到了，脚步一摆，人已进入了护办室。

整个上午我都在忙，忙让我忽视了自己的窘迫，而新的涉及到小王的新闻，让我忽视了自己的心态，小王居然在发生了我窥破她和会计的丑事之后，丝毫也不检点自己的行为，晚上又和乡长睡在了一起。

小镇上的人好像都被这股暗潮袭击了，大家都在僻静的地方议论着，乡长睡了小王，竟然被小王的丈夫捉了奸，然后如何如何就成了众人编排的故事，老护士的丈夫竟然也和小王有一手，这点她无论如何也不会想到，告密的人居然是会计，然后便发生了捉奸的闹剧，事后小王的丈夫还找了老护士。

老护士终于没有再回来上班，她走了，至于她走了何处，我没有打听，反正她换了一个新的工作环境，她没有脸在待在医院，听人们说她撕了丈夫的脸，小王有丈夫护着，她只是谩骂羞辱了一番，别人的不自在放在她自己的身上，她也不自在了起来，只不过她无法承受这种不自在，所以她的痛苦，她的悲哀，就比别人更加沉重和猛烈。

"最让人弄不明白的竟然是乡长。"会计在走廊中和别人议论的时候，不知道是否想到了自己，我知道小王依然没有回来上班，但所有的人都知道，她仿佛没事儿人一样，卖她的化肥，和丈夫一道出进，好得不得了。

"听人说你也有一手。"不知是哪个大胆地开起了会计的玩笑。

"呵呵呵呵，你想我是那种人吗？"这种事情别人是不会较真的，会计自然容易掩饰，即使有些不自在，他也得硬撑着。我很快就想到了他和小王，内心不由得要释放一种笑，可又不敢笑出声，会计压根就没把我放在心里，老护士的丈夫发生了问题，他高兴得不得了，但看到我的时候目光仍然会回避一下，因为有了这种事情，我和会计彼此间显得更疏远了，但在好多医院的事情上，会计是竭力地维护我的利益，我明白他的心思，就是感到有些好笑，心里反而坦然多了。

走了王大夫乡医院似乎宽松了几天，走了老护士人们却是始料不及，小王也不来上班，老药师又极其不配合，医院显得特别忙乱，我从医生贬为了护士也没有什么，这段时间着实让院长难为了，里里外外就他一个人着急，他都顾不上招呼我们了，能把病人处理好已经不错了。

"这样怎么行，人手太少了。"老药师最先发出了牢骚般的梦呓，她似乎旁若无人，却又谁也不看，她的目光是软弱的，她的心理素质也不强，可是她有这种想法，似乎也窥破了别人的同样心情，所以她成了代言人，发起人，而又缺乏真正面对的勇气。

院长瞥了一眼老药师，一言未发，他何尝不明白，人手减了这么多，两个人的活儿一个人去完成，可他很无所谓，他是院长，我们是他的手下，他不相信我们会真的难为他，事实上也正是如此，劳累归劳累，牢骚归牢骚，凡是在院的人该干什么还得干什么。

"向卫生局要人。"会计的想法看似高明，其实一点也不实际，人才这么缺，向卫生局要人可能吗？再说了，卫生局给的人还少吗？只不过大家都跑了，院长领着那么多人的财政工资，敢说没有人吗？

瞟了一眼会计，院长扔给了他一支烟。

"就是嘛，乡医院这么几个工作人员，还像个乡医院吗？"这一次老药师的目光终于抬了起来，但是她的目光不是针对院长，而是飘进来的光斑，没有人搭理她，她也无所谓，她说完了就像没事儿人一般，又去端详她修长的指甲，或者略略发暗发紫红的指肚。

"人少才能调动每一个人的积极性。"我揣度了院长此刻的心情，表达了自己的想法，期望能给他一份力量和安慰，期望和院长形成共识。

"小王过几天会来上班，药房不成问题。"院长说小王会来上班，给了我不小的震动，我的心里莫名其妙地产生了一种难为情，担心、忧虑，会计举起了厚厚的绵软软的左手扶了一下镜框，艰涩的目光瞪视着我，仿佛想从我的脸皮上获得一些什么信息，嘲笑、厌恶、诅咒……我不知道，当我正视他的时候，他又把目光瞥向了别处，我马上想到了他和小王的行为是那么的可笑和恶心，想到了老护士，我诅咒的心里立即便产生了，小王难道没有感到羞愧、难为和自责，应该是谁更应该难为情呢？是谁更应该受到鞭挞呢？

会计默默地低下了头，我不知道会计此刻在想什么，惭愧吗？看到老护士落魄地逃离了他们而庆幸吗？我为有如此的同事而感到不安和羞愧，可是我又没有别的出路，我不明白他们的心里到底在想什么，他们的心理素质为什么超越了同时代的人。

"小王要来上班，那不错。"老药工立即喜上眉梢，片刻间她又皱起了眉头，瞟了一眼院长。"小王的工作不错，可是……"老药工可见没谱了，她不往下讲了，她一向如此小心，此刻也一样，这样的话她不讲，她认为她不该讲，其实大家心里都明白，只不过是心照不宣而已。

"小王来了，药房的压力就会减轻，你们不用担心，卫生局是要不回人的，也不会再给，但人手我们一定要加，你们听好了，我从来也不曾收过徒弟，现在这个时候，对医院来说是非常时期，看来不这么做，于公于己于大家都没有好处，我决定收几个徒弟来增加医院的人手，又不用支出，一举两得。"院长决定收徒弟，在小镇算得上是惊天动地的大事儿，何曾有人有过这样的期望，能给院长做徒弟，那是多么光彩的一件事儿，很多人巴结都来不及呢，现在院长居然金口大开，自称纳徒，真是一件意想不到的决定。

"收徒工？挣钱吗？"会计。

"他不交钱已经够幸运了。"院长自信地摆了一下手，无所谓的笑让人感到很不舒服。

"准备收几个？"老药师也感兴趣。

"几个也行。"院长很得意，因为他要有自己的传人了，他因为自己的学识胜别人一筹，他能不得意吗？

"医生这个行业还不错。"老药师仿佛在自言自语，我看了她一眼，不明白她心里到底在想什么。

"果真那样，医院的人手用不了多久就充实了。"会计。

"你真是厚颜无耻，这些都不是因为你吗？"这句话搁在那也不会有人如此放肆，而从院长的口中吐出来，就不是那么一回事儿了，会计一下子就收敛了他的自信和得意，他腼腆地瞅了我一眼，默默地低下了头，还是没忘记用手扶了一下镜框，我在心里好得意，终于有人贬损了会计，真是大快人心。

"老护士不走就好了。"老药师瞟了一眼会计，我看到她的目光中明显的厌恶和鄙视是那么的灼人。

第八章　我似乎不是我自己

　　院长说得一点都不错，小王终于肯回来上班了，她在休整了一段时间之后，面貌更加姣美，温和的笑容，流溢莺光的眼睛，分外飘红的鲜亮的唇，格外引人，她浅浅地笑着，一身连衣裙洁白无瑕，她迈着轻盈舒缓的步伐，搭着一个仿佛是蛇皮一样有着花斑的提袋，斯斯文文地踏进了镇医院。

　　我和仅有的几位同事，院长新收的徒弟，都纳诧地盯着，这仿佛是一个陌生的遥远的美女，一个和镇医院破旧格格不入的形象让我们耳目一新，她翩翩的风度俯视着我们，她悠闲的散漫让我自度佛如。

　　"呵呵呵。"老药师突然间笑了起来，我从未见过老药师会如此开怀大笑，她激动起来的样子让人更觉新鲜，双手掌在腿上一拍，然后便去捂脸。

　　会计默默地瞅了一眼老药师，目光便瞥向了我，他在收敛自己的目光时经过了院长，他悄悄地低下了头，虽然院长的兴致很高，但他仍然不敢放纵自己的行为。

　　几个男男女女的徒弟大都是老药师为院长介绍的亲故，他们爱慕地盯着小王，为她的姿容和修饰而倾倒。

　　我在留恋和顾盼的刹那间惊呆了，然后便是一阵慌恐，一种不安，仿佛措手不及地袭击了我，让我警醒，让我震颤，让我羞愧，我敏捷地立了起来，在小王穿过串珠帘的时候逃到了护办室，刚才目光所及的美丽此刻像一尊瘟神让我烦躁、胸闷，头皮似乎也紧了起来，一种不安的压抑袭遍了我整个躯体，血流缓慢了，思维也僵化了，一种莫名其妙的担心久久地折磨着我。

　　我听到外边一片呓语声，至于他们讲什么我是一点都不知道，小王在笑，她在爽快地和每一个人招呼，似乎这里或者在她的身上从来就没有发生过任何事情，她仍然完美无缺，坦然从容，甚至比以前更加的自豪和得意，她不仅仅外表美丽，经济实力、交际、朋友远远胜过了任何一个在这里的人，她的心里不屑我们，也许真正鄙视人的人恰恰是小王，而不是我们这些目睹了她的风流，耳闻了她绯闻的任何一个人。

　　一阵凌乱的脚步声让外边的气氛变得淡漠起来，院长率先领着病人走开了，院长的徒弟红红和润莲不久也回到了护办室，因为有了她们的加入，我在护办室也渐渐轻松了起来。

　　"苏大夫你好，见到你很高兴。"如果用恬不知耻来形容小王，那一点也不过分，可是小王无所谓，她不但落落大方地回到了护办室，而且旁若无人地来到了我的身边招呼我。

红红立即从老护士的椅子上挪开了，我不自然地冲小王笑了一下，小王的脚稍稍又动了一下，一只绵软软得有点油腻的手很随便地搭在了我的肩头，润莲悄悄地瞥着我，我的身体激灵灵地打了一个冷战，一种意外的感觉让我感到害怕，讨厌，我意图跨过一边，小王依然格格格地笑着，身体仿佛陀螺一般旋转了起来，我肩头搭的手轻轻地滑落了，她极其自然地落在了老护士常坐的座位上，然后毫无顾忌地审视了一下护办室，目光灼人地盯着我看。

"想不到好久不见苏大夫也风光了起来，居然也有了己的助手，当真是士别三日当刮目相看，但做人却是有点呆板，王姐过来看你，至于吓着你吗？"她什么时候变成了我的王姐，我不知道，她可能在浑水摸鱼，也可能是在笼络我，我没有受宠若惊的感觉，反而更加拘缩了。

"怎么样，现在可以适应了吗？"我不可抗拒地点了一下头。

"我知道你的困难是暂时的，必定我们现在缺的就是人才，你的才能在乡医院施展是绰绰有余，他日技压群芳，可别忘了王姐。"我承认我的内心被小王的奉承激荡了起来，刚才格拒的冷漠似乎开始冰释，喜悦悄悄地滋生了，我期盼的是什么，难道不正是小王替我描绘的蓝图吗？

我不由地笑了，红红和润莲也笑了，他们不仅仅是因为我在笑。

"你们两个学得怎么样，跟着苏大夫实习，他会毫不保留地教你们。"见我并不热情，小王的目光落在了红红和润莲的身上。

"那是自然。"红红很大方，胆子也比润莲大。

"做大夫有多好，至少知道你的人多，求你的人多，医术精湛，自身的价值也就渐渐体现出来了。"小王。

"苏大夫，最近有小陈的消息吗，时间久了不见好想她。"小王真是让人想不通。

"小陈是谁？"见我默默不做回答，红红便抢了发言权，她扫了我一眼，她有很多想不明白的地方，小王不自然地冲我笑了一下，然后把目光转向了红红。

"原来就在护办室工作，她……"小王没有再讲下去，瞟了我一眼，淡淡地笑了一下，缓缓地从椅子上立了起来，"还你的座位吧！"小王的手抬起撩了一下额头透明的黄发，脚轻轻点了地面，沿着来的老路无所谓地走了出去。

"她真的是很美丽！"润莲发出的惊叹让红红也颇有同感，两个人叽叽喳喳地小声议论。

"目光柔和，给人的感觉特别的好。"红红。

"她的脸上仿佛有永远停不下来的笑容，让人感到亲切。"润莲。真是奇怪，我怎么就从来也没这种感觉，总感到她看不起我，却没有注意到她有这么多的优点。

"她很会修饰，打扮得像画中的美女，真洒脱。"红红羡慕的口吻。

"听说她们家春天卖化肥，秋天搞收购，是本镇的首富，是这样吗？"润莲把目光投向了我。

我点了一下头，没有言语，这种溢美，羡慕，还有眼红的话我不知听了有多少遍，小王家能干，会干，买卖做得大，做得精，做的活，左右无人可比，自然也就成了本镇的首富。

"那全是她男人的本事儿。"红红。

"她男人也够有本事了，能撑起这么大的买卖真是不简单。"润莲。

"听说她……"红红瞅了我一眼，然后打住了话题，扯起丢下的抹布描了几下办公桌，然后笑了一下，我明白她想说什么，润莲拍了她一巴掌，然后相对无言地笑了，她们心照不宣，我也懒得去搭理他们。

小陈，我的脑海中浮现出了无数个点线，闪烁、晃动，然后在光束的态变中，渐渐隐约现出了她的形象，音容、笑貌，我都有些不习惯了，甚至不习惯在心中，大脑中配伍他的五官和阴与阳的关系了，我下定决心要在心中摒弃这种杂念，放弃心中对小陈的想象，怀念，解脱外界困扰自己的苦恼，可是我终于办到的事情，遗忘的面孔，还是欺骗了自己。

了解自己，而又十分自卑的人，是一种悲哀。我常常在想，干吗总要认为自己有自知之明呢？干吗自己虽认为自己在某些方面一定会超过别人，而在另一方面又觉得的永远也不如人呢？一方面我在鄙视别人，另一方面我又在鄙视自己，我在鄙视别人的时候相信自己会超过别人，而在鄙视自己的时候，从来也不相信自己会超过别人，聊以自慰的时候，我的精神形同虚设，不敢鄙视别人的时候，我的灵魂中又窝藏了很多很多自我轻贱的理由。

我的想象在一种混沌的朦胧境界中，仿佛跌入了万丈深渊，我生出了很多臆想，成功、失败、恐惧和无奈，生出很多娱乐、欢悦、美满和甜蜜。我在如此的情景中，不断地拓展，不断地往下延续，犹如在浪尖上翻滚，一会儿喜，一会儿怨，一会儿自卑，一会儿信心十足。

我已经不是我自己了，我无法控制自己的思想，我无法遏止我自己往渺茫的深渊跌宕。

红红和润莲什么时候走的我不知道，我相信她们曾招呼过我，而我却不知道，我自己不曾意识到时间会过得这么快，当我成为医院很多人笑料的时候，连我自己都惊讶地呼叫了起来。

"呵呵呵呵……""哈哈哈哈……"笑声惊动了我，我从恍惚中惊醒了过来，护办室中只有我一个人冷冷清清，外边却是哇声一片，我立即从椅子上挪开了屁股，把发麻的左手臂振荡摇晃了几十下，刚才会计来到护办室的门口瞅了一下，之后又是小王，现在又过来了红红，他们都冲我笑，笑得很神秘，很雅致，真是让我不明白。

"你们还没回去。"我走到护办室的外边招呼了一下众人，因为他们的目光全瞅着我，好像我有什么别致的地方，真是莫名其妙。

"哇。"我有什么不对的地方吗？还是我的形象装束有问题，为什么他们全部，而且异口同声欢笑了起来，而且一发不可收拾，笑得弯腰，屈背，呵气，短气，呼斥相间，简直是一台大戏，笑得我进退两难，莫名其妙。

"你们怎么了？"我都被他们搞糊涂了，心里边略感不快。

他们依然在笑，而且止了再笑，笑了再止，依然是无法遏止。我盯着他们，偶尔也会不由自主地笑，他们不断地傻笑，笑让我失去了自我，他们笑得更加严重了，这究竟是怎么回事儿，有这么笑我的吗？我当真这么好笑吗？

"看来你们都不回去吃饭了。"哪曾想他们反而笑得更加厉害了，而且重至咳嗽，脸红脖子粗。

"今天真是邪门了，这到底是怎么回事儿，我感觉你们都在笑话我，但是要有个限度，这笑起来还没完了。"说归说，说完了，我自己还是跟着他们笑了，我也不知道为什么，我自己也有没完没了的笑。

"苏大夫，你看看几点了，走思能当饭吃吗？眼睛都直了。"小王一边笑，一边支过了她的左手腕让我瞧她的手表。

"三点四十了。"我只看了一眼，心里就犯起了嘀咕，三点四十了，这怎么可能，难道下午上班了，我怎么感觉不对呢，好像上午班还没有下，怎么就三点四十了，我疑惑地望了一眼小王，这东西准吗？别是她故意在戏弄我，我有点不相信小王。

"苏大夫，你在想什么呢？"红红似乎并不害怕我，我在想什么呢？我斜出一步抓起了红红的手腕瞧了一眼，三点四十二，一点不错，我确认她的表没有错，那就是我错了。

"怎么样，小苏，认了吧，你在想什么，走思能当饭吃吗？"会计止不住大笑，拍了一下我的肩头，但还是在笑。

"是我弄错了吗？真的三点四十了？你们都上了下午的班？"我还是不相信，我怀疑这帮小王八蛋和会计、小王合起来捉弄我。

"哈哈哈……"院长从他的办公室门口探出了头，爽朗地大笑着，整个走廊中又"哗"笑成了一片。

"小苏走思也不至于这么踏实吧，能走到如此地步，我们都上了下午的班，这有错吗？"想不到院长也加入了这个行列，看来我走思的确是够严重了。

我很不好意思地笑了，真难为情。

"这不能怪小苏，哪个少男不怀春，这很正常吗，哈哈哈……"我相信会计是真的有嘲笑我和戏落我的意思了，可是没办法，谁让自己这么专一地走思呢。

"苏大夫你不饿吗？"润莲问了一个很现实的问题，更让我陷入了难堪的尴尬绝地，我手一摆，自我解嘲地笑了一声便遛到了外面，后边又是一阵放浪的嬉笑。

我曾经在想什么，以至让时间过得如此唐突，我想自己一定是睡着了，虽然大家散开之后没有再议论和取笑我，但我仍然觉得红红和润莲的表情有些诡秘。

这是一种毫无期望的幻想，完完全全的幻想，完全是我个人的心里在作祟，完全是我个人的行为，没有人配合我，也不会有人配合我，可是没办法，我不能不去想，我无法遏止自己不去想，无论是深渊、痛苦、焦躁、成功、失败，都由我一个人在操纵，没有人理会我，我也用不着去理会别人，即使是核心人物小陈，在这里是由着我的性子，我的思路编排了她，她是不会明白的，也永远不会知道我在思维中是如何侵犯她的尊严和美丽的，这是一幅什么样的美景，这是一幅多么空虚的图画，我不知道，我只知道如此一来，我的心里会好受一些，我在思想中践踏小陈，我在编排中挥发意气，何来的自卑，何来的怯弱，它满足了我的心理要求，并让我的心理得到慰藉。

第二天上午刚刚忙完。

"快来领面精。"外边有人叫着领面精，听起来好像是小王。

"小王今天这么大方，买面精请客？"首先应和的是会计，他的声音明快舒爽，一点也听不出有别样的韵味儿，我又想到了会计和小王的不正当的行为，便觉得好笑，可是一想到老护士的结局，我就笑不起来了。

"来，红红你的。"会计的声音，仿佛是他在请客。

"我不想吃。"红红。

"人人有，今天我请客。"小王如此大方，却是我不曾想过的。

"小王今天心情这么好！"院长也出来了，我听他的声音就知道他在走廊中，而且一定是满脸喜色，听声音就可以听出来。

"托院长的福还可以，要不也不会这么大方，对了，院长，以前不是有个阑尾炎病人还欠一些钱吗？病人来还钱了没有？"我知道她这是明知故问，她和会计穿一条裤子，还不还她会不知道，这女人不知又想出了什么坏点子。

"你问会计吧！"院长。

"没还，我去他们家要了几回，都没要上。"会计。

"什么原因？"小王。

"客观存在困难，然后就是说镇医院耽搁了她，等等，反正钱是不好往回追。"会计无奈的声音。

"快算了，那么惨，那天也怪我，好在今年我的收入不错，我替那个病人垫上算了，你们就别再问她们要了。"我以为自己听错了，可是小王这句话说的声音特别的高，好像唯恐我听不到似的。

"你给垫？"院长有些不相信。

"我给垫，怎么样院长，有疑问吗？"小王。

"那倒不是，按说这笔钱你们有些失误，但也不应该由你们中的任何一个人去垫，这样不适合。"他们怎么会在一刹那间都变了呢？我不明白，我真的是有些搞不明白。

"没什么，我给算了，给，这是你的小李。"小王依然在分摊面精。

"苏大夫，你听到了吗？"会计倒是没忘了招呼我，亏他还记着我，我又有些好笑。

"噢，有事儿吗？"这个时候装聋作哑就太没意思了。

"请你吃面精。"小王尖细清脆地叫了一声，真不知道她是属什么的，我压根就没看出她有什么愧色，反而整个人变得更加随和了，真是怪人怪事儿，请我吃面精，我一想到他们的热情，就会联想到他和会计和行为，无缘无故就产生了一些反胃的恶心。

"我不想吃，谢谢你了。"我压根就不想让她请。

"苏大夫，你的架子还不小，不想领我的人情？"我不吃招谁惹谁了。

"噢，我真的是不想吃，你们吃好了。"

"小苏，又不用你出钱，你抽什么风，好不容易小王请客，不吃白不吃。"想不到老药师也加入了这个行列。

外边不时传来辣味儿刺激的嘘溜声，面精汤料中的葱味儿，也挤开了小缝窜入了我的鼻腔，让我的味觉立即产生了一种共鸣，口水不由地便在口中翻滚了起来。

"苏大夫我得好好笼络笼络,否则哪天成了名医,我可就便扭了,"我听着有些难为情，小王已经端着一大碗面精跨进了护办室。

"这怎么好意思，我真的是不想吃。"我见小王进来了，连忙站了起来，真是有些不好意思，狗肉不上抬杆秤也不过如此，我算个什么东西，不就是窥见了人家的一点点隐私吗？所以人家才会如此客气，如此抬举咱，其实我心里很明白，别看小王如此的恭维我，这些都是表面的功夫，在她的心里，压根就瞧不上我，无论比什么她都胜过了我，我拿什么和她比呢？也许她此刻心里正恨我呢，可是又装出一副热情样，真难为了她。

"你还挺能沉住气的。"小王把面精碗搁在了办公桌上，冲我浅浅笑了一面，然后便扭身走去，"快点，卖面精的师傅等着碗呢。"然后就不见了。

外边又传进了嘘溜声，杂七杂八的调料味近在咫尺，十分的诱人，我的胃口仿佛大开了，饥饿的感觉十分的不好受，我才想到自己半天了只进了一个油旋，是当真饿了。

"不吃白不吃。"虽然老药师说的只是一句玩笑话，虽然我的心里是那么的厌恶小王，可终归架不住面精的诱惑，我还是把它吃掉了。

至从吃了小王的面精，我的心里就搁了一份心事，欠小王一个人情，欠这样的女人一个情，心里就会不舒坦，每当遇到小王，就不会和以往一样坦然的镇定地冷落小王了，无论是小王先开口，还是我先开口，总之我心里的那份别扭淡了。

我很久不在走廊中的长条椅上坐了，面对会计和小王，我的心里很复杂，他们反而很无所谓，他们彼此之间好像什么事儿也没有发生过，依然还和以前一样，每一道工序都是那么自然妥帖，想说就说，想笑就笑，走了老护士，来了这么多的新手，医院反而热闹了起来，老药师一向反对闲杂人员进入药房，现在倒好，院长领的徒子徒孙，大都是她沾亲带故的，药房也就随便了，无论是谁都可以进去数药片、拿药、秤草药，美其名曰:配合院长，带好见习生，我就不明白了，人怎么都会变，我不知道我是否也有变化。

我坐回了久违的长条椅上，也许在别人的眼里这实在不值一提，或者压根就没注意到这些，对我而言却是太重要了，我终于又迈出了这一步，你不知道我迈出这一步有多难，我下了无数次决心，可这一回我是真的坐到了长条椅上了。

小王扭回头来冲我笑了，然后又去和会计交接手续，老药工戴着老花镜不知在一边翻点什么，小李从我身边匆匆走了出去，整个医院中就没一个感到我坐在这里是一个意外的举动，你走了他来，他走了，我也可以坐，道理我懂，不懂的是我面对自己，自己坐这里，是为别人看的吗？是为别人做样子吗？想坐不敢坐，坐了又这么多的想法，人呀，太难了。你不认真不行，你太认真了也不行，稀里糊涂一些，我觉得再好不过了。该认真的地方别放松，该放松的地方别太认真，做人才不会那么累，鸡毛蒜皮的小事儿在别人眼里无所谓，到了我这里准不好受，你说我累不累。

不久，我又回到了我的门诊，原因很简单，打针输液包扎伤口这一套红红和润莲都学会了，甚至有胜过我的趋势，自然我在护办室的使命也就结束了。

我在护办室待惯了，还真不想走，在这里我同样学到了好多东西。

"记住了，医能养人，做一名好医生要有耐心，功夫到了，相信你的人才多，不要考虑眼前的得失，哪个人不吃五谷，吃五谷得百病，医生就是最好的职业，人病了就要用医生，只要你学得好，手艺在手，不怕没人不相信。"我想父亲的话还是有道理的，做医生的感觉就是比做护士的感觉要好。

"我们是穷人家的孩子，有这个机会一定得珍惜，别让别人瞅扁了我们。"妈妈让我珍惜这份工作，虽然挣的钱少，却可以锻炼自己。

走了小陈、王大夫，又走了老护士，我这个原来公认的新手，现在由于多了几个徒工，反而变成了老手，我找到了师长的感觉，找到了一种传道授业的优越感。

老药师在夏收之后的某一天终于修成了正果，提前半年离休了，她显的特别高兴，剥去了白大褂，穿了一件宽松的浅绿色缀了珠珠豆的短半袖，踏着一双布拖鞋，扇着两个裤角，双手抱在胸前，笑哈哈地回到了医院。

"老药师你好。"小王不但眼尖，人也机灵，一看到老药师便亲热地呼了起来。

"都好，大家都好。"从来没见过老太婆这么轻松过，她不知道看到了几个人，听口气，她的一声问候包括了全院的人，红红和润莲放下手中的活儿跑到门口去张望。

"姑姑你好。"红红甜甜地刚刚叫完，润莲便叫了一声"三婶"。

"妗妗你好。"反正全是老药师一家的亲友，说也奇怪，老药师干这一行早就腻外了，却让待在家中的子侄全学了医，真让人搞不懂。

"你们都好，怎么样，还可以吗？"我也立到了门口，望着老药师在笑，"你好，老药师。"

"苏培，你好。"老药师还冲我扬了一下手，以示亲热。

"你不在家中待着，跑什么？不是早厌恶这行了吗？"院长右手提着一支笔，立到门框边上望着老药师。

"呵呵呵，你别说，干的腻外了，放下了反而不踏实了，这不刚在家中待了几天，就待不住了，不知想干什么，急躁，比厌恶这一行还难受，所以就跑来瞅瞅你们。"老药师向院长走去。

"老太婆你别小心眼了，你这帮子侄全是我的徒弟，我会和你在的时候一样对待他们的，你就别操心了。"我可没有想到这一层，只觉得老药师说得有道理，想不到院长这么一讲，我心里也很快认同了，想不到孤僻的老太婆还会想着亲情。

"呵呵呵，你呀就是精明，我走了几天，怎么也觉得不适合，我走的时候不是没安咐你吗，我怕你忘了他们是我的子侄，我一走就不重视培养他们了。"老药师真是多虑了，有这么多干活儿不管工钱的职工，院长只会乐得偷笑，哪里会轻视他们。

"我忘不了，忘不了，我和你在一个战壕几十年了，这点交情总还有吧，岂能把你对我的信任当成儿戏呢，快进办公室，小唐倒过一杯水。"院长稍稍往前跨了一步，然后一只手轻轻搭在了老药师肩上，轻轻推进了他的办公室。"以后要多回来几次，必定在这里生活了几十年，一下子走了，也不好割舍，我随时欢迎你回来。"院长爽朗地发出了笑声。

"我姑比以前精神多了。"红红回到护办室这样告诉我，我点了一下头，我相信，我能看得出来。

"三婶愁得实在不行了，好不容易熬到了退休，自然是高兴了。"润莲叫老药师三婶，红红叫姑姑，小李小唐叫妗妗，我翻了半天也没搞清楚这几个徒工的关系。

"我姑算是活成了，退休还一月四五百。"红红。

"熬了几十年才熬到。"润莲。

"我们熬上几十年会有这样的结果吗？"红红有些怀疑。

"不知道，你问苏大夫吧。"润莲把红红提出的问题，顺水推舟交给了我。

"我也不知道，那是几十年之后的事情，你们还小，这些不应该是你们考虑的问题，你们只要好好学习业务，我相信这一天会到来的，不仅仅会有老药师的结果，甚至会远远地超过她。"我相信自己，我一定会超过老药师，我有这个信心，我也相信红红和润莲，一定差不了，他们的天地和我一样的广阔。

"不知道。"润莲。

"我们上了姑姑的年纪，社会的变革不知成了什么样子，我相信我们会超过姑姑。"红红充满了信心。

"我们老了如果不如你姑姑，那就不妙了。"

"该下怎么过就怎么过，三岁娃子离了娘还能活，一个大人总不至于不如三岁小孩吧！"红红并不赞同我的观点和想法。

"三婶有细水长流的工资，最起码有保障。"我赞同润莲的想法和观点，这是客观存在的事实呀，你再辩驳也不能否定事实，我望了润莲一眼，然后点了一下头。

"普天之下，不吃皇粮的人比比皆是，照你们这么说，他们都不活了吗？没出息。"咦，我在心中愣怔了一下，这像是红红说的话吗？我怎么觉得她的口气这么坚决、生硬，好像连我也不放在眼里。

润莲默默地冲红红笑了一下。

"没出息。"我心中默念了一遍，然后又念了数遍，仔细地咀嚼了这三个字，心里隐隐感到一丝羞愧，想不到我的见解竟然不如红红，心理素质也不如红红，总是轻看了自己，总是生活在羡慕别人的阴影里。

"苏大夫，我说的不对吗？"红红见我脸色忽然沉了下来，便陪了十分的小心试探着问我。

"不是，你说得太好了，我和润莲的想法真是没出息，不敢拿自己和别人比，总感到别人的优越我们是无法弥补的，这样不好，这样最容易滋生自卑。"

"没出息？莫非你能转正吗？这可能吗？"润莲说的也不是没有事实依据，像老药师那样不是科班出身而又吃皇粮的人，往后可就少了，如果没有过硬的门子，恐怕根本办不到，我现在已经是一个集体工了，而他们还什么也不是，转正谈何容易。

"我看姑姑还远不如种地的人轻松，农民可以自由支配自己的空间，而姑姑他们就不同了，根本不可能，每天上班，下了班就得忙忙乱乱的做家务，她真的就比别人强吗？我看未必，只不过工种好，轻松罢了。"红红。

"我说不过你，因为你不承认现实，我就没办法了。"润莲。

"苏大夫你说是吗？难道种地不是一种职业吗？来钱的渠道不一样，但都是为了社会在服务，无非这样罢了。"我自信没有红红这样的口才，也没有她这样的想法。

"润莲，你是初中毕业吗？"我突然提了一个似乎与此不相干的问题。

"嗯，红姐是高中毕业，而且补了一年也没走上。"

"别提了，提了羞死人，什么高中生，再过几年就成了老太婆了，别看我人长得小面，岁数可不比你苏大夫小多少，你别把我当小孩看就行了。"想不到她居然是一个大人，真是好笑，人家活生生一个大姑娘站在我面前，我硬是把人家当孩子看。

"红姐听说你第一次考的仅差一分，为什么第二次考得差了二十分，补了一年反而不如第一年了，这是怎么回事儿？"润莲若有所思。

"说这些干什么，我也不知道，反正就考了那么一点点分。"红红很伤感，一提到这个话题，她的脸色就不如刚才那么鲜亮了，阴郁悄悄地笼上了她的玉容。

"红红，姑走了。"走廊中老药师叫了一声，红红立即扑了出去，润莲随后跟了出去，我自然也出来了，我能等着老药师一个一个地点名，那多没礼貌。

"姑，今天别走了。"红红亲热地走近了老药师，润莲温和地笑着立在了一边，小李、小唐全站在老药师的一侧。

"不行，哪天你得请我们。"院长边送老药师，边和她开玩笑。

"这短不了，这个月工资一发我就请你们，保证让你们个个满意。"老药师边走边回过头来冲我和小王、会计笑。

"人老了还会变。"会计。

"老太婆脾气一直也很好，就是死气沉沉的呆板。"小王似乎说得恰如其分，但我以为也不尽然。

"医院应该开一个欢送会。"我是这样想的，也就这样说了。

"没这个先例，再说，那还得一笔开支，王大夫走的时候，没有举行，小陈、老护士不知道就走了，专为她开一个欢送会，说不定别人会有意见的。"我才知道院长是多么的吝啬。

会计冲我笑了一下，然后习惯地扶了一下镜框。

"小苏，院长不请客，我请，如何，肯赏光吗？"小王。

"呵呵呵，别开玩笑了，小心惹恼了院长，那不合算。"

"我没意见，叫上我就可以了。"院长。

"哪能缺了院长，随时恭候，小王一定好好招待你们，怎么样，小苏。"小王。

"不麻烦你了。"然后便奔进了护办室。

"苏大夫，你是不准备回你的办公室了，怎么一天没事儿就压在我们护办室，这是怎么回事儿。"红红。

"走习惯了，在护办室待得太久了。"我这个人什么都好，就是凡事爱往心里去，明知红红和我开玩笑，但心里还是有些别扭，难道是红红讨厌我吗？这种心里油然而生。

"唉。"一见我向外奔去，红红着急了，她欲用手遮挡我，刚刚伸出了一些又收了回去，我的身子已到了外边，润莲在格格地发笑。

"我和你开玩笑。"我的身后传来了红红不安的解释，她说什么都晚了，我的五官极不自然，如果不赶紧离开那里，我担心红红和润莲会笑话我心胸狭窄，不识玩，那就更没意思了。

"苏大夫被你说羞了，红姐。"润莲。

"那怪谁？"红红。

"那怪你呀，他才是你师傅，刚移交给你，你就把师傅赶出了门，哪有这样的徒弟？"润莲。

"那是他脸皮薄，不识玩。"红红。

"小声点，你说话怎么这么冲，还是高中生呢？"润莲合上了护办室的门，意图很明显，怕我听了他们的谈话。

也许是我脸皮薄了，不就是一句玩笑话吗，干吗要当真呢？

第九章　若无其事的尴尬

我好长时间没有涉足护办室了，润莲一见我就想笑，我明白她笑什么。红红见了我一言不发，好像是我惹了她，这姑娘可不好对付，我心里暗暗告诫自己，以后可得小心一些。

"告诉你一个好消息。"小王破天荒地坐到了我的办公室，一副神秘的样子，似乎要让我感激她。

"我能有什么好消息。"

"你不想听吗？"小王见我兴致不大，虚设的兴奋仿佛被冷水浑身浇了一个透，很快便冷了下来。

"你也太小瞧我了，你心里在想什么难道我还不知道吗？讨厌我，这不要紧，我给你提供的消息，你还别说，正是你心里渴望的。"她倒是有自知之明，知道我讨厌她，可她还是要告诉我这个消息，说明她并不讨厌我，而且要化解我对她的讨厌。

"真的吗？"我心里渴望的，我心里渴望什么了？难道她有小陈的消息？不大可能，就算有，我想知道，知道了又有什么用呢？我不解地望了一眼小王，她为什么要告诉我呢？她明明知道我和小陈是两类人，是根本不可能有结果的，干吗还想着告诉我呢？

"你说呢，告诉我，你最渴望知道的事情是什么？"真是无聊，她这是传达好消息吗？别不是又拿我寻开心吧，女人都不好对付，尤其是小王这样的风骚女人，手段、心眼太多，弄不好我反而上了她的当，我心里想什么，我干吗要告诉你呢？

我摇了一下头，表示自己什么都没想。

"那不可能，既然如此我看我就别说了，说了也是白搭，你不领情，也不感兴趣，没意思。"我相信她是在欺骗我，她心里有鬼，见我对她很冷淡，心里不好受。

我盯了她一眼，实在看不出她有什么好，如果不是妆化得好，她未必会显得如此年轻貌美，以往我从不敢正眼瞧她，而且距离又是这么近，现在心里对她没有什么障碍，自然要大方一些。

"要是小陈的消息呢？"她确认我真的不感兴趣时，便失望地立了起来，但还是回过头来告诉了我一声，提示我她的消息是关于小陈的。

小陈的消息，我盯了一眼小王即将离去的背影，心里矛盾极了，不错，小王说得一点都不错，这是我渴望知道的好消息，小陈，会有什么消息，"等等。"我不好意思地笑了，刚才人家热心地要告诉我，现在让我搞得这么被动，连我自己都难为情了。

"怎么了，不是不想知道吗？干吗又叫住了我呢？"小王这个人我想她最大的优点就是什么时候都能笑出来，以前我和她没有来往，现在给我感觉最深的就是她的笑，她的笑很温和，毛茸茸的眼睑仿佛每时每刻都在传送秋波，难怪有那么多人喜欢她。

我不好意思地站了起来，望着她默默地笑着。

"你喜欢小陈？"其实小王也只是推测和怀疑，女人真敏感，她是怎么看出来的，难道我的表现让她感觉到了？也有可能，否则她不会把小陈的消息当成好消息要传递给我。

我无奈地笑了，这个女人真厉害，让我说什么好呢？喜欢小陈，有用吗？我的笑在刹那间变成了苦笑，我这是怎么了，干吗要叫住小王呢？这不等于告诉她了吗？我在乎小陈。

"你不说我也知道，你喜欢小陈！"她的目光灼灼逼人，好像在做最后的证实，仿佛她从我的表情上读出了什么，她很自信。

"那又能证明什么呢？"我的无奈转换成了心理上的自卑，失去了勇气的男人，永远是懦弱的，我就是这样，我不像一个男人，我无法克服心理上的障碍，也就无法正常地面对现实。

"你不用说我也知道，你在想什么我也知道，其实那些都没有关系，差距虽然暂时无法弥补，但不一定就永远如此，只要你肯努力，这种差距会越来越小，甚至可能超过她，你心中有她，为什么不去追求呢？女人最怕男人动真情。"我莫名其妙地看着小王，她居然鼓励我，相信我，甚至告诉我真情可以感动小陈，这可能吗？我不知道。

"呵呵呵。"我笑了，我相信小王说得有道理，可我依然不会有信心，小陈在哪，我在哪，那可能吗？我相信我们之间不会有任何结果，那又何必去浪费精力呢？

"是的，现在小陈在城里，你是不会有机会的，想献殷勤也不可能，小陈也不可能看上你，她活泼美丽，找一个条件好工种好的男人一点都不成问题，可问题是你的机会来了。"说得我莫名其妙，一会儿不可能，一会儿没有机会，差距大，现在又说我的机会来了，小王在搞什么鬼。

"你说得我稀里糊涂，到底是什么消息。"我心里犯嘀咕，她到底要告诉我什么。

"你着急了是不是，你知道小陈在干什么吗？"这还用问，小陈亲口告诉我的，我还能不知道。

"卖药。"我当然知道了。

"你知道她家的药店吗？"小王。

"知道。"

"那不是她们家的，她父亲是替别人管的，她和她父亲是别人聘用的。"这又有什么关系，怎么和我牵扯到一块。

"和我有关系吗？"真是搞不懂小王。

"当然和你有关系了，问题就出在这。"小王。

"问题出在哪？"莫名其妙。

"小陈的父亲一时疏忽，给药店进了大批的假劣药品投向了社会，你知道的那是什么性质，药店被查封了，小陈的父亲被投到了看守所，幸亏幕后人门路硬，花了钱平息了这件事情，也把小陈的父亲要了出来，但从此之后，这个幕后人就不再用小陈的父亲了，小陈也被辞退了，用不了多久，小陈就会回来上班，你说这不是一个机会吗？小陈和她的家人都陷入了极度伤感的地步，她需要有人安慰，有人鼓励她面对现实，让她重新树立回来上班的勇气，此任非你莫属，这难道不是机会吗？"小王。

"真是没有想到，小陈的父亲这么可恶，大批地往回进假劣药品危害老百姓的生命健康，杀了他也不足以平民愤，怎么能放了呢？"虽然我心里喜欢小陈，但依然不能对事情的本身示以同情，因为不对就是不对，只是殃及了小陈，这太不公平。

"真没想到，你的正义感还挺强的，说不定他会成为你岳父呢，这也不同情吗？"小王诡秘的目光瞥着我。

"别瞎说了，八竿子打不着，连边际也没有。"我难为情了，可小王却高兴了，想不到她很精明，也很体谅人，我心中的极度厌恶感似乎淡了许多，真不明白，像她这样一个聪慧的女人，怎么尽做些缺德事儿。

"如果真有那么一天，你如何感谢王姐。"她真的还以王姐自居了，可这一次远不如上一次给我的反应大，她爱怎么称呼，爱怎么自比，那都是她的事儿，谁让她的年龄比我大呢。

我无言的笑，让小王十分的开心。"我相信你，不用怕……"

小王的话还没有说完，红红就和润莲闯了进来，润莲一路笑着，从护办室的门口，一直笑到我办公室的中央，后边紧跟着红红，我发现红红似乎在润莲的后背上用力推着。

红红来到我的办公室，搁在以前一点也不稀奇。

"你们俩说什么呢，我们可以听吗？没一个病人，和你们凑个热闹，是不是打扰你们了？"红红合上门，望着我和小王。

"请坐。"真不好意思，我怀疑红红和润莲听到了什么，看把她们乐的那副样子。

"我们要说的都说完了，你们两个想听什么呢？"小王显得很大方，她的话说得很别致，润莲难为了起来，一只手握成了半拳遮在了鼻腔下方格格地笑了起来。

"没见过你们这两个人，先入为主，哪有主人为难客人的道理。"红红一句话就让自己变被动为主动了，润莲盯着红红的嘴唇又在笑。

"想不到。"小王被红红的一句话噎了回去，反而没话了。

"都处理完了。"我指的是病人。

"药剂师闲下快一个小时了，我们自然也就闲下了，你说对吗王姐，王姐那不出药，我们就没干的了。"红红的嘴更刁。

"你们两个学得真快，这么短的时间就把苏大夫替补了出来，真是没有想到。"小王冲红红和润莲笑了一下。

"那是师傅教得好。"润莲很老实。

"教得好是一方面，苏大夫说一句框外话可以吗？"难道红红还有更高的见解，那我倒要洗耳恭听，我的意外是没有想到红红这么快就和我随便了起来。"师傅太懒，徒弟太勤快，所以吗……"

"呵呵呵……"小王一听便大笑了起来，润莲不安地瞟了我一眼，然后盯在了红红的脸上，心里也许寻思着，红红这是怎么了，怎么和苏大夫较起了劲。

"红红很干脆，这一点大家都认可。"让小王这么一说，我当真是懒了。

"王姐也承认你懒，可见我没有说错你吧。"鬼丫头，想不到又算计了我一回，可是没有办法，徒弟开起了师傅的玩笑，成何体统。有必要声明一下，她们可不是我的徒弟，我自己尚未出徒，我也没有资格带徒弟，我只是教了一下她们如何打针输液而已，学别的还要靠院长。

"哪有徒弟这么说师傅的，不尽力教你们，你们会说师傅保守，尽力教了你们，你们又说师傅太懒不想干，所以才逼出了徒弟，这教了不对，不教也不对，到底怎么好呢？"人急生智，如果不是红红这么逼我，我还真不会说呢。

"就是。"润莲毕竟偏小，好像我做的就对，我说的她也相信，其实打针输液说穿了也不是那么难学，聪明人一点即透，假以时日多加历练，自然就通了，红红其实就是如此，我只是给她说了打针的正确部位，皮试如何调释，如何识别阴性阳性，如何洗伤，她看了几天，动手做了几回就熟悉了路数，我陪他们，多数也只是看红红如何做，到后来润莲也就会了。

"师傅引进门，修行在个人，现在你们学的这些皮毛东西，苏大夫可带了你们，他可以算你们半个师傅。"小王的话音没落，红红和润莲便笑了起来，让我真不自在，我弄不明白她们这是什么意思。

"我们和他开玩笑。"红红说的我想是真的。

"师傅是不是有点小气了，好像师傅比我们大许多岁。"润莲。

"是吗，我从来没有发现苏大夫是这样的人，温文尔雅，谦谦有礼，挺不错的。"如果我没有听出小王这句话中暗含的讥讽，那我就真叫傻了，可也不正好说明了我这个人做事做人太差劲了吗？

"没这么严重吧，我做人有这么差劲吗？"我内心因此产生的震荡远远胜过了这句话对我的鞭策，我一时半会儿也不能完全检点过去的一切行为，但我相信，我一定做得很不好，连小王都在讥讽我，可见我的缺点要比她的污点更严重，也许她没有认为自己有错，而我倒是错了。

"我们可没有这么说。"润莲也许说了之后就后悔了，你看她的表情就可以看出来，极其不自然，脸色红润晶晶发亮，说明她的内心因此而很紧张。

"哈哈哈……"

"没有风度。"小王手在半空中一点，嬉笑着走了。

"真没风度。"红红又特别加重了语气。

"呵呵呵……"润莲也忍不住大笑了起来。

"喂，今天你们几个是怎么了，不下班了吗？这么热闹，自来了医院还是头一次遇见，"小李本来是叫人的，也忍不住走了进来跟着她们笑。

"走了，走了。"小李刚刚笑完，红红便手一招吱溜清出了门口消失了，润莲和小李也先后走了，剩下我一个人还在那里回味，他们哪一句是对的，哪一句是错的，针对我的成分有多少，刚刚想了一些，我便后悔了，说了要改的，怎么这么没记忆，难道自己的心胸就不能变宽广一些吗？为什么总要斤斤计较呢？自己像一个男人吗？

这天的午饭索然无味，吃了很少一点点，妈妈一个劲地劝我多吃一些，可就是没胃口，满脑子总是莺回着小王的话，小陈的倩影不断进入我的脑海，左右了我的思维，小王说的是真的吗，既然是真的，小陈有什么可难为情的，回来上班不就对了，这里有她的位置。

我翻来覆去地总在想，这可能吗？大批的进回假劣药品那是伤天害理的事情，小陈的父亲怎么会这么做呢，有出纳，有会计，有卖药的，即使卖了假劣药品也不可能有他的好处，他为什么这样做呢？也许是我的见解太浅薄了，也许是我的思维还不足以解读今人的人性，他们有善的一面，也有恶的一面，贪欲对每一个人来说，都有诱惑力，难道他们父女就在这里出了问题了吗？我不相信，说什么我也不会相信，小陈不是那样的人，至于她的父亲我就不知道了。

我一直在想，我相信小陈此刻心里一定不好受，羞愧、难为、不安、害怕……

我告了假便回了城里，我要堂堂正正地去见小陈，我要明白无误地告诉小陈我是专程来看她的，我要正视自己的存在，我要有勇气面对小陈。

我拿着小王提供的地址，终于找到了小陈家，我立在大门口确认了之后，敲响了大门上的铁环。

这是一个非常气派的大门，两边的立柱上镶嵌着紫红色的瓷砖，大门外的地面都用水泥硬化了，大门宽阔而高大，仿佛工厂的大门一般，听到了敲击声，不久我听到有人过来了，大门上开了一个小门，一个贵妇模样的中年女人探出了头。

"你有干的吗？"她不认识我，我也不认识她，她看了我一眼表现得很冷漠，她用审视的目光上下打量了我一番，然后默默地盯着我。

"伯母你好。"我尽可能地让自己沉着、冷静，不至于紧张，尽可能地让自己保持随和、稳定和微笑。

"我不认识你。"中年妇人右手握着小门的立柱，并没有让我回去的意思，她的头一直探着，仿佛是为了堵门。

"我是小陈医院的同事，专程来看她。"我想她的谨慎是对的，对于我来说，面对他们，就是个来路不明的人，小心总比大意强。

"医院的同事？"中年妇人打量了我一番，似乎有些不相信，我明白，她是瞧不上我这个人，衣着不讲究，形象可能不是那么好，如果不是这样，她怎么会用疑惑的目光打量我呢？再者，和生人见面，我的面目也不会给人留下好感，眼距太宽，一看就是一副蠢笨的面目，怎么也不会给人留下一个好印象。

"嗯，我是专程来看她的。"我拎着沉重的一包水果，指肚都有些麻木了，可这位妇人却很没礼貌地把我拒之门外，她看了一眼我拎着一包东西，很不情愿地挪开了门口。

"小陈不在，她出去了。"虽然她让开了门，却冷冰冰地给我摔了一句话，让我进退两难，这是小陈的妈妈吗？我怎么也不敢想象，面对小陈的同事，她的妈妈就是这么一种态度吗？我的心里，我的躯体，仿佛过了电一般，彻头彻尾地凉了起来，我这是何苦呢，心里那种迫切的感觉，此刻已经烟消云散了，我开始有些紧张，心里产生了无可抑制的气愤，和恼火，可是我是来看小陈的，我不是来怄气的，我不止一次地告诫自己，不要，不要，你一定要大度一些，要冷静一些，也许见到小陈一切就会好了。

"那我不回去了，麻烦伯母把这些东西转给小陈，就说医院来人看她了。"我把东西递了进去，贵妇人并没有接，我知道她看不上我的东西。

"你还是拿回去吧，我们家不缺这些，带回去让家里人吃吧。"我以为她只是礼貌的谦让，心里略觉好受一些，哪知她伸出手把东西给我拎到了大门外，然后无声地合上了小门，我听到她拴好了小门，嗒嗒嗒地向里边走去的脚步声。

真是不敢想象，我往深巷里看了一眼，有好多的来来往往的人，他们着各色衣服，骑着新旧不一的自行车，他们难道都比我强吗？他们难道尽如这个贵妇人吗？

我坐在拥挤的公共汽车中，大脑的昏惯令我心烦恶心，我一只手用力切着另一只手的内关穴，调理着呼吸，让这种汹涌上潮的浊气往下走。

我在家中整整睡了三天，三天我几乎没有食欲，连喝一口水也得妈妈逼着往下咽，我在心中竭力地排斥着小陈，不要把自己和小陈联系到一块。

"苏大夫你够踏实的，一走就是五天，这五天你是怎么过的，我正准备让人登寻人启事呢，你怎么就出现了。"小王一看到我，就开起了玩笑，这五天当中，我的心态调整的好多了，我可以像往常一样去面对医院的职工，去胜任我的工作，我笑了一下，无所谓地摆了一下手，期望小王不要再拿我寻开心。

"苏大夫你好。"一个熟悉的声音，一个亲切的问候，一个让我动心的身影飘落在了护办室的门口，我诧异地望了一眼笑眯眯的小王，神情怪异地笑了起来。

"你好。"这分明是小陈，她已经回到了医院，她腼腆地笑着，她友好的姿态让我惶恐，让我羞愧，我很容易就想到了她的母亲鄙视的眼神，心中怦怦奔发的犹如烈焰一般汹涌的热情在瞬间发生了一些微妙的变化。

"小苏，感觉如何？"小王。

我不自然地冲小王笑了一面，脚步放得很缓，走近小陈的时候，小陈伸出了她光洁的手。

我们轻轻握了一下手，我内心似乎滚动了某种按捺不住的激动，"小陈，"我温和的呼了一声，浑身的血液几乎在片刻间沸腾了起来，那份屈辱和惭愧仿佛丢得一干二净。

"小苏，这回挺踏实的，走了几天？"会计从他的小屋中扶着镜框探了一下头，目光诡秘地望着我们。

"小苏的目标转移了，看不出来，纯洁的少男居然多了花花肠子，有没有兴致找个机会让王姐给你参考参考。"我的无奈无论如何也不会使我笑得很自然，可是不笑又不行，面对小陈诚挚的友好，我没有道理因为别的因素去怪她。

"小苏有女朋友了。"小陈的反应超出了我的想象力，她敏捷地抓住了小王问话的中心议题，目光和悦地盯着我。

红红从护办室探了一下头，冲我浅浅笑了一下，我听到润莲咯咯咯的笑声，以为她也会探出头来，红红忽然也笑出了声，身体迅捷地从护办室中跳了出来，润莲倚到了门框上，望着我和小陈在笑。

"苏大夫，你的徒弟对你可是一点也不恭敬。"小王不失时机地和大家开了一个玩笑，然后冲小陈招了一下手。

"谁要做他的徒弟，现在我都可以教他了。"红红颇似认真地回敬了一句小王，然后又笑了，小陈随后走进了药房。

"医院人多了，笑声也多了，大家的兴致颇高，工作很愉快，真让人羡慕你们。"小陈。

"那你就别走了。"小王。

小陈没有吱声，我冲她笑了一下，便回到了护办室。

"苏大夫，听小王说你去看对象了，对着了吗？"我一进护办室润莲就问了一个颇出意外的问题，我去看对象了吗？我有女朋友？这从何说起，难道小王说的是小陈吗？不可能，她怎么可以乱说呢？有没有这回事儿，我此刻心里有数，她怎么可以乱讲呢？

我能讲什么呢？他们相信我吗？承认？压根就不是这么回事儿，小王真还不把我当回事儿，玩我像玩猴子一般，毫无规则，真让人受不了。

"是不是我们可以分吃喜糖了，苏大夫不至于小气到舍不得的地步吧。"红红居然要分喜糖吃，而且手伸得还老长。

我摇了一下头，"别尽拿我寻开心了，几天不回来，这么多的事儿。"

"王姐告诉我们的。"润莲是个老实人。

"小陈什么时间回来的。"我想叉开红红和润莲的话题。

"你走了不久小陈就回来了。"润莲。

我淡淡地苦笑了一下，这不能怪小王，她也是一片好心，也许她也未曾想到小陈会来得这么快。

"说了半天，看来苏大夫是没有喜糖可分，真让人失望。"红红扯了一块抹布走了。

"呵呵呵……"润莲不自觉地笑了起来。

我的思想在徘徊了许久之后，稍稍安定了一些，找了一些可以自慰的理由，或者可以涤荡旧思维的勇气，悲哀和低落的情绪终于和缓了一些，我不时听到小陈和小王、会计的说笑声，不时被撞击的敲门声所警醒，此时此刻我还是不能克制自己，想不出用什么样的手段让自己拒绝幻想，我想不明白，可我总想这样做，好像内心的秘密被小王窥破之后，仿佛整个世界上的人都在笑话我，冷笑我，鄙视我。

我的脑袋在嗡嗡作响，浑身上下没有一点自在的地方，浑身的血液全冲头颅而来，晕晕乎乎，眼眶有些发困，可我的思维还是七零八落地在继续演绎，告诉我，你们这是为什么，为什么你们的欢乐、嬉笑，那么刺耳，是专门因为我吗？我烦躁的让自个的手不止一次地狠狠地，或者无意识地摔了出去，每当此刻，我就会意识到自己是多么愚蠢，多么悲哀，多么可怜，可是这种认识在片刻间就会被原有的思绪所掩没，小陈，我在心里无数次地默念了她的名字，臆想了她的身姿，缅怀她昔日和我的相处，我内心的渴望，就会越发变得强烈，不可抑制……

无论花多少心血苦心经营虚伪的构思，当你一旦发现自己已经无法修饰自己的梦境时，你会很遗憾，你会不断地去咀嚼这是一个多么美好的佳境，一个自己从来未涉足的奥妙而神奇的世界……

轻易就信了小王，而让自己有了心理负担，我相信这是我犯的更加严重的错误。

现在后悔也来不及了，一个永远也不想蒸发的秘密，终于被小王挥发而难堪……

想到小陈的正式工，中专生，城市人，我的心里仿佛有一座沉甸甸的大山。

我是一个什么东西，没有文凭，又不是正式工，而且是一个农村人，我有什么资格让小陈做我的媳妇，真是有些异想天开了。

门被敲响了，我的颈椎吱吱呀呀扭了过去，我面对的是一个我内心喜欢，不敢奢望的小陈。

她隔着玻璃在冲我笑，她的两只小巧玲珑的手顽皮地在玻璃上轻轻点击着，她好像一点都没改变，还是那么自然，自信，大方，我的内心很激动，长久的郁闷和压抑，面对小陈，似乎消失得一干二净，某种沸腾的激动，让自己浑身充满了朝气，仿佛小陈是一个特殊物质组成的胚胎，她的出现可以供给我热能、灵感、智慧和精神。

我的笑很轻松，我发现自己好久没有这么激动过了，好久没有这么兴奋过了，我似乎忘记了心中反复记忆的自卑，好像那些并不是自己所拥有的，好像离自己异常的遥远。

面对小陈，我仿佛就是我，我身体中还能体现自我，这是我无论如何也不曾有过的。

"老护士怎么走了？回了城怎么不去看我？这个问题很难回答吗？"小陈一坐下就提了一个很尖锐的话题，我从来也没有想过这个问题，一时之间又没有变异的灵感，我默默地望了她一眼，我的脑海中立即浮现出了小王和会计的那一幕，浑身便涌上了一股燥热、不安和羞涩。

"老护士调到了哪个单位？这你总该知道吧，老护士不至于和任何人都不讲吧。"真让小陈说对了，老护士真的是什么也没讲，而且什么风浪也没有掀起就消失了，虽然当时我甚感惊讶，莫名其妙地烦恼着小王和会计，有些忽略了老护士，但我真的是从来也没打听过老护士的下落，不是我这个人容易忘旧，我一直对老护士都有好感，但那一幕让我惊呆了，我想象不出自己内心的恍惚是因何而起，对老护士不是无缘无故就产生了心理上的隔膜。

"老护士什么也没和我说，我也没好意思问，她就走了。"老护士和我说什么呢？我相信她当时的心情一定很复杂，她出了会计和小王的丑心里正在喜悦的陶醉，哪里想到自己的丈夫和小王也在扮演着情人的角色，她的心脆弱到了极点，孤独、凄惶、痛苦在汹涌般地折磨着她，她是一个聪明人，她为了自己的尊严，她做出了逃避的抉择，选择了一个新的生活环境，一个陌生的起点，让那些冷酷的熟面孔永远不要面对她，因为她害怕，所以她离我们而去了。

"这人真是怪，想不到老护士走了，而我却回来了。"小陈联想到了老护士，声音有些变味，伤感让她的目光不再面对我，我分明看到她的眼眶中晶亮的泪光模糊了她的视线，她却装得若无其事，好像有意要把外边的世界揣摩得明明白白。

"回来有什么不好的，大家都欢迎你，都盼望你回来。"其实欢迎这种姿态人人都可以做得出来，盼，也就未必了，我只相信我有这种心理，别人不一定会有。

"呵呵呵呵……"小陈不自然地笑了。

"怎么不相信我的诚意？"我被她的笑搞糊涂了。

"你不问问我为什么又回来了？一个人走出去了再回来，一定有他的苦衷。"小陈潇洒地挥去了泪光，虽然表情极不坦然，但仍然扭回头来面对着我。

"你回来这里上班，我太高兴了，无论什么原因无所谓，重要的是以后我们又可以共事儿了。"小陈心里不踏实，害怕别人讥笑她，这种心理在特定的环境里人人都可能有，小陈也不例外。

"你没有听说什么吗？我的感觉一点也不好，没了老护士，本来心里就发虚，现在更觉得是空荡荡的，老在考虑别人的想法，弄得我心里很乱。"我相信小陈说的是心里话，她心里不好受，是因为不光彩的原因又回到了原来的工作单位，原来庇护她的人现在不管她了，她心里担心别人会鄙视她，嘲笑她，我就不明白，小王是怎么知道的，难道她有顺风耳，千里眼，在这里也就只有她的信息摸得准，散布得也最快，至于别人的感受，小王无所谓，她可以笑话别人，散布别人的谣言、隐私，可以不惜自身的清白去报复老护士，她还怕什么呢？

"老护士固然不在了，你也不能忽略了我啊，要知道，我也是你的朋友，为朋友两肋插刀我能办得到。"我自己压根就没有想过，我会这么勇敢，而且有这么好的口技，我一边庆幸自己的精彩，一边在琢磨着更加动听的言辞，好让小陈能够注意到我的存在。

"想不到你也学会了贫嘴，看来这些日子你没少和人接触，口才练得不错。"我想我讲的话还是收到了预期的效果，小陈竟然很欣赏，而且突然间高兴了起来，这倒是我没有想到的。

"环境是至关重要的，我常常羡慕你和老护士的口才，自然就会想方设法地改变自己。"我相信自己把小陈的优点和我的缺陷联系得恰到好处，不然小陈也不会高兴得眉飞色舞。

"我在你这，居然成了楷模，传出去让别人笑掉大牙，让你说的我好高兴，好像是真的。"明明就是真的，我最佩服小陈的口才和老护士有哲理的谈吐。

"我说的都是真的。"我的目光贪婪地盯着小陈，仿佛要从她的一簇笑颜中觅出我的依托和暗恋的情结，可是只有一瞬间，好像是做贼的一瞥，似乎已经足够了，我心虚地低下了头，惶恐的半天不敢再瞅小陈，心里悬满激情的矛盾心理，让自己很不安。

"别耍贫嘴了，听说你走了好几天，小王说你去看对象了，说说看，能成吗？"小陈忽然间认真了起来。

"别听她瞎说了，她尽拿我穷开心，就是真去看对象，也不会让她知道。"

"男大当婚，女大当嫁，看对象有什么可遮掩的，光明正大的喜事，说不定说出来，我们还可以为你参考，出出主意，必定我们是女人。"说得轻巧，不知道你出的主意，用在你的身上是否灵验，想到了这一点，我就不可自抑地笑了。

"你笑什么，有那么高兴吗？看成了？"我不知道为什么，忽然间更笑得彻底了，这是一个绝妙的好计划，我心里这样想着，如果让小陈给我出主意，想必追她的可能性会更大一些，但不知道小陈到底有什么主意传授给我。

"我想你准成功了，看你的神色我就想到了，至于吗？能乐成这个样子。"小陈笑了，她的情绪受到了我的感染。

"你真逗，竟然相信小王，小王没告诉你，我相的对象是谁吗？"我止住了笑声。

"不知道，小王只是猜测，她怎么知道你的对象是谁呢？你告诉她了吗？否则她怎么会知道。"也难怪，小王，我对你说什么好呢，你到底是何居心。

"小王才能瞎说，哎，你也不看人，居然哄起了小陈，既然你感兴趣那我告诉你好了，"我故作镇定地润了一下喉咙。

"当然有兴致了，不然的话也就不会问你了。"小陈。

"那你问小王好了，对象是她介绍的，我去了之后人家不肯见我，说她这位大媒不露面是什么意思，我吃了闭门羹，不知道她有什么补救的办法。"我不知道这样说的后果是什么，反正激起了小陈的好奇心和同情心是我预料中的事情。

"不可能吧，小王这么办事，我不相信。"小陈果然不信我。

"那你可以问小王呀，她倒装的若无其事，拿我当猴耍。"我的目的仅仅是想通过小王捅破我的心思，让小陈知道而已。

"既然如此，这件事情就包在我身上，我一定让小王达成你的目的。"小陈还蒙在鼓里，不知道她知道了会做何感想。

第十章　小陈有了男朋友

"哎哟，哎哟……"走廊里传来了病人痛苦的呻吟，我好奇地离了办公桌走到门口向走廊中张望，我知道这是一个偏重的病人，但一定和自己无缘，我有自知之明，除了好奇和期待，就是悄悄地安慰自己。

哎哟声渐缓渐近，仿佛离我越走越近，没有人去热情的接待他，在这里重要的是院长，显贵的是小王，而不是别人，我很想到走廊中招呼一声，又担心病人不是冲我来，一种油然而生的尴尬让我很不舒服。

"苏大夫在吗？"我以为自己听错了。"苏大夫。"是找我的，我连忙走向门口。

"找我吗？"我来不及判断病人的去向，听到找我，我已经很荣幸了，居然有病人，不是病人牵挂我，也是一件值得高兴的事。

我看到两个大男人挽着一位老态龙钟的老太太，一幅疲倦的面容，被零乱的长发装点得十分不堪，她痛苦地扭曲着皱折的青黑色的脸，看到我，她竭力睁大了眼睛，仅仅只翻了一眼，她的双脚几乎不能迈出，无论是走哪一步，都是两个大男人拖拽而已。

"这就是苏大夫。"几乎和我同时出去的红红替我做了回答。

大娘的左乳下边，密集地堆积着颗粒状的红色的，仿佛是疱瘩一样的东西，有一寸多宽，一直向背面延伸过去，大娘直呼乳腺下方剧疼。

带状疱疹，在小陈和红红的配合下，立即给病人用上了药。

院长走过来看了一眼，什么也没说，我相信他肯定了我的诊断结果，我心里很满足，也很荣幸。

"苏大夫，可以。"小陈冲我伸出了大拇指，"想不到多日不见，苏大夫功夫见长了，恭喜你。"

我是真的太高兴了，我笑了，我希望自己可以成为一名合格的临床医生，成为大家喜欢的医生，哪怕是极小的成就感，都会激励我，鞭策我，让我充满热情，信心和勇气。

"他可以处理很多病人。"红红。

"红红就怕少了自己。"我有些不好意思。

"不是这样吗，苏大夫有病人不好吗？"润莲在关键时刻还是没忘了要帮红红。

"师傅有病人了，徒弟也光彩。"

"苏大夫居然学会了吹牛，偶尔有一个病人就乐成了这样。"会计领着一个病人走进了护办室，我笑了一面立即往出走，有一个病人也不错，我高兴你也没办法。

小陈果然去找了小王，但并没有我预期的那种结果，据小陈说，她和小王说了我的话，小王差点笑得出不上气来，你们猜小陈是怎么告诉我的。

"我和小王说了你的事儿，你猜小王是怎么说的，真是看不出来，小苏你安的什么心，小王说根本没有那么一回事儿，纯属是你编造的，既然没这么一回事儿，你哄我干什么？"小陈。

我还能说什么呢？小王不想把我的心理告诉小陈，这也没有什么，不知道为什么，我心里就是高兴不起来。

"你们两个人肯定有一个人在撒谎。"

"那一定不是我。"我默默地瞅了一眼小陈，不知道小陈在想些什么，怎么看，也不会，也不可能和那个拒我于门外的女人联系到一块，心里的阴影又渐渐浓了起来，小陈，我，算了，小王不想说就算了，也省得麻烦。这件事情本来就不可能，何必自寻烦恼呢。

"小王居然对我保密，小苏也比我印象中的那个苏培苏大夫要奸猾好多倍，你们都变了，我怎么觉得和你们有了差距，仔细品味，陌生的有点吃惊，连你都是这样，也难怪他们，不相信我，是吗小苏。"小陈。

"小王一直在开玩笑，你别信她了，我哪来的对象。"我相信消除这种传闻还是很容易的。

我无所谓地笑着。

"有了对象，也不能忘了老朋友吗，对了，小苏，你看对象的标准是什么，能告诉我吗？"我从来没有想过这样的问题，喜欢一个人，一个人的短处都会成为长处。如果让我从家庭的角度去考虑婚姻，我想勤劳、吃苦、贤惠，应该是一个好妻子，如果让我从工作的角度去考虑，有文化、志同道合，更为合适。情不自禁，无论美丑，无论差距，只要情投意合皆可以成为夫妻，当然媳妇要漂亮一些更好，这是男人的梦。

"我从来也没想过这个问题，也许我该想一想了，可是我想了也没用，别人看不上我，我想得再美也是妄想。"事实本来就是如此，无奈的事情太多了，何必自寻烦恼呢？

"你太悲观了，找对象，对你这样一个手艺人来说一点也不难，也许是你的眼光太高了。"我的眼光的确太高了，有很多人给我介绍对象我都不答应，因为我的心里已经有了目标，那就是小陈，我不知道我的愿望能否实现，但因为小陈，我对找对象，索然无味。

我默默地望着小陈，苦笑了一下，因为不是无缘无故就产生了痛苦，这都是自己的心理在作怪。

"想不到你这么悲观。"我想小陈最终得出的结论应该如此，我确实很悲观，但不是因为事业、前程，而是她，小陈。我连自己都搞不明白，面对小陈，就显得十分强烈，这真是怪事。

"如果你是我，不是城里人，又不是正式工，更没有文凭，面对一次人生的重大抉择做何感想？"我想这是我最大的缺憾了，如果我的条件居其中之一，我想我的心态也不会如此，我会大大方方地追求小陈，我会毫无顾忌地去吆喝，而今，"唉。"我在心中悄悄地哀叹了一声，也许小陈的见解会给我一种力量，一种勇气，让我茅塞顿开。

"我可能说不好，不过你不要怪我，不是我要说你，一个人不是生下来就拥有了一切，一个人在后天的努力中形成了自己的环境，不同的人在不同的工作环境中创造生活，一个人不可能拥有一切，也不可能完全生活在想象中。开拓未来，好高骛远，只能离实际越来越远，有文凭当然受人尊重了，难道你没文凭，还非要找一个有文凭的对象，依你现在的条件恐怕办不到。"小陈说得太精彩了，如果不是说到了我的痛处，我可能会为她喝彩的，可她偏偏就是在说我，好高骛远，不切合实际，这不明白的在告诉我吗，追她是不可能的，最起码现在条件不可以，至于以后有条件了，但时过境迁又有什么用呢？

心里很不快，连笑都很勉强，想知道什么，什么就有了答案，这么现实，你也不看看你是一个什么东西，好高骛远，这可能吗？她在指点我，让我现实一些，没文凭的人太多了，何必死心眼呢，你看上了有文凭的人，有文凭的人怎么会看上没文凭的人呢？这是一个多么浅显易懂的道理，难道只有我不懂吗？

"我没伤到你的自尊吧，我是不是说得太多了。"这有关系吗？你是有文凭的人，你有头脑，你有正式工作，你有人人都爱的青春和美丽，教训我，也许是因为我的想法太天真了，让你感到好笑，难为，而你很精明，回避我的方式很独特，虽然我的心里感到了尴尬，至少你还给我留了一点颜面。

"无所谓,你讲得很好。"让我说什么好呢？我就是这么一个人，一个无所谓的小人物。

"我相信苏大夫一定会有一个贤惠美丽的爱人在等待着你，你是一个诚实的人，一个有未来的人，不要灰心。"这句话我听明白了，小陈在安慰我，我听懂了这句话的时候，也读懂了小陈，小王并没有欺骗她，欺骗我的人正是小陈，她所以这样拐弯抹角地告诉我，是因为不想伤害我们同事间的友谊，我能理解她的心情。

"哈哈哈……"我忽然间就笑了，苦笑，无奈地笑，尴尬地笑，我说不清楚，我笑得很温和，似乎有点不坦然，却也掩饰了此刻我心灵上的很多无奈。

"你真逗，我知道你是一个明白事理的人，看到你的姿态，让我感到很满意，你不会因为儿女情长作践自己，以后的事儿多着呢，等待你的机会也很多，不要灰心。"我灰心了吗？我没有，我就是感到不如人，是一个农村人，没有正式工作，没有文凭，产生了一些自卑，可在我的骨子里，我对城里人、有正式工作的人、有文凭的人只是一种羡慕，希望自己可以超越那些有文凭自以为是的文化人，我只想超过他们，让人们看看后来者居上的滋味儿一样甜美。

"现在是文凭的世界，只要你有文凭，即使是一个最次的中专生，在社会上都能叫得响，我们这些没文凭的人，干着急没办法，谁让我们在学校的时候不努力呢？"我为什么要发牢骚，我心里不好受，烦躁，自己被人瞧不起，心里会好受吗？

小陈笑了，她知道我懂了她的意思，她似乎表现得很惭愧，其实也无所谓，这太正常不过了，明知不可为，自己装在心里该有多好，坦然，自在，心里即使很自卑，也不似此刻这么颓丧，心里的秘密终于被人窥视到了，以为前路充满了光明，充满了甜蜜，而今却是无法排解的烦恼，郁闷。

门开了，我收治的带状疱疹病人的家属走了进来，来人刻意地笑了一下，小陈乘机走了。

"你有事儿吗？"我从座椅上立了起来。

"我妈疼得很厉害。"大娘的家属看上去一点也不爽快，说这么一句话，好像挺难的。

"止疼针用了，按说会好一些。"我想病人一定会有所缓解，我实习的时候，我的老师就是这么治带状疱疹的，一向效果很好，怎么到了我这就不灵了。

"不行。"病人的家属还是否定了我的疑惑。

"那我去看看。"我提脚便要走。

"不用了苏大夫，我想让院长给看吧，必定他的经验丰富，见多识广。"噢，不用我了，这就怪了，那为什么一到医院不找院长呢，我无奈地耸了一下肩，坐回了自己的冷板凳，莫名其妙地望着他走出了我的办公室。

我烦躁地抓起了手中的笔，"院长。"然后把笔扔在了办公桌上。

以后我听红红说，这不能怪病人，原因在院长身上，我从病房离去不久，院长就去了，院长是这样告诉病人的。"小苏还是一个小大夫，刚学出来不久，治这样的病，他没有经验。"然后就走了，红红去看病人的时候，大娘告诉了她。

病人由院长接手了，其实也无所谓，院长也许不放心我，他看不上我这两下，所以才无所谓地在病人面前鄙视我，他以为病人转到了他的名下，是一件光彩的事情，他很自豪，我常常听他吆喝红红，润莲，要他们前往探视患了疱疹的大娘，这对我而言，简直就是莫大的讽刺和冷酷的嘲笑，我每当听到院长得意的吼声时，心里就会不安，一种被人鄙视的屈辱、痛苦煎熬着我，这种特殊方式的关心，在过去是从未有过的，面对这个病人，院长这是怎么了？

"他没有病人，心里会很不安，一个顽疾居然找了你，不可思议，院长心里能好受吗？现在病人转到了他的名下，按理说他应该满意了，可是心里依然不安，怎么说他也是一个老大夫了，而且又是一院之长，做这种事未免有点缺德，所以心里不能平衡了，每天吆喝我们一帮人，以抚慰他心灵上的不安。"院长有这个必要吗，红红说院长不地道，抢了我的病人，那也没什么，谁让他是院长呢。

"可能是我的治疗不能有效地控制病情，所以院长有些担心病人，才采取了必要的手段。"

"他和你用的药没什么两样，我每天输液，能不知道吗？病人找你，是更相信你，他心里不平衡，但也不应该这么做，这不输了几天病人才见好转，也没见他长了神仙手一把抓了。"红红为我抱不平，好意我心领了，我心里一直在郁闷，也顾不上想这些，既然院长愿意揽过去也省了我的心。

"那又怎么样，谁让他是院长呢。"我被院长弄糊涂了，我的存在到底是为了什么，是一件摆设吗？只是映衬他存在的价值吗？那又何必呢？既然有他一个人就够了，何必又收留我呢？

"想不到你居然能想得开。"我不知道红红是欣赏我呢，还是讽刺我，总之，她的目光和神色怪怪的。

"能怎么样呢？"我的心情原本就不好，现在又遇上了红红这样的神态，心里就更不好受了。

"窝囊。"难道我敢得罪院长。

我笑了，我想我的笑一定很虚伪，把我的愚蠢表现得十分完美。

好长时间我没有到过护办室，老药师让人请我也没去，我想老药师并无意请我，院长很高兴，他破天荒地过来邀请我，可我能走吗，院长走了，医院就没第二个可以看病的人了。小王没走，她织毛衣头埋得很低。

"我可以进来吗？"门略略被小王推开了一条小缝，我不搭理她，她还找我干什么呢？看她的神态似乎有些事情，我点了一下头，扔下了手中的破书，想不到小王居然和我客气了起来，她的修饰一向是十分艳丽的，虽然套了一件大白褂，可仍然挡不住她的风韵和光彩，别看她走路轻飘飘的，脂粉味却很重，暗香袭人，我不由得多看了她几眼，然后笑了。

"客气什么，随时欢迎。"我离了座位让小王坐下。

"小陈来了，和王姐就疏远了。"王姐她称谓得十分爽口，好像她真的是我的王姐，我心里不由地又想起了她和会计的那事儿，老护士是怎么走的，小王居然一点也不内疚，真不知道她这张华丽的皮到底装了一些什么。

"讥讽我吗？"我想小王一定有这种心理，小陈什么态度，她一定比我清楚，谁不知道，自从上次谈过话之后小陈再也没迈进我的办公室，即使偶尔遇见了，也不过是随便的招呼一声，像过去那么坦然，随便，似乎已经一去不复返了，我即使心里还存在那种痴心妄想，还有那种激越的冲动，但一看到小陈冷漠的神态，也就不敢造次了，我是谁，我是一个农村人，一个不是正式工，没有文凭的人，怎么能奢望小陈呢？唉，异想天开，给我带来了这么多的烦恼。

"你别想歪了，我可没有这么想你，我干吗讽刺你呢？你的存在影响到我什么了吗？没有，既然没有，我干吗和一个和我没有利害关系的人过不去呢？"小王说得似乎是很有道理，她是没必要戏弄我，可能是我的思维出了问题，总以为每个人都看我不顺眼，我再不好，也就是没文凭，吃不上皇粮，她虽然有钱，可她不正经，她还能比我好了，我不相信。

我想到了这一层，便不由自主地笑了，因为我非笑不可，面前的女人是一个可笑的女人，别人在后边都叫她婊子，婊子有她不好的声誉，可她有钱，所以别人又说了，男人学坏了有女人，女人学坏可以有钱，虽然是她自己家做生意挣的，可别人不相信，我相信这不公平，可我不相信有什么用呢？虽然我也鄙视她的为人，甚至很为老护士不平，可有什么办法，她怎么想的，也许只有她知道，也可以无所谓，别人却不能不谴责她。

"你这人真怪，你平白无故的笑什么。"我又笑了，这一回我是有些不好意思了，我为什么要笑人家，也许小王感觉到了一点什么，她的眼睛瞅着我，可她的脸却红了，我想她一定是感到了一点不自在，必定她是公众私下的开心笑料，或者坏女人的典范。

"我在笑我自己。"虽然面对的是一个坏女人，可也不能嘲笑人家，我心里想到了这一层，便觉得过意不去。

"笑你自己？"小王不相信，我相信她一定在怀疑我在笑她，她的目光紧锁着我似乎要从我的神情上榨出些微的不满和什么，我不知道。

"不笑我，难道笑你吗？"这回可是用了心要回答好问题的，否则怨下了小王也没什么好处。

"我感觉不像。"她可真敏感。

"我为什么要笑你呢？笑你有道理吗？"我心里很紧张，小王这是怎么了，非要从我的身上挤出一些东西来吗？

小王审视的目光，悄悄地盯着我一言不发，我的心呼呼地乱跳，这是何苦呢，现在好了，小王这么咄咄逼人地盯着我，看我怎么收场。

"你不觉得好笑吗？"

"什么好笑？"果然小王顺着我的思路来了，她的目光虽然还是那么放肆地盯着我，必定没有刚才那么冷酷了。

"老药工请人呀！"

"老药工请人怎么了，老药工请你你笑什么？你为什么笑老药工请人？这里面有名堂吗？老药工请的是院长、会计，目的是照顾她的子侄，好算工资，这有错吗？"好厉害的一张嘴，真还让我说出一番道理来才行，否则她心里是不会坦然的。

"可是别人都走了，我没去呀。"我想这总该算一个理由吧。

"那也不值得笑呀。"小王。

"难道让我哭吗？"

"又不是没叫你？"小王疑惑地看着我。

"叫了，怎么能不叫呢？"我心里开始有些轻松了，因为我明显地感到我已经消除了小王对我的敌视和莫名其妙的心里。

"那有什么不对的地方？"小王还没完没了了。

"可我不能去呀，上班的时候请人，老药工一定动了一凡脑子。"我的话说到了这个份上，就忽然想到了这个问题，老药工还是故意的，乡医院的门不能关，留大夫留谁呢？留我，留下我，护办室也可兼顾，那么再留谁呢？药房得有人，院长的徒弟肯定不行了，药房是由小王负责的，她可以代会计，那么留下我和小王，这里就可以开张了。

"我也不能走。"小王若有所思。

"那不就对了吗，子侄都去了，领导都走了，我们都留下了，这不可笑吗？"我想我的解释还算满意，小王不再恶意地去想我了，她似乎笑了一下，然后提了一下手中的毛衣，准备在挑两纤子。

"我是不会去的，请我也不去。"好在你有自知之明，老药师厌恶你的行为，轻视我的存在。

"那是没请你了。"我听小王的口气，好像老药师压根就没请她，要不她怎么会这么讲呢。

"你不也是吗？随便招呼了一声，没有一点诚意，我又不是没见过一桌饭菜，恶心。"难怪小王没去，八成是老药师随便敷衍了她一下，她感觉不好，所以冲我撒气来了。

"我不能走，走了医院就没人了。"我算什么，我有什么资格吃老药师的请。

小王笑了一下，"还动了一点心眼儿。"是的，不动一些心眼儿，真的让小王耍了也不知道，鬼知道小王不会和别人道什么。

"今天我请你如何？"她说这个"请"字很容易，她很大方，也很爽快，可我就是不能答应她。

"不，今天我想回一趟家里，我爸捎来了话，有事儿。"这是我临时编造的谎言，我想不出更好的办法可以拒绝小王，父亲就成了我的挡箭牌，让我惊讶的是，我居然十分的坦然，而且随口应答了出来，这能不令我意外吗？父亲捎来了话，这从何说起，看来我非得回去一趟了，因为小王我必须回一趟家里。

"看来你是谁也请不动。"小王瞥了我一眼。

"谢谢你的美意了。"我想还是少说为佳吧。

"不用客气，有机会再坐吧，可惜。"我不知道小王是什么意思，可惜？可惜什么，可惜没有和我一起吃饭，我净能瞎想。

"以后有机会我请你，不过现在不行。"一者小王名声不好，二者我是男人，让女人请我，说不过去吧，虽然小王有钱，那也不行，她这份情义我记下了。

"我请你不行，你请我就行了吗？"小王很不满。

中午我并没有回家，买了一个方饼便算充了饥，我不知道院长他们什么时候才能回来，午休让我很不踏实，迷迷糊糊，时醒时睡，而又怪梦迭出，常常因为惊险而醒转，不安。

红红他们很正常的上了下午的班，虽然她们没有人进来招呼我，但我能听到，红红、润莲、小陈他们的声音，她们彼此间因为有了更大的契机而显得更加亲热融洽。

"药房的门怎么还不开。"听这个声音，就令人不舒服，会计一定是没少喝酒，他的语气有别于平日，声调拖长甚至有些沙哑，他每次喝了酒都是这样，甚至也会嚣张的大吼大叫，今天这种口吻也有点，不过和平日不一样。怎么小王还没有来，药房是由她负责的，一般情况下，钥匙是不轻易交给别人的，除非情况很特殊。

"小王干什么去了？一定睡过了头，你稍等一会儿，小李，去叫小王，让她快点过来。"有人取药，小王竟然没来。

小李很快就跑回来了，此刻我已经坐到办公桌边，他嗒嗒的跑步声惊动了我，小王是不会这么焦急的，想必小李已经带回了钥匙，我竖起了耳朵注意听着外边。

"拿来钥匙了吗？"这是院长的声音，他可能是没看到小王，猜想钥匙一定是小李拿来了。

"小王不在。"小李喘匀了气，做了回答。

"没说去哪了？"院长大为不满的声音。

"那我走了。"这是一个陌生的声音，想必就是那个买药的人，没人搭理，我想是这样。

"不知道，中午就没回去。"小李。

"中午没回去。"会计纳纳的声音。

"没回去。"小李。

"这不可能吧。"院长语气比刚才和缓了一些。

"她会去哪儿呢？"会计。

"会不会打麻架忘了。"院长想到了这一层。

"有可能。"会计。

"你知道她常去哪玩吗？"院长。

"姜金亮家、张旺、贺红元家都去。"会计。

"那你快去看看。"会计很不满的骂咧了一句，很不情愿地走了，面对院长他是没办法的，只有服从。

"上班都快一个小时了，她太离谱了。"好不容易一天只有一个病人还因为取不出药来走了，你说冤不冤，我听到院长的脚步声在走廊中来来回回地转圈，显见是等得很焦急。小王没回家，她去哪了？我想不出来，她上午的情绪很激动，我想她心里一定不好受，老药师和她一个科室共事多年，请人不请她，原来是说不过去的，可偏偏就没请，为什么？那还不是很明白的事情吗？嫌她的名声臭，所以鄙视她，厌恶她，怎么样？老药师摆明了态度不和你共事儿，她心里能不难受吗？能平衡吗？别人能想到这个问题，我相信小王一定比别人还要想得多，或者更难堪，更复杂一些。

"小李、小唐，你们都去找，再去他们家一趟。"院长忽然火了，干脆又派了两个人，不相信你小王能躲到什么地方，躲到什么地方我都要找回来，目无组织，目无医院的纪律，公然不把院长当成一回事儿，那还了得，院长骂骂咧咧地在走廊中走着，小陈，红红和润莲偶尔间会发一些响声，不久就只有院长一个人的踢踏声了。

会计耷拉着脑袋毫无生气地回来，一看他的样子，就不难想到是怎么一回事儿。"找到了吗？"我刚刚看到会计，院长就发出了吼声，而且极不耐烦，声音特别的洪亮。

"没有。"会计低怯地嚅动了一下嘴唇。

院长用脚在某个地方弹出了声音。"她会去哪里呢？"鬼才知道小王去了哪里，真有小王的，这算怎么一回事儿，谁惹了她，她给医院出什么难题。

又来了一个病人，然后又走了，药房门开不了，又不能轻易砸了，院长只有干着急的份。

"你成天和她在一块，就不知道她去了哪？"院长的话说得真有意思，把小王和会计捆到了一块说，似乎有点不妥，我以为会计会因此反驳，等了半天也不见反应。

小李和小唐陆续回来了，小王还是没找到，院长一气之下甩手就走了，待着还有意义吗？院长走了，众人很容易就散了伙，全部因为小王，小王到底在想什么呢？为什么要这样做呢？就因为老药师没有请她吗？值得生这么大的气吗？家也没回，那她到底去了哪里呢？会计真的没有找到小王吗？不知道。不知道也就不稀奇了，可偏偏我就知道的多了一些，我一直没有离开办公室，今天晚些的时候我看到小王蹬蹬蹬地回到了医院，一脸的不快，我心里就有些担心，唯恐这把火烧到自己身上。

"啪！啪！"我听到了两记清脆的响声，不知道发生了什么事情。

"你为什么打我？"这是会计惶恐的声音，一股子莫名其妙和不安的焦躁。

"为什么打你？你不知道吗？你今天从张旺家出门的时候嘴里说什么了？你说。"小王怒气冲冲地审斥着会计。

"我又不是说你。"会计虽有不满，但底气不足。

"你在骂谁，你竟然能骂的出口，你当我三岁小孩，不给你钥匙怎么了？你想怎么样，就凭你，你想怎么样？"看来会计下午找到了小王，即没有叫回来，钥匙也要不上，所以乘着酒劲嘀咕了小王，偏偏让小王听到了。

"那你就打我？"会计似乎有些委屈。

"打你？你难过了？你也配做男人，上次我和乡长的事儿，至今也没找你算账，你也太损了，怎么，搞臭了我，有你什么好处，我要跟谁在一块，那是我的自由，你算什么东西横加干涉。"小王的声音虽然不高，但我听得依然清清楚楚。

会计好像什么也没有说，哑巴吃黄连，有苦难言，我听到他的脚步声从后边走了，小王似乎还不罢休，也跟着走了。

小王依然是小王，面对院长她可以狡辩，面对会计她可以理直气壮，面对我她可以连眼皮都不撩一下，面对小陈，红红和润莲，她比谁都能说，都能笑，她就是这样一个女人，一个令我恐惧寒战的女人，我看到她就感到不安，惭愧，说实在的，我还不如一个女人，我心里嘲笑她，鄙视她，厌恶她，可又觉得远不如人家，没有钱，没有正式工作，更没有文凭，光秃秃的一个穷光蛋，怎么能不自卑呢？小王做女人会挣钱，家里的那些买卖能挣钱，又有工资，我哪点可以和小王比，我居然鄙视她，看不起她，厌恶她，想想我都觉得的自己可怜、可笑、可悲，我凭什么小瞧人家，我不是很自卑吗？怎么在心里就鄙视了小王？我不明白，我不是鄙视小王吗？那为什么见了小王又缺乏勇气呢？心里就惶恐呢？我不止一次地问了自己，可有用吗？小王照常上她的班，会计似乎待在药房的时间更长了，我常常看到会计在一边付药，收款，小王只不过算算账而已。

"小陈有男朋友了。"这是红红告诉我的，我有些不相信，没见有人来看过小陈，也没见小陈回去，她的男朋友什么时候有的，我心里酸溜溜的，想想自己，真寒酸，轻易就让小陈给丢了，心里真是不好受。

"你知道小陈的男朋友是谁吗？"润莲好像也知道，肯定是小陈她们说的，既然润莲这样问我，想必是我认识的人，可我认识的人当中，谁会做小陈的男朋友呢？我想不出来，在我认识的同学中间，熟人中间，好像没有人能配得上小陈，那小陈的男朋友是谁呢？我真的是想不出来。

"不知道。"很长一段时间好像没和小陈有过来往，虽然心里常常想到小陈，但一看到小陈冷漠的神色，这种感觉就渺茫了，隐隐觉得小陈和以往大不一样了，至于怎么个不一样法，我似乎说不上来。

"奇怪，最近苏大夫怎么和我们护办室绝交了。"润莲大惊小怪的样子很逗人。

"奇怪，就是有点奇怪。"红红顿有所悟，她把目光投向了我，我不知道我们彼此在笑什么，她在莫名其妙地冲我笑，而且还故意地用双眼紧盯着我，让我好难为。

"你没看到最近很忙吗？"真的很忙吗？这是哄自己的,哄红红和润莲她们未必会信。

"你有几个病人，我们难道不知道吗？"红红一边摇头，一边盯着我。

"这里有些缘故。"想不到润莲居然也挤对我。

"别瞎猜了，告诉我，小陈的男朋友是谁？"

"知道你也不知道，你想想。"我想什么，不知道就是不知道，小陈又不会告诉我，我怎么会知道。

"小陈又不告诉我。"小陈已经有男朋友了，他是谁？是谁这么荣幸可以做小陈的男朋友。

"你发现小陈有什么反常的现象吗？"有吗？我怎么没注意，小陈对我那么疏远，冷淡，我注意她干什么，难道还要自讨没趣吗？不过，我想起来了，有好几回，我发现小陈和小王一块走了，至于走了那我不知道，不知道这算不算反常呢？

"不知道。"我不想去猜测，再说就是猜了，也未必准确，过去小陈和老护士好，老护士不在了她和小王好，有什么不妥吗？

"想知道吗？"润莲。

"你想告诉我吗？"我冲红红笑了一下。

"人家已经成了，告诉你有什么。"润莲瞟了我一眼。

"小王的兄弟。"小王的兄弟，不可能，小陈的男朋友怎么会是小王的兄弟呢？小王不是在帮助我吗？不可思议。

"你一定是搞错了。"我有些不相信。

"你才搞错了，对于我们，这已经不是什么秘密了，全院的人可能就你不知道，别人都知道了。"润莲。

我摇了一下头，我还是不相信，小陈的对象是小王的兄弟，"你们两个一定是搞错了。"

"哄你有这个必要吗？"看来是真的了，哄我的确没这个必要，再说这种事情也不可能没有根据地乱说。

"这是什么时候的事情？"我心里沉甸甸的，有些羡慕小王的兄弟，可更多的是嫉妒和难过，小陈终于有了归宿，而我恰恰就是她归宿的淘汰者，我知道，我一定和小王的兄弟差远了。

"不久。"红红。

"不久，有多久？"我让自己发出了一声干巴巴的笑，这不笑难道哭吗？小陈有了对象，这不应该吗？小陈看不上我，难道不容许小陈看上别人吗？

"你才怪，问那么清楚干什么，就是不久，有多久？我们能知道的那么详细吗？"红红瞥了我一眼，支在办公桌上的双肘拿了起来。

"小王的兄弟在干什么？"我相信小王的兄弟一定很出色，我和人家比，肯定错十万八千里，否则小陈怎么能看上呢？

"司机！"润莲说："司机"，听润莲的口气，我知道差不了，司机，司机这个职业很走红，车少，司机更少，可见司机这个职业很了不起，小陈的男朋友是一个司机，而我不是，我的职业不如司机在社会上吃得开，司机在平常人的眼里有神秘感，神圣感，而我没有，我只是一个普通的大夫。

"他在哪开车？"我相信司机都有一个好单位，司机的身边一定坐的是一个大干部，司机是普天下最荣幸的职业，我常听人们说，某某局长、科长、股长，或者乡长、书记，曾经是某某大干部的司机，可想而知，司机这个职业有多么的显眼、重要，是多少人梦寐以求的职业，因为他可以直接接触领导，容易成为领导的心腹，那么提升的机会也就很多，很多人走的都是这条老路，我相信小王的兄弟也在这条道上盘旋，说不定他日也会有一官半职，前途似锦，唉，我在心里长长吁了一口气，我凭什么和人家比呢？我想这么多有用吗？

"二轻局。"红红。不错，二轻局，谁不知道二轻局，它是一个很出名的单位，小王的兄弟原来在二轻局上班，了不起，真是了不起，难怪小陈能看得上，二轻局的司机，那是一个多么荣耀的职业，那是一个多少人向往的职业，而今小陈成了二轻局司机的女朋友，好让人羡慕和眼红，小陈你果然好眼光。

"二轻局是一个好单位。"我输得服服帖帖，我哪里还敢和人家比，小陈能找到二轻局的司机，这一点也不奇怪，因为小陈就很优秀，她是这个世界上最优秀的女人，可惜，她再也不会属于我了，我再也不会有机会了，虽然我知道，我从来就没有过机会，可我心里就是要这么想，就是要把小陈和我联系到一块去想，现在，小陈已经有了男朋友，我心里依然在想，小陈，你永远是我心里的神，我喜欢你。

"当然是好单位，陈姐不是看上了他的好单位，好职业，会答应吗？"我相信红红说的是真的。

"人怎么样？"我还是止不住自己的好奇，又问了一个问题。

"不知道。"润莲。

"不知道。"红红也不知道，这好像不可能吧，她们居然没见过就瞎说，是不是捕风捉影。

"你们两个又瞎说了，不知道乱讲什么？"我的口气可能有点不好。

"没见过人，不见得没这回事儿吧。"说的也是，红红横眉立眼地顶撞了我一句，表现得大为不满，我不由地就笑了，这是干什么，我紧张什么，我给红红和润莲发什么火，真是岂有此理。

"对不起，对不起，我不是有意给你们发火，我的意思是，你们两个瞎说，小陈听到了会不高兴。"

"你才会这样想，人家不是定了，也不会告诉我们，小王的兄弟来了三回，每次来了都是在小王家里见的面，没到过医院，我们怎么能知道人家长什么样，不过我相信，小王那么美，她的兄弟也一定差不了。"这样的推理也不无道理。

自从我知道了小陈和小王的兄弟处了对象，心里便一直不快，闷闷不乐的心情常常会不由自主地表现出来，我常常把注意力集中在小陈的行动上，她很快乐，她比以前更动人、更美丽了，她比前一阵子开朗，看见我也会笑了，我常常会因此而心动，然后便是自责，我知道我在自作多情，可这不由我，好像鬼使神差，我总想看到小陈，或者听到她的声音，神经似乎也出现了错乱。

"苏大夫，你过去看一下，你刚才配出的药有问题。"忽然有一天小陈急急忙忙跑进了我的办公室，神情惶急地告诉我。

"出了什么问题？"我大吃一惊，配出的药有问题，会是什么问题呢？我首先想到了过敏，神经立刻紧张了起来，身上的每个细胞都调动了起来，这么一激，我的郁闷，我的昏惯，似乎在眨眼间全消失了，我有些焦急，有些恐惧，小陈没转过身去，我自己已奔出了办公室。

"在后头病房。"小陈在后面吼了一声。

"苏大夫，你看这是怎么回事儿？"我奔进病房看到了我治疗的病人好端端地坐在那里问我这句话，我才长长舒了一口气，这是怎么回事儿？把我弄糊涂了，我喘匀了气，走近了病人，他用手指了一下胶管制作的输液器，我一看滴壶里悬浮的全是豆腐状的虚块，这是怎么回事儿？液体小陈已经拔了，可我还没搞清楚怎么回事儿。

"小苏，头一组液体输完，换上了这一组液体，两种液体一接触，马上就起了反应，我立即停止了输注，你看一看，是怎么回事儿？"小陈随后跟了进来。

"你用了什么药？"我不知道院长什么时候进来的，他此刻就立在我的身后，口气很平常。

"一组头孢哌酮，一组环丙沙星。"我必须老实回答，我不知道这两种药会起反应，我从来没有在一块使用过这两种药，今天在使用前我也斟酌了一番，就是忘了查药物禁忌表。

"你见过别人这么使用过吗？"院长的态度似乎有些不好。

"没有。"我没想到它们会起反应，都怪我太大意了。

"没有？你就这么稀里糊涂的给用上了。"院长伸出了手，把我的躯体搁过了一边，他的手捏住了滴壶。

病人瞥了我一眼，跳起来就走了，我无奈地望着胶管在院长的手中捏转，哪还有心思去管病人，想说一声对不起，可是病人等不了那么长的时间，脚一沾地，人就溜了。

"幸亏没出事儿，出了事儿你吃不了兜着走，胡闹。"院长就这么给我定了性，虽然从事故的角度来说处理得并不重，但我的滋味儿一点了不好受，这件事情传出去对我有什么影响我还不知道吗？

小陈一言没发，只是温和地笑了一下。

"喂！"刚刚走的病人怎么又回来了，我不解地望着他。

"大叔你还有事儿吗？"会计迎了上去。

"噢，事不大，液体弄错了，我想把钱退了，这不过分吧，这两组液体六十多元，值钱呢。"病人的嗓音有些沙哑。

"这……"会计把目光投向了我，小王笑了一面然后走了，小陈和红红都默默地望着我，怎么办，六十多元，院长走了，退款找会计吗？不可能。

"这个责任不应该由我负吧。"是我的过错导致了这起小事故的发生，和任何人没有关系，会计想趁机遛了，被病人一把拉了回来，"你不能走，你走了，谁给我退钱？"

"我请示一下院长，马上给你答复。"会计说得也有道理，病人放了他，"不怕你走了，你去请示吧。"

"算了,请你把钱退给他吧。"我忽然有了勇气，找院长有用吗？找院长也许我更难堪，不如趁早承担了，还有些面子。

"退了？这个钱谁来承担？"会计把质询的目光投向了我。

"我来承担。"我有什么办法，这个责任必须要由我来承担，是我的过错，就必须由我来承担。

"那你把钱退给他好了。"会计的意思很明白，退钱也要我自己往出拿，医院是不可能垫付的。

我瞟了一眼病人，心里很尴尬，面对小陈、红红、润莲，我感觉到一股热气汹涌地袭击了我，我紧紧地咬着牙关，努力让自己镇静下来，我很惭愧，我的衣袋里仅仅揣着五角钱。

"从他的工资里扣不可以吗？"红红见我不吱声，揣摩着我的意思做了回答，他一边瞅着我，一边冲会计说。

"就是，从工资里扣好了。"小陈。

"这个责任就得由他负，医院不能给他垫钱。"我知道我曾经得罪过会计，至今他对我也没有好感，他这是故意在刁难我。

"你这种人也太卑鄙了，我不明白，他不是说从工资里面扣吗，你为什么不给扣呢？"病人。

"不是，你不明白，这是账，我不能这么做，再说你已经把先锋输了，就是退也只能退第二组的钱，第一组你凭什么让我们的大夫给你退？"会计说的有些道理，病人没刚才那么嚣张了，他瞥了一眼围观的小陈她们，不满地瞪了会计一眼。

"那你说怎么退？"病人底气被泄。

"苏大夫在用药上有失误，这是他的过错，我们应该向你赔礼道歉，但你不应该因此而勒索他吧。"会计葫芦里卖的是什么药。

"我已经给你算好了，除了先锋，第二组液体苏大夫应该还给你三点八元，这是四元钱您拿好了。"我不知道会计什么时候已经准备好了钱，至于他怎么算来的，我就不知道了。

"不可能吧，才四元？"病人有些不相信，捏着四元钱审视了我们一圈儿，就是不走。

"小陈。"小王敲了一下窗玻璃呼小陈。

"什么事儿？"小陈。

"继奎来了。"继奎是谁，小陈一听继奎来了，掉头便走，红红瞟了我一眼，我立即就明白了，继奎就是小王的兄弟，小王的兄弟就是小陈的男朋友，看来红红没有欺骗我，小陈真的是有了男朋友，她终于找了一个门当户对的男朋友,找了一个令她满意的男朋友。

"唉。"病人忽然长吁了一声，把四元钱摁回了会计手中，然后走了。

第十一章　小陈准备结婚了

　　我是一个可怜虫，是一个真正的可怜虫，一个需要别人怜恤、同情、帮助的可怜虫，如果我什么也不想，也许我会觉得很荣幸，很自豪，很满足，因为在关键的时候，在我孤独的时候，在我难为的时候，有人帮助了我，我应该感谢这种帮助，感激他们对我的同情，因为因此我保留下了工资，在我刹那间感到庆幸的时刻，一种悲哀也悄悄地袭上了我的眉宇，让我惭愧不安。

　　小陈的声音老在我的脑海中萦回，她的倩影似乎也像魔鬼一般粘贴在了我的身上，我越是去排除这种感觉，这种意境就越明显，我的心里就越痛苦，小陈，我想禁止我的大脑，别去想她，因为我知道小陈看不上我，而且她即将为他人妻，可我就是阻止不了自己，我常常告诫自己，你是一个医生，医生的职业是救死扶伤，我已经有过上次的经验教训了，我不能再出差错。

　　我用尽了心思，去倾听小陈的声音已经到了着魔的地步，我的脑海中一片空白，我的舌头塞涩而干苦，我的思维中不止一次地出现了被我幻化的小陈，给我一点希望吧，我的喉咙已经不会发出声音，我在渴望，我在期待，我在痛苦的饱受煎熬……

　　我的身形疲惫不堪，容颜憔悴而恍惚，虽然我常常想到别人可能在嘲笑我，在背后议论我，愚蠢、痴傻、呆笨，甚至把我说成是一头愚笨的牲畜，我也认了，我怎么也扭不过这个弯来，虽然我做到了克制自己，不去接触小陈，不去做任何有损我自尊的事儿，我对自己还是满意的，我在这个漩涡中跌宕起伏，居然还能认识到自己的不足，理解别人的目光和讥讽的言论，我以为自己很了不起，是别人的我夺不过来，我又何必在没有希望的黑暗中徘徊呢，这就是我，我想任何一个痴情的人都会有不同的感慨，喜欢一个人，是发自内心的，虽然这种失望的感觉异常痛苦，却又必须，必然地要想得开阔一些，但此时此刻这种折磨却是必然要经历的，因为你付出的是情感，付出的是赤诚的心，回报你的是永远的失望，和永远的悲哀，所以我竭尽全力挣脱的是一种枷锁的束缚，想抛弃这种无望的没有止境的磨难，有谁能告诉我，我的失败，我的痛苦，我的失望，我的凄苦，什么时候可以成为过去，在我的生活中消失，从我的记忆中淡漠，遗忘。

　　我不是可以做到如此，而是必须做到，无论希望多么渺茫，期望多么遥远，我都要树立信心，面对新的企望，新的局面，就必须做出一种明智的选择，因为我生活在现实中，现实中有很多美的事物不属于我，而我一定要据为己有，那就是一种贪心，贪，会让你步入歧途，会让你饱受失望的痛苦。但，又必须有贪心，一个人正因为产生了贪心，才会为此努力，才会不顾一切地为了得到目的去奋斗。

面对现实我发出了太多的感慨，我很在乎别人的看法，因为我自卑，其实别人并无意讥讽我，而我以为他们这样做了，总以为别人聚在一块是为了鄙视我，是为了嘀咕我，是为了从我的身上找一些笑料，或者编故事给我一些难堪。这种想法、作为，要和小心眼，心胸狭隘联系到一块，我不是不知道，我想这种行为，这样的思想，如此来说是恰如其分了，我就是这样一个人，所以不愉快的时候就会多一些，郁闷、孤僻的时候就会多一些，也难怪人们要说我不合群，性情乖僻，等等，高兴的时候他们谁都是我的朋友，不高兴的时候，真的是朋友我也不稀罕。

现在我的情绪就极其的低落，无论想什么，怎么想，我都不会兴奋起来，无论是什么样的幻觉，都可能否定，否定了再去假设，假设了再去否定，周而复始地去循环，就是机器也会有疲劳的时候，而我仅仅是个肉体，我的灵魂超越了肉体，我的肉体却脱离了灵魂，在夜的凄凉中，在永无止境的黑暗中，我的灵魂离开了肉体，依然在操纵着我的幻觉，我依然存在，我存在的目的就只有一个，去幻想小陈，去感化小陈，去自寻烦恼，痛苦，然后跌入万丈深渊。

我惊恐地落了一身的臭汗，粘腻而有点咸味，我面对自己的惶恐，却会不由自主地去笑，这是干吗呢？放弃？不，我从来就没有拥有过，人家不稀罕自己，谈不上放弃，我的这种想法，不过是一种单相思而已，说穿了，别人是不会知道的，还以为你精神不正常，或者有毛病。

无奈不能面对自己，无奈只能笑，去悄悄地感觉，慢慢就会淡薄，因为外力，某种强力的感觉，渐渐就会消退，以至悄无声息地失去，当还原出一个新的自我时，过去那种强烈的体会就会成为一种回忆，一种无法排遣的笑，自己居然有过这样的经历，看到别人，或者听到别人，正在感觉此刻我的心情时，我相信我会很大方，很坦诚地告诉他们，我也有过同样的经历，我也是过来人。

想这些有用吗？想这些我的痛苦，折磨就会少了一些吗？自己都会感到自己的可笑，迂腐，我听到人们常用一个词，虽然用在我的身上未必恰当，但至少我相信，这个词他们一定在往我的身上套用，"浅薄"，我有些浅薄吗？可能是吧，我连自己都糊涂了。

小陈像早晨灿烂的阳光一样，充满了朝气，活力。她的存在仿佛是护办室的开心果，是整个医院的风景线，只要没有病人，她就会热情的发表演讲，温和地对每一个人笑，虽然她不再涉足我的办公室，但她的温情和愉快依然会传递给我，爱情中的女人都是春天的花朵，充满了流溢的清香和妩媚，她在呵护别人的时候，也得到了别人对她的爱护和欣赏。

我孤独地守在我的办公室中，连走出去的勇气都没有，我害怕他们。我不知道为什么，失去了所有的自信，不想主动见到任何一个人，尤其是医院的人，我总在担心，我的出现会招致讥讽，鄙视和嘲笑，所以我宁肯一个人冷冷清清地坐着，也不愿意看到任何一个人，偶尔走出去了，我也不会看任何一个人，更别说和他们讲话了。

"苏大夫你有心思？"居然还有人记得我，我淡淡笑了一下，然后用双手摩擦了一番脸颊。

"我会有什么心思。"有什么心思也是枉然，我快熬过去了，我能感觉出来，以前我听到小陈说话，心里会很激动，现在似乎淡漠了许多，甚至已经不想注意她的声音了，更多的时候心里已经不在想她了，面对红红，我不知道自己到底讲点什么好。

"大家都能坐到一块聊，你为什么不呢？"红红。

"我不喜欢人多，我喜欢独处，有什么不对吗？"我也喜欢人多的环境，大家你一言我一语，愉快，可是此刻我不得不违心地去讲假话了，因为我的心什么也容不下，更别说闲扯了。

"和别人交流一下，心情就会放松，不愉快就会不知不觉的消逝，有什么解不开的疙瘩，最好别一个人闷在心里，你是医生，自然懂得这个道理，不是你的，不要强求。"我不明白，红红讲的这番道理意在说明什么呢？我怎么隐隐觉得她好像窥破了我的心理，不然的话她怎么字字句句说的都和我的心事儿着边，这到底是怎么回事呢？小陈是不可能告诉她的，我，小王知道一些，但小陈此刻是她兄弟的女朋友，她绝不可能乱讲，难道问题出在我的身上吗？我不知道，她想不出来。

"谢谢你，我很快就会好的，我的心正在恢复正常，我相信不久我就会和以前一样。"我相信我讲这句话的时候自己很轻松。

"我相信苏大夫。"红红相信我，我笑了，我真的很消沉吗？我相信她没有走眼，我心里的颓丧，意志上的消沉，灵魂上的自卑，几乎要击垮我，可我还是不能迈出泥潭，甚至还会自己作践自己，这是为什么？我想不明白，就因为心里有过多的牵扯，感情上还是空白的一片墨迹吗？我不明白，这一切都来得那么黑暗，那么残酷，可又是那么的心甘情愿，喜欢一个人不是别人说了算，是自己在感觉，感觉出来失误，意识就会出现偏差，较正一种发自内心深处的感觉，需要毅力，需要时间，需要一种新的尝试，我知道我能做到这一点，我不能因为这么一点事儿，就被更多的尝试淘汰了，明知不可为，还要勉强，是我仅仅有的愚蠢在作怪吗？也不是，我真的喜欢小陈，喜欢一个人太苦了，喜欢一个不喜欢自己的人就更苦了，这一点我的心里体会尤深。

"红红这几天院长的病人多吗？"我不是忽然想到了这个问题，而是考虑了好几天了，我几乎没有病人，虽然我的心情不好，但仍然希望有病人，希望这样的安慰多多少少可以弥补我的遗憾的心理。可偏偏就没病人，甚至一天也没有一个病人。

"也很少，这几天王姐说了，连卖药也上不了一百元，这么大的一座乡医院，收入仅仅只有这么一点，不喝西北风才怪。"医院就盼病人多，病人多了才能创收，这很正常。

"病人都哪去了？"我也想不通，按理说天气变化很大，这几天怪冷的，怎么会没有病人呢？

"病人都走了王大夫那里，医院自然人少了。"不可能，院长的口碑一直很好，怎么会竞争不过王大夫呢？

"不可能，要没病人哪也没有病人，医院尚且没病人，王大夫那里又哪来的病人，我不相信。"我真的是不相信，王大夫就算技术可以，必定条件太差了，工作人员也不配套。

"差别太大了，王大夫领了七八个徒弟，现在个个都可以独当一面，抓药的，打针的，打杂的，干什么的都有，房子也装修了，规模要比刚出去的时候大几十倍，没有病人，他能这么显摆吗？"这些我都听说了，听说了又怎么样，那也不能证明院长不行吧。

"难道我们的乡医院还不如王大夫？"我就是不相信，无论从基础设施、人员设施，哪点比王大夫差了，怎么就干不过王大夫呢？真是想不明白。

"医院的价都是做死的，而王大夫的价是由他定的，医院这几个月就降了几回价，可每次降价都是跟着王大夫降，这多么被动，人家来买药，离着不远的两个医院，谁的便宜选择谁的，这很正常。"被动降价，和主动降价，区别看似极小，其实这其间的差距大得多了，难怪人都被王大夫抽走了，这不能怪王大夫，为什么王大夫能降的价，医院为什么不能降呢？仅仅说医院人多，开支大，那不顶用，一口吃个胖子，只能撑死，撑死了自然就没了以后。我相信红红说的有道理，想不到多读了三年书，懂的道理也多了不少，看来书是没有白读的。

"医院降了几次价，还比王大夫高？"我不相信，降价是商战的一种游戏，他们都是由成本来决定的，降到一定程度就不可能再降了。

"那是自然。"红红颇有些不满，好像她也是医院的一份子，医院的收入多与少和她也有关系。

"不可能，王大夫也不是傻子，他能不挣钱白干吗？那费用开支怎么出？"我不相信，王大夫这是逼着医院关门。

"问题不在这。"好像王大夫和医院之间的竞争似乎还有别的问题，这不大可能，院长干了多少年领导，从来都在位子上算计别人，怎么被王大夫步步算计了呢？我还是不相信。

"那你说问题出在哪？"对这个问题的探讨我很感兴趣，我几乎别的什么也不想了，所有的烦恼都溜脱了，一门心思想这个问题，因为他关系到了医院，关系到了我存在的意义和价值。

"问题出在哪，你没想过吗？"红红反回来问我，想？想这个问题？我笑了，红红真怪，我想这个问题干什么，医院收入在高也不会多分我一分，这个问题应该是院长才想的，我自然不会想了。

我摇了一下头，说实在的，即使这个问题我感兴趣，也只是刚刚不久前的事儿，以前我从来也不曾想过，这是决策问题，这些全归院长，我？去影响院长，我没有想过，也不敢去想，也没有想法要告诉院长，真惭愧，今天也是红红说了，自己压根就没有意识到一丝一毫。

"真不明白，你是真的很单纯呢，还是故意的什么也不去想，难道你只抱一条希望，就是用年头熬吗？一百四十五元钱？你不觉得你挣得太少了吗？什么年月才能转正？转正就那么重要吗？王大夫宁肯丢了正式工作也要单干，你却是宁肯白白消耗了你大好的青春，也要等到转正，王大夫的行动，就没给你一点点启发吗？"我意外的发现，我心里曾经有过的一点点想法，此刻都被红红说中了，可我就是死心塌地地抱定了要等待转正，在我的心里，转正的希望就是一切，一切都是为了转正。

我笑了一下，她的意思我明白，她在说明一个问题，我的出路不仅仅要想着转正，但转正不能是唯一的目标，人的活法有很多种，无论以什么样的面目做人，只要体现了自己的价值，拓宽了自己生命的视野，干什么都是干，千万别死心眼儿。

"我想的很多，但很少想这个问题，在别人的眼里，包括我的很多亲属，他们都认为我是弱智，在同情我的时候，他们发出了哀鸣一般的叹息，无缘无故惋惜什么？就因为我长的就不赢人，我们家没人会计划，所以穷。穷，意味着什么？头脑不好，弱智，这不是证明了吗？我没有别的出路，没有人再会帮助我，我生活在希望中，希望给了我力量、毅力，所以我能忍受一切，我相信我会有自信的一天，超越很多人的一天，我生活在希望当中，我为希望而活着，这不好吗？"我在惊异于我的思路明晰的时候，更加深了我对生活的信心，人为希望活着，就可以坚持，任何坚持都会有结果，我相信我的结果一定是好的，向良好的方向发展。

"我看到的你并不乐观，消沉、颓废、萎靡不振、孤僻，甚至有些傻乎乎的样子，想不到你的内心却是如此的热情，充满了对希望的热忱，充满了自信。"我是这样吗？我心中有希望，这不假，我为希望活着而奋斗，至于自信，我不知道，既然红红这么认为，就让他认为好了，这一点我心里却不甚明了。

"告诉我，待在医院的感觉如何？学医好吗？"我不想顺着红红的思路去剖析自己，我的内心说实在的，很黑暗，我不知道我的希望会不会是一种失望，我不知道自信的表现是什么，就是我这个样子，我敢肯定，我没有自信，而且充满了自卑，转正我只是一种奢望，希望如此那是太好不过了，院长的一种承诺，至于他说的是否能变成现实，我似乎已经开始了怀疑，一个院长，他为了自己内心的一点点满足，居然可以采取手段夺走我的病人，像这种行为的领导，让我怎么相信他呢？他在形象上装得道貌岸然，在行为上却有失大体和光明，我在备尝被人鄙视的滋味时，内心居然可以笑，我竟然感悟得那么深刻，我以为只有别人可以鄙视我，此刻我才发现，我也会鄙视别人，原来小瞧别人就这么简单，在掩饰的时候，只是一种心理作用，心里满足，至于表现在行为上，原来是如此的卑劣和无耻，让人唾弃，我终于明白了，那些瞧不起人的人，内心不一定很坦然，行为不一定很规范，他们的思维充满了邪恶，他们的胸怀也值得我们怀疑。

"没有考上大学这是我最大的失误，这不能怪命运，只能怪自己学得不好，但来到医院学医，我的感觉挺好，但学医不好。"红红到底在说明一个什么问题，我没有听明白，甚至我都糊涂了，她的话是怎么说的，我仔细地琢磨了，可还是不甚明了。

"那你为什么学医呢？"

"和大学失之交臂，那种滋味儿让谁体会都不好受，无论走到哪里，心里的尴尬，常常让自己表现得十分可笑，然后就不由自主的尴尬了，自己一门心思为之奋斗，为之努力，为了什么？不就是为了考大学吗？现在呢？没考上，补了又考，还是没考上，在别人的眼里，我算什么？你知道吗？还是她不行，行，早考上了，现在的人什么风凉话都可以讲，我适应不了，我把自己关在家里，我害怕见到任何人，家里的人担心我会因此弄出了毛病，所以好不容易有这么个机会，就让我来了。"原来如此，红红似乎很伤感，但在行为上她好像表现得很活泼，完全不像她所说的那样。

"看不出来，你的心思还挺重的，可是我觉得你好像很开朗，没有你说的那些心理负担。"我知道自己很少注意红红，偶尔在一块，也仅仅是逢场作戏，至于她有什么表现，我从来就没去想，只是以为她们很快乐，很开心，我很羡慕她们，想不到她心里还窝藏着不少的东西，让她不安。

"我没考上大学心里不好受是自己的事情，别人怎么看我，那是她们的事情，有一点我比他们清楚，我是为自己活着，我首先想到了自己，然后才去想了别人，我不能因为别人嘲笑了我，我就失去了生活的勇气。不错，我没考上大学，好像我做人很失败，有人说了，上了大学，没上大学，生活的差距太大，质量有别，我不这样认为，不是说我没考上大学，自己在为自己辩解，我没那种想法，但我知道一点，无论是上大学，还是干别的都是为了生活，每个人在社会的各个角落里，都有一种适合他们的地位，自己为此努力了，为此付出了，我相信生活还是一样的公平，在各行各业中，都会有回报。"精彩，真是想不到，红红居然有这番见解，到底是上过高中的人，想法见解就是胜人一筹，我隐隐觉得体会很深，虽然我说不上来到底有什么样的体会，但为之振奋，为之惊醒，为之感慨，就已经足够了。

"说得太好了，有文凭的人吃皇粮，没文凭的人自己闯天下，日子是过了一天又一天，英雄不能以一时论长短，谁也不能否定我们没文凭的人就一定比有文凭的人差，说不定有朝一日，我们就比他们强。"我想她说的这番话，我是理解了，她内心不平衡，不服气，但又有什么办法，上不了大学的人也要生活，能上大学是一种活法，不能上大学也要有一种活法，寻找出路，开山劈径，也要走出一条道，希望依然会有，只是时过境迁，人的理想和希望都会发生变化，会越走越接近实际。

"呼呼呼！"润莲敲了几下门，脸上堆满了笑，轻轻推开了门。"你们两个在说什么？"

"跟屁虫，一会儿不见就追来了，"我和润莲开了一句玩笑。

"好长时间没有看到苏大夫这么愉快了，今天仿佛变了一个人，真不敢相信，但我的感觉是良好的，看到苏大夫这么轻松，我都在怀疑自己了，是不是我有些太多心了，老感到很别扭，似乎和苏大夫之间生了许多隔阂，很陌生，让我时刻不安，总以为自己在什么地方有过错，可又不知道错在哪里？"一个人存在的价值，就是让别人有感觉，有依托，我从没有这样想过，我的存在，我的一言一行，我的志趣情怀，会影响到别人，尤其是像润莲这样的女孩，可我竟然影响到了她，我不知道自己还影响到了谁，我不去想小陈？那不可能，我第一个想到的依然是小陈，但感觉似乎不如已往那么强烈。我的存在对小陈而言举无轻重，我喜欢她，并不能说明一切，她不喜欢我，鄙视我，我想的太多了，我想到这里，我让自己，我要求自己停下来，居然我的心情已不在压抑自己的表情，我忽然笑了，红红也笑了，她在怎么想我不知道，她默默地注视着润莲，游移的余光瞥了我一下。

"我的行为影响到你了吗？"我想一定是这样，我影响到了润莲？我有些想不通，我怎么会影响到润莲呢？我一个人的失望、孤独、痛苦，怎么会影响到她呢？

"怎么不会，在这些人当中，我们俩和你走得最近，一向和睦、友善、亲切的朋友，忽然冷漠、孤傲、不屑的神色，我们如何接受得了。"我有红红形容的这样冷漠吗？我在和自己过不去吗？我对别人冷漠了吗？我的这幅尊荣、身架，敢对别人冷漠，我一向感到自卑，感到不如人，怎么会和孤傲联系在一块呢？甚至我的神色也是不屑的，我有过如此吗？我能装出这种神态，居然让红红、润莲和我有一样的心情，我是因为小陈，她们却是因为我。

"无论如何我也不会想到，我？你们？你们因为我的郁闷而不安，这从何说起，你们一直不是都很快乐的吗？有说也有笑，哪里能和我联系到一块。"我相信红红说的不会那么真实，但又不能不相信润莲的憨厚，因为我？我在他们的心目中那么重要吗？小陈，在我的心中，位置自然不一样了，而她们是不可能知道的，可她们也同样重视了我的存在，这多多少少在我的心中荡起了几波涟漪，引发了一连串的感想，心里沉闷的余渣似乎得到了完全的蜕化，一种自我欣赏，体会得别样轻松，我这个小人物，我这个自我鄙视、自我陶醉的小人物，也有人注视我的存在，感觉我的情感，真是从未如此想过。

"难道我们要完全像你，谁知道你在想什么，我们在想什么也不可能完全像你，偶尔有这种感觉，也就是因为你，别人我们还不会有，还嫌我们说笑了，你不想笑，难道想哭，笑话。"红红说的也不无道理，我的情绪不好，还要去影响别人，别人说笑怎么了，心里不平衡？惭愧，我还是真想哭，这种想法有过很多次，无缘无故就有这种感觉。现在就是想到了哭，也不会哭了，我为什么要哭呢？是因为小陈不理睬我吗？是因为她很快就成了小王的弟媳了吗？

"你们不是我，我想哭的时候还真没有哭，现在不想哭了，反而是要掉泪了，激动，你们相信吗？"我真的是抑制不住的掉泪了，而且一点也不感到别扭和惭愧，我居然可以大大方方地去揩眼泪，她们两个竟然一点也不引以为奇怪，以为就是个掉眼泪，至于什么原因，也许她们想简单了，实在无所谓。红红大笑了起来，谁也不会想到她也掉起了眼泪，她有些不好意思，因为润莲居然装得若无其事，似乎在冷眼瞧着我们，我不由得就又笑了，很不好意思。

"这段时间你是怎么了？心情不好？还是有别的原因。"有什么原因也不会告诉你的，我点了一下头，心情不好，或者是有别的原因，你们自己猜去吧，反正……我有些想不清楚了。

"你们好。"小王手里提着一个塑料袋，春风得意地摇了进来，她的后跟有节奏的打击着，手一抬，塑料袋扔上了我的办公桌。"吃吧。"

"无缘无故买一包糖干什么？"红红眼疾手快捏了一把散到了桌上，自己也拿了一块。

"吃谁的喜糖？"润莲。

"当然是我们的。"小王坐到了红红一边的诊断床上。

"你们的？"红红。

"小陈和我弟弟的，成了。"小王。

"那应该是小陈买才对。"润莲。

"谁买也一样。"小王。

润莲捏了一块，冲我递了过来。

"别客气，吃吧。"小王。我心里好不是滋味儿，小王，让我说什么好呢，我心里好恨，可是桌面上又不能表现出来，我笑了一下，我也说不清楚，这是勉强的笑呢？还是苦笑，我该表示什么呢？我接住了润莲递过来的糖，无所谓地去撕糖纸。

"小陈的喜糖没有小陈不适合吧。"红红。

"有什么不适合的，她不好意思请大家，让我代替一下，你们就别多心了。"小王。

"小陈，小陈。"红红隔着门大呼小叫地喊了起来。

护办室的门响了一下，小陈默默地含着笑推开了我的门，在我的记忆中，小陈好久没有来过了。

我立了起来，不知道如何让自己的不安的心平静下来。

"你们在干什么？"小陈的表现也很不自然，声音似乎也不如以往圆润。

"吃喜糖。"润莲。

"是……"小陈想不到这喜糖吃的是谁的，她的目光从我的脸上瞟了一眼，然后很快放在了红红的脸上。

"不用看我，不是我的。"红红连忙为自己开脱。

"呵呵呵呵……"润莲忽然笑了，小王有些不好意思，冲小陈笑了一下，"你猜猜。"

"猜不出来。"小陈把目光再次落在了我的脸上，不过只有一刹那，然后就挤在了小王的一边。

"是你的，王姐请的大家，怎么你不知道，这有什么不好意思的，男大当婚，女大当嫁，就这么一回事儿。"红红。

小陈瞟了一眼小王，把目光从小王的身上又移到了我这里，我冲她笑了一下，"恭喜你。"我似乎有些言不由衷，心里很不舒坦，我不是一个心胸开阔的人，心里仿佛永远有解不开的疙瘩，但此刻我很明白，我不能表现出来，即使气塞填胸，肚腹闷胀，我也得笑出来，我不能让她们看了我的笑话，我已经出了一次丑，难道还要再出一次吗？

　　"恭喜你。"红红又拿了一块糖。

　　"真不好意思。"小陈。

　　红红给小陈扔了一块糖，"别不好意思，我们都吃了。"

　　小陈瞟了我一眼。

　　"喔喔佳佳的质量就是不错。"我捏了一块糖举了一下让小陈看。

　　"那你就多吃一些。"小陈的神态比刚才自然多了。

　　"说说看，你们什么时候结婚。"红红。

　　"日子定了吗？"润莲。

　　"没定，但知道个大约。"小王。

　　"国庆，还是元旦？"红红。

　　"你真聪明，不是国庆，就是元旦，举国同庆的日子举办婚礼洋气。"小王。我相信小王有故意的成分，想不到她会这样，我算个什么东西，这种想法在我的心中一晃而过，然后我便想到了一句俗话。"最毒莫过妇人心"。小王不该如此，她不仅仅无视我的存在，更无视我的心里，轻视和玩弄我的存在，她一点都不在乎，甚至是一件很无所谓的事情。

　　小陈默默地冲地面的方砖笑着，我知道必定如此，她认可了这件事情。我不由得要长长吁一口气，我让舌头抵在了下牙齿上，尽可能很自然地把口张到一个适合大的地步，让气流发出的声音尽可能地低微一些，胃脘的闷胀似乎略略缓解，身心在缓释了一种呃气之后，变得比刚才轻松。

　　"你弟弟在干什么？"红红。

　　"在二轻局。"小王。

　　"小陈你真幸福。"润莲。

　　"呵呵。"我不知道说些什么好，听小陈笑着，我心里真不是滋味。小陈，你看不起我，我不怪你，我心里不好受，是因为我喜欢你，衷心地祝福你，我在心里默默地这样想着。

　　"我们小陈非常优秀。"小王似乎在告诉人们，她的弟弟可是最优秀的，所以才会和小陈有这段姻缘。

　　"那是自然。"红红。

　　"郎才女貌。"润莲。

　　红红瞟了一眼，然后把脸扭向了润莲。

　　"你们像上班的样子吗？早就下班了。"院长似乎也听到了一些什么，经不住诱惑也过来了。

第十二章　苏培离开了医院

我就是一个懦弱的人，我自己如此我早已经认可了，在别人的眼里，我可能比这还差劲，要不然小王也不会如此鄙视我，我刚刚有点起色的心情，又蒙上了浓浓的阴影，心情不好且不说，一种更加郁闷、沉重的思想负担又烙印在了我的心里，小王摆明了玩我，可我还不能发作，哑巴吃黄连有苦难言，我想不过如此吧。

"小苏你好好想想，别一时冲动选择错了。"我和院长说了我不干了，院长很吃惊。

"我真的不想干了。"我强调了一下自己的决定。

"和你父母商议了吗？"院长。

"没有。"我自己也不小了，我相信我自己可以做出选择，我心情太差了，与其如此，不如离去。

"那你为什么不在医院干？是嫌工资低吗？还是有了别的出路？"院长。

"我觉得没意思。"

"想自己单干吗？"院长的目光盯着我。

"有这种想法。"我自己也不知道自己不在医院干了会干什么，反正我不想干了，我不想面对小王和小陈，她们太小瞧人了，我为什么还要面对她们，每一个人都有适合自己的角色，我相信我离开了医院，同样会找到别的出路，也许比这还要强。

"你应该再历练历练，火候是不是不到？"院长有些不相信我的能力，这不能怪他，医生是生命调节的纽带，弄不好就会出人命，这一点我心里很清楚，单干？我心里也没底，自己能干吗？如果真的去单干，我能拿下来吗？

"我想试试。"我在稀里糊涂地被动做着回答。

院长默默地坐在他的办公桌后边，盯着我一言不发。

我要走的消息立即被全院的人传阅了，我在收拾衣被的时候会计过来了。

"你还是不要走的好，院长让我劝劝你，你在医院待下会有出路的，你迟迟早早都会磨炼成一位名医，何必急在此一时呢？"我想院长没有说错，我会的，我干下去一定是一位地方名医，这一点我一点都不怀疑，可是我太累了，何必和自己过不去呢？单干，我又想到了单干，是的，我还会干什么呢？行医，我现在不在医院干了，那自然是单干了，单干干什么呢？别的我都没有干过，除了行医有些长处外，我还能干什么呢？种地，可以边种边学，难道我回去种地吗？真让人把我看瘪了，如果不行医，看来只有一条出路，那就是回去种地。这不可能，我学医为了什么？不就是不想种地了吗？现在如果再回去种地，那岂不是让人笑掉大牙，此路万万行不通，别说我这里行不通，到了父母那里也行不通，那我以后干什么呢？

小王似乎也没什么好意，会计讲这番话的时候，她就立在门口，磕着几粒瓜子，皮壳肆意地四下散落着，她冲我淡淡地笑着，看我卷铺盖滚蛋，也许她心里最得意，老护士走了，现在我也灰溜溜地要走了，她心里的怨气总该消了吧。

"翅膀硬气了，想单干，真佩服，佩服。"我相信小王这是说的风凉话，她一点都瞧不起我，这我比谁都清楚。

"你们不想单干吗？"我真的是窝囊，我居然想不出更好地回击她们的话。

"我倒是想单干，可我学的是药剂，会计能干吗？不能，只有你能单干，只有你有这个能力。"小王。

"选好地方了吗？"会计。

"没有。"

"回你们村？"小王。回村？不可能，我们村的人都看不起我们，回去了也干不成，人家不信任我们这些弱智的人，居然要看病，可能吗？

"不。"我的回答很干脆，似乎大出他们的意外，像我这种人，似乎只有回家一条道，难道我还有别的选择吗？

"看不出来，苏大夫还深藏不露。"会计在讥讽我。

"不能吗？"我怎么老觉得他们在和我过不去。

"能，怎么不能。"小王的口气让我很不舒服。

会计并没有表示自己的态度，我相信如果不是院长的缘故，他才不想理睬我呢，想走就走，和他有什么关系，走了最好，因为我让他心里不安，不快，走了有什么不好的。

走了小王和会计，我收拾速度更快了，我是下定了决心要离开医院的，离开这个令我压抑，令我痛苦、不安、凄惶的地方。

"你真的想好了，不能再呆了？"小陈走近了我，略带歉意地淡淡笑着，她已经不再是以前的那个小陈了，她腼腆的样子很文静、典雅，显得非常成熟。

"想好了。"我停下了手中的活儿。"你请坐。"

"因为什么？"小陈忽然问了这么一个问题。

"我想单干。"说别的理由，或者找别的借口，我想小陈是不会相信的。

"单干？"小陈瞥了我一眼。

"嗯。"我笑了一下。

"你终于想明白了，在医院里是没有出路的，挣的钱少不说，想转正？哪有那么容易，没门没窗子，太难了。"我不是无奈地点了一下头，而是感激，我知道小陈说的是心里话，是诚恳，无私，发自肺腑地站在我的立场上讲的话。

"但愿我的离去可以开辟一片新天地。"我的心里很矛盾，小陈你知道吗？我喜欢你，我本来是不想离开医院的，这里有我的理想，有我的事业，有我的安慰，可现在我却不得不走，我下这个决心，你知道我有多难吗？都是因为你，如果我不喜欢你，如果我的心思没让小王窥破，如果我没有答应让小王帮助我，也许我就不是此刻的样子，尴尬，不安。

"我相信，你会干好的，要对自己有信心。"小陈。

"我会的。"

"那我预祝你的成功。"小陈默默地笑着，她伸出了手握了我的右手，这算什么呢？我知道这是临别的赠言，也是诀别的问候，这一握我们就要分别了，小陈是这样吗？我的鼻子发酸，心里几乎不能支配自己的神经，我想好好体会一下小陈的手感，体会一下我的爱和我肌肤相切的感觉，可就是那么一瞬间，小陈的手滑落了，她偏过了头走了，她坚决的走了。

小陈，我按捺不住自己内心的发泄，终于落泪了，小陈，我们还是朋友吗？我们以后还会见面的，你还当我是你的朋友吗？可我知道，如果我发达了，也许我们还会见面；如果我落魄了，即使有这个机会，我也不会见你的，惭愧，我竟然会好高骛远想要小陈做我的老婆，真是不照镜子不知道，一照镜子吓一跳，我是一个什么东西，我的自卑有自卑的缘故，他们自满有自满的条件，人与人在环境、学历、在城乡之间交替，自然产生了某种不同的心态和优越感，这种差距是永远也不能消除的。而我明明知道却忽略了。

"你在想什么呢？不要告诉我，你的选择很被动，相信自己，最重要的就是有信心，坚强。"让我说什么好呢，红红就是这样，有文化，说的话就是不一样，我似乎是听懂了，却又觉得很别扭，我知道她想好了，然后才说的，为了我，她讲得真中听，可是又觉得自己没有理解，让我告诉她什么呢？选择很被动，如何选择才不被动呢？我就是稀里糊涂地选择了，我没有想过被动不被动的，这是什么意思。

"想那么多干什么呢？你能说明白些吗？如何选择才不被动？"我真是被红红难住了，我可没有想那么多，心里瞥屈放不下，目的就只有一个，逃避。

"废铜烂铁一堆也值不了几个钱，好钢用在刃上才会熠熠生辉。一个人的位置在适合她的温床上才会发芽、拔节、抽穗，结有籽实，如果是一堆盐，而又偏偏被水冲，即使再有能力，再有机会，也会被水渍溶解、分化，而后消失得无影无踪，你说是这样吗？"谁能说不是这样呢？我有什么道理不去相信红红富有诗意和哲理的话呢，一个人没有适合的发展环境，即使真有能力又能怎么样呢？

人无远虑必有近忧，我没有想过我的出路，却匆匆忙忙做了一个决定，我不认为这是一个错误，但决定了之后，自己首先该解决什么问题呢？我想的似乎简单了一些，也许压根就不曾去想；但时过境迁，我一定会想的，我会后悔吗？我会拨云见日，重新温暖一片地方吗？我不知道，但必定我要走了，走了，我在心里默默地笑了，可怜虫，懦夫，一个没有本事的家伙。

"如果重新让我选择一次，我不会学医，我宁肯去做苦力，那样来得更干脆一些，愚笨尽管让人去嘲笑，痴呆尽管让别人去鄙视，我就是一个弱智的蠢汉，却异想天开，我在树立了战胜自卑的信心的时候，却跌入了一个错综复杂的深渊中，即使可以自拔，拔出来了却感到羞愧，渺茫和失望，自卑反而更加重了，以至自己不得不去营造独立的梦。"也许这样会更好一些，换了环境，重新的人际关系，会让我忘记这里的不安，淡化我心中潜藏的酸苦。

"因为一些挫折就放弃自己的追求，而自甘堕落吗？那样的人你觉得你佩服、敬仰吗？自己在深恶痛绝什么，自己比别人想得更多，更明白，更深沉，可是想了，却又糟蹋了他，想走回头路，头顶太阳背朝天，我们祖祖辈辈干的还少吗？我们今天好不容易有了期望过上好日子的梦，何必让它破碎呢？"红红。

"我想等我冷静的时候，我会想得更多的，我会对我的未来有一个规划，我不奢望自己成为什么富翁，只要日子过得比别人好，富裕，我就满足了。"能过上好日子，不让别人小瞧我，再讨上一个好老婆，我想我该知足了。

"真的没有什么远大抱负？只愿平平淡淡地滋润一些吗？我相信你是一个实实在在的人，但我觉得男人如此太没本事儿了，让我好失望。"红红。一个人在极度饥饿的时候，他首先想到的是有饭吃，绝不可能期盼满汉全席，我连肚子尚且填不饱，好高骛远地去追求不切合实际的东西，那可能吗？

"我也许不如你乐观，我生活在一个封闭贫穷落后的家庭中，我的泡沫再大也会蒸发了，因为它不充实，没有后盾，没有前景的铺垫，所以我去想了，然后我又放弃了，我不止一次地去营造一个又一个春秋大梦，何止是失望，每次丢弃了他都是一种痛苦，我看重了它，它会看轻了我，或者与我无缘，我看轻了他，他会鄙视我的清高，认为是一个疯子，一个不值一提的蠢材。而今，我去想什么呢？抽象了简单化，对我实用，简单了复杂化，对我困难，我的能力如此，胜过我的人又何止千千万万，我想到的别人未必没去想，我没想过的，别人也想过了，所谓车到山前必有路，不是没有道理，它的深刻含义，就是顺其自然，自己让自己淌出一条道来。"似乎我的思路有点理顺了。

"人活在理想中，是一种幸运，因为有了理想，我们愿意吃苦、受累涉险，看轻了困难，觉得必须如此才会成就大业，所以一个人重要的是有目标，其实我也明白了，你的目标虽然小，却很现实，想想也实用，连眼前都顾不了的人，泡沫再大也会被蒸发，何必想那么多而自寻烦恼呢？你说的也有道理，有朝一日条件好转了，或者时来运转，也许你就发达了。"难得红红的一番阔论离得我这么近，我的心里略略感到一些宽慰，欣喜，居然有这么一个人会理解我，同情我，或者是可怜我，面对红红，我的内心猛烈间抛出了一些恶浊，七窍贯通，浑身舒吁，这是原本的我，我就应该如此没有压力，没有束缚，没有重浊，没有黏滞地活下去。

"一个人如果常常想得这么空阔，心情永远有这种激愤和自勉的情调，那一个人的状态该是什么样子呢？面对任何人和事，我相信都有一种好心情。"我没想到自己那么自卑和压抑的心情在片刻工夫被红红纾解了，难怪好多圣人、伟人、名人，他们要选择一个字、一句话、一段文章用于自勉，语言文学的力量只要能恰到好处，就会缓解一场战争，避免一场杀戮，纷争，低弥，凄惶和无聊，激励一个人、一代人，成为时代的先驱。我因为有了红红的理解和同情，似乎一下子便有了知音，心里的郁闷荡然无存，即使没有想好出路，却也春风得意，对前途充满了希望。

"能这样想，把暂时的得失抛之脑后，然后去规划未来，我相信今天悲哀的烙印不会重演，人之得失，可以让人生发智慧，而知进退，也许这就是一种真正的进步。"语言这东西，只要运用得恰当，就可以启发人、勉励人，而成为精神滋养的源泉，红红的话令我感愤、鼓舞，滋长了一种自信的豪迈和勇武之气，面对现实，我一下子看得轻了，无所谓了，我相信自己可以坦然面对失败和今天的挫折。

"我似乎又有了希望，看到了前途一片光明，荆棘在野火中消退，雾障在阳光的驱逐下逃之夭夭，屏障在大刀阔斧的努力下，纷纷倒伏，我的脚下是一条坦坦荡荡的大道，还我吧，我的青春，我的活力，我的生命，我会加倍的呵护我的命运，我会不屑的努力，去缔造属于我的天地。"我从来没有像现在这么舒畅，我在淋淋漓漓地宣发我的斗志，我相信我自己，会有一个灿烂的明天。

"让未来告诉我们，我们的努力终于超越了别人，我们的努力终于得到了别人的认可，我们的企望，我们的……"我正在疑惑，什么时候我和红红变成了我们，我在心里分辨是是非非，红红的慷慨陈词便停下了，她瞟了我一眼，然后便不自在地笑了。

"我相信困难是暂时的，只要我咬咬牙，一定可以挺过去。"我生活在现实当中，缥缈无依的希望原来就是在自勉，拿来当饭吃，那不可能，西北风有老天刮，喝几辈子都能赶上时候，人不努力，走到什么时候都不会有好结果。

"说了半天，也不知道你回去了做何打算。"红红停止了她的慰勉。

"不知道。"

"会计不是说你要单干吗？怎么对我还保守？"红红不相信我的回答是出于诚实，而是带了点欺诈和隐瞒的心态。

"你相信他吗？"我不相信会计，我对他没有好感，但我又不能说得这么透彻明白，那太没意思了。

"相信你。"红红真聪明，她的反应很敏捷，真是让我感到很意外。

"暂时先回家里。"我只能这样做。

"真是不明白，你这是干什么？"我也有点不明白，我没有想好退路，但却辞了工作，红红不知道，我自己能不明白吗？

我淡淡地笑了一面，我没有回答红红的疑惑。

"这份工作不开心？还是嫌钱挣得少？还是有别的原因？是来自家里吗？"红红问

了好多问题，我记的就这些了，我告诉她，我在这里挣的钱少，而且不开心，她就什么也不问了，她帮我收拾了一番送我出了医院，一直没有吱声，我的心情确实好不在那去，我也不想再讲话了。

我要走了，我在心里这样默默地念颂了几遍，这里曾有我的希望和未来，这里曾有我的快乐和期待，这里的一草一木我还是那么留恋，让我陶醉，让我兴奋，让我高歌，让我绝唱之后凄婉，悲怆……

虽然我知道我没有好的人缘，而又处处讨人嫌，可我依然希望此刻有人出来送送我，我有几次想扭回头去，却终于没有扭回去，我害怕我的失望会更多一些，我害怕我的孤独让红红看在眼里，院长正在生气，会计和小王厌烦我，小陈也许有些不安的想法，可润莲呢？我怎么就没见她呢，难道她也不想送我吗？

"今天润莲不在。"红红似乎窥破了我的这点心思。

"改天告诉她一声，小苏记着她呢。"

我想了很多搪塞的方案，回来欺瞒我的父母，结果都被我否定了，都是我不好，不知如何面对我的父母，离开了医院倒也没什么，不好受也无所谓，可是现在要面对生我养我的父母，我的内心不免有些慌急，他们在想什么，盼什么，难道我能不知道吗？可是我是如何回报他们的？失望、不安，令我惶恐，惭愧，对不起，我边走边想着，我只能如此，我此刻能做到的就是保持沉默，任凭父母的责罚，谁让我不争气呢，谁让我辜负了他们的热情和期望呢？我做好了接受责罚的心理准备，拖着沉重的步伐，缓缓地行进着。

"唉。"父亲一见我的样子就长长地吁了一口气，阴影迅即蒙上了他紫浆色的脸膛，风刀雪雨雕刻的皱纹凝滞着一种沉甸甸的分量，他呆呆地立在门口，望着我往下拿东西。

"娃子，你怎么全搬回来了，医院不让你上班了？"妈妈焦急地越过了门槛扑到了我的眼前，她怎么会相信眼前的这一幅壮景，是那么的暗淡、忧虑、心烦、失望，她的希望，她心中保有的一丝自豪的安慰，在此情此景中她又能做何感想呢？她的悲哀是源于儿子的失职，她心中的酸楚也许想得更多一些。"妈妈，你们什么也别问了，都怪儿子。"我只在心里这样想，事实上我只顾了往回搬东西，说到东西，其实也没什么，就是一个自行车能驮下的几样东西。

"他们怎么能随随便便打发你，是你失职了吗？"父亲很不高兴，怪儿子不争气，让他们丢脸了。

"不是。"我想我不能失去了自己的体面，这是我的尊严，如果是被院长开除了，那多难听，也证实了人们私下对我们弱智的议论，即使是我自己走的，也会招来闲言碎语，很多人也不会相信，可就是我自己要走的，这一点无论是谁都不会相信，好不容易有这么个机会，得了一个破工作，我会舍得扔下，肯定是干不了，被打发了。想到这里我便笑了，因为我终于因为自己的勇敢，做了一件让自己体体面面的事情，我能不兴奋吗？

这样就对了，其实面对现实，勇敢会增添自己的信心。

"既然干得好好的，那为什么回来了呢？"妈妈有些听不明白，好不容易托人找了一份工作，就这么丢了，多可惜。

"我不想干了。"

"你想干什么？"父亲雷鸣般的吼声屋动地摇，他的眼睛睁得很大，仿佛要凸出来，紫浆色的脸立即冒起了热气呼吸如牛吮乳一般粗宏，我不知道父亲的不满意是因为我的轻描淡写，或者事先不和他们商议一下，见父亲如此，我便胆怯了，我不敢回敬他，我知道是自己错了，我一言不发，这场风波也就算过去了。

"唉。"我常常听到父亲的叹息，我回来成了既定的事实，也成了他们的心理负担，父亲看我也不顺眼，老是紧绷着脸，好像谁欠了他什么，我赶羊去放，他不声不响的自己赶走了，我去抱柴火，他也去拾一抱，反正我什么也别干他心里才舒坦，吃饭也不和我同桌，只要我上桌子，他就会起身蹲在拐角，弄得我很不好受。

我不知道自己该干一些什么，也不敢出门，好像每个人都不太好，好像自己做了贼似的。这样的日子实在太难熬了，我每天都在问自己，我该怎么办？可是却找不到答案，妈妈说的没错，没有人会帮，每个亲戚都在设法躲避我们，好像我们是瘟疫，一旦沾手了就会变成恶魔，让他们不安，恐惧，我想了好多遍，考虑过每一位亲友，却没能想出一个点子，我的思维在干涸的河床上枯萎、漂移，我的斗志在失望中一层一层地被剥脱，被销蚀，我开始怀疑自己，难道自己选择错了吗？难道自己只有在医院上班这唯一的路吗？

光明在夜幕的弥漫中渐渐地消失了，老秋的脸色同样不好看，感觉也很冷清，我想到了单干门诊，可是妈妈告诉我，家里没有几个钱，借款无门，然后便是唏嘘的衷鸣声，扰得我心绪烦乱，怎么也找不出一个头绪。

不久红红和润莲过来了，她们的到来，多少给我们的家里缓解了一下紧张的气氛，她们像百灵鸟一样温柔、美丽、活泼，父亲虽然不是一个很明事理的人，但见红红和润莲是女孩来看我，心里便快活了，想不到儿子还行，居然有女同事来看望，我知道他想歪了，他做梦都不想让我在家，所以红红和润莲的到来，让他放弃了对我的敌意。

"你看中了她们其中的哪一个，哪一个对你有意？"背过红红和润莲的时候，父亲放下了他的架子悄悄地问我。

"爸，你想哪去了，这怎么可能？"我担心我们的谈话被红红和润莲听去，因此对父亲此举大感不安，我瞟了一眼红红和润莲的倩影，悄悄地制止父亲别在胡说了。

"没本事儿。"父亲一听我的回答，便又动了气，但这一次不同上一次，父亲在动过气之后，立即又笑了起来。"娃，你可别不当一回事儿，老子就盼能给你娶过，交代了你，老子就轻松了。"我明白父亲的心里，有个工作好娶媳妇，丢了工作，但只要娶回媳妇，他也一样乐。

我不知道如何回答父亲，我能理解他的心情，但我实在想不出可以安慰他的话来，父亲，儿子让你失望了，看着父亲殷切的期望，我心里又犯上了酸水，我又想到了小陈，国庆已经过去了，想必小陈还没结婚，红红他们不会不说，也许已经结婚了，因为别的原因，红红他们没说，我也不想问，这有意思吗？

"你准备就在家里待着吗？"我回到座位上的时候，红红问了我这么一个问题。

我无言地笑了，我确实没有想到出路，该干什么？我也不知道，不在家还能去哪呢？

"也许苏大夫早想好了。"润莲。

我摇了一下头，我是一个老实人，我撒不了谎。

"过完了年我想让他开门诊。"父亲在一边急坏了。

"开门诊也不错，那为什么现在不开呢？"红红。

"现在正是旺季，正是开门诊的好机会。"润莲。

父亲苦涩地笑了，我知道父亲有难处，开门诊需要一笔资金，而他没有，他也许想到了春天发贷的机会，所以才说到了春天。

"我想调整一下心态，到了春天再开。"我能说什么呢？父亲不行，我这个儿子又有什么能耐呢？真是惭愧。

"有什么难处吗？"红红察言观色得出了这么一个结论。

"噢，没有没有。"父亲的反应不知道什么时候变得这么敏捷，我笑了，老实人也会撒谎，我以为父亲不会呢，想不到他撒谎的时候连腹稿也不打。

"想不想干点别的？"红红稍作思考便大胆提出了她的设想，其实也不是设想，作为我一个人而言，交往也只限于我和医院的几个同事来往，对红红本人家庭的了解知之甚少，甚至可以说自己从来就没有主动了解过一个人，至于她什么背景，我不知道，不过她问的恰恰是父母极度关注的问题，也是我求之不得的渴望。

"干什么都是为了生活，只要有工作，那，最好不过了。"妈妈也变得精明了起来，她的内心只求我有一份工作，一份让别人羡慕的工作，至于还干不干大夫，她觉得无所谓。

"苏大夫那你找下了吗？"红红望着我默默地在笑，润莲以为我找下了新的工作，迫不及待地插了一句。

"没有。"我内心的尴尬，让自己的神情很笨拙，甚至是愚昧，我淡淡地笑着，尽可能地让自己表现得平静。

"嘿嘿……"父亲似乎笑得漫无目的，妈妈不经意地瞟了他一眼，但收效甚微，他依然在笑，他的笑很特别，让我无意间表现出了某种不自在。

"如果我给你找份工作你干吗？"红红目睹了我们一家三口的窘态憨相的拙笨，语出惊人的让我们感到疑惑、震动，和某种出人预料的小心翼翼地喜悦。眼前的红红虽然是一个成熟的女子，但她能有什么能耐呢？她给我找工作，这可能吗？如果她能给我找一份工作，干吗不给她自己找一份呢，这不可能，红红可真会开玩笑。

"你不也在学徒吗？"我的意思是你干吗不为自己找一份有工资的工作，那该多么满足和优越，为什么要当学徒呢？何况还是一个临时的护士，有什么意义。

"我害怕见熟人。"红红回答得有些勉强，也许是因为我的问话太过直白，让她感到了为难，真不好意思。

"他还能干什么呢？"妈妈不相信我会干别的事儿，她总是有些担心，担心我干不了。

"力所能及，能干什么干什么。"我别无所长，除了学了一些肤浅的医技之外，就是一身硕肉养的一些力气了。

"如果你想干点别的事儿，我会给你想办法的。"红红不像是开玩笑的口吻，神情庄重，难道她真能为我重新找一份工作，不可思议。

"为什么不相信红红呢？"润莲望着我们一家人的疑惑，焦急地抢了话头，"你们知道她爸爸是谁吗？"

"是谁？"这的确很重要。

"供销社的主任。"供销社主任的女儿学护士，闻所未闻。

"红红为什么不待在供销社？"我的疑惑，毫无疑问也是我父母的疑惑，虽然出现了个别的私人小卖部，但集体的供销社依然是主流，红红干吗要到医院呢？

"我不是说过了吗，我不想见熟人。"我明白了，红红没考上大学，心里憋屈、惶恐、难为，因此才有了这样的出发点。

"供销社可是个肥美的单位，谁不羡慕？"父亲满脸的喜悦，想不到他的儿子出门尽遇贵人，总有人帮。

"你的意思是？"妈妈也为之动心，丢了医院的工作，能去供销社上班，也不丢人，甚至有过之而无不及。

"让苏培到供销社上班。"她说了就算吗？看她的口气好像不成问题，仿佛是她主宰一般。

第十三章　谢绝了王大夫

心里的郁闷并没有因为我离开了医院就舒坦了，虽然那种无形的压力减负了，也让我实实在在地轻松了一阵，但由于父母的不理解，对前途的担忧、不安，苦闷，寂寞，心里的不平衡逐渐上升，对世态的吝啬，感到无缘无故的恐惧，因此而战栗了无数次，想不到自己的归宿在哪里，想不到如何去安排自己的归宿，这是一个无助的人，也是一个不能自救的人，我在痛定思痛的时候，知道自己开始了后悔，为了什么，我为了逃避内心的惭愧吗？就为了掩饰自己的不安吗？我毁的是我一生，想过了，一生？我就开始谴责自己，自己的气量太小了，心胸太狭隘了，别人拙劣的表演，居然让自己拱手投降了，认输了，真窝囊。

可是往往一个人要做的，就是自己冲动了之后，需要的弥补，我也毫无例外。我在后悔自己冲动了之后丢掉了一份工作，心里面只想着一点，出路，重新安排自己的生活，重新树立自己的形象，但心里面唐突的阴影依然不住的袭扰自己，让我生发了无数的凄惶和痛苦。

我是找不到出路的，我想到了叔父，想到了他给我找的工作，想到了他冷漠、高傲的态度，想到了他在父亲面前虚伪的展示，我不知道他在做什么，为超越我们的优越而自豪，因为他在这个家族中姣姣的表现而得意。为鹤立鸡群的态势自己喝自己的彩，我从来不去想他，现在自己落魄了又想到了叔父，心里的厌恶让我生发的只有憎恨。

然后我想到好多的亲戚，盲目地去幻想他们的能力，但终于还是一片空白，我想来想去想到的只有父母，只有我，我们一家三口的弱势，换不到别人的怜恤，同情和帮助，我又陷入了一种无止境的苦恼和幻化中。

我不明白，我突然之间就有了意外的收获，吉人自有天相，居然有人会帮助我，萍水相逢，相识的日子并不算太长，红红干吗要帮我呢？我内心的惊喜让我激动、兴奋、愉快，父母给我的嘉许、认可，让我毫无例外地收获了几份自信，那种自卑、苦闷的心情，豁然间变得明朗起来，生活中原来就有很多美好，只不过和自己无缘罢了，如果你去争取了，或许你会从此好起来。

"小苏子你这是去哪？"我提着一些日用品，拿着一卷行李经过了王大夫的诊所前，被王大夫叫住了，红光满面，堆满了和蔼的笑容，他比以前更随和了好多倍，看上去没有一点架子。

"瞎闹。"我不知道自己该不该现在就告诉他我的去向，但脱口而出的话还是令我满意的。

"你这小伙子，干得好好的，干吗要离开，怎么也受不了院长的气。"他的想法和我的遭遇相去甚远，院长的气我有什么受不了的，我有什么资格去和院长生气。

我笑了一下没有回答。

"干脆你别走了。"我不知道他在想什么。

我还是在笑，不走了，不走了我去哪呢？

"这样好不好，你给我做徒弟，这几天我就想去找你。"噢，他是这么想的，还是红红说的有道理，干什么不是干，只要能生活，只要能干出成绩，也许商业更可以锻炼一个人。

"谢谢王大夫，我有了工作。"我的回答并没有引起王大夫的惊讶。

"干什么也不如学医，你的基础不错，如果假以时日，好好磨炼一凡，我相信你会有一片天地。"难得他看得起我，相信我，我的内心为之震动。

我在思索，权衡我的得失，继续学医呢？还是去供销社上班呢？我不知道，王大夫的好意，红红的仗义，都令我感动，但我却无法取舍，王大夫是一个优秀的乡间名医，我随他临床，也不失为一种机会，那么红红给我介绍的工作呢，难道不好吗？

"怎么样？"王大夫殷切地期待着我的回答。

"我想我暂时还是不能。"我不想回绝了王大夫，语言上留有余地，或者有回头之时，因为我必定是仰仗了红红的面子才在供销社上的班，假如干不了，或者他的父亲不满意了，我也许还会回头，所以我这样讲了。

"那你现在准备去哪？"王大夫。

"供销社。"我必须回答，而且要老老实实地回答他的提问，或者有朝一日他会成为我的师傅，这也说不定。

"供销社？"王大夫顿失刚才的喜悦，变得平庸认真了起来。

"是的，供销社。"也许我的回答太出王大夫的预料，他有些失望，我能进供销社，那一定不会再和他学医了。

"小苏有扛硬人。"看来供销社在人们的心目中非同一般，连王大夫这样的人都为之诧异，可见供销社的地位。

我笑了，想一想，真是托了红红的面子，我心里自然加重了红红在我心目中的地位，我得好好感谢她，有朝一日……算了，有朝一日我也不会超过她，记着就好了，自己好好努力就够了，不要给她丢脸，不要让别人说忘了她就足够了。

"红红帮的忙。"我不想埋没了红红的功劳，我心里感激她。

"医院的红红。"别的我不想告诉他，让他知道医院有个红红就足够了，别的我知道就行了，你打听出来也可以。

"红红是干什么的？"王大夫越发诧异了。

"护士。"

"不可能，她能帮你？"王大夫不相信了。

"我不知道为什么，不过王大夫我得谢谢你的好意，我该走了。"我匆匆地离开了王大夫，心里面的快意让自己很轻松，面对新的工作，新的环境，我充满了信心。

第十四章　初进供销社

谁能想到，我忽然间踌躇了起来，临近供销社的地界，刚刚树立起来的自信，荡然无存，这是我吗？我凭什么进供销社，就凭红红是供销社主任的女儿，而沾光的又偏偏是我呢？我这样轻松地进了供销社，就这样来了，寒酸的凄惶，让我注意到了自己脚上的秋鞋，虽然还有些绿色，但褪了本色的沉重，发出的是光鲜的旧色，我怎么就没有注重这一点呢，膝盖上还有针串的几个小块，虽然洗得干干净净，但也不免有些自责，自己还是有几身好衣服的，可偏偏就忘了穿，真大意，好在自己上身挂了一件毛的中山装，要不我真是没有勇气走进供销社敞口的大门。

这里对我来说，它的意义太大了，我一向也不去注意它，所谓的大门，就是两堆垒砌的没有色泽的破败的斑驳的砖头，虽然他们的顶端都镶伏着一只陈色的小狮，但过于破旧，毫无生气，大门的两边，一座是百货门市部，一座是生产门市部，巍峨高大，代表着这个小镇最雄伟，最威武的，最壮观的形象，偶尔有人从那里出出进进，但绝无迎来送往的客气，一切都是那么规范，那么庄重、严肃、呆板。

一股恶浊的呛人鼻息的臭味儿渐渐加重了，我立在供销社敞开的大门边上，望见了一条条条石铺好的小道，一直向里延伸，直至一座很长的砖结构的大房子的门口，两根廊柱托起一个雨罩，微微向前延长，我看到两个衰败的花池边上仍然挂着枯死的藤芹，在东边的高墙上架设着铁丝网，沿墙角堆放着大量的化肥，有的用伞布遮好了，有的露天堆放，臭味便是从哪里散发出来的。

院非常的宽畅，西边还留有一条很阔的巷道通向了后边，我后来才知道后面那些全是库房，里边堆满了这个供销社所有的家当，外人是不准进入的。

我没走几步，内心的凝重便压得我透不过气来，我东张西望借以掩饰我的不安和惶恐，我算什么，我到这里认识谁呀？红红在哪里？此刻我的孤立让自己很惭愧，我默默地拖着沉重的步伐，沿着青石小道，向那个有着两根柱的雨罩走去，我相信这里是他的办公室，这里是供销社的核心，虽然没有一个人看到我，我也没看到任何人，但早些压切的车辙痕迹，横七竖八的分布，我仿佛看到了密密麻麻的农民，牛车，马车，驴车，在这里分销化肥的热闹场面。

"你能不能走得快一些。"这是突如其来的声音，这是我想过了很多回的熟悉的红红的声音，我一听到这个声音神情就变得异样了起来，心里的重负一下子就轻松了，精神抖擞，仿佛我的信心支撑我精神的就是这种呼唤，我立即去寻找，我东张西望，我不知道这个声音来自何方，红红到底哲伏在什么角落里。

"呵呵呵……"一串银铃般清脆的声音打破了这种寂寞的僵局，我被牢牢地吸引了过去。这会是红红吗？飘柔的秀发在无意间舒展出了很多枝条，掩映着她由于过度的笑低垂的脸，紧身的线条裤衬托出了她的修长，碎格的束身的浅绿格田被深黑分格开，形成了一幅光艳绝伦的布局。我似乎从来也不曾注意到，这就是红红，我以为她只是一个女孩，甚至是一个小女孩，也不曾注意到她的大褂遮掩的身体，犹如流线一般苗条和美丽，如果不是她的声音，我怎么也不会想到，眼前的人就是红红。

我离她还很有一段距离，她的一只手托着西边的一根廊柱，另一只手开始整理散乱的长发，这种形象只在今天有，她是因为我才会来到供销社的，真难为她了。

"你好。"这种问候似乎是第一次，也很少用在别人的身上，我想这是一种起码的礼貌，无论从哪个角度出发，我都应该这么做，感谢她，别的客气话我就免了，也不会说，即使想到了，也说不出口，好在她自以为很了解我，所以从不计较。

"你好。"她止住呵呵地长笑，变得温柔，腼腆了起来。

"你来得很早吗？"我想这是一定的，她为了把我引见给他的父亲，所以今天没有去医院，那一定过来得很早。

"也不早，你背了这么多东西不累吗？"她走下了台阶，伸出了手准备给我帮忙。

"不累。"我稍稍向一边闪了一下，让红红托起的双手扑了空。"你就别帮忙了，我不累。"

"走来的吗？"红红见没帮上忙，便又上了台阶，走在了我的前边。

"嗯。"本来我们有一辆破自行车完全可以代步，但实在太破了，以前也就习惯了，这一次不知为什么，我没有骑，我感到它太破了，担心被它骑了我。

从外边看这栋房很气派，蓝砖很显眼，玻璃擦拭得光洁明亮，但一踏进这栋房，感觉就不一样了，铺地的砖头除了干燥的土色，恐怕就只有阴暗的晦浊的色斑了，偶尔间有几个小凹，临墙的铁角线挂的水泥落下了好几段，墙色虽然是刷的那种，因为湿气缭绕，也显得很晦暗，这是一套很传统的办公建筑，它有着很长的后走廊，走廊东头堆了一堆煤块，对正的门玻璃被几根杂木所代替，走廊的砖地上铺了厚厚的毛硝，一看就知道很少有人走过去，这哪里向我心目中的供销社，如此狼狈、破落、冷清，给人的感觉如此不好。

往西边的走廊似乎和东边判若两人，后窗上也装了玻璃，走廊中比东边明亮了很多，地上也绝无毛硝，甚至是打扫得很干净，虽然有新鲜的感觉，却无生机，沉闷、腐朽、凝重，让人窒息，我心目中，所有的人，心目中的供销社，究竟是个什么样子，让我疑惑了。原来就是如此的样子。

"我以为你改变了主意。"红红有些担心。

"至于吗？"到了此时此刻我还能说什么呢？我干吗要改变主意，做什么也一样有意义，天下的工作总是有人要干的，我苏培一个人不干大夫，天下的病人哪个也会适者生存，缺了我，多了我都无所谓。既然选定了供销社，就是硬着头皮也要干下去，绝不可能拂了红红的美意。

"怎么样，这栋房，不，这套办公室，还可以吧。"红红。

"怎么没人？冷冷清清的。"我想不出说什么好。

"供销社办公的人没几个，主任、副主任、会计，除了这三个人就是下夜的，"红红。

"这么大的一套办公室没几个人用？"我简直不敢相信，几个人怎么会用这么大一套房。

"不，不是几个人用，常用的就是会计。"那干吗盖这么多办公室呢？既然没有人用，和废弃了有什么区别？

"会计常住？"我想是这样。

"也不，常住的人就是下夜的。"那么红红让我来常住，那我算什么呢？我想不可能就是下夜的，否则我怎么会来常住。

"我常住吗？"我忍不住还是问了。

"嗯，是暂时的。"红红走近了一扇门轻轻推开了。

里边雾气缭绕，门一开，一股子药味儿和着煤烟味儿便窜了出来，红红让开了身体请我先进，我退后了一步，示意红红不要推辞还是她先进吧。

门开处，我望见了一个人穿着黑皮夹克蹲在火炉边，他扭过了头，那是怎么样的一张脸，眼睛鼓凸向前，上下门牙也向外鼓凸着，四个银白色的牙套嘴一咧的时候，便大大方方地呈现给了我，他的脸上布满了皱纹，虽然红润而光泽，却缺少活力，他看了我们一眼，便从火炉的下边抽出了火红的铁丝，我才看到了他的一只手里捏着一个纸管，那是十元人民币卷的，另一只手里捏着一个铁角，上边有煨的半片药片，原来他吞云吐雾是在吸食安纳加片。

红红并没有先走进去，她轻轻推了我一把，我便进了门，我很不习惯这种环境，一股子煨药的味儿，加上煤烟味儿，窒息的压抑的墙色，灰白暗淡，即使挂着几面锦旗，几方奖励的镜框，也不能调和这种颓败的景象。我们家虽然贫穷，却像人住的地方，这里虽然诱人，却闷热得让人很不舒服。

"爸，你能不能别煨了，这屋里热得能住人吗？我一进来就冒汗。"噢，闹了半天，这个老头就是红红的爸，红红的爸就是供销社的主任，我冲他笑了一下，他因为红红慎重地瞟了我一眼，然后憨厚地笑了，把铁丝立在了墙角，铁角放在炉座上，抬起双手抹了一把花白的头发，然后双臂上升，用力舒展了一下，深深打了一个哈欠，缓缓立了起来。

"身在福中不知福，外边这么冷，你们没有感觉到？"我感到冷了吗？好像没有，一点感觉都没有，而且从未想到过冷，我望了一眼他贵重的皮夹克裹着的弱小的身躯，想到我们还没有生火的家，心里在想什么，连我也糊涂了。

"爸，他就是苏大夫。"红红坐在了一边的床沿上。

"噢，来了，我知道你们家，也好，看在红红的份上，你就留在这里吧，好好干，会有出路的。"

"大叔，那我干什么工作？"既然收留了我，我总得知道我能干什么，或者让我干什么？

"干什么？你不用着急，事儿有的是，但不是现在，你先住下来，把这栋房看好了就行了。"红红的爸很温和，饱经风霜的老脸时刻都会笑。

我默默地笑了，我现在成了供销社的一员，但不过是一位下夜的闲人，是红红让她爸给我的一份职业。

"苏培你不要着急，有你干的。"我不明白红红的意思，但我感激她，下夜就下夜，总比在家闷坐强。

红红的爸起身走了，红红帮我把被子放在了另一张床上，然后开始了打扫。

"供销社不忙？"我在有意地试探红红。

"干的？太多了，但那都不缺人手，只好先委屈你了，慢慢在调，你明白我的意思吗？不会亏待你。"红红似乎成竹在胸。

我点了一下头，"我相信。"在心里我深感疑惑，我就这么待下了，工资也不谈，什么也不谈。

"你别小瞧了供销行业，只要你干好了，说不定一年你就富了。"但愿如此，这种结局我梦寐以求，可能吗？

"那我每天该干什么呢？"我望了一眼破败的宿舍，特别注意了墙角的铁丝。

"等待。"红红倒是很干脆，等待，也只有如此了。

第十五章　初识武登科

"你就是新来的苏大夫，苏培？"第二天我刚刚收拾好了走廊和我的下夜房，正准备把烧热的开水灌入壶中，门就被一阵轻微的脚步声推开了，我刚瞧到他，他就咧开了嘴而且迅即伸出了友好的手。

我反而不知所措了，他仿佛是我的一位故人，热情、豪爽、大方、激烈，他的行动让我来不及放下茶壶，慌得我差点忙中出错，他修长的手指有力地、奔放地握住了我似乎有些污垢的手，很随和地轻轻地礼节性地摇动着。

"像大夫的手，温柔绵软而又恰到好处。"他真会恭维人，我都不知道如何称呼他，也不知道他是何许人也，被他如此亲切、热烈、温暖的呵护搞得晕晕乎乎。

"我那小姨子还挺有眼光的，一看你就是一个憨厚、纯情、而有个性的人，不错，本人武登科，是你朋友红红的大姐夫，今天我们就算认识了，以后同在供销社供事，说不定可以互相提携和帮助。我本人是无话可说了，小姨子的事情，就和我家里的一样，绝不会亏待你，想必苏大夫不会见意吧，都成了一言堂了，你反而成了陪衬，光笑不说，是不是有些喧宾夺主了，在这个屋，你现在就是主人了，踏进这个门，有姐夫的关照，有什么事儿也不用怕，有你吃香喝辣的时候。"他把我的手握了很久，在即将发表完他的演讲的时候，他松开了我的手，我给他倒了一杯水，我不知道武登科这个人，红红虽然介绍我来了供销社，但对她姐夫只字未提，对别人她也什么也没说，我就来了，我来得有些太容易了。

"非常感谢红红和你们对我的友好，我一定不会辜负红红和你们对我的期望，好好干。"我把水送到武登科面前，他伸手接了，目光温和地看着我，放下水从衣袋中拿出一个铁壳的烟盒，拨去了上盖，从后边轻轻弹出一根烟，"来，抽一根。"

我是抽过烟的，还猛抽了一阵子，那个时候我情绪不好，不知道为什么就是想抽，然后也没什么原因，无缘无故回到家中也就忘了，可是面对武登科递出的烟，我本能的反应就是有些为难，惭愧这颗烟不是自己递出去的，我摆了摆手，"我不会吸烟。"我很无奈地撒了谎，但心里觉得坦然，我抽的是金叶烟，他抽的是牡丹烟，我真想试试可是没有，吸烟有害健康，这个道理我懂。

"哈哈哈，大夫出身的人就是不一样，温雅、端正、讲究，不吸烟，好习惯，不过你别忘了，你以前是大夫，是文人，讲究仪表，饮食卫生，可是现在你马上，不，现在就开始步入了商界，供销系统就是商界，商界是个大染缸，五颜六色，七荤八素，什么都有，你得学，得适应，否则你就会烦恼、苦闷、孤单，甚至痛苦，来，不要客气，有你抽的烟，这么大个供销社，看谁当家，还能没你的份，这样才能在红红面前说得过去。"我虽然勉强在拒绝，可是武登科的攻势也太强了，他看我的样子也许胸有成竹，硬是把一根烟塞到我手中，然后他也拿了一根。

抽出了两根烟的烟盒尚有很多支，他随便扔到桌上："你先拿着抽，有空我给你取几包。"

"这多不好意思，给你们添麻烦了。"我真的是有些为难了，所谓无功不受禄，武登科对我这么好，我知道这全靠红红，否则他认我是一个什么东西。

"千万千万别和我客气，红红是谁，那是我们家老爷子的宝贝，她交代的事儿，我不能马虎，我敢应付岳父大人，却不能哄她，你明白了吧？"我不明白，红红的爸是供销社主任，那么武登科算什么呢？

武登科神采飞扬地在得意，他的左膝搭在右膝上，微微晃动着光亮鲜活的三节头皮鞋，一支牡丹烟在他的指缝中灵活地转动着，烟雾从口中轻轻吐出，然后又形成两股烟柱被瞬间吸入了他的鼻孔，当再度被冲出来的时候，烟雾散成了一圈缥缥缈缈的雾笼罩在了他的开阔的五官前，明亮乌黑的头顶，他似乎早已习惯了这个样子，用手弹了一下毛的裤上落的几粒烟灰，然后又去猛猛地吸了一口。

他看上去少说也有一米八高，身体过早的发福让他显得特别的伟岸、高大和成熟，他的形象本能地让我产生了一种敬畏和卑怯的感觉，他到底是什么样的大人物，听他的口气，好像也在这个供销社上班，可是红红的爸是主任，我怎么觉得武登科更像一个当官的，红红的爸就那么回事儿，和平头老百姓没什么区别，我甚至在心里边也把他和我的父亲比较了一番，几乎要产生一些藐视的心理。

而武登科就不同了，他热情奔放，一见如故，显得过分的热烈；衣着整洁，考究，一副洋洋得意的样子；神态谦和，而又故意地矫治了形象上的疵污，形神兼备地表现出一个可以当家做主，可以做救世主的精英。他的一番论述，一番夸张的亲切，仿佛一团火炙烤着我的心脏，让我的血液沸腾，浑身腾越着蓬勃的生命力，亲和力，我仿佛在夜幕中找到了路标，看到了光辉的历程，充满了阳光一般的温暖和希望。

我的内心被武登科的言行折服了，我从来就没这样认真地去崇拜一个人，而武登科的出现，他姿态的洒脱，言论的流畅，自然地显示了他的魅力，一股绵甜甘爽的感觉，让我落魄的孤独的内心有了一种激情。这个人了不起，虽然是第一面，我的认识也许有些草率，但我不想虚伪敷衍我的内心世界，我就是这样认为的。

"红红的姐夫，当然也是我的姐夫，在红红的庇护下，得了你别样的垂青，我感到非常的荣幸，日后姐夫的事情就是我的事情，听你的差遣和吩咐。"一个人的心被另一个征服了，他不但单单是敬佩那样简单，更重要的就是自己消失在了别人的影响中，失去了一个完整的我，加重了别人的砝码。

"好，姐夫最欣赏的就是痛快人，明白事理的人，红红有远见，你这个人姐夫帮定了。"姑且不去审视他话的真伪，单就他的承诺和爽快，就足令我感动了。

"谢谢姐夫。"我还能说什么呢？我心里明白，几斤几两重我还是能称得清的，让我叫他姐夫，那完全是因为红红，如果不是红红，算了，别想那么多了。

"走吧，今天我们在后边聚会，我是特意来找你的。"一根烟刚刚吸完武登科就急着要我和他走。

"主任来了怎么办？"我是红红介绍来的人，靠的是红红爸爸，我的工作在这里，我的岗位也在这里，主任的铁丝，火炉都在这里，我走了，撤离了工作岗位，红红爸爸来了，我如果不在，那他会怎么想我呢？

"哈哈哈，你顾忌我的岳父大人？他收留你，给你工作，你就这么听话，好，有性格。不过我告诉你，我的岳父大人就是你走了，他真的来了，也不会介意，你来的时间短，时间长了，你就会了解他，他是一个地地道道的农民干部，在供销系统干的年长了，总结了一点经验，但他的个性、表现，完全是一个农民，宽厚、朴实、谦和、廉洁、自爱，他和任何人都合得来，他对任何人都施以仁慈，从来不轻易以好恶去评价一个人，本本分分的工作，本本分分的做人，在大队干久了，大集体滋养了他，人缘被认可，即使没什么工作能力，但也从来不会捅出乱子，所以才会被重视，在这个岗位上一干就成了最佳人选，按既定方针办，按乡里的指示办，一切为了农民的利益，他就是这样的一个人，也许你不信，等会儿我给你做个试验，你等会儿。"武登科匆匆忙忙地一个人走了，我不知道他在想什么，又要干什么，我绞尽脑汁也想不到，他又来的时候手里提了一个盛满了黑且带黄红的瓶子，他告诉我这是胡油，他让我和他一块走。

武登科把胡油递进了一家颇为体面的老人家里，嘱咐他们挑一些上好的山药煮上，等会有人过来。老人家很高兴，他们似乎知道谁要来，很乐意效劳。

然后我们又回到了供销社，但没回我那屋，是从西边的巷道中进入了后院，隔着铁栅栏的东屋中，红红的爸蹲在一个头号火炉前，似乎他永远只会干一件事情，就是吸食安纳加，我和武登科进去他只是淡淡地笑了一下，西墙下的大木床上躺着四五个人，他们默默地望着我，东墙下的小床上坐着两三个年轻一些的，他们冲我笑了一下。

"他就是苏培，我们新来的职员。"武登科立在当地，右手拍在我的肩头，左手向外一撒，屋子中顿时"噢噢噢"地响了起来。"他是周有顺，外号铁公鸡。"武登科从我的肩上卸下了手，拍在最冷漠的中年人大腿的根部，唬得周有顺像蚂蚱一般跳了起来，而且向前卷屈起了身体，滑稽的行为立即招来了满堂喝彩。

小王、小张是管库的，老刘、老贺是采购，莉娃是供销社送贷的。

"我是下夜兼大师傅。"听到武登科的介绍，从外边进来的老年人笑嘻嘻地说了一句。

"对，他是大师傅，也是下夜的，整个库区都由他和小王、小张三人管理，同时兼做供销社来往人员的饭菜。"到此时我才明白，我这个下夜的纯属闲差，供销社不但有下夜的，还有食堂，我看的那栋房是办公室，有和没有都无所谓，完全是红红求了他爸，送给我的肥差。

"噢，对了，小苏子，昨天大叔给忘了，你每天的伙食都由老董负责，一日三餐供销社起火，昨天我给忘了。"红红的爸若有所思地讲了一句话，然后把烧红的铁丝交到了老董手里。

"唉。"我一一和他们认识了一下，算我正式入伙了。

"老董酒菜弄好了吗？"武登科。

"弄好了，入席即可开，不误事儿。"老董吸食了几口烟雾便匆匆走了。

"姨夫，我二姨家又煮了一锅上好的山药，你……"噢，武登科的伏笔下在这里，煮一锅山药原来是为了他的岳父大人，我全不知他的葫芦里卖的是什么药，但红红的爸一听说煮山药，精神就不一样了。

"煮山药？那好呀，酒我不喝，我要吃煮山药。"这人真怪，供销社准备的饭菜难道不如煮山药，煮山药有什么好吃的。

"老主任，你糊涂了吧，我们这里吃什么没有，偏偏要吃煮山药。"周有顺有些想不通。

"咳，这你们就不懂了，山药怎么了，那是好东西，我吃了几十年也没吃腻，总想着吃这口。"这人真怪。

"姨夫，你别走了，我们难得人来得这么全，一会儿会计永生也过来，我们炖羊肉。"武登科冲我挤了一下他狡黠的目光，心里不知在玩什么鬼把戏。

"我回来再说吧，我回来再说吧。"边说老主任边向外走去，大概他不相信他走了这些人真会炖羊肉，反正酒这东西他不稀罕，要紧的还是煮山药。

红红的爸当真撇下一帮子属下走了。

"小李马上去后边买一只羊宰了。"武登科的话在小李、大师傅这里如同圣旨，小李"噢"了一声马上去采办了。

我们余下的一帮子人马上入了酒席，说真的酒我也喝过，但除了散白酒，二锅头，别的什么酒我都没喝过，即使有的喝过我也忘了，而供销社的这帮子人就不同了，十几二十个各式水果禽蛋肉食罐头装了一桌子，光这酒的名字就令我咋舌。"竹叶青"，这个名字我听说过，在收音机里，也不知是哪个说书的提到了这个名字，我确实忘了，但一见"竹叶青"三个字，我的脑海中就有一些印象。

一入席，武登科就打发走了小张子，让小张子到生产门市部拿条档次高一些的牡丹烟，我真服了他，主任不在了，这帮子人他怎么吃喝都成，难道不怕主任吗？

在酒场上我弄懂了，那么多人都以他为核心，原因所在，不仅仅是因为武登科是主任的女婿，更重要的是武登科身兼副主任，本身又是采购，贩卖羊绒有一肚子的点子，几乎无人可与之匹配，整个供销系统就红货了他一个人，老主任年迈昏愦，还占着一个位子，实际上供销社的一切大权都集中在了武登科的身上。

老主任填了一肚子的山药蛋，回来看到我们吆五喝六的热闹，他也端了几盅酒，但罐头菜他却一点也不吃，大家都说吃腻外了，老主任想必也不例外，没有人纠缠老主任，喝了几盅酒老主任又蹲在了火炉边，吱溜吱溜地吮吸他的"兴奋剂"，小张连忙奉上了一杯热茶，周有顺又去外边找了一把小椅子让主任坐下。

"羊肉快炖好了。"在外边忙了很长时间的小李，搓着两只手进了客厅，笑嘻嘻地望着我们。

"呵，你们真炖了羊肉了？"老主任感到有些意外。

"说什么来着，让你别走你偏走，山药蛋比羊肉也好吃？"真有武登科的，他故意支走了老主任，却又装得若无其事，还很乖巧地让老主任吃后悔药。

"真有你们的。"看来老主任也知道山药蛋不如羊肉好吃，如果真要炖羊肉了，他未必就会走，可现在说什么都晚了，老主任抱怨自己吃的山药蛋太多了，现在肚子都撑得有些难受，"唉，真可惜。"我在心里笑，大家在桌面上笑，武登科全不拿岳父大人当一回事儿，我算全明白了。

武登科一登场，我的心情便好了起来，他不但处处以姐夫的名义庇护我，而且还一直认为我是一个不错的人，可以教导，可以训练成一个有用的贴心人，他一句话我便成了小张、小李中的一员，顺理成章地坐在了大师傅的饭桌前而怡然自得。

"这几天过得怎么样？"没过几天红红便过来了，她穿了一身米黄色的束身呢大衣，直发变成了卷发，遥相呼应，别有一番韵味。

"很好，供销社的气氛比医院活泼、新鲜、轻松。"我的感受就是如此，我照直说了。

"能看得出来。"红红目光柔和地盯着我。

"是吗？"我自己也能感觉出来，心情舒畅的兴致极其优越的表现在了自己清灵敏捷的思维上。

"说说看，供销社和医院哪个地方更适合你，感觉如何？"虽然我知道这个问题我不一定想得很多，因为时间太短了，供销社看暂时的情形，就是不知道挣钱多少，但混个好日子，要比医院强，从长远讲，算了，各有利弊，我也说不清楚。

"说到这个问题，我得好好谢谢你，我觉得我在供销社这块更自然，更活泼，虽然我不知道前景如何，但有你姐夫武登科的提携，我想我会学到好多东西。"我特别注重的提到了武登科的名字，心里有一种夸张的亲切感。

"他这个人怎么样？"红红很平和很随便的问了一句。

"他是你姐夫，你为什么不和我说一声，他很热情、潇洒、有魅力，我很佩服他。"我洋溢着激情的表现，从心底渲染着武登科人性的杰出。

"不用我和你说，他自己就得自报家门，他就是那样的一个人，我才懒得和他说，有我姐呢，他敢不照顾你，再说我爸必定还是供销社的主任，一把手，他能干上这个位子，而且一直在干，不是那么简单的一件事，我姐夫卖弄一点小聪明，算不了什么，他心里很清楚，只不过上岁数了，自己的女婿想出风头全无所谓，他也清闲一些。"红红虽然没有全盘否定武登科的意思，却也不怎么欣赏他，这倒让我感到了一些吃惊，难道我的眼光，我看到的感觉到的武登科，在红红的眼里全无所谓吗？

"他的业务很强。"我的言论变得小心翼翼起来。

"我爸带了他十几年，十几年一直在培养他，特殊的关系，刻意的提携，反倒让他滋生了傲气，有点放荡不羁，不把别人放在眼里。"我知道红红对武登科的态度问题出在了哪，想想也是，如果不是红红这么提示，我还认为那是一种魅力呢，是一种个性突出的表现，想想他，结合红红的态度，说法，我的心里虽然极端崇敬武登科，但也不免产生了一些别的想法，必定红红在我心目中的地位变得异常重要。

我默默地笑了。

"我姐夫这个人，好大喜功，喜欢别人恭维他，嫉才妒能，能力强的人他不喜欢，甚至厌恶他，他帮助弱势，鄙视强人，趋炎附势溜须拍马，都是高手，他的两面性，商人的奸诈都拢在了一身，你所看到的，圆滑，表现欲极强，正是他的长处。"红红对武登科的评价可谓挫词有失柔和，原来武登科在她心目中并不是一个好的姐夫，甚至印象很差。

我能说什么呢？我望着红红无奈地笑了一下。

"我说的是实情，你不懂，以后你慢慢就懂了，因为什么，原因所在，你自己就明白了。"红红感到自己的话有些出格了，她显得有些激动，但很快被随之而来的难为所替代了。

"我说的是不是大出你的意外，我知道你在想什么，一边是我，我的后边是供销社的主任我爸，一边是我的亲姐夫，而他又在想方设法地帮助你，我的爸爸又显得很平静，甚至老朽平庸，你的希望在朦胧中发芽了，等待的是雨露的淋浴，阳光的抚慰，而此刻，你似乎找到了适合生存的环境，找到了支撑心理平衡的落脚点，而我偏偏又说了这么多，让你无可适从了，不知道怎么办是吗？"红红不好意思的时候，声调自然的缓和流露出了女性的温柔。

"刚才不好意思，我有些激动了，你别往心里去，该下怎么干就怎么干，武登科也好，我爸也好，他们都会照顾你的，但有一点我告诉你，凡事多留点心眼儿，别让武登科玩了你。"红红的话让我似懂非懂，心里很不得体，我不知道他们之间，红红的爸爸和武登科之间有什么代沟，他们之间保持在一个什么样的动态平衡中，而我将在其中扮演什么样的角色，连我自己也不知道。

红红拿起脸盆倒了一些热水轻轻地捂了一阵脸，然后把水淋洒到了地上。

"这个屋我爸常来，清静、随便，有人要找他往往就来这里，这段时间化肥储备好了，存货也调回来了，工作由保管、会计来做，我爸偶尔过问一下账目，一般都回家里，下边的门市部进货有武登科和周有顺负责，如果你一般没事儿，就多留意一下这里。"看来红红已经知道武登科对我的重新安置，她的话我听得出来。

"你放心，无论是你，还是你爸交代的事情，我都会当成我自己的一样来对待，难道你对我不放心吗？"我的疑惑证实了红红的心理，她淡淡地笑了一下，没有否定，我心里便有了底，供销社虽说是女婿外父掌管着大权，但一老一少其实也不和，而且这种种不安的因素也影响了红红他们。

"我爸老了，干不了几年了，可他又不愿下来，供销社这个家底子他守了十几年，舍不得被武登科糟蹋了，一个要糟蹋，一个呢又不愿，自然彼此之间不痛快了。"我想他们之间的恩恩怨怨恐怕没那么简单，红红也不愿说得太透彻了，我想这些也并非我必须了解的内容，我原来就是一个谨小慎微的人，有了红红的提示，我心里便有了底，谁我也得罪不起，那么我怎么做呢？我在心里悄悄地琢磨着，利益的驱使，权力的划分，有着根深蒂固的社会关系的老供销，如果不是顾虑武登科是女儿的丈夫，他会真正的容忍他吗？可是心里又不痛快，我想武登科是太张狂了，让岳父生气了，而且这种气生得之深广，已经波及了他的家人。

"你姐夫干不了你爸的工作？"我想老主任已经老了，不但精力匮乏，而且思维也不如武登科敏捷，该下的时候了，不，早该下了，干吗要占着茅坑，武登科当然不高兴了，推岳父下台有失礼数，怕遭人唾弃，不推老主任又不下，所以搁来搁去，两下便闹了意见，我以自己的思维，逻辑了他们彼此间的缘由，希望他们之间减少分歧，不要让我为难。

"你觉得他很能干是吗？"我怎么听得红红的口气有些生硬，难道我讲错了吗？红红大概是因为我的话不得体而不高兴了。

"我不是那个意思，老主任老了，迟早也要下，武登科上来了，他还是你的姐夫，和以前有什么两样？"我力图纠正，或者中和我刚才的冒昧，心里暗暗紧张了起来，浑身涌起了一股燥热，让我的头沉重了起来。

红红奇怪地瞟了我一眼，然后淡淡地笑了，"我不想去干涉你的思想和工作，我只是提醒你,处处要小心,别着了武登科种下的套。"在红红的眼里,武登科并不是一个好人,而且好像特别的坏。

"你是不是觉得很奇怪,其实一点都不奇怪,我们都相处得很好,只不过你人老实,我怕说轻浅了你不当一回事儿。"红红说的我似乎懂了,她在说明什么,我心里已经明白了。

"我会小心的。"我想红红完全是为了我,我心里面唯有感激和感动两种思维方能体现我的真诚。

"小陈元旦结婚,她请你了吗？"红红。

"她不会请我的。"小陈元旦就要结婚了,这是预料中的事情,有什么大惊小怪的。

"为什么？你们不是一向处得很好吗？而且她还向我问起了你,不可能不请你。"红红很诧异的神态让我心里很惭愧。

"我是一个很不起眼的小人物,小陈请了我这种人,连搁处都找不到,所以她想来想去,这样告慰自己,朋友有薄厚,小苏这个人够朋友,但还不够格。"我的话让红红笑了起来。

"有点幽默感,但说得不好,小陈没有道理不请你,医院所有的人她都请,包括我在内,你怎么能例外呢？"请和不请有什么区别吗？请了,我就是苏培,不请难道我就变味了,虽然我也看重别人的认可、抬举、赏识,但小陈不请我有不请我的缘由,何必去追寻那些扫兴的理由呢？

"也许是我从医院离开的缘故吧,她认为我离开了医院,就没必要再请了,必定日后供事儿的日子少了许多。"我想我的说法具有一些说服力,只要红红认可了不再问下去,我就坦然了。

"也许吧。"红红笑了。

小张提着一包东西,走近了我住的房子,用手敲了一下玻璃,"小苏,等会儿过来。"我知道武登科又寂寞了,没有人请他,连他请的人也没有,可是又想找到一种消遣和快活的生活方式,那最好的地方就莫过于供销社。

"你先过去吧,我这有客人。"我走近了玻璃。

"那你一会儿过来。"小张便走了。

"我姐夫这个人就这点不好,成天除了工作就吃喝,好像供销社是他一个人的。"红红好像不痛快。

"那你爸不管吗？"我有些不明白。

"管,也不管,管了会闹意见,不管又心里不痛快,总不能老闹别扭吧,再说了我姐夫大小也是个副主任,他也有支配权,下属也得听他的。"红红。

"那账怎么下？"我很不明白,在武登科的眼里,供销社完全和他的一样,他怎处置都行，大大小小的人没说的，我这个新来的更没说的，上好的牡丹烟武登科给了我五盒，说真的，这种开销我还从未有过，我舍不得抽，我要留着过年再使用，或者回去交给我的父亲让他去抽。

"怎么下？我不知道，反正你小心一些，不出事儿什么也好说，出了事儿武登科未必会替你遮掩。"红红针对的是武登科，关心的却是我，我慢慢地可以体会出来。

"很好，旱涝保收，除了供销社，很多的货是没有人经营的，就是经营，由于实力不如供销社，也竞争不过供销社。"红红实际上知道的也很多。

"那供销社的收入一定很好了。"我在揣度着。

"很好，但也不好。"红红这是怎么说的。

"供销社挣的钱要上交吗？"

"不，除了交费税之外，其他的钱都供销社自己使用。"红红。

"难怪供销社肥的流油。"我冲的是武登科的挥霍，猜想供销社一定可以挣很多的钱。

"我想是这样，我听我爸说，账上大约有七十万元的储备资金，还积压了好多存贷，能没钱吗？"红红。

"噢。"这么富有的一个单位，难怪武登科和老主任闹别扭，他如此挥霍想证明什么呢？老主任睁一只眼闭一只眼所为何来。

"我姐夫每年收购羊绒也能挣一笔钱，也算是供销社的功臣，只不过掠入自己的腰包太少，全是碍着我爸，有时候也觉得我爸这种人不行，一心为公，做人民的老黄牛，值得吗？现在人人思富，集体经济正受到个人的冲击，说不定哪一天，七十万，供销社的整个家底加上也不够武登科支配，可我爸就是不听，不多拿集体的一分钱，也不多占一分钱，我不知道这是高尚呢，还是悲哀，但终究不如武登科。"红红其实承认武登科的能力，冷静的时候也责备他的爸爸有些迂腐。

"如果个人有这么多钱那才高兴呢。"七十万，多么庞大的数字，多么诱惑人的数目，还有那么多的库存，供销社有多大的家底，我怎么也不会估算出来。

"美的你，别说七十万，有七万也会让你晕了头。"这话太实在了，如果我能有七万，我会是一个什么样子呢？我们家还会让人鄙薄吗？我还会那么落魄自卑吗？

"集体经济缊藏着庞大的轮廓，如果说富人们脱离了集体经济的堡垒，中国人谈富、谈有钱人，恐怕太遥远。"我不明白，红红说得也不甚明了，她的想法也许还有些浅薄，但她的思想似乎有些超前，我不知道。

"像小王那样的人算不算富人呢？"小王自己卖化肥，搞收购，没有钱能办到吗？

"小王的丈夫的确是自己在发展，但和供销社比，他们也许还差得太远，想赶上供销社的实力，差得太远了。"说明供销社确实有些实力，红红也许常常聆听父亲的教诲，见识就是不一样，我深感钦佩。

"你在医院好吗？"红红的话题虽然对我深有益处，开发了我大脑中很多的未知数，但我却没有过多的见解也不甚了了，听的既陌生又深奥，更别说附和了，所以我岔开了话题。

"还是那个样子，闲的时候多。"红红。

"王大夫出去了，对医院的影响太大了。"

"嗯，王大夫深得民心，技术也不错，医院有些竞争不过。"红红。

"那医院采取了什么措施？"

"看不出来，院长似乎无所谓。"红红。

"那你有什么打算？"

"再等等，看看你在供销社如何？"红红腼腆的目光留在了光线印在办公桌的斑驳上。

我笑了，这供销社对我而言，神秘、艰难、困顿，对红红而言其实用无所谓、轻松之类的话说，那是贬低了红红，简直就是轻车熟路，太容易了，而她却要看我的情形如何，令我甚是费解。

第十六章　康主任的家

我对自己是否很满意，心里一直犯嘀咕，我尽可能地想得周到一些，我以为自己已经做到了细心、周到、体面，所以会满意、兴奋、愉快，别的我也想得很多，我想到了如何去拜见红红的父母，如何表达自己的感激之情，我想这是最重要的，如果不是红红的父亲，我怎么可能有这份工作呢，是他们给了我机会，给了我重新树立自信的氛围，想到了这里，我的脑海中就会明晰地浮现出红红的影子，是她，完全是她，让我重新找到了一个支撑点，如果不是她，我也许会沉沦在、消失在阳光辐射的拐角中挣扎，而今我居然作为一个供销人员堂而皇之地出现在小镇上，存活在很多人渴望的梦寐中，我从未想到过世界上还有这等好事儿等着我，我居然也有一次坦荡豪迈做人的时候，我仿佛树立了一种自我陶醉、自我欣赏的尊严，我自己或许会讥讽自己是可悲的穷小子，可怜的小人物，你凭的是什么，你拥有什么，什么样的条件可以创造自我，什么样的环境可能滋生野心，我仿佛跌在了温床上，有一种被接纳呵护的感觉，这种感觉来的无论如何不容易，在我的内心深处，深感兴奋、激动、感谢，我不由得去庆幸，这是一个美妙的、幸福的时刻，让我感到了满足、占有、享受的莫大的幸运。

在别人的眼里，我不知道我的一身盛装是否会引起他们的注意，而我已经满足了，供销社一人发了一身灰蓝色的毛涤西服，对我而言，这是莫大的收获，也许我从出生到现在二十多个年头里，这是拥有的最上等、最美观、大方得体的衣服，我无疑是万分的珍惜它、爱护它、喜欢它，无论是整齐地叠放在那里，还是挺直地挂在身上，都有一股不可言状的喜悦。"真帅！"没有人称赞我，我自己也会说上一句，喜得我的父母连嘴也合不拢，每个皱纹里都像绣了一朵花一样美丽。他们张着略显粗糙的口唇，裸露着挂满了黄斑的牙齿，不断地用手抚摸，揣捏着面料，用他们极其肤浅的见解评价着一身西服，想不到他们的儿子居然会拥有，这不是有朝一日，而是实实在在的，他们完全忘记了我失去的职业，他们是最现实的父母，看到儿子如此体面，乐此不疲，他们的心也会一样诚实、坦荡、忠心的面对我新的职业，并寄予了厚望，希望我和所有的供销人员一样，洒脱、自如、达观、富有，如此而已，就是他们莫大的安慰和满足。

今天是最喜庆的大年初一，我挂上了我的西服，在镜框中左顾右盼，我不放过每一个细节，似乎是一道线，划了一个水方块，从上到下，从下到上地打量着，它没有一点点皱折，它柔软而极具韧劲，我用双手从双髋轻轻地往下推，让身体尽可能地前屈，让我的手尽可能地去感觉，享受一种超自然的毛绒的舒适，质感的爽快，我弹了弹裤管，那里一尘不染，这是不由自主地去弹了，理了，爱护它了。

我相信自己被裹包起来的身体一定有突出的地方，那些洁白的或者蜡黄的没有弹性的肌肤，那些发育不好的扁平的凸出的骨头，犹如轻度的鸡胸，这些缺陷，微微罗圈儿的小腿都会消失得一干二净，以笔直帅溜平滑挺拔的形象出现，这无疑给我增加了很多迷人的魅力，让我思维中的自信得以巩固和加强，感觉良好，身轻如燕，非同往日，意气风发。

我手里提着礼物，小心翼翼地让三节头皮鞋落在土地上，我的一举一动都和我的形象有关系，我一向是不大注意这些细节的，今天特别的留意，连我自己都感到有些诧异，就因为穿了一身好西服吗？我相信我更有一幅好心情，因为我要到红红家，我的潜意识里红红的音容笑貌忽然间逼真了起来，我想到红红的时候似乎多了起来，我能有今天，全部是仰仗了红红，如果不是红红，此刻我也许还在徘徊，还在为工作没有着落而烦恼、焦躁，我心里很感激她。

这种愉快的心情我好久都没有了，因为小陈我的心里苦恼了很久，我竭尽全力要把小陈的阴影从我的印象中驱除，但是很不容易办到，让我不去想小陈，让我不去幻化小陈的梦影，我几乎做不到，我尽可能地多干一些活儿，多和别人唠叨几句，坐一会儿，要不吃喝也可以，借此要消除我无可奈何的单相思。

小陈一次也没到供销社来过，连一句问候的话也没有，她结婚了，但是没有邀请我，我不知道小陈是怎么想的，可我的心里很悔恨，我原本是想好了要去的，而且以为小陈一定会请我参加她的婚礼的，然而我错了，而且出乎我的预料，小陈请了医院所有的职工，包括王大夫在内，唯独没有请我，她也许有顾虑，担心我会情绪激动，或者怕我因此心情更不好，反正我不明白她是怎么想的，想必我会恨小陈，羡慕和嫉妒她的丈夫，那有什么用，我准备参加她的婚礼，是有充分的心理准备，而且反复地练好了几句台词，预备下祝贺她和她的男朋友，我想我会以豁达、宽容、大方的姿态出现在她面前，我会去想，这原本就不怪她，根本就不怪小陈，我又有什么道理去打扰小陈呢？我喜欢她，而她不喜欢我，这在本质上有很大的区别，根本就不存在谁怪谁的缘由，她也许因为我而想得多了一些，否则她不会不请我，她有她的一百个、一千个、一万个理由，但我始终心情没有好起来过，必定她请了所有的人而没有请我，这不是故意的遗漏，又是什么呢？我感到自己好没面子，仿佛受到了别人的污辱一般，心里郁积深沉的情怀，让我多多少少滋生了一些恨意，小陈，你为什么要这样对我？难道我们连朋友都不能做吗？我喜欢你，难道这也有错吗？

小陈终于结婚了，这不是什么晴天霹雳，也不是我本人心情最晦暗的一天，我明白一个道理，我和小陈是有缘无分，她和我不是一个类别的人，她追求的和我想象的相去甚远，她不会喜欢我，她可以拿我做普通朋友，或者更好的朋友，但绝不可能谈婚论嫁，她甚至在脑海的深处鄙视我，轻薄农村人的贫乏和粗陋，但又想有一个可以交流的伙伴，在一个小单位的旮旯里，我比较适合她而已罢了。

我迷失了自己的情感，把小陈当成了我追求莺索的目标，实在是把自己抬得太高了一些，小陈像一个美丽的公主，高雅、清丽、秀美，没有瑕疵。在我的意向中，小陈是完美的化身，是摄取我心魂的魔心大法。我在很长一段日子里，都无法让她的情影从我的脑海中驱除，我因为她的存在而充实，胀满，昏晕，我有无法宣泄的压抑，凄凉和孤独，这是多么难熬的痛苦的日子，我总想长长地吁一口气，或者大声地呼喝一声，力竭声嘶地大叫，让我舒适一些吧，让我平静。

我认定了那是一个既定的事实，认定了我的相思是多么的荒唐，多么可悲的事实，我还是不能去控制自己，总要去想小陈，即使是有红红的日子里，我的内心深处依然会情不自禁地想到小陈，甚至要拿小陈和红红作一番比较，然后发现她们的优劣，在我的情感深处，依然坚决的偏袒小陈，从而忽略了红红存在的优秀和内在的美。

小陈结婚那一天我倒在一个拐角睡了一天，谁也不明白，谁也没有打扰我，他们以为我只是累了，或者头晚没睡好，连我自己都犯糊涂，这是何必呢？小陈对我什么承诺也没有，更没有这种心理，我自己也不想想，我的身份和地位怎么能和小陈匹比，用心这么深，这么切，想到小陈新婚之喜，我的心仿佛沉到了地狱中接受磨炼，她也许早已把我忘在九霄云外，也许压根就没有在意过我，这一切，全是因为自己多情惹来的烦恼。

想到自己永远不会再有希望，想到自己居然连做朋友的权利都被小陈否决了，我的心静如止水，不咸不淡地默认了，我还会有办法，还会希望小陈如何如何吗？那是绝不可能的，用我一生的力量也不会做到，既然如此，我为什么要这么傻呢，我的相思的痴心只能让自己更痛苦，更悲哀，更冷清……

也许我的奢望是太过分了，我演绎出来的梦境犹如神话，把自己刻板地定型为成功者，为所欲为的弛张，任意的自如挥洒，仿佛小陈是那么的投入，情意绵绵，此生非我不嫁，此志不渝，这种无法亵渎的挚言，无法排斥的幻觉，让我心神不安。

这不是一个梦，我的感觉特别的异样，犹如身临其境，历历在目，让我神魂颠倒，流连忘返。

而这竟然是一个梦，梦醒的时候，我发觉自己更可怜，可悲而且可笑，我在意境中回忆着梦境，又用梦境去营造意境，居然是那么的荒凉和颓丧，有我这种人吗？我在阳光的温存中，扪心自问；我在掎角的阴晦处默默地伤心，这不公平；我仰望着屋顶灰蒙蒙的影子而忧虑，这是我吗？我的心思里灌满了小陈，忽然间我发现自己遗失了更多东西，疏忽了更多的挥发，我感觉我的头晕开始好转，我的梦苑渐趋平复，我的思维让我可以自抑，我明白，我的心里正在淡化小陈，淡漠一个永远不属于自己的偶像。

就像此刻一样，我可以从容大方地经过医院门前的大道，即使小陈在，我也会大步流星地从这里经过，我很想让她看到我精神抖擞的样子，我生活得很充实，我已经完全脱离了她的影子，虽然提到小陈我仍有不甘心，但必定可以明确此刻的处境，让我不至于再度迷失。

没有谈过恋爱的男人，他的情感是单调的，他在特定的环境当中想法编造一个子虚乌有，以表白自己有诱惑力，像我这样陷入单相思的男人，是否叫愚蠢呢？因为我一无所获，而且输得一败涂地，即使有温馨的环境，绵绵的意境，挥之不去的依然是一种失落，我相信我不会承认，我会坚决的否定，我想我和那些编造子虚乌有的男人，其实没有一点区别，我们都不诚实，我们都在妄想中营造成功，塑造成功，然后是多么的虚伪的刻白，即使忏悔了又有什么用。

当我走近医院的时候，什么人什么事我都没有想到，我一看到医院，就想到了医院中有个小陈，有个小陈我苏培看上了她，然后我淡淡地笑了，我为我自己可以坦然地面对医院，面对小陈，有点吃惊，我什么时候抛弃了自卑，我什么时候让脖子梗硬了起来，可以面对一切，而无所谓，难怪我会惊讶，我变了，我的感觉非常好，这一向是不曾有过的。

大道两侧到处张满了节庆的春联，远近炮声参差，低远相近徘徊，交织成了一个巨大的动感琴弦，弹奏的是炮花，发音的是白云蓝天，伴奏的是莺歌燕舞明媚的春光，而协调者却是隐形的手，无形的心思。

我一边欣赏清洁的环境，一边观望，我觉得今年和任何一年都不同，人们的穿着有了明显的变化，空气中散发的气味和往年不同，人们的气息变得相近，他们在互相致敬，问候，他们在用一种格调反映着喜悦和庆贺。

"苏大夫过年好。"还会有人记着我曾经是一个大夫，这让我很荣幸，很兴奋，我为我自己曾经是一个大夫而骄傲，这总比种地的、放羊的要强一些，我还是非常喜欢人们用大夫来称呼我，仿佛如此我的身价就会更高一些，我满意于这种称谓，我留恋我行医的职业，这一点也不为过。

我不知道此刻我如果还留在医院会是一个什么样子，还像以前一样吗？或许情形比以前好上很多倍，这都不可能，我用尽了心思去规划故旧依然，我相信我是失败了，我竟然想不到自己会怎么做，更不知道此刻的心情是否会有这么好，觉得不可能吧，又觉得自己也太小瞧自己了，觉得可能吧，又以为自己可能高估了自己，换了一种环境，换了一种活法，我相信我已经成功地走出陷阱，平台，否则我相信我会活得很累，爬得很艰辛，很痛苦，我相信我如果留在医院那是自己和自己过意不去，离开医院才是明智之举，我为我自己有些伟大的构思而自豪，能做出这种惊天动地的大事儿，非我苏培无人能做到，我有这种魄力，这种果敢的勇气，别人能做到吗？这不是我在炫耀自己，快刀斩乱麻，斩得好，真是斩得好，我不仅要为自己喝彩。

我整理了一下西服的下摆，走过了王大夫的门诊，我已经不习惯再想刚才的问题，我要全神贯注地集中精力去面对所有的熟面孔，在他们面前，我要保持我的风度，谦和有礼，不骄不躁，然后便是如何保持状态，我相信我已经走近了红红家，我不能还像刚才一样，神情涣散地去想一些与今天的环境不符合的问题。

我从来就没有来过红红家，我只知道她们就住在这片地方，而且听供销社的人说，走到这里，你看到的最壮观、最高大、装饰着最豪华的大门的那家就是我们主任家，有这样的标志，我想即使没有来过主任家，我也会轻而易举就能找到主任家，这一点是丝毫也不能怀疑的，当我从小镇的大道上拐进了一条巷的时候，仿佛这座大门就立在我的面前，毫无疑问主任家的大门就是小巷中的一道风景线，我敢肯定那就是主任家，红红就住在那里，我不敢想象这座大门对我意味着什么，我曾经去看望过小陈，虽然小陈家的大门远不如红红家的大门有气魄，但小陈的母亲却表现得一点也不近人情，不但拒我于门外，而且态度很不友好，我知道主任家的大门远胜小陈家的大门，我不知道主任家的人又是一种什么样的姿态，是否会欢迎我的到来，我心中犹疑不决，我走近了这座宽阔高大的铁板大门，突然觉得自己是那么紧张，心里的忐忑让我浑身冒出了燥热的水，小陈母亲的姿态反复地出现在我的脑海中，让我踌躇不决。

我此刻最大的希望就是期待红红出现在大门口，我相信红红一定会想到我，算了，我真是太窝囊了，红红怎么会想到我呢？我来拜访她的父母，还要让她和我想到一块，岂不是有些强人所难了吗？

"红红，你怎么就不出来看看。"我转了几个来回，拎着东西的手都有些麻木了，来来往往行人住户都向我投来了疑惑的目光，我相信很多人都知道供销社主任的威名，他们瞥到我的时刻，会很留心我手中的东西，他们在想什么，我好像能猜着几分，我对不相干的人，心里很无所谓，有的人似乎熟识，但我看到他们的时候，他们会很自然地把头扭过一边，我看到他们的时候，也会这么做，装作没有看到，冷漠地把脸瞥向一边，我们擦肩而过，谁也没多了什么，谁也没少了什么，因为我们不曾相遇。

我相信我的个性十分的懦弱，我竟然下不了决心，我到底是干什么来了，给老主任拜年，那为什么走到了门口却没有勇气进去呢？我瞅了又瞅这红色的铁板大门，想不出更好的办法，这厚厚的大门把红红的家和外界严严地隔绝开，仿佛森严地耸立在人们心中的屏障，我想红红是绝不可能去想我会到来的，我期待出现红红的身影，令我十分的难为，尴尬。

"呼，呼，呼……"既然来了，怎么也要进去看看，丑媳妇还要见公婆，何况这是红红和老主任呢，他们都对我有恩，我来给他们拜年，看望他们，这又不是什么不光彩的事情，想必他们会欢迎我，我虽然还有些犹豫，想到了自己如此懦弱，惭愧的感觉更令我不安，我伸手敲响了拉环，胸臆间狂跳不已，我几乎没有注意到老主任的大红门上贴的春联，此刻我走近了退下去，我才看到盈红娟秀的春联高高地悬挂在两侧的大理石柱上，一盏八角的大红灯笼高高地悬垂着，令这庄严的大门平添了几分趣味和喜庆的气氛。我努力让自己紧张的心态平静下来，这便是我，一个懦弱的无法排遣自卑的人，我的眼里有大门的尊严，却忽视了那些镂刻的花纹，节庆的春联，纳福的灯笼，我想我是有些太紧张了，我长长吁了一口气，我焦急地等待一种宣判，等待红红家里出来人开大门。

这便是深宅大院，我的脑海中浮现出这样一个成语，红红原来就住在这里面，我的自卑加剧地抬头，一种不如人的感觉强烈地袭扰着我，让我不安，让我惭愧，让我惶恐，唉，想不到和小陈不敢攀比，认识交往了一个红红又是如此，我默默地告诫自己同样的错误不能犯第二回，对红红我一定要谨慎行事。

"大门不插着，你干吗不进来，过年好。"我听到有轻微的脚步声，我原想凑到门缝上去瞧瞧，可刚有了这个念头就打消了，我认为那样做是不礼貌的。我恭敬地立到大门外，斟酌和浅笑着，尽可能地让自己别去紧张，大门被轻轻地拉开了一个小缝，大门上装的小门便"哗啦"一声拉开了，一股幽幽的暗香直窜我的胸膛，沁人心脾，让我的感觉特别的舒爽，红红笑嘻嘻地望着我，口角外侧两个深深的酒窝似如两朵初绽的花蕊，鲜艳而火红，整齐的纹线，无不透视着亮丽和典雅，她一手托住小门的边框，瞅着我温和的脉脉含情的目光，她有一种火辣辣的撮人心魄的魅力。

我的心忽然间狂跃了起来，一种纵情豪爽的冲动，让我暂时忘记了不如人的自卑，我的情绪在红红的感染下，变得不再拘束，我知道红红不是我以为的小女孩，她是一个豆蔻年华的大姑娘，她对我好，我能不知道吗？

"过年好！"我很敏捷地就反应了过来，我想就这样我已经是迟延了，应该是我先问，那样的效果也许更好一些，现在反而是有些被动了，所幸面对的只是红红，医院的一个普通小护士，我的感觉似乎没那么差，有点差池也无所谓，但见了红红爸妈，如果我还是这样迟钝，那就说不过去了。

"我以为你不过来呢？"红红把身体向一边挪了一下，"请吧，苏大夫，尊贵的我的客人。"红红的姿态很优美，仿佛每条神经都在传动一种喜悦，轻松和愉快。

我被她故意的真诚的顽皮的行为弄得有些不好意思，虽有难为，却也感觉不到一丁点的压抑，在我的眼里她依然是医院的那个小护士，即使我刚刚因她的家而产生了一些自卑的伤感，也丝毫不影响她在我心目中的地位，平等、自由、真诚。

"想不到我会来，还是肯定知道我会来，我不来可以吗？我可不能枉作小人，把大恩人撇在一边顾自己吃喝玩乐，怎么样，这两天玩的还愉快吗？"我面对红红表现得很率真自然，即使她们宽阔的大院植满了水泥方砖，崭新的202吉普那么招人，蓝莹莹的砖房那么气派威武，给我的感觉依然是明快轻捷，自由的氛围，我怎么也不能把红红并入贵族的行列，她就是一个小护士，而且还是一个徒工，我在她的面前有一种自豪感，我曾经是一位医生，并且面对她这个小护士，这是我深感荣幸，深感宽慰的地方，红红无疑也是一位很乖巧的人，她对我一向很尊重，很友好。

"我们家人多，除了我妈我爸，还有我二姐、我和弟弟，昨天晚上我们摆了一桌子年夜饭，几乎玩了一个通宵，弟弟放了四五十个大炮，你没有看到吗？满院子的炮屑纸，他玩的兴致真高。"经红红这样一提醒，我的注意力便又回到了他们家的水泥方砖上，果然到处有火药煨在方砖上的印迹，红的白的，有字的，沾满了黑色烟痕的纸梗纸片，他们散落在这个宽敞的大院子中，挤出了好多拐拐角角。

"你弟弟才会玩……"我一边说一边注意红红家蓝砖上的春联，听觉也高度警觉，我注意到红红家紫色的窗框中镶嵌着大大小小十几块玻璃，但仅仅一闪便晃了过去，我没有注意到玻璃的另一面，但隐约看到有人影晃动，具体是谁我却没有看仔细。

"小苏过来了。"我刚走到门口的水泥台阶边，红红家紫色的家门便轻轻拉开了，一个浓抹细勾的倒福被缓缓扯回了屋中，一股诱人的香味沁人心脾，让我振奋、舒适，甚至可以说产生了饥饿的食欲，馋涎欲滴。

"主任过年好！"我一看到主任慈祥的目光，和悦地笑，便产生了一种莫名其妙的惶恐的慌急的心态，连忙向主任鞠了一躬，没有觉得十分的疲累，却冒了一身的虚汗。

"大家同好，快进屋，快进屋。"主任一只手拉着门把手，一手向外侧展开，饱经风霜的老脸堆满了自然和谐温暖的笑。

我稍稍向后，让红红突出在我的前边，真不好意思，来的时候母亲一再叮嘱，要中规中矩，要有礼貌，现在我让红红先进她们家，是不是一种礼貌的表示呢。

"别客气，这是我们家，又不是院长家，快进，快进。"红红一点也不拘束，看我向后落了步，她立即就走近了我的左边，伸手按在了我的左肩头，我能感觉到她手中的力气，她看似很简单很轻松的把手放在我的肩上，却是蓄结了一股力量，把我往前送。我的身体在一瞬间感觉了一种别样的刺激，虽然隔了厚厚的棉衣，我仿佛觉得红红纤纤玉手就落在我的身体上，一股激情涌动的冲击波流遍了全身，让我的身体发出了轻轻地战栗，我的五官显得有些不自然，好像淋浴了沸腾的蒸气，潮热立即逼近了我的两边脸颊，我毫不在意她提到的院长，院长在我的心里是那么遥远，那么陌生，再也不能让我因他而惶恐，自卑。

我拎着东西走上了台阶，红红的手始终没有离开我，她张开了五指，用柔软的指肚点着我的肩头，然后肩胛，肋间，紧紧跟随在我的身后，我似乎能感到她温和的体温，触摸到她青春美丽的酮体发出的诱人的体香，幽幽逼人的轻轻地呵气仿佛要摄取我的心魄，让我沉醉，让我痴狂，让我浑浊的大脑不再迷茫，我感到自己仿佛又要变了一个人，敏捷、轻松、自然、得体、大方，我开始满意自己的表现、潇洒、自如，无论是进屋，还是落座，问候，都没有一丝一毫的拘束和紧张。

红红逐一介绍了他们的家庭成员，她的母亲显得很精神，饱满的额头上看不到一点点的皱纹，两个眼泡轻轻发着亮光，肥硕的肌肉把一张略显不和谐的五官挤得狭小，笨拙，甚至是有些丑陋。她穿着一身紫色底，有着金黄寿字的缎上衣，浅蓝色的毛涤裤，低跟的三节头皮鞋光亮鲜艳，她在端给我水的时候，两个手腕上滑落着一双发着白光的银手镯，我注意到她的手很柔软，菲薄的皮肤光亮而缺少汗腺，我的客气让她很满意，她对我的笑很温和。

红红的二姐只是礼节性地招呼了我一声，然后甩过了长发散落在两个肩头，披在了略显狭隘的后背上，她的身体的发育和这个家庭格格不入，单薄、疲弱，甚至是很矮小，红红介绍到她的时候，我几乎在怀疑，这怎么可能是红红的二姐呢，她除了有一头像丝波一样飘逸的长发外，似乎什么都小，什么都单薄，盈红的口唇纹着两条淡淡的唇线，勉强可以包住略略凸出的牙床，鼻孔微微上翘，两颊紧裹着颧骨，让人感觉很不舒服。她和我招呼了一声之后，便去用力地擦磨她的粉红色的三节头皮鞋。

红红的弟弟很无所谓，他走近了我，似乎我们曾是旧相识，或者是老朋友，他冲我笑着，我的感觉是他的样子很憨厚，他一言不发，走近了我，左臂抬起，搭在了我的右肩上，包容了我的脖子，然后让右手从我的左肩上垂在了前边。

"你就是那个苏大夫，看着有点像一个大夫，干吗要改行，干个体不好吗？我就羡慕大夫，坐在办公桌后边，好像在养神，对谁都不在意，一贯爱绷着脸，一言不发，要不很冷淡，要不很严肃，我感觉做大夫这种行为最神秘，手一摸就什么都知道了，真神，苏大夫你有这种本事吗？"红红的弟弟叫康明，他长了一身肥硕的粘腻的肥肉，他的一条胳膊很有一些分量，搭在我的脖子上热乎乎的，我很快就觉得自己要出水了。

"康明别起哄了，小苏第一次来我们家做客，遇上你，你应该好好招待一下，别尽耍嘴。"老主任从角柜中拿出了一瓶酒，我不用去看就知道那是什么酒，红西风，那一瓶酒要值六元五角，在我们供销社售的酒中，红西风是很上档次的酒了，一般的平民老百姓是想也不敢想的，就连我们一般情况下也不能染指，过年每位员工发的仅仅是竹叶青，外加五斤散酒，一条牡丹烟，我对此已经十分地满足了。

红红在各个房间里串过来串过去，她每次回到客厅的大圆桌边总有一样东西摆在上面，她放下东西的时候，从来也不会忘记冲我笑上一面，我想起身从高角沙发边离开，却苦于脱不了康明的束缚，又不便用力挣脱，只好受康明的控制，老老实实地坐在那里，我的面前是一张很有品位的大理石雕花茶几，石面上铺着一层特制的玻璃，丝毫也不影响花纹的主体感，我偶尔会呷一口茶，这种茶色很深，浅黄发暗褐色，喝起来浓郁绵长，康明告诉我这是铁观音，上乘的铁观音，他老爸就爱喝这种茶。

"小苏，今年多大了？"诸如这样的小问题，红红的母亲会偶尔问一声，一般情况下她是不会打断康明絮絮叨叨的，康明告诉我他就喜欢医学，他如果有机会就一定当一名医生，然后便是他二姐对他的讥讽，说康明如何如何用功学习，如何如何善于谈情说爱，甚至是把他高中的年轻女老师也一并扯了进来，好像康明是一个拈花大盗，到处拈花惹草，现在居然冒出这样古怪的念头，既是可笑，又是天真，他在想什么，或者见了我因此有什么目的，我是无法去想清楚的，他二姐讥讽他，他好像很无所谓，甚至表现得很自豪，骄傲，好像这些全是他的杰作，得意之处。

"大年初一，你也不嫌丢人，你在学校什么东西也学不下，光开了一窍。"红红整理好了一桌子酒菜，老主任又沏上了好茶，把酒杯也擦拭了，他点了一支烟，望着他的宝贝儿子腾云吐雾的深思着。

"唉，你们要是都和我一样就好了，二姐也走了，省的她成天不开心，三姐你也别说我，我看你也老实不在哪，说吧，成天和我们叨咕苏大夫，八成你们两个……"谢天谢地，康明要用手比画，终于算是放了我，这种难受是结束了，紧接着又是另一种尴尬让我不知所措。

"康明真能开玩笑！"我的脸一下子又蒙上了热雾，烧灼得十分难受，我低怯的声音无疑在宣示我的内心深处的虚弱，我还没有忘清利小陈，此刻去想这件事，似乎不大可能，不过我也不想否定自己内心的自私的想法，红红……算了，红红是不会喜欢我的，她尊重我只是因为我曾经是医院的一个大夫，我们相处得很好，在我的心里我们只能是朋友，纯洁，无瑕疵，我担心我对红红如何，会因此破坏我们目前的结局，小陈和我的覆辙尚在脑际萦回，难道红红的条件比小陈差吗？我不相信，我相信红红目前的处境比小陈有过之而无不及，而我依然是过去的那个我，甚至还不如以前优越，在红红的心目中，我敢奢望吗？我在心里反复地斟酌了，不仅仅是现在，以前我就想过好多回，可我不想，也不敢破坏今天来之不易的格局。

"康明你可不要口大十张，想什么乱嚼什么。"红红瞟了我一眼，红晕涨满了两颊，我觉得她的目光非常的柔和、友好，充满了善意。

"这小子说话从来也不分个场合，别啰唆了，快招呼小苏入座。"老主任微微笑了一下，似乎并不介意儿子在说些什么，但他也不想让这个话题继续下去，他的城府很深，你若想从他的表情上读出一些你所期待的效果，你都会失望，他看上去毫无威慑力，却是实实在在地控制着供销社，武登科再怎么折腾，似乎都在他的掌控之中。

红红又给我们添了茶水，老主任呷了一口便离了座位，他冲我点了一下头，示意我不要客气，便提了茶杯蹲在了火炉边，他有一个最大的嗜好，我早已经知道了，就是吸食安纳加，这对于他来说，犹如吃饭，喝水一样便利，在家里如此，在供销社如此，就是他常去的地方也是如此，炉盘下边插两根铁丝，然后放置一团安纳加，火红的铁丝放在安纳加团上，发出了吱溜溜滑爽的声音，老主任贪婪地用力深深地吸溜着，弥漫的烟尘让每个人都感触到了他的气味。

"我老爸整天云里来雾里去的，当着主任撞着钟，可把武登科那小子放活了。"红红的二姐细声细气地撇着嘴刁斜着眼睛冲着老主任。

"这么大人说话没遮没拦，这话也应该是你说的？"红红的母亲大为不满地瞪了红红二姐一眼，我知道这种话他们长谈，只不过今天的情况例外罢了，有我的存在，就犹如有了武登科的眼线一般，自然谨慎的红母不愿让我听到他们彼此间存在的矛盾和缘由。

"甚事也没有，小苏可不像你们想象的那样，本来就是吗，如果不是姐夫太过分了，谁还去计较她，必定都是里弯弯的人，如果不是一直为他在着想，他能不能待在供销社还在怀疑，我爸比谁都清楚，只不过有大姐，不忍伤害他罢了，换了别人老爸早收拾了，"红红的情绪略略有些激动，她一向不把我当外人看待，让我很感激她，我虽然是在供销社，也闻知翁婿二人有经济权力之争，却从来没当真过，以为他们只是一些小摩擦而已，今天看来他们之间当真是有些矛盾，而且波及了家庭其他的成员。

"嗨，你们能不能别说姐夫，武登科这个人你们都看不惯，总认为他给爸创造了麻烦，我认为这太正常不过了，爸，终究要下台，他不帮助，提携姐夫，难道还让了别人不成，供销社咱们经营了多少年，让给别人心里能舒坦吗？姐夫不过是心急了一些，叫我说，老爸干脆让给姐夫算了。"康明似乎说得很坦诚，不错，老主任必定是老了，在台上也待不了几年了，再说人老了，精力跟不上且不说，头脑也老化了，根本就不能适应越来越复杂的商战。

"哼，你真是一个卖国贼，武登科给了你多少好处，让你这么死心塌地地帮着他，他在你的心里那么伟大，那么有本事，你那么牵挂，干吗你不去他们家过，还要爸爸整天起来供养你。"红红的二姐一听康明偏袒武登科就气不打一外来，她俏薄的单眼皮往上揪了几下，火气大得吓人。

"咦咦咦，真是变态，大年正月初一不要这样了哇，我也是说说，必定他是咱们的姐夫哇，胳膊肘儿往里拐了哇还能往外拐。"康明嬉皮笑脸的，一点也看不出生气的样子，康母似笑非笑地瞅了一眼二女儿，明显的是嫌她嘴多了。

"小苏，你自个儿挟着菜吃，等会儿我陪你喝几盅，我这几个宝贝全是些饭桶，一点礼貌也没有，不招呼客人，就知道整天拌嘴，那有用吗？操的心到不少。"老主任丝毫也不在意他的儿女们为他产生的种种纠葛。

"爸，你吸吧，小苏有我招呼着。"红红用筷子挟了一块红烧带鱼让我吃，康明很随意的端起了酒盅和我桌上的酒杯碰了一下，"不好意思，你看我还是一个学生，你可不能和我计较，招待不周怪我三姐，你是她的客人，来。"康明就这么随便，他的屁股一扭，高背椅子就发出了吱吱呀呀的叫声，他肥硕的绵软的手捏着一杯酒，大嘴一张，杯中酒化作了一股涓涓细流滴进了康明的口中。

"你还知道你是一个学生，学生就你这样，吊儿郎当，油腔滑调，没一点正经，小苏，明明是老爸的客人，偏偏让你说成是老三的客人，你可真会编排。"红红一言不发只是浅浅地在笑，康明说什么她也没太在意，她反正抱着老样子，看他们能否争出个子丑寅卯，这下惹恼了在一边闲坐的她的二姐，仿佛有些醋意，口气生邦邦的，好像有人招她惹她了。

"二姐！"康明语气略略加深，虽然如此也看不出康明有一点点恼怒的样子，他仿佛在怪他二姐，又好像是制止她让她少说几句，我很不好意思，在陪过老主任三巡酒之后，便坚持出走了。

"你发现我们家人有一个什么特点？"红红送出我之后，忽然间提了这么一个问题，仓促间让我颇费思量，我不知道我在想什么，我是否想过这样的问题，我可以坚决的否定，对老主任一家人，我没一点点别的想法，虽然我感觉上有些别扭，但总体上我没有想法，我想大家庭过日子可能都是如此，我可没有理由去评判他们，更没有资格。

"很好，畅所欲言，充分的发扬了民主评议的作风。"我还是字斟字酌地做了回答，自然全是拣好听的恰当的语汇，情况本来也就是那样，想不到老主任开会时惯用的一句话，被我套用了，竟然也很适合。

"这是真心话吗？"难道红红不相信我，这让我有所警觉，我悄悄地在内心琢磨了一番红红的口气，猜度她此刻的心理。

"难道你不相信我？"我堆满了难为的笑，诚实地笑。

"我不相信。"红红忽然变得忧伤了起来，红扑扑的笑脸绷紧了，显得分外迷人。

"为什么不相信我呢？"我用手捏了一张碎落的炮屑，回头冲康明摆了摆手。

"我弟弟很势利。"红红漫不经心地讲了一句令我莫名其妙的话。

"他还小。"我想红红一定是指康明为武登科辩解的那番话，所以不满她的弟弟。

"他一向如此，他早已被我姐夫收买了。"红红。

"你们难道和他有区别吗？"我不明白红红为什么要讲给我这番话，她的弟弟还用武登科收买吗？武登科干吗要收买她的弟弟？

"区别当然没有了，我姐夫这个人什么都好，待人接物办事情很少有人可以比试，我们全家人都很欣赏他，不然的话我爸会让大姐嫁给她？"红红。

"那为什么你和你二姐都对他有意见呢？"我还是不明白。红红不想再说了，她淡淡地笑了一下，然后一言不发地望着我，"不好意思。"我忽然有些尴尬了，我想我是问得太多了，而且问了不应该问的问题，但我心里很好奇，依然如故。

"你每天在想什么？"我立在小镇的大道上，和红红站着，我似乎想多待一会儿，瞟了一眼红红，红红笑望着我，她的目光凝滞成一束光芒盯着我，她似乎在等待什么，或者渴望什么，我费了好大的心思，也想不出她会想什么，她会有心事，不知道，我真的是不知道。我从来也没想过，或者说我也许在犯痴。红红突然问了我这么一个问题，

第十六章　康主任的家

让我甚觉诧异，好像在恍惚间受了惊吓，浑身激灵凌打了一个冷战。

"我会想什么呢？"我的表情也许很不自然，我感到自己的反问很唐突，可是话已出口，是无法收回来的。

"咯咯咯……"红红忍俊不禁地发出了笑声，"你真逗，你想什么你不知道吗？难道我会知道。"

"我什么也没想。"我要极力否定，因为我确实在想一个问题，确切地说正在想一个人，两个人，我在琢磨她，可是我也不明白我自己到底想了一些什么，我的脑海中印着小陈的阴影，可是又不断地被红红的形象所取代，我已经否定了小陈，小陈也否决了我，可是我的思维中却怎么也驱除不干净小陈。面对红红，我的心绪很烦乱，我在不知不觉中产生了一种错觉，我相信这一定是一种错觉，小陈看不上的东西，红红绝不可能看上，我算一个什么东西，我已经饱尝了单相思的痛苦和煎熬，饱尝了失去珍爱的悲哀，我在心底嘲笑自己，甚至可怜自己是一个小人物，微不足道的小人物，自轻自惭的小人物，难怪小陈会瞧不起我，我也许是犯傻，也许是有些愚蠢了，或者忘乎所以的得意忘形了，怨不得别人，只能怨自己，怨自己出身低微，怨自己生于贫困，安于贫困，怨自己没有能成功的选择未来，欠缺太多，所以失望才来得很轻松，很自如，让我此生都不会坦坦荡荡，曾经是遗憾，曾经是梦，曾经编织了花环，却是子虚乌有，梦醒之后，心里挤满了无数的疙疙瘩瘩。

"你不觉得你是在欺骗自己吗？"红红的目光很诡秘，好像我隐藏了一些什么被她已经洞察了。

我很不自然地笑了，我的思维忽略了我自己，我不能很快地在大脑中读出一种对策，但我相信红红一定不会以为我想到她的时候会守在她的身边犯痴。

"你准备回家吗？"红红点了一下自己的脚尖，目光变得很柔和。

"嗯。"我想我一定要回家。

"你不去我姐夫那里了吗？"红红把目光瞥向了路上的行人，又似乎在观察小镇上过年的新奇。

"你说呢？"我想我会去的，只不过东西不在身边，为老主任准备了一份年礼，也为武登科准备了一份，现在准备回家去取东西，否则怎么能到武登科那里呢？

"要去你就早一点去，现在他在家里正摆开了架势招待客人呢，你迟去一些也不晚。"红红好像知道我要去武登科那里。

"我想迟一会儿去。"我谈了一下自己的想法，"我的酒量不行，也不善于应酬，迟点去了他也许就到你爸这里了。"

"你连这点都不知道，初一男人们都在家里和老婆娃娃或者父母过年，初二或者以后才会登岳父的门，武登科就更不同了，应酬也多，初一是绝对不出门的。"看来我今天是必须要见到武登科了，照红红的说法，武登科今天一定会守在家里。

"那我明天去不可以吗？"我想我的想法也应该属于正常。

"他会怪你的。"红红淡淡讲了一句。真不明白，明明是老主任大权在握，怎么武登科遥遥领先，我们虽然相处了有一段日子了，个中的内幕却不甚明了。

第十七章　武登科

在武登科的家里，见到武登科，那情形和平素在供销社见到的武登科完全有一种不同的印象和感觉。我拎着东西走进了一座幽深的大院，通过一条宽畅的水泥方砖垒平的道路，拐了几个弯，才把各种果树枝丫挡着的依稀可辨的房屋找到，这里有一种神秘的感觉，有点像世外桃源，他修建得格外别致，水泥方砖曲了几个弯子，点缀了几个漂亮的弯头，不远不近有一个小桥，说是小桥，也只不过就是压了一截细细的水泥管道，房前屋后围满了大大小小的果树枝丫，内中垒砌了花边小墙，移植了几株松枝虽然有些憔悴，却也绿色葱茏，武登科的家就隐藏在其中，一走近他，你就会叹服它宏伟的气势，六根水泥柱支撑的雨罩简直就是一个巨幅的遮阳伞，满面的玻璃镶嵌在淡淡的紫色围框中，被家中五颜六色的闪烁的彩光折射得分外迷人。

武登科望着我走进了他聚餐的大厅，温和地、淡淡地、有些斯文地笑着，他从我认识的不认识的人丛中，从雾丛的烟气中，渗溢酒色财气的高角杯的阴影中，伸出了他绵软细致的手，穿过别人的椅背，欠了欠身体，等待我手忙脚乱地放下东西奔驰过去勾在一块，他慢慢腾腾地立了起来，他的手仿佛有一股力量黏着我，旁边的小张立即离了座位，大家的问候，加上我的问候，大厅里充满了节日的气氛，武登科毫不介意小张的离去，我被他轻轻地亲切地按在了身边的座椅上，小张又找了个地方随便坐了下来，他冲我热情地笑着，这让我很不好意思。

"小苏，是一个很优秀的员工。"武登科的双手归了正位之后，屁股也稳在了座椅上。

"是的，小苏的确不错，人又老实，又有能力，人缘又好。"

"我最喜欢小苏。"

"文文静静，一表人才。"

武登科的一句表白的话，几乎起到了轰动的效果，在座的供销社的老少爷们全成了一个腔调，他们搜肠刮肚地想拣几句好听的话来表扬我，可惜胸无点墨，这让他们着实表现得很滑稽，反而让我陷入了极度的窘迫。而我又没有什么真实的突出的表现。

"先让小苏喝点茶水。"我相信过来帮助我解围的这位亭亭玉立的少妇，一定是红红的姐姐，她淡淡的化妆，幽深的目光，疏松卷曲的溜海，波浪柔顺的长发，映衬着尖俏的鼻梁，洁白的牙齿，无不光彩照人。浅浅的豆青色的低领被一串金色的项链点缀着，她微微地笑着，充满了女性的柔弱、和蔼、豁达、迷人。

"这位是你大姐。"武登科用一种极其平静的口吻告诉我招呼我的人是何许人也，我相信这和我平素见到的武登科有本质上的区别，简直是判若两人，此刻的武登科仿佛一位绅士，庄重、沉着、坚毅，充满了神秘的情趣，想看到他明捷干练的一贯作风那简直是太难了。

"大姐过年好。"我忙忙活活地问候了女主人，此刻我才意识到我的疏忽，我心神不安地瞟了一眼武登科，看到他神态自若地和别人举了一下酒杯，然后少少呷了一口，很过意不去地冲女主人微笑着。

"同好，同好，大年初一别太介意了，请坐吧，请坐吧！"红红的姐姐显得很宽容，很豁达。

"小苏，别客气，陪大伙喝一盅。"武登科用手在我的肩头轻轻拍了一下，他的另一只手中拈着一杯酒，温和地望着我，同坐的十几人的目光全落在我的身上，我不想因此让大家等得太久了，连忙端起了酒杯。

"我们欢送走了过去的一年，怀着异样的心情等待新的一年的到来，现在新的一年已经开始了，供销社无论从人事、物力上都将有新的安排布置，在此我很感谢大家对我和老丈人的关怀和支持，希望在新的岁月里，依然如故，让我们的收入有一个重大的突破，果真如此我也不会难为大家，请大家放心的等待上班，"我自己并未感到有丁点的危机感，也没有去想这个问题，我怎么听着武登科的话潜藏着一种不和谐的心态，他在想些什么？他对供销社要做出一些行动，这让人很别扭。

武登科捏住酒杯不怒而危的话自然有他的弦外之音，至于他在针对谁，我却是一概不知，我甚至突然间怀疑到了我的头上，这莫非就是对我讲的吗？我是老主任的人，我想他不会这样想吧，我先去看的老主任，难道是自己来迟了吗？这点我相信自己是来迟了，因为在座的每一个人包括我在内都带了酒气，酒色，武登科庞大的圆桌上的各式小碟大盘几近落空，显见我来的是太迟了。

"我来得有些迟了，武主任不会怪我吧！"我和大家干了杯之后，小心翼翼地问了一句。

或许是武登科的原因，也许也是我的原因，也许是我太唐突了，或者本来就不该问这样的问题，大家突然间全离了座位，武登科来不及回答我的问题，便匆匆送走了别的客人，我本来也是要一块走的，但被武登科制止了，我怀着不安的心情，神情紧张地落在武登科的身边慢慢地往家里踱，那些供销社的老少爷们推着一辆辆崭新的永久牌、飞鸽牌自行车一出宫门便大声地喧哗了起来，好像心里郁积着压抑在此刻便会全部暴发出去，武登科毫不以为然。

"这些东西太势利了。"武登科在跨进门槛的时候愤愤地骂了一句。

我不知道这是为了什么，我一时之间也想不明白，他为什么会骂人呢？难道大家来给他拜年有错吗？唉，我长长地、轻轻地吁了一口气，武登科并不去招呼我，他坐进了沙发中，自己抽了一支烟，然后示意我坐下。

"红红他们全在家里吗？"武登科吸了一口烟，红红的姐姐给我倒了一杯茶，然后开始收拾残浆剩梗。

"他们全在。"我想我的猜测是很正常的，武登科有点怪我，真正想到是因为这一层关系，我反而平静了下来，我心里好大的不平，难道先去拜访老主任有错吗？于理于情我都认为是合情合理的，难道供销社的老少爷们全聚到你这里你就心满意足了吗？你也太狠了点，干吗要孤立老主任呢？如果没有老主任，我看未必有你的今天。

"你能去看望老主任，然后再来我这里，让我很满意。"武登科到底在想什么，他试图要说明什么，我一点都不明白，我被他搞糊涂了。

"老主任帮助了我。"我想我应该知恩图报，再说看过了老主任然后来这里，从原则上讲我也不会有错。

"像你这样想的人太少了，这里有很多的人都受过老主任的恩惠，但他们来过这里之后才去看望老主任，或者干脆不去，你知道为什么吗？"武登科默默地望着我，他好像要从我的言行上看出一点什么，这个人城府太深，到现在我居然不知道他的心里到底在想什么。

我不知道如何回答这个问题，即使我真的可以猜测到武登科的心里，也是不好回答这个问题的，我不想评价别人的行为，别人的行为的对与错和我并没有关系，他们有他们的行为准则，如何做人，如何做事，我似乎还不如他们，甚至是远远的不如他们，他们可以舍老主任而不顾，却不敢小瞧小主任，自有他们的道理，也许有朝一日我也会这么做，今天我这样做了，也许是我初出道的缘故，没有淌出水的深浅，因为我和老主任、小主任的关系有些微妙，所以人人都对我有防备的心理，他们不会轻易，甚至是从来也不会流露出他们对老主任、小主任的看法、评价以及造成今天这种格局的原委。

"这些人的人格值得怀疑，那几年我爸那里热闹非凡，车水马龙，别提那份自在和得意了，现在我爸还没退职，他们就另觅高枝，把个武登科捧得晕晕乎乎的。"红红的姐姐漫不经心的一句话，恰恰点中了要害，这一点我不是没想到，就连老主任的儿子康明都认为老主任该让位于武登科了，何况是别人呢？别人都看重武登科，自然就会竭尽全力巴结小主任了。

"你懂什么，你爸占着茅坑不拉屎，有用吗？"武登科看来垂涎主任的位子是由来已久，他愤愤地神色，铿锵蛮凶的口气无疑都在说明这一点。

"你有本事，你有能耐，行了吧，那你为什么替代不了我爸呢？人各有长处，不是我爸，有你的今天吗？不是我爸，你副主任的职位能否保住还说不准，还想当正主任，白日做梦。"红红的姐姐大为不满丈夫的言语，好像主任的位置老主任下去了就是武登科的，好像老主任真的是昏庸无能，却又不肯让贤，也许武登科真的是太高估自己，忽略了老主任在位的作用。

我似乎明白了好多东西，却也感到无比的惊惧和惶恐，我担心武登科会大发雷霆，或者大怒，可是他没有这样做，我坐立不安，我想我应该马上离去，武登科一言不发，他吸着一支烟，似乎若有所思，我乘机坚持而去，武登科一再表示歉意，而且再三声明他不会亏待我，我当然只有一味地表示自己的谢意，心里却感到很沉重，我不明白的东西太多了，我要想的问题也太多了，可是心里很烦乱，怎么也理不出一个头绪。

上班的第一天，老主任一言不发地蹲在火炉的堂口吸溜安纳加，武登科默默地吸着一支烟，坐在他的座位上，他的目光不时瞟一眼老主任，老主任不讲话，他似乎心里很憋屈，供销社的大大小小的工作人员，包括下边分销社的人有几十人，他们分散在门口、椅子上、床边，有的在小路上溜达，有的似乎也很无聊在院子中踱来踱去，他们等待什么呢？

"姨夫，我们今年的人事还作调整吗？"武登科实在不能等待下去了，等的时间太久了，有那么多的人把目光投向了他，渴望的、敬畏的、无所谓的，想看点热闹的人，他们这些人没有权利对自己做出抉择，他们只有无奈的等待，他们不知道自己是否会有霉运，也不知道自己是否会有好运，但他们都把希望集中在了武登科的身上，因为他们的投入产出全押在了武登科的身上，他们或许等待的将全是他们心目中期待的结果，所以他们很有耐心，即使有些焦躁也不会怪在老主任的身上。

老主任似乎没有听清武登科讲了什么，或者说他可能根本就没听到，他把烧红的铁丝放到了安纳加的片上，吱溜溜一声过后，一团烟气被一股强大的吸力收拢而去，随后便纷松地散落开，老主任把退了红色的铁丝钳拿下了安纳加，长长地从鼻腔中喷出两股烟柱，任凭烟雾在办公室中弥漫、消落、平淡。

武登科的目光死死盯在办公桌的算盘上，嘴唇张了几下，舌尖极不自然地顶着口角，他伸手拨了几粒算珠，然后无奈地收拢了双手靠在了椅背上。

有人静悄悄地给老主任的水杯加满了水，老主任很自然地接到手中，然后吸了一口，放下水杯，他的目光疲软的松弛地瞭望了一下他对正的屋角，然后又去抽铁丝钳。

"姨夫，大家都在等着，工作如何安排你总得讲一句话，新的一年已经开始了，大家都等待着工作。"武登科看似平淡温和的口气，神态却很僵硬，他也许在极力压抑着内心的不满和焦虑，可是无论如何他依然是副手，老主任不点头，他到底还是惧怯三分。

老主任把用完的铁丝钳插进了炉盘下边，双手绞搓了几下，又呷了一口水，似乎才把瘾过足，他的精神状态略比刚才有好转，他瞟了一眼他的女婿，仿佛又要长出一口气，但是他没有这样做，他环顾了一下办公室的人，慢慢地立了起来，向窗外瞟了一眼，慢慢腾腾地踱进了他的座位。

所有的人都把目光投向了老主任，他们期待老主任还像往年一样把大权旁落武登科，然后武登科就会随心所欲地对人员进行拆解重组，直至对自己更为有利、有益。

"你对人事的安排又有了新的打算？"老主任点了一支烟棒，眼皮也不抬，他的一只手伸在嘴边，一只手把拉盖式的火机放进了口袋中。

武登科把瘫软的身板竖直了，神情也不像刚才那样僵固，目光涣散地扫了一眼办公桌，然后把算盘拉近了自己，也许他不知道岳父的话中的含义，也许他忽略了自己的地位还不到操持一切的地步，此刻他似乎明白了一些什么，神态变得谦和了起来，他的岳父不授权给他，他似乎还不敢十分地专权，想不到武登科的要害还是落在老主任的身上。

"为了更有利于今年的工作，我想调换一批人。"武登科小心翼翼地斟酌着字里行间。

老主任忽然抬起了头，目光变得炯炯有神，他盯着武登科，仿佛涵盖了很多意思，让人不可揣摸。

"你打算如何布置？"等老主任讲一句话，差点把一屋子人的心揪到嗓子眼，现在老主任终于讲话了，大家内心的紧张和神情的呆漠一下子便松懈了起来，我们似乎可以感觉到对方轻轻地深呼吸，老贾掏出手帕把额头擦拭了几下，小张捏了几下鼻端，我的屁股换了一个姿势。

"我打算把小刘调回总社开货车，他年轻力壮，便于长途，而且技术又不错，还懂的修车，无论从哪个方面去理论，他都胜过老窦，老窦年龄大了，他想到分社干一干。把财务室的小周调出来跑外结账，她巧言善辩，账又算的好，是一个难得的人才……"武登科肚子里灌着一肚子的酸浆水，硬是要把自己沤臭了，也不肯留一点空余给老主任，他一口气讲了两三个钟头，把个供销社从里到外，从头到尾进行了分解，剖析，听得众人不断点头，迷得老主任睡了一觉又一觉。

"姨夫，我都安排好了，你看有什么需要修改和补充的。"武登科终于结束了他冗长繁复的构思，我惊异于他的记忆有条不紊的时候，也不仅生了几分敬佩的心里，这么庞大的一个机构，如果都像老主任一样，又怎么能维持和经营下去呢，更令我吃惊的是，我竟然被武登科忽略了，我听得十分专注，唯恐有一个字被遗漏了，可偏偏就没听到武登科对我的安排，我的身体仿佛被电击了一般，麻木、僵直，内心的惶恐和紧张让自己表现得很不坦然，忧虑和担心让自己早生了几分悲哀和郁闷。

"嗯，嗯……"老主任稀里糊涂地应了几声，便又去掏口袋。

"那就这样决定了，大家分头回去准备，从明天起开始办理移交手续，后天到各点去报到。"武登科把移近自己的算盘轻轻地推离了自己的身边，严峻的、得意的目光瞭着窗外，他似乎若有所思，但我相信他这样做仅仅是为了掩饰自己内心的自满和得意，只是不愿意让别人看出来而已。

老主任又吸起了安纳加片，办公室里又升腾起了安纳加的气味，武登科迈着轻盈的步伐稳健地通过老主任的身后，去到供销社的大院，消失在供销社的门口。

人群在寂静了片刻之后立即开始挥发，大院里自行车的磕碰声此起彼伏，大家暗暗传递的喜悦，让他们身轻如燕，如离弦的箭纷纷射出大门。

我仿佛落入了冰窖，浑身不断的隆起鸡皮疙瘩，甚至要战栗的抖瑟，我一动不动地坐在床沿，默默地望着老主任，心里不知哀怨了多少遍，这是为什么，这到底是为什么，为什么别人都做了安排，而我竟然没有呢？难道仅仅是拜年的次序问题吗？我不敢想象，如果仅仅是因为如此，自己回去种地也罢，可我怎么想也不应该，武登科不至于如此霸道，连这么一点小枝节也会计较。

老主任呀老主任，你既然安排了我在供销社，干吗又要任凭武登科减我呢？完了，完了，可是几回话到嘴边我又没敢问老主任，唯恐自己会因此更没面子，心里更凄凉，更难受。

老主任也走了，他好像没有什么话要对我说，他冲我微微笑了一下便拉开门走了，我失望到了极点，我的信心已不足支撑我的勇气让我坦然地面对老主任，我机械地立在那里，我感到自己的双脚、双腿，不，是浑身都灌满了铅，一步也动不了。

我的屋子里已经安排了别人，这里将很快不属于我，我回到小屋的时候落下了迷茫的眼泪。我的期望像泡沫一样炸裂了，然后要消失得无影无踪，这里的存在对我而言已经毫无意义，供销社是个天堂，却又成了我的地牢，让我困惑，让我哀怨，让我留恋，让我害怕……仿佛天塌地陷让我目眩头摇，我相信我是一个弱者，一个孤立无助的弱者，我感到无比的孤单，我哀叹自己的懦弱的时候，也竭力宣称自己命运不济，武登科连个招呼都不和我打就放下了我，这也太霸道了，不说老主任的面子，最起码也该给红红三分面子，想不到我会变得这么惨，走到哪里都扮演着失败、落魄的角色，我相信那些一度羡慕和嫉妒我的人此刻一定在幸灾乐祸，可是有什么办法，武登科根本就瞧不起我，他弄死我就像要像猴一般，可恶、可恨的武登科我什么地方得罪了你，你干吗这么损，我好不容易有了一份好工作，却因为你好景不长，我杀了你，生吞活剥了你都不为过，可恨。我的怨气越积越深，还真的恨起了武登科。

"小苏，武主任叫你。"我几乎忘了时间，我的大脑里只有恨意，或者挤满了难过，对于时间差没一点概念，我恍惚记得武登科刚才出了供销社，怎么他又回来了，听说武登科叫我，我浑身激灵凌打了一个冷战，他难道要单独告诉我我被解职了，或者他后悔刚才的安排，又要让我留下来，这种可能也不是没有，我怀着忐忑的心情，希望武登科手下留情，良心发现给我一条生路。

"武主任你叫我吗？"我不敢再随红红叫姐夫了。

"你过来了，坐吧。"武登科一手托在椅背上，一手叼着一支烟卷，斜倚在椅角里，眼睛斜转着，吸了一口烟，故意让嘴扭捏了一个动作，把我浑身上下打量了一遍。

我很恭敬地跨在了一边的凳角上，似笑非笑地等待武登科对我的判决。

"我想重用你。"说这句话的时候，武登科的身体随之转了一下，双肘便落在了办公桌上，他习惯地推了一下算盘，然后又拉进了自己，让珠子发出噼啪的响声。如果不是我的听觉出现了问题，我相信武登科的这句话，绝对是对我说的，而且很郑重，一点也没有虚伪的成分，我会被得到重用，这可能吗？可是这话是从武登科的口里说出来的，那就非同凡响，我能干什么呢？我在心中窃喜的时候，开始有些怀疑自己，自己真的会得到重用吗？自己可以干什么呢？连我都在怀疑自己，所以疑惑武登科的诚意，也是很正常的。

"我能干什么呢？"不知道为什么，我心中忽然间又有了气，气让我变得倔强，变得蛮凶。

"你不相信我？"武登科给自己点了一支烟，我心里很不平衡，这是我认识的武登科吗？他一向随和、豁达、巧言、大方，现在怎么仅仅是过了一个大年人就变了这个样，冷漠、倨傲，而且一副不屑的样子，令人恶心而疏远。

"我没有资格怀疑武主任的诚意。"我相信自己的态度很僵硬，此刻我已经变成了完全的我，我不想向他示弱，即使回家种地我也不想让他玩。

"哼！"武登科从鼻窍中吹出了一个单音节，然后嘟了一下嘴唇，想必是在冷笑，我相信是这样的。

"让你替我办一件重要的事情。"武登科似乎不像在演戏，他好像说的就是真的。

"我？"我开始相信武登科了，我讶异于自己的失态，却又不能掩饰自己内心的惶恐。

"对，就是你。"武登科狠狠吸了一口烟，然后把寸长的烟卷摔进了墙角，神情嚣张地坐正了身体。

"让我干什么？"我豁出去了，武登科能让干什么，我不相信他会让我去杀人放火？

"你信任我吗？"他的话锋又转了，我信任他？说给鬼才相信。

"当然信任了，不信任武主任，我不是不想干了吗？"我的口吻有点像在表白自己的决心和内心世界。

"我让你干什么你都听我的吗？"武登科。

"只要不犯罪。"

"你想哪去了。"武登科又斜倚在了椅背上。

"那你说让我干什么？"

"如果你答应了我，我就告诉了你。"想不到武登科绕着圈子往住套我。

"我答应你，只要不犯罪，再苦再累我都干。"我不能轻易离了供销社，那样太丢人了。

"不累，但有点苦。"我不明白武登科到底想说什么，他说的苦而不累，世界上还有这样的活儿吗？我真的是想不出来，武登科到底葫芦里卖的什么关子。

我笑了，我相信武登科是在和我开玩笑。

"你能想到是什么活儿吗？"武登科。

我挖空心思想了一番，还是回答不了这个问题，想不出苦而不累的活儿是什么，苦而不累，这种逻辑能成立吗？

"你的想象力不丰富，你告诉我一个患者苦而不累的时候往往是指什么？"我压根就没从病人身上去想，病人有苦而不累的时候？这一点我倒是从未想过，苦而不累，任何一个病人苦于疾病而累于心，难道苦而不累可以用在病人身上吗？好像不大可能。

我还是摇了摇头，我回答不了。

"我也回答不了，但我让你干的活儿却真的是苦而不累。"苦而不累，武登科认定了是苦而不累，那就可能是吧。

"那我试试。"

"试试不行，一旦你干上了，就必须要坚持，我不会亏待你的。"我想我还是供销社的职工，否则武登科不会给我派工作，可是武登科到底要给我派什么工作，我却是怎么也想不出一点端倪。

"只要留我在供销社，让我干什么都可以。"我表示了自己的决心。

"谁说不留你在供销社了？你想哪去了？"武登科失笑出声。

"那你分配哇，只要留我在供销社，干什么无所谓。"我终于可以放心，大胆地表自己的态了。

"不过我事先告诉你，如果我说了你不想去，千万别勉强自己，那里的活儿的确苦而不累，但是太苦了。"我相信武登科说的是千真万确，他要给我分配的工作不好干，可是到底是什么活儿呢？我被他的讶异弄呆了，同时也激发了我莫大的好奇。

"你这人真怪，说了半天到底你说的活是干什么呢？"

"算了，还是不说的好，万一你走了红红不让我，我就麻烦了。"他不说红红我可能还会犹豫，一提红红，我便感到惭愧，我还能有选择吗？我欠红红的，欠老主任的，也欠武登科的，我欠他们的太多了。

"好了，武主任你什么也别说了，我去，无论干什么我都去，我会尽心尽力干好你交代的工作，绝不后悔。"

"我知道你会这样，我知道我的决定不会有错，难为你了。"好一个武登科到现在都不肯点明让我干的活儿，他是故意的，我相信他是高明的，很会办事的人，他步步为营，让我落入他预想的圈套当中，而且还让我自告奋勇，心甘情愿，而他又要装出一副悲天悯人的慈善的面目。

"说了半天，你总得让我知道我的新工作到底是干什么，我都被你弄糊涂了。"

"放羊。"武登科嘴唇一翘，牙缝中便蹦出两个字，目光深沉冷峻地盯着我，好像要强加到我的头上。

"放羊？"我在刹那间惊呆了，放羊？我在供销社上班有没有搞错，现在让我放羊，那我还在供销社吗？供销社怎么会有羊？与其在这里丢人败兴的放羊，我干吗不回去放自己的羊呢？

"对，放羊。"武登科再一次做了肯定的回答，他似乎一点都没有顾虑我的诧异，这对他来说很无所谓，如果我说不干，就会滚蛋，可是我干的是供销社的行业，我来供销社上班，怎么忽然间我要变成羊倌呢，雇用一个羊倌是很简单的事情吗，干吗要让我去呢？我心里很别扭，想不通是很自然的。

"我要成为羊倌吗？"我的神情很沮丧。

"这个羊倌不是普通的羊倌，他关系着供销社很大的一笔资产，放给别人去管理我不放心。"武登科的话我还是没有听明白。

我默默地望着武登科，等待武登科继续往下说，供销社有这么一笔资产让我去管理，我怎么会相信。

"我们在山后边后塔拉沟购置了十几万亩的草地，在那里牧养着供销社很多的绒山羊，历年来由于管理上不去，获利很小，我想今年让你去，不知道你是否愿意去。"原来是这么一回事儿，虽然让我变成了羊倌，但并没有脱离供销社，只是工种不同罢了，我当然得听从领导的分配了。

"什么时候动身？"

"你先别急，让我告诉的你仔细一些。"我刚刚立起了身体，就被武登科用手势制止了，然后又坐回了原位。

"后塔拉沟，是一个人迹罕至的地方，最近的一户牧民距离你有十几公里路，最近的小村子离你近三十公里，交通主要靠的是马，极其不便利，一年当中很难吃到蔬菜，牧民靠的是在草原上滋养的野菜、羊奶、羊肉等等，你去了也一样，虽然我们过一段时间就会去看你，但带过去的东西也是极其有限，大车下一次不容易，一般只有小车跑，路途远，一旦路上车子抛锚，往往一车菜就全烂了，剩下的只有米面粉丝等东西了，很艰苦，你以为如何呢？"武登科欠了一下身体。

"我不怕。"不吃苦中苦难为人上人，不去见识一凡，又如何能知道得很真实呢，也许并没有他说的那么悲惨。

"你要想好了，那里可不是你心中期望的乐园，条件很恶劣，供销社舍弃了他有点舍不得，不舍弃，每年又找不下一个适合的人，外边雇一个人，往往不知什么时候就跑了，要不招呼也不打就回来了，弄得我们一点办法也没有，所以今年我才选中了你，你看你能否去，也不要急着回答我，要不回去和父母商议一下，然后在作决定。"我想此刻的武登科才恢复了人性的本来面目，温和、随便，没有故弄玄虚的装腔作势。

"不用，我可以自己做主。"我的回答令我自己都在吃惊，走这么荒僻的大草原的腹地，居然我会毫不犹豫地答应下来。

"现在那里还有一个人，他在等待你，你上去了他就会回来，如果你没有意见的话，你现在就可以回去了，放你三天的假，第四天我让小刘去送你，这两天我会为你准备尽可能完善的生活用品。"武登科拉开了抽屉，从里边捏出两条牡丹烟，"这个你现在带上，很感谢你服从我的安排。"

"这是理所应当。"

"我不会亏待你的，这么大的供销社能让你的苦白吃吗？你到了草原上，想吃羊肉随时随地可以宰杀。"武登科把两条牡丹烟扔给了我。

"听说大草原很美丽。"这是我想象中的意境，天高云淡，地阔无垠，绿水肥美，青草幽幽，牧人在和煦温馨的帐篷中品茶饮酒，其乐也融融，这么美妙令人神往的仙境只应天上桃园有。

"很美丽，的确很美丽。"武登科淡淡地笑了一面。

我的心情不但恢复了正常，而且还添了几分喜气，神清气爽的感觉让我格外的轻松，我相信武登科还是照顾了我，最起码他没有让我滚蛋，而且给了我一份清静幽雅的工作，或许对我而言还是一件好事呢。

母亲听了之后有些担忧，必定是一个人待在荒漠野绿中，而且又要照看千只山羊，她劝我别干了，干什么也能生活，何必一定要受他们的折磨，种地有什么不好，一年收成下来，猪肉有了，大米有了，白面也有了，钱也宽裕了，不担多大的风险，痛痛快快，平平安安，过农家人的生活，最坦然，最无忧无虑。

"那里或许还有狼。"父亲一直缄默地蹲在灶角一个劲地吸烟，他的眉头紧锁，似乎考虑得很深沉，母亲停止了唠叨便续上了他。

"我想不会有，草原上的牧民很多，供销社年年也派人驻扎在那里，没有人说看到过狼。"我其实只是在安慰父亲，心里却有些担心，至于真的有狼否，我也不知道，我相信那里不会有狼，否则供销社不可能派一个人下去。

"没狼最好。"父亲。

"你问确切了？"母亲还是有些不放心。

"嗯。"我不能让母亲替我担心。

"供销社好多人，偏偏让你下去，你为什么不找找红红，我们不下去，荒无人烟，连鬼都不去的地方让你去，也太不公平了。"母亲想得也未免太天真了，让我找红红，可能吗？

"唉，老子没本事，儿子也窝囊，丢不起这份工作，不舍一点苦我看也不行。"父亲抬起头望着母亲。

"红红他爸是正头，找康红应该没问题。"母亲还在坚持她的观点，可我为什么要找红红呢？红红求她爸把我安排在供销社已经是莫大的面子了，因为这么一点事儿给红红添麻烦，会被武登科误解为不随和、不服众，不识抬举，实在是不合算，如果红红在这件事儿上帮忙，以后我回来也容易。

"以后再说吧，我乐意去。"

"傻儿子，人家当你傻，你反而自认了，这怎么行？"母亲有些生气，说什么她也不放心我一个人去草原上牧羊。

"你真的敢去？"父亲原本憨厚的相貌，被惊讶的神态肢解得十分可爱。

"敢！"我的回答是果敢的，我不害怕，我就想试试，我不能让武登科把我震出供销社去。

"傻儿子，别冒傻劲了，那不是闹着玩。"母亲嗔怪的声调让我感到十分的好笑。

"行，我儿子还行。"父亲的表达十分简单，却涵盖了他的内心世界的所有想法。

"哪有这样的老子，对儿子一点也不关心。"母亲生气的样子十分难看，眼睛斜瞥着，嘴也斜着，咀嚼肌也抽紧了。

父亲嘿嘿地笑过之后，便又去捏他的旱烟末。

第十八章　牧羊

我坐在小刘开的 202 中，踏上了征途，开始了艰辛的跋涉，道路很不规则，坑坑洼洼的沙窝窝随处可见，车子时而快时而慢，我的身体在车体的悠晃中颠覆地摆动着坐立不安，我开始有些后悔，因为我们走了好几个小时还没到山前，我听说过了山之后尚有一天的路程，这么遥远，他们到底在那里营造着什么样的基地。

近乡情更切，这是人之常情，而我却越来越离家乡远了，我的豪迈、我的勇气、我的热情的期望，开始发生了动摇，我发现自己忽然间变得很凄苦，很单调，从此将和亲人、朋友、人缘阻绝来往，想到这些我的心情变得灰暗、朦胧，我有些后悔，我责怪自己莽撞的时候，想到了打退堂鼓，可是事已至此，我怎么也下不了决心。我暗暗地告诫自己，坚持，坚持，一定要去坚持，我不能自己玩了自己，那样别人会看扁你，而且自己也会从此抬不起头来。

我想到了医院，很自然想到了院长、小王、会计，而我想到更多的依然是小陈，想到小陈我的心中有些苦涩，我无奈地轻轻地用上牙啃着我的下口唇，默默地在脑海中追忆着一种逼真、传情、销魂、落魄的无奈，让失望变得更加稀薄和久远，那只是一个影子，一个影响了我的情感的影子，她在朦胧的树影里，她在变化莫测的云彩里，隐藏在无数的转动中，忽然现身，只是瞬间便又消失得无影无踪，即使你绞尽脑汁，费尽心机，你组合的也会是支离破碎，或者是模模糊糊，她已经不再完整、完美，我已经无法企及她，她飘呀飘，越飘越离我遥远，陌生……直到我永远也找不到触摸不到的地方。

小刘一言不发，他的神情很专注，我想他压根就瞧不上我，即使偶尔我问他个问题，他也懒得回答，或者嗯哈几声便了事了，中午我们穿过大山进入了一个小镇，他淡淡地说了一句话，"杭盖苏木"，我知道他走过这条道，可是望着他一幅不屑的神色，我也懒得理他，他给小车加上水，又灌了一壶也不招呼我便拿了一条麻花吃了起来，看得真让人不舒服。

小镇坐落在离山不远的小丘陵周边比较平缓的地方，放眼望去你可以看到几十座破败的零零落落的大大小小的土建筑，他们在历经了风蚀雨削的锤炼后，留下了很多斑驳的伤残，偶尔有一个人或者两个人冒出头尖尖，然后便有人向我们走来，他们好奇山那边的客人，更好奇 202 绿色的风采。

来的人都显得很憨厚，强壮，他们的肤色紫浆色很深，嘴唇厚重而干涩，目光浑浊而愚蠢，往往盯着不会放，盯着车走不了，让我既感到恐惧的不安，又感到他们很讨厌。

小刘很无所谓，从这些人缝中穿越，拿东西很随和，丝毫也不忌惮他们，他的冷漠仿佛是一种神秘，很多的人都瞅着他不放。

"大伙来吃糖。"我从车中取出了一包武登科特批的水果糖，每人捏了五块，他们也不拒绝，我给他们伸手就拿，也不会笑，更不会说一声谢谢，大人的捏在手中，小孩的扔进口中，小刘回转头瞅了我一眼，一声不吭地回到了车上，我知道这对于他来说很无所谓，糖不是给他的，再说他也不会吃，我要给谁就给谁他才懒得理睬我。

晚上我们吃住在小镇上的一家旅馆里，说是旅馆，其实小得可怜，总共有四间房，一间住着看门的老大爷，一间是领导办公的地方，另两间才是客房，谁来住都可以，一晚上一个人三角钱。这里的条件很差，初春的阳光分配给它们的极不公平，这里依然像冬天一样寒冷，小屋里生着炉火，却不能挡住凄清冷冽的风欺负我们。

小刘把暖壶里的水全倒进了洗盆泡脚，然后大声唤唤着让留守的工作人员再烧水，我无奈地坐在火炉边，任凭小刘气焰嚣张地吆喝。

"你去打一壶水坐在火炉上。"小刘叫工作人员，结果没一点效果，隔壁一点反应都没有，他在想些什么我不知道，总之他冲我讲了第一句主动的话，让我去干我听明白了。

我一言不发，便走了出去。

隔壁有点亮光，浑浊的莹火之焰，我轻轻敲了一下门，听到里边允许进来了，我才开门走了进去。

浑浊的光影中，一双黑幽幽的大眼睛一声不吭地盯着我。

"师傅，有水吗？"我尽可能地调整自己的心态，别让心中的不安从口中现出。

"有。"中年人挪了一下屁股，身体往灯光前边靠了一下。

"嗯，我想坐一壶水。"我说出了自己的要求。

"暖壶中没灌吗？"中年人立起了身体。

"没有了。"我没敢说是小刘洗脚用了。

"那你把这壶水提去好了。"他用手从办公桌上勾起唯一的水壶递给了我。

"那你怎么办？"我有些不好意思。

中年人冲我笑了一下，然后摆了摆手。

"泡点茶，坐了一路真累。"我见到小刘的时候，他已经洗完了，口里叼着一支烟，双腿呈八字状倒在床上。

我心里很不服气，可还是给小刘泡了一杯茶。

"把火炉好好看上，这鬼地方，后半夜真往死冻。"小刘自言自语的好像一点也不把我放在心上，我狠狠瞥了他一眼坐在了另一支床上。

"听说你以前是大夫，为什么不干大夫跑到供销社？"我相信小刘是在问我。

"不想干了。"淡淡的有些冷漠。

"是不是技术不行？"有这么问话的吗？我一听其言观其行这话就很不高兴，可是又有什么办法。

"也许是吧。"我能说什么呢。

"和武主任出门那才痛快。"小刘改变了话题，他也许听出我的口音有些馊。

"嗯。"我无所谓地嗯了一声。

"要不你去把车上的酒拿下一瓶来。"他又在指使我，我心里真是不痛快，可是不痛快又能怎么办，我不情愿地向外边走去。

酒瓶放到了微弱的烛光边。

小刘瞟了一眼我，然后翻身坐了起来。

"你也来点。"他自己动手打开了酒瓶，从小方桌上取了一个杯子。

"我不想喝。"

"喝点可以抗寒。"小屋热得可以冒火了，他还在抗寒。

我倒在床上，望着黑魅魅的屋顶，发痴。

"你在想什么？"小刘呷了一口酒。

"什么也不想。"

"武主任才风流。"他冷不丁又冒了一句。

我不知道如何和他接话，不过我对他的话题感兴趣。

"你没和武主任出过门？"小刘。

"没有。"

"想吃就吃，想喝就喝，那才痛快。"

"那你沾了他不少的光？"

"吃喝的好而已。"小刘。

"那你还要什么？"

"武主任哪次来不在这住个十天半月。"小刘咕嗒下一大口酒。

"住这干什么？"

"收羊绒，联系关系户。"小刘说完之后嘿嘿地笑了起来。

"那很正常。"

"有钱人有什么正常的。"小刘喝下去的酒正在让他兴奋。

我动了一下屁股。

"武主任才失笑，在咱们那块儿口碑挺好，你还听说过武主任玩过女人，即使玩也是十分的小心，可一出门就不一样了，而且玩得特别的古怪。"小刘又倒进了喉咙一杯酒。

"天下之大无奇不有，这么一个人。"小刘感叹的长吁了一口气，"那些女人有什么可爱的，我一看见就恶心，躲都来不及，他反而倒好，看见好的反而腻外，说什么浑身没肉，不滋润，怪，怪，太怪了。"

"我看武主任未必像你说的那么坏。"我相信小刘在梦呓。

"人呀，你别看他人模人样，那都是伪装的。"小刘我相信是喝多了，说得越来越离谱。

"武主任好像很器重你。"

"武登科器重我？那不假，我开车技术好，但最主要的是我可以帮助他那忙。"小刘大言不惭。

"你把他的隐私泄漏了，难道不怕武主任知道吗？"

"泄漏，我才不怕呢，你这一走，连个鬼都见不着，你每天对着羊群说话？"说的也是。

"最起码我知道了。"

"你知道了也无所谓，只要你别乱说，谁还去调查他，他就那德行，见了胖女人就爱不释手，对家中娇妻却是很冷淡，你说怪不怪，放下那么好的老婆他不爱，专拣外面肥硕的大肉吃。唉，怪，我总认为他那是变态。"小刘无所顾忌地讲着，"你是大夫，最起码你搞过医，你说这叫什么毛病？"

"我不知道，"我真的是不知道，"可能就是变态吧。"

"我告诉你吧，还有更绝的呢，凡是武登科接触的女人都很厉害。"

"你能帮他什么忙呢？"

"我的作用可大了，哪里有这样的女人，哪个男人想要找都能办到，武登科爱玩女人，却又很注重生意，哪有那么多时间去找女人，这份差事便落在我的身上，好在他的品位不高，我从来还没有失过手。"小刘原来如此，多么肮脏的灵魂，多么堕落的丑恶，而他却沾沾自喜，自以为荣。

"你的长处仅此而已？"

"哥们别这么说，我看得起你才告诉你。"小刘的双眼似有真寐的意象，可他还不断往进灌酒。他稀里糊涂地讲了这么多关于武登科的东西，着实让我感到惊讶，从武登科的形影动作，处事的方式方法上，哪一点可以看出武登科居然有这样的嗜好，人，真是不可貌相。

衣冠楚楚，神色清丽，一幅正经尊贵的样子，并不能证明他内心的纯洁和道德沦落的尺度，就像每个人吃进了五谷生成了浊气一般，有的人懂得收敛，有的人则很放肆，这与个人修养，道德规范有极大的缘由。

我并不想就这个问题当成一回事儿，我完全不相信小刘的说法，怎么也不可能把武登科和这样令人发呕的恶心的事儿连在一块，我相信武登科是一个正人君子，是个年轻有为的干事业的人，我敬佩他，尊重他，也恨过他，更多的是感谢他。

"唉，快醒醒，苏培，你昨天晚上放车上的水没有？"其实我早醒了，外边刚刚有了一点点光亮我就醒了，小屋里冻的人怎么能睡好呢？小刘起床奔到外边我还看了他一眼，他奔回来那么沉重的脚步声，我还能不醒吗？我以为发生了多大的事情，不就是没放水，这有什么，这也值得大惊小怪。

"放甚水？"我真的是不知道，我坐202可能还是第一次。

"202水箱里的水。"小刘显得特别惶恐。

"水箱在哪里？"

"完了，完了，这下全完了。"小刘一边念叨，一边在地上慌慌张张地踱步，看他的神情好像很严重。

"不就是没放水吗，省下今天加。"

"放屁。"小刘暴怒地大吼了一声，旋即便奔了出去，真是莫名其妙，吃错了枪药。

我立即起了床，我相信问题没那么简单，要不如此洒脱的小刘会变成这样。

朦胧的光色中，202不是好端端地立在那里吗？干吗小刘会沮丧地蹲在车前叹息。

"怎么了？"

"报废了。"小刘很沉重地讲了三个字。报废了？什么报废了？瞎开什么玩笑。

"你说什么报废了？"

"还能说什么，202。"小刘。

"202不是完整无缺吗？怎么会报废了呢？"真是怪事儿，小刘是不是发高烧，这么冷的天瞎胡说。

"这才跟了个瞎个跑，甚也干不成，一点心也不操。"神经病，我知道他是在骂我，我才懒得理他，我一扭头便回了小屋，再不暖也是家里暖，你有骨头你在外边待着，我脱了外衣，又钻进了被子中。

"怎么办呀？"过了很久，我又被小刘叫醒了，灿烂的光斑斜透进来，明亮而温暖。小刘像霜打的茄子，毫无活力地低垂着头坐在我的床沿，一副孤单可怜悲哀的样子，他何曾如此善待过别人，想不到昨天的小刘和今天的小刘简直判若两人，仿佛是两个染坊染出来的布，叫一样的蓝布，却也有细微的区别，而他这个区别实在是太大了，大得令我无法承受。

"坏得很厉害？"我不懂自然问的就多了一些。

"机体和水箱全冻烂了。"小刘目光浑浊得惧怯地瞟了我一眼。

"真的很严重？"

"我们走不了，最次也得换一个钢体和水箱，否则就报废了。"他说得轻巧，这么简单就把武登科的车子报废了，武登科会让他吗？看你再神气。

"去不了草原上更好。"我真的有些后悔了，后山比前山冷得多，而且去了之后又是孤零零的一个人，吃住都不方便。

"这次的祸可是闯大了。"小刘自言自语的。

"换一个钢体和水箱得花多少钱？"

"七千多，关键是没人来这给换，还得调大车把车拉回去，这怎么给武主任交代。"小刘焦躁不安。

"这么重要的事情你怎么能忘了呢？"

"准备回来歇歇之后再去放，躺下就给忘了。"这也算道理，作为一个司机居然有这样大的疏忽，实在是不应该。

"那你回去请示武主任，我在这等着你。"

"也只好如此了，丑媳妇总要见公婆，迟早总要知道的，回去至多挨一顿骂，要不他可以扣几个月工资，谁让自己不小心呢。"说得倒是挺好，看你运气如何了，有那么简单，我才不信呢，这么贵重的东西交给你，这么随便，便宜你了。

"我想武主任不会为难你。"我的心里冷笑了一声，看守旅店的中年人生旺了炉火便离去了。

"武主任这事儿完全怪我，是我懒了一步，可是我没想到苏培他不懂机械，你说他这个人，不懂就不懂，我让他放了车上的水，他找不到水龙头，就没当一回事儿，我以为叮嘱了他，办这么点小事儿，不会出问题，可是问题偏偏就出了，这让我很难为。"小刘回到武登科的身边，早已想好了对策，他把主要责任推到了苏培身上，他承担了次要的责任，他一面责怪自己，一面又故作姿态往自己身上包揽，他可谓聪明、诡诈。

武登科一言不发，脸色铁青，他也许可以明辨是非，也许可能极力袒护小刘，他瞟了一眼小刘，似乎要洞察他的阴谋，却又把眼光投向了别处。

小刘见武登科信了几分，心中窃喜，暗暗为自己的才智聪明而庆幸，想不到聪明一世的武登科竟然这么好哄。

"刘昌先。"武登科突然暴发性地大呼了一声，唬得小刘手中捏的杯子都掉在地上，然后发出了破碎的声音，他颤抖地扶着双腿，惊恐地望着武登科，此刻不容他想别的问题，他的大脑里一片空白，心神混乱，搞不清自己到底在哪里出现了纰漏。

"你也不想想，就凭你也敢哄我，你睁开你的狗眼看看，老子用你还不知道你是个什么东西，多少次出门你忘了放水，哪一次不是老子提醒你的，你还敢巧言推诿，老子睡着了也比你清醒，两年，老子花了好几万才坐了两年，崭新的202变成了一堆废铁烂铝。"武登科情绪异常激动，说到废铜烂铝他几乎暴跳如雷，他把染红的烟卷狠狠摔向了小刘。

小刘立在凳角边大气不敢喘，任凭武登科横鼻子瞪眼。

"滚，老子看得你还心烦。"武登科把大手拍在了办公桌上，算盘珠子发出了铿锵的响声。

我足足等了有六天，才见到了小刘，老窦开着大货车陪同小刘来拉202来了。

依老窦的意思是把我先送到目的地，依小刘的意思是先拉回202，老窦是个很随和的人，他脸上长满了疤子，他见小刘无意让他去送我便也不再坚持。

旅店下夜的中年人答应帮我找一个熟悉道路的人送我去，老窦再三征询了他们的方案，方才答应让他们送，三元路费，是老窦垫付的，商议好之后，老窦便用大货车拖着小刘开的202上了路，小刘始终没有和我说一句话，让我感到很纳闷。

临上路的时候，我从马车上取了两瓶二锅头送给了旅店的中年男人，他向我深深鞠了一躬，怀着喜悦的神情欣喜地接受了我的礼品。

"我们蒙古人是不会忘记朋友的。"他的汉语表达得很不完整，我费了好大的劲，才从他僵硬的音质中分辨清楚他讲的这句话。他当我是他的朋友，我很高兴，也很荣幸，想不到我苏培长了这么大，在这里遇到了朋友，真是痛快，我又抓了一把糖块送给了他，告诉他这是送给他小孩的，他憨厚地笑着，望着我一言不发，而后便是连连行礼。

赶车的蒙古族中年人扯了扯马车上的皮袄，示意让我坐在车上盖住身体，他有很重的胡子，马车上除了一小袋他的食物之外，便全是我的东西了，我上车的时候瞅到他眼馋地望着我的酒箱，坐好之后立即取了一瓶，然后启了口交给了他，他很兴奋，他依着传统的礼节行过礼之后，便亮开了喉咙唱了一首粗豪的敬酒歌，我依着他的指点，先饮了一些，他然后才猛猛地、美美地灌了一口。

"好酒，好酒。"他把酒瓶递到了看旅店中年人的手里，这位看似粗糙憨厚的中年人依然是很麻利地行着礼节，而后又是一支祝酒歌，酒瓶又被他奉送到了我的手上，我不忍拂了他们的美意，自然也陶醉他的敬酒歌，我相信这是我最愉快、最兴奋、最轻松的一刻，这一刻属于我一生中最具诱惑力，最具荣幸和自豪的一刻，因为我成了他们恭敬的中心，成了他们庆幸欢乐的源泉，望着越聚越多的人群，我的兴奋达到了一个前所未有的极致。

我把整箱的酒都交给了欢呼雀跃的人群，我把满袋子的糖块都分配到了每个载歌载舞的人手里，他们为我动荡，为我而祝福，为我而传情……

这里的蒙古族朋友很快就自发地组织了一个庞大的有机联系的团体，汹涌的烈火传递着优美的舞姿，轰动的人群举着我的蜡烛，在夜色中，在清冷凛冽的酷寒中，形成了无数个流动的营火屏，把一个冰冷的荒凉的小镇裹装成金色的婆婆的夜姑娘。

我被姑娘小伙子拉着也曾加入他们的行列，我被那些中年人掇着痛饮马奶酒，我和他们碰杯，我接受他们的哈达，领受他们一次又一次的赠歌，我太快乐了，我忘记了世间所有一切的烦恼，变成了一个无忧无虑尽情领略享受人间馈赠的天使，真痛快，真舒服，我多么渴望，多少回期待，让我拥有吧，我要做快乐的天使。

我果真就做了快乐的天使，我在不知不觉中陷入了极度昏睡中，把一切美好，一切超凡脱俗的意境全留在了臆想的脑髓中，直至永远。

给我一点力量吧，我要起来，给我一些甘爽的清泉吧，我的喉咙艰涩的那么厉害；请抚摸一下我燥热的额头吧，那里仿佛在剧烈的跳跃；请莫要制止我，我依然在激动；我的血管在沸腾，我的记忆在迷茫中搜寻，我的热情中包含了永远的美好，这是一个强烈的音符，这是一杯浓烈的美酒，让我陶醉，让我留恋。

起来吧，给我一些力量，我要睁开我的眼睛，我要透视那缥缈的舞姿，我要用我的笨拙修补我的快乐，让你感悟我的平庸，让我时刻回到你们的中间。

我醉了吗？我已不记得，我这么平静，我的记忆中，只有美好的一刻，我糊涂了，我不记得我现在的状况，不知道，从哪一刻起，我忽缺了自己。

唉，我长长的叹息了一声，我是我吗，我怎么会忘记了收敛，我怎么会兴奋迷失了自己。

睡吧，睡在光板的床上，睡在这暖融融的草垫上，睡在沙沙作响的风光中，睡在毛茸茸的羊袄子上，睡在颠荡的摇篮中，睡在牧人高亢激昂的嘹亮中，睡吧，我太累了，我几乎不要抬手，不，我的手是麻木的，我的眼皮是困顿的，我的状态是萎靡的，没有人打扰我，我依然要睡。

我迷迷糊糊，有清醒的一瞬间，然后便是晕厥，我的脑海中成为一片空白，什么也不知道，什么也不想让我知道，我被一种酣畅的迷醉点晕了，然后我又陷入了深沉的睡眠中。

我感到我的身体被一种柔软的东西，轻轻地抚摸着，我的浑身热津津地透着虚汗，我的神经缥缈在触觉的尖端，我竭力探寻着，我要保留，我要体会。

给我定力吧，我要聚集，我渴望冲破拘束，还我自由，还我春光，给我力量，给我力量，给我力量……

我太疲累了，好像有一座大山压得我透不过气来，好像有无数的手脚捆绑着我，令我不能动摇，我感到我的身体被一双巨手，不，是两双，轻轻地托起，我在悠悠晃晃的波动中，又落入了一种迷彩的意境，真舒服。

我似乎有了听觉，我听到一个人的声音，两个人对答的声音，他们仿佛异类，他们表述得十分的流畅，我却一句也听不懂，我在记忆中竭力揣摩，因为在恍惚中我有些恐惧，所以我的思维让我的记忆立即启了封，我终于要摆脱沉重，摆脱压抑，摆脱黑暗，摆脱魔的爪子，我想我是睡着了，我的大脑已经恢复了正常工作，我感觉到我的头很沉重，闷疼，我的身体和以前感觉到的一样，瘫软而无力。

我在一种吱吱吱的颠荡中，淋浴着阳光的温暖，深深体味着身上重重的厚盖，让我浑身湿漉漉的，我慢慢地要睁开眼睛，我想知道我到底在哪，好多东西已经尘封在了我的记忆中，我怎么回想也想不起来。

两个声音不断在我的耳际回旋，我想起来了，他们讲的一定是蒙语，要不然我怎么会听不懂呢？一定是，昨天和我闹着玩的人全是蒙古人，他们在讲些什么呢？我感到有一只粗糙的大手捂在了我的额头，然后又轻轻地抽去了，马上他们又开始了交流，只不过我一句也听不懂。

我缓缓睁开了眼睛，睁开了一个小缝，我又立即闭上了，我觉得一股耀眼的白斑快速地点击了我的眼球，让我不敢睁开睁大，我动了一下艰涩的舌头、僵硬、苦涩、麻木，我用力去挤咬几下牙，牵动了太阳穴的部位发出了痉挛的疼痛。

舌头在几经拨动之后，终于有津液运载了起来，我觉得我的舌头很肥大，甚至是很坚韧，强烈的口渴感让我的喉咙干涩甚至有些许的疼痛，我又试着睁了几下眼睛，渐渐地便可以适应光芒的刺激。

我躺在一个行动的木板车上，我的身上厚厚地覆盖着棉被、皮袄，赶车的大胡子一手托着马尾的根部，任凭马车缓缓地走动，我想起来了，我在玩乐的极致中，散发了酒不说，连一百包蜡烛也分送了别人，茶叶，甚至是手帕、糖块、挂面，我全送给了向我敬酒和我一块欢乐的人群，我变成了一无所有，我似有所悟，我想那里一定会有东西剩余，否则我真不知道过去之后如何生存。

赶车的大胡子好像要扭回头来看我，我立即闭上了眼睛，我相信我晚上一定很狼狈，或许睡了很久很久，我不知道自己是否出过丑，不过也没什么，即使出了丑也没什么，那些豪气冲天、直爽、粗豪的蒙古人不会怪我，但我确实是什么也不知道了，想必过了一夜之后他们把我装在了车上，否则怎么会在路上呢？

大胡子在对谁说话，我只知道他在讲话，至于讲什么我是听不懂的，后面还有人应和，难道还有一辆车，不错，还有一辆车，我听到了马蹄的嗒嗒声，车身轴的吱吧声，真真切切地听到他们热烈的交谈。我雇了一辆马车，怎么会有两辆呢？而且声音是那么熟悉，我想起来了，后边的马车夫就是那个看旅店的人，不错，就是他，他要到哪里呢？怎么会和我同行，真丢人，能喝成这样。

大胡子车夫伸手在我身体的一侧摸了摸，我有些疑惑，他这是干什么呢？难道他要摸走我身上仅有的一百元钱吗？我心里很紧张，我的大脑在激灵灵的寒战中立即清明了。

大胡子摸完了之后便立正了身体，我立即感悟到他在干什么，一块丝巾样的东西盖在了我的脸上，原来他怕我被太阳晒着了，真惭愧，我竟然以为他要做小偷。

我轻轻地吁了一口气，浑身立即有一种舒坦的感觉像暖流一样袭击了我的无数的汗孔。他们是些什么样的人，率真、坦诚、豪爽，充满了侠义、真情。

有了一块丝巾的遮掩，我可以毫无顾忌地睁大了双眼，丝巾并不薄，透光很不好，我的眼睛虽然睁开了，可面前依然是黑魆魆的。

马车在翻过了一个陡坡之后，又缓缓冲下了一个长长的斜坡，我能清楚地感受到大胡子用力拽住缓冲马匹的力量。

第十八章　牧羊

蓝天，白云；白云，蓝天，望不尽山的去处，走不完的崎岖小道，我的眼前是一望无际的荒凉，枯萎的草梗，光溜溜的硬石，和起伏不平的丘陵，和我想象中的大草原，水美草绿的情景相去甚远，我轻轻地放下纱巾，默默地哀叹了一声。

"你醒了。"大胡子的听觉很灵敏，我轻轻地哀叹引起了他的注意。我揭去了纱巾，冲望着我的大胡子笑了一下，"你好。"

"他醒了。"他冲后边叫了一声。

我立即坐了起来，除了头还有些晕之外，别的感觉都很好。后边赶车的中年人显然就是旅店晚上的中年人，他咕哝了一句蒙语我听不懂，他脸上洋溢着热情我却了然于心。

"你怎么也和我们一块走。"他的车上装了满满的东西，大包小包被毛绳捆得紧紧的。

"哈哈哈……"他忽然开怀大笑了。

"他怎么了？"在空旷中他的笑声像洪钟一般开阔，笑得我莫名其妙，笑得我情不自禁。

"哈哈哈……"大胡子也笑了起来。

"你们到底怎么了？"我从身上推下了羊皮袄。

"朋友，这是我们蒙古人送给你的礼物，除了这些，早上你上路的时候，他们还向你敬献了三十条哈达，只是你不知道罢了。"原来是这样。

"真不好意思，昨晚喝多了。"

"哈哈哈，你是我们蒙古人的真朋友，痛快。"真的是这样吗？我一点都没有感觉到。

"我的东西微不足道，你们给我拉了一车，这怎么行？"我望着满满的一车东西，心里很过意不去。

"你一人尚且那么高兴、慷慨，我们几十户人家不能让一个朋友落单了，请你不要客气，我们蒙古人不拘小节，不爱在斤斤两两上计较，你就心安理得地领受了吧。"中年人还好口才。

"那我谢谢大家了。"

"给，喝点水。"大胡子递过了水，我二话没说拿过来就灌了一肚子，好甘爽的水，好美的水，真甜真爽真痛快。

"哈哈哈，和蒙古人打交道，就得你这样的朋友。"大胡子含混不清的口齿，总算完整的表达了一句意思。

我大量地饮用了清凉的水之后，精神好转多了，他们告诉我天黑的时候我们就到了，让我别着急。

越往北走越荒凉，高原上寒气逼人，还没到傍晚，气温就骤降了，我裹着大皮袄，听巴特尔唱蒙古民歌，一边欣赏一望无垠的人烟稀少的大草原。

"那里人更少。"大胡子悄悄地告诉我。

"草好吗？"我知道自己要去放羊，没草怎么放？

"人少、干旱、羊少、草场大。"大胡子真可笑，汉语讲得不甚流利，听起来却很优美。

"真是不明白，这么一个地方。"我真是不明白，供销社为什么要在那么荒凉的地方购置一块草场，而且投劳投工，他们的目的是什么呢？

"你们那里有多少山羊？"巴特尔从后面问了一句。

"听说有两千只。"我也不知道，有的人说有二三百只，有的人说四五百只，但我相信有两千多只，因为这是一个秘密，供销社的人都知道，因为开支是以两千只山羊支出的，资金数额十分的庞大，每年没有盈余，只有支出，亏损很大，但内幕如何我却是不知道。武登科临走的时候有交代，因为信任我才用我，无论我看到什么，想到什么，知道什么，都不能对别人说，我相信武登科在那里做了鬼，他向我许了很大的愿，只要我能在那里坚持，工资、福利都会比别人高，而且会有额外的收入，我相信武登科不会哄我。但我不明白的是，他干吗又用了小刘这样的人，反过来又想小刘想到武登科用我，一定是把我当成自己人，所以才会口无遮拦。

"咦。"蒙古人表达惊讶的口吻绵长而悠远。

"有这么多，富翁，富翁，大富翁。"巴特尔。

第十九章　牧场生活

我见到武登科在羊盘上看场的老人时已经昏黑，由于巴特尔他们要赶夜路，他迫不及待地交代了一些话便匆匆上了路，巴特尔和大胡子一一指证了他们蒙古人的食物如何食用之后，坚持要回去，我没办法留住他们，只好立在暮色中，望着他们逐渐地消失而叹惜。

我的身后是一座孤零零的大土屋，它大约有二十米长，入深很浅，每个被隔开的小屋门窗都紧闭着，幽幽透着恐怖和阴森，它很低矮，比我想象中的蒙古包、毡房的意境差远了，这里无所谓院墙，即使有些东西，也是东一片片，西一堆堆，有的就是廉价的地皮和宽畅的地方。

我忽然想起来自己需要方便一下，我在四面瞅了瞅，顺便实地勘查了一下居所周围的环境，才发现这里就一座房，远处是无止境的黑魅魅，近处是起伏不平的隆起，高空挂满了灿烂的星星，地面上到处是石砾草梗，我想我可以很随便，不用担心会让人瞧见了不礼貌，所以就很随意地解开了裤带。

小屋里摆着一张木板床，床上有一卷老人用过的油光发亮的被子，一张床单似乎已经瞧不见花纹和它的本色，被一种油污污的黑乎乎的光斑所取代，床头靠北墙的地方有一个大方桌，桌子上摆着两瓶二锅头，其中有一瓶瓶口已开，上面覆盖着一个酒杯，旁边扔着一个大铁桶，里边盛满了砖茶劈下的碎屑，紧挨铁桶边的是一个粘了油腻的暖壶，看了真让人不舒服。我顺手提了一下，老人已经灌满了水，方桌的边上有一个茶杯，从杯口一直延伸至杯底，全是黑红的茶垢，桌子的中间垒着十几把挂面，上面盖了一张旧报纸，一个油碗盛着葱花倚在它的旁边，方桌的西边拐角是一盘炉台，上面有一个五号锅盖着木板锅盖，锅台收拾得挺干净，炉口堆着一些干柴，再往南边靠边门口的地方是一个水缸，水缸过来是一个橱柜，盛满了东西，小屋显得很拥挤。

微弱的烛光孤独地放射出我的影子，我守在它的身边默默地注视着它，我将属于这里，这里将由我主宰，这是一个远离人间的地狱，这里将给我无限极的自由，无论我的想象驰骋到何方，多么辽阔，多么高远，多么伟大，多么渺小，在这里你可以尽兴地去发挥，去呼叫，去憧憬，去编排，无论你占用多少时间，占用多大的空间，都没有人干涉，这里属于我，我属于这里。

我用暖壶里边的热水，擦了肥皂开始洗暖壶、茶杯、方桌，我想营造一个舒适一些的环境，最起码别让我反胃，我睡了几乎一天一夜，精力虽然没有完全恢复，但也不觉得疲累，洗完之后又规整了方桌上的东西，把一个大方桌收拾得清清利利，然后泡了一杯茶水。

我不敢往床上坐，我坐在方桌旁边的小方凳上，我不明白老人家是怎么住的，肮脏而且恶心，整个屋子里尚且弥漫着一股说不清的气味，让人感到窒息。

我不敢犹豫，也不敢耽搁时间，喝了几口热茶之后，趁着热乎乎的感觉非常良好，我把老人住过的床上用品进行了一番清理，床单让我捆成一团扔在了地下，被子的护理撕下来，才发现被子的里边更恶心，更不堪一睹，无数的仿佛是水斑渍成的片状更加的难看，令人难受，我抽下被护理之后，把被子扔在了墙角，"这哪是人待的地方？"

不是人待的地方，又怎么样，你必须得住在这里，无论你有多大的牢骚，无论你心里有多大的怨气，多么不满，多么厌恶，你都得住在这里，你别无选择，除此之外，你将一无所有，你将露风宿野，我跌坐在床沿，心里真后悔，自己干吗要来这里呢？回家种地难道不比这强吗？

小火炉的烟筒被呜呜的狂风抽吸得红彤彤的，小屋里弥漫着蒸腾奔流的热气，让人浑身感到不舒服，我打开炉盖向里边灌了几铲湿溜溜的烟煤，然后又盖上了炉盖，真不明白，一个老人生着火炉，炉台前居然还堆着一堆柴火，真是想不明白，他的柴火到底堆了有多久，一个月、两个月、三个月，起码也有四五个月。

床单躺在地上，看了真不舒服，我走过去用脚踢到了床的下边，"唉哟。"床单没有滚进去，我的脚却滚了出来，我用的力太大了，大拇指被一种硬物弹了一下，发生了尖锐强烈的疼痛，这种钻心刺骨的疼痛，让我在小屋中来回奔了有五六个圈儿，热辣辣的疼痛才有所缓解。

我能坐在床沿的时候已经过了好几分钟，我脱下脚上的鞋，撕下袜子，我无疑惊呆了，我发现我的脚特别的脏，而且臭，我笑了，我看了一眼老人家用过的床被，可能比我还要强多了，我瞅了一眼我湿腻腻的袜子，体会了一下湿气中蕴发的臭气，我几乎不敢相信这是一种现实，这怎么可能，可是有什么办法，事实如此，不由得你不信。

我立即滚下了床，而后又立即弹回了床，我忘了刚才我受伤的脚趾，想不到一用力又发生了剧烈的疼痛。

稍等，我的脚趾有些缓解，便轻轻地走到了小缸边，往门口的脸盆中倒了两勺冷水，把双脚泡了进去，清凉的感觉立即让我忘记了疼痛，真舒服。

我洗完双脚之后又搓揉了臭袜子，而后才穿上鞋，我听到外边的风声越来越大，心里有些不自在，望了一眼遮掩窗帘和门帘的两个出口，心里有些许的不安，浑身很不自在，甚至微微产生了一些恐惧的感觉，我立即在脑海中浮现出了母亲的担忧，这里或许有狼，一想到这个问题，我就真的害怕了起来，双脚几乎不听使唤，但还是勉强支持着自己走近了门口，把门锁插好。

我望了望洗盆架子后面，什么也没有，又瞅了一下水缸和橱柜之间，同样什么东西也没有，一堆陈旧的柴火斜卧在那里，静悄悄地一言不发，他们几乎已经习惯了今天的这种模式，或许也会感到害怕和寂寞，我提起了木头锅盖，挺沉的，不过挺好使，锅里边仿佛落了一些土屑，一股浓烈的铁锈气扑鼻而至，可见这个东西是有很长的时间不使用了。

我盖上了锅盖，又瞄了一阵方桌，我尽可能地去多想问题，多瞅地找点活儿干，否则我就会不由自主地害怕，我又泡了一杯茶，发现水壶里的开水不多了，我拿铝壶在火炉上又坐了一壶水，思维又被一阵轻微的疼痛所骚扰，我坐回了床上，瞅了一眼乱糟糟的床铺，用双脚拨弄了一下脚底的床单，干脆什么也别想了，我倒在床上的棉被上，望着油烟熏黑的屋顶、墙壁，心里很难受。可是怎么办呢？我相信只好如此了，人在逆境中所承受的压力将在顺境中化为力量，只有等待时机了。

离去的老人告诉我羊在西北土丘的下边，马也在那里，饲草料全在那里，晚上不需要照看，早上把羊从圈中赶出来就可以了，水源就在羊圈的一边，羊吃饱了思水就回来了，如果你不放心可以骑着那匹老马溜达溜达看看。

本来我应该到羊场看看，可是，唉，算了，既然他们几年都可以待下来，想必不会有问题，我，望了一眼门窗，听着外边尖啸的吼声，浑身不断起鸡皮疙瘩，别说到外边看了，家里也不自在。

我稳定了心态之后便又下了床，我想知道床底下到底塞了一些什么东西，我轻轻地蹲下，一手托着床边，逐一检查了床下的东西。一箱子蜡烛，一箱子电池，看到电池我立即想到了手电，我立即在床上的角落里翻了起来，显然就被我找到了两个电筒，一个是小节的，可以安两节电池，一个可以安五节电池，头很大，我推了一下电钮，一束洁白耀眼的光芒立即吐露而出，这真是意外中的意外，想不到武登科在这里还留守了这么多东西。

现在有了手电筒，想要看到床底的东西那是太自然不过了，我拿着手电逐一翻捡了床下的用品，有一支单筒火枪，一支双筒火枪，火枪我没有使用过，但见过武登科打兔子使用过，如何使用，慢慢研讨一下就会了，床里角的木箱内放着充填好的几十发火枪子弹，两把蒙古人使用的削肉的刀子也摆放在那里，过来便是满满的一箱子二锅头，货物种类繁多，小小的床底塞得满满的，西边的库房里巴特尔他们搬东西的时候去过了，满满塞着一屋子零零星星的东西。

我稀里糊涂地就睡着了，我也不知道自己是什么时候睡着的，手电一夜都没关，我发现的时候，电量几乎全部消耗完了，灯泡发出微弱的红星，可是已经后劲不足了，我倒下五节电池它们的身体都在发热，而且变得稀软但却有骨头。

我扔了这五节电池，把手电上好之后扔在了床上，此刻我准备去看羊和马匹，看看这么远的路程上武登科的杰作，我很容易想到了要带什么东西过去，我拿出了双筒火枪，爱不释手地抚摸着，我曾很向往它，对它的魅力很好奇，一直想拥有，或者拿着看看也可以，却一直不曾办到，想不到在这里我可以毫无顾忌地赏玩，毫无顾忌地试用它，这让我很满足，暂时忘记了孤独、寂寞、不安和悲哀。

我拿着火枪，退开了枪膛，发现里边早压好了火药弹，便又合上了，我从木箱中又揣了几粒火枪子弹，才心满意足地往西北上去了。

这是一个很大的斜坡，这上边有一条小道，是老人家一脚一脚踩出来的，他似乎有点弯曲，但界限又不明确，但能看出来，我沿着这条模糊的小道挂着火枪，一步一步地往上边走显得很吃力，武登科是为了捉弄别人呢，还是为了捉弄自己，把羊盘和住房分了这么远，真是莫名其妙。

我好不容易走上了坡顶，以为看到的一定是一个庞大的养殖场，两千多只绒山羊，那一定很壮观，很美丽，很气派，很宏大的场面，而我却失望了，不错，在这个长长的斜坡上，确实有一座养殖场，但那是一个怎么样的养殖场，几百根柳橼捆绑成一个大圈，由北朝南建了一行简易的篷子，似乎有百十来头山羊星星点点地卧在那里，一匹老马卧在羊圈的外边，旁边也有一个篷子，老马连缰绳都不上，这就是武登科所谓的养殖场，二千多只绒山羊，名气颇响的养殖场。

我不仅仅是失笑，笑武登科的聪明，笑武登科的诡诈，他居然可以想出这样的办法，目的何在呢？转移供销社的资金供他，或者他的一帮子人挥霍，那我岂不也成了武登科的帮凶，唉，我长长吁了一口气，箭在弦上可不发，开弓没有回头箭，人，难啊。

我很容易就在坡底找到了水源，它距离羊圈也不过三十来米，老马长了一身死毛，看到生人走来也不想动一下筋骨，山羊的膘情尚可，一见有人来，便齐刷刷地立了起来，我走到圈门边，轻轻地用力就拉开了木门，咀嚼了两个晚上的山羊，立即蜂拥而出，纷纷奔向了水源。

我想牧羊这项工作说难也不难，听起来以为很难，做起来那很容易，就这么简单，老羊倌说了，放开就行了，傍晚你再把它赶到圈中就没事了，丝毫也不用担心羊会跑丢了，我觉得他的话一点不可信，那羊跑丢了怎么办？

羊是否饮过水我不知道，而后头也不回便向南开始迁移，近处没一点草，就连草根也看不到，羊粪覆盖在上面，和小卵石铺砌得很紧密。

我不知道羊会走到哪里，他们在前边走我在后边跟，一直跟出了一里多，山羊才开始了觅食，我的双踝感到很酸软，我望着近处的山羊，望着远处山尖的白云像雾一样轻缓地舒展，心胸忽然开阔了很多，白云像秀丽的山川，像艺术家手中镂雕的艺术品，婀娜多姿，异彩纷呈，变化多端，我相信任何艺术家的天才都不可能创造出如此神奇的美妙的大手笔。

我尽可能地撑开了双臂，让力之美绷紧了胸肋，让清爽的气流布满了我的胳肢窝，让传情的微风灌满了我的口腔，滋润我的喉咙，养育我的肺金，传导我一身的沸腾，多么美妙，多么神奇，多么开阔，多么肃静，多么迷人，让我痴醉，让我迷失。

我仰倒在柔软的沙坡坡上，望着深邃的蓝天，偷偷地发笑了，"恬淡虚无，"怎么样才能做到，我相信但凡一个人做到这一点都不易，他们为了生存呕心斗角，为了利益争分不停，为了一句话，一件事儿不顺心，可见养生家提出的这种修身养性的谬论对大多数人而言，都是做不到的，但他又诱惑了很多人去为此争取，希望自己可以做到，这必定是一种与人无争，与世无争，无忧无虑的最高境界。

而我相信，此刻的我可以做到恬淡虚无，但我很快就否定了，这是不可能的，因为刚刚安静下来的我便又有了忧虑和不安，我觉得时间是用分分秒秒来计算的，可是至于过了多久，连我也不知道了，我眼前原来可以看到的山羊群忽然就不见了，我立即跳了起来，奇怪，它们怎么会从我的视线中消失了呢？我有些焦急，这不可能，四周不是漫漫的坡道，就是斜长的上坡道，应该说看到它们站在我的角度很容易，可是我却怎么也找不到山羊群，我一手拄着火枪，双脚发狂一般奔向了刚才羊待的地方。

我相信，不，谁都相信，羊是刚刚从这里起身的，这里有湿漉漉的羊粪珠珠，有一摊又一摊的尿渍，我四下张望，却因为站得更低而目光浅短，我望不出很远，我不知道羊消失在了何方，我四周打量了一番羊粪，尿渍的分布，最后确定了羊的去向，他们不再向南迁移了，而是向正东走了，几乎是从我的眼前走的，而我竟一点也不知道，我可笑的我，我居然要做到忘记了周围，恬淡虚无的至高境界了，唉，我竟然自己玩了自己一回。

我沿着斜坡中腰，踩着羊粪珠珠和尿渍往前推移着，我不由得就笑了，其实羊还在我的附近，只不过他们绕了半圈回到了我来的背后，而我却不知道。

我找到这群山羊的时候，他们分布的面积可就大了，有的又回到了羊场附近，有的还在坑洼的地方，有的几乎又到了坡的顶峰，奇怪的是那匹老马，它也悠闲地晃着尾巴，夹杂在羊群的中间，贪婪地啃着稀疏的、低矮的草茬。

唉，我无奈地摇了一下头，挂着枪管，疲软地坐在了丘砾中，望着低矮的羊棚，我的思绪仿佛又回到了武登科的身上，这个人可真怪，怎么会想到来这么偏僻的地方呢？他放一个人在这里，挣优厚的工资，拿上福利，又另外许诺，他到底是为了什么呢？他是怎么想的？这些问题一堆堆地涌现在了我的脑海中，这百八十个山羊可以挣回一个人的开支吗？

不可思议，我怎么都觉得不合算，得不偿失，可是武登科认为有意义，而且从长远规划来看，意义还很大，这就不是我的见识可以洞穿的内中韵味了。

羊又消失了，高高大大的马也消失了，这次我不会像上次那么紧张了，我相信他们走不远，而我的肚子开始了咕咕咕地叫，你们吃饱了，而我还饿着，这不公平。

我拖着疲惫的身体回到了宿舍，我没有任何心情去搭理外边搁的大秤小秤之类的东西，首先回到宿舍躺了一阵，然后起来泡了一杯淡淡的茶，就开始生火炉。

这里拉来的煤很充足，柴火也备得很多，生火炉变成了一件很容易的小事儿，生着了火炉我开始洗脸，漱口、刷牙，火炉上坐的小锅水已爆了，我抽了半把挂面扔了进去，然后用筷子搅了一下，往里边搁了一点盐粉，倒了一点食醋，便让他慢慢浸煮了。

我在这个屋里的橱柜中找出了碗筷，和一小盘咸菜，我怀疑咸菜不洁净，所以用水冲洗了几遍，葱花油自然是不可少了，辣酱也多的是，豆瓣酱、浆豆腐一应俱全，武登科真是细心，确实是不亏待看羊盘的。

我吃饭之后，我打开了仓库门，我一一检点了这里的东西，这里的麻包最多，其次便是食物，有巴特尔他们送的各色蒙古族食物，有好几袋大米，大约还有一百多斤挂面，食物很充足。

一个大缸中腌制了半缸猪肉，另一个大缸中有一缸酸菜，冻得很结实，旁边放着一根铁棍用来往起抠酸菜，两个整羊早已阴干，有一条羊腿有现削的痕迹，鱼在一个水盆里冻着，还有些干茄皮，干咸菜，密封的一罐浆豆腐，东西太多了，我仅仅只从上边简单地看了一下，底下还有好多整箱的东西，我反而懒得去看它。

想不到来了这里，生活会有这么大的改善，我是贫人家的孩子，对于锦衣美食有一种天然的向往，看到这么多好吃的东西，我的口水几乎都要流下来了，我提了那剩下的半条羊腿立即回了宿舍，我毫无兴致去参观武登科在这里设立的办公室，一回宿舍找了一把砍刀便把半条羊腿剁进了小锅中，我有些怀疑，走的老人家是否吃这些东西，我发现好多东西压根就没动过，他每天在吃什么，真是不可思议。

羊肉下了锅，我倒了一杯白酒，这日子真是很滋润，天下居然有这等好事儿等着我，我细细品尝了一点，咂了一下口唇，有肉没酒顶如白吃，小张他们常说这句话，我想也有道理，我今天就格外地想尝尝酒的滋味儿，而且酒就在手边。对了，我怎么没发现香烟，我忽然想抽烟了，我放下酒盅，立即到了库房，我相信这里一定有烟，我在纸箱中间仔细地搜寻着，显然就发现了墙角一个香烟箱子，我挤了过去，把纸箱打开，纸烟，我太开心了，这里不但有烟，而且还有很多，有牡丹烟，有大前门，甚至还有几条中华烟，真是太好了。

我当然选择了大中华，在这里是我的天下，我想动什么就动什么，是不会有人干涉我的，想不到武登科平素抽的是牡丹烟，却在极其荒凉的地方储放着大中华，真是一个怪人，这些康主任都知道吗？我相信红红的爸不一定会知道得这么详细，甚至是一点也不知道。

我抽了一支中华烟，用火炉的底火煨着了，中华烟真的是很好，还是因为它牌子硬，价格昂，给人的心理作用不一样呢？我相信这烟就是好，首先口感不错，有一股幽香的味道，绵软更是他的特长，我居然也可以抽到中华烟，这真是一个意外的收获。

羊肉享受得当然更滋腻了，我没有准备一点主食，吃过挂面的肚子居然又吃了一肚子羊肉，真是神仙般的日子，快活、痛快、舒服……半条羊腿一顿就下了肚，说来也真玄，半条羊腿少说也有三四斤，我居然就吃进去了，而且还觉得不足，甚至认为没吃好，这很好办，我又砍了一条整羊腿放进了小锅中，弄好了火炉让它慢慢炖，而后我去看羊。

这回可没有开始那么幸运，我虽然吃饱喝足了，有了精神，却无论如何找不到羊群，这真是急死人。我向东翻了几个大土坡，却没有看到羊群，天边已有了暮色，我不敢再往远走，便开始往回返。

我回到羊棚之后，依照原来老牧人的指点，在羊棚的木槽里倾倒了几十斤毛玉米，然后坐在棚口等待山羊回来。棚上立着一把铁镐，老人交代过，这是用来砸下面冰的，我看到它便想起了这事儿，提上铁镐下了坡底，果然水溪的上面结上了冰层，我怀疑早上可能就结住了，我费了好大劲才砸开一个小口，小溪的水很深，旁边有一个大水槽，我知道这是用来盛水饮羊的，于是我用小铁桶给木槽中灌了几十桶，这真不容易，我干体力活的时候很少，忽然干了这么多，真是累得够呛，但我知道老牧人讲得有道理，早上别饮水，晚上自然归，我灌满了水槽之后方才可以坦然地歇歇。

我又回到了坡顶，我心里很焦急，我不知道山羊是否可以自然归，我担心山羊迷失了，那就麻烦了，丢失了山羊事虽小，却有失武登科的托付和信任，滋事虽小，失体是大，这个道理我多少还明白几分。

北边的高岗上突然现出了很多的白色的点，似乎向这里移动，我疑惑了，我相信那些一定是这里的山羊，不明白的是它们怎么又出现在了那里，它们怎么会有那么大的精神，可以整天地游窜，幸亏我没有跟着它们，否则我相信我一定会累得趴下。

高岗上忽然吹来了冰冷的风，石砾中可以飘浮的东西，在窜动了几下之后，有的隐藏了起来，有的又滚到了另一个间隙，有的诸如尘埃一般轻飘飘的东西一蹿老高，倚着风势，迅即形成了一股肆虐的呼啸。

这真是一个鬼地方，天气说变就变，气温骤降，寒气逼人，冷风刮得人双颊刺痛，我背转了身体，让单薄的脊背顶着狂风，双手捂着耳朵，由于心里牵挂山羊，所以还不时扭过头去瞥望。

果然自然归，老牧人说得一点也不假，那匹老马仿佛指路的明灯，昂着头，借着风势，一路小跑，山羊紧随其后，发出了共鸣一般的呼叫。

老马在水槽的冰坡前放缓了脚步，他已经习惯了这种活法，他小心翼翼地把前蹄安放在冰上，而后缓缓地走近木槽，他贪婪地收拢着木槽里的水汽，痛痛快快地畅饮着。

老牧人有交代，一百四十七只山羊，让我不必太认真了，在这里走失三个五个山羊无所谓，走失多了也不用怕，他们全有特殊的身记，凡在这片牧场生活的蒙民也好，汉民也好，收到了你的羊都不会伤害，有朝一日你找到了它们，只要身记符合，不但归还走失的大羊，即使生产下的小羊，也会一只不少。

而我们这里牧场大，除非迷失了路，否则山羊不会走丢，让我尽可放心，我也不知道，但愿是这样吧。

几十桶水是饮不饱山羊的，我没办法又打了几十桶，我知道在这里牧羊打水将是最吃力的活儿，夏天来了就好了，山羊可以自由取水喝，那我就轻松了。我的手背被冰冷的水浸泡得起了盈红的血皮，我的脸上挂满了晶晶的汗珠，浑身蒸腾着热气，却又不断地被冷空气侵袭着，一旦停下手中的活儿，冰冷将很快席卷我的全身。

我没有等到最后一只山羊喝完水，便裹着衣服往宿舍跑，如果不是这样，我担心我的身体会吃不消，一旦感冒了，一想到感冒，我立即意识到自己可能犯了一个严重的不可原谅的错误，那就是没有带任何药品，一个人远在荒漠中，居然没带药，而我居然是医生出身，犯了这样的常识性的错误，实在是不应该。

我回到宿舍的时候火炉已经熄火了，家里不算太热，谢天谢地我暗暗呼了一口气，这样温差不会太大，也许不会有事儿，满屋子弥漫着炖羊肉的香气，非常的有诱惑力，我端下了小锅，然后便揭去了锅盖，一锅肥硕溢嫩的羊肉便出现在了我的眼前。

我的胃口大开，立即找来了筷子，连锅都没出，便蹲在那里吃了起来，真香，告诉你吧，草原上的羊肉真是美极了，不但是肥而不腻，而且是十分的嫩软，香气自溢，别有一番食欲。

外边朔风呜咽，沙石走飞，我吃过羊肉之后带上了五节手电，说心里话，我不但有些害怕，而且又以为十分的酷冷，真是不想走出这暖洋洋的小屋。床头的一边一直搁着一件大羊皮袄，原本以为什么用也没有，而且穿起来也难看，想的是把它扔了，现在看起来我的这个想法也是错误的，如果没有这件烂皮袄，我可能走不出小屋，我从大襟上扯起了大皮袄，里边滚出了一顶狗皮帽，想必老牧人常常穿戴，收拾得挺干净。

我立即把大皮袄穿在我的身上，狗皮帽一戴，我的身体马上臃肿肥大了起来，我相信此刻的我和老牧人一定没有多大的区别，或许我就是那个老牧人，我们完成的是一样的工作，我们的形态也无法在黑暗中区分，我笑了，我居然成了一个牧者，赶羊的放牧人，真是不可思议。

我一手拄着火枪，一手晃着电光，逆着冷风艰难地向坡顶走去，这不是一件很容易的事情，难怪老牧人不干了，连我这个年轻人也感到十分的吃力，我把栅门合上之后，便匆匆地往回跑，这下轻松多了，顺风而行，仿佛要坐上一辆电车，稍不留神恐怕还刹不住车。

羊皮袄还真顶大用，我居然还小瞧了他，没想到想在这里生存，穿羊皮袄，戴狗皮帽，是必不可少的，否则遇上现在的鬼天气想行动一下也不敢。

我脱下羊皮袄，提起方桌上的二锅头就灌了一口，酒精的作用让我的浑身呼呼发热，胃口也热乎乎的，想不到一个人在野外生存，无论有什么东西，都可能用得着，我一个人在发笑，我把酒瓶仰倒端详了一番，口里骂了一句鬼天气。

放下酒瓶的我把两支火枪全拿到了面前，擦拭了一番之后，我便开始试着研究如何装填火药，如何使用，这些原理经这么拆装了一番之后，又细加琢磨，很快我便能掌握它的使用办法了。

"明天一定试试。"我自言自语地念叨着，怎么也要试试，放下火枪不会使用还不如不放，我相信老牧人一定没有使用过，但我不相信我也不使用，即使是为了玩也要试试，我一定要熟练地学会使用火枪。

第二十章　暴雨考验了羊场

拥有两支枪的感觉非常不错，昨天晚上我没有一点杂念，即使大风凄咽啸绝冷酷，也一丝不能动摇我的心态，我睡得异常踏实、平稳、深沉、舒适，我想这都是枪的作用，枪可以避邪，可以安神益智，可以伏妖除魔，枪是强者的标志，枪是警示弱者的黄牌，这东西就是不错，我一睁开眼睛就看到了它，感觉到了它存在的力量和威力，我从地面上把枪提了起来，仔细地观摩着，心里有一种愉悦的满足感。

早饭我没有动羊肉，只从库房中取了一袋蒙古族朋友的礼品，奶酪，嚼食了一些，然后又捏了一把当作零食边走边吃。

当我习惯了山羊的各种生活习性之后，我对牧羊已毫无警惕性，放开羊圈门羊去吃草，然后自然归来，我满足于玉食美味的兴致很快便淡了下来，寂寞和孤单不时袭扰我，让我焦躁不安，我常常驻足瞭望巴特尔他们消失的方向，盼望有人来看望或者接替我的工作，可是过了一天又一天，我的希望总被失望击落的粉碎，我知道这不会有希望，武登科他们还不到来的时候，期望别人可能性不大。

久而久之，我对羊反而有了一种依恋的感觉，冰封解冻了，我变得更加轻松了起来，可是我反而更忙了，我知道这是我自己找的，可是没有办法，如果没有羊，如果心里不去惦念羊，我相信我自己会疯，会狂，会难过地哭，可是现在就不一样了，我备好了马鞍，揉熟了老马，我可以随时走到任何羊去的地方。

很多的时候，我会无缘无故地睡到外边，因为太无聊了，所以就会犯困，羊在耐心地拣草吃，马在悠闲地散步，一觉醒来的时候，我会发现我被羊群和老马遗弃了，不过我有的就是办法，我会拿起火枪，冲天开上一枪，老马一旦听到了，就会想起我这个主人，他会依着原路踏着碎步一路跑过来，然后驮上我，再慢悠悠地回到羊群边。

我这个人真是欠缺出门，来的时候什么也不想，以为有武登科的安排就有了一切，现在想来，才觉得自己很可笑，而且很愚蠢，居然就没想到自己一个人将在这里待上一年半载，这一年半载伶仃孤寡的日子怎么打发，我从来也没有想过。

我想此刻最重要的是有本书，尤其是小说一类的书，如果真有那么一本书，那才算幸运，可惜没有，也不可能有，自从我来了近两个月，别说是一个人，就连一只鸟我都没有见过，除了这群羊可以动，就是我和马了。

说起来真是惭愧，人们常爱说一句话，"四肢发达，头脑简单"，不怕诸位笑话，我的头脑也许是太简单了，胃口特别的好，顿顿吃肉都能吃出滋味儿，还没用两个月，我的体重居然增加了二十九斤，体型的改变，让我异常的惊讶，原来我瘦得像一根麻秆，脸上刮不下二两肉，现在不一样了，我吃粗了，脸上也有了肉，白白净净的越发变得帅气了。

我常常对着镜子观察自己的变化，眼睛变小了，两腮的凹陷填饱了，颜面有了光泽，喉结变没了，下颌分出了二节台级，手变得细腻而肥厚，我不再是人们心目中的那个黑干黑干的娃娃了，此刻我的样子如果能让母亲看到，我相信她会非常的愉快和幸福。

不过，吃胖对我而言并不是一件可以值得庆幸的好事儿，因为吃胖了，我因此变得有些担心，我的肉量增加了，却没有了肉，我甚至都要把巴特尔他们送的羊肉干都要吃完了，其次是衣服问题，我的衣服带的不多，即使带的多，也派不上用场，好几条裤子的腰都变小了，拉钩上不上，所以无论穿哪条裤子，前面的开口都要敞开一半，否则就勒得太紧，这如果在乡下、单位，天天敞着小门，还不让人家笑话死，好就好在我在这里，见不到任何人，对任何人都不用防范。

我自己设身处地地待在大草原上，我自己也没搞清楚，草原上从哪一日起，哪一刻起，他忽然就绿了，我的眼睛可以盯到绿茵茵的草色时，确实感到很意外，我相信这只是一夜之间，或者是眨眼的工夫，草原上就绿了，我试图自己去解释，或者是自己去找答案，结果很失望，我看到丘坡绿了，丘顶绿了，丘与丘之间的凹陷绿了，这是远景，一旦你走近了某片草丛，你会很意外地发现，小草非常的稀疏，稚嫩、羸弱，你真不会相信，这便是你看到的绿，如汪洋、如碧浪，如同大地裹了素容地毯，妙不可言，我住的宿舍一排上有六间房，除了老牧者让给我的宿舍之外，我只能打开库房，其余四间都遮掩了厚厚的窗帘，也许是怕风沙太大刮进去的太多，所以窗帘从来都是拉得紧紧地，即使我想替他拉开也不大可能，因为老牧者并没有给我交代钥匙，我一直很奇怪，我的宿舍也不上锁，库房也不上锁，几个闲置的家为什么上了锁呢？我好多次试图打开，但每次都失败了，原因不是我找不到砸的东西，而是我有些不敢，我怕武登科在其中有些秘密，如果自己太唐突了，实在有负武登科的期望。

我一直在各处留心，希望可以发现钥匙的踪影，但令人非常的失望，难道钥匙掌握在武登科的手中，我将信将疑，可我又一直在疑惑，这间房里到底有什么秘密，好奇的心里让我对此充满了猜疑，我曾多次设法要打开，却都以失败而告终了。

我闲得很无聊，今天已是我来了第三次拆洗被褥了，即使是在小渠边冲洗的时候，我也在琢磨，钥匙到底在哪，我能不能把它打开，哪怕只看一眼，于是我翻捡了库房的每个角落，虽然没找到钥匙我很失望，却也很有收获，库房中还压着一箱火柴，一箱火枪子弹、衣服、洗涤用品，我从下边收拾出了很多，乱七八糟也不想去细看，因为找到了几箱子蜡烛，我突发奇想，想去效仿蒙古人的玩法。

我在办公房子、羊棚之间的小道上栽了无数支蜡烛，然后又在办公房周围栽了几十支，在夜幕降临的时候，我用一支燃着的蜡烛，逐个点燃了所有的蜡烛，告诉你吧，别提我当时的心情有多么激动了，我的兴奋让我忘记了疲累，我像一个幽灵一样在烛光的缝隙中，跳跃中游荡，飘逸，我甚至自己双手举着蜡烛在狂跃，在扮演一种恶作剧。

"太美了！"我不仅惊呆了，在这样一个清暖无风的夜晚，一个人拥有无数只手，仿佛有无数只心在起伏、激动，而这个操纵的黑客竟然就是我，一个名不见经传，身无分文的穷苏培在指点，这也许实在让人不可思议，别人做不到的事情，我苏培轻而易举就做到了，我用我的幼稚，我用我的孤独，我用我的无奈，自己导演了一幕自我欣赏，自我陶醉的玩法，能怎么样呢？寂寞，让我心焦，恶作剧，让我满足、兴奋，让我暂时忘记了自己，疏忽了人与人之间的世界，我让身体仰倒在小草的脊梁上，然后往肚里灌二锅头。

这也许是一个炎热的晚上，是一个极其平静的晚上，我脱光了上衣，甩掉了长裤，让自己滚进了小溪中，真爽快，清凉的水让自己浑身轻松，一身的臭汗立即与流水融成了一体，被远远地抛向了极端。

我玩够了水便冲上了坡坝，我才不想去看什么羊呢，我手里挥着衣服，声嘶力竭地呼喝着，借着遥远回音的震颤，来舒泄自己心中的郁闷、寂寞、焦虑和不安。

我不知道武登科他们在干什么，在做生意、在读书看报、在开会研究大大小小的问题，还是在肆无忌惮地玩乐吃喝，我想象得很模糊，我的思维让自己无法集中精力去想他们，零零星星还有几个火星冒着微弱的残火，我斜躺在坡坝上，一会儿又滚向了另一边，希望可以看到原来的意境。

我把酒瓶放在了远离手的地方，然后又在山坡上滚了几个圈儿，我想我不应该再喝了，我的浑身燥热，热晕一股又一股地扑上了脸面，晚风悄悄地刮了起来，让人真爽快，仿佛一只千叶手在你的浑身按摩、抚摩，让你妙不可言。

我想到了医院，我不知道医院现在是一个什么样子，院长还是那么居高临下吗？小王依然我行我素吗？会计依然逍遥自在吗？小陈依然轻松愉快吗？我还想到了老护士、药剂师、王大夫，也想到了润莲她们一伙学徒的，毫无例外的想得红红多了一些。

红红在干什么呢？她现在还会想到我这个苏大夫吗？她是否还是那么美丽，充满了侠义，她也许已经对我很淡漠，记忆中保有我这个苏大夫，那只是我昔日的形象，和今天相比，她也许很鄙视我了，工作是拜他所赐，我的命运又掌握在他爸和他姐夫的手里，想把我捏成圆的就是圆的，想把我捏成扁的就是扁的，他们可以随心所欲，而我却无可奈何，谁让自己想挣那份钱呢？

红红，我忽然要叫出她的名字来，莫名其妙地有一种无法抑制的冲动让自己很不安，我感到很惭愧，我不应该这样去想象红红，她同样也不属于我，不属于我的东西，我何必去勉强呢，我紧紧地闭着眼睛，让自己的意识去控制自己的思维，停下吧，别去胡思乱想了，停下吧，你不应该陷入另一个漩涡，那是一个峭壁深渊，永远也走不到头的黑暗，可是我却无法控制这种思路，我的想象仿佛装了翅膀，让自己回到了医院，回到了供销社，回到了红红的身边，我在意识模糊的时候稀里糊涂地进入了梦乡。

这是一个多么美妙的夜晚，我的梦境中一直没有割舍对红红的联想，仿佛清醒时候连缀的意境，依然在我的大脑中萦回，而且大胆、勇敢地点缀了落彩缤纷的片刻销魂，这种动人的感触令我淋漓尽致地发生了宣泄，然后我便陷入了一种深沉的睡眠中。

冷冷的刺激忽然像瓢泼的冷冰水一样浇到了我身上，我在恍惚中惊恐地清醒了过来，我抹了一把脸，我试图立即睁开眼睛，湍急的雨水又从头顶，从天空泼向了我的眼睛，让我来不及睁大了眼睛，我的浑身发出了瑟瑟的颤抖，牙关也在清脆地抖动，我的耳朵中灌满了胀满的雨水，挤满了轰轰烈烈的嘈杂的声音。

我什么也来不及想，我挺立在雨水中，在黑魅魅的坡坝分辨着方位，然后拔脚就走，不，是跑，我太冷了，我的浑身上下只有一件小裤头，我的双脚湿漉漉地踏在石砾上，羊粪的泥淖上，这些都很无谓，我只想一个问题，马上回到宿舍，马上穿上衣服，马上钻进被窝中，马上生着火炉，我需要温暖，我需要马上安定下来。

我闯进小屋中，在黑暗中我颤抖地摸索着，我来不及点灯，我摸到了床上，立即把被子抽在身上，啊，太冷了，如果你有这种体会，你就不会认为我在夸张，我真的是太冷了，我不知道我身上滚了多少泥水，可我什么也顾不上了，我把被子紧紧地裹在身体上，我的上牙依然不停地敲击着我的下颌，让我不能安宁。

我也不知道过了多久，我也不知道雨是从什么时候停下的，我终于感到了一些温暖，温暖让我迅速地解除了惊恐和颤抖，让我变得从容镇定了起来。

这是入夏以来的第一场雨，而且又是这么大，我相信这场雨对草原意味着繁茂、葱盛和兴隆，对我牧羊意味着什么呢？我自然心里也很清楚，这场大雨是草原的幸运，也是羊群的幸运，更是牧民们的幸运，这是一场甘露，一场滋润万物的及时雨。

我终于完全恢复了正常，我把被子从湿漉漉的头顶上扯去，望着灰蒙蒙的小屋透视的微光，体会着身体上洒然蒸腾的热气，努力在回味梦境中有如仙境一般缥缈的气氛，我的神采犹如飞腾的雄鹰，俯瞰着渺小的大地而自由自在。

雨，依然在淅淅沥沥地洒落，我扯去了被子跳到门口，打开门便立即有一股清凉的风夹杂着湿润的水汽扑面而至，我感到一丝丝的颤抖袭击了我的全身，我来不及去穿衣服，我被一种天然的巧夺天工的新奇的布局惊呆了。

这是我来过的草原吗？我热爱的草原，难道是熟视无睹吗？我好像记得我的门口，我极目眺望的远方，有点绿，甚至像草皮一直在延伸，而此刻令我惊异的是，这种绿色原野，青翠欲滴，几乎要连我的门也包容了，它们从石缝中挺出挤得密密麻麻，仿佛在向我招手，向我在笑。"老朋友，你好，我们是来陪你的，"他们互相眷顾着稚嫩的身体，把整个草原装点得格外妖娆，无论从近处，还是到远处，碧油油的绿覆盖着无限极的波涛，多么诱人，多么美妙的大草原，我心中期盼的意境。"美，真是太美了。"

我慌慌张张地穿上衣服，从床底下又找出一双鞋，来不及穿好，就奔到了外边。

我的感觉太好了，清凉的空气中散落着几点蒙蒙的细雨，呼吸着清新怡人的凉爽的过滤的空气，双脚犹如踩到了毛茸茸的绵羊皮上，我几乎舍不得落脚，我担心我的臭脚会玷污了草皮，会凌辱了他们旺盛的生机，我轻轻地拣选那些凸出的小卵石去踩，讥笑我的踌躇和胆小。

我一路东张西望，时而伸手去感觉冰冷的雨滴，时而双手抚摸面孔，我抽了一丛青绿色的小草，放到鼻孔吸附他自然芬芳的气味儿，或者用他柔软无筋的叶片去抚摸我的面颊，这种感觉很特别，让我十分的愉悦。

我听到轰隆声的时候，我已经快到了坡顶，这种从天而降起伏不平的野蛮的声音让我吃惊不小，这是什么声音呢？会是打雷吗？不像，铺天盖地的云层怎么会有雷声呢？何况雷声也不可能没完没了，在说声音也不像，我跳上坡顶的时候，我的惊惧达到了顶峰，我的惊讶让自己的神情很僵硬，这怎么可能？这怎么可能？

我在迟疑了片刻，立即俯冲下去，我突然意识到了危险和灾难就在身边，我想到了羊，看到了冲洗得白白净净的山羊全挤在栅栏的门口焦急紧张地呼叫着，他们本能地渴望期盼着我，我迅速解开了栅栏的门，他们在拥挤中，慌乱中急驰而去，我以为他们一定是吓坏了，他们一定会逃得远远的，远离慌恐，远离灾难，而我却错了，我把羊想成了人，把牲畜想得有了理性，这怎么可能，它们头也不回地在冲锋，目的仅仅只是为了一片片青青的嫩嫩的小草，它们为了草在奔忙，它们为了草在争先恐后，它们原本就没有思维意识到危险，潜在的危险，在它们的眼里，草是天下最丰富最具营养最可口最美味的享受，它们不懂的爱护，它们的眼里对草只有贪婪，就像我忽然嗜肉一样，同样表现得很愚蠢。

我让羊离了圈，把马赶上坡顶，我的目光又一次盯住了恐骇，盯住了滚滚翻腾般汹涌的波涛，这怎么可能？我又一次发出了疑问，这怎么可能，原来仅仅是一丈多宽的小溪，一、二尺深的碧波，现在却变成了几十丈，不，我算不出来，在这个湾子里有几百丈方圆的水犹如蛟龙在跳舞，他们凶狠地拍击着土坡上的石砾，他们野蛮地围成了一个又一个的漩涡，仿佛有气吞山河的勇猛，然后伸展开来向另一个低矮的土坡跌宕而去。很快又从另一个坡上的背面升腾着翅膀，激昂地扬着龙头，咆哮地摔进了大湾中一团迷雾，迅速的变成了一轮新的水湾，哗啦拉的水声冲击着远处的石砾，立即形成了又一轮的冲击。

有一只小山羊试图靠近水面，离的还有一丈多高，便被冲溅的浪花唬得头一甩跑向了高处，它兀自不明白，这到底是怎么一回事儿，跑出好远，它还回过头来瞧了瞧。

雨点下得大了一些，我无暇去顾及欢快的山羊，找到那匹老马牵回了办公地。沿路我拾回了昨晚遗弃的衣服，我的身上此刻已是水淋淋的没一点干燥的地方，老马的身上流下了一道道的水渍，但它依然倔强地挺着头颅。

雨越下越大，爆满的小溪，波涛汹涌，水声如龙啸，丘顶的山羊在大雨中沐浴着弱小的身体，可是它们的眼中看到的到处是青青的绿草，对食欲的追求，让它们充满了生活的信心和勇气。

傍晚我再次登上了坡顶的时候，我发现所有的羊舍都不见了，我想它们不仅仅是被泡在了洪水里，更大的可能性是已经被洪水冲走了，我的心里很难过，望着斜坡上到处躺卧的山羊，心里的滋味儿很不好受，贮备的饲料全部没了，以后的日子里山羊只能全部吃草了，它们看到我出现了，都齐刷刷地站了起来，发出了悲哀地鸣叫，似乎在向我这个不称职的牧羊人示威叫屈。

老马在凄风冷雨中发出了及时的哀鸣，它像洪钟，它像信号一般迅速传递给了羊群，被恐惧和无奈惊扰的山羊，听到老马的声音，仿佛看到了希望，看到了支撑它们主心骨的力量，它们很自觉地开始收拢队伍，跟在我身体的后边，开始近距离的迁移。

办公室的周围很快躺卧了无数的山羊，它们星星点点的身体，把这里装点得神神秘秘，它们仿佛是无数的雕塑，神态各异，变化万千，而又活灵活现，如果有位画羊的高手在这里，我相信他一定会叹服自然的美，真是巧夺天工，一定会自叹弗如。

我不知道羊是否有损失，立即上了坡顶，我想知道羊舍是一个什么样的结局，洪水是否已经退去。阳光很灿烂，明媚而娇柔，我相信太阳在此一刻最特别，它像一个含羞的少女，文静、温雅而又谦谦有礼，因为等待它，我沉淀在大脑中的泥垢，让我的头晕晕乎乎，终于它出现了，它冲破了迷雾，突破了锁关，一路逍遥地唱着无声的凯歌，炫耀着它金色的翅膀，现身了。我感到无限的自豪、光荣，我以为太阳已摈弃我们而去，想不到它还是回来了，它舍不得离开我们，我们一刻也离不开它。

洪水终于平稳了，虽然它们流向了远方，但再也听不到轰隆声，偶尔也会有一个水柱漂过来，但，漩涡似乎还是那么凶险，那么恶霸，但整体水位已经开始回落，不用别人告诉我，大水冲积的痕迹太明显了，可是想要看到我们的羊舍那实在是太难了。

山羊在休整了一个晚上之后，乘着微薄的光晕就开始了行动，此刻它们就分布在办公室的远远近近，在阳光的辐射下，它们的亮丽在一点一点地显露出来，白的清丽，白的自然，白的辉煌，多么诱人，多么美丽的风景线。

我索性坐在了一块较大的顽石上，望着洪水出神，思索着如何安置这些羊群，坡下的地方看来是不能在建羊舍了，坡顶冬天又太冷，山羊抵抗不了酷冷和朔风，那么把羊舍建在什么地方呢？

想到了建羊舍，我才真的有些犯难了，建羊舍想得轻巧，拿什么建呢？椽子没一根，泥坯没一块，就是想找一些大的顽石都没有几个，地方好说，坡底不能建，可以建在坡势较缓，似乎平整的地方，虽然离水源远一些，但不会有风险，有了规划不顶用，不能付诸实施那才叫难为。

洪水流了三天三夜，大势终于消退了，它带走了很多的泥沙，把石砾中的羊粪也全部冲走了，很多地方已经看不到青翠的草，有的地方还被整体移动了，留下了一面陡峭的石壁，我们的羊舍是在劫难逃，不但移为了平地，而且想找到它的踪迹都很困难，大水退去，小水成溪，咕咕咕的声音又会不时发出，让人假想万千，浮想联翩。

在这逝去的几天里，我竟然想不出如何安置山羊，我骑着老马在草原上跟了三天羊，然后又回到了原住处沉思，把羊舍建在什么地方呢？建在坡顶，夏天，秋天，即使春天也好办，唯独冬天凛冽的寒风就无法抵御，想来想去，我还是觉得办公所在地比较适合，用后墙做一道屏障难道不好吗？可是用什么东西往住围羊舍呢？

这一天有十几匹马驮着人经过了我的羊场，他们在远处指指点点，然后来到我的身边，询问了一下我的损失，做了一些登记，马上就向别处走了，我不知道他们是干什么的，但我相信他们是政府的工作人员，我好像听见其中一个人说："这里少说还得等三天。"关于等什么，我一点都不清楚，但愿他们带给我的是喜讯。

几个月没见一个人，我都麻木了。看见人我特别的高兴，但那只是心理作用，神情却很淡漠，好像与人有了隔膜。

果然几天之后，我收到了一笔救灾物资，包括衣被，食物，羊的饲料，建羊舍的绳索，椽子，政府运来了满满一汽车，他们卸下之后又做了登记，签字，然后就迅速地离开了，他们告诉我还有很多的人在等待帮助，羊舍让我自己搭建，然后就离开了。

有了这批物资，有了政府的资助，我在这里就容易多了，我很快就开始了动手，政府部门也真够细心，小到一把铁锹都带到了，这给了我很多的方便，我用了整八天的时间打了五十多个小坑，然后把木桩立起来。

立起木桩之后，我就开始往木桩上绑椽子，上中下三层，绑起来很容易，比打坑要轻松上几十倍。

有了肥美的水草，山羊每天也走不远，我很容易互相照看，到现在为止，我几乎没有发现少了山羊，反而是增加了不少，毛茸茸的小羊羔特别的逗人喜欢，它们小巧玲珑的身姿，欢快轻松的跳跃，无不给人一种赏心悦目的感觉，我似乎要完全和它们融为一体了，我已经不在去想大后方的烦恼和人缘了，我几乎不去琢磨自己的孤单和寂寞，甚至没了这种感觉。

建起了羊舍，这是我最大的骄傲，虽然很简陋，甚至围不住一个小山羊，即使是大山羊它若不想走大门也会很轻松地从缝隙中钻出去，就这样一个羊围，我已经很满足了，我把羊群赶进去的时候，心里很踏实，我再也不用担心羊会在夜色中溜了，或者丢了，我把剩下的椽子，尽可能地去弥补那些大的缝隙，终于我的羊圈就成功了，老马望着我，不时鸣叫几声，把个高昂的头上下挥舞着，显得特别的高兴。

大的山羊是无法出围了，小山羊羔羔却很自在，它们从小缝隙中溜出来，散落在房屋的周围，平添了无数的色彩。

羊肉干也没了，不过我的兴致也转移了，什么东西吃得多了也会腻的，羊肉我吃了很多，原本很肥美的羊肉，现在已经淡而无味了，嚼起来还不如挂面好吃，所以我现在天天吃挂面，我不知道到哪一天，我又该换口味了，挂面一顿，米饭一顿，奶茶一杯，奶酪也能只吃一顿，我不想一种东西再吃下去了，免得没有换的口味。

第二十一章　骑马

我骑在马背上立在坡顶，无意中看到了远处有两个小点点在移动，方位似乎是向我这边过来，我有些疑惑，我向火枪中充填了子弹，然后目不转睛地盯着这两个黑影子，他们一会下了坡底，一会儿翻上圪梁，这样没有几回，我便看清楚了，前面是武登科的202，后边是老主任的202，难道两位主任全来了吗？他们怎么会下来这里呢？我动了一下屁股，骑马的技术虽然不高，但经过几个月的磨炼，却也很内行。

我已经看清了，那的确是供销社的202，我稍稍牵了一下马头，让方向对准了202，双腿一夹，老马便"呼"地蹿了起来，同时我似乎也搬动了枪机，这不是向他们告警，我这是在欢迎他们。

也许202中的人也早注意到了我，我的枪声一响，两辆202几乎同时停下了车。

车中走下了武登科，他挽着高高的袖子，穿着整齐的衣裤，立在了小车的一旁，他习惯地用手搓了一把小平头，两眼炯炯有神，望着我英姿勃勃的骑术，他微微笑着。

然后是司机小刘，他羡慕地望着我，一言不发。

后边的车上下来了老贾和供销社另一位年青的女会计尚春花，他们都立在了车的一边，观察着我疾驰的奔马。

"姐夫你们好！"我太高兴了，我终于等到了他们，他们仿佛全是我的亲人，让我感动，让我兴奋，让我愉快。

"想不到几个月不见的苏培，居然变了一个人样，我都不敢认了，看来大草原的奶十分的滋润。"武登科一句玩笑的话让大家全动了起来，草原上立即荡漾着欢快，开怀地大笑。

"真的没想到小苏吃了这么胖。"尚春花也颇感意外，虽然我们在一块待的时间不长，也不大熟悉，但总算彼此知道。

"马技还不错。"小刘走到了我的马身边，伸出手去摸了一下它棕红色的长毛，然后立即缩回了手搓了一下。

"你如果待上几个月，也会学会骑马。"尚春花也试图走近马，武登科一直握着我的手，他的目光一刻也不曾离开我，好像要从我这里瞅出一点什么来。

"刚才是你开的枪？"尚春花从马背上摘下了火枪，她是一位正在发胖的年轻女性，有着十分高大的个头，她的身材很美，裹着薄薄的纱料，曲线十分的优美。

"嗯，吓着你了吗？"我的目光转向尚春花的时候，武登科放开了我的手，双手摁向了我的双肩。

"不错，比以前结实多了。"武登科。

"你是不是每天吃一只羊？"老贾轻缓地放着脚，慢慢移向了我，他是一位很憨厚的中年人，他是供销社第二任司机，也是我们供销社有名的购销人员。

"草原上的羊肉非常的鲜美，尤其是今年，水美草壮羊肥膘嫩，贾主任你难道不想尝尝。"我走过去和老贾握了一下手。

"小伙子，不错。"老贾一手握着我的手，另一只手拍了一下我的肩膀："好样的。"

武登科把马缰绳牵到了手中，招呼尚春花学骑马，小刘远远地撤到了一边。

老贾瞟了一眼武登科，拉着我的手进了他的202，小刘很机敏，见老贾要上车，他先钻进了他的车。

武登科很无所谓地把马往远牵了一下，然后握住了马的笼头，示意尚春花上马，尚春花扭扭捏捏地用手攀着马鞍，她似乎上得挺艰难。

小刘的车发着了，缓缓地溜过了武登科的身边，老贾自然也不落后，沿着小刘走过的路也向前在推进，我很好奇，回头又瞟了一眼武登科和尚春花，我发现武登科的手正托着尚春花的屁股发着大力往上送尚春花，武登科似乎还在防范着前面的人，尚春花在骑上马的一瞬间，他的两只眼睛瞟了一眼前面的车，然后冲坐立不安的尚春花挤了一下眼睛。

"空气新鲜，环境优美，是这里唯一的优点。"小刘一下车便冲我们讲了这样一句话，然后他掏出一串钥匙，打开了紧挨库房的那间房子，看来他们无意进我的狗窝，老贾提着一杯水，也悠晃着进了小刘开的那间房子。

我立即打了一盆水端给了老贾和小刘，我以为他们住的一定是金碧辉煌，或者要比我那间高级漂亮许多倍，至少设备的要比我那间强，实际上，我进去的时候自己都笑了，遮了一挂窗帘，神神秘秘的，想不到比我那间还简陋，只有两张床，东墙立着一张，西墙立着一张，他们用手弹了一下褥单，便仰在了上边。

"洗一下脸。"我一直怀疑的小屋一直让自己心里不平衡，想不到是这个样子，我的心里豁然开朗。

"实在太累了，走这样的地方活受罪，腰脊都硬了，小苏，麻烦你了。"老贾很有人情味儿，小刘一言不发，他好像显得更累一些。

我找来了些火种把外边支着的火炉点燃了，然后坐了一大锅水，我相信他们等会儿会起来用水，准备好了巴特尔他们带过来的奶酪、酥油、炒米，把砖茶劈了一块，等待他们使用。

令武登科深感意外和喜悦的是尚春花对他竟然毫无戒备的心理，很乐意接受他的伺奉和服务，这让他心神摇荡，中气充沛，他一手牵着马的缰绳，一手托在尚春花大腿的根部，心里充满了兴奋，但他的神色却很自然，似乎在微微地笑，实质表现的是一幅殷切关怀的小心，这让紧张的尚春花稍稍得到了慰藉。

尚春花两只手臂僵直地掇着马缰绳，两只眼睛惶恐地盯着马头，双腿不敢用力，她感到屁股下边有一股力量在震颤，让她全神贯注地集中精力去对付骑下的骏马。

武登科望着尚春花的神态不免在心里要嘲笑，他的手托在尚春花轻薄的纱料上，有一种超乎寻常的快感，在心里揣摩着这种异性的感觉带给他的轻松，他的两只眼睛不时瞅一眼尚春花高耸入云的乳房，那里的颤抖，惹起了他心中早已按捺不住的欲火。

武登科原本是用力牵着老马的，神思稍作疏忽，老马就乘着坡势颠得就快了一些。

"你握住一点，我好害怕。"老马刚刚加快了步伐，尚春花就意识到了，她的身体立即下伏，惶恐地叫了起来。

"哈……"武登科立即大笑了起来，他握笼头的手稍作用力，另一只手便移了位，迅即托在了尚春花的肋间，他的手掌已明显地感到了尚春花乳腺延伸过来的柔软和肥厚，这让他心里异常的满足，尚春花惊惧得仿佛要往下滚，但有武登科的扶持，她即使斜倚着身体，也能够安泰地伏在马背上。

"怎么样，骑马好吗？"武登科很温柔地问了一句。

"不错，很不错，能在大草原上骑马，意境很优美。"尚春花终于又坐稳了屁股。

武登科无奈地把手从肋间乳腺边缘上抽了下来，不过这一次他的手不再托着尚春花大腿的根部，而是温柔地搭在了尚春花的膝上内侧的边缘，一边轻轻地按摩着，他在心里有一种设想，他心里很明白，这些动作都是一种试探性的动作，或许可以撩逗起尚春花的情感。

"武登科你会骑马吗？"尚春花要比刚才自然多了。

"会，每次来了总要骑着马玩几天"。武登科瞟了一眼尚春花鼻端的汗晶，顺手从衣袋中抽了一块手帕："来，擦擦汗。"

"我不敢放开"。尚春花扭过头来，立即发出了颤抖的惊惧的呼叫，仿佛威胁已在身边。

"没事儿，这匹老马很乘，何况有我呢。"武登科和缓温柔的话，仿佛一颗定心丸，立即让尚春花安下了心，尚春花松开了一只手，他早想这样了，极度的紧张让她的双臂非常困乏，现在好不容易放开了，她立即把手摔了几下。

"你要捉好。"尚春花对武登科的依赖，让武登科心中窃喜，尚春花呀异乖巧的话令武登科浑身不自在，格外的舒吁。

"没问题，来。"武登科把手帕递给了尚春花，武登科手中稍稍用力，老马便停下了。

"大草原真美，一望无际的碧绿，让人心旷神怡，如果常常能来旅游那该多好"。尚春花终于可以轻松的放开双手，而后去极目眺望。"天高云淡，绿意间点缀着星星白光，这是多么美丽的地方"。

"如果真好，那就多住几天，让你好好欣赏一下大草原的风采和迷人的地方。"武登科故意让搭在尚春花膝上的手稍稍用了一些力量。尚春花瞥了一眼武登科，瞄了一眼武登科捏揣她的手，举起双手把舒展的长发向后理了一把，然后把手帕递给了武登科。

"能住几天？"尚春花放下双手又拉住了马缰绳，武登科把这一切都瞅在了心里，他心中似乎有了底，捏揉的手立即变成了轻缓的抚摸。

"你想住几天？"武登科

"那就是领导的事儿了。"尚春花忽然呵呵地笑了起来。

"十天半个月，都可以。"武登科牵着马的手轻轻地放开了，他在尚春花的膝上缓缓用了一些力气，老马便慢慢地起步了。

"你又要放开，你不要放开。"老马一起步，尚春花就惊呼了起来，身体立即向这边倾斜了过来，武登科乘势又捏了一把她的肋间，而且有意地用手捏了一下。

老马被尚春花拉动了缰绳，脚下生风，立即小奔了起来，尚春花没有防范，身体立即向后仰去，武登科迅即做出了反应，一手拉住马缰绳，一手揽住尚春花的腰际，在马跑了一围之后，尚春花从马背上跌落了下来，武登科用他强有力的手臂把尚春花搂向了自己，利用尚春花惊恐坠落的瞬间，他实实在在地把尚春花肥硕的坚挺的乳腺贴向了自己的胸臆间。

尚春花惶恐惊惧到了顶点，她毫无防范，此刻武登科宽阔的胸膛已是舒解她魂飞魄散的地方，她的长发笼罩在了她的头顶，武登科的背部脸上，耳边，她清清楚楚地感到武登科的两只手紧紧地拥抱着她，而且不时用手摸一下她的屁股，或者拍一下她的腰际，这种温柔体贴的动作，让她颤抖的心神立即安定了下来，她大口地喘息着，借以舒泄心中极度的紧张。

武登科内心的兴奋同样达到了顶点，他想不到会这么好玩，他差点就托不住尚春花肥硕的身体，如果不是老马帮助他搋住了他另一只手，他也许早被尚春花压在了地上。

不过这样更好，武登科把老马放开之后，快意地搂住了尚春花，这块肥肉他早就馋了，想不到在这会有机会，他的心怦怦地跳跃着，他张大了口在轻缓的吐气，双手在片刻之后，便不停地在尚春花的身体上摸索着。

已经上灯了，我把回来的山羊也圈住了，老马也上料了，可是武登科和尚春花却还不见人影，小刘已经打扫了另外两间办公室，一间支着一张单人床，有脸盆和架子，小刘重新给换了一块毛巾，并且打了半盆水端了进去，整理了一番之后，也便像个住人的家，离门不远支着火炉子，"这间尚春花住。"我笑了一下，我怎么知道他们分配房子，谁住那间房子都无所谓，反正全是空荡荡的，就是有一张床，两张床的区别，不对，武登科的房子里还有一样东西，一个木制的大方桌，周边摆了几把橘黄色的椅子，看起来也不新鲜，在无论如何你也找不出他们有不同的地方。

老贾吃过了挂面之后便饮了二两酒，他说有这东西就不错，不然不好往着睡觉。

小刘却没有那么容易对付，寡汤淡水的挂面，他吃得一点也不可口，他几乎要把碗撂了，不过最终他还是没撂，他似乎和我是老熟人，毫无所谓地开着玩笑，甚至还编着笑话和我取笑，目的仅仅是希望我马上宰杀一只肥硕的小山羊，让他先饱饱口福，而我却一直没能答应他，原因很简单，我真的是舍不得，无论哪一只山羊都倾注了我的心血，这么平白无故的就杀了，多么可惜，虽然我也想了羊肉，可是不能因为想吃羊肉就宰上一条命，我不想干。

"你竟然连武主任也不顾了。"小刘见软的不行就来硬的，硬的不行就搬出武登科，可我就是舍不得宰。

"小苏，你就听他的好了，他说让你杀哪一只就杀哪一只，早杀早省事儿。"老贾听着嫌麻烦，不过他的话也透着很大的精明，我听明白了，这个羊不杀是不可能的，反正要杀，不如早点杀了省的一会儿受累，想必就是这个意思。

"听见了没有，老贾让你杀，这回看你杀不杀？"小刘一副神气的样子。

"老贾让我杀我才杀。"我无奈地找回了绳子和刀子。

"就这只。"小刘已经挑好了山羊。

"小羊中数他长的大。"我真是舍不得动手。

"看见就让人馋。"小刘。

"你还要什么？"老贾也不休息了。

我捆好了四个羊蹄子，很快就要了小山羊的一条小命，然后听从老贾的吩咐，把一只羊的肉全放进了大锅中炖上了，老贾除了咸盐什么调料也不让放，而且炖的块又大，他说蒙古地方的羊肉就得这么吃，那才真叫一绝。我也不知道什么是一绝，反正炖羊肉肯定是上等的饭。

"他们两个什么时候才能走回来，马也不骑了，兴致倒颇好，用不用拿车接一接？"小刘看天色渐黑，不由地担心起了武登科，但他又拿不定主意，是让武登科自己走回来呢？还是尽一下司机的职责，去接一下，不过这个主意他拿不了，他把目光和征询的意见，全投向了老贾。

"你知道有多远？"老贾问了这么一个问题。

"不知道。"小刘。

"总共翻两个大坡。"我比他们清楚。

"走回来得用多长时间？"老贾。

"大约一个小时吧。"我想差不多。

"我们回来有几个小时了？"老贾。

"三个钟头了。"小刘。

"你相信他们还远吗？"老贾真是莫名其妙。

"那你说怎么办？"小刘。

"武主任也许一会儿就出现在了后边。"老贾好像在开玩笑。

"后边？"我有点不相信，他们绕到后边干什么。

"我也不相信。"老贾

"不相信。"我真的是不相信。

"看到这么精致的大草原，谁的心里都会豁然开朗，心情好了，自然乐此不疲、流连忘返了。"我听得稀里糊涂。

"他们别迷路了。"我有点担心。

"他们会迷路？"小刘不相信这一点。

"一个坡连着一个坡，绕上几个圈，就算是白天也会迷路。"我相信他们绝对没我熟悉这个地方，迷路对于他们而言是很容易的。

"你别瞎操心了，武主任在这块会迷路，闭着眼睛也能走回来。"小刘说得这么肯定，我相信武主任不会迷路。

羊肉炖了将近十几分钟，老贾便动手了，他说羊肉这个时候吃口感最好了，而且营养又丰富，他捞了一块放到一个大盘中，回他们宿舍取出了刚才喝剩的半瓶酒，从我手里要了一把刀。便一块一块地割成了条状，块状送入了口中。

小刘自然不甘落后，也找了一个大盘，一把刀子，依样画葫芦吃了起来，既然这样炖出的羊肉最好吃，那还炖什么吗，我干脆把大锅端了下来，然后就听到了武登科和尚春花的说笑声。

"他们真赶嘴。"老贾。

"中午都没吃饭。"小刘。

"肉也吃了，渴也解了，你才说没吃饭。"老贾瞟了一眼他们来的方位，不满的扭回了头，我一向知道老贾是老主任的人，现在武登科竟然对他毫不僻讳，我相信他们一定有些默契，要不就是老贾投靠了武登科，要不就是武登科收买了老贾，反正他们之间一定不寻常，否则，我也有点搞不清楚了。

"他们果然是从后边回来的。"老贾竟然猜中了武登科和尚春花行走的路程，这真不简单。

"没有借口，回来得这么晚，像话吗？"老贾又呷了一口酒。

"老远就闻到了羊肉味儿。"武登科笑哈哈的声调，充满了轻松和愉快。

"再不回来，我就让小苏鸣枪示警。"老贾笑哈哈。

"陪尚春花看了一下草原，不知不觉就走远了。"武登科很从容地走在尚春花的前边。

"羊肉味儿真香，不愧是草原上的羊肉。"尚春花春风满面地走近了老贾，试图要蹲下来。

"你的肉小苏已为你准备好了。"老贾摆了摆手，尚春花颇显无奈地离开了老贾，回到了我为她准备的盘子上。

"这是谁的手艺？"尚春花问。

"是老贾的。"我不想冒领贪天之功。

"不，是小苏的，这里的羊肉怎么炖都是香的。"老贾。

"武主任你喝酒吗？"小刘殷勤地问了一声武登科。

"来点。"武登科也动起了刀子，"小苏，羊怎么倒了场子？"

"嗯，原来的羊场被洪水卷走了。"我正在点蜡烛，武登科问了这个问题，想必他是看到了羊场。

"现在还有多少羊？"武登科从小刘手中接过了酒瓶。

"连小带大，差不多有四百多只。"

"可恶的洪水，真是太可恶了。"武登科忽然激动了起来，搞得我莫名其妙，"这真是一场灾难，羊场的灾难，供销社的灾难，他一下就让我们损失了近两千只山羊。"他说到损失了近两千只山羊的时候，声调很深沉，我立即就明白了他的用意。

"老贾来过没有？"尚春花停下了手中的刀子。

"第一次。"老贾淡淡的。

"羊场被洪水冲没了？"武登科没想到会是这样的结局，他的欣喜可以读出他内心的轻松和愉快，他举了一下酒瓶，叫小刘立即给我也发一瓶，今天晚上他要痛痛快快喝个够。

"羊场没了，只跑出这点羊。"我补充了一下武登科的意思，这让武登科非常的满意。

"羊饲料呢？"老贾。

"也没了，全被洪水冲走了。"

"你们怎么能放在洪水口上。"尚春花。

"洪水太大了，本来我们的位置也非常高，可是依然被洪水卷走了，这实在是太意外了。"

"那你现在哪来的饲料？"尚春花。

"政府救济的，包括我们身上的衣服。"

"以前羊舍就应该建在这，这就挺好，给供销社造成这么大的损失，这个责任谁负？"尚春花似乎不像一个普通的会计，她的口气好像很不一般，我瞟了一眼老贾，老贾无所谓地在饮他的酒。

"为了水源。"武登科淡淡地答复了一句。

"难道这没水吗？"尚春花。

"人饮水都有困难。"武登科。

"那小苏怎么用水？"老贾。

"都是从小溪中用桶背回来的，人少用不了多少水，洗漱可以到小溪边，所以问题也不大。"确实问题也不大，我从来都不提及这个问题，就是因为他太渺小了，我每天随便背一点水就够了，不像今天我在傍晚背了四蹚水。

"那为什么把办公用房建在这呢？"尚春花真是幼稚。

"难道连人一块被洪水冲走吗？"小刘有点不服气。

"噢，我倒忘了这个问题。"尚春花很不好意思地笑了一下。

"小苏，我告诉你，尚春花，你现在得叫她尚主任，她和老贾都是老主任的左膀右臂，现在老主任把她提升了，和我、老贾，我们三个全是副主任，这次他们两位来就是核定北边羊场的，想不到发生了这样的惨事儿，真是令人痛心。"原来是这么一回事，这场特大的洪水真是来的不偏不倚，正好帮了武登科的大忙。

"还核定什么，差点连本都丢了。"

"幸好政府还救济了一部分，不然的话小苏怎么在这里生存，知道那场大雨也不轻松，到处听说发生了洪灾，想不到我们也受到了牵连。"老贾不紧不慢地讲了一些便撂下了东西回了宿舍。

武登科吃了几口也起来了，他经过我的身旁时拍了一下我的肩膀，微笑着向他的办公室走去。

小刘瞥了一眼武登科，又看了一眼默默吃肉的尚春花也回了宿舍，尚春花可没有不吃的意思，她吃完了一大块，又自己拣了更大的一块，"真是饿了。"她有些不好意思。

"小苏，把肉全从锅里捞出来，明天早上冷吃。"老贾躺下的人还不忘安排明天早上的伙食。

"噢。"我答应了一声。

"冷吃是不是更香？"尚春花问我。

"我也不知道。"我确实没有对比过。

"那我今天少吃一点哇，明天早上再冷吃一些。"尚春花还真的好肉量，又把那一大块吃完，还惦记着明天早上。

"肉多的是，你尽管放心吃吧。"我真佩服她的肉量，比我们几个男人都能吃。

"我在哪间房里住？"我指给了尚春花房间，她点了一支蜡烛便匆匆回了宿舍。

想不到他们个个都这么冷漠，我好稀罕他们，我好希望他们可以陪我多聊一聊，或者是听他们聊也可以，哪知道他们都表现得很孤独，很彷徨，或者心事重重，或者钩心斗角，或者尔虞我诈，让人很别扭。

我收拾完之后便提了衣服去了小溪边，找了一个僻静的地方躺下了，夜色真美，清凉的空气，闪烁的星星，晃晃悠悠的小草，温暖的沙窝窝，无不让人心旷神怡，充满了广大浩妙的乐趣，每当此时我就会豁然心平，仿佛是世间的一切事，都会化为乌有。

我想到这边的羊舍，想到了自己孤零零的一个人，谁说海阔天空，意趣盎然人就会了却烦恼，人在安静的时候，没人打扰的时候，想得也许更深沉，更繁杂，更悠远一些，烦恼会接踵而至，忧虑也会凭空而来，必定我已经成年了，成年的男性而且未婚，我设想些什么呢？事业、家庭，也许偏重了一些，而在两者之间，想得更多的是家庭，我的希望也许并不高，我想有个属于我的家，有妻子、有儿女的家，过上平平淡淡的生活就足够了，奢侈事业，我毫无信心，再说也不会有什么机会，而且我也没那个能力。

想到了武登科，就想到了他编排的羊的数目，我相信他在羊场上做了很大的手脚，想不到他会如此轻松地就掩盖了一个事实的真相，而这个配合他的主角竟然是老天爷，这仅仅是一种巧合，我不知道如果没有这种巧合，他会如何收场，但机缘太巧了，原本就镇定自信的武登科再加上我的协作，一个弥天大谎就这样盖棺定论了。武登科赚了多少钱？有谁能知道呢？他转移的是供销社的资金，他吸食的是人民的血汗，可是这些有什么用，武登科就是武登科，他有他玩的技巧，也有他高超的手段，供销社是属于他武登科自己的天下，任何人，任何一个单位都不来过问，他们单独核算，入出的大权掌握在他们的手里，这还不够吗？他们如果不富，大集体巨额的财源又流落到了何人的手里呢？

令人很不解的是老主任又提了一个副主任，而且是尚春花，尚春花何许人也？不就是新上任的乡长刘春祥的妻子吗？老主任投其所好，给了乡长大人一个莫大的面子，其用意何在？那是不言而喻的。尚春花做了老主任和武登科很多年的下属，早已养成了领导意志的习惯，表面看起来似乎想摆出一些领导者的姿态，或者也想享用一下领导者的权利，以示自己的风范，实质上外强中干，唯其走走形式而已。

哎，我想这么多干什么，我想这些有用吗？可是想什么呢？想家里种的地、放的羊，想想父母在干什么，想想别人在干什么，我似乎索然无味，提不起一点兴致，我甚至开始怀疑自己这条路可以走下去吗？我丢弃了大夫这个职责，投身商业可能有所作为吗？

我的心里乱糟糟的，我觉得我已经后悔了，怀疑我当时的决定是否是正确的，我知道，我即使不想承认也没办法，我就是后悔了，如果我再能坚持一下，或许我会改变主意，为什么自己当时那么冲动呢？一切都晚了，现在自己孤零零一个人，无依无靠，想在供销社有所发挥，我还看不到希望，前途渺茫，我看到的只有失望，无奈的煎熬。

"你真会选地方。"我忽然听到了人语声，觉得很诧异，居然还有人深更半夜跑出来，而且不止一个人，难道他们几个睡不着也出来了吗？我抬起身体去望，然后又躺下了，在我这个位置就是站起来也未必能看到人，除非他们撞到了我的面前，否则我是看不到他们的，他们想发现我也绝不可能。

"这么大的羊场建在这里，真是一个绝妙的选择。"这个人是武登科，他当然自豪了，因为这个羊场他不知贪污了多少，而且结局又是如此的天遂人愿，难道还不是绝妙的抉择吗？

"但是他却没了。"这个人一定是尚春花。

"天意如此，不可违。"武登科很清爽的口气。

"供销社的损失就大了。"尚春花。

"供销社每天都在损失，做买卖哪有那么正好好，挣钱、赔钱，都是很正常的事情。"武登科。

"就羊场这一块，就上十万，供销社有几个十万？"尚春花的口气有点异味儿。

"你觉得可惜了？"武登科。

"那都是你们的事情，内情我不清楚，小苏说让洪水冲走了，我想不会有假，只是你回去了如何给你外父交代。"尚春花。

"用我交代吗？"武登科怪异的笑声。

"难道是老贾？"尚春花。

"远在天边，近在眼前，你是最合适的人选。"又听到了武登科得意的笑声。

"我？"尚春花惊异的腔调。

"正是你。"武登科。

"我说了老主任会相信吗？"尚春花有些怀疑自己

"你说了就行了，他信不信由他，反正洪水冲走了羊场是事实，谁也否定不了，让我赔吗？供销社历来就没这个规则。"武登科无所谓地说。

"武主任，你别是在其中做了鬼吧。"女人就是很敏感。

"看你说的，咱们俩现在什么关系，我对你如何你心里不清楚吗？我对你是坦诚、友爱、信任的，说的每一句话都是肺腑之言，即使有鬼我也会告诉你，我还怕你吗？"说到最后一句话，我听到武登科的声调变得怪怪的，让人很不舒服，只听到了尚春花娇吃吃地笑。

"你这人想不到这么坏，十几年了也看不出。"尚春花柔软的腔调，一改她平常的硬爽的口气。

"早就钟情于你,只是你没感觉罢了。"他们两个有点不对劲,话讲得越来越离谱了,话声很暧昧。

"你傍着高枝,又当着副主任,何曾把我放在眼里。"尚春花。

"看你,把我说成甚人了,我不能随随便便就这样对待你哇,我的心里有你,但我更得尊重你,你说不对吗?"武登科真会哄女人,

"哼,你真会哄人。"热烘烘的暖洋洋的语气。

"怎么样,也想在供销社捞一把。"武登科。

"你说了,你们捞稠的,稀的我也能喝一点哇。"完全迷失在温床上的情意绵绵的腔调。

"稀的你不是下午尝过了吗?"武登科发出了淫逸的绵长的笑。

"嗯,你也太坏了,还拿这个取笑人家。"尚春花娇柔地喘息着。

我竟然怀疑小刘的话,以为武登科是一个坦坦荡荡的君子,想不到他竟然真的在玩女人,而且还乐此不疲,我的浑身微微颤抖了一下,心里很紧张,唯恐稍稍动一下发出异声,引起他们的警觉,这种事儿一旦被我撞上了,而且被人家发现了,我想最倒霉的应该是我,所以我连大气也不敢出。

"你真的想捞一把。"武登科口气稍稍认真了一些。

"嗯。"尚春花。

"你那儿子在乡里捞还不够吗?"武登科。

"全送光了,不然的话怎么能当了乡长。"尚春花对武登科毫不避讳。

"送出了小头,才能回来大头,他开了官窍,何愁挣不回大钱来。"武登科颇为内行地讲了一句话。

"再捞也不如在供销社。"尚春花恢复了正常的口吻。

"供销社也不就是一个空壳吗?"武登科。

"说给谁信,我是供销社的会计,你们有多少进出的账,有哪一笔我不知道。"尚春花。

"那你说供销社有多少钱?"武登科异常地警觉。

"表面上看账是平的,连同资产有七十多万,可是每年贷大笔的贷款挣的钱你们入过几回账,就收就卖没有账吗?即使入了账,你们也总想出道道来提走,钱都到哪去了?"

"问题是没挣钱。"武登科。

"我才不管呢,反正我知道你们挣了钱。"尚春花又变回了娇嫩嫩的语气,仿佛要赖在武登科的身上。

"哈哈哈……"武登科发出了怪异的笑声。

"你笑什么?难道不是吗?"尚春花有点不安的成分。

"这些话你对乡长说了吗?"武登科。

"他有他的事儿,才不管你们的闲事。"尚春花。

"他捞的也许会比我们更多。"武登科。

"他太正直了，未必开这一窍。"尚春花。

"看来你是想捞一把了？"武登科。

"不可以吗？"尚春花。

"那就看你听话不听话。"武登科。

"哼，你倒骗我了，你们男人没一个好东西，提起裤子就不认账，甜言蜜语太廉价了，你是不是觉得我太贱了。"尚春花。

"你只要配合我，保你能挣钱。"武登科。

"我怕过不了老主任那一关。"尚春花有些担心。

"他老了，他没这个精力。"武登科。

"那你说怎么办？"尚春花充满了激情。

"我想好了，会一步步的通知你怎么做。"武登科。

"你常常在外边。"尚春花。

"你日后就跟着我。"武登科。

"让别人说闲话。"尚春花。

"你还怕什么？"我不知道武登科使了什么招，尚春花立即发出了浪荡的笑，在开阔的大草原上，他们做着肮脏的交易。

第二十二章　武登科和尚春花

我一晚上都没有睡觉，脑海中老是浮现出他们彼此调情的话，和那不堪入目的一瞥，我在他们离去后的不久便返了回来，转侧难眠，天刚微微亮便又起身到了外边，伏在棚栏上，注视着安安静静的山羊

想不到我连一个女朋友都没有，而武登科却玩了一个女人又一个女人，用集体利益满足个人的私欲，这个天下也太不公平了。

小刘一出门不到三步便开始小便，看到我从后边过来他侧转了一下身体，"你起这么早干什么？每天这样？"

"嗯。"我胡乱答应了一声。

"也挺辛苦的。"他一边往回走，一边又说了一句。

"小苏生火哇，早上再煮点挂面。"老贾从门缝里透出了声音。

"噢。"我有什么办法，他们怎么指使我都不过分，谁让他们个个都是领导呢，唉，

我长长吁了一口气。

"老吃挂面，我一看见它我就愁。"小刘发着牢骚。

"还有羊肉了哇，你不想吃挂面，可以吃羊肉了。"老贾。

"干脆做点米饭，就冷羊肉吃，我想滋味一定不错。"小刘有小刘的一种胃口。

"还是吃挂面舒吁。"老贾。

"随便哇，领导们的意思是不能改变的。"小刘发出了无奈的叹息。

我立即开始了生火，蒙上湿煤面之后，我便赶着去背水，走到小溪边，我犹豫了，我又想起了昨晚武登科和尚春花上演的闹剧，心里真不是滋味，这水还干净吗？他们什么地方干那事不好，偏偏跑进水中撩涮，他们的污秽难道还能让水像以前一样干净，纯洁吗？我有些疑心。

我向水流的上游走了十几米，我明知道水已经干净了，可我还是有些不放心，又往上走了几米，才打了一壶水，虽然如此我仍然不放心，反正今天我是不用这些水，我背了一壶倒入了锅中，让煤火慢慢去往暴烧，我又去背了一壶，这一壶是准备给他们洗漱用的，背了第三壶我放过了一边，以备急用。

老贾洗漱完毕后，便用力去割羊肉吃，他的胃口很不错，放下羊肉又吃了两碗挂面，小刘可就不一样了，他舀了一碗面汤，只吃了几小块羊肉便不想吃了，然后喝光了碗中的面汤。

武登科的门帘、窗帘拉得紧紧地，他的屋子里没一点动静，想必他连续转战十分的疲惫，睡得很踏实，尚春花就更不用提了。

老贾吃过之后便开始招呼我往下搬东西，两辆202上这填一点，那塞一些，零零碎碎的生活用品又搬来了很多，然后洗了手就去发车，我搞不清楚他们这是干什么，又要去哪，但我不想问他们，老贾和小刘表现得都很冷漠，也不去请求武登科，更不去通知尚春花，反正发着了车，开上车沿来路又走了。

我吃了一些羊肉便放开了山羊，给老马备好了鞍子，我是不想在这待了，我怀疑尚春花此刻可能在武登科的被窝中，如果撞见了那多难为情，还不如走得远远的，至于他们如何吃饭那是他们的事情了，我是不能再等了。

我骑上了马，背好了火枪，得意地望了一眼武登科宿舍的门，心里颇有一种自豪感，想不到我竟然会对武主任大不恭，连早饭都不予供应，看你们醒来了怎么办，一对狗男女。

我的马随着羊群来到小溪边饮了水便顺溪而上了。

武登科起床的时候已经十点多了，他穿了一件深蓝色的短裤踏着一双拖鞋光裸着上身，脖子上围了一块毛巾，便启开了房门，他来到外边向四周巡视了一番之后，然后看了一下屋后的羊舍，又回到了前边，他倒是颇知道省水的道理，仅仅是给毛巾上倒了一股水抹了抹脸就算完事了，昨天晚上他和尚春花先后回到了各自的宿舍已经很晚了，他原本是要尚春花和他一起回他的宿舍的，但被尚春花拒绝了，今天上午起床的时候还一直惦记着，他瞟了一眼尚春花住的宿舍，脸上又浮起了一股难以察觉的喜悦，他在来的路上就已经安排好了，送下他和尚春花的老贾和小刘今天分配了任务，老贾虽说和他平级，但充其量也是他手中的一个棋子，心里就是有诸多的不平，但也无济于事，如果没有他武登科，老贾他连多余一个子也拿不到，看起来老贾是老主任的人，实质上早已被他收买了，他对善于察言观色的老贾，从来也不放在心上。

傍晚老贾和小刘拉回了两车人，他们都带着一些简单的工具，一来了之后便在房后的草坡上铺了几块单子，然后拿出了自己带的东西，吃喝了一顿，也不和我们说话，我们也不招呼他们，我听到老贾给他们说了一下羊的情况，他们也不看，席地而坐，用他们本民族语言交流着，想不到是七八个蒙古人，我瞟了他们一眼，然后默默地去背了一壶水，熬了一锅浓浓的奶茶给他们用桶提了过去。

立即有一个年长的蒙古人起来向我致谢，并且邀请我和他们一块坐，我很随便，真的就和他们坐到了一块，他们又嘀咕了一些蒙语，便笑哈哈地喝起了奶茶，同时也不再用蒙语交谈了，会汉语的就讲汉语，不会汉语的就冲我笑一下。

"你看人家小苏，怎么和蒙古人坐到了一块。"尚春花坐在一支小凳上，不时向这里瞟一眼，她对我的行为很意外。

"他们在议论什么？"小刘也不免好奇。

"谁知道了，听不清楚。"武登科不以为然地吸着一支烟，用眼角的余光注视着这里。

"就雇他们糟羊绒？"尚春花。

"嗯。"见没有人应和尚春花，武登科答应了一声。

"武主任，可不可以给他们两瓶酒？"因为武登科在，我不好意思擅自做主，我和他们谈得很投缘，他们很单纯，他们会讲一些古老的传说让你感动，也会讲一些本民族的吃法，让你好奇。

"你问他们会不会烤羊肉？"老贾漫不经心地喝了一口奶茶。

"烤羊肉？"尚春花也颇感新鲜。

"蒙古人最拿手的是手扒羊肉。"小刘好像略知一二。

"他们的吃法很多，都体现了他们本民族的传统习惯，我们汉人是吃不来的。"武登科。

"手扒羊肉和我们昨天的做法差不多，块大，然后就是拿刀子割的吃。"老贾似乎吃过手扒羊肉，武登科笑了一下。

"昨天的羊肉确实好吃，尤其是今天上午冷吃，滋味儿更是非同一般。"尚春花。

"那你就试试今天的烤羊肉吧！"武登科很坚决的口气。

"小苏怎么样？"老贾见武登科也点了头，便又唤了一声。

"他们说太可惜了，要珍惜羊像爱护自己的眼睛一样。"我转告了几位蒙古人的意思。

"问问他们还想不想喝酒？"小刘很不满。

"扯淡，又不是吃他们的。"老贾也很不高兴。

"他们说了有更好吃的东西，问你们吃不吃？"我又转发了一句。

"什么东西？"尚春花。

"羊蛋。"我也许回答得很粗俗，他们几个都笑了。

"那还用他们教。"武登科不满意了。

"羊蛋臊气的怎么吃？"尚春花听得都恶心。

"羊蛋可以大补元气。"老贾。

"羊蛋很细腻。"小刘。

"羊蛋可以补肾强腰，一般情况下是吃不到的。"武登科。

"恶心。"尚春花斜瞥了一眼武登科，表现了一副呃逆的样子。

"不过现在怎么弄？"老贾看了一下天色很不解。

"他们一定有办法。"小刘

武登科笑了一下，他瞟了一眼尚春花，寻思着这个女人精力非常旺盛，远不是他的体力可以满足的，吃点羊蛋也好，正好补补，于是他冲小刘点了一下头。

"让他们弄哇。"小刘见武主任有旨意，立即又转发了我。

老贾立即奔了过来，他想瞧瞧几个蒙古人如何取羊蛋，黑灯瞎火的让谁都以为不可能，我也是一样，老贾过来了，小刘也跟了过来，尚春花见几个蒙古人要动手也跑了过来，武登科依然在吸他的烟，偶尔也喝一口奶茶，只不过他喝不惯羊奶茶，喝的很少而已。

其中有四个蒙古人走进了羊群中间，其中那位年长的手中捏着一把小刀，其余三个全是逮羊的，说也很奇怪，要逮住一只羊，老者只弯一下腰，片刻之后就会扔出一团东西，而后羊就被放开了，他的动作很麻利，我也不知道他扔出了多少团，他招呼了一声，其余三个蒙古人就跳出了羊棚栏。

"小刘提两瓶酒过去，告诉那几个蒙古人别喝醉酒误事儿。"武登科满不在乎的神态。

年长的蒙古人让我把炉火架旺了，又让我找了一些铁丝，他们在清水中洗净了羊蛋，而后用刀子在羊蛋上割了几道缝，向中间夹了一些盐之类的东西，然后放到了火苗之上。

"武主任，今年的羊蛋带回去一点好吗？"小刘。

"难道你准备给你未来媳妇吃了？"尚春花心里酸溜溜的。

"连送人都不够。"武登科很得意地望着尚春花，立即引来了大家的笑声。

"送礼送这个，我不相信。"尚春花也被逗笑了。

"嗯。"小刘的话还没说完，武登科就不满地地嗯了一声，小刘立即把车刹住了，惶恐地望着武登科，"娃娃人家，嘴这么多。"武登科责备了一句小刘。

"邪门儿。"尚春花似懂非懂，但她很警觉，知道他们打哑谜式的谈话和玩女人有关，她有些不自在，她甚至有些想她的丈夫，但当想到自己丈夫的时候，她的心里又被武登科塞满了，她有些后悔，她的丈夫也很优秀，不知道此刻在干什么，她也许会站在农田水利建设的大军中，她也许在和广大群众一道研究农业高产，增加效益的策略，也许……

三天之后，所有的山羊都被剪了绒，而且打了包，小刘和老贾送走了七个蒙古人以后，武登科和尚春花伏在方桌上记了一天的账，然后让我签了一个字，我没有别的选择，签了字，武登科说回去之后就给我们家送去四千元，这是对我的奖励，事实证明，武登科是一个很守信的人。他回去不久之后，便往我父母那里送了四千元人民币，而且还带去了两条烟送给了我的父亲，这是我自参加工作以来挣到的最大的一笔钱，而且也是唯一一笔可以储存的钱，尚春花还很意外地把一块电子表送给了我的母亲。

　　他们走了，他们坐在车上和我摆了摆手算是和我告别了。"辛苦小苏了！"尚春花探出头来安慰了我一句，然后笑了一下。

　　长期的孤独已经让我习惯了这种生活的模式，忽然有一天来了这么多的人和我相处了几天，突然现在就走了，而且走得很干脆，他们在做了短暂的旅游之后，在心中保留了这个记忆，便不再留恋，他们留下的是一片一望无际的草原。

　　我提出火枪，便仰天开了两枪，我看见急驰而去的202在草原上停了下来，车上下了一个人和我遥相张望，我失望地回到了宿舍，我知道他们已经走了，我这个小人物微不足道，他们只是利用我，即使给了我丰厚的回报，也仅仅是他们九牛之一毛。

第二十三章　我、羊场、老马

　　武登科在尚春花作用下，很快和原本就熟的新乡长刘春祥贴热了，他们用几天的工夫，就超越了过去十几年的情感，迅速成为莫逆之交，成了有目共睹的新领导的标志，刘春祥在武登科的作用下，开始认识到商业在市场经济的转变中带来的契机可能对他的前途产生微妙的影响，使刘春祥去除了重农轻商的陈旧观念，有了武登科的支持，刘春祥的心里蠢蠢欲动，权欲开始急剧地膨胀。

　　"十万元。"武登科把一摞钱交给了尚春花。

　　"这么多？"尚春花惊愕的手都在颤抖，他见过很多的钱，却从来没敢去想会有这么多钱属于自己，他感激地望着武登科，激动的心让她呼呼跳个没完。

　　"舍不出娃娃套不住狼呀，告诉刘春祥一点也不要去截留，直接送给一个目标，"武登科仿佛一位舵手，运筹帷幄之中，决胜于千里之外，他在想什么，此刻只有他自己的心里清楚。

　　"行，我相信他的作用。"尚春花把手搭在了装有十万元人民币的报纸上，"你说这十万元可以让他当一个什么官？"尚春花心里疑疑惑惑的，毕竟这是十万元，这十万元对乡长而言也不是一个小数目。

"小至党委书记，大至财政局长。"武登科仿佛看到了明天的曙光，"你真舍得，"尚春花含情脉脉地瞟了一眼武登科。

"只要你们发财了，别忘了我武登科就行了。"武登科意味深长的话囊括了无限的商机。

"刘春祥有你的支持，何愁官运不亨通，他能离开你吗？他如果走运了，用你的时候，是任何人也替补不了的，别忘了还有我。"尚春花给武登科飞了一个媚眼，武登科心照不宣地笑了。

武登科他们毫无留恋地从大草原上走了，我知道他们带走了希望，带走了他们心中期待的奢侈，留给我的仅仅是供销社的一份踢论家产的羊群，和一个计划中的庞大的家业的轮廓，联想到他在各个点上，部门里调换的人员，无论是谁都不难发现，武登科的触角已经渗透了供销社的各个角落，无论立足哪里，这些机构都在为他个人在运转，他们共同经营的供销社仅仅是一个幌子，而被武登科一步一步吃掉，把集体的资金转移在个人名下，那才是真正的结局。

康主任真是老了，如果不是他的昏愦和无能，怎么会有这样的结局呢，即使武登科依仗他这个老岳父，也不可能大胆到如此地步，那么我们的政府又在干些什么呢？他们似乎疏忽了这些基础产业，他们忙于调理政策，改变方针，殊不知我们辛辛苦苦攒了几十年的家底子正归于某个人。

我坐在草坪上，怀里抱着一支火枪，头顶沐浴着阳光的抚摸，眼皮劳碌之后的疲惫，让我昏昏欲睡，我的大脑里一片混沌，羡慕武登科，嫉妒武登科，希望成为武登科，各种各样的心里仿佛是希望，又仿佛是失望，悲哀的叹息，精明的时候自己会告诫自己千万别这样去想，这种想入非非的感觉对自己毫无益处，我和他们一样，我们都生活在现实环境中，我的环境、地位，只蕴藏了今天这一点点的缘分，武登科十几二十年，他的目的何在，他在这个行业摸爬滚打，他又为了多大的缘分。

我想不明白，我们的集体事业到底是为集体在服务呢？还是在为个人谋私利呢？我想兼而有之，集体产业的运作，是基于为大众的服务，他产生的效益却是在营造少数人的安乐。

我想武登科算是一个很有本事的人，如果他不是很有能力，他怎么可能在康主任的领导下为所欲为呢，他不但可以为供销社产生效益，而且还实际操控着供销社，难怪他的私欲会极度膨胀，他不惜资金拉拢别人，目的仅仅是欺瞒他的岳父，这让人很不解。他目的是架空一个供销社的庞大的体系，却又让老岳父承担着一个徒有虚名的主任，武登科真算高人。

也许我想的也很不现实，我想武登科原本也是一个好人，只不过是大气候的影响让他蠢蠢欲动，让少数人先富起来，少数人怎么样才能富起来呢？各行各业的从业人员哪个不在想这个现实问题，难道武登科不去想吗？他也许想得更多，更复杂，更缜密，而他的行为还是为了实现他的富人梦，他的投机又该怎么评论呢？

我想我是想不明白的，我因为家里拥有了一笔小小的资金而庆幸，这源于武登科对我的照顾，我应该感激武登科，我应该更好地为武登科服务，我应该知足，应该知道的来之不易的道理，我不是武登科，何必去做和武登科一样的梦呢，自寻烦恼。

我把火枪扔在了一边，索性躺在了高岗上，任凭暴晒的阳光穿透我的衣服，皮肤，蒸灼我的肌肉，骨骼，让我神经的触角感觉到刺痒，灼伤得不安。

山羊成群结队地向水源奔去，我的老马也早不知去向，想必他也是为了一己之利，而忽视了为我的服务。

我把双手蒙在我的脸上，我已经无法忍受酷烈的阳光对我的折磨，我试图驱散他，可惜我找不到一个阴影，我的手为自己的脸营造了一个阴影，而我的手又充当了盾牌，同样饱受煎熬，我该怎么办呢？我想到了火枪，我应该鸣枪示警，我手里有武器，可以号召老马，那我为什么不使用它呢？想到了这里，我立即起身抓起火枪向天开了一枪，清脆的枪声悠远而缥缈，他让我感到无比的骄傲和自豪，有谁可以号召老马呢？似乎不是我，而是我操纵的火枪，和那虚无的声威，他虽然一试即消散，却声威远饰，让老马警醒识途而归，想不到我拥有一支枪尽然可以号令老马为我服务。

也许老马是忽然想到了我，想到了我这个马背上暂时的主人，也许他是听到了枪声，枪声提示它，它暂时的主人需要它，也许它是被枪声震慑，恐慌而来，但我相信这是枪在起作用，如果不是枪，我即使声嘶力竭也唤不回老马，也通知不到老马，可见我拥有一支枪，其威力，作用都是妙不可言。

老马识途这一点也不假，它无论走出多远，只要听到枪声，就会准确无误地回到原处找到我，这让我感到非常欣慰，为了表达我对老马的喜爱和奖励，我用手掏了两棒玉米豆，他咴咴咴地蹭着我的肩头，表达了它内心的喜悦和满足。

我很孤独，老马驮回了我，我侍弄老马都是因为无事，我的双手轮流着为老马梳理棕毛，抚摸光滑油腻的脊毛，赞叹它和我一样愚笨肥硕的四肢，然后等待老马吃完了玉米豆。

老马和羊的肚子全填饱了，他们可以悠闲地散卧在墙壁的阴影中，简单的棚窝阴影中，那么我呢？唉，我长长吁了一口气，牲口可以如此轻易地哄饱它们的肚皮，而一个人就未必那么容易了，我回到库房中，想极力搜寻一种可以增进我食欲的食物，而我却失望了，这里除了挂面，少有的几十斤大米，便是猪油，腌的猪肉，盐和一罐酱豆腐，我一日三餐顿顿如此，我早已经吃腻了，可是有什么办法，有吃的就已经很不错了，我还想奢望蔬菜，或者别的东西吗？

现在我才明白，我渴望的大草原，并非如我的想象那么尽如人意，他有好多好多的无奈困惑着我，让我凄惶，让我绝望，让我的期待变得焦躁，让我的回味变得幸福而甜蜜，而我却必须面对现实，面对这种单调而乏味的生活。

我的心态在日复一日的寂寞中渐渐平静了下来，武登科他们到来造成的负面影响淡淡地被我遗忘，我似乎已习惯了这种生活，单调、平淡而安静，孤独而少欲。我会抱着火枪在外边宿上一夜，也可能躺在屋顶看深邃的夜空中星星眨眼睛，任凭清凉的风带走我热烘烘的烦躁。

此刻的我，我想已经不再是我，我什么也不去想，思维中摒弃了一切烦恼，在一望无际的空旷中，我只有我。

夜风夹杂了冰凉的水珠在子夜时分叫醒了我，我在恍惚中坐了起来，望着黑漆漆的夜空，我的浑身瑟瑟发抖，一场暴风雨似乎即将来临。我摸索着把火枪拿到了手中。

我以为这又是一场灾难，我检查了羊栏之后，又走到了马的桩边，老马叫个不停，我摸了一下他的鼻梁至两耳之间便回了小屋，小屋虽小，却被我收拾得很整齐，烛光惨淡而明亮，我拉开了被子，却毫无睡意，我不时被轰隆隆的雷声惊扰，或者被耀眼的光斑刺激，这无不预示着一场暴风雨的来临。

我从床下提出了一瓶二锅头，仰头便灌了两口，我无意去等待暴风雨来临，我要在它们来临之前进入梦乡，我不想面对对影成双的孤独、凄惶和寂寞。

我睡着了，我在无意识的时候终于忘却了一切，而在我在度有意识的时候，我毫无疑问，惊诧了老半天，外边是那么明朗，我的小屋中居然也洒满了阳光，暴风雨？我疑惑了，暴风雨？我明明感觉到的暴风雨哪去了，我不是被一场即将降临的暴风雨请回了屋子吗？怎么现在好像什么也没发生，即使你想努力找到一个湿润的雨滴都很成问题，大草原依然葱香而浓郁，幽密而疏远，却因为好久见不到雨水而显得贫瘠。

草原上期待的甘露终于舍他们而去了，干燥的热风带走了无数的水汽，小溪中的水越流越少了，少到山羊可以进去嬉戏的程度，山岗上的植被渐渐地裸露出了沙砾石卵，山羊觅草的距离越拉越大，想要走到有草的地方，刚走路就得耗去好多的时间。

我想如果一直这样下去，别说是羊会受到威胁，连我也会受到牵连，没水，或者正在没水，这种潜在的危机，常常会令我不安，我开始想办法蓄水，我用了五天的时间在小溪的下游较凹的地方筑了一道坝，很快就蓄了一池水，为了这一池水，我必须每天取土加坝，否则就会前功尽弃。

然后我就不知道这样过了多久，忽然有一天中午雨神又光顾了大草原，我在雨幕中望着我的蓄水坝，他耗去了我好多的心血、汗水，我以为他已经很牢固了，我多么希望他可以保留下来，然而我却失望了，他在大自然的神奇面前，居然显得是那么渺小，柔弱，几乎是不堪一击，小溪的水突然间爆满了水道，我的大坝似乎只挡了几秒钟，便被撕开了缺口，迅即汇入了沸腾的翻滚中。

这不可能，这难道是我筑的大坝吗？我望着我的杰作，心里边很难过，但一想到我又不用忧虑缺水时我内心又充满了喜悦，草原又有了希望，山羊又有了新的天地，那些石缝中，石砾压迫下的草根，仿佛天神授意他们拔苗助长，我在回头的一刹那，我就发现了他们，他们似乎刚刚露脸，但我能感觉到他们的欢乐，正在茁壮成长，一个个的山羊仿佛落汤的鸡一样，身体上的毛理成了一缕缕的水道，在奔驰中挥舞着溅落着，它们用它们的行为愉快的迎接着雨露赐给它们的清爽和甘泉。

我不由地笑了，我站在这里莫非能阻止洪水冲塌我的大坝吗？我站在这里可以重新树起我的大坝吗？我摸了一把脸，我也像羊一样在雨水中匆匆往回赶。

我真的是很后悔，干吗要守着大坝呢？我发现我的身体越来越冷，甚至无法控制牙关的颤抖，我的潜意识立即反馈了一种信息，我可能感冒了。

我立即摸了一下湿衣服，裹了被子睡到了床上，这似乎顶点用，但最终我还是更加的冷，颤抖得更加厉害，不久我便失去了意识，当我再醒来的时候，我不知道自己睡了多久，我的喉咙艰涩而疼痛，我的舌头麻木而焦苦，嘴唇干裂，浑身肌肉疼得动也不能动，喉咙中仿佛要冒烟，我急需一口水，一口清凉的水，我试着要坐起来，终因头晕目眩而几度卧倒。

我心里很恐慌，这里只有我一个人，而我又病得这么严重，我担心自己的身体熬不过这肆虐的病魔，可是又有什么办法，难道我要被这病魔一击而倒吗？难道我就想不出一点办法了吗？我稀里糊涂地想了一些问题，而后再度失去了知觉。

我在迷糊中被突然的闭气憋醒了，我仿佛在剧烈的呃逆，口张到了一个极限，两个眼球弛张而暴凸，血气大量地涌到脖子的肌肤上，我感到喉咙中仿佛有一块东西被顶了上来，头猛猛地下栽，一口脓血喷涌而出，我的闭气立即缓解了，我大口地吞咽着新鲜的空气，身体上沐浴了一层晶晶的热气，我感到我舒适了许多。

很快我的浑身就透过了很多的水气，淋漓的大汗，让我僵直的肢体柔软了许多。

我揭起了棉被，让自己倚墙而坐，不时用枕巾擦去额头的汗水。

阳光柔和而明媚，我的眼睛很快就适应了，我以为我再也看不到太阳的光芒了，我以为我必死无疑，想不到我竟然熬了过来，我又吐了几口，我感到自己更加的清爽了，喉咙里仿佛特别的清利，浑身舒服而坦然，我就这样好了，我大病了一场睡了几天几夜我不知道，但我相信自己一定好了。

我还是感到特别的虚弱，下了床还是有些晕，但必定可以支持，我清理了我吐下的秽物，然后又让自己吁喘着躺在了床上，仅仅活动了有一二分钟我就不能再支持了。

大汗过后，便是极度的衰弱，我感到浑身的热气变成了冰冷而粘腻的污秽，衣服仿佛贴在了自己的肌肤上，我默默地闭着眼睛，把被子扯到了自己的身上，似乎又在等待一场急风暴雨。

我大张着口，贪婪地伏在小溪边，不断地往口里吸小溪的水，我太渴了，我渴得可以喝下整个小溪似乎还不满足，我吸呀吸呀，吸得精疲力竭，可我还是渴得无法支持……

我忽然就醒了，我口干舌燥，喉咙冒烟的感觉和刚才梦境中感觉的一模一样，我太需要水了，我的生命中似乎只需要水，我跌跌撞撞地下了床，伏在壶口没完没了地往口里灌水。

真舒服，太爽快了，有水的感觉实在是太好了，我灌饱了肚子，可我仿佛依然缺水，我从盐罐里撮了一把食盐然后全放进了水壶中，振荡了之后我又喝了很多水。

我长长地吁了一口气，我感到自己的身体更轻快了，我回到床边，把被子揉成了一团，然后卷曲着身体又伏在了被子上。

我还是感到自己十分的疲累，我想去看看我照顾的羊、老马，可我又担心自己走不到那里。不知道这些日子我的羊和老马成了什么样子，我忽然惊惧地颤抖了一下，老马还在桩子上拴着，一想到这里，我的浑身立即暴发了一股力量，让我很快恢复了正常，我大踏步地奔到了屋后，我的担心立即松懈了下来，我长长吁了一口气，老马不在，我奔过去以后看到老马的缰绳被嚼断的痕迹，真是难为这匹老马了，在生死关头他自己救了自己一命。

我托着马桩，捏了一下嚼段的马缰，突然间激动了起来，两只眼不由自主地落下了泪水，"老马呀老马，我差点病死，你差点饿死，渴死，真是对不起。"

也不知道此刻我的老马在哪，他和我的羊群在一块吗？我心里突然焦急了起来，因为自己的一场病，丢了供销社的老马和羊群，同样也是一种严重的失职行为，这种责任我能承担起吗？

我匆匆忙忙回到了小屋，从床边拿起火枪，从新装填了弹药，然后走出室外，未加思索便扬头一枪，然后又是一枪，浑浊的沉闷的枪声悠长而深远，"老马，你如果听到了，就请你马上回来，我想见到你的心情非常迫切。"

放了两枪，我又装填了弹药，我提了一把小木凳坐在了门口，我想沐浴下午的阳光，我想让身体上的汗臭借此挥发一些，我想让自己的体力尽快地恢复，然而我并不能做到，不久我的昏眩又开始了，我托着枪又回到了床上我还是睡着了，昏昏沉沉。

"吐儿，吐儿……"

"我的老马回来了。"我在朦胧中听到了马的声音便立即清醒了，老马用头顶开了我的门，矫健的前后蹄威武的支撑着躯体，昂着高昂的头颅，眨着一双水晶一样明澈的双眼正望着我。

我伸了一下手，便笑了。

"老马你好吗？"它似乎听懂了我的话，它的头猛烈地上下颠着，一截断缰绳就挎在它的下颌边。

我知道只要我的老马在，山羊群就不会丢，我的心得到了宽慰，我期望的羊群不久就回来了，它们三三两两在各处溜达，有的干脆就卧在了我的视线中。

第二十四章　蒙古族朋友

　　我身体的不爽快又拖了有十几天，然后渐渐就恢复了，我重新清点了羊群，羊数非但没减少，还增加了几十头小山羊，这让我甚感欣慰，在我有了食欲之后，我宰了一只小肥羊。

　　我相信现在已经是秋天了，虽然我没有日历，凭我的感觉我也能感觉出来，草原上的秋天来得特别的早，露珠稀稀拉拉，天气却在晚上显得特别的冷，我不敢再大意，一感到冷便穿厚了衣服，未病先防这应该是做医生的天性，而我却忽视了，为了让自己别太孤独了，我常常跟着羊群。

　　如果我告诉你们我的眼帘中出现了幻觉，你们一定不以为然，我怎么忽然瞧见我的屋顶上依稀有了人影，他会是谁呢？难道是武登科他们吗？不可能，家里还有一把枪，如果是武登科他一定不会这么老实，那个人是谁呢？

　　不管是谁我都欢迎，在这里见到一个人太稀罕了，即使是陌生人我也会很高兴地把他留下过夜，很友好地款待他。

　　"呼。"我朝天开了一枪，我开枪有三种意图，一种是表示欢迎，另一种是提示对方我已经知道了，而且很快就会回来，还有一种意图就是叫回我的老马驮我回去，提示山羊群我们该掉头了。

　　我的枪声响过，我发现屋顶的人在拼命地挥舞着一件东西，虽然我看不清楚，直觉告诉我这个人好像是一个女人，她到底是谁呢？谁会找到这么偏远的地方来看望我呢？母亲？不可能，难道我还有人牵挂吗？也不可能，那只有一种可能，便是因迷失了路标的客人，想一想，还是这种可能性大，想到这里，我的心里反而坦然了，老马走过我的身边驮上我，我抽了它一巴掌，它便小跑起来，所有的山羊在听到枪声之后，都警觉地掉回了头，现在见我骑着马要回去了，它们也开始自觉地收拢队伍，准备返回。

　　粉红色的上衣，草绿色的泥裙，飘逸的纱巾在空中悠晃，舒卷的长发在风中飘荡，修长的四肢矫健而美丽，她会是谁呢？我的老马在翻上一个土岗的时候，我的心中豁然有底，会是她？她来干什么？她是来看我吗？她和谁一块来的？她怎么会找到这里？我心中忽然有了好多疑惑，虽然如此，我心里的兴奋还是令我异常的激动，想不到我会在这里看到她，这真是太出乎意外了。

　　我回头狠狠拍了老马一掌，我恨不得插上翅膀顷刻飞到她的身边，这居然是现实，她居然就立在我的屋顶，这竟然不是幻觉，老马忽然像受了重创，立即翻开了四蹄，如风驰电掣一般向土岗上窜去，我还不断地扯马缰绳，心里在焦急的期待，快点、快点、再快一点。

"苏培，小心一些。"这不是红红，难道会是别人吗？

我用力拽住了马缰绳，让马立在了高岗的边缘上，然后从背上取下火枪，仰天又开了一枪，我太激动了，这一刻太令我兴奋了，我竟然见到了红红，红红竟然出现在大草原上。

"苏培，了不起。"红红极力地晃动着纱巾。

我笑了，我不知道说什么好，我坐在马背上望着屋顶的红红，心里开心极了。

"你傻了吗？"红红见我和马一动不动地望着她，顽皮地吼了一声。

"驾。"我在瞬间觉悟了，"红红，你怎么来的？"

"巴特尔，巴特尔送来的。"红红开始下房梯。

我从急驰的马背上滚了下来，丢开了缰绳的老马缓缓走到了一边去歇歇，我却飞奔着跑向红红。

"这地方太偏僻了。"红红下了房梯望着我，"你吃胖了，看到马背上的你，我几乎不敢认了。"

"就你一个人吗？"奔到了红红面前的我依然在喘息。

"嗯，如果不是巴特尔，我看我是来不了的，他怎么认识你？而且对你很友好，如果不是来找你，我看巴特尔是不会送的，他很热情。"红红绯红的面容比以前成熟了许多，她的目光幽深而含情脉脉。

"巴特尔？"巴特尔在哪？我立即走前几步，想看到巴特尔和马车的身影，然而我失望了，办公室的前边空荡荡的，既看不到巴特尔那高大魁梧的身躯，也看不到巴特尔破破烂烂的老式马车，"巴特尔在哪里呢？"

"咯咯咯……"红红发出了连续不断的笑声。

"你笑什么？"我被红红笑得不好意思。

"巴特尔送下我见你不在就走了，他说他要赶路，不能误了明天早上烧水。"红红止住了笑声，然后告诉我。

"他们很憨厚，却很讲义气，都是我的好朋友。"我告诉红红

"你是怎么认识他们的？"红红很好奇，我和她回到屋里生着了炉火之后，便断断续续地给她讲了一个大概，当然我隐去了我吃醉酒的结局。

"想不到你这人还会拿集体的财产通人情。"红红听完之后和我开了一句玩笑。

"他们给我的东西更贵重，更多。"这一点我得承认。

"那些东西还有吗？"红红

"对不起，我没有想到你会来，那些东西都被我一个人消灭了，你即使想尝尝也不可能了，真不好意思。"

"别不好意思了，干脆就说你根本就没有这样想过，别说我会来了。"红红。

"不过……"我不知道如何往下说。

"不过什么？"红红整理了一下她带的几包东西。

"那些东西即使有你也未必可能会吃。"我想那些东西的怪味儿红红未必能接受得了。

"何以见得？"红红开始从包里往外拿东西。

"非常的腥气。"我故意说得很严重。

"那你想错了，我还真想尝尝，有怪味儿的东西未必就不是好东西，那你干吗不留下呢？"红红真厉害，"你看我拿的东西，二十多包榨菜，五斤紫菜，两公斤虾米，还有干咸菜、臭豆腐，几袋奶粉，几个鱼罐头，有几样不别致，不特殊，还有两身衣服，是男式的，你说这些东西怪不怪？"红红一边往外拿一边数落，说真的，她带的东西确实很不一般。

"不过这里有一样东西你一定喜欢，山里的羊肉！"我突然想到应该宰一只小肥羊，山里的羊肉和平原的不一样，红红一定会喜欢。

"那你还不去动手，难到要把我这个客人饿扁了不成。"唉！我怎么这么粗心。

"啊，对不起，对不起，见了你我太激动了，竟然连这点都给忘了，该打，该打。"我一边说一边跳起来往外走。

红红并没有制止我炖羊肉，她把她带的东西全摞到方桌上以后，斜倚在了床上，望着我往锅里搁调料。

过了一会儿，红红起来用开水泡了一碗紫菜，向里边加了一些榨菜，又放了一摄虾米，很神秘地冲我笑着，我看得莫名其妙，她这是干什么，几种东西搅和在一块这算什么。

"你知道这是什么？"红红弄好了之后扣了一个碗。

"不清楚。"我担心红红会往羊肉里边放。

"这叫紫菜虾米汤，你没见过吧。"紫菜虾米汤，这名字倒是不错，就是不知道味道如何。

"这样就能吃？"我不相信。

"是的，这样就能吃，我听说山里吃不到蔬菜，特意为你带的干菜，新鲜的黄瓜，豆角我全送了巴特尔，没办法了，你只好品尝这些了。"难道她这是专门为我准备的吗？我的食欲令自己胃口大开，我早想换换口味了。

"那我就不客气了。"我真的就不客气了，红红咯咯地在一边笑。

"味道怎么样？"我几口就喝完了，我只是觉得好喝，非常的适合我此刻的口味，至于味道我觉得……

"挺不错。"我还是没有谱，心里不知道个子丑寅卯。

"狼吞虎咽，再好的东西也会被你糟蹋了。"红红嗔怪地瞥了我一眼，"我上高中的时候常常这样吃，我觉得特别好吃，所以就为你准备了，希望你也喜欢。"

"喜欢，我非常喜欢。"也许我的表现很滑稽，又引发了红红一阵爽快的开心的笑。

"这里最近的人家到这里有多远？"她怎么想起问这么一个问题，这个问题我好像从来也没有考虑过，也没有想过要知道下一家人家在哪里，让我怎么回答呢？

"我不知道。"真不好意思。

"来了半年多，不知道邻居在哪，你也真是。"这难道也有错？想一想，还真是有些可笑。

"不认识，知道那些有用？"

"知道了总比不知道的好。"红红

"那以后我去转转，看看他们到底在哪个凹凹中。"我觉得红红讲的还是有些道理。

羊打出去，红红就爬上了马背，她说来了草原上，她最大的愿望就是学会骑马，不然的话就是白来草原一回，起初的时候是我牵着马，红红颤颤巍巍地坐在马背上，然后是她一个人握着马缰绳慢慢悠悠地任凭老马去走，我跟在后边看她，让她十分的兴奋，她小心翼翼的神态颇让人怜惜，她甚至不敢大声地说话，唯恐惊扰了马儿撒起了欢。

红红一旦学会了乘马，便吼着要去找一户牧民瞧瞧，我能怎么办，我自然是双手赞同了，第一天我们一直向北走，两个人乘匹马，马的精力消耗得很厉害，没走出多远就返回了驻地，休息了两天之后的老马又驮着我们向西走，说也奇怪，我们看到了好几摊的山羊，却没找到一户牧民，他们住在哪个凹凹中，还真不好找。

我自然是想放弃了，红红也没了信心，找到一户牧民在这个遥远的地方还真不容易。

"这是一个鬼地方。"住了没几天的红红就厌倦了，出来进去就我们两个人，除了一匹老马做伴之外，就是吆喝一群羊，她整天地跟在我的身边，向我讲述她读书时的情形，在医院工作的情形，以及她这次如何如何机智地问到了我的下落，接下来便要去顾虑她的父母，"也不知道我爸我妈急成了什么样。"我知道她是想家了，不辞而来，以为草原上真的像想象的那么丰富呢，殊不知美丽只在瞬间就消耗完了，孤独、寂寞、冷清才是草原上的风采，我已经习惯了，她虽然有我，但也不免感到荒凉得让人凄惶。

红红喜欢我这个呆头呆脑的人，我何尝不知道，可我凭什么要红红喜欢我，我没有钱，没有权，也没有地位，我是一个一贫如洗的穷小子，红红看上了我，而她的父母，兄弟姊妹未必喜欢我，虽然我觉得这一切都不算很重要，重要的是红红喜欢我，可我心里就是不踏实，胆怯让我心里很不安，红红想家了，但她不会走，我可以送她到巴特尔那里，可是她不同意，她说她只是说说而已，如果我一定坚持让她走，她就会和我急，要不会掉眼泪，男人最怕女人什么？眼泪，何况是一个少女的眼泪，她一掉眼泪我就慌了，我的好言抚慰她，像哄小孩一样地哄她，直至她高兴了，我也就不敢在提前事儿了。

我们恋爱了，我已经把小陈在我心中的依恋彻底地取消了，即使偶尔有些，却也不会让我动心了，忘记一个女人，忘记一个你深爱过的女人，我可能办不到，但感觉已经全然不同，我现在开始喜欢红红，爱恋红红，我相信红红有更多的优点是小陈所不及的，也许，不，是真的，我更喜欢红红，小陈在我的心目中是一个恍惚的梦，浑身披挂了荆棘，可望而不可及，我只有一种朦胧的轮廓，她高高在上，冷漠高傲，她会冲我笑，她也会毫不犹豫地斩断我的妄想，她鄙视我，这一点我早已经想明白了，我对小陈产生了一种痴心病狂的单恋，原本就是一个错误，一个永远也达不到目的的错误，毫无实际可言。

而今我却真正地恋爱了，我体会得尤其深刻，爱人、恋人，她们是如何传递情感，传递平等博爱的宽容，无论是作为一个女人，一个男人，他们在恋人面前体现的一切，都令对方感到完美、优秀、幸福和自豪，这才叫恋爱，一种相互融洽、相互信任、理解的框架才会竖立起来，这种结构一旦形成，他具有强大的吸引力，让我们忘记了身边一切，让我们的身心和天地融为了一体，这是一种至高的境界，天地间最完美的组合。

我们把我住的小屋收拾得一尘不染，从隔壁搬来了一张床，二合一，我们同居了，这里仅有的东西被我们拼凑在一块，一个温馨自然的家诞生了，我们没有请媒人，我们没有通知任何一方的亲属，我们没有举行任何仪式，我便有了媳妇，有了一个家，也许是老天厚爱我，让我得了一个贤惠、通情达理的女人，得了一个没有花销一分钱的媳妇，我多么幸运，我相信我是这个世界上最幸运的男人，最幸福的男人。

"这样太委屈你了。"我总是心里怀着一种惶恐的歉意，不安让我心里时不自在。

"那你就好好努力，我相信我们会有出头之日的。"我相信红红的话，我相信？不，我在怀疑，我们这个样子，生存在这样的环境里，我们会有出头之日，我是永远也不会相信的。

我淡淡地笑了，很不自信。

"你不用担心，我爸会帮助我们的。"红红把希望寄托在了老主任的身上，而我却惊惧地颤抖了一下，我们这样结合在了一块，不惹恼老主任就已经不错了，寄希望于他，可能吗？他如果知道我们如此随意地结合在一块，他能不怪我们吗？也许他在盛怒之下，会把我从供销社提出去，他有这个权力。

"但愿吧！"我尽量也往好的地方去想，我们已经结合了，我们永远也不会有分离，希望他能看在这个既定的事实上可以宽恕我们，同情我们，因此而不至于难为我们。

"你对我爸没信心。"红红一眼就看穿了我内心的忧虑。

"他会生气的，他是一个传统的人，女儿和别人私奔了，让他的老脸往哪搁，他不会原谅我们。"我相信老主任不会原谅我们，私奔，对于他来说可能无法接受。

"以后补办一个仪式不就行了。"红红

"想得也太简单了，干脆红红你回去吧，回去和你爸妈说了这事儿，然后让我爸找一个媒人，走走形式，这样也许不至于伤了老人家的自尊。"我想这样会更稳妥一些，我是一个普通的小职员，父母又没有经济社会地位，老主任一定不乐意我做他的女婿，如果再冠以私奔，那我日后还怎么见他们。

可是红红是个执拗的人，我的想法并不能替代她的主见，她不回去我也拿她没办法，她除了给我做饭，洗衣服，就是学着骑马，她骑马的技术现在已经很不错了，再也不用我为她牵马拽蹬了，她喜欢一个人让马儿驮着在草原上狂奔，这是我从来也不曾想过的，我几乎很少这样做，而她却觉得特别好玩，刺激令她激动而兴奋。

红红学会了骑马，她的活动范围便立即增大了，马儿驮着她要比驮着我们俩或者我一个人要轻松得多，很自然他在一天中走的路程也便多了起来，而且精神不衰。

娴熟的马上功夫，让她找到了很多的牧民，她能清楚地告诉我这些牧民的方位，以及他住在一个什么样的山凹凹里边，我觉得这些丝毫也没用，而红红却认为她们很有用，远亲不如近邻，这些人既然是我们的邻居，怎么能说没用呢，她把这里贮藏的二锅头差不多要送完人了，我说她是多此一举，她却不以为然，她说草原上的人民慓悍，但最重义气，你若诚心和他们往来，他们一定会对你很友好的，这一点我深有体会，我自然深表赞同，也为红红有此见识感到敬佩。

果然红红因为的调动，带来了一种互访的效果，我们这里居然有人来探望了，这些左邻右舍们骑着马，带着马奶酒，奶酪，来到了我们的羊盘上，这让我异常的惊喜，和他们喝酒唱歌简直就是种享受，我们忽然觉得不再孤单，不再寂寞，我们忽然有了很多的朋友，偶尔我们也被他们邀请到他们那里，互访，唱祝酒歌，煨篝火，热闹的场面常常让我们流连忘返，乐此不疲。

人呀，无论你走到哪里，都要多认识多结交一些朋友，朋友的重要性不仅仅是让你感到内心的充实和宽慰，更重要的是他们可以在危难的时候出来帮助你，成为你的动力和支柱，这一点我的体会尤为深刻，亲切，以至我今生难忘，常想常感动，如果不是红红来了之后我们忽然有了那么多邻居和朋友，我相信红红在草原上的出现仅仅是昙花一现那么简单就完了，而红红居然奇迹般地以她顽强的生命力，在无数朋友的帮助下，得以起死回生，逃脱了一场突如其来的灾难。

今天下午红红觉得有些小腹疼痛，但疼过之后便很快好转了，她告诉了我一声，然后又说没事儿了，我以为是吃得不好引起的肠痉挛，没事儿了也许就过去了，就没当一回事儿，傍晚她又说疼痛，这引起了我的警觉，我给她做了一些检查，仅仅就在这么短的时间内，红红阵挛的疼痛便加剧了，她轻轻地呻吟着，额头上，肌肤上立即便挤出了晶晶的粘腻的汗珠。

"疼得很厉害吗？"我望着红红痛苦的表情，心里有些忧虑。

"嗯。"红红咬着牙关，从喉咙中发出了一个单音，我知道她一定很痛苦，但是，这可怎么办呢？在大草原上缺医少药，就算我是一个大夫，面对病人也是束手无策。红红疼得这么厉害，必须得用药，一刻也不能耽搁。

"红红你坚持一下，我去通知我们最近的邻居，让他帮助我们一下。"我的焦急是可想而知的，红红勉强睁了一下眼睛，把身体更加挛缩成了一个小团，她的发梢上都是湿漉漉的，我好害怕，也很担心，我要去找人了，我不知道红红怎么坚持下来，在我不在的这段时间，她会发生什么样的情况，可是，看红红眼下这种状况，我必须去找人，我必须把红红以最快的速度送到医院。

红红发出了痛苦的呻吟，她的呻吟刺激着我的神经，我的耳朵里，心廓里灌满了这种呻吟，我不断地挥鞭打马，马儿呀，马儿，你能不能再跑得快一些，你可知道我的红红她正被痛苦折磨着，正被死神牵绊着，你可知道我是多么焦急，马儿呀，马儿，求你快快地跑吧，我要争取时间，哪怕是一秒，也会早一些解除红红的痛苦。

当我到达我最近的邻居那里时，我的邻居已经休息，他听到了急促的马蹄声，跑出帐外观望，原来是我，他知道我一定有事，一见面就问我为什么这么急促，我急急忙忙向他通报了一声红红的情况，他立即就牵出了他的坐骑，他让我赶快回去照顾红红，他去通知其他的人。

草原上的牧民遇上这种事儿，是从来不滞留的，他们知道此刻他们的作用超过了任何华丽的词表，病人需要帮助，一个痛苦的生命需要他们的解救，他们必须无私地做出最快的抉择，这就是他们。

我的邻居起程的速度远远胜过了我的老马，他的屁股一沾马鞍，马儿便像离弦的箭一般射了出去，他把我的事儿看得比自己的事儿更重要，这让我非常的感动。

我焦急地、惶恐地奔到了辗转反侧的红红身边，却不知道怎么安慰红红，她睁开眼睛瞟了我一眼，我跪在她的身边轻轻地为她擦着汗水，被痛苦折磨得红红憔悴而虚弱。

"没有叫上人？"红红坚持着让自己发出了疑问，我真混，我居然连这个都没向红红交代一声，反而让她牵挂着。

"已经通知了苏雅拉图，他去通知别人了，我相信他们很快就会到来，你不用担心，他们来了，我们马上就走。"我的两只手紧紧握着红红的手，"你忍一忍，我们马上就可以走了。"

不久外边响起了马蹄声，我立即迎了出去，在片刻工夫，已有十几匹马从各个方向集中到了这里。

他们居然还准备了担架，这大出我的意料，我怎么就什么也没想呢，我去照顾红红，收拾东西，他们在外边绑担架，一会儿工夫就全停当了。

红红从床上被移到了担架上，立即有四个蒙古族青年抬在了手中，我知道这里边的牧民都没有车，他们的交通工具唯一的只是马，遇上这种情况就只有一个办法，抬着担架往山口走，可是路途这么遥远，什么时候能抬到山口呢？可是又有什么办法呢？红红骑马是不可能的，那么只有这一个办法，就是被担架抬着走，以前他们也是这么做的，我听说得有三四十个人才能撑得下来，而现在仅有十几个人，他们能支撑住吗？我的心里疑疑惑惑，见苏雅拉图镇定地指挥着大伙，我的心里感到些许的踏实。

四个小伙子抬着担架，仿佛在一路小跑，他们抬上了一个陡坡，再翻下一个斜坡，似乎如履平地。十几匹马在前边急驰着，大约估计了一段路程，便又有四个人下来等待后边的担架，担架一到了这里，等待的四个人便立即替换了上去，先前抬担架的人便上了马在继续往前赶路，我担心红红，骑着我那匹疲惫的老马一直跟着担架，我的身后不断有马匹驮着人赶了上来，他们走到我们身边时会马上停下马，驻足看上几分钟，然后便挥鞭前去，我知道他们是干什么的，我想苏雅拉图一定还安排了其他人为我们叫人，我想这些都是来帮助我们的，他们似乎都知道怎么做，不用我说，他们就沿着这条荒凉的古道向前走了。

果然前边等待我们的人越来越多，他们替换起来的速度非常的麻利，红红虽然勉强支撑着，但她倦屈的身体依然告诉我，她承受着巨大的痛苦，红红一定要坚持住，看看我们这些朋友吧，他们像对待家人在对待我们，我们应该知足了。

我不知道他们共替换了有多少回，但我没有听到有一个抱怨，他们刷刷的脚步，他们默默地承受着艰辛，劳累疲惫，可是他们依然健步如飞，仿佛红红的痛苦就是他们的痛苦，让他们不安，让他们鼓足了力量向前、向前，再快一些，再快一些……

天明的时候，我们终于赶到了山口，我叫起了巴特尔，告诉了他情况，他立即骑上马叫来了很多的牧民，其中有一个牧民赶来一挂马车，红红从担架上安置在了车上，她的脸色皎白，眼睛微闭，嘴唇干裂，他的脸肌紧紧地绷着，我知道她承受着巨大的痛苦，红红在坚持一阵吧。

巴特尔让山口的牧民去招呼送我们出来的牧民，他亲自驾车带上了我和红红向最近的医院赶去。

我们好不容易赶到了一家所谓的医院，我却失望了，我心头满怀了希望，此刻却失望了，医院里倒是有一位医生，他看了看红红，然后摇了一下头，"得马上送旗医院，我们这里没药。"得确，他们这里的药少得可怜，就连一支黄体酮都没有，止痛药有，我问了一下，也只不过是安定痛，我的失望和我的焦急一样浮躁。

巴特尔二话没说，赶上马车就奔，我发现红红有几回似乎疼得晕了过去，我的手一刻不离地切着她的合谷，我好害怕，红红你千万要支持住，你若有个三长两短，让我怎么给你的父母交代呢？

"看，前边有一个小车子。"巴特尔忽然叫了起来，不错，前边的路上的确有一辆小车子。拦住他让他送红红，我刚刚冒出了这样想法，巴特尔已经下了车，他的鞭杆抓在手中立在地上，向铁塔一般挡在了路中央。

小车走到他的身边停下了。车门上探出了司机的头，"你不想活了？"

"司机同志，我们这里有个病人，她病得很厉害，求你们送她到旗医院，晚了就来不及了。"巴特尔为了我们在恳求司机，

司机扭回头去和里边的人说了几句话，车门打开了，车上还走下了一个干部模样的人。

"什么病？"

"肚子疼，疼得都快不行了，大叔求你帮个忙，送她到旗医院吧。"我几乎要给人家

下跪了。

"好吧,小王,你去送这位病人。"干部模样的人,过来察看了红红之后,断然下了决定。

"那您呢?"司机有些顾虑。

"病人要紧,我让这位兄弟送我一程,你把病人安置好,再来接我。"想不到我们遇上了好人。

红红很快被安置在了小车上,那位干部模样的人,上了巴特尔的马车,我和红红上了小车上,司机嘱咐我们关好车门,便掉转了方向,红红勉强睁了一回眼睛,然后又去痛苦的挛缩了,我抱着伏在我身体上的红红,不断地在为她拍背,轻轻地拍,试图以此来安慰她。

旗医院一到,司机就匆匆下了小车,我还没有从车上扶下红红,医院里边已经冲出了好多医护人员,他们抬着担架,在司机的指点下,红红立即被送进了里边。

"谢谢司机同志。"我走得着急,没来得及问他的姓名,红红再度发出了痛苦的恐怖的呻吟,我已顾不了那么多了,道了一声谢,便随着医护人员冲进了医院。

"好险。"医生出来了之后,只对我讲了两个字,他又匆匆地走了。

红红是宫外孕,后来医生告诉我,红红如果再晚来几个小时,恐怕就破裂了,来得真及时,否则性命难保。

我长长吁了一口气,如果不是这些蒙古族朋友无私的帮助,如果没有他们,我的红红恐怕就不会存在了,我不知道如何感激他们,红红很快就安排了手术,她的身体很虚弱,一直在输液,一直在昏昏沉睡,红红你多么幸运,我们遇到的都是好人,遇到的都是无私奉献的好人,我们应该一辈子记着他们,是他们给了我们第二次生命,是他们让我们看到了明天升起的太阳。

我立即给我们所在的乡政府拨了一个电话,那个时候电话还特别的少,我打通了电话之后,要求他们立即通知老主任,武登科,告诉他怎么回事儿,乡政府看电话的答应我马上通知他们,我的一颗心才踏实了一些。

我一直守在红红的身边,望着她睡得可怜的样子,我的眼泪不由地落了下来,红红,全怪我,请你原谅我。

液体在一滴一滴地往下落,我的目光在一遍又一遍地审视着红红,此刻我已经什么也顾不上想了,心里唯有一个愿望,红红你一定要坚强,你马上就会好的,马上。

傍晚的时候,红红已经睡醒了,她睁开了疲惫的眼睛,望着我温和地在笑,"吓坏你了吧,"她伸出了她没有血色的手,试图为我理一理鬓角的头发,我用手紧紧地抓住了她的手,眼泪不由自主地就落了下来,"红红,你已经没事儿了。"

红红笑得很开心,"我知道,有你在我的身边,我不会有事儿的。"

"很多的人帮助了我们。"我想告诉她。

"让我们记着他们,他们都是好人,热情好客,无私奉献的蒙古族朋友,我们不能忘记他们。"红红柔和的声音，吐出了她内心的感激和兴奋。

"我已经通知了老主任。"我为红红理了一下额头的长发。

"那就对了，他得来付医药费。"红红居然想着医药费，而我却从未想过，经红红这么一提醒，我才想起，我们还没付医药费，这就怪了，手术都已经做了，为什么医院没催我们交医药费呢？难道是他们忘了吗？

"医院没向我们要。"我有些疑惑。

"那是因为我们的病太危险了，他们不敢耽搁。"也许红红说得有些道理。

"我去和他们招呼一声，别让他们把你的药停了。"这种事儿是常有的，医院不可能不收费。

"也好，告诉他们，我爸会带来钱。"红红很自信。

我找到了住院部，告诉他们医药费很快就送来，让他们别停了我们的药，你知道他们是怎么回答的吗？"已经有人招呼过了，你们不用担心。"难道是司机？我相信只有他，在这里我们没有一个熟人，是他送来的我们，除了他不会有第二个人。

"是送我们来的司机吗？"我总得知道是谁在帮助我们吧。

"你知道他是谁的司机？"住院部的人疑惑地看着我。

"我不知道。"我本来就不知道嘛。

"不可能呢，萍水相逢，他会惊动院长，这里是院长特意嘱咐我们的。"这怎么可能，他在这么短的时间内怎么通知院长，

"他和院长是什么关系？"这我就很不解了。

"不是院长和他有关系。"那是因为什么呢？

我有些不好意思了，看到她忙着去登记别人住院，我没敢再多嘴，我知道有人又帮了我们，这个人一定不简单，他的一句话可以惊动院长，这个人是谁呢？

虽然后来我知道了，可我还得感谢司机，他是宝音副旗长的司机，也许旗长并没有嘱咐他关照我们，而他却传达了旗长的意思，所以我们在这里得到了最快的救治，而且待遇也和普通病人不一般，不交费可以看病。

"如果不是他们，我也许就活不了了，我们要永远记着他们。"红红被深深地感动了。

第二天黎明的时候，老主任带着妻子，他的二闺女，武登科夫妇，通过住院部找到了我们。

我很惶恐，看到他们内心很不踏实，我默默地望着他们，尽可能地让自己笑得自然一些。

红红的母亲一看到女儿就哭泣了起来，她惶急地走到红红的床前，握住红红的手，早已泣不成声。

红红的二姐从背上取下了一个包放在了小柜上，她瞟了我一眼，目光十分的冷淡。

老主任径直走到红红的床尾，两只手托在了床尾的管上，冲红红笑着，"感觉怎么

样？"他很温和。

"嗯。"红红很开心，她的所有亲人除了读书的康明之外全到了。

"你小子还有这么一手。"武登科来到了我的身边，重重地拍了一下我的肩头，笑得很诡秘，武登科的妻子不满地瞪了他一眼，他无奈地冲红红耸耸肩膀，红红不好意思地把目光投向了她的父亲。

"我问过护士了，手术很成功。"老主任毕竟经历了很多风风雨雨，看上去很镇定，好像什么事儿也没发生一样，武登科说什么，他好像一点也不在意。

"草原上那么荒凉，偏僻，你跑那么远干什么，家里人以为你走了哪里，到处在找你，托了很多人，谁也不会想到你竟然在草原上待着，而且……"我知道红红的二姐什么意思，我唯有默默地微笑，承受他们不满的指责。

"说那些干什么，红红不是好好的吗？"红红的妈妈很不满她二闺女的话，她收起了眼泪，摸了一下红红的脸，"瘦多了，你真是太淘气了，这下知道任性是什么结果了吧，这多危险，好在你们都学过医，走的及时，不然的话妈妈恐怕见不到你了。"红红的妈妈像拉家常一样和红红柔和地说着这样的话，给了红红很大的安慰，她一边陶醉在妈妈的爱抚中，一边冲大伙笑着，"你们都坐吧，我已经好多了。"然后她瞟了我一眼，又快速收回目光，去看她的二姐。

"我们家红红才长本事了。"红红的二姐依然表现得很不快。

"你这是干什么，这像来看红红的吗？"红红的大姐似乎有斥责红红二姐的意思。

"只要人平平安安比什么都重要。"武登科坐在另一张床上。

"丢人。"红红的二姐怎么也管不住自己，她丢人二字一出口，红红便哭泣了起来，她用手把被子遮上了脸。

"出去！"老主任忽然发威了，我还从没见过老主任发火，想不到老主任发起火来竟然是如此的凶悍，他的两只疲惫的眼球似乎要往出凸，脸上青筋裸露，凶恶的浑浊的眼光瞪视着他的二女儿，见她没有反驳和抗拒的意思，他狠狠翻了她一眼，然后把目光投向了用被子遮住脸的红红。

"你也不要哭了，这也不是什么光彩的事情，做已经做了，还怕亲人们的指责吗？"毕竟是老主任，他明明心中不满红红，却又装得若无其事，此刻的一番话掷地有声，分量极重，他的意思太明白不过了，他不满红红，他生红红的气，可他又表现得很大度，借题发挥，无非是舒泄他心中的不满。

果然红红就止住了哭泣，不过她却没勇气抽下被子。

"早上能吃东西了吗？"武登科瞟了我一眼。

"还不能进食。"我指的是红红。

"把你小子累坏了吧，草原上那一摊子怎么办？"武登科到底是武登科，他刚坐热了屁股就想打发我走，我明白他的意思，也许他是出于好意，在红红的家人面前，我很尴尬，与其如此，不如把红红交给她的家人。

"有人替照顾，丢不了你那几只羊。"红红揭去了被子，不满地瞅着武登科。

"好好……我的三小姐，我不让他走了，等你好了，等你好了。"武登科压根就没想到红红居然还有这样的勇气，反而倒显得他被动了，"不近人情"，武登科的妻子咕哝了一句，武登科便无奈地笑了。

我倒没觉得什么，此刻我还真的想走，无论我多么牵挂红红，可是面对她的亲人，我就是觉得自己理亏，缺乏勇气，更缺乏自信，毕竟是因为自己，而红红又偏偏是宫外孕，得的病奇怪了一些也就罢了，而我们又是未婚同居，未经两家老人同意，便做出了一个令世人还无法接受的决定，这无论如何是我们的不对，那他们该怪谁呢？我想一定是怪我的成分多一些，我如果能走了，等他们平息了内心的不满和敌视的时候再回来，也许会效果好一些，可是看红红的情形，是不同意我走的，我在心里无奈地叹息了一声，面对红红我能说什么呢？她不让我走，我自然是不能走了，武登科这个忙帮的也不是时候，他偏偏要选择在这里说。

红红的二姐看上去对红红极其的不满，想不到红红在众目睽睽之下挽留我，这太出乎她的意料了，这个老处女瞅了一眼红红，又狠狠瞥了我一眼，好像我们是给她犯下了罪，她本想好好地审判我们一番，却又碍于父亲的威严，几度想出口，却又收了回去，她看上去，有时表现得很焦躁。

红红看了我一眼，然后又笑了，她还真能笑下去，她难道没有做错事吗？面对她的亲人，她很无所谓，她居然敢出面阻留我，这不但是我没想到，包括老主任在内都没想到，而红红居然这样做了。

我看到红红的母亲颇显无奈，她早已经不流泪了，但她并不满意于我，我从她的神情上可以看出来，因为她不想看到我，她的目光几次从我的身体上掠过，都是很冷漠的，她怪我，也在怪她的女儿不争气，可是现在这种情形，她也不想指责红红，也不愿意当着红红的面指责我，但是她心里对我不满，我想她甚至已经在恨了，红红居然出面阻留我，这太出乎她的意料了，我看到她突然冷漠了起来，她借口从红红的身边走开，来到了另一支床前拢了一下她的头发，一言不发地坐下了。

红红的二姐很机灵，她连忙走到了她母亲的身边，两只葱管似的修长的手托住了她母亲的胳膊，然后目光迷离地瞅着她的母亲，样子真可恶，她这样做的目的，无非是想告诉所有人，妈妈也在生气，你们没看出来吗？

我瞥了一眼红红，心里在想，你怎么这么胆大？在此时此刻你怎么还好意思留住我？难道你不怕难为情吗？你这样做就不怕激起他们对我们更大的不满吗？

可是红红却笑了，她以她的实际行动，要告诉她的家人，我，不是别人，我是她未来的丈夫，她要和我在一块，任何人都休想拦住。我明白她的心意，我何德可能有此殊荣，贫困、自卑，没有社会地位，而她却比我优越何止十倍，她的家人会同意我们在一块吗？

她的家人会看上我吗？即使他们以前乐意，此刻他们还那么轻松吗？不可能，我相信绝不可能。

老主任早已离开了床尾，他的双手反剪在背后，默默地立到窗前，我知道红红的此举，不仅仅是惹恼了她的母亲，更让她的父亲，这个干了一辈子供销社主任的老头子不满意，有点承受不了，这无疑是打击了他的威严，无疑有伤他的自尊。

武登科瞥了我一眼，也不知道如何打破这种僵局。

"你和小苏去吃饭吧，这几天也把他吓坏了，累还在其次。"武登科的夫人还算精明。

"让红红歇着吧，我们一块走吧。"老主任勉强冲红红笑了一下，便自己先走了。

然后便是红红的二姐，这个女人真让人讨厌。

"妈，你去吧，我陪红红。"红红的大姐走近了她的母亲。

"不用了，你们都去吧，再不争气也是我的女儿。"老人家气鼓鼓的，我无奈地瞅了一眼红红。

"姐夫，你带小苏去吧。"红红的声音虽然很低怯，却吐字很清楚，此时此刻她还在想着照顾我。

"不用你操心，姐夫这点事还能办得了。"武登科从床沿上立起来，一只手搭在了我的肩头，轻轻地推了一把，"走吧，小苏，你守着她也没用，别饿坏了自己，吃饱了再过来，红红用不用姐夫保回来？"武登科此刻还能开起玩笑来，这让红红不好意思地笑了。

红红的母亲这回气生大了，她本想留下看红红，见红红如此对我，反而把她给气走了。

我难为了，面对他们，我怎么会有胃口呢？可是不走又不行，武登科拉着我，红红期待着我出去好好吃上一顿，旁边又有红红的大姐宽慰我，看来我不走是不行了。

我无论多么难，今天这顿饭还是得吃，我坐在食堂里很不安，武登科特意嘱咐食堂弄了几斤炖猪排骨，这样我们在食堂的时间就长了一些。

在这期间，武登科问了红红的发病过程，以及我们如何来到旗医院的经过，我都如实做了回答，老主任一边听一边揩眼泪，红红的母亲也掉了几次眼泪，就连残酷的二姐也听得很专注，她没有再难为我，还为我挟了几块肉。

"想不到你们和蒙古人这么投缘，很好，真是太好了。"我不知道武登科又想到了什么，总之他不断地表扬我，而且反复地告诉我，商机来了，我为他带来了商机，搞得我莫名其妙，我不知道他这个人是否正常，听了这么一段故事，居然把他乐成这副模样。

老主任一言不发，他吃得最少，他瞟了一眼老伴，然后又看了一眼二闺女，站起来走了。

"妈，让我媳妇留下伺候红红吧。"武登科啃着一块骨头。

"不用，我还不放心，我还没到走不动的时候。"红红的妈心里虽然有气，毕竟是母女，听了那么多人为了红红在奋勇趋前，不辞辛苦，无私奉献，似乎又多少刺激了她，让她对红红又充满了同情、怜恤和关爱。

"妈，你的身体能吃得消吗？"武登科很关切地对岳母说。

"累不死，这不还有一位吗？"红红的妈妈指了指我，我不安地低下了头，"这全怨我。"

"这怎么能怪你呢。"武登科。

"武登科你说什么？"红红的母亲忽然对武登怒目相向。

"噢，妈，你看都怪我嘴快，我说错了，我是想说不怪你怪谁呢？可是一急说反了，"我还从没有想到文弱善良的老主任夫人，会有这么一股子阳刚之气，令武登科也不敢妄行。

红红的二姐扑哧笑了起来，老夫人摔袖子走了。

"走了，走了好，这么大的脾气。"武登科望着岳母往外走，嘴里小声嘀咕着。

"武登科你现在是越来越不老实了，你竟敢明目张胆地气我妈，你眼里还有我妈吗？"红红的二姐说话很刻薄，武登科瞟了她一眼，不想和她搭腔。

"小苏快吃，不能剩下。"武登科给我挟了一块骨头，康主任的二小姐就摞下筷子走了。

"趁早滚吧，真是烦死人了。"武登科不屑地瞥了一眼二小姨的背影，又嘀咕着骂了一句。

"姐夫，真不好意思，给你们添麻烦了。"他们都走了，面对武登科我不知道说什么好，把草原上的一摊子撂下，又出了这么大的事儿，面对武登科我不知做何解释，更不知道如何向他交代。

"这没有什么，你不用向我致歉，出了这么大的事儿，没出人命就已经够难为你了，而且羊场还有人为你照料，连我都佩服你了，你在羊场上的成绩很不错，以后我会重用你的，"武登科的一番话，让我深感欣慰，不过我也暗呼了一声惭愧，如果不是红红，我可能再待上二年也不去和邻居们来往，正是红红的这种举动，实际上救了她自己。

"但有机会为姐夫效力，苏培绝不会有半点私心。"我不得不向武登科表示一下我的决心，好让他有机会可以重用我。

"小苏，这下我不重用你也不行了。"他瞟了我一眼，呵呵地大笑了起来，我也很不自然地笑了，我心里虽然知道他指的是什么，但却不敢有丝毫的妄想，我能凭借上红红更好，凭借不上也不能怪人家，一个人能力有限，还在于别人是否欣赏你。

"但愿可以为姐夫效力。"我尽可能让自己表现得很恭敬，很谦虚的样子。

"我就喜欢你这个人，一见面我们就投缘，想不到我们又要做连襟了，哈哈哈，来日方长，来日方长。"武登科今天这是怎么了，我好久没见他有这么好的心情了。

我这个人往往在一些关键的时候就不知道说什么了，我很想多说几句，可是我发现我压根就没说的，即使想说几句，也是前言不搭后语，说前边的就忘了后边的，所以我尽可能地让自己沉默，一旦说起来又没下文，偶尔有下文又没逻辑性，自己听了也别扭，索性一句话也不说，或者干脆少说，这样别人也绝不把我当哑巴看待。

面对武登科我就这样，主要是听他说，看他怎么安排，全由他一个人操持，或许他心血来潮会大发慈悲，今天也不例外，说了没几句话，他就给了我四千元，说这是给我的奖金，正好我可以使用，当然了这是有条件的，他要我告诉红红别把羊场的实情说出去，我听来听去才弄明白，武登科一直向我们示好，原来用意在这儿，其实，武登科完全不必多虑，红红是知道了实况，但因为我，她早就说过了，她不会向她的父亲通报，只不过武登科不知道罢了。

既然我可以收武登科的钱，就得保证让红红不告诉她父亲，武登科很满意，他不断地在点头，我相信他这种行为，正是证明他最得意的时候。

武登科无疑是很大方的，他和我回到病房之后，出手就是两千，说这是给红红的，买东西不一定买得适口，给她留下钱，却是最实用的，当然了，这也正符合红红的心思，既然钱是她姐和姐夫给的，而她又知道她姐夫是个大贪污犯，放下两千她有什么不敢收的，说不定明天转一道弯，这两千元又从供销社的账上出了，武登科做这么一点小动作，那是太容易了。

"姐夫是开银行的，自然很大方了，红红可别说二姐小气，二姐挣那几个工资，一年还不如姐夫一次出手的多，我只能给你留个小数，一百元，你可别嫌少。"红红的二姐阴阳怪气的。

"二姐我们一家人，有爹妈呢，你的工资也不多，你就别留了，你的钱还不够自己花呢。"红红可能是讲的话长了，到后来她讲得很慢，她说她有些缺气，我立即制止她，让她别再说话了，想打发这一家子人，又不好意思。

我悄悄来到了护室，和护士耳语了几声，然后我又回到了病房，护士马上就跟过来了，"很抱歉，病人刚刚做了大手术，身体还很虚弱，需要静养休息，探视的人不宜久留，以免病人劳累、激动，不利于病情的恢复。"护士说完就走了。守在红红身边的这家人也立即有了反应，当然了用不着声辩，留下伺候红红的自然是红红的妈了，她虽然看着我不顺眼，但还是要面对，因为红红喜欢我留在她的身边，她的妈妈也没办法。

第二十五章　似乎有些尴尬

我是不可能等到红红出院的，武登科已经来找过我一回了，让我马上回到羊场，另外就是还有一件重要的事情需要我去办，这是红红的父亲老主任提议的，这件事情没有我恐怕办不到，所以我必须得走，我告诉红红老主任和武登科决定酬谢那些帮忙的蒙古族朋友，让我回羊场时，红红很高兴地就接受了这个提议。

我悄悄地把四千元留给了红红，并转达了武登科的意思，红红笑了，"姐夫居然也有怕的时候，他就这样哄吧，每个人都捞了，就骗我父亲一个人，我父亲居然还是供销社的一把手，昏愦。"

"你爸不是昏愦，而是自命清高，处处以一个老共产党来自居，他那一套艰苦奋斗的精神尤为可贵，我真为老主任不平。"

"去，去……用你多嘴，你有多大本事，使出来我看看。"红红瞟了一眼邻床的产妇，歉意地笑了一下。

老主任让武登科办的事情其实很容易，凡是参与行动的都送了一份礼物，虽然他们坚决拒收，最终还是被留下了，老主任并没有去，但他的这项指示却被武登科执行得完美无缺，我不知道武登科会有别的用心，只以为他是诚心诚意地为我们感谢那些无私帮助我们的人，看着他轻松而得意的神情，我的心里也充满了前所未有的满足感。

武登科的目光锁在淡淡的没有朝气的暮色中，若有所思地扭回头去瞟了一眼脚下，我想的也许和武登科所想的有极大的差距，武登科也许可以洞察我的内心世界，甚至可以左右我的一切，而我却无法揣测到武登科的心里，也不知道他下一步会怎么做，在武登科的身边，我想我就是个呆头呆脑的傻小子。

"天生我材必有用，看来每个人都有他的长处，或许你就是那个可以弥补我短处的东西。"一听到"东西"两个字，我浑身为之一震，这种不快的电流悄悄撞击了一下我的身体，然后便不以为意地消逝了，也许我真的会有些用处，并因此而感到很自豪，自然很容易忽略了他对我的鄙视。

司机小刘坐在司机位上冷眼瞧着方向盘，一根纤弱的指肚插进了鼻孔里就抠。

我望着武登科，尽可能地让自己放松，自然地笑着，心里一次又一次地琢磨了"东西"这个字眼，内心颇感不适，可又毫无办法，自己还得装出一副无所谓的样子去聆听武登科可能发表的下文。

"我想我的机会来了。"武登科刁斜着眼球，似笑非笑地瞥着我，他的机会和我有关吗？也许我的反应有些太慢了，竟找不到适合的语句，我想我的表现一定蠢极了。

"武主任要不我们先回羊场？"不知道为什么，我心里有了一丝胆怯，不敢呼武登科叫姐夫，武登科并没有在乎我这种称呼，他的眼纹略略加重了一些，似乎对我以往看得不够仔细，需要此刻重新对我审视一番，我的内心很不自在，想不到真正要走近武登科了，要成为他的连襟了，反而局促不安了起来，最初我认识的武登科洒脱的形象荡然无存，我觉得我对他的感觉忽然隔膜了起来。

武登科身体略转了一下，忽然抬手狠狠拍了一下142的翻头，小刘惶恐地瞪大了眼睛，莫名其妙的不知发生了什么事情。

"就这么定了。"武登科好像在自言自语，关于定了什么，我不知道，我也没有勇气问他。

"哈哈……"武登科的大笑更令我感到不安。

武登科做事情就是这样，他决定了的事情是不需要通过别人的，他也许顾忌老主任，他也许压根就不想征求老主任的意见，几天之后，武登科在茫茫的大草原上做出了一个令人意想不到的决定，这个决定结束了我的牧业生活，武登科决定关掉牧场，而且立即行动，这个事实很快便形成了，我随着武登科的车回到了镇上。

老主任在家里看到我的时候，可能觉得一点也不意外，可是他的老脸拉得很长，瞟了我一眼，便去卷旱烟叶，他布满了皱折的老手微微颤抖着，红红的母亲也不想搭理我，原本是面对我的，看到我她扭转了身体，而且阴沉着老脸。

"你还真好意思，就这么空着手来了。"红红的二姐酸溜溜的话让我十分尴尬，这确实是我的疏忽，我担心红红，心里着急，所以给忘了，不过总算有人招呼了我一下。

红红的母亲瞅了一眼她的二女儿，对她的多余感到很不满，"我们家缺他那点东西吗？"

"谁来了？"红红在里屋大声嚷嚷着。

"一点也不臊。"红红的母亲又扭转了身体，脸依然阴沉着，"你们的事儿我不同意。"老主任撩了一下眼皮，似乎是看了一眼红红的母亲，我不敢确定，但我相信老主任是不愉快的。

"看不出这小子，艳福不浅。"红红的二姐似乎转变了态度。

"去，去……"老主任很不耐烦地摆着手。

"苏培，你来了。"红红明显的语气不及刚才那么活泼，她也许意识到了是我来了，原本想装得坦然一些，可是面对这样的场面，红红的底气似乎也不足。

面对红红，我默默地笑了，她的样子很懒散，拖着一双旧布鞋，穿着一件很肥大很宽松的劳动布旧裤子，上面还缀了几个小补丁，一双滴溜溜转的眼球放肆地温和地盯着我，一手托在门框上，正冲我笑呢。

"事儿办完了……""事办完不办完关你屁事。"红红的母亲极不情愿红红出来见我，听见红红说话，她的神经仿佛过敏一般，"嗖"从椅垫上立了起来，昏愦的目光似乎要放出电来，凶蛮地盯着红红，让我浑身不自在，甚至又生了几分胆怯。

红红瞥了一眼尴尬的我，勉强让自己挤出了一些笑容，颇显难为的等待母亲的训斥。

"妈。"红红的二姐用乞求的语调颤巍巍的呼了一声，希望可以制止她母亲的蛮横，我一向对红红的二姐缺乏好感，想不到此刻她会帮我，我尽量让自己放松，去适应目前这种局面，但却不知道如何去应付这种局面，我进一步也难，退一步更难，我心里很烦，我知道我和红红的行为损伤了老人家保守的自尊，可是当初我们压根就没有想过，毫无顾虑地走到了一块，现在该怎么办？我的脑子里一片空白，但有一点我心里是很明白的，红红喜欢我，我也喜欢红红，无论遇到何种难堪、险阻，我们都不会屈服，更不会分离，红红的母亲别说只是这样对待我，就是骂我、打我，我都会毫无怨言地接受了。

"康家的脸都被你丢尽了。"红红的母亲抬起了左手，屈回了小指、无名指和拇指，伸长伸直了食指和中指，凶狠地指向了红红，红红连不自然的笑也挂不住了，她一副委屈的样子，似乎又有些不服气，这种自然地流露，无论是谁都可以读得出来，她不仅仅是做给我看的，也是做给她母亲看的，也许这就是反抗，可是面对盛气凌人的母亲，红红的显露便显得太渺小，太弱不禁风。

红红的二姐走近了我，歉意地笑了一面，然后点了一下头，我想她是向我说明了一些什么，心里的重负似乎被卸去了一些，我很感激地和悦地笑了，她抬手指了一下沙发，我明白她的用意，然后她从我身边擦过，我几乎站呆了，我发觉我的双脚，不，是整个下肢仿佛灌了铅一样的沉重，麻木，我的意识似乎支配不了我的神经，良久我依然立在原地，我感激红红的二姐，可是无缘无故的我也不会怕红红的母亲，我还是站在这里的好。

"坐吧。"红红的二姐倒了一杯水，用手推了一下我，我机械地向一侧踱了两步，不安地望着红红，红红还是先前的那个样子，默默地低着头，膀子斜倚在门框上，手里开始把玩衣襟的一侧，她很乖看上去。

"你说说看，家里哪点不好，非要跑到那么荒凉的地方去，还差点弄出人命，你以为你十分光彩，我们家里人差点急死，到处找你，谁能想到你在那些地方，还整出一堆事儿来……""你说你是个东西吗？"红红的二姐把一杯水端近了她们的母亲，然后接了她母亲的话茬，似乎十分到位，我的心里更宽松了一些，我笑了，我相信这是我们的错，他们如何教训我们都不为过错，红红瞟了一眼她的二姐，立即又低下了头，因为她的母亲虽然不动口了，眼睛上的工夫还在弛张着，她也许又胆怯了。我心里很为红红难过，目光一刻也不曾离开他，我喜欢红红，怜惜红红的份感，责备自己，可是又有什么用呢？我心里也许忽然涌出了好多的理由，可以为我辩解，为我们争取，可是这种冲动，被汹涌而至的自卑击落得无影无踪，我算个什么东西，论家庭、论财产、论学历，我有哪一点可以和红红比，可以和这个家庭比，我在责怪自己，也许我不该这样想，红红对我如何我能不知道吗，她何曾嫌弃过我们的家庭，何时向我提出过什么要求，在我的记忆中，她是那么完美，那么纯洁，那么活泼，那么迷人，当我面对她的家人，我心里难免产生了伤感、自卑，甚至是动摇，然后我又开始责备自己，这应该是我做的吗？我认为我这样想了都是一种错，一种愚蠢的行为，红红为了我，付出的已经太多了，她正在承受着一种痛苦的煎熬，一种前所未有的思想变革，这一切全都是因为我。

"苏培，你先回去吧。"红红的二姐出乎预料地扭回了头。

"太不像话了，差点把我吓死，要不是那么多人帮忙，你死了我们连时辰也不知道，"在我将要离开这个家的时候，我听到红红母亲的这句话，我心里踏实多了，这也难怪老人家，事情的始末她了解得越来越明了，也许她越后怕，所以她看到我的时候就难免不会生厌，情绪忽然激动起来也是很正常的。

红红听到她二姐的话，诧异地抬起了头，在瞬间我看到她那柔弱的浑浊的目光忽然变得明澈而晶晶发亮，她勇敢的视线越过了母亲故意设置的貌似强大的阻隔网，火辣辣地盯着我，我忽然从心里涌起一股勇气，这是谁也阻挡不了的爱情，亲情的烈火，我笑了，我们心照不宣地互相点了一下头，纵有千言万语，百般相思，全在这种印证中得到了交流，安慰和理解。

老主任转了一下脖子，可能因为就一种体位竖着不舒服，所以他也在设法改变自己。

我和红红的事知道的人很少，武登科是不会张扬的，他有极深的诚府，有些事即使无关痛痒，他知道了也不会往下传，何况是岳父家里的事，尚春花看到我进了供销社的大院，并没有十分的惊讶，她堆满了笑，手摆了摆算是招呼我了，我尚且没想好如何问候她，她已经拐上了供销社门口的小台阶，然后便进了门洞，我走得近了，她消失得也利索了。

小刘可以算得上是知情人，我想他仅仅也是有些怀疑，并不十分明了，不过他知道他自己的身份和地位，如果不是酒酣耳热，轻易也不发表议论和看法，我满脑子全是红红，然后便是烦恼，找不到一个僻静的地方，我索性回了家中。

第二十六章　处境

和我父母亲待的时间几乎是很短暂的，他们见到我很愉快，甚至表现得很荣幸，他们一下子就摆脱了贫困过上了富裕的日子，这么快就实现了他们的愿望，他们真的是很高兴，他们看到我的时候表现出的惊讶，很容易就让我想到了红红，他们对我的发胖感到意外，新鲜，这让他们更加深切地认识到供销社这块要比医院肥硕得多，要不然谁都想去供销社，我们家也不会这么快就脱贫。

"你爸用你的钱买了一台收音机。"不久妈妈便告诉了我这条消息，而且还拽着我过去瞧瞧。

"你爸用你的钱给你买了一身衣服。"自然为此我又得试衣服，虽然衣服很不合身，但我还得说好，妈妈一个劲地说我长胖了，这是他们没想到的。

"你爸用你的钱买了一把椅子。"很自然我得试试椅子是否很舒服。

然后便是武登科的烟，尚春花的电子表，这些荣耀，母亲深深地铭记在脑海中，借此来炫耀这个家的地位，和说明我的本领，我没有更好的适合安慰母亲的话，他们高兴了，我也高兴，我终于让他们高兴了，也是我的荣幸。

我想到了红红，我心里特别的感激她，这一切全仰仗了红红，如果没有红红的帮助，我们境况会好转吗？我不敢想象，也想象不出我种地会是一个什么样子，也许会开一家私人门诊，那又能怎么样，会很快过到现在的境界吗？

一想到红红，我很自然又想到了我们此刻的关系，想到康主任和红红母亲的态度，我感到一个更为棘手、冷酷的问题横在我的面前，我要把这个问题告诉我的父母吗？我要把红红和我的关系告诉我的父母吗？告诉他们之后会有什么结果呢？他们能否调节其中的矛盾？这些东西令我不安、惶恐、自卑、惭愧、痛苦……

看到我很疲惫的样子，母亲不再絮絮地叨叨了，我躺在土坑上，原本是想好好睡上一觉，可是我做不到，烦恼的事儿太多了，需要想的问题也太多了，母亲给我搭了一条被子，然后便美滋滋地下了厨房，她要拿出家里最好的东西，用她最大的耐心整治出我最喜欢的食品，这是她最大的快事儿。

我反复地权衡利弊，最终否定了要告诉父母我和红红的事儿，我觉得现在还不是时候，红红的态度不存在问题，老主任和红红的母亲什么态度我不敢确定，等他们有了明确的指示再告诉我的父母也不迟。

父亲一回来就要宰羊，他的思维很单纯，脑子里认定了宰羊这是对待任何人最高最丰厚的礼遇，我笑了，我起来制止了父亲，他还很不高兴呢，嘟嘟囔囔地怪我不让他做主。

母亲有母亲的独特思维，她认定了她做的正确性，但也不去制止父亲，我们这个家就是这样，要不然别人也不会鄙视我们，甚至说我们是一窝子的白痴。

傍晚小刘开了车来找我，这是我无论如何也没有想到的，我会有如此殊荣，享受这种待遇，实在是莫大的荣幸，我的父母更觉得诧异，他们虽然见过刘小，但那是和武登科在一块的小刘，和今天有着极大的差别，今天的小刘是因我而来，而且还给我的父母带了两包饼干，这也是我没想到的，我知道这一定是武登科要找我，急急忙忙穿好了衣裳。

"武主任准备在山口设一个绒毛收购站。"一上车小刘便告诉了我这样一个消息，我便更加确信是武登科要找我。

"为什么要设置一个绒毛收购站？"我对商业很外行，我觉得他们每年那样做不是干得很好吗，为什么还要设一个绒毛收购站。

"每年收绒毛，派出去很多人，但收获不大，而且资金也不是很充足，效益也不高。"小刘扭回头来冲我笑了一下，这让我更加的意外，小刘何必对我如此客气呢？

"那需要很多钱吗？"我不明白，

"绒毛是软黄金，谁不想占有主导地位。"小刘。

我漠漠地望着前方，脑海里一片空白。

"那需要多少钱？"我想我一定很幼稚。

"越多越好。"小刘。

"有那么多的钱？"我还是不明白。

"不知道。"小刘。

"建一个绒毛收购站需要投入多少钱？"

"不知道。"小刘，我相信小刘说得很诚恳。他的确不知道，武登科也许和他探讨了一下自己的想法，具体内幕想必也不会和他探究，小刘能知道这么多已经不易了，足以说明武登科对他的信任是一般员工无法比拟的。

"那你知道武主任找我干什么吗？"直到此刻我还坚信是武登科要找我的。

"呵呵呵……"小刘忽然笑了。

"你笑什么？"真是莫名其妙。

"你相信是武主任找你吗？"小刘。

"难道还有别人吗？"我想到了老主任，想到了红红，直觉告诉我这种可能性不大，难道还有别人吗？

"苏培，我想问你一个问题。"越来越神秘了，小刘要问我问题，有这种可能性吗？他有什么问题需要问我，这就更加奇怪了，他避而不答我的疑问，让我更加的困惑。

"问吧，我能知道什么。"我又想到了红红，难道……但是我还是想不出有什么问题可以值得小刘问我。

"你说供销社建一个绒毛收购站会让谁去？"想不到小刘会问我这么一个问题，这个问题也是我可以回答的？供销社决定让谁去，我怎么能知道，在说这个问题也不是我应该考虑的，我的脑海中忽然闪过深思的武登科，难道他说的商机就是指这个吗？

"不知道，你为什么不去问武主任？"太让人不可思议了，他每天和武主任在一块，这个问题他应该问武主任，怎么想起问我，我不解地看了小刘一眼，他在想什么，我想他一定有些缘故，否则他不会问我这个问题，难道和我有关吗？

小刘莫名其妙地笑了。

"八字还没一撇，你操这些心干什么。"我真是想不明白。

小刘依然在漠漠地笑，他的车转了一个弯上了公路，车灯被打着了，两边的人惶急地向边上撒去。

"武主任已经在设计了。"小刘仿佛有些忧虑。

"收购羊绒不是明年春天的事吗？现在设计它干什么？"我觉得是多此一举，小题大做。

"这你就不明白了，一宗大买卖岂有那么容易，一旦疏漏了，或者资金到不了位，就会失败，或者倾家荡产。"小刘跟着武登科还没少长见识。

我似懂非懂地点了一下头，他也许说得有道理，可是这些道理我一点都不懂。

"供销社有的就是钱，资金不存在问题。"也许我想的真是太简单了，我相信供销社是最有钱的单位，怎么也不会为钱去烦恼，经营有他武登科，怎么会出纰漏呢？

"供销社能有多少钱。"小刘对我的见识，肤浅，表示了讶异。

"能收多少？我真不明白，供销社的钱还少吗？"也许我真的是太天真了，以为供销社有使不完的钱，收羊绒还不是易如反掌的小事儿，干吗弄得神秘兮兮的。

"韩信将兵多多益善。"小刘一边摇头，一边说话，这个典故我知道，可我就不明白了，有多少钱干多少钱的事儿，干吗要提前设计呢？在说小刘操的什么心。

"武主任准备大干？"我听明白了小刘的意思。

"何止是大干。"小刘目光深邃地审视着前方，车速放慢，然后拐下了公路，向一个食堂慢慢滑去，我看到小张他们一伙管库的，还有几个站柜台地立在灯火通明的门窗玻璃后边向外边窥视呢，他们在做什么，他们想做什么，我一点都猜不到。

"小刘，这是怎么回事儿？"我感到很疑惑。

"他们在等你。"小刘很平静的口吻。

"难道不是武主任找我？"此刻我有些弄明白了。

车子戛然而止，里边有人迎了出来。

"苏培你太不够意思了，今天回供销社也不招呼一声，悄悄走了，弄得弟兄们怪不好受。"老贾的儿子贾文义我一向也不熟，而他见了我，好像我们彼此特别的亲热，一手托着拉开的车门，一只手伸进了车里先和我握了手，然后招呼我下车。

"你真不够义气。"小张拍了一下我的肩膀。

我莫名其妙地被供销社的小青年簇拥在人群中，这种突如其来的尊崇让我很不适应，也许我的反应实在是太慢了，我和他们有这么熟吗？有这么亲热吗？我不知道，他们之中有我熟悉的人，也有关系较好的，诸如小张，但也不至到了这种亲热的程度，以往我们坐在一块吃喝的也多，但像今天这么热烈的气氛是因为我，我想都不敢想。

我被推上了一个他们公认的最得体的位子上之后，我弄明白了，这些人居然是为我洗尘接风专门摆了一桌，在小刘演说了一番开场白之后，我成了大家恭维的主要目标，他们一边称赞我的为人诚实，一边敬重我的奉业精神，说我是供销社最能吃苦、最有潜力、最能默默奉献的人，而后为了认识，友情日后的加深，干了一杯又一杯，而我却一直是稀里糊涂的，我想他们是吃错药了，论业务，论家庭后盾，他们之中有谁不比我强，在供销社这个地方，我又能算得了什么，论资历排不上辈，论能力资质平平，甚至我觉得自己又特别愚蠢，可是现在被他们说得我样样突出，堪为他们为人做事的楷模，就让我很不解了。

小刘一直表现得很深沉，他看上去和平常没什么两样，不苟言笑，甚至是很忧虑的，他并没有特别的奉承我，我知道他有些不明白，连我也不明白的东西，他又怎么能想得通呢，在小刘的眼里我又能算得了什么，他原本就瞧不起我，甚至会故意地鄙视我，可是现在我突然间成了供销社后起的核心，这是我无论如何也不会想到的，他心里在想些什么呢？我不明白的是，怎么会这样。

"哈哈哈……"小刘坚决要求和我碰了三杯酒，然后在大家的注视下扬长而去。

"别去理他，酸文假醋的，当司机有什么了不起，常端一个臭架子。"我相信大家都喝酒了，而且多了，我提议回去，可是大家谁都不依，我不想拂了大家的好意，又多喝了几杯。

说心里话，我心里一直很不快，心事重重，酒喝多了，我也喝明白了。俗话说天下无不透风的墙，我原以为我和红红的事儿知道的人甚少，甚至不会有人知道，现在我明白了，如果不是酒多了众人和我开玩笑，我还以为自己很高明呢，他们不但知道红红和我的事儿，也知道我在草原上好多的事情，就连小刘说的武登科的想法他们也全知道，我终于明白了，我这个小人物忽然成了风云人物缘从何起，我现在全明白了，我会有好出路，我的机会会很多，重要的原因不在于我是苏培，而在于我是红红的未来丈夫，老主任的女婿，武登科的连襟，有这么一层关系，我这个朽木疙瘩也将派上用场，所以我在他们的心中才有了如此崇高的地位。

我整夜都睡不着，我也许是喝多了难受，我也许是为我的烦恼难受，也许是为了面对这样无聊的应酬难受，也许是因为自卑而难受，他们的恭维尚历历在目，可是我却辗转反侧久久不能入睡，我不知道我该如何办，我想见红红可是我缺乏足够的勇气，明天我想去看红红，可是我不知道如何面对红红的父母，真烦得难受。

"想不到你这个人运气真好。"我以为小张早已睡着了，突然冒出了这么一句话，我知道他什么意思，无非就是红红，我个人没有值得炫耀的资本，这一点我清楚，他们压根就瞧不起我，他们费尽心机去想象，去对比，无论如何也得不出一个令他们诚服的理由，而我却必然要成为什么什么，他们心里不平衡，也不服气，可是有这一点还远远不够，他们得伪装自己，把自己装扮得十分伪善，心里在鄙视我的同时，也做出了一种无奈的，就像小张一样，他一定在哀怨自己，为什么他就和红红无缘呢，这也许就是运气吧，这样的好运气可以改变一个人的命运，我似乎已经有了这样的感触，我想我的运气真是不错。

我在黑暗中瞥着小张的方位，他依然如故地喘息着，刚才我的疑惑被打消了，他并没有醒着，他在梦境中无意独白了他的心态，我笑了，他并没有错，自从我沾上了红红的光，我觉得一切都顺利，而且发展越来越对自己有利，这一点任何一个人，尤其是供销社的这帮人，他们看得比我也许更明白，更透彻一些，以前也许没有什么，现在这种无形的优越也许正在震撼着他们，我的感触更证明他们的心态，没有办法，红红就是我的女人，红红就喜欢我，他们能有什么办法，老主任还有一个嫁不出去的女儿，他们为什么不去提亲呢？看来人在利益面前的抉择，有时候也会在心态的好恶面前做出改变，成就完美并不是勉强可以做到的。

小张是一个很勤快，也很讲究的小伙子，他起得很早，而且从来不会影响到别人，我睁开眼睛的时候，看到的只有一叠整整齐齐的铺盖，洗盆里已经打好了水，那是为我准备的，他一向就是如此，我甚至怀疑昨晚自己有没有睡着，巅顶有些胀痛，眼眶有些发困，胃口也不舒服，口里粘腻腻的，浑身疲乏无力，虽然睁开了眼睛却不想起床。

脑海里有扯不断的思绪，昨天晚上在想什么，现在依然在想什么，所以我总在怀疑自己是否睡过觉，不然的话这种烦恼怎么剪不断呢？

我强迫自己别去想它了，别去想了，可是这种收益却很微弱，红红、老主任、红红的母亲、武登科，甚至是红红二姐的一句话，都会在我的脑海中反复地出现，反复地雕琢，反复地咀嚼，我无非就是在破译他们的心里，他们当时在想什么，他们说这句话对我的心态如何，或者是可以影响到我和红红的关系，谁在帮我，谁在阻挠我们，面对目前的局面,我该怎么办?乱七八糟,越想理出一个头绪心里反而越乱,烦恼也就越多,我用脚踹走了身体上的被子,希望这样可以释放燥热,想不到它仅仅是暂时的,很快我又把被子扯到了身体上。

怎么办呢?昨天,我的脑海中又冒出了昨天在红红家的情形,我朝思暮想的红红,此刻你在想什么呢?我相信红红的心情同样也不好受,我们的关系确定了下来,却伤害了两位老人的自尊,他们心里睹了一口气,胀得难受,如何才能让老主任和红红的母亲消了气,承认我的存在,我相信这才是最重要的,可是,我不得不承认自己真是愚蠢极了,怎么就想不出一个办法呢,红红在那里被相思煎熬着,被身体的不适折磨着,而这一切的罪魁祸首竟然是我,而我却瞎琢磨,瞎着急想不出一个办法,红红你骂我吧,我真是一个没有用的东西,因为我,你得承受亲人们的指责,因为我的存在,你又不得不强装欢颜在父母面前为我们争取,真是太难为你了。

想到这里,我忽然间就生发了一种勃勃的生机,仿佛沐浴了清晨的阳光,头脑顿觉清明,神情爽快,一切都看得很轻松,很如意,好事多磨,我这点事又算得了什么呢。

我立即起了床,我以最快的速度整理好了我的床铺,然后装修了一番自己,很奇怪,现在我一点也不觉得自己有难受的感觉,只有一种信心支撑着我,让我暂时战胜了我的自卑,我的气馁,我相信我能有这点勇气,红红一定非常高兴,不久她就会看到一个依然精神饱满的我为了她去承受他们的发泄,为了她,再度出现在她的面前,这也许是对红红最大的慰藉,也许会触动老主任同情的心态而放过我们。

我相信这绝对也是一种办法,我笑了,谁说我是一个白痴养的傻小子,我居然可以悟出这样的道理来,我忽然相信了自己的思维,相信自己面对难题,还是可以有作为的,如果自己没有勇气,怎么走进红红的家门,如果自己不去见红红,那情形又会怎么样呢?也许红红的家人又会是一种说法,到那个时候,不但我很被动,红红也不会原谅我,我想我终于是想通了,我终于想出了一个办法,我想我不是很笨的。

生产门市部的那些冷面孔,我一向是瞧惯的,他们待人接物自有他们的分寸,彬彬有礼,却又平添了几分傲气,因为有这样一个工作,他们不知庆幸了有多少回,有多少人梦寐以求渴望得到却生生无缘,他们不是供销社的头面人物的三亲六故,就是党政机关各个部门的领导千金,他们生下来就和普通人不一样,天生丽色乔装了几分傲慢,如此一来,他们便占足了天时、地利、人和有什么可重要的,他们一向也不知道我是谁,冲我笑一下已经给了我很大的面子,我的心里会很舒坦的,对供销社以外的普通人他们可不会这样,他们宁肯让自己表现得生硬一些,也绝不会轻易地放下他们的高贵姿态。

今天本来也一样,我进去的时候,冷清清的生产门市部东倒西歪的有几个幽灵一般的冷面孔,看到我他们不协调地扭了一下五官,算是一种体面的笑,算账的贾文义瞟了我一眼,便堆满了笑,立即从旧色的发黄的椅背上起来,隔了柜台向一边游移,瞅近便的地方伸出了他的手,这算是我今天最大的收获吧,贾文义在我的记忆中,在这个地方,还是第一次招呼我，以前他好像看都不想看我一眼，人嘛，就是这么怪，我现在也感觉不出自己有什么优越，可是礼遇却有了差别，也许他们真的很有眼光，看出了一些潜在的什么。

那几个幽灵摆动了他们扭曲的姿态，全都挺直了腰杆，看着我和贾文义握手而纳闷，"你好，昨天喝得不多吧。"贾文义浅浅地笑着，他那滋腻肥硕的小手搁在我的手心里黏糊糊的，让我浑身不舒服，"不多，非常感谢大家。""何必那么客气，以后要在一块共事，彼此多多关照。"他很会讲话，声色很圆润，脸上总挂一丝笑，感觉很温和，以前我从未注意到。

松开了貌似热烈的双手，贾文义冲我点了一下头，"你想要点什么，是不是准备去看康红？"他把康红两个字说得很重，一下子就给其他的工作人员点通了，他们也许在背后不少议论我，以前也许没怎么注意我，或者干脆分不清我是谁，现在康红一点名，他们便恍然大悟了，他们诧异地把目光的焦点再次集中到了我的身上，原来的疲累和无聊一扫而光，他们要弄清楚我到底优越在了什么地方，我有什么长处可以让供销社主任的女儿看上我，也许他们很失望，我就是我，一个貌不惊人，一个平庸而且有些呆头呆脑的人，一无是处，我走了之后，他们一定会大失所望的为康红惋惜一番，我相信鲜花插在牛粪上这样的说法是最轻的。

我淡淡地笑着，然后点了下头，"你挑吧，平平过来给苏培取，然后让苏培在账单上签一下字。"贾文义特别关照了一下。

"这样不行，我还是付账吧。"以前我也取过，但都是签的别人的名，我的分量不够，再说我也不敢签，唯恐没有我的工资。

"不用客气，用什么尽管过来。"就这么容易，就这么简单，我就过渡到了一个新阶层的圈子里。我感到很荣幸，很自豪，一种无法言表的愉悦让我很轻松，虽然我知道这些账将从我的工资里扣除。

我对我自己充满了信心，对自己的未来充满了信心，我忽然间又有了一种优越感，心底里蕴藏已久的那种自轻自溅的自卑感忽然间流落到了远方，我的脚步轻捷了，我的热血沸腾了，我的灵魂升华到了一个五彩缤纷的世界里，我充满了幻觉，充满了希望，憧憬未来的感觉异常的甜蜜。

也许我的神经出现了错乱，扣打康主任的门环胆子大了一些，我毫无顾忌地击响了清脆的门环，这家子人毫不怀疑来人的分量，根本就看不下我有这大的底气，我听到红红的母亲在院中高声应答了一声，"来了。"然后便听到嗒嗒嗒的跑步声，"马上开门。"人已经换成了红红的二姐，这个女人也不知她上什么班，什么时候都在家，我心里有些好笑，表面又得装得毕恭毕敬的一副软弱恭顺的样子。

门很快开了，红红的二姐惊讶地望着我。"二姐，你好。"

"嗨，呀，怎么会是你？"半天了她也不让路，也许此刻才有了反应，"你敲那么大声干什么？吓死人了，我还以为谁来了。"

"是康明吗？"红红的母亲听见了女儿的讶异，也颇觉好奇。

"你看哇。"有点不服气的口吻，然后红红的二姐让开了路，我冲她笑了一面，拎着一大包东西回了康主任的院中，红红的二姐一直勾着头瞅我的包。

"伯母您好。"也许是看到我的缘故，或者是我让红红的母亲空欢喜的缘故，红红的母亲一看到我，仿佛如临大敌，对我的问候装聋作哑，头一扭，脚下生风，逃跑似的窜回了家中，"伯母，您慢点儿，小心扭了腰。"我也不明白我为什么要说这么一句话，说了我就有些后悔，好在声音不高，红红的母亲又不在意我，我的话讲完了，她也冲进了家中，我想她一定不会让我进他们的家门，否则她不会这么没风度，后面传来了咯咯咯的笑声，我差点忘了红红的二姐，我想她一定是在笑我，笑我刚才讲的那句话，我只好向一边立去，看着她笑，也陪着她傻笑，也许此刻只有她才可以帮我，我真怀疑今天我是否可以见到红红。

"想不到你还有点胆量，还以为真的不想见红红了？"好不容易止住笑的红红二姐，毫不见外的提示了我一下。

我还能说什么呢，我冲她默默地笑着。

"对了，今天给红红买了什么好吃的。"以前我最讨厌红红的二姐，现在孤立无援，只有她把我当人看待，我又觉得她特别的亲切，友好，善良，人也变得美丽了。

被红红的二姐问到了东西，我真有些难为情了，她率真地向我走近，同时不断地瞅向家的屋门，我就知道她嘴很馋，她想分享妹妹幸福的美味，却又怕她的母亲，我蹲下身，把东西放在了地下，让红红的二姐拣选，她倒是不客气，几瓶青岛小罐头她统统拿走了，剩下饼干、果丹皮、冰糖、点心等，她一样也不要。

"你先走。"我打算让红红的二姐走在前边，没想到她却让我在前边走，这倒有点难，我想不出其中的道理，但也别无选择。

我的到来很令红红的母亲厌恶，我还没有进门，她就摆了一个脊背对着门，我有这么讨厌吗？我还是毫不犹豫地推开了屋门，康红的二姐两眼瞅着她的母亲，小心翼翼地进了另一个家，等安全了她就冲我笑着点了一下头，我现在终于明白了，我想利用她，想不到她却利用我做了掩护。

我把东西搁在了墙角。

"你把你的东西拿走。"也许是听到了一些动静，直觉告诉红红的母亲，我在干什么，她"噌"立了起来，迅疾地把一副冷峻的面孔对准了我，"我们家不缺你这些东西，请你拿走！"语气非常的严厉。

"妈，你这是干什么？"红红忽然从内间跑了出来，她很敏感，她想不出她的母亲如此会对谁，她很容易就想到了我。

"回去！"一声严厉的呼喝似乎想威慑红红屈服。

"不，我不回去。"红红居然敢顶撞她的母亲，这太出乎我的意料了，我不知道接下来红红的母亲会是一个什么样子，我有些为红红担心。

"你们这是干什么？"红红的二姐忽然窜了出来，尖厉地叫了一声。

"没你的事儿，滚回去。"一腔怒火无处撒，偏偏出来一个撞枪眼的，我感激地冲红红的二姐点了一下头。

"事已至此，你还想怎么样？"红红的二姐自有她的一番理由。

"我绝不轻饶他们，想这么便宜拣一个媳妇没门。"我知道老人家心里有疙瘩，她不能接受这个事实，可是错已经错了，我们该怎么弥补呢。

"妈，这就是你的不对了。"我和红红的目光交流了之后，又回到了二姐的身上。

"我怎么不对了？"横眉立目的红红母亲似乎不像刚才那么蛮横了，她的眼睛瞪着他的二闺女，语调有了转机。

"他们到了什么程度你不知道吗？别人不知道吗？你非要在家里捅破这个事儿你才满意吗？红红可以恢复从前的红红吗？干吗要弄得这么僵，女儿不像女儿，妈妈不像妈妈。"红红的二姐。

"我怎么不像妈了？"红红的母亲吼了起来。

"红红长大了，妈。"红红的二姐用凝重的语气试图让她的妈妈冷静下来。

"长大了就可以胡作非为？"红红的妈又激动了起来。

"你能管得了吗？"红红的二姐。

"我管不了谁管得了？"红红的母亲坐过了一边沙发上。

"康明换了多少个女朋友了，你怎么不管，他才上高中。"红红。

"康明是康明，你是你。"红红的母亲。

"我的事儿也不用你管。"我立在这里左右为难，望着红红激动的样子，心里特别的难受。

"行了，行了，都别吵了。"红红的二姐也许怕把事态会进一步闹僵、扩大，又钻进来和稀泥。

我不知道说什么好，由于我的到来引发了这家人的不和，我心里很过意不去，我无奈地望了一眼落泪的红红，心里也涕泣不安，我悄悄地踱出了门外，默默地走了。

第二十七章　风暴平息了

我的心一直在痛苦的徘徊，几天不见红红，我不知道红红怎么样了，我并不是不想去看她，今天我回到供销社的时候，小张告诉我红红来过了，我心里便格外的焦躁，也就顾不上他家人的态度如何了，很不巧，出来开大门的是红红的母亲，她看到是我便拒绝我入内，无论我怎么解释她都不听，关上大门悻悻而去，我就在他们家的大门口来回踱步，想寻找机会，可是这种机会却一直很渺茫，几个小时过去了，我又敲了一次大门，可能是防范我的缘故，出来开大门的依然是红红的母亲，我失望地望着老人家，心里绝望到了极点，我又想起了小陈的母亲，联想此刻我受的委屈，我真想号啕大哭，但愿能发泄我心中的郁闷和压抑。

傍晚的时候，老主任很意外地出现在了我的面前，也许他还在生我的气，他并不想搭理我，可是又怕我随他一块进了内院，我想他一定有这种心态，否则他不会立在大门口无动于衷，他的一双手搭在胸前，目光平和冷淡地瞧着我，这种目光让我心慌、羞愧、无地自容，他仿佛是一把刀子，要解剖我的五脏六腑，要剖析我的思维和灵魂，我又一次退却了，我在这场默默地较量中退缩了，胆怯了，我绝望地哀鸣了一声，然后便走了，老主任见我离去了，仿佛才变得心平气和，心安理得地有节奏地叩响了大门环。

我想我又一次濒临了凄绝的境地，爱人可能不复存在了，我的工作也可能因此而黄了，我的心里空荡荡的，两只脚仿佛浇铸了铅汤，沉重而麻木，我漫无目的走在秋风击落叶的饥嚎中，心里在淌血，灵魂在混浊中窒息，一俱活的僵尸，一片沉沦落魄的影子，萎靡而憔悴，他的影子越拖越长，一直伸展到久远深邃的黑暗中。

秋风夹杂着几分凉爽，把露珠摇摆着溅落到凄惨的影像中，影像有几分颤抖，也许会是恐惧，但他无法选择退僻，他觉得这就是他的灵魂，他想守住这份曾经的拥有，却又不是那么很容易，索性他也消失，在太阳消失的时候，他大胆的尝试，竟然成功了，他找不到了自己的影子，他居然连自己也要给忘。

这不该怪他，他心里承受的，已不足以支撑他的意志，他从恍惚中恢复了一些意识之后，他还是做出了一个选择，他不会屈服，他虽然找不到了支离破碎的影子，但心里保有一份圣洁，一份真挚的感情，这还不够吗？这份情感就是他的动力，他要为了这份情感而不懈地努力，无论吃多少苦。

"康红今天上午又来找你了。"我有几日没有回到供销社了，我心里一直牵挂着康红，我想她该康复了，我的心情也好多了，但是去康主任家找康红，我却下不了决心，顾虑重重，我害怕见到康主任，我怕我的行为更加激恼了康夫人，我不担心红红会和我分开，这绝不可能，但我担心我的出现不利于红红的休养。

"康红听说你有几日没来供销社很焦急，让我们见了你无论如何转告你。"这该怎么办呢？

"可是她在家吗？"这并不是我的真实想法，我知道红红就在家里，可是我进不去，怎么办呢？如果因为我的到来他们家再度起了内战怎么办？还是不去的好，可是不去红红又多牵挂，真让人左右为难。

"她不在家去哪，别找借口了，好事多磨，小苏别泄气，红红是个好女孩，别伤了她的心。"尚春花端着一杯花茶，一只脚踩在花池的砖边上，善意地提醒我。

"看不出小苏还挺特别的，在这个节骨眼上溜了几天，故意的吧。"小刘吸着一支烟卷，大大咧咧的一句话，惹得大家全把目光投向了我，好像我真的很有心计。

"红红来过了吗？你们别逗苏培了，我怎么没见，苏培你别信他们的，红红根本就没来过。"小楚是实心在哄我，我相信红红一定来过。

"有几天不见了？"尚春花洋溢着得意的笑。

"也就三五天吧。"小张。

"那还不要紧，才三五天。"小楚变异的腔调引发了大家热烈的欢快大笑。

"小苏，你想红红吗？"尚春花发出了轻盈的笑声。

"想，怎么能不想呢。"小楚居然可以惟妙惟肖地学来我的口音，真是好样的，别说大家都笑了，连我也笑了。

"还是你们现在这个年龄好，自由自在，你看，有谁能想到，我们的苏大夫竟然和康红谈恋爱，真是缘分、命运。"尚春花止住了笑声之后，立即发表了自己的想法。

"找对象就是命。"

"娶媳妇是接财神了，看你们几位哇，小苏是找好了，从此傍上了硬根，"尚春花是就事论事，她哪里知道我此刻的难处。

"小刘你跟了武主任多少年了？"小楚

"呵，寡的伤心了。"小刘，他毫不以为然，就越说明心中不甘，也许他很后悔，可是机缘不凑巧，他那种性格又和红红格格不入，即使有机会也未必会成功。

"康红和小苏般配，小刘你干脆后来者居上，娶了康玲算了，我看康玲也挺不错，这样你就和小苏、武主任成了挑担了。"尚春花兴致勃勃地谈趣并没有激起多大的涟漪，小刘可能听得不舒坦，脸绷得铁青，显得很不快，大概小刘看不上康玲，或者还很厌恶，否则他也不会这样，看到小刘的神情，尚春花知趣地走了，小楚也没了兴致，尾随尚春花走了。

"康玲不好？"小张真不识趣。

"好，你为什么不去提亲？"小刘火辣辣的口气一点也不友好，小张耸了一下肩，跳起来也走了，聚了一堆的人"哄"便散了，只听有人高声嘶鸣着，"小张，怕什么，提就提哇么。"

说实在的，我真不明白，康玲看上去并不美，甚至是很丑陋，但也不至于嫁不出去，配小张完全可以配得过来，小张有什么了不起，小刘我不敢说，小张的境遇可能只比我强了一黑豆，他的舅舅是农机站的站长，所以他也得宠了，必定供销社没有靠山，他的地位未必很牢靠，如果真找了康玲，我相信他比我有出息，因为他很会巴结人，每个人都对他印象很好。可是我想这些有什么用呢？是因为康玲反过来帮了我们吗？所以我才有为她着想的心态？我说不清楚。

我孤零零地被大家抛在这里，颇有些进退两难，我想去看红红，可是又颇多顾虑，即使可能进去，又能怎么样，还不是一样给红红添烦吗？怎么办呢？

我默默地踱出了供销社的大院，竭力抑制着对红红的思念，一遍又一遍地告诉自己，"去不成，不能去。"然后脑海中马上又反馈出另一种信息，"怎么办？怎么办？"

无论我思想有多么复杂，无论我的顾虑有多么沉重，我的步伐还是不由自主地靠近了康主任的朱漆大门，望而生畏的大门庄严而肃穆，沉甸甸地把守在这里，威严地告诉我一种结局，他不喜欢你，他要阻止你踱入这个门槛，我能有什么办法呢？难道因为这一道阻隔，我和红红要被生生拆散吗？康主任和这家人以往不是对我印象挺好的吗？为什么现在他们就认为我不好了，不适合了，他们不顾我和红红的感受如何，他们只爱护他们的面子，尊严，难道他们为了自己的面子，尊严要不惜代价地报复我们吗？天下有这样做父母的吗？

想归想，事儿还是事儿，怎么办呢？无论我有多么美妙的言辞，无论我有多么激烈的陈述，面对威严，我无奈地发出了叹息，怎么办？我几次伸出了自己的手，有多少次我在别人的莫名其妙的瞥视中从威严面前退了下来，我的心在颤抖，我的手在瑟瑟发抖，我痛、我悲、我哀、我吁，又有什么用，红红请原谅我吧，我实在鼓不起一点儿勇气，我怕你们家的地位、威严、财力，我怕那种指责、委屈、羞辱，我怕，我怕就顶用了吗？

我就是这么矛盾，我应该，我必须要见到红红，我忽然又痛下了决心，我终于又让自己敲响了铁环，我不应该如此懦弱，我要给红红力量和爱，让她不要失望，不要痛苦焦灼的等待，要有勇气面对残酷的现实，做到这一点，舍我其谁？

我一边敲一边从门缝中向里窥望，如果这次出来的依然是红红的母亲，我想我会立即逃跑了，这位老夫人太厉害了，红红家的门发出了轻微的响声，我看到红红跳了出来，但很快又被人吆喝了回去，不知道是怎么回事儿，难道这家人还在防范我吗？我有些疑惑，我不再敲大门了，我想会有人了来开门的，我悄悄地立在一边，等待这个幸运的时刻。

我听到了轻轻的脚步声，然后是铁与铁之间的摩擦音，大门拉开了一个小缝，老主任探出了头。

"老主任是我。"怯弱的声音，默默地微笑，并没有换来礼貌的待遇，老主任原本自然的脸，看到我，忽然表情严肃了起来，他什么也没说，扭头就走了，所幸他没有合上大门，我已经觉得很荣幸了，如释重负地长吁了一口气。

我默默地跟在老主任的后边。

老主任回了家，把门合上了，我不知道自己该不该跟进去，立在门口望着门里。

康夫人瞥了一眼门外的我，又扭回了头干她原来干的活儿，老主任捧了一本书，而且特意加了一幅镜片很大的花镜斜倚在沙发中，屋子里静悄悄地，看不出有爆发战争的可能，或者发生争执的被渲染的激动，他们都很平静，我悄悄地推开了门，然后悄悄的又合上。

康夫人又扭回了头，并没有恶意地向我示威，显得很平静，冷漠，然后又去拾掇她手中的活儿。

老主任瞅了我一眼，然后又去看他的书。

我有一种预感，我和红红之间的风暴即将平息了，老主任和康夫人的火，已经被销蚀得平静了，他们的心态已在向正常恢复，我们的事情要被他们无奈地接受了，真不好意思，本来我们应该更体面一些，谁知道会发生那样的事情，而且惊动了那么多人，红红的事儿没捂住，让老主任、老夫人丢了脸，也不是我和红红所情愿的。

"找个地方坐吧，我们家的房顶又捞儿不下来。"久远的沉默，良久的对视，老夫人终于不能隐忍她的善良和同情，她应该怪我们，可是事已至此，又能怎么办呢？她真的要阻止我们吗？我觉得也不大可能，只不过她想出出气而已，现在气消得差不多了，老夫人还得为红红着想，这依然是她的责任。我的思维有时候很正常，有时候也很糊涂，现在也许看得明白了一些，可是那种忐忑不安的惊恐，依然使我不敢放肆，老夫人专心致志地在纳鞋帮，偶尔还会瞟我一眼，老主任也许是因为书中故事的缘故，竟然呵呵呵笑了起来，我的神经终于放松了。

我还没有找准地方坐，红红已经从内间奔了出来，她比以前憔悴多了，虽然今天换上了往日的盛装，却也看不出昔日的风韵，她瘦了，他看我的眼神含满了混浊，晶莹的泪光，却很兴奋，脸上洋溢着温和的笑，在奔近我的一瞬间，她忽然又意识到了一点什么，身子一偏拐过了沙发，顺手提了一个暖壶，我瞟了一眼老夫人，然后一直以默默地笑，红红为了我你受委屈了。

"小苏，我告诉我，如果不是为了红红，我们是容不下你的，看在红红对你一片痴情的份上，我们就什么也不说了，你们做的事儿我们也可以不追究，但我有一个条件，你们必须得答应。"老夫人停下了手中的活儿，冷峻的目光逼视着我，我知道她这种严厉代表着什么，她要告诉我，她提的条件是不容反对的，我得无条件地接受。

我默默地望着老夫人，淡淡地笑着，陪着无数个小心翼翼，红红在端给我水杯的刹那间，脸上泛起了一股鲜活的红晕，在目光交流的瞬间，我的内心便充满了自信和勇气，我的全身泛起了轻快的振荡，"红红你好吗？"我从心底的夹缝中发出了问候。

"你也知道，我有三个女儿，一个儿子，我不指望你将来可以养活我，就你们两这种德行，我看着都生气，我也不用你们养活，你们自己可以过好就可以了，但是你们不要误解，你们现在还不能结婚，红红现在的身体状况你也知道，如果以后再弄出事儿来，别怪我提前没招呼你，至于为什么你们现在不能结婚，你们俩也不要瞪我（老太太似乎有些多心了，我们哪敢），我得和你们讲清楚，康玲你知道吧。"老太太把目光投向了我，我点了一下头，"她的年龄也不小了，哪有姐姐没出嫁，就嫁出妹妹的道理，在我这里行不通。""二姐一辈子不嫁，难道我也一辈子别嫁人吗？"红红恼怒地顶撞了母亲，"什么呀，谁说你二姐一辈子不嫁了，谁说让你等一辈子了？"老主任听不惯了，红红歪了脖子，坐在了一边的小凳上。

"也许你二姐冬天就嫁了。"老夫人大概是被红红折磨得心怯了，并没有和红红争执的意图。

红红一言不发，我又能有什么办法。

"小苏，我说的话你听明白了吗？"老夫人

"听明白了。"我如实做了回答。

"我不反对你和康红来往，但你们也得给我们一点老脸，不能说你们想怎么就怎么，那能行吗？"老夫人语气很和缓。

"冬天康玲如果找下了，给你们一块办。"老主任又把脸从书上移开了一些。

"你不要被这种事弄昏了头，你们家，我们家，不用我说，你心里也很明白，也就我们家红红，供销社这帮不了解你的人说你还行，我打听过了，村子里的人都说你爸你妈，包括你在内，全是白痴，当然，你不要急，这是我们打问来的，实际上你也不愚不蠢，还能让我们红红看上，我也就什么也不说了，不过女儿我养了这么大，不能说尽如你们家的意，我们就白养了，拱手让给你们，那不可能。"看来康夫人并不想让我顺顺利利地把红红娶回去，我不知道她会设置什么样的障碍，我能否办到，心里七上八下没一点底，我和红红对视了一眼，她很轻松的笑，让我自在了很多。

"我知道。"其实我知道什么呢？我什么也不知道。

"知道就好，如果冬天康玲找好了，我要你备办的只在他之上，不得在他之下，你听明白了吗？"有点严厉。

"那是自然。"我有些不服气。

"既然这样那我就不说了，你有的就是时间，提前准备吧。"

第二十八章　婚姻

我和康红虽然没有被康主任夫妇恩准结婚，但他们承认了我们的关系，允许我们来往，这已经是很不易了，我不明白他们是怎么转过了这个弯，不再阻拦我们，带着这个百思其解的问题我曾私下和红红探讨过，她从来没有正面回答过我，每当我说到这个话题，康红就会引开我的注意力去聊别的内容，如果不是小张成了康玲的男朋友，我看这个问题，我是不会轻易知道的。

"原来你和康红走到今天也很不容易。"小张成为康玲的男朋友，仅仅是几天前的事儿，可见他们的关系进展的很顺利，如果不是这样康玲也不会什么也告诉他，他的话引起了我的警觉，我不想去探讨我的问题，虽然"嗯"了一声，但是我仍然不想和他谈论。

"康红真勇敢，你小子好福气。"他找的是康玲，絮絮叨叨康红干什么，可是我又不好制止他，勉强笑了一面，这小子还真的向康玲提亲了，而且一提就准，看来我和康红结婚有望了，就是不知道他们会怎么准备。

"如果不是康红绝食，弄得老主任夫妇没招，我看你小子现在也定不下来。"我终于全都明白了，康红为了我，遭受了那么多的苦难，我的喉咙有些哽咽，眼眶发酸，泪水几乎要止不住了，我一言不发，小张以为说了不该说的事儿，惹恼了我，知趣地闭上了嘴。

不久康玲举行了隆重的订婚仪式，康玲和小张的关系被进一步确定下来，我和康红立即探讨此事，并和我的父母做了商讨，结果遭到了康红父母的拒绝，我找了好几个可以和康红父母说上话的人和他们商讨，其结果都一样，原因很简单，康红未婚先孕丢了他们的人，使他们无法面对亲友，所以订婚仪式减免了，他们家让我的父母给了一千元钱，婚便算定了，给了红红六千元，当然包括我以前给红红的四千元，没有举行订婚仪式，红红一直闷闷不乐，可是我们也没办法，事已至此能怎么办呢。

小张可以随时随地去康玲家，吃喝坐卧行，都很随便，而我却不能办到，我心里有顾虑，我不知如何开口叫康红的父母，更不敢随随便便在那里吃上一顿饭，康红的母亲从来对我是不冷不热、爱理不理的样子，他们甚至让康玲到供销社叫小张回去吃饭，但绝不通知我，康红便更不高兴了，索性平常也不让我去，她一有空就来了供销社，反正我一直没有供职，有的是时间，这点要比小张强多了，所以我们想走哪就走哪，武登科在这一点上还是特别的关照我，我心里很感谢他，康主任对我成见很深，从此对我是不闻不问，看着康红也不顺眼，有时还不免冲康红发些牢骚。

康玲要了六千元钱以为很多了，实际到位多少，谁也不大清楚，大家都说他们家也不宽裕，往出拿六千元很难，订婚的时候，小张把康玲包装了一番，订婚之后小张和康玲又置办了很多东西，康红目睹了她二姐的风采之后，决定开始置办自己的衣着首饰。

康红被认为是丢了康家人的人，处处处于被动，心里一直憋着一团火，因此在置办自己的东西上，她表现得特别大方，一出手就是一条十四点五克的纯金项链，一千七百四，花得我好心疼，然后是金耳环，金戒指、银手镯，总之无论哪一件都远远超过了康玲，她是成心要和她二姐比试一番，要给他们家人看看，然后给她母亲、父亲、大姐、康明，甚至是康玲，一人一身纯毛布料，我和她自然更不一般，第一次出远门归来，康红从头到脚都大变了样，原本就漂亮的康红，被新式发型，时髦衣着，考究地装饰起来，又哪里是康玲娇小玲珑可比拟的，别说是在这个小镇上，大街上就招来了无数啧啧啧的目光和羡慕。

在康家，康红顿时成了令众人不解、惊奇和羡慕的对象，尤其是康玲看完了一件又一件，越看越觉得不是滋味儿，连我也不好意思了起来，康红无论从首饰、衣着，都要从档次上远远超过康玲，这是老康家人万万没想到的，他们每人一身纯毛料，而且有大姐的，连康玲的都有，这是他们无论如何不相信的事实，他们用怀疑的目光看着我们，我们哪来这么多钱，我们怎么这么大方，以后要办的事还很多，钱都花完了，以后怎么办，最能叽叽喳喳的康玲忽然变得现实起来，说红红花钱不可以大手大脚，攒下一些，婚后好用，甚至还讲了人无远虑必有近忧，等道理，试图掩盖她的寒酸和吝啬。

"这几年你们家收入不错。"一直沉默的小张终于撑不住气了。

"结婚，人一生只有一回，就是借的花也值，怎么也不能委屈了我媳妇。"我相信我说的还是很得体的。

"像你们这样花，操办下来还不得一万多。"小张试探地问道。

"花上多少算多少。"在经济上现在直觉告诉我，小张不如我们，直到现在为止，我们俩人的事儿，还没有花家里的一分钱，刚武登科给我们的就够我们折腾一些日子。

"行，你们还是可以。"小张不得不表示对我们的敬佩，康红的母亲表现得很平常，康主任却是很兴奋，甚至还夸了红红买回的一堆纯毛料，差点就要说，还是红红会办事儿，可是被康夫人瞅了几眼，他也不敢放肆地夸赞红红了。

"以后你就知道过日子的艰辛了。"康玲毕竟长了红红几岁，她说的话也很有道理。

"不要紧，苏培他爸说了，家里有钱，也没规定只给我们六千，花完了在回去取。"我爸可没这样的头脑，有钱红红要，他会给，讲这几句话，恐怕他讲不了。

"噢，难怪，难怪，看不出来，苏培家的日子这几年可以嘛。"老主任忍不住还是插了一嘴。

红红的妈一直以审视的目光怀疑着我们。

"那你比我们强多了。"小张。

"哪能比你们强，你们要什么有什么，风风光光的，我们哪能和你比。"红红的话似乎隐喻了一些什么，她的母亲不满地瞪了她一眼回了里间，老主任无奈地笑了一下，我也挺难为，她明明是故意的，我也只好奉陪了。

康玲提了给她的那件纯毛料进了自己的房间，小张立即尾随进去，老主任点了一支烟，很不自在，红红不满地看了一眼老主任，然后低下头去整理她的东西。

"康红，你的嘴也别那么刁，你的原因特殊一些，我们也不是不管你，按道理，你住院看病的钱，酬谢别人的费用不该我们家出，我们也不是出了吗？虽然有不尽如人意的地方，那也是怪你们自己。"康红的母亲觉得还是有必要申述一下他们的付出，让红红别太抱怨他们。

"你放心，以后我会加倍还给你的。"红红很冷漠。

"真不像话。"红红的母亲占不到便宜反又生了一些闷气，不快的掉转了身体又回了里间。

"你不能少说两句。"我悄悄地规劝红红，希望她能够接受我的提议"多一事不如少一事，何必弄得那么僵呢？"也许老主任听到了我说的话，他瞥了我一眼，似乎不再那么冷漠。

我不知道是我说得不对，还是红红的伤心所致，她在默默地落泪，我知道她心里不服，她不能接受父母给她的安排，可是又非我们的能力可以挽回，她不服气，她怪她的父母，也许也在怪我，怪自己，可是能怎么办呢？谁让我们做出了让老人家无法承受的勾当呢，他们已经用最大的耐心呵护了我们，我们又何必去苛责他们呢？

武登科在忙完了他们的事儿之后，匆匆忙忙赶回了供销社，看到他的人似乎都有些灰心和失望，武登科和以往不一样了，他忽然间冷漠了起来，一贯随和热情的作风，改换了一种凝重的肃穆的神情，目光里含满了忧虑和深思，他走到的地方，都留下了大大小小的不安和胆怯，谁都不明白武主任这是怎么了，就连一向喜欢和他开玩笑的人也沉默不语了，他们忽然间觉得自己和武主任之间还是有很大很大的差别，所以他才敢如此对待别人。

"武主任这是怎么了？"很多人发出了疑问。

"武主任怎么样，除了为钱烦恼，就没有别的了。"小刘总算知道一些内情，他的言语引起了很多人的注意，他一下子就成了聚焦的中心，他叼着一支烟，显得很得意。

"武主任还缺钱？"

"你说的是千二八百，还是万二八千，三万五万，几十万。"小刘针对性地盯着发问的人，"你真幼稚，武主任能缺这点钱，就是几百万，他也不在话下。"小刘抑扬顿挫的腔调，仿佛是一个大干部在讲台上演讲。

"这么多还不够？"

"不知道。"小刘忽然间倨傲的不屑的神色。

"武主任的心思也未必会告诉你。"有的人回味起了小刘刚才的一知半解，试图做一些反攻，以期让自己的心态平衡一些。

"狗腿子。"有人悄悄嘀咕了一声，但并不是不让小刘听到，他听到了又能怎么样，他看了一眼说他的人，无奈地笑了，但是大家还是知道了很多内幕，武主任为什么不高兴，我和所有的人都相信他是因为钱才会烦恼的。

"不过，我可以告诉大家一个好消息。"小楚忽然打破了暂时的沉寂，他会有什么好消息呢。

"你有什么好消息。"小刘第一个不相信。

"这个消息不是关于我，和我没有多大关系，这一点我得首先声明，你们有没有发现，最近几天，我们这里少了一些什么。"小楚故作神秘的姿态，引发了大家的好奇，供销社的大院里少了什么，化肥，还是籽种，大家目测了一遍，有的还故作沉思，其结果都一样，什么也没发现。

小楚似乎对大家的表现很失望，她不断地在摇头，虽然如此，还是没有人想到我们中间，供销社里现在缺了什么。

"不见尚春花。"小刘突然间意识到了。

"真的，尚春花这几天不见。"

"不是哇，小楚你说的就是尚春花？"

"当然，难道尚春花不在，你们不觉得少了点什么。"小楚。

"她又不和我们一个办公室，这种感觉没有。"

"尚春花有什么好消息？"

"尚春花的丈夫调走了。"小楚。

"调哪了？"这倒是很新鲜。

"调工商局当了副局长。"小楚。

"不是哇，这小子升得这么快。"这确实是一个令人振奋的好消息，刚上任的一个乡长一下子做了副局长，而且还是工商局的。

"刘春祥有人。"有的人就开始猜疑。

"这个人就抓作风，工作很有魄力。"什么成绩也没做出，谈何魄力，但升迁总有些缘故。

"看那小子也不是等闲人物。"有的人要突出他们的先见之明了。

"人家是有能力。"

"看来有能力的人，永远也不吃亏。"

"副职，没有实权。"

"可是刘春祥年轻呀，他才三十多岁就当了工商局长，前途不可限量。"

"真想不到这小子升的这么快"。

"不对哇，刘春祥走了，尚春花也走了，就这么走了？"小刘。

"那怎么走？"

"我们在一块共事也有几年了，走，怎么也得招呼一声吧。"小刘。

"这几天尚春花和刘春祥才忙着应酬乡里的，哪顾得上我们，尚春花不是那种人。"

"你们可别这样说，差距越来越大了，她不理你也无所谓，谁让人家的男人做了工商局的副局长，你们的七大姑，八大姨，十杆子打不住的舅舅，姨夫，还是你们家的荣耀，刘春祥这是正儿八经做了工商局的副局长，你们搞清楚一些。"小刘毕竟见识不同于一般人。

"看人家。"

"尚春花一块走吗？"

"尚春花工作工商局都已落实了，在他们下属的一个服务公司做会计。"就这么简单。

"就这么容易。"

"有这么一个有出息的人也好，说不定我们中间某个人以后会用得着刘春祥，尚春花她一定会帮忙。"大家沉默了，这不是也许，肯定有人会去找尚春花的。

"奇怪，武主任怎么会闷闷不乐呢，尚春花和丈夫升迁了，对他来说，绝对是一个好消息。"这点谁都不会否认，可是武登科为什么很不快呢？看来困扰他的不仅仅是钱的问题，也许还有别的问题，至于有什么别的问题，就不是大家可以肤浅地想到的。

"尚春花走了，尚春花的位子谁来顶替？"小张

"你说的是副主任的位子，还是会计的位子？"小刘

"小张更关心的是副主任的位子。"小楚笑了一下，在供销系统现在谁都知道，小张，在康主任家的位置日渐盛隆，而我却闲置一旁等候处理，自然有什么希望也只能是小张的，和我似乎要绝缘了。

小刘歪过了头，沉默不语。

"开玩笑，开玩笑。"小张真会谦虚，明明自己心里很惦记那个位子，却又不敢明说。

"小张终于走了一步捷径。"贾文义拍了一下屁股上的土，跳起来去了他的生产门市部。

"小张变聪明了，当了副主任，可不能辜负了弟兄们。"

小张一直在默默地笑，我想这种可能性不大，不过大家恭维他而已，也许小张也可以干上，那也说不定，我待在一旁，只是陪他们傻笑而已，似乎我已经不再是康主任的女儿康红的未来丈夫，康红失宠了，我也好不在哪，本来我和康红的情况供销社的人是知之甚少，自从小张和康玲有了婚约，我们的事情就大白于任何人，任何人都知道我们的处境有多么尴尬，我心里有些怪康玲，更怪小张，何必呢，为什么就不能少说几句，可是有什么办法，我又不能堵上他们的嘴，现在好了，小张终于达到了他预期的目的，把我冷落在了一边，他正在人们的心目中越来越高大了起来。

小刘一副不屑的样子，他在想什么呢？他也许因为小张，因为尚春花，因为武登科，因为康主任，有意无意地想到了康玲，但他还是否定了康玲，他有些鄙视的神色，也许是冲着小张的，我想他连我一块在鄙视，这不是无缘无故的。

几天之后的一天，关于小张终于传出了一个消息，乡政府成立了一个联合公司，他下设了一个供销社，其规模一点也不亚于原供销社的，甚至可能资金更加的雄厚，但是乡政府担心经营不了，因此向供销社康主任提出了要人，康主任推选了小张张至立，就是康玲的未婚夫，有康主任的推选，小张很容易就被乡政府定了下来，小张的空缺并没有由我补上，而是由小张的弟弟张中立顶上了。小张晚上依然会回到供销社，只是白天就不在供销社上班了，虽然如此，我也不难看出，小张变了，他穿上了康红给康玲买的布料做的中山装显得特别精神，我似乎第一次看到他往头上抹油，他留起了长发，而且留了扁缝，鞋面打得很光亮，火车道也溜得笔直，不知从那天起，他的手里也拿了一块和武登科一样款式的皮夹，只是武登科常常是夹在腋窝，而他却垂在手里。

小张从他的床上给我扔过了一支点燃的香烟，呵呵地笑个不停，我想他一定是有很

快乐的事情，否则他不会这样。

"什么事把你乐成这样？"我从床单上提起了香烟。

"告诉你，你简直不敢相信。"小张。

"康玲给你灌了迷魂汤。"我和小张随便惯了，所以和他开了一个玩笑，我狠狠地吸了一口烟。

"这几天我哪有工夫见他。"我看他未必有那么忙。

"那是什么事情让你这么快乐？"我还是很感兴趣的。

"这几天你见康红没有？"答非所问，真不知道他葫芦里卖的什么药。

"见了，天天见。"这本来就是事实，我不去康主任家，康红不来供销社，我们自然有见面的地方。

"心情好些了吗？"想不到小张还挺鬼大的。

"很好。"红红才没有你们想的那么脆弱。

小张点了一支烟，扯开了被子，竟然没有了下文，我从心里哼了一声，我知道他是故意的，索性我扔了半支烟，也钻进了被子，爱说不，不久小张便发出了自鸣得意的笑，神经病。

早饭的时候小张早已走了，供销社的早点小张已经吃不下了，我知道他每天早上都去康红家，甚至午饭、晚饭，他都去，可能我去得少，所以他自然就哄了我，我并没有觉得有什么大惊小怪的，也不想和他去计较，他和康红父母走得近，以不是什么坏事儿，有时我觉得他特别可笑，瞒我有什么用，可是他就要这么做，我真不明白，他这样做到底是为了什么。

我刚在供销社的食堂吃过早饭，红红就来了，他手里玲着一个包，和每个人都招呼了一下，然后我们往宿舍走去。

"张主任乡里给补了五百元，看把他乐的。"一出食堂门红红便告诉了我张至立因为什么得意。

"乡里干吗给他补了五百元？"刚调过去，他有什么可神气的。"还不是让他好好表现。"红红。

"那至于吗？"

"五百元，五百元不是小数目，是他张至立三个月的工资，他能不得意吗？"也是，这事搁谁也会高兴的，何况张至立正在用钱的时候，既升官，又发财，何乐而不为。

"他用五百元干什么？"我想张至立一定撑不住气，和康玲或者对红红的父母讲了五百元的分配原则。

"看把他美的，他要用五百元买一栋房子。"红红锁了一下眉头，我打开了宿舍的门，让红红先进去。

"五百元能买什么样的房子？"我真的是不知道房子是什么样的价格，但我认为五百元无疑是很大的数目。

"五百元的房子住也可以，二姐说供销社东边有一套石基础的房子要卖八百元，八十平米，还有一个南房。"红红浅淡地笑着从我手中接过水杯。

"供销社门口西边门面上有一套房子也是八十平米，前门面砖，结构很好，可以开饭馆，各种小铺都可以，住也很方便，要买四千元。"红红望着我诡秘地笑着，我知道她也动了心眼儿，至于她想干什么我一时之间想不明白。

"他们能拿出那么多钱吗？"我相信张至立绝不买贵房子。

"他们是买不起，但有人能买得起，而且是帮他们买。"红红一副不服气的神态。

"谁？"你看我这个人有多么愚笨，这么简单的问题都想不到。

"我妈，你真是榆木疙瘩不开窍。"红红用指肚点了一下我的前额，"你就不能多长几个心眼儿。"

我无奈地耸了一下肩膀，这不是我可以管的事情。

"我们买下。"红红掷地有声的话，让我顿感不安。

我有些疑惑，不相信这是真的，红红干吗老要和她母亲过不去，难道就为了争一口气吗？可是四千元，这绝不是一个小数目，前一段时间我们花得太快了，现在再往出拿四千元，谈何容易。

"你不用看我，你马上回一趟家，和你爸妈商量一下，看看有没有办法，能拿多少，马上给我回话，这个房子我看过了，以后一定升值，即使不增值，这个房子傍着大供销社，做什么买卖都可以，时不再来，机不可失。"红红斩钉截铁的口吻，不容我反对，我只好无奈地点了一下头，答应了她。我原本以为家里是拿不出钱来的，想不到我把红红的想法和父母说了之后，他们竟然立即指责了我，说我一个男人，竟然不如一个女人，"买，怎么不买，别说四千，一万我们也买，没有可以借，要不砸锅卖铁也要帮红红挣一个面子。"

原来我的父母，为了我们结婚已经攒了几千元，一直也舍不得花，现在正好派上用场，这更出乎我的意料。

"我们怎么办？"我把四千元交给了红红。

"怎么办？还用我教你吗？你去和那家人商量，最多只给他们三千二百元，一点一点往上涨。"红红以为我不会商议价格。

在傍晚来临的时候，我约了贾文义和卖房者签了协议，以三千一百八十元的价格买下了房子，然后我们进了食堂。

小张这天回来很晚，他进了宿舍之后也不开灯，也不吱声，我在黑暗中默默注视着他，他点了一支烟，我看到他的目光很不友好地看着我，他一定是怪我，我心里边有些过意不去，可是，一想到这是为了红红，自然又心安理得了，他能买我也能买，这有什么错误，实际上小张根本就不知道房子是我买了，纯属是我多心了。

在我回去拿钱的时候，红红找到了贾文义，说明了买那栋房子的意愿，想要贾文义帮一个忙，在红红她爸来之前，贾文义已经先打了招呼，而且没告诉是红红要买，所以，我们才会那么顺利地把红红的爸爸的生意抢了，当然我们多少还是沾了一点红红爸爸的光，这一点我又不能否定，否则我也不会那么顺利地以那个价格买到。

自从我们购买了那栋房子之后，我的心里一直忐忑不安，唯恐小张、康玲怪怨我们，他们一直心怀希望，希望可以把我们购买的那栋房子拿到手中，小张看到我的时候总笑，可怎么也笑不出来，他一直把购房这件事儿严严实实地对我封锁着，他就是想怪也怪不出来，他压根就没想到我们也会购房，而且会走在他们前边。

康主任似乎明白了是怎么一回事儿，他回去质问了康红，康红又推了个干干净净，说成是我的父母要给我们买，直到买成了他才知道，老主任发怒了，他其实了解得很明白了，可是康红无非要哄他，他最终也无法发作，手心手背都是肉，他不可能太离谱了。

康玲因此一直闷闷不乐，她一直是很小瞧我的，加之她又多方了解了我们，所以对我们的存在她压根就瞧不上，她之所以会改变态度帮我们，似乎也不是出于公允的态度，自从她结识了小张以来，这种思维更加强烈地左右着她，小张要比我强，无论从哪个角度出发都觉得比我顺眼，可是她没想到的是红红偏要强出头，其实完全在我们的经济能力之中，说到这里，我要表白一下，我们所以有如此坚实的经济能力做后盾，武登科作用是不可磨灭的。

康红的表现使她的母亲对她更加反感，她认定是康红从中作梗，故意和她和康玲作对，康红一言不发，因为事儿在那放着，她乐意这样做，你们谁不痛快是你们谁的事情，谁让你们做事不慎重，我做错事儿后果由我负责任，你们怪也怪了，惩罚也惩罚了，这些我全认了，你们做事有了疏漏，怎么也怪我，康红自然不肯让他们，言语上的争执是短不了的，虽然她尽量克制着，还是免不了面红耳赤。

"康玲房也别买了，结了婚就住在这里。"康红的母亲公开地故意刺激康红。

康玲一言不发，这并不是长远之计，这一点她不比谁看得清。

康红出来进去，一副无所谓的样子，母子俩的别扭使他们产生了无法弥补的隔阂。

"我不相信，供销社主任的房子还不如一个平头老百姓盖得好。"康母絮絮叨叨地没完没了。

"你想跟我换，我还不换。"康红愤愤不平。

康玲冷漠地瞅着康红。

"怎么说康玲也是你姐，她对你一向也不薄，你对我们有意见，怎么报复在了你姐身上。"糊涂的康母以为这样可以争取到康玲一致攻击康红，岂知她这种自私的狭义的心理，把一个神经质的康玲引导到了一个绝对仇视康红的轨道上，她原本也没觉得怎么样，或者只是懊悔他和小张的经济，就是有点怪康红，也没十分在意，被康母唠唠叨叨不断的指引，误导，康玲终于完成了从肤浅到深层的转换，她悄悄地恨起了康红。

"这个责任必须由你负。"忽然有一天，康玲在其母的煽动下，疯狂地大叫了起来，骇得红红胆战心惊，望着康玲歇斯底里的狂叫，她吃惊得不知所措地望着。

"你不是理直气壮吗？怎么也有心虚的时候。"康母还在火上浇油，她忽视的东西太多了。

红红无奈地望着母亲，她不明白，母亲这是怎么了，她不但不平息康玲疯狂的叫嚣，甚至在鼓动康玲，让事态进一步扩大，"你老糊涂了！"康红不知说什么好。

"你这个不孝的东西，你再说一遍，你敢说妈妈老糊涂了。"康玲冲动的向康红逼近。

康红转身奔进了里屋，把门从里锁好了。

康玲扑上了门，狠狠地用脚踹着。

"胡闹，你这是干什么？"康主任突然从外边走了进来。

康母歪在一边垂泪，"我怎么养下这么个不争气的东西，丢尽了我的老脸，还骂我老糊涂了，幸亏还有康玲做证，为我出头，不然我还怎么活呀……"康母为了袒护康玲装出了一副极其可怜的酸楚相，她真的是老糊涂了。

第二十九章　康主任一家人心里的坎

康红在房这件事儿上，我相信她做的是有些过分了，为了争一口气，惹下了康玲也不值得，可是我说了似乎又不算，同处一室，康红和康玲别别扭扭不说话，我和小张之间也忽然陌生了起来，彼此成了亲戚之后反而疏远了，小张总还算明智，他一直没张口谈论房的事情，可是我心里却一直不好受，总想找个机会和小张谈谈，可是又不知该从何说起，索性也装的什么也不知道，合则即来，不合即分，由他们吧。

没有几天，小张借故说联合社那边有了住处，便从供销社的宿舍中搬走了，见了红红之后，我告诉了红红，红红一言不发，也许她也很懊悔，可是事已至此，想弥补也不是一件易事。

"我看到他一日三餐往那跑就来气，而且还一片火热，我们倒成了外人。"红红的不平也不是不可理解，可是有什么办法，我们做的事情老人家不可谅解，心里不好受，也是情有可原的。

"必定是亲姐妹，何必一定要弄得很僵呢。"我很不理解。

"亲姐妹不假，可是我看不惯他们，他们欺负人，我就不信，我偏要这样，他们想怎么样？"红红愤愤地有些冲动。

"以后我们还怎么处？"我有些担心。

"你以为以后他们会对我们好，看把你美的，我二姐是什么人，我比你更了解，她这一生也不会原谅我们，我们有什么错，可是她认定是我们的错，我也没办法，我根本无意和她治气，我针对的是我爸、妈，她要激动，我也没办法，她想怎么样就怎么样，我让她就行了，以后谁过谁的，爱理不理。"红红生气的样子一点也不美。

"那你以后一定要冷静，千万别逞嘴快，逞一时之快，又有什么意义，必定他们都是你的亲人，气坏了他们，你会愧疚的。"我希望我的话可以说动红红，让她以后表现得好一些。

红红一言不发，似乎又要落泪的样子。

刚刚进入阴历的十月，我的父亲找了一个中间人，其实也就是充当媒人的那种中间人前往康家定结婚的日子，按照礼节，我的父亲代过去了一些礼品。

康玲看到我的父亲便默默地回了里间，康母的表现也很冷漠，她知道父亲来的用意，故意地沉下了脸，康红出来立即倒了两杯水，招呼他们坐下。

"你们来的用意我已经知道了，康红我管不了，她已经是你们家的人了，这一点谁都知道，你该下怎么准备就怎么准备吧，我们也没什么要求，你已经做得很好了。"康母的话让红红很尴尬，当着母亲的面，红红很勉强地冲她出来笑了笑。

康主任的意思很明确，要小张她们和我们一并办，十一月初二是个好日子，但是康玲不同意，康母也不同意，她们反对一块办。

康红一直没有吱声，她心里特别的委屈，她根本就没有想过在这个上又出现分歧。

我们买的房子已经装修好了，摆设也已经做好了，万事俱备，但是结婚的日子却一直定不下来。

康玲挑的日子是在腊月二十，我想她们是故意的，康玲挑在了腊月二十，我们的日子却定不下来，一天双办，他们说有讲究，提前办他们又不同意，很简单，康玲大，要先聘了康玲再聘康红，可是康玲的日子挑在腊月二十，看来年前我们是办不了了。

我找了武登科，红红也和她大姐商讨了此事，希望和她们好好地沟通一下，但是最后也没有结果，又费了很大的周折，康母说让我们年底办，不过，她又提了一个条件，也许这才是问题的所在，她要求我的父亲承担红红住院治病的费用，这个问题实在是不合情理，但又在情理之中，我的父亲有些为难，但最后还是同意了。

康玲很快也买好了房子，有康母的支持，康玲买了一座更大的居住条件更好的房子，刘春祥的房子，他们搬走之后，成了康玲的房子，这些似乎跟我们没有太大的关系，我和小张疏远了，在心态上和康红的父母也有很大的差距，迈进康主任的门，我要下上一番决心，否则还真难。"我们做人这么失败！"康红感触极深地发出了叹息，我也没想到，我们会是这样，这完全怪我们吗？我不知道，但心里的不快，让我憎恶他们，即使如此，我还是希望他们可以迁就我们，"怎么搞的，怎么会越来越严重。"这个问题我真的是很不明白，红红默默地一言不发，这本来是她完全没有想到的，她看到我的时候，我不知道她是否很懊悔，她坐在、站在我们用来结婚的房子里，对这里的一切都表现得索然无味，我知道她的心情很不好，为了和我在一块，处于这么尴尬的境地，她怎么能不难受呢。回到家里，父母没有好脸色，康玲可能还要故意地设置一些不快，红红即使忍气吞声，但日子还是很不好过，她憔悴得很厉害，连梳妆这样最能表现她美的行为，她都懒得进行，她饮食剧减了，整天沉默寡言，郁郁不欢。

"这样康红会闹出病来的。"终于有一天，康玲不能禁止自己的懊悔和同情，向她的父母提出了这个现实问题，"咎由自取"，康主任斩钉截铁的口气让康玲惊惧地闭上了嘴，康红默默地落下了泪水，她万万没想到，一直娇宠自己的父亲会变成这样，因为女儿的失误，她竟然用仇视的心态面对女儿，康玲迅速把康红的情景传递给了武登科夫妇，希望他们可以帮助红红，"老糊涂了，冥顽不化，这是什么大不了的事儿，什么年代了，还这么迂腐。"武登科狠狠地把烟蒂甩进了墙角。"他们认为他们是有身份的人，红红的这种行为，让他们丢了人，无地自容，所以他们总想把不快发泄出去，所以怎么也看不顺眼红红，苏培吓得去都不敢去。"康玲。"没出息"武登科这句话是针对我说的，"苏培？怎么能这样，事儿已经发生了，他们家至今在等什么，难道他也不去看红红吗？"武登科的妻子康英对我产生了一股无名的怒火，"这样红红不是更难受吗？""去把他给我叫来"，武登科发怒了，康玲知道武登科在指使谁，康英没有反应，他就立即行动了，"我去告诉小张，让他去找小苏，你们再想想该怎么办？""去吧，去吧"武登科很不耐烦地摆了摆手。

"你去和你爸妈说，他们听就听，不听就把红红接过来，不能在大草原上保住了命，回到家中平平安安的反而要让命送了吧，真是一对老糊涂，对自己的女儿这么残忍，有什么大不了的，他们真的以为他们那张老脸很值钱吗？老了，真是老了，老了连自己几斤几两重都不知道了。"武登科又点了一支烟，康英换了一身衣服，准备去看康红，"要不我们一块去吧。"

"我不去，我一看到你爸妈浑身就起鸡皮疙瘩，那也不舒服，如果不是看在他是我老丈人的份上，早就让他滚蛋了。"武登科一副不屑的神色。

"别耍你的心眼儿了，你以为你保着我爸，我爸就什么也看不出来。"

"你都是他带出来的，他会感谢你？为你背着黑锅由你做？我们心甘情愿被你利用，是因为他老了，他老了有什么不敢担当的，他是为了你，你却在利用他，难道我连这一点也看不出来，他都几十岁的人了，被你这么欺负，他心里本来就不服，你还自己把自己抬了个高。"康英对武登科的态度，大为不满，很为自己的父亲抱不平。

武登科淡淡地望着康英，他没想到康英居然还有这番见识，这倒是他从来也不曾想过的，他做事从来不和康英透露口风，康英在乎的是效益，只要有效益康英从来不过问供销社的实况，这么多年康英很少从武登科口里知道供销社，她所以明白很多道理，就是因为她很现实，她们的财力人际都比康主任强，就是再愚蠢的人也会看出来，一把手的势力越来越萎缩了，一个副主任的财产远远超过了正主任，康英还有什么想不到的。

武登科纳诧地望着康英，脑子里却想着别人的问题，似乎不太成熟的东西，现在越来越明白了，他没觉得老主任所作所为对自己有什么损害，相反他心里很为有这件事感到庆幸，他虽然架空了康主任，必定康主任依然是正职，在特定的环境里，在特定的条件下，他还是有局限的，康主任能起到康主任的作用，这是他完全替代不了的，所以他在供销社这个轮廓里所顾忌的唯一就是康主任。

武登科心里很清楚，他此刻面临着一个非常现实的问题，使他心惊胆战，一直忐忑不安，他的顾虑不是没道理，这种无形的压力是由于他的野心太大，摊子有可能铺得很大，资金的投入也是空前的，他想利用苏培，他需要一个可靠的人需要一个可以和当地能沟通的人，这个人必须是苏培，他看到苏培诚恳老实，甚至是有些迂腐的样子，所以对他的信任要远远超过别人，可是因为他可能成为康主任的棋子，武登科一直下不了决心，自从草原上回来之后，他一直在寻找资金的来源，同时也在考虑，以及各种规划，随着刘春祥的升迁，武登科的梦想开始有了具体的步骤，他静静地观察着老丈人一家和苏培、康红的关系，心中窃喜，认为这是老天厚待他，天时、地利、人和、他武登科已经占尽了，赶上了这么好的时光，他武登科如果起不来，那就是他的不是了。

康玲来邀请他们帮忙，这本身就是一个意外，他不能不给康玲面子，他已经决定启用苏培了，他要争取到红红支持他的把握更大一些，在他看来这些都太容易了，他一点也不怀疑自己的手段和很早就铺垫的基础，这正是武登科的高明之处。康主任和红红、苏培的关系远近闻名。有谁不知道康主任是一个正直的典范，因为女儿干了见不得人的事儿而咽不下这口气，所以对康红、苏培极端的不好，在别人看来这是康主任家门的不幸，在武登科看来，这是他用人的最好时机，因此他一改过去冷漠的态度，准备给康红和苏培最大的支持和帮助。

康英并不是很容易就影响到她的父母，但却带回了康红，这原本在武登科的意料中，他拘谨地笑着，他不知道说些什么好，他给康红浓浓地泡了一杯好茶，然后很有分寸地拍了一下康红的肩头，算是安慰了康红。

康红默默地一言不发，但她的表现并不是很狼狈，她跟着康英走的时候，很留意地梳妆了一番，虽然有点瘦了，但也并不是很突出，只是言语少了，原本很活泼，很爽快的康红，仿佛换了一个人似的，文静而淡漠，目光深沉而忧郁，她望着大姐给她摆甜点，而自己却慢慢地饮着茶。

"康红不要太在意了，时间会淡忘一切的，必定他们老了，他们那一套虽然不合时宜了，但让他们丢弃了，却也很困难。"武登科仔细地斟酌着自己的一字一句，既想安慰康红，又要不伤害康红的自尊，他似乎吞吐得很完美，康红却没表示赞赏，也不表示反对，她似乎听明白了，却又装作很糊涂的样子，她对这个话题一点也不感兴趣，只是她又不能表现出来而已。

"他们老糊涂了，对自己的儿女怎么能这么苛刻。"康英也表示了对父母的不满，但她似乎也没起到什么作用。

"老太太让康红走吗？"武登科说。

"她已经不喜欢我了，我成了她的眼中钉。"康红愤愤不平。

"这些都是暂时的。"康英说了一句。

"一辈子又怎么样，难道他们能活过我吗？"康红冷冷笑了一声。

"他们可是你的父母啊！"武登科。

"他们太过分了，我喜欢苏大夫，他们别想拦住我，这是我的终身大事，我有权自己选择。"康红越发的坚决，父母的反对让她更加变得果敢和坚强。

"以前他们也没说什么。"武登科心存疑虑。

"那时红红住院，他们能怎么样。"康英。

"真是老糊涂了。"武登科故意引导红红暴发心中的郁闷，希望从中可以窥视老主任的心态。

康红发觉自己的表现有些冲动了，不管怎么样，必定她的错大一些，父母生她的气从某种意义上讲也是情有可原，她有些懊悔，当着武登科的面那么说她的父母。

"康红，结了婚以后有什么打算？"武登科发现红红刚刚激昂的神态忽然冷却了起来，心里直犯嘀咕。

"开门诊看病，开门市部、食堂，有什么不可以干的。"红红很平静地浅浅笑着，她故意把开门诊看病着重说了出来。

"开门诊我看就不错。"康英。

"小苏丢了这么长时间，行吗？"武登科。

"干了多少年了，拿起来就可以干，必定这是他的老本行。"红红相信苏培干门诊一定比干别的工作更突出，所以她把希望寄托在了苏培的老本行上，也许她争一口气买这栋房，原本就有这样的本意，武登科忽然在脑海中闪过这样一个念头，心里赞许地点了一下头，想不到康红还有这份头脑。

"你也不要那么着急，必定小苏现在在供销社，我相信在供销社比干门诊强。"武登科。

"看起来，我们在那也是多余的，与其在那里受自家人的白眼，还不如自己干。"康红。

"红红，爸现在想不开，以后他不可能也这样，别担心，必定小苏是他的女婿。"康英。

"是的，在说老太爷老了，只能做老太爷了，他也不想管那么多，也许他想都不去想在管事儿了，你说是和你们过不去，那不可能。"武登科强调了一下过不去，红红又显得有些激动。

"过不去想怎么样，以后我们靠的是自己。"红红。

"红红，你这是干什么，干吗想不开，你也不懂事儿。"康英对康红的态度有点不赞同。

"我们又不是外人，红红发些牢骚，就让她发吧，爸妈老糊涂了，真是老糊涂了。"

武登科温和的柔软的语气让康英不知如何在启齿，她一言未发，默默地想着他们话的对与错。

"你去凉房取一把挂面。"想了想武登科的话，康英似乎显得颇不耐烦，武登科笑了一面，然后出去了。

"康红，你姐夫这个人心思太深，有什么话尽可能少和他说，别以为他会有什么好心，他把供销社都算计在了他的腰中了，也没见他拿回多少钱，你千万别太信他了。"康红默默地听完了姐姐的话，心里一点也不平静，她不知道自己可以相信谁，她心里装着一肚子的不快，见了苏培她只想哭，却又哭不出来，想说又咽了回去，总觉得她要一个人承担，苏培已经承担得够多了，"水马上就开了，姐给你做一点挂面。"

"姐，你可少煮一些，我不想吃。"康红。

"那怎么行，别想那么多，现在在姐这里，一切全可以不去想，一切都可以往开阔的地方想，熬过了这阵一切都会好转的。"康英瞅着康红，自己到落起了泪。

"姐，你别那么伤感，我和你一块去煮挂面。"武登科一进门，康红立了起来。

"红红，你别去了，让你姐一个人干就行了，又不是有多难。"武登科意欲不让红红进厨房。

"让她和我来吧。"康英神态自若地走进了厨房，康红没去理武登科，跟在康英后面进了厨房。

康玲找到了小张说明了来意，小张似乎有些不太情愿，还说康玲是多管闲事儿，问她受的治还不够吗？康玲检讨了一下她可能存在的过错，希望她和康红闹的别扭不要影响到小张和小苏的正常来往，必定他们是姐俩，生过气之后慢慢会化解，彼此也容易谅解，在说康红倍受煎熬也值得他们同情，争购房一事儿，完全是康红和她父母在置气，错不完全在康红。

小张也许听明白了一些，但他不是一个容易拐弯的人，他忽然间憎恶小苏，忽然间又要让他把这一切全抛却，主张这样做的是康玲，让他马上改变的依然是康玲，男人的事儿操纵在女人手里，不如女人的事儿操纵在男人的手里，真烦，他表面上答应去找苏培，事实上他去别处遛了一圈，然后又和熟人闲扯了一阵，在回复康玲的时候，又掺和了一些还会找的话就把康玲打发走了，"小苏不在。"小张想康玲用不了多久就会把这种话传递给康红，武登科他们，他暗暗发笑。

"小苏不在，他去哪了？"康英。

"这个我就不知道了。"康玲。

"你怎么这么粗心，走了快一天了，连个人也找不回来。"武登科口气略重地盯着康玲。

"我让小张去的。"康玲有些畏怯的感觉，她瞟了一眼红红，心里有些过意不去。

"小张没说小苏去哪了？"康英不是不放心，红红一言不发。

"不知道。"康玲又重复了一遍。

武登科不满地瞪了一眼康玲，出去走了，不久传来了摩托车起动的声音，然后他的尾声在人们的疑惑中消失了。

苏培意外地出现在了红红面前，红红不仅发笑了，武登科真有办法，"你今天去哪了？"红红很兴奋。

"一直在供销社。"

"小张去供销社找了你。"康玲有些不信

"他不可能去供销社，我们一群人一直在外面坐着。"这根本就不可能，小张如果去了供销社，不可能我不知道。

康玲怒气冲冲地走了。

第三十章　策略

康玲和小张闹了矛盾，小张追到了康主任家给赔不是，康玲越发吵闹得厉害了，康夫人解劝不了，一气之下跑到了康英家，一定要问个清楚这是怎么一回事儿。

"他们两个人闹意见，我们怎么能知道。"武登科并不欢迎丈母娘的到来，他表现得很冷淡。

"康玲说她因为小张的故意行为让她在你们面前丢了脸，我想知道丢了什么脸？"康夫人怒气冲冲地瞪着武登科。

"我们不知道。"康英也表现了自己的不耐烦。

"我告诉你们，小张如果和康玲出了大问题，我和你们没完。"康夫人只说了这么几句话便匆匆离去了。

"神经病。"武登科不满地瞟了一眼不吱声的康英。

"康红出去了这么长时间？"康英忽然意识到了一点什么。

"她姥姥大吵大闹的，康红不知躲哪去了，她想出去散散心，就让她去吧。"武登科。

康红在厕所的边口看到了怒气冲冲的母亲，心中十分疑惑，以为又是冲她来的，也不知道哪根筋抽住了，她心里烦得不得了，索性进了果园，她用力裹了一下上衣，还是觉得很冷，她想到了小苏，很容易就想到了小王，小苏告诉她小王找她，让她很纳闷，小王找她会有什么干的呢？她用了一番心思去琢磨小王，其结果还是很渺茫，可是这又是千真万确的，别说大姐有点不高兴，苏培看上去也不情愿，怎么办呢？也不知道小王到底是为了什么事儿，脚下被一根小树枝绊了一下，康红停下了脚步，一手扯了果树枝向姐家的方向窥望。

正好她的母亲看到了她，康红心里很不踏实，她认定了她的母亲是来找她的，她以为她的母亲一定又要责难她，她有些苦恼，不知道如何面对她的母亲，她踌躇不安地望着母亲，却意外地发现她的母亲走了，这是怎么回事儿，难道母亲不是因她而来，想必就是这样。

在康玲的婚期日渐临近的时候，康主任单独和康红谈了一次话，至于谈了什么康红一直守口如瓶，连我也不告诉，但是有一点我可以明显地感觉到，康红又变了，又变回了原来的她，她能说也能笑，也不问我爸妈给准备了多少钱，反正稀里糊涂地我们就出去旅游结婚了。

康红不再计较父母对她的不公平，这是我最疑惑的，她绝口不提自己受过的委屈，甚至流露不出来一丁点的忧虑和烦恼，她的兴奋感染着我，让我暂时抛却了心中的一切郁闷和不解，全身心地投入到了甜蜜，温馨的爱情生活中。

我一直担心红红会承受不了压力，想不到愈挫愈勇，比以前更加坚强，我面对的红红，绝没有一丝的懦弱，她充满了自信，充满了热情，面对没有下肢的乞丐，我表现得很冷漠，我联想到金庸笔下的丐帮，我殊无好感，我尚且在等待别人救助，让我去帮助别人，我表现得很冷漠，对他们的乞求无动于衷，而红红却很大方，她一出手就是五元，仿佛在鞭打我的冷漠和自私，我无奈地苦笑了一下，望着别人诧异的目光，望着红红得意的神色，望着没有下肢的乞丐啄米似的磕头，我仿佛也自大了起来。

红红在说到康玲的婚礼时，有一种特别的神情，她想象不出康玲和小张此刻是一种什么样子，她进出婚纱店，进出照相馆，拍了很多优美的相片，她甚至烫了最时髦的发型，自然我的形象也树立重塑得很别致，如果这些支出让我往出拿，我的心会颤抖，我的手也会麻痹，我不时地望着红红往外数钱，贪婪地享受着美食和娇贵带给我的幸福。

这是我一生最浪漫、最洒脱、最富有朝气的岁月，我们下了公共汽车，而后上了火车，在城市与道路间穿插，在贫穷落后的山凹凹里流荡，在落魄荒凉的公园中欣赏，面对猛兽发出惊奇的讶抑，面对各色美丽的飞鸟，发出最真实的赞美，我们置身其间，心旷神怡，愉悦无比。

"我最喜欢旅游。"红红逛商店的感觉要比我强上百倍，她挑了一件兔毛大衣，披挂在身上，更显得优美无比，我不禁有些惭愧，我不知道红红的钱是从哪来的，我注视着她，她会冲我笑，但她并不想给我做出解释，这些钱也许是武登科的，不可能，也许是康英的，似乎也不可能，难道是问小王借的，我相信后者的可能性会更大一些，但我不明白，她花这么多钱有多大意义，就因为我们是旅游结婚吗？可是婚后这些债不是不还，我心里略感忧虑。

我们曾谈到了婚后的打算，红红似乎对原来的想法有些改变，以前她买房有开铺子的打算，听她现在的口气，好像又不这样想了，还劝我老老实实地待在供销社，等待机会，我们还有什么机会，我不明白，但是我相信红红还是有道理的，自从我来了供销社，不但经济上实现了大跨越，对商业也产生了兴趣，对做买卖似乎也懂了不少，我还真不想放弃。

我谈了谈我的想法，我尽可能地避开康主任夫妇，但又或多或少地涉及了一些，红红突然地改变，如果没有宽松的外界环境，我想象不出来一个女孩子，会有如此的胸襟和气魄，但我的试探似乎毫无用处，红红微笑着听着我讲，而且表现出了极大的兴致，她甚至还说她非常喜欢听我讲话，仅此而已，他没有发表不同的看法，绝口不提钱的事儿，我又难以直白地去质问她，这终归是一件事儿，我心里越来越多地开始琢磨这些事儿，但终归找不到答案，我真笨。

康玲和小张的婚礼一定很热闹，可惜我们没有参加，一想这个问题，我的心里就会酸楚，康主任为什么会这样，红红有什么错，你惩罚我就可以了，为什么对红红也这么冷酷。他们自然有他们的道理，现在红红都不再怪他们了，我还有什么意见，他们又没把女儿留在家中，还不是一样嫁了我，这样也好，省得风风光光的麻烦。

红红反对我饮酒，甚至一点儿也不行，为了口腔卫生，我几乎连烟都戒了，没有办法，红红说没有一个女儿喜欢这种味儿，我不知道，也许红红是对的，我现在只好戒掉这些毛病了，偶尔我会很急躁，真想抽几口，想想红红然后又放弃了这种念头，最终我还是戒绝了烟酒，红红又开始了反对，她说这样也不对，社会上的事儿太复杂，做商业不动烟酒，终归是有缺憾的，所以又放行了，女人呀你没她不行，有了她就得尊重她，做一个男人不容易，要爱护自己的女人，也要懂的女人的心事去呵护她。

"马上就要过年了，我们不能再玩了。"红红想到了过年依然是那么轻松，她的玩兴极好，如果不是过年，我相信她还是要多走几个地方的，而我却早想回家了。

第三十一章　康主任的家宴

我在康主任家看到武登科的时候，心里感到很诧异，大年初一的早上，他们一家人先我们而去，不能不是一个意外，我们拎着几个包，一进屋就被一种热情祥和的氛围所包围，康明像吃错药了一样，冲动地把我和红红搂在了一块，大喊大叫的，让这个宁静的屋子里立即暴发了轻盈的明快的笑声。

"这是你三姨夫。"康英让她的儿子见过了我。

"三姨夫你好。"康英的儿子叫武云峰，他不在本地读书，所以很少看到他，他腼腆地笑着，似乎为了这句话要把自己藏起来似的，坐立不安，"三姨夫过年好。"好不容易又说了一句便归了里屋。

"真没出息。"武登科对儿子的表现很不满。

我们给老人拜了年，然后在康明的招呼下便落了座，我心里总是搁着一些事儿，自然也活泼不起来，看到谁心里都堵得慌，除了陪他们笑，便是傻呆呆地坐着，也许是因为过年的缘故，康母和康主任的表情一直很愉悦，也许他们心里还在怪我们，我想一定是这样，我的心里有一种怯意，这种本身的懦弱让我失去了勇气和自信，我不敢和康母的目光对视，也不敢苛望这里的人对我热情，这样我也许心里会更好一些。

武登科一直笑眯眯地看着我们，康明不断地给他添茶递烟，更多的时候康明会跌坐在武登科的身边摩挲武登科的手，赞赏武登科，说武登科如何如何对他好，他上学花了武登科很多的钱，武登科去看儿子从来也不忘记看他，他的好东西多得令每个同学都羡慕，等等。

"姐夫对我真好。"康明对武登科的友好，不仅仅表现在语言上，更多地表现在了行动上，这一点我岂能瞧不出来，我们虽然不是初次见面，但也不是很熟，没有感情基础，也缺少一种默契，我相信以我的个性，我和康明之间永远也达不到这种境界，他的行为让我看得真别扭，康明不久就对我表现出了冷漠，有武登科在，他的心里忽视了很多东西，为了突出武登科的在他心目中的地位，他甚至在很多行为上表现出了对我的轻视和鄙薄，这样让武登科在心里上获得了极大的满足，殊不知这种行为严重损伤了我的自尊，望着武登科得意的神色，我的心里极其的不快。

小张和康玲的出现，给这个家又增添了几分热烈的气氛，小张很无所谓我的存在，这是我压根就不曾想到的，他看到我的时候，表现出了自己的倨傲和自满的神态，我和他招呼的时候，他只是礼节性地点了一下头，康红在里边听收音机，对他们的出现并没有过分的热情，小张挤在了武登科的身边，嘘寒嘘暖，过分地表现了对武登科的热情，康玲则对武云峰表示了自己的亲昵的问候，康英也最大限度地享受了一家人对他们的尊崇和拥戴，康主任坐在一边吸烟，然后便是一种傻笑，康母则忙乱在厨房中，听候一片问候，其乐也融融。

"二姐夫，这个人也不错，挺有本事儿，这么快就爬到了联合社经理的位子上，成了乡政府的商人，姐夫，二姐夫将来会超过你。"康明

武登科堆满了笑的脸上，发出了一种哼音，谁也搞不清楚他的心里在想什么。

"这点我想也不敢想，姐夫在生意上的魄力和经验，应该是我从业的榜样，日后短不了时常的请教姐夫，还望姐夫多多提携。"小张的口才有这么好，我很纳闷。

"算了哇，我一个供销社的副职，焉敢和你这大经理相提并论，倘若日后姐夫吃不开饭了，唤一声小张，你千万别装作听不见，一定救济姐夫一吧。"武登科故意地摆出了一种耀武扬威的姿态，拿捏了一种游戏的口吻，用一种不屑的神色瞥着小张。

"看人家姐夫多会讲话，你好好学着。"康玲的注意力早从武云峰的身上移到这边，她很识时务地表现了自己，让小张不至难为，而红红却对这一切熟视无睹，对我来到她

的身边，她表示了自己的理解和无奈。

康明在摆好了酒菜的时候，首先单独给武登科敬了一杯，在康主任的提示下，康明立即招呼了我一声，红红推了我一把，我慢慢腾腾地踱了过去，小张端坐那里一动不动，康主任微笑了一下，康母很冷漠，康英向儿子身边挤了一下，康玲立在小张和康明的背后，似乎要往进插，武登科转身从后边拉了一把椅子，自己往后挪了一下，然后指给了我，"让康红给我们先倒水。"康主任这么一说，康红便没有入座，她进了厨房。

我淡淡地笑着，这里的每一个人对我而言，都显得那么僵硬和冷漠，我想我就是一个多余的人，一个进不了圈子的外人，他们从心理上和我格拒着，让我时时提醒自己的存在是多么无所谓。

康明陪着武登科喝了一局又一局，偶尔也会招呼小张一下，但对我的存在他甚不在意，我有时会特意地看上康明一眼，更多的时候是看着他们热闹而傻笑，我想这是我唯一能做到的。

康主任会随便地端起一杯酒，或者接受敬酒，武登科除了接受敬酒，便是神采飞扬地陪着康明划拳，猜宝，翻扑克，偶尔小张也会要求进来，但喝了酒的康明更明显地偏袒武登科，有时会拒绝小张，无奈的小张此时此刻忽然就会想到我，端起一杯酒似欲和我碰杯，我明白他的意思，也不看他的脸，所以也会喝上一杯。

武登科被酒精熏陶得脸潮红而焮热，热情极度高涨，时而还会扔了一句粗野的话来，但因为这句话是从武登科的口里吐出来的，所有的人都会陪着傻笑，武云峰的面前食物堆得像小山一样，康玲还在为其选择，康明也同样如此，康英也许担心她的儿子吃坏了，不时地起身拒阻，但收效甚微，武登科把输了的酒随便地端给我，或者小张，我们都得无条件地喝下去。小张时而会不服康明，康明一边用话刺激他，一边和他应酬，如果小张赢了，大家都没有康玲笑得开朗，如果小张输了，那简直就是满堂喝彩。

我率先离了座位和康红去听收录机，小张乘着酒劲吆五喝六地嚷嚷着，武登科似乎想避开小张的锋芒，斜倚在沙发里假寐，康明拦着小张不让打扰武登科，两人被逼着又划了拳，康英说康明是学生，要少喝一点酒，这个建议康明马上采纳了，小张有了酒兴，却失去了助拳的人，显得很焦躁。

"你为什么不和他们喝？"康红悄悄地问我，

"没兴趣。"我淡淡地笑了。

"其实你什么也不用顾虑，想吃就吃，想喝就喝，装作什么也没发生，岂不是更好，要像个有风度的男人，小心眼不好。"康红温柔的态度并不能给我多少勇气，面对康主任，康母，我完全没有自信，也谈不上勇气，只有懦弱的消耗时间，等待逃离。

武登科睡着了，康母立即找了毛巾被搭在了身上，小张喝得多了，康玲嫌难闻不去看，康明说别管他，酒量不行，以后和姐夫学着点，以前是怎么跟的，精髓学不到，皮毛也应该有点，怎么一点风度都没有，康玲只好傻乎乎地笑，还直夸康明。

武云峰吃饱喝足了，径直来到收录机跟前按下了暂停键，红红知道她的外甥要用收录机了，立起来摸了一下他的头，然后回到桌上，顺便连我也拉上了，康母立即进了厨房端了一盘热的猪肘子，一盘油炸花生豆，推开了一片地方放下让康红吃，康主任给康红倒了一杯葡萄酒，"康红就爱吃猪肘子和花生豆。"康玲说。康红笑而不答，坐下让我陪她吃，康英开始收拾残羹剩饭。

小张在外边吐，康玲在门口焦急地跺脚，但又不敢近前，我瞟了一眼康红，康红示意我去看一下，我刚刚立起身，小张可能吐完了，正摇摇晃晃地向门口走来，他脸色苍白，沾满了涎沫，胸口还沾了几粒饭，眼泡虚浮而低垂，仿佛要虚脱似的，他走近了门口，便用双手把住了门框，康玲的脸色很难看，我撕了卫生纸想为小张擦去涎沫，被他用手拔开了，然后嘿嘿笑了一面，取出了自备的卫生纸自己为自己清理了一下。

康玲扭身回了里屋。

"下水不行。"康明从里屋出来了，搬开了小张一只手出了外边，

"嘿嘿嘿，你瞧不上你这个二姐夫，不想和我喝，行。"小张真的是喝多了，他一向也不如此，也许今天感觉有点不好，自己把自己气醉了。我看了一眼康主任，见他没有任何表示，康母也很冷淡，康英冲小张笑了一面，"酒量不行。"

"二姐夫，怎么还嫌我招呼的不好？"康明从外边回来了，隐忍着不让自己笑出声来。

"好，好，招呼好了，我问你，你还敢和我喝吗？我不服。"小张的手向天扬了一下。

"康明你别管他了，他今天喝多了。"康玲从里屋奔了出来。

"是的，我今天喝多了，不好意思。"小张见了康玲神态忽然清醒了。

小张被康玲安抚在了床上，不久传来了他的鼾声，康英收拾完了，武登科也醒来了，他像没事儿人一样，直起了腰，整理了一下有点凌乱的头发，又和我们坐在了一块，但他并不是为了陪我们，他的思维很正常，他从桌上拿起了烟给老主任递了一根，自己也吸了一根，他们随便谈论着。

"姐夫，我想到供销社上班。"红红突然向武登科提了一个问题，这个问题突如其来，事先我一点都不知道红红有这样的打算。

"红红想到供销社？"武登科也许真还没有想到，但这个提议来得太突然了，武登科有些迟疑。

"那你说我还能到哪上班？"红红目光犀利地盯着武登科。

武登科不置可否地望着康主任。

"爸，你看呢？"武登科。

"现在人员到处都挤擦得满满的，恐怕没有办法安排。"康主任很平静，也很冷淡。

红红瞟了一眼康主任，又把期待的目光投向了武登科。

"别看我，现在还是爸说了算。"武登科有些不自在。

"你如果觉得红红在那儿适合，就把她安排在那儿，收购羊绒不是要调人吗？我看

就让红红跟着苏培好了。"康英盯着武登科，大年正月初一，康英不想让武登科故弄玄虚。

武登科默默地冲康英笑了一面，目光却很僵硬，这一点我能看得出来，看起来武登科并不打算安排红红。

"我看也行，让他们一块好了。"康母独自表了个态。

"既然姨说可以，到时我安排就行了。"武登科有些无奈地答应了，但他的目光却盯着康主任的表情，似乎要窥视到一些什么，康主任一言不发，默默地吸着一支烟。

"谢谢姐夫。"康红知趣地笑了一面。

"羊绒收购站真的要建吗？"康主任。

"嗯。"武登科

"具体人事调动你怎么安排？"康主任似乎想行使一下自己的权力。

"原来我准备派小刘和苏培先去联络一下后山的养殖户，现在看来似乎让苏培先去更适合一些，至于具体收购事宜，现在我还没想过。"武登科瞥了一眼康英，好像有些不满的样子。

第三十二章 筹谋

武登科对形势的估计还是缺乏足够的信心和勇气，他想把集体资产供销社据为己有是不可能办到的，但利用供销社为自己谋取更大的利益，他充满了信心，他心存顾虑，不敢直接脱离了供销社，但又野心勃勃时刻筹划着自己宏伟而宏大的构思，他在供销社忌惮老主任，某些事情他并不想让老主任插手，苏培是他心中认定的第一个人，但加上一个红红他就有些不放心，如果老主任不从中作梗，他想红红也不会胡来，虽然老主任夫妇在康红未婚先孕的事情上和红红闹了很大的别扭，他还是不放心，但他在这件事情上又充满了自信，相信自己会调度得周密而慎重，不给他们有可乘之机，他相信红红和苏培还太嫩，老主任昏庸无能，等他的事业步上正轨之后，他会派出更精干的队伍策划收购，目前来说还必须得利用苏培和红红，必定除了苏培、红红之外，他再也找不到可信的又沾亲带故的代理人，他曾经想用小刘来牵制苏培，因为又有了新的计划，小刘必须去为他干别的工作，苏培的助手他一直在考虑，现在红红要求进来，这本不是他之所愿，但碍着老主任的面子，他无奈地做了退步，他甚至想了，夫妇联合办这件事儿，再加上他派去的合计，收购人员，他们即使想捞点也捞不了多少，必定有成千上万的资金从他们手里过境，不让他们榨一点，这种可能性也不大，但绝不能疏于防范，即使康红苏培不是外人，他反复地想了很多，始终也理不顺头绪。

武登科又想到了供销社这帮元老购销人员，诸如老贾等，这种念头稍纵即逝，这些人吃红了眼，一旦有机会就会伤人，他武登科可不会那么傻，手下一帮人，多数渊源极深，利用他们就相当于用了元老人物，潜在的危险不能排除，自然他们一个个也在淘汰之列。

武登科又想到了苏培，然后他发出了一种让人无法理解的笑。他潜意识里不认为这是一种冷笑，然后他又给自己一种解释，他从来也没认为苏培是一个聪明的人，也许是因为他呆头呆脑瓷的可笑，也许是因为他毫无魄力却又斯文的有点骄傲的架子可笑，也许是因为苏培有可利用的价值而笑，总之他不认为苏培是一个奸猾的人，他的诚实可取，他甚至认为苏培是一员福将，他可能带给他财富，也必将带给苏培财富，可用与不可用之间，他在权衡，他有今天殊属不易，他的构想和正在展开的轮廓让他对明天充满了幻想，他相信自己会成功的突破，但又充满了忧虑，他找不到一种完美的经营方式，自己也感到有很多的纰漏，可是怎么组合，怎么斟酌，也想不出一个尽善尽美的结构，也许这已经不错了，防范别人的意念他从来都没有间断过，他甚至认为他的难能可贵之处就是成功地防范了别人，恰到好处地利用了他们，现在是空前绝后的大事儿，如果可能的话，资金不只是成千上万，可能会动亿，想到这里，他又笑了，他的脑海中闪过尚春花肥硕的肢体，想到了一心想出人头地的刘春祥，想到了自己的钱，他又笑了，他相信他的付出一定会有回报，而且很快就得到了证实，他相信这一点只有他武登科才能办得到，别人？他摇了一下头。

在他的脑海中，他反复地对比了两个人，小刘，就是他的司机和苏培，苏培现在是他的连襟，真滑稽，他原本是更信任小刘一些，和苏培相比，小刘也显得太深沉了一些，他有时候反倒很难捉摸透他，总觉得他的内心深处存在着一种叛逆和抗拒的心里，他不可能让小刘给他当一辈子的司机，要用他，却又觉得没苏培可靠，但在很多场合，小刘的表现恰恰符合他的心里，而苏培就没那么聪明，照章办事的事情让苏培去做，灵活应用的事情让小刘去做，人尽其能，物尽其用，他又笑了，然后自言自语地说："小刘还是留在我身边好，"他还是不能深信小刘，说穿了他更防着小刘，他不希望他的手下忽然之间要超过自己，他心里上无法接受，他相信苏培，无论付出多大的努力，终究也不会有多大的出息，信任苏培对他的将来会更有利一些。

武登科绞尽脑汁，在他的心里挖掘可利用的人员，普通的工作人员，对他而言，只需动动嘴而已，特殊情况下，他才可以动用供销社的骨干人员，否则供销社这摊子将无人能管，很自然又想到了他的老丈人康主任，说穿了他并不厌恶老主任，甚至是一直怀着感谢与钦佩的心理，他能有今天，无疑和康主任是分不开的，只是偶尔他想出出风头，但他也是一个很精明的人，康主任做他的庇护伞，让他获利，这在别人看来也有点不正常，在武登科看来，如果换了任何一个人，他都做不到，所以这就是康主任的好处，他要成功地利用供销社去过渡，康主任对他的作用是不可忽视的。

在心理上，武登科最忌惮康主任，从行政上说他是康主任手下的一个副职，从业务上说，他所做的一切全是为了这个供销社，而最终他要把利润全部拿走，康主任的态度是关键中的关键，他想脱离供销社，但他又有一种顾虑，这种顾虑像一种无形的负担一样，让他沉甸甸的，他自有他的一种打算，他在生意场上摸爬滚打很多年了，他不相信商场有常胜将军，一旦赔了，他有退路，在说他对政策的可靠性也在怀疑，唯恐如何如何，他想得太多了，他立足供销社也太久了，让他从供销社离开，他心理上似乎也不能接受，他还是很留恋供销社的。

武登科完全有能力把康主任放下去，而且很容易办到，他以前是顾虑他是老丈人，后来老丈人也不管事儿，他也就不太厌烦他，现在，他已经完全放弃了这种心理，对主任这个位子已经完全失去了信心，供销社解体是迟早的事情，如何更好地利用供销社为他服务，如何把一批有经验，有能力的工作人员成为自己的心腹手下，让他的事业从小到大，顺利地过渡，这正是他殚精竭虑要考虑的问题。

他把要点再一次地集中到了康主任的身上，然后他想到了小张和康玲，他并不欣赏小张，更加地讨厌康玲，但他相信他们的平庸正是他们的优点，他不明白，为什么康主任把小张安插在了乡政府办的企业上，他相信小张缺乏这种能力，他又冷笑了一声，他坚信康主任夫妇是喜欢小张而厌恶苏培的，所以他可以不在意他们之间的关系，再加上红红的执拗，武登科怎么也把他们联系不到一块，所以用康红、苏培，他更放心一些，他相信苏培和康红从此之后会死心塌地地跟着他，因为只有他武登科才会代给他们财富和幸运，他相信他们不会那么傻，会看不到这一步。他想谁都可以无所谓，唯独老主任他不敢懈怠，必定他是第一把手，他能在这个位子上一待就是几十年，没有特别的地方，也不是很容易的，他自己尚且爱惜供销社的财产，不敢轻易贪，却容忍了他很多年，在这关键的时刻，他唯一担心的就是能否顺利地应用供销社，能否利用这个框架，迅速支撑起自己的蓝图。只要过了今年，武登科狠了狠心，过了今年不干供销社主任又有什么，也许根本就不可能再干了。

然后他想到了康明，他在心里叹息了一声，如果康明再大一些，或者现在就不读书过来帮自己，他太了解康明了，只要有他花的钱，只要不缺他大把地花钱，让他协助别人，或者别人协助他干，他都会忠心耿耿地设身处地地为他着想，可惜啊可惜，他有过这种想法，却不敢这样做，他知道康主任的心思，不想让儿子从商，一心想让他考出去，如果是他毁了康明，也许毁他的就是康主任，他不会冒这个险。

武登科的心里曾不止一次地想到了他的妻子康英，但他每次想到康英，总会摇头否定了，不知道为什么，他宁可信别人，也不想让康英窥视到他的实力，这也许是他的自私之处，也许是他的明智之处，他让康英养尊处优地过日子，让她忽略了工作的风采，疏远了过多的尘嚣和腐朽，变得清高而寡淡，更加适宜恬静和独处。现在他想到了康英，只认为她是一个妻子，一个老实本分的老婆，让她独当一面，似乎还担心她坏了事儿，让别人感到他的不信任，反而从中作梗。

武登科的心里盘踞着很多的矛盾，他有很多问题得不到解决，仅凭他的思维和多少年累积的经验，他觉得还远远不够，他因为有宏伟的庞大的构想，而觉得烦恼和苦闷，他默默思索着，希望可以破解一些东西，从而理顺他的思维，把他的构思全盘规划出来，这才是他的真正目的。

他吸了很多的烟，他曾好多次刻意地让烟煨到手指的肉上，他感觉很不舒服的时候，有点刺痛，他才舍弃了烟屁股，然后他瞧一瞧他修长而被烟气熏黄的手指、指甲，他翻过手来仔细地观察，手纹的分布走向，奇怪，他不是不常看，但总觉得对手指掌的纹路不是很熟悉，他的脑袋有点痛，思维出现了混乱，他又点了一支烟。

此刻他的脑海中出现了很多幻觉式的放映，尚春花，小王还有和他好过的很多女人，他想过了自己给他们的好处，以及她们为他付出的动人的一刹那，然后他的兴致便改变了，疏远了他们，但他又刻骨铭心地保留在心里，每当这种时候，他就会反复地咀嚼，偶尔也会想到去找她们，他从不认为自己和她们是精彩的一笔，但他清醒地抓住了尚春花，成功地扶持了刘春祥，这不能不说是他人生最杰出的一笔，他知道他的成功需要一个人物，而他又敏锐地意识到刘春祥更需要自己，只有他们的鼎力合作，利益才会扶摇直上。

武登科已经迈出了一步，他衷心地希望他的付出会收获更大的回报，他是一个精明的商人，一个精明的商人往往会利用政治做资本，而武登科恰恰意识到了这一点。

他不知道刘春祥最终会做到多大的官，也不知道他到底会成为什么样的富翁，但他坚信他会庞大，刘春祥一定也会做很大的官，他相信刘春祥有这个能力做到他期待的位子。

武登科又冷哼了一声，把烟头弹在了他不去想的地方，然后用手捶了一下额头，他不知道会有多少烦恼在等着自己，他正在集中供销社最大限度的财力去暗中运筹，一旦成功，他将马上步入一个新旅程。

他认为康主任真是遗老无用了，不知道他是因为他而装糊涂，还是真的就什么也不管了，什么也不想知道了，反正他做什么都很顺利，康主任从不阻挠，也不参与，这是他最有利的条件，所以他可以得心应手地运筹，从而达到他个人的目的，他知道供销社这帮人议论得很厉害，甚至想造反，可是他们既没实权，也捏不到钱，只好干瞪了两眼，在这他武登科说了就算，他武登科想给谁，不想给谁，似乎谁也不会阻拦，也阻拦不了。

武登科忽然心血来潮从抽屉中扯出一叠信纸，然后用笔在第一格写了几个大字——"离婚协议书"，端详了一番，然后又撕了，他也许是自己嘲笑了一番自己，自己的老婆有什么不好的，康英作为女人给他做老婆，他认为是太适合不过了，她有什么过错，温柔、大度、高雅、大方而且美丽，勤劳善良，体贴入微，武登科一去想康英，尽冒出一些优点来，但他平心而论，心理上对康英却是很疏远的，这一点他无论如何也不想否定，他觉得错全在自己，但他又笑了，他玩也是为了生意，不是生意他也许还不会有那么多的情人。

他最不能容忍的就是康英，他又想了这个问题，他知道康英是很聪慧的，而且也很会办事，为了自己的面子，她竟然可以隐忍一切，即使偶尔发点小脾气，也是很有分寸的，让你感觉到她已经知道了很多，她希望你可以收敛，别干蠢事儿，让事情发展得不可收拾，对谁也没好处，武登科可以动用多少钱，只有武登科心里知道，康英可以动用多少钱，武登科不知道，他只知道康英总是伺机截留钱，他对这个家的支出也不计其数，他从来也不过问康英，现在他忽然想到了这个问题，他的内心深处有些凄凉和冷落感，他好像意识到了点什么，长长吁了一口气，他不得不承认康英的精明可能是他算计不到的。

第三十三章　收购羊绒的布局

武登科的意思很明确，他理顺了自己的思维，终于做出了一个自己认为颇为合理的选择，他想到这种二合一的办法之后，很得意地为自己笑了，他不是一个普通的人，他绞尽了脑汁，做出了这样的安排，无疑出乎康主任的预料，我和康红也觉得心里很别扭，可是对武登科这样的布局，康主任默认了，我和康红又能怎么样，贾副主任，一个老奸巨猾的老供销做了我的副手，这个决定出乎任何人的想象，贾副主任出任羊绒收购站的副职，配合我的工作，会计是小楚，贾文义调回了总社做会计，康红由我安排，其他的工作人员也由我安排，一个羊绒收购站正式成立了。

贾副主任看上去一直很冷漠，他也许心里瞧着我们不顺眼，可是又没有办法，他也许在骂我们，在诅咒我们，在恶毒地攻击我们，在自然显露的表情上又不能带出来，他似笑非笑，一个可以做我长辈的人跟在我的后边，轻易也不给我们出主意，幸亏我有康红做高参，一切都在有条不紊地进行当中，我很同情他，希望尽可能地尊重他，也许心理上的不平衡，使他无法和我们进行沟通，他总是一言不发，至于我们怎么做似乎和他都没关系，他只关心自己的办公室（兼做宿舍），然后便是熟悉周围的环境，偶尔看到他会出去散步，不过这种散步也很机械，他手里捏着一个茶杯，从收购站踱到供销社，然后便捏着装满了散白酒的茶杯往收购站走，他从不招呼我们，现在还不到收购季节，其他工作人员还没调上来，他住了几天，都是红红做的饭，我想他可能嫌我们太节俭了，没住几天，还没到牧场上摸底，他就走了。

"老贾屈尊做了你的副手，可别小瞧了他。"红红忽然想到了什么。

"我也没想到姐夫会这样安排。"

"打仗还靠父子兵，武登科利用你这是他深思熟虑后的抉择，但他并不信任我们，所以启用了老贾牵制我们，老贾负有特殊的使命，如果不是这样，贾文义调不回总社，这一点武登科想的要比我们复杂得多。"红红总是有自己的独到的见解,经红红这么点拨,我心里似乎明白了许多东西,可是对武登科安排人利用人的奥妙我还是不甚了了。

"毕竟老贾经验多,建立羊绒收购站没有老贾这样的工作人员是不行的,姐夫还是考虑的比较周密。"我对武登科充满了敬意,我相信我因为是他的连襟才提得这么快,才这么信任我,换言之,没有裙带关系,我也不会有今天,我心里非常的感谢武登科,觉得他就是我的救世主,至于老贾真正的目的,我并不在乎,我觉得武登科是正确的。

"你想武登科会动用多少资金呢?"红红显得很天真,这个问题也是我能回答的?

我冲红红笑了一面,"你觉得我能知道吗?"

"他让我们摸一下底,看看能收多少,是不是就预示着货源要充足,他的投入也可能很大。"红红显得很好奇。

"也许是吧。"我相信羊绒的数量一定很多,但武登科不一定会有那么大的实力,至于能够收多少,一者看武登科的资金,一者也与羊绒收购站密切相关,他能动用多少资金,我相信武登科心里也没底。

红红笑了一面,她的样子很可爱,充满了朝气、自信,她活泼的洒脱的神态、轻松、愉悦的心情,像热烈的气氛渲染得兴高采烈。我心里充满了疑惑和不解,我不明白红红因为什么会这么兴奋,仅仅是因为和我在一块,然后有了一份工作,似乎并没有那么简单,她表现出了过度的对羊绒收购的热情,而忽视了过去不快的干扰,她用无法遮掩的兴奋在叙述一个美丽动人的故事,让我永远也不觉得疲惫和孤独。

我打算约好了巴特尔,在最近两天就下去摸底,同时让巴特尔和他们沟通一下,以便日后可以顺利地收到武登科预计的数量,这也是我的职责所在,红红却提出了不同的意见,从而揭示了一个令我惊愕令我烦恼的阴谋,我默默地听完了红红的陈述,不安得仿佛身上有些战栗,我心目中昏愦平庸的康主任渐渐变得高大而且阴险,他的目光昏愦,眼皮虚浮,皱纹满布,他像一个诚实的老头一样,扮演着一个窝囊任武登科摆布的傀儡,其实心里早就酝酿着一场惊世骇俗的奇变,他要找回自己,他要让找回的自己实现一种特别的价值,他也许终于窥伺到了机会。

康主任冷漠地对待我和红红的婚事,又不失时机地允准了我们,这一切全是在康主任的掌控之中,我早已滋生了对他们的不满,对他们的敌视和隔膜,现在红红告诉我一切全是假的,红红早在旅行结婚的时候就知道了,而我直到此刻才明白这是一个阴谋,一个岳父算计女婿的阴谋,这一切来得太突然了,我怎么也不相信,康主任会掩饰得如此深沉,他难道以往没有机会吗?为什么在此时此刻要在我的配合下,重新取得供销社的主动权呢?这又有什么用呢?各地供销机构纷纷倒闭,这么大年龄的康主任却和女婿争天夺地,真让人不可思议。

红红一点也不觉得过分,对武登科的帮助也显得很不以为然,她甚至告诉我,这一切本不该他武登科做的,是他的父亲宠坏了武登科,从而把康主任贬了下去,实权却落在了武登科的手里，如果不是这样，我们的处境会更好一些，武登科一面笼络各路人马，一面又在抓紧时间算计供销社，算计供销社，实际上算计的就是康主任，康主任听之任之，实则是毫无办法，原来供销社的一切资金都在武登科的掌控之中，他每年都找出无数的理由，拒绝把款交回供销社，康主任碍于女儿的幸福，索性装起糊涂，他虽然老了，却一点不糊涂，他终于等到了一个机会，为了这次机会他可能有点沉不住气了，必定他老了。

武登科绝不是一个平庸的普通的商人，他有他的过人之处，非一般人可比，他心里忌惮康主任，唯恐实权旁落，他精明地做到今天，也非易事儿，但他处处提防着康主任也不能说毫无道理，可是这一次他可能失算了，康主任为了一个捕风捉影的臆想，做出了一个带有赌博的决定，故意地伤害了我和红红，从而让我们取得了武登科最终的信任。

现在康主任似乎已经做到了这一点，武登科认定我们之间存在感情上的不融洽，彼此仇视，所以才大胆地放心地起用了我，而我恰恰是康主任为实现自己宏图大业的一个至关重要的棋子，我该怎么办？武登科无疑是我的一个重要的领航人，面对红红，面对康主任一家人，面对康主任的计划，爱人，情感，诱惑，我对武登科的赤胆忠心能否保住，此刻连我也不清楚了，红红你让我难为了。

"你为什么不早点告诉我？"我的心情忽然很不好，我被人冷漠、羞辱、轻视，这些委曲全无所谓，为了红红我难道还有承受不了的东西吗？可是我就不明白，红红面对我，面对我的彷徨、焦躁、忐忑和痛苦，她竟然无动于衷，居然把我瞒得严严实实，于心何忍，难道她早告诉了我，我就不会配合他们了吗？难道现在告诉我，我就会俯首帖耳，红红并不想向我致歉，她直截了当地告诉我，我有很多优点，但在特定的环境里，优点恰恰是致命的原因所在，我太诚实了，如果不是实实在在的压力，恐怕我的表情不会那么逼真，难免让武登科怀疑，如果那样，康主任的计划就得不到实施。

我疑惑地望着红红，难道我以前很狼狈吗？我承认自己曾经很痛苦，但我尽可能地去掩饰了自己，难道是我做得不好吗？我的颓丧，我的煎熬，我的焦灼、痛苦、烦恼、难受都被武登科窥视到了吗？难道他们相信，我已经成功地塑造了一个他们需要的形象？

必定从暂时来说，他们是成功的，我被武登科推上了一个并不适合我干的位子，而我竟然占有了这个位子，武登科居然相信我是供销社唯一的可以胜任此项工作的人选，我原来是很庆幸的，并为此感到骄傲，而且决心要为武登科做出一些成就，来证明我的存在。

现在我也是这样想的，我不想有悖良心，有违做人的原则，但是我很明白，我的价值既可以让武登科利用，也可以为康主任所利用，康主任有康红，筹码应该更高一些，我即使反对康红也无济于事，武登科有一整套经营的理念，康主任也有一套对付他的办法，康主任算计女婿，女婿算计康主任，任谁也分不出对与错，是与非，我向武登科，还是向康主任，这个问题一点也不难回答，即使我忠心耿耿地向着武登科，我心里也很明白，我必须得按照康主任的规划去办事儿，我得无条件地接受康红的旨意，因为很明白，康红只是例行公事儿地告诉我一声，她的口气她的陈述，根本就不像在和我协商，而是实实在在地向我亮了一张底牌，武登科任命了我，而康红却是康主任全权代表，知情而又要被动地执行的人，却只有我一个人。

而我即使很无奈，也只好听之任之了，谁让康红是我的新婚妻子呢，她对我的付出，我能够做到今天，无不是仰仗康红所有。

我在心里嗟叹了一声，即使哼呼了无数声惭愧，还是心甘情愿地接受了康红的安排。

贾主任从前山来到了后山，显得很疲乏，他的笑很不自然，手里托着一个水杯，是白开水还是白酒我没有嗅出来，他似乎有意环顾了一下这里的环境，也许是很冷漠的眼神，心里可能存着几分仇恨，我想他可能是恨我们，也可能是恨武登科，也许对现有的体制也存在不满，哀怨自己的地位，即使心怀大志，却得不到伸展，红红试图让他回到我们的办公室（兼做宿舍），但遭到了老贾的拒绝，他打开了自己的办公室，目的仅仅是应付他的差事儿，也有躲避我们的成分，他不冷不热的态度，我从心理上多少有些不安，红红并不以为然，她灌了一壶开水提给了贾主任，甚至和贾主任还说了几句话，并就晚饭如何安排征询了老贾，红红从老贾的办公室出来之后，立即让我去买白酒，我知道红红是因为老贾买的。虽然红红对老贾的热情让我心怀不满，但还是隐忍着不让自己表现出来，我去给老贾买白酒，老贾跷着脚躺在床上默默地吸烟，这人到底在想什么，他在这里最终要扮一个什么样的角色，是康主任的亲信，还是完全投靠了武登科，对红红实现康主任的计划有所帮助，还是阻拦？现在我也好，红红也好，我们都相信老贾背弃了康主任，可见康主任交给红红的任务，实现起来的难度，一定非比寻常。

也许是我的智商太低了，在这个问题上我琢磨了许久许久，可是我就是理不出一个头绪，我想等我想好了，如何应对方方面面的策略之后再告诉红红，也好显得我这个丈夫也非泛泛之辈，可是我一再地否定自己的想法，以至稀里糊涂，完全想不出一个办法，我心里便开始忧虑，为康主任的伟大计划感到荒唐，为红红的自信感到不解，也为武登科的缜密安排感到完满的佩服，这个本不属于我的心愿像无数的蚊虫一般叮咬着我，我忽然之间悲哀了起来，原来我是反对红红而忠于武登科的，以为实现起来太容易了，这样做有悖道德、良心，有悖亲情的信任，现在看来，我的思想也在发生急骤的变化，又要为不能帮助红红实现这个伟大的构思而感到歉疚，为自己不能得到很多的利益而感到惋惜，我相信康主任的心愿不能了，我相信红红绝对斗不过武登科，我相信红红说得一点也不错，老贾的真实身份值得怀疑，他也许就是武登科派在我们身边兼做监视的那个人，而我竟想得那么简单，一直不曾相信这个推断，现在也许好了，我接受了红红的一切想法，却感到千难万难。

红红并没有我想象的那么脆弱，也许她的思维还很单纯，她只相信她的计划，至于计划之外的东西她似乎考虑得很少，她按照一个晚辈的礼节很尊重老贾，无论一日三餐还是一日两餐，她都会按照老贾的旨意去办，她甚至自己掏腰包多次为老贾买酒、烟，她会在老贾毫无防备的状况下提一些问题，然后展开探讨，她的样子很天真，而且又善于言谈，每当此时此刻，老贾都会不由自主地投入，很快可以得到热情的高峰，红红会不失时机地恭维老贾几句，对老贾过去和康主任的合作表示嘉许，这让老贾十分的满足，每当谈到老贾的过去，老贾总是有挥之不去的自豪和骄傲，他会滔滔不绝地谈论他记忆中保留的那些光辉的历程，他多次地提到康主任，对康主任的友谊、信任，他表现了极大的热情，无疑红红是成功了，她成功地和老贾在康主任的情感上做了沟通，她诚恳地做到了一个晚辈的角色，让老贾消除了对我们的敌视，开始尝试着对我们友善一些。

老贾在不知不觉中把对红红的好感上升为一种信任，并且由此产生了一些自私的或许是发财欲望的幻觉，开始和我们变得亲密热情了起来，这正是红红想要得到的目的，也许也是老贾最终要得到的目的，先冷后热，也许不是没有他的道理，在以后的生活中我渐渐地悟出了一些道理，始觉人性的复杂，是那样的不可捉摸。

有老贾实心实意地配合我的工作，红红很坦然地让我们下了里边的牧区，至于红红要如何操作下一步的工作，我好像并不完全明了，我和老贾刚刚离去，红红便匆匆回了家，她要去请教她的父亲，请教一个幕后操作的老供销。

第三十四章　利益

我和老贾在巴特尔的带领下，行动并不是很顺利，即使我们和部分牧民有过交道，甚至互有馈赠，但在收购羊绒这件事儿上，大家都怀疑地看着我，对我的身份发生了怀疑，一个牧羊的小子，摇身一变成了一个大款的化身，这在他们的眼里多少有些觉得不适合，他们不相信我会有那么大的实力，加之收购羊绒的人历年来坑蒙拐骗使尽了伎俩，令老实憨厚的牧民防不胜防，所以他们在接纳新人的时候，显得特别小心、谨慎，甚至有些害怕，对我和老贾的到来，他们一方面表示了他们的热情、豪爽和大方，一方面又显得谨小慎微，很多的牧民都提了不少的问题，直至消除了对我的怀疑，才会表现出意外的惊喜，纷纷表示愿意合作，愿意把产下的羊绒送到收购站。

我把牧民的问题写了几个条款，连同预计的资金数额一同夹在了一块，等老贾回的时候带给武登科，牧民的问题无非集中在下面几个方面：一、要求兑付现金；二、希望没有假钞；三、别在秤上哄骗他们。相应的我们也提了好多要求，诸如羊绒中别掺土沙，别搅和嘴子毛，等等。我相信牧民的问题在我的收购站中绝不会发生，我愿意用我的人格担保，大约资金需三个亿，武登科有这么大的能量吗？老贾摇了摇头，看着我们摸回来的底数，老贾不禁笑了，这个数目太庞大了，老贾直截了当地告诉我，武登科是有能力，但他的能力绝对达不到这个数目，充其量也就是千二八百万，就这个数目也要让他跑断一条腿，三个亿，那需要成百的羊绒贩子玩，他一个人想独霸一方谈何容易。老贾幽雅地把玩着自己的酒杯，颇有见地地谈论着自己的看法，他越是认为不可能的东西，给我的感觉越不真实。充满了朝气，充满了智慧，充满了自信的武登科，岂是一般的人可以窥视到内幕的，他和尚春花走得那么近，尚春花的男人又爬得那么快，他又有资金做垫底，加上刘春祥的牵线搭桥，加上武登科的精明，说不定一切都会按照武登科的预料而来，一切都会如他所愿，这又有什么不可能的呢？武登科必定不是普通的商人，他自有他的过人之处，偶尔也会彻底地否定了，但事实终归是事实，武登科实实在在地存在，而且颇具魅力和才干。

每当此时，我都会让自己装得很无知的样子，尽可能地少发表看法，对武登科可能要取的大规模的行动闭口不提，又要表现出对老贾的敬佩，对他的见识的认同，让老贾有更多更好的发展真知灼见的机会，我承认自己知道的少，见解、生活的经验远远不如老贾，所以我对老贾的言论很感兴趣，甚至从中窥视到了很多真实的武登科，也渐渐了解了更多的供销社的内幕。

"武登科最大的优点就是笼络了一大批人，他用集体的财产，为自己筑了一条防洪坝，每个人都希望靠近他，然后获取相应的利益，他这个人很明智，集体的财产，大方一些有什么坏处，职工的收入改善了，他还能不对你说好，难道还会不听你的，这个道理武登科太懂了，所以他尽可能地这样做了，他有广泛的声誉，从上到下都维护他，这个人的确有能力。"从老贾的口中不难了解到他对老主任的态度，他是康主任的老部下，但他从心理上靠近了武登科，目的仅仅是获取利益，他表露了自己自私的一面，让潜在的贪欲左右了他的选择，难怪康主任会大权旁落。

"康主任一直是正职，难道武登科不听他的？"这点我太清楚了，可我就是不明白，武登科是如何一步一步控制了供销社，一个人再有能力，没有权利而想办到一件自己力所不及的事情，想必不是一件容易的事情。

"老主任太保守，把集体的财产当命根子一样守着，舍不得吃，舍不得贪，是真正的共产党的干部，他所以能熬到今天，全是他脚踏实地地干出来的，但怎么说呢，老主任就是一个老好人，他在经营上全无章法，因循守旧，若不是武登科这个供销社也熬不到今天，每个人都在想方设法地贪，他一个人再有本事也守不住。"老贾道出了真谛，似乎也破解了供销社的现状，但他还是不轻易地去涉及武登科如何控制了供销社，如何和康主任明争暗斗，却又互相利用。

"武登科这个人能量真的是挺大。"我试图去引发老贾更多的感慨，以便让我了解他更多的心态，去帮助红红，或者是老主任，说白了，也在帮助我满足自己的贪欲。

"这个人胆子大，他开拓了供销社很多的业务，资金在他的手中掌握着，不但供销社获利丰盈，每个职工有工资，有优越的工作环境，而最大的受益者当属康主任，坐享名利，何乐而不为。"看起来康主任在供销社所起的作用，实在是微乎其微，这座供销社所以有今天这样的局面，完全是因为有武登科，武登科却屈居二把手，也难怪。

"看起来康主任还不算昏愦。"虽然老贾肯定了武登科的作用，但我还是认为康红的爸在其中起的作用更大一些，如果没有康主任的知人善用，武登科也不可能大胆地没有束缚地去干，我相信康主任还是有胆魄有领导艺术的。

"康主任是脚踏实地的农民干部，他干工作实在、认真、无私，而且有魅力，在他那一代人当中，他在其中也是佼佼者，但是他有致命的缺点，就是没有文化，而且不懂得经营管理，他把种地的精神用在供销社上，他把领导农民种地的水平搬到供销社上，本来就行不通，但是共产党用干部是能上不能下，把一个外行放在这里，你说他能经营好供销社？所以由着手下人去干，而他却是决策者，武登科是他的女婿，自然他信任武登科的时候更多一些，武登科能有今天这样的成就，和康主任对他的信任和栽培完全分不开。"我相信老贾的言论还算是中肯的，他虽然欣赏武登科，却也不否定康主任的作用。

"那么供销社到底谁说了算？"我想这个问题提得一定很可笑，康主任是康红的父亲，武登科是我的连襟，我居然不知道其中的利害，老贾会相信吗？

老贾望着我，淡淡地笑着，他一边吸烟，一边似乎在斟酌，他对这个问题的看法，我相信可以代表整个供销系统的看法，这个供销社，实则武登科，虚则康主任，每个人都看得很明白，难道我不懂吗？我试图为康主任鸣一些不平，又有什么用呢？大权落在康主任的手里对我有什么好处，大权落在武登科的手里对我又有什么坏处，这一点难道我看不明白吗？仔细地想想也真的想不明白，一边是红红的爸，一边又是红红的姐夫，他们两个人明争暗斗何止是一天两天了，供销社的利益、权利的分配，在女婿和老丈人之间早已形同水火，而且波及了康红，甚至连我也一并牵涉在内，其中的内幕难道我不比老贾明白吗？但是我还是很不解，康主任这个人看上去很粗鲁，平淡无奇，实则内心并不简单，他对武登科的纵容是因为亲情的缘故，至于大权旁落，或许错不在康主任，而康主任却没有办法，亲情让他姑息养奸，亲情滋长了武登科的野心，他忽略了康主任的存在，他在藐视康主任，是因为他看轻了亲情，供销系统走到这个地步，武登科才会大胆地构筑自己的鸟巢，在多年前，康主任给了他一个机会，天时、地利、人和，让他成了供销社的实权人物。

"大权自然还在康主任的手里，康主任是供销社的法人代表，是政府任命的唯一的主任，而武登科，包括我和尚春花在内，职务是由康主任委派的，你说谁说了算？"老贾到底不糊涂，可是这些东西决定不了康主任大权旁落的事实，供销系统正如天崩地陷一般走到了他最危险的境地，康主任这个主任头衔到底还有没有分量，是很难说得清楚的。

"康主任现在这说了算吗？"我真的是很怀疑这个事实。

"凡是供销社现在可以掌握的财产，康主任说了就算。"看来他掌握不到的，他就说了不算。

"供销社可以掌握的财产有哪些呢？"

"总社、库房、分销店，以及现在的货物、资金、债务。"老贾着重强调了债务问题，他说现有的财产和债务相比，早已资不抵债，所以康主任实际控制的供销社已经一无所有，而且已经到了发不出工人工资的地步，要是供销社依然能维持，完全靠的是武登科，武登科不断地把钱打进供销社，所以还可以维持，但最终的死亡是不可避免的，它被冒出来的个体户全方位地包围了起来，不倒闭是不可能的。

"看起来实际控制供销社命脉的依然是武登科。"这一点我终于得到了证实，虽然老贾说得不甚明了，但我还是听清楚了，这就难怪老主任对女婿的不满了，对武登科下手也就有了缘由。

"唉。"老贾喝了一口酒，然后摇了一下头。"我真是搞不明白，康主任那么精明的一个人，居然让供销社操控在武登科的手里。"这也许就是康主任的问题了，但我相信，之所以有供销社的今天，正是康主任犯糊涂的结局，如果他再精干一些，恐怕这座供销社也许也和别的供销系统一样，流失得无影无踪了。

我听得有些不解，老贾明明是喜欢武登科做出了成绩，但言语中似乎流露出了对康主任做到今天这步田地的不满，他到底是喜欢康主任干的稀里糊涂呢，还是喜欢武登科取得今天的成绩。

"如果让你选择一次，你喜欢康主任做主任呢，还是喜欢武登科做主任？"我疑惑地望着老贾。

"当然是康主任。"老贾不假思索便做出了回答。

"为什么？"虽然我已经听出了他的感慨，但没想到他会这么坚决，难道武登科保有供销社的今天，他不高兴吗？

"康主任如果有实权，大家都可以捞一些，现在康主任没有实权，武登科又这么精明，整个供销社全被他独吞了，其他的人连啃骨头的滋味儿都感觉不出来。"老贾终于坦白地裸露了自己心中潜在的贪欲，他仅仅是为了自己可以多捞一些，就宁可不要一个精明强干的武登科，而选择昏愦无能的康主任，我终于明白了，他们所以喜欢康主任，所以心中厌恶武登科，全表现在了自己利益的前提下。

"供销社还能维持多长时间，恐怕这不是一个未知数。"伴随着各地各级集体办的供销社纷纷倒闭，我想我们这里也不会维持得太久了，好多职工已经在议论了，要求康主任把分销社转手出让。

"这是迟早的事情，武登科已经在考虑了，说不定用不了多长时间，分销店就全转归私人了。"老贾。

"贾主任有什么打算。"

"我？"老贾故意地表现了自己的意外。

"难道贾主任没有看好的门市部？"

老贾的目光，流露着一种浅浅的，浑浊的泪光，他狡黠地眨了一下松弛的眼皮，耐人寻味的点了一下头，我明白他的意思，他心中早已有目的，但他却表现得格外深沉，他承认自己有这种心理，但他又不愿意明了地告诉我，也许这便是他的精明之处吧，我便不再追问他了，淡淡地笑了一面，心里似是而非地胡思乱想了一通。

"武登科能动用多少资金？"老贾突然提了这么一个问题，我警觉地产生了一种防范他的心理，他在试探我，他以为我会知道一些，这个问题，恰恰也是康主任、红红，包括我在内，一直猜测的问题。

我摇了下头，表示自己什么也不知道。

"武登科怎么会连你们也不告诉一声，这么大的声势，把摊子铺得这么大，资金如果出了纰漏，也不好搞。"我搞不懂老贾到底心里在想什么。

"我和你一样，都是武登科的一颗棋子。"

"哈哈哈。"他笑得一点也不利索，我明白他为什么笑，我不就是武登科的连襟吗，就冲这一点，他也不会相信我说的话，我们近，而他们远，这似乎是天经地义的事情，我只好也陪他笑了，即使很无奈，也得承认他这种心理。

"他会照顾你的。"老贾总是喜欢出其不意，他终止了自己的笑声之后，突然又扯了一个硬邦邦的话题，我明白，他心里很嫉妒我是武登科的连襟，武登科会照顾我，而疏远他，他似乎已经看得很清楚，论资历、年龄、职务、经验，这一次无论如何也不该我盖他一头，而事实上我却超越了他，他心里的不平衡，或许滋生了很多的无奈和恨，可是这又有什么办法。

对老贾，我即使很无奈，也不得不承认，这必定已经形成了事实，而我也满足于这个事实，正是基于这个事实，康主任、康红才有可能实现他们的愿望。

"他不也在照顾你们吗？"我当然指的是他的儿子。

老贾呵呵呵地笑了，他猛灌了一口酒，在热气还未汹涌地翻上来的时刻，他说了四个字——"风烛残年"，然后又灌了一口酒，他也许隐喻了供销社已经濒临倒闭的现状，除此之外他还能指什么呢？他对武登科难道不满吗？现在我还是看不出来。

老贾的兴致忽然低落了起来，面色忧郁而浆红，他的神色表现得很不耐烦，我知道他已经没有了和我继续交流的兴致，便起身回了我的办公室。

夜风呜咽、强劲的呼啸声连续不断，碎石子击打窗棂的噼啪声，无不彰显了清风冷冽的初春是多么的肆虐和凶猛，偶尔我会隐约地听到一声哀鸣，我想那可能是老贾发出的，他心事重重，老贾在隔壁失眠了，我在这边也睡不着，红红在干什么，她此刻会在哪里呢？她和康主任到底要怎么干？我已经和康主任同流合污了，我终究是没负康主任的厚望，做了他们的前锋，我将利用武登科对我的信任。

武登科是一个好人，康主任也不算坏人，他们翁婿之间的利益盘剥，现在裹进了我和康红，我已经糊涂了，到底谁是好人，谁是坏人，是谁在侵吞集体的财产，是谁的黑手伸得更长，他们还能伪装多久，这场利益的争夺，会给我和康红造成多大的负面影响，我们到底从中可以获取多少利润，此刻的我，不由地想得多了一些。

我想到了康明，想到了康玲，康英，以及武登科的儿子武云锋、小张、老贾，甚至想到了医院、小王、会计、院长，自然也想到了我心中的偶像小陈，想到了好多的人，事儿，我明白在我的生活圈子中，大到我听到的乡长，小到的医院院长、供销社的主任、普通职工、干部、农民，他们生活在不同的环境轨道上，他们做着不同的工作，他们为社会做着各种奉献，但他们都是凡人，都在为吃喝拉撒奔波，为别人着想的时候，他们考虑的更多的就是自己的利益，他们衡量自己能力的时候，无论多么愚蠢的人都会因为占有的多而骄傲，占有的多显示了他们的能力，能力创造了实力。一个人无论你的才华多么出众，而你一贫如洗，你为自己创造得少，傻子也会嘲笑你，中看不中用，一切都是虚的，所以不失时机地为自己多考虑的思维，常常会占了上风，我，便不知不觉地落入了这样的格式，在潜移默化中，我的思想得到了净化、改变。

我在觉得自己可能成为富人的时候，忽然感到自己也有了身价，一种无法自抑的喜悦，让我充满了对未来的豪情和憧憬，我的前途金灿灿的一片光明，我的未来像蓝天一样的广博、皎洁、深远而无限，仿佛还蒙了薄薄的纱帐，充满了异彩和神秘。

"哗嚓"一声剧烈的敲门的声音，把我从恍惚中惊醒，我的头脑一下子清醒了过来，纷繁的想法立即终止了，这是怎么回事儿，风声依然是鼓足了劲的嘶鸣，我迅疾地跳下了床，在黑暗中摸索着穿鞋，想看个究竟。

开门的声音，这一次我听清楚了，然后又是合门的声音，隔壁传来了老贾的脚步声，我长长吁了一口气，心里有些怪他，我踢掉鞋再一次地躺在了有些冰冷的床上，却无论如何也不能再延续刚才的想法，脑子里很乱，怎么理也理不顺。

早晨我起得格外的迟，这让我很不好意思，我要特别声明，我不是故意的，昨晚睡着得太晚了，我醒来一看表已经是九点挂零了，我的歉意不是冲我来的，而是面对老贾不好意思，必定我的年龄小，早上我应该早起，别的活干不干，这顿饭总是应该我做的，现在都九点了，想必老贾也饿坏了。我迅速地穿起了衣服，一下地便生起火炉，我要以最快的速度把饭做熟以弥补我心中的歉意。

饭做好，我便去通知老贾，意外的发现让我很不舒服，老贾的门上挂着一把小铁锁，老贾早已不知去向，他如果不是走远也不会锁门，他会去哪呢？在这里他除了和巴特尔熟识外便是我了，一清早他不可能去巴特尔那里，至于游玩，他向来也没有这种嗜好，早上他一般也不饮酒，排除了这些因素，老贾会去哪儿呢？我眺望着大山的阴影，呼吸着清凉透彻的新鲜空气，为自己的晚起甚觉不安，我想老贾可能是饿了，他现在唯一可以去的地方，一定是供销社，我去供销社老贾不在，找了巴特尔，巴特尔也不知道，我找了好多地方，我可以想到的地方我全找了，就是没有老贾的踪迹，他到底去哪了呢？

老贾无声无息地失踪让我心里很不好受，失望的等待艰难地折磨着我，到了第二天我终于相信，老贾已经回了前山，我原本要让他带回我的调查结果交给武登科，而他竟然悄无声息地走了，走得让人凄惶，让人不可思议。

剩下我一个人守着老房子，仿佛在坐狱，每天两个鼻孔被油灯熏得黑乎乎的滋味儿真是不好受，我勉强坚持了两天，便也匆匆赶向山前，赶去红红的身边。

见到红红的时候她正在康主任家，康主任冲我笑了一面，康母显得挺别扭，红红立即给我倒了一杯水，康主任把一盒烟放在我坐的沙发扶手上，然后便去摸索口袋，我知道他又要做什么，以前如此，现在他的身体状况略显衰弱，对咖啡因的吸食更要紧得很，康母对他这个举动历来不满，眼睛斜了一眼，却也表示了无奈，康红立即给康主任端了一杯水。

"结果如何？"康红的精气神很不错，神态又恢复到了先前，脸红扑扑的，亮而鲜润。

康主任美美地吸食了一口，立即喝一口水，然后又把药渣往整齐拢了一下，他抬头瞟了我一眼，神态很自若。

我把大致情况说了一下，康红把目光投向了康主任，下一步怎么行动，我心中毫无谱，也许康红也不大明白，康主任收好了他的药渣，胸有成竹地点了下头。

第三十五章　布控

供销社的两个门市部显得很萧条，街上又多开了几家小卖部，杂乱的供销社大院里有几十辆骡马车，贾文义在一边吆喝着，有几个人在小楚的后边从西向东而去，付化肥的小职员态度很蛮横，看到我，贾文义老远就摇上了手，没有办法我只好向他走近。"辛苦了，苏主任。"这种称呼让我很别扭。

我刚和贾文义握过手，人群中便走来了一位邻人，他看到我，我看到他，都同样的惊讶，彼此招呼过之后，他向我提了一点点要求，让我给他多开几代尿素，我正不知如何答复他时，贾文义却答应了他，"这是你的亲友，没问题。"贾文义显得很豪爽，对待我的事情颇显认真，他大笔一挥。一个条子便飞了出来，我的邻居很感激地望着我笑，我拘谨地点了一下头，他便轻松地走了。

"怎么样，见过武主任了吗？"贾文义。

"还没有，这几天他来供销社吗？"

"也不是常来，信丰、中丰、道义几家分销社全卖了，武主任正忙着清账呢。"贾文义。

"行动挺快的。"

"卖了也好，每年连工资也挣不出来，总社也缺钱，贴不起，卖给他们，挣多挣少都是他们的。"贾文义。

"卖给个人全挣钱，为什么留下就贴钱？"

"观念改变了，服务质量提高了，价格变灵活了，哪有不挣钱的。"看来有些问题，贾文义的认识还是颇深的。

"还有没有别的行动？"

"康主任打算把总社的两个门市部出租，武主任好像不同意。"贾文义目光狡黠地闪动着。

"为什么？"

"武主任说要卖就把这些都卖了，省的瞎操心，供销社这些遗老遗少就以经营化肥为主，也能过日子，省得老亏本。"贾文义搓了一下左耳垂。

"总社的门市部不是一直盈利不错吗？为什么要卖掉？"

"闹不清。"贾文义似乎不想回答这个问题，我想老贾早已窥视着生产门市部，这一点贾文义能不知道。

"时间尚早，苏主任回来了，恕我们不能奉陪了。"小楚阴阳怪气地从我身边走了过去，我无奈地笑着，望着小楚的笑，我隐约觉得很不舒服，我似乎从中悟出了一些嘲讽的韵味儿，也许是我多心了。

"我不能再耽搁了，小贾你忙你的。"就此别过了贾文义，我去了办公区。

武登科并没有在供销社，我等了半天，武登科也没来，贾文义建议我去家里找找，或许在家里歇着呢。

也许是因为红红的缘故，我对康主任一家有着特殊的情缘，亲切和家的感觉在那里同样厚重，温暖。红红不在家，我就直奔康主任家。

红红正坐在沙发中，摆弄着一团火红的毛线，看到我她笑了一下："怎么样，见到姐夫了吗？"

我摇了下头，向她的一旁走去。

"姐夫这个人你太不了解了，以后你就会知道，他干什么都特别认真，就像人们说的，好像有瘾一般，他干一件事儿，从来也不会半途而废，只要经他手办的，他就会一管到底，不分白天黑夜，守在那里，必把事情办稳妥。"红红。

"爸，不去管吗？"我真不明白，这么大的一个康主任，在供销社的生死关头，却不闻不问地守在家里，我从里间的门缝上瞧到了倒卧在床上的岳父大人康主任，也难怪他会实权旁落。

"爸，这个人你又不是不知道，让他和姐父去争这些鸡毛蒜皮的事儿，他做不出来，偏偏姐夫对这些又十分感兴致，拍卖分销社，总社请示了上级做出的决定，货物清单这里有底数，谁去了都一样，姐夫想显示自己但也正好帮了爸爸的忙。"红红并不想让我思想中对她爸存有偏见，也许她的解释是合情合理的，即使是很牵强，我也得接受。

"怎么，对你老外父有点不满？"岳母一边整理散乱的头发，一边懒散地从里间踱了出来，惺忪的目光还挂着疲累的神色。

我嘿嘿地笑了一面，我还真不知道该如何面对红红的母亲。

"妈，今天中午我们吃什么？"红红没等我开口，便向母亲提了一个问题，红母毫不介意地走向了试衣镜，"问苏培吧！"

"问我？"我似乎有些不相信，红母是这样讲的吗？我在她的眼里什么时候忽然间有了一席之地，我的忙乱让红红感到好笑，她嗔怪地瞥了我一眼。"怎么，有点受宠若惊的感觉，想吃好的就去秤肉。"红红。

"算了，苏培你和红红先收拾，我去秤点现猪肉，我们吃猪肉烩酸菜，你们看如何？"康主任从床上一团脚，便坐了起来，我们几乎都忘了他的存在，想不到他自己冒了出来，我隐约记得这是康主任爱吃的一道菜，他倒不是为了几片猪肉，而是为了猪肉烩酸菜里的几块土豆，这个外父真怪，偏偏嗜好土豆，吸食咖啡因，真让人不可理喻。

"怎么，怕苏培去花钱？"岳母匆忙来到里间门口瞥了康主任一眼，然后冲我笑了一面，也许是她的无拘无束的言行感染了我，我忽然间觉得十分轻松和愉悦。

"我爸想吃猪肉烩酸菜了，妈，酸菜还有吗？"红红把毛线放在了一边，弹了弹衣服。

"有，咱们家的酸菜什么时候都有，你爸这个人你又不是不知道，从小受尽了罪，到大了，到老了，就嗜好猪肉酸菜烩、土豆，也不知道什么时候又烫上了安纳加，爱好越老越多了，现在也不知道他想干什么，一走就是几天，还整天乐呵呵的。"红母坐在了沙发中，康主任披了一件衣服从里间拖着一双布拖缓缓走了出来。

"我去买吧。"我想我的这个举动一定让红红很满意。

"你别去了，你爸自己喜欢吃猪肉烩酸菜，以为所有的人都喜欢吃猪肉酸烩菜，难得他心情这么好，他一定又要去通知小张和你二姐了。"康母想必点到了康主任的内心世界，康主任笑了一面，却没有去否定，我淡淡地瞟了一眼康红，看上去康红倒无所谓，我心里却很别扭。

"那也能让苏培去通知他们了哇。"康红。

"就我去吧。"康主任。

"也许最近我来多了。"康红淡淡笑了一面。

"这个问题应该值得考虑。"康主任的这句话存在的弦外之音，我一听便明白了，其实他内心现在并不希望我和红红和他们走得这么近，也许他不为别的，就是为了让武登科信任我们，从而实现他的计划，我甚至想到康主任不好意思明白无误地告诉我们让我们和他保持距离，离得远一些，但又无法直接表达明白，所以他才要邀请康玲和小张，他不为别的，他就是让我们明白一个道理，别走得太近了，小张和康玲对我们不友好，让小张和康玲来，目的就是让我们走。

"因为……"康母大为不满。

"现在是非常时期，我们不能前功尽弃，只要有一分的希望，要做十分的努力，这是为他们将来在考虑。"康主任突然严肃了起来，他意味深长抑扬顿挫的腔调，一改他平素恬淡温和的心态，仿佛一个演讲者，在抓住人的心里一瞬间，把他的观点推向了一个被人人公认的极致，红红无言地望着父亲，康母也被这样简短而精辟的言辞所禁止，他给我的煽动、诱惑，又何止仅仅是一个启蒙，简直就是震撼。

"那你们就回去吧，以后随便不要过来了，红红你们想吃猪肉烩酸菜自己回去做，你爸爸的话你们想必听明白了，不能因小失大，这个前提你们两个必须要懂，来日方长，也不在这一时半刻，更不在这一顿饭上，但问题的实质，却可以被人为地操纵。"康母一旦明白了这个道理，表现远比康主任果敢，冷酷，我内心感到她有些不近人情，但也被她的气概和表现出的魄力所折服，我无奈地冲红红笑了一面，红红也没想到会是这样，她点了一下头："那就回吧。"

几天之后，在小张有意无意地散布下，好多人都知道了一个事实，康主任夫妇依然不能原谅康红和我，叫康玲和他吃饭，却不叫我们，这件事情很快传到了武登科的耳朵里，真让人感到可笑，如果我事先不知道内情，我想我会特别的难受，我见到武登科的时候，他正和老贾在一块喝酒，武登科对我的到来，并没有表示过分的热情，我想围绕收购站的所有事情武登科已经不用我来陈述了，老贾似笑非笑地望着我。我想我应该向武登科汇报一下，但我刚起一个头，武登科便举手制止了，他说他都知道了，他当着老贾的面有意提到康主任夫妇没让我吃饭的事儿，很有嘲笑我的意思，这一点我不是不知道。

"我妈那个人脾气太倔，你不了解她，贾主任很清楚，现在这样，对你已经很不错了。"康英。

"那还要怎么样？欺人太甚。"武登科怒气冲冲的。

"那你说怎么办？让苏培把她捏死？"康英怒目相向。

"你们也别吵，改天你们劝劝老两口，老糊涂了，红红和苏培不是挺般配的吗？"老贾潮红的脸上散发着腐臭的酒气。我在心里暗暗冷笑了一声，老贾、武登科，不知道为什么，忽然间我心中些许的内疚荡然无存，我竟有些恨武登科，恨老贾。是他们轻视了我的存在，还是他们肆意地嘲笑，让我感到了无比的羞辱，内心忽然间十分的气愤，可是一想到康主任的计划，我又强迫自己默默地笑着，武登科和老贾对饮了一杯酒，好像我的存在十分的多余，但我这个人一向也不愿意轻易服输，武登科不让我喝酒，我还偏不知趣地自己端起酒杯和他们隔着距离遥遥碰杯，他们似乎并不介意，我知道他们一定在嘲笑我，而我也恨极了他们。

"小苏这个人不错。"老贾挤了半天，努出了这么一句话。

"建羊绒收购站是一件大事儿，苏培必定年青，缺少经验和影响，老贾我可能去不了，你要处处帮助小苏。"武登科。

"这个没问题。"老奸巨猾的老贾很爽快地答应了武登科。

"为了供销社的利益，老贾你就辛苦一些吧，即使觉得委屈，也不要带有情绪，以后你就会明白。"武登科似乎很器重老贾，他的话说得耐人寻味，深刻地隐喻了什么，我怎么也想不到。

"这怎么会呢，你问小苏，我是实实在在的帮他，配合他的工作是我的职责所在，武主任就放心吧，有我老贾在，羊绒收购站一定会大放异彩，绝对可以压倒一切。"他说这话一点也不脸红，好像一切实际工作全是他一个人干的，我相信他就是这样向武登科汇报的，否则武登科也不会如此轻视我。

"小苏，我相信你对牧民有一定的影响，用你的影响号召大部分人把羊绒卖给我们，这件事儿你必须要做到，保证货源要充足，收购要及时及需，保质保量地完成任务。"武登科。

"我会努力的。"我淡淡地笑着。

"光有热情是不够的。"武登科用右手指敲了一下他的右耳上部的头皮，我明白他说的是什么意思，要用脑子。我一定会用脑子的，否则我就无翻身之日。

"有老贾帮助他们，一定错不了。"康英。

"这一点我心中有数。"武登科略显不耐烦。

"只要资金充足，要多少货我可以组织多少。"老贾越过了我，似乎很从容地自报了家门。

武登科斜望着老贾，疑惑地笑着。

我点了一下头，表示支持老贾的说法，这全无所谓，如果我们笼络不住贾主任，我想我会满盘皆输。

"资金不会很多，今年以建设为主。"武登科。

"建什么？"老贾讶异地发出了呼声。

"羊绒公司。"武登科很冷淡，也很平静。

"自己梳绒？"老贾。

"嗯。"武登科，"如果可能的话，今年收的羊绒就自己生产。"

"噢。"老贾打住了他的提问，目光瞟了我一眼。

武登科筹划的规模有多么大，可能投入多大的资金，我们的康主任不知从何种渠道获得了一个似乎是小道消息的消息，康主任对康红说了，基本准确，武登科在本城的西郊购置了五十亩土地，投资巨额资金准备建楼房，机器设备都已经订好了，而且公司已经挂出了牌子，小刘在那里坐守，全部土建工程预计在七个月内全部交工。

好厉害的武登科，如果不是那天饮了酒无意中透露了这个消息，本镇所有的人，包括他的妻子康英在内，谁都不知道这个消息，他用小刘在那里坐守，可见他对小刘的器重已经超过了任何人。

"我们怎么办？"这个问题再次被红红提出来，似乎显得很沉重，我们反复地分析了武登科那天见我所说的话，以期从中找出一些不利的兆头，分析了他的言语，而后做出了一些判断。一、武登科并不信任我；二、武登科利用我打前站，而后可能把我换下去，接替我的人可能是老贾；三、在启动之前我可能会继续保有职位。我们分析了利弊之后，康主任和我、红红，初步拟定了一个对策，其他的行动依然照常进行，但愿我们可以成功。

供销社在武登科的策划下，迅速走向了瓦解的局面，下面的分销店全部转给了私人，庞大的供销机构，在很短的时间内就分流了很多的工作人员，一部分精干的年轻的工作人员被武登科秘密地安置了，当然全到了他的公司，更多的女流之辈被解雇回家，自谋职业，在镇上的生产门市部被窥视已久的贾主任所得，一家被小楚的父亲所得，贾文义辞去了供销社的会计去经营他们自己的门市部，小楚却继续留在了供销社做会计，在经过十几二十天的叫卖拍板后，供销社突然变得热闹了起来，先是贾文义家隆重开业庆典，后是小楚家开业庆典，鞭炮声、呼喝声把我们围在中间，晾在一边，心里空荡荡的。

"现在供销社还有什么？"也许这是局外人的声音。

"还有库房、办公重地。"

"还有卖东西所得的全部资金。"

"失业的人如何安排？"

"那是他们个人的事情，和供销社有什么关系，用你是供销社的人，不用你，莫非你还赖着不走。"

"卖下的钱归谁？"

"供销社不是还有保留机构吗，什么时候消耗完，什么时候供销社才会最终解体。"

"这康主任什么时候才会失业？"

"自然是老死了。"

"那武登科能等上？"

"女婿外父还分什么彼此。"

供销社几乎卖光了百分之九十的财产，所得资金近三十万，现在供销社的大院忽然冷清了起来，昔日出出进进，忙忙活活的人忽然不见了，供销社已经彻底地失去了它昔日的辉煌和壮观，他的气势完全输掉了，代之以不断发展，壮大的私人业主隆盛、流彩、喜气洋洋，壮观的场面。

我，立在我的家门口，望着出进各个门市部的购货人，心里也痒痒的，几乎有很多次冲动，看着他们挣钱我也眼红，我和红红何不利用我们的房做一个个体业主呢？

我的想法仅仅是一种幼稚的梦，我的想法替代不了红红的想法，更无法阻止康主任为实现这种想法铤而走险的谋略，也止不住对拥有更多的钱的诱惑，为了更多的钱，为了谋取武登科的钱，我已经完全丧失了我自己，我的思维，我的原则，我做人的道德观，已经完完全全被这种疯狂的可能所困扰。

我知道我自己变了，变得可恶，变得贪婪，变得忘恩负义，变得可憎，变得自私，而且有些冷酷，我在红红的推动下，在康主任的诱导下，终于和我的妻子，我的岳父同声一气，目的仅仅是算计我的连襟，也许是本该属于供销社的我，而这一切，武登科似乎并没有察觉。

"武登科是一个厉害的角色，对付他很不容易。"康主任对此深有感触，这是他多少年来大权旁落之后发出的最真实的怨愤，现在他要实施反攻，实现他的宏图大略，展示他的人生价值，他会成功吗？我和康红会成功吗？

"关键的人物依然是老贾。"红红说得无疑是正确的，如果像我们分析的那样，老贾在收购开始如果替代了我，我们的计划就会付之东流，老主任说那样他就得动用下策，至于下策是什么他没有告诉我们，上策当然好，神不知鬼不觉地拿走武登科的钱，对谁，对方方面面都有利，但不知是否可以办到。

"武登科这个人很聪明，也极其的狡猾，他的思维往往走在我的前边，我们也要有失败的心理准备。"康主任忽然间变得沮丧了起来，对自己的信心有些不足。

"其实每个人都有他的弱点，姐夫虽然聪明，但他这个人也有一个致命的弱点，换下苏培顶上老贾的可能性太大了，走马换将，让我们可能有的计划泡汤，让老贾来不及准备，而我们和老贾在那时又会互相牵制，不至于给武登科造成损失，这是武登科的高明之处，但他的性格上的弱点，造成了老贾对他的不信任，老贾的心里又不同于一般的人，时时刻刻总想着在供销社行将毁灭之前捞上一把，这种贪婪的心态，也许正是我们可以利用的。"红红的分析似乎有道理，武登科可能换下我顶上老贾，老贾可能被我们提前拉下水，这种可能性都存在。

"把老贾拉在我们这边？"康主任也想到了，也许是他的嘴快，我刚刚想到，而他已经说出了口。

"见机行事。"红红仅仅说了四个字，见机行事，也只能如此了。

"我们的原料现在已经全部准备好了，要选择一个适当的机会调到收购站。"至于什么原料我并不很清楚，我只知道康主任加上的这种原料是羊绒里掺的，每掺入一斤，红红和我就虚开一斤的票，最后能加入多少就开多少。

"最近就得调进去，地方我已经看好了。"红红胸有成竹。

"姐夫会加吗？"我并不清楚。

"按道理说，他今年可能不能投入生产，他的原料不可能压在手里，出手原料挣的钱，可以添补建厂的亏空，以武登科的个性，他一定要加，而且会加的很多。"康主任也只是猜测。

"我们准备了多少原料？"红红。

"十八吨重金粉和两吨黄油搅拌在了一块，共有二十吨。"这简直是一个天文数字，二十吨，我吃惊地望着康主任。

"姐夫如果投入 1.5 亿的资金，我们就要投入二十吨重金粉。"红红瞟了我一眼，面上毫无表情，也许她对我的惊讶显示了一种不解，可是说心里话，我想也不敢去想，这是多么庞大的一个数字，将来把它变成钱，那又会是多少呢？

"你姐夫投入的资金远远不止1.5亿，也许是几个亿，据可靠的内线传来的消息，你姐夫在刘春祥的运作下，可能贷了五个亿，他的羊绒公司起点很高，一上马就是西部地区规模最大，实力最强的公司，他要用好这五个亿，最好的办法就是自己收购，如果从贩子手中接，他的利润会大打折扣。"康主任。

"现在我们如果成功了，我们就充当了那个贩子，姐夫能挣多少，也许是一个未知数。"红红。

"姐夫如果投入五个亿来收购羊绒，我们这里是收不到的。"对这一点我心中有数。

"没有任何人有姐夫这样的资金实力，所有的贩子都会涌向姐夫，他在我们这里可以投入多少资金也是一个未知数。我们所做的准备，只是一种期望，一旦成功了，我们的机会也会很多。"红红仿佛是一位舵手，她的分析，判断都让我感到自愧不如，我还真没想到，红红会有这样的见解。

"所以你要动用可以动用的一切蒙古族朋友，扩大影响，争取收到最大限度的羊绒。"康主任是对我说的。

"我会尽力的。"这一点丝毫也不用怀疑。

"只是……"康主任忽然面露难色。

"只是什么？"红红。

"我们的东西放在什么地方，又如何掺进去？"康主任。

"这些你就交给我吧，瞒天过海，只有这样才不会引起别人的怀疑。"具体工作如何操作，也不是听了这条计划我就可以知道得一清二楚，但我相信红红一定会有办法。

"现在只知道老贾会去主事儿，你姐夫还会调谁去呢？"康主任。

"尚春花不在了，供销社算账最厉害的是老贾的儿子贾文义，可是他前者到总社，干了时间不长，你姐夫又放了他，把生产门市部卖给了他们，这些都说明你姐夫不会用他，用老贾不用他的儿子，担心他们在一块搞鬼，你姐夫疑心大，但可以肯定地说，武登科会重用老贾，我们必须及早想好对策，方可保证万无一失。"康主任似乎又想到了一些什么，说到这里忽然又摇了一下头。"人老了，头脑也不灵便了，刚才我似乎冒出了一个百思不解的答案，现在却又忘了。"

"什么问题？"红红。

康主任深思了一阵，然后又摇了一下头，百思不解的问题也忘了，他笑了一面，看了我一眼，然后又把目光落在了红红身上，我知道他在想什么，他认定了我不行，但是他当着我的面又难于开口，他想让我听红红的，就这个意思，康主任对我没信心。

"爸，我会听红红的，这一点请你放心，有什么事儿我们会商议的，尽可能地把事情办好。"事实本身就是如此，我的见识、谋略、魄力皆不如红红，我不听红红的，可能吗？

担此重任，我的能力可以胜任吗？不是我自己否定了自己，而是我本身就不行，而且在行为过程中我本身就处在这样的角色。

红红淡淡地笑了一面，她本身就处于主导地位，她也有这样的魄力，我相信她。

"我相信你们会合作得很好，这是决定命运的时刻，这是成就你们事业的开端，我相信红红可以担此重任，我相信红红将来可以成就事业，可以和武登科一决高下。"也许如康主任所说吧，我也希望会有这样的结果，他对红红的期望很高，这让我感到欣慰的同时，也有些许的惭愧。

红红面对的是她的父亲，和她的丈夫，她听得有些不自在，如果换了别人，她一定会认为这是无稽之谈，或者是恭维的话，而这话是他从崇拜的父亲口中说出的，她很受鼓舞，激情汹涌，充满了信心，她歉意地望了我一眼，勇敢地冲康主任点了一下头，我知道从此刻起，红红肩上的担子一定非常的沉重，她要做的是鸡鸣狗盗的营生，而被她盘剥的对象竟然是她的姐夫，推动和鼓励她这么干的居然是她的父亲，自始至终他们都在心甘情愿地同流合污，而且谋虑久远，以期发达，甚至要和武登科并驾齐驱，这个梦，这个计划，武登科又怎么会知道呢？

武登科是什么样的心态，我们理会得很多，也许是对他太了解的缘故，我们做出的种种猜测，或者预备的应急预案，足可以让武登科防不胜防，或者大意失荆州。

武登科并不打算让康主任家的任何成员分享他成功的喜悦，无论在何种环境，他对我们都缄口不提，对外人也许会例外，康英只是作为一个家庭主妇的形象出现在他的视线里，他曾经是那么喜欢康英，可是现在他变了，他发现自己冷淡了康英之后，居然找到了那么多的寄托，他内心存了一些歉疚，往往想做得更好一些，以期弥补自己的不安，但是这种不安来得太多了，他发现自己全无所谓了，或许会心虚，他坦然地笑了一下，连这一点他都认为是自欺欺人，后来他发现康英知道了他很多事情，这让他着实惊慌了一番，但他也意外地发现，康英原来如此懦弱，只是心情不好的时候会发泄一通，平素似乎也就那么回事儿，装聋作哑，不咸不淡，当然，武登科也不是傻子，他表现得越热情，康英的反应会越冷淡，他甚至感到了康英的厌恶，也不知从哪一天起，他发现自己竟然很害怕康英，所以好多事情都瞒着康英，这样日久天长，这种行为便习惯了，他们夫妻间共同探讨的问题越来越少了，他居然敢鄙视他的老婆，终于他越做越大，姿态也越来越高，现在他相信他就是主导，他就是核心，他就是这个家里的一切，为所欲为的时代终于来临了。

第三十六章　老贾

还在没有收到武登科的指令前，康红已经把二十吨重金粉调往了收购站，她要瞒天过海，她要实现自己的规划，有那么容易吗？

几天之后，武登科通知我去见他，然后他带我找到了城里的一个大仓库里，见到了一批货，我见到这批货的时候已经很熟悉了，无论它从外包装的色泽、规格、货的成色，全和康主任订的货一模一样，我不由地佩服起了康主任，也许这正是红红的高明之处，瞒天过海，什么叫瞒天过海，我想这一点就有所体现，武登科做事何等机敏、慎重，可是他绝对不会想到这也是他的失策之处，他也许绝对不会想到一个是野心勃勃的康红，一个是老奸巨猾的康主任，两个人又是他的至亲，在联合算计他，也许我算不了什么，但我也在其中扮演着重要的角色，正在张着血盆大口等待食入虎口。

武登科订的货总重量是十四吨，他交代给我之后便匆匆离去了，我立即雇了一辆跃进车，四个装卸工，开始调运。

按照红红的安排，我把武登科的货和我们调的货码到了一块，北墙上挤满了袋子，一排二十几层，一直往南排，从门口进来看到的货和实际货物量是分不清的，我相信不会有人会怀疑他的数量，也根本想不到会是这样，一卸货我便惊奇地发现这是一个多么完美的计划，一个多么美妙的构思，用完了皆大欢喜，用不完的重金粉依然归武登科，而红红横竖要抽钱，也许我不是第一次发现红红工于心计，但是如此巧妙的安排，不得不令我叹服。

老贾随后就到了收购站，他来的时候，顺便带来了秤具，等等，"已经五月份了。"老贾莫名其妙地好像在独自念叨，又好像是对我和红红在讲，可是他的目光却盯着大山，表情很冷漠。

我开始清理场地，红红偶尔过来帮忙，老贾却无动于衷，他每天都在饮酒，眼睛布满了血丝，头上我已经不记得他是什么时候盖了一顶前进帽，他有的动作我相信他是故意的，摇摇晃晃，或者故作讶异地发现我们在干活儿。他的眼皮松垂落下，表现惊奇的时候他会用力强迫自己睁大，盯上我们一凡，然后便回了他的办公室。

"酒精中毒了。"每当此时我总会说上这样一句话。

红红心里很讨厌老贾，但又要笼络他，我们这位厌弃老贾的红红，更是在生活上放纵老贾，老贾每天并不喝那么多的酒，自从这次来了之后，红红便改变了一贯的作风，专门进了几十件口杯，偏偏我们的贾主任就嗜好这一口，早上饭前饭中饭后一口杯，上午无聊得不行又是一口杯，中午红红专门弄两个下酒菜，加上我又可以陪他几口，贾主任便一发不可收拾了，早中晚，只要他的口一干，他就可以享受美酒佳肴，然后乘着酒精发作的高峰发一通牢骚。

从贾主任的口中，我们渐渐地听明白了贾主任缘何苦闷，他本来很有信心来干收购站工作的，但他万万没想到武登科会不信任他，他呵呵呵地笑上一凡之后，兴奋地告诉我们，他武登科不信任他老贾，那是看不起他，武登科同样看不起你苏培，康红，甚至鄙视康主任，可他还是信任亲家，这足以说明武登科这个人的狡猾，用人唯亲，我们在这样的生存环境中，这会有什么前途，更别说别有天地了。

"武登科看不起我。"这已经成了老贾酒后的口头禅，红红不让我和老贾搭话，她说老贾喝醉了也比我清醒，也许老贾是故意的，武登科给了老贾暗示，老贾已经领会了，但他就是不相信，他只相信他自己的判断，明白武登科只是安慰他而已，无论如何说我们，都是为了利用他，安慰他，他心里总在想，必定人家是一窝子，他是外人，只有傻子才不会想到这一层。

小楚调上来的时候，武登科也一块到了，小楚拉着红红表现出了格外的亲切，武登科来到酒气熏昏的老贾面前，略略皱了一下眉头，但他还是很客气地和老贾握了一下手，"老贾，不能少喝一点。"

"误不了事儿。"老贾一改平素的作风，神情大悦，精神利爽，口齿清楚，反应灵敏，这又给了我一个意外，红红似乎是冷笑了他一声，我陪着武登科，不如说是老贾陪着武登科在各地转悠了一番，容不得我插嘴，里里外外全是老贾一个人的口舌，好像他是主导，而我只是一个配角。

"干得不错，苏培叫他们往下卸东西。"武登科用眼角瞟了一眼今日带来的三个小伙子，示意我，让我叫他们干活儿。

武登科立在盛放重金粉的库房门口，用眼角的余光打量了一下开始干活儿的两个小伙子，然后郑重其事地看了一眼重金粉，脸上露出了得意的微笑："老贾，这个你比我更清楚。"

"姐夫，今天中午我们吃什么？"和小楚兴高采烈谈论的红红忽然脆脆地叫了一声姐夫，武登科立即把注意力从重金粉上移向了红红，"什么时候学的这么乖巧？"然后随便踱开了重金粉的库房，向红红和小楚走来，老贾赔着笑跟在武登科的后边。

"你是大老板，今天你来了，自然得由你做主。"红红笑得十分坦然。

"先入为主，红红今天的伙食就由你安排吧，看看我们这位大管家的夫人是如何招呼我们的。"武登科的一言一行让人琢磨不透，老贾的眼皮不断地眨着，酒劲过了之后的他，精神有些困顿，但他心里有目的，必须打理精神陪伴武登科，他的目光一会儿落在红红那边，一会儿落在小楚的身上，他故意地不去看武登科，思维却是在无数次地咀嚼了武登科的每一句话，心里还是哀叹不已。

"你们带来这么多的菜，还有大米，午饭就吃米饭炒甘蓝吧，怎么样？外加炒鸡蛋，下酒菜，如何？"红红，喜笑颜开。

"呵呵呵，这真是我的小姨子，想法对路，想法对路。"武登科也表现出了格外的欢悦，想必他初战告捷，再战已不成问题。

"还有人手吗？"老贾不失时机地插了一句话。

"有，小苏，你看我又给你配备的三个人如何？"武登科不能掩饰自己的兴奋。

"可以。"然后我就不知道自己还可以讲些什么。

"只要业务可以搞上去，人员随时会配来，这一点请你们放心。"武登科。

"收购站什么时候可以启动？"老贾真是圆滑，他不问资金什么时候可以到位，却问收购站何时可以启动，人员都配置好了，收购站从形式上已经启动了，羊绒一旦下来，资金到位就可以开始收购。

"小楚作为会计，希望可以和你们合作好，他们三个作为打工的，由你们调遣，小苏你看你人手会够吗？"武登科。

"不够。"我觉得人手太少。

"现在只是个开端，到旺季的时候，整理羊绒的人还会被派来，到那时，这个羊绒收购站才会完善，现金由红红管理。"武登科到底还是更加信任我们，这一点毫无疑问。老贾变得沉默了起来，他坐在一边的石块上，点了一支烟慢慢地煨着，小楚和康红下了厨房，武登科躺在了我们的床上，就这么简单，毫无章程，也没有具体的做法，似乎显得很草率，很盲目，但就这么简单，一捆捆的发贾下来之后，康红有了一枚现金章，小楚有了一枚会计章，老贾也有一枚章子，武登科说了只有三枚章子全盖上，这张发票才生效，并且嘱咐我作为管理，然后章子和印泥随便地被抛在了我的办公桌上，和一堆发票堆在了一块，红红机敏地瞟了一眼，包括武登科在内的所有其他人，都没有重视到章子，在红红的的示意下，三枚章子和发票被我锁到了办公桌里，我相信这是最好的契机，这是天助我们也。

午饭吃过之后已经很晚了，武登科喝了很少的酒，老贾已经多了，他似乎没有心情好好陪伴武登科，武登科也不想喝多了，说天气太热，下午回去路程太长，总是推托着不想喝，武登科还没有走，两个打工的已经去休息了，老贾也支撑不住倒在了他的床上，小楚和红红同居一室，武登科休息了一会儿，司机便开始督促要早点赶路了。

炎热的五月份多少有点让人不舒服，站在收购站的大院里，感触最深的不是很快下凉的舒爽，也不是朦朦胧胧的大山，更不是怡人心脾的草香，小楚刚刚睡醒来到大院，便发出了一阵呼声，她兴奋地揩着眼角，呼喝着红红的名字。

"红红，红红，你快点出来，你快点出来……"她的惊讶让我也感到了一种不安，我比红红更先来到院子中，然后是两个打工的，其次才是红红。"红红你看——"小楚用手指着大山。

"看什么？"红红被弄糊涂了。

我也没看到什么意外的东西，青山绿水点缀着星星点点的山羊，这不是很平常吗？难道在小楚的眼里，这也值得惊讶。

"你看，那多漂亮！"小楚还是用手指着。

"你说的是什么东西？"红红还是不明白。

"好些移动的白色的点点。"小楚的行动引起了我和红红的发笑，连屋子中的老贾也笑了，"就为了这个，我还以为是怎么了。"也许老贾就要出来了，现在弄明白了，也不知道老贾有什么表示。

"那是白山羊。"

"那是山羊？"不楚有点不相信。

"是的，那是山羊，从远处看漂亮吧！"红红。

"太美了，真是太美了。"小楚。

"走到跟前就不美了。"其中一个打工的说。

"也许更美。"另一个打工的发出了不同的见解。

"想走近看看吗？"红红望着小楚。

"远吗？"小楚。

"不太远，下凉了，权当只是去旅游了一回。"红红。

"只要你愿意，我们去看看。"小楚能不动心吗？

"你们两个走吗？"红红望了一眼三个打工的。

"没事儿，我们也去看看。"

"把老贾也叫上。"小楚。看来留守大院的任务只能落在我身上了，红红意味深长地一瞥，我心里立即明白了，红红在想什么，我已经知道了。

"我不去。"老贾。

"真扫兴。"小楚表现了自己的不满。

"贾叔，这你就不对了，今天小楚第一次来邀请你，不至于这么吝啬吧，我们一块去看看，人多了才有意趣。"红红。

"那是你们年轻人的事儿，我嫌累。"老贾。

"你整天除了喝酒，还在想什么，精神能好了吗？"小楚。

"想不到小楚的嘴这么刁。"老贾，我也很意外地深有同感。

"出去旅游可以锻炼身体，贾师傅我们一块走吧。"其中一个打工的。

"让小苏陪你们去吧，我留守大院，现在东西多了，不能没人看管，你们年轻人一块去吧。"老贾。

"小苏让他留下吧，出外旅游这么多人还是第一次，让他出去对贾叔不公平。"红红。

"谁让他是这儿的头儿，他不带头受累，难道让我们，老贾你到底给不给我这个面子。"

小楚和我们挤了一下眼睛，故意地和老贾抬上了杠，看他怎么办？

"真拿你没办法，可是我真的很累，看山跑死马，远的很，你能走得动吗？"老贾自有老贾的一番歪理。

"那就试试吧。"小楚。

"贾叔我给带了三个口杯，累了就喝点酒，这总该行了吧，你只要有酒，就会有力量。"红红。

"哼，你们年轻人不懂，我们这里离山还太远，别以为马上就可以上山，我怕你们走到山脚就累倒了。"老贾。

"人老骨头硬，这么说你倒是没问题了。"小楚。

"我有酒，你们有吗？"老贾的屋子里有了动作。

"那就试试吧，今天我如果走不过你，晚上我请客，如何？"小楚。

"你请客，谁信？"老贾。

"老贾你这么小瞧人？"小楚。

"不是小瞧你，走过我你也得累趴下，总不能睡山里吧，你以为走去了，不往回走了，有那么容易吗？"老贾。

"这是我的事儿，用不着你操心了，别让我把你给比下去了。"小楚。

老贾从屋里走了出来，伸了一下腰姿，然后打了一个哈欠。

"那我们行动吧。"红红把三个口杯真的给老贾带上了，三个打工的一个背了一个包，那里有水、有黄瓜、有柿子、饼干，还真像那么一回事儿，老贾换了一双球鞋，抽了一根木棍，拿了一件衣服，还真的跟着他们要走了，红红冲我点了一下头，然后悄悄地眨了一下眼睛，我点了一下头，表示我已经明白了。

我陪着他们翻了一道坡，然后望着他们走下了山洪流经的跨度很大的沟底，直至几个人变成了几个点，渐渐地模糊了以后，我才迅疾地返回了驻地。

我的心情很激动，我没有想到这最关键的一步原来也是最简单的一步，也许是武登科的疏忽，也许是他的两个工作人员的不认真，他给了我们一个最便利，最容易，最宽松的机会，我相信这个机会已经造就了另一个富翁的诞生，一个伟大的时刻，一次堂而皇之地盗窃，竟然是这么容易，有谁会相信，这每一张票上只要我们任意地添写上数目，就会把大笔的资金占为己有，而这些决定我们财富，决定武登科资金流失的凭据，都迅速地做成了，我不停地在盖老贾和小楚的章了，估计多达十几本发票，我知道这已经远远超过了我们期望的要求，而我们办得竟然是这么容易。

我盖好了章子之后，把有价值的发票锁在了另一个抽屉里，对章子较深的色泽做了浅淡的处理，然后把它扔进了原位，我不知道我匆匆忙忙地干了这些活儿需要多长时间，我出来的时候，发现太阳已经很遥远了，他的光亮度变得很柔和，羞怯地缓慢地向山冈的另一面落去，我深深地长叹了一口气，感到十分的舒适。

这是惊天动地的大事儿，居然让我神不知鬼不觉地干成了，这种心情绝不会像做了盗贼一样的心虚胆怯，而是意气风发，充满了激越高昂的斗志。只要武登科有预期的效果，我们就会有意想不到的收获，武登科做梦也不会想到，贪婪的老贾，对他情有独钟的小楚会和我们同流合污，而这个事情居然不需要通过他们，而他们都站在了我们的原则立场上，即使武登科的生意做砸了，他也不可能全怪我们。

我烧了一大锅开水，然后把绿豆泡上，给中午的菜盘里又添了一些，晚饭便基本上初具了规模，我效仿了红红的做法，在最尊宠的座椅前的桌子上摆好了口杯，那是专门为老贾预备的，我望着这个座位，望着口杯，不由得就想笑，我想笑老贾，然后又想笑红红，我不知道为什么会发笑，我想我还是该笑武登科，想不到聪明一世的武登科，居然有这么愚蠢的时候，这也许是他的疏忽，也许他从来就没想过这么做的危害性，这也许是他的最可悲的地方。

老贾摇摇晃晃地走进了收购站，还离得很远，他手中的棍子点在地上的声音就传到了我的耳朵里，我静悄悄地立在门口的玻璃后面，仔细地、认真地望着老贾，有些失望地为武登科感到沮丧和惭愧，武登科是何等聪明狡诈之人，老贾是何等贪婪、阴险之人，小楚又是何等的忠心耿耿，可是他们都在同一个问题上疏忽了，给了我可乘之机，我不知道他们会在什么时候，把章子要走，他们会想到章子的重要性吗？

"哼，和我比赛，还太嫩了一点。"老贾一边悠悠晃晃，一边口中还念念叨叨，他怎么会服输呢？他不是老糊涂了，就是被酒灌糊涂了，他一只手在身体前挥舞着，一只手握着棍子点着地，似乎有些呃逆的声音，他神经过敏地扭过了头去回望，"他们不行，我这把老骨头哪有那么娇气。"

我望着老贾，再度发出了笑声，迅即把大米和绿豆倒入了锅中，我想我看到了老贾，别的人也不会太遥远了。

老贾捣开了他的门，然后是桌凳的磕碰声，我想他是去倒水了，桌子上有杯子的磕碰声，倒水的声音，似乎是倒在了床上的声音，迅即一切归于宁静，不久传来了老贾的香甜的鼾声，这也许不仅仅是太累的缘故，也是酒精的缘故吧，像老贾这种人，武登科却一心想着重用，真是不可思议，如果不是怕老贾的胃口太大，武登科又怎么会用我呢？

武登科雇的三个干活儿的人进来了，他们好像没事儿一般，有说也有笑，一进门和我招呼了一声，便勺了水去洗头脸，我问他们小楚、红红在哪里，他们用手指了指，然后便笑而不答，难道他们还远吗？我有些不放心，天色已暮，把两个女人留在远方不还总归不妥，但我又不能责怪别人，索性自己走出去看看。

"苏主任不用去了，她们已经回来了，说是说，我们怎么能丢下她们不管呢？"大个的雇工叫小赵。

"我们还至于那么不济事儿，老贾没走丢吧，三个口杯，我的天，这么热，连口菜都不吃便喝光了。"门口走进了小楚、红红，她们也不见有多累，还在关注老贾，他们还担心老贾倒在某个角角儿呢。

"怎么老贾没和你们在一块？"我故作惊讶地问道。

"他怎么和我们相跟？"红红。

"他没走到山脚便喝醉了，在坡坡上睡了一觉，我们往回返的时候，远远地看见他在前边。"小楚。

"哈哈哈。"老贾突然在屋里发出了笑声，我明明听到他是睡着了，怎么他又醒了，而且很正常地从屋里走了出来，"老贾你没醉？"小楚。

"我怎么和你们比，就像我可以喝酒一样，爬山是你们年轻人的事儿，我喝点酒还差不多。"老贾笑得十分自在，他的长裤换了一条短裤，这都是刚才的事情，那又何来的鼾声，我有点想不通。

"你刚才……"我大惑不解。

"刚才睡着了，是吧？"难道不是吗？

"贾叔睡着了也比你清醒。"红红淡淡地笑了一面，我立即为小楚打了一盆水，这本来是要给红红的。

"小苏，别不自在，端给红红吧，我还用不着你伺候。"小楚从水盆前走开了。

"小楚你何必那么介意呢？"红红。

"没事儿，我回我的办公室去洗洗。"小楚一边说一边向她的办公室走去，"还有热水吗？"

"小苏，把我的章子找出来，好不容易有这么一点权利，不用，过期便作废了。"老贾意味深长地瞥了我一眼，似乎话中有话。

"噢，对了，顺便把我的章子也找出来，武主任特别嘱咐了，章子代表着公司，代表着财务，代表着他的身家性命，岂可儿戏等闲视之。"小楚临进门的时候，忽有所悟。

红红瞥了我一眼，什么表情也没有，我微微点了一下头，然后进去为他们找章子。

小楚把章子拿到手之后立即锁进了她的抽屉里，而且还一个劲儿地后悔，说武登科一路上千叮咛万嘱咐，一定要让她把章子保管好，今天不但武登科忽视了这件事儿，她也竟然疏忽了，言下之意，似乎对我很不信任，这只能怪你们。

老贾把章子拿到手，反复地仔细地审视了之后，目光诡诈地看着我，然后莫名其妙地笑了，红红毫不以为然，她指点着让我去找洗衣粉，擦脚巾，并没有机会让我面对老贾，我也懒得理他，他能看出什么，原本他就没看看他的章子，现在的样子早已恢复了刚来的样子，即使有误差恐怕也不是他老贾可以辨别了的，他看到章子上有印色，这说明不了什么，武登科试章子时就沾上了。

老贾反复地向章子呵热气，试图在他的手臂上扣一个印，但他很失望，试了多少次都不能如愿，他似乎有些沮丧，索性把章子装进了口袋里，他回厨房舀了一碗绿豆汤蹲在了一边。

红红瞟了我一眼，望着老贾悠闲的样子，脸上浮出了淡淡的笑，这两个人，此刻他们在想什么，他们如何想，他们各自发表了一番见解，目的何在？他们一定不会安分守己，他们强调他们手中的权力，无非是展示他们的重要性，缺一不可，为了说明什么？他们一定想点通一些东西，他们也许也在算计武登科，只是他们不敢奢望而已，一旦我领悟到了他们的重要性，他们的价值就会显露出来，而我现在已经很轻松地得到了目的，他们的重要性还很突出吗？我要和红红像守卫自己的财产一样替武登科经营收购站，要让他们看到我们的诚信和本分，免得他们滋生怪念头。

在武登科走的第四天上午，收购站的牌子便正式挂了出去，按照习俗我们还放了几串鞭炮，并且邀请了巴特尔和很多挨好的蒙古族朋友，让他们参加了我们的开张，一台大秤摆在了库房的门口，一旦羊绒开始收购，我们将全力以赴地投入进来，至于上边的关系全由武登科去疏通，和我们没有关系。

第三十七章　收购

老贾常常走过我们这边，他似乎有话要说，但每次都因为我们叉开了他的话题而完全结束，然后他会到小楚那边，他们似乎很投缘，往往会谈上很久，但声音压得低，我们也不知道他们在说什么。

以前是红红笼络老贾，自从我们掌握了大量的有价发票以后，红红的态度有了转变，在日常生活上对他虽然一如既往，但热度却有所冷却，也不再去故意地接近他，更别说去讨好他了，老贾他不是傻子，他能感觉不到，他心里在想什么，红红似乎早已掌握了，但红红说了，绝不可能给他这样的机会，老贾想谋求合作，让小楚和我们，他，联合起来盗窃武登科的财产，随着日渐临近的收购开始，而变得焦灼和不安。

"小楚也许会出卖了老贾。"这是红红的猜测。

"这不可能，你看他们多投缘，他们也许已经联手了。"这是我的想法，当然这也是某种猜测。

"武登科给小楚一定也许了愿，她轻易不会答应老贾。"红红。

"为什么？"

"因为我们。"红红瞟了一眼门口。

"我们能阻止他们合作？"我不相信。

"没有我们的合作，他们两个再折腾也是瞎的，钱我掌握着，秤你掌握着，小楚不过是算算账，记记而已，老贾除了帮助收购之外，主要是起监督平衡作用，他实际就是武登科用的顾问，除非他负责，但即使那样他也不会有任何机会，因为有我们盯着他。"红红说的也许有道理，"小楚如果答应和老贾合作，那她就太愚蠢了，除非说通了我们，小楚也许才会答应他，但这种可能性是不会有的。"

"也是，他们两个合作有什么用。"

"他不过就是一个陪衬，有没有却无所谓，武登科给了他这么一点权利，无非就是互相牵制，他相信我们不会和老贾串通，也许他更相信小楚，小楚也许才是武登科手中真正的棋子，她不会背叛武登科。"红红。

我不由自主地笑了，小楚可能吗？她会对武登科这么忠心，她算武登科的什么人，也许红红比我看得明白，而我却疑惑惑，老贾跑了几趟我们，热火朝天的和小楚谈论了半天之后，他终于焉了，一天不出门，除了灌酒，便是睡觉，一言不发，好像谁欠他的。

"怎么样？他和小楚挑明了。"红红胸有成竹。

"你怎么知道？"我就是不相信红红会看得这么准。

"老贾他不识趣，以为小楚会让他说动，会起贪心，所以他迫不及待地和小楚挑明了，可是她忽视的东西太多了，因为有我们，小楚又和武登科关系暧昧，所以她下不了决心，同时也担心我们不会答应，所以断然拒绝了老贾，老贾连小楚也说不动，又怎么能说动我们呢。他彻底地失望了，绝望让他心灰意冷，所以才会有这样的表现。"红红。

"难道小楚不想贪污一些吗？"

"要说没有这种心理，那是不可能的，一者小楚顾及武登科对她的信任，二者她顾虑我们，必定在这里我们起主导作用，她不知道武登科会如何善待我们，所以她即使想了，但绝不敢那样做，这正是她的聪明之处。"红红。

"我们差点就毫无机会。"

"正因为我们已经胜券在握，才会坚决地杜绝他们的奢望和贪心，防范他们，如同为我们在盈利，我们能不尽心尽力吗？"红红忽然压低了声音，同时用手指了一下屋外，我立即去拉门，却见小楚匆匆向厕所走去。

"她会听到吗？"

"不会，她刚出来。"红红。

"姐夫不知道什么时候调来资金？"

"这些你就不用操心了，他的心思也不完全在这里，也许城里也设了收购站，他对羊绒市场的信息比你我掌握的更多，什么时候开始收购，资金自然就会下来。"红红。

"你说他在城里也设了收购站？"

"这有什么大惊小怪的，他如果真的弄到那么多的钱，不花出去，如何才能挣回来，他不可能把重宝全压在这里，如果压空了怎么办？所以他有两手准备，一旦自己收不上货，从别人手里接也是一种办法，虽然挣的少一些，但流通快，效益也不会太低。"红红。

"这么说我们这里也不是姐夫唯一的选择，如果是这样，他不会在这里投入很多资金？"也许我太幼稚了。

"他不会全部调来，从摸底的情况看，他要计划三个亿，他也想到了，可能全收不上来，所以他做了压缩，从他调的重金粉可以得出结论，如果收购顺利，他极大的可能会调来 2 个亿，再多估计不现实。"红红。

"姐夫真有本事。"我是发自内心地佩服武登科，他居然可以上亿地动用资金，这简直是个天文数字，我想都不敢想。

"能力是一方面，他付出的也很多，调用的资金越重，他的压力就越大。"红红略显忧郁。

"如果我们可以收到更多的货呢？"

"货在流通，钱也在流通，只要有货就会有钱。"我相信红红的智商一定不在武登科之下，她年龄这么小，懂的东西却很多，我佩服武登科，但我更佩服红红。

小楚上完厕所，敲了一下我们的门，"我出去了。"然后就掉头走了。

"她不是不敢出门吗？"

"臭美。"红红虽然怀疑武登科和小楚关系不正常，但她并不厌恶小楚，也从未发表过同情她大姐的言论，也没有因此诅咒过武登科，她像一个平常人一样，用平常人的心面对这一切，对此，连我也琢磨不透她的心理。

"也许是为了武登科。"我想试试红红的心态。

"你是不是很羡慕武登科！"红红目光冷峻，脸露微笑，盯着我讲了这么一句话，噎得我浑身直冒冷汗。

"看你，怎么牵扯到了我的身上。"我想我的口才和我的思维一样的笨拙，浑身不自在。

"你刻意地想了别人，内心一定也有自己的想法。"红红动了一下身体，用手向脸上扇了一点风。

"难道你不关心大姐吗？"

"那有用吗？"红红很冷漠。

"你不怪他们？"

"你这个人心里整天装了一些什么东西，不该好奇的东西，你好像特别感兴趣，那你还来这里干什么？"红红对这个话题好像一点也不感兴趣，但我知道她心里一定很生气，而且恨武登科，所以她才对康主任的计划特别用心，但她还是不忍让武登科做塌，只是想从他那里分一些利益出来。红红的神态表示了对我的不满，我无奈地笑了。

"红红你说小楚出去干什么去了？"我想改变话题，转移红红的注意力。

"你还是多想想，如何才能收到更多的羊绒，别人的事儿你少操点心，她和你关系不大。"想不到又碰了一个软柿子。

门玻璃又被敲响了。

"苏主任，外边有人问今年羊绒的收购价格。"小楚已经回来了。

我立即从红红面前消失了，可是来到了外面，惶急得我却不知道如何开口，武登科并没有下达收购的指令，并没有给出具体的价格，我该给说多少好呢？

"每斤二百三。"我身后的门再次被打开了，红红从容不迫地报了一下价位，来人很憨厚，他冲我们笑了一面，然后便走了，这个价位红红怎么能乱报呢？武登科没有定过，只是康主任的猜测而已，他还不能形成事实，而红红却说了。

我扭回头去望着红红表示了自己的惊讶，她的反应可真快，小楚呵呵呵地笑着，"二百三，是不是高了点？"

"现在还不到收购的时候。"红红淡淡地笑了一面。

"价位是武主任定的吗？"小楚表示了自己的怀疑。

"不是。"红红很无所谓的样子。

"如果将来不让以这个价格收购怎么办？"小楚的担心不无道理，我们必定不是为自己干，生杀大权掌握在武登科的手里，怎么可以当武登科的家呢？

"你认为这个价给高了吗？我还担心给低了。"红红。

"这话怎么讲？"小楚不明白，连我也不明白，这个价位低了，可能吗？给高了收不了场，给低了……我似乎明白了一些东西。

"给高了，可以震慑所有的竞争对手，让他们不敢下手，给低了，后果将不堪设想，对手们有机可乘，老实的牧民就不会把东西卖到收购站，而转手他人，我们的收购站就会形同虚设。"红红真还有一套道理，居然把小楚听得一言不发。

"那么以后谁来问价格，我们都报二百三？"老贾走出了他的办公室，对这个问题他也很感兴趣。

"那自然是。"我觉得红红的话有道理，立即回答了老贾，红红冲我点了一下头，表示了自己的满意。

"要知道去年开始收购价格是一百八十元一斤。"老贾提醒我们要注意去年的行市，言下之意是怪我们报的价太高了。

"最后涨到了多少？"红红。

"涨到了二百一十五元。"老贾如数家珍。

"今年的羊绒市场情况如何？"红红。

"继续紧俏。"这不是很说明问题吗，老贾自己已经给自己做了答复，还用红红再解释吗？

"那也不能一开盘就给这么高的价？"小楚。

"羊绒市场一直走俏，我们的起点高一些，收益一定很好。"红红很平静。

"那也不应该这么高，能低收还是低收。"老贾固执地坚持着自己的观点。

"我们要引导别人按照我们的思维去办事儿，如果我们一味地跟在别人后面追，想大规模的收购，谈何容易。"红红锁定了自己的观点，他们两个到底谁贴近现实，谁更具慧眼，我也不敢区别。

"大价钱的东西，能压价还是压点价好。"小楚显然是同意老贾的观点，对二百三十元这个价格不看好。

"小苏现在你说了算，这由你负责，你说怎么办，我们就怎么办。"老奸巨猾的老贾只想了好事儿，却不愿意承担责任。

"也是，小苏你说了。"小楚也是同样的腔调，红红似笑非笑地向一边走去，我知道红红可能是对的，按照红红的思路，收购站才会兴旺发达，才能达到我们预期的目的。

"二百三，我想这没有错。"在原则上，我再一次地站在了红红的一边，这里由我说了算，我有最后否决权。

小楚略显尴尬，一言不发。

老贾淡淡地笑着，似乎很轻视的神态，"二百三，我们拦不住你，你会后悔的。"

"是的，武主任一定不让你们这么做。"小楚。

"武主任来了不就见分晓了。"红红好不服气。

"可是这样把价格报出去，你知道影响有多大，一旦低于这个价格收购，可能造成的严重后果你想过没有。"老贾。

"那你说报多少？"红红针对性地问老贾。

"报……"老贾突然没词了，他也许和我一样，心里压根就没个谱，忽然之间提到了这个问题把他也难住了。

"报一百九，比去年开始涨上十元。"小楚出来为老贾解围。

"对，报一百九。"老贾仿佛捞着了救命的稻草，立即附和了一句。

红红冷笑了一面。

"一百九恐怕不行，我觉得这个价位不妥。"

"为什么？"小楚。

"我不知道，但这个价位绝对不行。"我断然否决了他们。

"那你们报的也太高。"老贾。

"报的高也不要紧，现在还没开始收购，武主任马上就会到了，由他决定吧。"红红。

"那没来之前呢？"小楚。

"自然是由我决定了。"我给了他们一个不客气。

他们对我不服气，也许他们想给我一个难堪，小楚扭头便走，同时也带动了老贾，老贾也一声不哼地走了，我心里有些歉意，干吗说得这么坚决呢，让他们难为。

"这还差不多，做男人就得有些魄力，优柔寡断，什么也干不成。"红红这是对我的褒奖吗？我怎么听得很不舒服，好像我在她的心目中的形象一直表现得很糟糕，只有这一次她比较欣赏我。

不久老贾便拎着包走了，他走的时候也没有和我说一声，是他自作主张走的，可见他对我的轻视是不言而喻的，我无奈地注视着他匆匆离去了，心里产生了许许多多无名的恼火。

傍晚小楚明知故问，"老贾回去了？"

"不用你提示我了。"我的心情很不好。

"他是武登科的密使，这么大的问题他能不回去请示吗？做错了，他还以为自己老大不小了没尽到责任，让他回去吧，让他给武登科详细的汇报一下，也免得我们做错了。"我感到红红的话很刻薄，但又挑不出毛病，因为她又句句在理，小楚似乎没有勇气和红红辨别，默默地立在一边。

远处有汽车的鸣笛声，小楚神经过敏地弹了出去，"莫非武主任来了，他来得这么快。"

红红冲我笑了一面，"贾主任又和武主任错位了。"

小楚很快把武登科迎了过来，武登科的身后还跟着几个人，他一下车，就招呼小赵他们帮助卸车上的东西，他看到我和红红，脸上堆满了笑，"辛苦你们了。"

小楚给武登科泡一杯茶。

武登科坐到了我的办公椅上，用指肚弹着桌子，"羊绒马上就下来了，我给你们送来了资金。"

"多少钱？"小楚很好奇。

外边的小赵和小马抬进了一个麻包放在了我的办公室里。

"也没有多少。"武登科很随和地笑了一面。

"苏培，姐夫想和你商议一件事儿。"武登科很客气。

"姐夫，我们又不是外人，有什么事儿需要遮遮掩掩，这么客气。"红红。

"是这样的，噢，对了，我怎么没看到老贾。"武登科伸长了脖子向外窥视，"老贾去哪了？"

"可能是回去了。"小楚。

"什么时候走的？"武登科。

"也就一两个小时。"小楚。

"现在他回去干什么？"武登科。

"不知道。"小楚。

"真是的，羊绒马上就下来了，这个时候回去干什么？"武登科。

没有人做出回答。

"今年以什么价位收购羊绒？"小楚迫不及待地想知道武登科的计划，以满足她的好奇心。

"最高不能超过二百五，最低不得低于二百二，确保羊绒收购的数量是关键的关键，"武登科。

小楚瞟了一眼红红，一言不发。

"人员我都给你们配齐了，包括厨师，打杂，配料应有尽有，只是……"武登科把目光再次投向了我和红红。

"姐夫想说什么就尽管讲吧，我们必定是自己人，也好沟通。"红红。

"还是红红懂事儿，姐夫想让小苏和老贾调替一下，老贾为正，小苏为副职，也好让小苏正常的发挥他的特长，在关键的地方为姐夫把好关，小苏过秤签字，红红盖章付款，小楚算账，三位一体，确保收购中不出现差错，老贾比较圆滑，让他全面负责，也好让他别有抵触情绪，力挣把收购给办好。"武登科到底是武登科，他在最关键的时候把我换成了副职，其用心良苦只有我们才能体会尤深，他到底还是不信任我们，不信任这里所有的人，所幸我们早有预计，而又胜券在握，还不至于惊慌失措。

小楚目含微笑，显然是有点得意。

"只要姐夫觉得合适，我们无所谓，小苏干什么也是为了姐夫，负责不负责都一样。"红红就是嘴快，我似乎还得斟酌一下，她已经说完了，而且言语中肯，颇符合我的心态。换下了我让老贾上来，出了差错，武登科他也不能怪我们，又何乐而不为呢，而且这里必然出事儿，大事儿小事儿，又岂是老贾可以左右了的。

"小苏有意见吗？"武登科。

"都是为了武主任办事儿，干什么都一样。"小楚似乎可以代表我的思维，她在帮武登科说话，这点我还是可以听出来的。

武登科似乎有点难为地笑了，他也许有些厌恶小楚的嘴多，抬起眼皮撩了小楚一眼，然后又把目光停滞在了两只手上，指肚不停地弹桌面，而且节奏越来越快。

"不要闹情绪，这是必然的，必定你的经验不足，老贾如果有抵触情绪，这里的工作就没法进展，姐夫忧心忡忡，不得已而为之。"我能理解武登科此刻的心情，我不想怪他，他很精明，他所做的一切全是为了他的利益，他又有什么错呢？只是他现在面临的对手对他太了解了，令他防不胜防，而他又失于防范，把关键的一环忽视了，我心中有点内疚，可是……

"你想让老贾负责我没意见，我还会和以前一样，一如既往。"我在大言不惭地陈述自己的坦诚，其实内心很惶恐，表面上还要装出一副老实、无怨无悔的样子。

"姐夫用人自有姐夫的道理，小苏算不了什么，姐夫你千万别有顾虑。"即使再不聪明的人也能听出红红的言语有讥讽的味道。

武登科很不自在地笑了，他还想说什么呢？他心里很明白，他这样做，目的何在，只有他自己明白，明知自己这样做不对，但他还是下定了决心要这样实施。

"姐夫在这里只信任你们。"打发走了小楚，武登科似乎想安慰一下红红，这一点我们还是能接受的，我们因为早已有了心理准备，心里怎么会不好受呢？

"没有关系。"我很随和地笑了一下。

"这是现金一千万，我就交给你红红了，小苏过秤签字，你们两个人的环节太重要了，一旦出现疵露，姐夫将死无藏身之地。"从这点上看，武登科这个人对我们还是相信的，而且最相信，我就不明白，这么信任我们的武登科为什么也会愚蠢地伤害了很多人的自尊，以致他最信任的人，恰恰是真正策划算计他的人。

羊绒收购站有了资金，又有了价标，配套齐全，只要业务来临，工作将立即展开，辉煌的人生，火红的年代，正是又一代英雄诞生的时刻，谁主沉浮，就要看你的能力、手段、经营的观念了。

武登科来也匆匆，去也匆匆，他在不停地说，不停地安顿，不停地指点，然后强化了团结，要求我们务必干好每一件事儿，这是他关键的一年，决定他命运的一搏，他的言辞恳切、真诚，仿佛完全获得了我们的理解和支持、同情，他才会心里踏实、放心、坦然，他就是这样一个人，他永远相信自己的能力，永远相信自己的魅力，即使他在虚伪的欺骗，愚弄别人的时候，他也会装出一副坦然的无动于衷的样子。

"他终于这样做了。"红红冷笑了一声，但我始终不相信武登科会不信任我们，他把实权交在我们的手里，给老贾扣了一个虚名，难道红红连这一点也看不出来，至于他防患于未然，又有什么错呢？康主任和红红提前就推断出武登科会换掉我，这又能说明什么呢？难道武登科不该这样做吗？

"也许他是对的。"武登科在我的心目中永远也是成功的典范，我不想因此而去贬低或者损毁他的形象。

"他根本就没错。"连红红也承认这点，我相信红红说这句话是很诚恳的，而且真实地反映了她的心态。

"可是……"我内心的歉疚，仿佛总在时时刻刻地提醒我，你对不起武登科，你是一个忘恩负义的小人，你是一个背信弃义的混蛋。"可是"，我居然无法讲出下边的话，我想要说什么呢？我想说明的一件事儿，一种心态，一种结局，难道这不是很荒唐吧？

"还有可是。"红红似乎在温和的笑，她在强化一种心态，强迫我，或者并不顾及我的想法，一言以蔽之，她在主宰一种臆境，她也在自我陶醉中忽略了我，而我已经被她主宰了，她相信这点，就如同正视自己的存在的一样，而我竟任由她摆布了，不是我的理解能力差，而我真的是不如红红，这一点我已经不用再怀疑了，千真万确的事实。

"武登科他真的就这样做了。"我无奈地发出了一声感叹，他就没出康主任的预料，他是怎么想的呢？他心里在想什么，他为什么要这样做，难道都被康主任算计到了吗？他还有多少事情被康主任算计到了，可是这么聪明的康主任，又怎么会被武登科算计了呢？到底他们谁在算计谁，我真是越搞越糊涂。

"狡猾的商人。"红红用狡猾来形容武登科。

"他的确有过人之处。"这一点我不得不承认。

"他将来一定了不起。"其实红红也是很佩服武登科的。

"他现在就了不起。"我相信武登科已经非凡人可比，现在就是一个了不起的人物，有谁可以否定了呢？

"这一点他已经证明了。"红红。

"他将来会怎么样？"我想象不到。

"会成为一个真正的亿万富翁。"红红。

"真正的亿万富翁和现在有区别吗？"

"有，也没有，他的成功值得我们借鉴、学习、效仿，他只是一个普通的商人，自己扶持了刘春祥，走了上层路线，效益便扶摇直上，他真是有远见，这一点太难得了。"红红。

"武登科是很有魄力的，想学武登科恐怕不易。"

"非要和他一样，可能性不大，他在商场上摸爬滚打了很多年，人际关系、经验都很重要，又掌握着大笔的机动资金，而且又极具眼光，非一般人可比，扶持刘春祥更是大手笔，现在他有一个庞大的轮廓，得来全不易。"红红。

我笑了，这些我全没想过，我自己也没那么多的钱，也不知道有钱的时候会怎么想，是不是蠢蠢欲动，充满了激情，充满了豪迈，而红红却不同，她已经不认为自己是一个无产者了，她掌握了生死予夺的大权，她已经相信她正在迈进成功的门槛，成为富翁的一员，她正在心里演示者富翁的心态，做着未来如何登上，或者超过别人的设想，她的表现十分的自信、乐观，好像武登科调来的钱是她的一般。武登科会如何发展，武登科所走过的路，所经历的历程，她从心里佩服、崇拜，甚至已经想要效仿武登科，可见武登科这个人在红红心目中的形象是何等的高大魁梧，是何等的英明伟大，红红欣赏他的能力，更注重他办事的风度和尺度。

"武登科还会投资什么呢？"

"他现在全身心地扑在了羊绒上。"红红。

第三十八章　不安的武登科

我以为老贾一定会很难为的，他不辞而别藐视了我这个小人物，现在他要替代我成为那个小人物，不知道他会做何感想，他见到武登科的时候，也许又编织了一些我们的无知和荒唐的神话，让武登科相信我们的低智商酝酿的低水平，远远不能和老贾这样负有责任心，负有远见，负有热情的人相比，也好让他老贾名正言顺地在武登科心目中更名，替代我而成为那个小人物。现在他终于达到了目的，这个目的可谓来之不易，我在大战前夕被撤换了下来，而顶替我的人就是充满了贪婪、惰性的老贾，武登科利用老贾来看护他建立的堡垒，却授人以柄，他又怎么能晓得呢？

红红淡淡地笑了一面，现在外边有了凉篷，所有的人都在这里乘凉，喝水，而老贾就在此刻进了供销社设的收购站的大院，这个大院应该不归供销社，但他挂着供销社的名，利用着供销社的人，而老贾就是供销社的副主任，他也许曾为此骄傲过一阵，然后便是哀叹，自惭不如人，他瞧不起这里的每一个人，因为我们都是后起之辈，甚至都是以裙带关系爬上来的人，他从来也不认为自己能力不行，再不行也应该比我们强，所以他才会苦恼、痛苦，甚至鄙视我们，现在他得偿所愿，他还有什么后悔的呢？

"贾主任来了。"小赵咳了一声，然后冲贾主任笑了一面，春风得意马蹄轻，我们的贾主任今天还真的和以往有区别，整改了发型，换下了穿了很多年的条格衬衣，代之以一件豆青色的短褂，皮鞋有了色泽，长裤也是有棱有角，刮得发青的脸颊上堆满了温和的笑，这种笑只应此刻有，只有此刻才恰如其分。

小楚倒了一杯绿豆汤邀请老贾坐进凉篷，小赵给老贾递过了一把扇子，老贾拌开了双膝，大口地灌进了绿豆汤，同时抽出一只手来，使劲地向脖子里灌风，"真舒服。"

"贾主任带回了最高指示？"红红。

"呵呵呵……"贾主任得意地笑了，真让人恶心，我看到他心里就不舒服，他居然真的就顶替了我。

"现在贾主任在我们这里具体负责，大家以后有什么事儿就和贾主任说。"小楚借这个机会，向所有人宣布了这个事实，我默默地笑着，一言不发，必定不是什么光彩的事情。

贾主任得意地提起了双手，似欲阻止小楚的恭维，却又变成了有力的一搏，充满了信心自信。这就是贾主任，他当仁不让，他窥视了很久的位子，现在终于如愿以偿了，但不知道接下来他会有何举措，他手中的权力将如何开展工作，也许还有别的野心，他可能达到目的吗？我在心里冷笑了他一声："你达不到目的。"

尊敬的贾主任在小楚代宣了武登科的旨意之后，脸上露出了难以抑制的得意的微笑，他并不想解释什么，他也不想解释，他不辞而别，似乎就是为了等待此刻的到来，他达到了这个目的，他是否想过他以后会怎么干，忠心耿耿地为武登科办事儿？还是垂涎武登科的钱呢？他是那种老实本分的人吗？他是那种毫无野心正直的人吗？他巴结武登科目的何在，只有他自己心里清楚。

贾主任走马上任了，他开了收购站成立以来的第一个会议，这是我没有想过的，他把武登科的分工重新宣布了之后，似乎略有所感，他看了我一眼，说我的位置太重要了，任何发票没我的签字都过不了关，然后他又想到了小楚，他本人、红红，他发出了一种单调的笑，原来有四个关口，四个关口缺一不可，否则红红那里是不会发出款的，他或许很感激武登科，让他这张老脸重新树立了一种形象，但他的内心一定很惶恐，他也许认为他负责的收购站对他而言易如反掌，现在他忽然醒悟了，这里的布局完全不是他想象的那么简单，武登科给了他权利，却不会给他胡作非为的可能，他的身上冒了一层虚汗，凉飕飕的，心情忽然又暗淡了下来。

"贾主任既然走马上任了，收购价格应该定出来，这几天说不定就会有很多人来问价格，牧民朋友们关心自己的利益，说不定还得观望一段时间，您这位决策者，想必一定会有高招，不然的话虚设了这么一个机构，羊绒却流失在了别人的库房里，恐怕不好向武主任交代吧。"红红的话我一听便明白了，他针对老贾没别的意思，她担心老贾会给出最低价格，那样影响不好，最好给得高些，小贩们暂时插不上手，我们收购站才会大有作为。老贾面对这个问题，似乎有些尴尬，他耐心地听完了红红的话，难为情地笑着，似乎也在斟酌着，他要给出一个价格，这是他必然要做的事情，作为武登科收购站的主任也好，作为武登科的代言人也好，这一关他无论如何也要亮出底牌，或许这是武登科的主张，或许也有他的一番见解。

贾主任的声音很低，似乎在呢喃而语："二百三。"这个数字亮出来的这么艰涩、沉重，每个人似乎都掂出了他的重量，不知道他报给武登科的时候是一种什么样的心态，我想武登科一定会大吃一惊，红红未卜先知，而且又心直口快地亮出来，武登科一定不相信这是红红的高见，他一定会重新地分析整个思维中的误导，怀疑红红，我，包括主谋康主任在内，所以他一定不会因为撤换了我而内疚，而是认为十分的正确，此刻我突然想到了这一点，可是红红却没有想到，她的表现欲变得越来越强，她要干什么呢？

小楚无关痛痒地把目光投向了别处，红红的神色却变得冷峻而不服，她对老贾不辞而别的态度耿耿于怀，她是成心给老贾一个难堪，老贾又怎能看不出来呢？

"这个价位是武主任定的。"老贾语声低怯地告诉诸位。

"和红红不谋而合，红红你是怎么知道的。"小楚。

"推测。"红红警觉地瞟了一眼小楚。

"我们怎么就没一点估摸。"小楚。

"你和牧民接触的少，也不去了解羊绒的行情，你自然得不出结果，而我却在这方面了解了很多，目的就是帮助我姐夫更好地开好收购站。"红红从容不迫。

"红红真是难得的人才。"老贾是否出自真心，我不敢肯定。

"以后得多和你学习。"小楚淡淡地友好地笑着。

"不过我得补充一点，武主任说了，尤其是巴补和任卫东你们两位的工作，每年向羊绒中掺重金粉的比例，今年应适当地调的高一些。"老贾传达了武登科的意图，暗暗吻合我们已往的构思，他的货还是以出为主，压货的可能性只在后期。

"这是你们的事儿，掺的多一些少一些，全凭你们一句话，我们只是按照你们的意图干活儿，我们好说。"巴补。

"既然是我姐夫的意思，想必两位也听明白了，要掺得多一些。"红红借机做了强调。

"这些你们放心，我们干这个活儿已经不是一年两年了，干出来的活儿，一定会让你们满意。"任卫东。

"这点我们不会担心，你们知道武主任的意思就可以了。"小楚。

这天的晚饭，红红第一次没有往出拿口杯，我们的贾主任缄口不提，一个劲地夸厨子的手艺不错，调的菜颇符合他的口味，红红一直淡淡地笑着，我和任卫东他们凑到一块，东拉西扯，其乐也融融，因为没有负责，心身当下轻松。

武登科从收购站回去和老贾碰了面之后，心情一直好不起来，他要考虑的事情太多了，他觉得他理顺了一些问题，可是新的问题马上又出来了，他一直在听老贾做汇报，他的脑海中闪过了无数次康主任的影子，他有一种预感，红红所做出的判断一定来自康主任，能看开今年羊绒收购价的人，他认为很了不起，绝不是普通的贩子可以办到的事情，而康红居然脱口而出，而且基本吻合他的思路，这让他感到吃惊的同时也很疑惑。

武登科是一个疑心很重的人，他相信我和康红为了他的收购站费心费力，是一对难得的帮手，但他又不敢太大意了，因为在康红和我的背后有康主任，康主任，想到康主任，武登科心里有些内疚，他所以有今天，应该说康主任的功劳是不可磨灭的，而他却利用了康主任把供销社的资金压到了自己的手中，从而形成了供销社有账没款的局面，他利用康主任重亲情，忌惮他的局面，实施对供销社的全面控制，几年下来，他所获颇丰，但他一直不敢把供销社的钱挥霍了，他忌惮康主任，现在他把这些全看得轻了，却绝不敢信任康主任，他相信康主任在心中积压了无法遏止的愤怒，一旦等到机会就会向他下手，他想到了这个问题，他想让康主任的人一个个都离他远一些，但是他更不敢相信老贾之流，在这个非常时期，他决定走一步险棋，先用我在收购站负责，乘我立足未稳，老贾没有思想准备的时候进行调换，利用小楚的特殊身份，老贾的持重，我和康红的亲情、人缘，三位一体，互相牵制，互相搭配，共同构筑收购站的利益，他认为他这样的安排十分的妥当，在之前不必向康主任解释，他用我做了负责人，在之后他可以以种种借口搪塞康主任，也许康主任都不会知道，事儿他已经办完了。

"只要熬过今年。"谁说不是，武登科初建公司，诸事烦多，人员计划不及，所以才会百密而疏，到了明年还会出现这种问题吗？这种可能性太小了，武登科对他的认识很深刻，但今年只能如此了，他想不会出问题。虽然如此，他的心情依然不能好起来，他总觉得哪里有些不妥，至于哪里不妥，连他自己也搞不清楚，所以他才会心烦。

"红红居然知道今年的收购价？"这个问题一直困扰着他，让他百思不得其解，这怎么可能，他想到了康主任，但他还是设了一个问号，连康主任也不可能，二百三，多么重要的数字，他参考了很多资料，咨询了好多的有经验的人，结合历年的收购情况，浏览了各种报章杂志，获悉今年羊绒继续紧俏，市场价格会不断攀升，所以才定了这个价格，在此前他和任何人都没透露过，而红红居然报出了这个价，是巧合呢？还是……

正常情况下，红红如果没有把握，绝不可能大胆地报价，既然她敢报价，就说明了一个问题，她了解了行情，最起码说她了解今年的行情，可是她怎么会了解呢？这个问题武登科怎么也想不明白。

武登科又想到了康主任，他的身体仿佛透了一股凉风，忽然颤抖了一下，他有一种预感，他突然有点害怕他这位岳父大人，难道是他做出的预测，他这么多年依然不死心，他注意这些有什么用呢？否则康红，绝不可能。

武登科疑惑的心态苦苦地折磨着他，他想到了康红，他想到了我，他想了我和康红经历的那些曲折，他相信那是真的，他相信我和康红的行为，绝不是世俗所能容忍的，康主任正是那种抱残守缺顽劣不化的人，他相信康红的秉性会和康主任夫妇不睦，我就更当别论了，绝不可能宽恕康主任，即使彼此间有些缓和，但也绝不可能密切起来，又何来的问题呢？

而武登科总是有顾虑，心情格外的沉重，按道理说红红是不应该知道价格的，她关心这些问题干什么，而她偏偏又那么自信，这说明了一个什么问题，武登科百思不得其解。

他看到康英在织毛衣，便无缘无故地责骂了她，他不知道为什么，心里很烦，总想发火，而这个可以让他发泄的对象除了康英这里没有第二人，所以他肆无忌惮地发了火，康英照例是和他大吵了一顿，而后撇下他一个人离去了。

武登科忽然间觉得少了一些什么，心里空荡荡的，康英走了，他的火也灭了，原本就是他不对，要是他不找出一些理由安慰自己，他心里感到很不安，男人在外边受气受累，回到家还不能给老婆发发火，出出气，他想让康英理解他，可是康英偏偏一点面子也不给他，现在居然还愤而出走，这怎么能让他轻松呢？他从厨柜上摸了一瓶二锅头，狠狠灌了一口，然后把瓶子摔在了自己家的地上，他发出了一种常人无法相信的大笑、长笑、傻笑……

武登科撤换了我，他知道老贾很贪婪，他有时候想到了亲情的重要性，有时候他又害怕亲情，就好像现在他一个人守着一座孤零零的大屋子一般，孤独、寂寞、烦恼、忧郁，在他最需要的亲人的时候，他发现自己很孤单，他想象不出自己对康英有多深的感情，他并不厌恶康英，相反他十分在乎康英，康英漂亮、贤惠、大方、高雅，这是很多女人都没有的气质，而他却在不断地伤害康英，不知道他这样做意味着什么，他心里很烦恼，他有时候想得很离奇，他在外边有很多的女人，他从这些女人身上获得了很多的快乐，虽然如此，他还是很容易就想到了康英，他还在想，康英是他的老婆，是他的唯一，康英绝不能出差错，那是他的，完全属于他的，可是他不敢相信，康英是怎么度过了一个又一个孤独的晚上，而且又是独处在果园的深处，虽然他知道他的防护很严密，可是康英难道不怕吗？

武登科发出了无奈地笑，他笑自己太贪婪了，他笑康英是个守财奴，他们现在缺乏沟通，但他相信，康英为他守的，绝不是一片果园，他可以内疚，但又不能阻止自己去找别的女人，所以他总在内疚总在折磨康英。

他稀里糊涂地就度过了一个晚上，他的一只手端着烟灰缸，一只手依然在煨烟，他的心事很重，他一夜没能入睡，他要想的问题太多了，可是越理头绪越多，心里越烦，他吸完了一支烟，然后又续上一根，他一个晚上都在盯火红的烟头，他几乎要麻木了。

外边亮了，武登科抬起头，浑浊的目光格外的艰涩，沉重的头，僵硬的脖子让他感到十分的疲乏、困顿，他动了一下枯涩的舌头，扭了一下脖子，放下烟灰缸用手捏了几下，精神似乎好了一些，他想起了康英，然后又跌在沙发上，康英彻夜未归，她会去哪呢？康主任家，康玲家，或者朋友家里，他冷哼了一声，她一定回了康主任的家里，她明知我和她老子不和，可是一有事儿她就去了她老子那里，真是个贱女人，他心里又起了一点无名的火，此时此刻他心里好恨康主任，他从康主任冷漠的脸上，默默地承受被剥夺了大权后的冷落中体会最深的就是他在背后有一双怨毒的目光，时刻盯着他，或者有最恶毒的诅咒，一定来自康主行，他发出了最得意的冷笑，笑康主任太仁慈了，所以必然有这样的结果。

也许这种焦躁的负面影响很快便会平息，武登科又点了一支烟，心情变得好多了，他使劲地搓了一下眼皮，深深呼吸了一次，但他并不想起来，他依然感到十分困乏，如果康英在他此刻或许可以吃到可口的面条，会有温和的洗脸水，温馨的气氛，他甚至可以和她说说话，谈论一下他撤换苏培的原因，甚至可以告诉她现在他做的生意到底有多大，他忽然哀叹了一声，可是现在，他有些后悔，好长时间不回来了，干吗一进门就给康英无缘无故的发火呢，此刻的他已经完全认识了自己的错误，后悔让他再一次地感到不安，康英到底去哪了？即使回了康主任家他也不想在怪她，必定那是她的娘家，可是他又时刻提防着康主任，这种心态困扰着他让他时刻不得安宁，现在是非常时期，他更心虚，心虚得让他害怕，他不知道康主任在做何种打算，是不是会乘他疏忽的时刻大肆反攻。

"康主任。"他在脑海中从未有过这样认真的时候，从来都是在轻视他，忽略他的存在，可是现在，他的脑海中怎么也抹不掉，仿佛像他的影子一般，随时随地都在提醒他，让他心里惦念着他，康主任已经很多年没有管实事儿了，他想康主任此刻也不会太在意他，他转手了很多的门市部、供销社的财产，也许是歉疚让他良心发现，他这一次一分也没有带走，供销社的账上终于有了一大笔现金，他在向康主任示好，希望他可以理解他的苦心，不要在这关键的时刻让他难为，即使如此，他心里依然不能安宁，这个老东西到底在想什么？

因为康英的缘故，武登科怎么也抹不掉康主任，他的修养很得体地控制了自己，但有时候便显得更焦躁，他不知道康英是否会回来，他很想向她当面致歉，他现在的事儿太多了，心里很空虚，他甚至想从此之后就把康英带在身边，这不是不可能，但他很快便否定了，他又认为这是康英的错，夫妻之间吵吵闹闹有什么大不了的，干吗要离去呢，是不是离去了就一了百了了，事情解决的根本办法不应该是这样的，即使他有错，康英也不该这样对待他。

武登科翻来覆去总想为自己开脱，他甚至想到了他也一走了之，甚至还想要和康英离婚，省得互相折磨，但总是不能下定决心。但离婚这个念头一经冒出，他便想了更多，他尤其想得多的是康主任会以供销社的名义起诉他，追回供销社的钱，然后他才想了离了康英自己可能和什么样的女人在一块，乱七八糟的总也理不出一个头绪。

这样持续了有很长时间，武登科连自己也忽略了，他只觉得自己只是做了一个梦，然后便什么也模糊了，他醒来的时候才发现自己是多么愚蠢，他的脑袋发胀而且还在昏闷，他强迫自己不要再去想了，可是这样的效果并不好，他从沙发上起来，抹了一把脸，然后把碎酒瓶收拾起，又开了一瓶二锅头。

这个时候康英回来了，他感到有些意外，心里格外的惊奇，但表面上却装得很冷淡。

"他姥爷病了，你抽空去看看。"康英的表情也很冷淡。

武登科听得很清楚，康主任病了，这是千真万确的事情，是从康主任的女儿康英的口中得到的情报，这怎么会有假呢？康主任病了，他相信这一次不会有假，他相信康英不会撒谎，也不可能在这个问题上撒谎，康主任病了，他内心感到一种意外的惊奇，这种惊奇让他变得轻松、敏捷。

"病的严重吗？"武登科。

"正在输液。"康英从里间传出了一句。

"这几天我太忙了，不然的话，带他到大医院瞧瞧。"武登科相信自己这句话是发自内心深处的，有诚意。

"猫哭耗子假慈悲。"康英不紧不慢地回敬了一句。

"嘿嘿嘿……"武登科不想去计较康英这句话，他显得很无奈，他现在说什么都是多余的。

"那你和我一块去吧。"武登科。

"算了，你也别去了，省得他看见你心烦。"康英。

第三十九章　康红的精明

武登科的心情依然很不好，康英拒绝陪伴他一块去看望康主任，这是他没有想到的，他突然间发现康英起了变化，他只是有这种感觉，至于康英有什么变化，他也说不清楚，他不悦地从家里走了出来，新聘用的司机已经把车停在了果园的门口，护园工人已经在地里干活儿了，他默默地坐进车里，眉头紧锁。

车上了小镇，司机问武登科准备到哪，他说去看一下康主任，于情于理，他听到这个消息都应该去看望康主任，他想他还是一个人，一个有良心的人，他不能抹杀了康主任对他的栽培和信任，他这一生发现的最重量级的人物，第一个就是康主任，而且他牢牢地抓住了他，为他所用，他能够有今天，他第一个应该感谢的人就是康主任。

康母见到武登科并不显得意外，她淡淡地笑了一面，望着武登科把东西放在了茶几上，才想到了给他倒一杯水。

"妈，我爸病了？"武登科立在茶几旁边。

"嗯，感冒了，王大夫已经给输上液了。"康母。

"年龄不饶人，让我爸多注意休息。"武登科似欲进里间看一下康主任，"你爸刚睡着，一个晚上咳得很厉害。"康母言下之意武主任岂能不知。"既然这样我就不打扰爸了，过几天我再回来看他。"

武登科默默地离开了康主任的家，然后直奔城里，那里有一大堆的事儿等着他处理，他一想到他的公司，心里便什么也不能想了，他恨不得长上翅膀，立即飞到那里，他要见到刘春祥，他更想见到尚春花，他们之间还有好多的事情需要协商。

红红让小楚给她的日记上记了壹、贰、叁、肆、伍、陆、柒、捌、玖、拾一排字，引起了老贾的兴趣，他不解地问红红，一个高中毕业生不会写这几个字，恐怕说不过去吧，引得小楚捧腹大笑，闹了半天，她高中毕业参加工作的时候她也不知道这几个字，她让尚春花给写的，想不到今天她又给康红写了，而且康红要求小楚在下边标上小写的数码，这样更便于她记忆和应用。

我是知道康红会写的，因为这些字我问过她，想不到她今天又问了小楚，而且很郑重地写到了她的日记上，我起初的时候甚感不解，看到红红认真的样子，我想一定有她的道理。

有牧民过来问羊绒的价格，老贾热情地迎了上去，报了价格，然后邀请人家到凉篷歇息喝茶，我们围在了他们身边，注意地聆听他们的对话，考虑着哪一天才能开张工作。

收购站打出的价格无疑令很多牧民感到欣喜，这是历史上最高的价格，他们奔走相告，互相传递，整个草原为之轰动、热烈，牧民们掐着指肚一算，无不兴奋、愉快，羊绒会涨这么高的价格，他们养的羊产生了这么高的效益，能不令他们欢欣鼓舞吗？

收购站很快又迎来了很多的羊绒贩子，他们骑着自行车，或者骑着马，偶尔也有骑着幸福摩托车的中档贩子，开着212的高档羊绒贩子，他们不相信收购站会以这么高的价格来收购，纷纷前来探价，有的甚至和我们协商着降价，由他们供货，我们出二三〇，给牧民的价低一些，好让他们从中渔利。

应付这些乌七八糟的事情，老贾要远远的胜过我们，他能说会道，八面玲珑，有软有硬，来去自如，即不去惹他们，也不疏远他们，甚至还给这些人出主意，让路收购，不由得我们不佩服，难怪武登科会临阵换将，不能不说武登科在用人方面独具慧眼，如果换成是我，就未必会有这样好的效果。

红红常常照着小楚的笑迹模仿小楚这些字的字迹，我一直不解，但看到她写出的字和小楚无分彼此的时候，我不由得叹服起了红红，红红可谓谋虑深也，她拿走武登科的钱还有几道难关呢？她模仿小楚的字迹，可以说整个事情已经水到渠成，只要大规模地投入资金，她就会源源不断地抽出资金，坐拥其成，厉害，厉害。

据我们所知，羊绒收购已经开始了，不说远的，就说我们周围便有很多人家糟下了羊绒，原以为他们一糟下羊绒便会卖给我们，这是他们盼望已久的好事儿，我还以为他们心急如焚呢，想不到我们明明知道的事实却偏偏没发生，竟然等得我们心急如焚，望眼欲穿，这是怎么回事儿呢？

老贾每天都出去溜，他比我们更心急，武登科已经让小刘来探视了一回，红红也在不断地琢磨，可是不知道问题出在哪，我找了巴特尔，他笑而不答，他的羊绒也糟下了，他的羊绒绝对不会卖给别人，那他等什么呢？

"这羊绒价定得太高了。"有个骑自行车的小贩提醒我们，他告诉我们，由于我们定的收购价高，牧民们都在观望，草原上到处都在传说一个神话，羊绒还会大幅度上涨。"你知道造这种谬论的人是谁吗？他们到处溜达，羊绒还会涨价这股风，已经传遍了草原。"

"他们为什么要造这股风，难道这对他们有好处吗？"老贾。

"他们收不上，你们也别收，你们财大气粗，定这么高的价，小贩们吃什么，他们年年岁岁吃惯了这口饭，现在被你们一家收割了，他们能心甘吗？自然是乱旋风了，走哪放哪，你们也没办法。"小贩说得也不无道理。

"我们天天在收购站耗着，他们每天在草原上耗着，他们能耗过我们吗？"红红。

"他们是耗不过你们，他们打一枪换一个地方，这块收不上向别处挪窝，可是被他们这么一折腾，你们也收不上。"小贩。

"他们从别处收了货难道不出手？"小楚。

"出，但不可能来你们这里，城里做庄的人太多了，你们给的价，也会有别人给的。"小贩。

小贩走了，老贾眉头紧锁，他在心里反复地琢磨了这件事儿，可是他并不能想出一个好的策略，他似乎在自言自语，又好像在和大家商议，"要不我们再涨上五元，武主任不是给了最高价了吗？"

"收不上，也只好如此了。"小楚。

"这不是正好证明了那些故意制造麻烦的小贩的谣传了吗？"红红。

"这话怎么讲？"老贾并不见得很随和。

"小贩们不遗余力地大喊涨价，目的何在，就是让我们也收不到羊绒，牧民们信了这股风，全把货压在手中等涨价，现在我们如果涨价，这个不成事实的谣言竟然变成了事实，你涨了五元，他还等涨十元，到时我们的收购会更困难。"红红。

"人心不古，也不能到了这种地步吧！"小楚。

"要说满足，我可以说，人没有满足的时候，尤其是对钱的贪欲和占有，任何人都不会满足。"老贾深有感触。

"那怎么办？总不能瞪着眼睛在这干等吧！"小楚。

"巴特尔的小旅店住满了收羊绒的小贩，他们也在等，他们在等什么呢？"老贾。

"和我们较劲。"这一点我似乎相信我的见解。

"那他们在干什么呢？"红红。

小楚摇摇了头，表示她的不明白。

"我们如果不对付这些人，收购站恐怕难有作为。"老贾。

"怎么对付。"红红。

老贾尴尬地笑了一面，"请示一下武主任。"

"明天回去，即使很顺利地找到武主任，后天才能上来，外后天，也就是说第四天才能实施新方案，如果不能顺利地找到我姐夫，羊绒收购站难道就被几个小贩所左右了吗？"红红略显冲动。

"回去我可以到电话亭给他打电话，武主任佩了大哥大，BP 机，听说下一步马上也会给我们配。"老贾。

"我想我们再稳几天，这些商贩他们比我们更心急，他们如果耗在这里，将会一无所获，我们得让他们明白这个道理。"红红。

"他们明白这个道理有什么用，问题是我们收不到羊绒。"小楚。

"牧民又不吃羊绒，他的东西总要卖掉变成钞票才能花，我们逼走了他们，是不是就由我们了。"红红。

"他们走了还会再来。"老贾。

"他们去了别的地方安营扎寨，哪有那么容易，等他们杀个四马枪，是不是晚了点，大事已定，他们已经成不了气候。"红红。

"那你说怎么办？"老贾。

"现在我们就这么耗着，看谁耗过谁。"红红。

"那不是顶如不说吗？"小楚。

老贾默默地吸着一支烟，他在想，他在想什么呢？

"羊肉味儿又传来了，贾主任人家天天、顿顿吃羊肉，能不能咱们的伙食也给改善一下。"任卫东闻到了巴特尔炖羊肉味儿，总要提醒老贾一句，烦恼的老贾总要苦笑上一面，今天他却很例外，他用手指了一下红红，意思很明白，经济大权还是掌握在红红的手里，他要任卫东问红红。

"贾主任，你这么大个主任，不至于这么吝啬吧，你批了红红还会不给你钱吗？"小楚也有改善生活的意图，而这个钱就是贾主任批了就算，而我们的贾主任却表现得很苛刻，从不轻易开销。

"贾主任，你也太让大家失望了，谁不知道在这里现在是你说了算，红红是当家不做主。"我把聚光的焦点再一次推到了贾主任的身上。

"我是做主不当家。"贾主任玩笑地补充了一句。

"唉,看来又没希望了。"巴补。

"来了很长时间了,真的应该给大家改善一下生活了。"贾主任一反常态,他把目光投向了红红,好像做最后决策的依然是红红,红红淡淡地笑着,她的手中已经捏好了一百元人民币,只等老贾发话。

"看来这个肉得我去买了。"小楚很机灵,他走到了红红身边,把一百元人民币拿到了手中,喜笑颜开的招呼巴补和他一块去。

"顺便问问巴特尔,他知道不知道这个小镇上有多少小贩子。"红红似乎别有用意。

老贾到底是老贾,他等不上武登科派人来,他自己还是下定了决心去找武登科,他要让武登科给他拿一个主意,他要知道武登科的意思,他唯恐做错了事情,他吃饱了羊肉,了解了有很多贩子的实情,睡了一个晚上,便匆匆离开了收购站。

老贾刚刚离去,红红便让小赵再去巴特尔那里探小贩们的情况。

这一天和以往也没什么区别,来了很多的牧民,他们有近处的,也有远路的,他们无非就是关心羊绒的价格,我们依然报的是二三〇,他们似乎都不以为然,甚至有些冷笑我们的意思,他们已经不相信二三〇这个价位,他们想知道一个新的价位,这个价位连他自己也不知道,小贩们也来了很多,他们都表现了对我们的不满,所幸武登科派驻很多闲杂人,目的就是防止意外发生,小贩们虽然大众,但并不是一伙人,他们各不相识,也没有凝聚在一块的力量,纵然不服,也只能无奈地哀怨了。

这一天巴特尔那里的情况并没有改变,小贩们还不忍离去。

第二天,就是老贾走的第三天,小赵意外地从巴特尔那里获悉,已经有一批中等贩子离去了,他们退下的房已让远道的牧民包租了。小马从早上的客车上也看到了一个情况,来的时候空无一人的班车,回的时候挤满了人,看装束打扮,好像都是小贩子,看来小贩子们已经有点沉不住气了,而那些比较大的贩子,相对小贩子而言的羊绒贩子,他们的行动好像更快一些,也许他们是明智的,到今天下午,小镇上停的 212 这样的车已几乎全部离去了。

"时机来了。"红红说时机来了,我们都听不懂,我不知道这些情况说明了什么,红红又是根据什么判定的。

"神秘莫测。"小赵给红红竖了一个大拇指。

红红被说笑了,我心里却有些转不过弯来,红红好像胸有成竹,可是我们在一块的时候,她就不能透露一些口风吗?她的心里是怎么想的,连我也不知道,每当她有一种新的见解时,我和别人的感觉一样茫然,不知所措。

"从明天起,我们降价。"红红。

"降价?"小楚大惑不解。

"涨价都没人卖，降价恐怕更没人卖。"巴补。

"这恐怕有违武主任的意图。"小楚。

"他还想收到很多的羊绒吗？"红红。

"当然，我们就是为了收羊绒而来。"小楚。

"那就必须得降价。"红红。

"为什么？"我真的是不明白，不涨反降，有这样做生意的吗？

"越涨牧民心里越踏实，越高兴，他们越能沉住气，所以就更不会卖，所以要降价，"红红。

"二百三可是你定的价？"小楚还是不明白。

"是，我是说了二百三，那有错吗？"红红。

"现在就要降价，那么起初为什么不定的低一些。"小楚。

"如果我们定低了，我们还会像现在这么坦然吗？"红红。

"要知道我们现在没有收到一两羊绒。"我被她搞糊涂了。

"这一点你完全不用担心，羊绒多得会让你心烦，你信不信？"红红说的是真是假，我心里一点谱都没有。

"那么降多少？"小楚。

"明天报二百二十九元，看看牧民们的反应。"红红。

果然我们按照红红所说的向牧民们重新报了价，但降价的幅度不大，仅仅是一元，很多的牧民都不以为然，甚至发出了爽朗的大笑，我相信他们根本没把这一元钱放在心里，他们也许还在讥笑我们呢？可是一个不争的事实，引起了很多牧民的警觉，羊绒的价格不升反降，而且我们又向他们反复宣传，因为羊绒降价，好多的贩子已经回去了，这个事实是他们亲身所历，他们多少上相信了我们的蛊惑，人心开始动摇，上午尚且是近道而来的人探视，下午我们接待了很多附近的牧民，他们已经开始担心羊绒价格下滑，连他们自己也承认，去年到今年羊绒价格涨得太离谱了，可是他们仍然不卖，依然在观望，他们不在乎一元钱，一元钱他们还想等几天。

巴特尔告诉小赵，小贩子们已经全走了，原因很简单，他们没想到羊绒收购站会降价，而降价的幅度却是一元，这让他们百思不得其解，本来他们还心存侥幸，相信大部分贩子走了之后，收购站会大幅度涨价，会给他们一个空间，现在看起来，并不那么简单，就连这些最后留守的贩子们今天早上也走了。

"我们今天报什么价？"小楚把目光投向了红红。

"一元钱，他们瞧不起，也不心动，看来得让他们的心动一动了，"红红看起来心里早就有了打算，我默默地注视着她，小不点，鬼点子这么多，心里暗暗地骂了红红几句。

"那降多少？"任卫东也很好奇。

"每天降五元。"红红。

"降下一个月，没有了。"巴补。

"适可而止。"小楚这个弯转得快了。

"对，适可而止。"红红补充了一句。

降了一元，和降了五元，区别就立即有了，那些远道而来的牧民苦苦守的一个梦，仿佛石破天惊的霹雳让他们终于颤抖了一下，他们已经不像昨天那样笑得很无所谓了，他们听了报价之后的第一个反应便是立即陷入了沉默，而后是一种疑惑的不安的神色。

"这个价还会降吗？"

"也不一定，羊绒已经到了产销旺季，价格瞬息万变。"

"这个价还会涨吗？"

"涨的可能极小，能稳住这个价就已经不错了。"

我们明显地感到很多牧民在懊悔，要知道两天跌了六元，这已经不是一个小数目了，有的牧民在算了账之后，心痛让他们感到恐慌，两天三四千元就流失了，如果早卖两天，情形就会大不一样，他们也许还不能接受这个事实，他们尚在期望价格上涨，这种侥幸的心理让他们一拖再拖，两天落了六元，即使在草原上寻找机会的本地小贩也疑惑了，他们可能瞧好了一两单生意，只要收上交给我们转手就可以挣一笔钱，听到了我们在降价，他们也被搞糊涂了，唯恐再降他们赔上一点，所以纷纷停止了活动，静静地观望着。

"现在我们该怎么办？"贾主任不回来，红红便在这里大做文章，小楚没有了主心骨，事儿都得请示红红，红红成了实际的领导者，打杂的火盘上的大小诸事，全由红红在调度，包括我在内，全是红红役使的手下，我也不知道怎么做，我和小楚的心里一样，希望从红红那里得到一种期待的指令，然后去实际操作。

"继续降。"红红镇定自若。

"再降行吗，现在还没有人卖？"我提出了异议。

"降得他们心慌意乱，降得他们后悔不迭，降得他们方寸大乱，降得他们不敢再期待，我们收购的旺季就来临了。"红红替武登科做了主，我不知道会导致什么样的后果，她这样一意孤行，会起到什么样的效果，谁也不敢乐观，我甚至担心会把事情办砸了给武登科交不了差，更别说痴人说梦了。

预计在老贾回来的日子里，我们收购站又降了五元，从二三〇降到了二一九，每天以五元的速度跌价，可谓残酷，无情的冷漠让很多牧民感到不安，原本热情的工作人员在红红的授意下，显得无精打采，来了牧民也不再去热情的招呼，落价的日子里，让每个人都感到了一种凄惶和忧虑，似乎是我们的情绪感染了牧民，牧民们的表现很不乐观，有的垂头丧气，有的故作振奋，有的愤愤不已，可是无论如何这不能说明什么，事实是残酷的，商业是无情的，这些故意揉纵的人是狠辣的，而牧民们又把握不了行情，自然很容易落入高智商设计的程序里。

巴特尔是第一个把羊绒卖给收购站的，他一进收购站就说："实在太忙了，小旅店的人太多，走也走不开，仅仅几天的工夫，跌了这么多，早知道早卖几天多好。"

"巴特尔，你算是很明智的了，现在还是二一九，下午就成了二一四，我们刚刚从城里来人了，又让跌价。"红红的话让巴特尔很兴奋，能比别人一斤多卖五元，这已经让他很满足了，他很庆幸自己做出了明智的选择，红红的话让巴特尔能兴奋起来，却让我和小楚大感不解。一天降五元，已经幅度很大了，现在又要上午降五元，下午又降五元，这么快，这么大的降价幅度，可以吗？我们默默地望着红红，她似乎并不想给我们理解，她随便就这样说出去了，还是经过深思熟虑，我们不得而知。

果然下午在收购站的挂价牌上又降了五元，挂价牌是小赵设计的，问价的人太多，所以小赵给弄了一个挂牌价。

这么快的降价，迅速引起了草原上的骚动，巴特尔逢人便讲他的明智让他多卖了几千元，引得更多的人抑制不住的躁动，他们平衡的心态被打破了，他们担心还会降价，这种心理使他们感到恐惧、害怕、担忧。

傍晚又有几家牧民卖了羊绒，收购站开始运作了起来，而我们的贾主任却未在预定的日子里回来，小楚偶尔会想到他的章子，红红却很无所谓，没有他的章子收购站也得开张，回来可以补上。

"明天怎么办？"忙乱完小楚迫不及待地又去问红红。

"继续降价，看看谁的耐心大。"红红。

"你已经赢了。"小楚。

"现在还刚刚开始，小贩们都撤走了，牧民们早已无法把握自己的心态，如果我们在按一把劲，他们的防线就会彻底崩溃。"红红。

"怎么按一把劲。"小赵。

"明天，一次性降九元。"红红镇定自若地说。

"那所有的人都会慌了。"小赵。

"目的就是让他慌了，我们才会大有作为。"红红。

"如果所有的人都不卖了怎么办？"巴补从库房中跑了出来，摘下面具，也附和了一句。

"总有沉不住气的人。"小楚似乎也明白了这个道理。

"明天别看降价了，那个环节也好办，巴补你们6个人可就费事儿了，看你们如何干完那么多的活儿。"红红。

"果真那样我们也高兴。"巴补。

"这一天你们终于等到了，小赵你们几个早点歇息，准备明天大干一场。"似乎这种规划即刻展现在了眼前，红红说的好像是真的一样。

小赵他们回了宿舍，小楚也回了她的办公室，红红让我早点歇息，她却伏在了办公桌上核对账目。

外边刚刚现出了光亮，红红便起来了，我不知道她是什么时候睡下的，但是她的状态极佳，不一会儿，我几乎又要睡着了，红红推门进来了，我睁开了眼睛，看到她把板擦和粉笔放在了墙角，然后就去梳洗。

"怎么不多睡一会儿。"

"今天真的再降九元吗？"

"你说呢？"红红。

"我不明白。"我真的是不明白。

"降，今天会有很多的人来卖羊绒，只有降价才会让他们痛下决心，否则他们真还以为抱了一个金娃娃，只会看涨不会落。"红红。

很显然红红的手段要胜过很多人，不错，红红预料得一点也不错，我们刚刚起来，早饭还没有用，便有好多牧民把羊绒送到了收购站，面对九元的暴跌，他们惊呆了，他们把羊绒车赶到院里，然后找个地方默默地看着我们，额头上晶晶发亮的汗珠透明而且高温，让每一个人都在一种懊悔中煎熬。

巴补他们在库房中不停地往羊绒里掺重金粉，而我呢守着一台秤，给每个牧民赔着笑脸，等待他们出手手中的货，小赵领着一帮子人和这个攀谈几句和那个溜达几句，目的就是动员他们尽早出手手中的货，他们也好有干的，可是围在院子中的人就是不能下定决心。

"为什么不过秤？"总有撑不住气的人，他们在门口就看好了价格，而且痛下决心要卖掉自己的羊绒，却又进不了大院，所以跑来问我。

"他们还在犹豫。"

"还等落价呢？你们不卖我们还要卖，尽早把地方挪开。"马上便有人附和着起哄。

已经有人从院外肩扛着一包往里走了，然后是两个人，三个人……

暴跌之后反而生意兴隆，这种反常现象我一直都在琢磨，但是一直找不到一种适合的解释，这到底是为什么。

下午红红把挂价牌上的价又降了一元，立即引发了一阵骚乱，好多的牧民都吼叫着说他们早上就来了，这一元不应该给他们掉，这种失误不该怪他们，这是收购站的责任。

红红立即给了他们一种答复。"凡是上午到的车一律不降价，请牧民朋友们耐心的等待收购。"红红的做法立即稳定了人心，那些为了一元钱的牧民，从早等到晚，终于领上了他们的钞票，然后喜滋滋地离去了。

"明天还降价吗？"这不仅是我们收购站的工作人员关注的问题，更是很多牧民朋友们关心的问题，不断有人在问我们，然后我们又按照红红的意思，把明天可能的价格告诉他们。

"明天可能能稳住，现在我们还没接到上级让降价的指示，但后天就不能保证了。"

第二天我们的收获极其丰厚，从天一亮一直干到晚上，还是有很多的牧民把羊绒码在院内，等待第二天收购，目的就是为了我们不再落价。

"贾主任怎么还不回来？"屈指一算贾主任已经走了七天了，七天，意味着什么，红红手头马上就要没有现金了，几个库房的羊绒已经码得满满的，可是贾主任却迟迟不出现。

"这该怎么办？"晚上收了工红红不安地问我。

"姐夫到底在搞什么鬼，如果不是他的旨意，老贾能不来吗？"

"也可能，姐夫也许是想和牧民们比比耐心，他们不卖，我们还不收，他哪能知道我们这里的现状。"红红。

"他们明天不来怎么办？"

"停收，后天停收。"红红。

"没有资金只好如此了。"

"我想他们明天会到，他们的耐心也是有限的。"红红。

第二天我们还是按照每天的程序在紧张地工作，贾主任陪着武登科从车与羊绒的夹缝中，满面惊喜地出现在了我的面前，"这是从什么时候开始的？"武登科简直被这些壮观的场面惊呆了，他见过农民抢购化肥时的热情，哪曾见过收购羊绒会出现这种局面。

红红从办公室里跑出来，低低地向武登科耳语了几句，武登科来不及和任何人招呼，立即掉头走了，这让我们很疑惑，不过我很快就想到了这是因为什么。

傍晚武登科带了几部大车二十多个装卸工到了收购站，他把一麻包东西让人扛进了我们的办公室，又专门给红红配了一个点钞票的工人，然后和老贾疏通了一下车辆，便立即开始了装车。

没人的时候，小楚立即向武登科汇报了红红离奇的做法，迎来了巨大的收益，武登科专注地听完了小楚的汇报，望了一下老贾停在库房门口的背影，不断的发出一种莫名其妙的惊叹，"难能可贵，是不可多得的商业奇才。"能获得武登科这样的评价，连小楚也觉得值，这种局面根本就不是普通的人可以开创的，而红红竟然做到了。

武登科连夜调上羊绒走了，而后天天如此，从这里流出多少货，收进多少货，底全在红红那里，我签了字，小楚算好账，条子便到了红红后面，付款，到后来老贾的章子干脆就交给了红红，人手不够，他也得帮助我验货盯秤。

这样忙了有一个多月，生意才渐趋冷清，此刻羊绒的收购价已经落到了一百八十五元一斤，别处的小贩子，和本地的小贩子们大肆流窜到了本地，机会对他们来说再一次地来到，他们刻不容缓地把队伍开拓进来，跃跃欲试地要和我们再度一争。

老贾被武登科调回了城里，我的职位没有改变，红红被武登科委以主任一职，全面负责羊绒收购站的工作，而且权限极大，羊绒价格的升降，全由红红做主，想不到初试锋芒，红红便大显身手，脱颖而出，真是大出我的意料。

小楚把过去的账全部算了出来，武登科共计投入两亿四千万，现在有现金不足五百万，羊绒收购站的主要使命已基本结束，但红红坚持认为羊绒收购站还有作为，她向武登科讲了一番话之后，武登科同意这里继续由她操作。

还是有卖羊绒的牧民来羊绒收购站探听消息，按照红红的意思，我们开始涨价，而且每天都在涨，涨价的幅度之高也出乎任何人的预料，每天五元，一口气涨到二百三十元，我们不仅又收了一千多万元的货，而且把所有的小贩们又挤上了一个欲罢不舍的境地，他们纷纷来和我们洽谈，红红大胆地给了他们十元钱的空间，立即引来了小贩们的拥护，他们从很远的地方，源源不断地把货供来，这种巨大的潜能，让武登科暗暗吃惊，他没想到会出现这样的局面，他在惊喜之余，默默地注视着康红。

"现在共投入资金达四亿元。"小楚又帮红红算了一次账。

红红淡淡地笑着，她的笑很自信，也很骄傲和满足，武登科无疑获得了成功，而康红和我也获得了成功，在忙的季节里，我们谁都顾不上重金粉是谁送来的，这些事儿连老贾也莫名其妙，而我们的红红却应付自如，丝毫也没出差错。

武登科拿供销社的款子，红红已经全部抽给了康主任，康主任是不会交给供销社的，谁都心里明白，武登科还得背负那笔账，康主任却有了一笔巨大的资金趴在了自己的账上，而我们的红红更是不居人下，这是我想都不敢想的问题。

武登科成功了，康主任成功了，康红和我成功了。

羊绒大战虽然接近了尾声，可是争夺却越来越激烈，简直到了白热化的状态，羊绒价格一再攀升，最后已经上涨到了一斤二百八十五元，武登科是何等精明之人，他立即在本地市场上向其他羊绒厂抛售了大批的羊绒，抽回了大批的现金打回了银行，确保了他个人的信誉。

红红调回了武登科的登科羊绒厂任收购部经理，我做她的下手，老贾开了一万元工资被打发回了家，武登科特批了三十万充给了我们，另外还奖了我们一套住宅，算是对我们有了一个交代。

"到底姐夫能挣多少钱？"对这个问题我一直算不清，可是又不好意思问红红，可我还是忍不住要问问她，我想她一定心里有数。

"他应该是我们总和的十倍。"红红并没有具体地告诉我。

"那是多少呢？"

"也许比这还要多。"红红。

"最多能挣多少？"

"那你去问武登科吧，也许现在连他也算不清楚，反正得挣三两个亿。"我想红红这就是开玩笑了。

第四十章　康玲的无奈

武登科终于成功了，他的一个大胆的假设，让他跨越了无数的沟沟坎坎，顺利地进入了成功的轨迹，他买了辆上百万元的新款轿车，我居然用了十分的心思也记不住它的名字，武登科本来想把退役的 202 配给康红，但遭到康红的拒绝，原因很简单，康红从来就没有喜欢过这部车，更何况它已经很破旧了，可是武登科却舍不得让它报废，总想着让它配上用场，可是在他的公司，他想来想去还想出第三个人可以配乘一部专车，索性他让他的司机把 202 送回了乡下交给了康主任，由他去发落，也许这是最好的归宿。

乡里的联合公司在小张的手里日子过得紧巴巴的，乡政府已经对他不抱多大希望了，武登科给小张出了一个主意，让他调出了联合公司，去计生办当了一个副主任，当然武登科又大气地为小张捐助了一笔小钱，所以小张才会有这么好的结局，虽然当计生办的副主任既没实权，又没实惠，但用武登科的话说，"你只要想干，自然会升迁。"小张见武登科给他拿钱，心里自然兴奋，但他并不是一个有远见的人，他并不看好当干部，心里总在寻思武登科这个人，与其把钱让他送给别人，还不如留着他自己花，可是武登科非要他这样做，他真是有些想不通。

小张在计生办转了一个弯便做了计生副乡长，这是小张做梦也没想到的，他一做计生乡长，便连出了几个馊主意，追加罚款，增加收费项目，工作立见成效，被乡、县两级政府评为优秀工作者，荣誉接踵而至，乐得小张不知天高地厚，玩女人玩到了疯狂的地步，被通奸者的丈夫几次捉奸在床，声名鹊起，他竟然还不收手，大肆挥霍公款，最近又强奸了某村妇联，私了之后被乡政府罢免出局滚回了家中。

"真是扶不起来的阿斗。"武登科能有什么办法，他已经尽力了，如果不是他的面子大，小张会这么轻松吗？可是武登科还在自责自己，这都怪他，如果不是他帮助小张，小张至于堕落吗？康玲哭哭啼啼，言下之意就是这样，武登科能对康玲说什么呢，康玲曾经不知有多么高兴，现在反过来怪武登科，却被红红呛得够呛，"别人帮助你们是为了你们，是他自己把握不住自己。"所有的人都在怪小张，同情康玲又有什么用呢？小张所犯的错误，是康家深恶痛绝的大事儿，丑事儿，他不会获得任何人的同情，他更没有脸见任何一个人，他悄悄地回了乡下，回到了他的父母身边，康玲已经起诉了他，离婚，小张却一直不去应诉，法庭已经准备缺席审判了。

现在康玲住在我们家，康母试图让康红劝劝康玲，言下之意不想让康玲和小张离婚。

"我知道你们的意思，你们无非就是说我不行，你们干吗不明说呢，我长得差，说话尖酸刻薄，不会伺候男人，不会笼络男人，不如你们那么精明，又有六个月的身孕，所以小张就可以为所欲为，做那种见不得人的丑事，可是你们替我想过没有，我也有脸，我也有我自己的尊严，我心里难受，我一见到他就恶心，我们才结婚有多长时间，他就犯了这种事儿。"康玲一点也不避谈她的缺陷，她倒是很明白自己的处境，但她说的又不无道理，康母一言不发地坐在一边，康红只好耐心地听康玲喋喋不休地说话了。

"我相信他经受了这么大的打击，以后一定会收敛的。"康母小心翼翼的口气。

"你以为他还能翻了身，臭名远扬，有哪个女人敢随便靠近他，他还会有那种机会。"言下之意是康玲也想到了这个问题。

"只要他以后好好地和你过日子，我看就原谅他这一回吧。"康母。

"原谅他，原谅他有什么用，你让我以后怎么见乡里的人，你让我怎么和他走在一块听任别人的指指点点，说三道四，你们不是我，哪知道我的苦衷。"康玲哭哭啼啼的一番话，又有谁能反驳了，事实原本就是这样，她也有她的苦衷。

"妈，你见过小张吗？"康英。

"见过，我来之前见过，他去我们家求了你爸。"康母。

"我爸怎么说。"康红。

"蛇鼠一窝，小张被你爸狠狠揍了一顿，想必现在还在乡医院躺着。"康母。

"怎么会下手那么重？"康英。

"尽是些王八蛋，给我们老康家丢尽了人，他还有脸来求你爸，他不来他都要去找他，他来了还能轻饶了他。"康母怒气冲冲。

康英一言不发地端了一杯水，目光游离地瞥着衣柜。

康玲一言不发地窝在拐角落泪。

"那你来了，可以代表我爸吗？"康红。

"男人没一个好东西，你以为你爸是什么好东西，不是他牵的头，供销社的男人们怎么全会嫖，和他磕磕碰碰几十年，换成了别人谁会容他。"康母激愤的言辞，让她的三个女儿都有些不满。

"你这是干什么，这哪和哪，你告诉我们这些有什么用，现在是二姐要离婚，没人听你瞎说。"康红非常的恼怒。

康母不服气地瞪了一眼康红，"这我比你清楚，甭管你爸说什么，我就一句话，不离，不能离。"

"这是我的事情，用不着你这么费心。"康玲。

"妈知道你心里委屈、难受、羞愤，可这些替代不了日子，日子要一天又一天地往下熬，全部顺着你的心事，那怎么可能？"康母说的并不是没有道理。

"就这么让了他，以后还怎么过？"康红。

"很多女人不都这样过来了吗？"康母。

"你为什么老和别人比，难道是你的女儿错了吗？小张如此过分，你居然还帮他。"康红听不进去。

"小张做出了这等丑事，难道我心里高兴吗？我比你们也难受，他让我们丢尽了颜面，我都吓得不敢见人了，可我还得来见你们，腆着脸和你们说这凡话，难道这是为了我自己吗？"康母暴跳如雷，仿佛要和红红吵架一般。

"我觉得妈说的有道理，吓吓小张就算了。"康英。

"什么，吓吓小张，你说得轻巧，我们吓他干什么，我们这是在吓他吗？你看我们像是在虚张声势吗？你看我们有必要让小张这样劳神费力吗？他也太小瞧我们康家的人了，以为自己从此就可以主宰这个世界，从此就可以为所欲为，从此就高枕无忧，飞黄腾达了吗？他什么时候把我二姐放在心上，他这是明摆着欺负人，而你们居然要劝我二姐咽下这口气，你们居心何在？难道二姐离了他就不能活了吗？"红红似乎忘记了母亲的托付。

"我们只是说说，关键还在康玲身上，是过是离，由她自己来决定吧，她的年龄也不小了，我想她会给自己一个交代。"康英慢条斯理地说了这番话，然后便不再参与他们议论的问题。

"是的，康玲，你大姐说的一点也不错，你年龄也不小了，又有了身孕，是不是再考虑考虑。"康母挨着康玲坐下了。

康玲一言不发，她似乎只知道垂泪，我相信她提出离婚，也并不是她本人的意愿，小张在这么短的时间里，走到今天这种地步，她不可能毫无察觉，只是没办法而已。我相信这一定是红红的主意，小张的恶劣行径终于大白于天下，反应最快的便是康红，激愤让她充满了暴躁，同情让她产生了强烈的不满，亲情让她感到很不光彩，康玲断然提出离婚，似乎在情理中，她并没有什么错，每个人都对她充满了怜恤和眷顾，至于她的以后现在还没有被提到议事的日程上，现在被康母提了出来，不仅是康英缄默不语，康红也须慎重考虑，她也许忽视了这些问题，对待这些问题，她无疑也觉得是棘手的，甚至是很麻烦的。小张虽然做事乖张，狂悖，有违常情，但康玲的态度似乎很暧昧，她的内心到底在想些什么，具体的打算如何，别人无法得知。

"小张的行为妈知道伤害了你，但他必定年轻，升迁的快了一些，没把握好自己，经不起诱惑，所以才犯了错误，经过这么沉重的打击，妈相信他从此之后会改弦易辙，踏踏实实的做人。"康母一只手抚着康玲的肩胛，一只手为康玲理了一下散乱的被泪渍打湿的头发。

"我丢不起这个人。"康玲由默默地垂泪变成了呜呜咽咽。

"离，我就主张和小张离婚，有什么了不起的，谁离了谁不能活，干吗非要贬低了自己靠在他的身上。"康红。康母不满的瞥着康红，她费尽了口舌要劝和，康红是一味地让离，母女几个的心事总也拧不到一块。

"小张是不好，让玲玲受了委屈，但这一次他已经跌到了谷底，想再翻身谈何容易，他难道不接受这个教训吗？以后说不定会和你二姐和和美美的过日子。"康母小心翼翼地斟酌着用词，她知道康红的性格，唯恐再次的激怒了她。

"和和美美？亏你想得出来，咱们不说小张，就我二姐这点心胸，气度，让她和小张过一辈子，她会快乐吗？她会成天想着这些事儿，用来折磨自己，折磨小张，他们可能过好吗？"康红。

"康玲性格上已经变成了大人，她会不知道轻重？"康母的意思很明确，她一味的要求康玲担待小张，凑合着往下过。

"既然你这么了解我二姐，那你问她吧，只要她能接受了这个事实，我们无所谓，但是我还是那句话，离，干吗不痛痛快快的？和谁不是一辈子，干吗非要和他在一块？"康红的话让康母很不舒服。

"康玲，妈和你说了半天，你倒是表个态。"康母把目光投向了康玲，温和地盯着女儿。

康玲沉默不语，她似乎在想些问题，呜咽也停止了。

"康玲，妈知道你的心事，小张做了那么丢人的事儿，搁在谁的身上也不好受，妈也是女人，妈能理解你此刻的心情，但是，妈也是为了你好，没有几个男人不犯那种事儿，只不过有的男人掩饰得深一些，有的男人暴露得胆大了一些，说白了，小张如果慎重一些，哄你一辈子又能怎么样，他知道自己错了，他就会更改，改了还是一个好丈夫，听妈的话，撤诉，不要和小张离婚。"康母。

"不，我必须和他离婚。"康玲躁狂地呼叫了一声，让娘几个惊异不解，她们吃惊地望着康玲。

"玲玲你不要冲动，慢慢和妈妈说。"康母的一只手始终没离康玲的肩胛，此刻更是不敢离去，她轻轻地抚摸着康玲，柔和的声音期待神情反常的康玲可以平静下来。

"康玲，你好好想一想，我们都是为了你好，我们没有人逼你，你把你的想法也和我们谈一谈，让我们为你参考一下，尽可能地找到一个更好的解决的办法。"康英小心翼翼地望着康玲。

神情冷漠的康玲瞟了一眼康英，一言不发。

"二姐……"康母摆了一下手，不让康红往下说，康红便不满地踱到了另一边。

几天之后，康玲终于平静了下来，她的思维渐渐明晰了起来，状态也向好的方向开始转变，连日来她茶饭不思，憔悴了很多，原本就没有弹性的颈肌，颜面，就更显得恍白，挤满了细碎的皱折，两腮深深地凹陷下去，颧骨显得特别的高，她伸出纤瘦的手，试图整理一下零乱枯涩的头发，这个动作她好像觉得有什么不妥，她又让自己的脸，包括疲乏的眼肌，紧紧地贴在双手掌中，伸开的五指中，就这样过了一会儿，她用力搓了一下脸，脸上便滚起了一卷污渍，她向别处瞟了一眼，动了一下双脚，她隐隐感到双脚有些不适，好像是疲劳所致困乏无力，又好像是长久的不运动，股肉关节有些萎废，麻木无力，甚至是有些疼痛，在她的潜意识里，这种感觉从来也没有，她的心里有些怀疑，这双脚还是自己的吗？她觉得它很陌生，这双脚胖了，白了，矫正了很多畸形的地方，她苦笑了一面，然后把双手放在了自己的隆起的小腹上，苦笑了一面。

"明天就要开庭了。"红红提醒康玲。

"法庭不是准备再给你们庭外调解一次吗？"一直守在康玲身边的康母不解地看了一眼康红。

"算了，我不想离了，我想过了，就这样凑合过吧，既然小张不想离，说明他心中还有我，但愿他日后能够吸取教训，来日方长，就给他一次机会吧。"康玲显得很平静，经过这么多的事儿，她比以前要成熟了好多。

"二姐……"康红只叫了一声二姐，康母就举起了她的一只手，她的意思很明确，她不管红红会说什么话，她都不让她说，此刻，她需要康玲的转变，而她竟等到了这一刻，这一刻让她等得提心吊胆，这一刻让她费尽了心机，作为康玲的母亲，她不可能对小张不生气，但她为了自己的女儿，她宁肯咽下这个腥味的苦果，她到底是怎么想的呢？可怜天下父母心。

在法庭开审的时刻，小张出人意料地拖着拐腿出现了，而康玲却没有到，法官没费多少口舌，因为小张并没有给法官这样的机会，他在离婚的协议上签了字，他如释重负地吸了一口气，然后便离开了。

康玲在接到法庭送来的离婚证面前呆呆的不知所以然，康母咆哮着问这是怎么回事儿，可是没有人告诉她，她的女儿胜诉了，小张最终还是同意康玲的离婚诉讼，这无疑是出人意料的，连我在内的所有人，都感到不解，小张怎么会突然改变了主意，他不是坚决不离吗？现在怎么又同意了，难道……

"小张一定是太失望了。"康母不相信这是真的。

"妈，离就离了。"康红。

"你说得轻巧，离就离了，这是一个家，说散就散，说聚就聚，有那么容易吗？小张他一定不知道，我已经通知了康玲，不行，我得马上回去，这个浑小子，诚心是往死气我。"康母对康玲拿到的判决甚为生气，甚至是有些恐慌。

"妈，算了，离已经离了，现在小张和二姐已经没关系了，你找人家算什么？"康红并不希望母亲去找小张，认为这没有必要。

"小张不知道康玲已经改变了态度，这一点我得告诉他，让他马上来找康玲，康玲现在已经不愿意离婚了。"康母。

"犯神经病，他做得那么坏，现在你倒要给他说好话，让他要了二姐，真贱。"康红。

红红的母亲最终还是不会听从康红的意见，康玲缄默不语，她既不反对她的母亲，也不附和康红，康母认定了康玲是不乐意和小张分开的，从种种迹象表明，康玲似乎还是这种想法。

康红的妈妈匆匆忙忙地走了，康红便把一肚子的怨气撒到了康玲的身上，康玲一直不吱声，任凭康红发泄了一阵，然后倒在床上就睡，她到底是怎么想的，我们无从得知。

康母是否去找了小张，我们无从得知，自从这里走了之后，便一直没什么消息，小张怎么样了？康母的回访如何，都没有人再提起来，我也只是猜测，估计小张不同意和康玲复婚，康母费尽了口舌，也没有得到小张的应允，说不定还大闹了张家，这也是可能的。

自从康母走了，康玲的情绪一直不好，她少言寡语，和我就更别提了，和康红也懒得说话，康红如果不回家做饭，康玲索性就连饭也不吃了，而康红又常常在外边吃饭，所以康玲挨饿的日子也多了起来，我做了饭她是不吃的，我叫她，她也不理我，这让我深为她担忧，我和康红说了我的担心，康红便和康玲谈谈，偶尔康英也来看她，但康玲就是不愉快。

康母一直没带来令人鼓舞的好消息，康玲一直这个样子，让我和康红心里很不安，甚至是有些害怕，康红带康玲找了妇产科的大夫，然后又找了精神科的医师，都说问题不大，关键是心理障碍，让康玲的亲人多开导，对症下药，她自然会好起来。

武登科有几次故意带来了几个原供销社的职工来看康玲，试图逼康玲开口，但收效甚微，令人充满了失望，康玲就是不吱声，康英和武登科说到了小张，武登科点了一下头，解铃还须系铃人，也许武登科有办法。

"算了，你们谁去劝劝小张，二姐这个样子恐怕不行。"康红终于在康玲面前服输了。

"我和你姐夫正在商议这件事儿。"康英。

"真没出息，人家不把她当一回事儿，她还……"康红的话被康英打断了，"你能不能少说两句，看她成了什么样子，肚子一天比一天大，谁见了都心疼。"

"我去见见小张。"武登科。

"先去问问我妈，看到底是怎么回事儿。"康红。

"老太太也真是，又不是有多远，走了就不来了。"武登科有些许的不满，看来他不太乐意去见岳父母的。

武登科走了，屋子里突然显得空荡荡的，康红给康玲冲了一杯饮料，试图让康玲喝一点，我找了一本闲书乱翻着。

"我和你说个事儿。"喂完了康玲的康红走到了我对面的立柜橱边停下了，她的一只手习惯地拄了一下立柜橱，并没有走近我的意思，我心里就是这样想的。

我放下了手中的杂志，抬起头望着康红。

"姐夫羊绒厂周围的地我已经看好了，一片贫瘠的土地，到处长满了红柳、芨芨草、马齿苋、蒲公英，还有枯涩的败酱草，那里出没着野狗、野兔，或者还有刺猬、小壁虎等多种小动物，那里原始的地貌尚未曾开发，裸露的碱土从低洼一直延伸到坡顶，然后又向另一个低洼滑落，没有人喜欢这里的一草一木，它隆起的小包像一座座坟丘，到处遗弃着城里人的垃圾，武登科的公司就傍着它立了起来。"康红仿佛是一个演讲者，她的声调抑扬顿挫，忽高忽低，充满了激情、诱惑力。

"这片土地因为它的贫瘠而不被人重视，因为它的污浊而被人们遗忘，我们可以花很少的钱把他买下来，等待商机的到来，或者干脆把他开发利用，建养殖场，种草种树什么都可以，反正我们有的是钱，把他投资到土地上，也许三年，也许是五年、十年、二十年，我们就会大赚特赚一把。"红红胸有成竹的样子，让我也深受感染，别说是赚一把，一小把也值得赚。

"那你准备买多少亩？"

"我们不论亩，论片，一片一片地问他们买，价格一定很便宜，但是我们要做到心中有数。"看来红红已经胸中有数了，我知道她这个人的个性，这个问题她一定反复地想过了，或许，其实事实上是，红红已经全部地了解了这些土地，如归属问题、价格问题等等。

"大约有多少亩？"我并不了解这些土地，也没有过实地勘查，对此我很陌生，也不知道这片土地的价值，更不知道他日后会升值，只是我们有很多的钱，拿出一些来全无所谓，况且这一切又是红红说了算，我自然是举手赞同了。

"我也说不好，整个这一片土地大约有两三万亩，里边包括沙丘、小湖，如果整治好了，环境还不错。"康红。

"那需要多少钱？"

"这片土地分属三个社，我们只要找对了人，和社长沟通好，社员还不是听队长吆喝，只要有钱分他们巴不得立即出手，何况这片土地早招他们厌恶了。"红红。

"姐夫的地片花了多少钱？"我想到武登科的羊绒厂。

"姐夫始终不说，我问他了，他没有正面回答，只说少不了，至于是多少他没有告诉我。"康红。

"姐夫这个人干什么都留一手。"

"他是一个很精明的人。"康红坐在了一边的沙发扶手上。

"那也不至于哄咱们吧。"

"他现在资金很紧张，他每天的事特别的多，他操的心是平常人无法想象的，他不告诉我们，肯定有他的用意，我相信这些土地一定很便宜，我们只要走到卖地的社，问问他们不就全知道了吗，他当我们是三岁小孩，从他那里得不到信息，就无法从别处得到了吗？他也太小瞧我们了。"康红。

"也许姐夫没这个意思。"我心目中的武登科还不至于这么小气。

"你呀，唉，什么时候才能开窍，他什么意思，我比你清楚，他现在摊子铺的太大，自然还顾不上这片看不到效益的土地，他相信除了他，不会有人染指这片土地，但他却防着我们，他痛痛快快地告诉我，我也许还得三思而后行，他越是吞吞吐吐，我就越感兴趣，这里边的商机也就越大，他不想让我知道，我偏要知道，他害怕我们动手参与，我偏要买，他的羊绒厂是规模不小，也不过占地五十亩，我在他的榻畔买它万二八千亩，说不定哪天就派上了用场，到时候不得不让他刮目相看，大吃一惊。"红红。

"也许他根本就没意识到这一点。"这么多的土地一次性吃进，那得用很多的资金，武登科根本就不相信我们有这个能力，他干吗防着我们呢？而红红偏要这样想，我也没办法，我知道她心里在想什么，她不过就是把武登科想成了他的对手，处处想谋虑的超过他而已，有那么容易吗？

"他意识到了这一点，但是他根本不相信，会有人这么做，在他的心目中，他已经把这片土地纳入了他的势力范围，他相信不会有人来和他接触，更不相信我们能掀起什么浪，他低估了我们，这是他犯的第二个错误。"康红。

"他要的是羊绒公司，他要那么多土地干什么？"

"现在我也说不清楚，以后也许会越来越明朗，"康红想了想又补充了一句。"姐夫他也说不清楚，他对土地缺乏足够的信心，这是他的第二个错误，这样的错误他只犯这一回，以后他就会想明白了，但绝不是现在。"康红想明白了吗？也没有，这一点连她自己也承认，只是凭着一股热情、冲动，或者是盲目的赌博心态，想这么做，我甚至怀疑，她就是一种病态的心理，她想超过武登科，又觉得不现实，可是她总想在某些方面超过武登科，而土地这种廉价的不可再生的东西就让红红瞅上了。

"我们不妨少买一些。"我缺乏足够的远见，心里很不踏实。

"你怕了？"红红。

"也不是，买那么多，我总觉得不适合。"

红红浅浅地笑着，然后她又摇了一下头。"你想问题想得太简单，男人，更要有魄力，瞅准的事情，就不要犹豫，做小不如做大，只要做大了，起点高，获利才会丰厚。"红红居然说我不像一个男人，她的意思就是那样，我不明白，红红作为一个女人，野心为什么那么大？

"让姐夫知道了怎么办？"我不无担心，买这么多的土地，武登科万一知道了他会怎么想，我们哪来这么多资金，他能不怀疑吗？

"你为什么不动动脑子，我们为什么要让他知道，他买了五十亩地，我问他他都不告诉我价格，我们买了东西干吗就一定告诉他，他有很多商业秘密不是我们可以窥视到的，我们买点地方，他又怎么会知道呢？"万一知道了怎么办，红红相信武登科不会知道，可是动静这么大，难保不会泄密，而且邻近的生产社又有谁会替我们保密呢？

"万一知道了怎么办？"我为红红捏了一把汗。

"他有必要知道吗？"红红充满了自信。

"忽然邻居变了面孔，他不好奇吗？"

"那也是几年之后的事情了，我们秘密地不动声色地把他买下，几年之后，他若发现了这些土地的主人是我们，也许我们可以搪塞他，也许他已经无法套住我们了。"红红。

"那多不好意思。"

"你让我太失望了。"红红突然间变得沮丧起来，这让我心里很不安。

第四十一章　康红的斗志

武登科走的当天晚上他又返回了我们家，所不同的是这一次他带来了康母和康主任，他面色阴郁表现得十分冷漠，他走在众人的前边，并无意去礼让康主任夫妇，康主任同样是一言不发，康母也没什么好头脸，我的心情也不好，见了这样一拨人，也懒得去搭理他们，看到他们我的心里就不舒服。

康主任并不去问候康玲，也没有去看她的女儿，他一进我们的家就从武登科放下的烟盒中抽了一支烟，康红给他们每人沏了一杯茶，不解地望着他们。

康玲并不是很不正常，她也许也感觉出了气氛有些不对头，她的目光痴痴地盯着这些人，心里或许也在想着，到底发生了什么事情，他们怎么会这样，这种紧张的刺激，让她的头脑迅速地清醒了。

"你们这是怎么了？"康红。

武登科瞥了一眼康主任，不满地瞪了一眼。

康母也瞪了康主任一眼，哀叹了一声便去垂泪。

"到底发生了什么事情，你们这是干什么？"红红暴怒地叫了一声。

"你问他吧。"武登科把目光投指到康主任那里。

"康玲怎么样？"康主任好像没听到康红和武登科的话。

"她死不了。"康母。我原以为康主任一定不能容忍老夫人这么蛮横的态度，我不知道发生了什么事情，令武登科和康夫人拧成了一股绳来对付康主任。

"你们这是怎么了？"康红也充满了疑虑和不解，让她的母亲和武登科拧成一股绳，说成什么也不会相信，她的母亲心里最厌恶的人就是武登科，最惧怕的就是康主任，而今天这是怎么了，她的母亲居然和武登科一心，而康主任似乎又屈理一般，到底怎么一回事儿，红红大感不解。

康主任瞟了一眼康红，弹了一下手中的烟灰，立起身向康玲走去。"爸，小张怎么了？"康玲忽然颤抖了一下，然后发出了惊惧的疑问，她朦胧的意识中仿佛有一种不祥的预兆。

"没事儿，他很好。"康母似乎显得很紧张，好像怕康主任言语上有什么闪失，露了什么馅。

"玲玲，你们已经离婚了，你问他干什么？"康主任神情很淡漠，显然他和夫人之间在康玲的问题上存在一些分歧。

康玲没有吱声。

"小张不肯来？"我很好奇，总想试探一下。

武登科瞟了一眼，很平淡的目光，他狠狠地吸着烟，然后抬起头，不满地看了一眼康玲，他这个人到底在想什么，我心里没一点谱，看上去他对谁也不满。

"小张他还能怎么样？"想不到武登科又是这样一种说法，到底是怎么回事儿，真的是把人给搞糊涂了。

"那到底是怎么回事儿？"连康玲也听明白了。

"康玲你和小张离婚已经成了既定的事实，这一点你不糊涂吧。"

"这我清楚。"康玲神色暗淡。

"他不是个东西，都怪爸爸看走了眼去帮了他……""想不到害了康玲。"康母还是愤怒有余。

"他这样的东西，不值得留恋。"康主任加重了语气，他的夫人话音刚落，他便暴怒了起来。

"算了，婚是我要离的，你们也别吵了，发生了什么事情我也不想知道了，只是……"康玲有康玲的难言之处。

"爸爸已经为你想好了。"康主任这句话一出，倒是颇引人注意，他已经为康玲想好了，他想好了什么，难道他已经知道了康玲在想什么。

康玲又垂起了眼泪。

"玲玲，你也别太伤心了，他不值得。"康夫人无奈地叹息了一声。

"康玲你现在有什么打算？"武登科。

康玲没有言语。

"她现在能有什么打算。"红红。

"爸爸准备给你买一套房子，就住在街上，我知道你嫌回去了难为，怕见到熟人，这都是暂时的，以后心态适应了，再图来日方长。"康主任的神态恢复了自如。

"她一个人怎么住？"康夫人。

"你做什么？"康主任又恢复了自如。

"一个没收留住已经离婚了，难道把他放了羊。"康夫人语调里充满了讥讽，武登科不自在地笑了。

"我看也只能这么办了。"武登科。

康玲一言不发，她的父亲答应在城里为她买一套房子当然求之不得，她思想中最沉重的包袱，并不是因为和小张离了婚，她怨恨小张，要让她再回到故地，她无论如何也不能接受，她有沉重的思维顾虑，她害怕见到熟人，害怕见到知道这些事儿的人，害怕睹物思人，心里的难过和思想上恐惧，让他充满了惶恐和忧郁。

"二姐可以住到我们家。"红红。

"我怎么可以长久地住到你们家。"看来康主任的提议正中康玲的下怀，她想有一个独立的属于她的天地，那样会更自在一些，更坦然一些，如果凭借康玲现在的力量，恐怕连养活自己都很困难，更别说买房子独住了。

武登科走了，他能办到很多的事情，尤其是金钱可以渗透的地方，可是现在他保持了一种沉默，甚至有些吝啬的表情，他害怕了，他不知道做人的尊严到底可以保留多长时间，他体会做好人，做慷慨者的时候太多了，他不觉得仅仅是一种甜味儿，偶尔也有苦味儿，现在他变得冷酷多了，对康玲的怜恤心又要隐藏起来，因为他到现在忽然感到有些疑惑，他有点怀疑自己，怎么做好？这都是一些亲家，康英的亲人，万一再做错了事儿，连他自己也觉得的无法交代。

康主任在康红的参谋下，经过征求康玲的满意度之后，把一栋很别致的四合院买了下来，装修之后，康红给康玲置办了很多摆设，康英则把能存放的食品各种各样地拉回了一车，这还不算，康主任居然还把很奢侈的电冰箱也买了一台，乐得康玲里里外外都是笑容，她这一次离婚，虽然失去了小张，却也有了一笔意外的收获，这房和装修、东西，开销起码也不下十万，这有钱人花起钱来就是不一样，红红一件事儿也没和我商量，她给花了多少到比知道别人花了多少难得多，问又不能问，说又不给说，索性装聋作哑的好。

忙过了这一阵子，康玲也安顿好了，康红在公司里的事儿也少得多了，武登科本人就是一个工作狂，他在好多事情方面是不凭信别人的，尤其年龄都小，工作经验又少的康红，他虽然对康红委以重任，但很多的事情还是他干预得多，他每天守在公司里，想要管的事情太多了，生意的入出是他的命根子，活儿少的时候，康红根本插不上手，时间长了，康红也没那么大的勇气和自信，即使是她认为可以办的事情，也会缩手缩脚，不敢擅自做主，她开始对这项工作表现出了失望，厌烦，但这里是武登科说了算，能不让武登科参与吗？

康红的目光死死盯着眼前的这片土地，她所看到的是连绵不断的红柳、芨芨和一个又一个的凸起，清凉的晚风也好，冷冽的晨云也罢，即使是温和的阳光，它们的表现都很平淡，对这片土地表现出的无奈，更让红红充满了好奇，幻觉和野心。

我还是很容易就找到了一个可以帮助我们的人，因为这个人的位置很特殊，引起了红红浓厚的兴致，对这片土地的奢望变得更加殷切，我的朋友杨军为我介绍了他的亲哥杨雄，杨雄这个人就处在这片土地归属的乡中，而且负责土地规划，以及交易事务，有他的出面，我们可以简化很多手续，而且省去了很多不必要的口舌。

在红红的策划下，我让杨军叫杨雄见了一面，正如红红所料，此人在土地方面很内行，了解行情，知道如何策划，操作，自然我们就很容易交流，吃过一次饭后，红红让我登门给杨雄送了一点小礼，答应事成之后再酬谢他，他很高兴，也很乐意为我们办成此事，红红便立即让我通知杨雄分头邀请了土地分属村庄的村支书、村长、社长，单独沟通了之后，便开始分割包围，分头让各社社长去串联，鼓动社员卖荒地。

杨雄给我们提出了一个建议，他让我们注册一家公司，以个人的名义他有些忧虑，他也说不清楚是因为什么，但他的提议红红很赏识，她认为这样做极具远见，很有必要考虑一下，几天之后，红红便拿定了主意，而且真的就注册了一家公司，公司的名字是红红起的，叫宏业房地产开发公司，其实我们当时只有一笔资金，公司在那似乎在地球上还找不到，也不用挂牌经营，反正我们注册了一家公司，可以堂而皇之地以公司的名义大肆购买土地，这种便利却是我们不曾想到的。

最终我们公司以不到三百万元的价格，拿下了红红预想的所有的土地，当然杨雄也从我这里没少得到好处。

"我们已经有了自己的公司。"经过几个月紧锣密鼓的行动，我终于可以休养一会儿了，望着红红，我的内心同样很激动，我们拥有了自己的公司，公司名下近三百万元土地，辽阔而且舒展，怎么想，它都是一块宝地，现在唯一支持我们存在公司的基础就是我们已经拥有了大面积的可以开发的土地，这是武登科做梦也不曾想到的。

"公司已经注册了，我们标识的办公地却还是一片废墟，什么时候能建起来，并且初具规划的运作，看来你还得大显身手。"红红似乎已经胸有成竹，她对下一步的工作展开已经有了初步的构想，而我的大脑中却只是一片空白，以为从此可以高枕无忧，让土地沉寂在那里，静静地等待它的增值，而红红却一改初衷，想走到台前。

"愿为夫人效力。"我的表现让红红觉得很开心。

"贫嘴。"红红便又去笑了。

"一点也看不出来，你的脑筋这么复杂。"

"我们要想创造一种非凡的境界，就必须有非常的举动，看准了，就别去犹豫，等待回报，那是自我满足，不断强化努力，才可以壮大，要向姐夫学习，"红红虽然讨厌武登科，但她的内心总以武登科为榜样，为了事业，她认为武登科的行为不但值得借鉴，而且即使效仿武登科也不是不可以的。

"那我们下一步该怎么办？"

"成立工程队。"这又是一个闻所未闻的超前构想，有了可以利用的土地，如果再有一家工程队，而且又有充足的资金，房地产开发便指日可待。

"成立工程队，盖房？"我想这应该很正常。

"盖房，整理这些土地。"红红。

"你准备怎么干？"

"农村人回城的太少，构不成房地产售房的主流，城里人购房的实力虽有，但比较保守不愿意投资，满足于现状，房地产开发还处于低迷状态，但是我们如果把这些土地全部整理出来，规划了渠道，把它建成农场，或者包租出去，我相信获利同样很丰厚。"

那个时候建房的主流仍以砖木结构的平房为主，造价低，卖价也低，利润同样也不高。

"那我们是以建筑为主，还是以规划土地为主。"对这个问题的主次我不甚明了，虽然听了红红的一番议论，但我仍然吃不准。

"先买上两台推土机，对土地进行规划整理，然后决定办公地址，宿舍，饲养圈社。"红红。

由于我为自己办事儿的时候多了，所以耽搁了很多上班时间，武登科多次发现我不去上班，便追问红红，红红找了各种理由搪塞武登科，以为武登科不以为意，其实这种伎俩很快便被武登科识破了，我们也不明白武登科是怎么知道的，他知道了我们购地的很多细节，使我们不由地想到了杨雄。

武登科克制着自己内心的愤怒，把车门"啪"合上之后，用脚踹开了我们的大门，这时天色已晚，深春的凉爽咄咄逼人，他恼怒的神态我从玻璃上一看到，心里便咚咚咚跳个不停，他一改平素矜持的步伐，仿佛要找人打架一般，阔步跨来。

"姐夫今天神色不对。"我立即向红红做了通报，红红一抬手，便拉灭了外灯内控的拉盒。

"不用理他。"红红端起了一杯水，目光停留在电视的屏幕上。

"哗。"门被推开了。

"我以为是谁，这么大的胆子，如此嚣张。"红红被武登科的行为激怒了，心里很不痛快。

"姐夫这是怎么了，好像是来兴师问罪的。"我的感觉同样不好。

武登科抖了一下风衣的下摆，威风凛凛地坐进了沙发中，他斜刺了我一眼，然后从衣袋中掏出一包烟，抽了一支，啪，习惯性地摔到了茶几上。

"你怎么了，谁惹了你，你去找谁。"红红口气很生硬。

武登科面色严峻，目光冷清，他一边吸烟，一边盯着康红看，康红端着一杯茶，依然在看她的电视，我给武登科倒了一杯茶，希望他能态度好一些，我们当时并不知道武登科已经知道了我们的事情，还以为红红在工作方面出现了纰漏，可是红红被武登科激怒了，表现得也很不克制。

"我真没想到。"武登科的目光一刻不曾离了康红。

"你想到了好多的事情。"康红的回答对我如坠云端。

"而我唯独忽略了你。"武登科。

"你没有发言权。"红红。

"我为什么没有发言权？"武登科暴怒不已。

"你凭什么对我大吼大叫，你凭什么来我们家撒野？"红红。

"这是你们家？这都是我武登科的财产。"武登科。

"你别以为你今天发达了，就可以为所欲为，这是我做出的成绩，应该得到的。"红红。

"你，你能做出什么成绩？"武登科。

"没有我们，能有你的今天吗？"红红。

"别把自己抬举得太高了，你们这样做是要付出代价的。"武登科。

"我们做什么了，唉，我们做什么了，你告诉我们，你把话说明了，我们做什么了？"红红似乎得理不饶人。

"你们做什么了？你们自己心里清楚。"武登科。

"我就是不清楚才问你。"红红。

"我问你，你成立了宏业房地产开发公司，购置了大批的土地，哪来的资金，你当我是三岁小孩。"武登科到底还是知道了我们隐藏的那点秘密。

"呵呵呵……"红红长笑不已。

"你笑什么，别跟我说，这不是你的资金。"武登科。

"我什么都不告诉你，这很正常，你发家、发达，是哪来的资金，你一笔一笔地给我数数，有哪一笔是你的资金，而你却到了今天这个地步，你应该知足了。"红红也不是省油的灯。

"你……想不到你小小年纪这么狠，我是你姐夫，你别里外不分。"武登科。

"我怎么里外不分了。"红红把水杯用力掼在了地上，哗嚓烂成了无数的碎片，"武登科你是越来越过分了，今天你非得把话说清楚。"

武登科依然紧紧地盯着红红。

"我们成立公司，和你有什么关系？"我不能不帮红红。

"你不过是一条忘恩负义的狗，你不配和我说。"武登科真是太过分了。

"看来，我们对你的付出，真的是要感恩戴德了，你别忘了，我爸当年是怎么对待你的，他对你那么信任、爱护，而你却玩了他十几年，玩的他心服口服，敢怒不敢言，武登科我也没冤枉你吧。"红红的口气完全是一副玩世不恭的口吻，充满了讥讽和挖苦。

"红红你别扯远了，这哪跟哪，供销社的情况和现在不同，供销社的财产是集体的，而这是我个人的。"武登科。

"武登科，你要注意你的措辞，你的财产和我们有什么关系，你是你的，我们是我们的。"

"武登科，你弄你的，供销社的，那些和我没关系，你想说什么，我知道，是的，我们也注册了一家公司，购置了土地，这碍着你什么事了？你可以成立羊绒公司，盖高楼大厦，难道我们注册家皮包公司，也值得你这么关注，再说我注册公司和你有什么关系，难道这也得你通过吗？你别忘了自己的身份。"红红很平静。

"皮包公司，康红你哄谁，你花了几百万把我彻底包围了，居然装得若无其事，居然说和我没有关系，你说你的资金从何而来？"武登科。

"武登科你是不是太过分了，我们的资金是贷的，借的，和你有什么关系？"真是让人生气。

"贷的、借的，几百万，凭什么？"武登科真是疯了。

"你可以贷几个亿，我们难道弄几百万也不可以？"红红。

"可以，谁说不可以，只是你们摸摸你们的良心，你们的钱是贷的，借的？"武登科。

"那你说从哪来的？"红红。

"你们心里明白。"此刻我已经知道武登科心里在想些什么了，他很敏感，他的担心也许被他证实了，他对自己精心编织的网发生了怀疑，他确信我们的钱是从那里贪污的，而唯一的机会，就是收购羊绒。

"我心里当然明白，我明白自己为你做成了无数笔买卖，让你赚了很多很多的钱，你就是这样对待我们的吗？你脑子要是没进水，就该冷静地考虑一下，为什么这么冲动？"红红。

武登科似乎略有改变，他虽然还在怨恨我们，但已经不如刚才那么激动，他是如何获得了这个情报，我自认为我们的行动很隐蔽，那他是如何知道的呢？

"武登科。"红红很少叫武登科做姐夫，今天就更当别论了，她不但直呼其名，而且针锋相对，她的自信和勇气，远远不是我可以比拟的。"你听明白了，我们如何发展是我们的事情，羊绒收购站你放了老贾、小楚在牵制我们，你心里很明白，我给你交的账，都有他们的章子，你不放心还可以复账，你不信任我们，难道你连你的老情人也不信任了，她什么时候和我们一心过，我承认我回到城里有几笔买卖我赚了一些，但我并没动用你公司的钱，当然我们利用了公司的名义，我是有些不对，但是你若想绝对堵上漏洞，那是绝对不可能的，没有一个人没有私心，何况我们是至亲，你是亿万富翁，我是穷人，我的心里会平衡吗？我也想赚钱，机会来了我就会赚，"红红真是了不起，轻而易举就把一件惊天动地的大事儿化解成了一件可以让人容忍的小事儿。

"这件事我会查的，但愿你们没在账上做手脚，一旦我发现了，我绝不会轻饶你们，"武登科走了，他走的一点也不坦然，他有很多不明白的地方，他也许相信了红红的辩解，相信红红有这个能力借助他的公司，但他心中很不甘心，红红必定是他的职员，却利用公司为自己谋了私利，而且可以动用如此巨额的资金，让他怎么能接受。

他让小刘继续调查我们的公司，同时要求小刘密切注意我们的动向，他不知道我们到底可以动用多少资金，他不明白红红是如何在城里，在他的眼皮底下挣了那么多的钱，即使她利用他的公司谋自己的私利，也不可能一点也不露出马脚，而且可以挣到那么多的钱，这一点他怎么也不会相信。

小刘走了之后，武登科叫来了小楚，他让小楚好好想一想，这到底是怎么回事儿，康红怎么会有那么一大笔资金，他相信小楚并没有和康红同流合污，他更坚信老贾没从羊绒收购站拿到额外的钱，康红突然那么有钱，而且注册了宏业房地产开发公司，这真让他纳闷，他命令小楚好好把账再复查一遍，看看有没有问题。他一定要弄清康红的钱从何而来，康红到底弄走了多少钱，这些问题他都得考虑，"康红不是一个简单的女人。"他在心里反复地用了这样一句话来比喻康红，他怎么也想不通，康红到底怎么弄到的钱。

"我一个老江湖，居然玩不过一个小江湖，这个小妮子这么厉害，一出道就这么厉害，他日后前途一定不可估量。"武登科在心里捉摸着，他不是一个愚蠢的人，他在考虑这件事情的得失，康红虽然是他的小姨子，可是没有十拿九稳的证据，他凭什么告康红呢？而且康红的表现又那么突出，真若惹翻了康红，这小姨子就会变成劲敌，他哀叹了一声，心里即使很不服也没有用。

小楚和厂子里的会计加班加点的合对了账目，并没有找出任何破绽，武登科大惑不解，他知道康红有能耐，但能耐绝不至于大到出乎他预料的地步，他不可能在他的身边操作这么大的生意，即使有这种可能，也绝不会有这个胆量，他坚信康红玩了手段，只能是羊绒收购站，小楚不会出问题，那问题出在哪呢？他日思夜想，始终也得不出一个结论，从羊绒收购开始，有好几个月我和康红都没有离开收购站，而且他还仔细地询问了小楚，康主任这些可能和康红联手的人也从未到过，他想到了章子出了问题，可是又想不出是如何出了问题，他让小楚把所有的发票都带给了他，他一个一个仔细研究了发票，但是他很失望，他在章子上怎么也找不到丝毫的破绽，可是他并不死心，最后他把这些发票交到了技术部门，从笔迹到章子全做了鉴定，结果仍然是无功而返，他不曾失望，却也开始动摇，康红没有作弊，她真的有那么大的本事，在他的眼皮底下做那么大的生意，他不相信，他无论如何也不相信，可是康红的钱从何而来，必定是一个谜。

"武登科到底要做什么？"红红一进门便焦躁地对我说，我以为又是因为注册公司的事儿。

"别理他，能干则干，不能干干我们自己的。"又不是没干的，有什么顾虑，给他打工，为他创造财富，还不如自己干。

"你以为我还能干吗？武登科怀疑我们，他不敢再信任我们，这很正常，他不用我也可以，可是他也不该这样做。"红红显然很生气。

"他对你怎么了？"我微微颤抖了一下。

"他想对我怎么样，他凭什么，他说我的钱来路不正就是来路不正了，他怀疑我们，得拿出真凭实据，他这个人办事儿就有这么一点缺陷，往往不利索，他不明说解雇咱们，却把小张弄回了原料科做了我的下属，这不是明摆着和我过不去吗？我讨厌小张，甚至是恨他，武登科心里很清楚，可是他偏偏把小张派给了我，其用意很明显，今年的羊绒大战即将开始，武登科想在此刻撤换我们，或许干脆不用，但又不好意思，他还给我们留了一点面子，事情并没有做得很绝。"康红。

"那怎么办？"

"怎么办？很简单，我已经递了辞职报告，包括你在内，从明天起我们将不再为武登科打工了，为我们自己干。"康红。

"为我们自己干。"我从橱柜中拿出了一瓶香槟，想和红红碰一杯，表示对我们新起点的祝贺。

红红搓了一下手，表示自己不喝，她的心情不好，郁闷、烦躁、沉重，可是这种结果是必然的，除非我们默默无闻地为武登科打工，可是这种可能性我可能能接受，让康红也能接受了，那绝不可能，既然是不可能的现实，又何必顾虑他的得失呢？让武登科发现了这个事实也不一定就是坏事儿，至少红红可以痛下决心去经营我们的公司。

不知听谁说了小张在武登科的公司上班。康夫人立即带着康玲和小孩来问红红，康夫人迫切想知道这是否是真的。

"小张的腿好了吗？"康夫人

"不好他能上班吗？"红红并不欢迎她的母亲和康玲的到来。

"武登科总算办了一件好事儿。"康夫人一门心思盼着小张和康玲复婚，至于康红为什么不去上班她好像不大关心，也没有在意，也只有到了今天，我们才知道，去年康主任为什么遭康夫人和武登科联合制裁，原来是康主任又揍了小张，而且打折了一条小腿。

"武登科已经为二姐想好了，他会帮助你们的。"康红淡淡的口气。

康玲一言不发，她哄着她的孩子，试图引起康红的注意，却收效甚微，我又不会戏小孩，每人给他们倒了一杯水。

"你见了小张，告诉他，就说我说了，让他来看我。"康夫人理直气壮的口吻让康红传话。

"康红已经不去上班了。"

"不去上班，也能去说一声，怎么我连你们也指不动了？"康夫人对我表示了极大的不满。

康红把头撇了一下，冲康玲笑了一面，"二姐真的想和小张复婚？"

康玲故作思考、难为，然后点了一下头，"我愿意。"这就没有办法了，既然康玲愿意，别人也无法干涉，红红自然不能再反对。

"有机会我会告诉小张的，希望他可以体谅你的宽容和苦心。"红红。

康玲依然在戏她的孩子。

"这人呀，他会变，有的人由坏变好了，有的人由好变坏了，武登科就变好了，钱也有了，亲情也重要了，他知道怎么为老人着想，怎么安慰老人，怎么样才可以帮助亲情，不像有的人。"康夫人瞥了康红一眼，表示了自己的不满。

"康红最近心情不好。"

"她有什么心情不好的，要钱有钱，要家有家，听说还置了几万亩地，成立了大公司，要风有风，要雨有雨，她缺什么。"看来武登科已经就这个问题和康夫人谈了，显然康夫人也知道我们已经不在武登科的公司上班了，她并不同情康红，这一点是很明确的，武登科不知用了什么魔法，让原本讨厌他的康夫人改变了对他的看法，似乎还怂恿了康夫人，或者是离间了我们，使康夫人对我们产生了反感，也许不仅仅是因为武登科，红红或者我本身也有不妥当的地方，康夫人对过去故意的难为我们，从来也没有歉意，也许他并不知道康主任带回了大笔的资金，她同情康玲，帮助康玲，确实无可非议，但他对我们表现出的不满，却是很明显的。

康夫人和康玲走了，他们淡漠的神态让人很不舒服，康红没有心情招呼她们，她们既然想介意就由他们去吧，康红从心理上并不想离开武登科的公司，她对自己的能力常常发生怀疑，她希望自己可以在锻炼两年，她有时候觉得自己有些急功近利，对母亲的不理解她表示了自己的无奈。

连日来康红一直表现得很萎靡，她对自己所作所为并不后悔，她有时候会很苦恼，要知道站在她的立场上，她并不觉得自己有什么不对，甚至被自己的父母利用，她都毫无怨言，不错，她是有些太贪心了，她并没有完全按照康主任的意图，把钱如数上缴，这似乎根本不可能。

武登科忽然间改变了态度，对康英也表示了极大的热情，对康夫人更是笼络有加，竭力赞成康夫人的主张，拥护并且帮助康玲和小张复婚，他心中有一种假设，他怎么也搞不清楚红红的钱从何而来，他一次又一次地想到了康主任夫妇，但他又不能肯定，如果是康主任和红红联了手，钱是怎么被挪出去的，他不止一次地让小楚复账，对出账更是百倍的仔细，居然发现不了一点破绽，账是平的，出货也说明了这一点，既然康红在收购站没做手脚，那他会从哪下手呢？他坚信康主任参与了此事，他不甘心，他一定要破解这个谜，否则他寝食不安。

对于康红的离职，完全在武登科的意料之中，他拿不出足够有利的证据，证明康红的贪婪，但他相信，康红不是一个简单的小人物，留在自己的身边，迟早也是一个祸端，他也肯定康红的钱是贪污他的，而他居然找不到一点破绽，他甚至开始怀疑自己，康红的能力在他之上，把他玩了，他居然不知道，现在是明明知道康红玩了他，却又无法得知是怎么玩了他，他不服气，被一个小女人耍了，他这个老江湖心中很难受，气愤让他做了一个违心的甚至是有些卑微的行为，他要打发走康红和我，但他又不直接说，他利用了康红的个性，把一个令康红极其厌恶的小张弄到了她的身边，让这种不言而喻的刺激逼走康红，而且还让我们无法怨怪他，而他却又在此大做文章，利用小张，引证康红的辞职，让康夫人都对康红产生了不满和意见。

由此可见康夫人的行为多少上含有几分故意，她不满康红辞职，是因为康红不满小张，她认为康玲所以和小张走到今天这种地步，尤其是康玲变得痴痴呆呆，和康红有直接的关系，康夫人一门心思希望康玲和小张复婚，他认为康红的行为和她背道而驰，能不对我们产生怨恨吗？其实质问题又岂是她可以想象到的，康红又如何向她解释呢？武登科其人又何必呢。他在背后的小动作，无疑让我们越来越孤独，他在报复我们，他要做的第一件事儿就是孤立我们，让我们背上沉重的思想负担，这才是他的真正目的。弄清康红发家的原委，这是他最好奇最神秘的头等大事儿。

武登科无疑是得到了一些目的，康夫人厌恶我们，康玲也不愿搭理我们，甚至目光中充满了敌意，康主任甚至对我们也有些不服气，他虽然没有表现出来，但从康夫人的言语上就不难看出来，康主任无意制止康夫人，这让红红很难接受，我就另当别论了，对这种鄙视我早已习惯了，也懒得理他们。

康明回来了，可是他并没有来看我们，康红很不服气，可是又有什么办法，明明知道康明就在武登科公司和康玲之间游荡，就是不见他来我们家。

康红故意地跑去了康玲家，康明见到红红表示了自己的友好，老远就热情地迎了上去，让到家之后，康玲很冷漠，她给康明倒了一杯水，然后便坐过了一边，康明很乖巧地把水递向了康红，康红笑了一面没有接，这本来就不是倒给她的，康明把水放在了茶几上，便从康红身边离开了。

"三姐，我要走了，姐夫叫我有事儿，刚才正准备走，看到了你，三姐是不是瘦了。"康明从康玲手中接过遮阳伞。"听说你不给姐夫干了，为什么，就因为二姐夫？"

康红无奈地盯着康明，康母从里间出来推了一把儿子，"这不赶快走，这么多的嘴。"

"我就是不明白，二姐都成这样了，再说小张是和二姐过，你何必那么计较。"康明。

"你认为有这个必要吗？"康红愤怒了。

"咦，他们都说你在反对，而且因为这个不给姐夫干了，姐夫待你不错，你利用了他的公司，给自己挣了那么多，也该知足了。"这是什么话。

"你知道什么，我……"康红立起身，暴躁地狠狠踢了一脚沙发，愤怒地离去了。

"莫名其妙。"康明望着康红的神态有些不解。

"犯神经，她以为她能阻止得了，她以为我们会听她的话，她以为她是洁白无瑕的，也不嫌累。"康夫人就是如此教唆儿子，康玲对康红产生了更大的不满。

"三姐的变化太大了，变的我都不敢认了，他有几个钱，和姐夫比她差远了。"康明。

"你看看她，你姐夫，是自家人，你看她的心有多狠，少拿点也就算了，能拿那么多，也太狠了。"康夫人。

"姐夫的钱，三姐怎么能拿上，难道没账吗？"康明。

"有，顶什么用，难道你姐夫和她打闹去吗？"康夫人。

"数目太大了。"康明，"也是姐夫仁慈，有亲情的那种顾虑，还是姐夫伟大。"

"就这样对她，她都不识好歹，说不干就不干了，以为自己特能耐，看从此之后她会多么狼狈，就知道今天的报应了。"康夫人口不择言，对康红充满了恶意的诅咒。

"三姐这个人也有能耐。"康明觉得母亲的话有些不中听，但他并不想反对，谁是谁的见解。

"你赶紧走吧，你姐夫事多，想学车就得抓紧时间。"康夫人。

"姐夫的车真舒服，我快学会了，你们知道我的师傅是谁吗？"康明。

"小刘。"康夫人。

"不是。"康明。

"小王。"康夫人。

"不是。"康明。

"那会是谁呢？你姐夫只有这两个小车司机，除了他们，只有他本人了，不过，他没有时间教你。"康夫人。

"你们知不知道，我二姐夫也学会了开小车，而且车技不错，现在就是他在教我。"康明很自豪。

康玲一言不发，似乎在傻笑。

"你二姐夫什么时候学会了开小车？"康夫人。

"时间也不长，也是用姐夫的车学的，小刘教的他。"康明。

"你二姐夫这个人还算聪明，竟然赢得你姐夫的好感，也难得有人惦记着他。"康夫人。

"我让他过几天回来看看你们？"康明。

"行，让他过来吧，告诉他他的儿子很漂亮。"康夫人。

"现在二姐夫和姐夫学的，无论从说话上，行为上，甚至是气质上都发生了变化，真不敢想象，一个人对一个人的影响会这么大。"康明。

"你姐夫真是了不起。"康夫人发自内心的赞叹让她神情双悦。

"我姐夫就是了不起，他在这么短的时间内支撑起了这么庞大的摊子，真是了不起，简直就是伟大，亿万富翁，听起来真的不敢想象一个人会有那么多的钱。"康明。

"你大姐真是好命，再也不用守那些果园了，整天听着机器的隆隆声，夹杂着工人的碎语声，真是开心极了。"康夫人。

"我大姐一看就是那种有福的人，高雅、大方、温柔、贤惠，处事得体，待人友善，这样的人没福谁有呢？"康明。

"你好好向你姐夫学吧，将来也给我们整出一点成绩来。"康夫人。

"不行，这个学不来，我天生就不是那块料，跟着姐夫，混个好日子，图个逍遥便了。"康明倒是颇有自知之明。

"没出息。"康夫人和悦地笑着。

"对了，我姐夫说了，这几天他要带我们出去玩。"康明。

"到哪？"康夫人。

"具体地址不知道。"康明。

"他让谁去？"康夫人。

"他没说，反正让你们准备一下，刚才我忘了告诉三姐一声。"康明。

康夫人脸色略沉，没有吱声。

"要不我拐个弯过去和三姐他们说一声？"康明。

"算了，看她那个狗脾气，真还让人无法接受。"康夫人。

"三姐也不知道是怎么搞的，全是自家人，怎么能做出那样的事来，真是不明白。"康明。

康母没有接应，撇过头去看了一眼康玲，"去吧，早点动员你二姐夫回来。"然后康夫人哀叹了一声。

第四十二章　康红的行为让武登科始料不及

武登科带着康英、康玲母子、康主任夫妇，以及小张和康明去外地旅游了，这种做法，是武登科故意设计的，他把我和红红排斥在外，用一个又一个的讯号传递着他对我们的轻视，报复和孤立，他在暗示我们一点东西，他有这个能力，让我们众叛亲离，敢在他武登科的眼里揉沙子，他绝不会宽恕，这种信号来得太过明显、露骨，而康家的人全可以接受，他们丝毫也不认为这有什么不对，我和康红被武登科离弃了是太正常不过的事情了。

康红听到了这个消息之后，心里似乎有些别扭，他不停地出门，自行车换成了摩托车，摩托车又换成了小轿车，我们的地片中便多了几辆推土机，原计划要用几年的时间开发的土地，还不到一年便全部规划出来了，这年的秋天我们和邻近的村社订购了大量的树苗，公司的办公楼也起了，不过不是挨着武登科建的，红红说犯不着和他较劲，几年之后再见分晓。

原计划全部被打乱了，一个宏大的工程摆在了我们面前，摆在了所有审视我们的人面前，原本是一个模糊的工程，一个稀里糊涂的构想，现在却发生了本质的改变，一切都有了预定的规则，一切都在有条不紊地进行着，我负责工程队，沿西去的公路开始建筑房屋，红红在公办楼里设立了一个部门，专门负责销售，公司开始具有了规模，人员迅速开始增加，近三万亩的土地颤颤巍巍地动摇了起来，一个宏伟的假设变成了一个伟大的现实，宏业公司终于挂了牌子，挂牌的这一天，红红请了县委好多部门的领导，隆重热闹的场面绝不亚于武登科的羊绒公司开业。

"我们的摊子是不是铺得太大了，这样下去我们支撑不了多久，财务已经通知了我，账上只有五十多万元，现在是进的少出的多，实际困难太多，让我头疼死了。"公司真正挂牌没有多久，红红便感到有点吃力，她瘫软地靠在了沙发上，絮絮叨叨地和我说着。

"工程队的工人快回家了，也要好大一批工资。"我告诉红红，"建筑队的工人工资可拖欠不得，他们干了一年活儿，到了年底才能拿到工资，老婆孩子都盼着这笔钱过年呢。"

"总共盖了多少栋房子？"红红揉了一下额头。

"一百二十套平房，二百多套起脊房，全部是毛房，没有装修。"

"没少建，平房一套均卖二万元是二百四十万，起脊房一套均价两万五千元，大约是五百万，售房部实际售出不到五十套，建筑队可能要停工了，再盖下去，我们就真的支持不住了。"红红。

"我们是不是可以申请贷款？"

"这点我不是没考虑过，只是现在我们没有更好的项目，盲目贷款，恐怕连利率也挣不回来。"红红说的也有道理。

"干脆工程停建算了，反正也有房子出售，卖完了再盖也不迟。"

"嗯，你回去算一下工人的工资需要多少钱，算好了给财务打个电话，尽快把工程停下来。"红红。

几天之后，我的工程队便下马了，大批的建筑工人提前解散了，只留了十几个工人继续在维修漏洞，或者装门窗，或者安装电路，做这些必须要做的营生。

"我不知道我们还能支持多久。"

"怕什么，我们还在不断地售房，不断地有钱进来，再说我们的土地也在不断地增值，整个开发出来了，如果把他改造成良田，地价马上就成倍的上涨，我们不干别的就追上了武登科。"

"追上武登科恐怕没那么容易，他今年囤积了大量的羊绒，准备深加工。"红红居然知道武登科的动向。

"两年了，两年时间一晃就过去了，想不到两年之后，我们的公司壮大了，而我们却要陷入困境。"

"两年中我们做了好多工作，我们一天也没有闲下来。"红红。

"累了吧。"

"怎么能不累呢，两年了没有好好睡上一觉，做梦都在工作，现在终于理顺了，却又遇上了困难。"红红。

"这点困难算什么，铺了这么大的摊子，我们没一分外债，真不容易，搁现在买这些土地，我们可买不起。"

"土地增值了，地里的树苗也增值了，我们又建了这么多的房，这到处都是效益，我们应该乐观，我们有什么困难。"红红。

"让他武登科瞧瞧，我们的红红终于成功了。"

"别太乐观了，真正成功的是武登科，他一喘匀了气便在城东边购了一片碱滩，大约也有万多亩，他不但有这片土地，而且利用资金的优势，在不同的地方，或者说城里的旺段，分批买进了好多旧房，这种潜在的效益也不容忽视，我们还是不能和武登科比，相反他却在和我们比，他要在各个方面超过我们，而我们却做不到。"红红知道的很多，而我却一直埋头苦干，从来也不知道这些东西，只知道武登科死守着羊绒公司，想不到他的摊子也越铺越大，由公司变成了登科集团，下设了好几个子公司，武登科自己认了董事长，兼总经理，康明，小张包括康英在内，都在公司做了高级领导。

"难怪这两年他们顾不上和我们周旋了。"

"你是一个善人，不懂这些，他们从来就没忘和咱们掉蛋，武登科的眼睛从来没放过咱们，甚至我们聘用的员工中就有他的人，他是不会忘记我们的。"红红。

"不至于吧，他注意我们有什么油水，我们又不犯他。"

"他看我们有什么行动，看看有什么破绽，好找一个下手的机会。"红红。

"武登科有这么阴险？"我不相信。

"岂止是阴险，简直就是毒辣，他牢牢控制着康家每个人的灵魂，目的是为什么，他不过就是想看咱们的笑话，等待你我倒霉，他所做的一切居然很成功，我们搬到这里，我们流血流汗从来也没有人同情，怜悯你，更别说帮助你了。"

"他们都信武登科的，认为我们做得太过分了。"

"钱的事谁也说不清，爸不可能对他们说。"康主任是我们唯一可以信任的人。然后她又说："难道我们真的不过分吗？那确实是武登科的成绩，被我们窃取了，我们坐享其成，才会有今天巨额的回报，我们不应该仇恨他们，相反我们应该感谢武登科，更得感谢策划那事的我爸，没有他们就绝不会有我们的今天。"

我疑惑地望着红红，她今天是怎么了，忽然间话多了起来，而且谈到了我们的孤独，对这个问题她有些怨恨武登科，但她的心里又很矛盾，她从来也没这样认识过，这样做，原本是无可厚非的，在她的潜意识里，她没觉得自己有错，而今天她居然说错在我们，而不在他们，武登科怨恨她也是情有可原。

"人，其实最怕有贪心，贪心让人与人之间的关系不和睦，不融洽，甚至变成了仇人，原本却是很亲的人。以前也许是太忙了，节奏太快，让我们无法有时间来考虑这个问题，现在不知道为什么，我心里忽然多了很多感慨，这种感慨让我很惭愧，我忽然间内心有些惶恐，不安，也许我真的是不对，我们辜负了武登科的信任，这种动感的强烈的召唤，让我时时提醒自己，不去信任别人，甚至包括任何人。"看来红红这个任何人也包括我在内，我和她是最亲近的人，这一点我体会得尤为深刻，我虽然也在管事儿，但财务方面，红红却从来也不让我插手，当然我也用不着操心，凡事都是红红去想，我去做，难得她今天有这种感触，我的内心也为之一震，激动，我真的很激动，红红居然能这样想，但愿日后她会有所改变，亲情还是亲情，夫妻也像夫妻。

"你在改变自己。"

红红望着我，淡淡笑了一面，她似乎已经养成了一种姿态，高高在上，即使笑也很保守，不肯笑得太过了，她把舒展在办公桌上的双手臂收拢了一下，让自己的身体在椅子上直立了几许，目光中含了几分柔和的不满，嘴角略略搐动了一下，"这种做法可能吗？"看来红红并不是诚心的，她也许常常想这些问题，有这种感触而让她真的去改变自己，可能性未必很大。

"也许改变一下姿态，会舒服一些。"我坐在一边的沙发上，几次想掏出烟卷来，却下不了决心。

"改变一下姿态？别人也未必会对你好，这样的心态，最好还是保留在心中，千万别表露出来，你高高在上，看起来是你拒绝了任何人，他们会厌恶你，甚至骂你，是一种自己找不自在的活法；如果你低三下四，或者对每一个人表现得很热情，他们却要表现他们的优越，鄙视你，甚至会溪落你，让你难堪，与其如此不自在，还不如自己找不自在，也让别人不自在。"这是一种什么逻辑，简直是糊涂逻辑，我一点都没听明白。

"低下你高贵的头，也许别人会走近你。"

"走近你的人是觉得你高高在上，他们仰望你，希望你给他们一种机会，他们走近了你觉得自己很荣幸，说你如何如何，却对他另眼相看。瞧不起你的富有，他们更加鄙视你的高傲，你低下了头，他们会到处炫耀你如何如何不识好歹，"我真的是无话可说，她居然有这样的一番歪理。

"一个人没有亲人，也没有朋友，感觉一点也不好。"

"太累了，一个人既要去发展事业，又要去顾虑那些让人不开心的东西，实在太难了，没有亲人有朋友也好，连朋友也没有，我一定做人很失败了，可是我不这样认为，商场上没有永远的朋友，只有永远的利益，在利益和被利用面前，等待别人怜悯你，那太可怜了，我去怜悯别人，我去命令部下，随心所欲，其乐也融融，一个人也许和另一个人的感觉不一样，就像你，总希望别人对你好，你也会对别人好，而我不这样想，我总在希望超越别人，让别人佩服我，他们崇拜我，对我同样也表现了友谊。"红红这么复杂的心里，字里行间充满了一种晦涩的思维，我听得并不是很明白，有时候她的思维也很混乱，我只是这样觉得。

"优柔寡断是你这个人最大的缺陷，总怀着一种歉疚的心理，总想做一个救世主，表现你的仁慈、豁达、坦荡的君子风范，以为这样做你会获得更多的亲情和坦然，那你真是大错特错了，没有人无缘无故的怜悯我的无能，没有人看到一个平庸的人当他做宠物，只有傻子才会顾虑别人在想什么，只有精神病人才会在意别人怎么诱导他发病。"红红的口气表示了她内心对我的不满。

我无奈地笑了。"我为我们担心。"这句话一出口，我就意识到了它的错误本质在于我自身，作为一个男人，表现得如此懦弱，而且又常常的有意无意地表现出来，丝毫也不能给红红以勇气和自信，支持，总让她心烦、心碎，真是不应该。

红红收拾了一下办公室的桌面，望了一下面前的电话，我的存在似乎已经让她不耐烦，她这样四顾彷徨的小动作，我早已经习惯了。

"我告诉你,康明已经有了女朋友,他很快就要结婚了。"红红的情绪终于稳定了下来。

"二十一，也太早了一点。"

"早，那是你说的，康明可不这样认为。"康红。

"找了一个干什么的？"

"一朵鲜花插在牛粪上。"红红忍俊不禁地笑了，我不知道她说的鲜花和牛粪各代表了什么。

"康明找的对象你见过？"

"岂止是见过，康明一看上的时候便给我打了一个电话，让我给他参谋参谋。"红红。

"那你为什么不早点告诉我？"

"我们都不是很忙吗，过了那阵我就忘了，我见过那女的，真漂亮，而且学历很高，天津财经学院的毕业生，居然被康明哄的天昏地暗。"红红又忍俊不禁地笑了，现在我听明白了，红红所指的牛粪和鲜花是怎么回事儿了。

"天津财经学院的毕业生，会看上康明？"说成什么我也不相信，康明除了一副高大的骨架之外，就是一张漂亮的脸蛋，千万不能忽略了，他还有一张会讨人喜欢的嘴，到底是哪一点让他走了桃花运，我想一定不是他那贫乏的大脑和庸俗的言行。

"你不相信？连我也不相信。"红红。

"看上了他什么？"

"我问过了，你知道瑞平怎么说？"看来康明的女朋友叫瑞平，听红红熟悉的口吻，她一定没少见过。

"康明长得帅。"

"这只是其一。"难道还会有其二。

"康明吹了他很有钱？"

"难道康明没有钱吗？"这一点也不能否定，康主任的钱就是康明的，这一点谁也否定不了。

"难道康明还有吸引人的地方？"

"你也太小瞧康明了，你知道他在武登科那里现在搞什么？"这我就不知道了。

"不知道。"

"他代替了我的位置，而且还负责对外，所以他才有机会认识瑞平。"红红。

"瑞平是干什么的？"

"银行信贷股的科长。"红红。

"这么年轻就做了信贷股的科长，她一定比康明大。"

"你还不算笨，她比康明大六岁。"红红又忍俊不禁地笑了。

"大六岁，这怎么可能，康明怎么会……"

"别看大他六岁，还没他康明挑的份儿。"红红。

"这个女人为什么不找一个年龄相当的同行，那不是很多吗？"

"可她偏偏看上了康明，你说怪不怪。"红红。

"问题是年龄大的太多了，如果男的大六岁还好说。"

"女的大六岁怎么了？康明追的可紧了。"红红。

"康明看上了她的美丽，还是她的学历，她的地位的特殊？"

"哪一样都很重要。"红红。

"这个女人找什么样的人找不到，偏偏看上了康明，不可思议。"

"康明怎么了，除了外表的帅之外，谈吐不比谁风趣，举止大方，行为得体，那个女的看不上才怪哩。"红红。

"那你干吗说，鲜花插在了牛粪上。"

"我真是不明白，二十七岁了，应该说要成熟的多，怎么这么幼稚，被康明一个小后生追到了手，不可思议。"红红也觉得不可能，可这必定成了事实。

"一个女人如果不是有特殊的才能，做到一个银行信贷股的股长，谈何容易，怎么可能轻信了康明，而且给了他这样的机会。"

"一定是康明突出的表现，让李瑞平动心了。"红红。

"只有这种可能，再加上李瑞平特殊的身份，武登科一定大力支持，煽动，所以促成了康明这样做的决心。"

"我也投了赞成票。"红红。

"那很正常。"

"你怎么这样说？"红红。

"你心里不是一直在盘算如何发展吗？发展就需要钱，需要钱就需要银行的支持，有了李瑞平这样的弟媳，你的构思便画上了一个问号，什么时候开始行动？"

"你终归是很了解我的。"红红笑了，她变了一个体位，让一边的身体倒伏在了办公桌上。

"可是你们也不能为了自己的利益，盲目促成这件事儿。"

康红眨着长长的睫毛，若有所思地望着我，这让我更加确信了自己的猜想，李端平不仅仅是年龄比康明大。

"他们还没有订婚？"

"结婚之前的繁文缛节全勉了。"红红。

"定在了什么日子？"

"国庆。"红红。

"还有一段日子，他们给康明准备了什么？"

"一套房子，豪华装修，各种电器一应俱全，听康明说爸还答应给李端平三十万元人民币。"红红。

"攀了这么个高枝，你爸做梦也想不到，让他再花几十万，他也乐意，武登科有什么表示？"我更关心武登科的行动。

"不知道。"红红。

"武登科不可能没有行动。"我是这样认为的，他是一个极其精明的人，他不会误过任何一次机会，更不会怠慢了一个可以利用的重量级的人物，他一定在捉摸，如何更好地利用李端平。

"武登科有更多的来钱渠道。"言下之意，似乎在说李瑞平不一定有很重的分量，对武登科而言，他所需要的资金，远远不是李瑞平可以办到的。

"那你怎么认为？"

"我正在想，我们该有什么样的表示。"我知道红红一定已经想了这个问题，只是不尽完美，所以她还在考虑。原来我以为康红和康明他们平素也不大来往，我很久没见过康明了，以为红红也是这样，看起来他们还是有联系的，只是和我联系的时候少，或者说没有。

"康明结婚，真让人不可思议。"也许不可思议的是我，我从来就觉得他只是一个孩子，一个没脱稚气的被宠坏的大孩子，而武登科却委以重任，而且还有了女朋友。

"不可思议。"康红。

"现在虽然看不出年龄上的差距，但若干年就会有截然不同的表现，你应该提醒一下康明。"

"我说了，你猜他怎么样？"康红。

"不知道。"

"他说了，这些他知道，可是他顾不了那么多，他就是喜欢李瑞平，李瑞平也喜欢他，这就足够了。"康红。

"以后他们会后悔的。"

"干吗要后悔，即使以后离了婚，现在也不后悔。"红红一拧上劲，就让我感到很别扭。

"我想李瑞平一定有毛病。"我还是想不通。

"你才有毛病，看你像神经过敏的样子，康明找了李瑞平，你心里有什么不平衡的，好像康明是弱者，本应该找一个老实巴交的农村姑娘，居然找了这么扛硬的李瑞平，便总猜想人家有毛病，好像除了毛病，便不配康明。"红红发怒了，她总是这个样子，耐心极其有限，她说得一点也不错，我真的不明白，李瑞平这么好的条件，怎么就看上了康明，康明有什么好的。

红红把手中捏的油笔扔在了桌面上，不满地扭过了身体，我无奈地笑了，我找不到更好的话题，只好闭上了嘴。

工程队解散了，我不单单是形体上得到了一种完全的解脱，思维的空间也忽然轻松了起来，我失去了一个支撑点，这种感觉看上去好了几天，我可以自由自在地看我的每一套房子，可以逍遥自在地走在大街上，甚至可以任意地选择食堂，美美地吃上一顿，也可以喝我想喝的烈性酒，也可以选择葡萄酒，饮料，这种无拘无束，自自在在的活法，仿佛神仙一般。

红红每天起得很早，她往往赶在员工到来之前便坐到了办公室，红红尚且如此，我就更不能故意地耽搁工夫，以前领工的时候是哪样，现在同样不例外，红红并没有让我早起的意图，她知道我的工程队解散了，她也想让我睡一个好觉，要是她一起，我就怎么也睡不踏实，她走的时候还为我专门掖一下被子，然后便走了。

红红轻轻合上门，我知道等待她的事儿很多，可能她已经习惯了我管工程队，她领导整个公司，有什么业务，当务之急该干什么，我都不知道，红红不想再给我工作，也许是想让我调理一段时间，而我也不想这么快就有别的工作，我和红红在工作上，有着截然不同的热情，她是孜孜不倦地忘我的工作，而我却处处表现得很迟钝，或者很懒散，我容易满足，而且知足常乐，红红却永远也不知足，所以红红有使不完的热情，永远也不衰减的精力，和永不止息的焦虑。

我清理了牙齿的积垢之后，迅速漂洗了五官，整理好了发型之后，我忽然犹豫了，红红起这么早有她的工作，而我起这么早去干什么呢？我很少记得我们搬到公司之后有过共进早餐的记录，也忽略了退还武登科的住房之后我们有过的安逸和享受，那个时候我们完全沉浸在一种幻觉中，以为未来就在眼前，憧憬已经变成了现实，我们已经步入了辉煌的时代，一个令更多的人倾慕的时候，已经提前来到了我们的身边。然而，这种平淡宁静的生活似乎很渺茫，很遥远，转瞬即逝，留在我们记忆中的印象，极其的模糊，我似乎在陶醉中，我似乎在渴望中，我似乎还在自我满足中，红红已经开始构想更宏大的规划，这种自身的调节，给她的身心带来了极其沉重的负担，她的脑子运转了起来，她整个人便投入到了繁忙和疲累中，丝毫也不去偷闲，她也许很少想到我，但她不能不去想她的工作，她面临的问题，她要对付的人。

有时候我会想得开，有的时候我会心情很不好，有的时候我很自责，我不得不承认自己在红红面前，确确实实表现得很无能，我想帮助红红，可是必须得按照红红吩咐的去做，一旦失去了红红的调度，我马上就会成为无头的苍蝇，找不到落脚的地方，想不开也没有办法。

父母已经有好多次问起了我，红红为什么还没有身孕，可是让我怎么说呢，我也不知道是为什么，我们，据我所知，我和红红从来也没有避孕的行为，可就是怀不上，红红显得无所谓，久而久之我也就习惯了，如果不是我的父母问起，我很少想到这个问题，也许红红并不想再怀孕，她对过去的恐惧，唯恐再蹈覆辙，她也许也不怎么喜欢孩子，她很少去逗康玲的孩子，甚至不想去抱一下，对别人的孩子更是很冷漠，也许因为公司的缘故，她压根就不想现在要孩子。我和红红曾多次地探讨了这个问题，希望她去咨询一下，是不是身体有了障碍，或者心理上出现了问题，我怀疑二者皆有，红红从来没有在这个问题上拂过我的面子，她会很认真地听取我的意见，也会很爽快地答应我，虽然我知道她并没有去找过医生，但我的心里也不难受，红红太忙了，她一个人要顶几个人使用，而我又帮不了什么忙，心里焦急，但也没用。

几天轻松的日子过去之后，便觉得很无聊，闲着并不好受，没有那么多工人让我去调度，没有那么多原料让我分配，没有人向我汇报，没有人喊我苏经理，感到浑身不自在，空虚得让人忐忑不安，那种闲暇的逛荡只心红了几天便失去了兴致，强烈的想参加工作。

第四十三章　康明要结婚了

自从小张和康玲复婚之后，康母便回到了农村，而且再也不愿意回到城里，康红不主张她的父母住到农村，康明却不想让康主任丢了供销社那点最后的财产，康主任也还想在主任的位置上再自在几年，康红的主张被搁浅了，好像他们也和我们更疏远了，康母讨厌康红的臭脾气，从心眼里不喜欢她，自然对我也好不到哪。背后又多了武登科的挑唆，小张他们的不满，我们的形象一时之间糟透了，康母说我们不孝顺，武登科说我们无情无义，小张更是有过之而无不及，对我们的冷漠，让我们时时刻刻都能感受到亲情的罪恶。

偶尔康明会居中说上我们两句，但字里行间却透着对我们的不满和对武登科的偏袒，每逢此刻红红都是耐着性子听上两句，心里憋着气，表面上又得强装欢颜，她想再大度一些，可是她做不到这一点。我们两个人在康家所有人面前都是多余的，这一点无疑早已得到证实，我们不见他们，不和他们在一起，有一种自信和勇气，假如和他们走到一块的时候，却只有孤独和压抑。

康明结婚的日子日渐来临，康红迟迟拿不定主意，她想送李瑞平一件礼物，甚至已经想好了要买一块金表，这个意思被康明知道了，想不到他却坚决反对，这让康红很不解，康明的意思很明确，给李瑞平个人置的东西已经太多了，金表可有可无，他让康红直接把买金表的钱给了他们就行了，他只想要钱，东西会贬值，而钱不会。康明的这种做法，康红一直想不通，她反复地琢磨了这件事情，可还是想不通，康明有好几次在电话中和康红进行了探讨，就为了一块表，还是一块表的钱让康红定夺，康红自然是同意了康明的提议，把买表的钱交给了康明。

把买表的钱交给康明之后，康红便有些后悔，她说她自己愚钝了，有粉不往脸上搽，有谁会相信她给了康明一万多，难道因为一万多，她去向别人说吗，说她帮了康明一万多，这总不可能吧，可是如果不说，别人又会怎么想她呢，对我们又是什么看法，康红那么大的摊子，弟弟结婚居然连点表示都没有。

武登科给康红挂了一个电话，这是从来也不曾有过的事情，在电话里武登科和康红说了几句话，然后便挂断了，更是让康红有气没处撒。

我因此提议再给李瑞平买一件礼物，一万多对我们也不是难事儿，可是康红不同意，她说的也有道理，不是一万多的问题，而是我们确确实实面临着经济危机，房子一套也卖不出去，年底了将要发出一大笔工资，现在的一万多也顶大用，我想也是，可是……

"早知如此，我们就不应该给康明那一万多。"我想康红是受了武登科的刺激，武登科一定又翻出了新花样，来故意和康红捣蛋，他一天也没放下对康红的疑虑，总在设法提醒康红，他什么时候都要做出领导者的姿态，告诉康红他在怎么办事儿，你康红又在怎么办事儿，他想轻而易举就比下康红，或者嘲笑康红，让康红坐卧不得安宁，所以我猜想康红一定改变了主意，如果不给那一万多，康红还会买一块金表送给李瑞平吗？

"你改变了主意？"我想是这样，否则康红不会有这样的想法。

"钱留着有用，至少他可以让我们打发走四个工人。"红红是就钱论事，可是钱已经送出去了，还有什么可后悔的，再说拿什么表示不用钱呢？总不能说一句话就顶用吧，那岂不是成了笑话。

"算了，给就给了。"

"康明要钱没用，他拿钱去打水漂，连个影都没见，我真是糊涂了，竟然上了康明的当，这个康明这两年也不知道学好学坏了，从这件事儿上看，康明未必会学好，武登科重用他，未必是真的，也许就是一个幌子。"康红怎么会有这样的想法。

"红红你告诉我，武登科和你说了什么？他要给李瑞平什么礼物？"我就不明白，武登科不过就是来了一个电话，能说什么，可以这么触动红红。

红红一言不发，她默默盯着手中的一支笔，专注地让它在她的手中旋转着，我知道她的心里很乱，她没法让自己的心态平静下来，她看上去很平静，内心却是极其的焦躁。我不知道自己可以干点什么，或者说一些可以会疏解红红压抑的话，但我做不到。

"康明把我给他的钱，一夜之间输得精光，甚至还可能欠了一些债。"这怎么可能，我简直不敢相信，这会是真的吗？

"是武登科告诉你的？"我想一定是武登科，他这是故意的，他要告诉红红，对康明，我们太不了解了，他不可能是一个忠诚、老实、坦诚的人，他在欺骗我们，而红红居然轻而易举就上了康明的当，康明输了，可是红红给了，红红给的不是礼物，而是援助康明做了赌资，难道把这些也告诉李瑞平吗？或者告诉那些亲友吗？武登科一向不屑用正眼瞧我们，也懒得理我们，他总想摆出一副高傲的姿态，来显示他的实力，或者讥讽的想占个上风，证明他一定在我们之上，或者还有一种心态对我们今天所拥有的一切，一直在想，他的财产怎么会到了我们手里。平素我们绝没有往来，可是今天却意外的打过了一个电话，就为了告诉我们，康明如何勇敢，如何果断，红红刚刚给了钱就上了赌桌，而且输得精光。

红红淡淡地苦笑了一面，我知道她有些不愉快，钱并不是很重要的，而让红红感到忧虑的是，康明居然敢赌这么大，而他居然占据着要位，明明武登科很鄙视他，甚至是故意地怂恿引导他走上了这么一条邪恶的路，而康明还在每日里对武登科感恩戴德，相信他的姐夫一切全为了他好，没有人再对他有这么好。

"武登科可谓用心良苦，他想说明什么呢？他干吗要告诉我这个，仅仅是说我的决策再次出现了失误吗？不可能，武登科这个人不简单，他不可能这么低劣，但他却告诉了我，他在暗示了一些东西，只不过我们想不到而已。"红红紧紧地锁着眉头。

"也许康明并没有输，是武登科故意的。"

"这不可能，武登科绝不是说这种谎话的人，他没有必要编造一种谎言来欺骗我们。"红红相信武登科不会骗她。

"打电话问问康明。"

"康明会告诉我吗？武登科不会欺骗我们，但康明会，他不加思索就会否定了这件事儿，你让我怎么开口呢？钱送给了康明就由康明做主了，我们干涉恐怕不好吧。"红红有些顾虑。

"你是他姐，你问他是为了关心他。"

"这也不好，康明会问我是听谁说的，我怎么回答，是武登科告诉我的，恐怕不妥，别人谁爱管他的闲事儿，他输得越多越好。"红红。

"难道就这么悄悄装下了？"我的意图只是想劝劝康明，该收手的时候了，赌博会害了他。

"以后我和李瑞平提提，也许康明听她的话，我们的话他未必会听，康明长大了，这两年他在外边办事儿，成熟了很多，有些问题用不着别人替他操心了，他自己心里会想这些问题，"红红，"只是让我感到意外的是。"红红又略作停顿，她似乎还想说些什么东西，却没有继续往下讲，她的脑海里一定又酝酿了一种新的想法，也许并不成熟，也许她并不想对我说，所以她不往下讲了。

老刘进来冲我点了一下头，把一张发票递给了红红，红红看了一眼，然后在上边签了一下字，老刘便走了。

"老刘这个人很负责任。"红红放下了笔，屁股在椅子上掉了一下方位，然后扭回头来告诉我，"就是有点太老实了。"

"现在有几个护林工人？"自家的事儿我也搞不清楚。

"不至于吧，你连自家的事儿也不知道，这就是你的不对了，我累死累活管理着这么大的摊子，你就不想着帮我分担点什么？"红红虽然表示了她的不满，但态度却很友好，淡淡地笑，我的心情要比刚才好了很多。在我们公司像老刘这样的人有很多，这都是红红的意思，白让他们种地，让他们植树造林，一举多得，既省的出工资，管理又省心，他们为了白种地，对造林非常的认真，护林更是异常的小心，小树在他们的呵护下，像三岁的小孩，充满了稚气，勃勃向上的生机，谁见了都喜欢它们。

"我还真不行。"在红红面前，我的坦诚往往会让她感到很满足，我承认不如她，这本来就是事实，女人喜欢比自己强的男人，这种心态无所谓不正常，可是现实生活中，原本就遵循了这样的自然法规，而我却偏偏不如红红，有时候我会很担忧，心里会莫名其妙地产生一种悲哀和不满，但是我不得不承认，我还真不行，虽然这两年我跟着红红，也得到了锻炼和长足的进步，但红红却表现得更强硬，更具魄力和风度，又岂是我能比的。

"也许是我没给你机会，工程队你不是一直带的很好吗？"红红。

我笑了，我知道红红是为了安慰我，工程队红红也不少操心，虽然工程队这块由我负责，很多的业务我已经很熟悉了，但我只能依样画葫芦，一切都得遵照红红的意图去办，我自己创造出来的东西很少，别看工程队那些人叫我苏总，以为我也是一个了不起的人物，其实我内心很明白，没有红红，就绝对支撑不了我的自信和勇气，红红才是我的主心骨。这不是一个男人的悲哀，相反他是我的荣幸，男人不一定非要超过女人。

"我们两个中间，无论是谁胜出，又有什么区别呢？"

红红晶莹的目光透着几分调皮的神色，呵呵呵地笑个不停，她对她自己现在的这个位置，应该说还算满意，她喜欢武断地做出决定，她喜欢用自己的意志去支配别人，因为她有这种能力和魄力，这不是任何人都具有的素质，我心目中的红红就有这个水准，我又有什么不服的呢？

"男人？"红红并不是很相信我的诚实，取代她我没有想过，也许想过，但我根本就不具备这个能力。

康明的婚礼康主任不同意在城里办，小镇上有他的家，也有他多年的同事、朋友，还有他的面子，他的儿女们一个个出落得这么有出息，这是他从来也不曾想过的，他甚至早已经忘记了对武登科的憎恶，他甚至有些庆幸，如果他的能力再强一些，如果他早几年追回了供销社的钱，也许就没有今天这种局面，现在怎么了，过去怎么了，这其中好像一切都是顺理成章，从来没有任何故事，顺顺当当的发展到今天，这其中少不了他康主任的功劳。

武登科提前三天就派去了一部三菱车，这部车是他刚刚接回来的，价值四十万，它的色泽非常的鲜艳，大方，漂亮，他那么大的目标，停在院子中，显得很高大，很威武，很壮观，没见过世面的农村人都来围观，啧啧称赞，闻听价值四十万，更是惊诧不已，对武登科取得的成就，人人充满了惊讶和好奇的羡慕，小张立到车前，对我和红红的到来不屑一顾，他向所在的每一个人赞誉武登科，展示武登科的风采，仿佛他就是武登科，我冲他笑了一面，小张没有表示，红红从容地走向了她熟识的邻人，嘘寒问暖，她并没有理睬小张，更别说问候他了，她高扬着头颅，面对面和康玲走到一块她都装作没看见，康玲有些难为情，畏怯的目光偷偷瞥了一眼红红，红红今天怎么了？她怎么不和我说话。

"这部款式新颖，豪华舒适的轿车，是登科羊绒集团董事长兼总经理武登科赠送给康明和李瑞平的新婚礼物……"小张最后这句话，引起了红红的注意，小张又重复了一遍，立即暴发了热烈的议论，谁不羡慕康明，文化没有多高，却找了大学生做老婆，条件未必有多好，却有人帮助，四十万元的车子说送就送了，武登科赠车一事，立即引起了轰动，到哪都能听到这样的议论，武登科真是了不起，这种大手笔别人做不来，唯有武登科。

红红走到了门口，又扭回头去瞥了一眼三菱车，同时瞟了一眼口沫横飞的小张，武登科出风头，小张在那里做吹鼓手，康玲不安地立在人群中瞧着康红，看到康红的目光要扫到她的时候，她会立即把目光投向了别处。小张无所谓，他似乎在嘲讽我和红红，目光瞧到我们的时候故意表现了冷漠和不屑，红红反应极快，脸上立即回报了一种讥讽的冷笑。

"武登科现在是董事长，那家伙真有本事儿。"人群中出现了乱纷纷的议论。

"武登科听人说有几百万。"

"几百万，恐怕有几千万吧，要不出手会这么阔绰。"

"听人说，武登科今年就挣了一个亿。"

"有那么厉害，一个亿，数也得让他数上一年，拿麻袋装得装多么麻袋。"

"用麻袋装太费事儿了，现在人家用支票。"

"武登科在供销社就没少捞，把外父撇到了一边，把这么大的一个供销社独吞了，这人有点本事。"

"有本事的人走到哪都有本事，武登科这么大的摊子，还舍不下这里的几十亩果园，人越有钱越贪。"

"听说武登科傍着刘春祥，刘春祥现在是副市长。"

"有钱还怕官不傍，刘春祥傍武登科，武登科傍刘春祥，那是鱼和水的关系。"

"听说刘春祥老婆就厉害。"

"她不就是尚春花吗，他有什么本事。"

"还不是夫贵妻荣。"

"说不定还是妻贵夫荣呢？"

"武登科和尚春花……"声音转低了。

"唉，听说武登科给供销社顶回了好几批财产，有这回事儿吗？"

"有，武登科那么有钱，又傍着刘春祥。"

"顶回来也没你的份。"

"外父的供销社，顶回多少也没别人的份。"

"这女婿外父配合的好呢。"

"供销社的老贾他们嚷着要分武登科的果园。"

"有这么回事儿。"

"老贾这个人一点也不仗义。"

"老贾这个人好着呢，他现在利用不到武登科，就反过来报复武登科，听说还整了材料。"

"结果怎么样？"

"有什么用，他的材料也许早到了尿尿格姥了，指他能整倒武登科，白日做梦。"

"也许真还能办到。"

"他们真还能办到。"

"你们听到了什么风声？"

"没有。"

"那你们这么说有什么道理。"

"武登科那么有钱，也许会嫌他们烦，说不要就给了他们。"

"武登科才不会那么干。"

"那老贾可是动了真格的，要联络供销社所有的员工。"

"那又有什么用，武登科恨的就是这种人，前几天一回来就挨个拜访了供销社这些遗老遗少，说不定果园已经送给了某某人，或者某某几个人，短短几天，老贾就被孤立了，谁听他吆喝。"

"供销社马上就不存在了。"

"存不下去了，所有的财产全摔入了私人腰包，所剩无几了，还是属于供销社几个人的，或者某某人的。"

"康主任终于守得云开见月明。"

"那是老供销了，连这么一点脑子也没有还行。"

"老天太不公了，独秀康家。"

"基础打得好，再说武登科原本就是一个奇才，了不起，真是了不起。"

"你听人家，武董，武总，人家现在是武董事长，武总经理，有一个羊绒集团公司，在这里无人可匹比。"

"听说康明也了不起。"

"差不了，差了能找上一个大学生，听说还是信贷股的股长。"

"不学无术却长了本事。"

"可能混得不错，要不然他姐夫送他一辆三菱车。"

"还不是为了巴结她那老婆。"

"武登科又不缺钱，巴结她干吗？"

"越有钱的人越爱钱，越有钱才证明越有能力，越有钱越想铺的大，铺的越大，资金缺口也越大，银行的人自然就用的着。"

"越有钱的人越贪。"

"贪得无厌，就不怕撑坏。"

"你也一样，你只不过没人家那本事儿。"

"也许吧。"

"不是也许，完全是事实。"

"康玲现在怎么样了？"拐角的人指了一下躲在一边的康玲。

"数她命穷。"

"你看小张，油头粉面，皮装革履，一幅小人得志的样子。"

"他有什么可称道的，玩女人，他也算不上高手，武登科玩女人，奔向了亿万富翁，他玩回了家，给人家摇尾乞玲，看人家的头脸过日子，有什么了不起。"

"那也是本事。"

"我不爱。"

"你想爱爱不上。"人群中立即暴发了笑声。

"声音低一些，外边有他们家的人。"

"这又不是说什么了，他们做都敢做，还怕别人说说。"

有的邻人开始散去，有的村人还守着三菱，"一辈子也挣不下一辆车钱，看看人家，真眼馋。"

"不要羡慕人家了，好好把你的儿子供上，也许你的好日子也不远了。"

"差远了，这是实干出来的。"

"实干的人，未必如你的儿子。"

"希望如此吧。"

"什么希望，争取争一口气。"

"你看武登科出来了，你看人家那风度，一出门便用手拢大背头，双目如剑，自带几分威武。"

"魁梧高大，仿佛一铁塔。"

"唉，看人家的形体多么富态，再看我们，自愧不如啊。"有的人终于目睹了亿万富翁是一个什么样子，是原来的样子呢，还是脱胎换骨了，他们左瞧右端祥，最终也没得出出格的结论，还不是以前那个武登科，没什么了不起的，可他竟然是亿万富翁。

"走路比以前慢了。"有人得出了这样一个结论。

"比以前胖了。"

"也有了白发，年龄不饶人。"

"什么年龄，他有几岁。"

"武登科多大年龄了？"

"四十五六，"有的人。

"四十一二，"有的人。

"我看连四十也没有。""那头发能花白了。""白天黑夜不睡觉，除了算计钱，就算计人，能不白吗？"

"武登科和我同岁。"

"你多大了？"

"四十八。"这场围绕武登科岁数的风波总算告一段落。

"人家四十八挣下了亿万富翁，你四十八挣下了什么？"

"背屈腰弯，满面风刀雪霜，更像一六十八老翁。"

"我有那么老吗？"

"人家亿万富翁一个儿子，你穷光蛋五个，三个儿子，两个闺女。"

"穷汉儿多。"

"说不定老李的儿子中也出一个武登科。"

"这种好事儿恐怕不好盼，盼你的闺女吧，读一个好大学，说不定找了武登科的儿子，他的半壁江山即刻划归了你一半。"

"这不是吹，我的闺女比他的儿子强十倍。"

"可他父亲比你女儿的父亲有钱一亿倍，这悬数够大吧。"

人群中又发出了笑声，然后便三三五五散去了。

红红和我进入康主任家的时候，我就从窗玻上看到了武登科，武登科应该看得我们更清楚一些，可是他故意皱起了眉头，把目光和眉头锁到了一块，让上下眼睑眯成了一条小缝，我还是很不自然地冲他笑了一面，但武登科好像没看到我们一般，红红无所谓，你看到也好，看不到也好，她一边和旁人打招呼，一边往里走，康英看到红红想动一下屁股，被武登科瞧了一眼便不敢动了，红红主动和大姐招呼了一声，便随着康明进了里间，武登科也许还摆出一副臭架子等待我们的问候，偏偏红红就不让给他这个面子，他在红红的眼里，依然是武登科，即使钱再多，他的身份也未必会提高，不理他照样不理他，红红不理他，我也不会理他，必定我们是一个战壕的，你鄙薄我们也好，讥讽我们也好，我们不理你，你莫非会故意地追上来。

康主任立即招呼提茶倒水的给我们各倒了一杯茶，康明从组合柜中取了一盒中华烟递了我一根，红红瞧了康明一眼淡淡地笑着"你现在比我们那时候强多了。"

"一年一个样，再说几年过去了，经济状况发生了翻天覆地的变化，人生一世就这么一回，隆重一些有意义。"康明。

康红很开心地笑了，她从茶几的糖块中选了一块我喜欢的高粱软糖递给了我，然后又剥了一颗，"看你这么豪华的摆设，真让人羡慕。"

"三姐什么时候了还笑话我，你的一根头发丝也比我的腰粗，我哪敢和你比。"康明。

"爸，一切都谈妥了？"红红扭回头去问进来的康主任。

"全妥了。"康主任。

"有什么不妥的，我们家的铺排得下坏他们家，别看她爸是市委的，她提什么要求爸答应什么，痛快不痛快。"康明。

"李瑞平提什么要求了？"

"她要一栋房，爸说了，娶媳妇不给房算什么，这个你不用说，你们去挑，看上了哪套买哪套，够意思吧。"康明。

"那你们挑好了？"红红。

"这还不容易，只要她李瑞平看上，老子就掏钱，这么便宜的事儿还不容易干，就是跑的我累的够呛。"康明。

"城里的房装修好了？"

"完全到位，你们没看到，这也装修好了。"此刻我才注意到，康主任的家确实发生了一点变化，红砖地变成了浅灰色的带有花斑点的水磨石，墙围子用木壁纸贴了出来，顶棚全刮了涂料，摆设，装饰全是时髦的豪华品，康主任也换了一身羊绒制品，康母出出进进忙着找东西，儿子要娶媳妇了，老太太显得很兴奋，看到我们也不再耷拉着老脸给我们看了，康玲来里间的门上窥视了一眼便闪开了。

小张推开门，一只手还搭在玻璃下框上，然后撇着头瞄了一眼，"爸，桌凳去哪搬？"

"去乡里，我已经说好了，搬上十套，一套是一个方桌八个凳子。"康主任一边漫无目标的弹烟灰，一边匆匆立了起来，身体尚未站稳，一只脚已经迈了出去，另一只手挥了一下，小张便从门口消失了，康主任也跟了出去，康明立即取了一盒中华烟也跟了出去。

"你不准备干点活儿？"

"我不知道我可以干点什么？"

"去搬桌凳。"红红。

"算了，我去了，二姐夫怕不太乐意。"

"有人带他去乡里，他盼都盼不到呢，算了，还是让他去吧。"红红。

"三姐夫。"康明在外边叫我，我立即离了座位。

"有干的吗，康明？"

"你要不和他们去乡里，二姐夫，不用我说你心里也明白。"康明把目光投向了大门，小张和武登科向这里瞅，另有两个人立在敞开的大门外，门口停着一辆四轮车，想必是为了拉桌凳。

"行，我和他们一块去。"我想门口两位陌生的人一定是帮忙的。

"你把这盒烟带上，"康明从衣袋中取出了一盒中华烟要塞给我，被我挡了回去，"我自己带着。"来的时候康红就给我买了一条中华烟，她说这里的一切全是武登科说了算，档次一定很高，我们不能显得太寒碜了，她知道我抽烟，但是抽中华烟这么高的档次，而且还是红红亲自给我买，这是绝无仅有。

"你不可能是中华吧！"康明这是希望我带上，我连忙从上衣口袋中抽出了我的烟冲他晃了一下，"行，想不到你们一个个全发达了，什么时候也帮小舅子一把，让我也坦坦然然的每天抽中华。"你已经抽上了，还得陇望蜀，千万别太贪心了。""这可不一样，现在我沾的是老爸的光，一旦结婚了，就未必有中华抽。""爸这回可是太奢侈了，他不心疼吗？""看你说哪里去了，老爸这次高兴，不然的话要三十万就给三十万，她李瑞平想都不敢想，原来只是提提，三十万也不嫌少，想不到三十万，她金口一开三十万就到手了，这容易吗？""老爸又不是就这么一点钱。"我突然意识到了一点什么，没再往下讲，"老共产党，有三十万已经了不起了，再多他未必会有，我爸我了解，太死板，要是有姐夫的一半就好了。""你该知足了，什么是个头，知足者常乐。""算了吧，这句话回去和我三姐去讲吧，别跟我扯淡了，你们翻天覆地地大干，却跑来劝我们故步自封，你们这些家伙一个比一个自私，有朝一日，我也做给你们看看，我康明也敢追你们，到时候别忘了帮我一把。""和你三姐去讲，姐夫当家不做主。""没问题，她不帮也得帮。"

"走哇。"门口的两个人其中之一冲我们吆喝了一声，武登科便慢慢向大门外踱去，小张默默地尾随其后。

我一离开康红、康母便进去了，她如数家珍地向康红念叨了一遍他们给康明置办的东西，然后便说了武登科的三菱车，康母告诉红红，这个礼实在太重了，武登科送什么不好，偏偏弄了这么一辆大车，看着都让人碍眼，李端平有点不敢接受，但又拂不了武登科的面子，康红问康明什么态度，康母告诉红红，康明太高兴了，他姐夫送他一辆崭新的三菱车，这是他做梦都没想到的，他太喜欢了，自从学会了开车，心仪已久，就盼着有一辆轿子车，现在终于有了，而且是一辆三菱车，康明能不高兴吗。

康英推门进来了，康母立即终止了谈话，康红给康英让了座位，康母便借口走了。

"红红瘦了。"康英淡淡地笑着，同时伸出一只手抓住了红红的一只手，仔细地端详着。

"差不多。"红红挨着康英坐到了沙发的扶手上。

"公司经营得怎么样？"康英。

"勉勉强强。"康红显得局促不安，必定心里不坦然，面对康英她的表现有些不自然。

"一个女孩折腾那么大，不累吗？"康英。

红红一言不发，只是望着康英笑，"大姐，你脸上有残色了。"

"大姐怎么能和你比，老了。"康英把康红的手背翻成了手心，仔细地端详着，"让苏培多替你操点心，男人可不能宠坏了，女人锻炼的越有本事，男人就越显得低能，他们的依赖心理比女人还要强，再说，你也该要个孩子了，让苏培多干点。"

"大姐，我现在不能要孩子，你是不知道我每天有多忙，我的公司刚刚组建，很多地方还没有理顺，苏培你多少也了解一些，让他做这么复杂的事情，他根本就不擅长，我担心他会越做越糟。"红红。

"你应该多给他机会，让他多一些实践，多一些负担，让他也尝尝重压下的滋味，否则男人永远也像长不大的孩子，他对什么也了解一些，却对什么也熟视无睹，因为他有你为他打理，他看不到漏洞，也不思谋着补救，久而久之，他就养成了一种懒惰的心理，这样对女人不公平，对男人也不负责。"康英。

"想不到大姐回了城变化这么大。"康红。

"好多事情逼着你上梁山，逼着你去维护自己的权益，自然你就会越变越聪明，思维也会越来越复杂。"康英抬起头看到康玲从玻璃上闪了一下，便停下了她的高谈阔论，"康玲你回来，彼此间又不是有什么深仇大恨，互相说道一下，也是为了彼此好，那是看在了亲情的份上，你们还真的记恨起了康红，当年她也是为你着想，别人怎么不劝你离婚，那难道不是为了你？"

康红有时候也是一个小心眼，他会无缘无故地拣的受气，她想别人的时候总有一种偏见，总是以为别人嫌弃她，鄙视她，小瞧她，给了她难堪，所以她在很多的时候，都是故意的伪装一幅高傲的面孔，宁肯自己先给别人不自在，也绝不让别人先给她不自在，她的这种心态很强烈，当然这其中也有武登科和小张的缘故，他们的确做得也很不好，他们在心中嫉恨我们，武登科相信红红一定在某个地方做了手脚，但他苦苦思索了二年，却一直找不到答案，这让他很不解，他不知道他在哪个环节中出了差错，他相信红红一个人完不成这样庞大的贪污，他想从小楚的身上找到破绽，但是他意外的注意到小楚并不富裕，虽然跟着他，但日子却过得很拮据，老贾也不像有钱的人，而红红却拥有了巨额的财产，这让他百思不得其解，他很多次把红红和小楚、老贾联系到了一块，却一次次地又否定了，他们不像，可是他一直不明白，红红是怎么挪走了他的资金，可就是拿不出证据，这样的想法折磨了他一年又一年，他恼恨的时候把小楚狠狠揍了一顿，可是有什么办法呢，小楚为了他肯去死，他怎么能不相信她呢，他相信了小楚，这一切就永远也解释不清，他恨红红，他想藐视红红，可是这些有用吗？他只想找到一个答案，红红是怎么挪走了他的资金，而且又天衣无缝。

康玲胆怯地来到了红红和康英的面前，她的左手牵着她的儿子，似乎还含了几分腼腆，似笑非笑，她已经完完全全变了，再也不是那个刁钻古怪的康家二小姐了，她甚至失去了一切勇气，红红看到康玲这个样子心里不由得有些酸楚，她很为自己的行为感到惭愧，她温和地从沙发的扶手上立了起来，走过去牵住了康玲的手，然后蹲下把康玲的儿子抱在了怀中。

"真可爱，二姐你真有福气。"红红一边说，一边把康玲推着坐进了沙发中，"二姐你老多了。"

康玲满含了热泪，想哭却又想笑，却是哭也哭不成，笑也笑不出，望着康红，却又被康英牵住了手。

"你二姐真没本事，一个人收留了一个小孩，看把他操磨的。"康英给康玲珑了一下凌乱的头发。

"我也不知道了，觉得照看小孩特别辛苦，小张就说我没本事，照顾这么大的小孩连家也收拾不好，老埋怨我。"康玲。

"他怎么能怨你呢，这个小孩这么淘气，我抱着他，他都不停地在耍小动作，看看，我的领子也被他翻了起来，头发也被弄乱了，脚也在不停地在蹬，他这是要干什么？"红红都已经收留不住康玲的儿子了。

"你三姨，这是三姨。"康玲试图给她的儿子说明白。

"他不想待了，他想走，他要去害人了。"康英刮了一下康玲儿子的鼻尖，"就让三姨抱抱吧，她可是一个寡骨子，难得今天有这样的兴致，你长这么大，恐怕你三姨还是第一次抱你。"康英。

康红把头东摆了一下，西摆了一下，时而后仰，时而前曲，目的仅仅是逗康玲的儿子，可是小家伙确实有些认生，他并没有显得兴奋，相反，他也极度扭曲着，想摆脱红红的束缚。

"快算了，放了他吧，你看你把我们难为的。"康玲。

"你这个三姨可闹出了笑话。"康英拍了一下康玲儿子的屁股，康英的儿子便向康英跌去，康红内心颇有些尴尬，她借势放了康玲的儿子，康玲的儿子便倒向了康英，然后发出了银铃一般清脆的笑声，和欢乐的吼声。

"波波真顽皮。"康玲有些不好意思。

康红惭愧地笑了一面，波波，二姐的儿子叫波波，她似乎还是第一次知道这个名字"波波"，她在心里重复了一遍，然后她试着去叫"波波"，设法和波波亲近一些。

第四十四章　风波

康家的晚上充满了诱惑，大院里停着几辆小轿车，灯火通明，大家小家如同白昼一般灿烂，光辉，武登科早早让康英弄了几个菜坐到了圆桌面前，康明出出进进还在往上收拾东西，康主任坐在武登科对面叼着一支烟，康母坐在沙发的边缘上，看着三个女儿如何做菜肴，小张双手举着儿子在各个菜盘中寻找适口的东西，我待在康明的新屋里看书，康明进来招呼了我几次，我都拒绝了，我不想和武登科、小张坐在一块，太别扭了，他们给自己的杯子斟上酒，口中咀嚼着豆腐片、青菜、花生豆、头肉、浆肉，还有七荤八素的小菜，闻起来有胃口，和他们喝起来倒胃。红红一直在给康明解释，说我戒酒了，也许她也不想上那个排场，也许是因为我笨拙的缘故，既不会说话，也不圆滑，他们没有几个人喜欢我，康母说我狗肉不上抬杆秤，康主任讥笑我越来越没品位了，武登科和小张他们却很从容，加上了康明，他们碰了一杯而后又一杯，武登科绝少言语，小张不断的把酒给他满上，他看都不看一眼，更别说有客气话了，对我，便显得无所谓了，也不想看到我，看到我就倒胃口，小张也挺会做人，他不客气地吃着，喝着，甚至和康明吆喝几声，全无所谓，他已经恢复了自信，他面对任何一个人都显得很得体，唯独不和我们搭话，他这是因为武登科吗？还是因为他自己呢？我不明白，不过有一点我很清楚，因为武登科的成分更多一些，他这是为了巴结武登科，为了感谢武登科，为了报答武登科的知遇之恩，他已经完全失去了一个自我，他的存在就是向武登科表达他的忠诚和可靠。

康主任早已经坐不住了，他呷了一点点酒腥气，便蹲在了厨房，在康夫人的诅咒中烫着安纳加。红红过来瞧了我几次，康明的新茶几上便多了几样东西，当然是我爱吃的肉食，没有人搭理我无所谓，只要有老婆照顾，我心里一样亮堂堂。康明进来了，我的面前又多了一瓶酒和一个口杯，他知道我们彼此间有些不快，他也不想太勉强我们，他已经长大了，而且很精明，他看上去目的是照顾我，实质上是为了武登科，因为武登科不喜欢我们，他也不愿意我上客厅的桌子，好在康红今天心情好，我们谁也不想怪，有武登科和小张在场，康英和康玲接触我们也很小心，也绝少和我们讲话，红红不止一次的悄悄地讥讽他们，可是轮到她又能怎么样呢？我们两人，我苦笑了一下，红红耸了一下肩头，表示了自己的无奈。

康母也坐回了圆桌，好像这一家人便团聚了，武登科也来了兴致，鼓动大家动起来，小张便立即自告奋勇给康主任夫妇敬了酒，然后武登科做裁判，康主任做监军，开始敲杠子。

康红耐着性子仔细地品尝着鸡翅，她破例给我倒了一口杯酒，给她自己也倒了一小盅，她的自信和勇气让我坚持了很短时间，心情便变得坏了起来，她的脸色突然变得阴沉、郁闷了起来，我为了提示她注意自己的形象，和她碰了一下酒杯，她忽然又笑了，她的耳朵里，和我的耳朵里，全是杂音，全是他们欢乐祥和的祝福，而我们的心情却无法再好起来。

武登科甚至借了酒劲高声喧哗，粗野的脏话也不时扔了出来，他不但是财大气粗，而且要足了面子，让围在他身边的人俯首帖耳，恭恭敬敬地以他为中心，他不把别人放在眼里，也不把康主任夫妇放在眼里，他几乎叫嚣了几次，说他什么都没有，就是有钱，不在乎别人黑一点，只要你高明，一旦犯在他的手里便如何如何，康主任说不上是愤而离去，反正有些不愉快地出去了，康母也觉得别扭，面对武登科她突然间更加的无奈，她借故走了之后，康明便来到了我和红红面前，"姐夫，小酒量，喝多了。"红红没有理他，我们又不是不清楚，武登科在针对我们，康明不过是想为武登科开脱，有这个必要吗？武登科是何等人物，他会惧怕我们，他不但有钱，而且气势旺盛，鄙视谁也无所谓，现在他正在教训小张，满口脏话，小张不断地发出嘿嘿的笑声，康英试图劝劝武登科，也被武登科厉声制止了，甚至扬言要拳脚相加，"真是一条疯狗。"康明似乎表现了自己的不满，但他并不想劝劝武登科，"习惯了，他一喝了酒就会教训二姐夫，人亲人不由人，姐夫对二姐夫真是太好了，唯恐他再令两位老人失望，所以时时提醒他，这也是好事儿。"

闹了半天武登科今天的行为是为了两位老人，真是想不通，红红并没有理睬康明。

武登科的叫骂声越来越难听，他似乎有些不能收口，康夫人首先发怒："你成心欺负我们老康家，你以为你是一个什么东西，没有我们，能有你的今天，王八蛋。"

"老东西，你还想欺负我。"武登科大半已经醉了。

康红"腾"地从座位上立了起来，我大吃一惊，连忙准备去拦。

"三姐你不要冲动，让他闹吧，他和谁闹也无所谓，但是你千万不能参与，他这是故意的，目的就是让你出手，他的心太狠了，他想做什么，我比你们清楚，他反不了。"康明的话，让康红再次冷静了下来。

"康明那你出去看看。"就在此刻，客厅里的桌子被掀翻了，哗啦的声音，惊恐的声音夹在一块。

"武登科你太过分了，你怎么可以打大姐。"康玲。

厮打，叫骂的声音乱七八糟，康红给自己的口中扔了一粒花生豆，望着康明疾跑的背影，发出了冷笑。

"爸，你这是干什么？"康明。

"我给武登科跪下，我叫他爷爷，你别闹了。"康主任跪在了一进门的地方，给武登科扣头。

可是发疯的武登科仿佛畜生一般，越发的狂妄，不但打康英，摔东西，而且谁拉打谁。

这种混乱的折腾持续了有半个小时，终于平息了下来，康主任竟然软弱到只会哭的份上，康夫人也变得哑口无言，好不容易畜生不闹了，他们不让也不行，不服又能怎么样，康英头发散乱，倒在康玲的怀里哭泣，康主任也在哭泣，康明扶着康主任的肩头，小张一声又一声地呼唤着姐夫，拦腰抱着武登科倒在了地上的拐角，地上的菜踩得到处都是，盘碗的碎片随处可见，康明立起了桌子，狠狠地瞪了一眼武登科。

"你真不是人，老子真想砸死你。"康明一边收拾一边愤愤地骂着武登科，武登科的狼眼瞪着康明，却没敢发作，真的惹恼了康明，这愣小子说不定真敢砸他一凳子，他是何等聪明的人，折腾了一阵，发现自己闯了祸，便冷静了许多，他让小张放开他，小张不放，他一扭身便扇了小张两个耳光。

小张放了武登科，他在别人的注目下，骂骂咧咧地走了，老康家终于平静了下来，康主任不哭了，康英也起来了，这个烂摊子得有人收拾，我让红红去帮忙，红红瞧了我一眼，"能砸尽管砸，让明天来的亲朋好友好好看看热闹，看看武登科这个亿万富翁做人的典范，看看这个人面兽心的人是如何欺负老康家的老老少少的，看看他武登科的颜面何在。"

夜在平常人的麻木中悄悄流失了一个晚上，老康家的人这一夜过得极不平凡，他们因为是亿万富翁的亲人，是一些不平凡的人，所以他们过的夜也有别于别人，自然过得极不平凡。

康主任是第一个起来的，他起来的目的很明确，他要赶在帮忙人的前边，把康家所发生的不愉快彻底地干干净净地铲除了，他首先找来了铁丝把碰坏的桌腿绑好了，然后盖了台布，他一个一个地把凳子全洗好，连同地面上胶干的菜梗饭粒全冲洗掉，然后又用墩布拖了一遍又一遍，不让狼狈的痕迹留下一丁点的烙印。

康夫人步康主任也起来了，她唏嘘了几声鼻涕之后便又骂骂咧咧，她有她的一番见解，她把昨天晚上收拾出去的废物全装入了一个口袋中，乘着没有人，她要倒得远远的，让任何人都不能察觉出这是在他们家发生了不愉快之后的产物，倒在了远处，别人绝不会怀疑到他们家，为了弥补这种不愉快，别人不见，他们也不心烦。

小张谁也不知道他什么时候就走了，再后来才发现康明也不在，这一家人便颇感奇怪地议论了起来，康主任已经赶得够早了，还有人起得比他们还早，他们起这么早去干什么呢？外边那么冷，待在外边好受吗？谁都想不通，但谁都在想，而且谁都没有往武登科的身上去想，谁都知道武登科早走了有一个多小时，即使怀疑，也不会想到他们半夜出去找武登科，他们不在就不在了，两个大男人还能丢了不成，也许一会儿就回来了，事实也正是如此，早饭还没有吃，康明便回来了。

"你上哪去了？"康主任。

"看我姐夫。"康明垂头丧气的样子。

"他有什么好看的。"康夫人。

康英一言不发，默默地在捏饺子。

"小张呢？"康玲。

"陪我姐夫。"康明。

"那你去把他们叫回来，吃饺子。"康夫人。

康明面色阴郁，一言不发地坐在沙发上。

"去，怎么不动弹。"康主任见儿子不行动，有些恼火。

"姐夫不回来。"康明。

"闹了事儿还得理了。"康夫人。

"去，你专门去请他，就说我说了，让祖宗回来吃饺子。"康主任愤愤不平。

"又来了，还不是怪你。"康明嘟嘟囔囔。

"怪我，怪我什么？"康主任大惑不解，他一没骂武登科，二没打武登科，怪他什么？

"武登科再闹也是你的晚辈、女婿，何况有我们这么多人，你给他下跪算什么，这让武登科怎以收场。"真是怪事儿，闹事儿的人收不了场，与下跪的岳父有了关系，这不是故意的吗？

"放屁，他收不了场，怪我给他下跪。"康主任。

"你听不惯，看不惯不会不进来。"康明。

"有你这么办事的吗？"康主任。

"可是现在怎么收场？"康明。

"想来就来，不来拉倒。"康母。

康明很不高兴，瞅了母亲一眼，悄然坐回了沙发。

小张推门进来了，"不回来。"一进门便这样做了报告。

"他到底要怎么样？"康玲。

"怪了，他说爸给他磕头不对。"小张。

"他还真以为爸应该给他磕头？"红红捏了一个饺子，忍俊不禁地吼了一声。

小张没搭理红红。

"我磕头磕错了，他要怎么样？"康主任。

"除非你去给他赔礼道歉，否则他就不再回来。"小张。

"算了，算了，让他趁早滚蛋吧。"康夫人。

"那怎么行，李瑞平家点名让姐夫去娶。"康明。

红红瞅了一眼康明，把一个饺子放下了。

"真不是东西，你们两个再去，就说我说了，我不对，这总该行了吧，怎么还让我给他下跪？"康主任。

小张望着康明，等待康明拿主意。

"那好吧，我们再去试试。"康明。

不久，康明又回来了，他这次恼得更厉害了，让谁一看都知道是怎么回事儿，武登科不但蹬鼻子上脸，还要骑在老康家的脖子上拉屎，就要看看他们的表现，康英默默不语。

"怎么了？"康母忍不住问了一句。

"不回来。"康明。

"为什么？"康夫人，"你爸不是已经说了吗？"

"那也不行。"康明。

"他要怎么样？"康夫人。

"让我爸亲口告诉他，否则他就不回来。"康明。

"武登科摆的谱也太大了，他还真以为自己是爷爷了。"红红。

"你少说两句。"我不想让红红多事儿。

"他不回来，你的媳妇就娶不成了？"康主任。

康明一言不发。

"好，为了你的媳妇，老子去，老子给你请武登科，老子给他赔礼道歉，你总该满意了吧！"康主任恶狠狠的目光盯着康明。

武登科到底还是回来了，他走在康主任的前边，一副玩世不恭的样子，他的眼里看到的是所有人对他的恭维和颤抖，他知足了，他想怎么样就怎么样，别人奈何得了他吗？他就是要看看，他武登科达到今天这个地步，老康家的人是怎么对待他的，他可以炫耀自己的实力，他可以帮助老康家的每一个人，慷慨大方豪爽痛快，目的不是救济贫民，也不是为了扶持他们，他就是要让老康家一家人看看，他的本事，看看他的魄力，看看他今天拥有的实力，完完全全靠的是他自己，他要证明给他们看，你们都是一群猪狗，需要我武登科的施舍。"老东西"，武登科尚在不满，他就逼康主任了，你们想怎么样，而且他势在必得。"老东西"，他又在心里骂了一句，他闹就闹了，他正准备不闹了，康主任给他下跪了，这不是成心的吗？既然你诚心，我就成全你，我想怎么样，我武登科离开了你们可以活，你们离了武登科，未必活得有这么潇洒，我就逼你了，"老东西"，看你服不服。

武登科可以做到脸不红，心不慌，不羞不臊，坦然、从容，在他的眼里，眼前的这几个人算得了什么，他根本就不把他们放在心里，以前他也许还顾虑康英几分，现在？他冷笑了一声，让他顾虑她的时候已经一去不复返了，一个老女人有什么了不起的，他坐回了沙发，康明立即给泡了一杯浓茶，"喝点浓茶解解酒。"小张从厨房中找了一些甜点心端了出来，武登科一言不发，他冷漠地瞧着桌子，嘴唇时而扭曲一下，他对谁也没兴致。

康英偷偷瞥了一眼武登科，目光中含满了怨愤，这种流露一闪即逝，而后又装得若无其事。

康主任自从给武登科赔礼走了之后，一直再没有露面，他无法接受这个事实，也咽不下这口气，他万万没想到武登科会这么做，而且康明也逼他，几个儿女也不加制止，好像做错的是他，错的不应该是武登科，而应该完全是他。

帮忙的人开始陆续到来，小张便忙乱了起来，他要招呼帮忙的，还要随时听候武登科的差遣，东一头，西一头，到处都可以看到他的身影，对于这一点，我真是自愧不如，我不知道哪里有活儿，也不知道怎么干，红红也不勉强我，看到小张忙里忙外，她会冲我笑上一面，或者说："你学人家，勤快一点。"

不到中午，亲友们便渐有光临的，武登科便活跃了起来，他一扫颓丧倨傲的神态，变的热情谦恭而且又能说会道，很多的亲友也许他们压根就不是冲康明的婚礼到的，他们见不到武登科会显得很焦躁，他们的眼里只有武登科，康家的女婿是亿万富翁，这真是了不起，他们之中原有一些人是胜过武登科的，现在不是他们没想到，而是原本就不具备慧眼，只知道武登科是康主任手下的一个卒子，想不到青出于蓝胜于蓝，这是他们做梦也不会想到的，为了见识这位亿万富翁的亲戚，他们的眼中看不到任何人，红红见了大姑的大女儿，显得很热情，想不到红红在和她招呼的时候，她却在东张西望，看到了武登科，她只和红红点了一下头，便扯着女儿去了武登科的身边，她想让她的女儿见识一下亿万富翁的姨夫，却忽略了红红的存在，红红苦笑了一面，心里很有些不舒服，这件事儿红红永远也不能释怀，每当想到了这回事儿，心里便会不痛快，从此之后，她的心里一直拒绝着任何亲友，她不再相信亲情，她不再惦念任何一位表亲，在她的眼里，每个人都是很势利的，人原本就是势利的，更何况一个无名小卒和一位亿万富翁放在了一块对比。

有些亲友把武登科拉回了客厅，他们品着武登科带来的中华烟，带着崇敬仰慕的心情望着武登科，倾听能说会道的武登科给他们述说一种传奇的虚拟的故事，发出了一阵又一阵的嘉许和热烈的恭维，这才是他们心目中的亿万富翁，他们因为拥有认识一位亿万富翁而自豪，他们细心的品评武登科的言传身教，当作一种铭世的经典，想尽快把自己的儿女们培养成另一个亿万富翁，他们唯恐遗漏了武登科的任何一句话，他们专注的神态，仿佛被浇铸的瓷人，屋子里有出出进进的倒茶人，却没有一个不是倾倒在武登科的神采飞扬的演讲中。

二爹想让儿子给武登科运货，二爹的儿子守着武登科寸步不离，他现在就想听到一句答复，这是他梦寐以求的期待，挨着二爹儿子的是二爹的几位女婿，他们也在等待一个信号，他们之中有的是羊绒贩子，有的是乡里的干部，他们憎恨自己，日前有眼无珠，可是现在也不晚，有这个契机，他们和武登科搭上桥，还不是一样容易。

大姑的女儿远远地立在一边，她好不容易插上了一句话，便是问问武登科能否安排她的女儿去登科集团公司上班，有的人想安排儿子，有的人想安排自己，还有的人希望武登科可以借点钱给他，有的人提前向武登科预订了车，有的人提前请下了武登科……

武登科八面玲珑，威风英武，他每抹一次堆满了肌肉的面颊，就会答应一件事儿，凡有求于他的人，他都答应，小小的客厅不久就挤得水泄不通，充满了污浊和秽气。

"武登科好像是救苦救难的神仙。"康玲、康英和康红挤在小屋中。

"他有这样的能量。"康红。

"全是哄他们，姐夫就这么个人，走到哪都是这么一套，可是想找到他可能没那么容易。"康玲。

"他都给留了电话，你看他们中间还有人试拨了他的手机。"康红。

"说不定明天费没完就送给了他的员工。"康玲。

"怎么会这样？"康红有些不解。

"到处都有人求他，他是有求必应，他能办到吗？"康玲。

"那他干吗哄他们？"康红有些不解。

"不哄能行吗？他们这些人你不哄他们，他们就会诅咒你，到处贬斥你，你哄哄他们，他们真高兴了。"康英。

"他每天怎么躲避他们？"康红。

"连我见他一面都很困难，何况是他们。"康英。

"他们终有没耐心的时候，失望的时候，他们每个人不可能都把时间耗在这上面。"康玲。

"如果遇上死缠硬磨的人怎么办？"康红。

"一定没办法，有些人也得照顾一下，但只是面子上的事情，他能干什么无所谓，全分到最艰苦的部门。"康英。

"为什么？"康红。

"要照顾的人太多了，都照顾好了，公司还怎么运转？"康英。

"波波哪去了？"康玲忽然想到了她的儿子，跳起便往外走，康英帮着往开疏导客人，红红试图更快地走出去，"不要焦急，也许和二姐夫在一块。"红红一边往外边挤，一边回过头来安慰康玲，门口已经有人往外走了，康红和康玲很快便到了外边。

小张抱着他的儿子坐在三菱车里，对里里外外发生的事情视若无睹，康红指给康玲看，惊魂未定的康玲大口地喘着气，康英也来到了外边。"这么多人，还能把你的儿子弄丢了。"

"正因为人多，才担心，我怕波波被人挤坏了。"康玲。

"有孩子的感觉真好。"康红忽有所思。

"那你还不赶快生一个。"康英调皮地逗着康红。

"大姐。"康红颇感难为。

"早做了媳妇了，有什么害羞的。"康玲。

"和你们也说不清。"康红向外边跑远了，康英和康玲都被惹笑了，"真没想到，康红还会害羞。"

围观武登科的人换了几茬之后，康家的夜座也便拉开了序幕，谁都想和武登科坐到一块，往来的人经过一番协商之后，给了这些人一个结论，三张桌子并到一块，想坐多少人坐多少人，整晚不撤席，想坐多久坐多久，想喝多少喝多少，这表面看起来是给亲友们一个面子，实际上还是因为武登科。

三张桌子围坐了近四十个人，不家立在边上不肯走的，便有人提出了快进法，让某些人先潮起来，武登科叫小张找了几个口杯，掌酒的便把酒倒好了，二姑家的小儿子先灌了一口杯，便依次人人灌了一口杯，"诸位亲友都是好酒量。"听到武登科的嘉许，每个人的心里都暖融融的，第二口杯，第三口杯，武登科一口气干了四口杯，依然不动声色，真是海量。围观的人也不例外，这种快进法，不久便扫去了一大片人，而又一大片人补了进来，他们认为能跟亿万富翁同坐共饮，实在是他们今生的荣幸。

不久武登科便被长辈们请走了，然后又被拉到了另一个桌子上。小张不时尾随过去替武登科一杯，康明也很机敏，偶尔也去替武登科一杯，我和红红缺乏这种兴致，和康英、康玲，康主任夫妇自家坐了一桌，没有人去搭理武登科，武登科也不会过来。

夜色已经很晚了，武登科依然在叫小张上酒，上烟。我好不容易动了一下身体，便有人把脚搭在我的身上，我已经顾不了这些了，我太瞌睡了。

和康明一起去娶媳妇的人，在我们来之前康家已经决定了，除了康明，还有康明的舅舅，武登科夫妇，小张作为司机不算，这些我和康红也是昨天晚上才知道，康红的二爹提出了疑问，为什么武登科全家都走，而偏偏缺乏了我们，康夫人以康红一直不能怀孕做借口，勉强糊弄了康红的二爹，康红才明白这是故意的，她想到有武登科的意图，但更主要的是康主任夫妇，他们为了巴结武登科，便处处给足了武登科面子，我们又算得了什么？

喝了一个晚上的武登科，走起路来摇摇晃晃，他的脸上堆满了疲惫的笑，见谁都说："没关系。"然后手一摆便向前动了几步，小张尾随在武登科的身后，唯恐武登科有个闪失。

武登科拒绝小张今天做他的司机，他凭不来小张，他认识不到自己的酒已经过量了，反而认为小张喝得太多了，他厉声叫下了小张，他坐在了司机位上，小张无奈地坐过了一边。

娶亲的人走了，红红叫我和别人玩扑克。

大约过了有四十分钟，小张突然开着车回来了，这让我们都不理解，发生了什么事情，大家纷纷从屋里走到了屋外，人们已经预感到一种不祥，但仅仅是揣测。

"怎么回事儿？"

"发生了一点意外，我姐夫让苏培和康红立即开车和我去。"我不是听错吧，小张传达了武登科的旨意来请我们，红红反应比我快，她似乎知道发生了什么，二话没说冲我一摆手便向她的车走去。

在小张停车的地方，道路已经被封了，小张跳下车便向远处的人跑去，那不是武登科送康明的车吗，红红差点昏过去，"出了车祸。"

红红从警戒线以外和我一起向出事地点走去，很远就看到一个自行车被肢解成了零零碎碎的小块，一个死人像一堆垃圾一样被抛置在了二十多米以外。

交警正在询问康明他们，红红逐个清点了人数，发现并不是我们的人死去，方才松了一口气。

"谁开的车？"交警。

"我。"小张。

"小张。"武登科躺在康英的怀里，满脸是血，听见小张答应了交警，他发出了沙哑的颤颤巍巍的呼声，他用双手支着试图走来，却被康英制止了。

小张被戴上了手铐，他望了一眼昏昏沉沉的武登科，"姐夫你放心去医院治疗吧，一切有我。"

交警量了尺码，拍了照片之后，立即清理了现场，三菱被拖走了，红红立在武登科的跟前焦急地拨了一个又一个电话，救护车来了，武登科支撑着站了起来，在别人的扶持下，他上了救护车，康英也走了，武登科让我和红红替代他娶媳妇，其他的事儿等办完事儿再处理。

第四十五章 武登科车祸后续

"乐极生悲"像一股涌动的暗潮悄悄地偷袭了康家大院，节日的喜庆，变得凝重而压抑，武登科和康英没有回来，引起了种种猜测，小张也没有回来，武登科送给康明的三菱车也没回来，有的人试着给武登科打了电话，所幸武登科还可以接电话，人们慌张的心态才得以平复，车祸已成了既定的事实，康红让回来的人说小张去陪武登科了，这种说法没有人会不相信。

康主任哭哭泣泣，以为天塌地陷，到了他们人生最昏暗的时刻，亲友们都过来看望他们，安慰他们，午席已经吃不出喜庆的气氛，每个屋子中都是静悄悄的，有的桌子也动了酒，但都是用意传而无声音，康明和李瑞平给大家集体敬了一杯酒之后，便匆匆地离去了，有的亲友再次见过康主任夫妇之后便准备回去，红红成了最瞩目的人物，迎来送往，忙得不可开交，二三百号人，仿佛在刹那间便消失了，帮忙的人开始往出收拾杯碗茶桌，康主任夫妇已经整装待发，他们不放心，他们要亲自看到他们的人平平安安的才会放心。

康主任夫妇被车接走了，接下来红红安排了帮忙的人在客厅用餐，还特意让我陪了他们，红红还过来为他们每人斟了一杯酒，对大家的关心和问候，一一做了耐心的解答。

下午很多的亲戚又结伴而来，他们不放心，他们想听到一个准确的答复，红红一面安排饮食，一面逐个回答了他们的提问，他们有的帮忙出主意，有的希望出人手，还有的提出要去看守所疏通关系，凡是来的人，都有一番见解。

饮食过后，他们便走了。

康玲抱着波波从里间出来了，"姐夫他们真的没事儿吧，"康玲心里也很疑惑。

"没事儿，我已经给你说了多少遍了，不信明天我带你过去看看他们，"红红的口气很不随和，她并不是厌烦康玲，她这样做无非是不想让康玲胡思乱想，红红担心她又犯痴痴呆呆的毛病。

"没事儿就好。"康玲有点害怕康红的样子。

"二姐，你一天也没吃东西了，来，把波波给我，你坐下吃点东西吧，"红红走近了康玲要抱波波，没想到小家伙很机灵，他不想让红红抱，奋力一争溜在了地面。

"小家伙。"我用手揉了一下波波的短头发，波波溜下了母亲的怀抱，爬上了方桌旁边的凳子，可见小家伙也饿了，红红过去把他安置好，便下了厨房给她们母子弄饭，桌子上摆得乱七八糟，小波波正抓了一块羊肉在手中。

"波波饿了。"

"早就要出来，我不让，人那么多。"康玲。

"二姐吃吧。"康红把热馒头放在了康玲面前，"你也吃吧，明天我们要回城看看，二姐你一个人行吗？"我坐在了波波的旁边，刚顾了招呼别人，我真觉得有些饿。

"康明和李瑞平怎么还不回来，这洞房没人闹了，他们也不入了。"我突然间想到了我们的主角。

"快回来了，你快点吃，完了还要给新娘新郎做和气饭，我看这个任务就交给二姐吧，怎么样？"红红。

"我也正想做，那没问题。"康玲又恢复了自然的神态。

康明和李瑞平回来得较晚，他们去看守所已经看过了小张，李瑞平并且托人给小张带进了烟和饭，并且让人照顾他，武登科公司的人已经和交警队接触了，并且交了五千元，让死者的家属先安排死人的后事。

第二天一清早，李瑞平和康明刚刚走出洞房，我们便丢下了康玲母子，匆忙赶往交警队。

武登科的人已经守候在了交警队，他的律师和交警队做了正面交涉，小楚找了她在交警队工作的弟弟又走了暗线，给某某领导拿出了两万，双轨并行，小张在交足了保证金之后，出事儿的第二天中午获释。

三天之后，开了现场听证会，没有别的枝节，三菱车追尾相撞，而且又是在行人道上撞死了人，责任全在三菱车，死者的家属有哭哭泣泣的，有愤怒弛张的，也有可以理解的，不同的两个陌生人，无冤无仇，这应该不是故意的，对交警队现场勘查并且得出的结论，他们感到很满意，他们知道小张就是大绒毛贩子武登科的连襟，原以为他们会从中作梗，让事故的责任分担，他们正在四处托人，以防变故，没想到会是这样一个结果，他们很满意，人死了，不可复生，除了去安排他们的后事儿之外，就是希望多要一些补偿，这是人之常情，我们也表示理解。

康明和李瑞平定在平原大酒店宴请双方单位的人，没有通知我们，康明似乎有些为难，他暗示了这是武登科和小张的意思，好像我们之间不和，现在又出了这样的事儿，脸上有点挂不住，因此最不想见到我们，康红突然笑了，她笑得十分开心，让我很困惑，她并没有给我做过解释，不过从此之后，她的信心更加坚定了，她的活力更加旺盛，她说她根本就没想到，也从未想过，有人会这样惦记她。

"武登科受了重伤，依然不忘记算计我们，他的用心可谓良苦，他这样做也真是煞费苦心，"红红躺在床上的时候，脑子里还转着这件事儿，我几乎没去考虑，不去就不去，有什么了不起，可没有去想别的，被她这么一提醒，我真觉得有这么回事儿，可是就是真的在算计我们，又有什么用呢？他算计我们什么呢？我们有他算计的地方吗？我的脑海中一片空白，也许我真的是一个白痴或者是一个弱智，考虑问题往往涉及不到实质，很肤浅。

"你想的也太多了，武登科对我们有意见，这是明摆的吗？他不想见到我们，他有这个能力制止康明，这是显而易见的。"武登科也真是小气，不就是吃一顿饭的事情吗？干吗搞得这么不愉快，再说上百号人，未必会见到他。

"仅仅是一顿饭，武登科才不会这样做。"红红竟然不是这样想的。

"那现在不就是一顿饭吗？"我不明白。

"哪有那么简单。"红红。

"难道吃一顿饭，还有什么讲究？"我想象不到。

"武登科这个人城府实在是太深了，我从来都没发现，他这个人竟然十分的工于心计，他不但刁野蛮横，而且阴险狡诈，从这一点看，他以后还会难为我们，甚至会伺机报复。"有这么严重吗？

"你不要把人想得太坏了，这两年不也相安无事吗？"

"你呀，就是太老实，他在康家的表现，你以为他是无缘无故的，他无非想针对我们，可我没有那么愚蠢，整个康家的人全被他收买了，我这个康家的女儿，实则比外人强不了多少，还算他们给面子，武登科闹也闹了，无所谓，他以为我会出于激愤与他争执，他想错了，我才不上他的当，他以为我的钱来路不明，除了拿他的，别无来处，他不服，哑巴吃黄连，有苦难言。他不想做哑巴，他想一吐为快，可是他没有找到出口的机会，他若乱嚷嚷，他会觉得自己很丢人，没面子，所以他又忍下了。"红红。

"可是这些和康明城里请人有什么联系？"

"我们现在的摊子大不大？"红红。

"当然大了。"这是明摆着。

"和武登科比，我们似乎小了一点。"康红竟然说小了一点，难道我们可以和武登科匹比吗？

"武登科我们怎么可以比？"我不相信。

"土地的潜力正在一点一点地暴露他的能量，他每年的增值，带给我们无形的效益，又岂是他武登科轻易可以赎回来的。"红红。

"别忘了武登科也有大片的土地，也许他购买的比我们还多。"

"那些全无所谓。"红红居然在藐视武登科。

我摇了一下头，"你不是发烧吧。"

"你才发烧，我们的土地在增值，我们的土地上投资的树林在不在增值？我们所做的一切有没有效益？加在一起，就是一个庞大的数字，武登科也不过如此。"红红。

"武登科有羊绒集团公司。"

"羊绒大战，让每个商家都精疲力竭，他们拼的是资本，但是效益并不见得有多好。"红红。

"这些也许你算不得内行。"

"我知道，很多东西我并不懂，但羊绒市场竞争的那么激烈，却是有目共睹的，武登科摊子铺得那么大，也许他并不好受。"红红。

"何以见得？"

"他不让康明叫我们吃这一顿饭，最能说明问题，这次康明结婚，他送给康明一部三菱车其目的只有他自己知道。"红红。

"我越发糊涂了，他已经送了康明一部三菱车，小题大做不像他的作风，你多心了。"

"你不但老实，而且愚蠢得让人可恶。"红红恼怒的神态很不可爱，我无奈地笑了，我真的太愚钝了。

"武登科出院了？"

"没有，我和大姐联系过了，康明他们后天宴请双方单位的人，武登科还不能出院。"红红。

"武登科不能出院，他干吗制止康明请我们呢，难为康明干什么？"

"也不能排除是康明的想法。"红红若有所思。

"康明？这不可能。"

"他是不可能，但他和大姐夫，二姐夫走的近，为了他们而不请我们，这种可能性也有。"红红。

"那他绝对不能说是武登科和小张的意思，他不可能故意的离间我们，亲兄弟做雪上加霜的事情，以他这个年龄，可能做不出。"

"你说的也有道理，善人的想法，有时候也很可爱。"红红，"但是……"红红又陷入了深思，她也许要调整一下自己的思维，以便做出更好的判断，"后天，"红红淡淡地念叨着后天，后天康明请人，我们近在咫尺，却不能参加，难怪红红会生出很多的感慨。"后天我们去看武登科。"红红忽然从床上坐了起来，并且迅速跳到了地毯上，而后又跪在了小茶几前，咕咚咕咚灌了两口水，然后又跳上了床，而且笑得特别开心，她又有了得意之作，否则她不会这么愉快。

"武登科不喜欢我们。"

"他喜欢我们，我早去看他了，正因为他不喜欢我们，我们才更应该去看他，而且选一个适当的日子。"难道后天就是红红所说的恰当的日子吗？

"后天武登科也许去参加康明的宴请了？"

"不可能，他这个人太要面子了，出了这么大的事儿，而且谁都知道是他开的车，而顶罪的却是小张，他担心别人会问起他。"红红。

"小张不过也是举手之劳，武登科在外边捞他太容易了。"

"想不到他们全是武登科的死党。"红红。

"武登科可没你想的那么懦弱。"

"这不是懦弱的问题,而是一个策略,武登科必须这样做,才不会招致别人的讥笑,相反他会获得同情,获得李瑞平和康明对他的负疚,他有他的目的,等他出院了,他就会设施他的计划,这个计划的核心就围着李瑞平。"红红。

"难道他还要贷款?"

"你总算开了一窍,武登科他高高在上,我们现在还有些分量太轻。"

"你终于想到了这一层,其实也没什么,我从来没想过这就是一个契机,武登科多虑了,我到现在也没有投资的方向,贷款我还没想好。"红红。

"那么我们是否还去看武登科?"

"当然要去了,他厌恶我们也得去,否则外人会怎么看我们,康家的人即使不滋生是非,武登科也要借题发挥。"红红。

"那我们为什么不明天去,非选择后天?"

"我们今天就该去,可是我一直想不明白,心里很别扭,现在我想明白了,但不是明天,后天我们专门去探望武登科,他不让我们参加康明的宴客,想必一定欢迎我们去看他的。"红红。

"你这不是诚心胀气吗?"

"太不一样了,他武登科差点要了命都不忘算计我们,还怕一点点小小的不愉快,何况我们也不是给他不愉快的人,我是去探望他,让他知道今天我没去参加宴请,请他放心,我不去和他争取李瑞平,现在不会,以后也不会。"红红。

"为什么?"这我就想不通了,我们不是缺钱吗,我们有这么大的摊子,找她贷款也不会难为她。

"武登科已经征服了他们的灵魂,他们崇拜武登科,欣赏武登科,因为武登科和小张,他们每个人心里都在反感我们,说我们无情无义,说我们阴险恶毒等等,李瑞平从一进门,或者没进门,就听说了我们,心里并没有好感,否则她也不会同意康明受武登科和小张的怂恿,可见他们早已经同声一气,联成一体了,武登科这么顾虑,是彻底的想让李瑞平疏远我们。"红红。

我似懂非懂地望着红红,她的脑子实在是太复杂了,她的思维和平常人不一样,绕上几个弯也离不开中心问题。

"明明是一条道,却走不通,或许李瑞平不那么想。"

"但愿日后她可以转变看法。"红红。

"东方不明西方亮,我们只要寻找出路,就一定会另辟蹊径。"

"这才像个男人。"红红呵呵地笑了起来。

武登科见到我们的时候,并不惊讶,他淡淡地笑着,目光很温和,他的额头上打满了绷带,其中一只胳膊打了石膏固定在胸前,他的外伤并不见得很重,CT 证明他大脑中有点出血,不过现在已经得到了完全控制,只需住院观察,等到瘀血吸收之后,他就可以出院了。

"我以为再也见不到你们了，在那一刹那间，我几乎傻了。"武登科摆了摆手让我们坐得离他近一些，见到我们他同样很高兴。

"睡着了？"红红。

"喝得酒太多了，两个晚上都没有休息好。"武登科已经认识到了他的过错所在。

"以后应该注意保护自己，不然的话将来我连个强硬的对手都没有。"我看着红红，心里很疑惑，她怎么可以这样说，可是红红却表现得很坦然，而且特别的自信。

武登科嘿嘿地笑了起来，他并不介意，看起来他正是这样想的，他不服，他永远也不会服红红，他一定会更加努力，超越红红，这是他的目的所在，永远不让红红追上，或许吃掉我们的公司，他一定是这样想的。

"多大岁数了，竟然像二十多岁的年轻人一样发酒风，真还不简单。"看似平淡随便的几句话，却让武登科难为的不得了，他似乎想分辩几句，但又觉得不好对付，所幸只有默默地笑了。

"姐夫，最近两天谁在陪你。"我想冲淡红红说话的不自在。

"小张。"他的一只手动了一下，示意我把他扶一下，我依照他的意图扶他坐好，红红给他倒了一杯水。

"会不会留下隐患。"我指的是他的脑出血。

"大夫说不会。"武登科忽然不安了起来。

"大姐最近几天还好吗？"红红。

"她挺好，今天早上刚走。"武登科。

"你的人手很厉害，真还没想到，小张居然第二天就获释了。"红红。

"以后你也会有。"武登科。

"我还是缺乏魄力，处处落在你的后边，自愧不如。"红红。

"你已经了不起了。"武登科违心地说出了这句话，却是他内心真实的写照，并没有恶意，红红在日常办公中参照武登科为榜样，想不到她今天竟然会以诚相待，这实在是大出我的意料，红红到底是怎么想的。

"非常惭愧，想不到我武登科聪明一世，却不知道怎么栽在了你的手里，我苦苦搜索，却一直找不到答案。"想不到武登科会直插问题的本质，他目光炯炯有神，盯着红红充满了渴望。

红红淡淡地笑着，她并没有回答武登科，"也许有一天我们可以同舟共济，我会记着你今天的坦诚。"

"商场如战场，有你这句话，武登科知足了。"武登科伸出了手和红红握了一下，然后又和我握了一下，我不知道这是否叫言归于好，但我知道彼此间有了转机，但望从此之后可以友好往来。

小张推门进来了，他一只手提着暖壶，看到我们，表现了自己的诧异，他默默地走近了武登科，把暖壶挨着另一个暖壶放下了，然后抬起头，"你们才来。"

红红冲他点了一下头，我笑了一下，难道他也不参加康明的宴请，为什么他还在这里。

"二姐回来了吗？"红红。

"回来了。"小张的表情很冷漠。红红看了我一眼，我知道她准备要走了，武登科让小张取烟，被我挡住了，"我们要不走吧，姐夫需要静养，再不走护士就要催了。"

"不要紧，不要紧，再坐一会儿。"武登科。

"以后再过来看你，我们还是先走吧。"红红立起了身，小张替代武登科送我们到了门口，红红又扭回头去冲武登科摆了一下手，"安心静养吧。"

武登科点了一下头，我们便从门口消失了。

我们刚刚离去，武登科就在小张的帮助下取了石膏，他头上的伤也基本上痊愈，取了绷带隐隐约约可以看到一点伤疤，也是零零星星的几个小点点，至于说脑内毛细血管绷裂，也不完全是真的，出了这么大的事故，事故的直接责任人又是他，他感到很惶恐，也觉得自己很唐突，甚至很愚蠢，他的内心有着难以居齿的尴尬，索性让医生给他捏造了一些流言，躺在病房中调度他也许感到了一些坦然，用了几天的工夫，他的心态终于调整好了。

他的思维几乎没有让他的判断出现失误，他终于在临上康明的宴请的最后时刻等到了康红和我，他对自己充满了信心和自信，他望着我们消失的一刹那，脸上露出了一丝冷笑，"毛丫头，当真不简单，真会选择时机，如果再坐着不走，恐怕康明就会打过电话来，或者有人来接咱们，到那时，就会弄巧成拙，自己也会很被动。"

我离了医院，尚在怪红红。"来看人，前后也就十几分钟，着急什么？"红红，伸出手腕看了一下表，"康明的宴请马上就开了。""这和我们有什么关系？"她并没有回答我的问题，她扭回头去又看了一眼背后的医院，拉着我的衣袖躲过了几辆自行车来到了一家小商场的门前。

"我们没有必要让武登科难做。"对红红的话，我听得莫明其妙，"他难做，我们也自在不了。"

"你又有什么新见解？"

"武登科的胳膊并没有多大的伤，事故现场他还支着准备起来，在医院却打了石膏，好像特别重，很可能是伪装的。"红红竟然不相信武登科会有那么重的伤。

"这又何必呢？"

"他可能考虑到了我们今天会来，所以才会耐心地等到最后一刻，我估计我们刚刚离去，他就离开了医院。"红红。

"武登科不可能带着伤离开医院。"我不相信。

"他有什么伤，脸上受了一点伤，不过是玻璃珠擦破了一点，当时他是惊恐过度，现在他的心里早已经调节好了，他不让我们参加康明的宴请，其目的只是让李瑞平和我们保持一定的距离，或者疏远我们而已，他的目的太露骨了。"红红。

"你把武登科想得那么阴险，是不是有点多虑了。"

"你不相信我说的话？"红红。

我摇了一下头，我想我还是相信的成分多。

"我知道你不相信，你现在可以回去看武登科了。"红红又看了一下手腕上的表。

"有那个必要吗？再说见了说什么呢？"

"刚才我们去的时候只提了点水果，你现在可以再送去一点礼物，他如果在，他不但不怀疑你，而且心里还会很满足，他如果不在了……"康红盯着我，看我有什么反应。

"证明你高明。"我适时地补上了一句恭维红红的话，"可是再带什么礼物他才不疑惑呢？"

"带上几个小炒和米饭送过去。"红红的点子真多，这么简单的问题我都想不到如何解决，送饭再去见武登科和小张，这真是一招绝妙的好棋。

几个炒菜和米饭打了包之后，红红让我送过去，她要了一杯茶坐在了雅间等我，并让厨房准备几个凉盘，说等会儿要。

我的疑惑终于释解了，武登科和小张如康红所料，他们已经离开了医院，他的床上放着石膏套夹，看起来他还会回到医院，同室的病友告诉我，他只是惊恐过度，他走的时候很轻松，想不到武登科的脑子越动越邪乎了，我把盒饭送给了一位老太太，便迅速地返了回来。

看到我没提回东西来，红红现出了困惑，难道她的判断出现了失误，武登科真的伤重没走？

"你真能折腾人？"我颓丧地坐到了红红的对面。

"他们没走？"红红很惊讶地望着我。

"他能走得了吗？"

"不可能，事故的当天他是走着上了救护车，胳膊还去拽了车门框。"红红坚持她的记忆不会出现失误。

"两位要的凉盘现在上吗？"服务生推开了小门。

"上吧，再拿一瓶五粮酒。"

"你胆子不小，敢要五粮酒。"红红诧异地盯着我。

"不要五粮酒，就要一瓶剑南春。"

"你可以呀，敢这么折腾。"红红娇斥地傻笑。

"他们都吃请去了，留下了孤苦伶仃的我们，难道还不能自己安慰一下自己。"

红红望着我，若有所思，服务生端回了几个凉盘，她一口气又要了十几道档次很高的菜，"我们自己请自己，如何？"然后发出了爽快的银铃一般美妙的笑声。

"他们不在了。"红红给我斟了一杯酒。

"他们真还走了，为你的预见干一杯。"我举起了酒杯，红红也举了起来。

"你相信武登科在欺骗我们吗？"红红。

"现在我终于相信了，我再也不会信他了，还亿万富翁，就这么一点肚量，小题大做，神经过敏。"

"他有他的道理。"红红。

"他有屁的道理，左右康明孤立我们也是他的道理。"

"能明白就不错。"红红不知提醒了我多少回，我再不开窍，脑子就真有毛病了。

"算了，和他们计较让我们不自在，不如干脆忘了他们，我们痛痛快快的吃上一顿。"

"武登科的教训，当引以为戒，吃可以，酒要少喝，尤其是带了情绪的酒更要少喝。"红红语重心长地告诫我，"武登科他很幸运，他知道以后会如何珍惜生命，生命对每个人来说，都只有一次，随随便便就浪费了，不但是对自己不负责任，对亲人更是一种犯罪的行为。"

"只是我们俩人太冷清了。"

"这个食堂不景气，大厅里连一个吃饭的人都没有。"红红。

"我们真的很孤单。"我喝了一点酒，感觉挺不舒服。

"想热闹一些，那还不好办，你坐着，过一会我就回来了。"红红跳起来便走了，她又有了什么新花样，我一时还猜不到，不过我敢肯定，她一定会别出心裁。

红红回来了，她从手机上看了一下时间，然后冲我笑了一下，把手机放进了手提袋，"又有什么馊点子。"

"现在还不能告诉你，不过我们马上就可以热闹起来，这一点请你相信我，而且比上他们的宴请我们更开心，更瞩目，更重要，更灿烂。"他说得这么优越，这怎么可能，这种场面只有幻觉中才会实现，我想都没想到。

我摇了一下头，然后点了一支烟。

"我说的是真的，他们算什么，不就是想让我们冷冷清清，孤孤单单吗？他们想错了，人没有钱，犯了法，才会穷途末路，感到身心俱疲，心力交瘁，你见过哪个有钱人，堂堂正正的人会感到孤独，寂寞自心生，想找点安慰和快乐，对有钱人来说太容易了，你把心放得宽展一些，我们想要朋友多的是，不一定非要有他们作陪脸上才光彩。"红红自信倔强的样子，往往表现得很强硬，仿佛有人在和她较劲一般。

"我们也算有钱人，武登科不把我们放在眼里，小张不把我们放在眼里，康明应付我们，就连一个新人了也被他们包裹着和我们绝了缘，和武登科一样，他们还会鄙视我们，孤立我们吗？"

"你想得太复杂了，他们孤立我们，和钱没有关系，和高众寡，我们的因素也很重要，和他们沟通的时候几乎没有，主动和他们亲近的时候更是寥寥无几，我们首先拒绝了和他们往来，在他们的心中，首先是我们轻视了他们的存在，是我们把他们一个个推向了武登科，武登科才会有机可乘，进而在亲情上孤立了我们。"红红的自我剖析不无道理，想想也是，可是有好多东西我们都做不到，和他们沟通，不太可能，亲近他们？怎么亲近，本来就很亲近，他们觉得疏远了，我也没办法，那就是我和红红的性格不好了，不随和，不巴结，红红最后还补充了一点，"我们还是一个暴发户。"因为种种的原因，我们所以被孤立了。

"可是我们怎么改变自己呢？"我不知道，我就这么个样，我没觉得自己冷僻，可我本身就是孤独的人，我还以为自己的性格很随和，和任何人都很友好，想不到红红说我们自身有着不可弥补的缺陷，是导致孤立的主要因素。

"反正我想我们更应该调整一下自己，对亲友的做法也当和武登科学学，也许会好一些。"红红。

"这一点我们学不来，一旦照猫画虎，我们的烦恼就会纷至沓来，算了，我看我们还是现在这样好，他们没人重视咱们，咱们还清静，该办的事情阻力会小些，顾虑少了，什么事儿也可以得心应手的去办。"

"咯咯咯……"红红忽然间笑得很开心，"开春挑一栋宽畅、出路好的房子装修好，把你爸你妈先接上来，这样你就可以随时回家了，乡下地全交给你二爹，房子送给你二爹的儿子。"

"恐怕他们不会同意，去年你不是说了吗？"

"去年他们不来也就算了，我们的事儿太多，也顾不了他们，现在一切都稳定下来了，也该让他们上来了，想种地有的是地，管理树苗也行。"红红。

"下次我们回去劝劝。"

"劝什么，说给他们该处理的就处理。"红红又来了她那套武断的做法，我冲她点了一下头"试试吧。""不用试，告诉他们我们现在好转了，他们也到了该享福的时候了。"

"他们现在也在享福，谁过的有他们潇洒。"

"那也不行，那也在农村，我们看他们，照顾他们都不便利。"红红。

"车的速度那么快。"

"车的速度再快，也得时间，他们留在下面已经没有必要了。"红红。

服务生推开了门，外面语声鼎沸，好像来了好多人，"你们的人来了。"

"他们已经来了。"红红立即从雅间奔了出去。

"康总,你好。""康总已经来了。""康总……""康总今天怎么会有这么好的兴致。""不好意思劳烦康总请我们。"

见到了我，这种热烈的恭维的称谓又改成了苏总，真有红红的，她居然把公司上至部门经理，下至护理果园的工人全请到了这个饭店，他们一见到我们，所表现出的热情，热烈的气氛，无论走到哪都无法营造出来，红红立即让食堂上菜，清一色的五粮酒，红葡萄酒，高档的菜肴，让大家倍感亲切，体贴和关怀，他们回报我们的是热情洋溢的尊称、谦恭的礼数，整个食堂都洋溢着祥和欢乐和融融的气氛。

"这是我平生第一次喝五粮酒。"护理果园的老王一定要敬我和红红一杯，"不是遇上这样的掌柜，我怕我一生都不会喝上，我一定要敬两位老板一杯，我的心里才会踏实。"

"应该，应该，这样的老板打着灯笼找不着。"售房部的经理郭启俊，说他也有此意，他的工作成效不显著，可是两位老板谁也没有指责他，他心里很愧疚，他表示在新的一年里，他一定开动思维，多想一些策略，帮助公司尽快走出困境。

大家你一言我一语，提了很多切实可行的意见和建议，让我和红红受益匪浅，只是大家敬的酒太多了，即使每次喝得很少累积起来也很多，红红怕拂了大家的脸面，也尽可能地去饮，结果自然是醉了一对。

酒后，红红的助理赵巧霞把我们安置在了客房部的休息部，并且留下等待，照顾我们。我也许还在胡言乱语，红红已经没有能力制止我了，她吐了之后，便陷入了深度的昏睡中，而我却极度兴奋，即使躺在床上还是不停地吆喝着要划拳、猜令、喝酒……

我酒醒得比红红快，傍晚时分红红也醒了，我拿开了热敷她的毛巾，望着她艰涩地要睁开眼睛的样子，不禁笑了，"说好了，不能带情绪饮酒的。"红红已经意识到她已经醉了，她醒来的第一件事儿，就是喃喃地重复她对我的警示。"让你少喝一些，是不是你也喝高了？"我显得很不好意思。

"康总，现在还难受吗？"赵巧霞一直坚守在红红的身边，她是红红最得力的助手，平素我都不去想他们，他们围在康红身边，我这个大男人反而无用武之地，有什么事儿红红也喜欢先和赵巧霞探讨，偶尔会告诉我一些，很多情况下，她们便决定了，显得我很无能，我很嫉妒赵巧霞，可是有什么办法，红红没这么个助手还真不行，不过此刻他也为我解了围。

红红勉强笑了一下，"太难受了。"

"中午饮的酒太多了，我已经为你准备了清水，醋，苏打水，现在你想用吗？"赵巧霞是不是有点太偏心了，我也喝了酒，我怎么就没这种待遇，她准备了这么多东西，我怎么不知道，康红什么也没表示，赵巧霞出去了一会儿，便用托盘端回了四个口杯，里边分别剩了以上她说的三样东西，还有一个空杯，示意让我躲开一些，由她来照顾红红，我这个丈夫只好听她的话，退远了一些。

赵巧霞把一只手插入了红红的脖子与枕头之间的缝隙，轻轻地托起了红红，然后把醋倒入了红红的口中，红红努力搅动舌头，尽可能地让食醋冲击她的口腔，濑毕吐入了口杯中，然后她又喝了一口清水，再次濑了口，然后，把一杯苏打水缓缓咽了下去，这一串熟悉自然的动作，简直把我看呆了，她什么时候有过这种经历，赵巧霞如此熟悉，想必曾经有过这种服务，这种解酒的程序，又是谁的经验呢？

很显然此刻的红红比刚才轻松了好多，她的眼睛虽然还闭着，但苍白的脸色正在褪去，起伏的喘促也较刚才平稳了好多，这一定是某个人传给她的，她以前醉过，赵巧霞能这么熟悉，在我们的记忆中，我无论喝多少酒，她都没帮我解过酒，酒后多么难受，她也没提过，而我居然曾经做过医生，也没听到人说起过，也许康红，赵巧霞也是无意中记下了这种方法，但愿它可以让康红很快好转起来。

"苏总，等会康总要吃饭，你也一块吃吗？"赵巧霞很乖巧，她一定知道康红要吃饭，否则她不可能不征求康红的意见就问我。

"我没有胃口。"赵巧霞居然熟知这一切，康红依然紧紧闭着双眼，她既没表示反对，也没表示同意，这就肯定她是要用饭的。

赵巧霞用手梳理了一下自己的秀发，冲我淡淡地笑了一面，便离开了客房，她去为红红准备晚饭。

"你愣在那里干什么？"红红睁开了眼睛，温和地望着我。

"你以前醉过吗？"我心里很疑惑，便不加思索地说了出去。

"你这是干吗？坐到我身边来。"她摆了一下手，并且转动了一下身体，我不由自主地坐了过去。

"我发现我对自己越来越陌生了。"我用手理了一下红红凌乱的头发，并且用手拭去了她额头上的汗晶。

"有必要这样认真吗？"红红用她绵软疲瘫的手捏了一下我的胳膊，小心翼翼的温和，让我深感陶醉，这种感觉已经很久都没体会到了，红红妖媚美丽，温柔且漂亮，我心中叠起的阴影顷刻间化为了乌有。

赵巧霞端来了两碗牛肉面，红红坚持让我吃，我拗不过红红，便吃了起来，赵巧霞什么也没表示，拿着托盘便走了，不久又端回了两碗放在了我们面前的小茶几上。

"小赵什么时候变成了康总的服务员了。"看着红红满面汗渍，我的身心也轻松了起来，体力仿佛迅速补充了起来。

"苏总看你说哪了，这就见外了，每次办事都是我陪着康总，你应该感谢我才对。"赵巧霞伶牙俐齿很会说话。

红红不自然地流露了一点温和的笑。

"你们康总办事儿醉过吗？"我还是不能完全释怀，我还是第一次见红红喝酒过量，看她豪爽的喝法，哪像平素不喝酒的女人，而我竟然知其甚少。

"没有，这还是第一次。"赵巧霞，"以前喝了难受，就是这样解的酒，我们都习惯了，今天喝了这么多，还从未有过。"

"想不到康总长本事了，难能可贵，难能可贵。"我发出了从未有过的爽朗的笑，也许有些莫名其妙。

红红瞥了我一眼，把碗递给了赵巧霞，赵巧霞准备再给她端一碗被她拒绝了。

"康总还是再多吃一点，这样体力恢复得快。"

"算了，今天胃口不好，还是少吃一些吧，小赵你把账结了先回去吧，我们随后就到。"康红自己用手梳理了一下散乱的头发，从床上把双脚伸到了地下，小赵连忙帮着穿上了鞋并系鞋带，我已经端了第二碗面，我想我还是把它吃了好。

第四十六章　康红和苏培的园区

"现在你脑子里已经注进了垃圾，你应该尽快打扫一下，别让人心烦，我的烦恼已经够多了，你居然搜肠刮肚的也想添点，你不觉得过分吗？我平时像喝醉的人吗？你心里堵得慌，难道我比你舒服吗？我劝你别带情绪喝酒，我喝了，我烦，你怎么就不长点心眼，怎么你也能喝醉，男人要保护自己的女人，你哪有这样的姿态，一群女人看你，你比我醉得还快，我不寒碜你已经不错了，你到坐下找起我毛病，怀怀疑疑，好像我每天在外边不务正业，你还像个男人吗？你还有点良心吗？你以为我是笨蛋，我不长心眼，也不会动脑子，你那点小聪明想了什么我比你还清楚，当着赵巧霞的面，我不愿意让你难堪，你还得寸进尺了，以为我有什么短处怕你了，现在你给我说清楚，我长什么本事了，还说难能可贵，你的文化层次提高了，讽刺人还文绉绉的，扯淡，你不就是成心让我难受吗？你现在说清楚，我长什么本事了？"红红一进门便摔去了手套，扯开了鞋带把鞋扔在了一边，像一个泼妇一样把手叉在腰际向我发难。

"你怎么能装住，在车上不是很好吗？"

"你在公司的员工面前不给我面子，但我不能没有风度，在大街上骂自己的男人。"红红怒目而视。

"既然在路上都能想得通，回了家怎么像个泼妇。"

"我都被你们一个个气死了，还能装得住，我早就想发火了，我满腔的怨愤，憋的我心慌，焦躁，哭笑不得，我已经够容忍你们了，可是你还在逼我，你还让不让我活了。"红红越说越激动，火气也越来越大。

我吃惊地望着红红，我还从未见过红红发这么大的火，像这样冲动的时候我还是第一次见，我的心里有些不安，甚至是胆怯，我默默地坐在沙发上，无奈地望着红红。

"你如果能把这一切事担了，我何其苦抛头露面，东奔西跑，你以为支撑这么大的摊子容易吗？你除了知道三多二少之外，你知道什么，公司有多少业务，员工，他们都在怎么分工，怎么干活儿，没干什么活儿，如何调度，你操过心吗？工商、税务各个部门的刁难，你出过几分力，你想过这些吗？在你的脑子里全是一片空白，衣来伸手，饭来张口，一切都顺其自然，其中的艰辛和苦涩你尝过多少，还放不下你了，我喝了，我哪次陪人家吃饭没喝酒，你有本事儿，下次你代我去，我还懒得管。"红红鼻涕眼泪一抹一把，伤心至极，想想也是，这么大的一个摊子，我几乎帮不了多少忙，还得她操心我，却无端地产生了猜忌，难怪红红会不高兴。

"是我不对，我总觉得那不适合，所以……"

"所以你就不高兴了，当着赵巧霞的面讥讽了我，好在赵巧霞一直陪着我，不然的话让赵巧霞怎么想，你敢怀疑我，外人就敢议论我，我以后还怎么支撑这个局面，你以为这么简单，现在我们就陷入了危机，行，你帮我来解决，你去和别人说，我缺钱了你给我点，看看有没有人怜悯你，同情你，你别多弄，弄个十万八万，让我年后解解燃眉之急也行，怎么样？你既然这么长本事，我成全你，你拿出一点男人的英武气概，以后别让我再出去。"说到伤情处，红红把枕头扔向了我，铅笔、钢笔，纸张，凡是可以抓到手的东西，她都可以扔向我。

我几乎得了痴呆症，除了嘿嘿地傻笑之外，就是避开红红扔过来的东西别砸到脸上，真还没想到她从食堂忍到了家里，居然发这么大的火，我还以为她并没有生气，认了我对她的指责，心里仍然有些不舒服，想不到她忍到了家里，才和我算账，而且动了真格的，这我倒是完全没有想到，她列举了很多的事实，证明了她的艰辛和不易，又哪是我可以想象得到的，她几乎从未和我说起，而一切全平息在她的能力范围之内，真惭愧，我是一个性格内向，懦弱，而又不好交际的人，应付那些人，原本就不是我的长处，而且我也应付不来，既然红红可以应付，我想即使红红通知了我，我也未必会去，我这个人真是缺心眼，什么地方也缺心眼，唯独今天长了一点心眼，想管管自己的老婆，却又管的不是地方，我知道是我太多心了，引起了红红的反感，现在她想发火就让她发吧，她的心情原本就不好，可是一定要装得很好，而我却不能理解她，以为她不会介意，所发生的一切她都无所谓，事实上是我错了。

没有随手可以抓到的东西之后，红红的火气渐渐得到了平息，不定期地在怒目而视已经无所谓了，甚至还要宣泄一些自己的余气，我一个劲地说好话，赔礼道歉，似乎也稍起了一些作用，但是她禁示我走近她，她说她心里烦，很厌恶我。

红红一个人占了大床，好在她已经不闹了，我洗漱之后，到隔壁另一个卧室睡了，今天真不该喝得太多了，照顾红红的应该是我，而我却无所顾忌地放纵了自己，我真的是太自私了，我根本就没去想，红红可能比我更难受，更烦躁，我只想了自己，在康家人面前，我的尊严难道比红红更重要吗？不是这样的，红红是我的全部，他们实在无所谓，而我却忽略了红红，真不应该。

晚上我很晚了才睡着，我想了好多问题，我都不知道自己是怎么睡着的，早上醒来的时候，我一直以为自己一夜没有睡着，我还是在想问题，还是有些焦灼的感觉，但我相信自己一定是睡着了，否则这么绵长的夜，我一定渡得很艰难，而现在，我的感觉并不是很难受，相反要比昨天轻快了许多。

我过去想看看红红，看看她是否还在睡觉，看看她的心情有否改变，想不到屋子里空荡荡的，不但床铺收拾得整整齐齐的，就连地上扔的乱七八糟也归了位，红红不知道什么时候就不在了，我更相信自己是睡着了，否则这一切我怎么能不知道。

我下了楼，发现楼下也简单地收拾了一番，我不相信她会这么早就到了办公室，我洗漱之后，便匆匆忙忙赶到了办公室，我宁愿相信她在办公室，办公室的门紧闭着，我推了一下推不动，便用手去敲，她没有反应，红红不在办公室，她会去哪儿呢？我在办公区到处转了转，也没发现红红的踪影，我去了锅炉房，这里的刘叔一边烧锅炉，一边兼做门卫，想必他会知道红红的去向，可是问了刘叔，刘叔说红红可能走了后门，她从后门出去干什么呢？后门一出去便是种树的地，一望无际的白杨树放在夏天那才壮观，可是现在枯萎的生命在严寒中苦苦挣扎，看他们的可怜相，有什么意思。

可是到处都找不到红红，又确信无疑红红没有从前门出去，那红红终究是去了哪里呢？晚上她不可能离开，否则她不会那么从容，现在唯一的去向就定在了后门，我对后门并不熟悉，自从搬进这座小楼，我几乎没到过后门，想看我们即将收获的硕果，我会守在楼上，极目远眺，或者用望远镜观察，实地去考察，我从来也没想过，今天我找不到红红，不得不来到了后门，果然后门敞开着，难道红红真的从这里出去了吗？

后门的台阶并不是积满了灰垢，虽然有稀落的灰尘，但一眼就可以看出来，这里经常有人来打扫，红红的脚印清晰地印在上面，一条小道，穿过稀疏的高耸的小白杨，通向了我们早已铺垫好的道路，红红就是从这里消失的，可是要通过这零零星星，稀疏的小白杨看很远，那是不可能的，远处都是密密麻麻的小白杨，它们仿佛是一堵墙，一道屏障，如雾，如重浊的雨瀑，遮挡了我的视线，我尽量去搜寻，可是目光所及，所看到的远远近近，重重叠叠的全是小白杨，红红已经走出了很远，从小道走出的压迹可以看出，红红常常来到这里，这里是她的希望，同时也是她寄托了一切的乐园。

我连忙回到了小楼上，我希望通过望远镜可以找到康红，可是我依然很失望，从小白杨的树冠上透视，不但堵得更加厚重，而且更加迷惑，想看到红红在哪个方位还真不容易，远处有零散的炊烟，它们袅袅升起的姿态很恍惚，我知道凡是烟升起的地方，一定有一家人，或者几家人聚居，在这片林子里到底住了多少户人家，我心里可没底，他们如何工作，如何接受管理，我更是一点也不知晓，也多亏了红红，难为她了，我们能有这么大的摊子，没有红红是不会有今天的。

我决定进林子里找红红，可是这么大的林子，我到底去哪找她呢？老刘说我最好骑上摩托车，否则今天转悠一天也转不完这个林子，也是，老刘帮我从车库中推出了红红以前骑过的摩托车，现在它归我了，我骑上它速度可就不一样了。

我顺着通向南边的固定小路缓缓地向前移动着摩托车，目光不断地向两边巡视，唯恐有什么遗漏，骑上摩托车的速度要比步行快得多，很快便到达了小湖边，小湖边仿佛经常有人过来，好多的杂草坪被踩倒，有的地方，已经裸露出了大片的人工铲干净的土地，即使有虚浮的碱土已经漂浮在了它的上面，我还是可以看出来，远处不远不近有十几把长条木椅，想必每天还有人光顾，什么时候安置了木椅，我不知道，真惭愧，我对自己的财产表现得冷漠和生疏连我自己都感到吃惊，我把摩托车立到离湖边不远的小道上，特意走近了长条木椅，退了色且有斑驳的木椅上，有零星散落的树叶，均匀稀散的尘埃，一看就知道很久没有人光顾了，我走出了有几十米，寒气从湖冰上透过我的棉衣阵阵地偷袭了我，我的面颊，尤其是耳肌感觉特别的不好受，仿佛有点麻木的感觉，偶尔有些痛，我真疏忽，大冬天骑摩托车；连头盔也忘了带，我用手捂着双耳，匆匆忙忙向摩托车走去，刚才骑着摩托车也没觉得冷，现在步行反而觉得特别的冻，两只脚也有些异常的感觉。

我没敢太久地逗留，立即依原路返了回去，出来的时候丝毫也没考虑天气的因素，我这个人干什么都很粗心，难怪红红做什么都对我不放心，我想她让我领着人搞建筑，在红红的心里，一定也很勉强，此刻红红也许已经回去了，她压根就没走这么远，也许就在附近溜达了一下，我当然希望她是这样，在我没有回去之前她已经回去了，我一回到办公室就可以看到她，希望她已经不再带有昨天的焦虑，坦然平静地面对我，面对公司，面对一切。

我的手在哆嗦，在颤抖，我勉强把摩托车立好，便立即用双手去捂耳朵，双脚在地上踱着细碎的小步，我希望自己立即可以好受一些。

头顶仿佛传来了打开窗玻的声音，我的脑海里立即有这样一种反应，红红已经回来了，而且她已经看到了我的狼狈，我假装什么也不知道，捂完了耳朵去搓手，搓完了双手又立即去捂脸，双脚不停地在地上打转转……

“笨蛋，十足的笨蛋。”然后是一种开心的忍俊不禁的大笑，这不是红红又是谁呢？她已经不在计较昨天发生的不愉快了，她一旦开口，就预示着雨过天晴，而且还伴着热情的清脆的笑声，我心中尚存的疑虑和负担，在这一刹那间，完全消失了。

“有你这么说自己男人的吗？”我停止了一切运动，心定则气和，气和则血畅，我忽然间可以平静下来了，一切又恢复了常态，脚也不冻了，腿也不哆嗦了，两个耳朵的感觉即使还有些隐隐约约的不舒服，也可以不当一回事儿了，红红的热情和主动，给了我力量和温暖，让我可以坦然自然地面对她。

“看来真的还不能理你，看你那副可怜相，就不由地动了恻隐之心，你还真要把自己往高提了。”红红望着我仰起的头呵呵呵地还在笑。

“不是为了找你，我至于这样吗？”

“你对这片林子熟悉吗？你进过几回？你说你去找我，你知道我有一个什么习惯？你漫无目的地去瞎撞，有那么容易吗？这可不是几亩，十几亩，或者几十亩，你转一转也得你用点心，随便走到哪都能找到我，和哄我有什么区别。”红红的声音越来越严肃，仿佛昨天的不满又悄悄地回到了她的心中，她似乎又在发泄，又在谴责，算了，惹不起还能躲不起，我也不看她了，干脆进了走廊，听不到她还有什么下文，我的耳朵清净了，心里仿佛也轻松了，我不知道红红是否还在抒情，我躲起来觉得很好笑，好笑似乎掩饰不了内心的歉疚，这种歉疚让我更加的惭愧，我没有经营的头脑也就罢了，而且不会关心人，体贴人，对红红所进行的事业缺乏一种主人翁的热情，难怪红红会怨怪我。

我没有勇气到红红的办公室，也没有勇气到我自己的办公室，我很少进入我的办公室，红红从来也没要求过我，也许是因为我的工作大多都在建筑队，我不要求红红给我办公室，可是红红坚持要留，我明白她的用意，即使我这个架子是虚的，其实本来就是虚设的，但是可以证明我在红红心目中的地位，她在名义上并不想压倒我，实际工作我做不了，红红从来也不勉强，现在想想，我这个人也真够愚钝的，我怎么就没想到多关心一下红红的工作，即使多了解一些公司的情况，也没什么不好的，可是我不但不感兴趣，而且从来也不去想。

现在我居然想到了我的办公室，我已经记不清上次我进入我的办公室是什么时候的事儿了，现在突然想起来，不但有一种陌生的感觉，而且有一种忌惮的感觉，我居然在这里保留着一个副总经理的办公室，而我这个实际上的付总经理居然什么也不知道，什么也不会安排，而我居然是名副其实的付总经理，我配吗？我扪心自问，我配吗？

另一个声音告诉我，我有什么不配的，公司是我们自己的，红红自封了总经理，我挂个副总有什么不对的，惭愧的是，我这个副总也就是挂了一个名分，什么主也做不了，什么主意也没有，更别说有什么规划了，我这么一个活生生的人，能做什么呢？做什么更适合我呢？我不知道，我发现我早就丢失了自己，变成了钱的垃圾，变成了红红的附庸，可是，我摇了一下头，我绝没有办法改变，我原本改变不了自己，我已经被钱俘获了，正在变成钱的精神，让我随着红红的努力而膨胀。

"你以为你躲起来发呆，我就找不到你了吗？我说话你不爱听，我就这么讨人厌，我就不信，我偏偏要找到你，偏偏让你听我说话，听我唠叨，我看你能躲哪去？"红红突然冒了出来，让我心中略感惶乱，我以为她不再和我怄气了，想不到她还是没完没了。

"我不可能不避避风头吧，这么冷的天。"我小心翼翼地笑着，唯恐激怒了红红。

"你是避我的风头吧，这么冷的天？"红红故意改变了语调进行讽刺我。

"那你在外边试试。"我假装去推红红。

"用不着你推，我也是刚从外边回来，没你那么玄。"红红用她的双手抛开我的手，毫不客气。

"那你没感到外边很特别。"我故作惊讶，试图让红红再露一面笑。

"是你特别吧，这么冷的天，不戴头盔，手套，有谁有你这么勇敢，脖子上不打领带，说说看，有谁有这么风流，像你一样在冷冽的寒风中，骑着摩托车四处漂遥，多么自在。"红红语含讥讽，让我无法自在。

"我不是着急吗？"

"你着急什么？什么时候你着急过？"红红。

"就今天，我着急了。"

"今天就是很特别，日子特别，还是人很特别？"红红一边走近了我用手拍我的肩膀，一边讥讽我。

"你很特别。"不知道为什么，红红故意的亲昵，让我感到很难受，我一边躲避她的抚摸，一边不自在地给她赔着笑。

"我特别，我没发现我有特别的地方，你发现了，你是不是感到有些意外，这我很难受的，你在恭维自己的老婆，而不是信任她，我差点忘了，你躲什么，你跑了也不顶用，和你没完。"我不能忍受红红这种虚伪的伪装的亲昵的行为，一溜烟溜了，想不到红红尾随在我的身后，还是不依不饶。

"早知道这样，我还不如……"算了，这种话一旦说出了口，一定会让红红很伤心的。

"我知道你想说什么，你不如睡觉是不是，那你不睡你的觉，起来干什么，又没有人打搅你。"红红真是太聪明了，偏偏我又太愚笨，想对付红红真不是一件易事儿。

"我见你不在了，因为昨天的事儿，怕你想不开。"我明知自己只是为了搪塞红红，临时抓借的借口，但愿红红可以相信我。

"你真的以为我是三岁小孩，你随便找个理由就可以糊弄我，我是那种人吗？我想出点事故，还把家替你收拾好，让你坐享锦衣玉食，你也不想想，这种事儿，你也能想到，搪塞我？实际点吧，苏大夫。"红红叫我苏大夫，我感到很吃惊，她喜欢我是一个大夫，我做大夫的时候她喜欢上了我，那个时候我留给他的印象很独特，所以她喜欢上了我，也许在她的心里，我还有苏大夫的阴影，否则就坏事了，她对我失望了，不可能是因为我哄她吧。

"你真是难对付，哄你不行，那怎么办？"还是实际一点的好。

"你找我又不是坏事儿，我说你错了吗？"反正都是红红的理由。

"我也不敢确定，你说了算。"

红红扑哧又笑了，"你这个人真有意思，算了，我是故意逗你，看你找我的份上，咱们别胡闹了。"

我的心尚悬在半空，望着红红，好不踏实。

"大姐打来了电话。"红红的一只手不由自主地按了一下手机。

"她打电话有什么事儿？"

"她想约我们出去吃一顿饭。"红红。

"不去。"我很坚决。

"大姐又没惹你，你干吗这么不识抬举。"红红听不惯我的口气。

"他们请我们，好人他们做得挺舒坦，可是我不舒坦。"

"武登科的事儿大姐能管得了吗？武登科怎么对你，你就想怎么对待大姐，是吗？"

红红云转雾来，又显得不高兴了。

"反正我不舒坦。"

"你不舒坦，我也不舒坦，大姐同样也不舒坦，你以为她会好受吗？武登科如何对待我们，不是她可以左右的，她也没办法，她怀着一种歉疚，仅仅是表示她是我们的大姐，她并不想和我们做对，但她奈何不了武登科，你懂吗？"红红试图让自己很耐心地多讲一些，但她还是停住了，因为再讲下去，她就不会有耐心。

"可是今天不行。"

"今天你有干的吗？"

"没有。"我没找到适合的理由。

"那为什么不行。"红红。

"昨天喝得太多了，今天这么折腾了一早上，我浑身不舒服，好像是感冒了。"我自然找到了推脱的借口。

"那明天呢？"红红。

"明天？"

"是不是明天也不行？"红红非常严肃，表现得很强硬。

"你为什么不能温和一些，干吗这么凶。"

"行吗？"红红口气稍有和缓。

我被迫无奈地笑了。

"明天行吗？"红红故意地放缓了口气，反而听起来越发不舒服。

我勉强地点了一下头，我有权做主吗？我扪心自问，我可以不去吗？红红决定带我去，她已经早决定了，她根本就不是征求我的意思，她只是向我通报一声，根本不可能让我提出异议。

"那好，我们明天晚上过去，我已经答应了大姐。"我知道她已经答应了，答应了跑来征求我的意见，这已经是给我面子了。

我淡淡地冲红红笑着，心里很不服气，可是对于红红一贯的这种做法，我又能怎么样呢？

红红对我的态度又表现了不满，她扭身回了楼上，脚步很重，整个楼道里全是她踢出的声音，极不协调。

我躺在床上看了一会书，便觉得有些饿，想找一些东西吃，家里除了饼干便什么东西也没有了，红红一向很节俭，这点我是知道的，难为她昨天花了那么多的钱，平素她每天早上只吃几片饼干，有时候晚饭也是饼干，午饭她从来不轻视，但不管什么东西，只要能填饱肚子，让她嚼干馒头她都毫无怨言。

红红除了脾气有点急躁之外，我还挑不出她有什么不好的地方，她看到我，除了呆板、冷僻、缺乏热情之外，恐怕还要加上笨拙、痴呆等代名词，她偶尔会吐露出某个名词来，她也许结合我本人的情况，加以印证，然后铭刻在心，无意间吐露了。每当她说出某个词来，我心里总是有一番惆怅不安，甚至是不满，但仔细想，我就是这么一个人，这本身就是我的缺点，而且与生俱来，一直不曾改变，我试图改变我自己，但绝没有那么容易，我在建筑队脾气也发了，呼喝意指也做了，对工作更是孜孜不倦，一丝不苟，甚至和工人同甘共苦，彻夜长谈，或者称兄道弟一块吃喝玩乐，但这些换来的并不是我的改变，我一旦脱离了那个可以让我自信，让我自然的环境，我就会又还原回原来的我，失去了自信的我在仰望红红的时候，变得麻木而且自卑，我确实不行，我就是不行，已经垄断了我的思维，神经，也许这就是本来的我，本来的我原本就是这样，并没有因为我和红红已经拥有了很多而自豪，自豪的是红红，充满了斗志的也是红红，主宰我的是红红，主宰这个公司的也是红红，而我只拥有一个家，对这一点我已经很满足了，我的自豪便是拥有红红，拥有一个家。

红红也不是很忙，公司没有开展新业务，各个部门又有人负责，她可以待在办公室里，也可以到处溜达，当然也可以专门和我怄气，她打开办公室的门，坐下看了一会儿报表，便表现了很焦躁的样子，她把报表扔到了办公桌上，又拿起了报纸，或者钢笔，最终她也不知道她到底要干什么，索性躺倒在沙发上，赵巧霞给她倒了一杯水，便去整理零乱的办公桌。

"昨天我真的是喝得太多了。"她好像在自言自语，又好像是和赵巧霞说话，赵巧霞只是冲她笑了一面，并没加否定，"今天还在难受。"红红又补充了一句。

"早上没吃早点？"赵巧霞立在办公桌的边缘上。

"没有。"红红有气无力地吐了两个字。

"吃点就好了，我出去给你买点。"赵巧霞。

"早点来了。"我刚好推门进来，我的肚子实在是饿了，否则我也不会想到红红，也许平时我真的是太粗心了，想到自己的时候少，想到红红的时候更少，我都不知道自己每天都想了一些什么。

"苏总真会体贴人。"赵巧霞玩笑的口吻。

"那是。"我听到了这句话，心里别提有多么的舒坦。

"太阳从西边出来了。"红红表现得也很乐观，她也许想都没想到我会给她端回早点，有这种举动，从来都是红红在做而我在享受，今天也许是破了例，真惭愧，我欠红红的太多了，而我从来都认识不到。红红的目光很柔和，充满了善解人意的微笑，此刻的红红让我无论如何和强硬的红红联系不到一块，这是刚才愤怒的红红吗？我怎么从来都意识不到自己的行为会让红红改变的她的态度呢？我真是一个十足的笨蛋，有这么好的老婆，都不懂得心疼、关怀和照顾。

"康总别不好意思了，我都在羡慕和妒忌了。"赵巧霞从我手中接过饭盒放在了康红面前。

"想不到我们的苏大夫，也有很会做人的时候，居然把早点有勇气送到我的办公室来，很会表现自己。"私下里康红总叫我苏大夫，她说她的印象中我永远是个苏大夫，那个时候她对我的印象太深了，她对那段生活，在空间上永远有抹不去的痕迹，这是对过去的留恋，也是对我的尊称亲昵的表现，今天她当着赵巧霞的面叫我苏大夫，我的心里甜腻腻的，感到特别的开心和幸福，想不到我这样的一个举动，竟然是这种效果，我不得不想想我的过去，我为自己的疏忽和懒惰，或者某种顽劣的思想而惭愧。

康红并没有答应康英的邀请，这是今天晚上的事儿，她说她对我今天的表现很开心，所以她也不能要滑取奸，她也想坦诚一些，以后有什么事儿，她会和我商量一下，她说她和我现在沟通得太少了，她只顾了公司，忽略了我，还请我原谅她呢，这倒是一个意外的意外，然后她便告诉我，对康英，就是她大姐的邀请她一直在犹豫，她以前说给我的时候好像是铁定了，准备答应她大姐，但是经过她反复的斟酌，她又找到了一些可以成为理由的破绽，所以她想推一下，延后再答应她大姐的邀请。

"大姐避开武登科邀请我们，看起来没什么问题，好像在弥补她心中的歉意，然后说明姊妹间应该多一些亲近，千万别因为某种因素，尤其是钱而阻碍了亲情的发展。她的用意也许是善良的，但是我心里总有一种预感，一种不安的预感。"红红忧虑的目光深情地望着我。

"大姐是个好人，她本人的品德和善良，是值得我们敬重和作为楷模的，也许她真的感到很抱歉，明明是康明和李瑞平的事情，武登科偏偏要干涉，这种行为也许伤害的不仅仅是我们，也有大姐，所以她一直不能坦然，歉疚让她做出这样的决定毫不为奇。"

"也许吧，如果真是这样，我的想法就冤枉了大姐，但是我还是不能坦然的接受这个事实，武登科对待我们，不是一天两天的事情，由来已久，我们从他给的房子中搬出来，也有两年了吧，在这两年当中，我们吃了那么多的苦，受了那么多的累，大姐怎么从来也没想到我们。"红红。

"以前她也许很恨我们谋划了武登科的财产。"

"现在她就释然了，谋划了武登科，她会骂我们吃里爬外，不给她争光，她心里一直放不下这个疙瘩。"

"也许因为我们，她也蒙受了很多冤枉气。"

"这一点我相信，武登科在我们身上出不了气，转嫁到她的身上毫不为奇，她应该也恨我们。"红红。

"也许时间冲淡了一切，她现在又想开了。"

"你不觉得有些太突然了吗，这不像是大姐的作风，她不是一个事业型的女人，急着约我们，显然不那么简单。"红红。

"难道大姐约我们有事儿？"

"我想是这样。"红红。

"塞翁失马，焉知祸福，见大姐有什么不好的，难得她二三年了，第一次有这样的雅兴。"

"你倒是挺乐观的，倒显得我多虑了。"红红。

"没必要想得那么复杂，有这样的机会，和大姐沟通一下，也没有不好的，毕竟你们是亲姐妹。"

红红默默地一言不发。

"你有什么顾虑的，你心里有鬼，你想给自己找一种理由，拒绝和她走到一块。"

红红不满地瞟了我一眼，让我更加坚信她心中担心的是什么，她害怕大姐也像武登科一样直白，因为她已经经受了一次，但她没有勇气经受第二次。

"我也曾内疚、不安、惭愧过，甚至有恩将仇报的感觉，一直在心里不安，这种感觉让我害怕见到武登科，害怕知道这回事儿的每一个人，这种思想一直压抑着我，让我没有勇气堂堂正正做人，做事，现在我几乎要淡忘了这一切，就是因为我们越来越疏远了，在情感上的疏远，弥补了我们内心上的歉疚。"我发自内心地对红红分析了我的心态，感到很轻松，我终于有勇气拿这个问题面对红红。

红红默默地望着我，似乎在考虑着一些理不顺的头绪。

"我想现在大姐无论怀着什么样的心态见我们，我们都不应该拒绝她，即使是武登科故意安排的。"

"你为什么停下了，继续说下去。"我刚停下不久，红红便要求我继续我的谈论。

"大姐也许不怀有别的企图，只是想请我们一顿，以弥补姐妹间断的情愫，她不想因为以前的事儿，和我们别别扭扭，也不想因为康明他们在加深彼此间的隔膜，这种可能也不是没有，这说明在她的心里，她已经原谅了我们。"

"你总是那么善良，想问题也在偏袒别人，但愿大姐有你想象得那么好。"红红。

"大姐这个人本来就不错，难道你不这样认为吗？"

"我大姐我当然知道，这不用你告诉我。"红红。

"那你顾虑什么？"

"我不是你，我们当然就有不同的看法。"红红又恢复了她的自信。

"那不妨说说你的看法。"

红红动了一下她的卧姿，"看问题有时候的角度也应该向自己倾斜，但绝不能太单纯了，我们也许欠武登科的，但那不是什么大问题，崇拜他，在做人上鄙视他，那么他的长处我就会效仿，他所以起家，最重要的一点就是贪污，只不过他贪污的是集体，做了国家和人民的蛀虫，而我们的目标是他，从他的利益当中拔了一点点，对他来说毫无影响，只是他不服而已，他没想到我们会有这么大的胆子，他最不解的是我们到底钻了什么空子，他想不明白，越是这样他就越不服，越不服他就会思思谋谋地算计我们，他的轮廓庞大，一切都理顺了，他现在完全可以挪出时间，人手来对付我们，对我大姐也绝不能掉以轻心。"红红的思维很复杂,她所想的问题,绝不是我可以去想的,我从来就没这样想过,即使想过,也因为一直平平安安,风平浪静,而把他遗弃了,红红一旦提出来,我就不得不去这样想,也许红红的顾虑是对的。我们之所以有今天,是贪污了武登科,钻了武登科的空子,武登科一直耿耿于怀,他所以可以消消停停地让我们过了两年,问题不是他宽容了谅解了我们,而是他实在顾不来对付我们,现在他支撑着庞大的事业,有很多业务骨干给他出谋划策,他也许又想到了我们,从哪个角度出发来算计我们,只有武登科知道,也许他的左膀右臂知道,天知地知,他要出什么高招呢?

"那你是说大姐在其中扮演着很重要的角色?"

"当然,大姐这个角色,只有用来对付我们才会显得主要。"红红的话我不甚明了。

"你能明白我很高兴,不是我刻意防着武登科,而是必须防着他,他要使坏,我们现在真还没有办法。"红红。

"他真的会使坏吗?"

"你太小瞧他了,他若使坏,我们必定要吃亏,而且防不胜防,这才是武登科。"红红把武登科想得那么厉害,有这么厉害吗?他真的能做到翻手为雨,覆手为云的地步吗?他对我们至于使出那么绝的招数吗?红红忧虑着这些,武登科会使出什么招呢?红红可以防患于未然吗?

"那我们怎么办?拒绝了大姐的邀请,也许以后连转机都没有了,我看我们千万别忽视了大姐的作用,然后我们再揣度他们。"

"也有道理,武登科把大姐推在了前沿,必定有他的用意,也许他不想做得太绝,他有目的,什么目的?我们现在只是猜疑,也怪我多虑了,也许他们根本就没使什么损招,坏招,也没打我们财产的主意。"红红。

"也不是不可能。"

"我还是见见大姐的好,看看这个亿万富翁的老婆会摆什么谱。"红红。

"她给你摆什么谱,她看到你依然是过去那个样子,大姐是个好人,我相信她依然是个好人。"

"那我是坏人了?"红红假装绷紧了脸唬着我。

"你……"我随手拉灭了电灯,扑上去想咯吱红红,红红早已笑得前仰后合躲得远远的。

走进灯火辉煌,装饰典雅古朴的世纪居,给人的感觉很特别,一进门便迎上来一对挂了斜幅"欢迎您到世纪居"的服务生,他们先是鞠了一躬,然后打了手礼。

"我们金苹果订了座。"红红。

"请跟我来。"其中的一位服务生走在了我们的前边,通过铺了羊绒红地毯的楼梯拾级而上,在三楼又经过了一条窄窄的幽静的忽明忽暗的走廊,然后在一个贴了木纹纸的小门前停下了,服务生向一边挪了一下脚,左手轻轻地拉开了小门。

小屋里的光亮一下子无法遮挡，踊跃挤了出来，红红抬手挡了一下，我的目光便在瞬间协调了，康明，我首先看到了康明，也许是他的反应快，他的身体立起来迎上来，几乎要遮去整个光亮了，李瑞平在背后扯了一下他的衣服，你让三姐先进来。

"噢！"康明突然意识到一点什么，拉着我的手一直往进拉。康明含着默默地笑望着我们，康玲和她的儿子摆着手。康明扯着我一直把我送进里边靠康玲的座位。李瑞平把康红则拽到了自己的身边。康明呵呵大笑着坐在了我的身边。

"你们都来了。"康红冲大姐二姐点了一下头，拘谨地笑着。

"来了。"康英点了一下头。

"三姐不好意思。"李瑞平拽着康红的一只手，这句话包含了许多的用意，我想我都听懂了，红红一定更明白，"有什么不好意思的，兄弟媳妇都做了，见个面有什么难为的，"红红突然轻松起来，她知道李瑞平指什么。

"看三姐怎么说的呢。"李瑞平言语上表现了自己的难为，行动上可没那么的小气，她的手很灵活，给我斟了一杯茶，然后又给红红斟了一杯，毫无拘谨之色。

"康明想约你俩吃一顿便饭又怕红红不给面子，所以让大姐出面。"康英略显尴尬，我们都以为是大姐请客，弄了半天演示了几小时虚设的假定，原来是一场虚惊，这里并没有武登科操作的鸿门宴，就是一顿便饭，做东的不是康英，而是康明和李瑞平。

"三姐是那么不讲道理的人吗？"康红望着康明略显不安，也许他一点也不曾意识到，原本和他走得很近乎的弟弟，现在居然这么陌生、疏远，甚至对她有些忌惮。

"不是三姐，我想我有些难为，我应该难为，对我很难为，瑞平也很难为，可是我又没法表达我的歉意，就是想约你们二位吃上一顿便饭，希望你们可以原谅我们的难处，你们都是我的至亲，我谁都不想得罪，可又想不出两全其美的办法，所以只好委屈三姐和三姐夫了。"康明说完这些话，服务员开始上菜。

"我还真以为是大姐请客呢，不知道波波也在，三姨连个礼物都没带，真不好意思。"红红冲康明笑了一下，她别的什么也没说，这怎么能怪康明呢，康明也不希望这样。

"二姐夫最近忙吗？"我戏着波波问康玲。

"忙不忙就那么一天，早上走了，晚上回来，有时候中午也回来。"康玲很温和也很谦恭。

"二姐夫现在是质检员，每天都很忙。"康明。

"质检部门太重要了。"康英唯恐我们有别的想法，补充了一句。

"就是，关键的部门就的自己人，这样放心。"李瑞平给康红夹了一块鸡翅。

康英瞟了一眼康红，一言不发。康红淡淡地笑了一面，她专注地拿起了鸡翅，认认真真地啃了起来。

康明要和我碰一杯，康英接了一个电话，说她有事儿，需要马上回去，我和康明中断了碰杯，一块挽留康英，可是康英坚持要走，她说是武登科在叫他，有一个文件是她放的，武登科要用，让她马上取出来，康明很难为，可是有什么办法，该办的事儿，康英已经替他办了，现在有事儿，你总不能不让人家走哇。

第四十七章　危难时刻你中有我

红红一睁眼就显得特别焦躁，他让我起床，我稍起得慢了一些，她便怒冲冲地发了火，撤去了我的被子叠了上半，嘴里叨叨叨地说了一大堆子的事儿，房子卖不了，工程队年后能否成立，有的滩地已经不能种了，雇佣专职的护林员，还是间苗等等问题，一揽子兜了出来，我不敢怠慢，立即起了床，然后红红又指责我的鞋上有了污渍，让我擦干净，我擦完了鞋她又说我刷牙连一点责任都不负，刚刚刷完的牙，二里之外就能闻见臭气，让我重新刷一遍，我很无奈，我不知道她那根神经又绷紧了，无法违抗她的执拗，所以又重新刷了牙，刚刚放下牙具，她又让我从里到外换了一身衣服，说我精神面貌一点也不佳，看看换了一身衣服，穿上这一身，显得多精神，多有风度，也许过不了两三天，她又会重复今天的话，让我又换回原来的这一身，心情好的时候，她向来不是这样，我也不知道她烦什么，她这个人轻易不会告诉我她内心压抑的东西，直到腐臭糜烂，被她彻底淡化，遗忘了，然后重新给他安置一个名堂，烦恼便过去了。

我想她可能是因为康英，既然把她请去了，谁做东无所谓，可是刚刚入席，康英便走了，这让康红心里一直不快，虽然她在李瑞平面前一直表现得很乐观，可是心里却怎么也想不通，康英到底是什么意思。康英的走，让康红百思不得其解，而她又是一个善于发掘别人思维的人，由此引发了她一系列的联想，让她觉得很压抑，干脆不见他们，也许就不会有这种烦恼，现在想后悔也来不及，康红在酒桌上和李瑞平直截了当地提了贷款的事，被李瑞平一口回绝了，说她已经不能再为我们办贷了，她说武登科已经够让她头疼了，她现在连武登科的都跑不下来，言下之意我们的提议无论如何是不能答应了，以后有机会再帮我们，等等。

"我们不得不承认武登科为人做事的精明之处，想从李瑞平这里下手恐怕很不易。"终于可以平静下来的康红，好像潜意识里幻觉出了一种颓丧的境界，心情很不好。

"你不用太失望了，武登科笼络李瑞平，无非就是为了更好地利用李瑞平，这样他可以省去很多的烦恼，甚至节省的更多一些，他有他的用意，他也不单纯是为了孤立我们，我们看问题应该一分为二地看待，他可以利用李瑞平，但不能肯定地说我们就不能利用李瑞平，你如果想利用李瑞平，我看也没问题。"

"你如果不是发烧，便是在说天方夜谭，尽是些没影的事儿，李瑞平明白无误地拒绝了我们，我们怎么还能张口。"红红。

"你不是在很多地方效仿武登科吗？干嘛不在这件事上效仿武登科？"

"他那一套我做不来？没那么简单，你看问题和我看问题，我们还是有些差别。"红红。

"那你说说看。"

"李瑞平直截了当地拒绝了我，说明他并不是很在意我们，再说，他现在分身无术，我们的摊子又铺的很大，不是你想象的几万或者十几万可以奏效，她想到了这个问题，所以她才不答应我们，武登科需要的资金一定很多，让她很头疼，她要全力以赴先为武登科办贷了。"红红。

"当然，武登科的报酬和付出也一定很高，这就是你的效仿，我们现在摊子大，而手中缺乏现金，空口无凭，李瑞平是不感兴趣的，在他结婚的时候，好恶她已经做出了选择，我们想走他的渠道，仅仅有这层亲缘关系是办不到的。"红红。

"走这个道应该是最容易的。"

"最容易的，也是最难的，让他办事，我们当然要付报酬，可是太多了我又不服气，少了她又不乐意，真矛盾。"红红略做停顿，又做了一些补充，"他心里并不喜欢我们。"

"我们又没惹她，也没有和她共过事儿。"

"别人的影响，人言可畏，我们在她心里没有好印象，让他办事难度更大了。"红红。

"武登科有那么大的影响力？"我有些不信。

"武登科他们是一方面，更重要的是康明，他早已经不是过去的那个小康明了，别看他也会在我们面前说上武登科几句不是，甚至会骂他，但他都是故意做给我们看的，其实他和武登科穿的是一条裤子，他在背后同样在诋毁我们，说我们的不是，我们能在李瑞平名下有个好印象吗？"红红。

"哎，我真是不明白，你们这家人，怎么会这样对你。"

"他们才是亲姊妹，我可能不是。"康红。

"李瑞平这条路看来我们是走不通？"

"差不多，不好往下走。"红红。

"年后我们的资金怎么解决？"

"一切希望寄托在售房部。"红红。

"郭启俊是不是不行，我们的房卖得这么少。"

"可是除了郭启俊我们找不到适合的人。"红红。

"他不过也就自己倒腾了几栋房，就被你这么看重？"

"我们在他身上寄托的希望太大了，想不到他的作用这么小，看来有必要把他撤还下来。"红红。

"那会不会惹恼他？"

"让我想想，看如何把他们全放下去。"红红。

过了几天红红便有了成熟的想法，告诉郭启俊公司资金紧缺，售房部一直没起多大的作用，现在用不了这么多的人，让他尽快拿出一种方案，促进房屋的销售速度，否则对他的存在也只能不好意思了，郭启俊也不是傻瓜，他岂能看不出矛头所指，他立即写了一份报告，递了上来，提出卖房分红，并有一些措施。

"看来郭启俊这个人很不一般。"他拿着我们的工资，却不尽心尽力地为我们办事，从来没提出过一份像样的报告，他以为时候到了，该抛出他的杀手锏了，和我们提出了坐地分红的建议，胃口倒是不小。"红红看了郭启俊的提议后，心里非常恼火，她从来没想过问题出在哪，只是以为难销，现在看起来郭启俊也有缘故。

"郭启俊很有野心。"

"这种人实在可恶，他没有给公司创造任何佳绩，从这份报告的梗概看，他早已成竹在胸，有一揽子销售计划，但因为工资少，他还是不想好好干。"红红。

"那我们怎么办？"

"他既然不肯实实在在为我们所用，想必给他自己干会发挥得更好一些，既然想分利润，必然有过人之处，我们何不再利用他，销售我们的住房。"红红。

"他在我们这儿也干了近一年，也不见得有什么成效。"

"他的报告很说明问题，他给我们干嫌工资低，当然他只想了他的利润，如果我们有相应的方案，把房全打出价，他怎么出售是他们的事情，出售了对公司有利，卖不出去对公司没害。"红红。

"这样他就会尽心尽力地去往好干。"

"这人太狡猾了。"红红。

"你还是要给他机会？"

"我们现在不是想不出办法吗？"红红。

"我就不相信他比我们高明。"

"我觉得他这个人很有才，他的交友很广泛，社会关系很复杂，说不定我们改变一下策略，他也许会冒出来。"红红。

"问题是我们得牺牲利益。"

"那倒未必。"红红。

"我们不让利，他挣什么？"

"他既然有把握挣钱，自然有把握售房，我们的利益不但减不了，相应的还要上涨。"红红。

"我真怀疑他能出去吗？"

"无论结果如何，我们都要试试，房屋打好价，由他出手，他卖多少是他的本事，我们不干涉他。"红红。

"那意思是把房订给他了？"

"也不是，我们卖了也算。"红红。

"价格和他的一样？"

"反正不能发生冲突，他卖的上涨，我们销售的也要上涨，但是给郭启俊的房价在一个时期内不会上涨。"红红。

"你估计他在房上还会提出什么要求。"

"不知道。"红红也不知道。"你尽快整理一下资料，把房分一下类，出路好的，可以做门面的，里边的，平米大的，小的，全统计出来，分别打好价，在原来基础上，价格提高二十个百分点，整理好后送到我这来。"红红。

郭启俊对我们很了解，提高二十个百分点他会接受吗？"我有点担心。

"这不是他能否接受的问题，而是我们必须该有的新策略，明年，我们再为新的一年做准备，他应该不会太介意。"红红。

"他一定不会同意，涨幅这么大。"

"地价也在上升，建筑财料在缓慢上升，房价不涨，我们岂不是盲人骑瞎驴，胡闹吗？他不可能连这点道理都不懂，至于最终以什么样的百分点上升，就在于我们和他的恰谈了，看他涨多少可以接受，而我们降多少才算合理。"红红。

"他有什么本事，他如果真能把房推出去，也不至于给我们干了一年，劳而无功。"

"也许他已经从中找到了诀窍。"红红。

"售房有什么诀窍，房是死的，人是活的，他不买你能把他怎么办，我就不相信他能把买房的拉来。"

"房是死的，人是活的，我们都懂这个道理，可我们就没想出销的办法，应该好好动动脑子。"红红若有所思。

"我们的地方有些偏僻，我想这是主要因素。"

"我们的地方也不偏僻。"红红和我的观点恰恰相反。

"从哪点证明我们的地方不偏呢？"

"离市中心不到二三里地，东边是西环路，北边是通往旗县级的油路，西环路东全部是居民点，公路以北是农田，农户，城市的进一步扩容，我们的房屋也不愁销售，过去这种地方堆满了垃圾，任何人看不上，可是你看看现在这里环境多么幽雅，清静，每天晨练的人，有很多是到这块的，潜力正在强劲的显示出来，我有什么好担心的。"红红。

"可是我们的房卖不出去，这很能说明问题。"

"也许很多人现在不需要房。"红红笑了，"一门分四户，儿孙各有别，这个城市里的人他们的住房都很拥挤，很多人迫切需要住房，但是他们以为购房不如盖房，盖房省钱，从而说明人们的购买能力不高，我们盖的这批房它需要一个过程，当人们心目中把它和这座小城联系到一块的时候，这里便不再陌生，也不再偏远。"

"不过观念也是很重要的，很多人把四世同堂，三世同堂，甚至五世同堂视为美德，一大家子人挤在几个小房中，引以为自豪，这也是导致房子卖不出去的原因。"

"无论他们有什么困难，每个独立的小家庭对拥有独立的住房，都充满了憧憬和向往，但他们的购买力似乎没有可以足够支持他们的信心，所以他们一直在犹豫、徘徊。"红红。

"郭启俊也扭转不了这种局面。"

"这个他扭转不了，但也许他有别的销路。"红红。

"难道还有别的因素制约着我们售房吗？"

"也许吧，我们没想到的东西而郭启俊想到了，所以他才想赚一把，他可能已经有了计划。"红红。

"他会找我们谈吗？"

"如果他没有出路，他可能不会找我们谈具体的条件，如果他确实有销路，而且这个计划已经基本成熟，他可能很快和我们洽谈，让我们耐心地等他吧。"红红。

红红一直没去理郭启俊，售房部虽然仅保留了郭启俊一人，事实上也形同虚设，其他雇员解散之后，郭启俊便不来上班了，他很有自知之明，他不想让自己处于一个尴尬的境地，更不想给自己找不自在，他还相信他有些用处，但他自从接受了红红的邀请以来心知肚明，他的作用并没有红红期待的那么好，这虽然不能完全怪他，但平心而论，他也有很大的责任，他本来是有机会出去一大批房屋的，他竟然未能达成协议，但彼此间保留了联系，成功的可能性极大，他没有通报红红，他并没有别的想法，更没想到红红会突然解散售房部，让他措手不及，深感不安，此刻的他，原想和红红谈谈自己的收获，让红红继续保留售房部，他准备用实际行动证明他在一年之内已经取得了实效或者是突破，一件意外的事情却发生了，他惶恐不安地接受了别人的委托，在别人的授意下，他这个仅有小学二年级水平的人，写了一份报告递给了红红，这种意外的新招，让郭启俊很满意，这些报告可以证明他不是无能，甚至可以说明他极具能力，智慧和极大的潜能，而红红却辞退了他，他不服气，却也捡回了颜面。

现在郭启俊的心里很不踏实，他要等的人，或者等他传递信息的人，迟迟不肯露面。而这边康红又没有任何反应，他不明白，康红居然可以沉住气，难道他的资金不短缺了吗？她已经摆脱了这种困难的局面了吗？难道他的建议有什么不妥之处，伤了康红的自尊等等问题，郭启俊想了很多。

郭启俊没有告诉康红的突破，却轻易地告诉了让他传递信息的人，这个人不是别人，就是康玲的丈夫小张，张至立。武登科在获悉了康红动离了郭启俊之后，授意小张见了郭启俊，而且传授了他一些规则。

"郭启俊这个人的经验很重要，但是不符合我们的需要，他悟出了一个道理，而且差点他就成功了，红红如果不是压力太大，也不会草率做出这样的决定，我想郭启俊真的没有告诉红红他的进展，红红如果知道了有这样的结果，她无论如何也不会解散售房部，也不会放弃郭启俊，郭启俊随随便便泄露了这么重大的机密，头脑也太简单了，我提醒你们要注意，商业的运营有很多的秘密，你们千万记好了，不要乱说，更不能故意的泄露，一旦我若知道了你们中间的某个人泄露了我们的秘密，就别再回来见我了，因此造成了重大损失，我会狠狠地教训他。郭启俊没有背叛红红，是红红不想用在先，他给我们提供的这些情报很重要，红红已经陷入了经济危机，现在我已经知道了这座城市售房的主流在哪，旁支在哪，而红红没有悟到，她差点就悟到了，所以她陷入了危机。"武登科把康明、小张还有康英叫到了他的办公室，向他们说了一些自己的想法。

"红红也太心急了。"康英。

"姐夫是否可以摒弃过去的芥蒂帮一下她。"康明谨慎地提出了一个大胆的假设。

武登科抬了一下右手，他的五指张开，很自然协和，大家的目光便完全集中在了他这里，办公室里静悄悄的。

"我就是想帮帮她。"此言一出，举座皆惊，武登科说的是真的吗？康明也很疑惑，武登科制止他们在城里婚宴上请康红和我，事后又表示很懊悔，让康明和李瑞平私下在请我们，中间又出现了一些变故，故意叫走康英，不断地让康红难堪，现在他说的是真的吗？可能是真的吗？

"我们想帮康红，但是康红她不需要我们的帮助。"武登科很快又补充了一句，他的意思大家都不甚明白，一个困难的人，会谢绝别人帮助她吗？而武登科说得又是那么认真、严肃，不能不让别人相信他说的是真理，是完全正确的。

"康红一定会感激你的。"康英。

"毕竟我们是一家人，她不会拒绝我们的。"康明。

"康红她会拒绝。"小张。

"因为什么？"康英对小张的表现很不满。

"她曾经向李瑞平提出贷款。"康明。

"怎么样？"康英。

"大姐夫的也办了下来，怎么会轻易答应她。"康明。

"康红太倔。"小张。

"你如果诚心帮助她，她还能不接受？"康英不相信丈夫会有这么热心，想帮助康红，但她心里又很矛盾，武登科绝不会轻易帮助康红，他恨康红，可是现在这个动议居然是武登科提出来的，这其中绝没有那么简单，武登科一定有他的如意算盘，他到底想干什么呢？

"康红不会接受的。"小张坚持他的观点。

"为什么不会接受？"连康明也感到纳诧，小张敢这样肯定，康红明明需要人帮助，难道她会拒绝主动帮助他的人吗？

"我也说不清楚，反正康红她是不会接受姐夫的帮助。"小张。

"难道你和康红接触过？"康英。

"没有。"小张。

"那就是你提出了苛刻的条件？"康英面对武登科，放肆地动怒，这种情况很少过。

"神经病，这种打算我刚刚才有，我和你说了吗？我还没想到附加条件，你就想到了，难道我的帮助真的是无偿的吗？利息总得付吧，她贷不下款来，用我的，我的款也办得不容易，你激动什么。"武登科就事论事，表现得很克制、冷静，必定康英和康红是一母同胞，到底感觉不一样，他在心里这样想了一下。

"那你想怎么帮助康红？"康英。

"你说怎么帮助她。"武登科。

"我想她现在也用不了多少钱，还是在资金上支持一下她。"康英。

"小张不是告诉你了吗，康红她不会接受。"武登科。

"那你总得有个理由，让我们信服。"康明。

"很简单，没钱康红最多发展得慢一些，毫无危机敢，因为她没有外债，而且还有好多财产可以出售，这就是理由。"武登科。

"恐怕还不止这些吧。"康英。

"还有什么理由？"武登科。

"你一直在恨她。"康英瞟了一眼武登科，"难道我说错了吗？"

武登科想不到妻子说得这么直白，他略显尴尬，原来摆过的巨手顶在了下颌缘上，牙齿狠咬，绷紧的脸肌成为条壮式的隆起，他用无奈的表情盯着康英，心里的沮丧很无所谓，他想用不动神色的思维去影响任何一个人，从而达到他的目的。

"大姐，姐夫不是想开了吗？"康明。

"姐夫想帮助康红很容易。"小张不动声色地在笑。

"哈哈。"武登科忽然开怀大笑，这种笑声很霸气，让在座的每一个人都忐忑不安。

"姐夫已经有了具体的方案，大姐你就不要为此多虑了。"小张在武登科的笑声止了以后，发表了自己的看法。

"唉。"武登科发出了长长的一声叹息，让在座的人莫名其妙。

康英不满地撇了一下头。

"这样吧康英，既然涉及到这个问题你这么苦恼，我相信你的直觉对我的不信任，可以，我们可以给康红提供一笔资金，不附加任何条件，你去对康红说，具体由你操作，你不信任我，而且又不相信小张的感觉，你相信康红会接受你的帮助，为了能够消除我们彼此间的分歧，我可以这样告诉你，只要你有能力让康红接受你的帮助，说明你这个大姐真还有些魅力，可以影响康红，那么从此以后你可以作为我们几家的纽带，把大家团结在一起，这也不是一件坏事。"武登科心平气和地对康英讲了这么一番话，让康英暂时消除了对武登科的不满。

"这是好事，三姐一定会非常高兴，她怎么也不会想到，此时此刻雪中送炭的依然是我们自己人。"康明。

小张默默地笑着。

"康明的这个词用得非常好，你们太乐观了，康英那你可以去联系康红了。"武登科。

"你可以给康红动用多少资金？"康英。

"多少都可以只要她需要。"武登科的样子看起来毫无虚假的心态，他希望康红可以动用他的资金，他更相信他的此举是有回报的。

康英得了武登科的允准，心情很愉快，她出了武登科的办公室，便拨通了康红的电话。

"康红，这几天忙吗？"一句问候之后，她向康红提出了邀请，告诉康红有惊喜等她捧回去，她以为康红一定会很意外，事实却出乎了她的想象，康红表现得很淡漠，互致问候，还有些精气神，至于惊喜她没有奢望，表现得却是异常的平静，好像也没心情知道是什么可以让她惊喜，对康英的邀请她居然婉言谢绝了，康英还准备再透露点什么东西，康红却挂了机。

"怎么回事儿，康红怎么变成这样一个人，我还有话要讲，她却挂了机，也太不礼貌了。"康英心里很不痛快，好不容易她给康红争了一回，想不到康红却不当一回事，是事情不重要呢？还是她这个姐姐不重要呢？她没有想明白，但是她也不是很愚蠢的人，很快想明白了是怎么回事，想不到康红的心眼这么小，过了这么久还在计较她，看来小张说得也不无道理，康英心里略有懊悔，康红如果真的拒绝了她，她会是怎样的呢？他重新体会了武登科帮助康红的动机，但她不明白，武登科到底怎样帮助康红，不行，武登科的行动一定会有算计康红的用意，她决定再联系康红，如果不行，她决定亲自去找康红。

康英再次拨通了康红的手机。

康英不明白康红到底在干什么，她的感觉很不舒服，她觉得康红含有很多故意的成分，过了很久康红才接了电话，而且声音充满了纤倦和慵懒，对她的电话很不当一回事，她心里很不愉快，但她还是相信她的帮助，康红一定会接受！她对康红的这种做派表示了理解和宽容，必定是她这个姐姐做得不对的，现在她想弥补一下，更想帮助康红，却是出自真心实意，她不明白，也没想过她的丈夫为什么会改变态度。

"你是怎么搞的，我的话还没说完，你就挂了机，康总是越来越有水准了，连我这个姐姐也不当回事了。"康英。

"啊呀，大姐，你能有什么事，昨天玩了一个通宵，现在我太瞌睡了。"康红就坐在我身边，她的腔调是故意拿捏的，她对康英上次的做法一直耿耿于怀，所以对康英的电话就更没兴致了。

"你出来一下，我在金源茶庄等你。"康英的话音很重，她不容红红推诿就挂了机。

"想不到大姐也学会了一些霸气，看来我不去是不行了，她这么急找我，一定有什么特殊的事儿，会有什么事呢？她会有什么事？还干吗要通报我一声，还说有惊喜等着我，莫名其妙。"康红收起了手机之后，对我嘟嘟囔囔地讲了几句话。

"大姐从不轻易找你，想必会有什么重要的事情。"

"她再霸气也出不了武登科的手心，她能带给我什么惊喜，想必又是武登科安排的，设了一个套让我往里钻。"红红从来不会放松对武登科的警惕心理。

"你大姐也不是一个普通的女人，她有她的主见，你不要处处也把大姐想成了你的敌手，那样对于你们在感情上的沟通会人为的设置障碍。"

"大姐永远是大姐，她不会对我们怎么样，偶尔她还会动动恻隐之心，告诉我们一些很实际的东西，可她是武登科的老婆，武登科是只狡猾的狐狸，他一直惦记着我们的财产。"红红。

"武登科从来也没有对我们构成威胁，要点小动作，无非就是想表现表现自己，其实他已经很突出了，他更注重自己的形象。"

"他最艰难的日子已经过去了，他已经创造了巨额的财富，摆在他面前是一条坦坦荡荡的大道，只要按着规则行走，他的财富就会源源不断的滚进他的腰包。"红红。

"那他更没有必要去算计我们。"

"和从前的日子比他现在已经处于一个相对清闲、消停的日子，他的机构健全，他除了在大决策上运作之外，他已经没什么干的了，他有了相对富裕的时间，他想到我们的时间就更多一些，他现在想到我们和他要怎么对付我们，我们不知道，所以我们必须小心翼翼地和他相处，千万不能太大意。"红红是否有些紧张了，我不敢断言，但是有一点我是很明白的，红红担心武登科的报复。

"不管如何你还是去见见大姐。"

红红表示赞同我的观点，她点了一下头，便起身进了浴室。

康英已经先于康红到了金源茶庄，她要了一壶龙井并先为自己斟了一杯，然后从手机上看了一下时间，她心里有些懊悔，她很生康红的气，她没想到康红会对她这么随便，她有一种被看轻的感觉，这种不平的心态让她带了很多的情绪，她看到康红的时候表现出了很大的不耐烦，无论康红做多少虚饰的解释，他的不快依然压抑在心中，她甚至在想，坐着不坐着，管这些闲事干什么，自找烦恼。

康英无多少耐心去和康红说许多弯弯话，她直截了当地告诉康红她找康红的意图，申述了他们的无私和对亲情的重视，当她在申明自己的观点的时候，她表现出了很多自豪，让她暂时忘记了烦恼，她很自信，她为自己可以做出这么辉煌的抉择而感到无上的光荣。

康红对大姐的牢骚看得很无所谓，她怀着歉疚，甚至是不安，面对康英，康红心里很不踏实，他耐心地听完康英传达给她的喜悦，默默地考虑着如何答复康英。

"从发展的角度看，我们需要一笔资金，我非常感谢大姐的仗义，我也许确实需要一笔资金，但是很不好意思，我不能用你们的资金，你们的好意我心领了。"康英万万没想到康红会拒绝她，这可是天上掉馅饼的好事，康红居然拒绝了她，她吃惊地望着康红，看她是否在意气用事。

"难道你的公司不缺钱吗？"康英。

"缺，太缺了。"康红。

"那为什么不接受大姐的帮助？"康英。

"大姐你说我拿那么多钱干什么？"康红。

"发展公司，壮大公司。"康英。

"我向什么投资呢？我有什么项目呢？"康红。

"你不是需要钱吗？"康英不明白。

"需要，可是我根本就用不了多少，一旦我的房能出手一部分，我自己的钱就够用了。"康红。

"那你不是问李瑞平想向银行贷款吗？"康英。

"有个十万八万就解决问题了，但现在十万八万也不用了，我已经想到了钱的来路，我们正与人洽谈一笔生意，生意一旦谈成我自己的钱马上就会富余出来。"康红。

"噢，原来是这么一回事，我以为……"康英无奈地在心中叹息了一声，这种结局不幸被小张和武登科言中，这是她怎么也想不通的。

"如果没事我就先走了，大姐，公司还有一摊子的烂事等着我去处理，改天我再约你吧。"康英没什么表示，康红冲她笑了笑便走了。

"大姐回来了。"康明从楼玻上看到了康英的车子开进了厂区。

"这么快？"武登科有点不相信，"看看她往哪走。"

"回家了。"康明

"是不是显得无精打采？"武登科。

"差不多。"康明。

"不撞南墙心不死。"武登科。

"你是说我三姐拒绝了大姐的提案？"康明简直不敢相信。

"那还能假了吗！"武登科。

"不可能，三姐需要资金。"康明。

"康红是谁，天上掉馅饼的事她是不会捡的，她做事过于谨慎。"武登科弹了一下发白的烟灰。

"问题是除了大姐没人可以帮助她，她怎么这么傻。"康明。

"她一点也不傻，我想过了，她是对的，她这样做，对她而言，这种保守的做法，完全是正确的。"武登科。

"为什么？"康明。

"她不求发展，只求守财，说明她比一般人精明，这个女人真不一般，她对自己的欠缺意识的很清楚，她明白她的发展在哪里，知道这点的人实在太少了，所以她也获得了成功。"武登科。

"我不明白。"康明。

"去问问你大姐，看看你三姐是怎么说的，也许对你会有帮助。"武登科。

"大姐未必会有你这番见解。"康明。

"她正在生气呢，她在生康红的气，嫌康红不领她的人情，她就不懂康红要那么多钱干什么，她以为康红也和我一样，钱越多生意做得越大吗，她想错了。"武登科。

"她现在没钱，故步自封，他会有什么发展。"康明。

"土地在缓慢升值，她的树年年在长，也在增值，一亩地种上几十棵树，一万亩地就是几十万棵，一年她把方方面面的增值加在一块，也是一个庞大的收入。"武登科。

"她怎么能和姐夫你比呢？"康明。

"姐夫未必如她轻松，姐夫要应酬的太多了，从姐夫这拿走利润的人也太多了，姐夫也不容易。"武登科忽有所感。

"我先去给你打探一下。"康明出去走了，武登科按了一下桌上的某个按钮，然后拿起了一叠文件认真地看了起来。

小张敲了一下门，秘书抬起头冲他笑了一面，"武董找我？"秘书点了一下头，过去打开了武登科的办公室，让小张走了进去。

"董事长找我有什么事？"小张。

"你现在停下手中的一切工作，着手成立另一个新公司。"武登科。

"什么？"小张以为自己听错了。

"马上再成立一家新公司。"武登科又做了明确的回答。

"为什么？"小张。

"照我的意思去办，公司的名字叫凯峰公司，公司的经理由新来的侍加元担任，你兼做副经理及财务总监，对外要保密，尤其是作为我们的一个子公司，公司的业务由侍加元开展，你的办公室仍然设在这里，郭启俊可以让侍加元招揽去做一个助理，工资从优，暂先不要让他知道是为我们服务。"武登科。

"凯峰公司主要经营什么业务？"小张

"由侍加元和郭启俊出面，主要是回收康红的地皮。"武登科吸了一口烟，"沿西环路，她卖多少我们收多少。"

"那需要很大一笔资金，康红岂肯轻易出手。"小张。

"对康红而言，这就是生意，有钱她不会不赚。"武登科。

"底价是多少？"小张。

"每亩地不能超过七千元，从三千五起价和他洽谈。"武登科。

康明垂头丧气地走了进来，武登科摆了一下手示意小张可以走了，康明跌坐在沙发中，拿出了烟抽了一口。

"怎么样？"武登科微微笑着。

康明摇了一下头。

"你大姐太自信了，她对康红一点也不了解，现在终于见识了她这个妹妹了吧！"武登科。

"三姐太没有远见了。"康明。

"她比我想象的要狡猾得多，她很聪明，她是一个难得的人才，都怪我。"武登科。

"她不领情这是她的事，姐夫已经仁至义尽了，这一点我可以见证，我真不知道她是怎么想的。"康明。

"暂时我们不要在管你三姐了，康明，姐夫想让你独当一面，你觉得你可以拿下来吗？"武登科。

康明不解地望着武登科。

"姐夫想组建一个像样的建筑工程队，想让你挑头组建。"武登科。

"在原有的基础上扩建？"康明

"我看售房也有利可图。"武登科答非所问。

"我相信姐夫的远见，行，我现在就开始物色人才。"康明。

"有这句话我就放心了，别的工作可以放一放。"武登科又点了一支烟，"暂先不要声张，你懂我的意思吗？"

"我明白。"康明。

"还有你回去问问瑞平，贷款的事儿进展得怎么样，不行可以多投入一些，要确保资金的正常运营。"武登科。

"嗯，我已经催过了。"康明。

"两千万有这么难吗？"武登科略显不满。

"数目这么大，她一个人哪能做得了主。"康明。

"好吧，让她尽快一点办。"武登科。

武登科的手机响了，他拿出来看了一下屏幕，瞟了一眼康明，"你可以走了，记住，一定要握色几个建筑上的硬手。"康明点了一下头，起身向外走去，武登科接通了电话，脸上露出了笑脸，"在哪？""锦都？""好吧，我马上就过去了。"然后关了手机。

第四十八章　彼此之间

郭启俊把一张名片递给康红的时候，康红心里怎么也想不通，他是怎么当上凯峰公司经理助理的，而这个凯峰公司在她的脑海中又毫无印象，也许是一家皮包公司，也许……郭启俊同时很快又递上了执照的副本和相关的证明，证明这家公司的的确确存在，而且资金注册是六千万，规模还很大，想不到的是郭启俊居然可以做上经理助理，康红心里有一种酸酸的感觉，她调度了一年的郭启俊，也没发现他有什么特别之处，而这家刚刚成立的凯峰公司却这么大胆地启用了郭启俊，让她实在想不通，如果没有特殊的关系，便是有特殊的使命，她的脑海中闪了这样一个念头，而后很快又抛远了，也许郭启俊在某某方面，的确有过人之处，凯峰公司的老总欣赏他也说不定。

"很高兴见到你的新面孔，不知道郭助理今天来找我是因为什么，来叙叙旧？还是向我炫耀一下你现在的环境？或者是洽谈一些业务？"康红坐在她的座位上一直没动身体，她逐个审阅了郭启俊递过来的凭证，然后叠加在一块放在了办公桌上，她欠了一下身体，很单纯的笑了一面。

"我很惭愧。"郭启俊看到康红这个样子，显得有些心神不安。

"我在贵公司干了一年，成效一般，实在有负康总的赏识，不过我这个人，不是那种见利忘义的小人，我知道康总的公司亟须要做成几笔买卖，摆脱目前的尴尬局面，以前我的工作没有做好，我很内疚。"

"这不该怪你，本身就不景气，也许你已经尽力了。"康红。

郭启俊显得很难为，他笑得很不自在。

"看来今天的好好恭维郭助理了，你一定带来了诚意和喜悦，让我们一块分享？"康红提起了双肘放在了办公桌上。

"我对康总的公司有深厚的感情，虽然现在我离开了康总，但我的内心时时刻刻牵挂着我这份歉疚，所以我发誓，一旦有机会我一定回报康总的知遇之恩。"郭启俊。

康红似乎显得比刚才轻松了一些，她淡淡地笑了一面，心里似乎反馈了一个信号，幸亏没有直截了当地打发了郭启俊，她居然还记着这一点面子，他是否可以带给她幸运，康红忽然间又对郭启俊寄托了希望，她迫切希望有人和她做生意，这种愿望他一直在期盼，即使是失望的时候多，但她仍然在期待，她希望自己的投入有很大的回报，她更希望回报之后的公司的生意做得更大更好。

"郭助理何必这么客气，你在我们公司必定做过了一些成绩，我一直很欣赏你，只是我们公司的现状，不允许我有太多的包袱，否则经营起来就不会畅快，所以不得不痛下决心忍痛割爱，还请你见谅。"康红适时地调整自己的心态，心里只是盘算着郭启俊为了什么目的来找她，从名片上仅仅反映了他是凯峰公司的助理，具体经营的事怎么只字未提，郭启俊和凯峰公司到底想干什么呢？她们找她又是什么目的呢？

"康总年轻有为，何必这么客气，过去的已经过去了，继往开来，康总的天地会更加广阔，郭某最佩服的就是康总，这么年轻挣下了这么大的一份家业，而且牢牢地守住了它，真不容易。"郭启俊。

"真是惭愧，自从成立公司以来，只出不进，现在我的日子也不好过，"康红的脸上挂上了薄薄的忧伤。

"康总，你的运气来了。"郭启俊。

"呵呵……"康红被郭启俊的话惹笑了，她也许是故意的，她相信她的运气迟早会来，现在来了，她一点也不会惊讶，她没有想到提示她的竟然是离开自己公司的郭启俊，她到现在也没弄明白，郭启俊凭哪点可以做凯峰公司的助理，他在那里干什么工作呢？他在这里干不好，难道他在那里就能干好吗？

"我的运气一直就不错。"康红止住了笑声。

"知道，我知道，但是这一次，康总，我相信你一定会大把大把地赚回钞票。"郭启俊。

"凯峰公司经营什么业务？"康红突然提了这样一个问题。

"侍加元说他想做房地产生意，尤其是地皮，他最感兴趣，他一提我就想到了康总，所以和经理说了，我今天就是受他之托，前来探探底的。"郭启俊。

"凯峰公司的经理叫什么？"康红。

"侍加元。"郭启俊。

"侍加元？"康红在脑海中逐个排查了一遍，毫无印象，是个生面孔，他喜欢做地皮生意，那他一定会看上她的地皮，不错，我康红的运气来了，只要地皮可以出手，一切都将盘活，只是……

"侍加元这个人很谨慎。"郭启俊。

"老郭，你告诉我的是真的吗？"康红。

"一点都假不了，只要他看上你的地皮，价格适合，他就会收。"郭启俊。

"老郭我们公司对你如何，就说我个人吧，一直对你如何？"康红。

"平心而论，我郭启俊只有感激感谢康总，是你给了我一份正经干的，如果不是贵公司让我受到了锻炼，恐怕凯峰公司也不会用我。"郭启俊很得意。

"那我问你，你会告诉我实话吗？"康红。

"只要我知道的，都会告诉你。"郭启俊。

"很好，总之我没有走眼，老郭你知道他们一亩地最高出多少钱。"康红迫切想知道对方的底价。

郭启俊摇了一下头，"这个侍加元他没说，他只是让我先来探探路，看看贵公司是不是有意想出手地皮，如果有意他就和你们接洽，如果说你们无意出手，他就会向别人收购。"郭启俊。

"凯峰公司，一个月给你多少薪水？"康红。

"一个月八百。"郭启俊很得意。

"确实不低，一个月八百元，你……"康红有点不相信。

"八百连我也不相信，他们给我定了八百元的工资。"郭启俊。

"也许你确实适合他们，否则他们怎么会出这么高的工资。"康红。

"所以还望康总多多照应，他们付这么高工资，我如果办不成点事儿，我不想重蹈覆辙，我想干好，并且干一些漂漂亮亮的大事，让他们真正地可以瞧得起我。"郭启俊。

"我相信你会成功的。"康红若有所思。

郭启俊惊喜地默默地望着康红激动地笑着。

"但是……"康红，没有往下讲。

"康总你有什么问题尽管可以问我，我不会保留的。"郭启俊。

"我想知道凯峰公司，我对这个公司太陌生了，他横空出世，目光却盯在了土地上，他有什么目的，他们买地皮可以出到多少钱，要多少土地，这些我都想知道，你可以告诉我吗？"康红。

郭启俊摇了一下头，"我都不知道。"

"而你却做了经理助理？"康红。

"我也不明白。"郭启俊。

"那么他们是怎么发现了你。"康红。

"我的一个朋友介绍的。"郭启俊。

"你的朋友叫什么名字？"康红。

"苏国庆。"郭启俊并没有说出小张，这些小张和武登科早已想到了，而且已经传授了他如何应对康红。

"苏国庆？"苏国庆这个虚拟的人物并没有引起康红的怀疑，这并没有什么不对的，也许是一种巧合吧。

"康总这难道有什么不对吗？"郭启俊心里不甚明白，小张不让他告诉康红，他尊重康红，但更感激小张和凯峰公司，轻易让他出卖小张，也不是轻而易举的事。

"也没什么，我只想知道我可以有多少资金回笼，既然你不知道请你以后多留点心，也许我可以参考一下，只要你提供了有价值的情报，我会给你相应的报酬。"康红。

"谢谢康总还那么看得起我，即使没有报酬我也愿意给康总提供参考意见，凯峰公司胃口很大，他们同时还在和别的公司洽谈业务，只是我刚进去，还不甚明了。"郭启俊并不是愚蠢之人，他心里也有一些道道，甚至他是很狡猾的。送走了郭启俊康红立即给我挂了一个电话，她让我马上回去有事商量，这是绝无仅有的待遇，康红决定一件事要和我商议，受宠若惊的感觉，让我万分激动，我推辞了应酬，匆匆忙忙赶了回去。

"你知道凯峰公司吗？它是什么时候冒出来的。"对于红红的提问与其说一问三不知，倒不如说把我问糊涂了，这个小城里还有什么公司不在红红的了解范围之内，问我？我不知道。"有一家凯峰公司？我从未听过，在我的记忆中没有凯峰公司。"而红红却提了出来，想必也是一家像样的公司，"他的规模很大吗？"

"岂止是大，简直是很大。"红红。

"这么大的公司不可能没听说。"

"他似乎是一夜之间冒出来的。"红红。

"有什么不对吗？"

"他瞄准了我们的地皮，派人来我这里试探。"红红。

"有生意做那是好事儿，有什么疑惑的吗？"

"你知道来人是谁吗？"红红。

我摇了一下头。

"郭启俊。"红红此言一出，连我也惊诧不已，"郭启俊？"这怎么可能，难道……"我说的是他做了这家公司的助理，而不是经理。"

"我以为公司是他成立的。"我惭愧地笑了。

"他当了助理，已经很奇怪了，他成立这么一家公司那可能吗？"红红。

"你不是还没有解聘他吗？"

"实际上我们已经打发了他，这一点他不可能不知道。"红红。

"他这么快就找到了工作，还算有能力。"

"这不一定是他的能力。"红红总是疑神疑鬼的。

"你怀疑这其中有诈？"

"那倒不是，你想想看，这家公司刚刚成立，我们又刚刚打发了郭启俊，他们便聘用了郭启俊，这么巧？"红红。

"有人一直在关注我们的人事变动。"

"一点也不错，而且他们想利用郭启俊。"红红。

"郭启俊对我们了解很多。"

"所以他们利用郭启俊目的就是因为我们，现在郭启俊缄口不提房的事，他满足于八百元的工资，目的就是和我们做生意，凯峰公司好蹊跷。"红红。

"生意体现的是公平，你情我愿，他们用他是他们的事情，只要我们认为合理，买卖就可以做。"

红红温和地笑了一面，"我总在担心。"

"何止呢，和谁做都一样，武登科又没有翻手为云，覆手为雨的本事，他的触角不可能伸到凯峰公司，凯峰公司也许想和我们做生意，利用郭启俊也是挺合适的，而且又没和我们闹矛盾，他可以在我们和凯峰公司间沟通，他是再适合不过的人选了。"

"即使是武登科下的套，我们也得钻？"红红

"你怕武登科？"

"不是。"红红。

"那你顾虑什么？"

"你应该想想，我们的土地已经种植了，是从零星销售上体现出来的，凯峰公司是

大面积的购进，他会出什么价呢？"康红。

"他出什么价钱并不见得主动权会操在他们的手里，土地是属于我们的，我们如果觉得不适合我们可以不卖，主动权应该在我们手里。"

"看来我们要沉住气，耐心地和他们周旋。"康红。

"我找人给土地估估价，看看一亩地可以达到一个什么价位，首先我们应做到心中有数，和他们谈我们也有底数。"

"也好，这件事你尽快去办。"康红。

我走了以后，康红通知赵巧霞对树木进行统计，尽快给他报上来，并要求对土地的种养收入也做一些统计。

小张今天在见武登科之前，已经了解了郭启俊反馈回来的消息，康红有意转让土地是不容置疑的，对这一点，武登科一点了不惊奇，他默默地吸着一支烟，他需要考虑一下，他这里有很多反馈回来的消息，他甚至了解康红此刻在干什么、刚才干了什么、这些因素一直帮助着他做出抉择和制定策略。

"侍加元有一份建议书交给武董。"小张。

"你看过了吗？"武登科。

"嗯，"小张，武登科伸出了手把建议书接了过去。

"郭启俊那里有收获吗？"武登科把建议书放进了文件夹好像并无意去看。

"应该说有，最起码我们知道康红想转让土地，而且不厌恶郭启俊，他们彼此之间依然很友好，可以对很多问题进行坦诚的交流，这对我们应该说有很大的好处。"小张。

"凯峰公司，红红绝不会想到也是我成立的，这个小丫头让我费了这么大的周折，但愿他的占有最终可以对我们产生很大的效益。"武登科习惯地弹了一下烟灰。

"康红才是最大的赢家。"小张。

"她是很有些头脑的，我们不能低估她，一定要想出一个万全之策。"武登科。

"侍加元对康红的土地进行了解之后，他提出了化片收购，分进合击的办法，目的就是为了压价，我看他的提议很有创造性。"小张。

"是吗？"武登科瞟了一眼文件夹，把烟叼在嘴唇上，从文件夹中取出侍加元的提案，"你说说看，"武登科并不急于去看文件，他想让小张给他陈述一遍，他一边吸烟，一边思考。

"侍加元把康红现有的土地划成了三片。一片以西环路沿线，一片以西去的公路为线，另一片以小湖西南划分，大片土地的开发程度不同，种植结构也相差很大，应该说在价格上必然有区分，而且他已经分别标识了三片土地预售的价位，西环线每亩六千元，西去的公路沿线五千二百元一亩，湖西南三千元，或者更低一些，我觉得如果按照他的分法和康红去谈，一定大出康红所料，最终即使高于这个价位，在这场较量中，我们也就成了大赢家。"小张。

"为什么？"武登科对这种提法产生了浓厚的兴趣，他打开了侍加员的建议书。

"侍加员已经暗中派人丈量了康红的土地，大致上出入不会太大，这对我们很有帮助，"小张。

"侍加员工于心计，看来我没看错人，康红难以做他的对手。"武登科挠了一下耳朵。

"康红真正开发出来的土地不足三分之一，其他的土地也进行了开发，但投入不是很大，植树以西环路为主，就是我们每天看到的围在我们公司周边的树。"小张。

"康红这是故意的。"武登科发出了一声阴森森的冷哼，他对康红如此的布局早就产生了不满，他意识里早已琢磨过这件事情，康红是故意的，这几年他的摊子铺得大，一时之间无法理会康红，想不到康红就地坐大，实在是大出他的所料，现在他想到了这个问题，心里很不痛快，康红一定是故意在刺激他，康红百分之七十的树林，把他的登科羊绒公司从三面围得密密麻麻，康红就是故意的，她把大量的资金投入到了西环线，所以才会有如此壮观绵延不绝的树林。

"康红在规划的时候，似乎正向侍佳员想的那样，分成了三片，重点投资了西环线，西去的公路线建房，湖西南离城远，加上她的资金短缺，基本上没动。"小张。

"侍加元扣住了康红的脉搏，不是他的提醒，我几乎没想过这个问题，事实上正是如此。"武登科。

"三片划分可能让我们省去很大一笔资金。"小张。

"有道理，告诉侍加员就按他的构想来办。"武登科，"有没有补充？"小张。

"不要操之过急，一要动脑子用智慧，二要比耐心等机会，这是事半功倍的前提。"武登科。

"我马上向他传达。"小张。

小张走了，武登科显得很焦躁，他点了一支烟，狠狠地吸了一口，然后闭上了眼睛，缓缓地吐了出去，另一只手的指肚急促地击打着桌面，他想到了康英，仅仅是一刹那的事情，这个女人，她竟然表现得越来越强硬了，处处想抓权，这引起了武登科对她的更加疏远，他原本无意去防范康英，可是现在他觉得有些必要，不能让康英参与得太多，康英对他的冷淡似乎表现得很克制，既不过问他的行踪，也不关注他的生活起居，他早已习惯了这种互不关心的生活，他不止一次地提醒自己别去想了，想这些让他心里很烦，他想到了小楚、想到了洋洋、想到了姬慧、想到了翁丽萍，然后把落脚点停留在了尚春花身上，而且刻意地去想了草原上的那一幕又一幕，他的身体有些发热，浑身不安地焦躁了起来，他拿出了手机，拨通了尚春花的手机。

"你在干什么。"武登科的声音有些颤抖，颜面潮红有点虚热。

"你怎么了？病了吗？"尚春花。

"没有。"武登科有点不好意思。

"那是怎么了？"尚春花。

"就是有些想你……"武登科发出了呀呓的梦寐一般幽深的笑声，重浊的呼气击打着听筒。

"有那么严重吗？"尚春花发出激荡亢越的笑声，借以掩饰的某种心态。

"我在锦都等你。"武登科。

"算了，最近我总觉得有人跟踪我，让我心神不定。"尚春花。

"你说什么？"武登科浑身冷战，立即恢复了平静，他的头脑微微发胀，这可不是什么好兆头，他冷静地思考了一下，"那就算了，不过你小心一些，经济上我们不会有问题，但是，算了，以后我再和你联系吧。"他挂了手机，跌坐在沙发上，默默望着办公桌，千万不能出事儿，尤其是他和尚春花，谁会这么做呢？刘春祥，只有刘春祥，他在怀疑我们，以他现在的身份，他会这么做？他和尚春花之间绝不能出问题，他们是鱼水之情，谁也不能没有谁，他要利用刘春祥的权力，刘春祥要利用他手中的钱，互相庇护，难道刘春祥认为他的作用已经不重要了吗？他可能怀疑过尚春花，但可能这样做吗？他这样做无疑是在授人以柄，他不会这么愚蠢，他终于理顺了头绪，浑身的冷汗渐渐吸干了，他沉甸甸的心态也渐放松，是尚春花神经过敏，还是实有其事，他如果排除了前一种可能性，实有其事，做这件事的背后会是谁呢？出于什么目的？

武登科又给尚春花挂了一个电话，"说话方便吗？"

"没事就我一个人。"尚春花。

"你真的察觉有人在跟踪你？"武登科。

"这种感觉已经不止一次发生过。"尚春花。

"是不是过度担忧，发生了神经过敏？"武登科。

"我担忧什么？我从来没有这种感觉。"尚春花。

"有多长时间吗？"武登科。

"大约有四五个月了。"尚春花。

"为什么不早说？"武登科。

"开始我也不以为然，日子久了，这种感觉越来越强烈。"尚春花。

"怎么搞的？"武登科。

"我现在有点担忧，甚至是有些害怕。"尚春花。

"你想会是谁这样做呢？"武登科。

"除了刘春祥，恐怕就只有康英。"尚春花。

"刘春祥可能吗？"武登科。

"刘春祥不可能，那只有康英了，如果是她，她手上可能已经有了很多不利于我的资料，这可怎么办？"尚春花的音腔仿佛是哀鸣的泣调。

"你也觉得刘春祥不可能？"武登科。

"他太忙了，他对我从来没表示过任何不满的言辞，怎么会是他呢？"尚春花。

"康英？她为什么这么做呢？再说，她派人跟踪你，应该说没这个道理，她应该监视我才有理由。"武登科。

"这几年她也得到了锻炼，她再也不是林子里的康英了，她处处在为自己着想，力争让自己处于优势，你不让她知道公司的内幕，难道她不会自己了解吗？他如果真的采取了这种手段，武登科，你真把我害死了，让我怎么面对康英，如果她发疯了，事态的发展将无法收拾，同时我提醒你，你的目标太大了，更会引起别人的注视，也许你忽略了防范，也许你早在监控之列。"尚春花。

武登科眉头紧锁，刚刚放松的心态，仿佛又沉重了起来，他本能地产生了一种慌恐，忧虑悄悄地袭上了他的胸间，他不能毁了这来之不易的成功，如果真是康英，他恼怒地切灭了烟蒂，他从来都没去想康英会如何如何，现在这可能吗？可是除了刘春祥，如果排除了康英，还有谁会这么做呢？

他不动声色地压了手机，他感到一种从未有过的孤独袭击了他的身心，他全心全意地爱着他的公司，他的生命最不可分割的一部分就是他的公司，他爱他的公司胜过了爱一切，这是他的骄傲，这是他的辉煌，这里所体现的一切，全部说明了他的价值，他的自豪，他的功勋，他不允许任何人玷污他，他要维护他的完整，他的尊严，仿佛这就已经足够了。

现在他忽然面临了一种困惑，一种他自认为是不可理喻的困惑，尚春花说的是真的吗？他冷静的时候，又有一种新的想法，尚春花不仅仅是在制造一种压抑的气氛，让他承担不安，主要的原因也许不是那么简单，也许尚春花已经厌倦他了，或许是害怕这种婚外生活会最终影响到市长的声誉，为了她个人和家庭，为了市长夫人的身份，她要保持清醒的头脑，保持自己的身份所独有的尊贵，她在担心她自己，所以她撒了谎。

他用最大的努力，假设了种种因果，当他回首环望时，他还是因为一无所获而感到颓丧，他不明白，他怎么也不明白，这到底是怎么回事，真的有人这样做吗？是刘春祥，康英，尚春花自己在导演闹剧，还是另有他人，他仔细地回顾了自己的发家史，自认为毫无破绽，供销社终因负债累累而破产了，他的登科羊绒公司从未有过违法行为，这一点他可以做到问心无愧，他不害怕，可是尚春花，也许只是针对尚春花，刘春祥，不可能，绝不可能。

武登科的脑子里面很乱，他有意走过了康英的办公室，他想进去看看康英，这种心情绝不是很随便的，他内心常有一种歉疚，也许此刻最强烈，他无法说清楚这是因为什么，但是他并没有进去，他踱过康英的办公室，一直向里走去，他的神色很忧虑，内心总有一种无法解脱的压抑，他不知道他会如何面对康英，他总忘不了尚春花对他的提示，可是他怎么也把这一切和康英联系不到一块，康英如果做这件事情目标应该是他，怎么可能是尚春花呢，于情理不合的反常，康英是做不出来的。

他踱到了走廊的中端，他突然间就爆发了怒火，他狠狠地踢了一下墙脚，然后长长地吁了一口气，现在应该是下班的时候，员工早已离去，他却一点没感觉出来，直到此刻他才意识到，想必康英早已回去了，他默默地踱了回来，他拉了电灯的开关，让光明驱赶了薄薄的阴暗，他坐进了他的老板椅，又点了一支烟。

这种做法可不是他武登科的习惯，他的记忆中他几乎不曾拉过这里的开关，他冷落了康英，却一直不曾冷落他的情人，他偶尔会掰着指头数，他会很骄傲地笑了，这会是一个班、一个排、起码有一个连，他的情人多得他也数不清，他想出去的时候，他会仔细地回顾一下，他最想谁，此刻他最想和谁在一起，他会怀着小心地打一个电话，然后又打下一个电话，直到某个情人可以出来，他才会心满意足，偶尔也有情人打过来的时候，但这种时候太少了，他不喜欢自己只有一个两个情人，他喜欢不断地去换，不断去引诱，不断有新的刺激，他这个情场上的老手，失手的时候和得手的时候一样的多，有爱钱的，有爱尊严的，就有不爱他的钱的人，区别太大了，有钱的感觉真是太好了。

他尽可能地多去想这些问题，他想把烦恼抛得远远的，他搜肠刮肚去一个一个地想他们，但是烦恼依然困扰着他，他还是烦恼的时候多，他想不明白，这究竟是怎么回事儿，说心里话，他和尚春花鬼混，无非是利用她，他的兴致已经转换了，他要什么样的女人没有。他突然脑子里又冒出一个人。他冷笑了一声，尚春花你居然对我端起了架子，你现在认为你是市长夫人了，可笑之至，他，武登科冷笑一声，和尚春花在一块，他还从来没遭到拒绝，现在，他不明白，是真是假，真真假假，把他搞糊涂了，但他不想去牵扯康英，康英是他最忠实的女人，她已经习惯了他，他的所作所为对康英而言，损害太大了，现在又要凭空给康英扣上一项罪，他也觉得不公平，还是别去想这些了。

他的脑海中渐渐有了新的轮廓，同时也蕴涵了某种神秘的渴望征服的动机，那是一个姣美修长的倩影，目光中绽放着晶莹和聪慧，她的鼻梁高高隆起，和谐的五官均匀而充满了生气，她的长发光洁而润泽，时而飘落在胸前，如雾色一般，让他的真面目时隐时现，她躺在病床上打点滴的样子，慵懒而神秘，武登科十分注重她纤细而修长的双脚，他认为这双脚美不胜收，让他留恋，让他产生了很多的幻觉，他要拥有他，他有意无意地透露了自己的身份，原本以为女郎会刮目相看，未曾想到女郎瞅都没瞅他一眼，甚至表现了对他的鄙视和冷漠。

武登科对此十分的欣赏，他在心里驱动下仿佛点了无数次头，他权衡了一下女郎和他的年龄，他想他可能大出女郎二十五六岁，然后他又否定了，二十七八岁，他估计女郎有二十二三、二十五六，他也糊涂了，他和温大夫是朋友，他找温大夫聊天的时候记住了这位女性。

他在温大夫的处方上看到了一个符合女郎身段的年龄——二十四岁，然后便留意了她的名字——邓春梅，地址一栏标明她是农管局的职工，他回过头去瞄了一眼邓春梅，随便地问候了一声，邓春梅似乎对他这个亿万富翁丝毫也不感兴趣，她居然蔑视他的存在，他想邓春梅一定不知道他居然是亿万富翁，真可恶他现在想到了她，现在他竟然想了她，感觉又是那么的强烈，他的手拿着手机，如果现在，可惜现在邓春梅还没有手机，此刻可以消费手机的人绝不是很平常的人，邓春梅就是一个再平常不过的人。她属于那种不带手机的人，一个漂亮的充满诱惑力的女性，他刻意地去想了想她的乳房，他认定这是他最大的忽略，他居然没去看她。

武登科搜肠刮肚想不出办法，心里十分的焦躁，他可以把好多的事情抛到脑后，却绝对不能忘了舒解压力的玩乐。

农管局是管兵团的，他一向和农管局少有来往，虽然郭启俊曾经提到农管局要大量的住房，但他手中没房，所以一直不曾接触。

武登科给小刘挂了一个电话，自从小张过来，小刘便渐渐失宠了，武登科有时也会想到她，但彼此间表现了冷漠和疏远，他也不知道是怎么回事，也许他所想到的也全让小张想到了，他所要派人做的工作，也都让小张和康明做了指示，所以遗忘小刘也不是一件不正常的事情，小刘比以前变得更加实在和拘谨，他一头扎在工作中，踏踏实实的精神，偶尔也会让武登科联想到他对公司曾经做出的贡献。

武登科居然想起了小刘，这让小刘多少感到有些兴奋，他已经记不清他从什么时候起沦为一般职员，但他一直相信，武登科还会重用他，因为他曾经是武登科心里最忠实的人，他想到了康明和小张，他不是不服气，他哀怨自己命运不济，是因为他没有他们那层亲情关系，他不曾怪武登科，他实实在在地干着现在的工作，兢兢业业的态度不止一次唤起了武登科对他的思念。

武登科终于想到了小刘，他不为别的工作，也不过是一种借口，他让小刘去找邓春梅，他让小刘通过邓春梅接触上边的领导，其用意只有他自己心知肚明，他要收服邓春梅，他所做的第一件事儿，就是让邓春梅知道他这个亿万富翁无处不在，他想给她机会，给她利润，让她注意到他的存在。

小刘按照武登科的旨意，带着武登科的名片，泰然自若地在农管局的办公地找到了邓春梅，邓春梅手拿小刘递过来的名片，对小刘表示了愕然，她误以为小刘就是武登科，那么她见过的武登科又是怎么回事呢？小刘简单地向她做了解释，告诉邓春梅找她是武董的意思，这大出邓春梅的意料，她对房的事情表现了极大的热情，并且之后带着小刘引见了领导。

小刘回来之后，不但在住房上和农管局的领导做了一些沟通，更重要的是，小刘带回了邓春梅的联系方式，地址，武登科有明确的交代，农管局这块由邓春梅负责招呼，当然报酬会从优，这种天上掉馅饼的事儿，邓春梅自然是喜出望外。武登科对小刘的办事还是比较满意的，尤其是利用邓春梅，让武登科十分高兴，他拿着邓春梅的电话，他有一种预感，他相信自己的魅力，当然他更注重他的钱，他所以这么自信，便是因为他只有钱可以撑起他的自信、自尊和一切，他相信钱，他相信作为小职员的邓春梅更需要钱，也更爱钱，只要他给她一个机会，武登科相信他一定会成功，他已经无所谓地想到别的工作，他满脑子全是邓春梅，想邓春梅已经让他忘记了一切。

小刘还在等待武登科的指示，不过他做得极其有耐心，他依然在干他原来的工作，武登科似乎又遗忘了他，这一点也不重要，重要的是武登科明白一个道理，农管局有什么想法，必须让邓春梅来联系，而邓春梅找不到小刘，就必须得联系他武登科，他相信他的机会已经来了，成绩也有了，也不误和美人周旋，这种一举两得的好事儿，上哪去找。

第四十九章　康红面对预售资产的纠结

康红无法掩饰自己的焦躁，她顾盼左右，任凭寒风侵袭她坚毅的面孔，她一边走，一边用手中的树条抽打，也许是地面，也许是杨树，也许是她自己，她说不清楚，这种心情时而会光顾她，让她不安、着急，甚至有些担心，这是她的林子，她喜欢的林子，她深深眷恋的林子，她不知道她的命运将从什么时候改变，她的脚踩在枯叶上发出了细微的破碎的声音，然后她又踩了下去，周而复始，她不明白，她有好多困惑，她一直想搞明白，但依然是稀里糊涂，她哀怨地发出一声长长的叹息，她相信林子太大，不会有人注意到她的叹息，这样做的效果，让她感到很舒畅，她似乎通过这种方式缓解了一些压力，浑身感到很轻松。

她漫无目的地在林子中间徘徊，她不止一次地停下来，观察她的林子，或者测试一下单棵杨树的粗细，她现在还无法估计出他的价值，不过她相信，她请的人会整理出一个让她暂时满意的结果，她反复告诫自己，要做好这一项工作，这关系到她的巨额利润，她把一切回报都压在这块土地上，和这片林子，她不知道自己最终是否会下定决心处理它，她想守着它，有很多人都守着一片土地，他们最终会是一个什么样子呢？康红现在还没有新的项目，这片林子也许还会增值，可是拿到钱后她要干什么，她现在没想明白，她一直想拥有很多的钱，也想把土地换成利润，她似乎编织过很多的梦，但梦醒了之后她依然缺乏项目，凯峰公司可以压土地，武登科可以压土地，她怎么办呢？他们都看好土地，难道她就忽略了土地的价值了吗？

没有，康红很清楚她最注重她的土地了，她为拥有这块土地而光荣，引以为自豪，因为这块土地她可以骄傲地面对任何一个人，她不是一个庸俗的小商人，她有她的真知灼见，她有她的胸怀大志，这一切全从这块土地上面显出了她的价值。

现在，康红停在土埂上，她有些痛苦，她太珍惜这片林子了，但她已经想好了，她不想再守着这片林子，她要腾飞，她要自己的理想插上翅膀，尽情地在蓝天上飞翔，她想勇敢的飞出这块林子，在原野上，在荒郊野外，空阔的无垠的远方落脚，发达，她已经决定发展，她下这个决定，费了她好多的心思。

康红很不忍心，她不知道这块土地，什么时候就会落入别人之手，她不明白别人得到这块土地，林子会是什么下场，这是她倾注了全部心思的结晶，这是她的希望，在内心的深处也支撑了她圣洁高贵的心态，现在要让她下定决心，做出一种抉择，做出一种理智的决定，原本就没那么容易。

然而，康红还是决定出手，她对这块土地预期的收入有一种奢望的期高，如果成功了，她相信机会对她来说依然存在，她如果再有一大笔资金可供支配，她又出现了一些幻觉，她想她一定会实现，她现在所拥有的现实可证明她的实力，让她再攀新高，她有这种信心和认识。

赵巧霞给她打来了电话，郭启俊来了，康红挂了手机，狡黠地笑了一面，她想到了武登科，然后又想到了她的大姐康英、康明、小张、然后又想到了凯峰公司，他们此刻在做何感想，他们是否是幕后的操作者，她的脑海中隐隐约约又有这样的念头，然后她又把方向定位在了郭启俊身上，她很不明白凯峰公司会这么巧，他们刚刚成立公司，而他是刚刚决定不用郭启俊，他们便走在了一块，郭启俊也许对她隐瞒了什么，她起初要做房的生意，但虚晃一枪现在又要做土地的生意，他到底要做什么生意，他心中也没底，反正他是要做点生意，这个人，康红挖空心思想给她评价，一种不好的评价，她惊奇地发现郭启俊这个人并没有给她留下不好的印象。

康红一边思索一边慢慢地往回走，她想在意郭启俊却又故意地这样做了，她心里很明白，他的行为能否对郭启俊产生一点威慑，现在还说不好，她的目光冷峻而淡漠，脸肌充满了冰冻后的紫红色，嘴唇干巴巴的，她没有一点随和的笑，凯峰公司利用郭启俊难道她就不能再利用一下郭启俊，郭启俊会不会帮她，她心里没有底。

康红再度估摸了她的地产，还是摸不准凯峰公司的真实企图，他们最高会出到一个什么价位，要多少土地，怎么分割土地，这些问题全在康红的考虑之中，但是她想象不到，所以她迫切地想利用郭启俊，目的仅仅是搞清楚凯峰公司的真实意图。

我始终也没得到凯峰公司有价值的情报，康红对此很不满，现在我们要和郭启俊再度谈论这件事儿，康红是怎么想的，或者怎么做，我都不知道。

康红很平静地回到了办公室，郭启俊连忙迎了上去，康红礼节性地点了一下头，并无意和郭启俊握手，知趣的郭启俊连忙退回了原位，康红落座在他的办公桌后面，赵巧霞马上端过了一杯热茶，"外边太冷了，康总出去的时候注意穿着。"

康红双手绞搓了一下，然后捂着双脸："这天太冷了。"

"康总一直有这样的习惯？"郭启俊。

"老郭你一点也不仗义。"康红忽然把面孔扭向了郭启俊，郭启俊被康红突如其来的责难弄得很拘谨，他不知所措地笑着，望着康红不知所云。

"老郭刚刚攀了高枝就忘了康总，上次康总是怎么跟你说的。"赵巧霞的话提醒了郭启俊，她为郭启俊解了围。

"噢，你看我这儿记性，康总你别见怪，最近太忙了，连跑了十几家大公司，洽谈业务，忘了给你回电话，但你的事儿。"郭启俊瞥了一眼赵巧霞，赵巧霞知趣地走出了康红的办公室。

"你说凯峰公司还和别的公司在谈业务？"康红。

"嗯。"郭启俊。

"他们这家公司主要经营什么业务。"康红。

"他的业务面太广了，我一时半会儿说不明白，和你们公司有关的就是土地。"郭启俊。

"你今天还是为土地而来？"康红。

"嗯，不过今天我是自己来的，和公司无关。"郭启俊。

"这话怎么讲？"康红。

"康总的交代我怎么会忘了呢？凯峰公司确实有一整套收购你们公司土地的计划，包括价位，我时刻谨记着康总的交代，我出来凭的是谁，还不是康总你，我永远也不会忘了这份恩情，再说我对宏业的感情又岂是凯峰可比的。"郭启俊。

"想不到你这么重人情，那好你说说看，凯峰公司将如何展开收购我们宏业的地皮。"康红。

郭启俊把一份打印好的文稿递到康红手中，"全在这上边。"郭启俊从康红的办公桌边退回了座位的时候，浑身直冒虚汗，他暗暗庆幸，多亏侍加元想得细心、周到，早已料到了康红会如此，不过，他还是不明白，侍加元为何将凯峰公司的计划书让他作为人情交给康红，这虽然解了他的危，增进了他工作的信心，但他依然不明白，连他都觉得这其中有诈，但是为了应付康红，他还是不得不把文件交了出来。

"难为你了，这是真的吗？"康红。

"我以人格担保。"郭启俊。

"那好，我留下研究一下，非常感谢你。"康红拉开了抽屉，从中取出了两万元放在了桌面上，"他归你了。"

"康总、这、这多不好意思。"康启俊没想到康红会这么大方，一出手就是两万，他本想拒绝这种诱惑，但他又有一些舍不得。

"只要你实心实意的为我办事，我不会亏待你的，我想这个东西你做不出来，好吧，你先去吧，有什么事儿先给我打电话。"康红把两万元拿到了手中亲自递给了郭启俊。

康红仔细地研究了凯峰公司计划收购她的地皮所进行的书面规划之后，心情并没有很轻松，在他的潜意识里也有过模糊的三点划分，现在凯峰公司明白无误地例在了计划书中，而且分别给出了三点地皮的价格，差距之悬殊使她暗暗心惊。

想不到为了他的这块土地凯峰公司调查会做得如此的认真，从这里可以看出，他们对他的土地所具有的诚意，让她丝毫也不去怀疑，这份规划书的真实意图，武登科所以指示侍加元让郭启俊这么做，目的就是造成康红的错觉，让她在权衡利弊的时候主动做出让步，这才是他们真实的企图。

康红默默地合上了计划书，她心里很感激郭启俊，但是她还是有些不明白，西环的土地每亩标底价六千，湖西北却是三千五，沿西去的公路标价居然比西环线的低了五百元，他们是依据什么来定的位，她虽然想了很多，却不甚明了，这么多的树，康红依然想了她的树。

六千元、五千五百元、三千五，这个价位，如同凯峰公司划分的三个点，不断地在康红的大脑中跳跃，此高彼低，彼低此高，她反复地想了这三个价位，她想用她的思维来解释这三个价位，识破凯峰公司的真实意图，而她竟做不到心平气和，她越想思维就越混乱，让她理不清也放不下。

康红走出了办公区，她有目的地来到了楼下的树林里，任凭朔风吹皱了她的秀发，她的目光深邃而坚毅，她要洞悉这里每一棵活着的生命，她想再度怜惜那些已经枯萎而即将腐朽的死亡，她的心里振荡着一种无法言传的迷茫，她不知道她最终会做出什么样的抉择，然而此刻她的内心却绞着一种痛苦，一种煎熬，一种让她不自在的感觉，她有时候不相信这个文件的真实性，可是她又找不出理由，郭启俊为什么要哄她、捉弄她，凯峰公司又何必动这番脑筋，她相信这个文件的真实性，而且认定了它的真实性，那么它的标价，她会接受吗？她能接受吗？凯峰公司对三块地皮都标了价，他们意图到底在哪呢？他们到底想买哪块地皮，还是三块地皮全部吞下，他们有这么大的经济实力，她又想到了武登科，她想具有这个能力的人，除了武登科还会有谁呢？而现在和她叫买的居然是凯峰公司，一家名不见经传，刚刚冒出来的公司，他竟敢和宏业房地产公司叫价，希望做这么大的生意，岂是小字辈，他们背后有无阴谋，这些问题不断地困扰康红，使他无法理顺。

康红随便从地上拾了一根杨树的枯枝条，她想拿起来仔细地看上一眼，却又放弃了这么做，她用力让枝条在她的面前、空中向上画了一个圈，然后握在手中垂悬在身体的一侧，她瞅上了一根废弃的粗壮的树枝，她扔了手中的枝条，走近粗枝，用手搬去枝杈，留得长短适手，然后又拿到了手中，她习惯于手中有一个东西，让他支撑她的身体、胳膊，或者是习惯于点地的声音。

北方的腊月，寒气逼人，朔风在树行间游走，时而裹起一包树叶，时而晃动枝头发出哗哗的响声，他们透过丝绵编织的锦衣，穿透了肌肤的屏障，用冻僵的触角轻轻摩挲着你热血沸腾的心脏，还搭儿一把手，诚恳地鼓励你，向前、向前，你向前我就会退却，因你的沸腾让我感动。

红红不断地用木枝点着冻裂的土地，她的双脚踏在低洼不平的冻楞倚角上蹒跚着向前慢慢地行进，她对眼前的一切充满了一种陌生的感觉，她已经悟不透这其中包容的一切，她是这片林子的主人、核心，她如数家珍一般地看着每一棵杨树，它们勃勃的生机，正在昭展他们年富力强的年华，它们充满了朝气，像孩童一般等着亲人们的呵护。

快快长吧！我的小树苗，你可知道此刻我的内心对你的期待，也许，我们就要远离，从心灵的深处，我的惦记会悄悄地传递给你，我不知道，我不明白，我已经糊涂了，我是否会做出一种理智的抉择，我不知道，我像失去坐标的游船，找不到希望，也看不到落脚的方位，我的心乱了，我的理智已经无法让我看到坐标，这会是我的错，我一旦决定了，一切都将改变，命运会逼迫我，生命会让我冲动，欲望会让我不断地开拓，这不是一场简单的游戏，我需要，我需要，我不知道，我需要。

手机响了，康红没有去理会它，她压根就没有这种感觉，她现在在想什么，她的麻木和冷漠，像这冬天的气温，零下而且滞涩。

六千元、五千五百元、三千五、依然是一些跳动的符号，他们仿佛是张牙舞爪的魔鬼，他们剥脱了人皮像一些抽搐的骨架，难堪而且丑陋，又充满了骇人的恐惧，他们黏附了胶着的黏液，像梦魂一般地缠绕着红红，让她无法进行正常的判断。

她一会儿惊喜，一会儿忧郁，惊喜的是她终于赎了一大笔钱，现在凯峰公司已经为她做出了证明，即使他的地皮不出手，她也知道，她已经不再贫穷，她已经挤入了富人的行列，她已经不是普通的有钱人，让她忧郁的是她心里没底，她咨询了一些人，得出的结论并不乐观，人们对土地的认识，似乎很肤浅，还看不到他的远景，她自己没有得出一个结论，这是她感到最失望最苦恼的事情。

她喜欢一个人独立思考问题，正如郭启俊说的那样，她喜欢一个人逛林子，这几乎不再是秘密，她要得出一个属于她自己的结论，她喜欢构筑无数种假设，然后一个又一个地排除，现在她就在演示重复的思维，她似乎把这种格式要固定下来，她甚至认为郭启俊提供了极为有价值的情报，三点划分给了她一记重锤，她忽然感到侍加元的智商要高于她，否则她怎么会这样分布呢？

她用木棍在地上大致划出了她的地皮轮廓，久久，久久地望着，思考着，她被这种情报的透明度封闭了她的活跃思维，她一直在尝试着，要如何改变这种束缚，如何摒弃心里顽劣的痼疾，但是她一直做不到。

康红的心里梗着一个念头，六千元、五千五百元、三千五，她一直希望可以破译这组数字背后的心理活动，针对他，她又想到了郭启俊身上，郭启俊不会有这番见解，更没有这种头脑，她很多次地接触过郭启俊，她相信她的判断，她甚至相信郭启俊出于诚意，这份文件的质量仅仅在于他提供了一个值得参考的数据，她甚至相信凯峰公司在她的土地上下了很大的功夫，所以才得出了这样一个结论，她并不认为这个价格是公证的，但是却让她很不平静。

康红想卖土地，更想卖得多一些，她有很多想法，可惜就是没钱，但是她又不想再低价出手，留给别人利润的空间大，就证明她的损失更大了，她不是一个愚钝的人，凯峰公司并没有那么容易拿下她的地皮，因为让的利太多了，就证明了损失，现在她终于理顺了她的思维，郭启俊这么轻易地交给了她这份文件，只能说明一个问题，在凯峰公司这份文件并不是保密的，郭启俊只是做了个顺水人情，但她并不后悔给郭启俊二万元，她相信郭启俊会记着这件事情，在适当的时候她会提醒郭启俊。

康红相信她的土地远不止值这么一点钱，理顺了这个头绪，她的心情比刚才要好了许多，她相信这份文件提供给她的价值，它提醒了她，有人在注意她的公司，注意她的发展，关注她手中的地皮，她相信她的土地的存在，一定蕴藏了潜伏的利润，她也许守着她比放弃更有利，当然价位如果适合，她还是会考虑出手的。

"凯峰公司他们在期望梦想成真，这份文件说明他们有这种愿望和诚意，但是我觉得他们给出的价位不是很高，甚至是极低的价位。"红红让我看了郭启俊带来的文件之后，发表了他的看法。

"他们的愿望代替不了现实，我们的期望也购不成对他们更大的威胁。他们似乎是大批量的购进，他们的三点化分很能说明问题，他们所以要大批量购进地皮，其目的无非就是想少掏钱，我们在单位面积上少挣了一些，他们也有利可图，结果生意才能做成。"

"问题是他们的底价开得太低。"红红。

"郭启俊带回的这份文件，你怎么想？"

"现在心中还没有规划出来。"红红。

"土地是我们的，我们尚没规划出来一个适当的价位，而他们已经有了，说明他们在这方面的研究甚至比我们还多，他们为什么要购进我们的土地？"

"他们专做地皮生意，也不像！"红红。

"但是他们却想收购我们的土地，说明土地的空间在几年内，还会增值。"

"物价上涨也会影响到土地，凯峰公司的决策也太精明了，他们就是想以多压价，这么说他们一定想购进很多的地皮，这件事本身正迎合了我们的意图，但他的价位标的太低了，尤其是湖西南，一亩地三千多元。"红红。

"湖西南，据我们掌握的资料，如果出手我们将有六千万进账。"

红红浅淡地笑了一面。

"从商业的角度来计算，我们已经是暴利了。"

"利益的回报，实在是超出了我们的想象力，我们应该知足了，可是从目前的形势判断，我担心我们卖亏了，西线路一侧的土地一亩地零售达七千元。"

"问题我们现在是整批出去，五千五百元的价位开得实在不低，以七千元计算，不错，我们确实有点亏了，可是何年何月才能售完。"

"难道我们今年还以这个价位出售？"红红。

"问题是我们搞不清楚他们的真实意图。"

"西线路的价位也许不低，西环线我们的林子就太可惜了，湘西南这样出了手，就更可惜了。"红红又想出手土地，又舍不得，他对这片土地的眷恋已经超过了对任何一切的情感。

"出手我们可以赚很多。"

"以后再想拥有这样的土地，就难上加难了。"红红的忧虑也不是没有道理，问题是她想发展，没有资金就办不到。

"守着，你就开拓不了别的业务。"

"问题就出在这。"红红

"有人切准了你的脉搏，踏着你的节奏在击鼓，或者摇旗呐喊，为你助威呢。"

"我们其实一直很顺利。"红红。

"现在我们也很顺利，难道不顺吗？我们正为资金的来源发愁，资金就来了，而且是通过我们自身得到解决的，这种大快人心的好事儿去哪里寻找。"

"我担心他们会扯去湖西南大片的土地。"红红。

"那片土地他们给的价实在是有些低，不过话说回来，这也是他们给了这么一个价，让我们自己要，和七千元一亩地相比，那些地皮又能要多少钱呢？何况我们根本没有资金进行开发，与其让他沉睡在那里，不如让它盘活，从此让你插上翅膀，飞上蓝天与白云比肩齐美。"

"想不到今天我们的谈语，让我感到很舒服，你恭维老婆的本事，可是越来越习惯了。"红红表现得很轻松。

"只要你高兴了，我也就表现得坦然了。"

"看来平时你还挺压抑的，说穿了你内心对我还挺有意见的，是不是这样？"红红。

"没注意。"我的表现让红红十分满意，她的心情好了许多，对待郭启俊的文件表现了十分的乐观。

"看来我们和凯峰公司有生意可做了，我们也做一些相应的调整，把土地按他们的规划分成三个点，在他们透明的底价上在加一些，争取达到他们的极限，甚至争取超过。"红红。

"他们既然标出了底价，管理又如此松懈，只能说明一个问题，他们不怕我们刺探他们的情报，现在这个价位可以公开给我们，他们相信这个价位是合理的，他们相信对我们有极大的诱惑力，他们办到了。"

"也许吧，但愿我们别上了凯峰公司的当。"红红。

"平心而论，那些地方给那么高的价钱，我们也应该知足了。"

红红长长吁了一口气，我知道她有些舍不得，让她做出这个决定，原本也没那么容易。

"舍不得？"

"你说呢？"红红表现了自己的无奈。

"舍不得。"我相信红红就是这样的心理。

"我怕我们后悔。"红红

"我们为什么要后悔呢？"

"现在我还是说不清楚，不过，我有一种预感，我们的生意一定会做成，凯峰公司利用郭启俊，走的就是这步棋。"红红。

"你还在怀疑他们？"

"不是怀疑而是直觉。"红红。

"有时候我也在想，凯峰公司收购我们这些地皮干什么呢？他们要搞什么，搞什么会用这么大面积的土地。"

"这点只有凯峰公司自己知道。"红红。

"这家公司不知道是什么背景，他们胃口这么大，他们到底在干什么。"

"干什么？只有天知道，你走访这么长时间一无所获。"可见他们保密工作还是干得很好，红红。

"他们将成为我们的贵人。"

红红默默地笑着，也许她不会这样认为。

第五十章　武登科心系邓春梅

武登科为了等待邓春梅的电话，心里很不平静，为了应酬农管局的干部，他对他已经拥有的土地进行了很多实地的考察，他即使不为他的生意着想，也要因为邓春梅而表现自己，他反复琢磨了之后，觉得没什么了不起，盖房卖房，到哪个世纪他才能赚这么多的钱，他了解得越多，对盖房的兴致就越低，原本是认认真真地准备和农管局的领导阶层沟通一下，现在这种兴致被淡水稀释了，浓度迅速下降，如果不是为了邓春梅，武登科几乎不想组建建筑队了。

他拿起电话，坦然地拨通了农管局，他点名找邓春梅，电话里立即传来了呼叫邓春梅的声音，然后是邓春梅匆匆忙忙踏踏踏的脚步声，"哪位？"

"我是武登科，是小邓吗？"武登科尽可能地让自己的声音表现得温柔一些。

"噢，原来是武董事长，你有什么事儿吗？"邓春梅似乎不记得有房这回事儿了，领导没有通知她，小刘也没再找她，她压根就没想过武登科会直接找她，不过武登科这个名字，和他代表的登科羊绒集团公司她却记下了，她在医院中见到武登科的时候，她并不相信他，她的记忆中没有亿万富翁这个概念，对登科羊绒公司也了解得很少，但自从小刘丢下一张武登科的名片之后，她开始注重了这个公司，包括武登科本人，现在在她的心目中，亿万富翁的风采就是武登科，武登科就是亿万富翁，亿万富翁看起来也不长三头六臂，他也是有鼻子有眼，像一个普通人，而他居然有亿万富翁的美称，恐怕不是空穴来风，她了解得越多，就越感到亿万富翁的高大伟岸和英武，这是智慧和能力的结晶，亿万富翁就是一个了不起的英雄，现在武登科亲自找她，他从心理上感到十分的满足，受宠若惊的激动，她很高兴地答应了武登科中午的约请。

武登科原本中午要约见侍加元探讨下一步凯峰公司展开对康红地皮的收购，现在却有了意外的收获，这种打算便放弃了，他给侍加元打了一个电话，让他尽快和康红见面，土地的事情刻不容缓，这个秘密只有他心里最清楚，刘春祥悄悄地提示他的时候，他心里的感觉很沉重，原因之一是他没办法把土地变在他的名下，土地因为是康红的而让她妒忌，刘市长的意图很明确，随着经济发展的需要，市里决定征收一片土地作为工业园区，现在正在酝酿，初步的打算，便是建在她的羊绒公司以西，这么重要的透露，武登科岂能不明白他的用意。

现在他的凯峰公司正在取得进展，这多少让他感到了一些欣慰，他很庆幸自己和刘春祥的合作，如果这些土地纳入他的口袋中，无疑他又会大赚一把，他得意地望着镜子里的自己笑了，他对自己的这副尊荣一直很欣赏，有时候他甚至异想天开地想从他的五官上看出一些端倪，他这个亿万富翁是否从某些地方显露出很特别的地方来，他很留意自己的容颜，眼角有了皱纹，这些都提示给他一种信号，他的年龄已经偏大了，可是武登科一点也不服，他想永葆青春，永远让自己的容颜焕发出光彩照人的青春气息，所以他习惯于对脸部的按摩，而且用一些高档的润肤油膏，他对这些东西一向都很注意，有人告诉他，他的脸黑是和吸烟有关，现在他已经吸得很少了，为了改变口味他的口袋中常常备着一些清凉芳香的含漱剂，以备他随时取用。

为了今后约见邓春梅，武登科特意修饰了一番，而且这种爱好越来越强烈，他不喜欢让美容师帮助他，他一直以为自己是个男人，美容是女人们的事儿，他这样注重对他而言，他有一种说不明白的满足和期待，可是让别人帮助他他就会感到羞愧甚至会恐慌，他把这些当作一等的机密，防范着任何人，别人只看到了他的形象，但他是总裁亿万富翁，他如何修饰自己一点儿也不过分，所以从未招致非议，偶尔他也会想到这是自己多心了，女人可以爱美，男人为什么不可以呢？他无奈地笑了，男人就是男人，脂粉味太重了就是女人，他可不想做女人，他的阳光之气十足。

他把自己装饰好之后，又十分留意自己的衣着，尤其是领带，他选了一条红颜色点缀着金丝线的领带。配了一身浅蓝色的毛绒西服，十分的亮丽，他仔细地端详了一番，然后满意地离开镜子从里间回到了办公室。

他坐到他的办公桌旁边，打开了一个小抽屉，从中拣选了一枚精致的戒指，然后装到了一个小盒中。他习惯给女孩子送戒指，他是一个多情的种子，他希望他见到的每个美女，都能收下他的礼物，成为他随时呼唤的对象，他对邓春梅也毫不例外，他丝毫也不怀疑他的魅力，他相信他所具有的实力，可以让他随心所欲地占有邓春梅，他怀揣着希望、激动、焦急的心情等待十二点邓春梅下班。

为了等这一刻，武登科表现得特别焦躁，他有好几次走出了他的办公室，可是自己都觉得很无聊，然后又回到了办公室，每次回来的时候他都会有意无意地看一眼办公室，他知道康英就在他的隔壁，可是康英很少走进他的办公室。偶尔他会进去看看康英，今天也不例外，每当他将有一个新的女人的时候，他就会冒出一点愧疚，此时此刻他会表现得主动一些，向康英表示一些友好和关心，现在他已经推开了康英的办公室门，但是他的心里只想着邓春梅，实在没有心情向康英表示友好，康英一听到门响，便把目光从文件上移开，瞟了她丈夫一眼，然后又去审阅文件，武登科尽可能地让自己挤出一些笑容，康英仿佛没有看到，对他毫无表示，他原本是想进去的，现在又没有了这份心情，他轻轻合住了门退了出去。

武登科来到空阔的厂区大院，徘徊了一圈儿，他面前，他所看到的工作人员便完全消失了，他们都回到自己的工作区间，他无所谓满意，他以往曾赏识过自己的威严，今天他破例地不去这样想，他看到小楚发胖的躯体，摆动着雁尾服遮掩的屁股，便偷偷地笑了一回，心里便想了一次小楚，哪天，哪天还得摸摸她，但绝不是现在，他又为自己的浅薄笑了一回，这个大院里他可以召唤好多的女孩儿，几乎没有没超过小楚的，但他有恋旧的思想，也绝不想冷落了小楚，小楚是他最信任的女人，可以为他所用，这一点他认为是最难能可贵的，他最欣赏小楚的地方，还在于她从不计得失，从来也没有向他提出过任何出格的要求。

不过，现在，他的脑海中萦绕的是他魂牵梦绕的邓春梅，那一头舒展的长发，朦朦胧胧稚气的脸颊，像一洼清水透彻明亮的双眼，修长的双脚充满了诱惑力，让武登科一直不能释怀。

武登科再一次回到了他的办公室，他坐在办公桌的后边没有一点耐心，他庆幸自己可以简单地利用康英，一些烦琐的事都推在了她的身上，让他从烦琐中解脱出来，他又瞟了一眼康英办公室的门，满意地走下了大楼，他的司机看到武登科急速的步伐，知道要用车了，便从他的办公室中走进了宝马的车库，准备掏钥匙。

"今天你别去了。"武登科简单的毫无表情地仿佛是喊了一声。

武登科在司机打开车库的门之后，用手轻轻地摸了摸车灯，他对他们同样很珍爱，自从有了这辆宝马车，他的身份和地位自以为上升到了一个极为崇高的境界，他会因为他的车而骄傲、自豪，很多的领导都曾借用过，因为这车让人们深刻地认识到了独一无二的珍贵，在这个城市里他拥有了很多，他变得神圣和伟大。

他知道时间尚早，可是他却心急如焚，他开上车去了农管局，但走到了门口他又返回了原线，他在街上溜达了两圈，购置了几样小吃和饮料放在了车上，他不知道时间将从哪里消磨掉，他感到度日如年的寂寞和孤独，是如此的残酷和痛苦。

康红自从和我有过一次关于地皮的谈话之后，观点上发生了改变，卖的决心加大了，而且从心理上倾向凯峰公司的规划，武登科这一招棋走得极其高明，蒙蔽了我也就罢了，竟然连红红也彻底地被愚弄了，他的策略让我们丢失了大片的土地，从而丢失了大量的利润。

侍加元没有听从武登科的旨意，他依然坐镇指挥，出面的依然是郭启俊，他有他的一番策略，红红似乎嫌郭启俊规格不够高，又觉得彼此之间好沟通，也就默认了郭启俊在其中的串联，直至生意谈妥，侍加元才在康红主持的移交仪式上现身了，康红的账上多了六千万人民币，凯峰公司抽走了我们近三分之二的地皮，一笔特大的生意在私下成交了。

而此刻的武登科还在焦头烂额地追踪邓春梅，对侍加元的成功，他只发了一个短信表示祝贺，同时指示侍加元乘胜追击，让他拿下西环一线。

武登科第一次约请邓春梅，还没有走到武登科预期的目的地，邓春梅便借口下了车，这让武登科一直不解，他反复地揣摩他的言行，始终也没找到破绽，他以为或许是自己的言语唐突了，可是经过他慎重的研究，他发现自己无论在哪个细节上都处理得很得体，比如说他没有勉强邓春第往前边坐，也没有违背邓春梅忽然要下车的愿望，他只就房的事儿简单地问了几句，并教给了邓春梅一些策略，仅此而已，邓春梅下了车拐进了一条小巷，就连起码的再见这样的礼节都没有，便消失了。

这真是一个怪女人，她难道意识到了他不纯的动机，他有很多愿望想向她表达，借此加重自己的筹码，迎合邓春梅的口味儿，做更深一层的了解，然而他很失望，他被邓春梅搞糊涂了，他迟钝地望着邓春梅单薄的身影消失在巷口，竟不知道如何表达自己的留恋，他紧紧地盯着巷口，那个背影扭动了一下屁股便从这里消失了。

过了几天，武登科还是不死心，他心里一直惦记着邓春梅，他对什么工作也不感兴趣，饮食索然无味儿，就连做梦也会和邓春梅在一块，他看到康英，或者康英看到他，他们之间的冷漠，让他们变得更加陌生，他有时会感到惭愧，有时因为心怀鬼胎唯恐康英看出破绽，他进行了掩饰，可是这一切全显得很多余，康英依然我行我素，你不走近她，你不回家，她都无所谓，反正她每天有的是工作，而且加了一些应酬，康英居然也忙了起来。

想起这种特别游戏的时候太多了，武登科的内心便会泛起一些不满，这种不满很快会演变成一种不服气，他又显露了他性格中争强好胜的本性，他不服，他从来也没遇过这样的女孩，她居然藐视他的存在，他是谁，他是武登科，他是登科羊绒集团的董事长，他是名副其实的亿万富翁，有多少人渴望自己可以结识亿万富翁，有多少人因为见过亿万富翁而自豪，偏偏还有人不识抬举，亿万富翁屈尊和她交往，她居然拂袖而去，这是对他的不恭，有时候他会很生气。

可是这种方式的生气，无非是自己给自己找一种宽恕的理由，邓春梅没有渴望他的宽恕，也没有来电话解释，这反而让他自己达成一种谅解备忘录，也许是他表现得太热情，也许他的言语中表达了他的思念，把第一次接触他的邓春梅吓跑了，也许就是因为他自己。

有过这种忏悔的武登科犹豫了很多天，他一直盼望邓春梅可以给他来个电话，他盼望邓春梅有意和他接触，给他一点安慰，然而这种等待的焦灼，让他感到十分的痛苦，他下定决心，要让自己的行为大方一些，让自己的心态豁达一些，这些都无济于事，这些都不足以鼓起他的勇气，他几次都准备给邓春梅打电话，可是却一直没拨出去，他还想等等，再等等。

侍加元代表的凯峰公司收购康红的地皮，进展得十分顺利，似乎暂时让他忘却了这种的焦灼的等待，但他并没有心情去兴奋，这原本早已在他的预料之中，这种胜利的等待他早已尝试过了。

武登科丝毫也不认为自己落败了，他应该无往而不胜，现在这么点点挫折又算得了什么呢！他连康红的地皮都可以拿下，何况只是一个人，一个小职员，他忽然间鄙视邓春梅的存在，她不就是一个高个头漂亮的女人吗，她冷冰冰的目光，一副玩世不恭的样子，就能显示出她的高雅和大方吗？她也许和他接触的所有女性一样，倒在他的怀里才开始倾诉她们的仰慕，而此刻却要把自己伪装得像一株高大伟岸的白杨树。

这样的认识足足支撑了武登科一个晚上，他无数次地瞥见了康英，他尽可能地让自己别弄出声音，甚至伪装的想睡熟的样子，他想过了邓春梅，又想了康英，他把同床异梦这个成语反复地用在了他的身上，他疑惑它的真实性，同床异梦，只有他才体会得尤为深刻，不过他敢怪康英，康英并没有异心，对他这种行为也少加约束，甚至连简单的责怪都没有，他有老婆，他在情感上却是自由的，他不认为这是他人生的悲哀，相反他感到自由的庆幸，无拘无束的轻松。

他久久不能入睡，他听到康英均匀深长酣睡的呼吸，他悄悄从床上下了地，光着脚无声无息地来到客厅，他开了一盏低度数的小灯，点了一支烟，默默地盯着墙脚，任凭烟雾弥漫着笼罩着他的面孔，他紧闭着双眼，他的眼球有点发困，他的头微微发晕，他的肌肉酸困而无力，他的心已经不能停滞在一种思维上，连他也不明白，他究竟想想些什么？他到底为了什么而烦？他狠狠地把烟屁股摁在了烟灰缸里，直起腰，睁大了双眼，他的牙齿用力咀嚼着，青筋暴露，他想因此而发泄疲乏的神经传导得头晕. 但是收效甚微，他抬起双手用大拇指狠狠地摁着两面的太阳穴，他想揉运一下，却又放弃了，他连这点耐心也没有。

他又点了一支烟，此刻他已经不再想抽烟可以让人脸变黑的论调了，抽烟有害，干吗还造它，有害干吗每个人都在吸，贫穷的人仰慕有钱人抽的好烟，烟瘾重的人，抓一把土烟才过瘾，他算不上是烟瘾轻的人，但他总认为他有自制的能力，甚至自己赞美上自己一回，他有自知之明，他可以成就亿万富翁，就证明了这一点，他比很多人都强，难道在这方面他就不如别人，他的牌子永远也不倒，大中华，有几个人这样消费得起，他，只有他可以这样!

他的脑子里很乱，一会儿这儿，一会儿那儿，天南地北，五湖四海，什么乱七八糟的东西都会涌来，他想了康英的冷漠，想了他的公司的壮大，想了康红，他心里最恨康红，他只是一时失于防范，康红便成了漏网大鱼，在这个城市里，成了唯一和他相提并论的人物，亿万富翁，他冷笑了一声，如果没有他武登科，怎么也不会成就康红，他想到这里停顿了一下，如果没有康主任，康红的父亲，也不会有他的今天，人就是这么怪，他算计康主任几十次，康红只算计了他一次，他就感到这很过分了，他不服，康红居然也成了亿万富翁，她这个亿万富翁也来得太容易了，比他武登科容易多了。

武登科对昏暗的灯光表现了不满，他开了大灯管，让灯光洒满了整个屋子，他看到每个地方都是那么明亮、清晰，对黑魅魅的外边投了轻蔑的一瞥，然后走到了酒柜前，这里有各种各样的好酒，洋酒也不少，他平素很少去动它们，康英却乐此不疲，所以少了什么酒，康英都会填上，他给自己倒了一杯香槟，咕咚咕咚灌进了胃里，一股清爽润泽的芬芳顿时袭遍了全身，让他浑浊的大脑清明了几许，可是他依然喜欢闭着眼睛，他总感到一睁开眼睛就会眩晕，闭着眼睛的感觉比睁开眼睛好得多。

他又倒了一杯，还是那个样子，一口气灌进胃里，他悄悄地泛上了呃逆，他感到特别舒坦浑身轻松了，头脑的昏闷似乎也要清除了，他的眼睛有了足够可以睁开的勇气，又可以睁大了，他环顾了一下屋子中各式高档的陈设，捏着杯子倒在了沙发上长吁了一口气。

武登科望了一下沙发旁边的电话，又想起了邓春梅，这是一只美丽高贵的小天使，她很狡猾，她竟然不想和他这个亿万富翁有点牵连，她瞧不起亿万富翁，还是看不上他这个人，难道她不喜欢钱吗？喜欢钱，她就得喜欢他武登科，他对君子生财，取之有道，难道这样排斥，一点儿也不在意？他现在就有这个能力，他想让谁富，谁就会一夜成为暴发户，因为他除了有钱他不知道他还可以拥有多少欢乐，多少情人，多少个难眠的夜。

邓春梅，他又看了一眼沙发旁边的电话，此刻他有足够的勇气，可以支持他给邓春梅打电话，只是他心里很明白，这是徒劳无功的，邓春梅晚上不在农管局，也不会有人帮助此刻的他，他已经想好了，如果发展的需要，他可以给邓春梅也配一部手机，这是绝无仅有的，他的许诺在心里越来越膨胀，他甚至还要送邓春梅一套房，这种小事儿，对他而言，实在是太容易了，在邓春梅的眼里就不一定是这样认为，亿万富翁又不是他们家的，九牛一毛，也是从亿万富翁身上往下剥，给她的将是大恩惠，不是那些小恩小惠可以比的。

武登科给自己倒了一杯烈酒，他的心中忽然泛起了一些怒火，他恼怒的是不识抬举的邓春梅，她竟敢这样蔑视他，这有损他亿万富翁的尊严，是对他神圣的玷污，他绝不允许邓春梅这样做，他瞟了一眼卧室的方向，冷漠地思考着。

早上康英先武登科起了床，武登科一直没有睡着，他听得很清楚，康英洗漱了之后，吃了一些早点便走了，康英走了，武登科还是不想起床，他默默地躺着，他最大的难受就是有些头晕，头晕让他了失去了睁开眼睛的勇气，他尽量克制自己，什么也别去想，他只想小睡一会儿，多少年的经验告诉他，只要他可以睡一会儿，他的精力就可以恢复。

什么也别去想，什么也别去想，什么也别去想，他只想静静地小眯一会儿，否则他不会有好的精力，甚至思维也会很迟钝。

这种短暂的安慰，让武登科暂时忘记了一切，头脑中的空白让他泛起了一点迷糊、混乱、浑浊、迟钝，然后悄悄忘记一切，他忽然睡着了，也许是一分钟，也许是两分钟，也许是五分钟，他浑身激灵灵地打了一个冷战，他醒了，他觉着自己根本就没有睡着，可是头脑中充填了一些明智和清醒，他的眼睛也有了灵光，浑身仿佛又有了使不完的劲，他起床了，他从来没有空心喝饮料的习惯，现在喝了，这种冰爽的感觉实在是太好了。

他细心地梳妆了一番，把手机拿到了手中，他看了一下时间，毫无疑问，邓春梅已经上班了，他冷笑了一声，还从未有哪个女人逃脱他的追击和诱惑，他成功的典范太多了，他想邓春梅也好不在哪，想避开他可没那么容易。

武登科离开家，就拨通了农管局的电话，点名叫邓春梅。

邓春梅也许已经忽略了武登科的存在，她拿起话筒的时候表示了惊讶，他不相信天下居然有厚颜无耻的亿万富翁，他的心目中，亿万富翁，是什么的化身呢？智慧、英雄、道德的化身，他们有崇高的人品，他们的目光比狐狸的还狡猾，他们的行为像是在狩猎的狼，她居然不相信这样事实的存在，厚颜无耻，她第一次和武登科在一起，武登科就准备了礼物要送给她，她警觉地有一种不祥的预感，所以借故逃脱了，而武登科并不愿意承认这个事实，他认为自己丝毫也没错，他做得挺好，一切都符合情理。

邓春梅并没有表示十分的憎恶，武登科必定是亿万富翁，他也许并没有恶意，他送自己礼物，能说明什么呢？有钱人也许有这种习惯，他们想让她办一点事情，所以会送她一些礼物，但并不能证明人家不怀好意，也许是她多心了。

武登科早已经为他昔日的行为找到了借口，他在电话中谈的是工作，完全是工作，他只字未提上次的事情，他说他需要一个人在农管局策应一下，他认为他和邓春梅，他现在已经改称小邓了，在小门诊中有一面之缘，所以他想让小邓做个中间人，他发现小邓一点也不热心，当然给他工作，酬劳很丰厚的，他把酬劳说得很重，他不是那种不会办事的人，他说如果小邓不太乐意，他们将从新考虑人选。

邓春梅作为一个小职员，承蒙亿万富翁的垂青和照顾，原本也有一种荣幸的感觉，只是她会无缘无故地产生一种恐惧，她作为一个正直的工人子弟，坚守做人的俭点和规范，投机取巧这种伎俩在她单纯的思想中也许有过梦想，但她从未奢望过，她把她的希望寄托在她兢兢业业赖以生存和自豪的工作上，她从来也没有想过自己会有额外的收入，她自认为自己不具备这样的资格，能力也不强，所以她并不相信她可以为亿万富翁效力，她想到了她自身的价值，这种念头一经泛起，她就会羞愧，恐惧，害怕，她想不出登武科用她的理由，这种绞着的折磨让她不安，让她忧虑，可是她还是不加思索地答应试试，在决策的关键时刻，她倾向了利益，她如果因此有一笔额外的收入，她会非常兴奋和荣幸。

武登科得意地笑了，他为自己可以有能力让别人为他所用而得意，邓春梅经过深思熟虑后要接受他的利益，这已经让他获得了极大的收益，他将付出极少的代价而俘获他命中的女人。

武登科压了电话，而邓春梅却要开动脑筋想着如何如何和领导接触，想着如何办好亿万富翁交给她的差事，从此刻起，她的脑海中已经注入了登武科这个人，并且把他和她连在了一块，无疑登武科仍然是高明的。

这件事进行到这种地步，登武科完全可以放松一下自己的心情了，但他不是这种人，他的下一步行动马上就要进行，他要培养邓春梅如何消费，如何用拥有的财富装饰自己的生活，让她感到依托他的重要性，然后他才会收网，让他心甘情愿地投入他的情感中。

他缓缓地踱着方步，他的心情很愉快，他对自己的规划充满了信心，他的心里甜滋滋的，浑身有一种激动的燥热，他仿佛在抚摸邓春梅的双脚，这双脚充满了诱惑力，充满了他期待的热情，他要回到他的工作岗位，他要迅速创造再一次的突起，让成功和胜利时刻向他召唤……

他又想起了那双脚……

修长、细腻、光洁、润泽，分布了零星的血脉。

第五十一章　凯峰公司的大动态

我们突然拥有了六千万元，六千万元不是一个小数目，它仿佛庞然大物突兀耸立在我们面前，让我们慌乱中充满了惊喜，六千万元，我们居然拥有了六千万元，几年工夫，我们收获了可喜可贺的业绩，我们终于获得了成功，凯峰公司从我们的地片中划走了近两万亩，几乎抽走了我们三分之二还要多一些的土地，他的崛起，带给了我们巨额的财富，我和红红沉浸在激动和喜悦的收获中，我们成功了，我们终于获得了空前的成功。

"六千万元，当我真正拥有它的时候，我感到吃惊，我们居然有了六千万元，我们从无到有，跨入了真正有钱人的行列，我们太幸运了，我真的很高兴。"红红情不自禁地感叹着，她太高兴了，我从来也没见过她这么兴奋，她不断地拿起各种零食咀嚼着，她一边吃，一边大口地喝下饮料，一边告诉我她的心情。

"凯峰公司好像是专为我们设立的，他一出现，我们生意上就出现了第一个辉煌，我从来也没有想过，我们的地皮会这样出手，我以为我们这一辈子也卖不完，想不到这么容易就把最头疼的一块出手了。"红红。

"你不是心疼得不想卖吗？"

"说真的，我真的不想卖，在这片土地上我倾注了全部的心血，对它寄予了厚望。"红红。

"现在他也没让你失望吧！"

"我总在担心，被人算计了。"红红。

"做生意，公平交易，透明度这么强，一手交钱，一手交货，根本就不存在谁坑谁的问题。"

"也许我太敏感了，我就是不放心武登科。"红红。

"对他何必存那么深的戒备心理，他心里虽然对我们存在芥蒂，但武登科是何等的人物，他怎么会暗算我们呢？"

"我们把土地出手了，凯峰公司接收进了近两万亩地皮，这一出一进，说明了什么呢？"

"他们也像我们一样，等待机会，这么大面积的土地，他们不可能自己消化。"

"他们一定也在等待机会，但他们付出的代价要远远的大于我们，他们如果没把握，会投资这么大吗？从西环路到他们这儿的这片土地，我们要按五千元一亩地的价格，给他们留一条道，道路的宽度等于西环路的路面，他们究竟要干什么呢？"红红。

"那是他们的事情了，也许他们有能力进行开发、投资。"

"三万多亩的土地，一眼望不到边，可惜我们缺乏资金，如果全部开发出来，会是一个什么样子呢？"红红。

"长满了茂盛的杨树，郁郁葱葱的草，绿茵茵的田园，一眼望不到边的黄豆、小麦、葵花、甜菜、蓖麻，还能种什么呢？"

"也许我们的目光太有限了，思路太封闭，凯峰公司一定不会像我们这样。"红红。

"年后他们就会开始行动，让我们拭目以待吧，看看凯峰的侍加元厉害，还是我们红红厉害。"

"我们虽然有了一些钱，但是庞大的轮廓丢了，和凯峰公司咄咄逼人的态势比，我们已经输了士气。"红红。

"气势不如人，连我也觉得士气不如人，他们热情高涨，张灯结彩，以示庆贺，你这里却形单影只，只就我们两个偷着乐，怎么和凯峰公司比呢。"

"凯峰公司花出了这么一大笔钱，看起来显得十分的轻松，他们在上次的交易合同中，提了一个附议，这片土地手续办完之后，他们还要收购我们剩下的两块儿地方。"红红

"侍加元这个人什么来头？这么年轻，出手挺阔绰，这么大的交易弹指挥手间便拍板定案了。"

"你说我们剩下的土地还出手吗？"红红

"为什么不呢？"

"我们已经拥有六千万元现金，我们已经用不着再卖了。"红红，

"趁着价位好，能出手就出手。"

"西环线有六千八百多亩土地，通过各方资料汇总，参照湖西南的地皮，西环的土地应该在八千元以上，九千元以下，如果可以达到这个价位，出手就出手了。"红红

"取中间的价位八千五一亩，我们差不多还会有六千万元进账。"也许我的目光真的有些短浅了，他们很轻松地就拿走了我们大块儿的地皮，红红在我的影响下，两片土地交给了凯峰公司。

凯峰公司的侍加元，大有乘胜追击的意图想一举连西路线一块端了，在西环线成交仪式之后的酒宴上侍加元提出了再次合作的意图，如果康红有一个适当的价位，他们凯峰公司愿意再出巨资，把西线路以南的地方一并收购。

"你不觉得凯峰公司太痛快了吗？"康红在事后又有点怀疑。

"我们确实没有动什么脑子，好像就是一句话，这么大的买卖就成交了，让我奇怪的是，凯峰公司竟然在这两笔生意上没有讨价还价，他们好像一点也不在乎，他们是太有钱了？还是他们？太有钱了我相信，更多我还看不出来。"

"这其中难道有什么蹊跷？"康红眉头紧锁，感到很不安，侍加元乘胜追击的意图，让康红感到不解，他们的胃口这么大，其中一定有点变故，据她所知凯峰公司这么爽快，却没有和任何一家企业做成生意，她瞟了一眼人群中很活跃的侍加元，冲我点了一下头迅速撤离了酒会。

"你后悔了？"我看出康红有点不高兴。

"现在还说不清楚，凭直觉我隐约觉得我们卖亏了，而且亏大了，凯峰公司不惜巨资收购了我们的地皮，难道他们也和我们一样，把土地放下等待机会，恐怕这和情理不符。"红红。

"他们要这么多土地到底要干什么？"

"我们应该搞清楚他们的意图，然后再出手地皮，现在一切都晚了。"红红。

"可是现在他们也不会给我们透露一点消息，我们得不到消息，我们的消息来源极其有限。"

"我们忽略的东西太多了。"红红。

"那我们剩下的地皮还出手吗？"

"剩下的地皮不足三千亩，我看最好还是把他留下为好。"红红。

"侍加元他还在惦记我们呢？"

红红一言不发，她一边开车一边在思考问题。

"我们不卖了，他难道会抢去吗？"红红。

"如果这是一个阴谋，幕后的操纵者又是谁呢？他利用郭启俊，一步一步引导我们

上了勾。"

"郭启俊，他一定知道一些内情，但他隐瞒了我们。"红红。

"如果真是这样，我们的头脑也太简单了。"

"何止是简单，简直是愚蠢，让别人这么简单的牵着鼻子走，近乎荒唐地把地皮让了出去，如果真让人家愚弄了，我们宏业公司有何颜面？"红红。

"从现在的行情看，我们并不亏呀。"

"也许没那么简单。"红红的车拐上了一条陌生的路，这让我很不解，她不回家，黑天半夜她要去哪呢？

"你还准备到哪儿？"

"我们应该会会郭启俊。"红红。

"他如果做了对不起我们的事儿，心里一定不会踏实。"红红。

车在颠荡的、崎岖蜿蜒的土路上走了有十分钟，康红把车停在了一个不讲究的大门前，大门两边围满了柴草，临时做了院墙，高矮参差的木棍，又枝突出的柳条，似乎有点规律，却又堆得杂乱无章，我下了车，仔细地观察了这里的地形，周围有密密麻麻的住房，灯光在黑暗中忽明忽暗，康红不断地按响车喇叭。

里边有开门的声音，不久，大门被打开了，一个中年妇女，一边握手，一边眨着眼皮向车里张望，我正准备上前说话，康红的头已探出车门，"这是郭启俊家吗？"

"嗯，你们找他有事么？"郭启俊的妻子。

"没什么事，你回来把这个交给他，就说有人来找过他。"红红伸出去一只手，把一小盒东西递了出去，我很疑惑，那不是一盒名片吗？干吗一整盒地送。

中年妇女从康红的手中接走了盒子，然后闪过了一边，我无奈地抓紧时间上了车。

康红冷冷地笑了一面，车子后退前进，打了一个弯，又拐上了来时的路，康红掏出手机，把手机关了，又放回提袋中，她在想什么，她如何去剖析每个人的心态，我不知道，我以为她会走进郭启俊家里，然后用他们家的电话，和郭启俊联系，或者郭启俊的老婆拿康红的电话呼叫，以此造成郭启俊的心里的负担，马上回来见她，想不到康红根本就没回去的意图，递了一盒名片是什么意思？而且把手机也关了。

"侍加元等会儿会找我们。"

"让他们去闹吧，我们需要冷静一下，我们太冲动了。"红红。

我不知道说什么好，红红是不是有些多虑了，卖了的东西是收不回来的了。

"凯峰公司真不简单，他们收购我们的地皮，连眼都没眨一下，一个多亿扔给了我们，依然在窥视我们剩下的地皮，我怎么也想不通，他们的公司怎么有这么大的实力。"红红。

我想不出更适当的回答，索性只做了一个耐心的听众。

郭启俊第二天一大早便来了，他把摩托车立在了门口的一边，疑虑地瞥了一眼面前的小楼，心中极为不安，康红昨天去了他的家，这是他万万没有想到的，他为康红牵线搭桥，完成了如此的惊世之举，康红会怎么感谢他呢，他想象不出辉煌背后的阴影，正在悄悄地向他袭来，他居然还在做春秋大梦。

玩了半个晚上的郭启俊十分尽兴，他跨着摩托车跌了好几跤，可他还是平平安安地回到了家中，他歪歪扭扭的姿态让出来开门的老婆狠狠地训斥了一顿，一进门，他的妻子就将一盒名片劈头盖脸地扔给了郭启俊，"你见过送一盒名片给你的人吗？"

郭启俊被搞糊涂了，哪有送名片一盒一盒送的，送一张就足以代表本人了，送一盒什么意思？

"蠢才，这些名片代表很多很多的人。"他乘着酒劲原本想跌上床去，却又觉得不对，她收集的名片全带在身上，以便随时查找，他老婆怎么扔出这么多名片。

"睁大你的狗眼看看，人家一次就给你扔了整整一盒。"

"这怎么可能？"他摇晃的动了一下身体，勉强拾起一张，康红！他立即虚惊出一身冷汗，酒劲顿时散去了一半，她不在酒会上，也不给自己打电话，此刻却来到了他的家中，他拾起了第一张，第三张以及全部，都是康红。

"这个女的口气僵硬，这就是你说的康红？"

"她没有进家？"郭启俊。

"连院都没进，有个男的下了车，可能就是你说的康红一点也不客气，她坐在车上扔给我一盒这个，我回来一看，全是一个人的名片，这是什么意思，她的名片家里还有几张，她现在又给了一盒，这个女人真怪。"

郭启俊脑袋嗡嗡作响，他不明白这是什么意思，一张名片代表一次见面，一百张代表了康红找了他一百次，这么急，找他干什么呢？郭启俊很容易就想到了这个问题，他的心立即悬了起来，他想他应该立刻搞清楚是怎么回事，这才是最重要的，否则他连觉也睡不踏实，他的夫人又嚷嚷地埋怨了几声上炕去睡了，他拿着手机反复地拨打康红的手机，手机关了，他又拨通了电话，也没人接，一百张名片这样地给他，他的心能踏实吗？他不安地坐到那里，吸了一根烟，心神不宁，他自认为他给康红立下了汗马功劳，正在窃窃惊喜，康红给他报酬的好日子应该不远了，想不到却丢下了一百张名片，而不是一百张或者是几百张的百元大钞，这是什么意思，难道康红嫌他怠慢了她，不可能，他们待在酒会上的时间太短了，他还没有走到，他们便离去了，想不到他们居然来了他的家，而且扔下了一盒名片，他惶恐地想了许多。

这几个月来，他尽是遇到了一些怪事，侍加元、张至立为他密谋策划，好像这一切全是为了康红，康红又想利用他，正好一举两得两头讨好，他自以为做得天衣无缝，无愧于康红的两万元，也无愧于凯峰公司，想不到康红居然找上了门，难道康红要当面致谢他，这也不是不可能，他凭自己的想象还断言不了康红是怎么想的，但他自认为一切都在秘密进行中，他私下的行为康红永远也不会知道，所以他想来想去，还是没有想出问题的症结所在，虽然如此，他的表现也并不轻松。

所以今天郭启俊来得特别早，他要赶在去凯峰公司之前见过康红，顺便把康红的赏赐带走。

郭启俊不安地缓缓地走着，他的不安让他很后悔自己的贪婪，他不应该站在侍加元的立场上为康红着想，他并不明白侍加元真实的意图，他以为为康红办了点儿事儿，有时候他在想侍加元的故意，其中是不是藏了什么用意，带着这些问题，他有过很多探讨，现在他居然知道一些，却也不甚明了，他认为拿康红的两万元已经有愧了，可是他还想得到更多一些。

康红今天的心情已经好多了，昨天的疑虑并不能掩饰她成为亿万富翁的喜悦，这样的心情她一睁开睡眼就可以表现出来，"我们终于变成了亿万富翁，我们获得了很大的成功。"

"你不是担心凯峰公司捉弄了你吗？"我还是表现得小心翼翼。

"无论他们怎么样，都不能阻拦我们变成亿万富翁。"红红。

见到康红郭启俊陪着异常小心，他拘谨地冲康红笑着，他默默地像一个小学生一样站在康红办公室的门口，等待康红的发布。

"你应该忘了一件事情。"康红和悦地望着郭启俊，同时从办公桌的后面立了起来摆了一下手，示意他可以走进来，坐在沙发上。

"康总。"郭启俊依然摸不清康红的用意。

康红走近了郭启俊和他握了一下手。

"你应该祝贺我。"

"我没有尽心尽力为康总服务，很惭愧。"郭启俊。

"这个我知道，"康红又回到了她的座椅，目光犀利地盯着郭启俊，"现在你可以告诉我了吧！"

郭启俊吃惊地望着康红，他不明白，康红到底知道了什么，她到底要他告诉她什么。

"凯峰公司的背景你应该比我清楚。"康红。

郭启俊点了一下头，此刻他已经毫无勇气在心理上和康红对抗，都怪那两万元。

"那你告诉我。"康红动了一下身体。

"凯峰公司的财务总监是武登科羊绒集团的张至主，凯峰公司是武登科羊绒集团新成立的公司。"郭启俊未加选择就直奔主题而去。

康红一听张至立，登科羊绒集团公司，浑身仿佛中了电一般，立即燥热了起来，脑袋仿佛也大了，激昂的情绪立即坠入了郁闷的低谷——竟然会是这样，到底还是中了武登科的圈套，一直以来她刻意地防着武登科，却不曾想到自己依然被动钻入了武登科设计的局中，武登科，你到底要干什么，你为什么要挖空心思地买走我的地皮，你不是在害我，可是你到底存的什么心呢？

郭启俊很失望地走了，康红没有任何表示，连一声招呼也没有，他不知道自己此刻的坦诚能说明什么，为什么对康红的震动那么大呢，他临出门的时候还有一种期盼，但他必定失望了，康红没有再看他一眼，他想他不会从这里再得到一些什么好处了，不过他的希望原本也不在这里，他相信凯峰公司，相信武登科羊绒集团公司不会忘了他，他今天可以告诉康红的东西也许明天就不再是秘密，这一点他很清楚，也许他的话影响到凯峰对宏业的继续收购，但他并不后悔，他可以告诉康红这些，他已经觉得不再欠康红什么了，他可以坦然地离去，从此之后也可以坦然地走近康红，这一切并不能完全怪他，也不可能怪他。

"凯峰公司是武登科的一个下属公司，你也太笨了，启用了什么人，连这点事都办不好。"康红并没责怪我的意思，她优雅地暴露着自己的温和。"武登科花费了这么大的心血，目的就是收购我们的地皮。"

"一点也不错，郭启俊已经说了，凯峰公司现阶段的工作就是为了收购我们的地皮，侍加元是武登科的一个卒子。"红红。

"这个卒子也很不简单。"

"他很优秀，否则武登科不会起用他，武登科这个人城府太深了，他准确的判断出了我们的心态，所以才组建了凯峰公司。"红红。

"难道他亲自来买，或者让康明、大姐、张至立任何一个人出面和我们洽谈，你都会拒绝吗？""很难说，反正不会轻易出手。"红红。

"为什么？"

"很简单，我们从武登科身上学到的东西还是太少，可以说少得可怜，他虽然对我们一直耿耿于怀，但他不是一个迂腐的人，在商言商他比我们懂。"康红。

"他花了这么大的代价收回我们的土地，能说明什么呢？"

"说明有利可图。"康红。

"难道他还能卖出比这更高的价格？"

"现在还很难说清楚，就像这件事情的本身，从一开始我就曾怀疑，可是没有一点破绽，线索就更别提了，你不是一直认为不可能是武登科所为么？现在证明了什么，武登科就是幕后策划人，他花了这么多的钱，如果没利可图，他是不会这么干的，何况他手上有很多地皮，他压那么多准备干什么呢？"红红。

"他所有的地皮加在一块的总和也没有我们的一半多。"

"问题就出在这儿，这么广阔的土地，而且又远离城镇，种植的空间又能有多大呢？可是他，你不觉得不可思议吗？"红红。

"也许他认为是合算的。"

"这个城市里的每一个人都可能这样认为，武登科有的就是钱，压得地片多足以说明他的实力，但是你错了，武登科无缘无故是不会这样干的，他一定有他的目的，目的本身就是为了赚钱，不然，他也不会费尽心机从我的手上购走地皮。"红红。

"难道我们又被武登科算计了？"

"我也不知道，但我相信武登科以后赎的比我们更多。"红红。

我想象不出来，他怎么会赎到更多的钱，"难道他赎的钱，会比利息高吗？"我不相信。

"武登科还用你为他想这个问题，对这个问题，武登科在计划收我们的地皮时候就已经反复地想过了，他胸有成竹、了然于指间，方才下决心收购我们的地皮。"红红。

"奇怪！"真是太奇怪了，我干了二三年房地产生意，对前景也有些预测，可就是不明白凯峰公司这次的行动，我简直糊涂了，武登科如何操作，才能让他巨额资金回笼。

"让我们拭目以待吧，凯峰公司下一步收购计划一旦失败，武登科的真正用意就会传出来的。"红红。

"他已经套走了我们大片地皮，我们现在已经知道凯峰公司和武登科的关系，我们自然不会再出手。"

"我们出手是否武登科可能不会太在意了。"红红。

"这我就糊涂了，侍加元不是已经提出来了吗？"

"一开始他们就有这种倡议，结果真的有，武登科现有土地就足以使他再次辉煌。"红红。

"她能挣多少，让他武登科在此辉煌，上不了亿，也在几千万的边上。"

"武登科不是一个普通的人，他既然这样做，就一定有她的道理。"红红。

"也许他真是一个大买卖人。"

"最起码我以他为楷模，我佩服他，无论我多么有钱，对武登科，我还是不得不佩服他，他的确了不起，对这片土地我最担心的就是他介入，而他居然这么巧妙地绕过了我的心理防线，他居然成功地拿走了这片土地，他真了不起，他准确无误地猜到了我的心理，成功的操作简直让我惊叹不已。"红红。

"武登科的确有过人之处，让我们防不胜防。"

"我会牢牢地记着他的做法。"红红的牙齿默默地互相扣着，青筋突起，目光集束坚毅地盯着前方。"

"你的性格应该改一改，我们应该知足了，短短的几年，我们从无到有，容易吗？何必和他斗智斗勇，我们轻轻松松经营我们宏业房地产公司，安分守己地做亿万富翁，有什么不妥呢？我觉得我们是这个世界上最幸福，最快乐的人，与他争有什么意思。"

"创业难，守业更难，这点我深有体会。"红红若有所思。

"亿万富翁我们只要一直保下去，就已经很了不起了。"

红红望着我，淡淡地笑着，她可能同意我的观点，但是让她去无所事事地守着这分家业，恐怕没那么容易。她没有兴趣就这个话题继续和我说下去，她需要对手，需要虚拟的紧迫感，这才是红红。

红红在沙发上转了一个圈，让自己仰卧在了沙发上，然后，伸出右手把手提袋从沙发的侧面探了过去，拉开拉链，从中取出了手机。

"我想给武登科打个电话。"红红。

"给他打什么电话？"

"祝贺他收购我们的地皮成功。"红红。

"闲的无聊。"

"不这样做，他还以为我们真的蒙在鼓里，他想怎么捉弄随他所愿，即使我获得了巨额的利润，可我也不服。"康红。

"何必现在和他挑明呢？让他为他的高明陶醉去吧。"

"总得给他加点佐料，别小瞧了我们，他做得再高明，也有疏忽的时候，为了对付我们，他煞费苦心，我不恭贺他，他永远也认为美中不足。"康红在为自己打一个电话进行了开脱，她心中总觉得不平衡，即使她赚了很多的钱，可是武登科做事暧昧，就让她接受不了，不识此君真面目，何日学得像此君。

"武登科会很意外。"

"打了不就知道了。"红红再拨号过去。

"你是武登科吗？"红红。

"你是哪位？"武登科慵懒舒缓的腔调。

"你想我是谁？我是那个祝贺你收购宏业房地产公司地皮成功的人，怎么样，连我的声音也听不出来了？"红红。

电话中好一阵沉默，红红动了一下方位。

"喂，怎么这么胆小，刚刚做成的大生意，就忘了。"康红。

"你是康红，鬼丫头。"武登科。

"记忆不错呢？还是反应快呢？"康红。

"你是怎么知道我的手机号的？"武登科。

"知道你的手机号，想必比见到你本人更容易一些。"康红。

"最近在忙些什么呢？"武登科。

"庆贺。"康红。

"不错，值得庆贺做成了那么大的生意，确实值得庆贺，我在此祝贺你成了亿万富翁，康红，你很了不起。"武登科。

"这么说我要谢谢你了！"康红。

"彼此彼此。"武登科在对面发出了笑声。

"武登科！"红红锐利地叫了一声，让我大吃一惊。

对面的笑声戛然而止。

"这么凶干吗？"武登科。

"你为什么设计收购我的地皮，此刻你可以告诉我了吗？"红红。

电话中好一阵沉默，不久，武登科压了电话，他对这个问题不做回答，也不想解释什么，也许他很惊讶，康红的消息来得太快，这么快就知道他是幕后的操纵者，她是怎么知道的呢？不过一切都晚了，现在获得最大成功的应该是他，他笑了，他笑得很得意，他对自己的设计非常的满意，待加元的三点划分，为他省了大笔的资金，更是得意之极，这是意外中的意外，康红居然一而再，再而三地陷入了圈套对她的束缚。

"武登科压了电话？"

"他不想回答我的问题，还是没有勇气呢？"康红

"他是谁，他是武登科！你别忘了。"

"正因为他是武登科我才要打电话告诉他。"康红

"武登科走的这步棋太冒险了。"

"难道我们不冒险吗？"康红。

"我们买的时候，农民对土地的轻视还没有上升到一个正常对待的态度，他们仅仅注重可以产出的土地，所以我们钻了一个空子，而武登科就不一样了，他投入了巨额资金，他的回报又在哪儿呢？"

"武登科这个人不打没把握的仗，这不是他的一贯作风，投资这么大，如果没有十成的把握，他才不会收购我们的地皮。"红红。

"现在他的收购已经成功了。"

"他比我们高明。"红红。"你说武登科现在在想什么呢？"

"他不明白，你为什么给他挂了一个电话，莫名其妙，你是怎么知道凯峰公司是他一手操纵的，这么绝密的事情知情的人一定很少，小张算一个，待加元算一个，郭启俊也能算一个，可我们却知道了，武登科一定认为我们是先知道了，而后和他做的生意，始终是这样，他一定很难过，即使他成功了，他也不会太高兴。"

"他很容易就会想到问题是出在郭启俊身上的。"红红。

"他会怎么对待郭启俊呢？"

"知难而退。"红红。

"如出一辙，难道郭启俊帮的他还少吗？"

"但是他轻易就出卖了武登科。"红红。

"如果郭启俊被打发了他会找你吗？"

"不会，从此之后他不会在走近我们。"红红。

"为什么？"

"知难而退。"红红又用了这四个字来回答我。

"凯峰公司会不会再次出面，和我们洽谈西线路的地皮？"

"已经没这个必要了，武登科已经知道怎么做了。"康红。

武登科关了手机之后，身上出了一身冷汗，绝对保密，这么快就出现了纰漏，小张、

侍加元，还有他本人，他逐个排除，还是固定在了侍加元身上，小张绝对不可能的，他本人当然不会有问题，侍加元？他给侍加元挂了一个电话。

"加元，你好，是不是已经休息了，搅了你的清梦，很不好意思。"武登科很客气。

"武董，这么晚了找我有什么事儿。"侍加元披着一个短褂，立在床边时而摆动一下双脚。

"不要收购宏业公司剩下的地皮了。"武登科。

"我们进行得这么顺利，为什么不呢？"侍加元。

"现在出现了一些情况，估计你已经买不到了。"武登科。

"是资金方面的问题吗？"侍加元。

"资金，公司没问题，是宏业公司的老总康红已经知道了凯峰公司是我的，她已经引起了警觉。"武登科。

"是谁泄露了这么机密的决策。"侍加元。

"知道这件事的，除了我就只有你和张志立，我想你也应该自我查一下，看看有没有……"武登科。

侍加元用手轻轻地弹着额头上晶晶发亮的汗渍，唯恐弄出大的响动，被对方听见，"我会的，我会加倍小心。"

"那么，我就不耽误你休息了，祝你晚安。"武登科。

"武董，晚安。"侍加元等武登科压了手机之后，他才压了手机，他的心跳突然提速，浑身不自在，他知道问题出现在了哪儿，他狠狠地打了一下自己的额头，大声呼叫了一声，"郭启俊！"

在他模糊的印象中，有一天他接受了郭启俊的邀请，他们谈得很投机，不知不觉他就说得多了一些，喝了酒之后的侍加元在郭启俊的引导之下，说出了这个秘密，过后他很后悔，他再三叮嘱郭启俊，郭启俊也给他做了保证，现在武登科打来了这样一个电话，他能不痛心疾首吗？他有负武登科对他的信任是小事，影响凯峰公司收购宏业剩下的地皮才是大事，他知道武登科的用意，武登科居然没有责怪他，但他已经很不好受了，张志立是武登科的连襟，康明是武登科的小舅子，而他，一不沾亲，二不带故的，来了不久就承武登科的垂青和重用，他肝脑涂地地为武登科服务，想不到一失足成千古恨，他偏偏信任了郭启俊，现在……

第二天武登科意外地收到了侍加元的辞职报告，他沉默了几分钟，望着侍加元，"你不想解释一下吗？"

"我喝了酒，把郭启俊当成了自己人。"侍加元。

"郭启俊是我让张志立安排的，难怪你会信任他。"武登科。

"我的失言给公司造成了巨额的损失，我没办法原谅自己，所以我请求辞职。"侍加元。

"没那么严重，公司并不想要宏业所有的地皮，有这些已经足够了，你还回去做你

的凯峰公司总经理，还可以网罗一些人才，在你的圈子里，朋友中间招揽贤士，扩大公司的业务。"武登科

"下一步凯峰公司怎么行动？"侍加元

武登科把侍加元的辞职报告还给了他。

侍加元点了一下头，"我很快就会拿出计划书请武董放心。"

"那你回去吧。"武登科。

"郭启俊怎么办？"侍加元。

"你是凯峰公司的经理，自然你说了算。"武登科的回答，让侍加元受宠若惊，他原本想着此刻颓废、忧郁，无处落脚的悲哀，哪里会想到是这样的，他不但没有被辞职，就连简单的批评都没有，而且委以更广泛的权利，他心里很感激武登科的宽宏大量，对他的启用，知人善用，人尽其才，也许武登科同样做得很好。

侍加元已经领会了武登科的意思，但是他想到辞去郭启俊这件事情要他来办，心里不免有些难为，他们毕竟利用了郭启俊，怂恿他表面上倾向康红，实际上却是为他们服务，这种行为本身给了郭启俊一种刺激，他也许接受了康红的某种旨意，出于好奇，他从他的口中得到了情报，怪郭启俊出卖了他？他也说不清楚，怎么对待郭启俊这件事，他很费了脑筋。

侍加元给财务室打了一个电话，此刻他尚在回公司的路上，他嘱咐财务室算清老郭的工资，并且立刻交给他，然后让给他打个电话。

郭启俊被财务科叫了出去，他望着姬慧交给他的工资，"还没到领工资的时候，这是怎么回事呀。"

"侍经理让我们财务科把你的工资结清了，然后给你多领六个月的工资，现在全部在这里了，麻烦你签个字。"姬慧点了一下头。

郭启俊明白是怎么回事了，他被打发了，他们利用他的价值已经到了头，他想到了康红，他想到了侍加元，和他背后的操纵者，他发出了无奈的叹息。

郭启俊签了字，把他应拿的钱装在衣服里，姬慧歉意地笑着，因为急着要给侍加员打电话，她不知道让郭启俊坐着好呢，还是让他走了好，郭启俊默默地坐在一边，狠狠地吸着烟。

姬慧拿出了电话，可是又有些顾虑，她瞟了一眼郭启俊，故意把电话放在了办公桌上，而且弄出了极不协调的声音，郭启俊很明白姬慧这个动作，他歉意地冲姬慧笑了一面，姬慧也用笑表示了自己的歉意。

郭启俊的神情很尴尬，在这里谁不知道他和侍加元的关系，他们相处得很不错，他想等着问问侍加元，这到底是为什么，可是又没有这样做，还有必要吗？侍加元并不是真正的做主的人，这一点他已经知道了，他又何必难为侍加元呢，他在无奈的情况下把凯峰公司隶属登科羊绒集团的事情告诉了康红，他不认为这就是错，纸里包不住火，这

件事康红迟早会知道的，只是他太贪婪了，他原本是想着还有一笔收入，但康红并没有给他，他出来之后就后悔了，他早已经预感到，但是没想到来得这么快。

姬慧给侍加元打了手机，告诉侍加元，郭启俊已经出去了，侍经理可以回公司了，一直在外边徘徊的侍加元心里没有足够的勇气，面对此刻的郭启俊，好多的点子都是他想出来的，想不到扰乱了康红的心态，却也给他带来了一点麻烦，没有康红错误地相信了郭启俊，凯峰公司也绝对开创不了今天的局面，他想保下郭启俊，保下了郭启俊，这件泄密的事情的责任就得他承担，武登科给了他机会，他却不能再给郭启俊机会，郭启俊必须离开已成了定局，他心里很明白。

"康红。"我接了一个电话之后到了隔壁康红的办公室，电话是郭启俊打来的。

康红正在写字，她听到我的呼叫，他停下了手中的工作抬起了头，"有事儿吗？"

"郭启俊刚才给我打了一个电话。"

"给你？"康红表示了一点点惊奇，"他说什么？"

"凯峰公司辞了他。"

"这也值得大惊小怪。"康红显得很平静。

"这些你都想到了？"

"知难而退，你还记得吗？"康红。

"知难而退，是你为他设计好的一步棋，就因为……"我的话还没说完，康红就摆了一下手，他示意我别再往下讲了，对这些东西只可以意会，而不可言传，她并没有怎么郭启俊，打发郭启俊的这次不是他康红，而他却又被打发了，这说明了什么问题，说明康红起初打发郭启俊就不是一个错误，别人也会这样做。

第五十二章　康英是幕后玩家

走得慢穷赶上，走得快赶上穷，郭启俊无论生发多少感慨也救不了他此刻的命运，我虽然对他寄予了同情，可是又有什么用呢？他是不可能再回到宏业的，康红也不会容他，凯峰公司打发了他，他突然间依附在别人的名下具有的一种安全感，现在突然消失了，心中的一堵墙塌倒了，他何去何从，他此刻还不能完全定夺。

他约我和他一块喝了一点小酒，他一再申诉他没有对不起康红，前期他知道的实在是太少了，可是这种话说给我还行，康红却不会听他解释，可是我对他不能明说，安慰了他一番，许诺有机会，还会给他一份工作，他才心满意足地走了，我不是康红，又怎么做得了康红的主呢？可是我却又不忍心拂了他的面子，康经说我是妇人之见，郭启俊这种人，最好是不要再用他，原因很简单，他已经学会了吃人，说不定什么时候他就会咬你一口，他如果到了别外，也许对我们还有可利用的价值。

郭启俊淹没在茫茫人海中，在刹那间凯峰公司的行动就变成了一场会战，机声隆隆，充满了硝烟味，

康明的建筑工程队，浩浩荡荡开进了工地，大型的现代化的养殖场崛地而起，康红默默地注视着这一切，却一直想不出自己的发展在哪儿，看着武登科如火如荼的繁荣景象，她陷入了一种前所未有的困惑中。

"武登科他怎么想到了这么多的点子，他把钱的效益发挥得淋漓尽致，他不会让一分钱闲下来，他的每一次策划总有宏伟的蓝图紧紧地跟在后面，而我们放着大量的资金，却是望洋兴叹，不知道怎么样才能把钱花出去，让他产生效益。"红红一副郁闷的样子。

"他的公司人才济济，很多的有识之士。"

"这些我们做的都不如武登科，所以他很快发展了。"红红。

"他在这方面的优点你应该借鉴一下。"我原本是想说，武登科在这方面比她强多了，武登科相信自己的时候，也相信别人同样能产生更好的提议，而我们的康红却很少相信别人，她只相信她自己，他甚至很少想到去听别人的意见，他自己如果策划不出一种方案，她会很痛苦的，现在她就是这样，而我又往往会让她失望，况且我也提不出一份有见解的策划，这让原本孤独的红红更加孤独无助。

"我不能跟在他的后面，他想到的，或者已经实现了，正在实施的我都不会效访。"红红。

"连武登科都知道借鉴别人的优势，你和武登科比，能胜过他吗？武登科一向你学习购买地皮，二向你学习开荒造林，他也许学了你的东西，还不止这两点呢！"

"武登科这点东西是向我们学的吗？"康红有些不解的困惑，武登科向他学习这可能吗？武登科是谁？他是本地典型的亿万富翁，他的所有行为难道都不是他发挥的吗？他敢说他没有效仿康红，我不相信。

"武登科比你谦虚，就这一点他比你强。"

康红淡淡地笑着，她的心情并不好，他没有反对我，"我总担心别人会笑话我们。"

我们真的走在了他们的后面？"大规模购买地皮，本市我们是第一家开垦种植，规模之大又有哪个人可比，这些武登科，那个不借鉴见你的经验？""难道他就不怕别人笑话么？""他向你学习经验，产生了巨大的效益，这难道有什么不对么！"

"果真如此！看来不只是我在向他学习，我也有值得他学习的地方，我感到自豪！他的确是个聪明的老师，而我是一个骄傲的学生，我忽视了他很多东西！"康红。

"你不是忽视他很多的东西，你的心里我太明白了！"

"你明白什么，对这一点你真的未必会了解我。"康红。

"你只佩服他，却从未向他学习，向他学习是你自己给自己编造的一种谎言。"

"我有毛病。"红红显得有点不高兴。

"你的业绩，不正好说明了这点吗？"

红红默默无语。

"购置地皮，种草植树，成立建筑队，你所干的一切，原本武登科并没有想到，而他却干了，当他在市区购置旧房，等待增值的时候，原本我们也可以学的，但你却否定了，你宁愿武登科跟你学，你也不肯效仿他，你呀，就是不谦虚！"

红红用手轻轻揉着鼻子，她克制着自己的不耐烦，无所谓地表现了一种简单的笑。

"我希望，我可以从他那里学到一些东西，我还真学到了，但不是效仿，过去我们没有那么多资金不能效仿他，现在我们有了充足的资金，依然不能效仿他，我们和他不一样。"红红。

"为什么？他可以建现代化养殖场，我们为什么不可以，我们想不到干什么，为什么不可以效仿他？"红红古怪地发出一声叹息，然后摇了一下头，她瞟了我一眼，"我们有钱还是武登科有钱？"

"当然是武登科！"

"如果让你猜一下武登科的钱数，你可以猜得到吗？"红红

"也应该差不多。"

"他应该拥有的一切可能是我们拥有的多少倍？"

"应当超不过十倍。"

"十倍他是没有，七八倍总该有吧，加上他的社会动员能量，他应该拥有的在十倍以上，我们效仿他，只能自讨苦吃，他实力强大，我们和他比，实力还是不强，他如果心情不好想算计你，我们就得跟着倒霉。"红红。

我想我的智慧和红红的差远了，我的思维的简单程度，让我特别不解，为什么我就想不明白这个问题，而她却想明白了，他在学武登科，她学到了武登科的精髓，沉着、坚毅、狡诈，我敢说也有很多阴险，而我却只配理解她，我的浅薄使我的见解局限在一个狭隘的小圈里，目光短浅，这一点也不委屈我。

"害人之心不可有，防人之心不可无，这个道理你应该永远记着。"红红不用补充我也明白了她的心里，我惭愧地笑了。

"我不曾想这个问题。"

"你在想什么，你什么也不用想，你想什么也是枉然。"想不到我在红红的眼里会变得这么糟糕，他竟然这样想我，我不仅仅只保留了内心的惭愧，惶恐也不时袭来，面前的红红在我的眼里是那么的陌生，甚至有点冷酷，她的目光呆滞、脸色阴沉、一副不屑的神态，她竟然这样对我，过了几天她又对我说"工程队从现在起全部转入装修，过几天你回去把你父母接回来和你住，我想到外面转转。"红红冷漠地让我的心里很不好受。

"到哪儿去转转，我想缓和一下我们俩之间的气氛。"

"现在还没想好。"红红。

"怎么突然有这样的想法？"

"前几天和侍加元坐了一会儿，他建议我出去走走，看看外边的世界，我就会明白怎么干。"红红不咸不淡的口气，丝毫也不把我放在眼里，她私会侍加元竟然轻描淡写地就滑过去了。

"侍加元是这么说的吗？"我心里酸酸溜溜的。

"特区，我们仅仅从电视上了解他，这远远不够，我们应该把眼光放远一些，看看人家是怎么样干的，也许对我们更有利。"红红。

"这么快的进度？"我表示了自己的惊讶，难道……算了，我说什么也没有用，她受了侍加元的蛊惑，一门心思的要走出去，对我，他可以丝毫也不放在心上。

"刻不容缓。"她的口气稍作缓和。

"你一个人走，恐怕有些孤单，路程这么远，我不放心。"

"巧霞和我一块走，你不反对吧？"她这是和我商议吗？明明是在向我示威，她想怎么干就怎么干，对我可能有的意见她已经丝毫也不放在心里。

我无奈地坐在一边，默默地吸烟。

"明天我想和大姐他们聚一聚，你把工作安排好，我们一块去。"红红勉强让自己笑着。

"他们有空吗？"我还是忍不住要问一问。

"大姐在学车，二姐在那里陪练，他们有的是时间。"红红。

"就他们俩吗？"

"嗯，别人都太忙了，再说我也不想见他们。"红红

"算了，我也不想去，还是你们三姐妹好好聚聚吧，怎么样？"我尽量让自己的心情放轻松一些。

"不要这么别扭好吗？我的心情很不好，这并不是因为你，你也知道，我在考虑下一步出路，心里很烦，看见什么也不顺眼。"红红尽可能地让自己的语言平缓一些，也许她的感觉也不是很好。

"你的眼里除了利益，难道什么也没有了吗？"

红红默默地盯着我，脸上毫无表情，这种怀疑的迷茫持续了足足有一分钟，她自己忽然笑了，"我是不是挺冷酷的？"

"那你以为你还挺温柔吗？"我忽然间有了勇气，可以把内心压抑的不满都宣泄出来。

"让你受了很多的委屈。"红红的表情忽然变得很友好了，热情、但依然无法回避地掺杂了一些讥讽的情绪。

被她说中了要害，我确实有些愤慨，我沉默地坐在了一边，似乎要细心地体会这种委屈带给我的种种心情。

"好了，男人就像个男人，连女人都不如的男人，岂可以做大事，我就不信你从来

也理解不了我，我个性可能有点古怪，但我还不至于故意让你受委屈，而你却这样认为了，让我好伤心。"红红的情绪也变得有些低调。

"也许我让你失望的地方太多了！"这种想法我已经不止一次地从大脑中冒出来，并且反复回味咀嚼。

"这不怪你，你把人总往好的一方面去想，在说人与人之间的思想因多种因素存在个体差异，你的想法也不能说明是你的错误。"红红什么时候用这种思维方式来改变她对我的看法，我似乎觉得还是第一次。

"我清楚地意识到，我的缺点是无法用某些东西弥补的，我并不适合做一个商人，我没有这样的头脑，更没有这方面的远见。"

红红的目光狡黠地闪动着某种光芒，这种认识她未加否认，甚至沉默地笑笑默认了我的说法，也许她的心里会有一种乐观豁达的看法，对我具有的自知之明，表示了她的嘉许。

"没有你的依托，我会很孤单的。"红红的真情流露，并不能消除我们之间的距离，难道我的孤独不是她的孤独吗？

"你是一个事业狂，心里只有你的事业！家庭、爱人在你的眼里是那么遥远、冷僻，我感觉很不舒服。"

"有那么严重吗？我承认我忽略你的时候太多了，可我也是为了我们俩，我不想被别人小瞧了，出人头地，有什么不好，你要理解我，支持我。"红红稍显激动。

"我了解你，也可以理解你，无论何时何地，何种环境，我都会站在你的身边，做你的依托，"我的内心忽然又萌生了一些歉疚，这种不安让我自然地流露出一种温暖的情感。

"这有多好，我很感谢你，我只注重自己的事业形象，忽视了你，以前我不好，请你见谅，不过，我还是不能保证以后会做得很好，我的心思只要投入到工作中，就什么也顾不上了，甚至你会成为我发泄的对象，你会理解我吗？"红红的目光像清澈的湖水，注视着我。

"明知故犯，在欺负我吗？"我讲这句话的时候，内心的不满已经完全消失，愉快的心情让我立即轻松了起来。

"我就要欺负你，没有一个人让我欺负，我的心情怎么好得起来。"红红娇媚的口气让我浑身酥软，她轻轻地依偎在我的肩头，唏嘘而涕，让我百思不得其解，一个劲儿地安慰她，抚摸她。

赵巧霞破门而入，惊扰了我们，赵巧霞无以掩饰自己的唐突，发出了咯咯咯的笑声，她立即退了出去，把门关好，"进来吧，假装什么呢？"红红破涕而笑，意欲立即恢复常态，她就是这么一个人，她坚守着自己的性格，她要做一个女强人，从不轻弹泪水，而今她的惶恐，她的不安，甚至有些羞愧的表情，尤能反应她的心态。

赵巧霞歉意地、羞涩地、忐忑地低着头走进来，她强装着笑，勉强让自己保留了一种克制，尽可能地让自己表现得优雅，适度，平静，自若，"康总，你交代的事情，还得一段时间。"

"我知道了，还有别的事儿吗？"康红淡淡地笑着。

"没有了。"赵巧霞准备退出去。

"我们今年种植的树，成活率高吗？"红红把目光投向了赵巧霞。

"能达到百分之八十。"赵巧霞恢复了常态。

"你要特别强调种地的农民，千万要保护好树苗否则就让他们迁出去，这一点必须强调得坚决而且一定要贯彻。"红红又恢复了她一贯的口气，命令式的让别人无条件地接受。

"好，我马上传过去。"赵巧霞退了下去，康红看了我一眼，"这么多事，哪个不操心也不行。"

"摊子还是有些大。"

"你呀就是胸无大志，我如果和你一样就好了，既不会怨武登科，也不会疏远了姐弟，我就是办不到。"红红很感慨。

"你如果像我，又怎么能开创这样的局面呢？"

"我如果像你，又哪来的那么多烦恼呢？"红红，"更不会导致丈夫的烦恼，不理解，以后，我都犯难了。"红红适时地为自己的行为进行了开脱，她不会承认她是有错误的，也许她就是对的。

我的表现和接受她的观点，并不是很无奈的，此刻我的心情格外的好，对红红的理解也是平日无法比拟的，我觉得她就是有苦衷，这么大的摊子压在她的身上，哪有那么容易，不容易，真的不容易！

"以后我会克制自己，做得更好一些。"我表示理解红红的心情，但也无法完完全全地就接受她的表现。

"有你这句话我就放心了，以后我会注意自己的言行，多考虑考虑你的心情和自尊心，怎么样？"红红温柔的表现，淹没了我心中积淀的不满，我的感觉、我的心情，仿佛又回到了那个风和日丽、晴空万里、碧波万顷的草原。

康英和康玲依约来到了锦都饭店，但康英对康红订的位子提出了异议，她要求换一个，把这个半封闭的可以窥视到食堂整个客流的地方换成了一个全封闭的雅静的小雅间，康红对此表示了自己的不理解，可她还是听从了康英的提议换了一间全封闭式的，赵巧霞也应邀出现在了今天的聚会上，康英从一见到她就不断用目光审视她，让赵巧霞难为，我也很不理解，康红也觉得康英有些反常，赵巧霞局促不安的神态，使我和康红略显尴尬。

"大姐，姐夫这几天又在干什么？"康红想转移康英的注意力，康英也许也意识到了自己的失礼，歉意地向康红笑了一面。

"他能干什么，也许不久他也会出现在这里。"康英平淡无奇的语调让我们觉得很不平常。

"那好啊，既然姐夫要来，何不坐在一块。"康红。

"他呀，来了，也没有心情和我们坐在一块。"康英。

"难道姐夫在这里会见重要的客人？"康红。

"会见重要的客人，一定不会少了嫂妇人。"赵巧霞力图恢复自己的自信。

康英礼貌地笑了一面，又瞟了一眼温文而笑的赵巧霞，"不怕你见笑，我丈夫他太风流了，到处包养了女人，我都没地方可走了。"赵巧霞很不自然地笑了一面。

"大姐风采照人，高雅尊贵，何出此言。"康红望了一眼默默无语的康玲，心里很疑惑。

"你们不信？"康英故作惊讶。

康红陷入了沉思，赵巧霞说她上一趟洗手间，康英从衣袋中取了一支烟，自己点燃了。

"这个女人她跟了你几年？"康英莫名其妙地望着赵巧霞的背影问了这样一个问题。

"差不多有三年。"康红不解地望着康英。

"大姐以前认识赵巧霞？"我忍不住插了一句话。

"不敢肯定，似曾相识。"康英故作思虑的样子，烟雾不断地从她的口中吐出。

"大姐一定记错了，她不是本地人，是我从呼市带回来的，一直跟着我。"康红

"是吗？我看她特别眼熟，难道是我认错了。"康英停了一会儿，"这样吧，苏培你和你二姐，赵巧霞一块用饭，我带康红出去一下，很快就回来。"康英不容我们反对，提了包立起就走，康红被这突如其来的行为搞得莫名其妙，但考虑到事涉赵巧霞，她一点也没有迟疑，说走就走。

"二姐，大姐是怎么了？"我一直不解，大姐这么失礼地对待赵巧霞，又神神秘秘地带走康红，这中间一定出了故障。

"我也不知道。"康玲说完这句话放下筷子呆呆地坐到一边，这几年她一直是这个样子，神志清楚，却缄口不言。

赵巧霞小心翼翼地推开了雅间的门，唯恐有什么差池让康红的大姐发现而责难，她今天第一次见到了康红的大姐，也是第一次目睹了武登科夫人的风采，她有一种不祥的预感，她从康红介绍她们认识的刹那间，她感到了一种惶恐，康英仿佛知道一点什么，她一再告诫自己千万别疑神疑鬼，一是要稳住，千万别露出破绽，可是康红的大姐偏偏又咬住不放，好在康红为她解了围，虽然如此，她还是惊出了一身虚汗。

赵巧霞认识武登科并不是很意外的一件事情，她常常伴随康红出出进进，决策大事儿小事儿，早已引起了武登科的注意，某一天赵巧霞依照惯例又出现在了她常常现身的舞厅，有人，即是武登科也同样出现在了那里，并且主动约见了她，赵巧霞深感意外，武登科这个亿万富翁约见她，她有一种受宠若惊的感觉，她以为只是舞场上互相礼遇的一种遭遇，加上她又有一种邀功请赏的心态，以为她从此可以为宏业策划一点生意过来，

所以她对这次遭遇看得很重视，他们谈了很多，而且还跳了几曲，彼此投缘，很感愉快。

这一次的巧合，让他们约定了下一次跳个痛快的契约，他们有了一个下一次，再下一次……

然而亿万富翁的武登科常常因为事务繁忙而不得脱身，他失约的次数越来越多，他的问候电话也就频频打给赵巧霞，有时候一聊就是一两个小时，很自然武登科的车子就开到了赵巧霞指定的地点，一次又一次地把赵巧霞接到了舞厅。

现在想来，连她自己都不知道自己怎么做了武登科的情人，武登科一次性给了她二十万，对她来说，这无疑是一个天文数字，她没有任何异议和反抗，她成了武登科的情人和最隐秘的暗探，她是一个高智商的女人，她本来可以为康红提出很多合理的建议，却在武登科的建议下保持了沉默，她只是把自己伪装成康红最亲密，仿佛是佣人的地步，她获得了康红的友谊和信任，但康红却没有从她身上获得相应的回报。

她赤裸裸地被武登科玩弄的时候，她曾经对康红产生内疚，但那仅仅是一瞬间的事情，很快就被一种激情汹涌的浪涛所淹没，她醉心于此，乐此不疲。

锦都她也来过几回，武登科有数不清的可以去的地方，她是武登科金钱俘获的猎物，除了康红支配他的行动之外，她的一切已经完完全全交给了武登科，她记得她们更多的约会是在康红隐秘的树林里，那里有天然的屏障，远离喧嚣，远离人间。

赵巧霞是个聪明的女人，她用身体和沉默从武登科那里提取财富，她也有过非分之想，但她很明智，她办不到，她很明白自己的利用价值，武登科随时都会离开自己另觅新欢，现在她已经预感到了，她也有两三个月没听到武登科的声音了，她在武登科经常出没的地方晃悠了何止一次，然而她失望了，她一次也没见到武登科，她给武登科打电话，号码也变了，她心里很清楚她的身体，还有她本人的价值，在武登科的眼里已经变成了一堆废物，但她并不想怪武登科，她心里永远想着武登科……

现在，在康英咄咄逼人的目光中，她预感到了什么，她开门见康英和康红不在了，便感到很吃惊，难道……她不敢再往下想，她默默地走近自己的椅子，大脑里乱急了，她抓过手提袋，冲我笑了一面，"我不舒服，我先走了"他们一个个都是怎么了，康英如此，赵巧霞也如此，康玲还没等赵巧霞离去也在收拾，这个没拦住，这个也拉不成，他们甩下一桌子高档的饭菜，几乎没动一筷子便都走了，真没意思。

我，成了孤家寡人，一个人守着一桌子菜，自己为自己斟了一杯酒，走也不是，不走，没什么不是，我想这样才是对的，索性一个人慢慢地品尝，耐心地等待康红和康英回来。

康英一直把康红带到他们的小楼上，在一个密室的密码箱子中，她从中拿出了无数的袋袋，在其中拣出一个纸袋，抽出一沓相片交给了康红。

康红疑惑地望着康英递过来的相片，不解地望了一眼康英，"这是什么？"

"你看看就不明白了，你的得力助手是什么人，她到底是你的得力助手，还是武登科的得力的暗探，你看看相片上这个女人，他是不是你的得力助手，她是武登科的情人，"

康英。

赵巧霞和武登科在舞厅饮茶、交谈。

赵巧霞抱着武登科在跳舞、仰视。

赵巧霞从厕所走出来。

赵巧霞上了武登科的车。

赵巧霞醉眼迷离地俯伏在武登科的肩头,武登科用手揽着赵巧霞的腰,淫笑着注视着怀中的宠物。

武登科用力抚摸着赵巧霞的臀部……

赵巧霞焦急地在寻找供着武登科的脖子……

武登科在灯光的忽明忽暗中一次又一次地把赵巧霞紧紧地搂在怀里,赵巧霞眼皮微微闭着……

照片跌落在汉工地毯上,发出了哗的声音,康红吃惊地望着康英,康英冷冷地笑着……

"这些你都是从哪得到的,我明白了,你这一大箱子中,全是武登科的丑行,你在雇人秘密调查他,赵巧霞你竟负我,我那么信任你,你却成了武登科的情人,在背后慢慢地影响着我,让我潜移默化,什么也别冒险,你却向一个温顺的羊羔一样,成了我的心腹……"康红抓了一把相片冲下了小楼,她做梦也不会想到是这个样子,她最信任的助手,竟然是对手的情人,而她竟丝毫不晓得,难怪她的一切动机行为全被武登科牢牢掌握着,原来如此。

康红现在终于明白了,武登科所以了解她,完全是赵巧霞,是武登科卑鄙呢?还是赵巧霞无耻,她现在只想马上见到赵巧霞,她要当面问问赵巧霞,为什么?

雅间被再次被撞开,我吃惊地望着怒气冲冲的康红,"又怎么了?"

"赵巧霞呢?"康红凶蛮的声音。

"她走了,"莫名其妙,"发生了什么事情?"

"你马上和我去找赵巧霞。"康红答非所问,僵硬地扭转了身体,在很多人的注目下蹭蹭蹭地向外走去。

我随后尾随而来。

康红熟练地把车开回了公司,停在了宿舍区,她把车刚停下便拨了一个电话。

我走下了车,望着一言不发的红红惊呆了,她从来都没气到这个样子,我稀里糊涂地望着她。

"赵巧霞你给我滚下来,赵巧霞你出来……"康红不顾身份,地位,在院子中大吼大叫,引得下班的留守工作人员全部从宿舍中奔了出来,他们不安地望着康红,这是怎么回事儿,亲密无间的姊妹,康总怎么会这样?

"康总,赵助理已经走了。"赵巧霞引荐的丛珊如奔了出来。

"她走哪了？"我的反应提速了。

"她留了一封信，让我交给康总。"丛珊如捏着一封信跑近了康红，怒气冲天的康红把一叠不堪入目的相片摔在丛珊如的身上。

"你把这些相片，马上转交给赵巧霞，给我马上滚。"康红在盛怒之下，连丛珊如也解雇了。

丛珊如一看相片，虽然明白了几分，却也不明白这和康红有什么关系，可是康红让她滚蛋，她不可能不听，她慢慢地拾起这些相片，心里恼怒地抱怨着赵巧霞，她怎么也不会想到赵巧霞这么灵秀聪慧的女人，会干出这么恶心的勾当。

"你再也见不到赵巧霞了。"丛珊如收起相片的时候对康红说了一句话。

"你知道她在哪？"

"至少她现在在这个城市里。"丛珊如。

"你可以找到她吗？"

"找不到，她常常出去，谁也不知道她去了哪，如果你们不闹，她不会以为发生了惊天动地的大事儿，你们这么一闹，恐怕赵巧霞现在已经知道了，如果你们不闹，她什么也不知道，说不定晚上就回来了。"丛珊如说得再有道理也没用，康红照样解雇了她。

"赵巧霞的确是一个精明诡诈的人，我整整想了三天，才悟到了她的聪敏之处，她对我了解得太多了，她对大姐产生了怀疑，知道可能有什么把柄落在了康英的手里，所以她三十六计走为上，而我却太冲动了，我太不冷静了。"康红整整睡了三天，今天忽然睁开了眼睛，我给她饮了一点水，她用沙哑的声音和我说了这些，然后又昏睡了过去，赵巧霞的背叛，给康红的打击太大了，她一直把赵巧霞当作最亲近的人看待，很多的问题她几乎不和我商量，但必须和赵巧霞商议，结果竟然是这样的，赵巧霞经手的事情远远地超过了我，她是康红最信任，也自以为是最得力的助手，想不到她出卖她的时候更多，更彻底。

"赵巧霞只是和武登科在一起，她并没有害我们，即使她给武登科提供了一些情报，实际上也没什么价值，我们的投入发展都在那里明摆着，武登科随便找个什么人都可以问到，他颇费苦心地引诱赵巧霞为了了解我们的动向是次要的，更主要的是她看上了赵巧霞的美丽，既然可以一举两得又何乐而不为呢，从总体利益上说，赵巧霞也许没做对不起我们的事情，她和武登科在一起纯属她的私事儿，隐私，大姐这样做是情有可原，她是为了报复赵巧霞……"无论我的安慰，劝解费尽了多少口舌，康红就是一言不发，她受到的刺激无疑是极其沉重的，她太伤心了，她心里很清楚，她对赵巧霞无话不谈，她太了解她和武登科的关系了，而她竟做出了这等事情，她在关键的问题上和我商议了之后，都是在赵巧霞的怂勇下，最终做出了决定，这一切她心里太清楚不过了。

她不吃也不喝，我担心她的身体受不了，进了葡萄糖液，氧化钠，B6，氨基酸，给她输了一瓶又一瓶，整整输了一天，输进了近两千五百毫升的液体，她却睡得没反应，我每次叫醒她，她都迷迷糊糊的，然后倒下去又睡，她心身俱疲，她无法接受这个事实。

我给康英打了一个电话，告诉她康红此刻的现状，康英在电话中大声叫吼着，"她是一个什么了不起的东西，值的为她这样吗，没出息，你不要着急，告诉她我马上就过去了。"

康英压了电话，我从外边又回到了康红的身边，叫醒了她，告诉她大姐马上就会过来。

康红一听康英要过来，眼睛"哗"睁大了，她疑惑地望着我，然后动了一下胳膊，看了一下我给她扎针输液的针口，示意我揭掉她身上的被子，然后我给她倒了一杯热水。

"你干吗惊动大姐？她太苦了，武登科这个畜生对大姐的伤害实在是太大了，他有不计其数的情人，还在外边包养了二奶。"康红在我的扶持下缓缓坐了起来，接过了水杯。

"他包养了二奶，也太过分了，她是谁？"

"是农管局的一个职员，叫邓春梅。"康红。

"大姐告诉你的吗？"

"大姐有大量的证据可以证明这一切。"康红。

"大姐难道就让了她们？"

"大姐已经不是过去的大姐了，面对这样残酷的局面，她居然一直可以忍气吞声，也许……"康红慢慢喝了一口水。

"难道就没有别的办法了吗？"

"有什么办法，大姐所能做的就是稳住武登科，等待机会和他清算。"康红用手指了一下茶几上的蛋糕，我立即奔过去取了几片。

"饿坏了吧！"

"还好。"康红，吃了几片蛋糕的康红，从床上走了下来，她要梳洗一下，她不想让大姐看到她如此落魄的景象。

"想不到大姐这么坚强。"

"无奈，无奈啊。"康红犹疑地发出了感慨。

"我们可以帮一下大姐吗？"

"我们怎么帮？我们不可能帮到她，武登科太有了，他不是一般的有，我们任何人都奈何不了他。"康红。

"他这么放肆地对待大姐，难道康明、小张他们都不管吗？"

康红摇了一下头，"他们都寄生在武登科的身上，他们敢管吗？武登科这样做，大姐恨透了他。"

"以后和大姐多交流一下，她太可怜了，孤独、寂寞、凄凉、痛苦的煎熬，让她承受的实在太多了。"

"大姐变了，她已经不再是过去的康英了，武登科他别逼人太甚，他会后悔的。"康红

"她看到赵巧霞神态是那么的坚定、稳重、冷静，一般的人怎么可能做到。"

"她面对这样的人实在太多了，她已经习惯了，她只是不明白，我们身边这么重要的人物，居然和武登科也有一腿，这让她太意外了，如果不是为了我们，这个秘密她不肯这么轻易揭开，也许她认为时机还不到。"康红。

"时机，等待什么时机？"

"我也只是猜测，大姐也许不会轻饶了他。"康红。

"我想象不出，轻饶是什么样的结果，不轻饶又能怎么样，逼急了武登科撕破了脸面，就是和大姐离婚。"

"他们的婚姻已经死了，名存实亡，维持下去毫无意义。"康红。

"那为什么不离婚，守着她干什么？"

"一个人不是因为贫穷才长了志气，一个人的贪欲是随着环境的变迁在膨胀，一个人为了目的可以不择手段，忍耐是实现切换空间的调和剂，时机一旦成熟，复仇的人就会报复，因为她也想拥有随心所欲的快感，她也想成功，成为强者，成为主宰者。"康红。

我听得莫名其妙，我不懂康红怎么会有这么深奥的见解，她一边梳洗，一边还让我陪着她走出走进地说话，这种时候实在太少了，我跟着她心里很愉快，家的感觉实在太温馨了，赵巧霞走了，走得好，她的走，让康红重新认识了我的忠诚和价值。

"康红，我们应该有个孩子了。"乘着康红的心情好，我乘机提出了自己隐藏在心里几年的渴望，我相信此刻的她，也许会告诉我，她为什么就怀不上孩子，而她又从来不看大夫，作为女人，她对做母亲的渴望几乎没有，这让我一直不解。

我一提这个问题，康红就警觉地瞟了我一眼，然后淡淡地笑了一面，"孩子那么重要吗？"

"我们年龄都不小了，再说我一直在盼望有个孩子。"

"以后会有的。"康红轻描淡写地就想敷衍了事儿。

"我想……"

"你别想了，有了我会告诉你的。"康红有点难为情。

"我的手机响了。"

"一定是大姐到了楼下。"

"你出去迎接一下。"康红。

我一边接电话，一边向外走去。

"大姐的速度真快。"果然是康英，她风采依旧是那么的高雅，她淡淡地笑着，浑身辐射着光彩，衣着亮丽，发型飘逸，虽然徐娘半老，却更胜当年，这个女人真不简单，康红一点都没说错。

"什么大不了的事情，值得这样吗？一个赵巧霞有什么了不起，他做了对不起大姐的事儿，做了对不起你康红的事儿，可是她跑了，跑了有什么了不起，她不是了不起吗？

那干吗跑呢？这说明了什么？他们底气不足，他们到底不是咱们，他们怕咱们，咱们应该值得庆幸，咱们没让他们吓倒，这已经够了，我们应该高兴。"康英一进门，便开始发表演讲，在我的指引下，她一直向康红的卧室走去。

"你住的小洋楼，家里这么排场、豪华，有谁可以和你比，出门可以吆五喝六，鸣笛示威，有谁有这样的士气，你所拥有的这一切，让某些人不安，嫉妒，眼红，这你应该感到骄傲，对自己的魅力应该充满信心，战无不胜，用这种精神去鼓励自己。"我被康英滔滔不绝的演讲震惊了，这个女人变了，她变得更加顽强，更加自信，更加智慧。

"武登科玩几个女人算什么，这么冷酷的现实，我无所谓，一个员工背叛了你，你生什么气，因为是你的员工就不要让人家有男人，有情人，这也不现实，你所以不好受，不过是因为赵巧霞的情人是武登科，是你的姐夫，没有人故意愚弄你，是你自己在愚弄你自己，心眼像一个菜籽大，那怎么行。"康英一看见康红，手中的提袋便随便扔在了一个地方，呵呵呵地笑着，像什么也没发生一样。

"苏培说你不吃不喝差不多快不行了。"康英打量着康红。

"别听她瞎说。"康红冲我眨了一下眼皮。

"差不多，打扮得这么精神，哪像被人击败的样子。"康英刻意注意了康红的短发，竟然没发现有什么差错。

"大姐来得这么快，车学得怎么样了？"康红拉着康英坐在了沙发里，我给她们每个人沏了一杯茶，坐到了她们对面的沙发中

"学车有什么难的，还不是为了玩，消磨时光而已。"康英激昂的语气突然变得很温和，低调。

"二姐天天陪着你？"康红

"嗯，反正她什么也干不了，陪陪我，她会很开心的，说说你吧，苏培说你几天几夜不起床，不吃不喝，不拉不尿，这是怎么回事儿，就是因为你最贴心的手下做了武登科的情妇？她背叛了你？她可能和武登科同声一气的算计了你？我看也没那么严重，大方向你不是一直把握得很好吗？你考虑得不成熟，别人也无法强迫你。"康英把武登科和赵巧霞在一块，说成是情人的关系，似乎和她一点关系都没有，那种轻描淡写的样子，完全可以证明不痛不痒是什么滋味儿。

康红淡淡地略显难为地笑着，此刻她的心情好多了，也许她已经想通了，或者终于把这件事情看淡了，终于可以用平常心对待这件事情了，她瞟了我一眼，"小苏给我输了液。"

"有多少年不干了，小苏还是不手生。"康英望着我。

"在我的感觉中，我好像一天也没有放弃。"

"死猫扶不在树上，就这德行。"红红玩笑的口吻，让我们彼此间的气氛很快热烈了起来。

"想不想自己开个门诊？" 康英。

"没有想过。"

"亿万富翁的感觉如何？" 康英。

我摇了一下头，"不知道。" 我的不知道让康红笑得前仰后合，我居然没有体会到做亿万富翁的感想，也许他们根本就不会相信。

第五十三章　若无其事并不能说明什么

康英并不以为康红的意志是很羸弱的，她看到的康红和我在电话中描述的康红，完全是两码事儿，她并不介意是我逛了她，她甚至表达了自己内心的喜悦和满足，说我们心中尚有她这个大姐，虽然几年没来往，可是一旦走动起来，还是可以联系起过去的情感，然后她和红红说了好多的悄悄话。

康英走了，红红的心情似乎比以前好了许多，但是她还是躺在了床上，颓丧和悲哀依然笼罩着她。赵巧霞的行为让她感到震惊，她不但失去了一个助手，从心理上她更失去了一个朋友，一个她自认为可以一诉衷肠的朋友，现在突然消失了，她的内心空荡荡地感到不安，感到孤独，她在表现自己气愤和焦躁的同时，也表现了她的疲惫和恍惚的神情，她依然一言不发，对什么东西都表现了自己的冷漠和麻木。

我很多次想唤醒她，可是我居然想不出自己应该如何安慰她，也许我想到了一些话，或者一种方案，可是很快自己又否定了，我在无奈中，发出了对自己的哀怨，心中无缘无故地责备了自己，我想我是真的太懦弱了，我没有勇气，我居然没有勇气面对康红这个样子，我想象不出她自己的难堪真的有这么严重吗？仅仅是失去了一个赵巧霞，失去了一个她认为人格有鄙污的赵巧霞，可以让她这么痛苦吗？赵巧霞算不上是她不可分割的一部分，赵巧霞在与不在，于宏业并没多大损失，康红至于如此吗？

也许我的心态，替代不了康红，对这件事情我已经完全看淡了，根本就是不痛不痒的一件事情，也许我和康红看问题的角度不一样，对赵巧霞的友谊差别也很大，总之，我认为很无所谓的事情，康红却无法坦然，我不知道康英的到来，她何以反应那么好，康英走了，她又恢复了故态。

面对酣睡的康红，我的情绪很低落，我的脑海中甚至反复地想了康英问我的话，我很怀疑自己，我从来也没敢想，我居然是一个亿万富翁，我的思维应该很正常，我和康红是一家人，是一个整体，但我总有一种臆想，一种让我困惑的感觉，这个亿万富翁好像并不属于我，我俯视康红的时候充满了对生活的乐趣，当我仰视康红的时候，我的心态常常被一种胆怯所困扰，我不明白，我还是康红的丈夫吗？我几乎不敢提任何要求，就连要孩子这样的事情我都没有勇气反复地提示她，去看望我的父母这些事儿我绝不想打扰她，她似乎高高在上，她似乎很少想到他们，她曾经说让我把我的父母接来，然后就再也没有提过，我和我的父母说了，可是他们并不想来，他们从来也不问康红为什么不回来，我也不想解释，唉，我暗暗叹息了一声，长长吁了一口气，胸中的憋闷仿佛宽松了一些，想这些有什么用，我的父母可以过上这么优越富足的生活，没有康红，会有今天吗？平心而论，他们，包括我在内，心中唯有感激康红，岂敢怨怪？

康红动了一下身体，很快又发出了均匀的呼吸，她也许是太累的缘故，一个女人，她就是一个女人，可是她偏偏要干一番大事业，也真是不容易，我能这样想的时候，内心充满了歉疚，对康红充满了怜惜，刚才我还想着要离开她上街透透气，现在这种想法又打消了，我无奈地对自己发出了一声冷笑，我的心里太矛盾了，我琢磨不透康红，难道对自己也琢磨不透吗？

我给自己泡了一杯茶，没有康红的指点，我几乎无事可做，我想不到自己应该干点什么，这么大的公司康红累下了，我竟然不知道从哪下手，好在公司规模兑减，又没有新的项目，似乎什么事儿也没有，我不知道康红平常哪来那么多干的，整日里忙忙碌碌，一刻不得偷闲。

我吸了一口热乎乎的浓茶，也许这种声音别致的缘故，康红睁开了眼睛，我歉意地笑了一下，"喝点水吗？"

康红一言没发，她卷缩了一下身体，缓缓坐了起来，伸出了手向我要水杯，我默默地注视着她，慌忙把水杯递过去，"准备吃什么？"康红吸了几口热茶，面色变得湿润而有些血色，她扯掉了身上的被子，把双脚搁在了床沿，温和地笑着。

"你饿了吗？"我惊喜的神情也许有些可笑，或者我的问话有些别扭，康红发出了咯咯咯的笑声。

"难道你不饿吗？"康红把水杯向我递过来。

"你想吃什么？"

"我刚才梦见我们两个人在草原上的情景，你知道我梦见什么了吗？"康红柔和的声音，仿佛又回到了草原上，多情而娇媚。

"骑马？"

康红摇了一下头。

"牧羊？"

康红再次摇了一下头。

"游戏？"

康红依然摇头，然后我又说了几项，还是没有说对，康红说我实在是笨得出奇，我想一定是了，能够进入康红梦境的东西，一定是令她印象很深刻的，对我而言，同样也不会例外。

"我开始问你什么了吗？"康红不满地笑着审视着我。

"你饿了？"当我再次意识到康红此刻的意图时，我豁然明白了，她梦见了什么，肯定是吃的，草原上什么东西可以让康红回味无穷，至今不能忘怀，只有羊肉，"你梦见吃羊肉？"但我还是不敢很肯定。

"真是想不到，你的反应会这么慢，费了这么大的劲才蒙对。"康红用指肚点了一下我的额头，然后向沙发走去。"真不知道你这个人，过去是怎么当大夫的。"

"原来你想吃羊肉了，绕了这么大一个弯，让我……"惭愧，真是惭愧，我不好意思地笑了，我对我自己可能狡辩产生了一种难为。

康红丹丹笑了一面，指了一下我手中的茶杯，这一次我明白了她的意图，立即给她倒了一杯水。

我到我们常去的食堂给康红要了炖羊肉，蹲吧台的小姐有意无意地为我们惋惜了一声，引起了我的注意。

"他们的土地卖的才可惜。"

我知道她是在说我，我瞅了她一眼，淡淡地笑了一面，我环顾了一下我的身边，确信无疑她就是在说我，我再次去注意她的时候，她正冲我笑呢，她知道我们卖了土地？她是在说我？"你是在说我吗？"我不明白，卖了的东西怎么就可惜了。

她腼腆地点了一下头。

"你叫什么名字？"我的心里很觉诧异，她为什么要这样说呢？

"凡秀芹。"

"你们的事儿我也知道。"看来我已经不再是一个普通的人物了，我的存在已经引起了好多人的关注。

"你叫什么名字？"我的目光注意到一个年轻的服务员，她提着一把精致的水壶向我走近，她微微地笑着，我看到她的时候已经很习惯了，可是心情却从未有过这样的自满和欢悦，所以今天有不同的感觉，面对普通的服务员，我居然对他们产生了一种由衷的感激。

"傅四。"服务员怯生生的回答尚未脱却稚气，她好像很乐意回答我们的问题。

"你们知道我是谁吗？"

"当然知道。"凡秀芹很为自己的表现而感到自豪。

"你老兄尽拿他们开玩笑，在这个城里，响当当的亿万富翁，屈指可数，你老兄无论怎么掩饰，也是大号在外，平素你们又常常照顾小店，在这里还有不知道你们的人吗？"食堂的老板出来招呼我的时候，恰逢我在问服务员。

"辛老板，你的服务员告诉我，我们的地皮卖的太可惜了，这件事到底是怎么回事儿？"我很纳闷，就一定有来头，否则一个小小的服务员怎么也替我们惋惜起来。

　　傅四给我和辛老板每人沏了一杯茶，然后把茶壶搁在了旁边，小心翼翼地向吧台靠去。

　　"你老兄是何等样人物，怎么也孤陋寡闻了起来，不是我这两个服务员替你们惋惜，全城的人，都在议论这件事情，你们的地皮出得有些早了。"辛老板也这样说，而且全城的人皆在议论的事情，我们都不知道，"这到底是怎么回事儿？"

　　"市委把西环路规划成了开发区，征集土地的价格都已经出来了，每亩地两万……"我的头皮微微紧缩，浑身凉飕飕的，眼角瞬间失去了供血，浑浊而失明，我立即深深吸了一口气，然后吁缓地吐出。

　　康红津津有味地品尝着肥腻的羊肉，不时还要夹吃一点咸菜，或者喝上一口水，我却毫无食欲，望着康红，我的心里有一种难以言语的不快的感觉，可是我必须得装出一副乐呵呵的样子，我不知道康红知道了这个结果的时候，心里会怎样想，自责、后悔、气愤、痛苦…

　　"你好像有什么事儿。"我吃得很少，这可是个例外，这引起了康红的注意，她的两只手抓着一块羊肉，嘴唇下糊的都是油渍。

　　"康红，你知道吗，武登科……"我这张嘴在康红面前一点也装不住事儿，我本来是打算不告诉她的，可是我怎么也忍不住，我相信康红比我坚强，可是……

　　"怎么了？武登科怎么了？"康红警觉地瞪大了眼睛。

　　"武登科又赚了很大一笔钱。"

　　"这很正常，他有那个本事。"康红淡淡的口气。

　　"可是……"

　　"你这个人，干吗吞吞吐吐的，好像我切了你的舌头。"康红把羊肉放进了盘里，显得很不快。

　　"市里要搞什么开发区，这个事儿你知道吗？"

　　"知道。"康红不以为然地诧异地望着我，"就为了这点事？"

　　康红居然知道，这太出我的意外了，她一个字都没和我提起，难道她低落的情绪与这有关系？

　　"武登科这次可是赚的不少。"

　　"你眼红了？"康红又拿起了羊肉，"一起步我就怀疑这次收购的动机，可是我们经不住人家的诱惑，急于想成为亿万富翁，我们不也如愿以偿了吗？"

　　"武登科早就知道了这个结果？"

　　"那还用怀疑？"康红撕了一块羊肉送到了嘴里。康红看似平淡无奇的表情，实质上掩饰了她此刻很复杂的心情，我岂能不知道，她要比我更加委屈，痛苦……

　　康红一言不发，她仔细地啃着骨头，偶尔用指甲搜剔一下难啃的地方，好像我不是和她探讨这个问题。

"武登科经常算计我们。"

康红瞥了我一眼，她似乎没有话和我讲，对这个问题她保持了沉默，她是不想和我冲突？还是压根就不想和任何人谈论这件事情，是根本就没有兴致理睬这件事情，原本我的内心是很难受的，毕竟由于自己的原因，白白丢了几个亿，我们原来是有机会的，可以超越武登科，现在这个机会被我们自己弄丢了。这能怪谁呢？怪我？怪康红？怪武登科？怪刘春祥？这样有用吗？

我自己显得很不自在，康红在想什么，她是怎么想的，我琢磨不透，可是她不想和我谈论这件事情，总归不是什么愉快的事情。我心里隐隐感到一种不快，可是又很无奈，这也怨不得康红，她若无其事的样子，并不能说明什么。

第五十四章　武登科的家已不在心里

面对如此辉煌的业绩，武登科显得很镇定，这一刻他早已在内心体察过了，现在他终于姗姗而来，这对于他来说只是预料中十拿九稳的事情，他对着镜子仔细地斟酌着他的形象，他充满了自信，内心原本对康红的成见，因为这件事情，他彻底地放弃了，没有康红，他未必会开创现在的局面，康红所得没有什么不应该的，他甚至想了这是天意，这是上苍有意的安排，让康红帮助他实现更大的愿望。他用手指揉了一下眼皮，他仔细地观看着他的眼角的皱纹，然后用力按摩着，他讨厌这种形象，他甚至怀疑他的皮肤也黑了不少，自从把邓春梅也收作情人之后，他便不再往脸上搽油，因为邓春梅讨厌男人的这种做法，为了讨好邓春梅，他放弃了这种嗜好，可是内心常常有些忧虑，他搓了几下口嘴，又捏了一下鼻尖，用一种怀疑的目光打量着镜中的自己。

他突然间又沮丧了起来，这种心情一向不曾有过，他已经好久不见康英了，康英也懒得理他，一想到康英的这种态度，他的心情怎么也好不起来，他以为他是个非常了不起的人物，没有人敢藐视他的存在，他在任何人的眼里都是亿万富翁，都有伟岸，高大的形象，康英居然不把他放在心里，对他漠不关心，对他冷冷清清，他怎么也想不通，这个女人，到底在乎什么，她的男人有别的女人，这件事情难道不重要吗？难道她不知道吗？这是一个愚蠢的女人，武登科相信康英对他的冷漠使她忽略了好多东西，她根本就不可能知道他和谁在一起，也不想知道，他很高兴，对这个他太满意了，他甚至认为康英是一个很聪明的女人，从这点上他得出了两种结果，愚蠢、聪明，然后他费了好多心思去想了这两个词，他把他们反复地用在康英的身上，最终还是分不开，愚蠢、聪明，因为康英有这两大优点，他的烦恼几乎很少，他丝毫也不用顾虑康英，他想怎么玩就怎么玩，而他的心中偶尔还会想到那也是一个家，一个真实存在的家。

想到家，武登科冷冷地笑了一声，他已经不把康英的存在当成家了，他的家在邓春梅那里，他的全部心思都在邓春梅的身上，赵巧霞无声无息地消失了，小楚也辞了她的工作，还有很多他安插的情人，先后都走了，这些人走的时候没有和他招呼，走了以后也没有和他再联系过，他不明白，他有很多想不通的地方，他在什么地方亏待了他们，冷落了他们？这没有办法，他现在的心思全在邓春梅身上，对他们他连看一眼的心情都没有，他相信这是暂时的，他对他本人太了解了，他相信他会很快就会找他们，可是他们却一个个地消失了，他尤其对小楚充满了意见，可是他找了小楚几次都没找到，她居然搬家了，而且没人知道她搬到了什么地方，他的时间极其有限，他不可能为了一个情人浪费很多的时间，她走了很快就有人替补他的工作，这一点也不足惊奇，只是他不明白，走的一个个全是他的情人，这让她很困惑，他相信他拥有情人很容易，追上门的也不乏其人，但那必须要时间，需要技巧，他想到他不可能会有那么多的空暇，就为他的情人们惋惜了起来。

他一个个想过了他的情人之后，很自然地把落脚点留给了尚春花，他自信地笑了一面，这个女人，他甚至骂她不过是个婊子，他可以利用的女人，他很为自己庆幸，因为这个女人，他的付出也是空前的，回报自然也是空前的，不过他心里总有些不快，用他的思维来衡量这个女人，他得出了个结论，前恭后倨，居然现在敢于轻视他的召唤，这是他心中经久散不去的阴影。

武登科掏出了自己的手机，他怀着一种恶作剧的心态，想给尚春花拨一个电话，他想试试这个女人，他早就换了手机号，自从换了号之后他就没有联系过尚春花，这也不是故意的，他的心思全集中在邓春梅的身上，忽略了尚春花一点也不为过。

现在武登科居然有心情去挑逗尚春花，这不仅仅是从情人的角度去考虑问题，更重要的是他的事业，他的生意，他要联系一下尚春花的感情，储备更大的商机。

他的呼叫没有结果，尚春花也换了手机号。

武登科默默地盯着手机有两分钟，这完全是在他的意料之外，尚春花也换了手机号，这个女人越来越鬼了，这分明就是针对他而设置的障碍，这个女人不想让他联系了，否则……也难怪，他的手机换了号，她想打也打不进来，这也许不能怪尚春花。可是有一点他还是很明白的，他觉得有很长一段日子没见尚春花了，她没有想他，她没有来找他这总归是事实，这个女人……

武登科想到最多的还是他的利益，凯峰公司作为一个独立的机构，少有人知道他的幕后，想到这里他又想到了康红，这个女人，竟然是他的小姨子，泼辣，有远见，可惜他并不能容她，谁让他不为他所用呢？她居然想到了如何识破凯峰公司真面目的法子，真不简单，可是康红所做的也说明不了什么，他庆幸自己的安排得当之处，考虑最多的就是对利益的分配，他绝不是一个吝惜的人，他懂得商场上的规则。

"刘春祥。"武登科发出了得意的傻笑，他为自己圆满的行为感到庆幸的时候，也为刘春实的善于钻营，善于玩弄权术感到惊讶，这个人真不简单，他得出了这样的结论。

他们都舍他而去，武登科心里很不是滋味，他有很多不明白的地方，可是一直琢磨不到，他喜欢女人，可他绝对是一个挑剔的人，他决不会染指茶楼歌厅的女人，他喜欢自己追到手的女人，彼此建立了一种感情，无论从情感，从事业、从语言的交流上，这些女人都在为他付出，他喜欢为他付出的女人，他喜欢那些为他付出情感的女人……

武登科沉浸在一种幻觉中，臆想着有新的曙光出现，他已经三天没去邓春梅那里了，也没有回到康英那里，他蹲在办公室中，需要好好地调整一下，他感到他的体力严重透支很多工作都力不从心。

现在他的思维全部集中在了邓春梅的身上，他惊异地发现这三天他过得异常平静，他失去了很多情人，这一点也不重要，可是他怎么也想不通，现在他居然没有邓春梅的信息，这个女人，费尽了他的心机，他投入到尚春花之外所有情人的总和，也没有邓春梅一个人多，为她单独买了一套小楼，他给了她一大笔保证金，他一刻也不想离开她，现在居然三天没找他，这岂不是怪事吗？他给小楼打了一个电话，竟然没有人接电话，这是从来没有的反常现象，自从邓春梅跟了她，他就成了农管局最自由的人，为了房子，农管局给了他特权，现在居然没有人接电话。

武登科拨了邓春梅的手机，又不在服务区，邓春梅能去哪儿呢？他合上手机之后，立即下了大楼开上宝马直奔小楼。

小楼依然是过去的那个样子，掩映在几株老白杨的树冠中，若隐若现的闪耀着他灰蒙蒙的腐朽的身姿，按照惯例，武登科来到楼下的时候又给邓春梅打了一个电话，但邓春梅的手机依然不在服务区，武登科显得极其不愉快。

他闷闷不乐地打开了门，冷清清的感觉特别压抑，他感到一种从未有过的孤独、寂寞，他有一种渴望，但是他又弄不清楚这种渴望是什么，他恍惚以为邓春梅穿着绒袜子惊奇地扑向自己，那是一双修长的腿，一双极富魅力的脚……

然而这一切全是空的，他的目光注意到豪华的陈设尽如粪土，这一切全为美人而设，而今美人不在，他怎么会有情趣。

茶几上放着一沓照片引起了他的注意，这里怎么会有相片呢？是邓春梅拍下的，似乎也没这种兴致，她并不喜欢拍照，他走近茶几，拿起了相片……

他的手颤颤巍巍的，他吃惊地瞪着相片，这是怎么回事儿？难道是邓春梅偷偷摄的，不可能……

无论荒郊野岭……

无论是灯红酒绿……

无论是宾馆，野外……

无论是小楼的里里外外……

　　凡是他和邓春梅在一块拥抱做爱的地方，大都有照片，好多的照片都污秽不堪，这是怎么回事儿？这绝不是邓春梅干的，没有第三者，这些照片是绝对拍不来的……

　　武登科的脑袋"嗡"响了一声，此刻他的思维成了一片空白，他想起了尚春花对他的提醒……"有人在跟踪她，"居然实有其事，他绝不相信邓春梅会拍这样的相片，他相信有人也在跟踪他和邓春梅。他甚至相信这个人拍的相片是在他们屋内拍的，这怎么可能，难道邓春梅配合了拍照的人，不可能，绝不可能。

　　一股冷气直逼他的脊背，他激灵凌打了一个冷战，浑身的血管立即弛张了起来，所有的血液全向他的头颈涌来，他的眼睛突然间失去了所有光明，这立即引起了他的注意，他静静地坐着，他紧紧地闭着眼睛，思想的空间尽可能什么也不想，仅仅是几秒钟，他就恢复了正常。

　　"这是谁干的。"他的脑海中做出了猜疑，康英？康明？康红？……

　　"居然有人和我过不去。"武登科愤恨不已地吐了一口涎沫，也不管他去了什么地方，反正一吐为快。

　　尚春花也受到了他人的盯视，难道他也收到了同样的照片，他很快就想到了这些突然消失的各个情人，他们都受到了威胁，难道有人很早就这样做了，赵巧霞、小楚、杨志梅、高红霞、刘艳玲……

　　他们突然从他的眼皮底下消失了，而且无声无息，现在他终于找到了答案，到底是因为什么。

　　他抬起头向窗外扫了一眼，心情晦暗，情绪低落，邓春梅现在在哪呢？他又拨了她的手机，依然不在服务区，他给农管局打了一个电话，证明邓春梅也不在单位，那她到底去了哪呢？

　　武登科拖着疲惫的身体，极不情愿地向外走去，他对这里充满了兴趣和感情，而今，他感到一种凄惶的恐惧正袭袭逼来，他的心无所寄托，涣散地想着……

　　他漫无目的地开着车，心不在焉地吸着烟，他的脑子里全是邓春梅，可是他不知道他到哪儿才能找到邓春梅，他好恨，他发誓，他一定要找出这个人，实施最残酷的报复，他相信他有这个能力。

　　武登科找到了康明，莫名其妙地发了一顿火，康明糊里糊涂地接受了武登科的训斥，还来不及反应，也没弄清有什么不对，武登科便愤愤不已地走了，怪事儿，他不明白，武登科是怎么了，他给康英挂了一个电话，询问了一下，他以为他大姐和武登科闹了意见，波及到了他，结果康英也不知道是怎么回事儿，而且声称有半月之久没见到武登科了，这是怎么回事，武登科在别的地方受了刺激，火却撒向了他，"神经病"康明恼怒地骂了一句，望着武登科车子离去的影子，心里很不快。

　　武登科不断地试着给邓春梅打电话，但手机一直没人接，他很不服气，恼怒地来到了农管局询问邓春梅的下落，农管局竟然也没有人知道邓春梅去了哪里，他斟酌再三，还是找到了邓春梅的娘家，赔着笑脸问起了邓春梅，想不到邓春梅的父母并没有给他好脸看，更不想回答他的询问，他无奈地走了出来，他不知道邓春梅还有什么去处，四顾茫茫，心里十分不快，他又不相信他的情人都这么无情，竟然消失得干干净净，邓春梅给他留了一叠相片，说明了什么呢？她受到了威胁？一定是这样。难道所有的做了他情人的女人们，全受到了威胁？有谁有这么大的手笔？康红？不可能？以前他有赵巧霞，康红的一举一动，只要针对了他，他都知道得一清二楚，现在赵巧霞虽然不在了，但也说明不了什么，再说，她的心态也未必已经调整到了可以对付他的勇气上，这一点他冷静地推想得很明白，对于康明，他在脑海中轻轻掠过的时候，已经把他抛在了脑后，这根本是不可能的事情，唯一可以这样做的，完完全全针对他的，除了康英，还会有谁呢？康英，武登科这样在脑海中把她定位，一个看似柔弱文雅的女人，想必不是吃了豹子胆，居然敢这样做，但是一经确定这件事情极有可能是康英在操纵，武登科的底气就有些不足，他并不是惧怕康英，必定他做的事情受伤害的是康英，他本能地潜藏着一种惭愧和内疚，此时此刻无论他多恼火，多么愤恨，但他不得不尽量地克制自己，他很明白他的处境，他有很多的把柄落在康英的手里，康英现在在他的公司中的影响，他似乎也不敢低估，他有些后悔，干吗要给康英那么多机会，让她锻炼得如此坚强和机敏。

武登科默默地回到办公室，面对无数下属的问候，他都置之不理，他叼着一支烟，脑海中反复地映视着邓春梅的身影也不断地浮现出那一沓沓的相片，然后想到可恶的康英，居然敢这样做，耳边仿佛又回响起了尚春花的声音，他终于明白了尚春花并不是在拒绝他，而是害怕、害怕……

武登科有好几次都表现得不冷静，他无非是觉得康英太过分了，然后又克制自己，他反复检讨了自己，觉得自己作为康英的丈夫，是不是也太过分了，所以他也可以自己安抚自己。

尚春花害怕被人监视，她拒绝了他，现在联想一下他的各个情人，邓春梅那一摞照片，无疑他也害怕了起来，他不知道康英这样做了有多长时间，她到底还掌握了他什么材料，他现在已经不再承认康英是一个柔弱的女人了，他用阴险、狠毒、狡诈、无耻、卑鄙、甚至更加污秽的形容他都用上了，他恨得咬牙切齿，却又尽最大的努力克制着自己，他要好好想一想，他要理顺思维，设计好一些东西，然后才可以找康英算账。

武登科的脑海中不断地浮现出邓春梅，他强迫自己努力克制这种冲动，他不是一个糊涂的人，在大是大非面前，他懂得克制，他必须冷静，冷静对于此刻的他来说，实在太重要了，康英针对他，有她绝对优势的目的，她不可能没考虑过今天，她敢于和他的每个情人清算，显然也是胜券在握，丝毫也没有惧怕他的感觉，这一点他不可能想不到，所以此刻的他，更需要冷静，他不但需要理顺思维，更需要想清楚可能的得失。

武登科一次又一次地拿出相片，他心里明白了好多东西，小楚、赵巧霞，以至尚春花，他们可能都收到了这么一份礼物，任何人都没有勇气面对他，而邓春梅却破例留了相片，否则他可能注定也不明白这些人消失的原因。

康英，武登科在心中不止一次地恼恨地叫出了他的名字，最毒妇人心，康英这一招实在是太损了，无论是面对谁，他都不会害怕康英，唯独尚春花，她有太多的顾虑，他思前想后，还是硬生生地把苦果自己咽了下去。

"康英"，他发疯了一般地做了一次冲锋，然后又一次，又一次……直到精疲力竭，汗流满面，似乎才能解了心中的压力，他扶着桌子角，大口地喘息着……

虽然邓春梅从武登科的视野里消失了，可是武登科心里依然想着邓春梅，他并没有回到康英身边的意图，也许以前他想到康英的时候，他会有些许的内疚，试图补偿一下康英，可是现在，他尝试着不让自己想邓春梅，却又不能不恨康英，他对工作毫无热情，他心里太沉重，以至于他把自己的真实身份也忽略了，他旁若无人地走过任何人的身边，悄悄地回到了他和邓春梅营建的安乐窝。

武登科如释重负地躺在席梦思高级软床上，思维里体味着一种实实在在的臆想，他把一切都撇在脑后，他关了他的手机，他让世界和他隔绝了起来。

康英，也许已经注意到了这种现象，她微微地笑着，多少年的磨炼让她变得坚强而又勇敢，甚至狡诈而狠辣，甚至，她对自己的杰作报以兴奋的满意的赞许，虽然她为此付出了很大一笔钱，但她丝毫也不认为这是不值得的，她有的就是机会，她随便可以提出很多钱，对这一点，她还是很感激武登科的，所以她并没有做绝，她希望武登科可以继续利用尚春花，钱，她也不嫌多。

也许武登科的钱实在是太多了，多得连他自己也数不清，他的脑海中只有亿的概念，以后的数字在他而言只是一个零数，所以他从不在乎康英可以花多少钱，他甚至会冷冷地笑上一声，凭康英怎么可能花掉他一个零头？他永远也不会相信。

康英并不知道武登科是怎么想的，但她对此已经很满足了，她随心所欲地可以花钱，从来也没受到武登科的限制，有时候她也想到了这个问题，她认为一年花了几十万已经很多了，也许她一年当中花的还不足武登科一个零头，武登科又怎么会计较她呢？

所以康英充分利用了经济富足的空间，不但为自己营建了一个人事网络，而且也乘机在自己的账上存了不小的一笔钱，她认为这笔钱，加上手中的证据、把柄，完全可以和武登科对峙，所以她不但勇气倍加，信心也十足，武登科她已经不相信武登科为所欲为的日子会永远下去，所以她的胆子大了，勇气让她尝试着报复。

康明在暗中成立了一个运输队，康英占了一半的股份，她甚至怂恿康明收购了几家濒临倒闭的工厂，而后投资，重新运作了起来。

现在武登科失踪了，最焦急的就是小张，他有好多问题悬而不决，就是为了等待武登科，而武登科又迟迟不现身，这让他十分的为难，康英想插手，小张还是找了种种借口搪塞过去了。

武登科不断地让自己灌高度数的白酒，似乎只有这样，麻木、痴呆、昏闷才会让他好一点，他给床上放了有十几瓶酒，他害怕自己有清醒的时候，每当他从昏睡中醒过来，他就摸索着找酒瓶，然后又狠狠地灌上几口，一股热流烘烤着他的身体，他的潜意识又陷入了一种昏迷，他强迫自己什么也别去想，只要还有几分力量可以胡思乱想，他就往肚里灌酒，他又睡了过去……

小张已经不止一次地和康明通了电话，就武登科无缘无故地销声匿迹，表示了怀疑，他们有过各种设想，甚至做了一种最坏的打算，然后很快又否定了，他们相信还是很容易找到武登科的，因为他的人可以藏起来，他的车却不一定会很好地藏起来，所以他们派了人去寻找……

武登科醒了，可是又灌了半瓶白酒，他的神经迟钝而麻木，他已经忘记了好多烦恼，他的身体僵硬而不灵便，他睁开双眼浑浊地瞧着某个地方，他的双手在床上摸索着，在酒精的作用下，他又昏睡了过去。

康明不断地给武登科打电话，但他的手机总是关着，他发了好多的信息，同样毫无音信，他突然预感到了一种不祥的信号，他给他大姐挂了个电话，康英漠不关心地回答了一句"她死不了。"然后便挂了机。

康明断定他大姐知道武登科的下落，他把这个信息反馈给了他二姐夫，小张表示了自己的无奈，他派出去的人已经找了好几天，但一直找不到，现在只能把希望寄托在康英的身上，否则就得报案。

小张给康英挂了一个电话，申明他们已经很尽力了，但是一直找不到武登科，如果再找不到，他就准备报案。

武登科从昏睡中醒了过来，他意识到他的身体下边似乎有些湿漉，一种怪味悄悄地围着他，可是他什么也不想想，邓春梅没有回来，这个事实还是很现实的，他痛苦地闭上了眼睛，他还是不能摆脱这种束缚，他又灌了半瓶酒乃至一整瓶，又昏睡了过去……

小张也断定康英知道武登科的下落，但是康英并不打算告诉他们，小张让康明动员一下康英，报了案事儿太多，恐怕影响公司的正常运转，康英一再告诉小张和康明，让他们不用担心，武登科没事儿，过几天他就会出现，康明自然相信他大姐的这种说法，小张半信半疑。

小张和康明刚走，康英便立即挂了一个电话，他在电话中询问了武登科的近况，然后恼怒地关了手机，大声地斥骂着……

武登科的眼睛像平常一样狡黠地转动着，他的浑身瘫软，没有一点点力气，他对自己的衣服不断往外渗透尿液，好像毫无知觉，他的两个手在床上抚摸着，他很清楚地辨明了空瓶子和装酒的瓶子，然后起了盖又让自己灌了一瓶酒。

武登科在人们的视线中消失了近半月，康明和小张焦急地等在康英的身边，他们下定决心一定要从康英这里突破，可是康英除了安慰他们之外就是不告诉他们……

"公司现在有很多的事情等待姐夫处理。"小张。

"姐夫到底在干什么呢？"康明。

"他想一个人冷静地住上一段时间，他有好多问题想不明白，等他的思维正常了，理顺了头绪，他就会出来了。"康英。

"问题是，现在……"小张不再往下讲了。

"算了，大姐都说没事儿，想必姐夫不会有事儿，让他冷静一下也好。"康明见康英不愿意透露武登科的行踪，便反过来劝慰小张。

武登科的暂时消失，让小张的心里很不安，他设想了几种可能，但又一一予以否定，他相信自己的思维绝不会走极端，但他的脑海中已经不止一次出现了一个信息，康英谋害亲夫，然后便是软禁，他想了不下千遍，扰得思维十分混乱，却也得不出一个明晰的答案，又可能，又不可能，他试图在最短的时间中找到武登科，但又很失望，他知道手下的人未必尽力，他自己又没有很多的空闲，他综合分析了康英的话，思维中渐渐有了一个轮廓，康英知道武登科的下落，他几乎敢这样肯定，他没有听康明的话，他不想走，他非常想知道武登科的下落，他的心里很急切。

康英瞟了一眼小张有意无意地笑了，她明白，小张此刻的目的不就是想知道武登科的下落吗？她不明白，小张为什么这么忠于武登科，居然为了武登科连她也不放在眼里，她不知道武登科如果真的消失了小张会怎么样，她是否能奈何得了小张，她笑的成分上有些无奈、有些鄙视、有些自己宽慰自己的意思，这种笑应叫冷笑，他不明白自己的妹夫，居然不把自己放在眼里，伙同丈夫欺负她，她能不恨吗？可是又有什么用呢？无可奈何而已。

"大姐，你其实很明白，公司有好多事情没有姐夫出面是解决不了的，姐夫的地位至关重要，现在又有好多迫在眉睫的事情无法解决，姐夫必须要出面了。"小张必定不敢太造次，毕竟康英是康玲的大姐，是武登科的妻子，何况康明的眼睛牢牢地盯着她的口唇，他明白康明心里偏袒谁，所以她字字斟酌很费了一番脑筋。

"你姐夫有你这么忠诚的下属，他还有什么不放心的，你连我都不放在眼里，还有什么解决不了的难题。"康英笑吟吟的口气唬得小张立刻惶恐了起来，冒了一身冷汗。

"大姐，你这话就说重了，他能干到今天多么不容易，我这样做也是为了姐夫，难道不是为了大姐吗？"小张在这样咄咄逼人的话面前显得很吃力。

"姐夫虽亲，没有姐姐，哪来的姐夫。"康明不咸不淡的口气让小张坐立不安。

"大姐，都是妹夫有些唐突了，如果有冒犯的地方，请大姐看在我忠心的份儿上，还望大姐你能体谅我。"小张很有礼貌的言辞，让康英感到很惭愧，她不得不承认小张的工作态度是无可挑剔的。

"我们走吧。"康明的口气不容小张有反驳的余地，小张默默地点了一下头，知道再问他们也无济于事，便冲康英笑了一面，然后尾随康明出去了。

"大姐知道姐夫的下落。"小张依然不死心，一出门他就对康明说了自己的看法。

"毕竟他们是夫妻。"康明没有回头。

小张无奈地摇了一下头，心里在嘀咕，毕竟她是你姐。

"姐夫不在，公司的事儿怎么办？"小张左右为难。

"姐夫不在，还有你，他又不是不在了，说不定今天、明天现在他已经开始工作了。"康明不冷不热的口气并不令小张吃惊，武登科的行为一点也不检点，康明怎么会满意呢，以前对武登科了解得太少，或者人小不懂事，现在他考虑问题的角度，渐渐地倾向了康英，在心理上本能地对武登科产生了一种厌恶，有这种态度一点也不奇怪。

小张没有动员到康明帮他的忙，心里很不好受，但他相信康玲是不会拒绝他的，可是他又忧虑了，康玲也未必能从康英的口中探讨出什么消息，他一向不把康玲放在眼里，直觉告诉他一种不幸的判断，康玲早已经变成了一个弱智，给不了他任何的帮助，也办不好一件事情。可是小张还是决定试试，此刻的小张对武登科的安全尤为关注，他反复地想到了最坏的结局，心里无缘无故地在滋生悲哀，他不能失去武登科的庇护，这一点他已经看得很明白了，可是怎么跟康玲说呢？把武登科失踪的消息告诉康玲，面对康玲，他的脑子里反复地想了几个方案，然后又一一否定了，康玲不具备这样的智慧，和她说了也是白说，他坚定地相信自己。

小张拿起电话，拨通了康红的电话。

康红并不知道这个号是她二姐夫的，她犹豫了一下接通了，"哪位？""我是你二姐夫。"小张的口气略显拘谨。

康红瞟了我一眼，"二姐夫！"她惊讶地把手机换了一下手，"有什么事吗？"同样是冰冷的声音。

"我想让你和大姐沟通一下。"小张。

"这是什么话！我们怎么了？"康红有些恼怒。

"你别误会，不是因为你。"小张的口气一如既往的平静。

"那我怎么听着那么别扭。"康红。

"姐夫失踪了，难道你没有听说吗？"小张。

"他养了那么多情人，谁知道他又在哪里鬼混。"康红。

"这次绝没有那么简单。"小张。

"你真天真，想不到你经历了那么多事儿，居然还这么幼稚。"康红。

"康红我是认真的。"小张。

"谁和你开玩笑了。"康红。

"我担心姐夫的自由、生命全都受到了威胁。"小张。

"你越说越离谱了。"

"真的康红，我有一种预感。"小张。

"那你为什么不报案？"康红。

"问题没那么简单。"小张。

"怎么复杂了。"康红。

"我担心这一切和大姐有关系。"小张。

"放屁，我大姐才不会干那种蠢事儿。"康红。

"问题可能就出在大姐身上。"小张。

"武登科失踪了，和大姐有关系？"康红有些不相信。

"至少大姐知道他的下落。"小张。

"武登科失踪了有多长时间？"康红。

"十几天。"小张。

"真不是东西，你没打他手机？"康红。

"关机。"小张。

"你都去哪找了？"康红。

"找了好多地方，几乎找遍了所有他去过的地方。"小张。

"你没去问农管局的邓春梅？"康红。

"农管局的邓春梅？"电话中断了有一分钟之久，然后小张压了手机。

武登科不断地用手在床上乱摸，他逐个地掂量过酒瓶之后，发现这些酒瓶全是空的，他足足又躺了四五个小时，眼睛一刻也不曾闭上，他的身体，包括这张床，散发着腐臭的尿碱味儿，充斥着这个屋子的每一个角落，他麻木的思维在清醒之后不久便开始工作，只是身体实在太虚弱了，现在他试着要坐起来，看上去是那么艰难，他明显地感到自己口干得特别厉害，他蜷缩着身体试了几试终于可以坐起来了。

他慢慢地踱到酒柜的边上，他还想喝，可是他的目光已经看不到一瓶酒，连一瓶饮料都没有，他失望地挥了一下疲惫的手，跌跌撞撞地跑到水龙头上，发疯一般地扭动了水龙头的开关手柄，他贪婪地大口地咽着，然后大口大口地喘着气。

补充进了一点水的武登科，精神有了明显的好转，他的思维也发生了质的改观，腥臊的气味让他意识到了冷冰冰的裤腿是怎么回事，他慢慢地踱到窗子跟前，吃力地打开了一页一页的窗子，让新鲜的空气直灌他的五脏六腑，他从冰箱中找出了一点零食，他斜倚在冰箱上，慢慢地咀嚼着。

武登科冲完澡后，重新挑选了一身衣服换上，然后试图打开手机，手机已经没电了，在充电的时候，他走出户外，在楼下的花丛中悠闲地散着步。

第五十五章　康主任病危

　　小张挂了电话之后，康红立即给康英挂了一个电话，问是怎么回事，康英在电话的那一头，发出了一声无奈的叹息，然后告诉了康红到底是怎么回事。

　　"这个畜生越来越不像话了，做事这么过分，大姐你打算怎么办？"康红又嚷嚷了一顿，让康英提出离婚，不信离开他武登科就活不成，我在一边不断地制止康红，怎么可以这么做呢，可是康红却无意听进我的话，还在坚持她的意见。

　　康英并没有同意康红的提议，她不服气，她是既爱武登科又恨武登科，让她把武登科这么轻易地让出去，她似乎办不到，康红劝不了康英，焦躁地关了手机之后大骂康英没出息，居然会这么下贱。

　　"武登科失踪了，是怎么回事儿？"我表现出了前所未有的好奇，武登科居然失踪了，真是闻所未闻的特大新闻。

　　"别听二姐夫瞎扯了，他找不到姐夫，就以为他失踪了，还拿鬼话到处张扬，唯恐天下不乱。"红红。"现在找到了？"我听康红的意思就是这样。

　　"一直他也没丢。"康红。

　　"这到底是怎么回事儿？"

　　"算了，他们的事儿我们管不了，既然管不了，知道那么多也没用。"康红并不想原原本本地告诉我，她一点耐心都没有，她躺了一段日子，脾气更加见涨了，以前她还给大姐十分面子，看今天她的样子，似乎在教训小孩一般，脾气大得很，想把离婚强加给康英，这能办到吗？

　　我的表现是很无奈的，有点尴尬，也有些不满，但却无论如何不能中止了笑，无论这种笑多么无奈，多么勉强，可我还是得笑，否则就更加不对了。

　　康红换了一身宽松的衣服，并没有和我招呼，扯了床上的提带，噔噔……，向外边走了。

　　我的心情被这种无缘无无故的冷漠深深地刺痛着，我无所谓反应，心里只在想，这到底是怎么回事，康英的悲哀即使影响到了她的情绪，也不至于对我产生了敌意，好像我犯了什么大错似的，非得逼着她释放这种冷漠。

　　"怎么回事儿？"门被拍打开了，康红怒气冲冲地逼视着我，她问我怎么回事儿？我诧异地望着她，心中很不解，这到底是怎么回事儿，她怎么和我较上了劲儿。

　　我不知道目光和言语如何投递，我完全被她搞糊涂了。

　　"你走不走？"她何曾说过要我陪她一起走的话。

"让我和你一块儿走？"我这句话一出口，就知道自己又犯了一个错误，康红恼怒的时候，根本不会和我讲理，她狠狠瞥了我一眼，扭头就走了。

"你的脾气也太大了。"我的声音很低，我害怕自己的声音被康红听了去，我真的很不服气。

怎么办？我被康红的行为激恼了，索性不去搭理她？我想了一下我还是办不到，康红的脚步声已经完全从楼道口消失了，我整了一下自己的衣服，还是抓紧时间往出走。

我刚刚迈出楼门，就听到了康红车子的轰鸣声，我以为康红会开过来带我一块走，这不是她的意图吗？可是我失望了，康红的目光在和我对撞的一刹那间，我看到了她的不满，车子在她的操纵下，从我的眼皮底下溜了，她居然全不把我放在眼里。

我望着院子中遗留下的尾气，渐渐地散去，心情格外的沉重，武登科不把康英放在眼里，康红，我被她如此奚落，不知道康红心里做何感想。

我的心情已经好了很久了，可是现在这种情形，我怎么能再好下去呢？康红一旦恢复了士气，我的存在就是那么渺小，我真不明白，她干吗要从床上起来呢？她干吗不躺在床上让我服侍她呢？那个时候我才觉得她是我的亲人，我得呵护她，她是我的爱人，我用全部身心去爱她，那个时候的她，没有这种脾气，我的心里才觉得轻松、愉快，她为什么要起来呢？她为什么要呵斥别人呢？我哆嗦了一下，一股悲哀侵袭了我的思维，让我落下了一种凄怆的眼泪。

"康红……"你怎么会这样对待我，这不公平，我心里极端的烦躁，康红今天是怎么了，最近几天不是一直挺好的吗，为什么打了两个电话，我就变得这么令她讨厌仇视，真是神经病。

我想不明白的地方也许太多了，康红走了，我也不想再回到家中，我不知道自己的尴尬处境被谁瞅到了，我在院子中来来回回地踱着步，一边在仔细地想，看看有什么人在注视着我，其实我太多心了，康红几乎把所有的人都辞了，她费尽心机也想不出什么项目，自然不愿意养活闲人，而我居然还在顾虑别人。

康红，唉，一想到康红我就显得极不自然，心中的不快让我很不服气，她怎么可以这样对我，难道是我做错了什么？我仔细地检点了自己的言行，可是我想不到有什么不对的地方，她无法揣度出康红的心理，所以很难认识到自己的错误，自然心中的阴影就一直不能驱散。

我从车库中推出了康红曾经使用过的摩托车，后来康红有了小轿车，摩托车就归了我，我把他放在车库门口又擦了一遍，然后检查了一下油箱。

我漫无目的闲逛着，看着来来往往的行人，纷繁复杂的各种地摊，我居然想不出自己可以到那里去，我不知道自己是否有朋友，我在记忆中极力地搜寻了一遍，结果很令我失望和苦恼，我竟然找不出一个可以做朋友的对象，我居然没有一个朋友，这么多年，劳苦奔波虽然极有成效，却也忽略了很多东西，这不仅仅是我，也包括康红在内，我们拥有上亿的资金，却是如此的孤单和寂寞。

我把摩托车放在了一个土坡的边儿上，让自己的身形融入了小渠的漂流中，默默地观察着……

我最终还是不能心平气和地原谅康红，她实在太过分了，我不知道如何面对康红，我害怕见到康红，害怕她喜怒无常的暴躁，害怕她无缘无故的焦虑，害怕，让我产生了情感上的疏远，我没有别的选择，在最终说服自己完全顺从于康红的时候，我还是决定逃避。

我搜肠刮肚，也想不出一个更为理想的去所，当我的摩托车出现在乡村偏僻的小道上时，我的心情豁然开朗，我不仅在内心产生了一些愧疚，我竟然连我的父母也要淡忘了，直到此刻我的思维才冒出了一丁点可以告慰我的归宿，我不想回到和康红的那个家，难道我连父母的家也不能回吗？

想到这里，我又想到了康红，她非但很久不去见我的父母，而且也很少回去看她的父母，她把自己禁闭起来，除了狂热的工作就是独来独往，她不但自己过着孤僻的生活，连我也被她隔绝了起来，想来真是惭愧，我已经很少想到别人，甚至是我的父母，他们因为康红居高临下的态度，从来也不看我一眼，关系变得十分的陌生和冷漠，康红曾经计划着把我的父母搬到城里来，但遭到了我父母的拒绝，以后她再也没有提起，但也从不轻易去看他们。

现在我相信自己的心态是落魄的心态，否则我也不会想到自己的父母，我满脑子转的全是康红，我的思维中挤满了康红，我的一切言行都围绕着康红，这不是我的错，又该怪谁呢？

我现在要去见我的父母，心情格外的沉重，惭愧仅仅是其次，我的勇气在此刻不足以支持我去见我的父母，我还不至于山穷水尽，即使有些许的无奈，我还是想到康红的时候更多，是她变了，是她变得蛮横无理，我的气恼仿佛生出了恨，让我不能谅解康红。

我一边让摩托车慢慢向前滚动，一边在思维中发泄着郁闷和仇恨。

手机响了，我清晰地听到了它的声音，可是我不想理睬它，我下定决心不去理睬它，无论对方是谁，我都不想理睬它，我现在心里只想一件事情，去见我的父母。

手机的铃声经久不绝地在响，这种持续不断的呼叫，渐渐地扰乱了我的方寸，我开始感到一种不安和惶恐，不用看，我也知道，电话一定是康红打来的，我一向和外人联系的很少，不会有人这么重视我的回答。

我还是别无选择地把摩托车停在了路边，目的就是接康红的电话，康红也不容易，她就是有一个臭脾气，其实她还是很不错的，她总希望自己高高在上……

"喂，有事吗？"

"你在干什么，这么长时间不接电话。"康红恼怒的声音。

"我现在往乡下赶，摩托车声音大没听见。"我不用找借口来搪塞康红。

"无缘无故去乡下干什么？"康红不满的声音。

"……"我不知道如何回答康红才好。

"现在你马上回来，我有事儿找你。"康红摔下这句话，手机便关了，真是蛮不讲理。

眼看就要回到父母那里了，是去还是不去立即难住了我，我几乎让这个问题闪电一样在脑海中筛选了一遍，便立即做出了我认为是正确的判断，想来看父母，以后有的是机会，不能因为这么一点小事耽搁了康红的事儿，我不知道我这样做是屈从理呢还是屈从康红的淫威，总之我觉得我必须往回赶，否则就是自己的不对。

车速立即提升到了一个极限，我的耳畔响起了呼呼的风声，我的内心却平静如水，如果不是特殊的事情，康红绝不会焦急地催我回去，我不知道康红遇到了什么事情……

我刚进城，便又接了一个电话，她让我立即赶到市医院，她在门口等我，让我赶到市医院，她在门口等我。让我赶到市医院，谁在医院？我有些疑惑，可是我还没来得及问康红，康红就挂了电话。

"真不是个东西。"我望着手机，无名的恼火让我愤愤不已，可是无奈之后还得立即赶往医院。

康主任住院了。

康红告诉我的时候显得很忧伤，我很少看到她垂泪，她默默地样子看上去十分俊雅。

康主任病了，他得的是急病，脑溢血，他是在家中扫院时摔倒的，然后就一直没有醒过来，现在正在抢救，希望微乎其微，小张从厕所出来，似笑非笑地走到我们的身边，"你来了？"他是在问候我，我淡淡地笑了一下，而后点了一下头，"什么时候的事情？""已经来了两个多小时了。"小张。"医生怎么说？""已经集中了全院最有权威的医生，正在实施抢救。"

"现在可以探视吗？"

"不行。"小张。

"大姐来了。"康红趋前两步走到了前边，"怎么样了？"康英表情冷漠地望了我一眼。

"能怎么样，听天由命。"他似乎轻描淡写地就说完了。

"里边还有谁呢？"对我的疑问，康英并没有作答，"康明、康玲，李瑞平全在。"小张不安地审视着康英的面孔，报了其他几个人的姓名，然后颇显驯服地垂立在一边。

"姐夫还没找到。"我出于好心想关心一下武登科。

康红狠狠地瞥了我一眼，"爸爸现在生命垂危，我们应该设法通知大姐夫。"

康英从康红面前踱到了小张面前，然后又踱向了康红，似乎无意回答康红的问题，甚至有些反感。

"姐夫也该回来了！"小张小心翼翼地赔着笑脸。

"没有他地球就不转了！"康英突然暴躁地吼了一声，引得各处的人全把目光投向了这里，"我就不信。"说这句话的时候，康英已经放弃了刚才的口吻，变得较随和。

"大姐，我们现在面对的问题是爸爸已经不行了，我们应该从现实出发，考虑到爸爸的因素，我们也应该找回姐夫来，至于其他的事情，等他病好了再定夺也不晚。"康红。

"是，我也是这样认为。"小张随声附和喝着。

"腿长在脚上，他不出来，我有什么办法。"康英似乎也认可康红的说法。

"大姐你知道姐夫在哪？"康红。

"知道。"康英瞟了一眼小张，小张立即低下了头。

"她和邓春梅在一块儿？"康红。

"不是。"康英。

"那么……"康红言下之意是以为武登科难道又有了新欢。

"邓春梅走了。"康英说得很平静。

康红没有再发出疑问。

"可是他不死心。"康英沉默足足又有半分钟，又补充了一句。"恬不知耻！"康红。

小张和我对视了一眼，无言可对。

"康明怎么你也出来了？"康红看到康明就吼了起来。

"待在那里，真不是滋味，度日如年。"康明一边说，一边点了一支烟，一边向我们走近。

"爸爸怎么样了？"康英。

"还是老样子，医生也想不出好法子了，冰块快用完了，我在出去买点冰块。"康明。

"我去，"我自告奋勇要求做这件事。

"这还差不多，总算有人替我跑跑腿。"

"三姐夫你知道冰块儿去哪买么？"

"去哪买？"我糊涂了。

康红扭过身去，挥手向医院大门外招呼，便立即有买冰块的人推着箱子走了过来。

"这么简单！"我笑了，"用多少？"我立即往外掏钱。

"十块。"小张。

卖冰块的给我取了十块包好，我给了他一元钱，小张又从我的手中拿走了冰块儿，"我去送吧。"

小张前边走，我也跟着到了抢救室的门前，康玲发出了低低的哀泣，李瑞平在一边竭力地抚慰着，抢救室中人影晃动，井然有序，也不知道康主任此刻命运如何。

"三姐夫你来了。"李瑞平和我招呼了一声。

"爸爸这次不知道能否脱离危险？"李瑞平。

"吉人自有天相，爸爸是个厚道的人，上天会眷顾他的。"我很满意自己居然讲了这样一句话，李瑞平默默地低下了头，一边用手抹去了垂下的泪腺，康玲康红和康英、康明默默地走近了我们。

"瑞平你和你二姐先回去吧，这样不行，我们得分成几批守候爸爸，否则爸爸没有好转，我们就累倒了。"康英一看到康玲哭哭啼啼的样子就先烦了起来。

"也好，二姐的身体不做主，瑞平你先陪二姐回去吧，何况妈在家中也不知急成了什么样子，你们回去了也好安慰一下她。"康明突然想到了他的母亲，大家一致认为疏忽了，便极力督促李瑞平和康玲回家。

康玲自然不情愿离开，李瑞平孰轻孰重毕竟可以掂量出来，她欣然接受了这个建议，也劝康玲回去，爸爸重要，妈妈也一样重要，康玲居然勉强接受了这个提议，还是一直在啼哭。

康主任的病情在经过一天一夜治疗之后，放射科的主任，告诉我们，康主任的脑溢血开始稳定，渗血已经开始得到了控制，这个激动人心的消息，足足让我们兴奋了好长一段时间，康明宴请了各位医生，就连护士也每人送了一点礼物，喜悦在我们每个人中间传递着。

康主任苍老的饱经风霜的老脸安详地被他的儿女们审视着，一种生的希望，支撑着所有人的器官，让我们怀着期待，焦灼地在等待。

一天、两天、三天……

一周之后，主治医师无奈地告诉我们，康主任还是没有希望，他即使活下来，也是一个植物人。

康英哭了，康玲哭了，康明哭了，康红哭了，我们大家都哭了……

小张接了一个电话之后，他对康英悄悄地耳语了一声，康英一边拭泪，一边静静地听完了小张神秘的话语，然后他在众人的惊讶中向外走去。小张很意外地跟在了康英的身后，也向外走去。

"姐夫到底是怎么回事儿？"李瑞平抬起了头。

"难道有了姐夫的消息？"康明。

他们的目光全投向了康红，我也很自然地在等待一种意外的结果，明知康红并不知情，可我还是相信她。

"武登科失踪二十多天，有什么奇怪的，以前他出去走几个月，也是常有的事情，现在他有的就是钱，唯我独尊，想去那儿不由他，你们何必大惊小怪。"康红很冷淡地瞟了一眼康玲，康玲立即把头扭向了一边，对这个眼神我很不安，可是我又不敢说康红，这怎么又怪起了康玲，真拿她没办法。

"姐夫这个人挺有本事，就是不修德。"李瑞平。

"钱烧的。"康明。

小张一个人回来了，他迈着轻盈的步伐，似乎想冲我们大伙笑，又意识到大家不理睬他的神情，干脆进了病房，我们都尾随他走了进云，"大姐呢？"康玲见没人搭理小张，也觉得难为，她一边轻轻地按揉康主任粗糙的大脚。

康红用手掌轻轻地按试了康主任的额头，泪又要垂落下来。

"姐夫回来了。"小张落在康玲的身边，用手轻轻地打着康玲的右肩，康明抬起头瞟了他一眼。

"在这不要讨论他。"康红颇显不耐烦，康玲无奈地望了一眼小张，小张尴尬地笑了一面。

"爸爸，爸爸……"康明轻轻呼唤着。

抢救室的门被轻轻地推开了，康英脸色阴郁，仿佛凝霜的大地微露薄寒，她的目光淡漠而冷酷，她似乎忽视了康明的呼唤，敞开门走向了另一头，是否想摆弄一下仪器只有她自己明白。

武登科似笑非笑，绝无哀伤地出现在门口，康英是给武登科了留了门，武登科的两只手插在裤口袋里，冷漠地瞟了一眼他目光瞟过的地方，仿佛是溜达的步伐，慢腾腾地踱到了康主任毫无生气的身体边。小张惶恐地立在一边，他在起身的时候轻轻搬动了康玲，康玲放开了握在康主任脚上的手，随着小张旋转的步伐向后落去，康红没去理睬武登科，康明和武登科握了一下手，武登科似乎很大方地向我也伸去了手，我立即有所反应，他的手却移动了九十度伸向了小张，康明局促不安地望着康红，而后又瞟了我一眼，康红无所谓地笑了一面，冲我淡淡地笑了一下，摆了一下手，示意靠她近一些。

和小张握过手的武登科把手伸向了康主任，他长长地哀叹了一声，他试图摸摸康主任的脸，康红脚一并推了我一把，然后向门口走出去，她又给了武登科一个小小的难堪，武登科虽然把手放在了康主任的额头上了，却显得很不自在。

我尾随康红向院外走去。

"以后你永远也不要理他。"我知道康红指的是武登科，武登科这样对我实在是太过分了，难怪康红会生气，他这样做太出乎我的意料，他为什么要这样对待我，真让我不明白。

"武登科你居然这样做！"康红愤恨不已。

"算了，现在这个时候，我们最应该保持冷静，爸爸来日不多，我们就省点心吧！"此时此刻我相信康红可以听进我的话。

"这样太便宜了他，显得我们太窝囊了。"康红似乎听不进我的话，"这个王八蛋，他有毛病。"

"他的心态连一个奸诈的小人也比不上，何必和这种人计较呢？""问题没有你想的那么简单，武登科公开了他和我们之间的矛盾，也许没有那么简单。"康红的疑心一向很重，武登科这样一个举动意味着什么，我可是没有一点感觉。

"你别把问题复杂化了。"

康红一言不发，默默地向她的车走近。

"武登科已经明白了是怎么回事儿。"康红若有所思地讲了这样一句话。"你到底在说什么？"我被他搞糊涂了，武登科明白了是怎么回事儿，康红做了什么，什么事情和武登科有关。

"没什么，和咱们没有关系。"康红。

"他一向也不至于这样，我对康红产生了一些不信任。"武登科对我的行为最能说明问题。

"武登科他低估了大姐。"康红开了车门坐进了车里。

"这怎么可能。"我不相信，也不明白康红在说什么。

"武登科，围绕他发生了一些事情，变化起伏出乎他的意料，他一定认为大姐的背后有人出了招。"康红很平静。

"你敢说你没参与？"我不信。

"你也太高看我了，大姐已经不是以前的那个大姐了，武登科想对付他可没有那么容易。"康红冷冷地哼了一声。

"发生了什么事情。"

"记得赵巧霞是怎么回事儿吗？"康红。

"记得。"

"武登科有很多情人。"康红。

"和这些有关系吗？"

"当然有了，他对大姐不好，难道和这些关系没有内在的联系，大姐难道会坐以待毙？"康红。

"大姐能怎么办，凑合算了。"

"窝囊，就数你窝囊了。"康红。

"大姐实施了报复。"康红目光锁在前方，面色阴郁而坚毅。

我不由地笑了，康英实施报复，可能吗？

"你不相信，我告诉你吧……"康红一口气讲了好多，我终于弄明白是怎么回事儿了，女人，工于心计的女人算计起人来居然一点也不手软，能让武登科束手无策，可见这个布局是何等的缜密和严谨。

"你敢说一点也没参与？"我还是不相信。

"要不是因为赵巧霞，让大姐沉不住气，到现在我也不会知道。"我相信康红没有撒谎。

"你的意思是，武登科怀疑这一切与你有关？"这是多么可怕的事情，武登科会轻易放过我们吗？

"何止是怀疑，他已经断定这件事儿与我有关。"康红。

"不可能。"我不相信，他凭什么怀疑这件事儿与康红有关。

"他已经向你我传递了信号。"康红。

"我们不和已久。"我更相信我们早已存在的宿怨。

"没有那么简单。"康红略显忧虑。

"那怎么办？"

"他想怎么样？我们奉陪。"康红。

"这不是引火烧身吗？"

"人家要骑到你的头上了，你还不在乎，等死吗？"康红把阴险的目光投向了身体的阴影。

"惹不起我们还躲不起么，至于和她较劲吗？"

"我真是有些咽不下这口气。"康红愤恨不已。

武登科默默地注视着康主任足足有两分钟，他的表情毫无变化，内心也许有无限的感慨，他心目中曾经的偶像，假想的对手，玩弄的亲人，此时此刻似乎将要不复存在，他原有的顾忌，仿佛在瞬间崩溃，他在心中长长吁了一口气，他感到一种压抑已经舒解，他变得更加轻松了。

"已经几天了。"武登科。

"七天了？"康玲有点不敢肯定。

"连头今天已经八天了。"小张。

"有希望吗？"武登科坐在了康红挪开的椅子上，把目光投向了小张，小张默默地摇了一下头。

第五十六章　车祸

康主任没有留下任何遗言，他也许无奈地笑过，他也许想说一点什么，但最终这种努力让他失望了，他已经别无选择，他放弃了生命，也就放弃了一切，死，没法让他逃避。

康主任悄无声息地走了。

按照惯例他要回到乡下，并依照族规埋到他父母的脚下，但是武登科坚持不同意，这种坚决得到了康明和小张以及康玲的支持，康英也没法反对，康母和康红坚持埋到祖坟，武登科的坚决，最终让康母也认可了，康红一票被弃置一旁。

武登科颇为得意，老主任的遗体被运到一个事先选择好的殡仪馆陈放下。

康红无奈地依照大家的意愿去履行她尽孝的最后的一点职责，她默默地守候在父亲的灵前，一言不发，对发生的一切都熟视无睹，直到出殡之后。

武登科仅仅只是一个决策者的身份，他从没有在棺材前现身，也没有以前的热情去应酬这帮子亲友，他冷漠得让所有的人产生了一种敬畏，他们微笑地注视着冷淡的武登科，或者私下里悄悄的议论，"康英女婿变了。""有什么了不起的，他就是个亿万富翁哇，他又不给咱们，给咱们摆什么架子。""以前不是这样……"

康主任在热烈的隆重的气氛中，很气派地走上了黄泉路，我想他因此也不会有太大的遗憾，他生前也许仰慕了一生的大排场，在他死后终于轮上了他，不过这种奢靡的大排场仅仅是为了炫耀儿孙们的孝顺和兴旺发达，仅仅是为了往出搬运他而举行的庆宴而已。

活着的人几乎没感到惭愧，他们心满意足地为自己嗟叹一番，自己有这样的能力已经来之不易，却也颇合时宜，他们知足的时候，似乎是为了安慰死人，但他们的笑是一种冷漠的笑，是一种让人看见讨厌而疏远的笑，不过他们自己会认为无所谓，也就无所谓了，众人看着老主任变成了一个石碑无不为之惋惜，但在酒宴上却毫不示弱吆五喝六地热烈起来。

老主任的丧事刚刚办完，我们的精神状况还没有复原，接下来发生的几件事情就让康红心惊不已，电话是康明打过来的，告诉康红大姐的车出了事儿，但大姐没有出事儿，原因极其简单，小刘向康英借车回乡下，高速飞进了一间民房，现在是车毁人亡，幸好大姐没有坐在上边。

"这是一个阴谋。"康红自言自语地说着这样一句话，她的脸苍白，表现出了一种惊恐状。

"你别神经过敏了，一次车祸太平常了，怎么会和阴谋联系到一块。"我隐隐觉得康红的情绪有些不对劲，可是我又想不出问题出在那。

"这次车祸是冲大姐去的，小刘只不过是一个替死鬼。"她怎么会有这样的谬论，这也太不符合逻辑了。

"你越说越让我不明白了。"

"你吗，就是头脑太简单了，小刘是一个专业司机，大姐的车他开了也不是一天两天了，在技术上他不会出问题，难道不是大姐的车有问题吗？那可是崭新的宝马，可想而知，问题出在哪？"康红一本正经的样子，精辟的分析，让我也产生了疑惑。

"也许有别的原因。"

"这种可能性不是没有，交警勘查了之后要做现场分析，是车是人的责任很快就会定论。"康红。

"大姐损失了一部车，心里不知做何感想。"

"她应该庆幸，发生了这件事儿，大姐会怎么想，她是否会想到人为的因素。"康红。

"你为什么总要这么想？"我真不明白，康红为什么对这件事儿这么敏感，她怎么会有这样的想法。"不是我敏感，我总觉得武登科这次变了，大姐的行为让他产生了怨恨，他很可能在报复大姐。"康红。

"他为了情人，居然要谋杀自己的亲人，你多虑了吧。"不是我不相信，康英对他已经很宽容了，他难道不知道他对康英的伤害有多大吗？

"武登科可能不在乎别人，但不能不在乎邓春梅，现在邓春梅被大姐挤走了，他能放过大姐吗？"康红。

"武登科居然还有理了，他到底是谁的丈夫，他是不是把方位颠倒了。"

"武登科当然比谁都懂这个道理。"康红。

"无耻，他欺负了人，还不让别人喊冤。"

"这才是武登科。"康红。

"他既然不乐意和大姐在一块，为什么不选择离婚呢？"

"武登科才不会这样做。"康红。

"为什么？"

"他这个人特别迷信。"康红淡淡笑了一面，"这和他们离婚有什么关系？"

"可能有，他曾经找了一位大师级的人算过一卦，这位大师告诉他这一生不能离开大姐，就是说不能离婚，如果他和大姐分离了，他有多大的家业也会守不住，甚至会人财两空。"康红。

"这个大师挺有意思，武登科挣下了这么大一份产业，有那么容易吗？"武登科居然会相信，既然是这样，车祸应该与他无关。

"大姐生是他的人，死是他的鬼，谈何分离。"康红总是有些歪理让我无法驳斥。

"如果是这样，他也未免太自私了，宁愿让大姐去死，也不肯放大姐一条生路。"

"大姐也是，宁愿死在武登科的手里，受尽委屈，也不肯和武登科离婚。"康红。

"真是一对怪人！"

小刘死了，车子怎么会有问题呢？交警队很简单地就定了性，责任全在小刘，康英没有出面，武登科却异常活跃，他给了小刘父母一笔钱，算是对小刘跟了他这么多年的一点补偿，小刘的父母还能说什么呢，几百万元的家当做了儿子的陪葬，武登科没有一点点怨言，还让人家给他们抚恤金，他们感激还来不及，自然一切由武登科说了算，农民的损失当然也是武登科掏的腰包。

"大姐，你就没想过问题出在哪吗？"康红就是不死心，他不是为了怂恿大姐做一些偏激的行为，而是依照她的思维逻辑提醒康英应多想想。

康红约出康英，就是有一肚子的疑虑想告诉康英，她对武登科的不信任，使她的内心充满了警戒和敌意，小刘的意外，丝毫也没有证据显示和武登科有关，可是康红心里就是重重疑虑，总把武登科想得特别的坏。

"小刘也太不小心了，多少年的司机了！"康英忧伤郁闷的情怀，仅仅是有些责怪小刘，她没有更多的想法，她认为责任就在小刘身上。

"小刘的车技不好吗？"康红。

"他是我见过的最好的司机。"康英的眼眶里含满了泪光，她有意要掩饰这种泪光，把头扭向了一边。

"没有别的因素，正常行进中就撞进了民房。"康红。

"也真是怪了，连我也不知道怎么回事儿，小刘也太大意了，车速那么快。"康英对小刘的死表示了深切的不安。

"难道不会是你的车子出了问题？"康红。

"车子，怎么会出问题呢？不可能，绝对不可能。"康英相信她的车子不会出问题。

"康红，大姐的车怎么会有问题呢。"我知道康红要说什么，可这不是我的意愿，我觉得没有必要把这种毫无依据的猜想告诉大姐，这不是什么好事情，她的心里已经够沉重了，可是我很明白，我的意见对康红而言，举足轻重，她不会听我的，她只考虑大姐的安危，她认为她这样做的必要是很重要的，她一定要提醒大姐，这也许是一个阴谋。

"崭新的宝马，怎么会出问题呢？"康红，"这都怪小刘，如果不是车速太快，他不小心，怎么会出问题呢，都怪我，我应该叮嘱他一声，他一向喜欢开快车，现在把命都搭进去了，"康英神情暗淡，一副颓废落魄的样子，她不仅不怀疑她的车子会有问题，更不会想到阴谋上去，这也许就是她和康红的区别，她是一个善良的女人。

"大姐，难道这件事儿你没有和武登科联系到一块去想吗？小刘的车技是人所共知的，他居然出了问题，换成是你，恐怕也会是一样的结局。"康红迫不及待地要点破她心中的疑虑。

康英心里一定有些吃惊，但是她并没有从表情上表露出来，她似乎想笑，但终于没有笑出来，她默默地盯着康红，然后一言不发。

"大姐，你应该多长一点心眼。"康红。

"康红，你不要把你的想法强加给大姐，大姐有大姐的想法。"康红的这种做法我也许可能勉强接受，但我不相信大姐也会和我一样。

"小苏，你不要多心，她毕竟是我的亲妹妹，她能想到这些，说明她心里有我这个大姐，我太高兴了。"康英淡淡地笑着。

"大姐，康红只是一种推测，你千万别太认真了。"

"大姐，该认真的时候就应该认真点，狗急了还会跳墙，何况是武登科，你的行为伤害了他，他什么事干不出来。"康红。

"事出有因，我相信你的怀疑是有依据的，不过，康红，我想武登科再坏，也不至于坏到这种地步，退一步海阔天空，与其如此，为何不和我离婚，毕竟我们在一块快三十年了，一日夫妻百日恩，我康英维护的只是自己的权益，对他已经是一忍在忍，难道他不明白吗？"康英声泪俱下，她也许相信了康红的蛊惑，也许是害怕了小刘的那一幕，也许是对她失败的婚姻，表示了悲哀，她的悲哀是那样的悲伤和凄切。

我不满地瞟了一眼康红，康红无所谓地陪着康英垂泪，她的目的已经得到了，他相信康英从此之后会格外的小心，或者对生活有一个新的调整，总之，康红是不信任武登科的。

"万一姐夫没有那样做，岂不是冤枉了姐夫。"我终于鼓足了勇气直截了当地告诉康红和康英，我印象中的武登科无论是他的思想还是他的人品，能力，都是我心目中的理想化的人物，他怎么会这样做呢？我简直不相信康红的逻辑，可是康红对的时候又太多，她直接影响了我对这件事情的判断，可我还是认为应该谨慎地对待这件事情，因为事情太大了，要下结论，对谁都不好。

"现在我也只能做出怀疑的判断。"康红无可奈何地表示承认我的意见有她正确的一部分，更主要的是康英悲哀的眼泪让她不安了起来。

"你们不用说了，我心里明白。"康英摆了一下她的右手，然后用手帕揩了一下眼泪，"大姐，云峰什么时候回来？"我试图转移他的注意力，故意把事情扯到了康英的儿子身上。

"快了，一放假就会回来。"康英的情绪虽然在一个极度低迷的峡谷中徘徊，遇上我这样的问题，她还是做出了肯定的回答。

"云峰上大三了吧！"康红似乎看到了某种曙光，惊喜地接上了话茬儿。

"大三了。"康英揩尽了泪痕，端起了一杯茶吸了一口，放下茶杯她冲我和康红笑了一面，"我不会和武登科离婚，我宁愿死在他手里。"这就是康英的回答，康红吃惊地望着大姐默默地不知如何劝导。

"希望姐夫在经过这么多的大是大非之后洗心革面，能够重新做人，大姐你就不要太悔心了。"

"相安无事，让这个名存实亡的家维持下去。"康英的每一次回答，都给我和康红一次震撼，她到底是被什么样的思想所左右，抉择一种错误的，而且十分让人不解的决定。

"大姐，这又何苦呢？"康红。

"红红，你不懂，我无法给你做出一种解释，也不需要，但是我必须这样做，即使死在他的手里，我也无怨无悔。"康英表示了自己坚决的态度，让我也不解，这真是何苦呢。

"大姐，居然不信任我？"回家的路上，康红淡淡地说了她的看法，也许，我也不敢确定。

"武登科是她的丈夫。"这个事实是无法改变的。

"大姐太可怜了，武登科在外边有那么多的女人，一次又一次地伤害她，而且形同陌路，她竟然一门心思还在武登科的身上，你说可笑不可笑。"康红右转了轿车，驰向了开阔的大道。

"我们这是去哪儿？"我被康红气糊涂了。

"回乡下。"康红。

"开什么玩笑，怎么突然想起来要回乡下。"我真的是被她弄糊涂了，"算了，我也是心血来潮。"康红减了车速掉头返回，就更让我不解了，她到底想做什么，在想什么，我心里没一点谱。

武登科绝不会善罢甘休，把车停在车库，康红却没有下的意思，我正准备下，听见她和我说话，我又恢复了原位。

"小刘的事儿我看也不可能。"

"你看到的，因为他不是事实。"康红。

"你连交警也不相信。"

"相信交警有错吗？他们更相信钱。"康红。

"这么大的事儿，不可能。"

"有什么不可能的，小刘的事儿值的武登科出面吗？"康红。

想想也真是奇怪，小刘出了这么大的事儿，武登科不但不恼，而且还大加抚恤，试问小刘有这么大的面子吗？值得武登科亲自料理吗？可是这些又能说明什么。

"小刘受冷落很多年了。"

"岂止是受冷落，没打发他就不错了。"康红。

"你有什么高见。"

"小刘被姐夫冷落之后投靠了大姐，走得又那么近。"康红的话似乎意犹未尽。

"他死了，武登科对他又表现得特别好，真让人琢磨不透。"

"说明武登科的心里有鬼，心虚。"康红。

"我们也只是猜测，大姐也不相信你。"

"宁信其无，不信其有，她的目的何在呢？"康红。

谁知道康英是出于什么用意，她的表现让我们疑疑惑惑，觉得她信了，又觉得她不信，但愿她可以当成一回事儿，认真地对待她，我想也没坏处。

"大姐已经想到了这个问题。"略有停顿，康红补充了一句，"大姐想到了这个问题？这怎么可能，她连你说的都不敢确定，你说她也想了这个问题，不可能。"

"可能，可能性很大。"康红若有所思。

"不像。"

"只是她不想肯定这件事情。"康红。

"是不是肯定，还是没想到？"

"她不想对我们肯定，但她已经想到了，她想让我们以后别去想这件事情。"康红。

"她的目的何在呢？"

"保护武登科。"康红。

"这我就更加不懂了，武登科屡屡伤害的是她，我们都是为了她才这样担心的。"

"这，也许就是真正的大姐吧，她不想让武登科有闪失，康红。"

"那她的行为又说明了什么？"

"她的行为是她不想失去武登科，她已经说得很明白了。"康红下了车，并且狠狠地关上了车门，"死了连时辰也不知道，让她耐心等待武登科回心转意吧。"

武登科把报废的宝马车毫不吝惜地推给了收购报废车的人，这件事情就算尘埃落定了，他吸着一支烟，走在他公司的大院里，随便就扔下了带火的烟蒂，他瞟了一眼花池中乱糟糟的烟屁股，无所谓的又抽了一支，这个时候，他的厂房中不断地传出的机器嗡嗡的声音，所有的窗户全打开着，目的仅仅是为了通风，偶尔有人的嘈杂声，武登科已经习惯了这样的生活，他挪开了花池边，然后慢悠悠地走进了办公楼。

走过小张的办公室时，他本能地停住了脚，他很庆幸自己有一个可以如此信任的下属，而且又是自己的连襟，他心里有些感谢他，忠心耿耿，这一点也不过分，小张对武登科就是忠心耿耿，他自己认识得就很深刻。

他的脑子里很乱，但最令他头疼的却是康英，明火执仗地和康英摊牌，他顾虑重重，一想到这个问题，他就会想到那个算卦的人，他是一个无神论者，平素他不信神也不拜佛，这一卦算的他十几年一直耿耿于怀，他无意踩着鼓点进军，却处处和那一卦合拍，他并不是厌烦康英，他就是喜欢玩罢了，他从来也没想过康英会怎么样，他哀叹了好多年，康主任一直压他一头，他把这些恶气出在了康英的身上，算是扯平了，现在康主任没了，他心里的那点点顾虑随之烟消云散了，这本来是顺理成章的事情，可是事情远非如此简单，他的心里仍然沉甸甸的，他扔烟屁股很随便，他从小张的办公室跨到他的办公室仅只几步之遥，他却走得很艰难，他仿佛有了许许多多的纷繁的烦恼，可是他却一直想不出更好的解决办法。

武登科想到了离婚，但这个字眼即使反复出现，他也下不了决心，他顾虑卦言是一方面，更主要的是他从来也没考虑过要真正离开康英，他的思维中一贯有一种不容他忽视的东西在，婊子无情，戏子无义，即使他最珍爱的邓春梅，也不过是他用金钱垒筑的，并没有向他提出结婚的要求，钱却没少给她。

现在，该怎么办？他恨康英，却又表现得很无奈，他也许做了一些偏激的行为，此刻又有些后悔，所幸康英仍在，他内心的愧疚会浅淡一些，可是他还是很烦，他想到邓春梅的时候，会无止境地往下想，直到把他每个情人的细节，微妙之处全想过，他才会江郎才尽的哀怨上一声，他们全消失了，现在他一切都明白了，能做到这一点的，只有康英，她疯了，她疯狂地采取了报复行为，不过他也不是很愚昧的人，他诅咒过康英之后，会发现自己是很过分的，这么多恶心的勾当，作为他妻子的康英居然全知道，此刻他很明智地想到，这是多么的不易，康英终究没逼他，没让他在大庭广众之下丢人，这是多么难能可贵。

武登科的形象保住了，对这一点，他很感激康英，想到这里武登科又点了一支烟，他凶猛地吸食了一口，然后缓缓地吐出一拨烟雾，毕竟康英手里捏着大批证据，对这一点他已经想得很清楚了，可是他不可能捅破，而他却有了顾虑，康主任死了，他应该再也没有忌惮的人了，想不到他最忽视的康英，居然捏了他一根筋。

想到这里，他很容易就想到了尚春花，如果说邓春梅的消失让他感到恼火之外，尚春花的消失就让他感到了康英潜在威胁，尚春花一定是受到了和邓春梅一样的礼遇，也许他们之间已经达成了一种默契，否则，尚春花怎么会舍得放弃他这个密友呢。

尚春花害怕了，她连一种解释也没有，她失却了一切的勇气，武登科终于想明白了，想不到康英居然会有这样的威力，他从来也没想到康英的存在威胁到他的周边，现在，现在他又能怎么样呢？康英是他合法的妻子，她有这个权力。

怪只能怪自己，他又想起了康英，他没有想到康英竟然如此阴险，不动声色地解决了一个个潜在的对手，还让他哑口无言，他想到了哑巴吃黄连这个词，也仅此而已，他的文化程度十分有限，他的父母告诉他上完了小学，他的记忆中好像初中还上了半年，然后就辍学了。

不过，他忽然得意了起来，幸亏他只上完了小学，如果上完了初中、高中、大学，也许他的人生将要重新改写，可能就不会有这个亿万富翁。

和亿万富翁相比，人们追求文凭的热情，对武登科而言，实在无所谓。

想到文凭，他很自然就想到了儿子，他弹了一下烟灰，然后笑了，他的成功连他也感到意外，他除了有几十年从商的经验之外，就是胆大，更不可忽视的是他有刘春祥的支持，他认为这是他一生最正确的一次抉择，而他的儿子就未必有他这样的经历，甚至是魄力，书生气十足，文化多了却不一定是一个精明的商人。

现在他要为儿子庆幸了，因为武云峰有他这样优秀的父亲，衣食无忧，而且又有现成的事业，唉，老子英雄儿好汉真是一点也不假，能够为儿子这样想的武登科，还是下定决心不和康英离婚的，年龄、儿子、事业、都不允许他做出这个荒唐的决定。

武登科切灭了烟头，用双手梳理了一下凌乱的头发，又特意在镜子面前透视了一番，直到他认为满意的时刻，他才走出他的办公室，他瞟了一眼走廊，然后走向了康英的办公室。

他轻轻叩响了门板，一下、两下、三下没有反应。他用力推了一下，门没有开，他想康英可能没有来上班，这不可能，他怎么可以随便不来上班呢，当他确信康英不在的时候，他的心里更不好受，康主任没了，小刘又出了车祸，康英连车子也没有了，心里怎么能好受呢，他又想到了自己身上，这种翻来覆去地为康英着想，在他的行为中连他也承认是微乎其微的，可是现在他不能不去想，康英一个人默默地承受了无数的打击，她是怎么挺过去的。

武登科一边往楼下走，一边试图调出康英的手机号，却发现康英以前用的号是空号，他的记忆中不知道上次他是什么时候给康英打的电话。

在他和康英住的小楼前，武登科踌躇了，他抬起头仰望这栋熟悉的小楼，心里涌起了一种惭愧，这里原本有他的家，有他的亲人，也许这个亲人已在期盼他的回归，他能想到康英没有挑明了难为他的用意，本身就不容易，可是这种不易却让他感到惭愧，感到害怕，他来来回回徘徊着，却一直下不了决心，有好几次，他几乎走上了小楼，却又退了回来，他没有勇气见到康英，也不知道该对康英说什么，他狠狠地摔出了烟屁股，然后又回到了办公室。

小张已经在等他，见他回来，便从隔壁抱了一叠文件走了进来……

第五十七章　焦灼的康红失踪了

康红接了一个电话之后，便显得心神不定，而且很烦躁，他将自己的手机扔在床上，一个劲儿地大呼"蠢才"，我被他搞得稀里糊涂，不知道她又犯什么神经，我坐在一边，看报也看不在心思上，她一惊一乍的大呼小叫，让我也不安。

"怎么了？"

"怎么了，武登科是诚心往死害大姐。"康红躁动不安地吼叫着，满脸胀得绯红。

"又出了什么事儿？"

"等出了事儿就晚了。"康红。

我不知道她在说什么，也没有勇气再去追问，索性掉了一下报纸的面，又去看报。

"武登科给大姐买了一辆奔驰。"康红来来回回地在地上走着，"他能有什么好心。"

"人家夫妻间的事儿，用不着你操那么多的心，也许姐夫回心转意了。"我漫不经心地回答了一句。

"武登科是一个什么东西，你难道不知道吗，他处心积虑的算计我们，现在他为了挪开大姐这块绊脚石，又挖空心思的算计大姐，居然把她美的，还要贺车。"原来是这么一回事儿，大姐居然要贺车，这点也让我感到意外。

"大姐想说明什么。"我这样琢磨着，也就对康红说了出去，我们应该这样考虑问题，大姐自己买了宝马也没叫我们贺车，武登科给买了一辆奔驰反要贺车，一定有她的用意，只是我一时想不明白而已。

"大姐真是一个容易满足的人。"康红停下了脚步，若有所思的样子，她在向我们说明什么？也许我的疑惑提醒了康红，让她不得不去现实地考虑康英的问题。

"姐夫对她的态度开始转变。"我想只能说明这样一个问题。

"猫哭耗子假慈悲，他安什么心，我比他还明白。"康红总是不客观地评价自己的判断。

"经过了这么多的风风雨雨，情感纠葛，武登科也该回头了，我们应该为大姐高兴才对，她终于等到了浪子回头。"

"我不知道你们个个是怎么想的，天真，你不觉得自己很幼稚吗？武登科会回头，只有你才相信这种事情。"康红从床上拿起了手机，又在地上走了一圈。

"你能不能停下不要走了。"

"我烦，我也不知道怎么了，我一听这事儿就烦，而且是烦得不得了，好像大姐真的要被害了一样。"康红焦躁的语气让我感到了很不安，我忽然想到她似乎有些不正常，但这种想法稍纵即逝，这是不可能的。

"你冷静想一想，他们毕竟是结发夫妻，共过患难，这次大姐居然不动声色地报复了武登科的各个情人，但还是给了武登科很大的面子，这一点武登科不会想不到，他因此发善心也不是不可能的，也许没你想的那么严重。"我试图说服康红可以接受这个事实，但她并不相信，她相信她的逻辑不会有错，武登科绝不是善罢甘休。

红红一副不屑的神色，她冷冷地笑着，脚下一刻不停地走着，我看着都嫌烦，可是又制止不了。

"武登科到底在想什么，他究竟要干什么，我怎么被他搞糊涂了。"红红

"对武登科，你一直怀着故意，要用一句话是说不清楚的，其实武登科这个人也没什么对不起我们的地方，他的家务我们就不要瞎掺和了。"我希望我的思维可以影响红红，让她放弃无缘无故产生的仇怨。

"他是我们潜在的危险。"红红固执地坚持着自己的观点。

"也许是你多虑了，武登科即使对我们有意见，但他也保留了，难道他明明知道我们算计了他，还让他对我们有一颗平和的心态？"我真是不明白。

"他算计了我的父亲，难道他就会心安理得吗？"红红又要愤怒的样子。

"你父亲？你父亲掌管的是集体经济，而武登科掌握的是私有财产，本质上不同吗？"其实我也说不清楚。

"这你就错了，他算计我爸，可以说是侵吞集体资产，我算计他，和他一样同出一辙，当时他还是打着集体的招牌，难道你要装糊涂吗？"红红说得一点也不错，他们所走的路，虽然弯道不一样，目的却都是中饱私囊，为了私利而已。

"你算计了他，他反过来又利用了你，算是扯平了。"

"可是他得到的太多了。"红红。

"没有武登科，也不会有我们的今天。"

"这你全错了，没有我爸，武登科也不会有今天。"红红总是坚持认为自己的观点是正确的，她给自己烙印了合情合理的理由，毫无愧疚的心态。"武登科并没有妨碍到你，"我不得不直截了当地亮明自己的观点。

"你太善良了，你的表现时时刻刻提醒着我，你太窝囊了，这是我无论如何也没有想到的。"红红认真严肃的样子让我极其不舒服，我不得不承认，我真的是有些窝囊了，可是我并没有觉得自己有什么不对。

我沉默了，我的心情原本就不轻松，现在就越加晦暗了，我无疑表现出了前所未有的惭愧，和无奈，可是我却毫无勇气驳斥红红，我没有男子汉的气魄，也缺乏一种理智

的急转弯。

红红并不在乎她对我说了什么，我甚至觉得她因此而变得有些莫名其妙的轻松，也许这种想法又在她心中积滞了许久，终于有这么一个机会，又畅快淋漓地发泄了出来，我无法忍受她高高在上的姿态，可是我毫无办法，我有些胆怯，有些自卑，有点懊悔，我此刻已经无法说明自己的心态，我真的是有些窝囊了。

红红走得离我远了一些，但她并不想停下，她甚至还在自言自语，我试图分辨出她的意思，却没有做到，也懒得去理她。

"咣、咣。"门被红红坚硬的鞋尖踢出了混浊的声音，我突然感受到一种骚扰式的惊恐，让我心神不安。

"我就不信他武登科长了三头六臂，能把我们怎么样？"红红依然沉醉于一种幻觉中，用自己的思维煎熬着自己，我的心有些痛，红红承受的东西太多了，她的神经已经表现得很脆弱了，而我却一点忙也帮不上，而且还不能和她的意见相同，让她感到异常孤独，甚至是愤怒，我无疑又在谴责自己，同情红红，她太可怜了，她真的是太可怜了。

"红红，我记得你说过想到外边去考察考察，现在还有这种想法吗？"我试图驱除心里的阴影，改变红红古怪的思路，让他可能忘记心中的仇恨。

红红瞟了我一眼，似有所悟，她放慢了脚步，不时地用古怪的目光盯上我一眼，刚才那种焦躁的情绪似有好转，虽然如此，她还是显得挺便扭，让我感到她有点不正常了。

我心里并不是无缘无故就产生了一种惶恐，我想这种感觉一定已经很久了，我怕红红，这一点我已经不得不肯定地承认，可是却从未有过如此的担心，红红是不是患了某种病，心理上，精神上，这种想法刚刚在脑海中划过，就立即消散了，也许是我多疑了，红红是谁，她坚强，勇敢，敢作敢为，工于心计有才能，作为一个女人，她确实已经很了不起了。

我想我是一个过分懦弱的男人，想不到会有这么强硬的女人，我几乎要忽视了自己的存在，心里偶尔会滋生几分伤感，感觉不到愉悦和轻松。

红红不再走了，她不在那里发痴发呆了，也懒得用不公道的目光审视我了，她似乎突发奇想，转身奔向了保险柜，从中取了一些东西，我想更多的应该是现金吧，所以也懒得去理他，她拿了一些东西便匆匆忙忙地走了。

我的家，在瞬间仿佛宽敞了许多，那种压抑的气氛随着红红的消失，几乎也被清除了，我的心里突然恢复了轻松，胸间有一股窒息的欢快跃出来，变成了长长的呼吸，我给自己倒了一杯水，快走吧，红红，你走了，我也轻松。

我显得特别自在，我从冰箱中取出好多零食，狼吞虎咽地饱餐了一顿，甚至还灌了点酒，我尽可能地放松自己，这种日子，这种享受，实在是太美了。

我可以随随便便地躺在床上，而不用担心受到红红的指责，然后就安安稳稳地睡踏实了。

我压根就没有想过自己到底要睡多久，我醒来的时候，觉得很疑惑，记得现在应该是下午，或者应该是晚上，怎么会是上午呢，我从玻璃上窥视了一下门房，那里冷冷清清地看不到一个人，我想还是有几个工作人员的，他们也许正躲在某个角落打扑克呢。

我弄不清楚自己到底睡了多久，屋里零零乱乱的，还是红红走的时候的样子，她的神态仿佛依然搁在我的面前，但远远不如她本人到时候那么狰狞可怕了，我甚至又为她担心了起来，她走了多久，我隐隐约约觉得她走的时间已经很不短了，可是我又弄不明白了，我心里反而又不安了起来，我居然睡了十几二十个小时，这怎么可能，可这又是事实，那么红红呢？昨天晚上的红红呢？她彻夜未归，她去了哪里呢？

我首先想到了康英，红红可能去找了康英，这种可能性最大，她担心康英面对的是个阴险的陷阱，她要设法提示康英，她异想天开地以为危险就在面前，她要阻止事态的发生，真拿她没办法。

康红毕竟是我的妻子，她彻夜不归，我总有些担心，尽可能地把自己的心态调整得好一些，然后很平和地和康英通了电话，希望可以在那里得到康红的消息。

然而失望很快便通过信息的传递而证实了，康英并没有见到康红，同时还证实了一点，康红不但没去见过康英甚至连一个电话也没给康英，康红到底去了哪里？这不仅仅是我要问的问题，连康英也疑惑了。

我停止了和康英的通话，立即给康红的手机拨了电话，希望可以更直观地得到了康红的信息，这种勇气是建立在失望之余，否则我还是有些顾虑的，我想我有这个权力知道康红所处的位置，电话传递的快捷让我陷入了失望和焦躁之中，甚至不乏恼火，康红的手机关机，这怎么可能。

我立即给康玲打了一个电话，康玲也不知道康红所处的位置，而且告诉我有很长时间没见到康红了，也没接到过康红的电话。

康英一无所知，太出乎我的预料，连康玲也没康红的信息，我能想到的就是康明，李婷宜那块了，但我的问询依然充满了失望和焦躁，康红同样没有和他们取得联系，康母我也问过了，康红也没去那里，她连康母哪儿都不去，我的父母那就提也不用提了，省得他们瞎操心。

我能想到的去处仅仅就是这么几家，这么多年来，我和康红所处的环境，人事就是这么封闭，简单，勉强……

康红去哪里了，这种焦虑的担忧越来越重，她为什么不开机呢？难道不知道我在担心她吗，我不断地去拨，不断地在心中祈祷，焦躁如波涛汹涌，让我坐立不安……

我不知道我该怎么办，康家的人没有一个人给我打一个电话，他们根本就不把我的焦虑当成一回事儿，他们并无意去关心我们，或者……我自己也想不明白了。

当我出现在康英贺车的宴会时，他们居然表示出了他们一个个的惊讶，康红没有回来，康英显得不太高兴，康明疑惑地盯着我，似乎对我的到来表示了失望，"三姐是怎么搞的，别人的路越走越宽了，她怎么越走越窄了呢？"

康玲夫妇淡淡地望着我，似乎无话可讲，他们一个在嗑瓜子，一个在吸烟，对我的存在表示了他们的不屑，我不知道此刻康红若在场，他们又会是什么神态。

康红居然没有现身在康英的贺车大宴，太出乎我的预料了，我给康红拨了一个电话，她的手机不在服务区，武登科拍了一下我的肩膀，笑眯眯地过去招呼别人去了，康明给我倒了一杯酒，便走了。

我的心里空荡荡的，没有康红给我撑腰，没有康红守在我的眼前，我突然发现我不仅仅是不自在那么简单，难堪，孤独、凄冷、像泼头盖脸的冷水，渗透了我的全身，让我颤抖，让我抽搐，让我害怕，让我凝固，像一个摇摆不定的木桩，毫无生气。

也许是我的冷漠，抬高了我的身份，让大家觉得我过分了，他们不再有人招呼我，也不想搭理我，即使偶尔瞟上我一眼，他们也一定会感到多余和别扭。

我无声无息地走了，我听到我身后的笑声是那么的刺耳，那么的刻薄，那么的冷酷。

康红你到底在哪里，我手里捏着手机，漫无目标地走在大街上，我多么希望康红立刻出现在我的面前，让我振奋，踏实，不再孤单。

我的手机响了，我看了一下手机，号是康明的，便合上了手机，我不想去解释我的不辞而别，也不想去听康明的指责，我觉得这些都毫无意义。

手机又响了，依然是康明的，此刻的康明也许已经骂我的娘了，他不会对我太客气的，我很明白，我不仅仅是心情不好的缘故，也有些胆怯，不敢面对康明，以致他们这个家。

我不断地拨动我的手机，希望有通的一回，红红你到底去了哪里……

第五十八章　没有康红的日子里

谁都不知道康红去了哪里，十几天杳无音信，我的焦躁渐渐被一种失望的痛苦所替代，康家的人我又一个一个地问询了一下，他们毫无热情地回答让我变得毫无信心，我甚至怀疑他们都知道康红的下落，唯独瞒着我这个蠢才，他们不想告诉我，也不想安慰我一下，他们也许根本就不关心我们的存在，康红能去哪里呢？

康红的去向，康红的下落，像一把烧红的烙铁，紧紧逼迫着我的心房，让我心疼，焦躁，痛苦，我像一只被猫盯上的耗子，东一头西一头，发疯地乱窜，康红你到底去了哪里。

我蹿遍了小城的每个角落，我的目光盯紧了一辆又一辆的小车，从中分辨着他们的归属，然而当我绝望到了极点时候，我却豁然间开朗了许多，我在黑暗中号啕痛哭，大呼小叫，我终于极尽淋漓地宣泄了我心中压抑许久的积淀和污垢，然后可以长长地呼一口气，我突然间感到自己轻松了许多，心中的焦躁几乎要撇在一边了，红红你这是为什么，为什么要这样对我，我即使湍急的气流撞破咽弓，我的吼声即使如雷贯耳艰涩的细弱无声，也没有感天动地，也不会唤到红红，红红你好狠心，你为什么要这样对我。

康母守着老宅子，在保姆的侍奉下其乐也融融，用她的话讲，她是这个世界上最明智的老人，她不跟任何人，她不会讨任何人的嫌，但每个人都在围着她转，隔三岔五地就有人回来看她，问寒问暖，至于生活，更是无可挑剔，还有几个人可以和她比，她不但有过一个供销社主任的丈夫，而且一家出了两个亿万富翁，儿子也不是弱者，她生活在一种自我陶醉的快乐中，自然心情就显得格外的愉快，康母还有一种理由让她的子弟们对她表现出了无奈，这种理由的出台深深感动了她的每个儿女，他们深感为荣，自然把父母曾经的婚姻视为极其美满幸福和谐，以至康母坚定不移地守着这座空宅子，守着老主任逝去忽来的影子，这种至高无上的坚定，成为他们赖以满足，炫耀的一种资本。

康母守着空宅子，享受着物资上和精神上的两大满足，没有康主任的压迫，看不到康主任走街串巷地吃煮山药，康母终于可以清清静静地安下心来了。

不过，她看到我，却并没有显出一点高兴来，她看到我的第一眼，我就知道我是一个不速之客，一个不受老妇人欢迎的讨厌鬼。

可是，我已经来到了康母的面前，就没有理由扭头回去，这种歧视我已经习惯了也很无所谓，我真的有些弄不明白了，"今儿刮的是什么风？"康母似乎在和保姆拉家事，其实我心里太明白不过了，他不过是在讽刺我罢了，也难怪，自从康主任走了，我这次回来当属首次，红红有没有回来过，我也不敢肯定。

"今天？"保姆也不知道对面到底刮了什么风，她并不认识我，她只是以为老太太闲得无聊，真的是为了搞清楚风向，她特意开了门在外边审视了一下，然后回答了老太太，"不知道。"

我把东西搁在沙发边，淡淡笑了一面，老太太不屑地动了一下身体，几乎是不想瞧上我一眼的。

"妈，我回来看你老人家了。"在我的记忆中，好像我不曾叫过她一声妈，今天虽然也很便扭，可是我还是叫了，保姆有些意外，康夫人并不以为然，这本来就是顺理成章的事情，可我就是不曾叫她。

"康红呢？"康夫人接了一杯水，向口里填了几个药片。

我的心里咯噔一下，仿佛有什么沉甸甸的东西压在了我的胸口，让我很不舒适。

"康红，她没有给您老人家来电话。"我有些疑惑，由此证明康红不但不通知我，也没有通知康家的人，她到底去了哪里呢？

"她呀，哼，心里还有我这个娘，她爸死了之后，她几乎就没回来过，你大姐、二姐、康明他们，隔三岔五就回来看看我，康红这个小妖精，这么无情无义，心真硬。"康夫人抹了一下眼睛，还是不想看我一眼。

"康红虽然倔性子，但她绝对是一个有情有义的人，她心里有很多别扭，但她时刻都关心着您。"我不承认康红是一个无情无义的女人，她是一个好人，她不想见到某些人，她甚至不想让人们说她不去看望我的父母，这些我都知道，所以她索性也不来看望她的母亲，但她不是一个无情无义的人。

"别人是别人，而我不同，康红怎么可以把对别人的冷漠移植到我的身上呢，我是谁？你知道吗？"康母淡淡的冷漠的神态让我感到很不安，我不安地搓着双手，内心很惭愧，这不能怪康母，作为晚辈，我们做得实在太不好了。"

"红红不来，你来干什么，她同意你来吗？"康母也许是没有意识到问题的严重性，或许我的话她根本就没听进去，她老了，她可能已经患了健忘症，她已经忘了我的提问。我尴尬地笑着，老人既然不知道红红的下落，也不是什么坏事儿，省得她老人家担心，我原本是想陈述明白的，可是话到嘴边我又咽了回去，算了，红红可能过几天就回来了。

"你呀……"康母瞟了一眼保姆端给我的一杯水，似乎有不尽之言，但话到嘴边又觉得不妥，她动了一下身体用正眼瞧了我一眼，"红红呢？"看来她真是老了。

"红红出了远门。"我终于可以有勇气面对康母的传讯了。

"她一个人走的吗？"

"她和朋友一块走的。"鬼知道红红和谁在一起呢。

"康红出远门，怎么没有带你？"康母。

"家里不是还有一大摊子么。"我说什么好呢。

"说的也是，康红要是一个男人，那会是什么样子呢？"看来在康母的内心，对康红除了有一些怨怪之外，更多的是疑惑和钦佩，我从来也没想过这个问题，康红她就是一个女人，我的妻子，她的表现虽然有些强硬，但她就是一个女人，她变成了男人会是什么样子，我也不知道，康家不是有一个儿子吗，他怎么样呢？

我还是无话可说，我说什么好呢，我知道在康家他们一定议论了不少，他们得出了一个什么结果，他们不说我也知道，我一定被排在了最低能的那个行间里，他们甚至会说我沾了康红的光，事实虽如此，但他们用什么样的表情去议论我，我并不能完全想象得出来。

"康红的摊子已经够大了，连她姐夫都觉得康红太厉害了。"康红的姐夫我想一定和小张扯不到一块，姐夫在康家就是武登科的代名词，这一点谁也否定不了，武登科佩服康红这一点我早想到了，但武登科也恨康红，这一点我们同样也知道，否则我们在康家也不会这么被人厌弃。

"姐夫最近在忙什么？"我反正是没话找话，但愿可以让康母改变对我的态度。

"你姐夫？"康母神态很诡异，她似乎想笑，但又没有笑出来，她若有所思，仿佛在斟酌着她内心的腹稿，她想准确地给话号号脉搏，做到正确的使用她的发言，除此之外，我想象不出她在迟疑什么。

"姐夫的生意做的是越来越大了，他真是了不起。"我尽可能地让自己的发言充满了欢快。

"他真是了不起，你和红红，我们这一家子全沾了他的光，没有他，就不会有你们的今天，你要常常和红红絮叨絮叨让她别太张狂了，要尊敬姐夫，他不缺钱，她已经不怪你们了。"康夫人吸了一口茶。

我耐心地等待老夫人的下文，我相信她说得一点也不错，我们应该感谢武登科，没有武登科就没有康家这么极致的鼎盛，她认为这都是应该的，有好多东西我并不知道，就是猜想一下，似乎也很离谱，康红算计武登科不假，但真正主谋的好像是康主任，康红的父亲，供销社的老主任，是他挖空心思地在算计武登科，是他的纵容和鼓励，才膨胀了康红的野心，滋长了她的贪欲。

康夫人似乎没有了下文，他的一双眼睛机械地闪动着，眼球浑浊而没有光泽，痴呆而麻木……

"老夫人已经记不得上文了。"保姆善意地向我提示了一下，"有多长时间了？"我很内疚，老夫人似乎患了轻微的痴呆症，而我们却什么也不知道。

"偶尔会这样。"保姆。

"妈。"可是我不知道说什么好。

"我知道了，康红她不该，她不该不和你一块回来，妈想她了，可是她不想妈。"康母提了一下手，想揩一下湿润的眼球，可是手到了眼皮前，她又迅速拿开了，若有所思地望着我，"你做不了她的主，对吗？"

我莫名其妙地激动了起来，心中忽然涌起了一股酸酸的感觉，可我还是点了一下头，我乐意，这并不是违心的话，我对我的话绝对负责。

"康红太倔。"康夫了。

我点了一下头，我承认。

"康红太任性。"康夫人。

我又点了一下头，并且笑了一下。

"康红是一个厉害的女人。"康夫人。

我又点了一下头。

"好像谁也不如她。"康夫人一边思索一边不断地提出看法。

康红不仅没有通知到我，也没有问候她的母亲，她就是这么一个人，她投入到她感兴趣的问题中，一门心思只想到工作，只想到她的感受，她的态度就是忘我，忘记一切垃圾想法，唯我独尊。

面对我的问候，我父母并不感到意外，他们现在衣食无忧，过着锦衣玉食的生活，却不愿和我到城里去。

康红没有回到这里，这是很正常的事情，我一个人回到这里也没有什么不对，我的父母已经习惯了这种模式，媳妇不愿回来，在人们看来已经无所谓了，不回来就不回来吧，他们在无奈之余，只有一种深深的叹息。

今天也一样，他们看到儿子出现了，已经很满足了，他们默默地望着我在笑，"儿子回来了。"妈妈急忙从床上到了地下，她一个人要做的事情，就是把我拉到床沿坐下，然后连忙沏上一壶茶。

"儿子，有日子没回来了。"在他们的眼里，儿子是亲人，媳妇他们说不准。

"什么时候有个孙子就好了。"父亲已经不止一次在念叨孙子了，他最想有一个孙子，他说有个小家伙，全家人的气氛就更不一样了。

"有媳妇，还怕没孙子，他们也惦记着这件事儿。"母亲怕我难为，总在为我们打圆场。

我能说什么好呢，这个问题，我不止一次地和康红探讨过，但就是没有一个结果，康红不要孩子，康红不敢要孩子，这个问题我已经想到了。可是有什么办法呢，过去痛苦的阴影，一直笼罩着她，让她恐怖，让她痛苦，让她凄惶……

我淡淡地笑着，享受着父母给我的关爱，心中无比的甜蜜，康红，我一想这些就觉得康红太孤独了，而且可怜，她把个人的情感禁锢了起来，不和任何人交流，高高在上，隔绝了和所有人的往来，她得到了什么呢？我想这个问题已经不止一次了，可是我却没有能力可以影响康红，康红依然我行我素，康红甚至对我的那份感情都不怎么珍惜，她，我一点都想不明白。

"……"想到了孙子，两位老人，很自然就想到了康红，但他们并没有就这个问题，以及涉及康红的问题继续下去谈论，我们彼此间出现了短暂的沉默，我也不知道说什么好，如何安慰两位老人，这些我都办不到。

有康红的日子我感到特别的压抑，心里反抗的情绪一直围绕着我，让我愤怒，让我不安，让我惭愧，让我自卑，我一直幻想着一种比较美满的结局，甚至想要离开康红，这种种情绪交织在一块，让我凄惶中感到痛苦，烦恼，我该怎么办？

现在康红走了，她无声无息地从我的身边消失了，她无怨无悔地在煎熬着我的耐心，她用一种莫名其妙的心态折磨着我，让我无法想象幸福、美满、欢乐的样子，应该是怎么样的。

母亲望着我躺在土炕上，疲惫的样子，似乎要落下泪来，但她还是忍住了，她回过头去做别的活时，就把我的存在抛在了脑后，她的智商确确实实要比别人矮了一截，不知道现在人们在背后如何议论我，但我确实知道曾经人们也把我列入低智商的行列。

父亲一门心思就记得养他的羊，他的心思认定了一点，养羊，吃羊肉，就是最隆重、级别最高的礼遇，所以儿子回来了，他不能不宰一只羊，他因为拥有了更多的羊，而过得美滋滋的，我终于可以有更多的空闲待到农村，待到父亲家里，这不但是父母所渴望的，邻居，朋友同学也闻风而至，此刻的我，已经不再是他们心中鄙视的低能儿，他们因为认识我，和我有点缘缘而骄傲、光彩，我并不能忘记过去他们对我的鄙视，可是看到他们现在这个样子，我的心中颇感荣幸，扬眉吐气的自满，让我原谅了一切不快。

有的人颇感美中不足，康红没有出现，让他们多少感到有点失望，现在我还是能体会到一点，我相信外界一定在盛传，我今天所有的一切，全是仰仗康红。

我不知道他们到底知道多少，心中隐隐不快，但还是勉强地在应酬客人。

等到客人们都走已经很晚了，我一躺到床上，脑子里就乱纷纷地涌来了好多杂念，康红的身影，康红的所作所为，康红，你在哪里？我悄悄地又拨了几次电话，终因无法接通而放弃，康红到底去了哪里，现在我在心里似乎有了点谱，但还是不敢肯定，她走了南方，她一个人走了南方，各种各样的想法纷至沓来，让我一个晚上都无法入睡。

我认为我又一个晚上没有睡着，母亲偏要说我一个晚上鼾声如雷，我的咽部有些许不适，甚至还有些头痛的感觉，眼涩，疲惫，我认为这都是没有休息好的缘故，此刻的我，真想吃几片安定，然后再狠狠地睡上一觉，可是又担心来人需要我的应酬，真是让人烦恼。

我们早饭还没有吃过，已经有人来了，甚至有的同学把酒菜都带来了，他们并不想知道我是否乐意，也许他们从来也没有考虑过，他们这种行为是一厢情愿，他们和我们招呼一声之后就拉桌子，摆凳子，盘点酒菜的行为也就有条不紊地进行开了。

我的父母当之无愧地被他们尊崇了起来，然后便是我，这种近乎肉麻的亲近，只有武登科可以享受得了，我是浑身不自在，也确定没这个能力可以应酬他们，我只有淡淡地笑，我似乎像一个木偶，他们想怎么样，我就怎么样，他们认为他们所进行的完全是为了抬举我，所以他们一个个必须把要做的，要说的，全部进行到底。

我的父母乐此不疲，但我却不能接受，我的手机号在迅速地扩大传播，我的应酬也越来越多，我因为找不到一块安静的天地，而万分苦恼。

我终于辞别了自己的父母，在一天黎明的暮色中离了村子，穿越小道，横跨沟渠远远地逃离那个被恭维、被烟气围绕，酒气熏蒸的小世界。

依然没有康红的消息，这并不是我意料中的事情，我回到家中，回到我们的公司，我不仅发现非但是康红没有回来，除了看大门的，仅剩的几个工作人员也完全消失了，看大门的居然也提出了辞职，多么可悲，多么可笑的一件事情，我不假思索地就答应了他，并且立即付了他的工钱，他又说他还得待几天，他儿子要来收拾点东西，现在他还没有通知到。

我给康红再次拨了电话，冷冷清清的家，和热热闹闹的乡下，虽然格调气氛都不一样，但我并不留恋乡下的情趣，反而更觉得孤独和冷清才是我最大的享受，我可以自由自在地斜躺顺卧，可以清心寡欲地埋头大睡，而且毫无顾忌地想睡到什么时候就睡到什么时候。

康红出了远门，我对这一点可以做出初步的判断，她已经走了两个月，在两个月中她没有替我想过一回，因为在两个月中，我没有接到她一个电话。

我问了康英，她说她在近期内和康红通过一次电话，我才知道康红的下落，原来她是到了珠海，所以我又给康红拨了一个电话，还是无济于事，康红一个人在珠海我多多少少有点不太相信，她一个人？待了这么长时间，可能吗？但是想这些有用呢，康红两个月了都没有想到过我的感受，我想她，为她着想又有什么用呢，我相信现在康家的人都知道了康红的下落，而我却要从他们那里才能得到一个准信，这无疑是太滑稽了。

我苦苦思索着这个问题，想想问题到底出在了哪里，我甚至一遍又一遍地回忆了康红和我在一块的最后几天，我说过了什么，康红说过什么，我想一定有原因，是哪句话又伤害了康红，是什么行为刺激了她，她竟然要这样对待我。

康红，你是不是有些太过分了，我怎么也想不出到底是因为什么，康红这是因为什么……

第五十九章　陪伴

康红在走了两个月之后，终于要现身了，我似乎已经习惯了她不在的日子，而且心中已经尝试着有新的规划，她不在了她不回来了，但我也要活，而且要很好地活下去，所以我的精神比从前要振作了许多。

康红走了三个月，三个月没有和我联系，似乎多少说明了一些问题，我虽然反复地去想了，自己同时也非常的恼火，但始终还是没去想最终的结果，她会怎么样，三个月没去想我，足以证明此刻我在她心目中的地位，她用一种冷漠的神态鄙视着我，用一种残酷的思维拒绝折磨着我，她甚至利用了康家的人刺激我，我居然还是死心塌地的深情地等待着她。

康红，此时此刻的康红，已经非比寻常，她用她的心里貌视着俯视着她面对的空阔的天地，意气风发，极尽思虑，用一种简单，甚至是粗鄙的思维，强迫着她的构想成为一种幻觉中的现实，她在苦苦地思索，苦苦地探索，她要为此努力，为之拼搏，为之实现，正在一步步地步入一种更加开阔的空间。

康红在想什么呢？

康红终于来了一个电话，她一定以为我在发疯，发狂，对她思之若渴，而她却可以置身事外，漠漠地折磨我，消耗我的耐心，她让我恼怒，让我痛苦，让我凄凉，让我的思维从始至终有了一种反省，有了一种惭愧而恐怖的感受，她是故意的，我终于大胆地重新认识了康红，她想做什么呢？

康红已经回到了这个小城市，她毫无感情的干涩的语调，让我听出了冷漠和压抑，凄凉存在在哀怨中悄悄地袭击我，康红终于变了，三个月不算长，但也绝不是几天那么简单，我的存在似乎对她而言，只是一种厌恶，一种负担，一种让她内疚的累赘。

康红告诉我，她住在了银都宾馆，她有家不归，这意味着什么呢？

我几乎一言不发，默默地倾听康红的絮叨，她虽然也有些难为情的词调，但康红是谁，她不回来总有她不回来的理由，她有家不归，自然敢藐视家的不存在，家的虚无，她已经不再把这个家当成家了，置我于何地？自然只有始作俑者心中更明了。

我没有问她为什么不回家，她已经做出了一个决定，一定有她的道理，无所谓荒唐，更无所谓理智，她在电话的另一头，想让我明白她的意思，似乎我是一个三岁的小孩，她讲得再明白不过了，近在咫尺她也不回家，用意何在？司马昭之心路人皆知，她想做什么，我可能猜到几分，甚至是全部，她已经用行为直截了当地告诉了我，她不再和我一块生活了，至于原因，我想听她解释，可是解释有什么用吗？

我强抑着泪水，哽咽，心中悲哀地呻吟着，身体仿佛有上万的小虫在啃噬，万般痛苦，康红，这是为什么？你一句话难道就把我打发了吗？我将不再回这个家生活，你还不如明白无误地告诉我，你不愿意和我在一起了，我的存在已经无所谓了。

电话的另一头康红还在申述，这头的我已经完全麻木了，我的脑子里乱极了，现在的我已经是六神无主，三魂出窍了，我呆呆地痴坐在那里，反复地咀嚼这种毫无意义的痛心，即使寻出某些破绽，即使没有这回事儿，我的大脑也是迟钝到了顶点，康红，终于下决心做出了一个选择。

我长长地叹了一口气，一口压抑的气，憋闷，腹胀的气，即使叹上十次，也不见得会舒坦，我的脑海中除了浑浊不清的迷茫之外，便是一种无法排解的痛苦。

我想让自己变得舒坦一些，可是我自己却不能办到，我仰倒在沙发上，还是止不住倾泻而下的泪水，我终于大哭了起来，我无法让自己抑制这种发泄，我哭得很伤心，我哭得很痛快，我哭得天昏地暗，我活得孤苦伶仃，康红，我呼上一百声，一千声，一万声，又有什么用呢？没有人响应我的呼喊，没有人设法安慰我，我被一个女人遗弃了，这一点我再明白不过了。

其实我早就应该想到今天的结局，红红不仅仅是对我的失望而使其失去了对我的热情，或许还有别的诱惑，只是我不知道罢了，现在她终于有勇气做出这样一个决定，她推翻了我过去在她心中的形象，她为了自信、自由、自满而努力，为了自己的虚荣、事业在攀比、跨越，她终于要脱离自恼自闭的牢笼了……

我的内心焦躁不安，失落而迷茫，我的内心因失去了重心而漂泊不定，我对自己失去了信心，自卑仿佛像惭愧地绞索折磨着我，让我连大口喘气的机会也没有了，这种感觉让我产生了，极其矛盾的想法。

我早已经失去了自信，甚至更多地厌恶了康红，我们彼此除了珍惜我们原有的那点激情之外，便是一种无奈的牵强了，我不是一个十足的傻瓜，这种冷漠的不协调，最能说明一些问题，而我居然一次又一次地否定了，甚至从未想过康红最终会做出这样的决定。

现在，我不得不反复思考康红的一切行为，自从我们结婚以来的种种事端，这些真实地再现在我的大脑中，清晰无比，逼真而带有一种偏见的思维去消化。

我无奈地再次发出叹息，我应该早就明白一个道理，而我却一直坚定地认为，我们的结合从情感上是最牢固、最富有、最长久、最沉醉，最忠诚的结合，是建立在平等互爱，炽烈的基础上，属于那种牢不可破，坚不可摧的感情，而我此刻才明白，我忽略的东西太多了。

康红很早以前就已经瞧不起我，在鄙视我，在疏远我，而我却一直没在意，从未想过这一层，我们所以走到今天，是必然的趋势，是不可阻挡的潮流。

现在明白她，是早了点，还是晚了点？我在仔细地琢磨这个问题，我必须要琢磨这个问题，唯有这个问题才能解开我心中的困惑和疑难。

康红不回家，作为丈夫的我，居然没有问个为什么，现在想来真觉得好笑，康红放下电话的时候，一定在骂我，愚蠢，没有头脑，这只是轻的，此刻的他，尽可以肆无忌惮地去轻视我，去嘲笑我，她已经从精神上脱离了我，从感情上抛弃我，怎么还在乎这点心里。

康红，我点了一支烟，然后把点燃的烟扔进了烟灰缸，我用冷毛巾揩尽了脸上的污垢，刻意地修饰了一番，穿戴整洁之后，我拿了一盒烟，冲下了楼梯。

我用仇恨的目光盯着灯光闪烁的五彩缤纷的银都宾馆的外装潢，康红竟然住在这里，她把她的家抛在了一边，她用一种隔离阻绝的设想去盘剥我的耐心，她，我不明白，我甚至不敢去想，但是我不甘心，康红怎么可以这样对待我，我即使想出千万种理由为康红辩解，为我的无能而自卑，却不能心甘情愿地被康红涮了。

我下定决心要走进云，走进这富丽堂皇，灯火辉煌的大宾馆，走近即将离我而去的爱人，走进一个置我于死亡边缘的女人，她到底想做什么？

怎么办？在我要跨进这座宾馆的时候，我迟疑了，我的内心五味俱全，我无法排解郁闷带来的忧伤，更是无法驱除自卑的困扰，康红，你怎么会这样对待我，我即使内心十分的仇恨，气愤，可我却缺乏一种阳光之气，缺一种克制康红的勇气，此刻我竟然连见她的勇气都没有了，我久久地徘徊在路灯，彩灯、车灯，广告灯互相欺扰的阴影中，不断问自己，康红还是你的妻子吗？你还是她的丈夫？回答即使是肯定的，我也不知道自己是否该走进这家宾馆。

武登科的车来了，他大概不知道康红住在这里，她又换了一个摩登女人，他对这个太内行了，也许很随便一个动作就会有女人跟着他，他的风度像绅士的模样，如果不是和他很熟识的人，恐怕他这身装束很难辨认得出来，他很镇定，即使揽着小姐的腰肢他也不会左顾右盼，他们很快消失在宾馆的门口……

侍加元的车来了，我看到侍加元下了车才意识到那是侍加元的车，他大包小包抬着好多东西，他的目光不时瞅一下过往的行人，见到侍加元我想并不奇怪。

我要不要进去呢？看到武登科，侍加元的出现，我的勇气仿佛没了一样……

我返了回去，我知道这仅仅是一种巧合，我断定康红的出现和武登科他们毫无关系。

我在很晚的时候用公用电话给康红拨了一个电话，我心里不知道是对谁有些疑惑，心里总是不踏实。

电话在持续响了一阵之后，电话被接起了，"你好，你是哪位？"康红的声音。

我一言不发，我默默地盯着话筒很久而不语。

"喂，你是哪位？"康红持续问了几次我都没有回答。

"算了，也许打错了。"一个男人的声音，这个声音虽然不高，但却被我捕捉到了，我的脑袋仿佛炸裂了一样尖锐地疼了一下，康红，似乎还说了一句话，可是我已经听不进去了，晴天霹雳，如雷贯耳，康红，这是我的康红吗？我瘫软地倒伏在地。

我醒来的时候，我还是倒在话亭旁边，别人只当我是醉了，所以无人理睬，也许我倒下的时间很短，我又歪歪扭扭地站了起来。

我刚到家，家里的电话就响了，我毫无兴趣地倒在地上，我做什么的心情都没有。

电话自动挂断了。

过了一会儿，电话又响了。

我又没接，电话又自动挂断了。

我的手机响了，我看都没去看就关了机，康红，还有这个必要吗？

电话又响了，我知道那一定是康红，除了康红，不会有人，这么着急的要找到我……

一个男人的声音，夜很深了，可是它经久不去，像噩梦一样缠绕着我，让我感到痛苦，感到耻辱，感到仇恨，感到鄙视，是如此的轻而易举。

第六十章　康红提出了离婚

无论是电话，还是我的手机，康红打电话的频率高了起来，她在找我但她并不想离了银都，我在家里一连待了三天，几乎不吃不喝，没有等来任何人，我现在不是普通的麻木，脑子里一片空白，似乎什么东西都很模糊，心情抑郁，神情淡漠，但我自己都不明白这是为了什么，我在想什么，我现在为谁生气，我好像没有搞明白，我灌了几口自来水，身体仿佛清爽了很多，但头闷脑涨的事情还是令我不适。

电话又响了，我呆呆地望着它出神，肯定又是康红打来的，何必呢，难道现在我还不明白发生了什么事情，我还是她的丈夫吗？她像一个缩头乌龟一样躲在银都宾馆，打这样的电话其用意何在，想什么呢？

康红……

为什么要这样做，难道我真的是……

无药可救了，是指得了绝症的人，康红的行为无疑在向我说明了我的归路，我在康红那里，已经不存在任何生机了，她冷酷地等着我的耐心，用歉疚的心理试图怜惜我的幼稚，但她已经无意用身躬力亲的姿态来安慰我了，我能否挺过去，已经是我自己的事情了。

康红一点也不笨，她已经意识到了电话是谁打过去的，而且她也已经意识到了对方能听到她身边男人的声音，这个人不会是别人，就是我。

这样冷漠的对峙，让我感到万分的疲惫和痛苦，我明白目前我的处境，我的存在举足轻重，现在根本不存在我的意愿问题，康红迟迟不愿见我，仅仅只能说明心中的愧疚和不安，让她下定决心，而这种等待和忍耐她是极有限度的，康红是谁？康红就是康红，当她做出新的选择的那一刻，她就知道她迟疑的行为并不表示她会后悔，她在想，如何向我提出一种适当的要求，此刻的她也许会难为一些。

我的落魄，是由于心中圈生着一种依赖，寄生着一种悲哀的自卑，而共生的，对我而言，也许与生俱来，我在别人的眼里放生了，荣耀了，在康红的眼里我什么都不是，而且越来越窝囊，越来越粗鄙，在她高高在上的心态主使下，她看不到我的任何优点，只在鄙视我，她在厌恶我，这就是我的结局，也许是必然的。

我安慰着自己，这桩婚姻应该结束了，我早已经想过了，她不适合我，可是我不服，必定康红现在还是我的妻子，她这样和别人明铺暗盖，是明着欺负我，她是不是太过分了。

想这些有用吗？康红既然已经这样做了，她就不在乎我的存在，一个不在乎自己丈夫的女人，她的心已经不在你的身上了，还想她干什么。

我看着自己的手机躺在电话机旁，然后听到电话响了，然后手机也响了，我很不自然地在笑，这个时候果然有两个人同时给我打了电话，他们会是谁呢？

我本来已经做好了心理准备要接康红的电话，现在心里反而不乱了，便下定决心不去接她的电话，她想打就打吧，他如果没有了耐心她就会亲自来找我的。

敲门的声音，很缓慢，但却很有节奏，我听得很清楚，这个敲门的人，我不知道他是谁，但他不是康红，康红可不会有这样的耐心。

我不想去接待别人，这是缘于我的心情不好，但我同时也仔细想了想，我，不会有人特别来看我，来的这个人，他会是谁呢？来人敲了许久的门，终于无奈地走了，我立即立到窗口向外张望。

一个陌生的男人，提着一个颇讲究的公文包，缓缓地向外头走，走到大门的时候，他有意地扭回头向窗户张望了一下，我知道他已经看到我了，他是一个陌生的人，我好像从来也没见过，但他并无意返回，他迟疑了一下，还是走了，来人是干什么的？他来这里的目的何在，他是找我吗？我不明白。

这个人第二天又来了，他如故做了昨天所做的程序，然后又走了，他明明知道我在家，但他却保持了自己的沉默，这个人真怪，他来这里到底为了什么。

过了几天，这个人似乎如约而来，这回他好像另有一番准备，他除了随身必备的公文包手里还多了一个精美的水杯，我走在窗口，他看到我很随便地招了一下手，然后坐到了楼门的梯阶上，他放好自己的公文包，然后从口袋中取了一支烟，点燃慢慢地吸着。

这个人他有事儿，但我不敢肯定他就是来找我的，他，我不认识，似乎他也不认识我，但他来这里有事儿，有什么事儿？我不知道。

这个人真是太怪了，他吸了几根烟，喝了几口茶，不声不响地走了，这是怎么回事儿。

这个人的行为引起了我的关注，我做了种种猜想，我相信有一点我一定猜对了，他是因为康红而来的，康红不愿意见我，也不想见我，所以要委托一个能说会道的人来见我，这个人是干什么的，我是没有能力猜到了，总之他认识我，而且为了见我他已经下了诱饵，终于引起了我的注意，康红做什么也是技高一筹，下这个套的人一定是康红，我相信只有康红才会这么做的，甚至我想到了天衣无缝这个词，然后我便仇恨了起来。

我相信走的这个人一定会来的，我出去买了一包食品和饮料，专心致志地在家看电视，养神。

"咳！"这里只有我一个人，竟然听到别人的咳声，让我多少感到有些惊奇，我想我等这个人，康红的特使终于驾临了。

我把电视的声音放得极大，嘹亮的歌声如波涛汹涌一般欢天喜地地飘荡而去，我的双手托在窗沿，我默默地注视着这个陌生的不速之客，他要带给我什么呢？他也看到了我，今天他很例外地笑了一下，然后他用手指了一下他坐的身边，那里叠放着两个纸袋，然后他收拾了一下他的水、坐纸、提着公文包就走了。

这个人真是太怪了，他还给了我一些东西，我知道他就是留给我的，可他为什么要留给我呢？

这个人头也没回就在我的视野中消失了，他那么自信，相信这些东西我一定会感兴趣的，我不明白，而他却坚信我会收留这些东西的，我吸了一支烟，心里捉摸不透的疑惑，让我充满了好奇，他是因我而来，因我而去。

这些东西沉甸甸的还有些分量，封皮上写了两个钢笔大字——"苏培"。

这个人莫名其妙的送一包东西给我，康红，在玩什么鬼把戏，我把东西扔在电视附近，暂时我还没有兴趣打开他我相信这里的东西全部与我有关，但我不敢肯定这里的内容，我一边看电视，一边吸烟，目光飘忽不定，但着落点就是电视旁边的那些东西。

我相信康红是不会现身见我的，我们彼此不见面，有什么不好呢？康红不想见我还是害怕见我，她是否有惭愧的心态，我都无法想象，我想问问康红，想知道她为什么会如此地对待我，但我却没有足够的勇气，康红，我现在心里反反复复的念了无数次，每次都有些感慨和思念的郁闷，康红要离开我了，她已经背弃了海誓山盟，她的视觉广大无边，她在藐视所有的弱智，在这个同时，她也藐视了我，讨厌了我，她要找一种更加丰满更加和谐更加博大的精神寄托，我岂能阻挡了她的行为。

康红，我还是不能放下心中的思念，我是一个的小人物，我把所有的感情都投入到了你的身上，现在我将一无所有，面对如此残酷的现实，让我对你说什么好呢？我们曾经有过感情，有过疯狂的激情，现在这一切的一切都将不存在，是你太狠心了，还是我的素质太差了，我相信康红依然是对的，她高高在上，她筹划深远，连甩掉我的计划也是经过深思熟虑，有过周密的安排，我敬佩她，尊敬她，但是我同时也害怕她。

现在我心中依然充斥着惶恐，充满了焦虑的矛盾，我不得不用最大的努力克制这种内心波动的震颤，我换了一种思维的方式，来驱除心中那邪恶的阴影，似乎有点效果，但还是偶尔有些反复。

我从医院的神经科开了一瓶多赛平，连续服用了几次，睡眠改善了，精神也见好转了，头脑也比以前要清醒，胡思乱想的演绎已经断断续续了，我可以理顺思维，正常地发挥想象剖析问题的能力。

那个人几天之后又出现了，不过他有足够的耐心，他踱过我的眼帘，仅仅停留了四五分钟，然后他就走了。

我并没有忘记那叠纸，只是这个人走了之后，我的感觉和好奇强烈了一些罢了，我扯开纸袋，我要知道这里面到底放了什么东西。

首先入眼帘的是康红写给我的非常简短的一封信。

苏培：

恕我直言。

我们彼此的心里早已经厌弃了对方，我们拴在一起的意义形同虚设，我知道应该检讨的只有我康红，可是对你说声对不起有用吗？

分手对我们都有好处，而且根本无法挽回。

康红

某年某月某日

下面这些东西除了离婚协议书就是康红列出的财产清单，如何分配她都标得一清二楚，只要我同意一签字就完事儿了。

我看了几页之后，便失去了兴致，康红掷地有声地嫁给了我，现在她要无声无息地解决掉我们的婚姻，大概也是她的一种期盼，她不想搞得满城风雨，她相信她自己胜过了相信别人，她用一种居高临下的姿态俯视着我的卑微，她没有和我商量的意图，她只是以他的思维方式来决定财产婚姻的分割。

面对如此不公平的分割，我能拿出什么样的预案呢？面对红红咄咄逼人的气势，我拿出来了又有什么用呢，她用这样的姿态如此隆重的礼节面对我的耐心，已经给了我极大的面子，她拿走了所有的现金，而且还保留了这座办公楼，及部分土地，其他所有的资产都归我，她是精明至极的女人，她认为分割给我的资产已经很多了，她认为完全可以执行下去，我还有什么说的呢，一向都是康红说了算，这次应该也是她说了算，我是个什么东西，拥有如此巨额的财产，得来之不易，不是拜康红所赐，我会如此荣幸地拥有吗？

我还有什么犹豫的呢，我在一张又一张需要签名的地方签了我的名字，打电话通知了律师事务所，那个人过来把文件带走了。

康红终于如愿以偿，不知道此刻的康红做何感想，她想到我的时候可曾内疚，她虽然带走了所有的现金，也给我留下了巨额的资产，让我一直不解的是，为什么她还要保留办公室住宅楼，一千亩土地的拥有可以让我理解。因为我即将要离开这座楼，心中的感觉特别的强烈，可是有什么办法，我已经失去了在这里居住的权利，康红的做法虽然有些霸道，让我无法理解，但我还是尊重了她的选择，我在我的房产里选择了一套房，暂先搬了过去。

我的心里忽然失去了依托，变得空荡荡的，面对新置办的，各种家电摆设，我孤独的内心，凄凉而焦虑，我……

我用公用电话给家里也就是我们以前的住宅打了一个电话，我只想知道，我走了以后，那里住进了何许人，康红是否搬了进去，她是否有不安的感受。

电话单调地发出一种和谐的回音，这种熟悉的声音，而且锁定在那个我曾经安逸的屋子中，我的心情格外不一般，亲切、向往，却又间杂了一些让我恐惧的感觉，电话的那一端不断的传来这种美妙的声音，他极其耐心地对我消磨着时间，让我终于失望地放下了电话，康红难道并没有回到那里，我想这种可能会更大一些。

我放下电话，便在街上游荡，目睹行人互相穿插，聆听自行车铃声连续不断，心里依然一片空白，我在想些什么，什么是我该想的，也许我并不知道。

我隐隐约约听到有人喊，但我并不在意，喊谁？不知道，直到我的头被狠狠地弹了一下，我才意识到这个声音原来针对的是我，我吃惊地望着我身边的人，恍惚以为是看错了人，但这种疑虑很快就被我否定了，这个人千真万确是康明，他还是以前的那幅尊容，温和的笑容，一副玩世不恭的丑态，他居然有心情搭理我，这是我无论如何也没有想到的。

我突然见到康明，意外的惊讶自不必说，心里最大的反应并不是喜悦，他会主动招呼我，这是我无论如何也没有想到的，他出于一种什么样的心理来对待我，我想到的最多的是落井下石，不怀好意，或者想看我的笑话，想到这里，我的反应便变得很迟钝，冷漠，甚至是发自内心的一种冷笑。

"真想不到，这个世界实在是太小了，在这样的一个小地方，居然可以见到康公子，这太让人费解了。"我的心情并不见得有好转，见到康明自己又想得那么惨，所以自以为自己说话的分量有些尖酸的成分，反而是可以告解自己的一种浅薄的安慰。

康明笑眯眯的样子，甚是无所谓，他并不计较我在说什么，他急速地从衣袋中掏出一包大中华，弹出两支烟，用一种疑虑的目光盯着我，手里夹着烟，向我递了过来，接与不接，我的脑海中敏捷地闪过了这样一个念头，但我还是很快做出了选择，伸手接住了康明递过来的烟并报以淡淡的笑。

"事情的发生，我们谁都始料不及。"康明给我点着了香烟，"事前你也不和我们商量一下。"他的语调极其和缓，我看不出他有幸灾乐祸的表情，也没有听到什么不舒服的词，但我并不相信他。

"事情已经发生了，而且已经成为过去，我不想再去提他。"重复事情的经过有意义吗？毫无意义，即使康明是出于好意，我也不会领他的情，必定康红是他的亲姐，我现在算什么呢？被他姐甩掉的包袱，有什么稀罕的。

"撇开我姐的关系且不说，我们总还有些个人的私情吧，过去我小不懂事，但是现在不同了，我已经在社会上混了这么久，就算你现在不再是三姐夫了，可我们还能做朋友吧，生活对谁都不是很公平的。"在这个问题面前康明要比我看得明白，他似乎要消除我对他的疑虑，相信他的诚意是发自内心的。

我默默地向前走去，让我说什么好呢，我现在不是他的三姐夫了，我反倒觉得他的话很亲切，充满了人情味，以前的康明可不是现在这个样子，几年不来往，他确实变化不小。

"你能这么想，我真的太感谢你了，也许我们还是可以做朋友的。"这种想法一直在我的脑海中萦绕，挥之不去的康红，她痛苦地刺激着我，让我………

"我三姐这个人，我想你比我们更了解他。"康明到底还是要说个这问题，他说的我们，我不能肯定他的范围，但我相信他对我并没有恶意，"我三姐任性、胆大、狡猾不是你可以驾驭的，你们原本在一块就不合适，现在既然分手了，你也不要太难过了。"

"这有用吗？"从康明的口中说出这样一番劝慰我的话实在是太出乎意料了，我原本对康红有一腔怨恨，对康家的他绝无好感，但康明的这几句话却让我心中宽解了几许。

我们一边闲扯，一边向城外走去，目的不只是谈我和康红的婚姻，也涉及了我名下的大批资产如何管理，以及我的个人想法，我没想到在这个时候我和康明可以谈得来，而且是心平气和的开诚布公的畅所欲言。

"康红和谁走到了一块？"我突发奇想，或者是把内心压抑的怨愤要突然暴发出去，只有这样，康明才会告诉我他所知道的一切，我原本也不这样想，但我还是想用这种方式打康明个措手不及。

"侍加元！"康明果然不假思索就告诉了我，然后他惊愕地望着我，"你不知道？"

我无奈地把目光抛向了远远的村庄，我不明白，怎么会是侍加元，侍加元和康红怎么会有机会，他们才见过几次面？我不明白，我真的不明白，他们怎么会有机会，他们是从什么时候开始的，我怎么连一点感觉都没有，我天天在家既没接到侍加元的一个电话，而且自从生意结束后我再也没有见过侍加元来过，康红的情绪时好时坏，甚至坏得出奇，但是也没见他随随便便地给侍加员打电话，也许她避开我就会这么做。

"侍加元。"我在心中喃喃地絮叨了一遍，我的疑惑太多了，这让我很不解，康红和侍加元？我真的就不明白了，侍加元走进了康红的生活，来得也太唐突了，也太简单了，康红倾慕侍加元，这可能吗？难道是侍加元，但是这种想法一进我的思维，我就有千万个理由否定它，侍加元怎么可能去追康红呢？即使他有这个心理，我相信他绝对没有这个胆子，康红，我相信只有康红，只有她才会这么任性，为所欲为，所以才会出现今天这样的局面，康红你为什么这样做？为什么？

我的脑海中一度出现一片空白，我仿佛感到天旋地转，我紧紧地闭上眼睛，默默地立在原地，等待这种现象早点消失，康明默默地守在我的身边，同情地望着我，此时此刻他在想什么，如何想，或者评断我这个人，我就不得而知了。

在我长长地呼了一口气之后，这种短暂的脑出血症状很快消失了，我再度睁开眼睛，望了一眼惊愕的康明颇感难为情地笑了一面。

"你没事吧？"康明紧张的神经也在片刻间舒松了几许，他似乎也觉得有必要长长呼一口气，所以他这做了。

"没事，非常感谢你的诚意，你姐他们俩的事什么时候举行？"这些问题原本不应该让我来操心，可是我就是好奇，我想知道这些关于康红的大事。

康明沉默的时候，表情很冷漠，他一边吸烟，一边把目光有意地投向了远方，我不知道他在犹豫什么，他不想告诉我，还是……

我想他还是不想告诉我。

我们的脚步停滞在了河边的堤岸前，不假思索地扭转了身体，走出去得太远了，我有些不好意思，让康明陪着我走这么远的路，我瞟了一眼康明，康明似乎也正有此意，他温和地笑着，可是不知说什么好。

"姐夫的生意好吗？"我不得不改变话题打破这种僵局，但我的思维中储备的话题实在是太少了，更想不出什么样的话题才会让康明感兴趣，我思索良久，还是找不到更好的话题，所以便选了最熟悉的话题。

"他的生意太大了，这里挣不上那里挣，能不好吗？市里有刘春祥、省里，甚至部里他都有关系，现在摊子是越铺越大，钱是越赎越多。"康明饶有兴趣地轻松地谈论着。

"姐夫太能干了，他是一个了不起的人物，我一直想不通，他是怎么领导他的手下的，摊子那么大，而他却显得很轻松，而每个环节运行的都很正常。"对这个话题我一直很感兴趣，而且也在一直琢磨，可是就是想不明白。

康明淡淡地笑了一面，他举起了左手，拇指和食指形成虎口，卡在了下颌上，右手上搂托住了左臂，他若有所思，让我不仅刮目相看，想不到康明已经变化得很成熟了，他稳健的作风，远非我心目中的康明可比。

我的内心悄悄地不安起来，我也不明白，我怎么会有这样的心境，我在心中哀怨地叹息了一声，然后又悄悄地冷笑了一声，这一切，似乎是昨天的事情，而今天他似乎和我毫无牵挂了，我对他们康家的人即使抱有什么幻想，又有什么用呢？从此之后，康家的人依然是康家的人，而我不是了，我只能属于我，留意他们还有用吗？难怪康明要对我有所保密了，他这样做，无非只是为了安慰一下我而已，也许是一种单纯的可怜的同情，或许是我多情了，现实如此，我居然还不能让自己从这个漩涡中脱离出来，不自然地让自己依然充当原来的角色，而这已经不再是事实了，我对自己在内心冷笑了起来，觉得自己未免太多情了。

康明徐缓的脚步，时动时止，他在考虑一些眼前面临的问题，但他并不难为，他也许在考虑对我，对康红对康家所有人的得失，也许在想我这个人，到底是属于什么人，他对我的了解极其有限，这决定了他对我的信任也有限，所以他在言行上免不了要谨慎行事。

"康明很不好意思，让你浪费了这么多的时间，我们别再磨了，还是尽快回去吧！"我试图尽快打破僵局。

"我在想，你这个人怎么会走到今天这个地步呢？"想不到康明竟在琢磨我，而且考虑的问题又出乎我的意料，他怎么要想这个问题，我怎么会走到今天这个地步，我一听心里就有些不舒适，一种惭愧的感觉让我浑身汗颜，思维中又冒出了紧张的成分，脑袋也胀大了。

"也许我不该问这个问题，这让你难为了。"康明似乎已经察觉到了我的局促不安，他瞟了我一眼，温和的笑让我丝毫不怀疑他的用心。

我似乎无法回答他的提问，我默默地向前走着，脚步有一种虚浮的感觉，我提示自己，慢一点，尽可能地慢一些，尽可能慢一些，我有所担心，但不知道我在担心什么。

"下一步做何打算？"康明换了一个明快的话题，我知道他准备结束和我的对话了，不远处他的车子发出了鸣笛，我感到他的脚步在明显地加快，而他居然又问了一个问题，我没有想过，也无法回答他，我只是报以淡淡的一笑，做出了一副深不可测的伪装，康明或许以为这是商业机密，见我不肯回答，他就不再问了，何况他的司机在不断的鸣笛，他必须要走了。

"不要相信武登科！"在即将分手的时候，康明突然向我传递了这句莫名其妙的话，然后他就匆匆离去了。

不要相信武登科！这是什么意思，我现在和武登科有什么关系，相信武登科，不相信武登科，有什么本质上的区别吗？武登科会走近我让我相信他吗？我不知道，我觉得这种可能性几乎没有，康明郑重其事地提醒，我相信绝不可能是空穴来风，至少现在还没影儿，我崇拜武登科，自然相信他的可能性大一些，以前的日子我们一直不和，甚至很不好，但我从来没怪过他，错不在他，而在康红，自然在我心中又多了一层歉疚的折磨，我希望有朝一日我们做到真正的和解，现在我认为我们既没有这个必要，也没这个机会，又哪来的这么一说。

我毕竟也善于思考，即使思维不敏捷，但经过反复的思考斟酌，我相信康明绝无恶意，他提示我的问题，显然引不起我的警觉，我们曾经被武登科算计过，那种教训刻骨铭心，就是从那个时候起，我们的头脑中有了侍加元的轮廓，因为他，我永远地失去了康红，我相信我失去的东西实在太多了，何之是康红，武登科，这一切都是拜你所赐，我不知道我自己是怎么搞的，居然恨不起来，始终确定武登科是没错的，错在康红，我又何必牵扯武登科呢！

康明这样说的用意何在呢？他是为了我好，他更应该为了武登科好，他站在什么角度，出于什么居心！都是我反复考虑的问题，自从那天和康明分手之后，我的心里一直在预防武登科的突然来访，然而已经过去很久了，我都没见过武登科的影子，这种防范的心态渐渐模糊了起来。

我的心情终于从一个悲哀的低谷中徘徊了出来，得以清醒，自然地认识我面对的问题，康红甩掉了我这个生厌生烦的包袱，我相信他此刻的心情一定极其的轻松和愉快，我终于明白了康红的烦恼是缘何而起，她所以迟迟做不出离异的决定，也许她还在顾虑老康家，尤其是老主任的存在，对我或许也存在一点点内疚。

现在，我不明白，我们无声无息地结束了我们的关系，彻底解脱的是我还是她？我不服气，可是也没办法，我有些恨康红，是因为她还是我妻子的时候就已经成为别人的女人，我相信这一点。

我的心情好得足以支持我回到我们的小洋楼看看，虽然距离很近，虽然心胸很坦荡，但具体操作起来，我还是感到艰难和羞愧，那个模糊的影子，仿佛巨大的身躯，闪着光芒，吞噬着残留的落幕，把我拒绝在外，我有一种特别的向往，明知这一切已不可能，但我还是想前去看看，我慢慢地踱着步，仔细地在土道上向前推进，我在想我此刻的愿望和心情，我不由得赞叹自己一番，我终于有勇气回到故居的身边，但我同时也相信，我仍没有勇气回到楼里，我熟悉的小楼，我习惯的气味、生活，它就在我的面前，却离我很遥远。

熟悉的东西，如果向往深厚的感情，向往惶恐的羞愧，无须自责，却也不能心平气和地面对，它不一定已经弃我而去，它已经不再属于我，而我却用深深的眷恋，痛苦的惋惜，在夜幕中偶感它的失却。

悠扬的歌声从阳光灿烂的小楼上辐射向弥漫了哀乐的天空，我用最大的克制，仔细地搜寻一种属于我的足迹，属于我曾经的空阔，我没有听到人语声，但我能猜得出来，楼上一定非常热闹，康明的车，康玲夫妇的车，康英的车，全停在院中，他们在这欢聚一堂，这是绝无仅有的先例。

这种欢乐场面，仅仅因为我被排斥在外，他们便即刻拥有了，我长长地叹息了一声，我不该奢望拥有康红，这是否一直就是一个错误呢？我不明白，康红丢弃了我，她的心情就好到了如此程度，真是惭愧。

我又想到了侍加元，我记得我和他见过几面，印象颇深，他的个子很高大，浓眉小眼，说话很风趣，见多识广，因为没什么深交，见的面也少，说不出他有什么优点缺点，就是这么一个年龄可能比我康红都小几岁的人，要做康红的丈夫，真是让我不可思议。

侍加元可能追康红吗？我反复想了之后便否定了，他不敢！我敢断定，康红，为什么要这样做？这个问题我也反复想了但想得最多的是康红藐视了我，她全不把我放在眼里，公然去追一个小白脸，而且已到了谈婚论嫁的地步，把我一脚踢开，这才是康红的本性。

夜露在风霜的隐袭中悄悄地玷污了我的忧思，让我无奈地中断了痴痴地梦幻般的追忆，我感到孑然一身的孤独和凄凉是如此的辛酸，我失去了一个家，我失去了温暖和依托的眷顾，望着这原本属于我或有我一分子的欢乐，而今弃我而去，我的心情格外沉重。

我的身体在夜风的轻拂下，感到丝丝的凉爽，产生了颤抖的无奈，我抽身离去的时候又深深地看了一眼我曾经拥有的小楼，那些玻璃窗，不知什么时候聚集了几个人向我这里张望，有的还在指指点点，他们可能想到了我，但这并不是什么荣幸，而是一种刺激的惶恐，我有些害怕了，我不假思索迅速地逃离了这个不再属于我的天地。

我听到歌声在我的背后戛然而止，我的脑海中全是一片空白，我的双眼在黑暗中死死地盯着前方，我不希望我在他们的视线中绊倒，其实他们早已经看不到我了，而我居然还有这种考虑。

夜在安静和虫噪的交替中幽怨地哀鸣着，习习凉风透过密密麻麻的青纱帐，穿越青砖红瓦，在空旷中寻找他们放飞的喜悦，交织着光亮和晦暗的星空，在深沉的无限中，用一种最博大、最宽容、最适时的胸怀掩饰了尘世间的辛酸和血泪。

第六十一章　懊悔

武登科在康英的房间里发出了凄厉的呼声之后，夜空很快恢复了宁静，康英狰狞的面孔上露出了恐怖的冷笑，望着一丝不挂的武登科，望着武登科血肉模糊的生殖器处，发出了一种令人毛发倒立的大笑，武登科在昏睡了几秒之后，又被强烈的痛折磨醒了，他痛苦地弯起了身，双膝跪在床上，头猛烈地向床头撞击着。

康英冷冷地望着武登科狼狈的可怜相，一种喜悦浮现在她的面孔，她洗漱之后又把一堆棉花扔给了武登科，武登科瘫软的身躯晃晃悠悠地想坐起来，但这种行为刚刚在实施，他就一头栽倒在了床上，并在此时发出了鼾声，康英把一堆棉花扔给他的时候，床上已经到处都沾满了血污，武登科在痉挛的同时，又从昏睡中醒了过来，他发出了痛苦的呻吟，并且在睁开眼睛的同时，向康红投向了怨恨的一瞥。

康英无动于衷地坐在沙发里，她偶尔会瞥上一眼武登科，但一个人悠闲的吸烟喝香槟的时候更多，她准备实施报复武登科的计划已经很多年了，她给过武登科无数次机会，但绝无悔改，现在她已经彻底失望了，她很多次想到了离婚，但这种念头一旦出现她就会很痛苦，她不想失去武登科，即使武登科无数次背叛了她，她还是下不了这个决心，她原以为经过上次折腾之后，武登科变得乖巧了，从此之后会对她好一些，令她失望的是，武登科把公司的事捋顺之后，又在外面包养了一个女人，而且变本加厉地玩了起来。

无论武登科的行为多么荒唐、多么幼稚，康英都是无奈地以泪洗面，她祈求过武登科，也和武登科打闹过，这些有用吗？无动于衷的武登科为了惩治她以往偏激的行为，现在更是义无反顾地撇开了她，让她独守空房且是小事，在公司，凡是和康英走得比较近的职员均被解雇，康英在公司里被迅速孤立了起来。

现在她自认为已到了忍无可忍的地步了，而且认为非常行为不可挽回她的婚姻，她甚至对他们的婚姻不抱有任何希望和幻想，但她已然做出了一个让所有人都无法理解，让武登科有苦难言的决定，这次行动的初衷就是玉石俱焚，我得不到的男人，别的女人未必就能得到，男人，一个有作为的男人，既然失去了赖以做男人的刚猛和勇武，本身就很自卑和惭愧，她已经不需要武登科再为她和儿子创造财富了，她现在迫切需要一个安定的家，一个团结的家，她曾经在思想上做过尝试，尝试自己成为别人的女人，但她一次一次地失败了，她坚定地认为她必须属于武登科，而武登科必须属于她，但这种愿望总是背道而行，让她痛苦、悲哀、凄凉，甚至是煎熬的烦恼。

康红的行动给了她一些灵感，她突然意识到了一些东西，一些她无法左右的东西，向康红对待苏培一样，从无形态的意识里发起有意识的袭击，我无奈地接受了，康英却想得极其复杂，她害怕这一刻真的降临到她的头上，她在同情我的同时，也咬牙切齿地痛恨康红，可这一切有用吗？康红的走马换车，促成了她的决心，坚定了她邪恶的意念，她得不到武登科，她在把武登科送给别人的那一刹那，她决定了，毁掉武登科，她首先想到了让武登科死，但这个念头她下不了决心，所以她实施了她认为最行之有效的办法，让武登科一生都生活在男人和女人的阴影中，让他一生都活在痛苦的折磨中，这种报复的行为，她笑了，她望了一眼扭曲的武登科，得意地喷出了一口烟雾。

时而康英会冷笑一声，她这样做了她一点都不会后悔，她做了之后，她一次又一次地发出了冷笑，她甚至无数次地想过这件事居然是她干的，如果真的有人知道这件事是她自己亲自下手做的，她想到了这里冷笑了一声，她对自己镇定自若的心态充满欣慰、欣赏、她认为这是最难能可贵的，她觉得这个世界上只有她才能做出这种惊天动地的大事儿，快意的事，她认为从此以后天下会有很多的女人会效仿她，惩治那些恬不知耻的男人。

想到这里，康英又瞟了一眼武登科，此刻的武登科在镇静剂的作用下，又昏睡了过去，血大概止住了，这个丑陋的男人，你除了你的事业和你的金钱之外，你的躯体有什么特别之处，还不是一样的令人恶心生厌。

这个男人是康英的丈夫，康英喝了一口香槟之后起身把一件毛毯扔在了武登科的身上，"你也不过如此，想不到你也有今天，我想你有今天应该一点也不过分吧，你逼得我已经走投无路了，我可不傻，像苏培一样，被康红扔垃圾一样的丢了，我不服气，我咽不下这口气，我丢不起这个人，你想做第二个康红，你办不到。"

"我忍气吞声这样，祈求你回心转意，祈求一家人和睦相处，我受了多少委屈，吃了多少苦，你知道吗？有多少个日日夜夜我不敢出门，不敢见人，因为什么，全因为你，是你让我濒临受折磨、欺凌的绝地，是你让我无颜见人，是你让那么多女人在背后讥笑我，是你让我毫无底气地在做人，我忍了，我认了，只要你还承认我是你的妻子，给我起码的权利和利益我也就认了，可你一点也不收敛，我尽的一切努力在你的报复下，全部瓦解了，你尚且不解气，又找了一个女人包养了起来，你一点也不顾念我们同甘共苦的日子，一点也不在乎我们夫妻之间的情分，甚至要断绝我的支出，你真狠。"

康英恼怒地摔了一杯酒，扭曲地发出了一阵阵的冷笑，"武登科你没想到会有今天吧！我叫你回来有那么难吗？我们坐下来难道无话可说吗？我请了你不下十次，甚至堵了几次，你要不不搭理我，要不拂袖而去，要不狠狠地甩开我，你够狠，我以为我永远不会有这个机会了，哈哈哈……可怜的武登科你不是爱玩女人吗？现在怎么样？现在你该醒悟了吧，欺人不要太甚，杀人也不过头点地，何必如此欺人呢，你想效仿康红，你的钱比康红多，你的努力比康红大，你想向她一样，也把我解决了，有那么简单吗？你看我，乖顺得像绵羊一样，你想怎么样就怎么样，你真是瞎了你的狗眼，以为你挣了几个钱就可以为所欲为，就可以欺凌别人么！也许别人可以，但我不可以，我的忍耐是有限度的，我一次又一次的给你敲响了警钟，而你居然不听，不收敛，反而更加放纵，这样不好吗？你尽可以把钱大把大把的送给那些女人，看看她们到底图什么。"

康英大概是劳累了，她向武登科蹒近了几步，然后又返回沙发，大口地灌了饮料，然后坐在那里发疯地吸烟，不停地听到武登科梦呓一般的呻吟，她的情绪也开始发出动摇，时而哭泣，时而号啕大哭，时而愁眉苦脸，她的一腔怨愤终于在仇恨的燃烧中化作了一缕又一缕的青烟，渐渐地冷静了下来。

她迟钝地眨着艰涩的眼皮，转动着浑浊的眼珠，心里想着自己如何找回了武登科，如何给他下了安眠药……这一幕幕像放电影一样，一遍遍地在她的脑海中反复地重演，然后她又想了武登科一个又一个的情妇，以及武登科是如何对待她的，她反复地咀嚼着，想着，希望可以再度燃起熊熊烈火，她甚至想治武登科于死地，但此时此刻她已经无力再办到了，她望着血污沾满了床上，地下，心里有些不忍，这种决绝的心态一旦迟缓松懈，她的内心就充斥了从未有过的惶恐和不安。

她开始变得沉默了起来，她的右手挟着一支烟，已经有好几次要烧到肌肉了，她才从深思中惊醒过来，她不安地望了一眼昏睡的武登科，浑身瑟瑟地发起了抖。怎么办？此时此刻她意识到了自己在心理准备了几年的行为，而且从来没想过后悔，害怕的行动，是如此的唐突和残酷，她始终觉得武登科罪有应得，可她还是动摇了决心，她有些害怕了，她害怕武登科会因安眠药用得过量而死去，一想到武登科会死，康英居然绝望地叫了一声，她仇恨的目光在转瞬间变得恐怖了起来。

不久康玲接到了康英的电话，有点痴呆的康玲并没有听出康英惶恐的喘息般的声音，小张接过去的时候，似乎也只听了一个轮廓，他也没搞清楚到底是怎么回事，但他断定发生了大事儿，他撂下电话惶恐地向外奔去。

等小张赶到康英的卧室时，他发现康明已经到了，武登科穿戴很整齐，只是脸色惨白，发出骇人的鼾声，康英大概已经对康明讲清楚了，她坐在沙发上一言不发，默默地垂泪，她还是下不了决心毁灭武登科，她给康明打了电话之后，又产生了一些别的顾虑，索性叫小张一块过来好了。

"姐夫怎么了？"小张见此情形，心里咯噔落了一块石头，沉甸甸地僵在了旁边。

"我们现在需要把姐夫送到医院去。"康明努力克制着内心不安的情绪。

"姐夫怎么了？"小张立即反应过来，她扑到了武登科的身边，一把搂住了武登科的头，"姐夫、姐夫、姐夫……"

武登科在昏睡中意识又出现了暂时的清醒，鼾声明显停下，他便凄厉地呼叫了一声，他甚至发出了清晰地呼叫——"小张救我！"然后又昏睡过去。

"你们把姐夫怎么了？"小张怒目而视，他可不怕康英，更不怕康明。

康明一言不发，瞟了一眼康英，点了一支烟，小张并不笨，他马上就明白了，这完全是康英一手策划的，面对康明他可不敢太放肆了，"还不快动手。"冲康明吼叫，他不会有任何顾虑，也许小张的一声怒喝把康明惊醒了，他二话没说，立即抱起了武登科。

康英麻木地近乎冷漠地望着康明和小张抬起了武登科，她心里闪过一丝后悔的想法，然后便被一种冷笑取代了，"武登科"她在心里恨恨地呼叫了一声，"现在你还想怎么样？离婚？泡别的女人？"康英又冷漠地笑了一面。大夫在询问康明和小张之后，康明给康英打了个电话，然后告诉了医生，医生告诉了康明……

不久，康英又接到了康明的电话，证明武登科不会有什么危险，康明似乎还想说点什么，支支吾吾又没说明白，康英悬着的心略感轻松，接下来她又陷入了一种惶恐和不安之中，武登科很快就会康复出院，他能善罢甘休吗？他心里的创伤会有愈合的那一天吗？康英不能给自己一种善意的安慰，她想的很多，而且越来越多，想理出一个头绪谈何容易，她不时焦躁地用手捶打一下她的脑袋，"怎么办？"这个现实的问题扰得她寝食不安。

武登科很快就从深睡中清醒了过来，他似乎无话可说，他一言不发，表情很冷漠，他的双唇偶尔会紧紧地咬在一起，脸上的肌肉隆起的时候，他的眼睛变得有些湿润，他竭力想掩饰一些无法控制的悲哀，但他并没有做到，他的上下眼睑没有拦住浑浊的水珠，让他变成一个泪眼蒙眬的脆弱者。

小张默默地守候在武登科的身边，康明手里搓弄着一支烟卷，默默无奈而且焦虑，他在想什么呢？

武登科的肩头抽搐了一下，浑身仿佛也在哆嗦，他强烈抑制着自己，千万别哭出声来，他的牙齿咬得咯咯吱吱的，泪水如泉眼一般的咕咕地冒出来，此时此刻的武登科是悔恨自己一生作祟的报应呢，还是可怜的悲哀的自我珍惜怜惜呢？或者仅仅是疼痛的仇恨的痛苦呢？

小张瞥了一眼康明，眼睛湿润了起来，他已经毫无勇气地面对武登科，他不明白，康明怎么会无动于衷，康明难道不同情武登科吗？也许他更同情康英，他的内心充斥了对武登科的不满由来已久，现在成了这种局面，他的内心充满了忧虑，事态的进一步发展会出现什么样的转机，他不得而知，武登科会用什么样的手段对付康英呢？也许已经梗在了康明的心间。

"姐夫……"小张找不出一句适当的话来安慰武登科，只有痛哭不已。

康明几次想点烟，但都没点成，他略有所悟地扭了一下头，然后看看武登科，用眼角的余光狠狠地瞥了一眼小张，便若无其事地坐在了一边。

护士往来旁若无人，加药时的神色变得很倨傲，他们蔑视地看了一眼武登科，麻木地从小张身边经过，其实只是一种履行责任的形式而已。

武登科的情绪稍稍稳定些的时候又陷入了昏睡，鼾声如雷，还夹杂一些委屈哭泣的抽搐，康明出去不久便回来了，他给小张要了一份盒饭，"先垫垫底。"

"我不想吃。"小张把盒饭推了一下，表情显然很淡漠，他瞅了一眼武登科，默默地低着头。

康明再一次把盒饭递到了小张面前，很坚决的态度多少表现在了他的行为上，他的手似乎用了较大的力气，这次他不希望小张可以推回他的手。

"姐夫怎么办？"小张没有接盒饭，目光疑惑地盯着康明，

"他还不到时候，先喂了你再说。"冷冰冰的口气让小张有些难为，他确实没有胃口，面对武登科，面对康明，即使是康英，他都表现得很无奈，他接下了饭盒，康明抽回了手，很自然地伸进口袋里去掏了一盒烟，这个动作刚刚进行完，他就意识到了禁止吸烟的警示，他瞟了一眼小张，又向外走去。

康明前脚跨出门槛，身影刚刚消失，小张犹豫了一下便起来了，他拿着盒饭，径直走到了走廊中，看着康明再一次从他的视线中消失，他敏捷地走到垃圾桶前，用脚轻轻

踩了踏板，桶盖张开了一个小口刚好容得下盒饭被塞进去，然后他的目光诡秘地盯了一眼康明消失的地方，平静地回到了病房。

武登科再一次从昏睡中清醒了过来，这一次醒来的精神状况要优于前一个晚上，只是他还是不敢轻易挪动身体，他龇牙咧嘴地呻吟上一声，然后便泪流满面，唏嘘不已，无论小张如何解劝都无济于事。

武登科住院的消息小张已经告诉了康明，希望封锁得严严实实，康明自然没有道理不同意，这样做的好处仅仅在于保护了武登科的面子，可以让他静心养病，也希望平静的心态可以让他有一个反省和休养的过程，更重要的是康明认为可以庇护他大姐，所以他为了达到最好效果也在尽心尽力，希望知道的人越少越好。

武登科似乎无缘无故就从人间蒸发掉了，很多人都在追寻他，而挡驾的却只有小张一人，康英守在她的阁楼中，令人不解的是康英仿佛也退出了竞争的洪流，对所谓的事实，存在的庞大的产业忽然冷漠了起来。

小张原本准备了一番心思要面对康英的挑战，把武登科要办的事情办好，而且又不能得罪康英，他甚至想好了在他主办的时候，还是尽可能地给康英一些权利，尤其是钱的问题，至于要办的事儿，康英未必能插得上手，必定康英是武登科的老婆，而且又是他的内姐，只因他们夫妻不和他才有这样的机会，他岂不明白利用他们不和的价值，充其量他的分量也不重，他得罪了任何一个人，对他都不会有好处。

康明还是管他的公司，他既不请求小张，也不向武登科汇报，他有他的想法，和一套做法，至于凯峰公司的现状，也不是人去楼空，其实早已经移到了另一个城市，如何部署经营现在只有武登科本人才知道，小张也知之甚少，侍加元的退出令武登科很恼火，凯峰的业绩刚刚有了起色，挂帅的人就被别人挖走了，他怎么也想不明白，康红居然来了这么一手，至于现在，小张想到了凯峰公司，他调阅了相关文件，但有一些东西他也不知道武登科把它们安置在何处。

小张召集各部门主管人员问过话后，他很失望，凯峰自从移到别处，他就知之甚少了，他自己也说不清楚为什么，自己对凯峰这个独立运作的公司更是情有独钟，但武登科似乎已经不想再让他插手了，这让他有些疑惑，他一直以来想搞清楚，却一直摸不到底细，现在依然是这样。他表现得有些焦躁，挥挥手让这些无用的部门经理下去了，他想不明白，可也不敢直接问武登科，凯峰是否还存在？他的回答是肯定的，因为从账面儿上核实，凯峰在两个月前从总公司调出三个亿的资金，这笔资金并没有回来，而侍加元早已离职，那么这三个亿？他绞尽脑汁也想不出这笔资金会让谁管理。

小张现在想的问题是，有没有必要提示一下武登科？可是，他犹豫了，他不该知道的东西，是否应该问呢？他的回答依然是肯定的，不能。

小张走出办公楼，无意地瞥了一眼康英的小楼，随手丢弃了煨燃的烟卷，心里淡淡地浮出了一种想法，"这个女人真狠，狠的让武登科哑巴吃黄连，有苦难言。"他们以后会怎么样？小张无法测知，但他不明白的是康英怎么会连小楼也不下，康明每天都来看他大姐，他却缺乏一种同情和怜悯的心态，不过他现在觉得有这个必要，必定他是康英的妹夫，于情于理他都应该看看，他报武登科的恩，却忽视了康英，是不是有点不近人情。

小张缺乏足够的勇气走近康英，无论他的心距离武登科多么近，却始终和康英保持着遥远的距离，他甚至认为在武登科影响下，他和康家的人都很陌生，包括康玲在内，现在他也这么想，让他不明白是康英怎么会变成这样，她懊悔了自己的所作所为，那也不至于放下这片产业。

康英冷漠地躺在床上，用毫无修饰的慵懒的目光疲软地盯着床头的一角，她的脑袋中一片空白，她闭上眼睛的时候就会想到血糊糊的武登科，然后就在镇静剂的作用下晕晕乎乎地睡去。

小张迟疑了足足有几分钟，还是轻轻地按下的门铃，他竭力想装出一副笑脸，或者自然的神态去面对康英，却迟迟等不到里边的响应，不是他的耐心有限，他想康英已经从小孔中看到了他，康英并不想看到他，这应该是主要的，他的内心有一种想法，心态就有些不稳定，一种近似惶恐的不安悄悄袭上了他的心间，他也许伤到了康英，他也许应该让康玲过来看看康英，而这些在此前他都没想到，他认为这是他的责任，是他疏忽了，康英和武登科的关系即使发生了变化，难道康英不再是康玲的姐了吗？他们已有的关系会有变化吗？他自认为自己是犯糊涂，他应该更早一点过来，现在康英生气了，也难怪。

他再想摁门铃的勇气终于没有了，他来的时候特别的谨慎，走的时候却很不安，他莫名其妙地有些愧疚，他一边远离了小楼，一边扭回头去审视，他最担心的问题是康英再怎么对待他，是否从玻璃上在瞧他此刻有些落魄的神态，他以为会出现这种别扭得让他尴尬的场面，而他居然没有看到。

小张还是恨不起康英来，这么多年来康英并没有表现出偏激地厌恶他的态度，甚至处处维护他，而他却做不到这一点，他死心塌地地帮着武登科，有时候还防范着康英，他无论在什么时候，无论在什么环境，无论在什么心态下，他只对武登科唯命是从，这一点让他有所改变，他可能办不到。

小张回到家中通知了康玲，只说了大姐生病了，让她过去看看，别的什么也没交代。

康玲在药物的作用下，痴呆的病状越来越重，但她不是病倒了对一切都麻痹的状态，听说大姐病了，她几乎顾不得梳妆便要破门而出，被小张大声喝止了，保姆立即开始为康玲收拾。

康玲也没有如小张所愿见到康英，小张觉得事情有些不妙，立即通知了康明，康明在电话中才告诉小张，康英是因为服镇静剂的缘故，小张紧张的心态顿感轻松，可是进不了家的康玲，却要起了赖，无论小张温柔的劝慰还是无声的恼怒，她一概视而不见，她非要见到康英不可，这却让小张难住了。

康玲不断地按响门铃，这让小张非常的恼火，他已经找到了康英如此做的理由，心里便轻视了几分，从他的内心出发，他并不想真正见到康英，他没想到康玲居然敢如此坚持。

康玲的坚持终于见了成效，康英被叫醒了，她模模糊糊地睁了一下眼睛，但她表现得十分困乏，她动了一下身体，然后又发出了鼾声，门铃让康英再一次惊醒，她突然像意识到了什么，脑袋在一瞬间完全清醒了。

康英拖着疲乏的身体，脚下发出沙沙沙的声音向门口靠去，他开了门锁，便慢腾腾地扭回头踱向卧室，她不想知道来人是谁，谁对她也不存在诱惑力，她现在唯一想的就是睡，她连儿子也不去想，脑袋很快就成了一片糨糊。

康玲有点跌跌撞撞的样子冲进了康英的卧室，康英还没在床沿坐好，康玲便来到了她的身边。

"大姐，你病了？"康玲有点口吃。

康英扭回头瞧了一眼康玲，睡意顿失，泪珠像扯不断的风筝线落个不停。

"大姐，你怎么了？"康玲的双手笨拙地托在康英的肩头。

小张坐进了客厅的沙发上，吸了一支烟。

康英止不住的哀怨终于化作了一腔愤怒的嚎泣，失声痛哭，康玲顿时紧张了起来，"小……小，小张，张至立，你快过来，你、你、你、快……过来。"小张仿佛没有听到一般，默默地吸着烟卷。

康英伏在康玲的肩头剧烈的抽泣让康玲无奈地陪哭了起来，她不知道大姐到底发生了什么事儿，总之，大姐的伤心，也是她的悲哀，她哭的也甚是壮观和悲怆。

小张把烟屁股准确地弹进了烟灰缸，烦躁地立了起来，他并没有这样的责任心，妻子和妻姐只是一种概念上存在的事实，在心底，他用鄙视和厌弃来对待她们的存在，她们哭她们的，那是她们的事儿，至于康玲的呼叫，他充耳不闻，毫不予理睬。

他抽了一支烟，然后点燃了，瞅了一眼传出哭泣的房间，颇觉不快地向外走去，"女人比男人更烦。"其实在他的心里还有一个底线，男人也烦，只是看人看事的准则心态不一样而已，他并不觉得自己会好在哪里。

小张的手机响了，他看了一下号码，立即向外走去，同时接起了电话。

手机忽然又断线了，电话是武登科打来的，武登科开了手机，这已经是一个意外了，他想武登科一定是有事儿，只是手机的信号不好而已，他立即回拨了一个电话，却发现武登科已经关了机，他马上明白了武登科的用意，武登科并无意和外界取得联系，只是在呼叫他而已，他扭回头瞅了一眼康英的小阁楼，就匆匆离去了。

小张不明白，武登科唤他到底有什么事儿，他想不出武登科会有什么事儿，他刚从他的身边离开不久，他就有了事儿，这让他很疑惑，他一边开车，一边琢磨，就是想不出一个子丑寅卯。

当小张赶去医院的时候，武登科已经不在了，病房里放置着最近使用的日用品、食品、闲书、一样不少，只是武登科却意外地不见了，武登科可以下床了？他可以自己溜达了？还是他到护办室换药去了？这些问题纷纷地侵入他的大脑，乱糟糟的，但他必须迅速理出一个头绪。

护办室的护士井然有序地坐在办公桌一角的床上、椅子上闲聊，不曾想到会冒冒失失地闯进一位不速之客，大家略有惊异的感觉，但一瞬间又恢复了常态，她们的目光瞥到小张的时候，丝毫也没把他放在心里，甚至想着鄙视他的到来和存在。

"我的病人呢？"小张可没有她们那么有教养，带着猎味儿的询问，本身就透着一股子霸气。

没人搭理他，这本来就很不正常。

"312号的病人呢？"他的口气略有好转。

"你问谁？"一位年长的护士瞥了他一眼。

"自然是问你们了。"小张。

"你护理的病人问我们？"

"他可是你们的病人！"小张很不满护士的问答。

"但我们没有义务看着他哪也别去。"护士A。

"好，我去找你们院长，让他来和你们说话。"小张愤怒的把门关上了。

"你的态度是不是有点太蛮横了。"护士B追了出来。

"我在着急我的病人，没工夫和你们闲扯。"小张还是执意去找院长。

"你的病人已经办了出院手续。"护士A也追了出来

"你们说什么？我是不是听错了，他办了出院手续？谁给他办的？"小张诧异到了极点，武登科居然办了出院手续，而他这个二当家居然什么也不知道，那他还来干什么呢？

"这是他留的信。"护士B回护办室取出了一张纸很不友好地递给了小张。

"不好意思，对不起。"小张忽然觉得自己有些难为情，他并不是勉强地要笑，可是他真的笑的优点虚伪，他不明白，这是怎么回事儿，武登科会到哪去呢？

护士AB不屑地扭了一下屁股便回了护办室，小张展开了信纸在读武登科留下的信。

张至立：

我的心情很不好，我暂时不想打理业务，希望你暂为管理，和各个部门配合好。

另外，我并不知道自己会走多长时间，有好多问题，我需要冷静地想一想。和康家的人搞好关系，对你应该很重要，至于我和康英之间的事儿，我想好了之后会有结果的。

你让人收拾一下病房，把咱们自家的东西带回去。

武登科即日

小张把信纸翻了一下，希望还能找到只言片语，但他失望了，武登科对他的特殊交代，让他很不解，通知让他来收拾东西，他笑了一声，表现得很无奈，怎么是这样？他

第六十一章　懊悔

坐在病房里，挨个地检查了武登科留下的东西，横竖也值不了几个钱，吃的带给谁？医院发的东西又带给谁？他把几本传记小说收拾在一块，就想不出还要带回什么东西，吃的，那一大堆吃的东西，他鄙视得瞧不上眼，让他带？可能吗？

武登科走了哪里？和谁走了？这些问题才是小张最关心的东西，可是武登科没有告诉他，他的病情怎么样？武登科同样只字不提，就走了，他天天来陪着他，眼看他快要康复了，他却消失了，他真的是想不明白，武登科的葫芦里到底卖的什么药！

小张几经核对东西之后，确信某些东西没有什么价值，便把他丢下了，他带走的东西极其有限，即使如此他还是有些不情愿，他甚至有些埋怨武登科，但无奈和不解也同样困扰着他。

小张把车停在一个门面富丽堂皇的歌厅前，在几位迎来的小姐呵护中簇拥着向里边嬉戏着走去。

第六十二章　武登科依然信任苏培

我自己觉得在此刻，非常的莫名其妙，我是否对自己的存在产生了一种质疑，连我也认为有必要，这是怎么一回事儿，事情竟然是这样的，我坚信武登科是不怀好意的，可他必定曾经信任我，帮助我，他的存在让我有种歉疚，有一种卑贱的感觉，我敬重他，也佩服他，但这些已经不是今天我应该拥有的，我承认我有愧疚，可是，现在我已经不这样想了，我要忘掉他们，忘掉他们带给我的屈辱，带给我的凄惶和怨恨，而这一切在此刻却显得苍白无力，我想不明白，可是不明白的东西，他降临在了我的身上，我该怎么办呢？

武登科主动打电话给我，我想都没有想到，这怎么可能，我想他一定是打错了，我们隔膜了很多年，现在，这种时候他想到了我，意味着什么呢？武登科，我马上意识到了康明的提示，然后就想到了黄鼠狼给鸡拜年，肯定没安好心，看来我被武登科惦记上了，我当时一听到他的声音就想了这些，心里还很不服气，你也太小瞧我了，真的还惦记上了我，看来你这一招不会太灵验了，我的心里已经有了这样的思想准备，横竖不沾你们边。

令我吃惊的是武登科的声音居然没一点底气，他的第一句话竟然是，"你相信我会大病吗？"我被搞糊涂了，这是武登科吗？我对这个号码产生了怀疑，可他就是武登科的。

叫他主任也好，姐夫也罢，还是直呼其名，此刻我怎么称呼他很无所谓，但我并不相信和我说话的就是今日风云正隆的本市的头号人物武登科。

这到底是怎么一回事儿？武登科是良心发现，还是别有用心，或者是在怜悯我这个可怜虫，或者还有别的想法，可他偏偏说他生了大病，问我信不信他，这怎么可能，他生了大病，他用得着通知我吗？他手下有多少智囊才人，有多少人在巴结讨好他，还差我一个昔日的连襟吗？

我在淡淡地出声笑过之后，发觉武登科特别的幼稚，用这么诡秘的隐晦的言论介入我的思维，无非就是为了走近我而已，看来在他的眼里，我是很容易被他接触的，他也未免太小瞧我了，冲这一点，我也不会服气。

"怎么你不信我吗？"平和而温驯，这绝对不像一贯趾高气扬的武登科，这么平易近人的问候，这在我的印象中是绝无仅有的一次。

"姐夫真能开玩笑。"我相信这一定是个玩笑，但也相信这绝对是一个善意的玩笑。

"姐夫像和你开玩笑吗？"武登科柔软的声音多少显得有些有气无力，但却向我传递一个真实的信息，他可能真的是在生病，武登科病了，病就病了，干吗要通知我呢，想让我去看看他，这样做有什么意义呢？我真的是搞不明白，他葫芦里到底卖的什么药，但我坚信一点，他又在耍阴谋诡计，他想算计我，我在心里筑起了防范的大堤。

"姐夫，在哪个医院住院？"

"市医院，外科，312病房。"武登科。

"我很快会过去看你。"

"不用，现在不行，小张马上就会过来了。"武登科这是什么意思，听他的口气，我即使去看他，还不能让小张看到，这是什么逻辑，我被他搞糊涂了。

我心里略感不快，鼻音仿佛加重了一些，我稍作迟疑，武登科在电话的另一头就又说开了，"你不要误会，姐夫这次栽大了，病得很重，不怕你取笑，姐夫居然找不到一个僻静的地方可以躲一躲，所以才想到了你，姐夫谁也不想看到，也不希望任何人知道，想到你，你明白我的意思吗？"

我还是不明白，他葫芦里卖的什么狗皮膏药，我只是觉得越听越糊涂，武登科说小张已经来了，给我说这些有什么用呢，他找不到一个僻静的地方，所以才想到了我，看起来他知道我住在什么地方，他不想让别人看到我，这有利于清静，我反复地琢磨了他的话，渐渐思维中有了一种明晰的开阔的大胆的假设，武登科要来我这个地方，他就是这个意思，他怎么想到来我这个地方，他真的是为了养病吗？还是有别的意图，对这一点我弄不明白。

过了一个钟点，武登科又打来了电话，这一次他没有拐弯抹角，直截了当就告诉了我，"小苏，姐夫想到你那里住上一段日子，不知道你那里方便不方便？"

武登科养病住到我这里，这倒真是新鲜事，他有什么地方去不了，他什么样的钱花不起，高级宾馆，高级疗养院，他那么多钱，干吗要来我这里，我丝毫也不觉得这是荣幸，相反，我却更加坚定的相信这又是一个圈套。

"姐夫，这对于你的病情恐怕不利吧！"我想拒绝他，可又觉得没那么容易，即使武合科这样做我没有受宠若惊的感觉,但于情于理,我都不应该拒绝他,但我还是不情愿,我害怕他算计我,我可没有他那份脑子。

"姐夫现在已经基本痊愈了,每天打吊瓶,有你就行了。"看来武登科是铁了心了。

"那你什么时候过来?"

"明天吧,我今天只是和你说一声,让你心里有个准备,明天我一打电话,你就打一辆出租车过来。"武登科。

"不通知大姐?"

"任何人都不能通知。"武登科坚定的口吻。

"可以我等你的电话。"我等武登科挂了手机,然后我才关上了手机。

武登科居然要来我这个地方,他居然想到了我,这恐怕是我始料不及的,直到现在我还是很疑惑,这是真的吗?他和我已经有几年不来往了,甚至用仇恨的思维,厌恶的目光,摒弃的心态面对我们的存在,他已经让我仇恨着他,难道这些他都忘了吗?他都忽略了吗?

武登科这样做,算是有求于我吗?还是他的心胸因此种种而变得宽广大方了,他不想再去计较过去的恩恩怨怨了,他想用这种姿态沟通我们尘封已久的往来,他变了,我感到他变得背后,一定潜伏着一个巨大的阴谋。

我还是有些害怕,武登科这个人太可怕了,他为了某种目的,什么样的事儿他都做得出来,现在,难道他这样做,不是一种苦肉计吗?

我点了一支烟,透过烟雾弥漫的屏障,我在审视着我的家,现在要来一个不相干的大人物,这个人有恩于我,而且又是我敬重的亿万富翁,他也许心怀鬼胎要算计我,他也许是真的信任我的为人想安静地待上一段日子,可我取舍不了他的存在,潜藏了什么样的动机?所以我自然而然有了一些苦恼。

武登科的动机我是没有能力洞视明了,但是他肯定是要来,他既然要来,我就得有所准备,我现在也不是一个轻量级的小人物,虽然和康红离异了,但我依然是本市重量级的富翁,我的表现不能太寒酸了,尤其是面对武登科,想到这里,我的思维让我暂时放弃了一切恩怨仇恨。

我让冰柜装满了各种肉食,让冰箱塞满饮料,冷盘,酒柜上耸立了各式国产酒,我对洋酒不感兴趣,市面上也极少,床底下放了几条中华烟,各式水果糖块,买了一台落地钟,整个布置光彩夺目,充满了贵气,毫不寒酸。

整整折腾了一天,累得我筋疲力尽,在食堂里吃了一点东西之后,便回去睡觉,手机一天不断地在检查,唯恐无缘无故地发生停机现象,我在等待武登科的电话,等待他的召唤。

但这一天很平静,我除了忙这些东西,布置家之外,几乎是没有接到一个电话,现在我要睡觉了,但我还是不放心,我把手机放到离我最近的地方,方才觉得可以踏踏实实地睡上一觉。

这一夜和别的夜没有什么区别，我有失眠的区间也有酣畅的熟睡，但我不想想，即使思维混乱，各种念头不断的升级，扰得我心神不安，但我还是坚持抑制，寻找睡眠的状态。

第二天我起得特别早，我收拾了家之后，便抱着一本《射雕英雄传》看了起来，我认为读这本书感受主人公的恩怨情仇，会让我生活在一种虚拟的感觉中，时间在这种麻木的陶醉中消遣，自在地溜走了，我的烦恼牵挂着书中的人物也就淡了儿许，现在我为等武登科的电话，又拿起书看了起来，不过这一次和以前有所不同了，等待的焦躁无法让熟知的情节抑制了，我的内心被一种焦躁燎烤着，浑身无法自在。

九点钟，我的手机响了，我立即抓起手机，是武登科的电话，他告诉我立即打一辆车过来，他要来我这里，他果然是准备来我这里，我唉了一声便挂了电话。

见到武登科的时候，我内心的忧虑和惶恐在刹那间便渺无踪影，武登科温和地冲我笑了一面，他脸色煞白，全身上下内外都透着一种憔悴和疲乏，他虽然勉强打理着自己的精神，但一眼就看出他毫无底气的怯弱，明明就是一副真正的病态。

我依照武登科的吩咐，什么东西也没带，他似乎也不打算带走任何东西，他扔了什么东西反正也不会可惜，我一来他就准备要走，他仰躺着的身体慢慢倒转了坐起，在一只手的作用下，他让自己的一条腿放到了地上，另一条腿也慢慢跟进放下。

我不知道武登科得了什么病，看样子他病得不轻，我走近他的时候，他并不拒绝我去搀扶他，"姐夫怎么会这样？"我觉得他病得不轻，却没有人陪着他，这好像不合情理，武登科淡淡地笑了一面，"没有什么，病已经好了。"

"精神状态怎么这么差？"我有些疑惑。

"嘘。"他轻轻地吁了一口气，另一只手托在了髋部，他竭力装出一副轻松的样子，可是表现得却很难为，他走了几步想回过头去看上一眼，看到我，他又放弃了这个行为。

"我们还是赶快走吧。"他的言辞很缓慢。

"怎么会没人陪伴着你？"我还是让自己的好奇捅破了这个令武登科略显尴尬的问题。

武登科依然是淡淡地笑了一面，他轻轻地向前把脚踩踏实了，然后又向前迈第二步。

"你是认识我的人中，第四个知道我病的人。"武登科就是武登科，我想他是不会告诉我的，我已不打算知道这个问题了，他却突然说了。

"为什么他们不去通知别的亲友？"这种做法有悖常情。

"算了，我不想见任何人。"武登科托在我肩上的纤弱萎黄的手轻轻拍了我几下。

"你一向人缘好，如果他们知道你病了，还不把医院的门踩塌了，不让他们知道也好，正好可以静静地休养一段日子。"

"我们还是快走吧，康明马上就到了。"武登科。

"你不打算告诉他们？"

"嗯。"武登科。

"大姐那里呢？"我想应该告诉康英，因为他们是夫妇。

武登科专心的小心翼翼地往出迈他的脚，有的时候显得有些吃力，他的面部表情会狰狞恐怖地痉挛一下，看起来他不希望我提康英。

我一言不发地伴着武登科的脚点往前慢慢地伸缩，他默默的表情仿佛失落了什么东西，目光洞察的神韵游离而涣散，他不想让我的目光和他对视，他只关心他的脚落下去的力度，在走出走廊的时候，他从衣袋中拿出一个大号的黑墨镜捂在了眼上，低垂着膀子，踱着小步，绝对不会左顾右盼，径直向外走去，我相信没有人会轻易想到这就是赫赫有名的武登科，一副落魄、寒酸、凄凉、孤独的样子，是疾病击倒了他，是事业的成败击溃了他？是家庭、社会的情感击中了他的要害？我一边走一边仔细地咀嚼着他心中的悲哀，但是我并不能想得很清楚，我隐隐感到这种不祥的阴云与康英不无关系，他们彼此间又有了大的活动，武登科成了这个样子，我实在是不敢想象着去臆断。

坐在出租车里的武登科问我要了一支烟，我递给他烟的时候，我发现他的手在微微颤抖，他似乎缺乏一种勇气看到我，我给他点燃了香烟，他深深地吸了一口，然后让头仰在靠背上缓缓地吹气。

武登科明显地衰老了，他不加修饰的额头皱纹里漂出了零碎的皮屑，浑浊的眼球覆盖着单薄的眼皮，向外略凸出，原本洁润嫩白的肤色，仿佛涂上了一层衰老的粗糙的紫红色，他的嘴角挤满了唇裂，间杂了紫非紫，白非白，黑非完全黑的胡子，沾满了一种衰朽枯萎的生气，和昔日的武登科相比，判若两人。

回到我的居所后，武登科给小张打了一个电话，让小张去结账，收拾那里的东西，完了之后，喝了我倒给他的一杯饮料，点了一支烟，只和我说了一句话，"你去买先锋B给我输液。"便不再搭理我。

我想多问几句，见武登科这个样子，心里又有些不忍，他并不想让我知道得太多，仿佛有什么难言之隐，我便打消了询问他的念头，立即起身向医院进发。

我是一个并不聪慧的人，没有敏捷的反应，更无适合时宜的应对，但我喜欢琢磨，通过缜密地推理，问题往往会让我茅塞顿开，但武登科的样子，却让我十分的费解，他的行为异常古怪，甚至心态也时好时坏，坏的时候更多，我不明白，什么样的打击能让武登科这个巨人轰然倒下，这个问题，从我一看到武登科的时候起就在思考，但是一直得不出一个结果。

武登科？他像一团迷雾一般朦朦胧胧，让我看不清他的真面目，但我相信，他这次的行为绝无恶意，他在心里一直保留了对我的好感和信任，这一点今天我体会得比任何时候都明了，坚定，我不觉得这是坏事儿，相反我感到很荣幸，而且自豪，武登科用他的行动证明了我对朋友，对恩人的忠诚和真挚的分量，我想我的想法一定适合此刻的逻辑。

我弄回输液的一切东西之后，武登科正在看《射雕英雄传》，他见我进来之后，只是抬起头冲我淡淡地笑了一面，然后吸了一口烟，又埋头去看书。

我放下东西立即开始准备着给他输液，他一言不发，躺在沙发里把一只手伸在一边，另一只手把书压在沙发靠背上举着看书。

我还没有扎针，他就已经感到很疲累了，他把书放在前胸上，借着双肘的力量慢慢坐了起来，"这样不行。"

"干脆坐着输吧！"我建议他，"把手放在扶手上输液，把书放在茶几上，你看怎么样？两不误。"

"行，我看这样好一些。"他把一只手放在沙发扶手上试了一下，然后把书放在沙发上等了一下眼距，觉得还适合。

给武登科输上液之后，我在茶几上摆放了各式水果，另外按照他的要求还放了一些饼干，蛋糕一类的食品，他一边看书一边吃一些饼干，或者橘子等。

我又给他泡了一杯龙井，放了一盒中华烟，"我有好长一段日子几乎要不吃东西了。"武登科忽然说了这么一句话之后，又把注意力集中到了《射雕英雄传》上，我冲他笑了一面，我想应该是这样，但我又不知如何答复他最好。

两天之后，武登科刮掉了胡子，脸色也好了许多，还吃了几块羊肉，偶尔也尝龙井茶，但喝饮料的时候居多，他还要求继续给他输液，他说话的时候很少，但有一句话我的印象特别深刻，"想不到世上还有这么好看的书。"现在我终于明白了，武登科恢复得如此之快，心态调整的这么平静，胃口大开，缘由不在我，也不在用药，而是《射雕英雄传》。是这本书让他沉醉在一种忘我的心态中，是这本书的力量让他从痛苦的深渊中解救了出来，他陶醉在故事的情节中，伴随着主人公的喜怒哀乐，激愤，动荡，喜悦，欢呼，他忘记了自己，忘记了他的事业，忘记了他个人的恩恩怨怨，所以他的心胸突然宽广了，他的愤怒，他的悲哀，他的失落全在无形中化解了。

"还有这样的书吗？"第四天，武登科的精神绝非来时可比，他的饭量变大了，他的情绪稳定了，各方面的状态都在好转，他看完了《射雕英雄传》，我原以为他会在看一遍，想不到他一看完就把它丢弃在了一边，又向我索要新书。

"有。"我从床底下的纸箱中取了一本《玉弓缘》交在了他的手上。

"我从来不爱看书。"他接过《玉弓缘》之后对我说。

"现在呢？"

武登科看了一眼《玉弓缘》的封面，淡淡笑了一面，"想不到作家的想象力那么丰富，学识简直太渊博了，书写的这么庞大复杂，简直不敢想象。"

"武侠小说是成人的童话，可以让我们欢乐忘忧，着迷沉醉，忘记时间的概念，让一切在潜移默化中淡忘了。"我说话的同时，武登科已经翻开了《玉弓缘》的首页，他似乎听懂了我的话，明白我的弦外之音，也许寓意着他的痛苦，也在隐射我的内心，他点了一下头，无论从表情到思维，他都在说明一个问题，冷漠地面对《玉弓缘》，认真地面对《玉弓缘》，自然面对我的成分就剩下了不理不睬，我不明白他到底受了什么伤害，怎么会变成这样，我曾很多次试图撬开他的口，但每次都以失败而告终。

我想武登科面对我，但并不信任我，我们在一块已有几天工夫了，但交流得极少，就是他出去方便也不许我陪着他，他的坚持也让我不好勉强，也许这是他的一种生活习惯或者是忌讳吧，我也弄不明白，反正一切由他，他说怎么样我就怎么样，输液还在继续，他说这很有必要，但为什么输他不告诉我，只说有炎症，必须麻烦我，然后他便不再理睬我，睡觉的时候有时会说两句，但不多，更多的时候就是看武侠小说。

我奉他的指令出出进进，采购食物，选购小说，整理小家，也不觉得麻烦，有这么一个人让我伺候着，反而减轻了我内心的痛苦，寂寞和孤单。

武登科终于有一天要停下液体了，但绝不停下武侠小说，我无所谓，他说输我就给他输，他说不输就息着，在我看来他的身体已经恢复了康健，但他并不说走，也不让我告诉任何人，也不挂记我，所以我们两个人待在这里，还会有谁打扰呢？

武登科虽然度过了他人生最痛苦、最黑暗的一段日子，但是他的心情依然好不起来，这一点我看得太明白了，他一刻不停地在看武侠小说，也很少有不抽烟的时候，他猛猛地灌上一杯香槟，便很无所谓的蜷缩在床上看书，他从来也不问我晚上睡在哪里，床上、沙发上，地上，这些他都熟视无睹，他累了，我不知道他什么时候就睡着了，他醒了，我也不知道书页从什么时候又有了声音，他偶尔会让我放一点音乐，但效果并不好，不久他就会吵着让关了，他善于长嘘气，还说自己头晕胸闷，我说他书看得太多了，他不以为然，他出外边方便的时候我很少知道，他又对我说，他浑身没力，可是饭量还不错，零食也吃了不少，我对他说，缺乏锻炼，躺得太多了，烟也抽得多了，可他对这些都不以为然，他相信自己胜过了相信我。

武登科在特别情况下，神秘地消失了，并没有引起很多人的关注，他失踪几天，几十天，几个月，有的员工几年不见他甚至也不觉得奇怪，谁让他是一个大集团的董事长呢，可是张至立见不到武登科，完全失去了武登科的指令心中便常显得不安，它是所有人都公认的公司二号人物，谁都知道他举足轻重的连贯关系，但他毕竟也是一个高级的员工而已，所以大家在恭维他服从他的时候，内心并不服气，武登科没有具体的指令，张至立的行为也会大打折扣。

小张每天例行公事儿一般处理了很多小问题之后，便去酒吧，聊吧，歌厅去泡小姐，他因为没有武登科而被架空，这一点其实他内心也很清楚，以前他的确有很大的权利，但随着公司的膨大，他明显地感到他执行的权力越来越小了，武登科的姿态高了起来，所以高级职员的向心力都凝聚在了武登科身上，他自然而然时常被搁浅。

有时候小张也在想，能不能让他独立经营一家公司呢？而且这种意愿也曾和武登科说过，但是没有得到武登科的恩准，他心里很明白，武登科的身边需要他这样的人才，其实在武登科心里，还有一种故旧的偏见，武登科何曾不想让小张独当一面，他内心不仅仅是在担心他的能力不够，甚至也有点不放心他，所以小张只能默默地跟在武登科的身边，他这样认为，偶尔也会觉得有些内疚，所以武登科给小张的待遇，是任何一个员工所不可比拟的。

康明几乎每天都来看望康英，偶尔小张会看到，他有时候会很生气，为什么呢？武登科不在了，现在这里的全盘工作他说了算，别的经理不过来亲自汇报工作，电话里也会沟通一下，唯独康明，见了他也只是点一下头那么简单，什么也不和他说，更谈不上汇报工作。

今天他同样又看到了康明，康明也看到了他，康明的车没有像往常那样停靠在车位，而是直接停在了康英住的小楼的前边靠右角的地方，小张心里很不好受，他明白这是为什么，康明不想和他招呼，就这么简单。

康明下了车，没有看小张一眼，径直走进了小楼，小张无奈地把烟屁股扔在了院里，然后回到了他的办公室，武登科的秘书把一摞文件交给了他。

康英的心情随着平静的日子渐长渐久，似乎也出现了短暂的轻松，她可以偶尔愉悦地面对空间，面对世态，面对来看望她的康明，甚至也可以平心静气地看一会儿电视，此刻她正在看电视，康明破门而入她不用问，从脚步的声音上就可以判断出是康明来了，康明的到来毫无规律，但每天一趟，仿佛是铁定的。

"大姐，声音怎么这么大？"康明一进门即温和地问康英。

"我的脑子里特别的乱。"康英焦躁地用手摁着太阳穴。

康明走到电视旁，拧小了声音，"声音太高的缘故。"

"没放的时候，我已经这样了。"康英痛苦地裂了一下干燥的口唇，不安地四处张望着。

"中午没有吃药吧！"康明拉开抽屉检查了一下抽屉里的一包药，回过头问康英。

"我忘了。"康英摇了一下手。

"大姐，一天三顿你要按时服用。"康明。

"我怕我自己又吃多了，一睡又是几天。"康英。

"我已经给你包好了，一个纸包一顿，我每天来给你放三个纸包，你记好了，一天三次。"康明给康英倒了一杯水，喂康英服下了一包抗焦虑症的药。

"我就记不住，我就记不住，啊呀，我好麻烦，我不想活了，啊呀，我真的是不想活了……"康英手舞足蹈，显得特别的难受。

"大姐，你是一个有理智的人，你要用你的理智克制一下，药物的作用只是起到了一个辅助调节的作用，关键还在于你个人，你这个样子，让我怎么能放心，我让妈妈过来，你又不让，你既然想一个人平心静气地待着，我也不反对，可是你如果一味这样，我只能把妈接过来了，让她照看着你，你看怎么样？"康明望着歇斯底里的康英，平和地对她讲着这番话。

"算了，我知道，有时候真的不由我，我就想这样。"康英在瞬间恢复了平静，她用力快速地用上牙咬下唇，眼皮奄拉下来，然后又用力抚了一把，勉强笑了一下。

"我知道大姐，不用担心，一切都会过去的，现在好了，你上床睡一会儿，睡醒了再看电视。"在康明的照顾下，康英陷入似睡非睡的状态，她迷迷糊糊地仿佛又呓语了什么，康明并不在乎这些，他扯了一条被子给康英盖上，然后坐在了沙发上吸烟。

不久，厂区里开进了一辆本田轿车，李婷宜来了，她领着一个四十岁上下的中年妇女下了车，带着一包衣物进了康英的小楼，这件事儿康明和康英说过，但康英不同意，今天康明坐在这里看大姐的样子，心里极其不安，所以给妻子打了一个电话，从他的工地上带回了这个颇懂世故人情的妇女来照顾大姐的饮食起居。

见到康明，中年妇女淡淡笑了一面，"这就是大姐。"

"嗯，你先坐，这就是我和你说的我大姐，她现在有点小病，每天三次药，你要按时给她服上，这个是厨房，这个是卫生间，其他的房间你待下自己就知道了，想吃什么你尽管去买，反正照顾好大姐就行了，工资你不用担心，亏不了你。"康明慢条斯理的样子。

"我知道怎么做，请你放心康总。"

李婷宜走近康英帮助康英理了一下凌乱的头发，"帮大姐洗个澡。"她的目光停在了她带回的女人身上。

"没问题，我会和大姐配合好的。"中年妇女。

"我好像记得你叫郭红霞。"李婷宜。

"你记性不错，我就叫郭红霞。"郭红霞。

"我大姐处于病态的状况下，她可能行为会偏激一些，请你多多包涵。"康明。

"这个我知道，我会安慰她的，让她尽可能地保持良好的心态。"郭红霞。

康明忽然笑了一下，李婷宜瞟了他一眼，对郭红霞她们都比较满意。

"那就这样了。"康明把两千元现金放在了茶几上，"这是生活费，没有了我在给你，记住，我们不怕花钱。"

"康总，你放心，我不会帮你们省钱的，照顾好大姐是我的职责，请你们放心。"郭红霞。

李婷宜讶异地望着郭红霞，不解地笑了。

康明再没有什么表示，他的话点到了，似乎他的意思也就到了，别为了省钱，委屈了他的大姐，想不到郭红霞一点即透，他还有什么可说的。

"我们走吧，让大姐歇着吧！"李婷宜。

康明一言不发，既然李婷宜都这样说了，他还能不走，"我有些担心。"一出康英的门，康明若有所悟地说。

"担心什么？"李婷宜。

"别把大姐吓着了。"康明。

"怎么会呢？"李婷宜。

"大姐的神经已经很脆弱了，忽然醒过来发现有一个陌生的女人待在她的屋子里，她会怎么样？"康明。

"那怎么办？"李婷宜。

"稳妥吗？"康明。

"我也不知道，大姐，你以前说得怎么样了呢？"李婷宜。

"大姐不同意。"康明。

"大姐不同意你干吗让过来？"李婷宜。

"大姐这个样，我太不放心了。"康明。

李婷宜停住了脚步，拧回了身体，"那我们怎么能走，至少也要和大姐说清楚，免得他突然间受到惊吓，她已经这个样了，不能再受刺激了。"

"听你的。"康明也拧回了身体。

"还有得告诉二姐夫一声，不然别引起他的误会，同在一个院中，二姐夫还以为进了贼。"李婷宜。

"这个你不用担心，在你来之前，我已经电话告诉了他，他说这很有必要。"康明。

"大姐夫有下落吗？"李婷宜。

"没有！"康明。

"恐怕没那么简单吧！"李婷宜。

"我看不像，公司里好多的事儿都搁着，明眼人一瞧就知道二姐夫他做不了主，显然他不知道大姐夫的下落。"康明。

"你说这个人他会到哪呢？"李婷宜。

"不知道。"康明。

推开了门，又进了康英的家。

"康总，还有什么忘记了交代，"郭红霞迎了上来。

"不，也没什么，只是我大姐她处在昏睡的状况下，我们没有和她说清楚，担心她醒了会不接受你。"康明。

郭红霞淡淡地笑着，这个她也不好说，她心里也许也在担心这个问题。

李婷宜走近了康英察看她的呼吸和容颜，"大姐一下子老多了，真是想不到。"

康明点了一支烟，一言不发。

"大姐夫……"李婷宜似乎还想进行刚才的话题，但刚刚起头，就望见康明的眼珠子在威严地瞪着她，她的心里猛然受惊，浑身透过一丝不悦的感觉，立即刹车不问了。

第六十三章　你心里有谁

"我们最好怎么样？我们最好怎么样？我们最好怎么样？……"武登科从昨天起仿佛突然失去了对武侠小说的兴趣，几十本厚重的武侠小说在床上占据了一个很大的空间，他翻了这本翻那本，现在终于翻的自己索然无味，口中自然不自然的情况下，总爱念叨这样一句话，让我不解其意，莫名其妙。

武登科到底发生了什么事情，我一直不知道，武登科缄口不提，我们问也是白问，一问这个问题，他就不再搭理我了，而且会一直不高兴，直到忘了这件事儿，所以我们间的谈话也就少之甚少，我不知道他因为什么输液，因为什么逃避，因为什么心情郁闷，更不知道他此刻心里梗着什么事儿，我琢磨也是瞎琢磨，终究还是想不到正经的地方。

我给他倒了一杯香槟，他却抽了一支烟，他点燃之后，深深地吸了一口，然后瞟了我一眼，伸出手端起了香槟一饮而尽。

"有很多事情是始料不及的。"武登科住在这里这么久了，只有这一句话是率真地对我讲话，因为他的目光盯着我，毫无卑怯的目光，让我感到一种确确实实存在的不自然。

我点了一下头承认他说的有道理。

"见过康红吗？"武登科微微动了一下身体。

"没有。"怕处有鬼，我担心他提起康红，更害怕他提一些尖锐的问题，让我难为，可他还是有意无意地问了一句，我心里有点不自在，面子上却淡淡地笑着。

"已经这样了，何必那么拘谨，男子汉大丈夫何患无妻，何况你又是腰缠万贯的富翁，活得这么尴尬，所为谁来？"武登科倒是说得轻松。

我还是无以应对，默默地陪着他笑一笑。

"你这个人其实非常幸运，你自己不觉得你是一个福将吗？康红走火入魔，做事容易走极端，并不是每次都那么幸运，你记住我的话。"武登科这么多年来，是第一次公开的坦诚地和我说到康红，想不到会这样评价康红，我明知道他说的有道理，但我还是相信康红，相信康红可以做出一番事业，何况今日又有侍加元的协助，他们会失败吗？

"康红在你的心里，是爱人，是亲人，是完美的偶像，你除了爱她敬她，更重要的是你佩服她，她一个女人能够做到这一点，让你能够心甘情愿地服服帖帖地为康红驱使，她应该知足了，然而在我认为，这正是你的悲剧。"我吃惊地看着武登科，这种道理我仿佛在哪听过，自己也或多或少有这种思维，可是绝没有武登科如此明白透彻地告诉我，让我震动，难道我的错就是因为自己太懦弱了吗？难道我的错就是过度地相信康红了吗？我爱她，胜过了爱自己，胜过了一切，难道这也有错吗？

"你不要怪姐夫，除了你和我的儿子，别人包括任何人想让我坦诚恳切地说心里话，都办不到，也许你会想我现在的处境，老想问个为什么，我连我自己的事儿也处理不好，也配对你指指点点，我的事儿别人包括你，有权利评价议论，可是那些并不重要，关键在于我是否可以保持一个良好的心态。"武登科。

"姐夫，你的心态调整好了吗？"我不觉得自己有些唐突，相反坦诚对我们每个人都有益处。

武登科摇了一下头，他承认自己的心态没有调整好，他是如此看得远，想得开的人，是什么样的伤害，让他萎靡不振呢，让他逃避着一切世俗的窥视呢？

"无论怎么样，姐夫都想说说你，姐夫的不快姐夫无以排遣，而你的忧郁，姐夫也看得很明白，你是一个性格内向的人，你的心里备受折磨和创伤，也不是朝夕可以抚慰平整的，康红走了，一个不适合你的伴侣走了，是你的悲哀呢？还是你的幸运？我看明白事理的人很容易就给你得出一个结论，你应该庆幸她走了，这不是你的悲剧，而是你的理想和未来向你昭示希望的开始，你还犹豫什么呢？想一想吧。"武登科的话透着精明和诡诈，我又想到了康明的提示，想到以前我们存在的不快，想到了武登科算计我们的阴谋，现在，我被他搞糊涂了，他在想什么呢？我甚至怀疑他的颓废，他的憔悴，他的病态，是不是真的呢？难道这一切不可能是一个圈套吗？我的内心被这种恐怖的阴影悄悄地袭击了一下，感到很不安。

"做好今后的打算了吗？"武登科紧追不舍。

我摇了一下头，警觉地盯着他，心里在寻思，你千万别打我的主意，再说这种可能性有吗？他的公司有那么庞大的轮廓，财力雄厚，干吗还要打我的主意呢？我真不明白，他会这样做吗？

"我可不可以给你提一个建议。"武登科。

"姐夫可以给我出主意，真是求之不得，你看我日后如何发展对我更有利。"我想武登科可能要暴露他的真正目的了，我做好了洗耳恭听的思想准备，心里有一种坚定的声音在提示自己，无论武登科说什么，我都不会动摇，绝不上他的当。

武登科弹了一下烟灰，示意我倒一杯香槟，然后又动了一下身体，"以你现在的实力，应该以保存为主。"我没有明白他的意思，把香槟递到他的手中，不解地望着他，武登科到底葫芦里卖的什么药，我被他搞糊涂了。

"保存？"我不明白。

武登科瞥了我一眼，"保存，你不明白？"

我点了一下头。

"就是放着，不要动，等有了合适的价位再把他出手了。"我没想到他给我的建议竟然出乎我的预料，由此可见他并没有窥视我财产的意思，放着，不放着又能怎么样，我能拿他干什么呢？

"也只好如此。"我相信武登科没有恶意。

"我们无论凭着经验也好，投机也罢，得来全不容易，这种幸运的惠顾，不是常来常往的，有时候你付出了千辛万苦，到头来才发现你居然原地没动，有时候你轰轰烈烈又大干了一场，搞得你精疲力竭，焦头烂额，你才发现你并不高明，你已经面临破产，面临家徒四壁，面临四面楚歌，发达了，可能更发达，而你不可以，所以我建议你把土地搁着，房子卖着，日子也过着，等待机会，也许因为等待，最后你成了最大的赢家，这也说不定。"武登科。

"挣下的产业，重要的是守住，不要让他败了，任何盲目和冲动都可能导致你满盘皆输，每个人都不容易，你会更不容易。"似乎有意味深长的悠韵，我听这样的话一点也不觉得刺耳，相反我到是以为他是真心为我好。

"我想我还是守住了他好。"我不得不承认自己的无能和怯弱，我有这么一片产业，我将如何面对他，我几乎没什么想法，更没有宏伟的蓝图，我的内心一片迷茫，我的思维中甚至有些恐惧，守？我都不知道怎么才能守得住。

"有时候守住了一片产业，就成了最大的赢家，谁也说不定你的守候会给你多大的回报，但不可再生的资源，终是宝，你守候的就是一个宝，他可能不断地增值，给你带来意想不到的收获。"武登科。

我无言以对，我只有默默地笑，我觉得他的话很有道理，似乎对此有启发，可是我却无法发挥，也不知道如何面对，总之他的话我记下了，因为他对我有用。

"康红是一个过于精明的人，她带走了大笔的现金，下南方发展，似乎早有预谋，我没想到她办事儿这么严谨，居然还为自己留了后路，我也是从我的律师哪里知道的。"武登科。

"康红……"我不知道说什么好。

"也许我不该提到康红，苏培，振作一些，好好想一想，谁不在了我们也要生存，而且还要好好的生存，客观存在的事实是掩盖不了的，大大方方地告诉他们，你活得很好，而且比以前还要好。"武登科似乎又轻松了起来，他在试图启迪我的时候，自己也仿佛受到了鼓舞，要把一切烦恼抛却脑后。

我默默地在傻笑，我在仔细地咀嚼他的话，我该怎么办，这应该是一个更重要的问题，对我来说，我已经面临了严峻的时刻，然而在我的心里却是一片空白，不愁吃不愁穿，有这么多的资产还怕什么呢，我的思维裹足不前，我想这样或者那样，可是现在我的思维中形不成概念化的东西，很快就会淡忘了这种设想，然后又想到了另一个设想，然后全忘记了。

"我需要时间调整自己的心态。"我想我有这样的想法应该很正常，我确实需要时间好好地想一下，冷静地想一下，理顺我的思维，矫正我扭曲的心态。

"这很必要，这对你很重要。"武登科吸了一口烟，"我们怎么样才能放弃这种发自内心的自卑的感觉。"他讲这句话似乎不单纯是讲给我听的，仿佛有点自言自语的神态，然后她的注意力便转移到了一些乱七八糟的杂志上，他快速的检阅着各个封面，一本一本地丢弃在一边，烦躁迷乱的心态忽然间让他不能冷静，不能平复内心的躁动，他的手在微微颤抖，直到挑好了一本军事杂志好像才好了一些。

我给他倒了一杯白开水，我不知道这到底是怎么回事儿？问又不敢贸然地问，只好默默地守着他，而且还不能盯着他不放，免得让他更加尴尬。

伟大的武登科，他居然想用他的哲理来鼓励我，影响我，却让自己心中偶然存在的惶恐袭击了他，他到底受了什么刺激，无论在何种情况下，他都是单独出进，即使在晚上大小便也绝不让我陪着，他的性格特别的古怪，居然可以沉默这么久，偶尔想多说一点话，无论从思维到逻辑都显得很笨拙，他自己似乎也有这种体会，所以他会很烦躁。

"给我来一杯白酒。"他仿佛怨恨着什么东西，眼睛微微闭着，张开的手指想挥洒出一些力量，却又毫无生气地任意地自由落了下去，简短的一句话却用了浓重的鼻音式的腔调，他在竭力压抑着一些盲目的不安。

我马上给武登科倒了一杯白酒端过去。

他忽然长长吁了一口气，仿佛心中瘀滞的闷气上下贯通了，他的眼睑抽摘了一下，上下牙咬在一块膨出了坚毅的粗隆缺乏弹性地发出了粗糙的磨合音，似乎睁了一下眼皮，很快又合在了一块，他对自己尚且没有信心，却鼓励我新生一种力量。

良久的沉默之后，武登科的心态渐渐有所好转，他的额头挂满了汗珠，鼻尖上腾越着蒸气，他放弃了凶狠的容颜，渐渐换上了一副柔和，明快，让人感到轻松的表情，他正在克制自己忽然生发的焦躁，他活得同样很疲惫，很艰辛，也许充满了悲哀，痛苦和悔恨，我把酒杯送在了他的手边，轻轻碰了他一下。

武登科的嘴唇做出了一种缓慢咀嚼的动作，微微睁了一下眼睛，不动声色地接走了酒杯，双手十指轻轻地团弄把玩着酒杯，咀嚼的动作似乎是一种缓慢的节律，仿佛预示着一种深谋远虑的问题正在心中酝酿成熟。

酒一饮而尽，又是一声发自内心深处的拐着弯溜出来的太息与呃逆，他的身体在恢复平静，酒精的作用让他的手也不再哆嗦了，他很随便地就把手伸了出去，我的反应快一些才能接住酒杯，他什么也不想说，扭了一下屁股，身体就变换了一个姿态，他要睡了，他想在好好地睡上一觉，他真可怜，我忽然觉得他是这个世界上最可怜的男人，他怎么会变成这样。

我拿起了茶几上的一本书，我不明白我到底要做什么，若有所思地在脑子中搜索，我记得要办一件事儿，或者想起了某句特别的话要说，可是此刻我会把他忘记了，心里总觉得欠缺了一些东西。

康英有很多天没有走出她的小楼了，她刚刚睡醒，好像忽然也想到了什么，匆匆忙忙地要下床，郭红霞连忙从床的另一边给她拿过拖鞋扶她起来。

"大姐慢一点。"郭红霞。

康英也许是起得太快了，刚刚立在地板上，就发生了眩晕，她的一只手立即捂在了眼睛上，浑身像一团泥一般坐回床沿，"好昏。"似乎是很微弱的声音，郭红霞立即把她抱回了床中央，然后安抚她躺下，这种情况屡有发生，郭红霞已经见怪不惊了，听康明说这是立位性低血压，康明也是从大夫那里问来的，休息一会儿就没事儿了。

过了一会儿，康英有意识地起得慢了一些，她自身的情况她已经注意到了，郭红霞欲过来帮忙，但康英摆了一下手，示意不让她帮忙，由此可以证明她不碍事儿。

"简直成了一个病秧子。"康英走近沙发的时候自言自语地念叨了一句。

郭红霞立即倒了一杯开水，并且从药瓶中倒了几个小白片搁在了康英视力和手都触及到了的地方，康英明郭红霞的意思，她很反感服药，她甚至有些害怕服药，她一看到药就恶心，头晕，她曾因此呵斥了郭红霞，可是有什么办法，可以让她冷静下来呢，她一旦不服药就会失眠，就会烦躁，甚至想哭泣，想大笑，她清醒的时候也能善意地体谅康明，体谅郭红霞，体谅所有的人。她在沙发中闭着眼睛，内心何止是苦恼，她已经不敢去想象，她一旦想开了，思维就无法控制她的激动，她会惶恐，她会颤抖，她会悲哀的落泪，凄凉的哀鸣，有什么办法，她已经害怕了不服药的日子，不服药？服药？都让她感到很苦恼，她仔细地掂量了这种或者那种结果，她最终还是选择了服药，郭红霞在一边收拾床铺，眼角的余光悄悄地窥视着她，她不去刻意地要求康英，反而会效果更好一些。

郭红霞装得若无其事的样子，让康英感到很自在，她有时候会不自然地流露出一种自卑的感觉，会以为郭红霞在注视她，而且是用一种鄙视的目光，嘲笑的心里在注视她，所以她在意郭红霞的表情，现在她总算心安了一些，郭红霞到底还是处变不惊，对她的审视毫不在意，她所以感到很满足，对郭红霞的存在，她感到甚是满意。

服过药之后的康英，对自己的存在有了一些自信，她言语清爽地给康玲打了一个电话，还问了孩子的情况，甚至还说到了小张，给康玲打完电话，康英又联系了李婷宜，问候了康明，然后又给谁拨了几个电话，郭红霞也没弄明白，总之郭红霞认为与生意有关。

小张要见康英遭到了康英的拒绝，这让他十分的恼怒，他一声不吭地回到办公室，狠狠地焦躁地砸了自己的水杯，武登科的秘书立即从隔壁跑了过来，服务员也迅速到位清除，小张阴冷的目光野蛮地瞪视着某个角落，粗重的呼吸让他的脸腔渗透出紫红色的尴尬，他很注重自己的行为所获的回报，他想都没有想到康英会这样做，这是对他的极大的污辱，让他内心久久不能平静。

康英无所谓，挡了小张，这对于她来说，一点觉得不过分，她从来就对小张缺乏好感，她在思维正常的情况下，总在想自己的妹夫竟然一点也不偏袒自己，他忠心耿耿地维护武登科的利益，好像她康英和武登科原本就不是一个家里的人，她伤害了武登科，仿佛也伤害到了小张，这让她很不理解，他想见康英，康英还不想见他呢。

郭红霞从来不多言，她除了做分内的事情之外，就是帮康英活动一下筋骨，捏捏揉揉，尽可能地和康英保持着一种亲密友好的关系。

"刚才那个人，是我二妹夫。"康英。

"我知道。"郭红霞。

"你们以前认识？"康英睁开了眼睛。

"没有，是康明告诉我的。"郭红霞。

"在这里？"康英。

"嗯。"郭红霞。

"我睡着了吗？"康英。

"睡着了。"郭红霞。

"以后这个人你不要让他进来，除非我同意。"康英振作地扬了一下头。

"知道了。"郭红霞。

"康明几天没来了？"康英。

"三天了。"郭红霞。

"见过康红吗？"康英。

"没有，但听说过。"郭红霞。

"她是我三妹子。"康英。

"她的名气很大。"郭红霞。

"她比我有出息。"康英。

"……"郭红霞。

"她一直没来看我。"康英。

"她一定有很多的工作。"郭红霞。

"我这个妹子，太难让人捉摸。"康英。

郭红霞轻轻地用双手拇指肚刮着康英的前额，一言不发，只是淡淡地笑一笑，然后又专心致志地干她的活儿。

很快康英便发出了唏嘘吱呀的鼾声，药物又起了决定性的作用，她又睡着了。

郭红霞抹了一把额头上淡淡的汗晶，给康英披好毛毯，环顾了一下康英的卧室，感到很满意，然后才回到客厅，为自己冲了一杯浓浓的茶，吁溜了几口，放下杯子，便给康明挂了一个电话，向他介绍了今天这里发生的事情和康英的情况。

第六十四章　强将手下无弱兵

"我今天的心情还算不错。"

在外边溜达了一圈的武登科回到了厨房看我怎么给他做饭，"今天的伙食也不错，闻到了一股特别的香味儿，让人胃口大开。"

我冲他笑了一面，"其实什么好的也没有，只是炸了一点葱花油，让我们调面吃。"

"嗯。"他冲我点了一下头，"难为你了。"

"这算不了什么，我没有干的，自己找点活儿干，心里会觉得舒坦一些，脑子里没有杂念，整个人就会轻松。"

"你喜欢干这些杂役吗？"

"男人没有几个喜欢整天圈着锅台转。"

"食堂的厨子大部分是男子。"

"也真邪门了，女人在家庭里边围着锅台转，难道全是被逼的吗？"

"也不完全是，男人可以在食堂做厨师，却不一定会在家里做。"

"为什么，我不明白。"

武登科点了一支烟，"男人在食堂做厨子有一种事业感，他的肩头是一种责任，做厨子只是一种谋生的手段，为了养家糊口。"

"回家男人就没责任了，对老婆孩子就可以无所谓。"

对这个话题，我忽生了兴趣，"男人在外边做的事儿，有一种成就感，回到家里因为温馨的环境，让他自宠的惰性产生了享受爱人伺候的快乐感，满足感。"

"这都是大男子主义在作祟。"

"也不完全是，男人不容易，首当其冲要承担养家糊口的先锋，然后才是事业，歇歇脚，这是女人回报给他最温柔最善良的爱情。"

武登科居然有这样一番见解，"有的男人在外边做了事儿，也喜欢做家务事儿。"

"这样的男人也太多了，好坏各有千秋，依各个家庭的自然组合分工人性的不同而不同。"

"你不喜欢做家务？"我想这个事实客观存在，武登科一定会欣然雷同。

"也不完全是，穷的时候我什么也干，帮康英干觉得也是一种快乐和享受……"武登科忽然不吱声了，他装出要找什么东西的样子，掩饰了此刻的心情。

"姐夫，这么久没有知会大姐，是不是有些不合适，大姐他们一定很担心你。"我不知道他们之间发生了什么事情，原有的芥蒂可能根深蒂固，但他们一直还在一块，可见还没有走到离异的这一步，既然如此，算了，我看到武登科因为我的提示而显得不快，居然默默地走开了，她并不想让我提到康英，他本人也是无意中提到了康英，他和康英之间究竟发生了什么事情，我不得而知，但我心里的疑惑却是与日俱增，武登科和康英之间，即使什么事情也没发生，他们之间也绝非寻常人的冷漠和陌生，缺乏亲情的空洞的维系。

武登科伸出了颤抖的双手，他的目光缺乏灵感的痴钝让我感到很不安，他忽然把自己的脸紧紧贴在了双掌之间，十指似乎在狠狠地发力把触摸到的头发凌乱地挤迫着，仿佛要把他们竖起来，刚刚好起来的情绪，就在片刻间烟消云散了。

我不知道去如何安慰他，唯恐某句话不适合，让他更加的痛苦和凄惶。

武登科仿佛在心里用一种平衡整合了心态，长长吁了一口气，我想不出更好的办法来安慰他，只是觉得他很可怜，值得人同情，可就是不明白，他受了伤？病了？但无论是哪种原因，也不至于成为他与世隔绝的理由，我实在是想不明白，我一边做饭，一边在想，我听到瓶盖被起的声音，知道武登科又要喝酒了。

康英被告知是患了忧郁症已经接受治疗很长时间了，以前看病配药是康明陪着，现在有了郭红霞，这个责任自然落到了郭红霞身上，好在康英病情已经基本稳定，武登科的消失，让康英渐渐忘记或者淡漠了对噩梦的困扰，恐怖在不知不觉中淡化了，病情自然就趋于稳定，神情逐步从阴暗、低沉的阴郁中解脱出来，开始可以轻松的笑，她迈着似乎轻盈的步伐，在郭红霞尾追的时刻，她感到一种从未有过的解脱和舒展。

小张，人们都习惯称呼他的职务，而我不习惯，康英也不习惯，他吸着一支烟，在清凉的风旋中藐视地审视着从小楼中步出的康英，这个女人，他发现自己终于开始发自内心地厌恶她，可是他表现得很无奈，必定她和他的从属地位有天地之别，而且自己的妻子又是她的妹子，他有很多时候表现得很焦虑，他原本并无恶意面对康英，康英却对他表现出了极大的鄙视和冷淡，他明白，这都是他曾经的所作所为伤害了他，他在内心发出一种仇恨的冷笑，甚至用世界上最恶毒的语言骂了这个女人，他才觉得解气，康英对他的存在似有可无，小张明白自己在康英眼里的地位，只不过是无足轻重，所以也懒得去问候康英，索性装作没有看见。

"这个女人真阴损。"小张几乎要出声音了，但他并没有发出声音，他这句话在内心反复了好多次，可还是强迫自己压在心中，他不明白，他甚至很多次在内心为武登科的婚姻设计了一番，离了这个女人，自己又会怎么样呢？武登科用自己支离破碎的情感去维持着，看一个名存实亡的家，究竟为了什么呢？武登科不觉得内心有多么沉重，小张已经快要失去耐心了，对康玲，对康家的人，对他所面对的一切。武登科已有两个月不露面了，小张利用职权的便利，已经成功地操纵了很多部门。

康英走得略慢了一些，郭红霞迅速跟了上去，"大姐，我们这是要去哪？"

"去医院。"康英回答得很干脆。

"大姐，难道你又不舒服吗？"郭红霞。

"不舒服。"康英把两只手在快捷的步伐中摔得很有节奏。

"去哪个医院？"郭红霞。

"就找军区医院的王大夫。"康英。

"你不是挺好吗？"郭红霞。

"好甚了，我吃了他这么长时间的药，我还是不想吃，不吃我就睡不着。"康英。

"……"郭红霞无言以对，她没觉得康英在食量上有什么差异，相反她觉得她比以前能吃得多了，睡觉，除了睡觉康英还干什么呢？她想反驳，又怕适得其反，干脆保持了沉默，让大夫和她理论去吧。

医院神经科里有人在发呆，有人在哭，有人在恐怖地发出一种单调的嘶鸣，康英见怪不惊地从他们的身边穿越而过来到主治大夫面前，"我吃饭不香，这到底是什么原因？"

主治大夫微笑地注视着冒冒失失的康英，他不得不停下手中的工作来解决眼前的问题，"你早上吃了什么？"温和的声音像是在诱导小孩。

"稀饭。"康英。

"那你中午又吃了什么？"大夫。

"面条，怎么了，有问题吗？"康英理直气壮的姿态。

"问你一下，你吃的什么？"大夫。

"面条、稀饭、咖啡。"康英。

"昨天的饭有没有暴饮？"大夫。

"一般。"康英。

"那你想吃什么？"大夫。

"拌汤。"康英。

"一定有很长时间没吃拌汤了是吧！"大夫。

"从来就没吃过。"这一点也不假，郭红霞既不会做拌汤，也从没想到做拌汤，郭红霞无奈地笑了。

"其实我知道有一个地方，拌汤做得相当的不错。"大夫。

"在哪？"康英。

"华育街，中元饭店，那里的拌汤保你满意。"大夫。

"华育街，中元饭店，离这儿远吗？"康英。

"大姐，这个我知道，我们走吧。"郭巧霞。

"你知道？"康英。

"知道。"郭红霞轻轻地牵着康英的胳膊。

"那我们走吧，"康英旁若无人地出了门诊部，"我早就想吃拌汤了。"一出门诊又迫切地说了一句。

"大姐想吃拌汤为什么不告诉我。"郭红霞。

"谁知道你会做不会做。"康英。

郭红霞淡淡地笑着，牵着康英向不远的中元饭店走去。

"你们这儿有拌汤吗？"一进饭店康英就吼开了。

"有"服务员迎了上来。

"给我来一碗，听说你们这拌汤不错。"康英目光在寻找合适的座位。

"我们这儿不单独卖拌汤的。"服务员。

"这是因为什么？"康英的嘴特别的快，还摆着手不让郭红霞插话。

"拌汤是赠品。"服务员。

"赠品？"康英似有所悟地在思考。

"奥，是这么回事儿。"郭红霞刚刚起了一个头，康英就制止了："不要和他们说了，反正我们也要吃饭，点上几个菜，让他们上两碗拌汤。"

郭红霞无奈地从服务员手中接过菜谱，递给了伸过手的康英，康英看了一遍就点了："腌猪肉炒土豆丝，干红豆焖火腿，半斤蒜拌肘子，花生米，这样行了吧！"点完菜康英把菜谱递给了服务员，"先上拌汤。"郭红霞特意嘱咐了一下。

"这些菜在家里能吃上吗？不用，按顺序来吧，先上一瓶饮料，或上菜也行。"康英。

郭红霞尽可能地让自己表现得自然大方一些，脸上总是挂着一副温柔谦恭的神态面对康英，她没觉得康英已经痊愈了，她在向康明的申报中，已经做了提示，像这种情况大夫说了也是一种病态，康明又何尝不知呢，他已经多次和大夫通过了电话，但现在这种状况，毕竟比以前要好多了。

武登科迟迟不肯出来，康明总觉得不是一件好事，他给远在香港的武登科的儿子武云峰挂了一个电话，向他明示了他父母今天的被动关系，着重询问了一下武登科的下落，想不到武云峰告诉康明昨天他爸还和他联系过，并且对衫厂做了批示，至于他们走到今天这种尴尬的局面，他什么也没表示，甚至还有些怪他的母亲，他实事求是地告诉康明，他希望他的父母离婚，这样对谁都有好处，省得互相折磨，康明对此很是不满，但还是无奈地默默地听武云峰把话说完了，最后武云峰告诉康明，他不久就会回来，家里发生了这样一件事情，真是始料不及，他想回来看看他的父母，至于其他的事儿武云峰也未必和舅舅说。

康明挂了电话，心情远不如以前那样有信心，武登科让儿子去了香港，抽调了大笔资金，对他这样一个部门经理，零类董事来说，早就已经感觉到了他们父子的大动作，可瞅着的自己的业务被缩小，现金大批被调走，心里焦急又有什么用，武云峰长大了，武登科开始不信任他们了，这个他比谁都明白，武登科在为儿子粉墨登场已经铺垫了一切。

儿子要回来了，康英却一点也不知道，只有在康明提示她的时候她才想到了儿子，她依旧沉默着，想象着儿子今天是一个什么样子，儿子会如何看待她这位母亲的所作所为，这成了一个令她忧虑、惶恐的问题，此时此刻的她，可能会有片刻冷静的时候，她会在这个时候心平气和地悔恨和忏悔，自己为什么不选择离异呢！自己无法向武登科交代，更无法向儿子交代，自己是不是太冲动了，她甚至想到了血腥、残暴，但这种想法很快被一种强烈的妒忌仇恨的心理取代，她会发自内心歇斯底里地发出阴森恐怖的笑，她感到万分的满足，这种报复的快感让她体会到了从未有过的快乐！儿子想怎么样，她也用不着向儿子解释什么，这是他们夫妻之间的事情，她没想毁儿子的爸，她没有别的要求，只渴望丈夫回到自己的身边，这过分吗？

康明走了，来也匆匆，去也匆匆，自从武登科抽走了资金，他管理的这个公司似乎和武登科的集团已经脱钩，武登科不闻也不问，康明在人员上做了调整之后，基本上摆脱了武登科的控制，并且打算另辟蹊径，但这仅仅是内心的一个雏形，他一点也不后悔自己先前和康英合作的那把，也幸亏有那一把添补，才让他如鱼得水，放开脚大干了一场又一场。

武登科默默地盯着窗外的光亮，两只手搅在空中，用尽各种方法来遮掩光线的透过，每有一个新动作，他就会透视一下地面上的光斑，他也许觉得这样很有意思，然后会自然地笑上一面。

"我儿子要回来了。"愉悦的心情，让武登科焕发了勃勃的生机。他儿子要回来了，他的兴奋是不言而喻的，他很少有这样的心情，他又开口主动讲话了，是关于他儿子，我望着有点儿无聊，而且幼稚的武登科，心里也为他的寄托而骄傲，他很爱他的儿子，他心里有一种执着的信念，他的儿子才是他的骄傲，才是他唯一的亲人，他把一切希望都寄托在了儿子的身上。

"云峰一定锻炼得很有出息。"我把目光从书报上移到了武登科不断摇动的双掌上。

"因为他的老子不是孬种，给他打下了基础，否则他最多也就是有一份吃饭的工作，就已经很了不起了。"武登科知道他的能力胜过了上大学的儿子。

"云峰，没有被国家分配？"我似乎听出了弦外之音，感到很意外，心里同时也感到很惭愧，这么多年自己似乎是太封闭了，连云峰什么情况也不了解。

"国家分配？呵呵……"武登科或许是觉得我太天真了，他居然笑得很开心。

"我说的不对吗？"我知道自己的想法有点天真，武登科挣下了这么大的家业，让儿子去给别人或者国家打工，你说他乐意吗？

"我用了那么多人，你说我信任儿子，还是信任他们？"武登科停下了摆动的手掌，面向我。

"当然你更信任你的儿子。"这本来就是不争的事实。

"我挣下了这么多，我想怎么花就怎么花，可是人这一生，生长壮老死，谁也不能脱离，人不能因为有钱就会长命百岁，我的家产迟早都会交给儿子，怎么交？这是一个更重要的问题，我不希望他和我一样有辉煌的业绩，他只要可以保住，在他的手上平稳地得到过渡，我就满足了。"武登科坐进了沙发中，拿起茶几上的烟点了一支。

"那你准备怎么办？"

"锻炼他。"武登科。

"我倒觉得不如让他在机关里待上几年。"这只是我自己片面的一点想法。

"机关？不行。"武登科。

"为什么？"我真的是不明白。

"他会因为有钱而不去珍惜来之不易的钱，因为我不用他而自甘堕落平庸，真的不思上进，不思进取，我挣下的这份家业就会成为负担。"武登科。

"那你怎么安排了云峰？"

"让他独当一面。"武登科。

"他能干什么呢？"

"他什么也能干，什么也不能干。"武登科。

"不明白你的话。"

"干什么他也没经验，所以干什么我也不放心，因为钱的关系，他干什么也可以，只要是力量允许的范围。"武登科。

"你在香港开的衫厂，云峰在那负责吗？"武登科已经告诉了我香港有个厂，但他并没有告诉我云峰就在那里。

"差不多。"武登科。

"厂效益好吗？"

"运转得还不错。"武登科。

"你现在成了遥控指挥，肩上的担子更重了呀！"

"那里我还安插了很多国内我信任的朋友，让他们辅助云峰，有他们在，我倒是不太担心。"武登科。

"国内为什么不开衫厂。"

"销路不好。"武登科。

"你最信任的人不是小张吗？"这一点人尽皆知。

"一者小张能力不足，二者云峰受了他母亲的影响，对他二姨夫印象不好，恐怕难以合作。"武登科。

"那你不在的时候……"

"我不在，他就在这负责。"武登科。

"小张这几年锻炼得能力很强。"

"还可以，"武登科吸了一口烟，"强将手下无弱兵。"他很自信，充满了乐观。

第六十五章　火灾

半夜的时候，我听到了手机铃声在响，我似乎没有意识到这可能是我的手机在响……

"小苏，小苏，手机在响。"武登科在叫我，这说明不是他的手机在响，除了他的手机，这里还会有谁的手机会响呢，我立即翻身坐起，摸索着按下了电灯的开关，把还在响的手机拿到了手。

"苏培。"也许是惶急的缘故，我竟然忽略了手机屏幕上显示出的康红两个字，康红的声音，我的脑袋上仿佛浇了一瓢冷水，急淋淋打了一个冷战，睡意顿时消失，康红两个字跃然眼前，还有她冷硬的声音，都让我震惊，我瞅了一下地上蹲的台钟，指针恰好指在两点，晚上两点钟，康红找我。

"现在找我什么事儿？"我还是故意地装出一副慵懒瞌睡的声调。

"请你马上叫醒武登科。"康红命令式的口吻，把我惊得差点跳下床去，她居然知道武登科在这里，这怎么可能。

"怎么了？"武登科诧异地望着我。

"康红的电话。"

"少废话，马上让武登科接电话。"还是那么霸道，那么冷酷，那么无情。

我把电话递给武登科。

"你怎么知道我在这里。"武登科显得很平静。

"这些并不重要，请你马上走出户外，看看远处，看看你的羊绒厂方向。"康红。

武登科似乎有些疑惑，他仿佛还想说点什么，康红已经关了手机。

"大事不好。"武登科扔下了手机立即往身上合套衣服，我自然也不例外，武登科这么焦急，一定出了大事儿，否则康红绝不会通过我的电话通知武登科。

武登科奔出了户外，敞开的门立即窜进了一股燎毛味，虽然不是很重，却清晰可辨。

我尾追出去的时候，看到武登科高举双手，"啊！"了一声便向前跌去。

武登科发生了昏厥，这是怎么回事儿，

我立即跑回屋里找了针扎进了武登科的合谷穴，我听到外门有击打的声音，便想到了康红，到底是怎么回事儿，我冲过去打开了大门，来不及看进来的是谁，便又奔到了武登科的身边，快速地捻转针锅，强烈的刺激立即发生了效果，我感到身边有人蹲下了。

"呼，"武登科终于出了一口长气，"他可真会找地方。"康红冷冰冰的声音。

"康红，这到底是怎么回事儿？"我不知道从哪里冒出了一股勇气，威严的目光冷峻的面孔审视着康红。

"你没长眼睛。"她用手指了一下东南方的天空。

远处的夜空中，有一片火红的光亮，在黑暗中绞织着滚滚的浓烟，如原子弹爆发升腾的蘑菇云，在凝固的气流对撞中，膨胀暴发了石破天惊的光闪，似乎有一股炽热的气流间夹呛鼻的气味儿在我们身边弥漫。

"姐夫醒了。"在针的强烈刺激下武登科终于苏醒了。

"姐夫，你要坚强一些。"康红立在武登科身体的一侧。

"怎么会这样？"武登科突然涕泪交织，"怎么会是这样？"

"事故的原因还不清楚，消防正在扑火。"康红。

"损失太大了。"武登科。

"走吧！"康红的口吻似乎和缓了一些。

武登科推开了我捻针的手，扭曲的五官呀咦地呼唤着，然后他自己动手拔出了针灸针，我看到针眼尚在冒血，他拒绝让我们给他止血，在我和侍加元的搀扶下立了起来，他的目光死死地盯着向上窜动的火舌，止住了唏嘘。

"姐夫我们先回去吧！"康红温和的同情地对武登科说。

武登科一言不发。

"董事长，那里需要你，大姐需要你，我们回去吧！"侍加元似欲加力架走武登科。

"谢谢，我回去于事无补，损失太大了，火势如此旺盛，这场劫难在所难免。"武登科突然间显得平静了起来，他推脱了侍加元，"你们先回去吧，那里有小张，公安，保险公司，他们会处理善后的。"

康红默默地盯着武登科，她的目光尽可能地避开我的目光，或者干脆扭到一边去。

"张总能行吗？"侍加元有点怀疑小张的能力。

"你们怎么知道我在这里？"武登科还有闲心问这件事儿。

侍加元瞄了一眼康红，康红把头扭向了一边。

武登科瞥了一眼康红"以前为什么不进来？"

康红没有回答他的提问，"都什么时候了！"然后向大门外走去。

武登科又望了一眼工厂的方位，暗暗吁了一口气。

"加元，我们走。"康红恼怒地叫了一声侍加元，侍加元略显难为地瞟了我一眼，默默向外走去。

"姐夫怎么办？"

"事已至此，急也没有用。"武登科。

"损失会很大吗？"

"几个亿！"几个亿从武登科口里吐出来，现在绝非轻而易举，我能感到他的分量是多么的沉重。

"这么惨。"

"梳好的羊绒一点也没发往香港。"武登科。

"香港方面生产什么？"

"从别的厂家收购的。"武登科。

"为什么不调自己的？"

"一者是等待国内羊绒涨价，一者是作为后续货源，基于诸多因素的考虑，想不到现在一把旺火烧了，这是天意，这是上苍对我的惩罚，天啊，你为什么这么残酷的惩罚我呀。"声泪俱下的武登科悲怆而痛苦。

"姐夫。"大门口忽然又转进了康红。

"你怎么还没走？"我见到康红的心态一点也好不起来。

康红并不愿意搭理我。

"姐夫，现在什么时候了，还耍小孩脾气。"康红。

武登科强劲忍受着外溢的泪水，挥了挥瘫软的右手，"你们走吧！"

"这是为什么？"康红暴怒地叫了一声，"他烧的是你一辈子的心血，难道你不心疼吗？"

"这些有用吗？"我忍不住要驳斥一句康红。

"去，你捣什么乱。"康红丝毫也不把我放在眼里。

"康红，你去吧，什么大风大浪姐夫没遇过，这件事儿发生的太突然了，姐夫已经不抱什么希望了，等待公安和保险公司的消息吧。"武登科。

"想不到不可一世的武登科现在居然变成了懦夫。"康红。

"康红。"我有意在提示康红，说话注意一点分寸。

"现在……算了，我说了也是白说，你在这里幸灾乐祸地看热闹好了，烧了，烧了好。"康红毫不在乎我的提示。

"苏培，我们回去。"武登科的胳膊在微微发抖，语言充满了艰涩和沉重。

"武登科……"康红又有些冲动，可是武登科并不想再搭理她，她激动有什么用。

康红被再度返回的侍加元拉着走了，武登科在进了家之后代关了房门，然后踱到沙发上坐下，哆嗦地点了一支烟，默默地吸了起来，他好像在思索什么问题。

"姐夫，你应该回去看看。"

武登科一言不发，默默地吸烟。

"大家需要你这个主心骨。"

武登科用力吮吸着浓烈的烟气，若有所思。

"康红一定把你的行踪告诉了别人。"我想这个问题武登科一定会关心一下。

"我知道，而且我还知道，银行一定吓坏了，很多人会以为我破产了，你也这么想吗？"武登科。

我摇了一下头，说心里话我不知道，

"你不敢说，是怕姐夫以后会连累你吗？"武登科。

"我没想过这个问题，我也不怕。"

"我需要你的帮助，渡过眼前的难关。"武登科。

"姐夫，你让我怎么帮你？"

"借你的所有财产用一下。"武登科。

"如果我的所有财产可以救活姐夫，我为什么不这样做呢？我乐意。"

"好，我没看错人，姐夫实话告诉你，香港方面我调去了十三个亿，注册了一家新公司，云峰已经加入香港户籍，这次回来他担负更重要的使命，他的公司和我在国内的公司合作，这叫引进外资，资产重组，国家有优惠政策，我们为什么不钻呢？"武登科。

"拿自己的拳头砸自己的眼睛，遮人耳目。"

"现在时行这一套。"武登科。

"我的财产能值几个钱，我担心救不了姐夫。"

"这个你不用担心，云峰马上就回来了，这场大火虽说没想到，但却让我看到了你不一般的心，谢谢你苏培。"武登科。

我不知道如何去谦逊，所以就用微笑全接受了武登科对我表示的友好和热情。

"这些财产的证明上，你全签个字，把它现在就全交给我。"武登科一点也不拖泥带水，还说他大病了一场，而且又遭此一劫。

我找出了文件，按照他说的全签了我的大名，而后又写了一份财产交割证明交给了武登科。

"小苏……"武登科接收了我的全部财产之后，他好像再次激动了起来，他默默地望着我，想说点什么，却又说不出来。

"姐夫，你什么也不用说，姐夫曾经给了我太大的帮助，姐夫的恩，我一辈子都不会忘记，可是后来我和康红却做了对不起你的事儿，我一直在内疚，想和姐夫说一声对不起，连个机会都没有，如果不是姐夫心里还一直保持着对我的友谊、信任，恐怕我不会有这个机会，姐夫你就别客气了，能帮上你，即使在此让我变成一无所有，我也心甘情愿。"

武登科居然还能平静地微笑，默默地倾听我发自内心的倾诉。

"其实我早已经不怪你们了，康红的所作所为从很大程度上启发了我，可以说没有康红大胆的假设和构想，我不会有这么大的规模，你也不会有今天雄厚的基础，康红是个了不起的女人，你应该感谢她。"武登科。

我点了一下头，我不得不承认，这一切得来之全不易，没有康红，我会有什么呢。

武登科向外拨了一个电话，我知道他是打给小张的，他让派一部车过来，看来他马上就要走了，那为什么不随康红一块走呢？真是一个怪人，还说已经原谅了康红，我看也未必。

"姐夫马上就要走了，苏培，姐夫带走了你所有的财产，你不担心吗？"武登科。

"我相信姐夫的能力一定可以迅速稳定局面，让企业再良性循环。"

"姐夫告诉你，你丝毫也不用担心，这点挫折对姐夫来说算不了什么，苏培，你等着姐夫，我一旦稳住了局面，马上对你做出安排。"武登科居然还是那么自信，自己的事儿还是个烂摊子，居然还要对我做出安排。

"我相信姐夫。"我居然得相信他，我在内心发出了对他的讥笑，这怎么可能。

武登科点了一支烟，开始整理文件，他在切算时间，估计小张派的车很快就会到来，"我要走了，苏培，现在我还不能帮助你，谢谢你对姐夫的信任。"

"姐夫车来了。"车灯在大门口发出了耀眼的光柱。

"那我走了，相信姐夫，一定不会让你失望的。"武登科拍了一下我的肩头，走了，我默默地跟到大门口，目睹他上了车，心里空荡荡的，武登科陪着我度过了我人生最黑暗的日子，他也终于被迫彻底丢掉了包袱，大大方方地出去和世上的人再度争夺属于他的那一片天地。

小车的尾灯笼罩着一团弥漫的沙尘，在颠荡的土路上，摇摇摆摆地向远处走去，我的目光一直尾随着他，直到光亮在拐弯的地方消失了，我似乎还能捕捉到他的身影和发动机的隆隆声。

第六十六章　关注苏培的康红

武登科走了三天之后，康红再一次意外地出现在了我的小院中，她一脸的冰霜和冷峻，他在我的忙乱中毫不介意地坐进了沙发中。

"还像一个狗窝一样。"她居然还像以前那样在教训我。

"我们现在已经分手了。"我要提醒她注意这个客观存在的事实，她现在不是我的妻子，我有权禁示她用女权。

"你当我傻呀，我爱管你的闲事儿，我上辈子欠了你的可不可以？"这到底是怎么回事儿，我们分手她都没见我一面，现在冒出来管我的闲事儿，实在让我感到很意外。

"你怎么了？难道我又惹你不高兴了？"我不明白这到底是怎么回事儿，自从分手我们在之前只见过一面，难道我在那次又惹了她，就算我的口气不好，她也不至于来找我的麻烦，必定我们已经分手了，她还这么在乎我的口气。

康红一言不发，但我能看出来，感到她很不愉快，她几乎没拿正眼瞧过我，我不明白，到底是因为什么，我知道她是冲我来的，但我不知道什么地方得罪过她，就算上次的言语不恭，也不至于吧。

"你怎么知道武登科在我这里？"这个问题几天以来一直萦绕在我的内心挥之不去，康红居然可以准确无误地在那种情况下找到武登科，可见她早已经知道武登科在我这里，她来过这里，也许不止一次。

"你能有多大的天地，指肚大的一栋房，掖着那么大的一个活人，谁来过这里都会知道。"康红。

"看来你来过这里？"

"这里曾经属于我，我当然来过这里。"康红。

"今天侍加元没有陪着你？"我的心里酸溜溜的，这个我深爱的女人，曾经也深爱过我的女人，她变了心跟了别人，可是她现在又准备找我的麻烦，这是喜是忧，让我分辨不清。

"你什么时候能学聪明一些，世故一些，为什么总是让人高兴不起来。"她的口气很严厉，她听我提到了侍加元她不高兴了，她觉得难为情了，心里尴尬了，可是她却越有理了。

"对不起，康红，你能不能温和一些。"我一见康红发火，内心就感到一种淡淡的惶恐，好像她还像一座大山一样压着我，让我透不过气来。

"不好意思，我养成了这种习惯，一时半会儿改不了。"康红望了我一眼，然后把目光投向我的电视，"不想请我喝杯水吗？"她似乎在尽量地克制自己的情绪。

"你看我这个人一紧张就什么也全忘了。"我立即给康红倒了一杯水，然后立在了一边。

"为什么不坐下，现在我是客人，你是主人，你是不是觉得我这个人太霸道了。"康红微微呷了一点水。

"感觉是这样。"我不安地靠近了电视。

"有时候我也想这个问题，风风雨雨我们都过来了，可是我们却分手了，我知道你早已经厌烦了我，我也一样厌烦你，你知道为什么吗？"她想问我为什么，我知道因为什么，我不是早已经改正了吗，怎么会落到今天这种局面。

我摇了一下头，表示我不知道。

"你知道我最想做成什么事情？"康红。

"超过武登科。"

"你还不完全笨，我就是想超过武登科，可是我越这样想，就越和武登科的差距大，我就越生你的气，越生你的气，我就越厌烦你。"康红。

"到底我做错了什么事情，让你一直不愉快。"我隐约知道我错在哪里，可是我又不完全相信。

"你错在哪里，还用我给你往出指吗？"康红。

"当然，我不服气。"我忽然生了几分底气，不满让我的语气充满了强硬。

"长本事了。"康红淡淡笑着。

"是你逼的。"我吼了一声。

"我和你待在一块，毫无生气，我太郁闷了，孤立无援让我选择放弃了你。"康红。

"你选择了侍加元，你相信你和侍加元在一块就一定可以超过武登科，你白日做梦。"我居然有了火气，我居然可以不怕康红，我居然没想到自己有这么大的火气。

康红的两只眼睛狠狠地盯着我。

"怎么，我说的不对吗？"

"算了，这个问题我们不去讨论好不好。"康红要妥协了。

"那你找我来干什么？"

"想不到士别三日当刮目相看，长本事儿了。"康红诧异地斜着眼光盯着我。

我很不高兴，我能高兴起来吗？

"我问你，你为什么把所有的财产都交给了武登科，你那么相信他吗？"康红原来是为这个事儿来的。

"那你说怎么办？"

"你没长脑子，现在那是你的全部，怎么会这么轻易就交给了他。"康红。

"那是我的，难道我没权做出决定吗？"

"你疯了，我什么时候说你没权做出决定了。"康红显得更加恼怒，想不到她还在关心着我。

"武登科曾经帮助过我。"

"那点小恩小惠是为了更好地利用你，你明白吗？"康红。

"可是我不能忘记。"

"如果他失信了怎么办？武登科什么事儿做不出来。"康红。

"我看他不会。"

"你是不是太天真了。"康红。

"难道武登科不该帮吗？他有今天也真不容易。"

"那该怨他自己。"康红。

"你别为了超过他就什么也不顾了。"

"难道是我错了？"康红不服气。

"你想超过他，是的，我知道，你做梦都想超过他，可是我要告诉你的是，你根本不可能超过他，这才是我们应该知道的武登科，你消停上几天吧，别折腾的一无所有，到那个时候你后悔也来不及。"

"苏培！"康红再一次无法克制地要发火了。

"你干吗那么冲动，你了解多少武登科，你别痴人说梦了，超过武登科，谈何容易。"

"那是我的事儿。"康红。

"康红，你听我一句，你已经是亿万富婆了，还有什么不满足的，现在又有侍加元，你们小打小闹再挣一点，维持下去，那样保险。"

"像你一样都给了武登科？"康红。

"我们不是欠他的吗？"

"我们什么时候欠过他的？"康红。

"没有武登科，有我们今天吗？"

"在商言商，他可以投机，我们为什么不可以，我们只不过是从他那里投机来的，他就对了，我们就不对了。"康红

"我不知道，总之我觉得我们欠他的。"

"所以你就拿你的全部还他这份情？"康红。

"他只不过是借嘛。"

"这和拿有什么区别？"康红。

"在这种时候，难道你见死不救吗？"

"我们是亲戚，你不一样。"康红。

"我不觉得。"

"你真是榆木疙瘩。"康红。

"那你说让我怎么办？"我再次被康红激怒了。

"现在，神仙也救不了你，武登科翻起来你就成龙变凤了，武登科倒霉了，你就等着喝西北风吧！"康红。

"你相信姐夫，他不会走到这一步。"

"他把大笔的资金全扯到了香港，你知道吗？"康红。

"知道。"

"知道你为什么这样做？"康红。

"姐夫在香港开了羊绒衫厂，这很正常。"

"正常，也不正常。"康红。

"他只不过是在塑造云峰，让他回大陆做港台老板，然后和他合作，他这是钻国家的空子，他太高明了。"

"出了这事儿他为什么不抽调香港的资金？"康红。

"还不到山穷水尽的地步，为什么要抽香港的资金呢？"

"我在这儿的土地，楼层也全被他抵押了。"康红。

"所以你心里不平衡。"

康红一言不发，默默盯着水杯。

"下一步打算怎么办？"

"准备去深圳。"康红。

"离云峰近了"。

"嗯。"康红垂低了头，仿佛要用手弹扫鞋面，然后立起来一言不发地要走了。

"瞬息万变的是生意，千万别大意了，像你这么冲动，失望永远都伴随着希望，期望的越高，失望得越多。"

康红用手扯了一下脖子上浅绿色的纱巾，轻轻迈出了淡粉的鞋跟，然后就义无反顾地走了。

我的目光在片刻间呆滞的和头脑一样麻木，我居然没走出去送送康红，我时刻准备着一肚子的牢骚，等待着康红，想不到今天我真的见到康红却忘得一干二净，甚至还把她的好心当成了驴肝肺，我见一次康红有多么不易，然而我却再一次的把她气走，我真浑，康红走了，我居然连她穿着什么颜色的衣服都想不起来，什么发型，如何装饰，我都不知道，现在她走了，我只能捕捉一些她身体上散发还没有完全挥发的香水味，然后就是体会和她说过的每一句话，她走了，她因为关心我才来到了这里，然而她却必须走，我强抑着内心对康红的留恋而凄楚，痛苦的闭上了眼睛，康红、康红，千呼万唤也不可能阻止康红的离去，康红，我心爱的女人，为什么会是这样？

第六十七章　武登科依然是武登科

武登科被一场大火烧得并没有元气大伤，保险公司赔偿了一部分，加上我和康红的地皮做抵押，一场即在的风波全在无声无息中化解了，银行又交给了他一大笔资金，武云峰的加入，让企业声誉又迈上了一个新台阶，想不到武登科居然请来了一位香港老板投资，小城立即有了新的话题，武登科的事业被一场大火烧得更加兴旺了，三天两头就出现在了电视上，向这里捐助，向那里赞助，他在片刻间成了全市最活跃的风云人物。

一切在顺其自然的程序中进行，自然一切归于平静的波澜，在他潜伏到一定的时候，蓄积了足够分量的态势之后就会发作。

小张在接到武登科的电话通知之后，心里就怦怦乱跳，他预感到一场决定他后半生命运的决定可能已经在武登科那里形成，他痛苦地闭上了自己的眼睛，他能有什么办法，这场大火来得太突然了，而且恰在他盛极一时的时候，他很明白，这场大火意味着什么，六个亿，整整六个亿的资产付之一炬，武登科能心平气和地对待他吗？虽然最后的结果是线路老化，责任不在他，但必定他当职，无论说什么他也有一定的责任，然而武登科一直不曾怪他，只不过他心里过意不去而已，这段日子武登科忙乱着制造声誉，但他绝不会忽略了对内部的调整，他隐隐感到一股无形的力量向他压来，他不知道这一刻从何时而来，以什么样的方式过来。

他不断地揣摩电话中武登科的声音，他想象着一种凶险的奸诈、狠毒的冷酷，以此来定位他的存在是否会影响到武登科的心情，他不安地咀嚼着一种恐惧给他的焦虑，怎么办？这个问题一直交织在他的脑海中，让他寝食不安，怎么办？怎么办？

康玲嘀嘀叽叽地要他去买一袋面粉，他愤怒地摔了一个杯子，"能不能让我安静点。"

"嘿……"康玲缩了一下肩膀，恐惧地向一旁躲去，"不要这样了哇，水杯都让你打完了，来了人用什么喝水。"

小张无奈地长吁了一口气，看了一眼颤抖的康玲，心里的苦闷让他更加烦躁。

武登科似乎早有准备，见到小张之后，他顺手从酒柜中端出两杯饮料，一杯放在了他的面前，一杯递到了小张手中。

"这段日子一直在忙，让你费心了。"武登科何时对小张如此客气，在小张的记忆中他好像很模糊。

"姐夫。"小张表现得极不自然。

"你怎么了？"武登科给小张抽了一支烟，"大火之后，好不容易可以消停几天了，你现在有什么计划，说出来我听一下。"

"大火把羊绒全部烧光了，当务之急是立即把原料调到香港，不要影响了香港的生意。"小张仔细地斟酌了之后做了回答。

"问题是很多羊绒贩子手中全没有货，这该怎么办？"武登科。

"我打电话联系过了，新疆有。"小张。

"新疆？实在太远了，价位怎么样？"武登科。

"比这里低。"小张。

"掺假的程度高不高。"武登科。

"我也不清楚。"小张。

"我们派个人过去看一下。"武登科。

"这件事我马上去办。"小张。

"这恐怕不行。"武登科。

"那怎么办？"小张从头凉到了脚心，浑身轻飘飘的，他似乎从中听出了一种威力，他没有弄明白武登科的真实意图，感到很惶恐。

"派别人去我不放心，这么远。"武登科。

"姐夫的意思是？"小张还是不甚至明白。

"我想让你亲自去，你觉得怎么样？"武登科。

"噢！"小张略作疑惑的惊异，马上引起了武登科的注意，武登科瞟了一眼小张，"我知道你家里的状况，可是这件事我派别人去不放心，家里我会时常派人去问候的你不用牵挂。"

小张觉得浑身燥热，额头上挤出了潮湿的汗珠，内心惶恐不安，他一直在担心那场大火可能带给他的负面影响，可是武登科一直保持了沉默，线路老化打火应该说他们都有责任，或者是没接收到教训的疏忽，可是小张心里一直不安，必定损失了六个亿，武登科能不心疼吗？他难道真的不会怪他小张吗？这些烦恼的事儿一直困扰着小张让他寝食不安，他很容易就把武登科的决定和内心的忧虑联系到了一块。

"那我什么时候动身？"小张必定是小张，他明白自己目前的处境，这样也好，也许可以弥补因为自己的失察造成的过失。

"后天，你现在挑一个适合的人和你一块去。"武登科。

"带车吗？"小张。

"路途太遥远了，带上车方便一些。"武登科并没有觉察到小张异样的心情。

离开武登科的小张一头扎到歌厅玩了一个通宵，他的心情一直很不好，他不明白，办这件事完全可以让别人去办，为什么武登科单单让他去呢？他有时候想到这是武登科对他的信任，有时候他又觉得这是对他的惩罚，他的心里存在着矛盾的想法，交织的苦闷让他郁郁不安。

小张复杂、惶恐、不安、忧虑，烦躁的心情，武登科丝毫都未曾察觉，他除了把他当连襟看以外，更主要的是待他当作得力的手下对待，六个亿被一场无妄之灾毁掉了，这个事实让他焦虑，痛苦了很长时间，他有过怨怪小张的念头，但这个念头一晃即逝，他的儿子为他建立了更为严格的管理制度，其中有一条是任何工作人员在场区禁止吸烟，而且提到了他本人，是他这个公司的总裁做得不好，怨不得别人，火灾，到底是什么原因造成的，武登科不知道，调查这些事情的公安、保险公司也未必很清楚，但却定了性，武登科很清楚其中的利害关系，他所以能天衣无缝地把这场灾难造成的损失挽回到最小的地步，全靠他缜密的安排，和冷静的应对。

自从回到公司，他一直在忙，他在不停地让自己的身体在运转，让自己的大脑在各种区间跳跃，他甚至没有空和儿子策划下一步该怎么办，即使有过几回饭局，也是为了协调各方面的关系，大张旗鼓地推动注入外资的形象，他心里很明白一点，香港的资金不可能调回来，这种挂羊头卖狗肉的做法加上他筹措的抵押品，他还是轻而易举地稳住了局面，武登科以各种理由拒绝了儿子提出的一家人在一块吃一顿饭的要求，他试图答应儿子，但最后他否定了，他无论多么狂妄，多么有钱，多么……有一点，却让他失去了自信，失去了豪迈的气概，面对儿子也许他不会颤抖，面对康英，武登科犹豫了，他不怕康英，他恨康英，但他明白无误地知道康英现在可以嘲笑他，鄙视他，他怕，他忽然生了这种惶恐，显得特别的羞愧，痛苦，他长夜哀鸣，但一切都无济于事。

武登科相信儿子已经知道了是怎么回事儿，所以也并不十分勉强他，他想到这里，浑身觉得不自在，一种尴尬的心情让他忌讳康明，小张，他们想必在背后嘲笑他，鄙视他，他痛苦地把香槟浇到发梢，淌在脸上，衣服上，他想不出更好的办法来弥补心中的缺憾，他苦笑着，和着眼泪，独自一个人在宾馆黑暗的套间里。

康英的心情早已经恢复了平静，她姿态高贵地出现在厂区，肆无忌惮地发出了笑声，这种笑声让坐办公室的武登科如坐针毡，他几乎不能听到一丁点的这种笑声，一旦听到了他的浑身就会瑟瑟发抖，心中焦虑烦躁不堪，可是他绝无勇气去制止康英，就是命令别人去传个话，也做不到。

武登科所以很少回厂区，他用电话，手机遥控着一切，这一切全得益于一个小张。

现在他要让小张离开了。

小张在内心的忧虑，正是源于武登科在近距离对他的疏远，可是他并没有想到问题的根源在哪。

武登科无论在情感上，还是工作态度上，对小张的依赖和信任，都是无人可以替代的，武登科计划好了要让小张离开总公司，小张岂有不服从的道理。

小张走了，他走出了很远很远，武登科不用再担心他会无意中见到小张，而且还要揣摩他的目光，心态，然后去忧虑，惶恐，不安，羞愧，他现在见不到小张的面心里似乎坦然了一些，但是小张走了，他似乎心里又失落了很多，小张到了一个极其遥远的地方，到那里又去为他独当一面，他想到这里，觉得很对不起小张。

康明，武登科的思维里不止一次地冒出了康明的影子，唉！他长吁了一口气，他这个小舅子原本对他是百依百顺的，现在翅膀似乎练硬了，事事不遂他心愿，而且滋生了很多对他的不满，生了很多心眼儿，他感到很疑惑，久而久之，他开始不再信任康明，他现在对待康明的心态和对待小张的心态还不完全一样，小张他信任，康明他不信任，他甚至很多次意识到康明已经脱离了他，现在这种意识在他的脑海中变得更加坚定，他想这样也好，因为只有这样，康明才会减少和他的见面，当然，他心里很清楚，康明对他充满了不满，但是没办法，为了儿子的江山，他不得不抽走子公司所有的钱，让他困惑的是，康明辞退了他的其他工作人员，生意缘何仍然做得很好，康明的生意还和自己有关系吗？

自从大火之后，武登科就再也没见过康明，康明不想见他，他更不想见康明。

在武登科的脑海里，让他想得更多的一个问题，就是如何处置和康英的关系，他不止一次地想到了离婚，但这种想法一旦冒出来，就很快稀里糊涂地被搁在了一边，他们是夫妻，却形同陌路，这一生还有和好的可能吗？

武登科把他的事儿理顺之后，某一天想到了我，他在琢磨着如何对待我，在这个问题上，武登科没别的意思，就是想从今往后帮我一把，他对我心存感激，对我的慷慨帮助在事后既感到惊异，也感到不解，他在想自己事儿的时候，常常把我的事儿，把我这个人，一块联系起来，他后来告诉我，他忽然开始了钦佩我，我问他钦佩我什么，他笑了，然后他只说了两个字"勇气"，我笑了，"勇气"，我也想过，我被康红刺激了一番之后，想得更多的是后悔，这一点他恐怕不会知道。

武登科默默地望着我，似笑非笑，他比以前更加的憔悴，远非电视里边神采飞扬的他可比，他让秘书给我倒了一杯茶，自己先叼了一支烟，准备点火的时候似有所想，终于没点，"为了身体，我该戒烟了。"

"应该戒烟。"

"这几个月，想得最多的是什么？"武登科。

"想开一家诊所。"

"哈哈哈……"武登科笑了。

"这有什么好笑的。"我对他的笑感到很意外。

"想开一家诊所，你未免也太小家子气了，开一家诊所有什么意义，难道你现在还想做回一个小人物吗？"武登科。

"我习惯做一个小人物，做小人物心闲，清静，无为恬淡。"

"有千万家产做后盾，居然想着做小人物，想过平淡的生活，难怪康红和你分手了，你的士气不高吗？"武登科。

我淡淡地笑了，也许他说得一点也没错，可我不是那种干大事业的人，我既没什么远大抱负，也没什么高瞻远见，我的思维中，我的固有的才学，似乎决定了我只配做一个小人物。

"我帮你建一座现代化的医院，你管理上如何？"武登科。

我摇了一下头，别说一座大医院，我甚至怀疑自己连乡医院也管不了，一说医院，我很自然地想到了我的院长，他也很风光，不知道他现在挣下了几十万，可他能管好一座乡医院，我，我看不行，我没有信心。

"怎么，看不起大医院？"武登科讶异的欠了一下身体。

"不是。"

"那是为什么？"武登科。

"我不知道如何管理一座医院，"也许我太老实了，我怎么想就怎么说出来了。

武登科默默地望着我，一只手在硬木沙发的抚手上弹出了杂乱的音响，他好像在想这个问题，他也许高估了我，而我确实对自己没信心，做一名普通的大夫也许我可以胜任，当决策者，领导者，我想我还不如我们院长。

"那也不至于想开一家小诊所吧，对过去真的那么留恋吗？"武登科冷静的思索了之后。

"姐夫，我还是有些自知之明的好。"

"小苏，别这样，一个人本身的因素可能对一个人事业的发展有诸多的影响，如果像你这么自卑的轻视自己，那么你的决策，以及你的行为，只能做出一种符合你心态的动作，平淡、忠厚、善良，甚至用大方表示的庸俗一些，信心很重要，要相信自己，无论在何时何地都要相信自己，只有相信自己可以超越，可以拥有，可以成功的人，才会充满强劲的生命力，才会不断地追求进步，追求卓越的不凡。"武登科。

我可以明白武登科的话，而且相信他很有道理，甚至有一定的煽动力，但是，我仍然无法做出别的抉择，我绞尽脑汁，居然想不出来我可以干什么，我可以干什么呢？我如果再不利用自己的一技之长，难道我就这样一直坐下去吗？那样岂不是太庸俗了。

"小苏，不想管理一座医院也行，但是我劝你千万别开什么小门诊，这样做，你不是对不起你自己，而是对不起康红给你留下的巨额资产。"武登科。

康红，他又提到了康红，想不到在武登科的心里，康红竟然这么有分量。

我能说什么呢？我说什么好呢？我确实想不到可以干什么，管理医院，我还是否定了好，我不但不相信我的才能，更不相信我有这样的魄力，我担心尴尬来得太猛烈，还不如现在这样好。

"我们的政府出台了很多利于发展的政策，我们面临的国家，百废待兴，需要飞跃，何不抓住机会拼一下呢！"武登科，

我不安地点了一下头，我相信他讲的都有道理。

"康红，就是一个活生生的例子，利用土地资源，狠狠捞了一笔，所以才会有今天，"武登科。

他又提到了康红，我的心里很不舒服。

"我所以有今天，在一定程度上，也借鉴了康红的成功的经验，所以事业才越做越大，"武登科终于承认自己效仿了康红，所以他在心里一直佩服康红。

"她非常优秀。"我不得不承认。

"康红何止是优秀，简直是杰出。"武登科终于点燃了他的烟，并且坚持让我也陪他抽。

康红，一提到康红，我的内心就会泛起一股无法隐忍的悲哀和尴尬，她抛弃了我，一个女人抛弃了自己的丈夫，这本身就很说明问题，我不行，要不老婆怎么会跟着别人走呢，可是没有办法，我越逃避，武登科他越要提，而且越提越直白，越说康红越伟大，更让我显得渺小，无地自容，心里越发的不快。

武登科淡淡的笑充满了忧郁，他不时会打一个哈欠，偶尔要用纸巾揉揉眼睛，目光中充满了浑浊，他的眼皮不断地落下来，显得很疲惫。

"姐夫。"我还是习惯用这种称呼，他勉强振作地睁大了眼睛，"可能没有睡好，不好意思，这样吧，苏培，你也先回去好好想想，姐夫很快就会给你做出安排。"

"也好。"

告别了武登科我一直在想一个问题，武登科居然承认康红了不起，而且他还效仿了康红，这怎么可能，就这个问题，我久久地琢磨他，康红，是的，我相信武登科说的没错，康红的做法，武登科效仿的地方多了，难怪他会这样讲。

可是，这些有什么用，让我学康红，我相信我永远也学不来，康红思维缜密，聪敏，果敢，而且有远见，远非我可以办到的。

那怎么办呢？

我想的最多的问题就是武登科，他一再在我面前提到康红，而且大加赞赏，真是可恶至极，他为什么要这样做呢？他明知道康红甩了我，他还要提她，我相信武登科是故意的，他这个人一点也不怀好意，我真后悔为什么要帮他，想不到他对我会这样，有点残酷。

两点一线的距离，即使拐的弯多一些，也全无所谓，武登科的司机照样可以以最快的速度把我送回去。

我理不顺自己的思绪，可是我还是强迫自己必须去梳理，武登科，让我很不快，我不明白，他为什么要用康红刺激我，我已经承认了自己什么也干不了，自己不行，自己没本事，他还是用话挤迫我，我真后悔，我为什么要冒那么大的风险去帮他，帮他渡过了难关，他却来嘲笑我，我该怎么办？我该干什么？

被武登科刺了一下的我，愤情高涨，想到的第一件事儿居然是如何讨回我的财产，没有这笔财产，我想我只能干回我的门诊，当一个小大夫，过悠闲的日子，可是一想到这个问题，我就会感到内心的阴影越来越浓，苦闷让我变得焦虑和悲苦，我不敢想象，此时此刻，我的身边又想起康红的怨怪，想起了康明的叮嘱，可是这一切都不会从头再来了，武登科现在根本无力从银行赎回地皮，我讨什么账，武登科会不会连我也一块玩了，一想这些问题，我就会浑身冒冷汗，从头凉到脚，我难道错了，武登科真的连我也一块烩了，这些问题从头到脚，每天我都会想上无数遍，但最终直至武登科再次找到我，我也没得出一个结论。

"我觉得我还是有必要和你好好的谈一次话，免得你误会，我不是你们想象的那种人，至少可以说，我还不至于极坏，所以你丝毫也不用担心你的财产放到我这里会有所损失，我没有玩你的意思，但现在我也没钱给你赎回来，所以你想要你的财产，需要耐心地等上一年半载，至于我故意提到康红，我还是为了你，你起码也是一个男人，为什么表现的这么平庸、懦弱、自卑，你要正视自己，相信自己，努力改变自己，才会发达，想超过康红吗？"武登科真能瞎拍，问我可不可以超过康红，"天方夜谭"的神话，大概武登科没有读过，这句经典的名词，意义他大概可能知道，我能超过康红，我想都不敢想。

武登科望着我淡淡笑了一面，"小苏，你呀，这样吧，现在就让我来安排你吧，看来，我不帮你，你是走不出这个狭隘的圈圈的。"

第六十八章　康红走了又回来了

我想开一个小诊所的想法，终于不能如我所愿，武登科认为我应该有更广阔的天地，说白了，他是不甘心让我的资产和我一样停滞不前，我想他并非恶意，所以开门诊的想法即刻打消了。

我先后在他的纸厂、羊绒厂、煤矿、洗煤厂、房地产开发上任副职，这样的做法让我开阔了眼界，思路更加广阔，我结识了他的很多朋友，和他们了解各个行业的情况，期望有自己的想法，或者有发挥。

三年，似乎是一眨眼的工夫就从眼皮底下溜走了，我的见闻充实了，我的思路终于和勃勃的野心并轨了，我对未来的展望可以从各个视角去透视，武登科说我终于成熟了，不过，他说我的火候还远远不够，运输公司，养殖场，砖厂，水泥厂，还有电石厂，新近又购买了硫酸厂，又搞了一个种子繁育基地，成立了农药厂，凡是挣钱的行业，被他盯上了他就去投资开发，他真了不起，原来我以为一场大火武登科已经伤了元气，现在看来，远远不是那个样子，他的资产之大，远超出我的预料。

"康红回来了。"我突然接到了武登科的电话。

"她还好吗？"康红回来就回来了，和我有什么关系，毕竟我们分手已经三年多了，三年的磨炼，已经让我淡忘了过去很多的东西，包括康红在内。

"她不好。"武登科的声音充满了一种忧郁的怜恤，低沉而和缓。

"开什么玩笑，她，是谁？是康红，她怎么能不好呢？"我似乎有些幸灾乐祸的感觉。

"云峰，给我发了一个传真，康红破产了。"武登科。

"不可能。"我有些吃惊，康红破产了，打死我也不会相信。

"这是真的。"武登科。

"一个亿，说没就没了？"

"何止一个亿，几个亿都没了。"武登科。

"他在外边一直在干什么？"

"炒股"武登科。

这又是一个陌生的行业，我知道有很多人在炒股，但是我从来也不知道康红也在炒股，"有那么大风险吗？"

"现成的例子，有什么不相信的。"武登科。

"她，她和侍加元一块回来了。"一想到侍加元，我的心里就显得不平衡了，酸溜溜的感觉似乎还能找回来。

"不，她一个人。"武登科。

"这种时候一个人回来了？"我有些不相信。

"准确地说，康红的破产是因为侍加元。"武登科。

"什么意思？"

"侍加元利用炒股的机会，把他们的钱打到了一个国外的账户上，溜了。"武登科。

"什么？"我一听便怒火攻心，怎么会这样？

"所以康红破产了。"武登科。

"这是什么时候的事情？"

"几个月前。"武登科。

"难道没办法追回来吗？"

"如果有办法，康红怎么会回来，你不想看看她吗？"武登科。

"她回来多长时间了？"

"一周左右。"武登科。

"住在了什么地方？"

"你们原来的小楼上。"武登科。

"几年没住人了，还能住人吗？"

"这个你就不用操心了，我在一个月前就进行了装修，而且重新进行了布置。"武登科。

"你知道康红会回来？"

"当然知道，这里是她的故乡，这里有她的亲人，而且这里还有她东山再起的本钱，她怎么可能不回来呢？"武登科。

"也是。"听说康红这样的遭遇，我的心情忽然晦暗而忧郁，沉甸甸的。

"苏培，抽个空看看康红吧！"说完武登科就挂了电话。

合上手机的我竟然不知所措，康红，我，让我怎么说呢，尘封已久的记忆中，康红的再现，依然可以从中剥离出许许多多尽如人意美好的回忆，分离的思绪，决绝的羞辱，此恨绵绵。康红，我的心情在煎熬中度过了三年，三年的时间不算很短，我虽然在离婚前早已厌弃了你，离了婚却不能忘了你，你在我心目中应有的地位，一直无人可以替代，我曾尝试过，可我依然做不到，现在我已经下了决心要彻底地抛弃过去，从心灵的深处放弃了你，而你却颓然归来，让我心里哄哄起烦。

我点了一支烟，虚热让我浑身粘腻腻的不舒服，我的目光毫无目的落在了自己毫无感知的地方，思维仿佛也呆滞不动了，康红落在了今天这个地步，她会怎么样呢？她还是过去那个样子，充满了自信，充满了豪气、霸气，一副意气使人的冷面孔吗？我想象不出一个女强人，落在了今天这个地步，她会是什么样子，憔悴、忧郁、尴尬、低调，我想她一定改变了不少，至少她会变得随和一些。

我一边想，一边离开了办公室，毫不在意别人的招呼，心里只有一个想法，我应不应该去看康红，我去看她，她会怎么想？而我不去看她，一直假装不知道，也不适合，连武登科都对她充满了同情，奢谈亲情，更何况是我呢，我如果不去看康红，康红会怎么想，武登科又会怎么想。

我知道康红回来已经几天了，我的思维中一直被康红的影子困扰着，有点自卑的感觉，也有点幸灾乐祸的感觉，人吗是不得全的，我曾憎恨康红，说内心话，我还是不希望她变成今天这个样子，我坐在茶庄一边品茶，一边思考，我觉得有好多问题，我必须考虑得现实一些，毕竟我已经不是三年前的苏培了，如今，算了，我自己感觉到的变化有什么用呢，在别人的眼里也许我还是那个熊样。在康红的眼里，我又是个什么样子呢？这一点我太在乎了，她见了我，是否还是以前那个样子，经历了这么大的变故，她也许会改变一些自己，她改变了吗？我见了她，我的心，我的自尊，我的克制，我的自信，还会像以前吗？我不敢想象，总之我一想到康红，我内心的一切幻想的自信，都会在瞬间崩溃，我恨自己，恨自己在康红面前没有一个大丈夫的样子，我苦恼地抱着自己的头，十指用力地叩着自己的头皮，任意地让头发凌乱地倒竖着。

康红，这个臭女人，你回来就回来了，为什么让我和你一块痛苦呢？也许不是，是我自作多情了。我翻来覆去地想着各种各样的可能，总之没有一个圆满的答复。

我该去看看康红吗？这个问题我的回答是肯定的，我应该去看看她，可是我却是缺乏足够的勇气，居然有些怕见到康红，你们说怪不怪，亲爱的读者朋友，当你们读到这里的时候，是否能体会到苏培此刻的心情，你们该不会也要说上一句窝囊吧，可是苏培给自己定位却是窝囊，真是窝囊。

走了，康红走得多么豪迈、潇洒，回来了，她是什么样子呢？我的脑海中总想得出康红此刻的样子，但是我办不到，她是一个女强人，她面对这样的尴尬，想必……

算了，我走出茶庄，随便地走在花团似锦的街道上，默默地让目光透出空隙，自由自在地穿越着，脑子里边一片空白，一片渺茫，看看康红，有这么难吗？三年了，难道我去看康红，比之当年康红看我，更难吗？

对这些问题，我一定要想明白了，然后才能做出决定。

武登科又打来了一个电话，他一定是给种子公司打过电话了。否则他怎么知道我不在单位呢，他例行公事一般地询问了我最近的状况，很快就进入了他谈话的主题，问到了康红，他问我见过康红了吗？我说没有，他说可以理解，然后又扯了几句别的话，便挂了电话。

武登科这个人，说心里话，我对他佩服得可谓五体投地，他的话，实质上就是我的原则，金玉良言，我知道她关心康红没有一点错，他要求我去看康红也不会有错，我也乐意听从他的安排，只是我的心态因为康红总也调整不好，所以还是下了决心。

不久武登科，又打来了一个电话，他给我报了康红家里现在的座机号，然后又挂了电话。

武登科让我问候康红，关心一下康红的意图显而易见，我还有什么话可说呢？

我试着拨通了康红的电话，但是我还是拿不定主意，也许是康红，也许是别人接听电话，那头刚刚拿起，我便挂断了，怎么办？我问自己怎么办，真是可笑之至。

我没勇气做出这个决定，难道仅仅是一个错误吗？我认识到他可能是一个错误，但，又能怎么样呢？

康明意外地给我打了一个电话，他想约我见一面，这真是让我受宠若惊了，康明，三年了，自从我到了武登科的子公司任职，康明就辞退了工作，三年没见面了，他怎么又想到了我，三年的工夫，康明傍着刘春祥坐上了热力公司、自来水公司的董事长的位子，而且承揽着很多公路的修建，他的事业如日中天，公司在急骤膨胀，岂是我可以仰视的。

我婉言谢绝了他的约请，我知道他为了什么，我不明白，我对于康红还有意义吗？他们这么关心我的存在，可能还会影响到康红的心态，有这种可能吗？康明可能不服气，我谢绝了他的约请，也许太出乎他的预料，他想说的话，他在内心定了一些目的，不能实现，所以表现得有些焦急了，不久，又给我打来了电话，这一次他没说要约我出去，而是扯了一下我对今后的打算，居然没提到康红，这让我感到很意外，随便聊了几句，电话挂断了，我反而觉得很不是滋味，他的目的何在呢？有这么简单吗？

我想他们全是一种好意，他们也许觉得康红需要我的问候和安慰，事实上我认为很没必要，作为康红的前夫，我没有拒绝看望她，这只是一个迟早的问题，作为他们，他们也许是为了我，也许是为了康红，为我们共同的利益，我不断地琢磨，每一次良久的斟酌，都有新的见识，可这些有用吗？没用，也许康红最不愿意见到的人恰恰就是我，她抛弃了我选择了侍加元，侍加元抛弃了她而选择了她的钱，我体体面面，她落魄，我去见她，她会怎么想我，她也许认为我会嘲笑她，轻视她，鄙视她，总之她的心情因为我会不好受，所以我犹豫再三，还是下不了决心。

我毫无目的地在大街上溜达，走过了很多我熟悉的店铺，跨越了好几个岔路口，而我还是不能想明白，我的脚踝有些酸困的感觉，我坐在了专为等公交车而设置的椅子上吸烟，目睹车龙马水，成双成对，心中思绪万千，康红，这个女人，我在心中喜欢用这个词，这个女人，这个女人，我无论如何也想不通，摸不透这个女人，我走到这个女人面前，我就不是我，我就变成了一条摇尾乞怜的狗，一个胆小的奴才，一个俯身贴耳的下属，我只是康红的一个陪衬，一个无须有的玩偶，有一天她不高兴了，她赶走了我，这个女人，这个女人……

原来我想一想康红也就罢了，谁让自己不行呢，甚至会感到分手的庆幸，可是摆脱了一种烦恼，被另一种烦恼所困的感觉还不如第一种烦恼来的轻松和愉快，一个人就会滋生后悔和留恋，自然反省的时候也就多了起来，还不如拥有第一种烦恼。

所以我现在的感觉是越来越恨康红，是我不断地追求上进造就了自信的尊严在作怪，还是厌恶她抛弃了我的耻辱，不能雪洗在积淀沉厚，我不明白，我尽可能地让自己少去想这些问题，可是丝毫也没用。

康红，你居然也有今天。

"哈……"

我居然笑不出声来，我的笑声居然来源于无形，而又在无形中化解了，我这是干什么，嘲笑康红？嘲笑这个女人？我变得稀里糊涂了，这个女人，她居然也有今天，她的今天是否和昨天的我一样落魄，一样无地自容，一样萎靡不振，而今天，我终于可以大声地笑了，我要用最繁复的喧哗告诉世人，这个女人得到了应有的惩罚。

而这一切，有那么实际吗？我迷惑了，我在云遮雾挡中渐隐渐露，居然不认识自己了。

康红这个和我离异的女人，此刻她居然还能让我这么烦恼，为什么？为什么？为什么？

我的吼声撞击了我的胸腔，让那里沸腾，闷胀，爆炸，却找不到更适合我的宣泄的办法。

第六十九章　面对，不淡定

我在平静的时候，感悟到人生应该避开烦恼的锋芒，寻找一种平和的解脱办法，面对亲人我们还需要用亲情去呵护，康红虽说已经不是我的妻子，但她还是我至亲至爱的亲人，友人……

也许这是我思想的最高境界，我还是没法去恨康红，我寻求一种解脱的办法，无非是为自己，为康红开脱，为我去见她，去探望她，寻找一种自己可以理解自己的理由，我决定去看望康红。

为了下这个决心，我想得太多了，应该和不应该，合适与不合适，让我的思想在空洞的忧虑中酣战了足足一个礼拜，康红，这个不幸的女人，她也许根本就不想见我，这一点也不奇怪，想到这里，我的一切思维发生了质的转换，她不想见到我，所以我才更应该去见她，其实没什么，当年我的心情也许不如她今天更复杂难受，我从那个自卑自烦的阴影中走出来了，我相信康红也会办到，也许我的出现，我的问候，会让她在不幸的悲哀中看到人性善良的一面，早一些时候变得轻松愉快起来。

我给康红的小楼打了一个电话，良久无人接听，我知道康红一定在小楼上，那天她也许忘了我的手机号，但过后她一定想起来了，那是我的手机号，三年前的那个手机号，她不会忘记，所以今天她没有接电话。

我的判断一点错都没有，当我回到这个小楼的时候，一切全都证实了，这里仿佛又恢复了昔日的辉煌和宁静，门卫有了，小车也有，保姆也有，武登科想得真周到，整座楼房装修得绝对超前，我的到来，是用陌生的目光迎进了大院，当我确信康红就在楼上的时候，我又暗暗庆幸了一番，毕竟自己聪明得多了。

志忑不安的心态走在熟悉的楼道里，浑身似乎在瑟瑟发抖，呼吸也有些凝重，越近门口我的感觉越紧张，这种紧张虽然不同于三年前，但也绝不是一个亿万富翁所应该有的，我一再告诫自己，镇定，镇定……

我走到门口，我刚刚举起手要敲门，门就自动开了，而且越拉越大，直到极限。

我呆呆地从门口向里边望去，豪华的沙发，高档的茶几，落地玻璃钢组合墙，他们全透着灵气，向我展示了一种全新的魅力。

我知道一个人，她隐在门后，她从窗玻璃上看到了我，她想见我吗？我不知道，她并没有拒绝见我，这扇打开的门就是最好的见证。

"大草原上，我看到了屋顶上的你，至今都没有忘记，你是那么美丽，那么泼辣、勇敢，是你的出现，给了我希望和生机，我们一起牧羊、骑马、泡紫菜汤，你的笑声牵走了我无数个寂寞害怕的夜晚，我每时每刻都不能忘记，我的一切都是从那里开始的，"我没有想到，甚至我对自己还有些怀疑，我居然说得如此动听美妙，好像是从哪本书上摘抄下来专门背给康红的，里边特别的安静，良久无声无息。但我马上意识到我又在犯一个错误，我这是在干什么，我和康红已经分手了，我回忆这些用意何在？让康红怎么想？我很惭愧，我还想说些什么呢，现在，至少现在，我一句也不想说了，因为这些话，我在诅咒自己，我犯了一个严重的错误，我安的什么心，我以什么样的心态来面对康红，这是原则上的错误，我回忆这些，有用吗？我糊涂了，我在来之前可没有想过，也不打算这么说，我真是一个混蛋，想到这里我扭身就下了楼，我不能有丝毫的犹豫，我必须离开。

我不知道我身后是否真的有康红存在，此时此刻，我已经顾不了许多了，我的脚步走得很快，我连回过头的勇气也没有，我真窝囊，为什么会是这样，这个臭女人，她有什么了不起，我真恨自己窝囊。

我为什么要动恻隐之心去见她，她和我在一块的时候就已经貌合神离了，现在已经分手了，自己还要去轻贱地表露自己的内心世界，展示自己的弱点，让她用鄙视的目光窥视我的全部，不过如此罢了，但愿她不会这样想。

一个男人，像我这样，连我自己都看不起自己，面对自己心爱的女人，不能跨越自卑，不敢……

算了，我像一个贼一样逃离了康红，逃离了那座熟悉的小楼，只有这样我的胸臆间才不感到憋屈，我长长吁着气，打了遇到的第一辆的车回到了种子公司我的宿舍。

我觉得自己十分疲累，内心有千头万绪的疙瘩无法起解，但我最不明白的是，自己到底什么动机，述说心中保留的美好，述说康红在我心目中的地位，让我的怀忆勾起康红对我打折的情感，我的这番话还能说明什么呢？我去那里是看康红的，明明就是搅浑水嘛。

让康红怎么想，我相信康红就隐在门后，我说的话她听得一字不差，她的心里或许不想去追忆故去的情感，她压根也不会想到，我会在这种时候，会说出这番话，她也许会很感激我对她的留恋，也许只是怔怔地听了一个笑话，这些离她太遥远了，只有我这个傻瓜才会痛定思痛。

现在我不得不承认，我的内心依然保留着对康红的留恋，并不是因为我失去了她我才感到她的重要性，其实她一直都对我很重要，只是我不懂得珍惜她罢了，在情感上疏远了她。

我认识到自己有许许多多的错误，归根结底还是为自己对康红复燃的情感在做铺垫，当我想明白了这个问题的时候，苦恼自然而然地又回到了我的身体里，康红？这个女人，我该怎么办呢？我不知道，我真的不知道。

我反复地咀嚼我说过的话，努力去复原草原上的各种情调，以此来印证我说过的话极具真实性，那都是我们共同经历过的，难道有错吗？我总要给自己一个完满的解释，内心方才畅快。

即使如此，让我再去见康红，我还是没有足够的勇气，就连一个电话，我也没敢打，真怕让康红见笑了。

如果不是张至立（小张）出了事儿，恐怕我和康红真还找不到借口重新见面。

张至立开着车从新疆回来的路上出了车祸，他驾着车，在经过一个村口的时候，可能是睡着了，车左右摇摆，速度还很快，一下子撞到了村口的一棵大树上，据目击者称，当时小张还活着，他从车里爬出来了，但不幸的是，他车里的五十多万现金也被撞了出去，当天风又特别的大，撞散的人民币在狂风的鼓动下，铺天盖地地飞向了天空，当时在场的村民，还有后来赶到的村民，惊心动魄的诧异尚未平静，便立即卷入了一场疯狂的追捕，无论小张怎么乞求、许诺，那些疯狂的村民眼里只有钱，他们忽视了人的价值，他们从小张的身边经过，有的可能用飞跑的速度跨过了小张的身体，在钱的面前赤裸裸地暴露了人性的弱点，小张因无人护理，终因失血过多而亡，后来还是经过此地的司机给110报了警，110又通知交通警察、救护车还未赶到，小张的遗体已被交通警察拉走了。

小张死了，武登科陷入了极度的伤感之中，他回康英那里走了一圈儿，也无所谓具体的感受，面对康英的冷漠，他已不抱任何希望，但他还是用最大的克制向康英传达了小张的事故，康英落泪了，但也没什么表示，武登科只好默默地离去了。

武登科首先通知到的是康明、康红，小张的父亲，然后他又想到了我，在应不应该通知我的这个问题上，武登科开始有点犹豫，他斟酌再三还是把我约到了他的办公室，当面和我解释了一下，免得我难为。

"事情发生得太突然了,我想你已经明白了我的意思。"武登科一见我就开门见山地说开了。

"这是小张的不幸,也是董事长的不幸。"我也记不清我从什么时候起改了对武登科的称呼,武登科无所谓我对他叫什么,反正叫应是他就行了。

"不久,该走的亲友们就会来到这里,而你得代表公司,代表我,前往出事儿的地方,妥善处理善后。"武登科。

"难道董事长不去了吗?"

武登科一言不发,呆呆地望着办公桌发愣。

"还有谁和我一块去?"这种僵局可让人受不了。

"康明、康红,原来打算让小张的父亲也一块去,康明不同意,怕他去了是个负累,所以现在只有你们三个人同行,我想你不会有问题吧!"武登科的目光闪了我一眼。

"没问题,请董事长放心,我一定不会辜负董事长对我的信任。"

康明和康红一块来的,康明见了我立即走上来和我握了一下手,"三年不见,变化不小。"

康红冲我笑了一面,然后坐在了远处的沙发角里,把肩上挂的小包放在了面前的茶几上。

"苏培和我们一块走?"康红屁股一坐稳就抢先发言。

武登科冲她默默点了一下头。

"事儿很简单,没有什么可争议的。"康明。

"我明白,你们去的目的,就是在当地把他火化了,然后带回来这里安葬。"武登科。

"小张散失的钱怎么办?"康明。

"什么怎么办,我已经用电话和当地110联系过了,五十万,对姐夫来说算不了什么,可是就事态的发生来看,每个人都不能宽恕,当时他们只要伸出援助之手,救救小张,又何止是五十万的回报呢,可是没有一个人搭理生命最后的请求,所以抢去的钱必须最大限度的追回,绝不能让这些贪的无情的人得到。"康红猛烈地喷击了无情的村民,态度之坚决、暴躁、比过去有增而无减。

我瞅了一眼武登科。

"能收回吗?"康明。

"110已经开始了行动,凡是参与抢钱的人,现在都已经拘留了,家属正在陆陆续续往回交钱。"康红。

武登科点了一下头,瞟了一眼康红,一言未发。

康明诧异地望着康红。

"那现在只剩下对小张的后事进行操办了?"仅仅如此而已,还要做什么呢?

短暂的沉默。

"那你们马上行动吧！"武登科发出了最后的指令。

康红坐康明的专车，我坐了武登科特意派给我的他的轿车，在临行前，我们所进行的沟通就如此简单，一路上在饭店，旅店彼此聚散，聊的都很简单，不仅仅是我在康红面前拘谨尴尬，连康明也一样，康红不想说话，我们自然也无话可谈。

当地的公安交警证实了我们的身份之后，把收回来的四十一万元人民币交给了我们，连同小张的遗体，一切过程都在简短的程序中办完了，小张化作了一缕青烟从此消失了，我和康明都在为小张惋惜，康红却一直躲得远远的。

武登科在小张的安葬仪式前向前来悼唁的所有人士宣布了一个让所有人吃惊的决定，登科集团公司为了表彰小张对公司做出的特殊贡献，一次性给康玲母子抚恤金三百万元，同时登科公司还下拨一百八十万人民币，资助建立二十所乡村小学，名字全贯有至立二字，这条消息一经发布，立即引起了全社会的关注，一时间媒体炒得热热闹闹。

"想不到三年不见，你竟然成了登科集团的红人，能让武登科这么器重的人，除了小张,恐怕也就只有你了。"我一直以为自己总躲在一个角落里可以偷偷窥视康红的存在，从而可以避免碰到一块，想不到稍不留神康红就到了自己面前，她毫无愧色，落落大方的样子让很多人侧目注视我们。

"实在有愧武董的栽培，三年尚不能出徒，不知道你有何见教。"我的神色有些紧张，额头上汗津津的，我知道食堂里很多亲友都在注视我们，就越显得不安。

"呵呵……"康红笑得很得体，谁能想象到她是一个刚刚被所爱的男人骗了钱而又摔了的女人。

"你仍然让我感到迷惑。"我想这句话一定有他不得体的地方，康红的眼角掠过一丝不快，甚至是对我不满的一瞥，这种举动别人是无法察觉的，只有我，因为我了解康红这种属性，我不自然地赔着笑。

"今天坐哪里？"康红总是能意想不到。

"坐哪里无所谓。"

"那，今天和我们一块坐吧！"康红。

"你们？你们有谁？"我可能明知故问了。

康红不满地瞪了我一眼，"你不知道？"

"知道"。

"那不乐意？"康红。

"受宠若惊，康红约请我，我想都不敢想，岂能拒绝。"

"嘴皮溜的不错。"康红。

"这几年尽溜了嘴皮子，一点实际活都没干。"康明也来到了我们的身边。

"二姐和谁在一块？"康红转向了康明。

"和大姐他们。"康明。

"状态怎么样？"康红。

"我听见她要回去。"康红。

"那你怎么出来了？"康红。

"我劝不了她，她只听大姐的。"康明。

"那大姐什么意思？"康红。

"同意二姐的提议，准备回去。"康明。

"谁去送了？"康红。

"大姐。"康明。

"你是说他们已经走了？"康红。

康明嘿嘿地笑了一面，冲我点了一下头。

"至立的不幸，对二姐的打击太大了。"我总不能像个木头一样立着，见缝也要插针。

"走那么远的路不带司机。"康红明显是怪小张了，但人已死了，怪又有什么用，康明拍了一下我的肩膀，"总想找个机会和你坐坐，有了机会又不知道说什么，这样行不行，这坐完，我请你喝茶聊聊如何？"

"今天不行，这里一大堆人，我得帮助招呼，难道让武董招呼吗？再说，你也得帮衬帮衬，我不懂这个事儿。"

"武董尽托付你了，你快去吧，以后有空再约你吧！"康明懒洋洋地悠向了别处。

康红不好意思地笑了笑，也忽悠走了，我已经聊谈了好长时间了，我不能再闲待着了，远处武登科已经在瞅我了，我得马上过去，听他的吩咐，应付这一大摊子。

也就是一顿饭的事情，大家的心情总体上还是很压抑的，必定一位老朋友去世了，而且又是如此的残酷，让谁也不好受。

武登科早就退了场，几句开场白声泪俱下，让闻者皆恸，见者皆嗁，武登科表现得很伤感，这点谁都能理解，小张对武登科，武登科对小张，谁也不能去挑剔，他们感情之深，配合之密切，在商场上如鱼得水，谁能不知道，现在小张走了，武登科岂能不难过。

第七十章　康红欲图在此腾飞

小张的丧事未经波折，便在无关痛痒的目光审视中悄悄流失了，武登科立即派人替补了小张的工作，但因种种关系，他在年内彻底萎缩了新疆的工作，这一点明白的人都很清楚，武登科再也找不出像小张一样忠心耿耿的员工来，牵涉到大批资金的问题，他撤了新疆的办事处，只保留了一个联络处。

康红在小张出殡之后陪了康玲十几天便失去了耐心，她借口干这干那，终于庆幸地逃离了不断唠叨的康玲，然后给康明打了一个电话，便算万事大吉了，康明那边作为娘家的主要骨干，自然而然承担了一些较为细致的工作，雇了一个保姆也算尽责尽心了。

离开康玲的康红，内心一直很不安，这倒不是因为康玲的缘故，小张死了就死了，他活着康红即瞧不起他，也厌恶他，死了，她多少为二姐惋惜了一些，但她未曾觉得这一定就是坏事，她这些天一直在想一个问题，这个问题让她耗费了许多精力，甚至一直焦躁不堪。

侍加元骗了康红已成了既定的事实，即使康红很难接受这个现实也无济于事，这种难堪，残酷的现实，让她承受了前所未有的打击和煎熬，所幸她是一个很有个性而且又性格强悍的女人，她看上去若无其事，其实内心所承受的痛苦，尴尬和委屈，是任何人都不曾见识的，而她居然可以泰然处之，真是了不起。

现在康红似乎坦然了一些，她从被动地走下小楼，到主动地走下小楼，内心矛盾的格斗可谓激烈而汹涌，当被动的一方占据她的思维空间时，她看不到明天的太阳格外夺目光彩，一切全充满了邪恶和罪犯的卑劣，她失去了自尊自信、独立和自强，她的内心支撑的思维瘫痪了，她在一种封闭的隔绝中自寻烦恼。

康红主动给我打了一个电话，她说她想见我一面，我想知道她是为了什么，但我想绝对不是为了我，或者是我们之间的事情，康红没有这种闲情逸致，她为了什么，我从电话中无法得知，但我很好奇，康红终于不能克制自己，要主动地见我。

我们在一起的日子，我的脑子里偶尔又冒出这样的概念，康红，这个女人，她从我的身边走开，我说不清楚我曾经有过的心情，现在居然有些不服气，必定她是女人，而我是一个男人，她居然遗弃了我，我想恨她一点也不会错，可我竟恨不起来，我似乎在心里，在一切的思维中还在牵挂康红，这个女人曾经属于我，她现在遭遇了和我同样的境遇，被人遗弃了，我有一种别人无法咀嚼到的苦涩感，很难形容自己内心的酸楚，同情康红的同时，也在深深地谴责侍加元的不义。可是这些仅仅是我内心的一种想法，我有好多时候依然要去想康红，而且不止一次地想到了要去看望她，但却没有足够的勇气，武登科再三督促我，让我别忘了去看一下康红，甚至挑明了和我说，让我和康红复婚，武登科还告诉我，他这个想法已经对康红讲了，他不怕康红，她必定是他的小姨子，我明白他是为了我好，他知道我的心里一直还是割舍不下康红。我想这些想必有用，康红是什么态度，我必定一直在关心着，但武登科并没有下文，只是相互传达了他的意愿。

今天康红突然要找到我，还说有事儿，是什么事儿呢？我在心里一直琢磨着，和我有关系，和我们都有关系，只和她有关系，我不明白，还有什么事情需要我给她出主意，冲这一点，我就感到不解，康红是谁，那么她找我到底为什么呢？

我不安地张望着自己的手机，难道康红有复婚的意思？武登科挑明了，她要自己亲自出动，她明白我的心意，我相信我的内心她一目了然，她也许在等待我的再次主动，然后却失望了，她等得有些焦急，想亲自试探一下我，她知道我是一个懦弱的人，也许她甚至也知道我在她的面前提不起精气神，所以她下定决心要约我见面。

我不只是惶恐地战栗了一下，全身的皮肉在哆嗦了之后，清明一下子聚拢于大脑，我的潜意识里有一种认识，我的脑子从未有过这样清醒的时候，是喜、是忧、是烦、是恼，我琢磨不透。

我的脑海中闭锁了一切喧嚣，封闭了所有的原本的思路，要集中精力解决掉现在的症痕。

康红找我，我必须得做好应对的准备。

我首先去理发堡整理了发型，修了面，然后换了一套极其讲究的浅灰色的西服，领带闪着迷彩的金光透视着一种庄重和和谐，脑子里反复地告诫自己，戒卑戒痴，甚至要戒紧张，似乎还准备了些客气的礼貌的开场白，在一切准备就绪的时候，我想坦然地笑上一面，却不能笑得出来，脑袋沉甸甸的，仿佛要发晕的样子。

我想好了要开车去的，却临时改变了主意，走到我的车子边上，我才决定改变主意。

有人在和我招呼，我点了一下头，我看了一下手机上的时间，算好了到约定的地点时间阔绰有余，才不慌不忙地走到大街上拦了的车。

"您好，您是苏先生吗？"我刚刚迈上食堂的台阶，迎宾的一位小姐就迎了过来。

我点了下头，迎宾小姐客气地做出了请进的姿势，"请先生随我来，康女士已经在二楼七十二号凤雅居等您了。"

她已经先我到了，我似乎已经想到了，我想过这个问题，我看了一下手机上的时间，离她约定的时间还差二十分，而她已经来了，我迈着轻盈的步伐，随迎宾小姐来到了二楼。

一个令我惊诧，令我惶恐，令我自卑，令我窒息的影子，默默地望着我，迎宾小姐首先做出了反应，"您的客人已经到了。"然后便转身走了。

康红，她淡淡地笑着，她的目光如火如炬如洞察我灵魂的鬼斧神工，安详，执着，大方地望着我。

"你好。"她动了一下她的手，我明白她的意思，她想和我握一下手，但是她并不坦然。

我努力用平和的心态抑制着自己内心的紧张，上前和她握了一下手。

"你好，想不到你的风采依然如故。"

"因为我们还年轻。"康红表现得很自然。

"凤雅居，名字挺有诗韵。"

"充满了浪漫气息，给人好多联想和憧憬的启涤。"康红一下子推开了柴扉一般装饰的小门。

浅淡的灯光和小走廊中灿烂的光彩形成极大的反差，我的目光似乎要被这种淡出了暗的柔光欺骗了，居然能感到一种特别的舒适。

我们很快就入座了，服务员送进了一杯花茶和饮料，康红还没有忘了我的嗜好，我不喜欢饮料中柠檬的味道，对花茶情有独钟。

"我上次……"我这个人笨就笨到了这里，我原本是复制了好多美妙言词的，可是一坐下，一切就全乱套了，而且心虚的要呈上自己的怯意。

"有很多次，我也想见见你，可是我也做不到。"康红温和地冲我笑着。

做不到，她这么简单的一句话，看似很平淡，却让我坦然了许多，我内心存在的怯意，被她善意地调解了一下，就马上烟消云散，我感激地向康红点了一下头。

"时间过得可太快了，好多事情始料不及，我们正视现实的时候，请让我们忘记那些不愉快的夹带好吗？"我终于复制了一句话，这让我对自己充满了信心。

康红默默地注视着我，我也想不出自己有些许的恶意。

"……"不好意思地笑了一下，喝了点饮料，"想吃什么？"

"你想吃什么就点什么吧！"我还是没有自我。

"炖菜系列的点几个？"康红必定做过我的妻子，她对我的饮食口味知之甚详，我就喜欢炖菜系列，炖羊肉、炖猪排、炖精杂烩等等。

"要上一盘炖羊肉、蒜泥肘子，然后来点油盐花生豆，肉炒蒜薹，柿子鸡丁，尖椒焖兔肉。"我果然来了兴致，高涨的热情，让我勇敢地点出了康红和我共同喜好的菜系列。

"还记得我喜欢吃什么？"康红惊异的目光让我很兴奋。

"改变了没有？"我此刻有些疑惑，必定我们已经分手许多年了，她和别人在一块生活了三年，难道不会改变口味吗？

"没有，从小吃的最好的饭就是这几样，无论走到哪里，无论环境怎么改变，但对这几种菜却情有独钟，何况也割舍不下。"康红。

"喝点什么？"

"五粮液吧！"康红不假思索就点了白酒。

"合适吗？"我担心康红喝不惯。

"没问题，陪你喝两杯。"康红。

"不要勉强自己，还是要点啤酒吧。"

"几年不见，不知道你现在酒量如何？"她避而不答，反来相问我的酒量，言下之意大有一比高下之意。

"不见得降低了。"我没有正面回答。

花生豆，首先上来了，服务员给我加了一点茶水，康红加了饮料，然后下去了。

"在武登科那里还习惯吗？"康红。

"极好。"

"你现在具体负责什么工种？"康红。

"我摇了一下头。"

"和他干了有多长时间？"康红。

"三年。"确切地说是三年零一个月十四天。

"他不信任你吗？"康红。

"不是。"

"那为什么干了三年了，你没主管一个部门？"康红。

"那很重要么？"

"我想应该是的。"康红。

"他做得对，我还是很欣赏武登科的办事分格。"

"为什么？"康红有些不解。

"无论他的任何一个主管负责人，都无法和我比，我指的是经济实力。"

"武登科用的是他们的才华。"康红。

"但他们的目的是从武登科这里挣走钱，这有错么？"康红。

"而我不需要，我想我说的没错。"

康红扑哧笑了，"我明白了，你变了。"

"说说你的打算。"我坦然的神态源自对自己认识的自信。

"我？"康红止住了笑。

"是的，你不可能总这坐下去！"

"我还有实力吗？"康红变得犹豫了起来。

"何必那么悲观呢？逝去的虽说不可能再回来，但还不至于一败涂地，这里的固定资产尚在，翻本的机会尚有。"

康红的目光瞥着柴扉一般着色的小门，默默无语，此刻的康红在想什么呢？

"如果不想自己干，给武懂干也不错。"我不想这种僵局扰了我们谈话的兴致。

康红把自己的目光从柴扉上移到了我的面孔上，不自然地笑了一下，"这怎么可能？你尚且如此，我就更不能给他干，因为我更不同于你，他怎么会用我呢？"

"他急需得力助手。""他需要的是要你这样的助手。"康红恢复了常态。"你的能力远在我之上。"

"我们不要谈这个话题了，不信你可以试试，武登科是不会用我的，明说了吧，他不会再相信我。"康红略显尴尬地呼了一口气，她的双手紧捏着饮料杯，指肚轻轻地弹着。

"现在和你以前不一样了。"康红无奈地摊了一下双手。

"既然这样，你何不从他手中拿回你的财产，以你的能力，用不了多久就盘活了。"

"我想会的。"康红。

"武懂没说什么时候还你财产么？"

"没有。"康红。

"你打算要回来？"

"嗯。"康红。

"和武懂谈了么？"

"没有。"康红。

"那你是怎么想的？"

"这正是我找你的目的。"康红。

"你想让我和他提？"

"我想知道我的财产现在是压在银行还是在武登科得手里？"康红。

"当然，无论在哪里？它都属于你，你向他要合情合理。"

"在银行，在武登科的手里，情形自然不一样。"康红。

"有什么不一样，他那么大的摊子，抽出你这点应该说很容易，你不应该有顾虑，"

"谈何容易。"康红。

服务员开始上酒菜，康红要亲自为我斟一杯酒，我没有拒绝她。

"让我先和他提提，探探他的口风。"

康红点了一下头，"谢谢。"

第七十一章　康红心里有谱

正如康红预料的那样，武登科并不乐意用康红，我问他为什么？武登科笑而不答，我还有什么不明白的呢！武登科是不会轻易忘掉过去的，即使他的人手及其短缺，他也不会起用康红，这才是真正的武登科。

"康红久居闲散未必不是长远之策，武懂看在亲情的份儿上，总该帮他一把吧！"这样的话我还是不得不说。

武登科斜倚在沙发的扶手上，用朦胧的目光静静的审视着我，偶尔努一下嘴唇，或者用习惯的动作咬一下下唇，他似乎在斟酌这个问题，又似乎在嫌我多嘴。

"康红很难为别人所用，他的性格你又不是不知道，闯荡了这么多年，他更是野心勃勃，你想为她游说，心情我能理解，但我还是不能用她。"武登科神态几近假寐，思维却条理分明。

"她也许会实实在在地帮你。"

"连你也用也许二字，可见你也没把握，却要把她推荐给我，算了，苏培，用心计，你到底还不是我和康红的对手，有话你就直说吧，拐弯抹角也说明不了什么！康红和你谁都瞧不上我给你们的工资，你们在商场历练得都已经差不多了，我留你们是留不住的，这里有一份儿清单，列出了我各个公司的固定资产投入，隐形资产报告，加上你对他们的了解，仔细的核实一下，有没有出入，我以前答应帮助你的，看在艰难时刻康红挺身而出，毫不犹豫地帮助了我，我再给她一次机会，你们拿回去先研究一下这个，过几天我再告诉你们如何。"武登科挺直了身体，起来走过办公桌，取了一个文件袋。

"武董这不合适吧，这是公司的机密，我和康红……"

"我知道你们会来找我的，我已经为你们选择好了出路，但愿你们能把握机会。"武登科。

"我还是不明白……"

"你不用现在搞明白，拿给康红，她会告诉你的。"武登科。

武登科绕了一个大弯子，把我的思路引进了迷宫，我毫无目的地乱撞，设解了无数个未知数，却也不明白武登科的用意，代着这样疑惑的心态，勉强鼓舞自己找到康红排解自己的不解，康红可以解开武登科的谜面吗？我不知道。

我把清单交给了康红，康红并没有焦急地打开看他的内容，而是仔细地听取了我的陈述，完了之后，她才认真地瞟了一眼文件袋，然后一只手压在上边，弹着指肚，仿佛在思索什么东西。

"武董说要帮助我们。"

康红点了一下头，好像连这个她也知道。

"他还说什么了？"康红唯恐我有遗漏。

我摇了一下头，"我记的就这么多了。"

"武登科到底有哪些企业，你都知道吗？"康红。

"知道。"

"那你说说。"康红。

"有煤矿、焦炭厂、选煤厂、羊绒厂、纸厂、种子公司、硫酸厂、亚纳厂、总之很多，加上各个联络处、点，他的规模纵深广阔，极其庞大。"

"现在我明白了，她的确要帮我们一把，总的来说，他不是一个坏人，至少不是一个无情无义的人。"康红。

"你已经明白了？"

"明白了。"康红。

"就这么简单？"

"需要复杂吗？"康红。

"她要还给你资产了？"

"已经做出了承诺。"康红。

"什么时候？"

"你见他的时候。"康红。

"我见他的时候，他并没有说。"

"清单，你没想过吗？"康红。

"清单能说明什么？"

"你研究过了？"康红。

"我不用看也很清楚。"

"你应该仔细研究。"康红。

"当然。"

"有虚假的成分吗？"康红。

"没有。"

"那不就很明白了吗！"康红居然明白了，而我却越发糊涂了。

"故弄玄虚。"我对他们都有些恼火，卖什么关子。

"不好意思，我不是故意要这样做。"康红。

"直截了当地说吧，武登科到底什么意思？"

"武登科的盘子编得太大了，他有些力不从心，他想收缩一下。"康红。

"这和我们有什么关系？"我还是不明白。

"当然和我们有关系"康红。

"有什么关系？"

"我们的地皮，房产不是在他的户里吗？"康红。

"是的。"

"地皮和这些房产容易经营，还是他的企业容易经营，肯定是前者。"康红喝了一口水。

"但那不是他的。"

"的确如此，所以武登科才给了他财产的清单。"康红。

"不明白。"我就是不明白。

"你对他的底子了解得这么明白，他应该知道我们现在想干什么？"康红使用我们，让我的心情格外的清爽。

"要回资产贷款，或者卖了办企业。"

"这就对路了。"康红胸有成竹的样子让我再次感到了自卑。

"武登科现在要告诉我们，与其我们走弯路，不如接受他的建议，和他做一笔买卖。"康红，"他真是老谋深算。"

"和我们做买卖？"我真是走进了迷宫，怎么绕也出不去。

"是的，他已经切入了正题。"说这句话的时候，康红打开了文件袋，而我却依然在犯糊涂，"你应该站在武登科的角度去想问题。"

"解决他面临的恐慌。"我似乎明白了一点东西。

康红点了一下头。

"问题是，他的企业没有不盈利的，他怎么舍得。"我终于开了窍。

"他不这样做，恐怕以后就不好说了。"康红。

"他想和我们换？"

"嗯。"康红翻了一页文件。

"这个问题不好解决。"

"有什么难的？"康红。

"你的资产，他仅仅打了八千万。"

"这已经很不低了，这是市价。"康红。

"大的企业你换不回来，小的又不合算。"

"别忘了，武登科的财产有一项可能不计数，隐形资产，他将和我们土地的隐形资产抵消了。"康红。

"你想要他那个企业？"

康红摇了一下头。

"怎么，你不想要？"

"不是，他的企业大大小小太多了，难怪他将做出这样的选择，我仅凭你说的这些远远不够，我想我仔细研究了这些文件之后，才能得出结论。"康红。

既然康红都这样说了，我还有什么废话可讲，虽然她热情地挽留了我，可我还是走出了小楼，回到大街上溜达。

武登科玩弄手段，来表现他长治久安的洞察力，算是冠冕堂皇地帮助康红，他相信他的重磅点击，可以诱惑康红，因为康红更需要轮廓去发展，那么对我呢？我疑惑了，他做给康红看，难道仅仅是做给康红那么简单吗？他要实践他的诺言，帮助我，康红的分解让我明白了他的用意。

康红反复地核对了武登科的资料，心中大致有点谱，但她又摇了一下头，她看上的公司，武登科的底价也相对很高，她看不上的企业，相对标价要低一些，她从电脑中调阅了很多资料，最后把目标锁定在煤矿系列和种子公司系列上，然后她在文件上打了一个圈，煤矿一亿八千五百万，种子公司系列六千八百万，她随手在一亿八千五百万旁加了一个问号，用括号锁住六千八百万。

我接到康红电话的时候已经是几天之后的一个晚上了，她告诉我她圈了煤矿和种子两个系列，这多少让我有些惊讶，一个门外汉选择起来，居然这么内行，在武登科众多的公司中，除了羊绒之外，就数这两个企业创造的效益最高，羊绒康红是万万不能搞的，她极具目光的选择，让我由衷地佩服她。

"种子系列是没问题的，武登科不会吝惜。"我是这样给她做出答复的，至于煤矿系列，我没这种把握，一者康红的实力到不了位，二者煤矿的效益还不错，武登科不可能把这么大的一家煤矿系列这么轻易就交给康红。

"当然，要种子公司我的资金阔绰有余。"她也没有正面谈及煤矿系列的问题。

"要种子公司是最现实的选择。"这个问题不单单是康红这样想的，连我也觉得种子公司是她最佳的选择。

"煤矿的远景应该充满了商机。"康红。

"问题是你的资产实在无法和煤矿相比。"我不得不提醒她，这是现实问题。

"这是一个机会。"康红。

"什么机会？"

"武登科累了。"康红。

我沉默了，我意识到的问题，康红同样也意识到了。

"他还有云峰。"

"云峰是不会回到这里的。"康红。

"你怎么知道？"

"直觉。"康红。

"即使这样，武登科也不可能这样交给你。"

双方长久的沉默。

我不知道说什么好，等待康红的下文。

康红挂了机，怎么回事儿，我不明白，心里很疑惑。

远方深沉的汽笛在幽深恬静的夜空显得格外刺耳，我焦躁的点燃了一支烟，立在窗前，无所目的的目光在窥视一种代有欺诈的光彩，脑子里却是一片空白，这种感觉被很快袭来的阵发的凉爽所取代。

武登科希望我做他的助理兼总经理，我的脑海中在片刻的纷乱之后，想到最多的就是这个问题，他很诚恳，他甚至提出给我百分之三十的股份，让我加入他的公司，我不知道因为什么原因，拒绝了他，其实，我现在忽然有些明白了，可是，我不知道我到底该怎么办。

康红，她到底想干什么，此刻的她在想些什么，她难道还不能正视现实吗？好高骛远，不切实际，等等泛空的提示全浮出了我的脑海，但又觉得不符合情理，康红在经历了如此多的磨炼之后，居然可以如此大胆地推演设想，一定有她的道理，只是她暂时不愿捅给我而已。

我扔了一个烟蒂向废物捅，很快又续点了一支，刚想着康红的出路了，我该怎么办？

想到我并不是一件容易的事情，因为我常常满足于现状，想不到自己，现在忽然要想了，我笑了，我笑我自己，我笑武登科居然看上了我，我能干了他的总经理吗？唉，我对自己毫无信心，可以干的人他不用，我这样的废物他却很欣赏，看来他的眼光也有失误的时候。

这夜过得一点也不轻松，我的脑海中设想了各种利害关系，却又忽视了自己的存在，而且这种纷繁的思维一旦打开，就无法抑制，即使做梦，想的还是这种问题无限期地延续，

第七十一章　康红心里有谱

以至我睡了一觉醒来，还以为自己一夜未眠，头有些晕，自然要怪她了。

电话响了，是武登科的电话。

"你过来一下。"然后就挂了机，此刻他找我干什么呢？

他一定是为了以前请我做总经理的事儿，否则，算了，我想也没用，我的思维是跟不上他的。

"你知道我叫你来做什么吗？"看上去武登科今天的精神很好，他笑得很轻松。

"不知道，有什么喜事儿吗？"

"喜事儿？当然有，你猜猜。"武登科亲自给我倒了一杯饮料。

我摇了一下头。

"硫酸厂被我卖了。"武登科卖了硫酸厂有什么奇怪的，效益一般般，却要耗费很多心血。

"这的确是一件值的庆贺的事情，省的总为他的安全问题费脑筋，效益又不高。"

"我准备压缩掉很多企业，我太累了。"你累了，康红已经看在了眼里，她真狡猾，她能利用上武登科的弱点吗？

"接下来……"

"接下来，我会处理掉纸厂，亚纳厂，印刷厂。"武登科。

"为什么？"我有些不明白，很多年前，武登科拼了命造大了底盘，现在又抓紧时间压缩底盘，他是怎么想的。

"微利做不大。"武登科，"又劳民伤财。"后面的话我就不懂了，但我想他有他的道理。

"有下家了吗？"

"已经有了。"武登科点了一支烟扔给了我。

"看来这次武董的动作会很大。"我仅仅只是一种揣测。

"是的，除了羊绒集团公司存在之外，别的企业将全部砍掉。"武登科为自己点了一支烟。

难怪康红说这是一次机会，武登科他到底葫芦里卖的什么膏药，我怎么就一点也看不明白，康红？我的脑海中冒出了康红，想到了她的话，真是太惭愧了。

我的内心充满了尴尬，表面上却显得异常平静，"武董每次都是大手笔。"

"哈哈哈……"武登科发出了得意的笑声。

我也跟着傻笑。

"说说看，康红那边有什么打算。"话从凌厉的笑声中直劈而下，敲得我脊梁骨直冒虚汗。

"她还在考虑。"

"她不用考虑了，这是她最佳的机会，地皮闲置在我的手里，和闲置在她的手里，一样狼狈，想让他变成白花花的银子可没有那么容易，我是看在亲情的份上，看在他毫不犹豫的帮我的份上，看在她是一个人才的份上，所以想帮她一把，她还在犹豫，过了这村就没这店了，机不可失。"武登科向我直截了当地挑明了他自己的态度，让我感到极为不安。

"我和她好好谈谈。"

"你们俩是怎么搞的，原本就是夫妻，照我的意思，合到一块算了，都不小了，扭扭捏捏有什么意思。"武登科咧咧着笑嘴玩笑着望着我。

"武董别开玩笑了，不会有那么容易。"

"你们两个原本就是夫妻，太容易了，我已经为你们捅破了，你们怎么搞的，你不乐意？"武登科坐回了办公桌后边的椅子。

"……"我腼腆地笑了，说心里话，我也不知道。

"康红不搭理这个，你也一样，你们两个能耗得起吗？"武登科弹了一下烟灰。

既然康红都不同意，我又何必自作多情自讨没趣呢，我的心里略感沉重，面孔上就显得有些不自然。

"算了，顺其自然吧，我也勉强不了你们，希望你能好好考虑一下我的提议，我是为了你好。"武登科。

武登科的确是为了我好，我能理解他的心情，康红能否做到，还是一个未知数，我有这种想法，我的心里一直不能遗忘康红，是因为失去了康红，我才感到她的重要性，我们能否破镜重圆，不仅决定于康红，也决定于我，她是一个女人，她背叛了我，成了别人的玩偶，又要投到我的怀抱，真的那么容易吗？

康红……

我不仅仅只是想了我们过去尤其多的美好的记忆，也想了我们阴盛阳衰的变迁，这些仅仅是康红的不是吗？我想我不该怪康红，我个人认为我真的不配康红，我的懦弱，我的低能，我的庸俗，我的愚钝……唉，想想自己，想想康红，想想现在，我的脑子里一塌糊涂，怎么也理不出一个头绪。

武登科招呼我的目的仅仅就是让我分享他近期决策成功的喜悦呢，还是另有所图，虽然我是一个反应较为迟钝的人，但反复地想过这个问题之后，我还是很快得出了一个结论，他在利用我，但更说明了武登科这个人确有风度，他并不计前嫌，他是诚心诚意要帮康红一把，这一点我总算可以肯定。

康红已经敏锐地领悟了武登科的真实用意，为了她自己，她也冥思苦想，她想了很多的问题，当然她不乏得意的结果，但很快她又否定了。

我自然是保持了传递信息的差使，向康红展示了武登科透明的思维及此刻的现状，让她尽快拿出方案，免得落于人后悔之晚也。

"武登科在管理上从复杂到简单化过渡，大批地回笼资金，必定不是等闲之举。"康红在听了我的复述之后，深有感慨地说。

"你是说他有大的变迁？"

"说不准，也许她真累了。"康红。

"他的精神状况并不好，也许真的太累了。"

"武登科这个人胃口太大了，他无论身体上有什么变迁，只要不至于死，他就会表现自己，从而不断地拓展，这才像他，他现在摔掉大批的微利企业，调出资金，必然是解决更大的疑难。"康红。

"摔掉包袱轻装上阵？"

"我想是这样。"康红。

"煤矿和种子公司可是盈利企业，难道也在他处置的范围之内？"

"那么大的煤矿，有几个人能拿下，他想实现管理简单化，一心一意去干别的事儿，他必然会忍痛割爱。"康红。

"他的企业太复杂了，黑七八九什么也干。"

"他已经意识到了这个问题，他现在正着于解决。"康红。

"难怪他的精力不够。"

"就是一头老虎也得累趴下。"康红。

"现在你准备怎么干？"

"我怎么干？我看我什么也干不成。"康红的回答太出我的意料，怎么会这样。

"也许我可以做出选择。"她居然是也许，我就不明白了，也许是什么意思，难道她不想做出选择吗？这不像康红，她守着这片土地，要等到何年何月才会开发出来，售出去，难道她不明白吗？何况她已经转入了经济危机时期，她不想要这个机会了吗？

"也许。"我苦涩地笑了一面。

"很抱歉，让你们武董失望了。"康红淡淡地笑着。

"你这是怎么了？"康红的话让我很不解。

"你不要介意，我知道我的赔光了，你们也许都在同情我，甚至在冷笑我，讥笑我，我不怪你们，自作孽不可活，我自己把自己逼到了一个死角，你们怎么看我无所谓，但我不可能到了饥不择食的地步，他想逼我就范，想给我下一个套，我就得非往里钻，我还不干，让他还回我的资产，我不干了。"康红激愤的态度让我惊诧不已。

我掏出香烟点了一支，康红无意地瞥了我一眼，这种目光让我仿佛又回到了过去，以前她就是这样，漫不经心的样子，其实是怪我烟吸得多了。

"不好意思。"我的反应极快，立即切灭了烟火。

"对不起，我忘了你是吸烟的。"她扭过身去从一个小包中摸出了一包红河烟，"不如你的。"

"你也抽烟？"我惊讶地发现，康红取烟点火的动作极其麻利，而且优美。

"点上你的烟，让我们一块薰吧！"康红挟烟的指肚抬起挠了一下额际，眼皮疲软地合上了，她深深地吸了一口。

"武登科那人其实不错。"我说话得格外小心。

康红一言不发

"我看他很感激你曾经的慷慨和勇气。"

康红勉强睁了一条眼缝。

"他现在想帮助你摆脱危机。"

康红吞云吐雾，目光锁定在一个区间，深沉思考的样子。

"他是武登科，他能做到这样，已经很不容易了。"

康红略点了一下头，"我知道。"

"既然知道机会来了，为什么不牢牢地抓住呢？"

康红淡淡笑了一面。

"难道你不想接受他的帮助？"

"我还有别的选择吗？"康红挺直了腰杆，想切灭烟火。

"锁定种子公司？"我想她只有如此。

"难道我不能选煤矿系列吗？"康红。

我满眼雾光，不知道做何反应。

"算了，我知道，我已经明白了。"康红一反常态又乐观地笑了起来。然而我却糊涂了，她在说什么，她知道什么，又明白了什么，这些看似简单的东西，突然被她复杂化了。

"种子公司是你最明智的选择。"我又强调了一遍。

"看来你是铁定了要跟武登科了。"她怎么能这样说，而且还是一种玩世不恭的口吻。

"我能怎么样呢？你知道我这个人有几斤几两，武登科也很明白。"我想我是为自己在辩解。

"武登科，我真没想到，他人格的魅力是我见过的最优秀的，尽管他有这样或那样的毛病，还是阻挡不住很多人对他的崇拜。"康红。

我无法辩驳，康红想这样说我也没办法，我崇拜武登科她最清楚，我现在也不想否定。

"想过没有。"停顿了几分钟，康红若有所悟地又想到了什么。

"想过什么？"我很不解。

"武登科用这种方式帮助我，他会用什么方法帮助你呢？"康红终于用她敏锐的洞察力点到了我的疑惑上，这个问题我也考虑了有很长的日子了，只是引而不发，只不过在静观其变，看看康红和武登科如何分割财产，武登科是否会玩手段，康红如何操作，都可能让我借鉴。

我不置可否地笑了一面。

"不要装深沉了，你在武登科手下，仅仅干了三年，仅形似有什么用，想借鉴我们的得失，取舍你的进退，你当我不明白你的心态。"康红依然是康红。

"我到很想主动一些，有用吗？"

"为什么没用？"康红。

"我向武登科要回我的财产？"

"他既然连我的都想置换，美其名曰帮助，对你应该更加体恤，照顾。"康红。

"康红，你有什么话直说好不好，我怎么听得越来越不着边际了，我们讨论的是你的问题，你不要老拿我说事儿好不好。"我表现得前所未有的恼火。

"哈哈哈……"康红忽然笑了起来。

我表现得很不悦。

"呵呵呵……"康红笑声不止。

我看着康红前仰后合地大笑，心中仿佛被什么东西刺了一下，好痛，好痛，我起立扭身离去，做出这种决定丝毫也不觉得冲动。

第七十二章　正确选择

想要得出一个正确的结论，在更大的空间范围内，只有用谈何容易来简单地归纳，这是没有奈何的事情，好好锻炼吧，也许有对的那一刻。

康红的真实想法我窥测不到，武登科也表现得高深莫测，让我两头不着边际，又是气恼，又是可怜自己，和他们一块共事可真累。

康红不想要种子公司，这是我想都没有想过的问题，我原以为她很聪明，她一定会选择种子公司，没想到她居然不切实际地要煤矿，她到底是怎么想的，我一头雾水，怎么也弄不懂，看起来她又不想告诉我，我盲人骑瞎驴，两头乱窜，到底是为了谁。

武登科能答应康红吗？差额部分如何补进，康红想要煤矿，资金缺的是一个亿，这不是个简单的小数目，我不久前还在烦恼康红对我的戏弄，现在我觉得我的气该消了，康红也不是没道理，弄不好竹篮打水一场空，她不可能不想得多一些，现在该怎么办，我能帮上她什么忙呢？我片面地希望武登科帮帮康红，为什么就没想到过我也要帮帮康红呢？看着康红勉强支撑的样子，我心里很是难过。

武登科撮合我和康红，康红不要种子公司，执意要煤矿，这里面难道有什么联系？我的脑海中突然冒出了一个荒唐的想法，联想到康红说的我的资产，隐隐约约觉得康红在打我的主意，明知不可为的事情，她一定要做，怎么做到呢？康红以为我一定会帮她一把，以她对我的了解，所以她决定试探我，而我竟然没有反应，我想她的异常行为只能这样解释。

康红如果把我的资产也加进去，不就可以拥有一座现代化的煤矿了吗？不错，我在心里默算了一下，煤矿正是康红和我资产的总和，她在打我的主意，毫无疑问，她说不出口，她要我自己说出去，老奸巨猾，到什么时候也不忘记算计别人。

我该怎么办呢？看来，我现在可以终于明白好多的问题了，武登科要轻装前进，最头疼的就是他的煤矿，他投入得太多了，想出手却很难找到一个适合的买主，所以他想推给康红，康红又不具备这种实力，他又想到了我，而我却没有想到自己。

这些都只是我个人的一些猜测，没有事实依据，怎么办呢？

手机响了。

"喂，找我什么事？"一看是康红的电话，我心里不由得又生气。

"生气了？"康红歉意地问。

"我算什么，哪敢生你的气。"

"我怎么了，我意外的发现你原来也有火，所……算了，不好意思，刚才我有些失态了，我忽然忘乎所以的忘记了自己的身份，说声对不起，请原谅。"康红。

"好了，好了，女人，毕竟是女人。"我能怎么办，康红不这样，我也得原谅她，何况她对我这么谦恭。

"我同意要种子公司，麻烦你和武登科说一声。"康红改变了主意，终于要客观的认识自己了。

"我看你还是按照你心里的程序办下去吧！"

"心里的程序？什么程序？"康红。

"煤矿系列。"我提示她。

"算了。"晦暗低调的口吻。

"你还是要煤矿吧！"我决定帮助康红，免得武登科无法安排我而难为。

"怎么要？"康红，我相信她是故意地表示了一种压抑，我的这种态度也许是她求之不得的，她还是那么逞强。

"虽然我们离婚了，可也不要这么虚地对待我，我承认我的反应较慢，但我们彼此在经受了这么多的变故之后，最好还是坦诚一些。"

"我虚了吗？"康红似乎有些不好意思。

"你说呢。"

"……"长久的沉默。

我压了手机。

对于我的决定，武登科表示了极大的惊讶："怎么能这样做，你疯了。"

"你曾经也得到了我和康红这样的帮助。"

武登科良久的沉默，让我很不安，他给自己点了一支烟，在他的办公室中来回地踱着步，对于我的冒犯，他表现了极大的克制，我知道他是为了我好，可是，我有什么办法，我可以慷慨地帮助武登科，难道就不能帮助自己心爱的女人吗？

武登科狠狠吸了一口烟，停住了脚步，"哼"，然后他笑了。

"你看这样行不行，苏培，你现在已经不同于当年了，你也需要发展，如果压给康红，我担心你这一生也只能如此了。"武登科。

"那你说我该怎么办？"

"我原以为她会选择种子公司，我准备把煤矿单独交给你，想不到康红会想到利用你的弱点，这个女人真是一个野心家。"武登科。

"我想帮助她。"

"这点我能理解，既然她想要煤矿，索性连种子公司一块给你们好了。"武登科。

"这样恐怕不合适。"

"你还没有听我说完，这两个公司单列出去，组成一个股份制的集团公司，你任董事长，康红任总经理，你的资产我给你打上一亿两千万……"武登科。

"武董，是不是太多了。"

"这个我知道，你不要说了。"武登科。

"康红会有意见的。"

"这点你就不了解康红了，她巴不得我给你打的资金多些。"武登科。

"康红……"我为难了。

"你不用为难，康红会接受这个方案的。"武登科。

"问题是，我们两个人的资产加在一块才两个亿，而你的煤矿和种子公司单固定资产就两亿六千万，我们即使拿下，又拿什么启动呢，这些问题我不得不考虑进去。"

"不欢迎我入股？"武登科狡猾的目光让人很容易就想到他的精明是如此的老谋深算。

"当然。"

"这不就简单了吗？你占百分之五十一的股权，有绝对的优势，康红和我分占剩下的百分之四十九，你看怎么样。"武登科。

"武董，其实你早就想了这个问题。"我敢断定。

武登科淡淡笑了一面。

"可是我怎么向康红说呢？"

"这点你就不用操心了，我亲自告诉她吧，她会权衡利弊的。"武登科。

"如果她不同意呢？"

"她没有不同意的道理。"武登科也未免太过自信了。

"那只好试试了。"如果康红同意这个方案，以后我们不就有理由常常在一块了吗，至于董事长这个名号，我无所谓，但愿康红也能看得淡一些，她只要同意加盟，还不是由她折腾，可是我担心，看武登科那么有信心，我也不好在坚持，也许他又对了。

我走了之后，武登科和康红通了电话……

不久，康红给我打了手机

"苏培，你听清楚了，我不要煤矿，我只要种子公司。"冷冰冰充满了火药味儿。

"明白。"不容我解释，电话就挂了。

我知道这样会激怒康红，可是她也总该听我解释一下，这不是我的本意。

我的手机响了，是武登科打来的。

"喂"

"苏培，康红同意了。"

这到底是怎么回事儿，他们，我到底该相信他们哪个，康红怒气冲冲，武登科兴高采烈，反差如此悬殊，让我心里七上八下无法准确判定。

康红那么决绝地挂了电话，武登科简捷明了，似乎意犹未尽，却也不想多费口舌，他们之中到底谁在说真话，谁在讹诈我，我分不清楚。

我点了一支烟，离开居宅向外边走去，远处有尖锐的摇滚音乐和混杂不清的发动机的哀鸣声，仿佛还有几个休眠的东西在窒息中指手画脚，我似乎看到了张牙舞爪的星星点点，然后就剩下了一张披着人皮的僵尸挺在那里，一瞬间什么问题也成了空白。

我一只手托在墙上，立即磕闭了眼睛，等待这种突如其来的迷茫早点离去。

"康红……"等我有了意识的时候，我相信一定是武登科在撒谎，康红对我的不满，让我滋生了无法发泄的怨愤，她怎么可以甘居人下，何况是我。

"她还是瞧不起我。"我自言自语的透彻的明白无误地告诉自己，康红必定是康红，她不可能变成别人，变成我需要的模具。

康红不要煤矿，意味着什么呢？她不愿意和我合作，还是不愿意和武登科合作，我现在并不是分得很清楚，她不同意武登科的方案，显然不仅仅是针对我，也有针对武登科的意思，我本来是完完全全要帮助康红的，现在，武登科这个人就是太过自信，丝毫听不进去别人的忠言，弄成这种地步，让我怎么面对康红，康红会怎么想，她一定以为是我从中作梗，不乐意帮助她。

"天地良心，康红，我是诚心诚意要帮助你的。"我就是把这句话告诉天下所有的人，又能怎么样？康红她会相信吗？不可能，武登科你让我陷入了永远的泥潭里面，痛苦终老，我太软弱了，而且无能。

我颤抖的手捏出一支烟，心里异常郁闷，现在该怎么办？这种破碎的局面有法弥补吗？康红她会听我的解释吗？康红，我，对不起你……

我看了一眼手机的时间，尚早，如果我现在能见到康红，或许可以让康红消除对我的憎恶，哪怕她把我名下的财产全拿走，我也心甘情愿，那些本来就不该属于我。

我立即给康红拨了电话。

有节奏的铃音，长波和短波混杂的烦躁，仅一瞬间仿佛隔了一世，等得让我极不舒坦。

手机忽然断了线，"对方正在通话中。"然后便开始回复原位，我在水泥打滑的地板上，焦急地徘徊着，为了等待这一分两秒，我简直如坐针毡也，不知如何是好。

一分，也许是一种艰难的煎熬，一分，多么不寻常的一分，我不知道我究竟转了几个圈，更不明白时间过去了多少秒，可是我已经等得极不耐烦，立即重复了上次的号码，回答仍然是同出一辙，我立即合上了手机，恼火让我非常的憎恶这种折磨，可是没有丝毫的办法。

我一边向街道上走去，一边继续重拨号码，这种反复的重拨带来的是毫无意义的痛苦，我横穿马路，跳过低栏杆，踏过草坪，挤出拥挤的马路市场，直奔康红的小楼而去。

我相信康红一定在小楼，她经历了这么多变故，心情一定特别的晦暗和失望，她需要安静，她需要痛定思痛，然后客观地正视自己。

门卫不客气地挡住了我这个冒冒失失的人，"干什么，干什么去。"也许是因为我的冷漠激怒了门卫，他看上去有点垂老腐朽，嗓音却很是洪亮高亢，目光淡漠，仿佛要投到别的地方去，康红居然要了一个门卫。

"我我……"我想告诉他我是来找康红的。

"你走错了。"门卫又大声嚷嚷地叫了一句，搞得我莫名其妙。

"我找康红，这儿的主人。"我想还是我表达得不清楚，所以很有必要说清楚一些，同时目光投向了康红的楼窗，希望她可以出面帮我解围。

"走走走。"我不知道我怎么激怒了这位老人，他忽然发怒了，手搭在我的肩上，连推带搡让我滚出了大门。

"康红。"我知道再怎么解释也无济于事儿，这个顽固的老人好像是个聋子，康红真有意思，居然找了一个聋子看大门，我一出大门便回过头去大声地呼叫康红，我相信她只要在小楼中就一定会听到。"康红……"

"你别白费力气了，这里除了我没有别人。"看来这个聋子还是可以明白我的来意。

我用手指了一下康红住的小楼，想必这个聋子会明白。

"出去没回来。"啪，聋子进了门房之后，最响亮的动作莫过于门板和门框的合击声。

康红没有回来，她会去哪呢？

我再次拨了康红的手机。

"对不起，您所拨打的电话已关机。"

怎么会这样，这个时候关机什么意思，难道她知道我在找她吗？她是故意的吗？这种想法，更让我变得不安，焦躁和痛苦，怎么办？我再想不出我会有什么招可以见到她，我想向她解释，现在我已经毫无办法。

康红一定很痛苦，她也许根本就不会想到我会这样做，这也许太出她的意料了。

回想一下，我能拥有今天，没有康红，怎么可能办到。

怎么办？

此时此刻的我很想找一个人交流一下，或者发泄一下我的郁闷也好，我挖空心思在心底想找出这么一个人来，居然是那样的困难，我潜意识中明白无误地告诉我，我居然连一个像样的朋友也没有。

我想我这个人做人一定非常的失败，要不怎么找不到一个说话的对象呢？我想到了我的父母，想到又有什么用，和他们说什么呢？好多年我都在外边奔波，无疑也有疏远的感觉，再说，算了，这个念头刚刚冒出来我就舍弃了它，我还是一个人想吧。

我毫无目的在街上乱走，碰到了道路改造的地方就转一个弯，碰到了拥堵的地方，就挪着向前走，东瞅瞅西看看，却无所目的。

"苏总，你好。"居然在扎堆的人流中有人认出了我，我很惊讶地去寻声辨认，是谁这么庄重地称呼我。

"苏总，是我。"我终于看到了一张熟悉的面孔，他淡淡地笑着，手里拎着一包紫茄子，零乱的缺乏光泽的头发稀疏地侧背着，目光缺乏自信的浑浊让他显得十分苍老而疲惫。

"郭启俊，怎么是你。"我立即伸出手去，郭启俊立即把东西从右手倒在了左手，很麻利地在衣襟上搓了一下，然后腼腆地和我紧紧握了一下手。

"苏总，依然那么英俊年轻。"郭启俊恭维的话让我很舒服。

"你还好吗？"我用手示范了一个动作，示意他向边上靠去。

"还可以。"郭启俊。

"有几年不见了。"

"苏总，现在在哪发财。"郭启俊。

"外甥打灯笼照旧，说说你现在的处境。"看着他一身寒酸的装饰，我充满了好奇心。

"唉，不能提了，我算倒霉透顶了。"郭启俊一副颓丧的样子。

"怎么回事儿？"郭启俊的话引起了我的好奇心。

"自从离开了凯峰，我一直在包建小康村，头两年效益十分可观，资金迅速累积了起来。"郭启俊。

"那……"我望了他一眼，没好意思继续我的话题。

"然而，天有不测风云，第三年，也就是去年，我又赔光了。"郭启俊。

"那小康村怎么会赔了呢？"

"算了，还是怨自己。"郭启俊。

"到底怎么回事儿？"

"我的工程全成了豆腐渣工程，岂有不赔之理，现在好多工人工资都发不出。"郭启俊。

"那现在住哪？"

"租房住。"郭启俊。

"你的房呢？"

"贷了款。"郭启俊。

"你怎么能坑人呢？"我原本心里有点同情他，现在听了他的简单陈述，心里很是鄙视他，房建起来是让富裕的农民住的，你却把黑手伸向了他们，倒霉了，你真是话该。

匆匆辞别了郭启俊，我已经没什么目的了，心里又是一片空白，想康红的事儿也淡了许多，心情变得轻松了起来，烦恼和自责的愧疚也就淡化了。

手机信息铃声响了

"康明和李婷宜去哪了你知道吗？"短信是武登科发来的，"银行找李婷宜，现在一个也找不到。"

我觉得有点奇怪，应该说不久前康明还在，李婷宜不是一直在银行干的挺好吗，怎么说走就走了，他们能去哪？旅游，我想仅此而已。

不久，这个问题从武登科那里得到了证实，康明和李婷宜不见了，康明的公司已被查封，检察院正在立案侦查。

李婷宜所在的银行关门核账，行长被停职。

更大的爆炸性的新闻，随着疾风劲雨的漂移也在小城的上空弥漫而喧沸。

刘春祥，本市的市长被拘捕了，康明和李婷宜的案子成了轰动本省的大案，居然很容易牵涉到了刘春祥，尚春花在逃。

武登科的头被一只巨手托着倚在办公桌的边上，默默地吸着一支烟，他又在想些什么呢？

康英听到了尚春花的结局，一直笑个不停，"报应，尚春花，这是报应……"

由于康明出了问题，康红心里一直很担心，自然我们之间的隔膜就算不了什么了，她需要有人听她说话，听她发牢骚，听她暴躁地摔东西，而我很自然就是这种对象，无疑我的乐意更加助长了康红的信心。

"武登科迟迟不把我们的财产退出来，居心叵测呀，刘春祥倒了，他心里是什么滋味儿，谁不知道，难道我们不知道他们两个人想当年也是狼狈为奸，相辅相成的，现在刘春祥倒了，这说明了什么问题，武登科从此失去了一个在政界为他支撑的台柱子，心里或许是酸溜溜的。"康红。

"刘春祥倒了，只能说明他的个人问题，牵涉不到武登科。"我相信武登科。

"没有武登科有他刘春祥的今天吗？"康红。

"走正常的手续，合理合法。"我相信武登科。

"国有资产大量流失，难道和这些贪官毫无联系吗？"康红。

"有些事情是必然要走这条路，工厂不转制，工人发不出工资，工厂欠债经营，越亏越大，国家有这样的政策，摔掉包袱才能轻装上阵。"

"这些我比你懂，我是说武登科转手这些厂矿难道不是狠狠捞了一把吗？"康红。

"这很正常，房地产全涨价了，他又不是傻子，他怎么能不卖呢？何况都是一些成功的厂子。"

"我担心……"康红焦躁地在木制地板上来回走着，不时还要扬一扬手。

"你能不能停下。"我一看她转圈儿心里就很不踏实，甚至有些害怕。

"我一刻也不想停下，难道你不担心武登科手里的财产吗？万一他栽了，你明白后果吗？"康红的脚步停在沙发椅背的后边，双手握成拳头狠狠地敲击着沙发背。

"我的心情和你一样，但是我要提醒你，武登科不是那样的人，即使他有事儿，他也不会连累我们的。"

"你说得轻巧，真的有事儿，他能顾过我们吗？"康红。

"刘春祥和武登科的关系确实非同一般，武登科的成功不能说没有刘春祥的功劳，那又能说明什么呢？武登科是一个商人，在商言商，他是一个高明的商人，一个成功的商人，利用刘春祥再正常不过了。"

"如果万一呢？"康红。

"没有万一，刘春祥的堕落，以至今天，武登科是罪魁祸首，是他一手造就了刘春祥，但被监审的却不是武登科，这足以说明武登科非同一般的智慧和对社会的洞察力，他了不起。"

"是，我知道你想说送刘春祥进牢房的可是你弟弟，那又能怎样，谁让他利用康明中饱私囊，没想到缚蛇不成反被蛇伤，是他贪得无厌所累。"康红。

"康明到底祸害了多少国家的钱？"

"谁知道，肯定少不了。"康红。

"听人们说是三个亿。"

"听说而已。"康红。

"刘春祥也太胆大了，怎么谁也敢帮。"

"康明头上挂了标签，告诉他，迟早要害他？"康红怒气冲冲的，好像是我和康明过不去。

我温和的笑并不能让康红消除内心忽然产生的对我的不满，我不知道怎么应对她才好。

康红居然点了一支烟。

"他们能到什么地方去呢？"我想还是我开口比较好，康红就是这样一副德行。

"能到什么地方，那么多钱，一定是早有预谋，跑了外国。"果然康红又接上了我的话茬。

"这小子，这几年混得这么猛。"康红深有感慨地说

"有刘春祥，他自然赖不了。"

"说也奇怪，刘春祥怎么会舍弃了武登科看上康明呢？"康红。

"这就是人和人之间的差别，武登科他不好利用，刘春祥自然得重新选择一个可以受他控制的卒子，康明有了契机，刘春祥自然就顺水推舟给了他机会，在武登科面前还不失人情礼数，康明自然成了刘春祥最得力的卒子，只是他万万没想到，康明包了一肚

子的花花肠子，最终却害了他。"

"武登科真是一只老狐狸，他实在是太精明了。"康红。

"有什么办法能让他愚钝上一次，给我们吃一颗定心丸。"

"唉。"康红长长吁了一口气。

"你不用太担心了，武登科既然答应给你煤矿、种子公司，他不会失信的。"

康红默默瞧了我一眼，似乎想说什么，又显得有些难为情，脸扭向了别处，心情忽然从冷漠的神态上发散了出来，她怎么又不高兴了。

第七十三章　踌躇

我已经是第四次去看望武登科了，我以为刘春祥的事儿并不会难为到武登科，从现在的情形看，武登科也在头疼，我去了四次，都吃了闭门羹，他不是拒绝见我，而是拒绝见一切人，这是他的秘书告诉我的，秘书说武董说了，他要想一些问题，不见任何人，今天我又来了，我今天来已经是第五趟了。

康红说我定期去看望武登科不会引起武登科的反感，而她不行，她如果去得太勤快了，武登科一定会把她和她的财产联系到一块，所以千叮万嘱，一定让我勤快一些，说不定武登科哪天心情好了就会见我，我觉得也有道理，非常时候我去看望他，也不会是什么错误，再说那么一大笔资产我也在担心，想必他也能理解。

秘书依然是挡住了我，"武董说了让你回去，你的心情他可以理解，他没什么问题，只是他觉得很累，改天他会亲自打电话给您的。"

既然武登科都这样说了，我还坚持什么，他不想见我，我只好回去了。

康红说武登科不对，是不是也溜了，她在电话中就是这样说的，我有好几次可以有机会向康红陈述，我对自己财产的打算，可是每次话到嘴边我又打住了，如果不发生这样的怪事儿，我说说也许不是什么错误，现在这种情形，我要说了，康红会怎么想我，所以我觉得再也没这个必要了，将来，等将来吧。

今天我同样又给康红做了汇报，这是我们分别的时候，康红特意嘱咐的，我也乐意效劳，即使听听康红的声音，我的心里也是美滋滋的。

"武登科可能真的不在。"康红听完了之后又发出了质疑。

"我觉得你丝毫也不用怀疑，武登科可不是你弟弟。"在电话的另一头我的胆子大多了，可以毫无拘束地发表我的看法。

"慎重一些没有错，这不仅仅牵涉到了我的利益，这其中也有你的利益，一旦武登科栽了，你知道意味着什么吗？"康红。

"我明白，可是他不移交财产，我也没办法，对了，我有个主意，你看行不行？"

"你说吧。"康红。

"你不是和他已经说好了要种子公司吗？我想你如果出面他不会难为你，你说呢？"

"你真是一块朽木，怎么雕也不尽如人意。"康红笑了。

"难道我说得不对吗？"

"你对什么？如果我要种子公司还会等到今天，我又没毛病，干吗陪你受这种煎熬。"康红。

"这到底是怎么回事儿？"

"武登科的方案我已经接受了。"啪，说完话的康红很快便挂了电话，她接受了武登科的方案，这是真的吗？难道我又错了，看起来康红不像在撒谎，上次她？算了，无论她怎么办，我都能接受。

武登科僻着一直不露面已经有不短的日子了，我在焦急的等待中期盼着他的现身，可他倒好，过上了隐居的日子还有瘾了，就是不肯轻易现身。

"怎么办？"康红也毫无办法，我们再次见面的时候康红居然问我。

"我也不知道，耐心地等吧。"

"他心中有鬼，"康红。

"不知道"。

"要不他躲什么？"康红。

"也许就在附近，只要不牵涉到他，他就会现身。"康红。

"他怎么能知道？"

"他手下有多少人，什么关系他没有，这点事儿想必难不倒他，也许不久他就现身了。"康红。

"他不会有事儿。"

"我反复查阅了网上的资料，不会牵涉到武登科，他可能问确切了就现身了。"康红。

"把武董也吓坏了。"

"侵吞国有资产，他也是罪大恶极。"康红。

"那是政府要卖。"

"也能说得过去，所以武登科不会有事儿。"康红。

"只好耐心的等待了。"

"想不到武登科会欣赏你。"康红可能对此有很多困惑，她一边说这句话，一边还在摇头，她想否定这种事实，又觉得的实在不现实，也许她忽然间想到了这个问题是别有用心的没话找话，我不知道。

"难道我就一无是处吗？"

"也许这正是他看上你的地方。"康红。

"说话不要这么刻薄好不好。"

"我们之间还用得着客气吗？"康红。

"毕竟我们现在已经不是夫妻了，我会介意的。"

康红不服气地瞟了我一眼，"这辈子改变不了。"

"我又没惹你，你干吗还和我过不去？"

"你没惹我？看不出苏大夫挺会装的，士别三日当刮目相看，你的变化真是太大了，你和武登科设了一个圈套让我钻，怎么面对我，你却否定，你安的什么心？"康红。

"你这不是成心和我过不去吗，我什么时候给你下了一个套，股份制是武登科提出来的，我经过慎重的考虑，觉得没什么不妥，单凭你个人的财力物力，你能做到吗？形成了股份制，你任总经理，公司还不是你的天下？你连这点都看不明白，以后我们还怎么共事儿。"

"苏培，就这么简单吗？"康红反而恼怒了，我真不知道我怎么得罪她了。

"就这么简单，不对吗？如果你还觉得不行，我的那份也归你，你一个人想要煤矿就要上算了。"

"苏培，你告诉我，你为什么要这样做？"康红。

"我做什么了？"我不知道哪来的勇气，暴怒地吼了一声。

康红仿佛受到了某种震撼，吃惊地望着我。

"你没附加别的条件？"康红哆嗦地点了一支烟。

"武登科和你说什么了？"

"让我和你复婚。"康红。

"这是武登科的意思，他想帮助我们，即使伤害了你的自尊，你也应该想一想，他并无恶意"。

"真是没有想到，这是武登科的意思，难道不是你的意思吗？难道你们没有逼我的意思吗？"康红。

"天地良心，想帮助你是真的，逼你？你康红是我们可以逼的吗？你也不想想。"

"那，我怎么听着那么别扭。"康红。

"那是因为说股份制的时候附加条件的缘故，所以你介意了，如果单独和你沟通，你会这么激动吗？"

"你怎么说话，别讽刺我好吗？"康红。

"我现在可以告诉你，武登科附加的条件你完全可以不放在心上，你没有必要担心，没有人逼你。"

康红沉默不语。

良久之后，"我以为是你在背后搞阴谋，所以很生气。"康红。

"你看我像那种人吗？"

"像不像你头上又不号字的。"康红尽可能地让自己放得轻松一些，即使尴尬之后有点勉强，但毕竟很温和。

"怎么你不乐意？"我下决心要勇敢一些。

"呵呵……"康红用一种委婉的笑掩饰着此刻让她为难的提问，她也许还没有考虑成熟，也许还有很多顾虑，必定我们的婚姻有过波折，有过痛苦，有过创伤，彼此修复内心的疤痕并没有那么容易。

武登科毕竟是武登科，他始终也不肯露面，今天他的秘书打电话约了我，我以为武登科要见我了，所以急匆匆赶了过去。

武登科的办公室里坐着他的秘书，而且意外地发现康红也在坐，却不见武登科。

"你好。"我客气地和武登科的秘书打了一声招呼，冲康红轻轻点了一下头。

"你好，苏总。"武登科的秘书。

"武董，出去了吗？"我有些疑惑。

"不，他不在。"秘书。

"你不是……"

"是的，我受武董的委托向你们转送几份文件，想必你们等得很焦急了，他让我对你们说一声不好意思。"说完之后她拿出一沓文件，分别交给了我和康红，"武董已经签好了字，你们把字签了，留下一份，另一份你们拿上去律师事务所办理相关手续，煤矿系列和种子公司就归你们了，恭喜二位。"

康红大概浏览了一下，签上了自己的名字，我没有异议也签了字，签好字的这份留给了武登科的秘书。

"这里还有两份文件，武董让我一并交给你们。"秘书。

康红接了过来。

"这是我们的财产清单，他现在已经归武董了，干吗还要交给我们？"康红。

"武董说了，在需要的时候他会向你们要的。"秘书。

"最后他还让我转告你们一声，为了你们，复婚吧，他祝贺你们事业兴旺发达，婚姻美满幸福。"

"他什么时候回来？"

"他说他需要静养一段日子，不久就会回来。"秘书。

面对秘书康红表现得很克制，我能看出来，她在不满，但此时此刻，不满又能怎么样呢。

"呵呵……"我们刚刚离去，武登科就从密室中走了出来，他仿佛听了一个脍炙人口的笑话，几乎不能隐忍要捧腹大笑，他原本就没有躲起来，只是用这种看似拙劣的手段在撮合我们。

"我不相信面对灾难你们拧不到一块，到底还是私下结了同盟军，这样也好，同舟共济更能体现每一个相关人的价值，何况是你们两个。"武登科接过了秘书手中的文件，"你下去吧。"

康红一言不发，她走得很快，面色凝重如霜，我知道她对武登科这种独裁的做法不服气，可是武登科不现身，无论她有多大的怨愤，见不上武登科她也是白费力气，我一直在揣摩她的心思，到现在我也不敢断定她就会和我复婚，她在想什么，她是否愿意和我复婚，我不知道。

我故意走得慢了许多，我以为康红会感觉到水泥路上踢踏的脚步声，而她没有感觉，她也许耳膜上击打的只有她疾跳的心音，和喘促的呼吸声，连自己的脚步声也忽视了。

律师事务所指定律师温进泉做我们的律师，协助我们负责交接。

"不行。"康红一听是温进泉便火了。

"为什么？"主任大感不解，"他的业务水平可不赖。"

"臭名远扬，我懒得和他打交道。"康红。

"康红，不要任性。"我很不好意思。

"交接完以后你们可以重新聘用法律顾问。"主任歉意地冲我笑了一面，"你们知道他。"

"谁不知道，他简直就是一条色狼，一条贪得无厌的硕鼠。"康红愤慨的话引起了整个律师事务所的震动。

"康经理，你这样贬损污辱我们律师事务所的律师可要负责任的，说话得有分寸。"主任。

"你把他叫来，我当面说给你们听听，看看他是个什么东西。"康红怒气冲冲。

"叫一下温进泉，这是怎么回事儿。"主任。

"主任，他刚才走了。"有人看到了温进泉。

"难道他没听到康经理在说什么吗？"主任。

"他听到了才走了。"

"对不起，我们马上给您换一位律师，小李，你停下你手中的工作，先把这件事情帮助办了。"主任。

事后我也不知道发生了什么事情，只知道因为侍加元的事情康红曾经找过温进泉，其他的我就什么也不知道了，康红如此厌憎温进泉，想必他们之间有过不愉快的交往，否则康红不会如此躁动，如此羞辱温进泉。

我们到了两个公司的时候，那里的主管已经接到了武登科的指令，移交不过是证明公司已经属于了我们，别的康红一概不让更改，按部就班，原来怎么干现在就怎么干，她说得也有道理，虽然我在矿上待过，毕竟也只是了解而已，具体实施还是不如这里的员工。

"我们入手一个陌生的行业，需要一个过程，如果有新的发现，或者在管理上有独到之处，再加实施也不迟。"康红的脸上浮着淡淡的笑，她对未来充满了自信。

"我们复婚吧！"这个问题我已考虑多日，反复地想过了，现在终于鼓足勇气摈除内心笼罩的阴影主动和康红提了出来。

"怎么会现在提这个问题？"康红似乎有点不以为然，她的目光投向了窗外弥漫的仿佛烟尘般的煤粉。

"我已经考虑了很久。"我想告诉她，我已经考虑成熟了。

"男人们都会介意。"康红的声音有些沙哑，我想她的内心一定很矛盾，"何况是这种情况。"

"你不相信我吗？"

"当然，我是相信你的为人和做事的，所以我毫不犹豫地选择了和你合作，"康红扭回了头，她并没有在意她的目光会落在何处，她摸了一包烟，准备吸烟。

"你还是不吸烟比较好。"我谨慎地提出了自己的看法。

康红，我觉得她很在意我的忠告，她提了一支烟，良久未点火，她紧紧地合着眼皮，在独自痛苦地咀嚼一种悔恨和歉疚的自责。

"相信我好吗？"我的内心忽然产生了一种令我激动的勇气，居然忘乎所以地走近了康红，而且很自然地把手搭在了她的肩头，想以此来缩短我们彼此之间心理上的差距。

康红的肩头略略颤抖了一下，然后她提起了手缓慢地去拨我的手，同时双脚向一边斜去，我的手很自然地滑落在了自然方位，我不解地望着康红淡漠的形态，心中大惑不解。

"难道……"

"……"康红一言不发，点燃了手中的烟卷，侧对着我。

"你不愿意和我复婚？"

"我还是没有想好。"康红。

"……"一种尴尬的失望让我很不安，我惶恐地望着康红，心里油然生发了几许悲哀。

"对不起，都是我不好，我明白你们的心态，我已经不止一次地考虑了这个问题，但我就是下不了决心，我想我的难处你是可以理解的。"康红。

"我不理解，我更弄不明白，你到底是怎么想的？"我强抑着一种苦涩的煎熬。

"我怎么走的，你心里比谁都明白。"康红。

"我并不介意，你还顾虑什么？"

"如果有那么简单，我也就没这么难了。"康红让自己的五官笼罩在烟雾缭绕的环抱中，深沉哀怨地叹息了一声。

压抑像传染病一样重重感染了我，让我很不轻松。

"这是我们俩个人之间的事情，我们不要在乎别人好吗？"

"我已经想过了，只是这个问题一旦要去面对他，可没有那么容易。"康红。

"真的有那么复杂吗？我看是你把他们复杂化了，以为谁都在注视我们，其实，我看你是太虚伪了。"

"呵呵……"康红忽然轻盈地扭转了身体，以一种玩世不恭的姿态看着我。

"这不正是我的悲哀吗？"康红坐回了沙发中。

"为什么就不能改变自己呢？"

"我都不知道自己怎么会变成这样，想变回原来的样子，我不止一次地去尝试，但我做不到。"康红。

"不是做不到，而是不想做。"

康红变得有些无奈，面对我的质问她不知道用什么样的理由来搪塞我，我不相信她不可能改变自己，可是我的话对她来说，影响力甚小，她也许就是不想让我来指导她的一切才这样做的，这个女人真是死要面子，我想到了下面的活受罪，可是又觉得不妥。

良久的沉默，仿佛一切都在固定的框架内完成，空气在烟气的推动下有些许的流动，那些老掉牙的陈设在这里似乎焕发出了某些实用价值的光彩，康红又点了一支烟，她瞟了我一眼，似乎表现了一些不满。

"我不知道我们这个样子是否可以合作得很好。"我无疑在打破某种僵局，但也透示了我内心的忧虑。

康红弹了一下烟灰，目光深沉地盯着我，"你不相信我？"

我勉强笑了一面，然后摇了一下头，我不相信康红？这怎么可能，可是……

"你是一个男人，你能不能大度一些。"她居然可以平心静气地指责我，让我大度一些，我不知道我的度大到什么程度才符合她的标准。

我用自己平庸的浅薄的想法是无法完全诠释康红的度，我想我可能是小气了，但我不明白，大度，小气，如何区划，也许我这副拘谨的样子就更能说明问题。

"你可以不介意我的背叛，我很感谢你，但是我不能不在这个问题上忧虑，我怎么想的，你想过吗？是的，我明白你的心意，也明白武登科的好意，康明他们都希望我可以和你复婚，我不是一个铁石心肠的女人，你还在苦苦等着我，希望好吗，可是，你越这样，我就越不安，越觉得内疚，你帮助我，为什么，我不是不明白，我何尝不想有一个温暖的家，经历了那么多的风风雨雨，我不但是身体累了，而且心也累了，我之所以硬撑着，就是不想让别人小瞧了我，说我背夫弃义终于走不下去了，灰溜溜地又回到了前夫身边，我能做到和你合作，已经很不容易了，来日方长，但愿我可以让心中的疤痕消失了，可以真诚的坦然地面对你，好吗？给我更多一些时间。"康红一边拭泪，一边伤感地诉说着内心的苦闷，实在很抱歉，我似乎想得太少了，而且太简单了，我以为我想着她，我心中有她，一切都会迎刃而解，只要她乐意，我们为什么不能复婚，现在被她如此凄婉地道来，我不能不怪自己的粗心和自私是如此的卑劣，我悄悄地低下了头，心里仿佛突然落了一块磁石，沉甸甸的。

"想得未免太多了。"我不知道怎么来安慰康红。

"因为你不是我。"康红。

"我要和你复婚，我只想了这个问题，别的我什么都不去想，也希望你也别去想，人的思维还是单纯一些好，问题复杂化了太累了。"

"一些必须要面对的问题最好还是想明白了好，起码想得多一些，思想上有充分的准备，遇上了问题才不至于手忙脚乱，别太轻松了。"康红。

"女人"，我想康红无论多么有见识，有头脑，有胆魄，但做事儿，考虑问题瞻前顾后，应该像极了一个女人。

"女人？"康红诧异地睁大了眼睛。

"粗枝大叶是男人的属性。"我又补充了一句。

"男人就应该这样吗？百密还有一疏呢，像你这样只能说明你太憨厚了。"康红表现得轻松了起来。

"这难道不是我的优点吗？"

康红点了一下头，表示认可我的自知之明。

屋外是坎坷不平的自然路，各种大小煤车过后，尘土喧嚣，忽然一阵躁急的喇叭声不耐烦地传递进来，康红探了一下头，我也感到很好奇，只见一位白发苍苍的老人正在吃力地移走路上的一块煤，而两面的司机却等得极不耐烦，老人似乎听不懂他们的意思，抱起了煤块，吃力地向边上移去，只听见过去的一位司机甩了一句话，"活得不耐烦了。"

只见老人把抱出去的煤块扔进了旁边的沟壑中，掉回头无奈地望着稳稳离去的煤车。

老人在司机的眼中原来是那么的可怜，事实上他平凡的举动，毫无私心，我的内心很不平，却也很无奈。

康红的手机响了，"武登科终于复活了。"她看了一下号，望了我一眼。

康红接通了，"……"

"康红吗？"我立在一旁听得很清楚。

"武登科，你到底没有彻底消失。"康红冷冰冰的话让我感觉很不舒服。

"不要这么跟我说话。"武登科玩笑的口吻。

"说说你，为什么要这样做？"康红。

"不乐意我对你们的安排？"武登科。

康红莫名其妙地笑了。

"其实你不必为难，我是为了你们两个好。"武登科。

"好像不包括你？"康红。

"我到底还是一个商人吗。"武登科。

"公司我们已经接收了。"康红。

"这个我知道，祝贺你们。"武登科。

"我们应该谢谢你对我们的信任。"康红。

"希望你们能做好。"武登科。

"我们会尽力的。"康红。

"我和你们说的另一件事儿，你们考虑得怎么样了。"武登科。

康红把手机递到了我的手上，"怎么……"

"你和他说吧！"康红冲我笑了一面，我当然知道武登科的意思，不但如此，康红的意思我也明白，康红是谁，以她的机智，把这个问题当面摔给我，意味着什么，我自然很明白。

"武董，你好。"既然换成了我，我就得以我的准则来说话。

"你和康红在一块？"武登科。

"嗯。"

"看来已经不分彼此了？"武登科。

"武董我们换个话题好吗？"

"别的我不感兴趣，你个人的问题已经到了必须解决的时候了。"武登科。

"问题是……"我踌躇着不知如何回答，康红圆睁了两只丹凤眼盯着我，表情颇显尴尬，她动了一下唇想说点什么，却又没讲。

"康红，摆什么臭架子，不摆就没人理解她的苦衷了吗？"武登科视若无人的口吻让我非常的恐慌，要知道康红就在我的身边，他这样说很伤康红的自尊心，我担心康红会受不了。

"一活了就这个臭德行。"没想到康红轻描淡写的一句话，加上一声冷笑，一场随时可能暴发的争吵就烟消云散了。

"让康红接电话。"武登科命令式的口吻让我无法抗拒，康红也听得明明白白。

"又怎么了？"康红明显的中气不足，接过电话也没有我想象的那么刁野和冲动。

"你想让苏培等到什么时候？"武登科。

"等过了这段时间。"康红似乎对武登科已经完全妥协了。

"你的假面具该摘掉了，苏培你不应该很陌生吧，要说你心里还想着什么，那些全扯淡。"想不到武登科发起火的时候原来是如此的粗鲁。

康红突然压了手机，焦躁地点了一支烟。

第七十四章　结果

康红顺理成章地接管了煤炭公司，而我则留在了种子公司，武登科打来电话问我有多久没见过康红了，我未加思索就说了，两个月恐怕要多了，我听得很明白，在电话中有一种粗重的气息传递过来，武登科很不高兴。

"姐夫……"我试图解释一下，对方已经挂了电话，武登科是真的生了气。

我心绪不定地在室内徘徊着，心里充满了矛盾，对武登科的歉疚，对自己的自责，对康红的捉摸不透，交织了各种各样的思绪，纷繁而疲累。

我反复地把玩着手机，我想给武登科打一个电话，可是我寻找什么样的理由为自己辩解呢？我接通了康红的电话，告诉了武登科来电询问的事儿，想不到康红一听便呵呵大笑了起来，还说，"这难道不应该吗？毕竟你是新公司的董事长，想不到武登科的一个电话，你就撑不住气了，想起了自己的责任，有什么可歉疚的？"想不到这一切的错误皆在我一个人身上，是我错了吗？我想毫无疑问，错的是我，怪只能怪我。

"董事长先生，你不要太过自责了，这不是你一个人的错误，你根本就没有意识到你的责任，这都是因为有我存在的缘故，不过你尽可以放心，我不会辜负你对我的信任，我会更加努力的，认真对待我们彼此间坦诚的信任。"康红。

我信任康红吗？我莫名其妙地笑了。

"我本来早应该向你汇报工作，无奈接触了一个陌生的企业，千头万绪的事情让我十分繁忙，好在经历了这么一段时间，我终于理顺了头绪，不至于让你对我失望了。"康红还是挺会说话的。

……

武登科担心我和康红之间的关系会影响到公司的利益，所以忧心如焚，直至他从康红那里，从早先用的人那里获得了一些确切的可以证明业绩突飞猛进的资料，心里才算平静了几许，但他还是不能很放心，我和康红的婚事儿，成了他的心病，现在这个时候，他觉得很有必要花大力气促成我和康红的婚姻，他认为这是对公司极为有利的。

"让康红和我复婚，我没意见，但你说了不算，除非她自己乐意，否则谁也没办法，"我对这件事情的看法还是很客观的。

"你没意见，我就好办，我知道你心里一直惦记着康红，你依然爱着康红，你想让康红回到你的身边，而你失望了，所以你非常的生气，以至连公司也懒得管了，这样可不好，我很敬重你，即使真的生了康红的气，也应该原谅她，她必定是一个女人，而且走了一步不该走的路，平心而论，她那么要强的女人，会是什么滋味儿，痛苦，是何等的让她艰难和孤独，她想答应你吗？也许她想，也许她看不到你的诚意，也许她已经不在信任任何人，因为她受的伤害最大最重最残酷，苏培，别泄气好吗，我相信痛定思痛，她会对你有信心的，对生活，对一切美好充满信心。"武登科和悦、温柔的演说，让我非常感动。

"武董……"

"停……"我叫了一声武董，武登科不舒服了，他一改刚才平和的心态，焦躁地挥着手，

"你能不能不要这样叫我,你这样我觉得很不舒服,好像我们很疏远似的,你还是叫我姐夫好了,我觉得这样亲切,很久没人这么叫我了,苏培不要让姐夫失望。"

我无奈地笑着,也无奈地点了一下头,"姐夫",我还是顺着武登科好一些,他的身边亲人已经很少了,他心里难免感到孤独和凄惶,他对我有一种亲情的渴望,我又何必让他失望呢,武登科在我的心中是一个特殊的偶像,在他的庇护下,在他的亲情呵护下,我同样有一种安全感和荣幸感。

"这样多好,你知道有多久没人这么叫我了,康明最和姐夫投缘,对姐夫也最亲切,最友好,有了钱,有了地位,高傲起来了,也懒得叫我姐夫了,可人还常常在我面前绕绕,现在跑了,小张对姐夫怎样,算了,一提,姐夫就伤心,姐夫的生意多了,公司大了,人却越来越孤独了,姐夫渴望亲情,渴望你们热情地呼我姐夫,这种日子也许我奢望了,也许一去不复返了。"武登科的目光始终投在别处,我知道他的心里一定很酸楚,说不定这种渴望追忆的伤感已经让他的目眶溢满了泪水,他是亿万富翁,他有无数的员工,而他却很孤单,也许别人不会相信,有钱人,会缺少什么呢?他们什么也不缺,缺的就是亲情,他们顺应时代,依势而起,忽略的也许太多了,而他们却无法兼顾。

我依然表现得很无奈,我想这样称呼武登科,叫他姐夫,一直,直到永远,而我,武登科的希望是我和康红真正结合之后的称呼,他需要真实,实实在在的亲情,我现在这个样子,似乎他还觉得不真实,并不能让他完全坦然和信任。

"姐夫,我去找一盒烟。"我若有所思,觉得自己很失礼。

"别找了,我已经戒烟了。"武登科冲我淡淡笑了一面。

"姐夫戒烟了?"我真的有些不敢相信。

"戒烟了,真的。"他也许看破了我的心思。

"这样也好,这样对健康有益。"

"姐夫想的也是这样,生命赋予一个人只有一次,千万别自己糟蹋了,应该好好珍惜,所以我听从了医生的规劝戒烟了,苏培你也戒了吧,我们抽的太多了。"武登科。

"烦,烦心的事儿太多。"

"你还曾经是个大夫,不会连这个也不懂吧!"武登科仿佛要哈哈大笑,却又隐忍不发了。

"明知山有虎,偏向虎山行。"

"别那么悲观好吗?"武登科。

"康红还干得不错。"我想换个话题让气氛转换一下,想不到一切口便到了康红身上,我微微感到有些懊悔,这个话题同样让我不轻松。

"康红确实有点能耐。"武登科很赞赏康红。

"我知道。"我的心里很尴尬。

"你也不用内疚,我知道会是这个样子,所以才力促二位复婚,你不会嫌姐夫多事儿吧！"武登科。

"怎么会呢，感激还来不及呢！"

"也许康红的心情已经好起来了。"武登科。

"希望如此。"

"不想再主动一些？"武登科。

我的脸"刷"红了起来，变得有些不好意思。

"你们两个人，哼，差别太大了。"武登科。

我赞同他的这个观点，所以冲他点了一下头。

"姐夫的脸皮可不薄，还是我来牵这个线吧。"武登科。

"算了，姐夫，我和康红的事儿还是我们自己解决吧，我们都已经不小了，我想该考虑的都应该考虑到了，成与不成，我们坦诚地沟通一下，也许就明白了。"

"这才像个男人，男人不仅仅要大肚，更应该主动一些。"他这样轻松地说出一种道理，让我很容易联系到他本人，以至康英，他们现在的关系怎么样，他是这样做的吗？

我用微笑面对他的哲理，他感到很满意。

武登科千叮万嘱唯恐我的冷漠更加伤害了康红，使我们的关系从封冻走向冰释的通道关闭了，我非常感谢他的热心和关怀，但这个决心并不是那么好下，我思绪万千，反反复复想了以后，还是不能释怀心中的怨愤。

武登科走了，他依然怀着自信的喜悦，陶醉在一种忘我的成功之后的欣喜中，我不知道他此行康红会如何敷衍他，我不相信康红因为武登科从中调停，就答应和我复婚，如果康红答应了，我会不假思索地同意和她复婚，我因此而偷偷窃笑，想不到的是自己。

武登科在回去的路上给康红打了一个电话，"康红吗？""噢，姐夫，最近好吗？""还好，你那里销售情况怎么样？"然后武登科就问康红最近有没有和苏培联系，为了大局你应该着重考虑一下和苏培的关系等等，这是很重要的话而已。

虽然看似简单的一个电话，却让康红的心里甚为不安，她可以坦然地面对任何人，唯独不能如此面对武登科，而且尤其是现在，武登科的话她不得不费神去多想一下，她点了一支烟，她需要冷静地想一下，是的，连她自己也感到了某种歉意和不安，苏培，这个人，名字，反复地在她的脑海中出现，她知道武登科的话有多重的分量，为了苏培，更重要的也是为了她，这一点她不是不知道，她背叛了苏培，而且又如此遭遇，这是她始料不及的，甚至此刻她都有些怀疑每一个人的用意，她害怕自己的失败，失败的痛苦让她失去了对自己、对别人、对一切的信任，现在，她下不了决心，因为她一直肯定地认为苏培可能在看她的笑话，可怜她，怜悯她，这是潜伏在她心中最可憎，最痛苦，最伤心的心态，可是她越是害怕，越是担心，忧虑，越要让自己貌似坚强，面对苏培，面对武登科，面对所有关心她的人，她都在心里设了一道防线，想想他们的意图，是否真心实意。

"苏培。"她喃喃自语着，她相信她的行为对苏培的伤害是前所未有的。

我耐心地等了许久，仅仅是想知道武登科和康红沟通出了什么样的结果，三天，五天，十天，半个月，武登科仿佛突然从人间蒸发了，一点消息也没传来，我打遍了所有可以找到他的电话，手机，都说武登科出差了。出差，干吗把自己的手机也关了，真让人想不明白，后来我才知道他现在还配有一部手机，这部手机的号码只有一个人知道，所以我想找到他，真是不容易，我不知道这是怎么回事儿。

联系不到武登科我心里的滋味可不好受，内心仿佛失去了依托，空荡荡的，感到许许多多无形的压力铺天盖地地涌来，使我理不出一个头绪。

无奈之下，我还是给康红打了一个电话，她很快便来到了我的办公室，详细地向我汇报了煤炭公司的情况……

我一直在默默地听，说心里话，康红很淡漠，她依然在逃避，我可以肯定她心里还是很矛盾，对我毫无信心……

康红放下材料拘谨地坐在了一边，我给她泡了一杯茶，然后抽出一支烟："你吸吗？"

康红点了一下头，从我手中接走了烟卷。

"煤炭公司的事儿让你费心了。"我点了一支烟。

"我愿意不停地工作，非常感谢你对我的信任，如果没有你的支持和信任，我相信我的工作也不会这么顺利。"康红吸了一口烟，神情较以前轻松了一些。

"你这样说，让我很羞愧，但愿我的坏情绪别影响到你。"

"怎么会呢，我会尽心尽力的。"康红总算笑了一面。

"论才干你远在我之上。"

"何必对我谦虚呢，你现在是董事长，而我是你一个子公司的经理，你没有必要这样对我说话。"康红显得很认真。

"这都是武登科安排的。"

"没有武登科就很难有你我的今天，我已经知足了。"康红。

"所以我感到惶恐。"

"为什么呢？"康红。

"我可以做的具体工作实在是太少了。"

"那样岂不是要累死你，整个公司谁来决策，你别想那么多，至于我个人，我想你不会怀疑我吧，我会竭尽全力在你的领导下工作。"康红。

"说话干吗这么客气。"我走回了办公桌后的座椅边，但很快我又回到了沙发边上，尽可能地离康红近一些，我觉得这样更合适一些，没有距离感。

"董事长，如果没有别的事儿，我想我该回去了。"康红汇报完工作仅仅吸了一根烟的工夫便要离去。

"康红，难道我们之间就真的这么疏远和陌生吗？你一声董事长，叫得我好心酸。"

我突然被一种失控的情绪所感染，我觉得我的双手在微微颤抖，我的眼泪也几乎要夺眶而出。

"你明明就是我们的董事长，我这样叫错了吗？"康红温婉的口气和悦的笑让我感到一种讥讽的气氛正在悄悄地笼罩着我，但我很快就意识到这又是一个错误的信号。

"你能不能不这样叫我？"认识到错误的人，情绪往往好得应该比别人快。

"可以，只要你不介意。"康红爽快地笑了，我相信她的心情正在向好的方面发展。

"真会开玩笑，康红。"我走近了康红，举起双手，在她的目光注视中，我的双手搭在了她的两个肩头，"你给我坐下好吗？我还有话要对你说。"

"你这是命令吗？"康红很敏感。

"不，这是恳求。"我微微感到有些紧张，和康红在一块，起码是现在，一点也不轻松。

我抽回了双手，很不自在地回到了原位。

"武登科最近有过和你的联系吗？"康红似乎显得比刚才有信心。

"没有，怎么也联系不上，他给你打过电话吗？"

"大约在二十天以前。"康红。

"不知道他又躲到了什么地方，电话联系不上，找又找不到，对了，他现在和大姐关系怎么样，大姐恢复得怎么样？"

"不冷不热，若即若离，这已经很不错了。"康红。

"病情稳定了？"

"痴痴呆呆，要不就是自言自语。"康红。

"大姐真可怜。"

"谁又能好到哪儿？"康红刚刚稳定的心态又蒙上了一层阴影，我真不会选话题。

"康明有消息了吗？"

"他到了国外。"康红。

"这小子真胆大，敢这么骗贷。"

"他有什么可怕的，什么钱他不敢花，还是有人利用了他，让他简单的逻辑滋生了腐朽的堕落。"康红。

"他和你联系过？"

"嗯。"康红点了一下头。

"康明现在过得好吗？"

"有钱人，像康明这种头脑简单的人，他走到哪里也没有客在异乡的感觉。"康红。

"康明一直很关心我们之间的关系，"我想我应该更主动一些，康红必定犯了一个严重的错误，她的心态让她无法迈过这个坎，这一点我现在已经完全想明白了。

"康明给你也打过电话？"康红用一种完全不相信的口气，甚至在有意地善意地嘲讽我。

"没有。"我不得不承认。

"呵呵……"康红突然开怀大笑了起来，我也被她搞笑了，但一点也不尴尬。

"我说的是他在的时候。"我想辩驳。

"看把你紧张的，我知道。"康红的情绪终于变得自然而愉悦，她又点了一支烟。

"你不能不抽吗？"我终于也可以松一口气了。

"抽惯了。"康红依然是我行我素，我的建议总也没有那么好使。

"武登科他在担心我们。"

"他更担心他交给我们的企业。"康红总要一针见血。

"他很关心我们。"我的目光一刻不离地盯着康红，我相信她不会再玩出什么新花招。

"你总希望有人关心你吗？"康红很不自然地瞟了我一眼。

"有人关心难道不好吗？"

"我怎么感到这么别扭。"康红诧异地表现了自己的想法。

"风风雨雨，让我们经历的太多了，看待人生，对待生活，都有不同的见解，但每个人都需要别人的关心、爱护、亲情和理解，我想这才是一个完整的人，一个有血有肉的人，一个可以融入生活的人。"

"我太孤独了，这都是我自己把自己逼到了这一步。"康红变得伤感起来。

"康红你不孤独。"我向她靠近了一些，"有这么多的人关心你，你应该感到高兴。"

"我感到惭愧，我知道你们都在关心我，可是你们越是这样，我心里的滋味越不好受，尤其是你，你还能这样对待我，真是让我无地自容，想想我们在一块，我干的那些事儿，连我自己都不能原谅自己。"康红居然啜泣了起来，而且极度伤感，我立即靠近了她，用手轻轻地拍着她因为哭泣而抽动的背部。

"没有你，就没有我的今天，康红，你曾经是我心中的太阳，现在依然是，我们分手了，我感到特别的痛苦，你知道你在我心目中的地位是多么的重要，多么的尊贵，我原来是那样的爱你，可是你必定走了，我希望命运会再给我一次机会，我一直在期待着。"

"终于让你看了笑话，你是不是特别痛快。"康红止住了抽泣，仇恨地死死地盯着我。

"你怎么能这样想，你觉得我是那种人吗？你是不是一直在怀疑我要求复婚的动机？"

"难道我的怀疑是错的吗？我背叛了你，现在又被你收留了，外面的人会怎么说，说你大度，说我走投无路，我成了一个坏女人，而你却赢得了一片盛誉，我为我的失误要承担一种自责，羞愧的责任，一种负疚的心债。"康红似乎复原了，曾经有过的自信、慷慨中夹杂了几分激愤，仿佛正在衰减的红润在瞬间涨满了血色和热气。

"难道你不觉得我是诚心的吗？康红让我们忘记这些不愉快好吗？我们从头开始，我们会和和美美，会幸福的，请你相信我。"我心里充满了一种不解的困惑，似乎对康红的感慨无动于衷，只是有一种迫切地希望，希望康红和我再度联手，但我也许忽略的东西太多了。

康红点了一支烟，长长吁了一口气，用一种似乎正在恢复平静的心态克制自己冷静下来。

"三天，三天以后我会给你一个答复。"康红行动得十分迅捷，她的答复可能是从门外传进来的，有点模糊，有点生硬，我只顾了尾追着去送她，一切思维全乱了套，即使有过挽留也是急中生智的临场应酬，这似乎毫无意义，康红走了，她无法让自己冷静下来，我也无法让自己理出一个清晰的头绪。三天？三天意味着什么呢？

第七十五章　康红答应复婚

三天犹如弹指之间，而我却过得十分别扭，等待一种成功的宣判，我寄予了太多的期望，所以我时时生发一种惆怅的悲哀，甚至是恐惧，我在担心，我甚至会觉得从此再也没希望了。等待，多么痛苦的煎熬啊，康红，会做出什么样的抉择呢，我臆想了很多种可能，结果都因为康红这次走的神态让我否定了，我们是不会有机会了，康红她绝不可能选择和我复婚，她是什么人，我应该更了解她，她倔强、孤傲、自负而又自卑，她在藐视一切的时候，又时时被一种辱没的自卑而困扰，她有过太多而复杂的经历，忽略的东西也越来越多。

三天，我过得丝毫也不轻松，等待宣判，这种惶恐让我的心一刻也不能松懈，逛商场，进酒吧，都无法冲淡我心头笼罩的阴影，即使加班加点的工作，也不能让我的烦恼消解，康红，我长长吁了一口气。手机在寂静的办公桌上发出了强烈的振荡音，我的神经在麻痹的状态下忽然间清醒了过来，我迫不及待地期待着，果然是康红的声音，我的紧张夹杂着一种喜悦，康红的冷漠和似乎勉强的欢愉交替出现，这些我都没去在意。重要的是她答应了我，康红答应和我复婚，这难道不是我梦寐以求的结果吗？

我在最短的时间内，通知了武登科，马上此事便在亲情的圈子中传阅了起来，不久康红便来电话责备了我，但并不是十分认真，我乘机和她商定了结婚的日子，听她的口气我不能判定她是哪一种心态，是喜是忧，是尴尬，还是别有一番滋味在心头。武登科立即让手下定了一个饭局，有结婚的日子，他行动起来蛮利索的。然而到了结婚的日子，康红却提出了一种出乎意料的方案，这是我始料不及的……

武登科请了很多亲友，耐心的压抑着焦急等待我们的临场，结果等到的是我无可奈何的一句话，康红不愿意回到那里，很抱歉显得毫无分量，武登科乍一听有些不解，甚至有些恼火，粗重的喘息显示了他极度的不满，但他毕竟是经历了诸多风风雨雨的人，而且原本修养就好，他把这种尴尬通过电话和我的交流传递出去，恼怒形于心，在不可逆转的情况下，他豁然大度地冷笑了一声："哼，虽说我可以理解，但必定……算了，祝你们有一个好心情，随康红吧！"

第七十六章　改变

期望在失望的销蚀中，渐渐变得枯乏贫瘠，然后最终不抱任何希望。

三年，三年不短，但三年也不长，我和康红的婚姻，又经历了三年磕磕碰碰，然后有了女儿苏菲。女儿很可爱，长着一双机灵、小巧、玲珑的眼睛，透着聪慧的灵气，而且十分惹人喜爱，在康红的指导下，保姆把苏菲装扮得像一个小公主，我非常喜欢女儿。

然而，在女儿苏菲两周岁的时候，我终于向康红提出了一个不近人情的请求："我们离婚吧！"

康红平静的目光，静静地望着我，她点了一支烟，我看到她打火的手有些颤抖，她的表情冷峻而呆板，她吐了一个烟圈儿，似笑非笑地点了一下头。

"等我把煤矿出手了就陪你去。"康红弹了一下烟灰，努力想使自己随和一些，但她似乎办不到，她心里并不是很好受，必定这次是我主动要离开她的。

"为什么一定要把煤矿转手呢？"我一直不赞成这么做，但武登科支持康红这么做，我也毫无办法。

"八个亿，你应该明白，我们赚得已经非常多了。"康红。

"可是我们拿到这八个亿在做什么呢？"

"政策这么好，机会太多了，煤矿出手了，我准备筹划开发银行。"她把目光投向了苏菲的声源地，并不想再向我做什么解释。

我的内心突然焦躁了起来，浓重的呼吸声，让我坐立不安，我迅速离开沙发……

"别忘了带上门。"康红冷冷的声音。

我的内心仿佛遭受了重重的一击，我有离开的意思吗？我糊涂了，我没有，我只是不服气，可是康红已经决绝地下了逐客令，这能怪她吗？

在我和康红离婚不久，康红的开发银行成立了，武登科的高尔夫球场也建成了，赌城也在悄悄酝酿中营运了起来。

而我在观光旅游了几年之后，做出了开一个小门诊的打算，这并不难，所以我做了。

不久前，武登科的赌场被政府关闭了，无数的别墅已经人去楼空，他的高尔夫球场也冷清了起来，昔日的辉煌黯然失色。

2007 年 3 月 3 日仿佛在大雪之后

2008 年 8 月 25 日审毕

2021 年 8 月 28 日审读完